नीतिशास्त्र

(सिद्धान्त और व्यवहार)

लेखक

प्रो॰ नित्यानन्द मिश्र

एम॰ ए॰, बी॰ लिट् (ऑक्सन)

भूतपूर्व प्राध्यापक, दर्शनशास्त्र विभाग

भागलपुर विश्वविद्यालय, भागलपुर

मोतीलाल बनारसीदास

दिल्ली, मुम्बई, चेन्नई, कोलकाता,

बंगलूरू, वाराणसी, पटना

द्वितीय पुनर्मुद्रण: दिल्ली, 2017
द्वितीय संशोधित संस्करण: 2009
प्रथम संस्करण : 2004

ISBN: 978-81-208-2716-5 (सजिल्द)
ISBN: 978-81-208-2717-2 (अजिल्द)

मोतीलाल बनारसीदास
41 यू.ए. बंगलो रोड, जवाहर नगर, दिल्ली 110 007
236 नाइंथ मेन, III ब्लॉक, जयनगर, बंगलूरू 560 011
8 महालक्ष्मी चैम्बर, 22, भुलाभाई देसाई रोड, मुम्बई 400 026
203 रायपेट्टा हाई रोड, मैलापोर, चेन्नई 600 004
8 कैमेक स्ट्रीट, कोलकाता 700 017
अशोक राजपथ, पटना 800 004
चौक, वाराणसी 221 001

आर.पी. जैन के द्वारा एन ए बी प्रिंटिंग यूनिट,
ए-44, नारायणा, फेज-1, नई दिल्ली 110 028 में मुद्रित
एवं जे.पी. जैन द्वारा मोतीलाल बनारसीदास
41 यू.ए., बंगलो रोड, जवाहर नगर, दिल्ली-110 007 के लिए प्रकाशित

लोककल्याणार्थ समर्पित।

—लेखक

प्रस्तावना

नैतिकता मानव जीवन का एक बहुत ही महत्त्वपूर्ण अंग है। यह कहना गलत नहीं है कि नैतिकता के बिना मनुष्य का जीवन निरर्थक है। किंतु सामान्यतः नैतिकता के मूल्य की जानकारी लोगों को नहीं रहती है। अतः यह परम आवश्यक है कि लोगों को नैतिकता के बारे में सही जानकारी हो। यह सही है कि इस तरह की जानकारी कथा, उपदेश, काव्य, आदि आदि माध्यमों से लोगों को प्राचीन काल से ही मिलती आ रही है। किंतु यह काम जिस प्रभावी ढंग से होना चाहिए वह हो नहीं पा रहा है। यही कारण है कि आज दुनियाँ में बहुत व्यापक रूप में वैमनस्य, अलगाव, संघर्ष, पारस्परिक संदेह, आदि आदि वर्तमान हैं। और चूँकि अब सारा विश्व एक 'वैश्विक गाँव' बन गया है, इसलिए अब यह नितांत जरूरी हो गया है कि नैतिकता की सही जानकारी लोगों को प्रभावी ढंग से मिले जिससे कि उनके पारस्परिक संबंधों को सुधारा जा सके और समुन्नत बनाया जा सके। इसी उद्देश्य की पूर्ति को ध्यान में रखकर प्रस्तुत ग्रंथ में मैंने विद्यार्थियों, शिक्षकों, सामान्य साक्षर लोगों तथा बुद्धिजीवियों के लिए नैतिक सिद्धान्तों एवं उनके प्रयोगों से संबंधित एक रूपरेखा तैयार की है जो आपके सामने है। मैं यह नहीं मानता कि नैतिकता मजहब या अलौकिक आध्यात्मिकता या परंपरा की अनुगामिनी होती है। यह तो केवल बौद्धिकता की ही अनुगामिनी हो सकती है। अतः यह ईश्वरापेक्षी भी नहीं हो सकती। यह सही है कि आज बौद्धिकता के स्वरूप के संबंध में ही अनेक प्रश्न उठाये जा रहे हैं। मैंने उन प्रश्नों के संबंध में प्रस्तुत ग्रंथ में कोई व्यापक विवेचन नहीं किया है। किंतु यह तो निर्विवाद है कि कोई भी विवेचन अंततः बुद्धि का ही सहारा लेता है। और फिर नैतिकता का आधार भी तो अंततः बुद्धि ही होता है। प्रस्तुत पुस्तक में साधारण नीतिशास्त्र के अलावे अधिनीतिशास्त्र, भारतीय नीतिशास्त्र तथा प्रयोगात्मक नीतिशास्त्र भी चर्चित किये गये हैं। मेरा यह प्रस्तुत प्रयास कितना सफल हुआ है—इसका निर्णय तो सुधी पाठक ही कर सकते हैं। मैं समझ रहा हूँ कि इस पुस्तक में अनेक प्रकार की तथ्यपरक एवं भाषापरक त्रुटियाँ रह गई होंगी। उनके लिए मैं स्वयं ही दोषी हूँ। यदि सहृदय पाठकगण उन त्रुटियों के संबंध में मुझे सूचित करने का कष्ट कर दे सकें, तो वे अपने कृत्य से न केंवल मेरा उपकार करेंगे, बल्कि त्रुटियों के सुधार को संभव बनाकर एक प्रकार से और लोगों का भी उपकार कर ले सकेंगे।

मैं इस पुस्तक के लेखन के क्रम में अनेक लोगों से उपकृत हुआ हूँ। मैं उन सबों को हृदय से साधुवाद देता हूँ। इस प्रसंग में मैं कुछ विशेष उल्लेख भी करना चाहता हूँ। सर्वप्रथम मैं अपने प्रिय मेधावी छात्र डा० प्रभुनारायण मंडल को, जो अभी टी० एम० भागलपुर विश्वविद्यालय के स्नातकोत्तर दर्शन विभाग का विभागाध्यक्ष है और जिसने मेरी पांडुलिपि के अधिकांश भाग को पढ़कर मुझे अनेक मूल्यवान् सुझाव दिये हैं, हृदय से आशीर्वाद देता हूँ। फिर डा० मनोज कुमार शुक्ल को, जो संस्कृत का एक प्रखर विद्वान् है और जिसने मेरी पांडुलिपि के अधिकांश भाग का टंकण किया है, हार्दिक आशीर्वाद देता हूँ। मैं इस प्रसंग में अपने परिवार के सदस्यों को भूल नहीं सकता। उन्होंने मुझे बराबर प्रोत्साहित किया है और सहयोग भी दिया है। मेरे द्वितीय पुत्र श्री गुणानंद मिश्र को, जो पटना के राजकीय प्रबंधन संस्थान में एक कुशल उच्चस्तरीय शिक्षक हैं और जिसने मुझे बहुत तरह से सहयोग दिया है, विशेष उल्लेख के साथ आशीर्वाद देता हूँ। और फिर मैं श्री कमलाशंकर सिंह को, जो पटना के प्रकाशन संस्थान मोतीलाल बनारसीदास के प्रबंधक हैं और जिन्होंने मेरी पुस्तक के मुद्रण, प्रकाशन, आदि का भार ग्रहण कर लिया है, हृदय से आशीर्वाद और साधुवाद देता हूँ।

पटना, 11 जून 2004. **नित्यानन्द मिश्र**

द्वितीय संस्करण के उपलक्ष्य में लेखक की ओर से

मेरी पुस्तक **नीतिशास्त्र : सिद्धान्त तथा प्रयोग** का द्वितीय संस्करण आपके समक्ष है। मुझे यह जानकर बहुत खुशी हुई है कि हिंदी भाषा-भाषी शिक्षा-जगत ने इस पुस्तक को बहुत अधिक सराहा है। इस संस्करण के लिये शुद्धीकरण का कार्य पटना के संस्कृत अध्यापक डा० मनोज कुमार शुक्ला ने बहुत हद तक किया है। इसके लिये मैं उन्हें आशीर्वाद देता हूँ। इस संस्करण के प्रकाशन में मोतीलाल बनारसी दास, पटना, के शाखा प्रबंधक श्री कमलाशंकर सिंह ने मुझे बहुत अधिक योगदान किया है। अतः उन्हें भी मेरा आशीर्वाद। इस संस्करण में भी कुछ तथ्यपरक तथा भाषापरक त्रुटियाँ रही ही होंगी। अतः यदि सुधी पाठक उन त्रुटियों के बारे में मुझे पूर्व सूचित कर दे सकें, तो उन्हें अगले संस्करण में दूर कर लिया जा सकता है।

1-12-2008 **नित्यानन्द मिश्र**

कुछ संदर्भ ग्रंथों के संक्षिप्त रूप

अ०	*अभिसमयालंकारालोक* (G . O. S, Baroda)
अ० वे०	*अथर्व वेद*
A.V.	*Atharva Veda*
ऋ०	ऋग्वेद
R.	*Rgveda*
B.	*The Bhagavadgita* : Radhakrishnan, (George Allen & Union Ltd, London, 1963)
Br.	*The Brahmasutra* : Radhakrishnan, (George Allen & Union, Ltd. London 1960)
C.P.B.	*The Central Philosophy of Buddhism* : T. R. V. Murti, (George Allen & Union Ltd, London 1974)
ध० इ०	*धर्मशास्त्र का इतिहास* : पांडुरंग वामनकाणे (हिन्दी अनुवाद)
E.H.	*The Ethics of The Hindus* : Susil Kumar Maitra, (University of Calcutta, 1956)
E.M.	*The Ethics of Management,* (Universal Book Stall, 1989)
ह०	*हरिजन* : महात्मा गाँधी
H.I.P.	*A History of Indian Philosophy :* Surendra Nath Das Gupta (Motilal Banarasidass, Delhi, 1975)
H.P.E.W.	*History of Philosophy Eastern and Western,* (Government of India, 1952)
ह०से०	*हरिजन सेवक* : महात्मा गाँधी
हि०न०जी०	*हिन्दी नव जीवन* : महात्मा गाँधी
I.P.	*Indian Philosophy* : Radhakrisnan (George Allen & Union Ltd., London, 1971)
JICPR	*Journal of Indian Council of Philosophical Research.*
M.I.A.	*My India Arise* ! : Vivekananda, (Ramakrishna Mission, Belur Math, Howrah, 1993)
P.E.	*Practical Ethics :* Peter Singer, (Cambridge University Press, 2000)
R.E.	*The Range of Ethics* : Harold H. Titus and Morris T. Keeton (ed.) (Affiliated East West Press Pvt. Ltd. New Delhi, 1975)
V.	*Vivekananda* : Roman Rolland: English Translation by Malcolm-Smith, (Advaita Ashram, Calcutta, 1953)
Y.I.	*Young India :* Mahatma Gandhi.

विषय-सूची

अध्याय | पृ० सं०

खण्ड—I

1. नीतिशास्त्र का स्वरूप 1 - 12

1.1 विषय-प्रवेश

1.2 नीतिशास्त्र की परिभाषा

1.3 नीतिशास्त्र की विषय-वस्तु

1.4 नीतिशास्त्र मानकीय शास्त्र है या वर्णनात्मक शास्त्र?

1.5 नीतिशास्त्र कला है या विज्ञान?

1.6 नीतिशास्त्र विज्ञान है या दर्शन?

1.7 नीतिशास्त्र का उद्देश्य और उसकी उपयोगिता।

2. नीतिशास्त्र का अन्य शास्त्रों के साथ सम्बन्ध 13 - 22

2.1 नीतिशास्त्र और समाजशास्त्र

2.2 नीतिशास्त्र और मनोविज्ञान

2.3 नीतिशास्त्र और राजनीति शास्त्र

2.4 नीतिशास्त्र और धर्मशास्त्र

2.5 नीतिशास्त्र और दर्शनशास्त्र

2.6 नीतिशास्त्र और अधिनीतिशास्त्र

3. नीतिशास्त्र की विधियाँ 23 - 29

3.1 नीतिशास्त्रीय विधियों के स्वरूप तथा प्रकार

3.1.1 इंद्रियानुभविक विधि

3.1.2 तत्त्वशास्त्रीय विधि

3.1.3 अंतर्दृष्टि विधि

3.1.4 विश्लेषणात्मक तथा समीक्षात्मक विधि

3.2 नीतिशास्त्रीय विधियों की समीक्षा

3.2.1 इंद्रियानुभविक विधि की समीक्षा

3.2.2 तत्त्वशास्त्रीय विधि की समीक्षा

3.2.3 अंतर्दृष्टि विधि की समीक्षा

3.2.4 विश्लेषणात्मक एवं समीक्षात्मक विधि ही एकमात्र उचित विधि

4. नीतिशास्त्र की पूर्वमान्यताएँ 30 - 44

4.1 पूर्वमान्यताओं का महत्त्व

4.2 नैतिकता की पूर्वमान्यताएँ

4.2.1 व्यक्तित्व

अध्याय | पृ० सं०

4.2.2 बुद्धि
4.2.3 संकल्पस्वातन्त्र्य
4.3 संकल्पस्वातन्त्र्य के सम्बन्ध में विभिन्न मत
4.3.1 नियतत्ववाद
4.3.2 स्वच्छन्दतावाद
4.3.3 आत्मनिर्देशित संकल्पवाद
4.4 पूर्वमान्यताओं के सम्बन्ध में काण्ट का मत
4.4.1 आत्मा की अमरता
4.4.2 ईश्वर का अस्तित्व

5. नैतिक चेतना 45 - 51

5.1 नैतिक चेतना का स्वरूप
5.2 नैतिक चेतना के तीन पक्ष
5.2.1 ज्ञानात्मक पक्ष
5.2.2 भावनात्मक पक्ष
5.2.3 क्रियात्मक पक्ष
5.3 नैतिक चेतना का विकास

6. नीतिशास्त्र का मनोवैज्ञानिक आधार 52 - 69

6.1 कर्म और कर्म का स्वरूप
6.2 कर्म का मनोवैज्ञानिक स्रोत
6.3 संकल्पजनित कर्म
6.4 इच्छा
6.5 इच्छा के आयाम
6.5.1 वर्तमान-भविष्य का आयाम
6.5.2 ज्ञान-आवेग-कर्म का आयाम
6.5.3 प्रवृत्ति-वृत्ति का आयाम
6.6 इच्छाओं का संघर्ष
6.7 विमर्श, चयन और निर्णय
6.8 संकल्प
6.9 कर्म की पूर्वगामी और पश्चाद्गामी अवस्थाएँ
6.10 अभिप्रेरक
6.11 अभिप्रेरक मानसिक होता है या बाह्य
6.12 अभिप्राय
6.13 आचरण, आदत और चरित्र
6.13.1 आचरण
6.13.2 आदत
6.13.3 चरित्र

अध्याय **पृ० सं०**

7. नैतिक प्रत्यय **70 - 93**

7.1 तथ्य और मूल्य
7.2 प्रत्ययों का नैतिक तथा नीतिभिन्न प्रयोग
7.3 उचित एवं शुभ
7.3.1 साधनपरक शुभ तथा साध्यपरक शुभ
7.3.2 शुभता एवं शुभ वस्तु
7.3.3 सर्वोच्च शुभ
7.4 कर्तव्य तथा आबन्ध
7.4.1 परिस्थितिजन्य बाध्यता
7.4.2 कानूनी बाध्यता
7.4.3 सामाजिक बाध्यता
7.4.4 नैतिक बाध्यता
7.5 सद्‌गुण तथा दुर्गुण
7.6 प्रमुख सद्‌गुण
7.7 चरित्र
7.8 अंतर्विवेक
7.9 पुण्य और पाप
7.10 अधिकार और कर्तव्य
7.11 मनुष्य के मौलिक अधिकार
7.11.1 जीवन सुरक्षा का अधिकार
7.11.2 शिक्षा तथा विकास के अधिकार
7.11.3 स्वतन्त्रता का अधिकार
7.11.4 आर्थिक अधिकार
7.11.5 सामाजिक तथा राजनैतिक अधिकार
7.11.6 धार्मिक अधिकार
7.12 कर्तव्यों की अनिवार्यता
7.13 कर्तव्यों का पारस्परिक विरोध
7.14 'मेरा स्थान और मेरा कर्तव्य'
7.15 वर्णाश्रम धर्म
7.16 कर्तव्यतालिका

8. नैतिक निर्णय **94 - 110**

8.1 नैतिक निर्णय का महत्त्व
8.2 नैतिक निर्णय का स्वरूप
8.3 तथ्यपरक निर्णय तथा मूल्यपरक निर्णय
8.4 नैतिक निर्णयों के स्वरूप के सम्बन्ध में विभिन्न मत
8.4.1 प्राकृतिक ज्ञानसापेक्ष मत

अध्याय पृ० सं०

8.4.2 गैरप्राकृतिक ज्ञानसापेक्ष मत
8.4.3 ज्ञाननिरपेक्ष संवेगात्मक मत
8.4.4 ज्ञाननिरपेक्ष आदेशात्मक मत
8.4.5 ज्ञाननिरपेक्ष अभिवृत्त्यात्मक मत
8.4.6 ज्ञाननिरपेक्ष उपदेशात्मक मत
8.5 नैतिक निर्णय का विषय तथा उसका मूल्य
8.5.1 नैतिक निर्णय तथा उसका मूल्याँकन
8.5.2 नैतिक मूल्याँकन की निरर्थकता
8.5.3 कर्म तथा उसके कारक एवं परिणाम
8.5.4 नैतिक निर्णय का निश्चित विषय क्या है?
8.5.5 अभिप्रेरक तथा अभिप्राय का स्वरूप एवं इनके पारस्परिक सम्बन्ध
8.5.6 नैतिक निर्णय का विषय अभिप्रेरक है या अभिप्राय?
8.5.7 नैतिक मूल्यांकन में साध्य और साधन का महत्त्व
8.5.8 नैतिक मूल्यांकन चरित्र का होता है या आचरण का?

9. नैतिक मानदण्ड : बाह्य नियमवाद **111 - 119**

9.1 विषय-प्रवेश
9.2 कर्तव्यपरक मानदण्ड
9.3 बाह्य नियमवाद तथा उसके प्रकार
9.3.1 सामाजिक
9.3.2 राजकीय
9.3.3 धार्मिक

10. अंत:प्रज्ञावाद **120 - 132**

10.1 अंतः प्रज्ञावाद का कर्तव्यवादी स्वरूप
10.2 अंतः प्रज्ञावाद के प्रकार
10.2.1 नैतिक इंद्रियपरक मत
10.2.2 सौंदर्यानुभूतिपरक मत
10.2.3 अंतर्विवेकपरक मत
10.2.4 प्रिचार्ड का विषयनिष्ठ नैतिक गुणपरक मत
10.2.5 रॉस का प्रथम दृष्ट्या कर्तव्यज्ञानपरक मत
10.2.6 काण्ट का क्रियात्मक अंतर्बोधपरक मत

11. कर्तव्यवाद **134 - 140**

11.1 कर्तव्यवाद का स्वरूप
11.2 कर्तव्यवाद के प्रकार
11.2.1 परिस्थिति कर्तव्यवाद

अध्याय **पृ० सं०**

11.2.2 नियम कर्तव्यवाद
11.3 कर्तव्यपरक नियमों की संख्या एवं उनके प्रकार
11.4 परमकर्तव्यपरक नियम की परिकल्पना
11.4.1 सिजविक का न्यायपरक सिद्धान्त
11.4.2 राशदल का समानतापरक सिद्धान्त
11.4.3 काण्ट का सामान्यीकरण सिद्धान्त
11.5 नियम कर्तव्यवाद की समीक्षा

12. उद्देश्यवाद **141 - 151**

12.1 कर्तव्यवाद की अपर्याप्तता तथा उद्देश्यवाद की अनिवार्यता
12.2 नैतिक उद्देश्य का स्वरूप
12.3 सुखवाद
12.4 मनोवैज्ञानिक सुखवाद तथा नैतिक सुखवाद
12.5 स्वार्थपरक सुखवाद
12.6 मनोवैज्ञानिक स्वार्थवाद की समीक्षा

13. उपयोगितावाद **152 - 188**

13.1 उपयोगितावाद का अर्थ
13.2 बेन्थम का उपयोगितावाद
13.3 निकृष्ट सुखवाद तथा उत्कृष्ट सुखवाद तथा उनके भेद
13.4 बेन्थम के सुखवाद का स्वरूप
13.5 बेन्थम के अनुसार नैतिक अनुशास्तियाँ
13.5.1 प्राकृतिक अनुशास्ति
13.5.2 सामाजिक अनुशास्ति
13.5.3 राजनीतिक अनुशास्ति
13.5.4 धार्मिक अनुशास्तियाँ
13.6 बेन्थम के सुखवाद की समीक्षा
13.7 मिल का उपयोगितावाद
13.7.1 मिल के अनुसार सुख का स्वरूप
13.7.2 मिल का स्वार्थवाद से परार्थवाद की ओर प्रस्थान
13.7.3 सुखों की गुणवत्ता के निरूपण में अनुभवी व्यक्तियों के निर्णय की भूमिका
13.7.4 मिल के उपयोगितावाद की आलोचना
13.8 सिजविक का उपयोगितावाद
13.8.1 सिजविक द्वारा सुखवाद का समर्थन

अध्याय पृ० सं०

13.8.2 नैतिकता का नियामक सिद्धान्त
13.8.3 सिजविक के नीतिपरक विचारों की आलोचना
13.9 हर्बर्ट स्पेन्सर का विकासवादी सुखवाद
13.9.1 स्पेन्सर द्वारा सुख और विकास का समन्वयन
13.9.2 स्पेन्सर के विकासवादी नैतिक सुखवाद की समीक्षा
13.10 आदर्शवादी उपयोगितावाद
13.10.1 आदर्शवादी उपयोगितावाद का स्वरूप
13.10.2 हेस्टिंग्स राशडल
13.10.3 जी० ई० मूर
13.10.3.1 मूर का 'प्रकृतिवादी दोष' सिद्धान्त तथा उनका उद्देश्यवाद
13.10.3.2 जीवन के लक्ष्य की मनोवैज्ञानिक संरचना
13.10.3.3 मूर का आंगिक इकाईपरक सिद्धान्त
13.10.3.4 मानव जीवन का आदर्श
13.10.3.5 आदर्शों के प्रकार
13.10.3.6 क्या मूर शुद्ध उपयोगितावादी थे?
13.11. उपयोगितावाद के तीन रूप
13.11.1 कार्य-उपयोगितावाद
13.11.2 सामान्य-उपयोगितावाद
13.11.3 नियम-उपयोगितावाद
13.12. क्या उपयोगितावाद शुद्ध उपयोगितावाद के रूप में पर्याप्त है?
13.13 लोककल्याणपरक निष्ठा का सिद्धान्त
13.14 न्यायपरक सिद्धान्त
13.14.1 न्यायपरक सिद्धान्त का स्वरूप
13.14.2 न्यायपरक सिद्धान्त की तीन कसौटियाँ
13.14.2.1 योग्यता
13.14.2.2 आवश्यकता
13.14.2.3 मानवीय समानता
13.15 लोककल्याणपरक नैतिकता की अनिवार्यता
13.16 लोककल्याण सिद्धान्त तथा मानवीय समानता सिद्धान्त का पारस्परिक विरोध

14. पूर्णतावाद 189 - 196

14.1 पूर्णता का अर्थ
14.1.1 भारतीय मत
14.1.2 पाश्चात्य मत
14.2 पूर्णतावाद की समीक्षा
14.2.1 पूर्णतावाद के गुण

अध्याय **पृ० सं०**

14.2.1.1 आत्मनिर्माण पर बल
14.2.1.2 स्वार्थवाद और परार्थवाद का समंजन सम्भव
14.2.1.3 सुखवाद और कर्तव्यवाद में भी समन्वय सम्भव
14.2.2 पूर्णतावाद की आलोचना

15. नैतिकता एवं मूल्य **197 - 214**

15.1 मूल्य क्या है?
15.2 मूल्य और रुचि
15.3 मूल्यों का वर्गीकरण
15.3.1 आर० बी० पेरी
15.3.2 विलियम के० फ्रैंकेना
15.3.3 फ्रैंकेना के अनुसार नीतिशून्य मूल्यों के प्रकार
15.3.3.1 उपयोगिता मूल्य
15.3.3.2 साधनता मूल्य
15.3.3.3 निहित मूल्य
15.3.3.4 आन्तरिक मूल्य
15.3.3.5 योगदायक मूल्य
15.3.3.6 परम मूल्य
15.4 आर० बी० पेरी के अनुसार मूल्यों का निरूपण
15.5 आर० बी० पेरी के अनुसार मूल्यों की श्रृंखलानिर्माण सम्बन्धी चार कसौटियाँ
15.5.1 शुद्धता
15.5.2 तीव्रता
15.5.3 अधिमानता
15.5.4 अंतर्लीनता
15.6 पेरी के अनुसार सर्वोच्च शुभ
15.7 अंतर्वैयक्तिक सामंजस्य तथा मानव जीवन का चरम आदर्श

16. दण्ड और पुरस्कार **215 - 229**

16.1 नैतिकता में दण्ड और पुरस्कार की प्रासंगिकता
16.2 दण्ड का सिद्धान्त
16.3 दण्ड सम्बन्धी तीन मत
16.3.1 प्रतिकारात्मक मत
16.3. 2 निवारणात्मक मत
16.3.3 सुधारपरक मत
16.4 दण्ड का उचित रूप
16.5 क्षमादान
16.6 हृदय परिवर्तन
16.7 मृत्युदण्ड

अध्याय पृ० सं०

17. नैतिक प्रगति 230 - 239

17.1 नैतिक प्रगति का अर्थ
17.2 नैतिक प्रगति के तीन स्तर
17.2.1 वैयक्तिक
17.2.2 सामाजिक
17.2.3 विश्वस्तरीय
17.3 नैतिक प्रगति और विकासवाद
17.3.1 हर्बर्ट स्पेन्सर
17.3.2 हिगेल
17.3.3 श्री अरविन्द
17.4 अध्यात्मवाद पर आधारित नैतिक प्रगति संबंधी मत की समीक्षा

खण्ड—II

18. अधिनीतिशास्त्र 240 - 272

18.1 अधिनीतिशास्त्र का स्वरूप तथा उसका उद्देश्य
18.2 अधिनीतिशास्त्र की विषय-वस्तुएँ
18.2.1 नैतिकता का स्पष्टीकरण
18.2.2 नैतिक प्रत्ययों का अर्थ-विश्लेषण तथा नैतिक निर्णयों का स्वरूप निर्धारण
18.2.3 नैतिक मनोविज्ञान
18.2.4 नैतिक निर्णयों का औचित्यीकरण
18.3 नैतिकता की अवधारणा तथा उसके लक्षण
18.3.1 संकल्पस्वातंत्र्य पर आधारित होना
18.3.2 कर्ताद्वारा आत्मसंतोष या आत्मग्लानि का अनुभव करना
18.3.3 समाजसापेक्षता
18.3.4 आत्मलाभ के बजाय सामाजिक लाभ को प्रश्रय देना
18.3.5 प्रशासनिक कानून पर निर्भर न होना
18.3.6 मजहब नहीं होना
18.3.7 सार्वभौम होना
18.3.8 परोपकारपरक होना
18.4 नैतिक दृष्टिकोण
18.5 नैतिक संप्रत्ययों का विश्लेषण तथा नैतिक निर्णयों का स्वरूपनिर्धारण
18.5.1 नैतिक भाषा के विश्लेषण एवं स्वरूपनिर्धारण का महत्त्व
18.5.2 नैतिक पद एवं वाक्य
18.5.3 नैतिक वाक्यों के स्वरूप के सम्बन्ध में विभिन्न मतः वर्णनात्मक तथा ज्ञानसापेक्ष मत
18.5.4 वर्णनात्मक तथा ज्ञानसापेक्ष मतों की आलोचना

अध्याय **पृ० सं०**

18.5.5 नैतिक वाक्यों के सम्बन्ध में अवर्णनात्मक तथा ज्ञाननिरपेक्ष मत
18.5.6 अवर्णनात्मक तथा ज्ञाननिरपेक्ष नैतिक मतों के प्रकार
18.5.6.1 एयर का संवेगाभिव्यक्तिवाद
18.5.6.2 सी॰ एल॰ स्टीभेन्सन का उत्प्रेरणावाद
18.5.6.2.1 स्टीभेन्सन द्वारा अभिव्यक्ति के बजाय उत्प्रेरणा पर अधिक बल
18.5.6.2.2 स्टीभेन्सन के अनुसार अंतर्वैयक्तिक असहमति के दो प्रकारः तथ्यपरक तथा रुचिपरक
18.5.6.2.3 स्टीभेन्सन के अनुसार नैतिक भाषा विश्लेषण के दो प्रतिमान : प्रथम और द्वितीय
18.5.6.3 नैतिक आदेशवाद
18.5.6.4 आर०एम० हेयर का परामर्शवाद
18.5.6.5 पी० एच० नावेल-स्मिथ का अनुशंसावाद
18.6 नैतिक मनोविज्ञान
18.7 नैतिक निर्णयों का औचित्य

खण्ड—III

19. भारतीय नीतिशास्त्र **273 - 301**

19.1 विषय-प्रवेश
19.2 कर्म का स्वरूप तथा उसका मनोविज्ञान
19.2.1 कर्म का स्वरूप
19.2.2 कर्म के मौलिक मनोवैज्ञानिक स्रोत
19.2.3 कर्मस्रोतों के विभिन्न वर्गीकरण
19.2.3.1 वैशेषिक दर्शन
19.2.3.2 न्याय दर्शन
19.2.3.3 पातंजल दर्शन
19.2.3.4 वेदांत दर्शन
19.2.4 नीतिशास्त्र में कर्मस्रोतों के अध्ययन की आवश्यकता
19.2.5 कर्मस्रोतों की नैतिकता के सम्बन्ध में विचार
19.2.6 प्रशस्तपाद के इच्छा-द्वेषपरक विभाजन की समीक्षा
19.2.7 कर्मों की त्रिगुणात्मक कारणता
19.2.8 क्या नैतिक कर्म का परिणाम पारलौकिक हो सकता है?
19.3 संकल्प विचार
19.3.1 संकल्प का महत्त्व
19.3.2 ऐच्छिक तथा अनैच्छिक कर्म
19.3.3 ऐच्छिक या संकल्पजनित कर्म का विश्लेषण
19.3.3.1 प्राभाकर या गुरुमत
19.3.3.2 नैयायिकों, भाट्टों तथा अद्वैत वेदांत के मत
19.3.3.3 नव्यन्याय मत

अध्याय | पृ० सं०

19.3.3.4 *दिनकरी* में उल्लिखित कुछ विचार
19.3.3.5 प्राभाकर मत के अनुसार प्रवृत्ति का विश्लेषण
19.3.3.6 प्राभाकर मतानुसार स्वविशेषणवत्ताप्रतिसंधान तथा कार्यताज्ञान में हेतुपरिणामपरक संबंध तथा नैयायिकों द्वारा उस सम्बन्ध का विरोध
19.3.3.7 क्या प्राभाकर एवं नैयायिक मतों के कार्यताज्ञान सम्बन्धी विचारों के आधार पर स्वेच्छाधीन कृतिसाध्यता संभव हो सकती है?
19.3.3.8 *भाट्टचिन्तामणि* में गागाभट्ट के अनुसार इष्टसाधनता ज्ञान तथा कार्यताज्ञान का पारस्परिक संबंध
19.3.3.9 इष्ट के स्वरूप के सम्बन्ध में चार्वाकों एवं नैयायिकों के विचार

20. भारतीय नीतिशास्त्र में कर्म का नैतिक पक्ष **302 - 348**

20.1 विषय-प्रवेश
20.2 धर्म के सम्बन्ध में *सिद्धान्तचन्द्रिका* के विचार
20.3 *सिद्धान्तचन्द्रिका* में वर्णित विभिन्न दर्शनों के धर्मसम्बन्धी विचारों की समीक्षा
20.4 कर्म की नैतिकता का आधार
20.5 नैतिकता के संदर्भ में धर्मशास्त्रीय विधि-निषेध
20.6 नैतिक प्रेरणा
20.6.1 नैतिक प्रेरणा का महत्त्व
20.6.2 नैतिक प्रेरणा का आधार
20.6.3 नैतिक प्रेरणा की प्रेरक शक्ति
20.6.4 नैतिक प्रेरणा का लक्ष्य
20.7 नियोग
20.7.1 नियोग का स्वरूप
20.7.2 नियोग एवं संकल्पस्वातंत्र्य
20.7.2.1 क्या नियोग द्वारा प्रेरित व्यक्ति स्वतंत्र रूप से कार्यसंपादन कर सकता है?
20.7.2.2 क्या नियोगप्रेरित व्यक्ति किसी तरह परनिर्भर नहीं होता?
20.7.2.3 क्या नियोग का नैतिक दृष्टि से प्रामाणिक होने में उसके द्वारा प्राप्त फल का कोई स्थान हो सकता है?
20.7.2.4 नियोगप्रेरित कर्मों में हिंसा का प्रयोग
20.7.2.5 निषेधात्मक नियोग
20.8 उद्देश्य या अपूर्व?
20.9 सद्गुण एवं दुर्गुण
20.9.1 नैतिक गुणों का स्वरूप
20.9.2 सद्गुणों एवं दुर्गुणों के प्रकार

अध्याय **पृ० सं०**

20.9.2.1 वात्स्यायन
20.9.2.2 पतंजलि
20.9.2.3 जैनमत
20.9.2.4 बौद्धमतानुयायी चन्द्रकीर्ति का मत

21. भारतीय नीतिशास्त्र में जीवन का चरम आदर्श मोक्ष **349 - 370**

21.1 मोक्षपरक पारलौकिक आदर्श की अवधारणा
21.2 विभिन्न दर्शनों के अनुसार मोक्ष का स्वरूप
21.3 मोक्षप्राप्ति के उपाय
21.4 विभिन्न भारतीय दर्शनों के अनुसार मोक्षसिद्धि का साधन
21.5 मोक्षसिद्धि के लिए कर्म की उपादेयता के सम्बन्ध में *भामती टीका* के विचार
21.6 क्या मोक्ष एक कपोलकल्पना है और क्या इसकी सिद्धि अव्यावहारिक है?
21.7 मोक्ष की काल्पनिकता तथा अव्यावहारिकता का खंडन
21.8 मोक्षप्राप्ति में ज्ञान, कर्म और भक्ति की भूमिका

22. भारतीय संस्कृति में नैतिक आदर्श तथा उसका औचित्य **371 - 389**

22.1 नैतिक आदर्श के सम्बन्ध में भारतीय विचार
22.2 नैतिक आदर्श इष्टसिद्धि के रूप में
22.3 भारतीय नीतिशास्त्र में सुखवाद
22.4 सुखवाद का खण्डन
22.5 धर्म मिश्रित सुखवाद
22.6 श्रेयोवाद
22.7 जीवन्मुक्ति तथा विदेहमुक्ति
22.8 नैतिक नियमों के स्वरूप तथा उनके पालन के सम्बन्ध में कुछ महत्त्वपूर्ण विचार
22.9 हिन्दू नीतिशास्त्र की चार आधारभूत मान्यताएँ
22.9.1 वेद
22.9.2 आध्यात्मिकता
22.9.3 पुनर्जन्म
22.9.4 कर्मवाद

23. भारतीय नीतिशास्त्र की वैदिक आचारनीति **390 - 416**

23.1 विषय-प्रवेश
23.2 वैदिक कर्मकांड
23.2.1 ऋत
23.2.2 धर्म

अध्याय | पृ० सं०

23.2.3 ऋण
23.2.4 पंचमहायज्ञ
23.2.5 क्या यज्ञानुष्ठान नैतिक दृष्टि से अनिवार्य है?
23.3 वर्णधर्म
23.4 आश्रम धर्म
23.5 साधारण धर्म
23.6 पुरुषार्थ

24. *श्रीमद्भगवद्गीता* का नीतिदर्शन — **417 - 429**

24.1 *गीता* का महत्त्व
24.2 *गीता* की ऐतिहासिकता
24.3 *गीता* का नैतिक संदेश
24.4 *गीता* की कुछ प्रमुख नैतिक अवधारणाएँ
24.4.1 स्वधर्म
24.4.2 लोकसंग्रह
24.4.3 मानवजीवन का चरम आदर्श तथा उसके साधन
24.4.3.1 ज्ञानयोग
24.4.3.2 भक्तियोग
24.4.3.3 कर्मयोग
24.4.4 स्थितप्रज्ञ
24.4.5 समदर्शिता

25. नास्तिक दर्शनों की आचारनीति — **430 - 455**

25.1 विषय-प्रवेश
25.2 लोकायत नीति
25.3 जैन आचारनीति
25.4 बौद्ध आचारनीति

26. अद्वैत वेदांत की आचारनीति — **456 - 460**

27. भारतीय संस्कृति के कुछ प्रमुख जीवन आदर्श — **461 - 466**

27.1 स्थितप्रज्ञ
27.2 जीवन्मुक्त
27.3 अर्हत् तथा बोधिसत्त्व

28. आधुनिक भारत में नैतिक सुधार के प्रयास — **467 - 481**

28.1 नैतिक सुधार की आवश्यकता
28.2 वर्णभेद के दुष्परिणाम

अध्याय पृ० सं०

28.3 लिंगभेद के दुष्परिणाम
28.4 स्वामी विवेकानन्द
28.5 महात्मा गाँधी
28.5.1 वर्णव्यवस्थापरक विचार
28.5.2 स्त्रीमुक्तिपरक विचार
28.6 बाबा साहेब भीमराव अम्बेदकर

खण्ड—IV

29. प्रयोगात्मक नीतिशास्त्र **482 - 491**

29.1 विषय-प्रवेश
29.2 नैतिक दृष्टि और मानवीय समानता
29.3 लिंगभेद
29.4 नस्लभेद
29.5 क्या बौद्धिक क्षमता की मात्रा में अंतर नस्लभेदपरक नैतिकता को औचित्य प्रदान कर सकता है?
29.6 मानवीय समानता का निहितार्थ

30. प्रयोगात्मक नीतिशास्त्र के विभिन्न क्षेत्र तथा मानव क्षेत्र की कुछ विशिष्ट नैतिक समस्याएँ **492 - 508**

30.1 नैतिक सिद्धान्त और उनका प्रयोग
30.2 क्या मानव जीवन नैतिक मूल्यसोपान के शिखर पर स्थित है.
30.3 अनुकम्पा-मृत्यु
30.4 गर्भपात
30.5 भ्रूणपरीक्षण तथा भ्रूण पर आधारित वैज्ञानिक अनुसंधान
30.6 शरणार्थियों के प्रति व्यवहार
30.7 अंतर्देशीय आर्थिक सहायता

31. औद्योगिक आचारनीति **509 - 519**

31.1 विषय-प्रवेश
31.2 औद्योगिक प्रबंधन की आचारनीति के सम्बन्ध में ला रू टोन हॉस्मर के विचार
31.2.1 आर्थिक विश्लेषण
31.2.2 कानूनी विश्लेषण
31.2.3 दार्शनिक विश्लेषण
31.3 हॉस्मर द्वारा प्रस्तुत दो उद्योगपरक आचरणों का नैतिक मूल्यांकन

अध्याय **पृ० सं०**

31.3.1 लॉकहीड रिश्वत मामला
31.3.2 हवाई जहाज चालक सम्बन्धित रिश्वत मामला
31.4 औद्योगिक आचारनीति की जटिलता

32. वृत्तिपरक आचारनीति **520 - 534**

32.1 विषय-प्रवेश
32.2 चिकित्सावृत्ति
32.2.1 चिकित्सा के कुछ आयाम तथा उनसे जुड़ी कुछ समस्याएँ
32.2.2 चिकित्सावृत्ति की आचारनीति का निर्माण
32.3 शिक्षावृत्ति
32.4 न्याय संस्थापन वृत्ति

33. पर्यावरणीय आचारनीति **535 - 547**

33.1 विषय-प्रवेश
33.2 पशुजगत्परक आचारनीति
33.3 वनस्पतिजगत्परक आचारनीति
33.4 भौतिक पर्यावरणपरक आचारनीति
33.4.1 प्रदूषण के प्रकार
33.4.2 पर्यावरणीय आचारनीति के संबंध में सिंगर के विचार।

परिशिष्ट 1 संदर्भ **548 - 562**

परिशिष्ट 2 हिन्दी अनुवाद **563 - 568**

परिशिष्ट 3 संक्षिप्त परिचय **569 - 572**

❑

खण्ड-I

अध्याय 1

नीतिशास्त्र का स्वरूप

1.1 विषय-प्रवेश

विश्व के विकासक्रम में जीव की उत्पत्ति हुई है और फिर जैविक विकास के क्रम में मनुष्य की उत्पत्ति हुई है। मनुष्य एक विलक्षण जीव है, क्योंकि इससे पहले के विकसित जीवों में तथा इसमें एक महत्त्वपूर्ण अन्तर यह है कि जहाँ अन्य जीव चिन्तन नहीं कर सकते, वहीं मनुष्य चिन्तन कर सकता है। अन्य जीव-जन्तु केवल अपनी सहज प्रवृत्तियों से परिचालित होते हैं और वे अपनी क्रियाओं के सम्बन्ध में किसी भी तरह सोच-विचार नहीं कर सकते। किन्तु मनुष्य अपनी सहज प्रवृत्तियों से परिचालित होने के अलावे आचरण के सम्बन्ध में सोच-विचार भी कर सकता है। कोई बाघ अपनी भूख मिटाने के लिए एक निर्दोष हिरण को मार तो देता है, पर वह इसके लिए कोई पश्चात्ताप नहीं करता; क्योंकि पश्चात्ताप वही कर सकता है जिसमें चिन्तन सम्भव हो, जो यह सोच सके कि उसका कर्म उचित है या अनुचित अर्थात् करणीय है या अकरणीय। पश्चात्ताप बुद्धिसापेक्ष होता है। जहाँ बुद्धि होती है, वहीं सोच-विचार होता है और जहाँ सोच-विचार होता है, वहीं नीति-निर्धारण हो सकता है और जभी नीति-निर्धारण सम्भव होता है, तभी यह निरूपण भी सम्भव हो सकता है कि कोई आचरण या कर्म नीति के अनुसार होने के कारण उचित या नैतिक हुआ है या उसके विपरीत होने के कारण अनुचित या अनैतिक हुआ है। स्पष्ट है कि यह उचित-अनुचित सम्बन्धी विचार मनुष्य में ही सम्भव हो सकता है, क्योंकि मनुष्य ही एकमात्र प्राणी है जो सोच-विचार की क्षमता रखता है। यदि कोई मनुष्य क्रोध में आकर अर्थात् संवेग से परिचालित होकर किसी निर्दोष मनुष्य की हत्या कर देता है, तो यद्यपि जरूरी नहीं फिर भी सम्भव तो अवश्य है कि क्रोध शान्त होने पर वह हत्यारा यह अनुभव करे कि उसका हत्यापरक कर्म उचित या अच्छा नहीं हुआ और इस कारण उसे पश्चात्ताप भी हो। कर्मों को अच्छा या बुरा समझना मनुष्य की एक स्वरूपगत विशेषता है जो अन्य प्राणियों में नहीं पायी जाती। मनुष्य की एक अन्य निजी विशेषता यह भी है कि वह जिस कर्म को अच्छा समझता है उसे वह करना भी चाहता है। ऐसा नहीं होता है कि वह जिस कर्म को अच्छा समझता है, उसके ठीक विपरीत कर्म करना चाहता है। किसी कर्म को अच्छा समझकर उसके अनुसार कर्म नहीं करना या उसके विपरीत कर्म करना एक बौद्धिक विसंगति है और ऐसा करना प्राकृतिक स्वभाव के विपरीत है। यह सम्भव है कि कोई मनुष्य अज्ञानवश किसी कार्य को अच्छा समझ रहा हो जबकि वह कार्य वास्तविक तौर पर अच्छा न हो और वह मनुष्य उस कार्य को कर डाले। ऐसी स्थिति में जब वह व्यक्ति यह समझ लेगा कि उसने उस कार्य को अज्ञानवश अच्छा समझ लिया था, तब वह अवश्य ही अपनी अज्ञानता को कोसेगा और चाहेगा कि वह अज्ञानवश कोई कार्य नहीं करे। यदि कोई व्यक्ति किसी कार्य को खराब जानते हुए भी उसे स्वेच्छा से कर

लेता है और उसे कोई ग्लानि भी नहीं होती है, तो इससे यह सिद्ध होता है कि उस व्यक्ति की मानसिकता निश्चित रूप से विकृत है और वह सामान्य प्रकृति=परक=मनुष्य की कोटि से बाहर है। या तो उसके व्यक्तित्व में कोई जन्मजात विकृति है या फिर उसके व्यक्तित्व का निर्माण साधारण ढंग से नहीं होकर असाधारण एवं विकृत ढंग से हुआ है। जिस व्यक्ति की मानसिकता ही विकृत होती है, उससे अच्छे-बुरे के ज्ञान की अपेक्षा नहीं की जा सकती। यह तो गनीमत है कि विकृत मानसिकता वाले लोगों की संख्या समाज में बहुत कम है।

इस तरह यह स्पष्ट होता है कि अच्छे और बुरे में भेद की जानकारी हासिल करने की क्षमता और उसके अनुसार कार्य करने की प्रवृत्ति अर्थात् अच्छे कार्यों को करने की प्रवृत्ति तथा बुरे कार्यों को न करने की प्रवृत्ति यानी बुरे कार्यों के प्रति निवृत्ति मनुष्य में स्वाभाविक तौर से ही पायी जाती है। यह एक मौलिक सत्य है और इसके अभाव में मनुष्य का प्रकृत मनुष्य के रूप में आकलन सम्भव नहीं है। यही कारण है कि मनुष्य को एक बौद्धिक प्राणी की संज्ञा दी गयी है।

अब प्रश्न उठता है कि यह अच्छाई या बुराई क्या हैं? क्यों हम किसी कार्य को अच्छा कहते हैं और किसी को बुरा? यहाँ यह उल्लेखनीय है कि 'अच्छा' तथा 'बुरा' शब्दों का प्रयोग अनेकानेक अर्थों में किया जाता है। हम उनकी व्याख्या एवं समीक्षा बाद में करेंगे। यहाँ हम केवल इतना ही कहना चाहते हैं कि इन शब्दों का एक खास प्रयोग ऐसा है जो मनुष्य के कार्य एवं चरित्र से सम्बद्ध रहता है। और इस तरह के प्रयोग के द्वारा ये शब्द जिन अवधारणाओं को अभिव्यक्त करते हैं वे अनेकानेक समस्याओं को जन्म देती हैं, और इन समस्याओं की सूची बहुत लम्बी है। इन सभी समस्याओं का बौद्धिक विवेचन बहुत अधिक अपेक्षित होता है, क्योंकि ये समस्याएँ मनुष्य के जीवनयापन से ही जुड़ी होती हैं। यह कोई अचरज की बात नहीं है कि मानव समाज अच्छाई या बुराई के बारे में प्रारम्भिक काल से ही सोच-विचार करता आ रहा है। ऋग्वेद[1] (5. 85. 7) में मंत्रद्रष्टा कहता है— ''यदि हमने उस व्यक्ति के साथ दुराचार किया है जो हमसे प्रेम करता है, यदि हमने कभी अपने मित्र के साथ दुर्व्यव्यवहार किया है, यदि हमने अपने पड़ोसी को या पहले से अपरिचित व्यक्ति को ही पीड़ा पहुँचायी है, तो हे प्रभु, आप हमें इस तरह कर्तव्यपरिधि को लाँघने के अपराध से मुक्त करें''। स्पष्ट है कि मनुष्य कुछ कर्मो को अच्छा और कुछ कर्मों को बुरा समझता है और जिसे वह अच्छा समझता है उसे ही करना चाहता है और जिसे बुरा समझता है उसे नहीं करना चाहता। इस तरह के विचार और रुझान आदिम काल से ही चले आ रहे हैं। ***पी॰ एच॰ नावेल-स्मिथ***[2] ने अपनी पुस्तक ***एथिक्स***[3] में लिखा है कि विश्वसमाज के पास जो सबसे पुराना दस्तावेज उपलब्ध है वह मिस्र देश का है और उसमें एक शब्द है 'माट'[4] जिसका एक अर्थ अंग्रेजी के राइट[5] से मिलता-जुलता है। इस शब्द को हम वैदिक 'ऋत' का पर्याय भी मान सकते हैं। इस 'माट' शब्द के प्रयोग के द्वारा नये-नये बहाल हुए पदाधिकारियों को अच्छे कृत्य करने का उपदेश दिया जाता है। उन्हें कहा जाता है कि उन्हें माट के नियमों का पालन करना चाहिये, क्योंकि ऐसा करने से ही वे सांसारिक जीवन में सफलता प्राप्त कर सकते हैं। भारतीय वाङ्मय का वैदिक शब्द 'ऋत' भी कार्यों के मानक को ही अभिव्यक्त करता है। जो ऋत का पालन करता है वह अच्छा होता है और जो अनृत का पालन करता है वह बुरा होता है। हिन्दी का 'रीति' शब्द 'ऋत' से ही उद्भूत हुआ है और यह तो स्पष्ट ही है कि रीति ही स्वीकार्य होती है और कुरीति अस्वीकार्य।

इस तरह हम देखते है कि प्राचीन काल से वर्तमान काल तक का पूरा मानव समाज शुभ एवं अशुभ जैसी अवधारणाओं से मानो ओत-प्रोत है। उनकी जीवन शैली में ही मानो अच्छे का अनुसरण तथा बुरे का परित्याग अन्तर्निविष्ट रहते हैं। शुभ एवं अशुभ की अवधारणाओं से रिक्त मानव समाज का अस्तित्व शायद सम्भव नहीं है।

पर यह अच्छाई या बुराई है क्या? मनुष्य चूँकि एक बौद्धिक प्राणी है इसलिए वह इस प्रश्न की अवहेलंना नहीं कर सकता। उसने तो बल्कि इसका गहन एवं विस्तृत विवेचन किया है और यह विवेचन एक शास्त्र के रूप में परिणत हो गया है। शास्त्र हम उस ज्ञानभण्डार को कहते हैं जिसमें हम किसी विषयवस्तु के सम्बन्ध में विस्तृत जानकारी एकत्र करते हैं और उसे एक सुसंगत रूप देते हैं और उसे यथार्थ भी बनाया जाता है। यदि किसी शास्त्र की कोई भी जानकारी किसी समय अयथार्थ सिद्ध हो जाती है, तो उसे उस शास्त्र से तत्काल निष्कासित कर दिया जाता है। शुभ-अशुभ सम्बन्धी शास्त्र इस तरह उभरकर जो हमारे सामने आया है उसे हमने अनेक नाम दिये हैं। हम भारतीय उसे नीतिशास्त्र, कर्तव्यशास्त्र, आचारशास्त्र, आदि नामों से जानते हैं। अन्य भाषाओं में भी इस शास्त्र के अनेकानेक नाम हैं, जैसे अँग्रेजी में एथिक्स, मॉरल डिस्कोर्स[6], आदि आदि। हम प्रस्तुत प्रसंग में इसे नीतिशास्त्र कहेंगे।

1.2 नीतिशास्त्र की परिभाषा

नीतिशास्त्र को हम इस तरह परिभाषित कर सकते हैं— ''नीतिशास्त्र वह सुसंगठित तथा सुसंगत विचार-संग्रह है जिसकी विषय-वस्तु मनुष्य के आचरण सम्बन्धी नियमों तथा आदर्शों के निरूपण तथा उनके अनुसार उनके कार्यों के मूल्यांकन से सम्बन्धित है।'' यहाँ यह उल्लेख करना आवश्यक है कि किसी विषय की परिभाषा में उस विषय के अन्तर्गत आनेवाले सभी पहलुओं का समावेश करना संभव नहीं होता। ऐसा इसलिए है कि परिभाषा को संक्षिप्त तथा चुस्त होना चाहिये। अन्यथा वह परिभाषा न होकर विवरण हो जाती है। हाँ, परिभाषा में सारभूत पहलुओं का संकेत तो रहना ही चाहिये। यहाँ हम कुछ प्रसिद्ध परिभाषाओं को उद्धृत करेंगे। विलियम लिली[7] के अनुसार, ''नीतिशास्त्र समाज में रहनेवाले मनुष्यों के आचरण का आदर्शमूलक विज्ञान है।'' सिजविक[8] कहते हैं, ''नीतिशास्त्र उचित मानव आचरण की मौलिक समस्याओं का सुसंगठित अध्ययन है।'' मैकेंजी[9] के अनुसार, ''नीतिशास्त्र आचरण में उचित तथा शुभ का अध्ययन है।'' या ''नीतिशास्त्र मानव जीवन के आदर्श का विज्ञान है।'' हेस्टिंग्स रशडल[10] के अनुसार, ''नीतिशास्त्र मानव कल्याण की सिद्धि को सम्भव बनाने के लिए शुभ तथा अशुभ का विवेचन करता है।'' ड्यूई[11] के अनुसार ''नीतिशास्त्र व्यवहारपरक शुभ को खोजनेवाला शास्त्र है।'' जी०ई०मूर[12] के अनुसार, *''नीतिशास्त्र परम शुभ का विज्ञान है।''* इनके अलावे और भी अनेक परिभाषाएँ दी गयी हैं। इन परिभाषाओं का यदि हम बारीकी से विश्लेषण करें तो हम उनमें अनेकानेक विषय प्रकट या अप्रकट रूप में पायेंगे। ऐसे ही विषयों का विस्तृत विवेचन नीतिशास्त्र कहलाता है। परिभाषा का उद्देश्य तो केवल सारभूत विषयों का संकेत करना होता है। ऊपर दी गयी परिभाषाओं का यदि हम अवलोकन करें तो हम पायेगें कि उनमें मुख्य रूप से इस बात पर जोर दिया गया है कि मनुष्य का आचरण एक कल्याणकारी आदर्श के अनुरूप ही होना चाहिये। अब यदि हम केवल इसी बिंदु को ध्यान में रखें तो हम पायेंगे कि हमारे सामने अनेकानेक प्रश्न उपस्थित हो जाते हैं। मनुष्य का स्वरूप क्या है? आचरण का स्वरूप क्या हैं? मनुष्य आचरण क्यों करता है? आदर्श क्या है? कल्याणकारी आदर्श क्या है? मनुष्य को केवल कल्याणकारी आदर्श ही

क्यों चरितार्थ करना चाहिये? यदि वह ऐसा न करे, तो क्या उसे इसके लिए बाध्य किया जा सकता है? आदि आदि। नीतिशास्त्र में ऐसे ही प्रश्नों का विवेचन होता है। हम इन सभी प्रश्नों का सम्यक् विवेचन आगे उपयुक्त स्थानों पर करेंगे। यहाँ हम नीतिशास्त्र को अत्यन्त संक्षिप्त रूप में इस प्रकार परिभाषित करेंगे—''नीतिशास्त्र मनुष्य के चरम आदर्श, उसके चरित्र-निर्माण तथा उसके अपने प्रति एवं समाज के प्रति कर्तव्यों के बारे में अध्ययन करता है''।

1.3 नीतिशास्त्र की विषय-वस्तु

नीतिशास्त्र दो शब्दों के योग से बना है—'नीति' तथा 'शास्त्र।' 'नीति' का अर्थ है जो ले जाये अर्थात् जो निर्देश करे या दिशा संकेत करे। 'शास्त्र' का अर्थ है—जो सिखाये या शिक्षा दे। इस प्रकार नीतिशास्त्र का अर्थ है—जो दिशा-निर्देश की शिक्षा दे। अर्थात् नीतिशास्त्र वह ज्ञानभण्डार है जिससे मनुष्य को अपने आचरण के लिए दिशा-निर्देश मिले। इसीलिए नीतिशास्त्र को आचारशास्त्र या कर्तव्यशास्त्र भी कहते हैं। अंग्रेजी के 'एथिक्स' तथा 'मॉरल फिलॉसफी[13]', जो नीतिशास्त्र के पर्याय के रूप में व्यवहृत होते हैं, 'एथिके[14]' तथा 'मोर्स[15]' से उत्पन्न हुए हैं जिनका अर्थ रीति-रिवाज या प्रचलित व्यवहार है। इससे यह स्पष्ट होता है कि नीतिशास्त्र का मुख्य विषय आचार या आचरण ही है। यहाँ यह उल्लेखनीय है कि यह आचरण मानव आचरण ही हो सकता है, क्योंकि आचरण वही होता है जो संकल्पजनित हो, और केवल मनुष्य ही संकल्पजनित कर्म कर सकता है। संकल्प के सम्बन्ध में हम आगे विस्तार से चर्चा करेंगे।

अब प्रश्न उठता है कि नीतिशास्त्र किस प्रकार का शास्त्र है। क्या यह सिद्धान्तपरक शास्त्र है या क्रियापरक? यहाँ सिद्धान्त एवं क्रिया में भेद करना आवश्यक है और फिर सैद्धान्तिक शास्त्र तथा क्रियात्मक शास्त्र में भी भेद करना आवश्यक है। यहाँ यह उल्लेखनीय है कि मानव की मानसिकता के तीन पहलू हैं--ज्ञानपरक, संवेगपरक और क्रियापरक। मान लीजिये कि मैं एक बाघ को अपने सामने आता देख रहा हूँ। इसका ज्ञानपरक पहलू है मेरे द्वारा बाघ का प्रत्यक्ष ज्ञान। बाघ को देखकर मैं डर जाता हूँ। यह डर का अनुभव करना संवेगपरक पहलू है। डर जाने के कारण मैं पीछे भागने लगता हूँ। यह भाग जाना क्रियात्मक पहलू है। ये तीनों पहलुएँ—ज्ञान, संवेग और क्रिया—मनुष्य के मानसिक जीवन के आवश्यक अंग हैं और तीनों ही मनुष्य की प्रत्येक मानसिक स्थिति में न्यूनाधिक रूप से वर्तमान रहते हैं।

अब यहाँ प्रश्न उठता है कि नीतिशास्त्र में उपर्युक्त तीनों पहलुओं में कौन पहलू उसके विषय के रूप में वर्तमान रहता है। उत्तर में यही कहा जा सकता है कि मोटे तौर पर नीतिशास्त्र में मानसिक जीवन के तीनों ही पहलुएँ वर्तमान रहते हैं। इस विषय को हम एक उदाहरण द्वारा अच्छी तरह समझ सकते हैं। आप सड़क के किनारे-किनारे टहल रहे हैं। आपके सामने एक व्यक्ति किसी वाहन से टकराकर मूर्च्छित हो जाता है। उस समय आपके मन में तीन तरह की प्रक्रियाएँ उत्पन्न हो जाती हैं। एक तो यह कि आप यह ज्ञान प्राप्त करते हैं कि एक व्यक्ति मूर्च्छित होकर सड़क के किनारे पड़ा हुआ है। दूसरी यह कि आप में उस मूर्च्छित व्यक्ति के प्रति दया की भावना उमड़ पड़ती है और तीसरी यह कि आप दया की भावना से उत्प्रेरित होकर उस व्यक्ति के लिए कुछ करने में तत्पर हो जाते हैं। तीसरी प्रक्रिया के कारण आप उसे चिकित्सालय ले जाने का प्रबन्ध करते हैं और उसकी चिकित्सा की व्यवस्था करते हैं। अब यहाँ यह प्रश्न उठता है कि क्या नीतिशास्त्र को इन तीनों पहलुओं पक्षों से सम्बन्ध रहता है या किसी एक से या फिर किन्हीं दो से ही।

नीतिशास्त्र को वस्तुतः इन तीनों ही पहलुओं या पक्षों से सम्बन्ध रहता है। किन्तु सबसे अधिक इसे क्रियापक्ष से सम्बन्ध रहता है। इसका कारण यह है कि क्रियापक्ष के अभाव में ज्ञानपक्ष या संवेगपक्ष कोई महत्त्व नहीं रखता। ज्ञानपक्ष का महत्त्व इसलिए है कि उससे परिस्थिति का ज्ञान होता है और जब तक परिस्थिति का ज्ञान नहीं होता है तब तक न तो संवेग उत्पन्न हो सकता और न ही कार्य करने की प्रेरणा। संवेग पक्ष का महत्त्व इस कारण है कि वह क्रियापक्ष को उत्पन्न करने में सहायक सिद्ध होता है। यहाँ यह भी उल्लेखनीय है कि ज्ञानपक्ष नैतिक नियमों की भी जानकारी कराता है। पर कोई व्यक्ति केवल नैतिक नियमों का ज्ञान प्राप्त कर ही नैतिक उत्कृष्टता प्राप्त नहीं कर सकता। इसके लिए उसके मन में उन नियमों के प्रति श्रद्धा होनी चाहिये जिससे कि वह उन नियमों के अनुरूप ही कार्य कर सके। यह सम्भव है कि किसी व्यक्ति को नैतिक नियमों का स्पष्ट ज्ञान न रहे और तब भी वह नैतिक आचरण ही करता रहे। ऐसा व्यक्ति निश्चित ही नैतिक दृष्टि से अत्यधिक प्रशंसनीय है। इस प्रकार हम देख सकते हैं कि नैतिकता में क्रियापक्ष की ही प्रधानता होती है।

अब प्रश्न उठता है कि नीतिशास्त्र ज्ञानपरक शास्त्र है या क्रियापरक। एक बात तो स्पष्ट है कि नीतिशास्त्र यदि शास्त्र है तो निश्चय ही वह ज्ञानपरक होगा। यहाँ हम शास्त्र के स्वरूप के साथ-साथ विज्ञान के साथ उसके सम्बन्ध को भी स्पष्ट करना चाहेंगे। शास्त्र वस्तुतः विज्ञान ही है, क्योंकि किसी विषय का शास्त्र उस विषय से सम्बन्धित विभिन्न प्रकार के ज्ञानों का संग्रह ही होता है। और विज्ञान भी तो ज्ञानों का ही संग्रह होता है। इस प्रकार शास्त्र और विज्ञान समानार्थक ही होते हैं। भौतिक शास्त्र भौतिक विज्ञान ही है। रसायनशास्त्र रसायनविज्ञान ही है। इसी तरह नीतिशास्त्र नीतिविज्ञान ही है। नीतिशास्त्र ज्ञानपरक इसलिए है कि इसमें न केवल परिस्थिति सम्बन्धी ज्ञान का महत्त्व अपेक्षित है, बल्कि इसमें नैतिक नियमों का ज्ञान भी अपेक्षित होता है। पर, जैसा हमने ऊपर कहा है, नीतिशास्त्र मुख्यतः क्रियापरक है। ऐसी स्थिति में यह प्रश्न सहज ही उठ खड़ा होता है कि नीतिशास्त्र सैद्धान्तिक शास्त्र है या क्रियापरक शास्त्र।

कुछ आधुनिक नीतिशास्त्रियों का मत है कि नीतिशास्त्र कोरा सैद्धान्तिक शास्त्र है, क्योंकि इसमें ज्ञान का ही विशेष महत्त्व होता है। इन नीतिशास्त्रियों में कुछ के नाम हैं—प्रिचार्ड[16], मूर, ब्रॉड[17] तथा रॉस[18]। प्रिचार्ड ने तो यहाँ तक कह दिया है कि नीतिशास्त्र की तो कोई आवश्यकता ही नहीं है, क्योंकि जिस किसी विषय का साक्षात्कार ही हो रहा हो उसके लिए किसी प्रकार के विवेचन की और इस तरह किसी शास्त्र के निर्माण की कोई आवश्यकता ही नहीं रह जाती। उनका कहना है कि हम नैतिक शुभ या अशुभ, उचित या अनुचित, आदि का साक्षात्कार ही कर लेते हैं। ऐसी स्थिति में उनके सम्बन्ध में कोई अनुसंधान या विचार-विमर्श बिल्कुल ही अनपेक्षित है। यह सही है कि अतीत काल से ही विचारकों ने नैतिक विषयों के सम्बन्ध में गहन विचार एवं विमर्श किये हैं और उन विचारों के सुसंगठित रूप को ही नीतिशास्त्र या नीतिदर्शन का नाम दिया गया है; किन्तु प्रिचार्ड के अनुसार इस प्रकार का नीतिशास्त्र या नीतिदर्शन एक प्रकार की गलती पर ही आश्रित है। और यह गलती है साक्षात्कार द्वारा प्राप्त ज्ञान पर विचार-विमर्श या शास्त्रीय विवेचन करना। प्रिचार्ड ने अपनी पुस्तक ''मॉरल ऑब्लिगेशन''[19] में एक लेख लिखा है जिसका शीर्षक है ''डज मॉरल फिलॉसफी रेस्ट ऑन ए मिस्टेक?''[20] इस लेख में उन्होनें उपर्युक्त गलती के बारे में विस्तार से प्रकाश डाला है। उनका कहना है कि मनुष्य का काम है अपने कर्तव्यों का ज्ञान प्राप्त करना

और जब वह किसी कर्तव्य का ज्ञान प्राप्त कर लेता है, तब वह उस ज्ञान के अनुसार काम करता ही है। अतः नैतिकता के लिए मुख्य बात है मनुष्य के द्वारा कर्तव्य या नीति का ज्ञान प्राप्त करना। अतः नैतिकता प्रमुख रूप से ज्ञानपरक या सैद्धान्तिक ही हो सकती है।

मूर ने यह दिखलाने की कोशिश की है कि नैतिक क्षेत्र में आनेवाले किसी कर्म में एक प्रकार का गुण निहित होता है जो या तो अच्छा है या बुरा। यह अच्छा होना या बुरा होना उस कर्म का एक आन्तरिक गुण है। उस गुण का साक्षात् ज्ञान प्राप्त करके ही कोई व्यक्ति किसी कर्म को नैतिक या अनैतिक कह सकता है। इस प्रकार नैतिक कर्म के सन्दर्भ में प्रमुख बात यह होती है कि उस गुण का साक्षात् ज्ञान प्राप्त हो। अतः मूर के अनुसार भी नैतिकता ज्ञानपरक या सैद्धान्तिक ही होती है और इस तरह उनके अनुसार भी नीतिशास्त्र सैद्धान्तिक शास्त्र ही है। इसी तरह ब्रॉड तथा रॉस भी अपने-अपने ढंग से यह दिखलाने की कोशिश करते हैं कि शुभ एवं अशुभ, उचित एवं अनुचित, आदि कुछ ऐसे वास्तविक पदार्थ हैं जिनके ज्ञान पर ही नैतिकता निर्भर करती है। अतः नीतिशास्त्र, जो इन पदार्थों के ज्ञान के सम्बन्ध में ही विवेचन करता है, सैद्धान्तिक शास्त्र ही है।

यहाँ दो महत्त्वपूर्ण प्रश्न उठ खड़े होते हैं—एक तो यह कि यदि शुभ, अशुभ, आदि वस्तुपरक पदार्थ हैं, तो उनकी स्थिति वैसी ही होनी चाहिये जैसी स्थिति टेबुल, कुर्सी, पेड़, पीलापन, कड़ापन, आदि पदार्थों की है। और जिस तरह इन पदार्थों के सम्बन्ध में प्राकृतिक विज्ञान संस्थापित किये जाते हैं, उसी तरह शुभ, अशुभ, आदि पदार्थों के बारे में भी प्राकृतिक विज्ञान ही संस्थापित किये जाने चाहिये। ऐसी स्थिति में भौतिक शास्त्र, रसायन शास्त्र, मनोविज्ञान, आदि प्राकृतिक विज्ञानों की तरह नीतिशास्त्र भी एक प्राकृतिक विज्ञान ही माना जाएगा। किन्तु प्रिचार्ड आदि उपर्युक्त नीतिशास्त्री नीतिशास्त्र को एक प्राकृतिक विज्ञान मानने के लिए कतई तैयार नहीं होते। वे तो शुभ, अशुभ आदि नैतिक गुणों को एक विलक्षण प्रकार के गुण मानते हैं जो प्राकृतिक गुणों से सर्वथा भिन्न होते हैं। उन्हें हम प्रकृतिभिन्न गुण ही मान सकते हैं। उनका इस तरह से विलक्षण होना ही लोगों को उनके अनुरूप कार्य करने के लिए बाध्य करता है। इन विलक्षण गुणों का ज्ञान साधारण मनोवैज्ञानिक स्थितियों एवं प्रक्रियाओं के ज्ञान की तरह नहीं होता। साधारण स्वाभाविक मनोवैज्ञानिक ज्ञान बाध्यकारी या प्रवृत्त्यात्मक नहीं भी हो सकता। कहा भी गया है—''जानामि धर्मं न च मे प्रवृत्तिः जानाम्यधर्मं न च मे निवृत्तिः''। पर उपर्युक्त विलक्षण प्रकृतिभिन्न गुणों का ज्ञान हो जाने पर कार्य करने की प्रेरणा अवश्यमेव होती है। इस प्रकार हम देखते हैं कि मूर आदि नीतिशास्त्री नीतिशास्त्र को सैद्धान्तिक तो मानते ही हैं, वे इसे प्रकृतिभिन्न शास्त्र[21] भी मान लेते हैं। उनके अनुसार ऐसे सभी विचारक, जो शुभ, अशुभ, आदि प्रत्ययों को प्राकृतिक प्रत्ययों की कोटि में रखते हैं, एक दोष से ग्रस्त हो जाते हैं जिसे वे 'प्रकृतिवादी दोष[22]' कहते हैं। इस दोष के द्वारा प्रकृतिभिन्न पदार्थों को प्राकृतिक पदार्थ मान लिया जाता है।

दूसरा महत्त्वपूर्ण प्रश्न जो यहाँ उठ जाता है वह है इन प्रकृतिभिन्न या अप्राकृतिक नैतिक गुणों के ज्ञान का। इस सन्दर्भ में इन नैतिक गुणों के अस्तित्व को स्वीकार करने वाले विचारकों का सीधा-सीधा उत्तर यह है कि इन गुणों को साधारण इन्द्रियों के द्वारा तो नहीं, पर अन्तर्दृष्टि के द्वारा आसानी से जान लिया जा सकता है। यह अन्तर्दृष्टि एक ऐसी दृष्टि है जो कभी कोई गलती कर नहीं सकती। इस प्रकार हम देखते हैं कि उपर्युक्त विचारकों के अनुसार नीतिशास्त्र पूरी तरह एक सैद्धान्तिक विज्ञान ही है। इसमें तथा भौतिक शास्त्र, मनोविज्ञान, आदि

सैद्धान्तिक विज्ञानों में फर्क केवल यह है कि जहाँ नीतिशास्त्र की विषय-वस्तुएँ अप्राकृतिक हैं, वहीं भौतिक शास्त्र, मनोविज्ञान, आदि शास्त्रों की विषय-वस्तुएँ प्राकृतिक हैं। वस्तु-जगत् मानो दो भागों में विभक्त है—एक में अन्तर्दृष्टि द्वारा ज्ञात अप्राकृतिक वस्तुएँ विद्यमान हैं और दूसरे में साधारण इन्द्रियों द्वारा ज्ञात प्राकृतिक वस्तुएँ। पर दोनों भाग पूर्णतः वस्तुनिष्ठ या वास्तविक ही होते हैं।

किन्तु, उपर्युक्त विचार मान्य नहीं हो सकता, अर्थात् यह कहना कि नीतिशास्त्र अन्तर्दृष्टि द्वारा प्राप्त अप्राकृतिक गुणों का ही सैद्धान्तिक विवेचन है मान्य नहीं हो सकता। इस सम्बन्ध में एक आपत्ति तो यह है कि इस प्रकार के गुणों के अस्तित्व के सम्बन्ध में प्रमाण नहीं मिल सकता। इसके उत्तर में यदि यह कहा जाय कि अन्तर्दृष्टि द्वारा ज्ञात होने के कारण ही इनका अस्तित्व प्रमाणित हो जाता है, तो फिर यहाँ दो प्रत्युत्तर उठ खड़े होंगे। एक तो यह कि अन्तर्दृष्टि के द्वारा नैतिक गुणों को जान लेना प्रामाणिक नहीं माना जा सकता, क्योंकि उस आधार पर कुछ भी जान लेने का दावा किया जा सकता है। दूसरे, इसके द्वारा प्राप्त ज्ञानों में कभी-कभी सामंजस्य नहीं पाया जाता। ऐसे किसी ज्ञान को यदि कोई व्यक्ति नैतिक दृष्टि से अच्छा कहता है, तो कोई अन्य उसे खराब कहता है। फिर, अन्तर्दृष्टि यदि सही रूप में एक प्रामाणिक साधन है, तो उससे प्राप्त ज्ञानों में मतभिन्नता नाम की कोई चीज नहीं रह सकती। किन्तु नैतिक क्षेत्र में मतभिन्नता का होना तो आम बात है। व्यक्ति व्यक्ति में तथा समाज समाज में नैतिक मतभिन्नता प्रायः पायी ही जाती है।

नीतिशास्त्र को कोरा सैद्धान्तिक मानने के विरुद्ध दूसरी आपत्ति यह है कि नैतिक ज्ञान का केवल उपार्जन ही पर्याप्त नहीं हो सकता। मान लीजिये कि हम अन्तर्दृष्टि के द्वारा यह जान लेते हैं कि निर्दोष व्यक्ति को सताना अनैतिक है; लेकिन तब भी हम बराबर निर्दोष व्यक्ति को सताते ही रहते हैं। ऐसी स्थिति में ज्ञानार्जन पर्यात कहाँ हुआ? हमने उस ज्ञान का अर्जन तो व्यर्थ ही किया। यह सही है कि ज्ञानार्जन अपने आप में ही एक उपलब्धि है पर मनुष्य का जो ज्ञान क्रियासापेक्ष है उसके क्रियान्वयन के पक्ष को महत्त्वपूर्ण न मानना बिलकुल बेतुका है। कर्म के बिना तो मनुष्य का जीवन संभव ही नहीं है। लेकिन तब यह भी सही है कि बिना सोचे-समझे मनुष्य द्वारा कुछ भी कर देना उपयोगी नहीं भी हो सकता। ऐसा करना समाज को विखण्डित भी कर दे सकता है। और तब ऐसा कर्म निश्चय ही समाजविरोधी होकर अन्ततः कर्ता के लिए भी घातक सिद्ध हो सकता है। और स्पष्ट ही कोई व्यक्ति साधारणतः अपना नाश नहीं चाहता। पर तब उसके लिंए यह आवश्यक हो जाता है कि वह अपनी एवं अपने समाज की सुरक्षा के लिए केवल वैसे ही कर्म करे जो पूरी तरह समाजपोषक हों। इस प्रकार हम देखते हैं कि मनुष्य को अन्ततः सुविचारित कर्म करने को ही प्रश्रय देना पड़ता है। वह ज्ञान के उपार्जन मात्र से अपने या समाज को सुरक्षित नहीं रख सकता। भले ही हम अन्तर्दृष्टि के द्वारा अच्छे ज्ञान प्राप्त कर लेने में समर्थ हो जाँय, पर उपयोग के बिना ये सभी ज्ञान बिलकुल व्यर्थ हैं। इस प्रकार हम देखतें हैं कि नीतिशास्त्र का क्रियापक्ष ही सही अर्थ में महत्त्वपूर्ण होता है। अतः नीतिशास्त्र कभी कोरा सैद्धान्तिक शास्त्र नहीं हो सकता वह तो पूरी तरह एक क्रियात्मक शांस्त्र ही हो सकता है।

1.4 नीतिशास्त्र मानकीय शास्त्र है या वर्णनात्मक शास्त्र?

इस प्रश्न का उत्तर देने के पूर्व हमें यह समझ लेना चाहिये कि तथ्य तथा मूल्य क्या हैं और उनमें क्या भेद है। ''परीक्षार्थी इन दिनों इम्तहान में प्रायः नकल करते हैं'', यह वाक्य

एक वास्तविकता यानी तथ्य को अभिव्यक्त करता है। इस तथ्य को लोग चाहें तो अपनी आँखों से देख सकते और सत्यापित कर सकते हैं। चूँकि यह वाक्य एक तथ्य का वर्णन करता है, इसलिए यह एक वर्णनात्मक वाक्य है। लेकिन जब यह कहा जाता है कि ''इम्तहान में नकल करना अनैतिक है,'' तब इस कथन से तथ्य का वर्णन नहीं किया जाता, वरन् उसका मूल्यांकन किया जाता है। नैतिक मूल्यांकन के द्वारा जिस कार्य को करणीय समझा जाता है,उसे नैतिक कहा जाता है; और जिसे अकरणीय समझा जाता है, उसे अनैतिक कहा जाता है। इस प्रकार हम देखते हैं कि नैतिकता या अनैतिकता को मूल्य से सम्बन्ध रहता है। यह सही है कि मूल्यांकन किसी तथ्य का ही होता है, पर मूल्य तथ्य नहीं है और न ही तथ्य मूल्य है। दोनों एक-दूसरे से सम्बद्ध अवश्य रहते हैं, पर स्वरूप में दोनों एक-दूसरे से बिलकुल भिन्न होते हैं। तथ्य को यदि ''क्या है'' से सम्बन्ध है, तो मूल्य को ''क्या होना चाहिये'' से सम्बन्ध रहता है।

जैसा हम जानते हैं, नीतिशास्त्र की विषय-वस्तु कर्म या आचरण है। इन कर्मों या आचरणों के तथ्यात्मक स्वरूप का अन्वेषण मनोविज्ञान तथा शरीरविज्ञान जैसे प्राकृतिक विज्ञानों में होता है। कर्म कितने प्रकार के होते हैं, उनकी उत्पत्ति कैसे होती है, उनके परिणाम क्या-क्या हो सकते हैं, उनसे कर्ता के व्यक्तित्व पर क्या-क्या प्रभाव पड़ते हैं, आदि आदि प्रश्नों का अनुसंधान प्राकृतिक विज्ञानों में निरीक्षण तथा प्रयोग के द्वारा होता है। नीतिशास्त्र कर्म या आचरण के उपर्युक्त अनुसंधानों में कोई सहयोग नहीं कर सकता। उसकी दिलचस्पी तो इस बात में रहती है कि किसी कर्म को कैसा होना चाहिये। इस प्रकार चूँकि नीतिशास्त्र को ''चाहिये'' से सम्बन्ध रहता है, इसलिए वह स्पष्ट ही ''है'' में सीमित नहीं रह सकता, वह तो मानकीय एवं आदर्शसापेक्ष ही हो सकता है। नीतिशास्त्र में आदर्शनिरूपण एक अत्यन्त महत्त्वपूर्ण कार्य होता है, क्योंकि नैतिक आदर्श के आलोक में ही यह निश्चित किया जा सकता है कि कौन कर्म नैतिक दृष्टि से अच्छा है और कौन बुरा। इस प्रकार हम देखते हैं कि आदर्श के अभाव में नीतिशास्त्र का अस्तित्व सम्भव नहीं है। अतः नीतिशास्त्र के मूल में आदर्श है। और चूँकि आदर्श एक मानक है, इसलिए नीतिशास्त्र एक मानकीय शास्त्र है, वर्णनात्मक शास्त्र नहीं।

1.5 नीतिशास्त्र कला है या विज्ञान?

हम देख चुके हैं कि नीतिशास्त्र एक क्रियापरक विज्ञान है, कोरा सैद्धान्तिक विज्ञान नहीं। फलस्वरूप इसमें क्रिया तथा ज्ञान दोनों ही पक्ष विद्यमान हैं। चूँकि इसमें नीतिसम्बन्धी ज्ञानों का एक सुव्यस्थित एवं सुसंगठित संकलन वर्तमान रहता है इसलिये यह विज्ञान का रूप लेता है। और चूँकि यह विज्ञान मनुष्य के लिये कार्यपरक दिशानिर्देश देता है इसलिये इस विज्ञान का महत्त्व सहज ही अनुमान्य है। पर, जैसा हमने ऊपर पाया है, नीतिशास्त्र में क्रियापक्ष का महत्त्व जरा भी कम नहीं है। बल्कि, सही अर्थ में तो उसका क्रियापक्ष उसके ज्ञानपक्ष से ज्यादा महत्त्वपूर्ण होता है। ऐसी स्थिति में क्या नीतिशास्त्र को एक विज्ञान नहीं मानकर एक कला मानना अधिक उचित है? इस प्रश्न का उत्तर देने के पहले हमें 'कला' के अर्थ को अच्छी तरह समझ लेना चाहिये। इसका अर्थ हम उदाहरणों के द्वारा ही ज्यादा अच्छी तरह समझ सकते हैं। कला के उदाहरण हैं—संगीतकला, नाट्यकला, काव्यकला, आदि आदि। स्पष्ट ही इन सबों में कार्यकौशल की प्रधानता होती है, अर्थात् इन सबों में विशेष-विशेष ढंगों से निर्धारित कार्य करने के हुनर के प्रदर्शन की ही प्रधानता होती है। यह सही है कि इन सभी

कलाओं के अपने-अपने शास्त्र या विज्ञान भी होते हैं—जैसे संगीतशास्त्र, नाट्यशास्त्र, काव्यशास्त्र, आदि। इन शास्त्रों या विज्ञानों में बहुत सारे महत्त्वपूर्ण ज्ञान सुव्यवस्थित ढंग से संकलित रहते हैं। पर मात्र इन ज्ञानों से कलाओं के अभीष्ट की सिद्धि नहीं हो सकती। कोई संगीतज्ञ या संगीतशास्त्री कुशल संगीतकार नहीं भी हो सकता है। अर्थात् यह जरूरी नहीं है कि काव्यशास्त्र का कोई धुरन्धर पण्डित एक कुशल कवि हो ही जाय। कलाओं में उत्कृष्टता पाने के लिए हुनर की आवश्यकता होती है, अर्थात् एक विशेष प्रकार के कौशल की आवश्यकता होती है, जो शायद जन्मजात होता है और जो अपनी अभिव्यक्ति के लिए किसी शास्त्रीय ज्ञान की अपेक्षा नहीं रखता। ऐसे अनेक उदाहरण पाये जाते हैं जिनमें कलापक्ष का निखार तो बहुत उत्कृष्ट रहता है, पर जिनमें विज्ञानपक्ष बिलकुल शून्य रहता है। एक अन्धा भिखारी आपको अपने गायन से पूरी तरह मुग्ध कर देता है, पर वह संगीतशास्त्रीय ज्ञान से बिलकुल अनभिज्ञ रहता है।

अब प्रश्न उठता है कि क्या नैतिकता भी ऐसी ही एक कला है जिसका अपना शास्त्रीय पक्ष होता तो है, पर जिसका क्रियापक्ष शास्त्रीय ज्ञान के बजाय पूरी तरह कार्यकौशल पर ही निर्भर करता है। यदि हम इस प्रश्न का उत्तर सकारात्मक दें, तो नीतिशास्त्र भी संगीतकला की तरह ही एक कला हो जायेगा। पर उपर्युक्त प्रश्न का उत्तर सकारात्मक नहीं हो सकता। नीतिशास्त्र क्रियाप्रधान अवश्य है, पर इसकी क्रियाएँ जन्मजात कौशल पर निर्भर नहीं करतीं। यहाँ कोई हुनर काम नहीं करता। यह जरा भी सही नहीं है कि खास-खास व्यक्ति ही अपनी किसी विलक्षण क्षमता के कारण नैतिक हो सकते हैं। नैतिकता की अपेक्षा हम सभी व्यक्तियों से करते हैं, जबकि कलाकार होना सबों से अपेक्षित नहीं होता। यदि कोई व्यक्ति चित्रकार नहीं है, तो हम न तो उसकी भर्त्सना कर सकते हैं और न ही हम उसे कोई दण्ड दे सकते हैं। पर यदि कोई व्यक्ति कुकर्म करता है, तो कोई भी व्यक्ति या समाज उसकी भर्त्सना कर सकता है और अधिकारी उसे उपयुक्त दण्ड भी दे सकता है। नैतिक बनने के लिए जिन बातों की अपेक्षा रहती है वे सभी सामान्यतः मनुष्यों को उपलब्ध रहती ही हैं। ये बातें हैं—सामाजिक परिवेशों में कार्य करने की प्रवृत्ति, कार्य करने की आवश्यकता तथा बौद्धिकता। पशुओं में प्रवृत्ति तथा आवश्यकता तो हैं, पर उनमें बौद्धिकता नहीं होती। इसलिए पशुओं से नैतिकता की अपेक्षा नहीं की जा सकती। मनुष्य का बौद्धिक होना प्राकृतिक एवं स्वाभाविक है। इसलिए उससे साधारण परिस्थितियों में नैतिकता की अपेक्षा की ही जा सकती है। जो व्यक्ति पागल होने के कारण अबौद्धिक है, उससे निश्चय ही नैतिकता की अपेक्षा नहीं की जा सकती; पर पागल व्यक्ति सामान्य-जन में नहीं आता है। निष्कर्ष रूप में हम कह सकते हैं कि *नीतिशास्त्र कला नहीं है। पर यह शुद्ध वर्णनात्मक विज्ञान भी नहीं है। यह तो एक क्रियात्मक विज्ञान है। और इससे निर्देशित होकर मनुष्य क्रियाओं का निष्पादन कलात्मक ढंग से नहीं, बल्कि विचार के आधार पर कर सकता है।*

1.6 नीतिशास्त्र विज्ञान है या दर्शन?

इस प्रश्न का उत्तर शायद यही होगा कि नीतिशास्त्र विज्ञान और दर्शन दोनों है। यहाँ हमें पहले विज्ञान का अर्थ अच्छी तरह समझ लेना चाहिये। 'विज्ञान' शब्द को हम दो अर्थों में ले सकते हैं। एक व्यापक अर्थ में तथा दूसरा संकुचित अर्थ में। व्यापक अर्थ में किसी विषय-वस्तु का सुव्यवस्थित एवं सुसंगठित ज्ञान विज्ञान है। इस अर्थ में तर्कशास्त्र, गणितशास्त्र, भौतिकशास्त्र, नक्षत्रशास्त्र, आदि आदि सभी विज्ञान हैं। अतः इस अर्थ में

नीतिशास्त्र भी विज्ञान है; ऐसा इसलिए कि नीतिशास्त्र में आचारसम्बन्धी नीतियों का सुव्यवस्थित एवं सुसंगठित ज्ञान संकलित रहता है। इस व्यापक अर्थ में हम दर्शनशास्त्र को भी विज्ञान कह सकते हैं; इसमें भी तो सुव्यवस्थित एवं सुसंगठित ज्ञान ही समाविष्ट रहता है। किन्तु, 'विज्ञान' का एक संकुचित अर्थ भी है, जिसमें विज्ञान की विषय-वस्तु कोई विशेष प्राकृतिक क्षेत्र ही हो सकती है। इस अर्थ में न तो दर्शनशास्त्र विज्ञान है; न ही तर्कशास्त्र या गणितशास्त्र। इस अर्थ में भौतिकशास्त्र या नक्षत्रशास्त्र विज्ञान है, क्योंकि भूत, पदार्थ या नक्षत्र प्रकृति का ही अंग या अंश है और उसके सम्बन्ध में निरीक्षण तथा प्रयोग के द्वारा अनुसंधान हो सकता है। कहने का तात्पर्य यह है कि संकुचित अर्थ में 'विज्ञान' का अर्थ 'प्राकृतिक विज्ञान' है। अंग्रेजी में इसे 'नेचुरल सायन्स[23]' कहते हैं। इस अर्थ में स्पष्ट ही नीतिशास्त्र विज्ञान नहीं है।

अब प्रश्न उठता है कि नीतिशास्त्र दर्शन है या नहीं । पर इस प्रश्न के विवेचन के पूर्व यह जानना आवश्यक है कि दर्शन क्या है। यों तो दर्शन का स्वरूपनिर्धारण एक अत्यन्त कठिन कार्य है, पर दर्शन को हम चिन्तन पर आधारित एक सुव्यवस्थित ज्ञानभण्डार के रूप में स्वीकार कर ही सकते हैं। यहाँ हमारे लिए यह आवश्यक हो जाता है कि हम पहले चिंतन को समझने के लिए उसका निरीक्षण से विभेद करें। निरीक्षण तो हम अपनी ज्ञानेन्द्रियों के द्वारा करते हैं और निरीक्षण के द्वारा प्राप्त ज्ञान को, जिसमें प्रयोग द्वारा प्राप्त ज्ञान भी सम्मिलित रहता है, हम प्रामाणिक ज्ञान मानते हैं। किन्तु तब हमारे बहुत सारे विश्वास जो निरीक्षण या प्रयोग पर आधारित नहीं रहते, असंदिग्ध नहीं माने जा सकते हैं और तब हमारे लिए उनको स्वीकार करना अत्यन्त कठिन हो जाता है। पर यह जरूरी नहीं है कि हमारे सभी विश्वास गलत ही हों। अतः उनकी सत्यता को प्रमाणित करने के लिए चिन्तनविधि का सहारा लेना पड़ता है। उल्लेखनीय है कि यह चिन्तनविधि तर्क पर आधारित होती है। एक उदाहरण के द्वारा हम इस चिन्तनविधि के प्रयोग को ज्यादा अच्छी तरह समझ सकते हैं। अनेक समाजों में कन्या का विवाह आठ वर्ष की आयु के पहले ही कर दिया जाता है और इसके औचित्य के लिए यह कहा जाता है कि परम्परागत रिवाज कन्या का विवाह आठ वर्ष के पहले ही कर देने का निर्देश देता है। अनेक लोग इस रिवाज के समर्थन में यह भी कहते हैं कि यह धर्मग्रन्थ द्वारा अनुमोदित है। जहाँ तक परम्परागत रिवाज या धर्मग्रन्थ से समर्थित कर्तव्य के ज्ञान का प्रश्न है, वह तो हमें निश्चित रूप से प्राप्त हो ही जाता है। ऐसा इसलिये हम प्रत्यक्ष निरीक्षणविधि से ही जान ले सकते हैं कि कन्याविवाह के सन्दर्भ में परम्परा क्या है या धर्मग्रन्थ की अनुशंसा क्या है। इस तरह से ज्ञान प्राप्त करने में तो हम चिन्तन से मुक्त ही रहते हैं। पर चिन्तन की आवश्यकता तब उत्पन्न हो जाती है जब लोग परम्परा और धर्मग्रन्थ के विरुद्ध आपत्ति उठा देते हैं। और तब विवाद उत्पन्न हो जाता है और तब वादी और प्रतिवादी दोनों अपने-अपने पक्षों को युक्तिपूर्ण बनाने के लिए तर्क का सहारा लेते हैं, क्योंकि बिना तर्क की सहायता लिए वे अपने-अपने पक्षों को युक्तिपूर्ण बना नहीं सकते। स्पष्ट ही किसी विवाद की निष्पत्ति तर्कनिष्ठ चिन्तन या विवेचन पर ही निर्भर कर सकती है। यह सही है कि बालिका-विवाह के विरोध में प्रतिवादी जैविक विज्ञान, चिकित्सा-विज्ञान, आदि के अनेक वैज्ञानिक अनुसंधानों का सहारा लेकर अपने पक्ष को मजबूत करने का प्रयास कर सकता है; और दूसरी ओर वादी भी समाज में प्रचलित अनेक प्रकारों के व्यभिचार एवं भ्रष्टाचार का हवाला देकर अपना पक्ष मजबूत कर सकता है। और इस प्रकार विवाद आगे बढ़ता चला जा सकता है। लेकिन तब यह स्पष्ट है कि इसकी गति उत्तरोत्तर चिन्तनप्रधान ही होती जाती है और इसकी

समाप्ति तभी सम्भव हो सकती है जब दोनों पक्ष तर्क के आधार पर किसी एक निष्कर्ष को मानने में सहमत हो जाँय। इस तरह का चिन्तनप्रधान विवेचन प्राकृतिक विज्ञान के क्षेत्र में नहीं होता। ऐसे ही विवेचन को दार्शनिक विवेचन कहा जाता है और ऐसा ही विवेचन नीतिदर्शन के क्षेत्र में भी होता है। हमने ऊपर उल्लेख किया है कि दर्शन को हम व्यापक एवं संकुचित अर्थों में ले सकते हैं। जब दार्शनिक विवेचन की विषय-वस्तु कोई विशिष्ट क्षेत्र हो, जैसे नैतिकता या राजनीति या धर्म या गणित, तब उसके सम्बन्ध में प्रयुक्त 'दर्शन' शब्द संकुचित अर्थ में व्यवहृत होता है। 'नीतिदर्शन', 'राजनीतिदर्शन', 'धर्मदर्शन', 'गणितदर्शन' में 'दर्शन' शब्द का प्रयोग इसी संकुचित अर्थ में किया गया है। इस तरह हम देखते हैं कि नीतिशास्त्र भी एक दर्शन है। पर जैसा हमने ऊपर कहा है 'दर्शन' का प्रयोग एक व्यापक अर्थ में भी होता है जिसमें दर्शन की विषय-वस्तु कोई खास क्षेत्र न होकर सम्पूर्ण विश्व होती है। इस विषय-वस्तु में आचारनीति, राजनीति, धर्म, गणित, आदि सभी क्षेत्र, यहाँ तक कि सभी प्राकृतिक विज्ञान भी, सम्मिलित हो जाते हैं; और इस समग्र विषय-वस्तु पर चिंतनविधि के द्वारा एक समग्र दर्शन का निर्माण किया जाता है जिसे हम विश्वदर्शन कह सकते हैं। उस विश्वदर्शन में निश्चित रूप से नीति का भी स्थान होता है। इस तरह हम देखते हैं कि नीतिदर्शन विश्वदर्शन का एक अंग ही है। अतः यह स्पष्ट है कि नीतिदर्शन 'दर्शन' के व्यापक अर्थ में तो दर्शन नहीं है, पर वह 'दर्शन' के संकुचित अर्थ में अवश्य ही एक दर्शन है।

1.7 नीतिशास्त्र का उद्देश्य और उसकी उपयोगिता

कभी-कभी यह प्रश्न उठाया जाता है कि नीतिशास्त्र का उद्देश्य क्या है। अनेक विचारक यह आक्षेप करते हैं कि नीतिशास्त्र की कोई उपयोगिता ही नहीं है, क्योंकि लोग नीतिशास्त्र से अपरिचित रहकर भी नैतिक हो सकते हैं और नीतिशास्त्र में पारंगत व्यक्ति भी अनैतिक हो सकता है। जैसा हमने ऊपर भी कहा है, "जानामि धर्मं न च मे प्रवृत्तिः। जानाम्यधर्मं न च मे निवृत्तिः"। अतः नीतिशास्त्र का कोई महत्त्व नहीं है। किन्तु यह आक्षेप उचित नहीं हैं। यह सही है कि मनुष्य को नैतिक बनने के लिए अंततः अपने संकल्प को ही दृढ़ तथा सक्रिय करना पड़ता है। और इस संकल्पन में कर्ता की स्वतंत्र कार्यनिष्पादन की क्षमता की बहुत बड़ी भूमिका रहती है। पर तब भी कर्म करने के लिए किसी-न-किसी रूप में ज्ञान की पृष्ठभूमि का होना तो आवश्यक होता ही है। इस प्रसंग में हम नीतिशास्त्र की दो प्रमुख ज्ञानपरक देनों की ओर दृष्टिपात कर सकते हैं। एक को हम "बौद्धिक जिज्ञासा शांतिपरक देन" कह सकते हैं और दूसरी को हम "कर्तव्यज्ञानपरक देन" कह सकते हैं।

पहले हम नीतिशास्त्र की "बौद्धिक जिज्ञासाशांतिपरक देन" को ही लें। कोई भी शास्त्र एक ज्ञानभण्डार होता है। वह अपनी विषय-वस्तु के सम्बन्ध में अनेक स्रोतों से विभिन्न प्रकार की जानकारी एकत्र करता है। जहाँ जहाँ संभव होता है वह नयी जानकारी हासिल करने के लिए वैज्ञानिक प्रयोग का भी सहारा लेता है। इस तरह प्रासंगिक विषय-वस्तु के संदर्भ में नयी-नयी जानकारियाँ उपलब्ध होती रहती हैं। मनुष्य तो स्वभाव से ही जिज्ञासु होता है। वह बराबर नये-नये ज्ञान हासिल करना चाहता है। इसे हम "अज्ञात के प्रति जिज्ञासा" कह सकते हैं। कोई भी शास्त्र अपने ज्ञानभण्डार के द्वारा बहुत हद तक उससे सम्बद्ध जिज्ञासा को शान्त कर ही सकता है। थोड़ी देर के लिए यदि हम यह मान भी लें कि इस प्रकार का ज्ञानभण्डार कार्यसम्पादन में सहायक सिद्ध नहीं होता, तो इतना तो सच ही है कि उसके द्वारा मनुष्य की

कुछ जिज्ञासा बहुत हद तक शान्त हो जाती है। इस प्रकार नीतिशास्त्र बिलकुल निरर्थक या अनुपयोगी नहीं माना जा सकता। उसका बौद्धिक जिज्ञासाशान्तिपरक महत्त्व है ही।

किन्तु नीतिशास्त्रीय ज्ञान का केवल जिज्ञासाशान्तिपरक महत्त्व ही नहीं होता। उसका असल महत्त्व तो कार्यसम्पादन के सम्बन्ध में है। हमने ऊपर देखा है कि नीतिशास्त्र महज एक सैद्धान्तिक विज्ञान नहीं, वरन् एक क्रियात्मक विज्ञान है। मनुष्य अज्ञान या अन्धविश्वास के कारण प्रायः ही ऐसे कर्म करता रहता है जिन्हें उसे नहीं करना चाहिये। ऊपर दिये गये बालिका-विवाह सम्बन्धी उदाहरण में हमने देखा है कि लोग धर्मग्रन्थ के आधार पर अपनी कन्याओं का विवाह उनकी अत्यन्त कम उम्र में ही करा देते हैं। प्रस्तुत सन्दर्भ में हम सतीप्रथा, बालविधवाविवाह, आदि के उदाहरण दे सकते हैं। पर नीतिशास्त्रीय विवेचन के द्वारा हम ऐसे ज्ञान प्राप्त कर ले सकते है जो हमें अपने कार्यों के सम्पादन में दिशानिर्देश दे सकते है। ऐसे ज्ञान के अर्जन के प्रयास में हमें किसी अन्धविश्वास या पूर्वाग्रह से प्रेरित न होकर विज्ञान से प्रेरणा एवं सहायता लेनी चाहिये। और इस प्रयास में हमें खासकर अपनी तर्कबुद्धि की सहायता लेनी चाहिये। इसी तरह हम अपनी कार्यनीति का निर्धारण कर सकते हैं और अपने कर्मों के नीतिसंगत निष्पादन में सक्षम हो सकते हैं। चूँकि नीतिशास्त्र का प्रमुख लक्ष्य ऐसी ही कार्यनीति का निर्धारण करना है, इसलिये इस शास्त्र की उपयोगिता अत्यधिक होती है। इस शास्त्र के अभाव में मनुष्य अनेक अवसरों पर कठिनाई में पड़ सकता है। अतः यह स्पष्ट है कि नीतिशास्त्र एक अत्यन्त उपयोगी शास्त्र है।

❑

अध्याय 2

नीतिशास्त्र का अन्य शास्त्रों के साथ सम्बन्ध

2.1 नीतिशास्त्र और समाजशास्त्र

मनुष्य एक सामाजिक प्राणी है। समाज के बिना उसका अस्तित्व ही सम्भव नहीं है। उसकी उत्पत्ति के लिए ही तो दो व्यक्तियों की आवश्यकता होती है—एक पुरुष की और एक स्त्री की। समाज की आवश्यकता मनुष्य के केवल जन्म के लिए नहीं, वरन् उसके व्यक्तित्व के निर्माण एवं विकास के लिए भी होती है। यदि जन्म के बाद किसी शिशु को किसी निर्जन स्थान पर छोड़ दिया जाय, तो बहुत अधिक संभावना उसके निष्प्राण हो जाने की रहती है। यदि किसी तरह वह जीवित रह भी जाय, तो इतना तो निश्चित है कि वह एक मनुष्य के रूप में विकसित नहीं हो सकेगा। किसी मानव शिशु को एक मानव व्यक्ति के रूप में उभरने के लिए एक मानव समाज की नितान्त आवश्यकता होती है। मानव समाज में रहने के कारण ही मनुष्य भाषा एवं भानवोचित व्यवहार सीख सकता है। यदि किसी मानव शिशु का लालन-पालन कोई वानर समाज करे, तो वह शिशु कालान्तर में एक प्रौढ़ वानर की तरह ही आवाज करेगा और वह अन्य व्यवहार भी एक वानर की तरह ही करेगा। ऐसे प्राणी से स्पष्ट ही किसी नैतिक आचरण की अपेक्षा नहीं की जा सकती। इस प्रकार हम देखते हैं कि नैतिक आचरण करने के लिए मनुष्य को एक प्रौढ़ मानव के रूप में उभरना अत्यावश्यक है और इसके लिए उसे एक मानव समाज का परिवेश मिलना भी अत्यावश्यक है। अतः नैतिकता के लिए समाज का होना नितान्त आवश्यक है। यहाँ यह भी उल्लेखनीय है कि मनुष्य को केवल अपने अन्दर नैतिक क्षमता को विकसित करने के लिए ही समाज की जरूरत नहीं होती, वरन् उसे अपने नैतिक कार्यसम्पादन के लिए भी समाज की जरूरत होती है। मान लीजिये कि कोई व्यक्ति एक प्रौढ़ मानव के रूप में उभरकर एक ऐसे टापू पर चला जाय जहाँ कोई दूसरा व्यक्ति या प्राणी रहे ही नहीं, और न वहाँ किसी अन्य व्यक्ति या अन्य किसी प्राणी के पहुँचने की संभावना ही रहे। तो ऐसे निर्जन एवं सुनसान टापू में वह व्यक्ति किसी तरह फल-मूल खाकर अपने को शारीरिक रूप से जीवित तो रख ले सकता है, पर वह स्पष्ट ही कोई नैतिक कार्य नहीं कर सकता।

चूँकि वह एकाकी द्वीपनिवासी किसी अन्य व्यक्ति या प्राणी के प्रति कोई कार्य कर ही नहीं सकेगा, इसलिए उसके कार्य के नैतिक या अनैतिक होने की कोई सम्भावना ही नहीं रह जाती। यहाँ यह कहा जा सकता है कि वह व्यक्ति अपने लिए अर्थात् अपने आपके लिए तो कार्य कर ही सकता है, जैसे अपना स्वास्थ्य ठीक-ठाक रखना या फिर आत्मघात कर लेना। लेकिन तब यहाँ एक प्रश्न यह उठ खड़ा होगा कि क्या आत्मरक्षा या आत्मघात जैसा कर्म स्वेच्छा से स्वतंत्रतापूर्वक क्रियान्वित हुए बिना नैतिक मूल्यांकन के योग्य हो सकता है। यदि

इसका उत्तर नकारात्मक है, तो तब यहाँ यह प्रश्न भी उठ सकता है कि क्या कोई कर्म उस स्थिति में स्वेच्छा से क्रियान्वित होना माना जा सकता है जिसमें कर्ता के मन का विकास सामाजिक परिप्रेक्ष्य में हुआ ही न हो। वस्तुतः कोई कर्म नैतिक परिधि में तभी आ सकता है जब वह कर्ता के द्वारा उपयुक्त सोच-विचार के बाद ही क्रियान्वित हुआ हो। और इस तरह का सोच-विचार तभी सम्भव हो सकता है जब कर्ता का मन उचित मात्रा में परिपक्व हो। और यह तो बिल्कुल स्पष्ट है कि मानसिक परिपक्वता सामाजिक परिपेक्ष्य में ही सम्भव हो सकती है। इस तरह हम देखते हैं कि मानव आचरण का समाज के साथ बहुत गहरा सम्बन्ध है और चूँकि मानव आचरण का विवेचन नीतिशास्त्र में होता है और समाज एवं इसके क्रियाकलापों का विवेचन समाजशास्त्र में होता है, इसलिए नीतिशास्त्र एवं समाजशास्त्र के बीच गहरा सम्बन्ध का होना बिल्कुल स्पष्ट है। इस प्रकार हम देखते हैं कि नीतिशास्त्र और समाजशास्त्र परस्पर सम्बद्ध होते हैं।

समाजशास्त्र के अध्ययन से हमें इन बातों की भी जानकारी मिल जाती है कि विभिन्न मानव समाजों में नैतिक आचरण सम्बन्धी क्या-क्या नियम वर्तमान हैं, उनमें सामंजस्य है या नहीं, उनके उल्लंघन को रोकने के लिए क्या-क्या तरीके अपनाये जाते हैं, आदि आदि। समाजशास्त्र एक विज्ञान के रूप में वर्णनात्मक होता है और इस रूप में इसका कार्य सामाजिक तथ्यों का वर्णन करना ही होता है। पर समाज का स्वरूप क्या होना चाहिये इसका निरूपण समाजदर्शन में होता है, न कि समाजविज्ञान में। हम यह पहले ही कह चुके हैं कि नीतिशास्त्र में आचरण कैसा होना चाहिये का निरूपण होता है। यही कारण है कि नीतिशास्त्र आदर्शमूलक शास्त्र है, वर्णनात्मक शास्त्र नहीं। पर नीतिशास्त्र को मानव जीवन के आदर्शों एवं मूल्यों को ठीक तरीके से निरूपित करने के लिए विभिन्न समाजों में विद्यमान आदर्शों एवं मूल्यों से बहुत अधिक सहायता मिलती है। और स्पष्ट ही ऐसे विद्यमान आदर्शों एवं मूल्यों के आकलन में समाजशास्त्र बहुत महत्त्वपूर्ण भूमिका अदा करता है। ऐसे आकलन से नीतिशास्त्र को विभिन्न प्रकार के दिशानिर्देश अवश्य प्राप्त हो जाते हैं।

2.2 नीतिशास्त्र और मनोविज्ञान

मनोविज्ञान भी एक वर्णनात्मक विज्ञान है। इसमें मनुष्य या अन्य विकसित प्राणियों के मानसिक जीवन का अध्ययन होता है। मानसिक जीवन के विभिन्न पहलू क्या-क्या हैं? उनमें परस्पर क्या सम्बन्ध है? आदि आदि प्रश्नों के बारे में मनोविज्ञान में अन्वेषण होता है। मानसिक जीवन के विभिन्न पहलू तीन प्रकार के होते हैं—ज्ञानपरक, भावनापरक तथा क्रियापरक। नीतिशास्त्र में मुख्यतः मानव आचरण या कर्म के लिए आदर्शनिरूपण होता है। यही कारण है कि यह आदर्शमूलक शास्त्र है। किन्तु कर्मपरक आदर्शनिरूपण के लिए कर्म के स्वरूप, उसकी उत्पत्ति, उसके प्रकार, आदि के सम्बन्ध में विस्तृत एवं सम्यक् ज्ञान अत्यधिक अपेक्षित होता है। क्या कर्म संकल्पजनित हो सकता है? क्या संकल्प करना मनुष्य के वश की बात है? स्वतन्त्र संकल्प का स्वरूप क्या है?—ये सारे प्रश्न मनोविज्ञान के ही हैं। इन प्रश्नों के उचित समाधान पर ही नीतिशास्त्र का अस्तित्व निर्भर करता है। संक्षेप में हम कह सकते हैं कि *मनुष्य का* नीतिशास्त्र मनुष्य के स्वरूप, *विशेषतः उसके मानसिक स्वरूप के सम्यक् ज्ञान पर ही निर्भर करता है।* नीतिशास्त्र कोई ऐसा आदर्श निरूपित कर ही नहीं सकता जो मनुष्य के द्वारा चरितार्थ किया ही नहीं जा सके। अतः नीतिशास्त्र के लिए मनोविज्ञान का सहयोग अत्यन्त आवश्यक है। इस तरह हम देखते हैं कि नीतिशास्त्र और मनोविज्ञान में अत्यन्त घनिष्ठ सम्बन्ध हैं।

यहाँ यह भी उल्लेखनीय है कि समाजविज्ञान की तरह मनोविज्ञान भी एक वर्णनात्मक विज्ञान ही है। मनोविज्ञान भी मानसिक व्यापारों का तथ्यों के रूप में ही अध्ययन करता है। मनोविज्ञान को इस प्रश्न से कोई सम्बन्ध नहीं है कि मनुष्य को कैसा आचरण करना चाहिये। मनुष्य वस्तुतः किस प्रकार आचरण करता है—यही मनोविज्ञान का विषय होता है। मनोविज्ञान के अन्तर्गत दुष्कर्म की उतनी ही प्रासंगिकता है जितनी सुकर्म की। यह विज्ञान कर्मों का केवल वर्णन करता है, उनका नियामक नहीं बन जाता। कर्मों का नियामक तो नीतिशास्त्र होता है।

2.3 नीतिशास्त्र और राजनीतिशास्त्र

राजनीतिशास्त्र समाजशास्त्र का ही एक विशिष्ट अंग है। जिस तरह हम समाजशास्त्र को समाजविज्ञान या समाजदर्शन में विभाजित कर सकते हैं, उसी तरह हम राजनीतिशास्त्र को भी राजनीतिविज्ञान और राजनीतिदर्शन में विभाजित कर सकते हैं। जिस तरह हम समाजविज्ञान में सामाजिक तथ्यों का वर्णनात्मक अध्ययन करते हैं, उसी तरह हम राजनीति-विज्ञान में राजनीतिक तथ्यों का वर्णनात्मक अध्ययन करते हैं। और जिस तरह हम समाजदर्शन में सामाजिक मूल्यों एवं आदर्शों का निरूपण करते हैं, उसी तरह हम राजनीतिदर्शन में राजनीतिक मूल्यों एवं आदर्शों का निरूपण करते हैं। कितने तरह के राज्य संसार भर में हैं—यह जानना राजनीतिविज्ञान का काम है। किन्तु किसी देश में किस तरह का राज्य स्थापित होना चाहिये—यह निरूपित करना राजनीतिदर्शन का काम है।

राजनीतिक आदर्शों या मूल्यों के निरूपण में नीतिशास्त्र की अवहेलना नहीं की जा सकती। यह सही है कि नीतिशास्त्र व्यक्तिपरक शास्त्र है और राजनीतिशास्त्र समाजशास्त्र की तरह समाजपरक शास्त्र है। किन्तु समाज आखिर है क्या? यह व्यक्तिनिरपेक्ष तो हो नहीं सकता। व्यक्ति के बिना समाज हो नहीं सकता; और फिर व्यक्ति के अस्तित्व एवं विकास के लिए समाज की ही जरूरत होती है। दोनों के लिए दोनों आवश्यक हैं। अतः सामाजिक होने के नाते राजनीति के मूल्यों को भी समाज के मूल्यों की तरह नैतिक ही होने चाहिये।

यहाँ एक प्रश्न यह उठाया जा सकता है कि क्या जो काम व्यक्ति के प्रसंग में अनुचित समझा जाता है, वह काम राजनीतिक प्रसंग में उचित माना जा सकता है। यहाँ ध्यातव्य है कि यदि मैं किसी विदेशी आतंकवादी की हत्या अपने देश की सीमा के अन्दर घुसने पर कर देता हूँ तो मैं बहुत अधिक प्रशंसित और पुरस्कृत होता हूँ। अतः यह कहा जा सकता है कि नीतिशास्त्र तथा राजनीतिशास्त्र के मूल्यों में भेद हो सकता है। नीतिशास्त्र में तो हत्या वर्जित होती है।

इस प्रश्न को यहाँ विस्तार से विवेचित नहीं किया जा सकता। यहाँ सिर्फ इतना ही कहा जा सकता है कि नीतिशास्त्र राजनीतिशास्त्र का अनुगामी नहीं हो सकता, बल्कि राजनीतिशास्त्र को ही नीतिशास्त्र का अनुगामी होना चाहिये। यह सही है कि राजनीति राज्य के व्यापक हितों को ध्यान में रखती है। किन्तु तब भी उसे अपने उद्देश्य की पूर्ति के लिए मानव आचरण सम्बन्धी आधारभूत मूल्यों का उल्लंघन करने की अनुमति नहीं मिल सकती। आप विदेशी आतंकवादी को राष्ट्रहित में उसके अपराध के अनुकूल दण्ड अवश्य दे सकते हैं, पर आप स्वराष्ट्रहित में परराष्ट्र पर किसी प्रकार का अत्याचार नहीं कर सकते। ध्यातव्य है कि राष्ट्रीयता अब अन्तर्राष्ट्रीयता के सामने बौनी पड़ती जाती है, क्योंकि अब पूरा ही विश्व धीरे-धीरे एक परिवार का रूप ग्रहण करता जा रहा है। अब वह जमाना लद गया है जब किसी राष्ट्र द्वारा अपनी सुरक्षा के लिए पड़ोसी राज्यों को अपने में मिला लेना उचित माना जाता

था। स्पष्ट ही ऐसा मिला लेना नैतिक आचरण के आधारभूत नियमों के अनुकूल नहीं है। यह कहना शायद उचित ही है कि राजनीति सामान्य व्यक्तिपरक नीति का विस्तार मात्र है।

2.4 नीतिशास्त्र और धर्मशास्त्र

एक अर्थ में नीतिशास्त्र और धर्मशास्त्र एक ही शास्त्र हैं। पर ध्यातव्य है कि 'धर्म' शब्द अनेक अर्थों में व्यवहृत होता है। 'धर्म' का एक अर्थ कर्तव्य है। सत्य बोलना आपका धर्म अर्थात् आपका कर्तव्य है। 'धर्म' के इस अर्थ में धर्मशास्त्र और नीतिशास्त्र में कोई भेद नहीं है। ऐसी स्थिति में इनके परस्पर सम्बन्ध के बारे में कोई प्रश्न ही नहीं उठ सकता। पर 'धर्म' का एक अर्थ मजहब होता है। अंग्रेजी में इस धर्म को 'रिलीजियन'[1] कहते हैं। इस अर्थ में 'धर्म' का प्रयोग 'बौद्ध धर्म', 'जैन धर्म', 'हिन्दू धर्म', 'इस्लाम धर्म', 'ईसाई धर्म', 'पारसी धर्म', आदि पदों में हुआ है। यहाँ धर्म से हम कर्तव्य नहीं समझते, वरन् विश्वास, भावना एवं कर्म का एक ऐसा योग समझते हैं जिसे किसी-न-किसी रूप में किसी अलौकिक या नैसर्गिक सत्ता से सम्बन्धित माना जाता है। यह अलौकिक सत्ता, चाहे वह ईश्वर हो या गॉड[2] हो या अल्लाह हो या ब्रह्म हो या फिर निर्वाण या मोक्ष की स्थिति ही क्यों न हो, प्राकृतिक नहीं वरन् अप्राकृतिक या अतिप्राकृतिक मानी जाती है। इसे हम आध्यात्मिक सत्ता या स्थिति के रूप में भी स्वीकार करते है, क्योंकि इसे हम न तो जड़ात्मक मानते और न ही प्राकृतिक रूप में मानसिक ही। इस प्रकार की धर्मपरक अवधारणा को हम आचरणनीतिपरक धर्म से भिन्न करने के लिए 'आध्यात्मिक धर्म' कह सकते हैं और इससे सम्बन्धित शास्त्र को 'आध्यात्मिक धर्मशास्त्र' कह सकते हैं। यहाँ हम जिस धर्मशास्त्र से नीतिशास्त्र का सम्बन्ध निरूपित कर रहे हैं वह आध्यात्मिक धर्मशास्त्र ही है और इसी को हम मजहब या रिलीजियन भी कहते हैं।

प्रश्न उठता है कि नीतिशास्त्र को इस आध्यात्मिक धर्मशास्त्र से क्या सम्बन्ध है। इस सन्दर्भ में अनेक विचारक मानते हैं कि नीतिपरक जितने भी आधारभूत नियम हैं उनका मूल स्रोत ईश्वर होता है। कहते भी हैं कि सभी नैतिक नियम ईश्वरीय आदेश है। इसके पीछे तर्क यह दिया जाता है कि चूँकि ईश्वर इस पूरे विश्व का स्रष्टा एवं नियन्ता है इसलिए उसने मनुष्यों के व्यवहार के लिए कुछ ऐसे नियम निर्धारित कर दिये हैं जिनका पालन कर ही वे अपने को तथा अपने कर्मों को नैतिक बना सकते हैं। इस प्रकार के नियमों का निर्धारण ईश्वर ही कर सकता है, क्योंकि वह अत्यन्त बुद्धिमान्, सर्वशक्तिमान् तथा सर्वज्ञ होता है। और चूँकि ये नियम ईश्वर जैसी सक्षम सत्ता से निर्धारित होते हैं, इसलिए उनकी प्रामाणिकता अकाट्य होती है। वह दैवी सत्ता इन नियमों के उल्लंघन करने वालों को दण्ड भी दे सकती है, और पालन करने वालों को पुरस्कृत भी कर सकती है। यहाँ यह प्रश्न उठाया जा सकता है कि इन नैतिक नियमों के पीछे बाध्यता क्या है। अर्थात् यह क्यों आवश्यक है कि उनका पालन किया ही जाय। तो इसके जवाब में यह कहा जाता है कि चूँकि ये नियम ईश्वरीय आदेश हैं, इसलिए उन्हें पालन नहीं करने का अर्थ है ईश्वर की अवहेलना करना और उस कारण अनेकानेक दण्डों का भागी बनना और इस तरह एक नारकीय जीवन जीने के लिए अभिशप्त होना। किन्तु यदि इन नियमों का पालन होता है, तो उसका तात्पर्य होता है अनेक प्रकार से पुरस्कृत होना, यथा धनधान्य से परिपूर्ण होना, स्वर्गीय सुखों का उपभोग करना, संसार से मोक्ष पाना, आदि आदि।

जर्मनी[3] के प्रख्यात नीतिशास्त्री इम्मैन्युवेल काण्ट[4] ने कहा है कि मनुष्य आचरण सम्बन्धी नियमों का पालन कर सद्गुण तभी अर्जित करता है जब वह इन नियमों का पालन किसी

प्रकार की फलप्राप्ति की इच्छा से प्रेरित हुए बिना करता है। उनका प्रसिद्ध कथन है— "कर्तव्य कर्तव्य के लिए।"[5] किन्तु काण्ट ने ही यह भी कहा है कि यह एक बिडम्बना ही होगी यदि सद्‌गुण की परिणति सुख में न हो। पर तब प्रश्न उठता है कि इस तरह की परिणति सम्भव कैसे हो सकती? काण्ट कहते हैं कि इसके लिए ईश्वर का कर्तृत्व आवश्यक है। ईश्वर ही नैतिक सद्‌गुण अर्जित करने वाले व्यक्तियों को इस तार्किक परिणति को साकार करने के लिए सुख प्रदान करता है। इस तरह आचरणशास्त्र के लिए ईश्वर अत्यन्त आवश्यक हो जाता है। ऐसे ही विचारों से प्रभावित होकर अनेकानेक विचारकों ने ईश्वर के अस्तित्व को नैतिकता के आधार के रूप में प्रमाणित करने का प्रयास किया है।

उपर्युक्त विवचेनों से यह स्पष्ट हो जाता है कि नीतिशास्त्र का ईश्वरकेन्द्रित धर्मशास्त्र से अत्यन्त घनिष्ठ सम्बन्ध है। और इस कारण शायद यह भी कहा जा सकता है कि यदि ईश्वर न हो तो नैतिकता सम्भव ही नहीं हो सकती।

किन्तु क्या ऐसा कहना उचित होगा? इसका उत्तर नकारात्मक ही है। इस नकारात्मक उत्तर के पीछे अनेकानेक युक्तियाँ हैं। सर्वप्रथम यह कि ईश्वर का अस्तित्व ही सन्देहात्मक है। तर्क के द्वारा हम ईश्वर के अस्तित्व को सिद्ध नहीं कर सकते। अभी तक कोई अकाट्य तर्क इस सम्बन्ध में प्रस्तुत नहीं किया जा सका है। इस सम्बन्ध में जो भी तर्क दिया गया है उसका प्रतिरोधक तर्क भी दिया ही जा चुका है। यही कारण है कि अनेक आध्यात्मिक धर्मशास्त्री ईश्वर को विश्वास की वस्तु मानने के लिए मानो बाध्य हैं। और जहाँ विश्वास है वहाँ तो तर्क का कोई प्रश्न ही नहीं उठ सकता। साथ-ही-साथ चूँकि विश्वास व्यक्तिपरक होता है, इसलिए उसके आधार पर कोई सार्वजनिक सत्य स्थापित नहीं हो सकता। अतः विश्वास पर आधारित ईश्वर सर्वमान्य नहीं हो सकता। ऐसे अनेकानेक लोग हैं जिन्हें ईश्वर के अस्तित्व में जरा भी विश्वास नहीं है। इस प्रकार हम देखते हैं कि ईश्वर का अस्तित्व ही सन्दिग्ध है। और यदि ईश्वर नहीं है तो उस पर आधारित नैतिक धर्म संभव कैसे हो सकता है। और तब नैतिकता को सम्भव बनानेवाली आध्यात्मिकता की भूमिका भी समाप्त हो जाती है।

यदि ईश्वर के अस्तित्व को विश्वास के आधार पर मान भी लिया जाय, तो भी यह प्रश्न तो उठ ही सकता है कि ईश्वर द्वारा निर्दिष्ट आदेशों को नैतिक क्यों माना जाय। इसके उत्तर में यह कहा जा सकता है कि चूँकि ईश्वर आवश्यक तौर पर मंगलकारी है, इसलिए उसके द्वारा निर्दिष्ट आदेश मंगलकारी ही होंगे। पर इस प्रकार का उत्तर एक बहुत ही पेचीले सवाल को उत्पन्न कर देता है। यदि ईश्वर का अच्छा होना ईश्वर की अवधारणा का ही एक दूसरा रूप है, तो हमें ईश्वर के अच्छे होने से कोई विशेष जानकारी नहीं मिलती और तब हम यह समझने में कतई समर्थ नहीं हो सकते कि उसके द्वारा निर्दिष्ट आदेश अवश्य मंगलकारी हैं। ईश्वर का इस तरह मंगलकारी होना उनकी मूल्यपरक भूमिका को ही नष्ट कर देता है और वह ईश्वरीय अस्तित्व की केवल एक पुनरुक्ति ही बन जाता है। और यदि इसे पुनरुक्ति नहीं माना जाय, तो यह प्रश्न उठ खड़ा हो जाता है कि ईश्वर के मंगलमय होने का प्रमाण क्या है। हम किस आधार पर कहें कि ईश्वर अवश्य ही मंगलकारी है? क्या यह सम्भव नहीं है कि एक सर्वशक्तिमान् सत्ता बिलकुल अमंगलकारी हो? यदि एक सर्वशक्तिमान् सत्ता के मंगलमय होने की तार्किक सम्भावना है, तो तब सर्वशक्तिमान् सत्ता के अमंगलमय होने की तार्किक सम्भावना भी है ही।

थोड़ी देर के लिए यदि हम यह मान भी लें कि ईश्वर है और वह मंगलमय भी है, तो उससे नैतिकता की सम्भावना या अस्तित्व को कोई लाभ नहीं मिल सकता। इसका कारण

यह है कि सही अर्थ में नैतिकता तभी सम्भव होती है जब कर्ता किसी के आदेश का अनुपालन नहीं कर रहा होता, बल्कि अपने चिन्तन पर आधारित निजी संकल्प से प्रेरित होकर कोई कार्य करता है। ईश्वर या किसी अन्य स्रोत से आरोपित नैतिकता नैतिकता नहीं होती। अधिक-से-अधिक यह 'शैशवकालीन नैतिकता' हो सकती है। जिस तरह कोई शिशु अपने शैशव काल में अपने माँ-बाप या अन्य किन्हीं अभिभावक से आदेश प्राप्त कर अपने जीवन को सही रास्ते पर आगे बढ़ा सकता है, उसी तरह मनुष्य जब तक नैतिक दृष्टि से अपरिपक्व रहता है तब तक वह ईश्वरीय आदेशों का अनुपालन कर संभवतः अपने आचरणों को नैतिक बनाये रख सकता है। पर स्पष्ट ही ऐसी नैतिकता अपरिपक्व नैतिकता ही हो सकती है, परिपक्व नैतिकता नहीं।

दूसरी बात यह है कि यदि हम नैतिक नियमों का पालन इसलिए करते हैं कि ऐसा करने से ईश्वर हमें पुरस्कृत करेगा और दण्डित नहीं करेगा, तो उस हालत में हमारा आचरण नैतिकता से प्रेरित नहीं होकर पुरस्कारप्राप्ति के लोभ से या दण्डभोग के भय से प्रेरित होगा और जो आचरण पुरस्कारप्राप्ति के लोभ या दण्डप्राप्ति के भय से प्रेरित होता है, वह सही मायने में नैतिक आचरण नहीं हो सकता। कभी-कभी यह प्रश्न उठाया जाता है कि यदि नैतिकता की प्रेरणा के सन्दर्भ में ईश्वर द्वारा पुरस्कार या दण्ड देने सम्बन्धी विधान को अस्वीकार कर दिया जाय, तो फिर नैतिकता की प्रेरणा उपलब्ध कैसे हो सकेगी। और तब नैतिक बाध्यता सम्भव किस प्रकार हो सकेगी?

ये सारे प्रश्न अत्यन्त महत्त्वपूर्ण हैं। हम इनका विवेचन यहाँ संक्षेप में ही करेंगे। मनुष्य एक तार्किक प्राणी है। उसके तर्कनिष्ठ होने के कारण ही वह नैतिक आचरण करने में सक्षम है। उसकी तार्किक क्षमता को जितना महत्त्व दिया जाना चाहिये, उतना प्रायः नहीं दिया जाता, बल्कि उसके बदले अन्य महत्त्वहीन विकल्पों को मान्यता दे दी जाती है। पर यह उचित नहीं है। नैतिकता के स्रोत के रूप में ईश्वर की परिकल्पना बिलकुल व्यर्थ है। ईश्वर के बजाय हम मनुष्य की तर्कबुद्धि को नैतिकता के स्रोत के रूप में पूरे औचित्य के साथ स्वीकार कर सकते हैं। तर्कबुद्धि कोई नैसर्गिक या अजीब चीज नहीं है। यह मनुष्य की एक मानसिक क्षमता है। इसके जरिये ही वह सुसंगत ढंग से सोच-विचार कर सकता है। सुसंगत सोच-विचार भी कोई अजीब चीज नहीं है। इसे हम एक उदाहरण के द्वारा ज्यादा अच्छी तरह समझ सकते हैं। मैं चाहता हूँ कि मुझे कोई व्यक्ति कष्ट नहीं पहुँचाये। मेरा ऐसा चाहना मेरी एक सहज प्राकृतिक प्रवृत्ति ही है। यह प्रवृत्ति प्राकृतिक रूप से विकसित मेरी मानसिक-सह-शारीरिक संरचना पर निर्भर होती है। अब यदि मैं यह अपेक्षा रखता हूँ कि मुझे कोई दूसरा व्यक्ति कष्ट न पहुँचाये, तो तार्किक संगति की वजह से इस बात की भी अपेक्षा हो जाती है कि मैं भी किसी दूसरे व्यक्ति को कष्ट न पहुँचाऊँ। इस प्रकार हम देखते हैं कि हमारी प्रवृत्तियों के क्रियान्वयन के लिए दिशानिर्देश हमारी तर्कबुद्धि से ही प्राप्त हो जाता है। और इस दिशा-निर्देश से मानो एक नैतिक नियम भी प्राप्त हो जाता है। यह नियम है–"यदि किसी विशेष परिस्थिति में किसी भी व्यक्ति को किसी अन्य व्यक्ति के द्वारा कष्ट नहीं दिया जाना चाहिये, तो वैसी ही परिस्थिति में कोई भी व्यक्ति किसी भी अन्य व्यक्ति को कष्ट न दे"। इसी तरह अन्य नैतिक नियमों की भी उत्पत्ति होती है। इसके लिए किसी ईश्वर की आवश्यकता नहीं होती। इस प्रकार हम देखते हैं कि ईश्वर के बिना भी नैतिक नियम सम्भव हो सकते हैं।

पुरस्कार और दण्ड देने के लिए भी किसी ईश्वर की आवश्यकता नहीं होती। राज्य और

समाज द्वारा पुरस्कार और दण्ड की व्यवस्था की जाती रही है। उनके द्वारा की गयी व्यवस्था निश्चय ही ईश्वरापेक्षी नहीं होती। और पुरस्कार एवं दण्ड की एक अत्यन्त विलक्षण व्यवस्था तो मनुष्य के अपने आन्तरिक मानसिक जीवन में ही रहती है। कोई व्यक्ति जब यह समझ लेता है कि उसने निश्चित रूप से एक कुकर्म किया है तो वह आत्मग्लानि या आत्मभर्त्सना से बच नहीं सकता और स्पष्ट ही आत्मग्लानि या आत्मभर्त्सना सुखदायी नहीं होती। यह सही है कि कट्टर अपराधियों पर आत्मग्लानि या आत्मभर्त्सना का प्रभाव नहीं पड़ता। पर समाज तथा राज्य अपने-अपने स्तरों पर ऐसे अपराधियों के लिए दण्ड का प्रबन्ध तो करते ही हैं। इस विषय के सम्बन्ध में हम आगे उपयुक्त स्थान पर विस्तृत विवेचन करेंगे। यहाँ इतना कहना आवश्यक है कि आध्यात्मिक धर्म इस संदर्भ में बहुत उपयोगी सिद्ध नहीं हो सकता, क्योंकि इसे अन्ततः पुनर्जन्म की अवधारणा का सहारा लेना पड़ता है और पुनर्जन्मसम्बन्धी मत तो स्वयं पूरी तरह से विवादग्रस्त है। मनुष्य जब कोई सुकर्म या नैतिक कर्म करता है, तब वह आत्मसन्तोष की भावना से ओत-प्रोत होकर प्रकृत रूप से ही पुरस्कृत हो जाता है। और चूँकि यह प्राकृतिक आधार पर होता है, इसलिए इसका आनन्द भी प्राकृतिक ही होता है। इस प्रकार हम देखते हैं कि पुरस्कार एवं दण्डसम्बन्धी व्यवस्था के लिए किसी ईश्वर की आवश्यकता नहीं है। अतः यह मानना कि नीतिशास्त्र के लिए आध्यात्मिक धर्म पर निर्भर होना जरूरी है, सही नहीं है।

अतः ऐसा मानना कि आध्यात्मिक धर्म के बिना नैतिकता को शक्ति नहीं मिल सकती, उसके लिए प्रेरणा सम्भव नहीं हो सकती, उसके लिए बाध्यता भी सम्भव नहीं हो सकती तथा वह प्रभावकारी भी नहीं हो सकती, बिलकुल गलत है। हम देख ही चुके हैं कि मनुष्य की तर्कबुद्धि उसकी एक अत्यन्त महत्त्वपूर्ण क्षमता है। तर्कबुद्धि के बिना वह निरा पशु है। और नैतिकता मनुष्य से अपने कार्यों के क्रियान्वयन के लिए तार्किक होने की ही अपेक्षा रखती है। तर्कबुद्धि से प्रेरित होकर मनुष्य अन्ततः सामाजिक कल्याण के लिए ही कार्य कर सकता है और इस तरह वह अपना भी कल्याण कर सकता है; ऐसा इसलिए बिना सामाजिक कल्याण के किसी का निजी कल्याण सम्भव नहीं हो सकता। स्पष्ट ही तर्कबुद्धि से प्रेरित होकर नैतिक कार्य करने के लिए किसी धार्मिक प्रेरणा या ईश्वरीय आदेश की आवश्यकता नहीं होती। यदि कोई व्यक्ति पूछे कि 'मैं तार्किक क्यों होऊँ?', तो वह अपनी तार्किकता को महत्त्वहीन मान कर उसका तिरस्कार नहीं कर रहा होता है, बल्कि वह अपने प्रश्न का तार्किक उत्तर माँग कर तार्किकता को अत्यन्त महत्त्वपूर्ण बना देता है। सच्चाई यह है कि मनुष्य तर्कबुद्धियुक्त एक विलक्षण प्राणी है और वह तर्कबुद्धि के बिना एक मनुष्य के रूप में कायम ही नहीं रह सकता। और यही तर्कबुद्धि उसकी नैतिकता का आधार एवं प्रेरणास्रोत है और यही उसे नैतिक कर्म करने के लिए बाध्य भी करती है। आवश्यकता है इस तर्कबुद्धि के समुचित एवं सतत प्रयोग की।

हमने ऊपर उल्लेख किया है कि आरोपित नैतिकता शैशवकालीन नैतिकता होती है, इसे परिपक्व नैतिकता नहीं माना जा सकता। परिपक्व नैतिकता के लिए कर्ता द्वारा स्वतन्त्र संकल्प के आधार पर कार्यों का क्रियान्वयन आवश्यक होता है। ऐसा क्रियान्वयन ईश्वरीय या अन्य किसी बाह्य आदेश के अनुपालन से सम्भव नहीं हो सकता। इस तरह हम देखते हैं कि नैतिकता के लिए ईश्वरीय आदेश बाधक ही सिद्ध होता है। यदि ईश्वरीय आदेश यह है कि मनुष्य को सोच-विचार कर स्वतंत्र संकल्प से ही अपने कार्य करने चाहिये, तो इस

प्रकार के आदेश की न तो कोई आवश्यकता है और न ही इसकी कोई नैतिक भूमिका का होना। किसी आदेश के कारण आत्मसंकल्प का होना बिलकुल बेतुका है। वस्तुतः नीतिशास्त्र को किसी तरह के आध्यात्मिक धर्मशास्त्र की अपेक्षा ही नहीं रहती।

2.5 नीतिशास्त्र और दर्शनशास्त्र

नीतिशास्त्र और दर्शनशास्त्र के परस्पर सम्बन्ध को स्पष्ट करने के पहले हमें यह जान लेना चाहिये कि दर्शनशास्त्र क्या है। दर्शनशास्त्र एक युक्तिप्रधान शास्त्र है। यह बिना ठोस प्रमाण के कुछ भी मानने के लिए तैयार नहीं होता। यदि विश्वास के आधार पर कोई मान्यता मानने लायक प्रतीत होती है, तो दर्शनशास्त्र उसे समीक्षा के द्वारा परख तो अवश्य लेता है। यह शास्त्र सभी विज्ञानों का भी मूल्यांकन करता है। फलस्वरूप सभी विज्ञानों के अपने-अपने दर्शन होते हैं—जैसे गणित दर्शन, धर्मदर्शन, समाजदर्शन, प्राकृतिक विज्ञानदर्शन आदि आदि।

अनेक विचारक दर्शनशास्त्र का एक ज्ञानदायक पक्ष भी स्वीकार करते हैं। ऐसा भी माना जाता है कि दर्शनशास्त्र मूलभूत सत्ता का शास्त्र है। मूलभूत सत्ता के रूप में ईश्वर या ब्रह्म या जड़ या किसी अन्य सत्ता को स्वीकार किया गया है। पर यहाँ यह उल्लेखनीय है कि किसी सत् या वास्तविकता को शुद्ध कल्पना के आधार पर स्वीकार नही किया जा सकता, वरन् उसे निरीक्षण एवं प्रयोग के आधार पर ही स्वीकार किया जा सकता है। निरीक्षण तथा प्रयोग के कार्य विज्ञान के द्वारा किये जाते हैं। सभी तरह के प्राकृतिक विज्ञान ऐसे ही कार्य कर रहे हैं। भौतिक शास्त्र, रसायनशास्त्र, जीवशास्त्र, प्राणिशास्त्र, वनस्पतिशास्त्र, खगोलशास्त्र, नक्षत्रशास्त्र, आदि आदि शास्त्र वास्तविकता की खोज में बहुत आगे बढ़ भी गये हैं और उन्होंने अनेक प्राचीन सत्तापरक परिकल्पनाओं को ध्वस्त कर भविष्य के लिए उपयुक्त दिशानिर्देश भी दे दिये है। इनके निष्कर्षों का सत्यापन निरन्तर होता जा रहा है जिससे इन विज्ञानों की प्रामाणिकता निरंतर बढ़ती जा रही है। किन्तु इन शास्त्रों या विज्ञानों की एक विशिष्टता यह है कि ये सभी क्षेत्रीय होते हैं। अर्थात् ये खास-खास क्षेत्रों से ही सम्बद्ध रहते हैं। अतः इस रूप में ये सम्पूर्ण विश्व के सम्बन्ध में कोई सामान्य निष्कर्ष प्रस्तुत कर नहीं सकते। चूँकि कोई विज्ञान सम्पूर्ण विश्व के सभी अंगों के परिप्रेक्ष्य में कोई सामान्य विचार स्पष्ट कर नहीं सकता, इसलिये इस बात की अपेक्षा हो जाती है कि कोई ऐसा शास्त्र हो जो सभी विज्ञानों का एक सुव्यवस्थित एवं सामंजस्यपूर्ण रूप प्रस्तुत कर सके। इस तरह का कार्य कोई एक विज्ञान नहीं कर सकता। इस तरह के कार्य कोई सर्वव्यापी शास्त्र ही कर सकता है। और यह शास्त्र दर्शनशास्त्र है जिसे अंग्रेजी में 'फिलॉसॉफी'[6] कहते हैं। इस प्रकार हम देखते हैं कि दर्शनशास्त्र के दो प्रमुख रूप हैं—एक ज्ञानदायक रूप जिससे विश्व का समग्र ज्ञान मिलता है और दूसरा समीक्षात्मक रूप जिससे सभी तरह के ज्ञानों तथा विज्ञानों की समीक्षा होती है।

नीतिशास्त्र को दर्शन के इन दोनों रूपों से घनिष्ठ सम्बन्ध है। पहले हम नीतिशास्त्र और विश्व ज्ञान के परस्पर सम्बन्ध पर विचार करेंगे। जैसा हम जानते हैं, नीतिशास्त्र मानव आचरण का शास्त्र है। पर मानव आचरण को समझने के लिए मानव स्वरूप को समझना नितान्त आवश्यक होता है, और मानव स्वरूप को समझने के लिए समग्र विश्व के परिप्रेक्ष्य में मनुष्य के स्थान को समझना नितान्त आवश्यक है। क्या मनुष्य का स्वरूप ही कुछ ऐसा है कि वह स्वतन्त्र संकल्प लेकर कर्म करने में सक्षम है? मनुष्य क्यों कर्म करता है? क्या

विश्व की संरचना स्वतन्त्र संकल्प संभव बनाने योग्य हैं? ऐसे और भी अनेक प्रश्न नीतिशास्त्र के लिए अत्यन्त महत्त्वपूर्ण हैं। इन सभी प्रश्नों का समाधान विश्वदर्शन के द्वारा ही सम्भव है। इस प्रकार हम देखते हैं कि नीतिशास्त्र का अस्तित्व आवश्यक रूप में दर्शनशास्त्र पर निर्भर होता है।

अब हम नीतिशास्त्र और समीक्षात्मक दर्शन के बीच के सम्बन्ध को स्पष्ट करेंगे। हमने ऊपर देखा है कि नीतिशास्त्र मनोविज्ञान और समाजविज्ञान जैसे प्राकृतिक विज्ञानों के साथ अत्यन्त घनिष्ठ रूप से सम्बद्ध है। इसका कारण यह है कि नीतिशास्त्र मन के स्वरूप, मन की प्रवृत्तियों एवं आकांक्षाओं, सामाजिक रीति-रिवाजों, आदि आदि के बारे में ज्ञान प्राप्त करने के लिए मनोविज्ञान तथा समाजविज्ञान पर ही निर्भर करता है। पर स्पष्ट ही नीतिशास्त्र का उद्देश्य केवल यह नहीं होता कि वह ऐसे ज्ञानों का सिर्फ संकलन करे। उसका असल उद्देश्य तो इन ज्ञानों के आलोक में यह सुनिश्चित करना होता है कि मनुष्य को अपने जीवन में क्या करना चाहिये, या उसे किस प्रकार का आदर्श चरितार्थ करना चाहिये, अर्थात् मानव जीवन का साध्य क्या हो और मनुष्य किन मूल्यों के अनुरूप ही अपने कार्य करे। जैसा हमने पहले भी कई बार कहा है, नीतिशास्त्र एक आदर्शमूलक और मूल्यनिर्धारक शास्त्र है। यह उन सामान्य मूल्यों को स्थापित करने का कार्य करता है जिनके अनुसार मनुष्य न केवल कार्यों का निष्पादन ही करे, बल्कि जिनके आलोक में वह अपने तथा अन्य व्यक्तियों के कर्मों का मूल्यांकन भी कर सके। स्पष्ट है कि आदर्शों एवं मूल्यों के निर्धारण का यह कार्य समीक्षा के बिना सम्भव नहीं हो सकता। अतः नीतिशास्त्र को दर्शनशास्त्र की समीक्षात्मक पद्धति का प्रयोग करना ही पड़ता है। इस पद्धति का प्रयोग करने के कारण नीतिशास्त्र को नीतिदर्शन या आचारदर्शन भी कहते हैं। अंग्रेजी में इसे 'मॉरल फिलॉसफी'[7] कहते हैं। यहाँ यह उल्लेखनीय है कि यद्यपि नीतिशास्त्र मुख्य रूप से एक आदर्शनिर्धारक शास्त्र है, फिर भी इसके अन्तर्गत जो समीक्षाएँ होती हैं, वे केवल आदर्शनिर्धारक ही नहीं होतीं, वरन् वे आदर्शनिर्धारण सम्बन्धी अनेक कठिनाइयों का समाधान भी करती हैं। फलस्वरूप नीतिशास्त्र एक ऐसा रूप भी धारण कर लेता है जो न तो वैज्ञानिक सामग्रियों का संकलन करता है और न ही आदर्शों या मूल्यों का निर्धारण ही। वह कुछ ऐसे कार्य करता है जिनका सम्बन्ध नैतिक पदों के अर्थ, नैतिक नियमों के स्वरूप, नैतिक निर्णयों के औचित्य, आदि आदि से रहता है। इन कार्यों को नीतिशास्त्र के मूलभूत आदर्शपरक कार्य से भिन्न रखने के लिए इन्हें एक नये शास्त्र के अन्तर्गत रखा जाता है जिसे इन दिनों अधिनीतिशास्त्र कहते हैं। इस शास्त्र को अंग्रेजी में 'मेटाएथिक्स'[8] कहते हैं। इसकी चर्चा हम विस्तार से आगे करेंगे।

2.6 नीतिशास्त्र और अधिनीतिशास्त्र

जैसा हमने ऊपर देखा है, नीतिशास्त्र एक आदर्शमूलक शास्त्र है जो मनुष्य के लिए ऐसे आदर्शों का निरूपण करता है जिनके अनुसार वह अपने कार्य कर सके, अपने चरित्र का निर्माण कर सके तथा अपने और अन्य लोगों के कर्मों तथा चरित्रों का मूल्यांकन कर सके। स्पष्ट ही ऐसे निरुपण, निर्माण तथा मूल्यांकन के लिए शुभ, अशुभ, उचित, अनुचित, आदि अनेक संप्रत्ययों की अपेक्षा होती है, क्योंकि नैतिक निर्णयों में उनका प्रयोग अत्यन्त आवश्यक होता है। इस वजह से हम इन संप्रत्ययों और निर्णयों को एक व्यापक अर्थ में नैतिक कह सकते हैं। किन्तु इन संप्रत्ययों और इनके सहयोग से बने निर्णयों का एक नीतिभिन्न प्रयोग भी होता है। जब मैं कहता हूँ कि 'यह कलम बहुत अच्छी है', तब मैं स्पष्ट ही 'अच्छी'

का नैतिक प्रयोग नहीं कर रहा होता हूँ। नीतिशास्त्र में इस तरह के नीतिभिन्न प्रयोगों की प्रासंगिकता नहीं होती। अतः संप्रत्ययों और निर्णयों के नैतिक प्रयोग को स्पष्ट करने तथा समझने के लिए हमें पहले संप्रत्ययों और निर्णयों के विभिन्न प्रकार के प्रयोगों तथा अर्थों को स्पष्ट करना तथा समझ लेना चाहिए। इस तरह के प्रयोग एवं अर्थपरक विश्लेषण के कार्य नीतिनिर्धारण के कार्य में बहुत अधिक सहायता पहुँचाते हैं, यद्यपि ये अपने आप में नीतिनिर्धारण के कार्य होते नहीं। ये तो महज विश्लेषण के कार्य होते हैं; लेकिन तब भी ये बहुत ही महत्त्वपूर्ण होते हैं। इस तरह के सारे कार्य स्वयं नीतिशास्त्र नहीं करता है; वरन् उन्हें वह शास्त्र करता है जिसे 'अधिनीतिशास्त्र' का नाम दिया गया है।

दूसरा महत्त्वपूर्ण कार्य जो अधिनीतिशास्त्र करता है वह है नैतिक आदर्शों, नैतिक मूल्यों तथा आधारभूत नैतिक मान्यताओं का औचित्यीकरण करना। औचित्यीकरण को अभिप्रेरणा के साथ गड्डुमड्डु नहीं करना चाहिये, यद्यपि दोनों को 'क्यों' से सम्बन्ध रहता है। ''मुझे किसी विशिष्ट नैतिक आदर्श के अनुसार कार्य क्यों करना चाहिये?'' इसका एक उत्तर तो यह है कि ''चूँकि मैं उस नैतिक आदर्श के अनुसार कर्म करने के लिए अभिप्रेरित हुआ हूँ''। किन्तु यह सर्वथा सम्भव है कि मैं जिस आदर्श के अनुरूप कार्य करने के लिए अभिप्रेरित हुआ हूँ वह नैतिक दृष्टि से बिलकुल ही अच्छा न हो। अतः आदर्शों, मूल्यों, मान्यताओं, आदि का नैतिक परिप्रेक्ष्य में औचित्यीकरण अत्यन्त आवश्यक है। इस प्रकार का औचित्यीकरण मनोवैज्ञानिक अभिप्रेरणा पर आधारित नहीं हो सकता। यह औचित्यीकरण एक तकनीकी प्रक्रिया है जो जटिल होने के साथ-साथ बहुआयामी भी है। यही अधिनीतिशास्त्र का सबसे अधिक महत्त्वपूर्ण विषय है। यहाँ यह उल्लेखनीय है कि नैतिक प्रत्ययों के अर्थ-विश्लेषण के कार्य से सम्बद्ध होने के कारण तथा नैतिक निर्णयों नैतिक आदर्शों के औचित्यनिर्धारण के कार्य से सम्बद्ध होने के कारण अधिनीतिशास्त्र मानकीय[9] शास्त्र नहीं बन जाता। यह तो शुद्धरूप से एक विश्लेषणात्मक, वर्णनात्मक एवं सैद्धान्तिक शास्त्र ही बना रहता है।

अधिनीतिशास्त्र का एक प्रमुख कार्य यह भी है कि वह नैतिकता को परिभाषित करे। हम किसी कर्म या गुण या चरित्र को नैतिक या अनैतिक क्यों कहते हैं? हम नैतिकता को मजहब, कानून, रीति-रिवाज, आदि से किस प्रकार भिन्न करते हैं? इन प्रश्नों का उठना स्वाभाविक है। स्पष्ट ही नैतिक आदर्शों, मूल्यों, मान्यताओं तथा नियमों को तब तक निरूपित नहीं किया जा सकता, जब तक नैतिकता की उस स्वरूपगत विशिष्टता को समझ नहीं लिया जाता जिसके आलोक में ही नैतिक तथा अनैतिक में भेद करना सम्भव होता है। नैतिकता की इस तरह की पहचान के बाद ही नैतिक आदर्शों, मूल्यों, मान्यताओं तथा नियमों की सही-सही पहचान संभव हो सकती है।

इस प्रकार हम देखते हैं कि अधिनीतिशास्त्र में अनेकानेक महत्त्वपूर्ण विषय विवेचित किये जाते हैं। और ये सभी विषय ऐसे हैं जिनके बिना नीतिशास्त्र का सही ढंग से ज्ञान सम्भव ही नहीं हो सकता। अधिनीतिशास्त्र नीतिशास्त्र को न केवल उचित दिशानिर्देश देता है, वरन् वह नीतिशास्त्र को एक प्रामाणिक शास्त्र बनने में सहायक भी होता है। अधिनीतिशास्त्र का और अधिक विस्तृत विवेचन हम आगे करेंगे।

❑

अध्याय 3

नीतिशास्त्र की विधियाँ

3.1 नीतिशास्त्रीय विधियों के स्वरूप तथा प्रकार

किसी शास्त्र की विधि बौद्धिक ही हो सकती है, क्योंकि किसी शास्त्र का निर्माण विवेचन पर ही आधारित हो सकता है और विवेचन एक बौद्धिक या तार्किक प्रक्रिया है। शास्त्र का निर्माण महज अनुभूति के आधार पर नहीं हो सकता। वह तो संकलन, आकलन, संगठन, समंजन, आदि व्यापारों से ही सम्भव हो सकता है। कोई पशु या शिशु शास्त्र का निर्माण नहीं कर सकता, क्योंकि वह बौद्धिक विवेचन नहीं कर सकता। अतः यह स्पष्ट है कि नीतिशास्त्र की विधि बौद्धिक या तार्किक ही हो सकती है। लेकिन तब भी नीतिशास्त्र की अनेक विधियाँ हैं। यह बात तब स्पष्ट होती है जब यह प्रश्न उठता है कि नैतिक आदर्श का निर्धारण कैसे हो। यह तो प्रायः लोग जानते ही हैं कि नैतिक आदर्श के स्वरूप के सम्बन्ध में लोगों में या विचारकों में मतैक्य नहीं है। कोई सुखप्राप्ति को नैतिक आदर्श मानता है, तो कोई ईश्वरसाक्षात्कार या आत्मदर्शन या पूर्णताप्राप्ति या निष्कामकर्मनिष्पादन को। इस प्रकार हम देखते हैं कि नैतिक आदर्श के स्वरूप के सम्बन्ध में अनेक प्रकार के मत हैं। यहाँ यह भी उल्लेखनीय है कि कुछ विचारक नैतिक आदर्श को प्राकृतिक रूप देता है, तो कुछ अप्राकृतिक रूप, तो कुछ अन्य कोई अन्य रूप। लेकिन नैतिक आदर्श का रूप चाहे जो भी हो, उसके निर्धारण की विधि तो उसी के अनुरूप होगी। यदि नैतिक आदर्श प्राकृतिक है, तो निश्चय ही इसका निर्धारण इन्द्रियानुभूति पर आधारित होगा। यदि यह आदर्श परम तत्त्व के स्वरूप से सम्बद्ध है, तो अवश्य ही इसका निरूपण तात्त्विक ज्ञान के आधार पर होगा। और यदि यह आदर्श निष्कामकर्मनिष्पादन है, तो अधिक सम्भावना इस बात की है कि इसका निरूपण अन्तर्दृष्टि या अन्तःप्रज्ञा से प्राप्त ज्ञान पर आधारित होगा। इस प्रकार हम देखते हैं कि नीतिशास्त्र की विधियाँ तीन प्रकार की हो सकती हैं—इन्द्रियानुभविक विधि, तत्त्वशास्त्रीय विधि तथा अन्तर्दृष्टि विधि। पर, बाद में हम पायेंगे कि ये सभी विधियाँ उपयुक्त नहीं है। अतः हम एक चौथी विधि की भी चर्चा करेंगे, जिसे हम विश्लेषणात्मक एवं समीक्षात्मक विधि या बौद्धिक विधि कह सकते हैं। अब हम पहले इन चारों विधियों की एक-एक कर व्याख्या करेंगे।

3.1.1 इन्द्रियानुभविक विधि

नीतिशास्त्र के बहुत से ऐसे विचारक हैं जो नैतिक आदर्श को प्राकृतिक स्थिति मानते हैं, जैसे—इन्द्रियों से प्राप्त होने वाले सुख की स्थिति। ऐसे विचारक सुखवादी कहलाते हैं। इस कोटि के कुछ विचारक नैतिक आदर्श को मनुष्य की अधिकाधिक विकसित अवस्था मानते हैं। अर्थात् किसी मनुष्य की अधिकतम विकसित अवस्था ही उसका आदर्श है। यह विकसित अवस्था कोई अलौकिक अवस्था नहीं होती, वरन् वह इन्द्रियानुभव से ज्ञात होने वाली एक प्राकृतिक अवस्था ही होती है। स्पष्ट है कि किसी प्राकृतिक अवस्था का ज्ञान

इन्द्रियों के अनुभव द्वारा ही प्राप्त हो सकता है। इस इन्द्रियानुभविक विधि को प्रसंगानुसार मनोवैज्ञानिक, जैविक, विकासपरक, ऐतिहासिक, आदि रूप दिये गये हैं। बेन्थम[1], मिल[2], चार्वाक, आदि विचारकों ने इसे मनोवैज्ञानिक रूप दिया है। स्पेंसर[3] ने इसे जैविक, विकासपरक तथा ऐतिहासिक स्वरूप दिया है। स्पष्ट ही ये सभी विचारक प्रकृतिवादी हैं और ये सभी इन्द्रियानुभव के द्वारा ही नैतिक आदर्श की प्राप्ति सम्भव मानते हैं।

3.1.2 तत्त्वशास्त्रीय विधि

कुछ विचारक ऐसे हैं जो नैतिक आदर्शों को प्राकृतिक नहीं मानते। उनके अनुसार नैतिक आदर्श इन्द्रियानुभूति के क्षेत्र से परे होता है। यह लौकिक नहीं होकर अलौकिक होता है। स्पष्ट ही किसी अलौकिक विषय का अन्वेषण प्राकृतिक विज्ञान नहीं कर सकता, क्योंकि यह विज्ञान पूर्णतः इहलौकिक होता है। इसका अन्वेषण तो तत्त्वशास्त्र ही कर सकता है। यही शास्त्र यह निरूपित करता है कि प्राकृतिक जगत् से भिन्न एक पारमार्थिक सत्ता होती है जो ही सही रूप में वास्तविक होती है। अतः इसी पारमार्थिक सत्ता को प्राप्त करना या इसके ही समीप सत्तासीन होना मनुष्य का परम लक्ष्य हो सकता है। यह पारमार्थिक सत्ता अप्राकृतिक इसलिए है कि यह प्राकृतिक सत्ता से बिलकुल भिन्न होती है। इस सत्ता को प्राप्त करने पर या उसके समीप जाने पर मनुष्य की स्थिति क्या होती है, इस सम्बन्ध में अनेक मत हैं। ऐसे मतों की प्रमुख विशेषता यह है कि ये सभी मत विश्व के तात्त्विक ज्ञान को अत्यधिक महत्त्व देते हैं। और यह तात्त्विक ज्ञान जिसके आधार पर मनुष्य का नैतिक आदर्श निरूपित एवं चरितार्थ होता है आध्यात्मिक ही होता है। इस प्रकार के नैतिक आदर्श के चरितार्थ होने का अर्थ है या तो आत्मा का पारमार्थिक सत्ता से एकीकरण या आत्मा द्वारा परम सत्ता अर्थात् ईश्वर का साहचर्य। अतः इस प्रकार का नैतिक दर्शन आध्यात्मिक तत्त्वशास्त्र का मानो एक विशेष अंग ही है। ऐसा नैतिक दर्शन भारतवर्ष में सभी प्रकार के वेदान्तों में तथा पाश्चात्त्य देशों में हिगेल[4], ब्रैडले[5], आदि अनेक आध्यात्मिक विचारकों के तत्त्वशास्त्र में पाया जाता है।

इस प्रकार के नैतिक दर्शन में एक मत यह है कि मनुष्य का परम लक्ष्य आत्मदर्शन या आत्मसाक्षात्कार करना है। इसे हम पूर्णताप्राप्ति करना भी कह सकते हैं। मनुष्य यदि व्यावहारिक दृष्टि से सीमित होता है, तो पारमार्थिक दृष्टि से वह असीम है; और उसका असीम स्वरूप ही वास्तविक होता है। पर वह अपने साधारण जीवनयापन के क्रम में यह समझ नहीं पाता है कि वह वस्तुतः असीम एवं पूर्ण है, अर्थात् वह स्वयं ही परम निरपेक्ष सत् है। इस तरह के विचार भारतवर्ष में शंकर तथा पाश्चात्त्य देशों में ब्रैडले एवं हिगेल जैसे विचारकों में पाये जाते हैं। ऐसे सभी विचारक अपने विचारों की पुष्टि के लिए तत्त्वशास्त्रीय विवेचन का ही सहारा लेते हैं। अतः उनकी इस विचारपद्धति को हम तत्त्वशास्त्रीय विधि कह सकते हैं।

जैसा हमने ऊपर संकेत किया है, आध्यात्मिक तत्त्वशास्त्र के अनेक विचारक मनुष्य का परम तत्त्व के साथ तादात्म्य सम्भव नहीं मानते। वे यह नहीं मानते कि मनुष्य की आत्मा किसी तरह परमात्मा के साथ एकीकृत हो जा सकती है। उनके अनुसार परमात्मा ईश्वर होता है और कोई मनुष्य भले ही ईश्वर का साक्षात्कार कर सकता है, उससे सम्पर्क स्थापित कर सकता है, उसकी भक्ति कर सकता है तथा उसका दास बन सकता है, पर वह ईश्वर नहीं बन सकता। इस तरह के विचार न केवल वैष्णव धर्मों के अनुयायियों में, बल्कि ईसाई, इस्लाम, आदि धर्मों के अनुयायियों में भी पाये जाते हैं। इनके अनुसार लोगों की नैतिक दृष्टि

अन्ततः किसी-न-किसी रूप में ईश्वरापेक्षी ही होती है; ऐसा इसलिए कि इनके नैतिक विचारों की पृष्ठभूमि में किसी-न-किसी रूप में ईश्वरकेन्द्रित तत्त्वशास्त्र ही विद्यमान रहता है। इस प्रकार हम देखते हैं कि इनके अनुसार भी नैतिक सोच-विचारों की विधि भी तत्त्वशास्त्रीय ही होती है।

3.1.3 अन्तर्दृष्टि विधि

ऊपर की विधियों में या तो इन्द्रियानुभव की सहायता ली जाती है या फिर तत्त्वशास्त्र पर आधारित विवेचन की। पर इन विधियों के अलावे एक विधि और भी है जिसमें अन्तर्दृष्टि की सहायता ली जाती है। इसके अनुसार हम न तो इन्द्रियानुभूति के आधार पर और न ही तत्त्वशास्त्रीय विवेचन के जरिये नैतिक आदर्श का निरूपण कर सकते हैं। चूँकि नैतिक आदर्श नैतिक कर्तव्यों का अनुपालन ही होता है, इसलिए सर्वाधिक महत्त्व नैतिक कर्तव्यों के ज्ञान का है। पर यह ज्ञान न तो किसी प्रकार के इन्द्रियानुभव से और न ही किसी प्रकार के विवेचन से प्राप्त हो सकता है। पाश्चात्य दार्शनिक प्रिचॉर्ड ने तो यहाँ तक कह दिया है कि नीतिसम्बन्धी कोई विवेचन अपने ही में गलत है। ऐसे विवेचन की कोई आवश्यकता ही नहीं है, क्योंकि हमें ''क्या करना चाहिये'' और ''क्या नहीं करना चाहिये'' का ज्ञान अपने आन्तरिक प्रज्ञा से ही प्राप्त हो जाता है। ''हमें किसी निर्दोष व्यक्ति को पीड़ित नहीं करना चाहिये''—इसे जानने के लिए हमें न तो किसी प्रकार की इन्द्रियानुभूति की अपेक्षा है और न ही किसी प्रकार के चिन्तन की। मूर, प्रिचार्ड, रॉस, ब्रॉड, आदि पाश्चात्त्य दार्शनिक इस अन्तःप्रज्ञा या अन्तर्दृष्टि को ही प्रश्रय एवं महत्त्व देते हैं। इनके अनुसार नैतिकता एवं नैतिक गुण न तो प्राकृतिक हैं और न ही अतिप्राकृतिक। ये एक प्रकार की अप्राकृतिक वास्वविकताएँ हैं जिन्हें हम अन्तर्दृष्टि द्वारा उनके निरपेक्ष रूप में अर्थात् आत्मपरक रूप में बिना किसी माध्यम के जान सकते हैं। जिस प्रकार हम लाल, पीला, आदि प्राकृतिक गुणों को बिना किसी माध्यम के प्रत्यक्ष ढंग से जान ले सकते हैं, उसी प्रकार हम अच्छा, बुरा, उचित, अनुचित, आदि से संबद्ध अप्राकृतिक गुणों को भी बिना किसी माध्यम के अपनी अन्तर्दृष्टि के द्वारा जान ले सकते हैं। यही विधि अन्तर्दृष्टि विधि है।

3.1.4 विश्लेषणात्मक तथा समीक्षात्मक विधि

हमने ऊपर कहा है कि नीतिशास्त्र का एक प्रमुख अंग वह है जिसमें नैतिक प्रत्ययों का अर्थविश्लेषण तथा नैतिक निर्णयों का औचित्यीकरण किये जाते हैं। इस अंग के बिना नीतिशास्त्र न तो सम्भव हो सकता है और न ही प्रामाणिक। अर्थविश्लेषण एवं औचित्यीकरण में विश्लेषण एवं समीक्षा की आवश्यकता होती है; और चूँकि ये दोनों कार्य अधिनीतिशास्त्र के अन्तर्गत आते हैं, इसलिए हम कह सकते हैं कि अधिनीतिशास्त्र की विधि विश्लेषणात्मक एवं समीक्षात्मक होती है। अब तो नीतिशास्त्रियों ने अधिनीतिशास्त्र को बहुत अधिक महत्त्व देना शुरू कर दिया है। स्पष्ट रूप से अधिनीतिशास्त्रीय अध्ययन 1903 में प्रकाशित मूर की पुस्तक *प्रिंसिपिया एथिका* से ही हुआ है। चूँकि नीतिशास्त्र एक शास्त्र है इसलिए अर्थविश्लेषण तथा औचित्यीकरण जैसे कार्यों को शास्त्र से अलग नहीं रखा जा सकता। फलस्वरूप यह विधि बुद्धिसापेक्ष भी होती है, इसलिए हम इस विधि को बौद्धिक विधि भी कह सकते हैं। अब हम ऊपर वर्णित पहली तीनों विधियों की समीक्षा करेंगे और यह बतलाने का प्रयास करेंगे कि ये विधियाँ समीचीन नहीं हैं। और नीतिशास्त्र की सही विधि बौद्धिक विधि ही हो सकती है। हाँ अन्य तीनों विधियाँ प्रसंगानुसार कुछ-न-कुछ सहायता प्रदान कर सकती हैं।

3.2 नीतिशास्त्रीय विधियों की समीक्षा

यह विचार करना नितान्त आवश्यक है कि ऊपर वर्णित नीतिशास्त्रीय विधियाँ उपयुक्त हैं या नहीं। यदि हैं, तो क्या वे सभी उपयुक्त हैं या केवल कुछ ही? जहाँ तक अधिनीतिशास्त्र की विश्लेषणात्मक-सह-समीक्षात्मक विधि की उपयोगिता का प्रश्न है, तो उसके सम्बन्ध में निश्चय ही कोई आपत्ति नहीं हो सकती। नैतिक प्रत्ययों का अर्थ समझे बिना हम नीतिशास्त्र में एक पग भी आगे नहीं बढ़ सकते। न ही हम नैतिक सिद्धान्तों के औचित्य को सिद्ध किये बिना उन्हें स्वीकार कर सकते। जहाँ तक इन्द्रियानुभूतिपरक विधि, तत्त्वशास्त्रीय विधि एवं अन्तर्दृष्टि विधि का प्रश्न है, तो उनके सम्बन्ध में आपत्तियों का उठाया जाना बिलकुल उचित है। लेकिन क्या तब ये विधियाँ बिलकुल ही निरर्थक हैं या उनकी कुछ आंशिक उपयोगिता है? बेहतर है कि हम इन तीनों विधियों की एक-एक कर फिर से समीक्षा ही कर लें।

3.2.1 इन्द्रियानुभविक विधि की समीक्षा

यह तो स्पष्ट है कि इन्द्रियानूभूति से ही हमें अनेक प्रकार के सुख प्राप्त होते हैं। अतः यदि मेरे जीवन का आदर्श मनोदैहिक सुख पाने का है, तो स्पष्ट ही इन्द्रियानुभूति का महत्त्व बहुत अधिक है। पर यह जरूरी नहीं है कि सभी इन्द्रियजनित सुख वांछनीय एवं उचित ही हों। जो अनुभूत होता है या हो सकता है, वह निश्चित रूप से नैतिक नहीं भी हो सकता। सभी प्रकार के यौन सुख को नैतिक नहीं माना जा सकता। इसी तरह यह जरूरी नहीं है कि जो अधिक विकसित है वह नैतिक दृष्टि से उत्कृष्ट भी है। 'है' को हम बिना सोचे-समझे 'चाहिये' का रूप नहीं दे सकते। 'है' इन्द्रियानुभूति की विषय-वस्तु हो सकता है, किन्तु 'चाहिये' को इन्द्रियानुभूति की विषय-वस्तु नहीं बनाया जा सकता। 'चाहिये' को समझने के लिए बहुत अधिक बौद्धिक विवेचन की आवश्यकता होती है। अतः केवल अनुभूति से नीतिशास्त्र का उद्देश्य पूरा नहीं हो सकता। इसके लिए इस शास्त्र को बौद्धिक विवेचन का सहारा लेना ही पड़ता है। यह सही है कि अनुभव के द्वारा ही हम अपनी इच्छाओं, आकांक्षाओं, क्षमताओं, आदि के बारे में बहुत कुछ जानते हैं, तथा उसी के द्वारा हम यह भी जानते हैं कि जैविक विकास की प्रगति में हमारा स्थान क्या हैं। किन्तु नीतिशास्त्र केवल ऐसे ज्ञानों को पाकर ही संतुष्ट नहीं हो जा सकता। उसे तो यह जानना भी आवश्यक होता है कि मनुष्य को क्या करना चाहिये, उसके जीवन का आदर्श क्या होना चाहिये, आदि आदि। ऐसे ज्ञानों के लिए तो उसे बौद्धिक विधि की अपेक्षा हो ही जाती है। इस प्रकार हम देखते हैं कि इन्द्रियानुभूति विधि नीतिशास्त्र के लिए आंशिक रूप से उपयोगी तो है, पर पर्याप्त रूप से नहीं।

3.2.2 तत्त्वशास्त्रीय विधि की समीक्षा

इस विधि में अनेक त्रुटियाँ हैं। यह विधि यह मानकर चलती है कि वास्तविक सत्ता पूर्ण होती है और जो अपूर्ण है वह वास्तविक नहीं है। मनुष्य वास्तविक नहीं है, क्योंकि वह अपूर्ण है। और चूँकि मनुष्य स्वयं ही वास्तविक नहीं है, इसलिए उसके आचरण भी वास्तविक नहीं हैं और तब उन आचरणों पर आधारित शास्त्र भी वास्तविक नहीं है। इस तरह तत्त्वशास्त्रीय विधि एक प्रकार से मनुष्य के साथ-साथ उसके आचरण तथा उस आचरण पर आधारित शास्त्र को ही समाप्त कर देती है। यह विधि नीतिशास्त्र का मानो उच्छेदक ही है।

दूसरी त्रुटि यह है कि यदि मनुष्य अपूर्ण या पूर्ण का अंश मात्र होने के कारण अवास्तविक है और इस कारण उसको अपनी कोई स्वतन्त्रता नहीं है, तो वह अपने कर्मों के

लिए उत्तरदायी नहीं हो सकता और न ही किसी आदर्श को चरितार्थ करने या मूल्यों के अनुसार चलने की क्षमता ही रख सकता है। ऐसी स्थिति में उसके कर्मों का नैतिक मूल्यांकन भी सम्भव नहीं हो सकता। और तब नीतिशास्त्र स्वयं एक असम्भव एवं विषयहीन शास्त्र हो जाता है। और यहाँ यह भी उल्लेखनीय है कि यदि मनुष्य स्वतन्त्र नहीं है, तो स्वतन्त्रता के अभाव में वह किसी आदेश का पालन नहीं कर सकता और न उल्लंघन ही। और तब ईश्वरीय आदेश के पालन का प्रश्न भी नहीं उठ सकता।

तीसरी त्रुटि तत्त्वशास्त्र और नीतिशास्त्र की भिन्नता के सम्बन्ध में है। तत्त्वशास्त्र यह जानने का प्रयास करता है कि परम सत्ता क्या है। किन्तु नीतिशास्त्र का प्रतिपाद्य विषय यह जानना होता है कि मनुष्य के लिए कौन कार्य अच्छा है और कौन बुरा। इस प्रकार नीतिशास्त्र का विषय नैतिक शुभ है। प्रश्न उठता है कि क्या परम सत्ता के स्वरूप को जान लेने से नीतिशास्त्र के विषय का ज्ञान सम्भव हो जा सकता है। स्पष्ट ही सत् और शुभ एक नहीं हैं। कोई वस्तु है—इससे यह सिद्ध नहीं हो जाता कि वह शुभ भी है। वह वस्तु अशुभ भी हो सकती है। यदि यह मान लिया जाय कि तत्त्वशास्त्र का परम सत् आवश्यक रूप से शुभ होता ही है, तो उस का शुभत्व समाप्त ही हो जाता है; क्योंकि तब शुभ उस सत्ता का एक दूसरा नाम हो जाता है या उसका एक पर्याय बन जाता है। और 'सत्' और 'शुभ' को एक-दूसरे का पर्याय मान लेने से शुभत्व का अपना विशिष्ट लक्षण समाप्त हो जाता है।

चौथी त्रुटि यह है कि तत्त्वशास्त्रीय विधि नीतिशास्त्र को तत्त्वशास्त्र पर निर्भर बनाकर नीतिशास्त्र के अस्तित्व पर ही कुठाराधात करती है। कारण यह है कि यह विधि तत्त्वशास्त्र के आध्यात्मिक रूप को ही प्रश्रय एवं महत्त्व देती है, और जैसा हम जानते हैं आध्यात्मिक तत्त्वशास्त्र स्वयं ही सन्देह और विवाद से अछूता नहीं है। और यदि यह आध्यात्मिक तत्त्वशास्त्र ही निर्विवाद नहीं है, तो तब यह भी निर्विवाद नहीं है कि मानवजीवन का अभीष्ट परम सत्ता के साथ तादात्म्य स्थापित करना ही है। और तब यह भी निर्विवाद नहीं है कि परम सत्ता एक ईश्वर है जो मनुष्य के लिए नैतिक नियमों की सृष्टि कर सकता है या नैतिकता का निर्देश दे सकता है। और तब मनुष्य का कर्तव्य ऐसे नियमों का पालन करना भी नहीं हो सकता। इस प्रकार हम देखते हैं कि तत्त्वशास्त्रीय विधि में अनेकानेक त्रुटियाँ हैं। फलस्वरूप यह नीतिशास्त्र की उपयुक्त विधि नहीं हो सकती।

यहाँ यह उल्लेखनीय है कि तत्त्वशास्त्र को यदि एक विश्वदर्शन के रूप में स्वीकार किया जाय, तो तब उसका महत्त्व नीतिशास्त्र के लिए अवश्य हो जाता है। विश्वदर्शन एक समग्र दर्शन है। उसमें मनुष्य के स्वरूप तथा उसकी वास्तविक स्थिति का निरूपण भी होता है। नीतिशास्त्र के लिए इस तरह का निरूपण परमावश्यक है, क्योंकि इसके द्वारा यह जाना जा सकता है कि मनुष्य स्वतन्त्र रूप से कार्य करने की क्षमता रखने वाला प्राणी है या नहीं, और यह भी कि वह अपनी तर्कबुद्धि से सोच-विचार कर कार्य करने वाला प्राणी है या नहीं। यदि मनुष्य स्वतन्त्र कर्ता नहीं हो सकता और यदि वह बौद्धिक नहीं है, तो फिर उसके लिए नैतिकता प्रासंगिक नहीं हो सकती। पर मनुष्य स्वतन्त्र एवं बौद्धिक है या नहीं—यह नीतिशास्त्र स्वयं निश्चित नहीं कर सकता। इस प्रकार का निश्चय करना एक विश्वपरक तत्त्वशास्त्र या विश्वदर्शन ही कर सकता है। यहाँ यह उल्लेखनीय है कि यद्यपि यह विश्वपरक तत्त्वशास्त्र किसी अलौकिक सत्ता को मानने को बाध्य नहीं है, फिर भी यह सत्तासम्बन्धी विश्वशास्त्र तो है ही। स्पष्ट ही इसी शास्त्र के आलोक में मनुष्य की प्रकृति एवं स्थिति का सही आकलन सम्भव हो सकता है। इस तरह हम देखते हैं कि नीतिशास्त्र के लिए तत्त्वशास्त्र का महत्त्व बहुत अधिक है। पर इससे यह पुष्ट नहीं हो जाता कि नीतिशास्त्र के

लिए तत्त्वशास्त्रीय विधि का वैसा ही प्रयोग वांछित है जिस तरह का प्रयोग आध्यात्मिक तत्त्वशास्त्रियों ने इस विधि के द्वारा किया है।

3.2.3 अन्तर्दृष्टि विधि की समीक्षा

हमने ऊपर देखा है कि इस विधि के द्वारा हम नैतिक गुणों एवं नैतिक सिद्धान्तों का ज्ञान बिना किसी तर्क-वितर्क के सद्यः प्राप्त कर ले सकते हैं। इसके लिए किसी प्रकार के विवेचन या शास्त्र की आवश्यकता नहीं होती। किन्तु क्या नैतिकता को इस प्रकार की सहज या साक्षात् अनुभूति पर आधारित करना उचित है? यदि इस प्रकार की अनुभूति संभव हो भी जाती है, तो उससे हमें लाभ क्या हो सकता है? यदि हम इस प्रकार की अनुभूति पर आधारित विधि को सही मानते हैं, तो हम नैतिकता को एक प्रकार का सत्तान्वेषणपरक रूप दे देते हैं। और तब नैतिकता क्रियामूलक नहीं होकर ज्ञानमूलक हो जाती है। पर नैतिकता न तो कोई सत्तान्वेषण है और न ही ज्ञानमूलक। इस अन्तर्दृष्टि विधि की एक विशेषता यह भी है कि इसके अनुसार नैतिक गुणों को न तो प्राकृतिक और न ही अतिप्राकृतिक माना जाता, बल्कि अप्राकृतिक माना जाता है। पर तब तो नैतिक गुण बिलकुल रहस्यमय हो जाते हैं। यदि अतिप्राकृतिकता रहस्यपूर्ण है, तो अप्राकृतिकता भी कम रहस्यपूर्ण नहीं है। यदि यह सच भी हो कि यह विधि हमें नैतिक गुणों एवं नियमों का साक्षात्कार करा दे सकती है, तो तब इससे हमें केवल एक विशेष प्रकार की सत्ताओं का ज्ञान ही प्राप्त हो सकेगा। और इस ज्ञानप्राप्ति से यह कैसे सम्भव हो जा सकता है कि हम उस ज्ञान के अनुसार कार्य करने के लिए उत्प्रेरित भी हो जाते हैं? कोई व्यक्ति, जैसा हमने ऊपर भी कहा है, कह ही सकता है कि ''जानामि धर्मं न च मे प्रवृत्तिः, जानाम्यधर्मं न च मे निवृत्तिः''। अतः ज्ञान के अलावे प्रवृत्ति का होना भी आवश्यक है; तभी ज्ञान के अनुरूप कार्य हो सकता है। अन्तर्दृष्टिवादियों ने नैतिकता को एक विशेष प्रकार की सत्ता से सम्बन्धित होने वाला विषय बनाकर तथा उस सत्ता के ज्ञान को अन्तर्दृष्टि द्वारा सम्भव मान कर प्रवृत्ति, रुचि, उद्देश्य, प्रयोजन, आदर्श, आदि प्रत्ययों को एक प्रकार से अप्रासंगिक ही बना दिया है। और इस वजह से उनके लिए यह बतलाना कठिन हो जाता है कि अन्तर्दृष्टि द्वारा नैतिक गुणों का साक्षात्कार होने पर उन गुणों के अनुरूप कार्य करने की प्रेरणा उत्पन्न कैसे होती है। यहाँ ह्यूम[7] की वह उक्ति बहुत प्रासंगिक हो जाती है कि मात्र 'है' से 'चाहिये' की उत्पत्ति सम्भव नहीं हो सकती।

फिर अन्तर्दृष्टि के सामने एक कठिनाई यह भी उपस्थित हो जाती है कि कर्तव्यों के परस्पर विरोध की स्थिति में समस्या का समाधान कैसे किया जाय। कभी-कभी मनुष्य के सामने यह स्थिति उत्पन्न हो जाती है कि यदि एक कर्तव्य का पालन होता है तो दूसरे कर्तव्य का उल्लंघन हो जाता है। मान लीजिये कि एक बुढ़िया बीमार है। उसका इकलौता बेटा युद्ध में मारा जाता है। बुढ़िया ने बेटा को पत्र भिजवाया था कि वह उससे आकर मिले। बुढ़िया बराबर पूछती रहती है कि उसके बेटे के पास से फिर कोई खबर आई है या नहीं। चूँकि अब यह खबर आ चुकी है कि उसका बेटा युद्ध में मारा गया है, तो लोग बुढ़िया के पूछने पर उसे क्या जबाब दें। यदि ''सत्यं ब्रूयात्'' का पालन करने के लिए लोग सच बोलते हैं तो बुढ़िया की जान भी जा सकती है। और यदि ''हिसां न कुर्यात्'' का पालन करने के लिए लोग बुढ़िया को यह कह देते हैं कि उसका बेटा शीघ्र ही उससे मिलने आ रहा है, तो स्पष्ट ही वे ''सत्यं ब्रूयात्'' का उल्लंघन करते हैं। चूँकि इस अन्तर्दृष्टि विधि के मानने वालों के अनुसार इसी विधि से नैतिक कर्तव्य का ज्ञान होता है, इसलिये क्या उपस्थित परिस्थिति में भी समस्या के समाधान के लिए इसी विधि का सहारा लेना उचित है। लेकिन ऐसा करने पर भी परिस्थिति

में कोई सुधार नहीं हो जाता, क्योंकि तब भी विरोध कायम ही रह जाता है। फर्क केवल इतना होता है कि पहले विरोध दो अन्तर्दृष्टियों में सीमित था, अब वह तीन अन्तर्दृष्टियों में फैल जाता है। स्पष्ट ही तब अन्तर्दृष्टि की काट अन्तर्दृष्टि नहीं हो सकती। विट्टगेन्स्टाइन[8] कहते हैं कि किसी अखबार में प्रकाशित किसी खबर को प्रमाणित करने के लिए उसी अखबार की एक दूसरी प्रति का सहारा लेना पूरी तरह हास्यास्पद है। इस प्रकार हम देखते हैं कि अन्तर्दृष्टि विधि नीतिशास्त्र के लिए बिलकुल ही कारगर सिद्ध नहीं हो सकती। यह विधि अकाट्य रूप से नैतिक कर्तव्यों का ज्ञान दे नहीं सकती। और, जैसा हमने ऊपर देखा है, यह विधि नीतिशास्त्र को एक ज्ञानपरक वर्णनात्मक शास्त्र बनाकर इसके सारभूत क्रियापरक स्वरूप को ही नष्ट कर देती है। यह सही है कि यह विधि नीतिशास्त्र को प्राकृतिक विज्ञान तथा तत्त्वशास्त्र के अवांछित प्रभावों में फँसने से बचा लेती है और साथ-ही-साथ यह नैतिकता को ईश्वरापेक्षी भी नहीं बनने देती, पर यदि इस विधि के कारण नीतिशास्त्र अपने आप को एक प्रकार का वर्णनात्मक शास्त्र बना लेता है, तो वह अपना सारभूत क्रियापरक एवं आदर्शमूलक स्वरूप को ही खो बैठता है। नैतिकता प्राकृतिक या अतिप्राकृतिक या अप्राकृतिक सत्ताओं का ज्ञान नहीं देती। वह तो मनुष्य के कर्तव्य तथा चरित्र से सम्बद्ध होती है। जैसा हमने ऊपर कहा है, नैतिकता से सम्बद्ध शास्त्र क्रियापरक आदर्शमूलक शास्त्र होता है।

3.2.4 विश्लेषणात्मक एवं समीक्षात्मक विधि ही एकमात्र उचित विधि

अब यहाँ प्रश्न उठता है कि यदि उपर्युक्त तीनों विधियाँ नीतिशास्त्र के लिए उपयोगी नहीं हैं और वे केवल आंशिक रूप से अपने-अपने ढंग से नीतिशास्त्र के लिए उपयोगी हो सकती हैं, तो तब नैतिक मूल्यों एवं आदर्शों के निर्धारण के लिए कौन-सी विधि उपयुक्त मानी जा सकती है। इस प्रश्न का सही और सीधा उत्तर है—बौद्धिक विधि। हमने ऊपर संकेत किया है कि मनुष्य यदि बौद्धिक नहीं होता तो नीतिशास्त्र सम्भव ही नही होता। यों तो किसी भी शास्त्र का अस्तित्व बौद्धिक विवेचन पर ही निर्भर होता है, पर आचरणसम्बन्धी नीतिशास्त्र के लिए बौद्धिक विवेचन इसलिए भी और अधिक अपेक्षित हो जाता है कि इस प्रकार के विवेचन के द्वारा ही नैतिक कर्तव्यों और आदर्शों का सही निरूपण सम्भव हो सकता है। इस सम्बन्ध में हम आगे विस्तार से चर्चा करेंगे। यहाँ इतना ही कहना पर्याप्त है कि मनुष्य अपनी सहज प्रवृत्तियों से प्रेरित होकर कार्य कर तो ले सकता है, पर उन प्रवृत्तियों के अनुरूप कार्य कर लेने से वह एक नैतिक कर्ता का दर्जा नहीं प्राप्त कर ले सकता। वह एक नैतिक कर्ता का दर्जा तभी प्राप्त कर सकता है, जब वह अपने कर्तव्य के अनुरूप कार्य करता है। स्पष्ट ही उसे अपने कर्तव्य का सही ज्ञान किसी आदेश के द्वारा प्राप्त नहीं भी हो सकता। अतः मनुष्य को अपने नैतिक दायित्व को पूरा करने के लिए अपनी आसन्न परिस्थिति का सही एवं पर्याप्त ज्ञान प्राप्त कर अपनी तर्कबुद्धि के द्वारा ही विकल्पों के गुण-दोषों को परखकर एक बौद्धिक निर्णय लेना पड़ता है। और उसे इसी बौद्धिक तरीके से नैतिक नियमों, कर्तव्यों एवं आदर्शों का निर्धारण करना पड़ता है। ऐसी स्थिति में हम निश्चित रूपसे कह सकते हैं कि नीतिशास्त्र की सही विधि बौद्धिक विधि ही है। जैसा हमने ऊपर कहा है, अधिनीतिशास्त्र की विधि विश्लेषणात्मक और समीक्षात्मक होती है। और यह बिलकुल स्पष्ट है कि विश्लेषण एवं समीक्षा बौद्धिक व्यापार हैं। अतः अधिनीतिशास्त्र की विधि भी बौद्धिक ही होती है। इस प्रकार हम देखते हैं कि नीतिशास्त्र तथा अधिनीतिशास्त्र दोनों की विधियाँ अन्ततः विश्लेषणात्मक एवं समीक्षात्मक ही होती हैं।

❑

अध्याय 4

नीतिशास्त्र की पूर्वमान्यताएँ

4.1 पूर्वमान्यताओं का महत्त्व

यह तो स्पष्ट है कि नैतिकता की संभावना इसलिए है कि मनुष्य है और वह एक विशेष प्रकार के परिवेश में रहता है। मनुष्य यदि न रहे तो नैतिकता नहीं हो सकती । और यदि मनुष्य का परिवेश न रहे, तो भी नैतिकता नहीं हो सकती। यहाँ परिवेश का अर्थ सम्पूर्ण विश्व है जिसमें अन्य पदार्थों के अलावा पूरा मानव समाज सम्मिलित है। इस परिवेश को हम नैतिकता का मंच कह सकते हैं। जैसा हम देख चुके हैं, नैतिकता कर्मकेन्द्रित होती है। इसलिए उसको एक कर्ता चाहिये और उस कर्ता को कर्म करने के लिए एक मंच चाहिये। वह कर्ता मनुष्य है और उसका कर्ममंच सारा विश्व है। जहाँ तक मनुष्य और विश्व की वास्तविकता का प्रश्न है, तो यह तो प्रत्यक्ष के आधार पर ही पूरी तरह प्रमाणित है कि मनुष्य एवं विश्व दोनों का अस्तित्व है। अब यहाँ प्रश्न उठता है कि क्या मनुष्य, चाहे वह जिस किसी भी स्वरूप का क्यों न हो, नैतिकता हर हालत में सम्भव हो ही जा सकती है। जैसा हम जानते हैं, मनुष्य के स्वरूप के संबंध में भयंकर मतभेद है। एक मत ऐसा भी है जिसके अनुसार मनुष्य एक ऐसा पदार्थ है जो केवल भौतिक तत्त्वों से ही निर्मित है। चार्वाक मत के अनुसार पृथ्वी, जल, अग्नि, और वायु का जब एक विशेष ढंग से सम्मिश्रण होता है तब मनुष्य का प्रादुर्भाव हो जाता है। इस तरह के विचार अन्य जड़वादियों के द्वारा भी प्रस्तुत किये गये हैं। यदि 'मनुष्य' पद का सन्तोषप्रद विश्लेषण इस जड़वादी तरीके से ही कर दिया जा सके, तो नैतिकता मात्र एक भ्रम बनकर रह जाएगी। सही नैतिकता तभी सम्भव हो सकती है जब मनुष्य एक ऐसा प्राणी हो जो अपने संकल्प से प्रेरित होकर अपना कार्य करने में सक्षम रहे। ऐसी क्षमता मनुष्य अपने विशुद्ध जड़वादी स्वरूप के आधार पर प्राप्त नहीं कर सकता। इसके लिए तो मनुष्य को एक व्यक्ति का रूप ग्रहण करना आवश्यक है। जहाँ तक मनुष्य के अस्तित्व का प्रश्न है, वह तो, जैसा हमने ऊपर कहा है, प्रत्यक्ष के आधार पर प्रमाणित है ही। लेकिन जहाँ तक मनुष्य के व्यक्तित्ववान् होने का प्रश्न है, वह निश्चय ही विवाद से ग्रस्त है। पर इस विवाद का समाधान नीतिशास्त्र में नही हो सकता, क्योंकि यह विवाद तत्त्वशास्त्र के अन्तर्गत आता है। अतः नीतिशास्त्र ऐसे विषयों को जो उसकी परिधि में आते हैं और उसके अस्तित्व के लिए जरूरी होते हैं मान लेता है। इस प्रकार हम देखते हैं कि नीतिशास्त्र की कुछ पूर्वमान्यताएँ होती हैं जिनमें मनुष्य का व्यक्तित्व भी एक है। इस अध्याय में हम मनुष्य के व्यक्तित्व सम्बन्धी पूर्वमान्यता के साथ-साथ अन्य सभी पूर्वमान्यताओं की व्याख्या एवं समीक्षा करेंगे।

4.2 नैतिकता की पूर्वमान्यताएँ

नीतिशास्त्र के लिए व्यक्तित्व के अलावे और दो पूर्वमान्यताओं को आवश्यक माना गया है। वे हैं—बुद्धि और संकल्प-स्वातन्त्र्य। किन्तु विचार करके देखा जाय तो व्यक्तित्व में ही बुद्धि और संकल्प-स्वातन्त्र्य अन्तर्निहित हैं। अतः इन्हें अलग से मानने की आवश्यकता

नहीं है। पर स्पष्ट जानकारी के लिए इनका अलग से उल्लेख किया ही जा सकता है। हम पहले व्यक्तित्व का विश्लेषण करेंगे और यह देखने की कोशिश करेंगे कि किस तरह व्यक्तित्व में ही बुद्धि और संकल्पस्वातन्त्र्य भी अन्तर्निहित हैं।

4.2.1 व्यक्तित्व

व्यक्तित्व क्या है? हम साधारणतः निर्जीव पदार्थों, पेड़-पौधों तथा पशुओं को व्यक्तित्ववान् नहीं मानते, यहाँ तक कि हम छोटे शिशुओं को भी व्यक्तित्ववान् नहीं मानते। यह सही है कि अनेक समाजों में ऐसे परम्परागत विश्वास पाये जाते हैं जिनके अनुसार कुछ निर्जीव पदार्थों, कुछ पेड़-पौधों एवं कुछ शिशुओं को भी व्यक्तित्ववान् मान लिया जाता है। ऐसे विश्वास अन्धविश्वास ही होते हैं; इस तथ्य की पुष्टि वैज्ञानिक परीक्षण से कर ली जा सकती है। यहाँ यह उल्लेखनीय है कि ऐसे अन्धविश्वासों के जरिये हमें यह समझने में कुछ सहायता अवश्य मिल जाती है कि व्यक्तित्व का अर्थ क्या है। जब लोग किसी पत्थर को देवता मानकर उसकी पूजा-अर्चना करते हैं, तब वे यह नहीं समझते कि वह पत्थर मात्र एक निर्जीव वस्तु है, बल्कि वे यह समझते हैं कि वह पत्थर कुछ भी कर सकता है और वह पूजा-अर्चना करने वालों के दुःख को अवश्य दूर कर सकता है। अर्थात् उस पत्थर में स्वतन्त्र कार्यसम्पादन की क्षमता वर्तमान रहती है। इस प्रकार की क्षमता खास-खास पेड़-पौधों में भी आरोपित कर दी जाती है। इस तरह यह देखा जा सकता है कि अन्धविश्वास के कारण जहाँ स्वतन्त्र कार्यसम्पादन की क्षमता नहीं भी रहती है वहाँ भी उसे आरोपित कर दिया जाता है। स्पष्ट ही इस प्रकार की क्षमता आरोपित कर लोग कुछ व्यक्तित्वविहीन वस्तुओं को भी व्यक्ति मानने लगते हैं। ऐसी स्थिति में ये मात्र वस्तुएँ नहीं रह जातीं, वरन् वे व्यक्ति ही बन जाती हैं। और चूँकि ये वस्तुएँ सभी प्रकार के लौकिक एवं अलौकिक कार्य कर लेने वाली वस्तुएँ मानी जाने लगती हैं, इसलिए ये मानव व्यक्तित्व से ऊपर कोटि की दैवी सत्ताओं के रूप में भी स्वीकार कर ली जाती हैं। इस प्रकार यह संकेत तो मिल ही जाता है कि व्यक्तित्व के लिए स्वतन्त्र रूप से कार्य करने की क्षमता का होना नितान्त आवश्यक है। हम यहाँ इस क्षमता का विस्तृत विवेचन केवल मानव व्यक्तित्व के सन्दर्भ में ही करेंगे। दैवी व्यक्तित्व की कल्पना तो की जा सकती है और की जाती रही भी है; पर तब ऐसे व्यक्तित्व का वास्तविक अस्तित्व पूरी तरह संदिग्ध ही रहता है।

मानव व्यक्तित्व के दो प्रमुख अंग है—एक है उसका मन और दूसरा है उसका शरीर। ये दोनों अंग पशुओं में भी पाये जाते हैं, खास करके अधिक विकसित पशुओं में, जैसे हाथी, घोड़ा, बन्दर, आदि आदि। किन्तु प्रश्न उठता है कि क्या मनुष्यों के मन का जो वास्तविक स्वरूप है, वही स्वरूप पशुओं के मन का भी है। मनुष्यों एवं पशुओं के व्यवहारों तथा कार्य-कलापों के आधार पर यह अनुमान अवश्य लगाया जा सकता है कि मनुष्य का मन पशुओं के मन की अपेक्षा बहुत अधिक विकसित होता है, और यही कारण है कि मनुष्यों ने भाषा, लिपि, साहित्य, कला, विज्ञान, संस्कृति, आदि आदि को संभव बनाया है। मनुष्यों की इन उपलब्धियों के मूल में अवश्य ही उनकी ज्ञानार्जन-क्षमता तथा संकल्पजनित कर्म करने की क्षमता वर्तमान हैं। अब प्रश्न उठता है कि यह ज्ञानार्जन करनेवाला ज्ञाता तथा कर्म करनेवाला कर्ता कौन है। हम इन बारीक प्रश्नों के उत्तर यहाँ नहीं दे सकते, क्योंकि ये प्रश्न तत्त्वशास्त्र के हैं और यहाँ हम तत्त्वशास्त्रीय विवेचन में पड़ नहीं सकते। किन्तु यहाँ हम इतना तो अवश्य कह सकते हैं कि प्रस्तुत सन्दर्भ का ज्ञाता तथा कर्ता मानव व्यक्ति ही होता है। ज्ञाता एवं कर्ता भिन्न सत्ताएँ नहीं हैं। एक ही सत्ता ज्ञान प्राप्त करती है और कार्य करने के लिए संकल्प भी करती है। और फिर वही सत्ता शरीरी होने के कारण कार्यसम्पादन भी कर सकती है। मानव

व्यक्ति कोई अमूर्त सत्ता नहीं है और न ही वह कोई मात्र चेतन सत्ता है। वह तो मन और शरीर दोनों के योग से बनी सत्ता है। मन के तीन तरह के व्यापार होते हैं—ज्ञानपरक, भावनापरक, और क्रियापरक। शरीरी होने के कारण मन में अनेक तरह की इच्छाएँ प्रादुर्भूत होती हैं जिनकी पूर्ति क्रिया द्वारा संभव होती है। पशु भी सहज प्रवृत्तियों से प्रेरित होकर बहुत तरह की क्रियाएँ करते हैं। किन्तु मनुष्य तथा पशु की क्रियाओं में एक महत्त्वपूर्ण अन्तर यह होता है कि जहाँ पशु अपनी सहज प्रवृत्तियों से परिचालित होकर मानो यान्त्रिक ढंग से ही क्रियाएँ करते हैं, वहीं मनुष्य अपनी इच्छाओं की पूर्ति शुद्ध यान्त्रिक ढंग से नहीं करते। वे अपनी इच्छाओं की पूर्ति सोच-विचार कर भी कर सकते हैं। यही पशुओं और मनुष्यों में भेद का प्रमुख लक्षण है। यह सही है कि कुछ अत्यधिक विकसित पशु, जैसे, वानर, कुत्ते, घोड़े, आदि, मनुष्यों के द्वारा सिखलाये गये अनेक कार्य कर लेते हैं, पर उनका विकास इतना तो नहीं हुआ है कि वे सोचने-विचारने जैसी मानसिक क्रियाओं को भी कर लेने में समर्थ हो जाँय। यही कारण है कि उनमें व्यक्तित्व का निर्माण नहीं होता। यहाँ उल्लेखनीय है कि सोचने-विचारने के कारण मनुष्य के सामने कार्य करने के लिए अनेक विकल्प उपस्थित हो जा सकते हैं, और तब मनुष्य उन विकल्पों में से किसी एक का चयन अपनी स्वतन्त्र इच्छा से कर ले सकता है। और तब वह इस चयन के आधार पर संकल्प लेकर अपने कार्य का सम्पादन भी कर सकता है। इस तरह के सम्पादित कार्य एक विशेष अर्थ में 'कर्म' कहलाते हैं। ये कर्म महज गतियाँ नहीं होतीं; इनके सम्पादन में तो बुद्धि तथा संकल्पस्वातन्त्र्य का योगदान रहता है। अतः कर्म वही कर सकता है जो एक विशेष अर्थ में कर्ता हो, अर्थात् जो बुद्धि और संकल्पस्वातन्त्र्य से युक्त प्राणी हो। ऐसा ही प्राणी आत्मचेतना और आत्मनिर्देशन की क्षमता से युक्त हो सकता है, अतः ऐसा ही प्राणी व्यक्तित्ववान् हो सकता है। इस प्रकार हम देखते हैं कि बुद्धि और संकल्पस्वातन्त्र्य के बिना व्यक्तित्व सम्भव नहीं है। और चूँकि बुद्धि और संकल्प के बिना नैतिकता भी संभव नहीं है, इसलिए नैतिकता के लिए व्यक्तित्व मानो एक आधारस्तम्भ ही है। इस तरह हम देखते हैं कि व्यक्तित्व को नैतिकता की एक पूर्वमान्यता के रूप में स्वीकार करना नितान्त आवश्यक और उचित है।

नैतिकता के लिए किसी और पूर्वमान्यता को स्वीकार करना आवश्यक नहीं है, क्योंकि व्यक्तित्व को मान लेने से बुद्धि तथा संकल्प की स्वतन्त्रता जैसी मान्यताएँ भी साथ ही साथ मान ली जाती हैं। इसकी वजह यह है कि ये दोनों व्यक्तित्व के आवश्यक अंग ही होते हैं। लेकिन अनेक विचारकों ने इन दोनों को अलग से पूर्वमान्यताओं के रूप में स्वीकार कर तीन पूर्वमान्यताओं की चर्चा की है। इन लोगों ने व्यक्तित्व, बुद्धि तथा संकल्पस्वातन्त्र्य को एक-दूसरे से भिन्न माना है। पर जैसा हमने ऊपर कहा है, नैतिकता के लिए जिस व्यक्तित्व की अपेक्षा होती है वह तो बुद्धि और संकल्प के बिना संभव ही नहीं है। अतः इनको अलग से पूर्वमान्यताओं के रूप में प्रस्तावित करना आवश्यक नहीं है। विचारपूर्वक देखा जाय तो बुद्धि और संकल्पस्वातन्त्र्य में अत्यन्त घनिष्ठ सम्बन्ध है। बुद्धि के अभाव में संकल्प नहीं हो सकता और संकल्प के अभाव में बौद्धिक प्रक्रिया भी सम्भव नहीं हो सकती। ऐसा मानना ही गलत है कि व्यक्तित्व अनेक खण्डों का एक समूह है जिसमें एक खण्ड बुद्धि का है, एक संकल्प का, एक सहज प्रवृत्तियों का, आदि आदि। वस्तुतः व्यक्तित्व एक इकाई है जिसमें विभिन्न प्रकार की अनेक क्षमताएँ विद्यमान रहती हैं। इन क्षमताओं का अवधारणात्मक विश्लेषण भले ही सम्भव है, पर इनका सत्तात्मक विभाजन नहीं हो सकता।

अब हम बुद्धि एवं संकल्पस्वातन्त्र्य के संबंध में अलग-अलग कुछ विस्तार से विचार करेंगे। पहले हम बुद्धि को लें।

4.2.2 बुद्धि

कुछ लोग ऐसा कह सकते हैं कि नैतिकता में बुद्धि की आवश्यकता नहीं होती, क्योंकि नैतिकता के लिए केवल कुछ नैतिक नियमों का होना तथा उनका अनुपालन कर लेना ही पर्याप्त हैं। ये नैतिक नियम हमें परम्पराओं, रीति-रिवाजों, ईश्वर के आदेशों, धर्मग्रन्थों, बड़े-बूढ़ों, आदि से मिल ही जाते हैं। हमें तो सिर्फ उनका पालन कर लेना होता है। इस प्रकार नैतिकता में बुद्धि की कोई आवश्यकता ही नहीं होती। लेकिन क्या इस तरह का विचार स्वीकारयोग्य है? यह सही है कि सामाजिक तथा वैयक्तिक दोनों ही स्तरों पर नैतिक कार्यसम्पादन का आरम्भ आदेशों एवं उपदेशों के पालन से ही होता है। किन्तु इस तरह का पालन नैतिकता के लिए प्रासंगिक नहीं होता। इसके कई कारण हैं। एक कारण तो यह है कि यदि हम आदेशों एवं उपदेशों का यन्त्रवत् पालन करते हैं और संकल्पजनित प्रेरणा से उत्प्रेरित नहीं होते हैं, तो हमारी नैतिकता आरोपित नैतिकता बन जायगी। इसमें कर्ता मानो एक यन्त्र के समान आदेशों एवं उपदेशों का केवल अनुसरण ही कर ले सकता है। स्पष्ट ही इस प्रकार की नैतिकता कर्ता को दासता के स्तर से ऊपर उठने नहीं दे सकती। ऐसी नैतिकता में तो मनुष्य सब दिन मानो शैशवावस्था में ही रहने को बाध्य हो जाता है। और इस नैतिकता को केवल शैशवकालीन नैतिकता का ही दर्जा दिया जा सकता है। स्पष्ट ही ऐसी नैतिकता सही अर्थ में नैतिकता नहीं हो सकती, क्योंकि नैतिकता को इतना परिपक्व तो होना ही चाहिये कि वह आरोपित नहीं होकर बुद्धिप्रेरित ही हो। आदेशपालनपरक नैतिकता को स्वीकार नहीं करने का दूसरा कारण यह है कि आदेशों एवं उपदेशों में कभी-कभी परस्पर विरोध भी वर्तमान रहता है। कोई उपदेश जीवों के प्रति अहिंसा तथा प्रेम का व्यवहार करने की सीख देता है। तो कोई दूसरा उपदेश स्वर्गप्राप्ति के लिए या अन्य किसी अभीष्ट-सिद्धि के लिए जीवों की बलि देने की ही सीख देता है। कहाँ एक ओर जीवों के प्रति अहिंसा, प्रेम, दया, करुणा, आदि और कहाँ दूसरी ओर जीवों की बलि और हिंसा! स्पष्ट ही ये दोनों उपदेश एक-दूसरे के विरोधी हैं और ये साथ-ही-साथ मान्य नहीं हो सकते। ऐसी परिस्थिति में निश्चय ही आदेशों एवं उपदेशों के पालन के संबंध में यह विचार करना होगा कि हम जीवों की हिंसा करें या उन के प्रति अहिंसा बरतें। स्पष्ट ही यह विचार करने का काम बुद्धि का ही हो सकता है।

कभी-कभी ऐसे भी आदेश या उपदेश दिये जाते हैं, जो नैतिक दृष्टि से सर्वथा अनुचित होते हैं। बहुत ऐसे समाज हैं जिनमें बालिकाओं का विवाह उनके बचपन में ही कर दिया जाता है। बचपन की अवस्था में तो बालिकाएँ यह भी समझने की स्थिति में नहीं रहती हैं कि विवाह क्या होता है। एक आदेश या उपदेश ऐसा भी है जिसके अनुसार विधवाओं का विवाह वर्जित होता है। अब यदि किसी ऐसी विवाहिता बच्ची के पति का किसी कारणवश देहान्त हो जाता है और वह बच्ची विधवा बन जाती है तो उसे आदेशों एवं उपदेशों के कारण जीवन भर वैधव्य का दुःख ही भोगते रहना पड़ता है। यह सम्भव है कि ऐसे आदेशों का अन्य आदेशों के साथ कोई विरोध न हो, किन्तु ऐसे आदेश अपने आप में ही इतने गर्हित हैं कि कोई भी विचारवान् व्यक्ति जो लकीर का फकीर नहीं है, इन्हें कभी नैतिक करार नहीं दे सकता। स्पष्ट ही हमें ऐसे जघन्य आदेशों एवं उपदेशों से बुद्धि ही बचा सकती है।

इस प्रकार हम देखते हैं कि परिपक्व नैतिकता के लिए बुद्धि की भूमिका अत्यन्त महत्त्वपूर्ण है। नैतिक नियम हमें किसी सुरक्षित भण्डार से चुन लेने मात्र से ही नहीं मिल जाते।

उन्हें तो हम अन्ततः अपनी बुद्धि के द्वारा ही बनाते हैं, और परिस्थिति के बदल जाने के कारण यदि हम जरूरी समझते हैं तो हम उन्हें बदल भी देते हैं। हमें बराबर केवल यह ध्यान में रखना पड़ता है कि हम जो नियम बना रहे हैं वे मनुष्यों के साथ-साथ पूरे परिवेश के लिए हितकारी हैं। मनुष्य का हित जितना महत्त्वपूर्ण होता है उतना ही महत्त्वपूर्ण समाज और प्रकृति का हित भी होता है। व्यक्ति, समाज तथा प्रकृति का संतुलन बिगाड़ने वाले नियम मनुष्य के अपने ही हित में सहकारी नहीं होते हैं। और ऐसी नैतिकता किस काम की जो किसी के हित की न हो। फिर, जैसा हमने ऊपर कहा है, सही नैतिकता के नियम कहीं किसी भण्डार में सुरक्षित रखे नहीं रहते। लोग इस सन्दर्भ में धर्मग्रन्थों की दुहाई दे सकते हैं। किन्तु, जैसा हमने ऊपर देखा है, धर्मग्रन्थ भी बहुत सहायक नहीं होते। अतः हमें बुद्धि का सहारा लेना ही पड़ता है। हम यहाँ एक उदाहरण के द्वारा इस विषय को समझने की कोशिश करेंगे। हमारी एक प्रवृत्ति यह है कि हम अपने जीवन को कायम रखने के लिए खाद्य पदार्थों का उपयोग एवं संग्रह करें। इस कार्य में कुछ भी अनैतिकता नहीं है। ऐसा करना तो हमारा जन्मसिद्ध अधिकार है। हम इस अधिकार को इसलिए नहीं छोड़ सकते कि इसको छोड़ देने से हम स्वयं ही अपने विनाश का कारण बनते हैं। और स्पष्ट ही यह तर्कसंगत नहीं है कि हम स्वयं ही अपने विनाश का कारण बनें। विशेष परिस्थिति में अपना विनाश करना तर्कसंगत हो सकता है। किन्तु साधारण परिस्थिति में आत्मविनाश या आत्मघात निश्चय ही तर्कहीन, बेढंगा और अवांछनीय है। अब यहाँ ध्यान देने योग्य बात यह है कि आत्मघात का इस तरह अवांछनीय होना सिर्फ मेरे लिए ही सही नहीं है। यह औरों के लिए भी उतना ही सही है जितना मेरे लिए। मैं यदि मनुष्य हूँ तो और लोग भी तो मनुष्य ही हैं। और मनुष्य होने के नाते दूसरों के भी मेरे जैसे ही कुछ जन्मसिद्ध अधिकार हैं। इस तरह हम देखते हैं कि खाद्य पदार्थों का संग्रह तथा उपयोग अन्य लोगों के भी अधिकार-क्षेत्र में आ जाते हैं। अब यहाँ प्रश्न उठता है कि क्या यह उचित है कि मैं खाद्य पदार्थों का संग्रह इतना कर लूँ कि मुझे कभी बाद में उनका संग्रह करना ही न पड़े, पर उस कारण से दूसरे लोग अपनी जरूरतों को पूरा करने के लिए संग्रह करने से पूरी तरह वंचित रह जाँय और वे भूखों मरें। इस प्रश्न का जबाब देने के लिए किसी धर्मग्रन्थ के पन्ने उलटने की जरूरत नहीं है। यह तो साधारण तर्कबोध से ही जाना जा सकता है कि प्रस्तुत सन्दर्भ में तथा ऐसे अन्य सन्दर्भों में भी हमें अपने आपको तथा औरों को बिलकुल समान महत्त्व देना चाहिये। ऐसे सन्दर्भों में पक्षपात को जरा भी स्थान नहीं दिया जा सकता। इस तरह प्रस्तुत उदाहरण में पक्षपातरहित होकर विचार करने से हमें एक नैतिक नियम यह मिल जाता है कि ''खाद्य पदार्थ का संग्रह एवं उपयोग समान परिस्थिति में समान ढंग से ही होना चाहिये''। स्पष्ट ही इस नियम का उल्लंघन सही अर्थ में किसी धर्मग्रन्थ के आदेश या उपदेश का उल्लंघन नहीं होता, वरन् वह तार्किकता का उल्लंघन होता है। तार्किकता ही तो मानो नीतिशास्त्र की जड़ है।

पर यह तार्किकता है क्या? क्या यह मनुष्य में अवस्थित कोई द्रव्य है या कोई प्रक्रिया है? यह न तो कोई द्रव्य है और न ही कोई प्रक्रिया। यह एक क्षमता है जिसकी वजह से ही सोचने या विचारने की क्रिया सम्भव हो सकती है। लेकिन तब प्रश्न उठता है कि यह क्षमता किसकी है। इस प्रश्न के उत्तर में हम कह सकते हैं कि यह मन की क्षमता है। पर शायद यह कहना अधिक उपयुक्त होगा कि यह मानव व्यक्ति की क्षमता है। जैसा हमने ऊपर कहा है, मानव व्यक्तित्व एक ऐसा पदार्थ है जिसके दो प्रमुख अंग होते हैं—मानसिक और शारीरिक। ये दोनों अंग एक दूसरे से स्वतन्त्र नहीं होते। शरीर की विशेष प्रकार की संरचना

ही मानसिक जीवन को संभव बनाती है। और इस मानसिक जीवन का एक व्यापार बौद्धिक होता है। पर यह सही नहीं है कि मनुष्य हर क्षण कुछ-न-कुछ सोचता रहता है। जब वह सोया रहता है, तब वह स्पष्ट ही कोई बौद्धिक प्रक्रिया नहीं कर रहा होता। लेकिन ऐसे समय में भी उसमें सोचने-विचारने की क्षमता वर्तमान रहती है। उस क्षमता के अनुरूप कार्यसम्पादन तभी होता है जब उपयुक्त एवं अनुकूल परिस्थिति उपस्थित होती है। मनुष्य की यह बौद्धिक क्षमता जैविक विकास के क्रम में ही विकसित हुई है। यह क्षमता न तो अपने आप में अतिप्राकृतिक है और न ही यह किसी अतिप्राकृतिक सत्ता की देन है। कुछ विचारक इसे ईश्वर की देन मानते हैं। वे कहतें हैं कि विवेक, जो एक प्रकार की बुद्धि ही है, मनुष्य में भगवान का प्रतिनिधि है। इस कथन का विस्तृत विवेचन हम यहाँ नहीं करेंगे, क्योंकि ऐसा विवेचन हम आगे करेंगे। यहाँ इतना ही कहना पर्याप्त होगा कि जब ईश्वर का अस्तित्व ही विवादग्रस्त है तब विवेक को ईश्वर का प्रतिनिधि मानना कैसे निर्विवाद हो सकता है। बुद्धि भी कोई रहस्यमय वस्तु नहीं है। यह तो वह क्षमता है जिसके द्वारा यह आँका जा सकता है कि कौन बात किस बात से मेल खाती है और किस बात से मेल नहीं खाती। संगति-असंगति को आँकना, विचारों को किसी उद्देश्य की प्राप्ति के लिए उपयुक्त तरीके से सुव्यवस्थित करना, आपादन को समझना, आदि आदि ही तो बुद्धि के व्यापार हैं। विकासप्रक्रिया में परिस्थिति से सामंजस्य स्थापित करने के लिए जीव अपने को परिवर्तित करता रहता है और इस प्रकार जीव में नई-नई क्षमताओं का प्रादुर्भाव होता रहता है। बौद्धिक क्षमता भी उन्हीं क्षमताओं में एक है। नैतिकता बिना इस प्रकार की क्षमता के सम्भव ही नहीं है। अतः नीतिशास्त्र के लिए बुद्धि एक आवश्यक पूर्वमान्यता है। पर, जैसा हमने ऊपर कहा है, इस पूर्वमान्यता को अलग से मानने की आवश्यकता इसलिए नहीं है कि यह मानव व्यक्तित्व का एक आवश्यक अंग ही है।

4.2.3 संकल्पस्वातन्त्र्य

स्वतन्त्र संकल्प भी नैतिकता के लिए अत्यन्त आवश्यक होता है। हमने ऊपर उल्लेख किया है कि मनुष्य केवल सहज प्रवृत्तियों से परिचालित होकर कार्य नहीं करता। वह बुद्धि से परिचालित होकर भी कार्य कर सकता है। बुद्धि के कारण सहज प्रवृत्तियाँ नियन्त्रित हो सकती हैं और बुद्धि कर्ता के समक्ष अनेक विकल्प प्रस्तावित कर सकती है। कर्ता उन विकल्पों में से किसी एक का चयन कर सकता है और उस चुने हुए विकल्प के अनुसार कार्य करने का संकल्प भी ले सकता है। इस विकल्प-चयन प्रक्रिया के लिए कर्ता यदि पूरी तरह स्वतन्त्र नहीं है, और यदि यह पूरी प्रक्रिया बाह्य निर्देशित है, तो न तो विकल्प ही सही मायने में विकल्प है और न चयन ही सही मायने में चयन है। और तब नैतिकता भी सम्भव नहीं हो सकती, क्योंकि नैतिकता में चुने हुए विकल्पों के अनुरूप ही क्रियान्वयन होता है। मार्टिन्यु[1] ने कहा है कि या तो संकल्प की स्वतन्त्रता एक तथ्य है या फिर नैतिकता एक भ्रम है। अब यहाँ प्रश्न उठता है कि क्या मानसिक क्रिया-कलापों में स्वतन्त्र आचरण की सम्भावना रहती है। क्या मनुष्य स्वतन्त्र चयन या स्वतन्त्र संकल्पन कर या स्वतन्त्र निर्णय ले सकता है? वह जो भी चयन करेगा या संकल्प लेगा या निर्णय करेगा वह किसी परिस्थिति में ही सम्भव होगा। और तब यह कहा ही जा सकता है कि परिस्थिति ही (जिसमें मानसिक परिस्थिति एवं बाह्य परिस्थिति दोनों सम्मिलित हैं) किसी कार्यसम्पादन को सम्भव बनाती है; अर्थात् कोई कर्म अकस्मात् बिना किसी परिस्थितिपरक कारण के क्रियान्वित नहीं हो सकता। कोई भी कर्म महज एक परिणाम होता है जो विशेष मानसिक एवं बाह्य वस्तुस्थिति में ही संभव होता है। कोई भी परिणाम किसी कारण का ही फल होता है। अतः कारण-परिणामप्रक्रिया में किसी स्वतन्त्र

आचरण की सम्भावना नहीं हो सकती। हम जिस स्वतन्त्रता पहले बिलकुल निर्विवाद मान रहे थे, वही स्वतन्त्रता अब ऊपर के विवेचन की वजह से सन्दिग्ध प्रतीत हो रही है। शायद यह स्वतन्त्रता एक भ्रम ही है। और यदि स्वतन्त्रता एक भ्रम है तो नैतिकता भी एक भ्रम ही है। अब हम यहाँ संकल्प की स्वतन्त्रता के सम्बन्ध में कुछ विस्तार से ही चर्चा करेंगे।

4.3 संकल्पस्वातन्त्र्य के सम्बन्ध में विभिन्न मत

संकल्पस्वतान्त्र्य के सम्बन्ध में मुंख्यतः तीन मत हैं। वे हैं—

(1) नियतत्ववाद,

(2) स्वच्छन्दतावाद, तथा

(3) आत्मनिर्देशित संकल्पवाद।

4.3.1 नियतत्ववाद

इस मत के अनुसार स्वतन्त्र संकल्पन सम्भव नहीं है। मनुष्य एक शरीरयुक्त प्राणी है। वह भौतिक तथा सामाजिक वातावरण में रहता है। वातावरण के बिना वह रह नहीं सकता। उसकी उत्पत्ति उसके माता-पिता के संभोग के कारण हुई है। इस प्रकार उसका अस्तित्व उसकी आनुवंशिकता पर निर्भर है। आनुवंशिकता तथा वातावरण दो ऐसे महत्त्वपूर्ण कारक हैं जो मनुष्य के अस्तित्व एवं व्यक्तित्व को सम्भव बनाते हैं। शरीरी होने के कारण मनुष्य की कुछ शारीरिक आवश्यकताएँ होती हैं जो मानसिक स्तर पर इच्छाओं के रूप में प्रकट होती हैं। अनेक आवश्यकताएँ जन्मजात होती हैं। पर मनुष्य अपने जीवनयापन के समय वातावरण से सम्बन्धित रहने के कारण अनेकानेक इच्छाओं को अर्जित भी करता है। जन्मजात और अर्जित इच्छाओं का यदि पूर्णतः अभाव हो जाय, तो मनुष्य को कुछ करने की आवश्यकता ही नहीं रह जायगी। और तब वह कुछ करने के लिए प्रेरित ही नहीं हो सकेगा। उसे यदि कोई अन्य व्यक्ति कुछ करने के लिए आदेश भी देगा, तो वह उस व्यक्ति के आदेश के अनुसार कार्य तभी करेगा जब उसे उस आदेश के अनुसार कार्य करने की इच्छा हो जायगी। इस प्रकार हम देखते हैं कि इच्छाओं के अभाव में कोई भी कार्यसम्पादन सम्भव नहीं हो सकता। उल्लेखनीय है कि हमारी सभी इच्छाएँ हमारे मूलभूत जैविक स्वरूप तथा हमारे अर्जित स्वभाव या चरित्र के कारण ही उत्पन्न होती हैं।

अतः यदि मनुष्य के स्वभाव या चरित्र का सही-सही ज्ञान उपलब्ध हो जाय और यदि उसकी आसन्न परिस्थिति का भी ठीक-ठीक आकलन हो जा सके, तो यह भविष्यवाणी की जा सकेगी कि वह उस आसन्न परिस्थिति में अमुक कार्य करेगा। इस तरह की भविष्यवाणियाँ हम मनुष्यों द्वारा निकट भविष्य में किये जाने वाले कार्यों के सम्बन्ध में प्रायः करते ही रहते हैं। मैं यह भविष्यवाणी कर सकता हूँ कि आगामी राष्ट्रपति-चुनाव में हमारे प्रधानमंत्री जिनके व्यक्तित्व के सम्बन्ध में मैं बहुत कुछ जानता हूँ किस प्रत्याशी को अपना मत प्रदान करेंगे। मैं यह भविष्यवाणी कर सकता हूँ कि मेरी पत्नी अपने किस पुत्र को सबसे अधिक आर्थिक सहायता प्रदान करेगी। यदि किसी व्यक्ति के चरित्र का पर्याप्त ज्ञान उपलब्ध रहे, तो उस व्यक्ति द्वारा सम्पादित होनेवाले कार्यों का पूर्वज्ञान हो सकता है। जिस तरह हम प्रकृति की घटनाओं के सम्बन्ध में प्राकृतिक नियमों के आधार पर पूर्वज्ञान प्राप्त कर ले सकते हैं, उसी तरह हम व्यक्ति के चारित्रिक स्वरूप के आधार पर उसके द्वारा किये जानेवाले कार्यों का पूर्वज्ञान प्राप्त कर ले सकते हैं। चरित्र से आदत बनती है और आदत तो एक प्रकार से प्रकृति की ही रूप दिया गया है।

विश्व की घटनाओं के संबंध में एक मूलभूत मान्यता यह है कि किसी घटना का कोई-न-कोई कारण अवश्य होता है। अकारण कोई घटना घट नहीं सकती। असत् से सत् की

उत्पत्ति नहीं हो सकती। पर तब कारण वही हो सकता है जो कार्य को उत्पन्न करने की पूरी क्षमता रखता हो। किसी कारण को कारण बनने के लिए अपने से भिन्न किसी अन्य वस्तु पर निर्भर नहीं होना होता है। अतः यदि बिना कारण कार्य सम्भव ही नहीं है और कारण का ज्ञान प्राप्त हुआ रहता है, तो कार्य के सम्बन्ध में भविष्यवाणी की जा सकती है।

ऐसी ही युक्तियों के आधार पर नियतत्ववाद का प्रतिपादन हुआ है। इस मत के अनुसार भविष्य की सभी घटनाएँ पूर्वनिश्चित हैं, नियत हैं। अतः मनुष्य के द्वारा भविष्य में निष्पन्न होनेवाली सभी क्रियाएँ निश्चित हैं, नियत हैं। ऐसी स्थिति में मनुष्य में स्वतन्त्र संकल्पन कैसे सम्भव हो सकता है? मनुष्य जो भी कार्य करने का संकल्प लेगा, उस कार्य को उसकी इच्छा, उसके चरित्र, उसकी परिस्थिति, आदि के अनुरूप ही होना होगा। संकल्प अकस्मात् नहीं हो जा सकता; वह भी परिस्थितिजन्य ही होता है। अतः संकल्प की स्वतन्त्रता एक भ्रान्ति ही है।

अब प्रश्न उठता है कि यदि स्वतन्त्र संकल्प सम्भव नहीं है, तो नैतिकता कैसे सम्भव हो सकती है। दर्शनशास्त्र में ऐसे अनेक मत हैं जो संकल्पस्वातन्त्र्य के अभाव में नैतिकता को सम्भव ही नहीं मानते। यदि एक ओर जड़वाद नैतिकता का खण्डन करता है, तो दूसरी ओर निरपेक्ष अध्यात्मवाद नैतिकता का निराकरण इसलिए करता है कि मनुष्य अन्ततः परमसत्ता का मात्र एक आभास होने के कारण अपने आपमें वास्तविक नहीं है। और यदि मनुष्य स्वयं वास्तविक नहीं है, तो उसका तथाकथित स्वतन्त्र संकल्पन भी वास्तविक नहीं है और तब तो नैतिकता भी वास्तविक नहीं है। ऐसा ही विचार नियतिवाद या भाग्यवाद को जन्म देता है। कहा भी जाता है कि जो भाग्य में लिखा हुआ है उसे कौन मिटा सकता है—"लिखितमपि ललाटे प्रोज्झितुं कः समर्थः"। शंकर, ब्रैडले, आदि अनेक अध्यात्मवादी विचारकों के अनुसार मनुष्य का चरम लक्ष्य एक ऐसी स्थिति है जो नैतिकता के परे है। चार्वाक जैसे जड़वादी के अनुसार तो मनुष्य एक ऐसा जीव है जिसके द्वारा संकल्प करना सम्भव हीं नहीं है और जो अपनी सहज प्रवृत्तियों से परिचालित होकर ही सुख प्राप्त कर ले सकता है।

किन्तु कुछ विचारकों के अनुसार नियतत्ववाद भी स्वतन्त्र संकल्पन को प्रश्रय दे सकता है और नैतिकता को सम्भव बना सकता है। ऐसे विचारक तो यहाँ तक कह देते हैं कि सही अर्थ में नैतिकता नियतत्व के कारण ही सम्भव हो सकती है। किन्तु ऐसे मत के विवेचन से पहले यह विचार कर लेना आवश्यक है कि नियतत्ववाद के विरुद्ध स्वच्छन्दतावाद क्या प्रतिपादित करता है।

4.3.2 स्वच्छन्दतावाद

स्वच्छन्दतावाद को हम अनियतत्ववाद भी कह सकते हैं। इस मत के अनुसार नैतिकता के लिए स्वतन्त्र कार्यसम्पादन अत्यंत ही आवश्यक है; पर स्वतन्त्र कार्यसम्पादन तो तब ही होता है जब उसका किसी भी तरह नियन्त्रण नहीं हुआ रहे। किसी मनुष्य द्वारा किया जानेवाला कार्य कई तरह से नियन्त्रित हो सकता है। जब कोई डकैत मुझपर बन्दूक का निशाना साध कर मुझसे तिजोरी का ताला खुलवा लेता है, तब मेरा कार्य बाहरी दबाव के कारण नियन्त्रित होता है। ऐसे नियन्त्रण को बाह्य नियन्त्रण कहते हैं। किन्तु जब कोई व्यक्ति इतना अधिक कामातुर हो जाता है कि वह बलात्कार कर बैठता है, तब वह अपनी कामवासना से नियन्त्रित होकर कार्य कर बैठता है। ऐसे नियन्त्रण को हम आन्तरिक नियन्त्रण कह सकते हैं। यदि मनुष्य के सभी कार्य ऐसे ही बाह्य एवं/या आन्तरिक नियन्त्रणों के दबाव में सम्पादित होते रहने

हों, तो इनके सम्पादन में स्वतन्त्र संकल्प के लिए कोई स्थान रह नहीं जाता। स्वतन्त्र संकल्प के लिए सभी प्रकार के नियन्त्रण वर्जित हैं, चाहे वे बाह्य परिस्थिति के कारण हों या आन्तरिक प्रवृत्तियों के कारण या फिर स्वभाव या चरित्र के कारण। यदि कोई कर्म किसी भी कारण के परिणाम के रूप में उत्पन्न होता है, तो वह पूरी तरह यान्त्रिक ढंग से ही उत्पन्न माना जायगा। और तब उसकी उत्पत्ति के लिए किसी स्वतन्त्र संकल्पन की कोई भूमिका ही नहीं रह जायगी। अतः स्वतन्त्र संकल्पन वहीं सम्भव है जहाँ कार्यसम्पादन पूरी तरह कारणविहीन हो। ऐसी स्थिति में कारणविहीन कार्यसम्पादन ही नैतिकता के लिए उपयुक्त होता है। ऐसे कार्यसम्पादन को हम 'स्वच्छन्द कार्यसम्पादन' कह सकते हैं। इस स्वच्छन्दतापरक मत के मानने वालों में काण्ट, कैम्पबेल[2], चिशोल्म[3], आदि के नाम लिए जा सकते हैं।

काण्ट कहते हैं कि संकल्प दो तरह का हो सकता है—(1) परायत्त संकल्प और (2) स्वायत्त संकल्प। जब संकल्प किसी उद्देश्य की पूर्ति के लिए होता है तब वह परायत्त होता है और जब वह उद्देश्यहीन होता है तब वह स्वायत्त होता है। स्वायत्त संकल्प स्वतः-स्फूर्त होता है। काण्ट इसे 'निरपेक्ष आदेश' कहते हैं। और जो संकल्प अपने से बाह्य किसी उद्देश्य की पूर्ति के लिए होता है उसे वे 'सापेक्ष आदेश' कहते हैं। संकल्प सही अर्थ में स्वतन्त्र तभी हो सकता है जब वह पूर्णतः स्वायत्त हो। स्वायत्त संकल्प में कोई कारण नहीं होता। वह स्वतः स्फूर्त होता है। ऐसा ही संकल्प शुभ संकल्प हो सकता है, क्योंकि इसमें किसी प्रकार की अवांछनीय उद्देश्यपूर्ति के लिए संकल्प नहीं लिया जाता। इस प्रकार हम देखते हैं कि नैतिकता की सम्भावना कारणविहीन स्वतन्त्र संकल्पन में ही निहित है। स्पष्ट ही इस प्रकार के संकल्प के सम्बन्ध में भविष्यवाणी के लिए कोई स्थान नहीं रह सकता। **प्रो॰ कैम्पबेल**[2] कहते हैं कि यदि कर्ता अपने चारित्रिक स्वभाव से प्रभावित होकर कोई कर्म करता है, तो वह स्वतन्त्र संकल्पन के आधार पर कर्म नहीं करता। ऐसे कर्म का तो पूर्वज्ञान संभव है, क्योंकि ऐसा कर्म कारण-परिणाम अनुक्रम के अनुरूप होता है। यदि किसी कुशल पारखी को किसी कारण का सम्यक् ज्ञान प्राप्त हो जाय, तो वह उसके परिणाम का आकलन कर ले सकता है। कैम्पबेल के अनुसार स्वतन्त्र संकल्पन तो तब होता है जब इच्छा पर कर्तव्यनिष्ठा हावी हो जाती है। ऐसी स्थिति में इच्छा की पूर्ति के लिए कर्म नहीं किया जाता, वरन् इसलिए किया जाता है कि कर्ता कर्तव्यनिष्ठा की वजह से कर्म करने का संकल्प लेता है। ऐसी स्थिति में चूँकि इच्छा प्रभावी नहीं होती, इसलिए स्वतन्त्र संकल्पन सम्भव हो जाता है। स्पष्ट ही तब यहाँ पूर्वज्ञान संभव नहीं हो सकता।

4.3.3 आत्मनिर्देशित संकल्पवाद

स्वच्छन्दतावाद के विवेचन के क्रम में हमने पाया कि कर्ता की इच्छाओं तथा उसके चारित्रिक स्वभाव से प्रेरित हो जाने के कारण स्वतन्त्र संकल्पन संभव नहीं हो सकता। लेकिन तब यह पूछा जा सकता है कि स्वतन्त्र संकल्पन का करनेवाला कौन है। कुछ विचारक इस प्रश्न का युक्तिसंगत उत्तर देने के लिए आत्मा के अस्तित्व को स्वीकार कर लेते हैं और आत्मा को ही संकल्पन का कर्ता मानते हैं। इन विचारकों के मत को ऊपर वर्णित कारणविहीन स्वच्छन्दतावाद से इस प्रकार पृथक् किया जा सकता है : जहाँ कारणविहीन स्वच्छन्दतावाद पूर्णतः अनियतत्ववाद है, वहीं इन विचारकों का मत आत्मनियतत्ववाद का रूप ले लेता है। लेकिन तब यहाँ यह प्रश्न उठ खड़ा होता है कि यह आत्मा है क्या। ऊपर के विवेचन से इतना तो स्पष्ट है कि आत्मा को इच्छा, चरित्र, मानसिक व्यापार, आदि से भिन्न ही मानना होगा। यही कारण है कि अनेकानेक विचारक इस आत्मा को एक शाश्वत द्रव्य के रूप में स्वीकार कर लेते हैं। और इसी आत्मा नामक द्रव्य को संकल्पन का कर्ता मानते हैं।

संकल्पनसम्बन्धी इस मत को, जैसा हम पहले कह चुके हैं, आत्मनियतत्ववाद कहा जाता है। प्रश्न उठता है कि क्या यह मत स्वीकारयोग्य है।

इस प्रश्न का उत्तर नकारात्मक इसलिए है कि चिरन्तन द्रव्य के रूप में आत्मा का अस्तित्व अत्यधिक विवादग्रस्त है। हम इस सम्बन्ध में यहाँ कोई सांगोपांग विवेचन नहीं कर सकते। यहाँ हम केवल कुछ खास-खास आलोचनाएँ ही प्रस्तुत कर सकते हैं। यदि यह मान भी लिया जाय कि आत्मा का अस्तित्व है और नियतत्ववाद से बचने के लिए यह भी मान लिया जाय कि यह आत्मा इच्छाओं, प्रेरणाओं, स्वभाव, आदि से बिलकुल भिन्न है, तो भी हमारे सामने यह प्रश्न रह ही जाता है कि कर्ता के सुकर्म और कुकर्म में भेद किस आधार पर किया जाय और उसे पुरस्कार या दण्ड किस प्रकार दिया जाय। निश्चय ही हमें सुकर्मों एवं कुकर्मों में भेद करने के लिए कर्ता की इच्छाओं, उसके उद्देश्य एवं स्वभाव, आदि की भूमिका को ध्यान में लाना ही पड़ता है। आत्मा के रूप में कर्ता इन कारकों की भूमिका अदा नहीं कर सकता। और तब शुद्ध आत्मा की केवलता के कारण कोई मूल्यांकन भी संभव नहीं हो सकता। शुद्ध आत्मा को हम किस आधार पर प्रशंसा या निन्दा का पात्र बना सकते? अतः यदि मूल्यांकन के लिए हमें कर्ता की इच्छाओं, स्वभाव, आदि की सहायता लेनी ही पड़ती है, तो फिर आत्मा को अलग से मानने की आवश्यकता ही क्या रह जाती है? स्पष्ट ही नैतिकता में चारित्रिक स्वभाव से भिन्न आत्मा की भूमिका रह नहीं जाती। और यदि शुद्ध आत्मा का अस्तित्व स्वीकार कर भी लिया जाय, तो वह नैतिक क्षेत्र से बिलकुल बाहर की वस्तु ही बनी रह सकती है। अतः आत्मनियतत्ववाद के द्वारा स्वतन्त्र संकल्प संबंधी समस्या का समाधान संभव नहीं हो सकता।

इस प्रकार हम देखते हैं कि जहाँ एक ओर नैतिकता के लिए संकल्पस्वातन्त्र्य का होना अत्यन्त आवश्यक है, वहीं दूसरी ओर इस संकल्पस्वातन्त्र्य का इच्छाओं, उद्देश्यों एवं चारित्रिक स्वभाव के परिप्रेक्ष्य में होना भी उतना ही आवश्यक है। चूँकि संकल्पस्वातन्त्र्य के बिना नैतिकता सम्भव नहीं हो सकती, इसलिए बुद्धि की तरह इस संकल्पस्वातन्त्र्य को भी नैतिकता की एक पूर्वमान्यता ही मान लिया गया है। पर यहाँ यह स्मरण रखना भी आवश्यक है कि बुद्धि की तरह संकल्पस्वातन्त्र्य भी मानव व्यक्तित्व की एक क्षमता ही है। हम व्यक्तित्व, बुद्धि, और संकल्पवास्तन्त्र्य को नैतिकता की तीन अलग-अलग पूर्वमान्यताओं को इसलिए स्वीकार करते हैं कि हम लोगों का ध्यान उनकी विशिष्ट भूमिकाओं की ओर आकृष्ट करना चाहते हैं।

4.4 पूर्वमान्यताओं के सम्बन्ध में काण्ट का मत

काण्ट नैतिकता के लिए संकल्पस्वातन्त्र्य के अलावे और दो पूर्वमान्यताओं को स्वीकार करते हैं—आत्मा की अमरता और ईश्वर का अस्तित्व। हम उनके द्वारा स्वीकृत इन दोनों पूर्वमान्यताओं के सम्बन्ध में एक-एक कर विचार करेंगे।

4.4.1 आत्मा की अमरता

हम अच्छी तरह जानते हैं कि प्रशंसा एवं भर्त्सना तथा पुरस्कार एवं दण्ड का नैतिकता के साथ अत्यन्त घनिष्ठ संबंध है। कोई व्यक्ति अच्छा कर्म करे और उसे प्रशंसा या पुरस्कार न मिले—यह बिलकुल बेतुका लगता है। उसी तरह कोई व्यक्ति कुकर्म करे और उसकी भर्त्सना न हो और उसे दण्ड न मिले—यह भी बिलकुल बेढंगी बात है। किन्तु ऐसा प्रायः देखा जाता है कि अनेक मनुष्य अपने कर्मों के अनुरूप फल नहीं भोगते। सदाचारी दुःख भोग रहा होता है, तो दुराचारी आनन्द मना रहा होता। फलस्वरूप नैतिक संस्थान पर ही प्रश्नचिह्न

लग जाता है। उस प्रश्नचिह्न को मिटाने के लिए एक उपाय जो प्रयोग में लाया जाता रहा है वह है भोगनेवाले की कालसीमा को ही हटा देना और उसे किसी-न-किसी रूप में चिरंतन बना देना। ऐसा करने से यह कहना संभव हो जाता है कि कर्म का उचित फल कभी-न-कभी तो मिलता ही है। चूँकि मनुष्य का भौतिक शरीर निश्चित रूप से कालसीमित होता है, इसलिए कर्म का फलभोग केवल शरीर से सम्बद्ध नहीं रखा जाता, बल्कि उसे आत्मा के साथ संबद्ध कर दिया जाता है। और तब इसके लिये यह जरूरी हो जाता है कि आत्मा अमर हो। चूँकि तर्कपरक न्याय का यह तकाजा है कि जो कर्ता है उसे ही भोक्ता भी होना चाहिये, इसलिए यदि कोई कर्ता अपने वर्तमान जीवन में अपने किसी कर्म का उचित फल नहीं भोग ले सकता है, तो निश्चय ही उस कर्ता के लिए उस कर्म का फल अपने भविष्य जीवन में भोग लेना पड़ता है। ऐसी स्थिति में हम कह ही सकते हैं कि यदि कोई सदाचारी अपने वर्तमान जीवन में दुःख भोग रहा होता है, तो इसका कारण यही होता है कि उसने अपने किसी पूर्व जीवन में अत्यन्त ही कुकर्म किया था; और यदि कोई कुकर्मी अपने वर्तमान जीवन में आनन्द मना रहा होता है, तो अवश्य ही वह अपने किसी भविष्य जीवन में दुःख भोगेगा। इस प्रकार हम यह देखते हैं कि नैतिकता के लिए आत्मा की अमरता अत्यन्त आवश्यक है। किन्तु क्या आत्मा को अमर मान लेना आलोचना से मुक्त रहता है?

संकल्पस्वातन्त्र्य के सम्बन्ध में विचार करते समय हमने पाया था कि प्रवृत्तियों, इच्छाओं, उद्देश्यों, आदि से गठित मानसिक जीवन के अलावे किसी आत्मा को नैतिकता के लिए स्वीकार करना अनावश्यक है। और उस परिप्रेक्ष्य में हमने यह भी कहा था कि आत्मा का अस्तित्व बिलकुल विवादग्रस्त है। फिर भी यदि नैतिक फलभोग को सम्भव बनाने के लिए हमें आत्मा का अस्तित्व स्वीकार करना ही पड़े और साथ-साथ यह भी स्वीकार करना ही पड़े कि वह आत्मा अमर है, तो हमें नैतिकता के नाम पर अवश्य ही इस प्रकार की अमर आत्मा के अस्तित्व को एक पूर्वमान्यता के रूप में स्वीकार कर लेना चाहिये। पर तब हमारे लिए यह समझ लेना अत्यन्त आवश्यक हो जाता है कि सही अर्थ में नैतिक फलभोग है क्या। स्पष्ट ही नैतिक फलभोग का तात्पर्य यह है कि जो व्यक्ति अच्छा कर्म करता है उसे अच्छा फल मिलता है और जो बुरा कर्म करता है उसे बुरा फल मिलता है। अच्छा फल एवं बुरा फल से यहाँ तात्पर्य है सुख एवं दुःख से, अर्थात् आनन्द एवं कष्ट से। सामान्य तर्कबोध से भी यही उचित जान पड़ता है कि नैतिक व्यक्ति को सुखी होना चाहिये और अनैतिक व्यक्ति को दुःखी। यह सही है कि गीता या काण्ट के अनुसार फलप्राप्ति को कर्मनिष्पादन से नहीं जोड़ना चाहिये, फिर भी गीता एवं काण्ट स्वयं स्वीकार करते हैं कि सद्गुण का परिणाम किसी-न-किसी रूप में आनन्द ही होना चाहिये। और साररूप में यही कर्मवाद है। इस कर्मवाद का विस्तृत विवेचन हम आगे उपयुक्त स्थान पर भी करेंगे।

अब यहाँ यह विचार करना जरूरी हो जाता है कि फलभोग कौन कर सकता है। स्पष्ट ही फलभोग वही कर सकता है जो कर्ता होता है। पर कर्ता कौन होता है? निश्चय ही यह एक शरीरधारी व्यक्ति ही होता है। शुद्ध आत्मा यदि होती भी है, तो वह कर्ता हो सकती है या नहीं, यह प्रश्न अपने आप में ही एक विचारणीय प्रश्न है। अद्वैत वेदान्त तथा सांख्य जैसे मतों में स्पष्ट कहा गया है कि *आत्मा शुद्ध द्रष्टा है, वह कर्ता नहीं हो सकती।* और फिर, वैज्ञानिक अनुसंधान के निष्कर्षों पर ध्यान देने से यह सहज ही पता लग सकता है कि *बिना मस्तिष्क के किसी तरह का मानसिक व्यापार हो नहीं सकता।* और किसी मस्तिष्क का जीवित रहना एक जीवन्त स्नायुमण्डल सहित एक जीवन्त शरीर पर निर्भर होता है। यदि

मस्तिष्क में दिल से रक्त की आपूर्ति न हो तो मस्तिष्क निष्क्रिय हो जाता है और यह भी पाया गया है कि यदि मस्तिष्क का एक विशेष क्षेत्र निष्क्रिय हो जाता है तो उस मस्तिष्क का धारक व्यक्ति सोच-विचार नहीं कर सकता और न ही कोई संकल्प ले सकता है। इस प्रकार हम देखते हैं कि शुद्ध आत्मा कर्ता नहीं हो सकती। कर्ता तो ऐसा व्यक्ति ही होता है जो शरीरी होता है। यह सही है कि व्यक्ति मात्र शरीर नहीं है, पर शरीर उसका एक आवश्यक अंग तो होता ही है।

हमने ऊपर देखा है कि कर्मवाद के अनुसार कर्ता को अपने कर्म के अनुसार फल भोगना पड़ता है। पर कर्मवाद का एक निहितार्थ यह भी है कि जो कर्ता है उसे ही भोक्ता भी होना चाहिये। स्पष्ट ही कर्ता शरीरी होता है, इसलिए भोक्ता को भी अवश्य ही शरीरी होना चाहिये। अतः कर्मवाद एक सही सिद्धान्त के रूप में तभी मान्य हो सकता है जब कर्ता अपने वर्तमान शारीरिक रूप में ही अपने कर्म का फल भोग लेने में समर्थ हो जा सके। पर ऐसा प्रायः नहीं ही होता है। जैसा हमने ऊपर कहा है, कुकर्मी को भी जीवन भर आनन्द मनाते ही देखा गया है। पर इस कठिनाई को किसी भविष्य जीवन की कल्पना करके दूर नहीं किया जा सकता। स्पष्ट ही जब मृत्यु के कारण कर्ता का शरीर नष्ट हो जाता है, तब वह कर्ता के रूप में कायम रह नहीं सकता। और तब वह भोक्ता का रूप भी नहीं ही ले सकता। अब यदि यह मान भी लिया जाय कि कर्ता की आत्मा अमर होती है और वह शरीर के नष्ट हो जाने पर भी कायम ही रहती है, तो भी वह आत्मा दो कारणों से फलभोग नहीं कर सकती। एक कारण तो यह है कि फल भोगने के लिए एक शरीरतन्त्र चाहिये जिसका मृत्यु के कारण अन्त हो चुका रहता है। भोगपरक संवेदनायें तथा भावनायें, चाहे वे सुखकारी हों या दुःखकारी, जटिल शारीरिक संरचना पर ही निर्भर होती हैं पर तब यह संरचना तो मरणोपरान्त नष्ट हो ही जाती है। दूसरा कारण यह है कि कर्मवाद के अनुसार फल उसे ही भोगना चाहिये जिसने कर्म किया हो। कर्म यदि किसी शरीरी ने किया है, तो कर्मफल भी उस शरीरी को ही भोगना चाहिये। पर शरीर के नष्ट हो जाने की वजह से उस शरीर का अस्तित्व ही कायम नहीं रहता। अतः जिस उद्देश्य से आत्मा की अमरता को पूर्वमान्यता के रूप में स्वीकार किया जाता है, उसकी पूर्ति तो संभव ही नहीं हो पाती। यह सही है कि मान्यता के अनुसार आत्मा पुनर्जन्म के कारण नया शरीर धारण कर लेती है; पर क्या तब वह आत्मा अपने नये रूप में वही बनी रहती है जो वह कर्ता के रूप में पूर्वजन्म में थी? इस तरह यदि शरीरहीन आत्मा की अमरता से जुड़े कर्मफलभोग के औचित्य को ही नकार दिया जाय, तो कर्मवाद पर प्रश्नचिह्न तो लग ही जाता है। शायद कर्मफलभोग की इस तरह की व्याख्या ही गलत है। हमें यहाँ कर्मफलभोग की अवधारणा के सम्बन्ध में और बारीकी के साथ विचार करना चाहिये।

उल्लेखनीय है कि स्वर्ग और नरक की अवधारणाएँ कर्मफलभोग से बहुत घनिष्ठ ढंग से सम्बद्ध हैं। स्वर्ग एक ऐसा लोक है जहाँ केवल सुख-ही-सुख है। और नरक एक दूसरा ऐसा लोक है जहाँ दुःख-ही-दुःख है। इन अवधारणाओं के प्रयोगों के आधार पर ऐसा माना जा सकता है कि इस पृथ्वीलोक में शायद पूरी तरह सुख या दुःख प्राप्त नहीं किया जा सकता। लेकिन सुख या दुःख की प्राप्ति के लिए स्वर्ग या नरक जैसे परलोक की कल्पना करना ही व्यर्थ है। कर्मफल का भोग तो किसी-न-किसी रूप में कर्ता के वर्तमान जीवन में ही हो जाता है। यह भोग या तो वैयक्तिक स्तर पर होता है या सामाजिक स्तर पर या फिर राज्यप्रशासन के स्तर पर। इन विभिन्न प्रकार के भोगों के सम्बन्ध में हम आगे एक-एक कर विचार करेंगे।

जैसा हम ऊपर कह चुके हैं, मनुष्य के बौद्धिक होने के कारण ही नैतिकता सम्भव होती है। कार्य करने के लिए संकल्पन की आवश्यकता है और संकल्पन के लिए बौद्धिक निर्णय। बौद्धिक निर्णय नैतिक तभी हो सकता है जब वह जनसामान्य के लिए कल्याणकारी हो। यदि कर्ता का निर्णय या संकल्प जनसामान्य के कल्याण के लिए होता है, तो स्वाभाविक तौर पर ही उसे इतना आत्मसंतोष होता है कि वह आत्मसंतोषजन्य आनन्द से ओत-प्रोत हो जाता है। और यही तो उसके कर्म का फल है। इस प्रकार फलभोग तो वर्तमान जीवन में ही हो जाता है। यदि कर्ता स्वतः या दूसरे के बतलाये जाने पर यह जान जाता है कि उसका कोई कर्म नैतिक रूप से कल्याणकारी नहीं है, तो वह निश्चय ही आत्मभर्त्सना या पश्चात्ताप से आक्रांत हो जाता है और इस तरह वह अपने कुकर्म का फल अपने वर्तमान जीवन में ही भोग लेता है। आत्मसंतोष जितना आनन्द दे सकता है, आत्मभर्त्सना या पश्चात्ताप उतना ही दुःख। यह सम्भव है कि कर्म करते समय कर्ता यह नहीं जान सके कि उसका कर्म नैतिक दृष्टि से उचित नहीं है और फलस्वरूप उसे न तो आत्मभर्त्सना से ग्रस्त होना पड़े और न ही उसे कोई पश्चात्ताप ही हो। अब यहाँ एक महत्त्वपूर्ण प्रश्न यह उठ खड़ा होता है कि यदि कोई कर्ता अपने कार्य के नैतिक मूल्य को जाने बिना ही उसे कर देता है, तो क्या वह उस कर्म के लिए उत्तरदायी हो सकता है? और क्या वह उस कर्म के लिए प्रशंसा या निन्दा का भागी बन सकता है? यह प्रश्न एक बहुत ही जटिल प्रश्न है। अतः इसका विचार गहराई से करना आवश्यक है।

यह सम्भव है कि मनुष्य कभी-कभी परिस्थिति को अच्छी तरह समझे बिना कर्म कर बैठे और वह कर्म नैतिक दृष्टि से बहुत बुरा हो। और चूँकि वह कर्ता स्वयं उस कर्म की अनैतिकता को समझ नहीं रहा होता है, इसलिए यह सर्वथा सम्भव है कि वह उस कर्म के लिए जरा भी आत्मग्लानि का अनुभव न करे। पर जैसे ही वह आत्मचिन्तन से या दूसरों के द्वारा बतलाये जाने पर अपने कर्म की अनैतिकता को समझ लेता है, वैसे ही वह निश्चित रूप से आत्मभर्त्सना एवं पश्चात्ताप से आक्रांत हो जाता है। लेकिन क्या यह सम्भव नहीं है कि कर्ता परिस्थिति को अच्छी तरह समझ रहा हो और अपने कार्य को बिलकुल अनैतिक भी मान रहा हो, और तब भी वह अपने कार्यसम्पादन को अपनी प्रतिष्ठा की रक्षा करने के लिए उचित ही मान रहा हो? प्रायः ऐसा देखा जाता है कि मनुष्य आत्मप्रतिष्ठा को बचाने के लिए जघन्य-से-जघन्य कार्य को भी ठीक ही मान लेता है। ऐसे लोग आत्मग्लानि या पश्चात्ताप से ग्रस्त होते हैं या नहीं—यह प्रश्न तो गहराई से विचार किये जाने वाला प्रश्न है। उल्लेखनीय है कि इतिहास में ऐसे अनेक उदाहरण मिलते हैं जिनमें हम पाते हैं कि जघन्य से जघन्य करने वाले अपराधियों ने भी आत्मभर्त्सना की आग में झुलस कर अपने जीवनकाल में ही अपने को संपरिवर्तित कर लिया है।

जैसा हमने ऊपर कहा है, कर्म के अनुसार फल केवल वैयक्तिक स्तर पर ही नहीं मिलता, बल्कि सामाजिक एवं प्रशासनिक स्तरों पर भी मिलता है। सामाजिक स्तर पर अच्छे कर्मों के लिए कर्ता को समाज द्वारा प्रशंसा, पुरस्कार, आदि दिये जाते हैं, और बुरे कर्मों के लिए उसे निंदा, बहिष्कार, शारीरिक दण्ड, आदि के द्वारा दण्डित किया जाता है। यह कर्मों के अनुसार पुरस्कृत एवं दण्डित करने का काम राज्यप्रशासन द्वारा अधिक व्यवस्थित ढंग से किया जाता है। राज्य के कानून की नजर में वह अपराधी भी बच नहीं सकता जो कानून से बिलकुल अनभिज्ञ रहता है।

इन विभिन्नस्तरीय व्यवस्थाओं के रहते हुए भी इस बात की सम्भावना तो रह ही जाती है कि कोई नैतिक अपराधी न तो वैयक्तिक स्तर पर, न ही सामाजिक स्तर पर और न ही

प्रशासनिक स्तर पर अपने अपराध के लिए सजा पा ले। यह सर्वथा सम्भव है कि अपराध करने के तुरंत बाद ही अपराधी एक अत्यन्त जोरदार भूकम्प के कारण अपने प्राण गँवा बैठे। ऐसी हालत में उसे उपर्युक्त तीनों स्तरों में किसी एक स्तर पर भी अपने कुकर्म की सजा नहीं मिल सकेगी। और जो बात यहाँ नैतिक कुकर्म के लिए लागू है, वही बात नैतिक सुकर्म के लिए भी लागू हो जाती है। ऐसी बातों से प्रभावित होकर अनेक विचारक आत्मा की अमरता को मानने के लिए बाध्य होता है और कर्मफलभोग को सम्भव बना देने का प्रयास कर ही लेते हैं। पर तब कर्मवाद की व्याख्या आत्मा की अमरता के आधार पर करना उचित नहीं हो सकता। कर्मवाद को इहलौकिक सीमा में सीमित रखकर समझना ही तार्किक और उचित हो सकता है। आत्मा की अमरता किसी भी तरह नैतिकता जैसी व्यवस्था के लिए उचित नहीं हो सकती। यह सही है कि नैतिकता के लिए अनेकानेक कारक आवश्यक होते हैं, जैसे बुद्धि, प्रवृत्तियाँ, सांसारिक मंच, आदि आदि। पर उन कारकों में न तो द्रव्य के रूप में किसी आत्मा का स्थान है और न ही आत्मा की अमरता का। यदि कोई कर्ता कोई कर्म करने के बाद तुरन्त मर जाता है, तो उसके लिए सबकुछ समाप्त ही हो जाता है, और तब उसके लिए कर्मफलभोग की सम्भावना भी समाप्त हो जाती है।

4.4.2 ईश्वर का अस्तित्व

जैसा हमने ऊपर कहा है, काण्ट के अनुसार नैतिकता के लिए ईश्वर के अस्तित्व को भी एक पूर्वमान्यता के रूप में स्वीकार करना आवश्यक है। यों तो काण्ट के अनुसार नैतिकता अपने आप में स्वतन्त्र होती है। यह ईश्वर या किसी अन्य अधिकारी द्वारा निर्देशित आदेश का पालन नहीं है। इसके नियम इसलिए अनुपालनीय होते हैं कि ये हमारे कर्तव्य होते हैं। इन कर्तव्यों का पालन किसी प्रकार की फलप्राप्ति के लिए नहीं होना चाहिये। लेकिन तब यह प्रश्न उठता है कि क्या नैतिक व्यवस्था में इस बात का प्रावधान होना तर्कतः आवश्यक एवं उचित नहीं है कि जो व्यक्ति कर्तव्यनिष्ठ है उसे सुख मिले और जो कर्तव्यनिष्ठ नहीं है उसे दुःख? स्पष्ट ही इसका उत्तर सकारात्मक होना चाहिये। लेकिन तब प्रश्न यह भी उठता है कि कर्तव्यनिष्ठ को सुख और कर्तव्यविरोधी को दुख कौन प्रदान करेगा। किसी प्रकार का फल प्रदान करने का काम स्वयं कर्ता नहीं कर सकता। उसे तो केवल कर्म करने का ही अधिकार प्राप्त है। फलप्राप्ति को सम्भव बनाने का अधिकार उसे करना प्राप्त हो सकता? कर्ता स्वयं विधाता नहीं हो सकता। अतः कर्ता से भिन्न एक ऐसे सक्षम एवं शक्तिशाली व्यक्ति का होना आवश्यक हो जाता है जो सद्गुण को सुख से और दुर्गुण को दुःख से जोड़े। काण्ट के अनुसार ऐसा व्यक्ति ईश्वर ही हो सकता है। और चूँकि ईश्वर के अस्तित्व को तर्क से प्रमाणित नहीं किया जा सकता, इसलिए नैतिकता के लिए ईश्वर के अस्तित्व को एक पूर्वमान्यता के रूप में स्वीकार कर लेना नितान्त आवश्यक हो जाता है।

पर, ईश्वरवादी यहाँ कह सकते हैं कि ऐसे अनेक तर्क हैं जिनके आधार पर ईश्वर का अस्तित्व प्रमाणित किया जा सकता है। इस प्रसंग में ईश्वरवादी अनीश्वरवादियों को पूछते हैं—यदि ईश्वर नहीं है तो नैतिक नियम कौन देता है? नैतिक नियमों का पालन होने पर पुरस्कार कौन देता है? उन नियमों का उल्लंघन होने पर दण्ड कौन देता है? आदि आदि। पर इन प्रश्नों के उत्तर ईश्वर के अस्तित्व के पक्ष में सही भूमिका नहीं निभा सकते। बारीकी से विचार करने पर यह स्पष्ट हो जा सकता है कि नैतिकता के लिए ईश्वर के अस्तित्व की आवश्यकता है ही नहीं। एक तरह से तो नैतिकता और ईश्वर के बीच कुछ विरोध की स्थिति ही वर्तमान रहती है। यह तो सभी स्वीकार ही करेंगे कि नैतिकता के लिए मनुष्य के द्वारा

स्वतन्त्र संकल्पन आवश्यक होता है और स्वतन्त्र संकल्पन के लिए यह आवश्यक है कि कर्ता पहले से ही किसी के द्वारा निर्देशित आदेश के पालन के लिए तत्पर न रहे। अतः नैतिककर्ता के लिए ईश्वरीय आदेश के रूप में नैतिक नियम की कोई जरूरत ही नहीं है। फिर, जैसा हमने ऊपर देखा है, दण्ड और पुरस्कार देनेवाले के रूप में भी ईश्वर की आवश्यकता नहीं है। जिन प्रश्नों के समाधान के लिए ईश्वर के अस्तित्व का सहारा लिया जाता रहा है, वे सारे प्रश्न बुद्धि के आधार पर ईश्वर के अस्तित्व को माने बिना भी सुलझा लिए जा सकते हैं। बुद्धि के आधार पर नैतिक नियमों का निरूपण भी संभव है और, जैसा हमने ऊपर कहा है ईश्वर के बिना भी पुरस्कार और दण्ड का प्रबंधन हो जा सकता है। अतः जब बुद्धि मनुष्य का एक आवश्यक अंग है ही, तब नैतिकता के लिए ईश्वर की ही आवश्यकता रह कहाँ जाती है; और, जैसा, हमने ऊपर संकेत किया है, ईश्वर तो एक दृष्टि से नैतिकता का बाधक ही होता है। ईश्वर की अवधारणा तो यही है कि वह सर्वशक्तिमान्, सर्वज्ञ, निरपेक्ष, तथा पूर्ण सत् है। ऐसी स्थिति में अलग से किसी स्वतन्त्र मानव का अस्तित्व सम्भव ही नहीं हो सकता यही कारण है कि स्वतन्त्र मानव का हिमायती सार्त्र[4] कहता है कि शुद्ध मानववाद कभी ईश्वर को नहीं मान सकता। उसके अनुसार मानव अस्तित्व को मौलिक माननेवाले अस्तित्ववादी को अनीश्वरवादी होना ही पड़ता है। आश्चर्य है कि नैतिकता की स्वायत्तता का कट्टर हिमायती काण्ट नैतिकता की तर्कसंगत परिणति के नाम पर ईश्वर के अस्तित्व को आवश्यक मान लेता है। कर्ता को अपने कर्म का परिणाम तो वैयक्तिक, सामाजिक तथा प्रशासनिक स्तरों पर अपने जीवनकाल में ही मिल जाता है। जहाँ परिस्थिति की प्रतिकूलता के कारण यह परिणाम कर्ता के जीवनकाल में सम्भव नहीं हो सकता, वहाँ वस्तुस्थिति को सही परिप्रेक्ष्य में नहीं आँक कर परिणाम को अतिप्राकृतिक स्तर पर ईश्वर द्वारा भविष्य में सम्भव बना देना एक प्रकार की आत्मप्रवंचना है। सही स्थिति यह है किं नैतिकता के लिए ईश्वरसंबंधी पूर्वमान्यता की कोई आवश्यकता ही नहीं है।

❑

अध्याय 5

नैतिक चेतना

5.1 नैतिक चेतना का स्वरूप

मनुष्य एक चेतन प्राणी है। पर इसका अर्थ यह नहीं होता कि वह हर समय सचेतन रहता ही है। यह तो सर्वविदित है कि वह कभी-कभी अचेतन रहता है, जैसे निद्रावस्था में। पर जब वह सचेतन रहता है, तब वह परिस्थिति की विशिष्टता के अनुरूप किसी-न-किसी वस्तु या वस्तुस्थिति के प्रति जागरूक रहता है। वस्तु या वस्तुस्थिति के प्रति जागरूक रहना ही सचेतन रहना है। चेतना स्वयं विषय नहीं हो सकती। इस समय मैं निश्चय ही सचेतन हूँ, क्योंकि इस समय मैं एक विशेष प्रकार की वस्तुस्थिति के प्रति जागरूक हूँ और वह वस्तुस्थिति है मेरे द्वारा एक विशेष विषय के सम्बन्ध में लेखन कार्य करना। वस्तुस्थिति बराबर बदलती रहती है और इस बदलाव के कारण मनुष्य की जागरूकता भी बदलती रहती है, अर्थात् उसकी चेतना का रूप भी बदलता रहता है। वर्तमान लेखन को समाप्त कर जब मैं टहलने जाऊँगा, तब मेरी चेतना का रूप दूसरा हो जाएगा। इस प्रकार हम देखते हैं कि हमारी चेतना के अनेक रूप हो सकते हैं। और उन रूपों को हम समानता और भिन्नता के आधार पर अनेक वर्गों में बाँट सकते हैं। कभी-कभी आवश्यकतावश हम किसी परिकल्पित पारलौकिक एवं शक्तिशाली सत्ता के प्रति भी जागरूक हो जाते हैं और उससे उचित रागात्मक सम्बन्ध स्थापित कर उससे अपनी इच्छाओं को पूरा करने की प्रार्थना भी कर लेते हैं। ऐसी प्रार्थनापरक जितनी भी चेतनाएँ होती हैं, चाहे वे मेरी हों या अन्यों की, उन्हें हम एक विशेष वर्ग में ले आते हैं और उस वर्ग को हम धार्मिक चेतना का नाम देते हैं। जो चेतनाएँ राज्यपरक या राजनीतिपरक होती हैं उन्हें हम राजनीतिक चेतना के वर्ग में सम्मिलित करते हैं। हमारी कुछ चेतनाएँ ऐसी होती हैं जिनमें हम कर्तव्य या अकर्तव्य के प्रति जागरूक रहते हैं। कभी-कभी तो कर्तव्यनिष्ठा के अनुसार कार्यसम्पादन करना इतना कठिन हो जाता है कि सम्बन्धित चेतना मानो अन्तर्द्वन्द्व का मंच ही बन जाती है। ऐसी कर्तव्याकर्तव्य सम्बन्धी चेतना को हम नैतिक चेतना कह सकते हैं। इस अध्याय में हम इसी नैतिक चेतना के सम्बन्ध में विस्तार से विचार करेंगे।

5.2 नैतिक चेतना के तीन पक्ष

मनुष्य जब भी सचेतन रहता है उसकी चेतना में तीन तरह के व्यापार घटित होते हैं—ज्ञानात्मक, भावनात्मक तथा क्रियात्मक। यह सम्भव है कि सभी चेतन अवस्थाओं में तीनों ही व्यापार पूरी तरह स्पष्ट या तीव्र न हों। पर न्यूनाधिक स्पष्टता या तीव्रता के साथ तीनों व्यापार सभी चेतन अवस्थाओं में रहते ही हैं। मान लीजिये आप एक जगह से दूसरी जगह पैदल जा रहे हैं। रास्ते में आप देखते हैं कि एक भेड़िया लपकता हुआ आपकी ओर आ रहा है। आप डर जाते हैं और भागकर बगल के घर में घुस जाते हैं। प्रस्तुत परिस्थिति में आपकी

चेतना में उपर्युक्त तीनों ही व्यापार वर्तमान हैं। आपका भेड़िया को देखना और उसके द्वारा आप पर सम्भावित आक्रमण का आपको बोध होना आपकी चेतना के ज्ञानात्मक घटक है। आपका डर जाना आपकी चेतना का भावात्मक या संवेगात्मक घटक है। और आपका भागने के लिए संकल्प लेना और आपका भागना आपकी चेतना के क्रियात्मक घटक हैं। इसी तरह अन्य चेतनाओं में भी तीनों घटक वर्तमान रहते हैं। तीनों घटकों का रहना नैतिक चेतना की कोई अपनी विशिष्टता नहीं है। उसकी विशिष्टता तो उसका कर्तव्याकर्तव्य के पालन से सम्बन्धित होना है। मुझे भूख लगती है और मैं अपनी भूख मिटाने के लिए भोजन कर लेता हूँ। इस क्रिया को करने में मैं अवश्य सचेतन रहता हूँ। किन्तु मेरी यह चेतना नैतिक चेतना नहीं मानी जा सकती। भूख मिटाने के लिए भोजन करना एक ऐसा व्यापार है जो सभी प्राणी करते हैं। इसके लिए भोजन करने वाले की न तो प्रशंसा की जा सकती है और न ही निन्दा। लेकिन मान लीजिये कि आपने मुझसे इस वादे के साथ एक सौ रुपये कर्ज लिए कि आप मुझे वे रुपये ठीक एक सप्ताह के बाद लौटा देंगे। रूपये लौटाने का समय आ जाने पर आप या तो मुझे रुपये लौटा देते हैं या नहीं लौटाते हैं। दोनों स्थितियों में आपकी चेतना नैतिक परिधि में आ जाती है; क्योंकि तब इसमें किसी कर्तव्य के करने या न करने की क्रिया सम्मिलित हो जाती है। दोनों स्थितियों की नैतिक चेतनाएँ नैतिक मूल्य की दृष्टि से परस्पर भिन्न होती हैं, पर दोनों में उपर्युक्त तीनों पक्ष निश्चय ही वर्तमान रहते हैं। पहले हम आप द्वारा प्रतिज्ञानुसार रुपये लौटा देनेवाली आपकी चेतना को लें। इस चेतना का ज्ञानात्मक पक्ष है आपका अपनी प्रतिज्ञा का ज्ञान तथा आपका प्रतिज्ञापालनसम्बन्धी नैतिक नियम का ज्ञान। इस नैतिक चेलना का भावनात्मक पक्ष है आप में नैतिक व्यवस्था तथा नैतिक नियमों के प्रति अनुराग तथा आदर की भावनाओं का होना। और इसका क्रियात्मक पक्ष है आप के द्वारा नैतिक नियम के अनुसार कार्य करने का संकल्प लेना तथा तदनुसार आपके द्वारा रुपये का समय पर लौटा देना। ये तीनों पक्ष महत्त्वपूर्ण इसलिए हैं कि इनमें से किसी एक के नहीं रहने से नैतिक कार्यों का क्रियान्वयन सम्भव नहीं होता। अब हम आपकी उस चेतना को लें जिसकी वजह से आप रुपये लौटाने का कार्य नहीं करते हैं। आपके द्वारा रुपये समय पर नहीं लौटाने के अनेक कारण हो सकते हैं। यहाँ हम सभी सम्भव कारणों की विस्तृत व्याख्या न कर यह मान लें कि आप सक्षम होते हुए भी जान-बूझकर रुपये नहीं लौटाते हैं, अर्थात् आप प्रतिज्ञा का उल्लंघन करते हैं। यहाँ भी आपकी चेतना नैतिक परिधि के अन्तर्गत आ जाती है, क्योंकि यहाँ चेतना का सम्बन्ध कर्तव्य-उल्लंघन से अर्थात् अकर्तव्य से है। स्पष्ट ही यह कर्तव्य से उलटा है। इस चेतना में भी उपर्युक्त तीनों पक्ष वर्तमान हैं। ज्ञानात्मक पक्ष तो बहुत कुछ पहले जैसा ही है; किन्तु अन्य दोनों पक्षों के सम्बन्ध में आपकी पहली और दूसरी नैतिक चेतनाओं में बहुत अधिक अन्तर होता है। दूसरी चेतना में भावनात्मक पक्ष नैतिक नियम के प्रति अनादरपरक हो जाना है। फलस्वरूप क्रियात्मक पक्ष में प्रतिज्ञापालन के बजाय प्रतिज्ञा के उल्लंघन का संकल्प लिया जाता है और समय पर रुपये की वापसी नहीं की जाती है। चूँकि प्रतिज्ञा के उल्लंघन से सम्बन्धित संकल्प और कर्म घोर अनैतिक होते हैं, इसलिए यह दूसरी चेतना अनैतिक चेतना है। अब हम इन तीनों पक्षों के बारे में एक-एक कर कुछ विस्तार से चर्चा करेंगे।

5.2.1 ज्ञानात्मक पक्ष

नैतिक चेतना के ज्ञानात्मक पक्ष में नैतिक नियमों का ज्ञान सम्मिलित रहता है। इन्हीं नियमों के आलोक में या आधार पर कर्ता अपने उन कार्यों को करता है जो नैतिक समझे जाते हैं।

ये नियम ही उसे नैतिक कार्य करने के लिए दिशानिर्देश देते हैं। यह सर्वथा सम्भव है कि कर्ता जिन नियमों के आलोक में अपने कार्य सम्पादित करता है वे सही अर्थ में नैतिक न हों। लेकिन तब प्रश्न उठता है कि सही अर्थ में नैतिक नियमों का पालन कैसे होता है। यह प्रश्न स्पष्ट ही बहुत महत्त्वपूर्ण है और हम इसका विस्तृत विवेचन आगे के पृष्ठों में करेंगे। यहाँ एक दूसरा प्रश्न यह भी उठता है कि कर्ता इन नियमों को उपलब्ध कैसे करता है। स्पष्ट ही इन नियमों के स्रोत अनेक हैं—रीति-रिवाज, धर्मशास्त्र, अन्तर्दृष्टि, बौद्धिक विचार, आदि। इनमें रीति-रिवाज तथा धर्मशास्त्र जैसे स्रोत बाह्य कहे जा सकते हैं। उपर्युक्त सभी स्रोतों में बौद्धिक स्रोत को छोड़कर अन्य स्रोतों से प्राप्त नैतिक नियम परस्पर विरोधी हो सकते हैं। यदि किसी समाज में बूढ़े माँ-बाप की सेवा करने को नैतिक माना जाता है, तो किसी अन्य समाज में बूढ़े माँ-बाप की हत्या कर देना ही नैतिक समझा जाता है। कोई धर्मशास्त्र यदि पशुबलि का निषेध करता है, तो कोई उसे विहित मान लेता है। अन्तर्दृष्टिवादियों के अनुसार कर्तव्यों का ज्ञान अन्तर्दृष्टि से होता है। इनके अनुसार सत्य बोलना चाहिये, रोगी को कष्ट नहीं पहुँचाना चाहिये, आदि आदि नियम अन्तर्दृष्टि से ही प्राप्त होते हैं। किन्तु क्या किसी मरणासन्न माता को उसके इकलौते पुत्र की मृत्यु का समाचार सच-सच दे देना नैतिक दृष्टि से उचित है? इस विषय के सभी विचारणीय प्रश्न आगे के पृष्ठों में उचित स्थानों पर विवेचित किये जाएँगे। यहाँ केवल इतना कहना पर्याप्त होगा कि अन्ततः नैतिक नियमों का सही-सही निरूपण बौद्धिक स्तर पर ही किया जा सकता है। पर बुद्धि शून्य में इस सम्बन्ध में कोई निरूपण नहीं कर सकती। वह तो कर्ता की सम्भव इच्छाओं, आकांक्षाओं तथा उसके सम्भव सामाजिक तथा अन्य परिवेशों के परिप्रेक्ष्य में ही नैतिक नियमों का निरूपण कर सकती है। यहाँ यह उल्लेखनीय है कि नैतिक चेतना में नैतिक नियमों का कोई भण्डार स्वतः विद्यमान नहीं रहता जिस कारण सभी उपस्थित परिस्थितियों में कर्ता आसानी से अपने नैतिक कार्य कर ले सके। वास्तविकता तो यह है कि साधारणतः व्यक्ति को सामाजिक स्रोत से कुछ सामान्य नैतिक नियमों का ज्ञान उपलब्ध होता है और वह उन्हीं नियमों के अनुकूल या प्रतिकूल कार्य करता है। पर तब यहाँ यह उल्लेखनीय है कि नैतिकता के सामान्य नियमों का उपयोग, चाहे उनका स्रोत जो भी हो, यान्त्रिक ढंग से नहीं किया जाना चाहिये। उनका उपयोग तो परिस्थिति की विशेषता को ध्यान में रख कर सम्यक् रूप से विचार करने पर ही किया जाना चाहिये। कोई सामान्य नियम परिस्थिति की विशेषता के आलोक में परिवर्तित किया ही जा सकता है। नैतिक नियमों के ज्ञान के स्रोतों का विस्तृत विवेचन हम उचित स्थान पर आगे करेंगे।

5.2.2 भावनात्मक पक्ष

नैतिक चेतना का एक पक्ष भावनात्मक है। यह पक्ष भी बहुत महत्त्वपूर्ण होता है। इसके अभाव में ज्ञान के रहने पर भी कार्यसम्पादन नहीं हो सकता। कहा भी गया है—"जानामि धर्मं न चे मे प्रवृत्तिः जानाम्यधर्मं न च मे निवृत्तिः"। अर्थात् मैं धर्म को जानता हूँ, किन्तु मुझे उसके लिए प्रवृत्ति नहीं है। मैं अधर्म को जानता हूँ, किन्तु उससे मुझे निवृत्ति नहीं है। यह प्रवृत्ति या निवृत्ति न तो ज्ञान है और न ही क्रिया। प्रवृत्ति यदि किसी कार्य को सम्पन्न करने का मानसिक झुकाव है, तो निवृत्ति कार्य सम्पन्न नहीं करने की मानसिकता। प्रवृत्ति या निवृत्ति के गतिशील होने पर कार्य सम्पादन क्रमशः होता है या नहीं होता है। अतः नैतिक चेतना को समझने के लिए प्रवृत्ति तथा निवृत्ति के स्वरूपों को समझना भी अत्यन्त आवश्यक है।

जैसा हमने ऊपर कहा है, प्रवृत्ति या निवृत्ति न तो ज्ञान है और न ही क्रिया। प्रवृत्ति या निवृत्ति एक प्रकार का मानसिक रुझान है जो हर समय गतिशील या क्रियमाण नहीं रहता।

इन विषयों को हम एक उदाहरण द्वारा अच्छी तरह समझ सकते हैं। मान लीजिये कि हम मोहन के सम्बन्ध में कहते हैं कि वह बड़ा गुस्सैल है। इसका अर्थ यह है कि मोहन बहुत जल्द गुस्सा हो जाता है, अर्थात् वह बात-ही-बात में क्रोधित हो जाता है। जहाँ प्रायः ही लोग साधारणतः क्रोधित ही नहीं होते, वही मोहन अतिशीघ्र क्रोधित हो जाता है। पर इसका अर्थ यह नहीं है कि वह हर समय क्रोध की अवस्था में ही रहता है और जब वह गहरी निद्रा में सोया भी रहता है तब भी वह गुस्से में ही रहता है; यह भी नहीं कि जब वह अपनी प्रेमिका से प्रेम कर रहा होता है, तब भी वह गुस्से में रहता है। स्पष्ट ही किसी व्यक्ति का गुस्सैल स्वभाव का होना कोई मानसिक वृत्ति या घटना नहीं है। यह एक स्वभाव है जिसकी कोई अनुभूति नहीं होती और न ही इसे किसी कालसीमा में सीमित किया जा सकता। पर यह तो सही है कि जब कोई गुस्सैल स्वभाव का व्यक्ति किसी कारण से वस्तुतः क्रोधित हो जाता है, तब वह निश्चय ही गुस्से की अनुभूति करता है। और तब दूसरे लोग भी उसके आक्रामक आचरणों एवं क्रियाओं के आधार पर सहज ही अनुमान लगा ले सकते हैं कि वह क्रोध में है। और तब यह भी कहा ही जा सकता है कि वह व्यक्ति अमुक समय से अमुक समय तक गुस्से में था। इस तरह हम देखते हैं कि क्रोध की वास्तविक अवस्था का स्वरूप क्रोधी स्वभाव के वास्तविक स्वरूप से सर्वथा भिन्न है। क्रोधी स्वभाव वाला व्यक्ति हर समय क्रोध में नहीं रहता, पर जैसे ही उसकी परिस्थिति क्रोध उत्पन्न करनेवाली हो जाती है, वैसे ही वह क्रोध की अनुभूति करने लगता है। क्रोधी स्वभाव का स्वरूप जिस प्रकार का होता है, वैसा ही स्वरूप प्रवृत्ति या निवृत्ति का भी होता है। प्रवृत्ति या निवृत्ति वृत्ति नहीं, वरन् अभिवृत्ति है जो अनुकूल परिस्थिति के उपस्थित होने पर ही गतिशील या क्रियमाण हो सकती है।

किन्तु क्या कोई ऐसी भी प्रवृत्ति हो सकती है जो कभी क्रियमाण हुई ही न रहे? निश्चय ही ऐसी कोई प्रवृत्ति नहीं हो सकती। यदि कोई व्यक्ति कभी क्रोधित न हुआ हो, तो उसका गुस्सैल स्वभाव का होना कोरा बकवास है। अन्ततः किसी व्यक्ति के गुस्सैल स्वभाव के होने का प्रमाण यही है कि वह अनेक बार साधारण-साधारण बातों पर भी गुस्सा कर चुका होता है। इस प्रकार हम प्रवृत्ति या निवृत्ति के सम्बन्ध में दो प्रकार की अवस्थाएँ मान सकते हैं। एक तो उसकी निष्क्रिय अवस्था है और दूसरी उसकी सक्रिय या क्रियमाण अवस्था। प्रवृत्ति या निवृत्ति के क्रियमाण होने पर ही कर्ता उस क्रियमाण अवस्था से प्रेरित होकर प्रवृत्ति या निवृत्ति के अनुरूप कार्य करता है। जब आपका शत्रु आप पर आक्रमण करता है तो आप उसे देखकर क्रोधित हो उठते हैं और उस क्रोध से उत्प्रेरित होकर आप उस पर आक्रमण कर बैठते हैं। यदि क्रोध की भावना आपको उत्प्रेरित न करे, तो शायद आप अपने शत्रु पर आक्रमण करे ही नहीं। इस तरह हम देखते हैं कि कार्यसम्पादन के लिए उत्प्रेरक के रूप में भावनाओं का अस्तित्व में होना नितान्त आवश्यक है। धर्म का ज्ञान रहने पर भी यदि तदनुकूल प्रवृत्ति ही न रहे या प्रवृत्ति के रहने पर भी वह क्रियमाण ही न हो, तो धर्म के अनुकूल कार्य का सम्पादन नहीं हो सकता। पर प्रवृत्तियाँ तो अनेक प्रकार की होती हैं। अतः यहाँ प्रश्न उठ जाता है कि नैतिकता के लिए कौन-सी प्रवृत्तियाँ प्रासंगिक होती हैं। स्पष्ट ही नैतिकता के लिए नैतिक सिद्धान्तों के प्रति श्रद्धा या आदर की प्रवृत्तियाँ ही प्रासंगिक हो सकती हैं। मुझे नैतिक सिद्धान्तों का ज्ञान रहे और उनके प्रति श्रद्धा या आदर की प्रवृत्ति न रहे, या यदि ऐसी प्रवृत्ति रहे भी, पर वह क्रियमाण ही न हो, तो मैं उन सिद्धान्तों के अनुरूप कार्य कर ही नहीं सकता। जिस तरह क्रोध के क्रियमाण हो जाने पर ही आक्रमण की क्रिया सम्भव हो पाती है, उसी तरह नैतिकता के प्रति श्रद्धा एवं आदर के जाग्रत हो जाने पर ही नैतिक संकल्प एवं नैतिक

कार्यसम्पादन सम्भव हो पाते हैं। काण्ट ने कहा है कि नैतिक बाध्यता नैतिक नियम के प्रति श्रद्धा के कारण कार्य करने की अनिवार्यता है। और उन्होंने यह भी कहा है कि यदि नैतिक कर्म की अभिप्रेरक भावनाओं में से किसी एक को चुनना पड़े तो निश्चय ही वह नैतिक नियम के प्रति श्रद्धा की भावना ही हो सकती है। यह श्रद्धा की भावना उसके द्वारा प्रेरित क्रिया की गुणवत्ता को बढ़ाती है। यहाँ यह उल्लेखनीय है कि कोई भावना या मूल्य या प्रवृत्ति या कर्म नैतिक इसलिए होता है कि वह नैतिकता की कसौटी के अनुकूल होता है। इस नैतिकता की कसौटी के बारे में हम आगे विस्तार से चर्चा करेंगे।

यदि एक तरफ नैतिक कर्म करने के लिए कर्त्ता के मन में अनुकूल प्रेरक भावना की उपस्थिति आवश्यक है, तो दूसरी तरफ नैतिक कर्म के सम्पादन के बाद कर्ता के मन में उस कर्म के नैतिक मूल्य के अनुरूप आनन्द जैसी भावना का उत्पन्न होना भी आवश्यक ही है। यदि कर्म नैतिक दृष्टि से अच्छा होता है, तो कर्ता को संतोष एवं आनन्द का अनुभव होता है। इस तरह का अनुभव प्राप्त करके वह मानो अपने आपको धन्य मानता है। किन्तु यदि कर्म अनैतिक होता है, तो कर्ता को ग्लानि, पश्चात्ताप और क्लेश का अनुभव होता है और इस तरह वह मानो अपनी भर्त्सना कर लेता है। कर्ता द्वारा आत्मसंतोष या आत्मग्लानि की भावना की अनुभूति कार्य करने के लिए निर्णय लेने के बाद तथा निर्णयानुसार कर्म करने के बाद भी उत्पन्न होती है। मानव व्यक्तित्व की संरचना कुछ ऐसी है कि वह कर्म की नैतिकता के अनुरूप भावना भी उत्पन्न कर ले सकती है। और इसी कारण जब भी कोई व्यक्ति किसी अन्य व्यक्ति के द्वारा किये गये कर्म को मूल्यांकित करता है, तब वह व्यक्ति मूल्यांकित कर्म को नैतिक दृष्टि से अच्छा पाने पर उसके कर्ता की प्रशंसा करता है और अनैतिक पाने पर उसकी भर्त्सना या निन्दा करता है। इस प्रकार हम देखते हैं कि नैतिकता में भावनाएँ बहुत महत्त्वपूर्ण भूमिका अदा करती हैं। स्पष्ट ही नैतिक आचरण तथा नैतिक विकास के लिए नैतिक भावनाएँ बहुत अधिक उपयोगी सिद्ध होती हैं।

ऊपर हमने प्रवृत्ति की दो तरह की अवस्थाओं की चर्चा की है। एक निष्क्रिय अवस्था और दूसरी सक्रिय या क्रियमाण अवस्था। अंग्रेजी में हम इन अवस्थाओं को 'डॉरमेन्ट[1]' तथा 'कायनेटिक[2]' कहते हैं। प्रवृत्ति जब निष्क्रिय रहती है तब हम उसे 'डिस्पोजिशन[3]' तथा जब सक्रिय रहती है तब उसे 'ऑकरेन्स'[4] कहते हैं। अब यहाँ प्रश्न उठ सकता है कि प्रवृत्ति को हम चेतना के उपर्युक्त तीन रूपों में से किस रूप के अन्तर्गत रखें। हमने ऊपर देखा है कि प्रवृत्ति के सक्रिय होने की स्थिति में भावनाएँ तथा क्रियाएँ दोनों होती हैं। इस कारण प्रवृत्ति के रूपनिर्धारण में कठिनाई उत्पन्न हो जाती है। इस कठिनाई के समाधान के लिए हम इतना तो कह ही सकते हैं कि प्रवृत्ति का रूपनिर्धारण इसके सक्रिय रूप के अनुरूप ही होना चाहिये। ज्ञान उत्पन्न करनेवाली प्रवृत्ति को ज्ञानात्मक, भावना उत्पन्न करनेवाली प्रवृत्ति को भावनात्मक तथा क्रिया उत्पन्न करनेवाली प्रवृत्ति को क्रियात्मक मानना चाहिये। पर यहाँ ध्यान देने की बात यह भी है कि मानव व्यक्तित्व या मन कोई ऐसी वस्तु नहीं है कि उसे खण्ड-खण्ड में विभाजित कर लिया जा सके, भले ही हम उसकी विशिष्टताओं का विश्लेषण क्यों न कर ले सकें। मानव मन एक ऐसा अंगी है जिसके अंग भले ही गिनाए जा सकें, पर वे एक दूसरे से पृथक् नहीं किये जा सकते।

5.2.3 क्रियात्मक पक्ष

जैसा हमने ऊपर कहा है, नैतिक चेतना के ज्ञानात्मक एवं भावनात्मक पक्षों के अलावे उसका एक क्रियात्मक पक्ष भी होता है। नैतिक चेतना का क्रियात्मक रूप कार्य करने के निमित्त संकल्प से भी जुड़ा होता है। अपेक्षित ज्ञान उपस्थित हो और प्रवृत्ति भी वर्तमान रहे, पर यदि संकल्प का अभाव रहे, तो कार्यसम्पादन नहीं हो सकता। हम यहाँ एक कायर व्यक्ति का उदाहरण ले सकते हैं। कोई व्यभिचारी किसी अन्य व्यक्ति के घर में घुसकर व्यभिचार करना चाहता है। घर का मालिक समझ रहा है कि व्यभिचारी को रोकना उसका नैतिक धर्म है और ऐसा करने की उसकी प्रवृत्ति भी क्रियमाण होने के कगार पर है। किन्तु घर का मालिक भयंकर परिणाम की आशंका के कारण व्यभिचारी का प्रतिरोध करने के लिए संकल्प नहीं ले पा रहा है। ऐसा व्यक्ति कायर होता है। और कायरों के लिए नैतिक कार्यसम्पादन संभव नहीं होता। नैतिक कार्य सम्पादन के लिए तो नैतिकताविरोधी प्रवृत्तियों का दमन करना, नैतिक नियम के अनुकूल कार्य का चयन करना तथा उस चयनित कार्य को करने के लिए संकल्प लेना नितान्त आवश्यक होते हैं। इन सभी व्यापारों के लिए पर्याप्त दृढ़ शक्ति की भी आवश्यकता होती है जो किसी कायर में रहती ही नहीं है। और हम जानते हैं कि सहज इच्छाजनित कर्म नैतिकता की परिधि में नहीं आता। यही कारण है कि हम किसी शिशु के कर्मों का नैतिक मूल्यांकन नहीं करते। स्पष्ट ही केवल संकल्पजनित कर्म ही नैतिक परिधि में आ सकते हैं। अतः नैतिकता के लिए संकल्प का बहुत अधिक महत्त्व है। आगे हम संकल्पजनित कर्म का पूरा पूरा विश्लेषण करेंगे और उसकी महत्त्वपूर्ण मनोवैज्ञानिक विशिष्टताओं का उल्लेख भी करेंगे।

5.3 नैतिक चेतना का विकास

सभी व्यक्तियों या सभी समाजों की नैतिक चेतनाएँ एक समान नहीं होतीं। इसका कारण यह है कि नैतिक चेतना का क्रमिक विकास होता रहता है। किसी पाँच वर्ष के बालक में नैतिक चेतना उस रूप में वर्तमान नहीं रहती जिस रूप में वह एक सुशिक्षित एवं परिपक्व दिमागवाले वयस्क में रहती है। ऐसा होना स्वाभाविक है। हमने ऊपर देखा है कि नैतिकता के दो महत्त्वपूर्ण स्तम्भ हैं—बुद्धि और स्वतन्त्रता। इनके अभाव में सही नैतिकता सम्भव ही नहीं हो सकती। और यह सहज ही अनुमान्य है कि एक पाँच वर्ष के बच्चे में न तो बुद्धि का और न ही स्वतन्त्रता का पर्याप्त प्रयोग सम्भव है। यह अक्षमता केवल व्यक्तियों में ही नहीं, वरन् समाजों में भी पायी जाती है। अत्यन्त प्राचीन काल में मानव समाज कबीलों में विभक्त था जिनमें परम्परागत रीति-रिवाजों के अनुसार ही जीवनयापन होता था। रीति-रिवाज ही ऐसे समाजों के नैतिक नियम थे और उन्हीं का पालन विहित होता था और उन्हीं का उल्लंघन निषिद्ध। इस प्रकार की प्रथा आज भी विद्यमान है। आज भी विश्व में अनेकानेक ऐसे कबीले पाये जाते हैं जिनमें ऐसी ही आचरणनीति प्रचलित है। यह सही है कि आज अनेक सभ्य समाज कबीली आचरणनीति से बहुत ऊपर उठ चुके हैं और ऐसे समाजों में बुद्धि और व्यक्तिगत स्वतन्त्रता को अधिक प्रश्रय दिया जाने लगा है। पर ऐसा परिवर्तन नैतिक चेतना के विकास के कारण ही सम्भव हुआ है। इस प्रकार हम देखते हैं कि व्यक्ति और समाज दोनों में ही नैतिक चेतना का विकास होता है। इस विकासप्रक्रिया के सम्बन्ध में यदि हम गौरपूर्वक विचार करें तो हम पायेंगे कि नैतिक विकास में दो प्रकार के आयाम होते हैं—एक बाह्य-आन्तरिक आयाम तथा दूसरा निर्देशन-स्वातन्त्र्य आयाम। बाह्य-आन्तरिक आयाम वह है जिसमें एक छोर पर पूर्ण बाह्य निर्देश रहता है और दूसरे छोर पर पूर्ण

आन्तरिक निर्देश। अब आप ऐसे कबीलों की कल्पना करें जहाँ बड़े-बूढों या मुखिया प्रधान आदि के निर्देश ही, जो पूरी तरह परम्परा पर ही आधारित होते हैं, कार्यसम्पादन के लिए पूरी तरह नियामक होते हैं। ऐसी प्रथा समाज की प्रारंभिक अवस्था अर्थात् उसकी शैशवावस्था में ही पायी जाती है। इस प्रकार की नैतिकता को हम सामाजिक स्तर पर परम्परागत नैतिकता तथा वैयक्तिक स्तर पर शैशवकालीन नैतिकता कह सकते हैं। पर विकासक्रम में निर्देश का स्वरूप धीरे-धीरे आन्तरिक होता जाता है। आन्तरिक हो जाने की स्थिति में निर्देशन का काम व्यक्ति का विवेक करता है। स्पष्ट है कि ऐसा निर्देशन व्यक्ति के बाहर से नहीं आता, वरन् उसके अन्दर से ही आता है। आधुनिक सभ्य एवं शिक्षित समाजों में नैतिकता का निर्देशन बहुत-कुछ ऐसा ही होता है। यहाँ यह ध्यातव्य है कि ऐसी नैतिकता में निर्देशन का आन्तरिकीकरण उसका होता है, पर पूर्ण निराकरण नही हो पाता। अतः इस नैतिकता को भी पूर्णतः विकसित नहीं माना जा सकता। तब भी नैतिकता के पूर्ण विकास के लिये निर्देशन-स्वातन्त्र्यपरक आयाम ही अपेक्षित एवं प्रासंगिक होता है। सही नैतिक विकास की प्रक्रिया में धीरे-धीरे निर्देशन के बदले स्वतन्त्रता सक्रिय होती जाती है। निर्देशन का पूर्ण निराकरण तभी सम्भव होता है जब निर्देशन के बदले केवल बुद्धि ही सक्रिय हो। कर्ता द्वारा केवल बुद्धि का ही सहारा लेने पर उसके माथे पर से परतन्त्रता के कलंक को मिटाया जा सकता है, और उसे सही मायने में आत्मनिर्भर माना जा सकता है। चूँकि वैयक्तिक नैतिकता में व्यक्तिगत स्वतन्त्रता का होना नितान्त आवश्यक है, इसलिए इसमें सामाजिक या परम्पराजन्य निर्देशन का कोई स्थान ही नहीं रह सकता। पर, इसका अर्थ यह नहीं होता कि स्वतन्त्रता के नाम पर समाज की अवहेलना ही होती। कार्यसम्पादन की स्वतन्त्रता समाजनिरपेक्ष होने की छूट दे नहीं सकती। हमने ऊपर देखा है कि समाज का कल्याण ही नैतिकता का परम लक्ष्य होता है। अतः नैतिकता में समाज की अवहेलना के लिए कोई स्थान रह नहीं जाता। पर, यह सुनिश्चित करना तो आवश्यक ही होता है कि नैतिकता समाज द्वारा निर्देशित नहीं हो, बल्कि कर्ता द्वारा विवेचित एवं संकल्पित ही हो। वर्तमान समय में भले ही केवल प्रबुद्ध एवं विवेकी कर्ताओं से संगठित समाज न पाये जायँ, पर नैतिक विकास के लिए ऐसा ही समाज आदर्श की भूमिका निभा सकता है। पर, नैतिक क्रियान्वयन के लिए नैतिक चेतना में ऐसे तत्त्वों का ज्ञान होना भी आवश्यक होता है जिनकी वजह से चेतना में संघर्ष या अन्तर्द्वन्द्व की अनुभूति हो सके। स्पष्ट ही नैतिक जीवन में संघर्ष का बहुत महत्त्वपूर्ण स्थान है। संघर्ष में विजय पाना ही मनुष्य का नैतिक लक्ष्य होता है। और नैतिक लक्ष्य प्राप्ति हेतु सचेष्ट चेतना ही नैतिक चेतना का मानक रूप होती।

❑

अध्याय 6

नीतिशास्त्र का मनोवैज्ञानिक आधार

6.1 कर्म और कर्म का स्वरूप

नीतिशास्त्र की विषय-वस्तु कर्म है। यदि कर्म की सम्भावना न रहे तो नीतिशास्त्र सम्भव नहीं हो सकता। अतः यह आवश्यक है कि 'कर्म' शब्द के अर्थ को स्पष्ट किया जाय। 'कर्म' के एक व्यापक अर्थ के अनुसार मनुष्य की अर्थात् मनुष्य के शरीर द्वारा संचालित कोई भी गति या क्रिया कर्म है—जैसे, श्वास लेना, गिर जाना, छींकना, दौड़ना, आदि आदि। पर, श्वास लेने को या किसी भी प्रतिवर्त क्रिया को नीतिशास्त्र की विषय-वस्तु नहीं माना जा सकता। जैसा हमने ऊपर उल्लेख किया है, नीतिशास्त्र की विषय-वस्तु में वैसे ही कर्म सम्मिलित किये जा सकते हैं जिनका सम्पादन कर्ता के संकल्प के कारण होता है। प्रतिवर्त क्रियाओं में कर्ता का संकल्प वर्तमान नहीं रहता। अब यदि हम 'कर्म' को उसके व्यापक अर्थ में लेते हैं तो हम कर्मों को दो वर्गों में बाँट सकते हैं—(1) नीतिशून्य कर्म तथा (2) नीतियुक्त कर्म। नीतिशून्य कर्मों के अन्तर्गत हम उन सभी क्रियाओं को सम्मिलित कर सकते हैं जिन पर नैतिक निर्णय करना सम्भव नहीं होता, अर्थात् जिन्हें नैतिक या अनैतिक नहीं माना जा सकता। ऐसी नीतिशून्य क्रियाओं के अन्तर्गत हम निर्जीव पदार्थ, वनस्पति, पशु तथा अबोध शिशु की गतियों के साथ-साथ वयस्क मनुष्य के अनैच्छिक या असंकल्पित कर्मों को शामिल कर सकते हैं। मनुष्यों का श्वास लेना, उनका रक्तसंचार, उनकी पाचनक्रिया, आदि आदि ऐसी क्रियाएँ हैं जिन्हें नैतिकता के दायरे में नहीं लाया जा सकता। ये सभी नीतिशून्य हैं। अनेक दार्शनिक ऐसी क्रियाओं को 'कर्म' की संज्ञा देते ही नहीं हैं। ये लोग 'नीतिशून्य कर्म' को एक आत्मव्याघाती पद मानते हैं। उनके अनुसार ऐसे सभी तथाकथित कर्म मात्र विभिन्न गतियाँ हैं। कर्म सिर्फ वैसी ही क्रियाएँ होती हैं जिनकी उत्पत्ति संकल्प के कारण होती है और जिनके लिए कर्ता उत्तरदायी होता है। अतः यदि 'कर्म' को एक संकुचित अर्थ देकर उसे संकल्पित कर्म का पर्यायवाची बना दिया जाय, तो कर्मों को उपर्युक्त दो वर्गों में नहीं बाँटा जा सकता और तब सभी कर्म नीतियुक्त ही माने जाएँगे।

हम नीतियुक्त कर्मों को एक अन्य प्रकार के आधार पर दो वर्गों में पुनः बाँट सकते हैं—नैतिक कर्म तथा अनैतिक कर्म। नैतिक कर्म वे हैं जो नैतिकता के अनुरूप होते हैं, अर्थात् जो नैतिक नियमों के अनुकूल होते हैं। और अनैतिक कर्म वे हैं जो नैतिकता के विपरीत होते हैं अर्थात् जो नैतिक नियमों के प्रतिकूल होते हैं। परोपकार, ईमानदारी, आदि कर्म नीतिसम्मत होने के कारण नैतिक कर्म हैं। तथा निर्दोष व्यक्ति की हत्या करना, चोरी करना, आदि कर्म नीतिविरुद्ध होने के कारण अनैतिक कर्म हैं। कौन कर्म नैतिक है और कौन अनैतिक—इसे जानने के लिए नैतिक नियमों को जानना अपेक्षित होता है। ये नियम क्या-क्या हैं?—यह प्रश्न अत्यन्त विराट् और जटिल है। इसका विचार हम आगे विस्तार से करेंगे। यहाँ अब हम नैतिक तथा अनैतिक कर्मों के मनोवैज्ञानिक तन्त्र पर विचार करेंगे।

हम इस निष्कर्ष पर कि 'नीतिशास्त्र का मनोविज्ञान के साथ बहुत गहरा सम्बन्ध है' पहले ही काफी प्रकाश डाल चुके हैं। उनका गहरा सम्बन्ध तो तब और अधिक स्पष्ट हो जाता है जब हम कहते हैं कि संकल्प जैसे मानसिक व्यापार से उत्पन्न आचरण या कर्म पर ही नैतिक निर्णय सम्भव हो सकता है। इस प्रकार हम देखते हैं कि किसी आचरण या कर्म को नैतिक परिधि में आने के लिए एक विशिष्ट प्रकार की मानसिक प्रक्रिया की आवश्यकता होती है। और वह मानसिक प्रक्रिया संकल्पन है। इस तरह यदि कर्म के लिए संकल्प की अपेक्षा है तो संकल्प के लिए भी इच्छा की अपेक्षा होती है। अपनी इच्छा के अनुरूप ही कर्ता कार्य का चयन करता है और उसे निष्पादित करने का संकल्प लेता है। इस प्रकार हम देखते हैं कि इच्छा, चयन, संकल्प, आदि अनेक मानसिक व्यापारों के आधार पर ही कोई कर्म क्रियान्वित हो सकता है। इस अध्याय में अब हम उन सभी मानसिक व्यापारों का स्पष्टीकरण करेंगे जो नैतिकता के लिये आवश्यक होते हैं।

6.2 कर्म का मनोवैज्ञानिक स्रोत

मनुष्य का जीवन अनेक आवश्यकताओं की पूर्ति पर निर्भर करता है—जैसे, भोजन, जल, आवास, आदि आदि। इन आवश्यकताओं की पूर्ति के बिना मनुष्य का जीवन कायम नहीं रह सकता। फलस्वरूप मनुष्य इन आवश्यकताओं की पूर्ति के लिए प्रयत्नशील होता रहता है और इस कारण उपयुक्त कर्म करता रहता है। यदि मनुष्य सर्वदा सभी प्रकार से सम्पन्न या परिपूर्ण रहे, तो वह निश्चय ही कोई कर्म नहीं करेगा। अतः कर्म करने के लिए अभाव का होना आवश्यक है। अभाव अनेक प्रकार के हो सकते हैं। कुछ अभाव जन्मजात इच्छाओं से सम्बद्ध होते हैं और कुछ अर्जित आकांक्षाओं से। भूख, प्यास, कामुकता, आदि कुछ ऐसी जन्मजात प्रवृत्तियाँ हैं जिनके कारण आवश्यकताएँ उत्पन्न होती है और तब यदि उनसे सम्बद्ध वस्तुओं का अभाव रहता है तो उस अभाव की पूर्ति निश्चित रूप से अपेक्षित हो जाती है। इन जन्मजात प्रवृत्तियों के अलावे मनुष्य अपने जीवनयापन के क्रम में वातावरण एवं परिवेश से प्रभावित होकर अनेक नई-नई कमियों का अनुभव करता है और इस कारण वह अनेक नयी प्रवृत्तियों को भी अर्जित करता है। वातानुकूलित मकान में रहने या चाँद पर पहुँचने की प्रवृत्ति जन्मजात नहीं है। ये प्रवृत्तियाँ अर्जित हैं और अर्जित प्रवृतियाँ भी मनुष्य को कर्म करने के लिए प्रेरित कर सकती हैं। इस प्रकार हम देखते हैं कि कर्म के स्रोत या तो जन्मजात होते हैं या अर्जित। यहाँ उल्लेखनीय है कि शैशवावस्था में भूख तथा प्यास जैसी जन्मजात प्रवृत्तियों की तृप्ति शिशु के चिंतन बिना ही सम्भव हो जाती है। अतः शैशवावस्था के प्रारम्भ में कोई प्रवृत्ति इच्छा का रूप नहीं ले सकती। किन्तु कालक्रम में जब चिंतन सम्भव हो जाता है तब प्रवृत्ति चेतन इच्छा का रूप ले लेती है। और यह तो जाहिर है कि नैतिकता के सम्बन्धी कर्मसम्पादन के लिए इच्छाओं का होना आवश्यक ही है, चाहे वे जन्मजात हों या अर्जित।

अब यहाँ प्रश्न उठता है कि क्या केवल इच्छा के रहने से ही कर्म सम्पादित हो जा सकता है। स्पष्ट ही इसका उत्तर नकारात्मक होगा। इच्छा यदि चेतनायुक्त हो और साथ-ही-साथ अपनी पूर्ति के लिए तत्पर भी हो तथा परिस्थिति सहयोगी हो, तो उपयुक्त कर्म निष्पादित हो जा सकता है। इस प्रकार की स्थिति में सोच-विचार की आवश्यकता नहीं रहती। लेकिन यदि किसी कारण उपयुक्त कर्मनिष्पादन सम्भव नहीं हो, तो चिंतन आवश्यक हो ही जाता है और तब कर्ता को संकल्प भी लेना पड़ता है। इस प्रकार हम देखते हैं कि किसी किसी

परिस्थिति में कर्म सम्पादन में कर्ता के संकल्प का होना आवश्यक हो जाता है। और यही वजह है कि ऐसा कर्म नैतिक मूल्यांकन का उपयुक्त विषय भी बन जाता है। मान लीजिये कि मोहन भूखा है और वह भूख की पीड़ा का अनुभव कर रहा है। फलस्वरूप वह किसी भोज्य पदार्थ का भोजन करने के लिए आतुर हो जाता है। यदि वह उस समय अपने आस-पास कोई भोज्य पदार्थ पा लेता है तो वह उसका भोजन कर लेता है। यहाँ वह जान-बूझकर ही भोजन की क्रिया सम्पादित करता है। वह इस भोजन की क्रिया को सम्पादित नहीं भी कर सकता था। वह भोजन करने के पहले यह खोज कर ले सकता था कि जिस भोज्य पदार्थ का वह भोजन करने जा रहा है उसके उपभोग पर कोई प्रतिबंध तो नहीं है। यह बिलकुल सम्भव था कि वह भोज्य पदार्थ किसी अन्य जरूरतमंद व्यक्ति के लिए सुरक्षित रखा गया हो। यदि वास्तविकता यही रही हो तो मोहन ने भोजन करके निश्चय ही एक अनधिकृत कार्य किया है। अतः उसके कर्म के सम्बन्ध में नैतिक मूल्यांकन बिलकुल सम्भव एवं उचित है। इस प्रकार यह देखा जा सकता है कि मोहन के भोजन सम्बन्धी कार्यसम्पादन में उसका संकल्प सम्बन्धी स्वातन्त्र्य निश्चित रूप से वर्तमान है। प्रस्तुत उदाहरण में मोहन द्वारा सम्पादित भोजन की क्रिया नैतिक दृष्टि से उचित है या नहीं? इसका विवेचन हम यहाँ नहीं करेंगे। यह एक जटिल प्रश्न है। इसका विस्तृत एवं सांगोपांग विवेचन हम आगे करेंगे। यहाँ हम इच्छा पर आधारित कर्म से सम्बन्धित एक महत्त्वपूर्ण विभेद की चर्चा करेंगे। इस विभेद का ज्ञान नीतिशास्त्रियों के लिए अत्यन्त अपेक्षित है।

विख्यात नीतिशास्त्री पी॰ एच॰ नोवेल-स्मिथ ने अपनी पुस्तक *एथिक्स* में कर्मों के उचित कारणों के सम्बन्ध में एक विभेद किया है। उन्होंने कहा है कि कर्मों के दो तरह के कारण हो सकते हैं—(1) तर्कसम्मत उचित कारण और (2) नीतिसम्मत उचित कारण। ऊपर के मोहन के भोजन सम्बन्धी उदाहरण में मान लीजिये कि मोहन द्वारा उपभुक्त भोज्य पदार्थ किसी बीमार जरूरतमंद व्यक्ति के लिए सुरक्षित रखा गया था, पर वह व्यक्ति भोजन न कर सकने के कारण दुष्परिणामों का शिकार होकर मर भी गया। इस प्रकार मोहन का यह भोजन कर लेना निश्चय ही नीतिसम्मत नहीं हुआ, बल्कि अनैतिक ही हुआ। किन्तु यदि मोहन के इस कर्म को मनोवैज्ञानिक दृष्टि से देखा जाय तो यह बिलकुल तर्कसंगत एवं उचित ही सिद्ध होगा। भूख की पीड़ा, खाने की प्रबल इच्छा, भूख मिटाने की तत्परता, भोजन की उपस्थिति, बाधा का अभाव, आदि आदि से निर्मित स्थिति की तार्किक परिणति क्या हो सकती है। इसका अनुमान तो सहज ही लगा लिया जा सकता है। जिस तरह एक किंचित् ही अपूर्ण आकृति अपने समग्र रूप को इंगित कर देती है, उसी तरह उपर्युक्त वस्तुस्थिति अपने उस रूप को इंगित कर देती है जिसमें उसकी अपूर्णता दूर की गयी रहती है। अतः मोहन द्वारा भोजन की क्रिया का सम्पादन मनोवैज्ञानिक दृष्टि से बिलकुल तार्किक है, भले ही यह अन्य अधिक जरूरतमंद व्यक्तियों के द्वारा उपमुक्त किये जाने के परिप्रेक्ष्य में अनैतिक ही सिद्ध क्यों न हो जाय। तब मोहन द्वारा उपमुक्त क्रिया नीतिसम्मत उचित कारण से वंचित ही मानी जायेगी।

6.3 संकल्पजनित कर्म

उपर्युक्त उदाहरण में कर्ता के सामने किसी प्रकार का विरोध उपस्थित नहीं था। अतः उसे भोजन करने के लिए मन बनाने हेतु सोच-विचार की किसी पेचीदी प्रक्रिया को अपनाना नहीं पड़ा। किन्तु यदि उसके सामने किसी तरह की अड़चन उपस्थित हो जाती, तो उसके द्वारा भोजन कर लेना उचित माना नहीं जा सकता। अड़चन या तो बाह्य हो सकती है या

आन्तरिक। यदि कोई अन्य व्यक्ति कर्ता को भोजन करने से मना करता है या रोकता है, तो यह अड़चन बाह्य है। पर यदि कर्ता यह सोचकर कि भोज्य पदार्थ उसका अपना नहीं है स्वयं ही भोजन करने के लिए तैयार नहीं होता है, तो यहाँ अड़चन आन्तरिक है। चूँकि वह भोज्य पदार्थ उसका अपना नहीं था इसलिए वह यह सोच ही सकता था कि मुझे दूसरे की वस्तु का उपभोग नहीं करना चाहिये। आन्तरिक सोच से उत्पन्न होने के कारण यह अड़चन स्पष्ट ही आन्तरिक हो जाती है। अड़चन, चाहे आन्तरिक हो या बाह्य, कार्यसम्पादन को तो वह रोक ही सकती है। किन्तु इस कारण कर्ता निश्चिन्त नहीं हो जा सकत। कर्ता की भूख की उत्तरोत्तर वृद्धि के कारण उसकी बेचैनी का बढ़ना स्वाभाविक है। और कोई व्यक्ति बेचैनी की अवस्था में रहना पसन्द नहीं करता, क्योंकि यह अवस्था अत्यन्त कष्टकारी होती है। फलस्वरूप प्रस्तुत उदाहरण का भूखा मोहन यह सोचने को विवश हो सकता है कि वह उपस्थित भोज्य पदार्थ का उपभोग करे या न करे। यदि वह भोजन कर लेने का निर्णय करता है, और यदि अड़चन बाह्य है तो वह यह सोचने के लिये भी बाध्य हो जाता है कि वह उसे दूर कैसे करे। यह सोच-विचार की प्रक्रिया संक्षिप्त या विस्तृत हो सकती है। यदि कर्ता नैतिकता के प्रति श्रद्धालु नहीं है, तो सम्भव है कि उसका सोच-विचार लम्बा न खिंचे और वह भूख की पीड़ा से उबरने के लिए जल्द-से-जल्द भोजन कर लेने का ही निर्णय ले ले और तदनुसार भोजन कर ले। अड़चन के बाह्य होने के कारण कर्ता उसे दूर करने के लिए संघर्ष करने के लिए भी तैयार हो जा सकता है और संघर्ष द्वारा उसे दूर कर ही भोजन का उपभोग कर ले सकता है। किन्तु यदि कर्ता नैतिकता का समर्थक है तो सम्भव है कि वह सोच-विचार करके भोजन सम्बन्धी अपनी इच्छा को प्रश्रय एवं महत्त्व न देकर उसे नियन्त्रित कर दे और उपस्थित भोज्य पदार्थ का भोजन नहीं करने का ही निर्णय ले ले और अपनी भूख को मिटाने के लिए किसी नीतिसम्मत उपाय की ही तलाश करे।

ऊपर के उदाहरण को यदि हम बारीकी से देखें तो हम पायेंगे कि संकल्पजनित कर्मों का मनोवैज्ञानिक आधार बहुत जटिल होता है। सहज परिचालित कर्मों की तरह संकल्पजनित कर्म सद्यःपरिचालित नहीं होते। इनके लिए एक बहुआयामी मनोवैज्ञानिक प्रक्रिया की जरूरत होती है, जिसमें इच्छा, चिन्तन, चयन तथा संकल्प जैसे पूर्वापर व्यापार सम्मिलित रहते हैं। इस तरह की प्रक्रिया की कालावधि कम या अधिक हो सकती है। इसकी कालसीमा वस्तुस्थिति की विशिष्टता पर निर्भर करती है। अब हम इन व्यापारों के सम्बन्ध में विस्तार से चर्चा करेंगे। पहले हम इच्छा को लें।

6.4 इच्छा

इच्छा के बिना कोई संकल्पजनित कर्म सम्भव नहीं हो सकता। अतः इच्छा के स्वरूप का स्पष्ट ज्ञान अत्यन्त अपेक्षित है। हमने ऊपर संकेत किया है कि हमारी अनेक क्रियाएँ हमारी मूलभूत शारीरिक अन्तर्नोदों के कारण होती हैं—जैसे, भूख, प्यास और कामुकता। ऐसे अन्तर्नोद केवल मनुष्यों में ही नहीं, वरन् पशुओं में भी होते हैं। किन्तु पशुओं के अन्तर्नोद इच्छाओं में परिवर्तित नही हो सकते। यह सही है कि अन्तर्नोदों की स्नायविक संरचना मनुष्यों एवं पशुओं में बहुत हद तक एक तरह की ही होती है और सम्भवतः इस कारण से ही मनुष्यों की तरह अतिविकसित पशुओं में भी संवेदना की अनुभूति होती है। लेकिन तब भी हम यह नहीं कहते हैं कि मनुष्यों की तरह पशुओं में भी इच्छाएँ होती हैं और इच्छाओं से प्रेरित होने से ही पशुओं में भी कार्य सम्पादित होते हैं। यहाँ हमसे यह अपेक्षित नहीं हो सकता कि हम पशुओं के व्यवहार के सम्बन्ध में कोई विस्तृत चर्चा करें, क्योंकि उनके व्यवहार नैतिकता के क्षेत्र में नहीं आते। अतः अब हम यहाँ उनके व्यवहार के बारे में चर्चा नहीं करेंगे।

यहाँ प्रश्न उठ सकता है कि हम मनुष्यों के अन्तर्नोदों के कारण उत्पन्न व्यवहारों को नैतिकता के क्षेत्र में कैसे सम्मिलित कर सकते जबकि अन्तर्नोदों में इच्छा वर्तमान नहीं रहती। इसका उत्तर यह है कि जब ये अन्तर्नोद इच्छा का रूप ले लेते हैं और जब इन इच्छाओं के कारण व्यवहार उत्पन्न होने की सम्भावना उपस्थित हो जाती है, तभी ये नैतिकता के दायरे में शामिल किये जाते हैं। उल्लेखनीय है कि इच्छाएँ महज शारीरिक व्यापार नहीं होतीं, वे तो मनुष्य की चेतनायुक्त एवं कर्मोन्मुख प्रवृत्तियाँ होती हैं जिनकी पूर्ति न होने पर मनुष्य निश्चिन्त एवं निष्क्रिय नहीं रह सकता। यदि भूखा व्यक्ति भूख को मिटाने हेतु भोजन की क्रिया सम्पन्न नहीं कर ले, तो हरगिज वह चैन से नहीं रह सकता; ऐसा इसलिये भूख की स्थिति में वह अत्यधिक बेचैनी का अनुभव करता है। कामवासना की तृप्ति के अभाव में भी मनुष्यों को कष्ट का ही अनुभव करना पड़ता है। इच्छाओं के कई आयाम हो सकते हैं। जैसे, (1) वर्तमान-भविष्य का आयाम, (2) ज्ञान-आवेग-कर्म का आयाम, (3) प्रवृत्ति-वृत्ति का आयाम। अब हम बारी-बारी से इन आयामों के परिप्रेक्ष्य में इच्छा के सम्बन्ध में विचार करेंगे।

6.5 इच्छा के आयाम

6.5.1 वर्तमान-भविष्य का आयाम

किसी व्यक्ति की इच्छा उसके मन की एक ऐसी उत्प्रेरक स्थिति है जो उसके किसी विशिष्ट अभाव की पूर्ति के लिए उसे प्रेरित कर रही होती है। इस तरह यह स्पष्ट होता है कि प्रत्येक इच्छा का कुछ विषय होता है जिसकी प्राप्ति उस इच्छा का उद्देश्य होता है। और इस तरह यह भी स्पष्ट होता है कि इच्छा का विषय वर्तमान में अप्राप्त रहने के कारण भविष्य में प्राप्त होनेवाला विषय बन जाता है जिसे प्राप्त करने के लिए इच्छुक व्यक्ति को सक्रिय होना पड़ता है। इस प्रकार हम देखते हैं कि इच्छा का एक कालपरक आयाम होता है।

6.5.2 ज्ञान-आवेग-कर्म का आयाम

हमने ऊपर जाना है कि इच्छा का विषय भविष्य में प्राप्त होनेवाला विषय होता है। पर वर्तमान में उस विषय का ज्ञान तो अवश्य रहता है। ऐसा ज्ञान न रहने पर इच्छुक व्यक्ति अपनी इच्छा की पूर्ति के लिए किसी तरह का सोच-विचार या कोई शारीरिक व्यापार नहीं करता। इस प्रकार हम देखते हैं कि इच्छा का एक ज्ञानपरक पक्ष होता है। यहाँ एक प्रश्न यह उठ सकता है कि क्या इच्छाएँ अचेतन नहीं हो सकतीं। यह तो अब साधारण ज्ञान की बात हो गई है कि मन की एक अचेतन अवस्था भी होती है जो सम्भवतः चेतनावस्था से अधिक महत्त्वपूर्ण होती है। हमारी अनेक क्रियाएँ ऐसी होती हैं जिनके मूल में ऐसी प्रेरणाएँ रहती हैं जो अचेतन मन में अवस्थित होती हैं। इन प्रेरणाओं की जानकारी तब होती है जब मनोविश्लेषण-पद्धति से कर्ता के आचरण का विश्लेषण किया जाता है। जब तब ऐसा भी देखा जाता है कि दो व्यक्ति आपस की साधारण-सी झड़प में एक-दूसरे से बहुत अधिक उलझ जाते हैं और उनमें से एक व्यक्ति इतना उद्वेलित हो जाता है कि वह दूसरे की हत्या तक कर देता है। यह सम्भव है कि मनोविश्लेषक अपनी विशिष्ट पद्धति के द्वारा उस हत्यारे का मनोविश्लेषण कर यह पता लगा ले कि उसके उद्वेगपूर्ण आचरण का प्रेरक उस दूसरे व्यक्ति के प्रति पूर्व अर्जित उसकी घोर घृणा थी जो उसके अचेतन मन में दबी पड़ी थी। हम यहाँ अचेतन प्रेरणा-स्रोत की विस्तृत व्याख्या इसलिए नहीं करना चाहेंगे कि हम कर्ता के अचेतन प्रेरणा-स्रोत के आधार पर उसके कर्मों के लिए उसको उत्तरदायी नहीं मान सकते हैं।

कर्ता के कर्मों का नैतिक मूल्यांकन उनके चेतन रूप के आधार पर ही किया जा सकता है। नीतिशास्त्र के लिए अचेतन मनोविज्ञान का महत्त्व है या नहीं, यह विषय पूरी तरह और गम्भीरता के साथ विचार करने का है। यहाँ हम केवल इतना कहेंगे कि शिक्षा एवं चरित्रनिर्माण के क्षेत्रों में अचेतन मनोविज्ञान के महत्त्व को कुछ भी कम नहीं किया जा सकता। नैतिक प्रगति के लिए तो इस मनोविज्ञान की सहायता लेना अत्यन्त आवश्यक हो जाता है। अतः हम इस अचेतन मनोविज्ञान की अवहेलना नहीं कर सकते। लेकिन चूँकि हम यहाँ संकल्पजनित कर्मों को ही समझने का प्रयास कर रहे हैं, इसलिए यहाँ हम अचेतन स्तर की इच्छाओं के प्रभावों का विवेचन नहीं करेंगे।

किन्तु मात्र ज्ञान के आधार पर इच्छा की अवधारणा पूरी तरह विश्लेषित नहीं हो जाती, क्योंकि इच्छा तो फलप्राप्ति के लिए कर्म करने के लिये प्रवृत्त रहती है। और हमने ऊपर देखा है कि कर्म करने के लिए उचित प्रेरक भावना या आवेग की भी आवश्यकता होती है। इस प्रकार हम देखते हैं कि इच्छा का ज्ञान-आवेग-कर्मपरक आयाम भी होता है। यह सही है कि इच्छा की क्रिया परक तत्परता अनेकानेक कारणों से बाधित हो जा सकती है। लेकिन तब यहाँ यह कहा जा सकता है कि यदि इच्छा में पर्याप्त मात्रा में कार्य करने की तत्परता न रहे, तो वह सही मायने में इच्छा ही नहीं है। यहाँ यह भी ध्यातव्य है कि यद्यपि मैंने स्पष्ट विश्लेषण के लिए इच्छा के ज्ञान, आवेग एवं कर्मसम्बन्धी घटकों को अलग-अलग पूर्वापर अवस्थाओं के रूप में विवेचित किया है, फिर भी वास्तविकता यह नहीं है कि ये घटक स्पष्ट रूप से अलग-अलग पूर्वापर क्रम में घटित होते हैं। इच्छा तो एक ऐसी मिश्रित मानसिक स्थिति है जिसमें ये तीनों घटक एक इकाई के रूप में वर्तमान रहते हैं।

6.5.3 प्रवृत्ति-वृत्ति का आयाम

इच्छाओं का वृत्तिपरक पक्ष भी होता है। मान लीजिये कि मेरी इच्छा है कि मैं नीतिशास्त्र पर एक पुस्तक लिखूँ। इसका तात्पर्य यह है कि मैंने अभी तक नीतिशास्त्र पर कोई पुस्तक नहीं लिखी है। इस तरह यह मेरी कमी है। मैं इस कमी को पूरा करना चाहता हूँ। मैं जिस कमी को पूरा करना चाहता हूँ उसका मुझे स्पष्ट ज्ञान है। किन्तु केवल इस तरह का ज्ञान रखने से ही कोई व्यक्ति नीतिशास्त्र का लेखक नहीं बन जा सकता। अनेक ऐसे विद्वान् हैं जो जानते हैं कि उन्होंने नीतिशास्त्र पर कोई पुस्तक नहीं लिखी है। फिर भी वे इस शास्त्र पर पुस्तक लिखने के लिए जरा भी प्रयत्नशील नहीं होते। इसका कारण यह है कि उन्हें ऐसी पुस्तक लिखने की कोई रुचि नहीं है। चूँकि मुझमें ऐसी रुचि है, इसलिए मैं ऐसी पुस्तक लिख रहा हूँ। हमने पहले भी उल्लेख किया है कि धर्म के ज्ञान मात्र से लोग धर्मी नहीं हो जाते, उसके लिए प्रवृत्ति का होना भी जरूरी होता है। प्रवृत्ति, जिसे हम अभिवृत्ति भी कह सकते हैं, न तो ज्ञान है न क्रिया। यह तो एक प्रकार की मानसिक स्थिति है जिसकी दो अवस्थाएँ होती हैं—(1) अस्फुट एवं (2) स्फुट। जब मैं मोहन के सम्बन्ध में कहता हूँ कि वह बड़ा क्रोधी है तब मेरे कहने का अर्थ यह नहीं होता कि वह हर समय क्रोध की क्रियमाण अवस्था में रहता है। इसका अर्थ तो केवल यही होता है कि वह मामूली कारणों से भी प्रभावित होकर क्रोध करने लगता है। स्पष्ट ही जब वह क्रोध में नहीं रहता, तब उसका क्रोध अस्फुट रहता है। और जब वह क्रोध कर रहा होता है तब उसका क्रोध स्फुट अवस्था में रहता है। क्रोध की ही अन्य रुचि, रुझान, प्रवृत्ति, अभिवृत्ति, आदि के दोनों रूप होते हैं। जब इनकी अस्फुट अवस्था परिवर्तित होकर स्फुट या क्रियमाण हो जाती है, तभी इनके अनुरूप कार्य सम्पादित किये जा सकते हैं। इच्छा के अनुसार भी कार्य तभी सम्पादित होता है, जब इच्छा में निहित प्रवृत्ति या अभिवृत्ति स्फुट या क्रियमाण हो जाती है।

प्रवृत्ति या अभिवृत्ति के स्फुट या क्रियमाण हो जाने से कर्ता कार्य करने को तत्पर हो जाता है और तभी वह इच्छित विषय को प्राप्त करने का निर्णय और तब संकल्प लेता है और कार्य करता है। इस स्फुट क्रियमाण अवस्था को ही वृत्ति कहते हैं।

जैसा हमने ऊपर उल्लेख किया है, इच्छाएँ केवल जन्मजात नहीं होतीं, वे जीवनयापन के क्रम में अधिकाधिक संख्या में अर्जित भी की जाती हैं। पर यहाँ यह उल्लेखनीय है कि हमारी सभी जन्मजात या अर्जित इच्छाओं की पूर्ति सम्भव नहीं होती। इसलिए प्रश्न उठता है कि हमारी जिन इच्छाओं की पूर्ति नहीं हो पाती, उनकी क्या गति होती है, अर्थात् हमारी अपूर्त या अतुष्ट इच्छाओं का क्या हाल होता है। जैसा हमने ऊपर संकेत दिया है, ऐसी सभी इच्छाएँ अचेतन मन में दमित हो जाती हैं। और जब वे अचेतन मन में दमित रहती हैं, तब वे वृत्तिरूप में नहीं रहतीं, वरन् प्रवृत्ति के रूप में ही रहती हैं। अब हम यहाँ इस प्रवृत्ति-वृत्तिपरक विभेद को और स्पष्ट करना चाहेंगे।

पाश्चात्त्य दार्शनिकों ने डिस्पोजिशन तथा ऑकरेन्स में भेद किया है। ऐसा ही भेद प्रवृत्ति तथा वृत्ति में है। और यही भेद संस्कार और घटना में है। ऑकरेन्स, वृत्ति या घटना कालसीमा में अवस्थित होती है या, घटना पत्ते का हिलना, आनन्द का अनुभव करना, क्रोध से आग बबूला होना, आदि आदि वृत्ति के उदाहरण हैं। इन घटनाओं के सम्बन्ध में हम कह सकते हैं कि ये घटनाएँ अमुक समय से अमुक समय तक घटीं। किन्तु डिस्पोजिशन्स या प्रवृत्तियाँ या संस्कार घटनाएँ नहीं हैं। इन्हें हम साधारण ढंग से कालसीमा में सीमित नहीं कर सकते। इनके सम्बन्ध में हम यह भी नहीं कह सकते कि ये उसी प्रकार अस्तित्ववान् हैं जिस प्रकार आम, कुर्सी, पहाड़, बादल, आनन्द की अनुभूति, दर्द की अनुभूति, आदि अस्तित्ववान् हैं। हम किसी बालक के सम्बन्ध में कहते हैं कि वह बड़ा संस्कारी है, क्योंकि वह गणित के कठिन प्रश्नों के उत्तर बड़ी सहजता से दे देता है। इस बालक का प्रखर बुद्धिपरक संस्कार कोई वस्तु नहीं है और न ही वह कोई घटना है। वह तो एक क्षमता है। ऐसा नहीं है कि यदि प्रखर बुद्धिवाला व्यक्ति अपने मन का अन्तर्निरीक्षण करे तो वह प्रखर बुद्धि परक संस्कार का साक्षात्कार कर लेगा। इस प्रखर बुद्धिपरक संस्कार का कोई प्रत्यक्षीकरण नहीं हो सकता। इसकी अभिव्यक्ति तो तब होती है जब उपयुक्त शर्तों की पूर्ति हो पाती है।

आप एक फुट लम्बे तथा एक इंच चौड़े रबड़ के फीते को लें। दोनों हाथों से उसके दोनों छोरों को अच्छी तरह पकड़कर विपरीत दिशाओं में खीचें। फीता एक फुट से अधिक लम्बा हो जाएगा। अब उसे छोड़ दें। फीता फिर एक फुट का हो जाएगा। ऐसा क्यों होता है? यह रबड़ के फीते के आन्तरिक गुण या संस्कार के कारण होता है। भारतीय दर्शन में वैशेषिक मत इस संस्कार को स्थितिस्थापकत्व संस्कार कहता है। ऐसा नहीं है कि रबड़ के अन्दर कोई वस्तु छिपी हुई है जो उसे खीचे जाने पर अधिक लम्बा बना देती है और छोड़ दिये जाने पर उसके प्रकृत रूप में ला दिया करती है। तथ्य यह है कि रबड़ के फीते की बनावट ही ऐसी है कि यदि उसे विपरीत दिशा में तानकर छोड़ दिया जाय तो वह अपनी पहले की दशा में आ जायगा। स्थितिस्थापकत्व का अस्तित्व सापेक्ष अर्थात् हेत्वाश्रित होता है। यहाँ यह उल्लेखनीय है कि संस्कार जड़ वस्तु तथा मन दोनों में हो सकते हैं। अंग्रेजी का 'डिस्पोजिशन' इसी संस्कार का द्योतक है। संस्कार के और भी कई अर्थ होते हैं; 'यज्ञोपवीत संस्कार', 'विवाह संस्कार', 'दाह संस्कार' आदि पदों में व्यवहृत 'संस्कार' का अर्थ अनुष्ठान होता है जो एक घटना है, अतः समय सीमित है। 'प्रवृत्ति' शब्द भी 'संस्कार' या 'डिस्पोजिशन' की तरह एक क्षमतापरक शब्द ही है। प्रवृत्ति की अभिव्यक्ति भी शर्तों की पूर्ति पर ही निर्भर होती है। ''मैं डरपोक प्रवृत्तिवाला व्यक्ति हूँ''। इसका अर्थ यह नहीं

है कि मैं चौबीसों घण्टे डरता रहता हूँ, बल्कि इसका अर्थ यह है कि यदि मैं दूर से ही किसी आक्रामक कुत्ते को अपनी ओर आता देखता हूँ, तो मैं बहुत अधिक डर जाता हूँ; या यदि कोई व्यक्ति जोर से मुझे डपट देता है, तो मैं डर से पसीने-पसीने हो जाता हूँ। साधारणतः 'प्रवृत्ति' शब्द का प्रयोग निर्जीव पदार्थों के लिए नहीं होता, वरन् केवल मनधारी व्यक्तियों के लिए ही होता है। मनधारी व्यक्तियों में ही वृत्तियाँ अर्थात् मानसिक प्रक्रियाएँ हो सकती हैं। और ये वृत्तियाँ प्रवृत्तियों सम्बन्धी आवश्यक एवं उपयुक्त शर्तों की पूर्ति होने पर सम्भव हो पाती हैं। इस प्रकार हम देखते हैं कि वृत्तियाँ मानसिक प्रक्रियाएँ हैं, और प्रवृत्तियाँ वृत्तियों को सम्भव करनेवाली क्षमताएँ। और चूँकि प्रवृत्तियाँ क्षमताएँ मात्र हैं, इसलिए इनके सचेतन होने का प्रश्न ही नहीं उठता।

अब हम यह विचार करेंगे कि इच्छाएँ वृत्त्यात्मक होती हैं या प्रवृत्त्यात्मक। यह तो स्पष्ट है कि इच्छुक व्यक्ति इच्छाओं को पूरा करने का प्रयत्न तभी कर सकता हैं जब वह उनके सम्बन्ध में चेतन हो और इच्छाएँ उसे प्रयत्न करने के लिए प्रेरित कर रही हों। इस प्रकार इच्छाएँ अपनी भूमिका तभी अदा कर सकती हैं जब वे व्यक्ति के मानसिक पटल पर क्रियमाण हों। इच्छाओं की यह अवस्था स्पष्ट ही वृत्त्यात्मक है। किन्तु जब इच्छाएँ दमित हो जाती हैं या विस्मृत हो जाती हैं और इस तरह अस्फुट अवस्था में रहती हैं, तब वे अचेतन रुझानों के रूप में रहती हैं, और भविष्य में जब अनुकूल परिस्थितियाँ उत्पन्न होती हैं तभी वे फिर जाग्रत एवं सक्रिय होकर व्यक्ति को कर्म करने के लिए प्रेरित करती हैं। इच्छाओं का अजाग्रत यानी अस्फुट रूप प्रवृत्त्यात्मक है और ऐसी इच्छाओं को हम प्रवृत्तियाँ कह सकते हैं।

6.6 इच्छाओं का संघर्ष

यह कोई आम बात नहीं है कि किसी व्यक्ति को कोई इच्छा हुई, उसने अपनी इच्छा के अनुकूल आसानी से कार्य कर लिया और इस तरह उसने अपनी इच्छा सहज ही पूरी कर डाली। अनेकानेक ऐसे अवसर उपस्थित होते रहते हैं जिनमें इच्छाओं की सद्यः या सहज पूर्ति सम्भव नहीं होती। इच्छाओं की पूर्ति में प्रायः ही अनेक प्रकार की बाधाएँ उपस्थित होती रहती हैं। ये बाधाएँ या तो बाह्य होती है या आन्तरिक। आप अपना भोजन करने जा रहे हैं। पर तभी कोई दूसरा व्यक्ति आप से आपका भोजन छीन लेने में सफल हो जाता है और आप भोजन नहीं कर सकते। यह बाधा बाह्य है। एक परिस्थिति ऐसी भी हो सकती है कि जब आप भोजन करने की क्रिया शूरू करने वाले होते हैं तभी एक क्षुधापीड़ित व्यक्ति आपके भोजन की भीख माँगने आपके सामने आ खड़ा होता है। लेकिन आप उस भिखारी की अनदेखी कर उपस्थित भोजन का उपभोग स्वयं करके अपनी भूख शान्त कर लेते हैं। इस घटना में आप बाधा को बाधा नहीं बनने देते। किन्तु ऐसा भी हो सकता था कि भिखारी के उपस्थित होने पर आपकी नैतिकता जाग उठती और आपके मन में उस भिखारी की सहायता करने की इच्छा उत्पन्न हो जाती और आप उसे भोजन करा देते और स्वयं भोजन नहीं करते। कल्पना कीजिए कि वास्तविक तौर पर इसी प्रकार की घटना आपके साथ घट चुकी है। स्पष्ट ही यहाँ वह भिखारी बाह्य परिस्थिति का एक अंग है। पर उसने कोई जोर जबरदस्ती न कर मात्र इतना ही किया कि वह आपकी नैतिक चेतना को जागृत करने में सफल हो गया और आपके मन में एक विपरीत इच्छा का जन्म करा दिया। और वह विपरीत इच्छा थी स्वयं भोजन न करके भिखारी को भोजन करा देना। स्पष्ट ही यहाँ बाह्य परिस्थिति बाधक नहीं है, बल्कि वह नैतिक चेतना को उभरने के लिए एक अवसर प्रदान कर देती है। इस नैतिक चेतना से कर्तव्यबोध उत्पन्न होता है। यह कर्तव्यबोध भी स्पष्ट ही आन्तरिक है। इस आन्तरिक कर्तव्यबोध भी के

कारण आप उस भिखारी की आवश्यकता की अवहेलना नहीं कर सके। इस कारण आपके मन में भिखारी की भूख मिटाने की इच्छा प्रकट हो गई। और तब आपकी इस नई इच्छा तथा आपकी अपनी भूख मिटाने की इच्छा में मानो एक प्रकार का संघर्ष छिड़ गया; ऐसा इसलिये कि आपकी अपनी स्थिति भी कुछ ऐसी थी कि आप अपनी भूख की अवहेलना नहीं कर सकते थे। आप स्वयं पेट की एक ऐसी बीमारी से पीड़ित हैं कि आप यदि भूखा रहते हैं तो आपकी बीमारी उग्र रूप धारण कर ले सकती है। अतः उचित कारणों से ही आपके मन में दो विपरीत इच्छाओं में एक संघर्ष छिड़ गया और आप किंकर्तव्यविमूढ़ हो गये। किन्तु अन्त में विजय नैतिकता की हुई और आपने उस भिखारी को भोजन करा दिया। इस प्रकार यह स्पष्ट हो जाता है कि अनेक परिस्थितियाँ ऐसी भी हो सकती हैं जिनमें इच्छाओं की पूर्ति सद्यः या सहजता से नहीं हो पाती।

6.7 विमर्श, चयन और निर्णय

मनुष्य के जीवन में इच्छाओं का संघर्ष प्रायः होता ही रहता है। पर अनेक संघर्ष ऐसे होते हैं जिनको मिटाने में कोई कठिनाई नहीं होती। मेरी तबीयत आज अच्छी नहीं लग रही है। मेरी इच्छा होती है कि मैं आज विश्वविद्यालय नहीं जाऊँ। किन्तु आज ही विश्वविद्यालय में एक बहुत महत्त्वपूर्ण व्याख्यान होनेवाला है जिसको सुनने की मेरी प्रबल इच्छा है। अतः मेरे मन में विश्वविद्यालय जाने और नहीं जाने की दो परस्पर विरोधी इच्छाएँ विद्यमान हैं। किन्तु अन्ततः मैं निर्णय ले लेता हूँ कि मैं कुछ आवश्यक दवाएँ एवं पेय लेकर तथा किसी वाहन पर सवार होकर विश्वविद्यालय जाऊँगा और व्याख्यान सुनूँगा। निर्णय लेने के पहले मैंने मन-ही-मन कुछ विमर्श किया जो बहुत लम्बा और पेचीदा नहीं था, क्योंकि मेरी तबीयत साधारण ढंग से ही खराब थी। किन्तु ऊपर वर्णित भिखारी को भोजन देनेवाले उदाहरण का यदि हम पुनरवलोकन करें तो हम पायेंगे कि उस परिस्थिति में विकल्प का चयन बहुत आसान नहीं था। उस उदारहण का जो संघर्ष था वह अत्यन्त तीव्र और पेचीला था। ऐसा इसलिए कि वह दो मनुष्यों के प्राणों की रक्षा से सम्बद्ध था। भोजन करने वाला यदि भोज्य पदार्थ भिखारी को दे देता है, तो वह अपने पेट की बीमारी को और अधिक बढ़ा लेता है और इस तरह वह एक आत्मघाती कदम लेकर एक अनैतिक कार्य कर बैठता है। दूसरी ओर यदि वह भिखारी को भोज्य पदार्थ देता नहीं है, तो वह उस भूखे मरणासन्न व्यक्ति को मृत्यु के गढ़े में धकेल देता है। स्वयं भोजन कर लेने पर उसके पक्ष में यह कहा जा सकता है कि उसने यह कर्म अपने प्राणों की रक्षा के लिए ही किया है। पर क्या आत्मरक्षा का आदर्श आत्मबलिदान के आदर्श से ज्यादा नैतिक है? किन्तु आत्मबलिदान भी सभी परिस्थितियों में विवादमुक्त नहीं रह जा सकता है। उस भिखारी की शारीरिक स्थिति कुछ ऐसी है कि उसे भोजन करा देने पर भी वह जीवित नहीं रह सकता। और भोजन का दान करनेवाला अभी अपनी युवावस्था में है और वह समाज का एक प्रतिबद्ध सेवक भी है। उसके माध्यम से समाज की अनेकानेक आकांक्षाएँ पूरी होने की सम्भावना रहती है। ऐसी स्थिति में किसके जीवन की रक्षा अधिक श्रेयस्कर है—भोजनदाता के जीवन की या उस भिखारी के जीवन की? इस प्रकार हम देखते है कि अनेक परिस्थितियों में सोच-विचार की प्रक्रिया लम्बी खिंच सकती है और यह प्रक्रिया तब तक चलती रह सकती है जब तक विचाराधीन इच्छाओं में से किसी एक का पक्ष सबल न हो जाय, इतना सबल कि उस इच्छा का ही चयन हो जाय और दूसरी का परित्याग। इस तरह स्पष्ट है कि विमर्श की परिणति किसी एक इच्छा का चयन होता है और

संघर्ष का अन्त हो जाता है। और तब चयनकर्ता चुनी हुई इच्छा के अनुरूप निर्णय लेने में समर्थ हो जाता है और तदनुसार कार्य का निष्पादन भी कर लेता है। यहाँ यह उल्लेखनीय है कि विमर्श, चयन, निर्णय, आदि मानसिक व्यापार एक दूसरे से कुछ इस तरह घुले-मिले रहते हैं कि उनको अलग-अलग समयसीमित करना सम्भव नहीं होता। फिर भी सम्यक् बोध अर्थात् अच्छी तरह समझने के लिए इन प्रक्रियाओं की विशिष्टताओं का अलग-अलग निरूपण करना तो जरूरी ही होता है।

6.8 संकल्प

ऊपर जिन मानसिक क्रियाओं का वर्णन किया गया है वे सभी सोद्देश्य होते हैं। उनके द्वारा कर्ता अपनी किंकर्तव्यविमूढ़ावस्था से निकल कर अपने कर्तव्य को निश्चित करता है और अपने कर्तव्य को बाह्य दबाव से पूरी तरह मुक्त रखते हुए उसे एक दृढ़ निश्चय का रूप देता है और अनुसार कर्म करने के लिए संकल्प भी लेता है। संकल्पन की ऐसी प्रक्रिया तभी सम्भव हो सकती है जब कर्ता सोच-विचार करने में स्वतन्त्र तथा परिपक्व हो। उल्लेखनीय है कि कर्ता का ऐसा होना तभी सम्भव है जब वह आवेग, पूर्वाग्रह, दबाव, स्वार्थ, आदि आदि से संचालित न होकर तर्कबुद्धि के द्वारा संचालित हो। हम चतुर्थ अध्याय में चर्चा कर चुके हैं कि नैतिकता के लिए संकल्प की स्वतन्त्रता तथा तर्कबुद्धि का होना बहुत महत्त्वपूर्ण है। और ये नैतिकता की पूर्वमान्यताओं के रूप में स्वीकृत होकर अत्यधिक अधिमानित भी होती हैं। इनके आधार पर जो कर्म किये जाते हैं उन्हें ही संकल्पजनित कर्म कहते हैं। और ऐसे ही कर्म नैतिकता के क्षेत्र में आते हैं। ऐसे ही कर्मों का नैतिक मूल्यांकन होता है और ऐसे ही कर्म जब नैतिक मूल्यांकन में खरे उतरते हैं तभी उनका कर्ता प्रशंसा एवं पुरस्कार का भागी होता है। पर जब वे इस तरह के मूल्यांकन में खरे नहीं उतरते, तब उनका कर्ता निन्दा, भर्त्सना एवं दण्ड का भागी होता है।

6.9 कर्म की पूर्वगामी और पश्चाद्‌गामी अवस्थाएँ

संकल्पजनित कर्म को हम केवल 'कर्म' भी कह सकते हैं, क्योंकि संकल्पजनित कर्म के अलावे और जितनी भी प्रक्रियाएँ प्राकृतिक, शारीरिक या मानसिक स्तर पर होती हैं, वे सभी मानो विभिन्न प्रकार की पूर्वापर अवस्थाएँ ही होती हैं। और ये अवस्थाएँ नैतिक मूल्यांकन के विषय नहीं बन जा सकतीं। अनेक विचारक तो 'प्रतिवर्त कर्म' को स्वव्याघाती पद मानते हैं और वे ऐसे कर्मों को सही मायने में कर्म नहीं मानते। हम भी 'कर्म' को सामान्यतः संकल्पजनित कर्म का ही द्योतक मानना उचित समझते हैं। प्रस्तुत पुस्तक में हम 'कर्म' को 'संकल्पजनित कर्म' का ही पर्याय मानेंगे।

अब हम यह विचार करें कि कर्म का वास्तविक स्वरूप क्या है। क्या यह मात्र संकल्प है या संकल्प से उत्पन्न मात्र शारीरिक व्यापार है? हम कर्म से सम्बन्धित तीन प्रकार की अवस्थाओं में इस प्रकार विभेद कर सकते हैं–(1) मानसिक अवस्था, (2) शारीरिक अवस्था तथा (3) बाह्य अवस्था। मुझ पर आततायी ने आक्रमण कर दिया। मैंने अपनी रक्षा के लिए उस पर गोली चलायी। गोली उसके कलेजे में लगी। वह उसी समय मर गया। यहाँ मैंने जो कुछ किया वह सही मायने में कर्म है। मैंने यहाँ अपनी प्राणरक्षा के लिए प्रेरित होकर, जानबूझकर, सोच-विचारकर तथा दृढ़ता के साथ निर्णय लेकर गोली चलाने का संकल्प लिया और दोनों हाथों से बंदूक थामे निशाना साधकर गोली चला दी। गोली बंदूक से निकलकर

आततायी के कलेजे को चीरती हुई उस पार निकल गयी। आततायी के शरीर से खून के फव्वारे निकलने लगे। कुछ ही समय में उसकी मृत्यु हो गयी। यहाँ खतरे का ज्ञान होना, जीने की इच्छा का वृत्त्यात्मक रूप लेना, आत्मरक्षा के बारे में उपायों का सोचना, गोली दागकर आततायी पर काबू पाने जैसे उपाय का चयन, और फिर दृढ़ता के साथ क्रियान्वयन करने का संकल्पन—ये सारे व्यापार मानसिक स्तर के व्यापार हैं। उनके समग्र रूप को हम कर्मसम्बन्धी मानसिक अवस्था कह सकते हैं। यह आवश्यक नहीं है कि इस अवस्था में सभी मानसिक व्यापारों का पूर्वापर अनुक्रम स्पष्ट रूप से वर्तमान रहे। परिस्थिति की बाध्यता के कारण कर्ता पलभर में ही संकल्प ले ले सकता है। अतः मानसिक अवस्था में उपर्युक्त सभी मानसिक व्यापार कुछ इस तरह घुले-मिले रहते हैं कि उन्हें पूर्वापर या अनुक्रमित रूप में अनुभव करना सम्भव ही नहीं होता है। पर संकल्पन को सम्भव बनाने के लिए एक पूर्ववर्ती मानसिक अवस्था, भले ही वह अस्पष्ट एवं मिश्रित ही क्यों न हो, अनिवार्य होती है। दोनों हाथों में बंदूक थामना, निशाना लगाना, अँगुली से ट्रिगर[1] दबाना—ये सभी शारीरिक व्यापार हैं जो अन्य शारीरिक उपकरणों के साथ-साथ शारीरिक पेशियों के संचालन पर निर्भर करते हैं। इन सभी शारीरिक व्यापारों के समग्र रूप को हम शारीरिक अवस्था कह सकते हैं। ट्रिगर के दब जाने के बाद जो घटनाएँ घटती हैं वे सभी शरीर के बाहर की घटनाएँ है—जैसे गोली का अत्यन्त तीव्र गति से छूटना, उसके द्वारा आततायी के शरीर को छेदना, आततायी के शरीर से रक्त का निकलना, उसकी मृत्यु का होना, आदि आदि। इन सभी घटनाओं के समग्र रूप को हम बाह्य अवस्था कह सकते हैं। चूँकि बाह्य अवस्था बाह्य जगत् में घटनेवाली घटनाओं का समग्र रूप हैं और चूँकि उस पर कर्ता का नियन्त्रण नहीं रहता, इसलिए इस अवस्था को कर्म का अंग नहीं मानकर उसका परिणाम मानना ही सही है। यह बिलकुल सम्भव है कि गोली कुछ अन्दरूनी दोष के कारण अपनी गति की तेजी खो बैठे, हवा के झोंके से गोली की गति की दिशा में परिवर्तन हो जाय, आततायी द्वारा कपड़े के अन्दर रक्षाकवच पहने रहने के कारण उसके शरीर में गोली प्रवेश कर ही न सके, आदि आदि। अब यहाँ प्रश्न उठता है कि यदि हम बाह्य अवस्था को कर्म का अंग नहीं मानें तो उस हालत में कर्म का वास्तविक स्वरूप क्या माना जाएगा। इस प्रश्न का उत्तर देने के लिए हमें पहले कर्म के पूर्ववर्ती मानसिक व्यापारों को एक-एक कर अलग करना होगा और देखना होगा कि उनमें किनके रहने मात्र से कर्म का होना सम्भव नहीं है। ऐसे मानसिक व्यापार कर्म के अंग नहीं माने जा सकते। मान लीजिए कि मैंने आततायी को निष्क्रिय बनाने के लिए उस पर बंदूक दागने का विकल्प चुना। लेकिन इस विकल्प के अनुरूप कर्म करने के लिए मैंने दृढ़ निश्चय के साथ संकल्प नहीं लिया। और इस कारण मैंने कर्म निष्पादित नहीं किया। अतः विकल्प के चयन मात्र से कर्म घटित नहीं हो जा सकता। इस प्रकार हम देखते हैं कि कर्म के लिए मात्र विकल्प का चयन पर्याप्त नहीं है, उसके लिए तो संकल्पन अत्यन्त जरूरी है। अतः हम कर्म के वास्तविक स्वरूप को न केवल उसके बाह्य परिणामों से भिन्न कर सकते हैं, बल्कि उसे उसकी उन पूर्ववर्ती मानसिक स्थितियों से भी भिन्न कर सकते हैं जिनकी उपस्थिति मात्र से वह निष्पादित नही हो जा सकता। अतः कर्ता द्वारा चुने हुए विकल्प के अनुरूप दृढ़ निश्चय के साथ संकल्प का क्रियान्वयन ही कर्म हैं। इसे हम इस प्रकार परिभाषित कर सकते हैं : ''कर्म कर्ता का वह शारीरिक व्यापार है जिसके सम्पादन में उसका दृढ़ संकल्प विद्यमान हो।'' चयन तक के जितने भी मानसिक व्यापार होते हैं वे सभी कर्म के पूर्ववर्ती व्यापार होते हैं। उनमें इच्छा, विमर्श तथा चयन सम्मिलित रहते हैं। ये सभी व्यापार कर्म के पूर्ववर्ती

मानसिक या आन्तरिक कारण कहे जाते हैं; ऐसा इसलिये कि कर्म के पूर्ववर्ती बाह्य कारण भी तो होते हैं। प्रस्तुत उदाहरण में आततायी का मुझपर आक्रामक होना और मेरे द्वारा गोली दागना कर्म के पूर्ववर्ती बाह्य कारण हैं। इस प्रकार हम देखते हैं कि कर्म की पूर्ववर्ती स्थिति मानसिक तथा बाह्य दोनों ही होती है।

6.10 अभिप्रेरक

कर्म के सम्बन्ध में एक प्रश्न यह भी उठ सकता है कि वह अभिप्रेरित कैसे होता है, अर्थात् उसका अभिप्रेरक क्या होता है। और फिर यह प्रश्न भी उठ सकता है कि उसका अभिप्राय क्या होता है। इस प्रसंग में हम पहले अभिप्रेरक को लें। जब कोई व्यक्ति कोई कर्म करता है, तब निश्चय ही वह उसे जान-बूझकर एवं सोच-समझकर करता है। अतः यहाँ इस प्रश्न का उठना स्वाभाविक है कि उसने वह कर्म क्यों किया। हम आगे कर्मों के उद्देश्यपरक या कर्तव्यपरक होने के सम्बन्ध में विस्तार से विचार करेंगे। यहाँ हम केवल इतना ही कहना चाहेंगे कि उद्देश्यपरक कर्म वह है जो किसी उद्देश्य की पूर्ति के लिए किया जाता है—जैसे धनलाभ, सुखलाभ, आरोग्यलाभ, मोक्षलाभ, आदि आदि। और कर्तव्यपरक कर्म वह है जो केवल कर्तव्यबोध से प्रेरित होकर अर्थात् किसी प्रकार की लालसा के बिना ही किया जाता है। ऐसे कर्म पूर्णतः निरुद्देश्य होते हैं। लेकिन तब यह प्रश्न उठ जाता है कि क्या कर्म का निरुद्देश्य होना सम्भव है। जिस कर्म को हम कर्तव्यबोध से प्रेरित कर्म कहते हैं उसमें भी तो एक प्रकार का नकारात्मक उद्देश्य रहता ही है और वह उद्देश्य है कुछ भी हासिल नहीं करने का उद्देश्य। वस्तुतः कर्म का स्वरूप ही कुछ ऐसा होता है कि जब तक उसके द्वारा कुछ हासिल नहीं किया जाय, अर्थात् जब तक उसके लिए कोई प्रेरणा- स्रोत नहीं हो, तब तक उसका सम्पादन सम्भव नहीं हो सकता। कर्म के इस प्रेरणा देने वाले घटक को ही अभिप्रेरक कहते हैं। और कर्म के नैतिक मूल्यांकन के लिए इस अभिप्रेरक की भूमिका अत्यन्त आवश्यक एवं उपयोगी है।

6.11 अभिप्रेरक मानसिक होता है या बाह्य

हम अपने कर्मों के द्वारा वस्तुजगत् में अनेकानेक परिवर्तन लाते रहते हैं—जैसे, हम अपने कर्मों के द्वारा जहाँ पहले कोई भवन नहीं रहता वहाँ एक विशाल भवन खड़ा कर देते हैं, जो व्यक्ति जीवित था उसे मौत के घाट उतार देते हैं, जो आभूषण हमें प्राप्त नहीं था उसे हम प्राप्त कर लेते हैं, आदि आदि। इस प्रकार हम देखते हें कि हम अपने कर्मों के द्वारा किसी अप्राप्त वस्तु को प्राप्त कर लेते हैं तथा किसी नयी वस्तुस्थिति को उत्पन्न कर देते हैं। तो क्या हम यह कह सकते हैं कि कोई अप्राप्त वस्तु या नयी वस्तुस्थिति ही हमारे कर्मों को अभिप्रेरित करती है और वही सही अर्थ में अभिप्रेरक है। इसके उत्तर में हम कह सकते हैं कि महज कोई वस्तु या वस्तुस्थिति अपने अस्तित्वमात्र से अभिप्रेरित नहीं कर सकती या अभिप्रेरक नहीं बन सकती। आपके पास एक बेशकीमती सोने की घड़ी है और मेरे पास वैसी घड़ी नहीं है। वैसी घड़ी मेरे पास नहीं है—यह एक वास्तविक तथ्य है। मेरे मन में आपकी घड़ी को पा लेने की कोई इच्छा या लालसा नहीं है। अतः मैं आपकी घड़ी को पा लेने के लिए कोई कर्म नहीं करता। इस प्रकार हम देखते हैं कि वस्तुएँ या वस्तुस्थितियाँ महज अपने अस्तित्व के कारण अभिप्रेरक नहीं बन जा सकतीं। किसी वस्तु या वस्तुस्थिति को अभिप्रेरक बनने के लिए यह आवश्यक है कि वह किसी कर्ता की इच्छा का विषय बने और इस प्रकार वह वैचारिक स्तर पर उस कर्ता के मन का एक अंग बन जाय। आपकी घड़ी से मैं इस प्रकार

प्रभावित हुआ हूँ कि मैं उसे पाने के लिए लालायित हूँ। यदि मुझे उसको पाने के लिए चोरी भी करनी पड़े तो मैं तैयार हूँ। और मौका पाकर मैं आपकी घड़ी चुरा ही लेता हूँ। यहाँ मेरे कर्म को प्रेरित किया है आपकी घड़ी को प्राप्त करने की मेरी उत्कट इच्छा ने। स्पष्ट ही बिना किसी इच्छा का विषय बने कोई वस्तु अभिप्रेरक नहीं बन जा सकती। अब प्रश्न उठता है कि कोई वस्तु इच्छा का विषय या अंग कैसे बन सकती है। मैं जब आपकी घड़ी को पाने की इच्छा पाल रहा होता हूँ तब आपकी घड़ी आपके पास से अलग होकर मेरे दिमाग में नहीं चली आती। ऐसा यदि हो सकता, तो फिर मुझे आपकी घड़ी को चुराने या उसके लिए कोई कर्म करने की जरूरत ही नहीं रहती। स्पष्ट ही आपकी घड़ी से सम्बद्ध विचार ही मेरी इच्छा का अंग बन सकता है। मैंने ऊपर कहा है कि इच्छा का ज्ञानपरक पक्ष भी होता है और प्रस्तुत उदाहरण में मेरी इच्छा का ज्ञानपरक पक्ष है आपकी घड़ी के बारे में मेरा ज्ञान। जब हम किसी नए भवन के निर्माण की इच्छा करते हैं तब एक नए भवन की कल्पना ही मेरी इच्छा का ज्ञानपरक पक्ष होती है। यहाँ यह ध्यातव्य है कि कर्म करने के बाद वस्तुजगत् में जो परिणाम उत्पन्न होता है वह कर्म का अभिप्रेरक नहीं हो सकता। वह तो कर्म का फल होता है। और फल तो तब प्राप्त होता है जब कर्म हो चुका रहता है। और जो कुछ भी कर्म के बाद होता है, वह कर्म को अभिप्रेरित कैसे कर सकता? हाँ, उस फल की पूर्वकल्पना और उसके प्रति कर्ता की ललक कर्ता को अवश्य अभिप्रेरित कर सकती हैं। अतः कोई वस्तु या वस्तुस्थिति अभिप्रेरक नहीं बन सकती। अभिप्रेरक तो वस्तु या वस्तुस्थिति से सम्बन्धित कर्ता की मानसिक अवस्था ही हो सकती है और यह अवस्था कर्म सम्पादन से पहले की ही अवस्था होती है।

तो क्या हम अभिप्रेरक को कर्म का कारण मान सकते हैं? हम जानते हैं कि कारण किसी परिणाम का पूर्ववर्ती होता है और जब कारण रहता है तभी परिणाम सम्भव हो सकता है। किसी भी कर्म का सम्पादित होना एक परिणाम है जो कर्ता की एक विशेष प्रकार की मानसिक स्थिति के कारण ही संभव होता है। कर्ता की यह मानसिक स्थिति एक कालसीमित स्थिति होती है जो कर्मसम्पादन के पहले ही अस्तित्व में आती है। क्या यही पूर्ववर्ती मानसिक स्थिति सम्बद्ध कर्म का अभिप्रेरक मानी जा सकती है? इस प्रश्न का निश्चित उत्तर देना आसान नहीं है, क्योंकि किसी कर्म का वास्तविक अभिप्रेरक उसकी आसन्न पूर्ववर्ती स्थिति न होकर उसकी कोई भविष्य में होने वाली स्थिति ही हो सकता है।

जब कोई व्यक्ति कोई कर्म करता है तो उस कर्म के सम्बन्ध में उसे व्यक्ति से 'क्यों' से सम्बन्धित प्रश्न पूछा जा सकता है। ऐसा प्रश्न उस व्यक्ति को उसकी कर्मेतर गतियों या क्रियाओं के सम्बन्ध में नहीं पूछा जा सकता, ऐसा इसलिये कि उन प्रक्रियाओं पर उसका कोई नियन्त्रण नहीं रहता। लेकिन कर्म पर उसका नियन्त्रण रहता है। अब यदि कोई कर्ता अपने कर्म के सम्बन्ध में पूछे गए 'क्यों' के उत्तर के रूप में प्रासंगिक कर्म के ठीक पहले की अपनी मानसिक अवस्था का हवाला देता है तो एक दृष्टि से उसका उत्तर अवश्य ही ठीक होता है, क्योंकि किसी कर्म का क्रियान्वयन तभी सम्भव होता है जब कर्ता उसके लिए मानसिक रूप से उतारू या तत्पर रहता है। इस तत्परतापरक मानसिक स्थिति को हम कर्म का कारण अवश्य मान सकते हैं। ऐसी हालत में कर्म के 'क्यों' का उत्तर इस मानसिक स्थिति के हवाले से दिया ही जा सकता है।

किन्तु फिर ऐसा भी जाना जा सकता है कि कर्ता के किसी कर्म का वास्तविक उत्प्रेरक उस कर्म की आसन्न पूर्ववर्ती मानसिक स्थिति नहीं होता। क ख की हत्या कर देता है। क

को पूछा जाता है कि उसने ख की हत्या क्यों की। क कह सकता है कि मैंने जब ख को देखा तो मेरे मन में ख को जान से मार डालने की इच्छा इतनी बलवती हो गयी कि मैंने ख की हत्या कर दी। एक दृष्टि से क का यह उत्तर बिलकुल सही है। हमने पहले भी यह विवेचित किया है कि यदि कोई कर्ता अपने किसी कार्यसम्पादन के लिए अपनी कार्यसम्बन्धी इच्छा के अत्यन्त उग्र हो जाने को कारण के रूप में प्रस्तुत करता है, तो निश्चित रूप से वह एक तर्कसंगत कारण ही पेश करता है। किन्तु इस तरह का कारण वास्तविक उत्प्रेरक नही भी हो सकता। क को यह पूछा जा सकता है कि उसे ख को देखने पर यह इच्छा क्यों हुई कि वह ख की हत्या कर दे। इस दूसरे 'क्यों' के जवाब में क यह उजागर कर सकता है कि "ख ने मेरे पिताजी की हत्या दो साल पहले कर दी थी"। इस प्रकार यह स्पष्ट हो जा सकता है कि क ने बदला लेने के लिए, यानी प्रतिशोध के कारण, ख की हत्या की। अतः क की आसन्न पूर्ववर्ती मानसिक स्थिति का कारण उससे दो वर्ष पहले घटित एक अन्य घटना है और वही घटना क द्वारा की गई हत्या का असल कारण है। अर्थात् इस हत्या का असल कारण के द्वारा प्रतिशोध लेना है। प्रतिशोध की भावना की तरह मनुष्य के मन में अनेक अन्य भावनाएँ भी होती हैं जो मनुष्य को विशेष प्रकार के कर्म करने के लिए प्रायः ही अभिप्रेरित करती रहती हैं। लेकिन क्या अभिप्रेरक के उदाहरण के रूप में हम महत्त्वाकांक्षा को नहीं ले सकते? मनुष्य बहुत सारे कर्म अपनी महत्त्वाकांक्षा की पूर्ति के लिए करता है। स्पष्ट ही तब ऐसे कर्म के वर्तमान में क्रियान्वयन भविष्यपरक आकांक्षाओं की पूर्ति के लिए ही किये जाते हैं। उल्लेखनीय है कि प्रतिशोध एवं महत्त्वाकांक्षा की तरह और भी अनेक अभिप्रेरक हैं जो हमारे कर्मों को अभिप्रेरित करते रहते हैं—जैसे, कृतज्ञता, ईर्ष्या, करुणा, श्लाघा, जिज्ञासा, आदि आदि। इनमें से कुछ भूतकाल से सम्बद्ध हैं—जैसे, प्रतिशोध, कृतज्ञता, ग्लानि, आदि तथा कुछ भविष्यकाल से—जैसे, महत्त्वाकांक्षा, जिज्ञासा, आदि।

अभिप्रेरक के प्रवृत्त्यात्मक एवं वृत्त्यात्मक दोनों रूप हो सकते हैं। जब हम किसी व्यक्ति के सम्बन्ध में कहते हैं कि वह बड़ा ही महत्त्वाकांक्षी है, तो इसका अर्थ यह नहीं होता है कि वह रात-दिन अपनी महत्त्वाकांक्षापरक चेतना के कारण उत्प्रेरित होता रहता है। बल्कि इसका अर्थ यह होता है कि उसमें महत्त्वाकांक्षा की प्रवृत्ति है और जब-जब अनुकूल परिस्थिति उत्पन्न होती है, तब-तब वह चेतन स्तर पर अपनी महत्त्वाकांक्षा की पूर्ति के लिए उपयुक्त कर्म करता रहता है। कभी-कभी तो ऐसा भी होता है कि अभिप्रेरणा चेतन स्तर पर अनुभूत नहीं भी होती। इस प्रकार की स्थिति में अभिप्रेरक अचेतन रहकर भी प्रभावी हो जाता है। नीतिशास्त्र के लिए अभिप्रेरकों का क्या महत्त्व है इसका विचार हम आगे करेंगे।

6.12 अभिप्राय

अभिप्रेरक तथा अभिप्राय में भेद करना बहुत आसान नहीं है। पर, ऐसा कहा जा सकता है कि जहाँ अभिप्राय हमेशा भविष्यलक्षी ही होता है, वहीं अभिप्रेरक भूतलक्षी भी हो सकता है। भूतलक्षी अभिप्रेरकों के उदाहरण हम पहले दे चुके हैं जिनमें कृतज्ञता भी एक है। स्पष्ट ही कृतज्ञतापूर्ण आचरण के सम्बन्ध में यह पूछना कि इसका अभिप्राय क्या है बेतुका लगता है। ऐसा आचरण तो भविष्य की ओर नहीं, बल्कि स्पष्ट रूप से अतीत की ओर ही इंगित करता है। ऐसे अभिप्रेरक जो भविष्यलक्षी ही होते हैं, अभिप्राय हो सकते हैं। अभिप्रेरक तथा अभिप्राय में अवश्य ही कुछ भेद होते हैं। एक भेद तो यह है कि अभिप्रेरक, जैसा हमने पहले भी कहा है, अचेतन भी हो सकता है, पर अभिप्राय बराबर सचेतन होता है। अर्थात् कर्ता को

अपने कर्म के अभिप्राय की जानकारी अवश्य रहती है। कर्ता के लिए यह कहना बिलकुल असंगत है कि वह यह नहीं जानता कि वह किस अभिप्राय की सिद्धि के लिए अपना कर्म कर रहा होता है। अभिप्रेरक और अभिप्राय के बीच दूसरा भेद यह है कि अभिप्रेरक कर्म का प्रमुख कारक होता है, और अभिप्राय अपेक्षाकृत गौण। यदि मैं एक व्याख्यान देने लंडन[2] जा रहा हूँ और मैं चाहता हूँ कि मैं अपने लंडनप्रवास के दौरान अपने स्वास्थ्य की पूरी जाँच भी करा लूँ, तो मेरी यात्रा का अभिप्रेरक तो मेरा लंडन में व्याख्यान देना है, पर अपने स्वास्थ्य की पूरी जाँच कराना मेरा एक अभिप्राय है। इसके अलावे मेरा एक अभिप्राय यह भी हो सकता है कि मैं वापसी में जलयान से ही लौटूँ जिससे कि मैं समुद्र-यात्रा का आनन्द भी उठा ले सकूँ। यहाँ यह उल्लेखनीय है कि यदि मैं व्याख्यान देने के लिए लंडन नहीं जाता हूँ, तो फिर लंडन में स्वास्थ्यसम्बन्धी जाँच कराने या वापसी में समुद्र-यात्रा का आनन्द लूटने का प्रश्न ही नहीं उठ सकता। इस प्रकार हम देखते हैं कि अभिप्रेरक तथा अभिप्राय में भेद होता है। साधारणतः लोग अभिप्रेरित कर्मों में ऐसा भेद नहीं करते; किन्तु ऐसा भेद करना वांछनीय तथा उचित है। यह कहना तो बिलकुल ही सही नहीं है कि अभिप्रेरक को जब साधन से जोड़ा जाता है तब वह अभिप्राय बन जाता है। अभिप्रेरित तथा अभिप्रेत कर्मों के अपने-अपने अलग-अलग साधन हो सकते हैं। और इन कर्मों के साधनों का सम्बन्ध स्पष्ट ही केवल उनके अपने-अपने साध्यों से हो सकता है।

6.13 आचरण, आदत और चरित्र

6.13.1 आचरण

मनुष्य प्रायः ही कर्म करता रहता है। बिना कर्म किये वह रह नहीं सकता। साधारणतः वह समान परिस्थितियों में एक जैसा ही कर्म करता है। ऐसा प्रायः ही नहीं होता कि परिस्थितियों के समान रहने पर भी वह एक जैसा व्यवहार नहीं करता। ऐसे व्यवहार या कर्म को 'आचरण' का नाम दिया जाता है। जब हम किसी छात्र के सम्बन्ध में कहते हैं कि उसका आचरण अच्छा है, तब हम उस कथन के द्वारा यह नहीं कहना चाहते कि उसका कोई एक विशेष कर्म ही अच्छा है, बल्कि यह कहना चाहते कि उसके कर्म समान परिस्थितियों में एक समान ही होते हैं और अच्छे होते हैं। यह सही है कि 'आचरण' का प्रयोग प्रायः किसी एक कर्म के लिए ही किया जाता है; पर, अंग्रेजी के 'कण्डक्ट'[3] शब्द की तरह 'आचरण' का प्रयोग सामान्य रूप से आचरण समूह के लिये भी होता है।

6.13.2 आदत

हम आदत के अनुसार भी कर्म करते हैं। जब मैं सन्ध्या समय टहल कर घर लौटता हूँ तो मैं अपनी छड़ी को अपने कमरे के पूर्वोत्तर कोण में ही रख दिया करता हूँ। मैं इसके लिए कुछ सोच-विचार नहीं करता। प्रायः मैं छड़ी रखते समय छड़ी से असम्बद्ध बातें ही सोचता रहता हूँ। मुझे इस बात की चेतना भी नहीं रहती कि मैं एक निश्चित स्थान पर छड़ी रख रहा हूँ। ऐसा कहा जाता है कि आदत दूसरी प्रकृति ही होती है। इस कथन का अर्थ यह है कि जिस प्रकार प्राकृतिक घटनाएँ घट जाती हैं, उसी प्रकार आदत के आधार पर सम्पादित आचरण घटित हो जाता है और उसके लिए किसी संकल्प की आवश्यकता नहीं होती। किन्तु, जहाँ आचरण का होना संकल्पन पर निर्भर करता है, वहीं आदत में संकल्पन का अभाव रहता है। यह सही है कि जिन कार्यों के द्वारा किसी आदत का निर्माण होता है, उनमें चेतन संकल्प अवश्य वर्तमान रहता है, पर उनमें यह संकल्प क्रमशः कम होता जाता है और कालान्तर

में आदत एक यान्त्रिक रूप ग्रहण कर लेता है। पर आचरण में कोई यान्त्रिकता नहीं पायी जाती। यहाँ यह ध्यातव्य है कि आदत का यह यान्त्रिक स्वरूप उसे नैतिक मूल्यांकन से मुक्त नहीं करा देता। इसका कारण यह है कि आदत एक अर्जित प्रक्रिया है और इसका अर्जन प्रारम्भ के संकल्पजनित कर्मों के आधार पर ही सम्भव होता है। आपका मदिरासेवन अब इस स्थिति में पहुँच चुका है कि अब आप अपनी प्रतिवर्त क्रिया द्वारा ही मदिरापान कर लेते हैं और अपना मदमत्त जीवन व्यतीत करते हैं। लेकिन ऐसा होने पर भी आप भर्त्सना, निन्दा एवं दण्ड का पात्र बने ही रहते हैं। इसका कारण यह है कि आप ने सचेतन अवस्था में संकल्पजनित कर्मों के द्वारा ही अपनी मदिरासेवन सम्बन्धी आदत अर्जित की है। हाँ, आपकी वर्तमान स्थिति में आपके मदिरासेवन के लिए दण्ड का स्वरूप क्या हो—यह एक विचारणीय प्रश्न है। पर, आपका दण्डित होना तो निश्चित रूप से आवश्यक और उचित है।

6.13.3 चरित्र

मनुष्य एक मन धारण करने वाला प्राणी है। यों तो मन पशुओं में भी होता है, पर मनुष्य के मन तथा पशुओं के मन में बहुत अधिक भिन्नता है। यह भिन्नता खास कर सोचने-विचारने की क्षमता की वजह से है। जहाँ मनुष्य सोच-विचार कर सकता है, वहीं पशु ऐसा नहीं कर सकता। इस एकमात्र भिन्नता के कारण मनुष्य का स्वरूप पशुओं की तुलना में बहुत अधिक भिन्न हो जाता है। पर, जीवन, चाहे पशुओं का हो या मनुष्यों का, जन्म से मरणपर्यन्त बदलता ही रहता है। कोई मनुष्य या पशु अपने यौवन के समय वैसा नहीं रहता जैसा वह अपने जन्म के समय रहता है। इसका कारण यह है कि वह ज़न्म के बाद अपनी जन्मजात क्षमताओं के आधार पर तथा वातावरण के सहयोग से बहुत कुछ सीख लेता है। उसे उसकी जन्मजात क्षमताएँ तो विरासत में मिलती हैं, पर उनके आधार पर वह अपना उत्तरोत्तर विकास वातावरण के सहयोग से कर लेता है। किसी प्राणी का विकसित जीवन विरासत, जिसे हम आनुवंशिकता भी कह सकते हैं, तथा वातावरण के परस्पर सहयोग का ही फल होता है। इस संदर्भ में हम यहाँ केवल मानव जीवन के सम्बन्ध में ही विचार करेंगे।

मानव शिशु जन्म लेने के बाद से ही सीखना शुरू कर देता है। जैसा हमने ऊपर कहा है, वह अपनी आनुवंशिकता के कारण अनेक मूलभूत प्रवृत्तियों के साथ जन्म लेता है—जैसे भूख, प्यास, आदि। ये प्रवृत्तियाँ उसे अधिकाधिक सक्रिय होने के लिए बाध्य करती हैं, पर सक्रिय होने के लिए उसे वातावरण की भी आवश्यकता हो जाती है। यह सचमुच ही अत्यन्त विलक्षण है कि जन्म लेते ही शिशु को उसकी बुभुक्षा की तृप्ति के लिए उसकी माता के दूध से भरे स्तन सहज ही उपलब्ध हो जाते हैं। स्पष्ट ही वातावरण की भूमिका उतनी ही महत्त्वपूर्ण होती है जितनी आनुवंशिकता की। वातावरण अपने दो रूपों से मानव जीवन को प्रभावित करता है। एक है उसका भौतिक रूप जिसमें जल, वायु, पेड़, पौधे, आदि सम्मिलित रहते हैं, और दूसरा है उसका सामाजिक रूप जिसमें माता-पिता, गाँव-नगर, रीति- रिवाज, धर्म, आदि सन्निविष्ट रहते हैं।

वातावरण से प्रभावित होकर मनुष्य अनेक नई बातें सीखता है—जैसे, अपनी सुरक्षा के लिए मकान बनाना, अपनी भूख की शान्ति के लिए अन्न उपजाना, अपने मनोरंजन के लिए उपयुक्त साधन जुटाना, अपनी जिज्ञासा की शान्ति के लिए ज्ञानार्जन करना, आदि आदि। यहाँ यह उल्लेखनीय है कि मनुष्य जो कुछ सीखता है उसके अनुरूप वह न तो हर समय कुछ सोचता रहता है और न ही करता रहता है। वह सोचता या करता तभी है जब ऐसा करने

के लिए उसके सामने उपयुक्त अवसर उपस्थित हो जाता है। पर यहाँ यह भी उल्लेखनीय है कि ऐसा कर सकना केवल उपयुक्त अवसर पर ही निर्भर नहीं होता; इसके लिए तो यह भी आवश्यक है कि उसके द्वारा सीखी हुई बात किसी-न-किसी रूप में उसके दिमाग में कायम रह जाय। मैंने अपनी भूख की शान्ति के लिए भोजन पकाने की विधि वातावरण के सहयोग से सीख ली है। किन्तु मैं हर समय भोजन ही पकाते नहीं रहता। मैंने जो भोजन पकाने की दक्षता प्राप्त की है वह एक प्रवृत्ति के रूप में हमेशा मेरे दिमाग में विद्यमान रहती है। ऐसी अनेकानेक प्रवृत्तियाँ प्रत्येक व्यक्ति अपने जीवनकाल में अर्जित करता रहता है। इन प्रवृत्तियों के स्वरूप के सम्बन्ध में हम पहले ही चर्चा कर चुके हैं, और इनसे सम्बन्धित विभिन्न प्रकार के प्रभेदों को भी हमने पहले ही स्पष्ट कर चुके हैं। अब यहाँ विशेषरूप से उल्लेखनीय यह है कि किसी व्यक्ति की अर्जित प्रवृत्तियों का समग्र रूप ही उस व्यक्ति का चरित्र होता है। और यह तो स्पष्ट है ही कि किसी व्यक्ति की निजी विशिष्टता उस व्यक्ति के चरित्र की विशिष्टता के कारण ही होती है। किन्हीं दो व्यक्तियों के चरित्र बिलकुल एक समान नहीं होते।

चरित्र तथा व्यक्तित्व में भेद होता है। व्यक्तित्व में शारीरिक विशिष्टताएँ, जन्मजात प्रेरणाएँ, अर्जित प्रवृत्तियाँ, बौद्धिक एवं कार्यपरक क्षमताएँ, भावनात्मक अभिरुचियाँ, आदि आदि बातें सम्मिलित रहती हैं। किन्तु चरित्र में केवल वे बातें सम्मिलित होती हैं जो प्राकृतिक न होकर अर्जित होती हैं—जैसे, अर्जित की हुई बौद्धिक, भावनात्मक तथा कार्यपरक क्षमताएँ एवं प्रवृत्तियाँ। चरित्र एक प्रवृत्त्यात्मक प्रत्यय है। चारित्रिक प्रवृत्तियो की अभिव्यक्ति मानसिक प्रक्रियाओं तथा निष्पादित कर्मों के द्वारा होती है। यह अभिव्यक्ति ज्ञानात्मक, भावनात्मक, तथा क्रियात्मक रूपों में होती है। यहाँ यह उल्लेखनीय है कि चरित्र का एक संकुचित अर्थ भी होता है, जिसके अनुसार चरित्र केवल उन्हीं प्रवृत्तियों का द्योतक होता है जिन पर नैतिक मूल्यांकन हो सके। इस रूप में चरित्र या तो नैतिक या अनैतिक होता है। मान लीजिए कि कोई व्यक्ति मन्दबुद्धि का है। इसका अर्थ यह है कि उसकी बौद्धिक क्षमताएँ बहुत निम्न कोटि की हैं। इस मन्दबुद्धि वाले मनुष्य की बौद्धिक क्षमताओं के सम्बन्ध में हम यह नहीं कह सकते कि वे नैतिक हैं और न यह ही कह सकते कि वे अनैतिक हैं। इसी तरह यदि कोई व्यक्ति काव्यरस के आस्वादन से आनन्द का अनुभव करने की क्षमता नहीं रखता है, तो हम उस व्यक्ति को नैतिक या अनैतिक नहीं मान सकते। मनुष्य की वैसी क्षमताओं एवं प्रवृत्तियों का, जो अर्जित की जाती हैं और नैतिक दृष्टि से प्रासंगिक होती हैं समग्र रूप चरित्र कहलाता है। और ऐसा ही चरित्र नैतिक मूल्यांकन का विषय होता है। यह चरित्र नैतिक दृष्टि से या तो अच्छा होता है या बुरा। पर, चरित्र का एक और रूप होता है जो संकुचित होता है। हम कभी-कभी आपस में बातचीत के सिलसिले में किसी व्यक्ति की प्रशंसा करते हुए कहते हैं कि वह एक चरित्रवान् व्यक्ति है। स्पष्ट ही यहाँ चरित्रवान् का अर्थ है 'अच्छा चरित्रवाला'। यहाँ अच्छापन चरित्र की अवधारणा में ही समाविष्ट है। इस प्रकार हम देखते हैं कि 'चरित्र' का प्रयोग तीन अर्थों में किया जाता है। एक उस अर्थ में जिसमें सभी प्रकार की बौद्धिक, भावनात्मक तथा क्रियात्मक प्रवृत्तियाँ सम्मिलित की जाती हैं, दूसरा उस अर्थ में जिसमें केवल वैसी प्रवृत्तियाँ सम्मिलित की जाती हैं जो या तो नैतिक या अनैतिक हो सकती हैं, और तीसरा उस अर्थ में जिसमें चरित्र केवल अच्छे चरित्र का ही पर्याय होता है। नीतिशास्त्र में 'चरित्र' का प्रयोग साधारणतः इसके दूसरे अर्थ में ही होता है। किन्तु मनुष्य का लक्ष्य तो 'चरित्र' का तीसरा अर्थ ही हो सकता है।

चरित्र की अनेकानेक प्रवृत्तियाँ चरित्र के लिये विशेष रूप से महत्त्वपूर्ण हैं। ये हैं—साहस, करुणा, कृतज्ञता, महत्त्वाकांक्षा, ईर्ष्या, मैत्री, असूया, द्वेष, ईमानदारी, सत्यनिष्ठा, न्यायप्रियता, दयालुता, कर्तव्यपरायणता, परहितेच्छा, कायरता, घृणा, आदि आदि। ये अर्जित प्रवृत्तियाँ हैं क्योंकि ये व्यक्ति की जन्मजात प्रकृति एवं भौतिक तथा सामाजिक वातावरण की अंतर्क्रिया के कारण सम्भव होती हैं। हमारे कर्मों के लिए ये सभी प्रवृत्तियाँ अभिप्रेरक की भूमिका अदा करती हैं। इसी कारण नैतिकता के क्षेत्र में इनका बहुत महत्त्व होता है। नैतिक दृष्टि से जो प्रवृत्ति अच्छी होती है वह 'सद्‌गुण' कहलाती है और जो बुरी होती है वह 'दुर्गुण'। व्यापक अर्थ वाले चरित्र में सद्‌गुण एवं दुर्गुण दोनों सम्मिलित रहते हैं। यहाँ एक प्रश्न यह उठ सकता है कि क्या कोई प्रवृत्ति अपने आप में ही सद्‌गुण या दुर्गुण है। क्या साहस अपने आप में एक सद्‌गुण है या एक दुर्गुण? यदि साहस के द्वारा अच्छा काम हो सकता है तो उसके द्वारा बुरा काम भी तो हो सकता है। साहस के द्वारा आप एक ऐसे व्यक्ति की रक्षा कर सकते हैं जो नदी में डूब रहा हो। और फिर साहस के द्वारा बल पाकर आप एक निर्दोष व्यक्ति की हत्या भी तो कर सकते हैं। हम आगे विस्तार से चर्चा करेंगे कि कौन प्रवृत्ति नैतिक दृष्टि से अच्छी मानी जा सकती और कौन बुरी। यहाँ केवल इतना जानना पर्याप्त है कि चरित्र की कुछ विशेष प्रवृत्तियाँ नैतिक दृष्टि से सद्‌गुणपरक हो सकती हैं तथा दुर्गुणपरक भी। यहाँ यह भी उल्लेखनीय है कि ये प्रवृत्तियाँ अभिप्रेरित तथा आदतजन्य क्रियाओं से भिन्न होती हैं। जहाँ एक ओर सभी प्रकार के अभिप्रेरित कर्म कर्ता के संकल्प पर आधारित होते हैं, वहीं दूसरी ओर आदतजन्यकर्म संकल्प के बिना ही निष्पादित हो जाते हैं। सही मायने में आदतजन्य कर्म आदत के रूप में पर कर्म होते ही नहीं। आदत के सम्बन्ध में हम पहले ही विस्तृत चर्चा कर चुके हैं।

❑

अध्याय 7

नैतिक प्रत्यय

7.1 तथ्य और मूल्य

हमने द्वितीय अध्याय में अधिनीतिशास्त्र की कुछ चर्चा की है और वहाँ हमने कहा है कि अधिनीतिशास्त्र स्वयं नीतिशास्त्र नहीं है। इसका कारण यह है कि अधिनीतिशास्त्र में नीतियों का निर्धारण नहीं होता, वरन् नीतियों का औचित्यीकरण तथा नैतिक निर्णयों में प्रयुक्त प्रत्ययों का अर्थविश्लेषण जैसे कार्यों के बारे में विवेचन किये जाते हैं। इस शास्त्र में यह भी विवेचित होता है कि नैतिक निर्णय क्यों और कब स्वीकार योग्य माना जाता है और इसे अन्य प्रकार के निर्णयों से किस प्रकार भिन्न किया जाता है। इन सभी कार्यों का महत्त्व इसलिए बहुत अधिक है कि इनके नहीं किये जाने से हम नीतियों का सही निर्धारण नहीं कर सकते। इन कार्यों को करने पर ही हम अनेकानेक भ्रान्तियों का निराकरण कर सकते हैं। इस अध्याय में हम नैतिक प्रत्ययों के सम्बन्ध में विचार करेंगे और अगले अध्याय में हम नैतिक निर्णयों के स्वरूप, अर्थ, आदि के सम्बन्ध में विचार करेंगे।

हम यह पहले ही निरूपित कर चुके हैं कि नीतिशास्त्र एक मानकीय शास्त्र है। इसमें हम तथ्यों के ज्ञान से कहीं अधिक उनके मूल्यों के ज्ञान से सम्बन्ध रखते हैं। तथ्यों के ज्ञान से सम्बन्ध इसलिए रखना पड़ता है कि इनके ज्ञान के अभाव में हम इनके मूल्यों का निरूपण कर ही नही सकते। फिर भी नीतिशास्त्र में हमारा परम उद्देश्य तो मूल्यनिर्धारण ही होता है। ऐसी स्थिति में हमारे लिए यह अत्यंत वांछनीय हो जाता है कि हम तथ्य तथा मूल्य के भेद को अच्छी तरह समझ लें। मान लीजिये कि हमारे सामने दो चित्र हैं। एक को हम सुन्दर कहते हैं और दूसरे को कुरूप। अब यहाँ प्रश्न उठता है कि सुन्दरता और कुरूपता क्या है। यदि भौतिक दृष्टि से देखा जाय तो दोनों चित्र महज कागज हैं जिन पर विभिन्न आकार-प्रकार की रेखाएँ खींची गयी हैं तथा उन पर विभिन्न प्रकार के रंग चढ़ाए गए हैं। शायद जितना खर्च एक चित्र के निर्माण में किया गया है, उतना ही खर्च दूसरे के निर्माण में भी किया गया है। लेकिन एक को हम सुन्दर कहते हैं और दूसरे को कुरूप। जहाँ सुन्दर कहे जानेवाले चित्र को लोग हजार रुपये में भी खरीदने को तैयार हो जाते है, वहीं कुरूप कहे जाने वाले चित्र को लोग कौड़ी के मोल में भी खरीदना नहीं चाहते। चित्रों की इस प्रकार की भिन्नता उसके सौन्दर्यपरक मूल्यों पर ही आधारित है। पर सौन्दर्यपरक मूल्यों के सम्बन्ध में वैयक्तिक मतभेद बहुत अधिक होता है। यह सर्वथा सम्भव है कि जिस चित्र को मैं सुन्दर कहता हूँ, उसे आप सुन्दर न कहें। जिस चित्र को मैं एक हजार रुपये में खरीदने को तैयार हो जाता हूँ, उसे आप एक रुपए में भी खरीदने को तैयार न हो सके। लेकिन, जहाँ तक दोनों चित्रों की भौतिक विशिष्टताओं का प्रश्न हैं, उनकी वास्तविकता के सम्बन्ध में वैयक्तिक मतभेद हो तो सकता है, पर वह आसानी से दूर भी कर लिया जा सकता है। वास्तविकता या सत्यता मतभेद को प्रश्रय नहीं दे सकती। इस प्रकार हम देखते हैं कि जहाँ सत्य या तथ्य

व्यक्तिगत अभिरुचि पर निर्भर नहीं करता, वहीं सौन्दर्यपरक मूल्य व्यक्तिगत अभिरुचि पर बहुत अधिक निर्भर करता है।

तथ्य एवं मूल्य की भिन्नता हम एक दूसरे उदाहरण के द्वारा भी स्पष्ट कर सकते हैं। राम भूख से पीड़ित श्याम को खाने के लिए रोटी दे देता है। हम कहते हैं कि राम का यह काम अच्छा है। मोहन बिना वजह सोहन को गाली दे बैठता है। हम कहते हैं कि मोहन का यह काम बुरा है। इन स्थितियों में हम राम एवं मोहन के आचरणों को क्रमशः अच्छा एवं बुरा कहते हैं। ऐसा कह कर हमने स्पष्ट ही उनके कर्मों का मूल्यांकन किया है। इस तरह के मूल्यांकन में आचरणों का तथ्यात्मक वर्णन नहीं किया जाता। महज तथ्यात्मक वर्णन के आधार पर कर्मों को अच्छा या बुरा कहा ही नहीं जा सकता। यह सर्वथा सम्भव है कि भिखारी को भीख देने जैसे कर्म को कोई अच्छा कहे और कोई बुरा कहे। पर भौतिक दृष्टि से भीख देने का काम अच्छा कहने वाले तथा बुरा कहनेवाले के लिए बिलकुल एक ही है। इस अच्छे-बुरे या शुभ-अशुभ आयाम को हम नैतिक आयाम कहते हैं। यह आयाम ऊपर में चर्चित सुन्दरता-कुरूपता आयाम से भिन्न होता है। नैतिक आयाम चित्र जैसे निर्जीव पदार्थ पर लागू नहीं हो सकता। नैतिक क्षेत्र तो मानव जीवन के कर्मों, प्रवृत्तियों, उद्देश्यों, आदि से ही सम्बद्ध रहता है। यहाँ उल्लेखनीय है कि अच्छे-बुरे के अलावे और भी अनेक नैतिक आयाम होते हैं, जैसे उचित-अनुचित, कर्तव्य-अकर्तव्य, सद्‌गुण-दुर्गुण, पुण्य-पाप, विवेकशीलता-अविवेकशीलता, आदि आदि। इनसे सम्बद्ध प्रत्ययों के अलावे भी हम नैतिकता में आबंध, चाहियेपन, आदर्श, सर्वोच्च शुभ, आदि आदि को शामिल कर सकते हैं। इस प्रकार हम देखते हैं कि नैतिकता के संदर्भ में भी तथ्य तथा मूल्य का परस्पर भेद प्रासंगिक होता है।

7.2 प्रत्ययों का नैतिक तथा नीतिभिन्न प्रयोग

हम बहुधा पाते हैं कि एक ही पद कभी नैतिक अर्थ में और कभी नीतिभिन्न अर्थ में प्रयुक्त होता है। नीतिशास्त्र में हमें प्रत्ययों के नीतिभिन्न अर्थों से कोई खास सरोकार नहीं रहता। नीतिशास्त्र में इन अर्थों की उपादेयता इस कारण है कि उनसे विभेद करके ही हम नैतिक अर्थों को ज्यादा अच्छी तरह समझ सकते हैं। प्रस्तुत विवेचन के संदर्भ में हम 'अच्छा' या 'शुभ' का उदाहरण ले सकते हैं। 'अच्छा' शब्द को हम अनेक अर्थों में प्रयुक्त कर सकते हैं। जब कोई वस्तु हमारे लिए उपयोगी सिद्ध होती है, तो हम उसे अच्छी कहते हैं। उदाहरणार्थ जब हम किसी को पीटना चाहते हैं, तब छड़ी बहुत उपयोगी सिद्ध होती है। अतः हम छड़ी को 'अच्छी' कहते हैं। यह सम्भव है कि अनेक पिटाइयाँ नैतिक दृष्टि से बिलकुल अवांछनीय हों। ऐसी हालत में छड़ी का प्रयोग बिलकुल अनैतिक होगा। लेकिन तब भी उद्देश्यसिद्धि में उपयोगी होने के कारण छड़ी का प्रयोग कार्यसाधक होगा तथा उस कारण छड़ी अच्छी ही मानी जायेगी। पर जब छड़ी का प्रयोग किसी अनैतिक उद्देश्य की पूर्ति के लिए किया जाता है, तब निश्चय ही उसका प्रयोग नैतिक दृष्टि से अच्छा नहीं कहा जा सकता। कोई क्रिया नैतिक दृष्टि से उसी स्थिति में अच्छी कही जा सकती है जब उसके द्वारा किसी नैतिक उद्देश्य की पूर्ति होती हो। शल्यक्रिया को ही लें। आरोग्यप्राप्ति के उद्देश्य से की जाने वाली शल्यक्रिया को हम अच्छी ही मानते हैं, यद्यपि उसके द्वारा प्रारम्भ में कष्ट का ही अनुभव कराया जाता है। अतः हम शल्यक्रिया को उसके तात्कालिक परिणाम के आधार पर तो अच्छी नहीं कह सकते, पर उसके द्वारा कालान्तर में उत्पन्न होनेवाले आरोग्यलाभ के आधार पर उसे अच्छी कह ही सकते हैं। यह सही है कि हम कुछ वस्तुओं

को उनके आन्तरिक गुणों के कारण अच्छी कहते हैं—जैसे, कविता, ज्ञान, बुद्धि, आदि। पर इनके सम्बन्ध में 'अच्छा' का प्रयोग नैतिक प्रयोग नहीं होता। ''यह चित्र अच्छा है'', ''ज्ञान अच्छा होता है और अज्ञान बुरा''। इन वाक्यों में 'अच्छा' या 'बुरा' का प्रयोग नैतिक प्रयोग नहीं है। यहाँ 'अच्छा' या 'बुरा' का प्रयोग चित्र, ज्ञान एवं अज्ञान की अन्तर्निहित विशिष्टताओं के आधार पर किया गया है। ऐसे प्रयोग से किसी प्रकार का नैतिक निर्णय नहीं लिया जाता। इस प्रकार हम देखते हैं कि उपयोगिता, साधनता तथा अन्तर्निहित विशिष्टता के कारणों से जो 'अच्छा' या 'बुरा' का प्रयोग होता है, वह नैतिकता के दायरे में एक दृष्टि से नहीं आता। ऐसे प्रयोगों को हम नैतिकता से तभी जोड़ सकते हैं जब वे किसी-न-किसी प्रकार से नैतिकता से सम्बद्ध हो जाते हैं। शल्यक्रिया कष्टकारक होते हुए भी नैतिक दृष्टि से तब अच्छी हो जाती है जब वह आरोग्यलाभ जैसे नैतिक आदर्श की पूर्ति के लिए साधन बन जाती है। चूँकि ज्ञान का अर्जन अपने आप में ही एक अच्छा आदर्श है, इसलिए इसका कष्टसाध्य अर्जन भी नैतिक दृष्टि से अच्छा हो जाता है। ऊपर के विवेचन से निष्कर्ष निकलता है कि जब 'अच्छा' या 'बुरा' का प्रयोग नैतिकता की परिधि से बाहर किया जाता है, तब वह प्रयोग नीतिभिन्न होता है। और जब उसका प्रयोग नैतिकता के अन्तर्गत किया जाता है, तब वह प्रयोग नैतिक होता है। जिस तरह 'अच्छा' या 'बुरा' का नैतिकताभिन्न प्रयोग हो सकता है, उसी तरह 'उचित-अनुचित' आदि के भी नैतिकताभिन्न प्रयोग हो सकते हैं। जब कोई छात्र अंकगणित के किसी प्रश्न का सही उत्तर दे देता है, तब उसका परीक्षक उसके उत्तर को सही या उचित कहता है। स्पष्ट ही यहाँ 'सही' या 'उचित' का प्रयोग नैतिक दृष्टि से नहीं किया गया है। 'चाहिये' का प्रयोग भी कभी नैतिक रूप में, तो कभी नीतिभिन्न रूप में, किया जा सकता है। जब हम कहते हैं कि ''तुम्हें अपने बूढ़े बाप की सेवा करनी चाहिये'' तब हम 'चाहिये' का प्रयोग नैतिक रूप में करते हैं। किन्तु जब हम कहते हैं कि अंधकार दूर करने के लिए दीपक जलाना चाहिये, तब हम 'चाहिये' का नीतिभिन्न प्रयोग करते हैं। स्पष्ट है कि नीतिशास्त्र के संदर्भ में विभिन्न पदों के नीतिभिन्न प्रयोगों का कोई विस्तृत विवेचन अपेक्षित नहीं है।

जैसा हमने ऊपर संकेत किया है, नैतिक पदों का प्रयोग नैतिक निर्णयों में होता है। और जब वे पद निर्णयों में प्रयुक्त हो जाते हैं, तभी उनके अर्थ स्पष्ट हो सकते हैं। जब हम कहते हैं कि ''निर्दोष व्यक्ति की हत्या करना अनुचित है'', तभी 'अनुचित' का अर्थ, या फिर उसके प्रयोग का प्रकार, भलीभाँति स्पष्ट हो सकता है। मात्र 'अनुचित' के उच्चारण से कोई अर्थबोध नहीं हो सकता। नैतिक निर्णयों के स्वरूप, प्रकार, उत्प्रेरण, औचित्य, आदि के सम्बन्ध में विस्तार से चर्चा हम अगले अध्याय में करेंगे।

जैसा हमलोग प्रायः देखते हैं, एक ही कर्म को कोई अच्छा कहता है तो कोई बुरा। आपने किसी भिखारी को भीख दी। इस पर मैंने कहा कि आपने ऐसा करके अच्छा काम नहीं किया। लेकिन आपने तो अपने कर्म को अच्छा ही मानकर किया है। स्पष्ट ही कोई कर्म एक साथ अच्छा और बुरा दोनों नहीं हो सकता। किसी एक परिस्थिति में वह या तो अच्छा होगा या बुरा। इसलिए यह निश्चित करना आवश्यक हो जाता है कि कोई कर्म किसी एक परिस्थिति में वास्तविक रूप से अच्छा है या बुरा। यदि अच्छा है तो क्यों अच्छा है, और बुरा है तो क्यों बुरा है। इस तरह हम देखते हैं कि अच्छा या बुरा होने के पीछे औचित्य का प्रश्न छिपा ही रहता है। ऊपर के उदाहरण में कुछ लोग यह कह सकते हैं कि भिखारी को मदद इसलिए करनी चाहिये कि वह भीख मांगकर ही अपना गुजर-बसर करता है। किन्तु इसके खण्डन में मैं कह सकता हूँ कि भिखारी को भीख नहीं देनी चाहिये, क्योंकि भीख दे देकर हमलोग उसे

निकम्मा बना देते हैं और इस तरह उसके द्वारा अपने से परिश्रम करके जीविका-उपार्जन करने के मार्ग में बाधक बन जाते हैं। स्पष्ट ही उन लोगों के मत में और मेरे मत में अन्तर है। इस कारण यह आवश्यक हो जाता है कि ऐसे नैतिक सिद्धान्त निरूपित किये जाँय जिनके आलोक में 'अच्छा', 'बुरा' जैसे नैतिक पदों के सर्वमान्य अर्थ निर्धारित किये जा सकें। पर ऐसे सिद्धान्तों का सही-सही निरूपण एक अत्यन्त दुरूह कार्य है। हम इसके सम्बन्ध में विस्तृत विवेचन आगे करेंगे। अब हम कुछ महत्त्वपूर्ण नैतिक प्रत्ययों का स्वरूपनिर्धारण करेंगे।

7.3 उचित एवं शुभ

उचित तथा शुभ की भिन्नता को समझने के लिए प्रयोजननिरपेक्ष कर्म तथा प्रयोजन-सापेक्ष कर्म के पारस्परिक भेद को समझ लेना आवश्यक है। जब हम कोई कर्म इसलिए करते हैं कि वैसा करना नियमानुकूल होता है और उसको करने में हमारी कोई फलप्राप्ति की आकांक्षा नहीं रहती, तब हमारा कार्यसम्पादन शुद्ध कर्तव्यनिष्ठता के कारण बिलकुल परिणामनिरपेक्ष रूप में होता है। किन्तु जब हम कोई कर्म किसी उद्देश्य की पूर्ति या फलप्राप्ति के लिये करते हैं, तब हमारा कार्यसम्पादन प्रयोजनसापेक्ष हो जाता है। काण्ट का प्रख्यात कथन 'कर्तव्य कर्तव्य के लिए' कर्तव्यनिष्ठापरक दृष्टिकोण को ही अपनाता है। गीता का 'कर्मण्येवाधिकारस्ते मा फलेषु कदाचन' भी इसी दृष्टिकोण को महत्त्व देता है। उचित तथा शुभ प्रत्ययों में एक बारीक भेद यह है कि जहाँ उचित कर्तव्यपरायणतापरक प्रत्यय है, वहीं शुभ प्रयोजनसिद्धिपरक प्रत्यय है। कोई कर्म उचित इसलिए होता है कि वह किसी नियम के अनुकूल होता है और यदि नियम नैतिक है तो कर्म नैतिक दृष्टि से उचित हो जाता है। इस प्रकार के मूल्यांकन में कर्म के परिणामों पर ध्यान नहीं दिया जाता। पर जब हम कर्म के परिणामों पर ध्यान देते हैं और उन परिणामों के आलोक में ही कर्म का नैतिक मूल्यांकन करते हैं तब हमारा दृष्टिकोण परिणामसापेक्षी हो जाता है और तब हम परिणाम के शुभ होने पर कर्म को शुभ मानते हैं और परिणाम के अशुभ होने पर कर्म को अशुभ मानते हैं, अर्थात् कोई कर्म शुभ इसलिए होता है कि वह शुभ परिणाम को उत्पन्न करता है और कोई कर्म अशुभ इसलिए होता है कि वह अशुभ परिणाम को उत्पन्न करता है। उचित और शुभ का उपर्युक्त भेद बहुत सूक्ष्म है। साधारण चिंतन एवं बातचीत में तो उचित और शुभ में भेद किया ही नहीं जाता। पर वांछनीय तो यह है कि 'उचित' को कर्तव्यनिष्ठ कर्म के लिए तथा 'शुभ' को कर्म के परिणाम के लिए प्रयुक्त किया जाय। अब हम शुभ से सम्बन्धित कुछ अन्य प्रत्ययों के बारे में विचार करेंगे।

7.3.1 साधनपरक शुभ तथा साध्यपरक शुभ

जब हम कोई कार्य करते हैं, तब हम कुछ साधनों का सहारा लेते हैं। जो साधन साध्य की सिद्धि में सहायक होता है, उसे हम अच्छा साधन कहते हैं और जो साधन सहायक नहीं होता उसे हम खराब साधन कहते हैं। स्पष्ट ही इन प्रसंगों में 'अच्छा' या 'खराब' का प्रयोग क्रमशः उपयुक्त या अनुपयुक्त के अर्थ में किया जाता है। अब यहाँ एक प्रश्न यह उठता है कि क्या कोई उपयोगी साधन नैतिक दृष्टि से खराब हो सकता है। इस प्रश्न का उत्तर देना बहुत आसान नहीं है। इसके लिए यह जानना आवश्यक होता है कि सही नैतिक मानक या मानदण्ड क्या है। यह सम्भव है कि किसी एक निर्दोष व्यक्ति की हत्या करके लाखों लोगों की भलाई निश्चित कर दी जा सकती है। इस कार्यसम्पादन में साध्य तो बहुत अच्छा है पर साधन, जो एक निर्दोष व्यक्ति की हत्या करना है, अपने आप में नैतिक दृष्टि से अच्छी नहीं

है। मनुष्य के व्यक्तित्व की अपनी एक गरिमा होती है। अतः उसके विनाश को साधन बना कर अच्छे से अच्छा अभीष्ट को सिद्ध करना कभी नैतिक नहीं हो सकता। अतः साधन के रूप में जो अच्छा है वह नैतिक दृष्टि से अच्छा नहीं भी हो सकता है। मात्र साधनपरक उपादेयता नैतिक शुभता का आधार नहीं हो सकती। नैतिक दृष्टि से शुभ या उचित होने के लिए किसी स्थिति या आचरण को मूलभूत नैतिक मानदण्ड के अनुकूल ही होना पड़ता है।

7.3.2 शुभता एवं शुभ वस्तु

नीतिशास्त्र में शुभता एवं शुभ वस्तु के भेद को समझना आवश्यक है। जब हम कहते हैं कि ''सुख अच्छा है'' या ''मोक्ष अच्छा है'', तब हम सुख या मोक्ष को एक ऐसी अवस्था या स्थिति मानते हैं जिसे साध्य के रूप में स्वीकार किया जा सकता है और किया जाना चाहिये भी। किन्तु ऐसा मानना तभी उचित हो सकता है जब निश्चित रूप से यह ज्ञान रहे कि सुख में या मोक्ष में शुभता या अच्छापन का गुण वर्तमान है। यह सर्वथा सम्भव है कि सही मायने में सुख में या मोक्ष में शुभता या अच्छापन रहे ही नहीं। इस प्रकार यह स्पष्ट होता है कि नैतिक अच्छापन या शुभता एक गुण है और जिस किसी वस्तु या स्थिति या अवस्था में यह गुण पाया जाता है उसे ही हम नैतिक दृष्टि से अच्छी वस्तु या स्थिति या अवस्था कह सकते हैं। नैतिक शुभता या अच्छापन के सम्बन्ध में हम आगे भी चर्चा करेंगे।

7.3.3. सर्वोच्च शुभ

मनुष्य के विवेकशील प्राणी होने के कारण उससे यह अपेक्षा की ही जा सकती है कि वह भली-भाँति सोच-विचार कर किसी उचित आदर्श की पूर्ति के लिए ही कर्म करे। यहाँ यह प्रश्न उठ जाता है कि क्या इस तरह का आदर्श केवल एक होता है या ऐसे अनेक आदर्श हो सकते हैं। स्पष्ट है कि मनुष्य के आदर्श अनेक होने चाहिये, क्योंकि मनुष्य की आवश्यकताएँ अनेकानेक प्रकार की होती हैं। इस अनेकता के कारण उसके आदर्शों का भी अनेक होना बिलकुल स्वाभाविक है। इम इन आदर्शो को सामाजिक, आर्थिक, शारीरिक, बौद्धिक, आदि अनेक वर्गों में बाँट सकते हैं। भारतीय नीतिशास्त्र में ऐसे आदर्शों को पुरुषार्थ कहा गया है और उन्हें चार वर्गों में बाँटा गया है—काम, अर्थ, धर्म और मोक्ष। मूर ने आदर्शों को दो वर्गों में बाँटा है—सौन्दर्यानुभूति तथा मानवप्रेम। पर शास्त्रकार प्रायः ही सभी प्रकार के आदर्शों को परस्पर सम्बद्ध करके देते हैं। उन्हें एक शृंखला में बाँध देते हैं। और एक सर्वोच्च आदर्श या सर्वोच्च शुभ के अस्तित्व को उजागर करते हैं। भारतीय शास्त्रकारों ने मोक्ष को सर्वोच्च शुभ अर्थात् जीवन का परम लक्ष्य निरूपित किया है। पर सुखवादियों ने सुख को ही जीवन का परम लक्ष्य माना है। इस तरह स्वर्ग, ईश्वरसाक्षात्कार, आदि आदि अनेक परम लक्ष्य या सर्वोच्च सुख निरूपित किये गये हैं। जिस किसी लक्ष्य को लक्ष्यशृंखला में सर्वोच्च स्थान दिया जाता है उसे सर्वोच्च शुभ माना जाता है।

7.4 कर्तव्य तथा आबन्ध

कर्तव्य तथा आबन्ध को समझने के लिए यह ध्यान में रखना आवश्यक है कि मनुष्य स्वभावतः एवं साधारणतः अपनी रुचियों के अनुसार ही कार्य करता है। ये रुचियाँ या तो जन्मजात होती हैं या अर्जित। भोजन करने की रुचि जन्मजात है, पर मद्यपान की रुचि अर्जित है। मनुष्य को रुचि के अनुसार काम करने में कोई दिक्कत या झिझक नहीं होती, क्योंकि उसके अनुसार काम करने का उसे झुकाव रहता है। अतः उसके अनुसार काम करने के लिए उसे अपने आपको बाध्य नहीं करना पड़ता। किन्तु यह आवश्यक नहीं है कि मनुष्य अपनी रुचि के अनुसार जो भी काम करता है, वह नैतिक दृष्टि से उचित ही हो। चोरी में रुचि

रखनेवाले व्यक्ति के द्वारा बिना झिझक चोरी कर ली जा सकती है, पर यह काम उचित नहीं हो सकता। इसी तरह मद्यपान के व्यसनी की मद्यपानपरक ललक उसके मद्यपान को औचित्य नहीं दे सकती। यह जरूरी नहीं है कि मनुष्य जो चाहता है उसे कर भी लेना चाहिये; और जब रुचि के अनुरूप कार्य अकरणीय समझा जाता है, तब 'है' और 'चाहिये' का पारस्परिक विरोध स्पष्ट हो जाता है, अर्थात् रुचि और कर्तव्य का अन्तर्द्वन्द्व उजागर हो जाता है। ऐसा तो प्रायः नहीं ही होता कि कर्ता के मन में कर्तव्य के प्रति वही रुझान रहे जो उसे अपनी रुचि के प्रति रहता है। इसका कारण यह है कि रुचि के अनुसार काम करने में कर्ता को अपनी लिप्सा के अनुकूल ही काम करना पड़ता है, पर कर्तव्य के अनुसार काम करने में उसे प्रायः अपनी सहज लिप्सा के प्रतिकूल जाना पड़ता है। इस प्रकार हम देखते हैं कि कर्तव्य का मार्ग कठिनाई से भरा रहता है। और इस मार्ग पर चलने के लिए कर्ता को अपने आपको लगाना पड़ता है, अर्थात् अपने को अभिप्रेरित करना पड़ता है। स्पष्ट ही इसके लिए दृढ़ संकल्प की आवश्यकता होती है; क्योंकि ऐसा संकल्प करके ही परिश्रम एवं अभ्यास के द्वारा कर्तव्य के प्रति अभिरुचि पैदा कर ली जा सकती है। और तभी कर्तव्यपरक बाध्यता को रुचि के रूप में परिवर्तित किया भी जा सकता है।

अब यहाँ यह प्रश्न उठता है कि कर्तव्य में किस तरह की बाध्यता रहती है। इस प्रश्न का उत्तर देने के पहले यह जान लेना आवश्यक है कि बाध्यता के विभिन्न प्रकार क्या-क्या हैं। बाध्यता के विभिन्न प्रकार ये हैं—परिस्थितिजन्य बाध्यता, कानूनी बाध्यता, सामाजिक बाध्यता तथा नैतिक बाध्यता। इसके पहले कि हम इन बाध्यताओं के बारे में विचार करें, हमारे लिए यह जान लेना भी अत्यन्त आवश्यक है कि यदि किसी व्यक्ति के माध्यम से कोई घटना घट जाती है और उस घटना का घटित होना उस व्यक्ति के चयन और निर्णय का परिणाम नहीं होता, तो वह व्यक्ति उस घटना के लिए नैतिक दृष्टि से जिम्मेवार नहीं माना जा सकता और न ही उसे उस घटना के लिए किसी प्रकार का दण्ड या पुरस्कार ही दिया जा सकता है। यदि क ख को धकेल देता है और ख ग से टकरा जाता है और ग बहुत गहरे खड्ड में गिरकर मर जाता है, तो इसके लिए ख को उत्तरदायी नहीं ठहराया जा सकता। ऐसा इसलिये कि इसके लिए ख ने कोई कर्म किया ही नहीं है। कर्म के लिए तो चयन और निर्णय निश्चित रूप से आवश्यक होते हैं। ख का ग से टकरा जाना ख के शरीर द्वारा घटित एक यान्त्रिक क्रिया है और शुद्ध यान्त्रिक क्रियाएँ नैतिकता के दायरे में नहीं आ सकतीं। और न ही इस प्रकार की क्रियाएँ बाध्य होकर की गई क्रियाएँ ही मानी जा सकतीं। अब हम बाध्य होकर की गयी क्रिया के विभिन्न प्रकारों के बारे में चर्चा करेंगे।

7.4.1 परिस्थितिजन्य बाध्यता

परिस्थितिजन्य बाध्यता को हम एक उदाहरण द्वारा इस प्रकार स्पष्ट करेंगे। आप अपने वाहन द्वारा किसी मार्ग से किसी गन्तव्य स्थान पर जा रहे हैं। रास्ते में आगे का पुल क्षतिग्रस्त है। आपको लाचारी एक दूसरे लम्बे मार्ग से अपनी मंजिल तक जाना पड़ता है। पुल के ठीक रहने से आप इस घुमावदार रास्ते से नहीं जाते। परिस्थिति ने आपको बाध्य किया, इसलिए आप घुमावदार रास्ते से गए। लेकिन तब भी आप इसके लिए जिम्मेवार हैं ही, क्योंकि आपने इसके लिए स्वयं ही चयन किया है एवं निर्णय भी लिया है।

7.4.2. कानूनी बाध्यता

कानूनी बाध्यता वह है जिसमें राज्य का कानून विशेष-विशेष प्रकार के कर्म करने को बाध्य करता है। आपको अपनी आय का कुछ अंश आयकर के रूप में सरकारी खजाने में

देना पड़ता है। ऐसा तब होता है जब आपकी आय एक निर्धारित सीमा से अधिक होती है। यदि आप यह आयकर नहीं देते हैं, तो सरकार आप पर कानूनी कार्रवाई कर सकती है। इस प्रकार की बाध्यताएँ कानूनी बाध्यताएँ होती हैं।

7.4.3. सामाजिक बाध्यताएँ

समाज में परम्परागत अनेक नियम होते हैं जिनके अनुसार व्यक्ति कार्य करने को बाध्य होता है। जैसे, कोई भी ब्राह्मण अपने ही वर्ण की किसी परगोत्री कन्या से ही विवाह करने को बाध्य है। यदि वह इस नियम का उल्लंघन करता है, तो वह अपने वर्ण से बहिष्कृत कर दिया जा सकता है। ऐसी बाध्यताएँ सामाजिक बाध्यताएँ होती हैं।

7.4.4. नैतिक बाध्यता

किन्तु ऐसी भी बाध्यताएँ हो सकती हैं और होती भी है जो न तो परिस्थितिजन्य होती हैं, न कानूनी और न ही सामाजिक। यह जरूरी नहीं है कि परिस्थितिजन्य बाध्यता या कानूनी बाध्यता या सामाजिक बाध्यता नैतिक दृष्टि से भी जायज हों। आपने लम्बे रास्ते से जाकर बहुत अधिक पेट्रोल खर्च कर दिया और बहुत अधिक समय भी बरबाद कर दिया। आप यदि अपनी यात्रा आगे न बढ़ाते और वापस लौट जाते तो उचित ही करते, क्योंकि आपका गन्तव्य स्थान तक जाना जरूरी नहीं था। और आप लम्बे रास्ते से यात्रा करने के पहले इस बात का अनुमान कर लेने में समर्थ थे ही कि आपको लम्बे रास्ते से जाने में अधिक खर्च होगा और अधिक समय भी लगेगा। अतः आपका लम्बे रास्ते से जाना नैतिक दृष्टि से उचित नहीं माना जा सकता। इसी तरह अनेकानेक कानूनी एवं सामाजिक बाध्यताएँ भी नैतिक दृष्टि से अनुचित करार कर दी जा सकती हैं। यदि लिंग या वर्ण या जाति के आधार पर किसी व्यक्ति को मतदान का कानूनी अधिकार दिया जाय, तो स्पष्ट ही यह नैतिक दृष्टि से बिलकुल अनुचित है। इसी तरह सामाजिक रीति-रिवाज के कारण शूद्रों को पूजास्थल पर न जाने देना या स्त्रियों को परदे में रहने को बाध्य करना नैतिक दृष्टि से जायज नहीं माना जा सकता। अतः यह स्पष्ट होता है कि मनुष्य को अन्ततः वही करना चाहिये जो नैतिक दृष्टि से जायज हो। यह एक प्रकार की बाध्यता ही है कि मनुष्य केवल नैतिक दृष्टि से उचित कार्य को ही करें। ऐसा करने के लिए यदि उसे कानूनी या सामाजिक बाध्यता का विरोध भी करना पड़े, तो उसे ऐसा विरोध करना चाहिये। मनुष्य होने के नाते इस तरह का विरोध करना उसका नैतिक कर्तव्य या आबंध भी है। यहाँ यह प्रश्न उठ जाता है कि आखिर यह नैतिकता है क्या, जिसके अनुसार ही मनुष्य को कर्म करना चाहिये।

नैतिकता के स्वरूप के सम्बन्ध में हम अधिनीतिशास्त्रसम्बन्धी अध्याय में विस्तार से चर्चा करेंगे। यहाँ इतना कहना ही पर्याप्त होगा कि नैतिकता आत्मोपकारिता नहीं है। आत्मोपकारिता में जहाँ कर्ता अन्ततः अपने निजी लाभ से ही प्रेरित होता है, वहीं नैतिकता में वह सबों के कल्याणसम्बन्धी अपनी भावना से ही प्रेरित होता है। यहाँ यह ध्यातव्य है कि नैतिकता में आत्मकल्याण पूरी तरह तिरस्कृत नहीं हो जाता। आखिरकार सर्वकल्याण में आत्मकल्याण तो निहित ही रहता है। लेकिन तब यहाँ यह भी ध्यातव्य है कि यदि आत्मबलिदान से सर्वसाधारण के कल्याण की सिद्धि सम्भव होती रहे, तो आत्मबलिदान भी नैतिक दृष्टि से एक कर्तव्य ही बन जाता है। स्पष्ट ही नैतिकता आत्मकेन्द्रित न होकर सर्वकल्याणकेन्द्रित होती है। नैतिक दृष्टिकोण वही हो सकता जिसमें आत्मकल्याण के बजाय सर्वकल्याण को ही महत्त्व दिया गया हो। प्राचीन मनीषियों के द्वारा कामना भी यही की गई है कि "सर्वे भवन्तु सुखिनः सर्वे सन्तु निरामयाः"।

पर तब यहाँ एक अन्तर्द्वन्द्व विद्यमान हैं। साधारणतः मनुष्य अपनी स्वार्थभावना से ही प्रेरित होकर कार्य करता है। पर नैतिकता उसे स्वार्थभावना के बजाय परार्थभावना से प्रेरित होकर ही कार्य करने का संदेश देती है। इस कारण इच्छा, रुचि, झुकाव, सहज प्रवृत्ति, आदि से नैतिकता का टकराव होना स्वाभाविक है। आसान रास्ता तो रुचि आदि का ही है। नैतिकता का रास्ता रुचि आदि के विरुद्ध होने के कारण आसान नहीं हो सकता। सामान्य अनुभव से भी यही ज्ञात होता है कि मनुष्य प्रायः अपनी रुचि से प्रेरित होकर ही कार्य करता है। किन्तु सही रूप में मनुष्य की मनुष्यता इसी में है कि वह अपने सभी कार्य नैतिकता के अनुरूप ही करे। आगे हम विस्तार से इस बात की चर्चा करेंगे कि मनुष्य को क्यों सहज प्रवृत्ति और नैतिकता में से नैतिकता का ही वरण करना चाहिये। यह सही है कि नैतिक आचरण में आसानी या सहजता नहीं होती। इसमें एक प्रकार की बाध्यता रहती ही है। लेकिन तब यही आचरण तो श्रेयस्कर होता है। पर यहाँ यह उल्लेख किया जा सकता है कि ऐसी बाध्यता उनलोगों में नहीं होती जो नैतिक कर्म करने में अभ्यस्त हो जाते हैं। उन्हें तो ऐसा कर्म करने में किसी प्रकार का मानसिक संघर्ष नहीं करना पड़ता। उनका स्वभाव ही मानो नैतिकता से ओत-प्रोत हो जाता है। इस कारण उनके लिए तो नैतिकता का आबंधपरक रूप नष्ट ही हो जाता है। किन्तु साधारण मनुष्य के लिए तो नैतिकता का बाध्यकारी स्वरूप बरकरार ही रहता, अर्थात् उसके लिए नैतिक बाध्यता कायम ही रहती है। अब यहाँ यह आपत्ति उठायी जा सकती है कि यदि मनुष्य नैतिक आचरण करने में किसी तरह बाध्य हो जाता है, तो निश्चय ही उसकी स्वतन्त्रता खण्डित हो जाती है। और चूँकि, जैसा हमने ऊपर कहा है, स्वतन्त्रता नैतिकता के लिए परमावश्यक है, इसलिए यदि नैतिक कर्तव्य या आबंध कर्ता को कर्म करने के लिए बाध्य करता है, तो फिर यह कैसे कहा जा सकता है कि कर्ता ने स्वतन्त्र संकल्प के आधार पर नैतिक कर्म किया है।

यह आपत्ति अत्यन्त पेचीली है। इसके निराकरण के लिए कुछ मौलिक बातों को ध्यान में रखना आवश्यक है। एक बात तो यह है कि साधारणतः हम यही समझते हैं कि सभी प्रकार की बाध्यताएँ वास्तविक कर्ताओं के द्वारा ही उत्पन्न की जाती हैं। यदि आपने मुझे धकेल दिया और मैं खड्ड में गिर पड़ा तो आपने ही मुझे गिरने के लिए बाध्य किया। यहाँ स्पष्ट ही बाध्य करनेवाला एक वास्तविक कर्ता है और वह आप हैं। अब यदि कर्तव्यपरक आबंध के बाध्यकारी होने के कारण उसे भी एक वास्तविक कर्ता ही मान लिया जाय, तब तो हम लोग नैतिक कर्म करते समय स्पष्ट ही किसी कर्ता के निर्देश पर ही कर्म करते हैं और इस तरह अपनी स्वतन्त्रता खो बैठते हैं।

किन्तु यह आपत्ति तर्कसंगत नहीं है। यह सही है कि आप मुझे धकेलकर गिरने को बाध्य करते हैं। स्पष्ट ही यहाँ 'बाध्य' शब्द का प्रयोग शाब्दिक है। किन्तु कर्तव्यों एवं आबंधों की बाध्यता के संदर्भ में 'बाध्य' का प्रयोग मात्र लाक्षणिक है। यहाँ बाधक न तो कोई वस्तु है, न ही कोई मानवकर्ता। यहाँ तो बाधक ऐसे विचार या नियम हैं, जिनके अनुसार किये गये कर्म परिस्थितिनिरपेक्ष नहीं होते, वरन् परिस्थितिसापेक्ष होते हैं; और चूँकि इनके क्रियान्वयन में नैतिक दृष्टि ही अपनायी जाती है इसलिए ये निरंकुश या स्वच्छन्द आचरण का रूप नहीं ग्रहण कर सकते और इस तरह वे एक विशेष ढंग से ही बाध्यकारी रूप ग्रहण करते हैं। इनकी यह बाध्यता स्वतन्त्रताविरोधी नहीं होती, क्योंकि यह बाध्यता बौद्धिक होती है। मनुष्य जैसे बौद्धिक प्राणी के लिए नैतिक नियमों की अवहेलना करना या इनके प्रतिकूल कर्म करना मानव स्वरूप के विरुद्ध जाना होता है और वैसा करके ही मनुष्य अपनी स्वतन्त्रता खो देता है। नैतिक आचरण संकल्प की स्वतन्त्रता का अवरोधक नहीं होता, वरन् वह उसकी उसका

परिणाम ही होता है। स्पष्ट ही ऐसे आचरण के संदर्भ में मनुष्य की बुद्धि एवं संकल्प की स्वतन्त्रता परस्पर विरोधिनी नहीं होतीं, वरन् एक दूसरे की सहयोगिनी ही होती हैं। कर्तव्यों एवं आबंधों में यदि कोई बाध्यता है, तो वह निश्चित रूप से बौद्धिक बाध्यता है और ऐसी बाध्यता किसी बौद्धिक प्राणी के लिए मानो वरदान ही है।

यहाँ यह कहा जा सकता है कि चूँकि मनुष्य के कार्यों के स्रोत उसकी इच्छाएँ, प्रवृत्तियाँ, अभिप्रेरक, आदि ही हैं और चूँकि इनके अभाव में मनुष्य कोई कर्म करने के लिए प्रयत्नशील नहीं होता, इसलिए वह इन आन्तरिक कारणों से तो भी अवश्य ही बाध्य होता है। ऐसा मानना एक दृष्टि से तो अवश्य ही सही है, पर साथ-ही यह मानना भी उतना ही सही है कि मनुष्य अपनी इच्छाओं, अभिप्रेरणाओं, आदि के दबाव में न पड़कर केवल अपने नैतिक कर्तव्यबोध से हो प्रेरित कर ही कार्य करे। मनुष्य की यही बौद्धिक क्षमता उसे पशु से भिन्न बना देती है। कार्यों के ये स्रोत, चाहे वे इच्छाएँ हों या अभिप्रेरणाएँ, कार्य करने के लिए अवसर तो अवश्य प्रदान करती है, पर यह जरूरी नहीं है कि उनके अनुसार कार्य कर ही लिये जाँय। कार्यों को कर्तव्यबोध के अनुरूप परिमार्जित या परिवर्तित करना और तदनुकूल ही उन्हें क्रियान्वित करना उचित होता है। और ऐसा करना बुद्धि के कारण सम्भव हो ही सकता है। और जहाँ बौद्धिक विवेचन के आधार पर कार्यसम्पादन होता है, वहाँ बाध्यता के आक्षेप का प्रासंगिक एवं प्रभावी होने का प्रश्न ही नहीं उठ सकता। यही कारण है कि कर्तव्यबोध अभिप्रेरक होकर भी बाध्यकारी नहीं होता।

यह बिलकुल सही है कि कर्तव्य तथा आबंध मनुष्य की इच्छाओं, अभिप्रेरकों और प्रवृत्तियों के अनुकूल नहीं भी हो सकते हैं और प्रायः ही वे उनके अनुकूल नहीं होते। इस कारण वे अर्थात कर्तव्य तथा आबंध एक दृष्टि से बाध्यकारी तो हो ही जाते हैं। पर वे बाध्यकारी किसी के आदेश होने के कारण या किसी दैवी शक्ति या धर्मग्रन्थ के द्वारा निर्देशित होने के कारण नहीं होते। वे तो मनुष्य की सहज प्रवृत्तियों के प्रतिकूल होने के कारण बाध्यकारी प्रतीत होने लगते हैं। वे तो मनुष्य की आवश्यकताओं के अनुरूप तथा सामाजिक कल्याण एवं सामाजिक सामंजस्य को सुनिश्चित करने हेतु तर्कसम्मत ढंग से निर्धारित हुए होते हैं। इसलिए वे तो अनुपालनीय ही होते हैं। वे बाध्यकारी इसलिए प्रतीत होते हैं कि उनके कारण कर्ता अपने लिए नहीं वरन् दूसरों के लिए ही अभिप्रेरित होता है। नैतिक क्रियान्वयन प्रायः जन्मजात इच्छाओं के अनुकूल न होकर उनके प्रतिकूल ही होता है। जब कर्ता अपने प्रयत्न और अभ्यास से नैतिकता को अपनी आदत बना लेता है, तभी उसके लिए नैतिक क्रियान्वयन स्वाभाविक हो सकता है और तभी उसके लिए कर्तव्यों और आबंधों की बाध्यता समाप्त हो सकती है। इतिहास में ऐसे अनेकानेक महात्माओं का उल्लेख किया गया है जिसमें नैतिकता को उनके जीवन का स्वभाव के रूप में ही वर्णित किया गया है।

यहाँ यह उल्लेखनीय है कि कर्तव्यों एवं आबंधों का बाध्यकारी प्रतीत होना उनके सन्दर्भ पर भी निर्भर करता है। यदि वे कर्तव्यपरायणता के संदर्भ में विचारित होते हैं, तब वे बाध्यकारी प्रतीत होते हैं, पर यदि वे प्रयोजनसिद्धि के संदर्भ में विचारित होते हैं, तब वे बाध्यकारी प्रतीत न होकर प्रयोजनसिद्धि के लिए सहायक होने के कारण अनुपालनीय ही प्रतीत होते हैं। इस विचार को स्पष्ट करने के लिए हमें पहले कर्तव्यों एवं आबंधों से सम्बद्ध नैतिक नियमों के बारे में विचारकों द्वारा प्रस्तावित दो परस्पर भिन्न मतों को स्पष्ट कर लेना चाहिये। कुछ नीतिशास्त्र के विचारक नैतिक नियमों को प्रयोजनसापेक्ष मानते हैं, पर कुछ प्रयोजननिरपेक्ष। पहले वर्ग को हम प्रयोजनवादी तथा दूसरे को कर्तव्यवादी कह सकते हैं।

प्रयोजनवादी कहते हैं कि नैतिक आचरण किसी-न-किसी अभीष्ट की प्राप्ति के लिए ही किया जाता है—जैसे, सुख, स्वर्ग, ईश्वरसाक्षात्कार, मोक्ष, आदि आदि। पर कर्तव्यवादी कहते हैं कि नैतिक आचरण किसी प्रयोजन के लिए नहीं, वरन् शुद्ध प्रयोजनहीन कर्तव्यपालन के लिए ही किया जाता है। काण्ट जैसे अनेक महान् नीतिशास्त्रियों ने इसी कर्तव्यपालन का झण्डा फहराया है और उसे ही महत्त्व प्रदान किया है। *गीता* ने भी इसी फलनिरपेक्षवाद का डंका पीटा है। इस मत के सम्बन्ध में हम आगे विस्तार से चर्चा करेंगे। पर यहाँ हम इतना कहना आवश्यक समझते हैं कि नैतिक नियम प्रथम दृष्ट्या बाध्यकारी इसलिए प्रतीत होते हैं कि उन्हें उनके वास्तविक उद्देश्य से अलग करके आँका जाता है। उनका इस तरह से आँका जाना बिलकुल अनुचित है। किसी नैतिक नियम के लिए उसकी प्रयोजनपरक भूमिका अत्यन्त आवश्यक और महत्त्वपूर्ण होती है। नैतिक नियम हमारे लिए आकाश से टपक नहीं पड़ते। यदि आकाश से नियमों का टपकना सम्भव हो भी जाय, तो भी वे हमारे व्यापक हित की सिद्धि में सहायक हुए बिना हमारे नैतिक नियम बन ही नहीं सकते। नैतिक नियम, जैसा हमने ऊपर कहा है, मानवबुद्धि द्वारा मनुष्य के चरित्रनिर्माण तथा सामाजिक सामंजस्य तथा सामाजिक उन्नयन के लिए निर्धारित होते हैं। और इस तरह निर्धारित हो जाने पर वे नैतिक कर्ता के लिए आवश्यक तौर पर अनुपालनीय हो जाते हैं। उनके अनुपालन में कोई छूट नहीं दी जा सकती, इसलिए वे इस तरह से बाध्यकारी हो ही जाते हैं। लेकिन, उनके अनुपालन से तो नैतिक अभीष्ट की ही प्राप्ति होती है। और यहाँ यह भी कहा जा सकता है कि साधनपरक अनिवार्यता बाध्यकारी नहीं मानी जा सकती। अतः निष्कर्ष के रूप में हम कह सकते हैं कि *कर्तव्यनिरूपण के सम्बन्ध में प्रयोजनवादी ही सही हैं, यद्यपि कर्तव्यपालन के सम्बन्ध में कर्तव्यवादी ही सही जान पड़ते हैं।* इस प्रसंग में यहाँ यह कहना भी उचित ही होगा कि जहाँ एक ओर कर्तव्यों तथा नैतिक नियमों का प्रतिपादन किसी व्यक्ति के बौद्धिक विवेचन के द्वारा प्रत्यक्ष तौर पर ही सम्भव है, वहीं दूसरी ओर इनका प्रतिपादन अप्रत्यक्ष ढंग से समाज के द्वारा भी हो सकता है। समाज में भी नैतिक नियम विकसित होते रहे हैं और आवश्यकतानुसार उनकी समीक्षा भी की जाती रही है। और फिर समीक्षा के उपरान्त अनेक नियम परित्यक्त भी होते रहे हैं और नये-नये नियमों का निरूपण भी होता ही रहा है। यहाँ यह भी उल्लेखनीय है कि भौतिक वातावरण तथा सामाजिक परिवेश दोनों का परिवर्तन होता ही रहता है। अतः यह सर्वथा उपयुक्त है कि ऐसे परिवर्तनों के अनुकूल नैतिक नियमों का उचित एवं आवश्यक परिवर्तन भी होता ही रहे। नैतिक नियम समाजसापेक्ष होने के कारण अपरिवर्तनीय एवं शाश्वत नहीं हो सकते।

7.5 सद्गुण तथा दुर्गुण

मनुष्य एक कर्मशील प्राणी है। कर्म करना उसका प्राकृतिक लक्षण है। जैसा हमने ऊपर भी कहा है, वह कर्म अपनी इच्छाओं की पूर्ति के लिए ही करता है। इच्छाएँ अनेक कारणों से उत्पन्न हो सकती हैं। इच्छाएँ जन्मजात एवं अर्जित दोनों प्रकार की प्रवृत्तियों से उत्पन्न हो सकती हैं। कुछ इच्छाएँ तो सद्यः उपस्थित कारणों से भी उत्पन्न हो जा सकती हैं। मैंने सुन्दर-सुन्दर चित्र बिकते देखे, मुझे तुरंत उन्हें खरीदने की इच्छा हो गयी और मैंने उन्हें खरीद लिया। चित्रों को खरीदने की मेरी यह इच्छा मेरे सामने हठात् उपस्थित परिस्थिति के कारण ही उत्पन्न हुई। इसे हम सद्यः प्रसूत इच्छा कह सकते हैं। किन्तु यदि विचार करके देखा जाय तो यहाँ भी पाया जा सकता है कि मुझमें पहले से ही वर्तमान मेरी सौन्दर्यप्रेमपरक प्रवृत्ति

ही क्रियमाण ही हुई है। हठात् उपस्थित परिस्थिति ने तो उस प्रवृत्ति को केवल क्रियमाण किया है। यह प्रवृत्ति मैंने अपने जीवन के अतीत अनुभवों के आधार पर अर्जित की है और यह बिलकुल स्वाभाविक है कि उपयुक्त परिस्थिति के उपस्थित हो जाने पर वह प्रवृत्ति क्रियमाण हो जाय। इस प्रकार हम देखते हैं कि हम अपने जीवन में अनेकानेक प्रवृत्तियाँ अर्जित कर सकते हैं और ये प्रवृत्तियाँ हमारे मानस में झुकावों और रुझानों के रूप में वर्तमान रह सकती हैं। किन्तु, जैसा हम पहले भी कह चुके हैं, अनेकानेक प्रवृत्तियाँ जन्मजात होती हैं, जैसे, बुभुक्षा, पिपासा, कामुकता, जिजीविषा, आदि। जन्मजात प्रवृत्तियों की तुलना में अर्जित प्रवृत्तियों की संख्या बहुत अधिक होती है। सभी प्रवृत्तियाँ, चाहे वे जन्मजात हों या अर्जित, अभिप्रेरक का काम करती हैं और वे चेतन इच्छाओं का रूप लेकर प्रवृत्तिधारक को कार्य करने के लिए प्रेरित करती हैं। पर यह जरूरी नहीं है कि प्रवृत्तियों से उत्प्रेरित कर्म नैतिक दृष्टि से उचित ही हों। कुछ प्रवृत्तियाँ अवश्य ही नैतिक दृष्टि से उचित कर्म करने को ही प्रेरित करती हैं, लेकिन कुछ तो बिलकुल अनुचित कर्म को ही। जैसे, द्वेष एक ऐसी प्रवृत्ति है जो नैतिक दृष्टि से अनुचित कर्म करने को ही प्रेरित करती है। अन्य मनुष्यों के प्रति घृणा जैसी प्रवृत्ति तो लोगों को सामूहिक नरसंहार जैसे अनैतिक कर्म करने के लिए भी प्रेरित कर सकती है। किन्तु मनुष्यों में लोककल्याण करने की प्रवृत्ति भी तो हो उत्पन्न सकती है और इसकी उत्पत्ति होती भी रही है। यह प्रवृत्ति लोगों को दूसरों की भलाई जैसे नैतिक कर्मों को करने की ही प्रेरणा देती है।

प्रवृत्तियों को हम सर्वप्रथम दो वर्गों में इस तरह बाँट सकते हैं : एक वर्ग में वे सभी प्रवृत्तियाँ शामिल हों जो नैतिक या अनैतिक रूप ले सकती हैं—जैसे, द्वेष, घृणा, लोककल्याणनिष्ठ, साहस, देशप्रेम, ईमानदारी, आत्मलाभनिष्ठा, साम्यनिष्ठा, अस्तेय, आदि-आदि; और दूसरे वर्ग में वे सभी प्रवृत्तियाँ शामिल हों जो न तो नैतिक हैं और न ही अनैतिक—जैसे, जिज्ञासा, कलाप्रेम, बौद्धिकता, कार्यकुशलता, आदि। पहले वर्ग को हम नीतिपरक प्रवृत्ति वर्ग तथा दूसरे को नीतिरहित प्रवृत्ति वर्ग कह सकते हैं। फिर, नीतिपरक प्रवृत्तियाँ दो उपवर्गों में बाँटी जा सकती हैं—नैतिक तथा अनैतिक। नैतिक प्रवृत्तियाँ वे हैं जो नैतिक दृष्टि से उचित कर्मों को करने के लिए ही उत्प्रेरित करती हैं—जैसे, ईमानदारी, प्रेम, अस्तेय, न्यायनिष्ठा, आदि आदि। और अनैतिक प्रवृत्तियाँ वे हैं जो नैतिक दृष्टि से अनुचित कर्मों को करने के लिए ही उत्प्रेरित करती हैं—जैसे, द्वेष, द्रोह, शत्रुता, वैमनस्य, अर्थलोलुपता, बेईमानी, तस्करी, आदि आदि। नैतिक प्रवृत्तियों को हम सद्गुण कहते हैं और अनैतिक प्रवृत्तियों को दुर्गुण। मनुष्य के लिए यह नितान्त आवश्यक हैं कि वह केवल सद्गुणों को ही हासिल करे और दुर्गुणों का परित्याग। स्पष्ट ही ऐसा करना आसान नहीं होता है। इसे गहन प्रयत्न, दृढ़ संकल्प एवं निरन्तर अभ्यास के द्वारा ही सम्भव बनाया जा सकता है।

सद्गुणों एवं दुर्गुणों को भूख, प्यास, कामवासना जैसी सहज एवं जन्मजात प्रवृत्तियों से भिन्न प्रकार का मानना उचित है, क्योंकि सद्गुण एवं दुर्गुण प्रयत्न और अभ्यास से अर्जित किये जाते हैं। कुछ सद्गुणों एवं दुर्गुणों का प्राकृतिक एवं जन्मजात आधार हो सकता है। यहाँ हम माता का अपनी संतान के प्रति स्नेह और प्यार का उदाहरण ले सकते हैं। माता प्रायः अपने बच्चों को ही अधिमानित करती है। इस कारण वह अपने बच्चों के प्रति तो अनुराग, पर दूसरों के बच्चों के प्रति उपेक्षा या द्वेष रखती है। सम्भव है कि इस तरह के प्राकृतिक राग एवं द्वेष क्रमशः अर्जित सद्गुणों एवं दुर्गुणों के आधार बन जाँय। जो भी हो, प्रायः ही अर्जित गुणों के लिए प्रयत्न और अभ्यास तो करने ही पड़ते हैं। परोपकारिता का ही उदाहरण लें।

इसे अर्जित करने के लिए कठिन आन्तरिक संघर्ष करना पड़ता है, क्योंकि मनुष्य में स्वार्थपरता बहुत अधिक प्रबल होती है। फिर भी यह कहना तो सही नहीं होगा कि मनुष्य में प्राकृतिक तौर पर सहानुभूति या स्नेह की कोई प्रवृत्ति होती ही नहीं है। माता का अपनी संतान के प्रति स्नेह और प्रेम, मनुष्य का किसी विपन्न व्यक्ति के प्रति सहज ही सदय हो जाना, आदि आदि कृत्रिम गुण नहीं होते, बल्कि स्वाभाविक गुण ही होते हैं। यहाँ यह उल्लेखनीय है कि स्वाभाविक एवं प्राकृतिक स्तर पर किये गये कर्मों का नैतिक मूल्य होता है या नहीं या यदि होता है तो कितना होता है एक विचारणीय प्रश्न है। ऐसा इसलिए है कि नैतिक मूल्यांकन वहीं सम्भव होता है जहाँ सोच-विचार, चयन, निर्णय एवं संकल्प जैसे मानसिक व्यापार क्रियमाण रहे हों। साधारणतः स्वाभाविक तथा प्राकृतिक स्तर पर किये गये कर्मों में ये व्यापार क्रियमाण नहीं हुए रहते। साधारणतः ऐसे मानसिक व्यापारों के आधार पर किये गये कर्मों के माध्यम से जो प्रवृत्तियाँ अर्जित की जाती हैं, वे प्रवृत्तियाँ यदि नैतिक होती हैं तो सद्गुण कहलाती हैं और यदि अनैतिक होती हैं तो दुर्गुण कहलाती हैं।

सद्गुण अनेक होते हैं, जिनमें कुछ सीमित तथा कुछ व्यापक होते हैं। उदाहरणस्वरूप हम कह सकते हैं कि प्रतिज्ञापालनपरक सद्गुण एक सीमित सद्गुण है, क्योंकि इसका कार्यक्षेत्र केवल प्रतिज्ञा से सम्बद्ध रहता है। किन्तु कर्तव्यपरायणता एक व्यापक सद्गुण हैं, क्योंकि इसकी परिधि में अनेकानेक सद्गुण समाविष्ट हो जाते हैं। यदि कर्तव्यपरायणता प्रतिज्ञापालन को उत्प्रेरित कर सकती है, तो वह परोपकारिता और न्यायपरता जैसे सद्गुणों को भी प्रेरित कर सकती है। इस प्रकार हम देखते हैं कि कर्तव्यपरायणता एक व्यापक सद्गुण है, जब कि प्रतिज्ञापालनपरक निष्ठा, परोपकारिता, न्यायपरता आदि सीमित सद्गुण हैं। व्यापक सद्गुण को हम सामान्य तथा सीमित सद्गुण को विशिष्ट भी कह सकते हैं। और फिर उन्हें क्रमशः उच्चस्तरीय तथा निम्नस्तरीय भी कह सकते हैं। उल्लेखनीय है कि यहाँ 'उच्च' या 'निम्न' का प्रयोग नैतिक आधार पर नहीं होता। अतः इस प्रसंग के निम्नस्तरीय सद्गुण नैतिक दृष्टि से किसी तरह गौण नहीं होते, अर्थात् उनकी नैतिक उत्कृष्टता किसी तरह कम नहीं होती। ध्यातव्य है कि कर्तव्यपरायणता चूँकि सभी प्रकार के सद्गुणों को क्रियमाण कर सकती है, इसलिए उसे सर्वोच्च सद्गुण भी माना गया है। काण्ट ने तो यहाँ तक कह दिया है कि नैतिक दृष्टि से केवल वे कर्म ही उचित होते हैं जो मात्र कर्तव्यपरायणता के द्वारा उत्प्रेरित होते हैं। यदि कोई माता संतानस्नेह से प्रेरित होकर अपनी संतान का पालन-पोषण करती है तो उसका कर्म उस नैतिक गरिमा या ऊँचाई को प्राप्त नहीं कर सकता जो वह तब करता जब वह शुद्ध कर्मनिष्ठा से प्रेरित होकर ही किया जाता। कर्तव्यपरायणता की तरह कुछ अन्य सद्गुण भी उच्चस्तरीय कोटि में आते हैं, क्योंकि वे भी अपेक्षाकृत अधिक सामान्य या व्यापक होते हैं—जैसे, नैतिक साहस, नैतिक निष्ठा अर्थात् नैतिक नियम के प्रति आदरभाव, आदि। यहाँ सद्गुण के रूप में उस नैतिक समदर्शिता का उल्लेख करना भी नितान्त आवश्यक है जिसके अनुसार कोई मनुष्य किसी अन्य मनुष्य को अपने ही जैसा एक व्यक्ति मानता है। काण्ट ने कहा है कि मनुष्य कभी भी एक साधन के रूप में प्रयुक्त नहीं किया जा सकता, क्योंकि वही तो अंततः साध्य का रूप लेता है। यही कारण है कि काण्ट ने मनुष्यों की समग्रता को 'साध्यों का साम्राज्य' माना है। स्पष्ट ही सभी मनुष्यों के प्रति समदर्शिता परक सद्गुण से उत्प्रेरित होने पर ही कोई सामाजिक आचरण नैतिक रूप ले सकता है। अतः नैतिक दृष्टिकोण तभी अपनाया जा सकता है जब यह सद्गुण आत्मसात् कर लिया गया हो कि सभी मनुष्य व्यक्ति हैं और वे सभी समान रूप से श्लाध्य हैं।

7.6 प्रमुख सद्‌गुण

यह तो सभी जानते हैं कि नैतिक सद्‌गुण और नैतिक दुर्गुण अनेक हैं। प्रेम, साहस, ईमानदारी, कृतज्ञता, आदि सद्‌गुण हैं, और कायरता, लोभ, क्रूरता, स्वार्थपरता, आलस्य, आदि दुर्गुण। प्रश्न उठता है कि क्या ये सभी प्रवृत्तियाँ एक ही स्तर की हैं या इनमें कुछ आधारभूत हैं और कुछ उन आधारभूत प्रवृत्तियों से व्युत्पन्न हैं। हम इस विषय का विवेचन यहाँ केवल सद्‌गुण के संदर्भ में ही करेंगे। अर्थात् हम केवल यह सुनिश्चित करने का प्रयास करेंगे कि सद्‌गुणों में कौन-कौन सद्‌गुण आधारभूत हैं और कौन-कौन व्युत्पन्न। दुर्गुणों पर अलग से विचार करना आवश्यक नहीं है, क्योंकि दुर्गुण तो आखिर सद्‌गुणों को नकारने वाली प्रवृत्तियाँ ही हैं। अर्थात् जो प्रवृत्तियाँ लोगों को सद्‌गुणी बनने या सद्‌गुणों के अनुरूप कार्य करने में बाधक होती हैं, वे ही दुर्गुण हैं।

आधारभूत सद्‌गुण को ही हम प्रमुख सद्‌गुण कह सकते हैं। लेकिन यहाँ प्रश्न उठ सकता है कि प्रमुख सद्‌गुण एक है या अनेक। यदि एक है तो वह क्या है और यदि अनेक हैं तो कौन-कौन। इन प्रश्नों के उत्तर देने के पहले हमें यह स्पष्ट कर देना चाहिये कि हम नैतिकता के निम्नलिखित दो रूपों में से किसे उसका सही रूप मानते हैं।

जैसा हम पहले कह चुके हैं, नैतिकता के सम्बन्ध में दो दृष्टियाँ बहुत महत्त्वपूर्ण हैं—(1) कर्तव्यपालनपरक दृष्टि और (2) फलप्राप्तिपरक दृष्टि। फलप्राप्तिपरक दृष्टि के भी दो प्रकार हैं—(1) स्वार्थ सिद्धिपरक दृष्टि और (2) परहितपरक दृष्टि। इस प्रकार हमारे सामने तीन तरह की नैतिक दृष्टियाँ उपस्थित हो जाती हैं। अतः इनके सन्दर्भ में ही हमें यह विचार करना चाहिये कि प्रमुख नैतिक सद्‌गुण क्या-क्या हैं। यह तो हम पहले ही कह चुके हैं कि जो सद्‌गुण आधारभूत है, अर्थात् जो सद्‌गुण किसी अन्य सद्‌गुण से व्युत्पन्न नहीं होता, वही प्रमुख सद्‌गुण होता है। अतः अब हम उपर्युक्त तीनों नीतिपरक दृष्टियों के संदर्भ में बारी-बारी से नीतिपरक प्रवृत्तियों को सुनिश्चित करने का प्रयास करेंगे।

पहले हम स्वार्थसिद्धिपरक दृष्टि को लें। इस दृष्टि के अनुसार मनुष्य को वही कर्म करना चाहिये जो उसके स्वार्थ को पूरा कर सके। और ऐसी स्वार्थसिद्धि के लिए जो प्रवृत्ति या जो चारित्रिक गुण प्रेरित कर सके वही नैतिक सद्‌गुण हो सकता है और यदि वह सद्‌गुण किसी अन्य सद्‌गुण से व्युत्पन्न नहीं है तो वह प्रमुख नैतिक सद्‌गुण है। स्पष्ट ही यह सद्‌गुण स्वार्थपरायणता ही है। यह स्वार्थपरायणता या स्वार्थपरता जब दूरदर्शिता से युक्त होती है तब यह दूरदर्शी स्वार्थपरता हो जाती है। किन्तु स्वार्थकेन्द्रित नैतिकता सही अर्थ में नैतिकता नहीं है। इसका उल्लेख हम कर चुके हैं। और इसका विस्तृत विवेचन हम आगे करेंगे और हम देखेंगे कि स्वार्थकेन्द्रित नैतिकता सही अर्थ में नैतिकता नहीं है। सही अर्थ में नैतिकता परहित या लोककल्याण के लिए ही हो सकती है। और इस लोककल्याण की सिद्धि के लिए कर्म करने की प्रेरणा परहितकामना जैसी प्रवृत्ति ही दे सकती है। अतः परहितकामना या परहितेच्छा एक आधारभूत नैतिक सद्‌गुण मानी जा सकती है। यह सद्‌गुण कितना जन्मजात है और कितना अर्जित—यह एक विचारणीय प्रश्न है। इसका विचार हम आगे उपयुक्त स्थान पर करेंगे। अब यहाँ एक दूसरा महत्त्वपूर्ण प्रश्न यह उठ जाता है कि मनुष्यों में क्या केवल परहितेच्छापरक प्रवृत्ति के रहने से ही सही ढंग से संपूर्ण मानव समाज एवं अन्य प्राणियों का कल्याण सम्भव हो जा सकता है। इसका उत्तर नकारात्मक इसलिए होता है कि केवल परिहितेच्छा की प्रवृत्ति के क्रियमाण होने से सम्भव है कि केवल कुछ ही जीवों का

कल्याण सिद्ध हो। अतः लोककल्याण को सर्वव्यापी बनाने के लिए एक ऐसी प्रवृत्ति का होना आवश्यक हो जाता है जो कल्याणकारी कर्मों को सर्वव्यापी बना सके। स्पष्ट ही यह दूसरी प्रवृत्ति न्यायपरता की प्रवृत्ति ही हो सकती है। यह वह प्रवृत्ति है जो मनुष्यों एवं अन्य प्राणियों के उचित अधिकारों की प्राप्ति एवं पूर्ति में सहायक होती है और उनके लिए प्रेरणा का काम करती है। अतः हम यह कह सकते हैं कि लोककल्याणवाद के संदर्भ में प्रमुख नैतिक सद्‌गुण दो होते हैं—(1) परहितेच्छा और (2) न्यायपरता।

किन्तु, जैसा हमने ऊपर कहा है, उपर्युक्त स्वार्थवादी तथा परार्थवादी दृष्टियों के अलावे एक तीसरी दृष्टि भी है और यह दृष्टि है नीतिनिष्ठापरक दृष्टि। यह दृष्टि हमेशा बहुत प्रभावी रही है। इस दृष्टि के अनुसार उपर्युक्त दोनों दृष्टियाँ प्रयोजनमूलक होने के कारण शुद्ध एवं सही नैतिकता स्थापित नहीं कर सकतीं। कल्याण, चाहे अपना हो या अन्य लोगों का, है तो प्रयोजन ही। किसी प्रयोजन की सिद्धि के लिए कर्म करने में तथा बिना किसी प्रयोजन के केवल नीतिनिष्ठा या कर्तव्यनिष्ठा से ही प्रेरित होकर कर्म करने में बहुत बड़ा अन्तर है। जो नैतिक उत्कृष्टता केवल कर्तव्यनिष्ठा से प्रेरित होकर कर्म करने में है वह उत्कृष्टता किसी प्रकार के प्रयोजन की सिद्धि के लिए कर्म करने में शायद नहीं है। कर्तव्यवाद नैतिक उत्कृष्टता के संदर्भ में प्रयोजनवाद को अपनी तुलना में निम्नस्तरीय ही मानता है। इस विषय के सम्बन्ध में हम आगे अधिक विस्तार से चर्चा करेंगे और हम इन दोनों मतों का तुलनात्मक मूल्यांकन भी करेंगे। पर यह तो स्पष्ट ही है कि कर्तव्यवाद के अनुसार प्रमुख नैतिक प्रवृत्ति या सद्‌गुण कर्तव्यपरायणता ही है।

इस प्रकार यदि हम तीनों दृष्टियों को एक साथ मिलाकर देखें, तो हम पायेंगे कि सद्‌गुण चार प्रकार के हो सकते हैं—स्वार्थपरता, परहितेच्छा, न्यायनिष्ठता तथा कर्तव्यपरायणता। अब प्रश्न उठता है कि क्या ये चारों सही अर्थ में सद्‌गुण माने जा सकते हैं। हम आगे यह सुदृढ़ एवं सुनिश्चित करेंगे कि स्वार्थसिद्धिपरक प्रवृत्ति नैतिक दृष्टि से खरी नहीं उतर सकती। अतः स्वार्थपरता नैतिक सद्‌गुण नहीं हो सकती। जहाँ तक परहितवाद तथा कर्तव्यवाद के नैतिक औचित्य का प्रश्न है, हम आगे देख पायेंगे कि दोनों मत भिन्न-भिन्न कारणों से अत्यन्त महत्त्वपूर्ण हैं। स्पष्ट ही नैतिक नियमों के निर्धारण में परहित या लोककल्याण ही आदर्श हो सकता है। अतः नैतिकता में परहितवाद की भूमिका तो अत्यन्त महत्त्वपूर्ण है ही। फिर परहित को उचित रूप से सर्वव्यापी बनाने के लिए न्यायपरता की भूमिका भी अत्यन्त महत्त्वपूर्ण हो जाती है। लेकिन तब इस तरह नैतिक नियमों का निर्धारित हो जाना मात्र ही नैतिकता के लिए पर्याप्त नहीं हो सकता। उन नियमों के अनुसार कर्म करने के लिए कर्त्ता में कर्तव्यपरायणता अर्थात् कर्तव्यो को क्रियान्वित करने की दृढ़ इच्छा का होना भी नितान्त आवश्यक है। इस प्रकार हम देखते हैं कि परिहितेच्छा, न्यायपरता एवं कर्तव्यपरायणता में से कोई भी सद्‌गुण किसी भी दूसरे सद्‌गुण से कम महत्त्वपूर्ण नहीं है। वस्तुतः ये तीनों सद्‌गुण आधारभूत होते हैं और नैतिक आचरण के लिए इन तीनों की भूमिका आवश्यक होती है।

यहाँ यह उल्लेखनीय है कि नीतिशास्त्रियों ने प्रमुख सद्‌गुणों की सूचियाँ भिन्न-भिन्न प्रकार से दी हैं। जहाँ प्लेटो के अनुसार प्रमुख सद्‌गुण हैं—बुद्धिमत्ता, साहस, संयम तथा न्याय और काण्ट के अनुसार प्रमुख सद्‌गुण केवल कर्तव्यपरायणता है, वहीं भारतीय विचारकों में व्यास ने परोपकारिता को तथा पतंजलि आदि मनीषियों ने अहिंसा, सत्यनिष्ठा, अस्तेयभावना, ब्रह्मचर्य एवं अपरिग्रहभावना को प्रमुख सद्‌गुण माना है। और भी अनेक तालिकाएँ दी गई हैं। लेकिन यहाँ हम अतीत में दी गई सभी सद्‌गुणसम्बन्धी तालिकाओं को

प्रस्तुत नहीं करने जा रहे हैं। न ही हम यहाँ यह गिनाने जा रहे हैं कि सद्‌गुण कितने हैं और कौन-कौन हैं। स्पष्ट ही सद्‌गुण अनेकानेक हैं। यहाँ हम केवल इतना जानना चाहेंगे कि प्रमुख नैतिक सद्‌गुण कौन-कौन हैं, अर्थात् ऐसे सद्‌गुण कौन-कौन हैं जिनके बिना नैतिकता सम्भव नहीं हो सकती। प्रस्तुत संदर्भ में इस बात की ओर ध्यान दिलाना भी आवश्यक है कि नैतिक सद्‌गुण बौद्धिक सद्‌गुण नहीं होता। अतः किसी बौद्धिक सद्‌गुण को नैतिक सद्‌गुण नहीं मान लेना चाहिये। सुकरात ने यह अवश्य कहा था कि सद्‌गुण ज्ञान है। और यह भी सही है कि नैतिक आचरण के लिए तथ्यात्मक ज्ञान का होना नितान्त आवश्यक है। पर कोई ज्ञान नैतिक आचरण को उत्प्रेरित नहीं कर सकता। इस तरह की उत्प्रेरणा नैतिक सद्‌गुण ही सम्भव कर सकता है। एक ज्ञानसम्पन्न व्यक्ति दुराचारी हो सकताा है, और एक नैतिक चरित्र वाला व्यक्ति ज्ञानसम्पन्न नहीं भी हो सकता है। अतः विचारकों ने सद्‌गुणसम्बन्धी जो भी सूचियाँ प्रस्तुत की हैं, उनमें हमें यह अवश्य ही देख लेना चाहिये कि कौन-कौन से सद्‌गुण सही मायने में नैतिक हैं और कौन-कौन से नैतिकेतर। और साथ-साथ ही यह भी देख लेना चाहिये कि उन नैतिक सद्‌गुणों में कौन-कौन से आधारभूत हैं और कौन-कौन से व्युत्पन्न। प्लेटो द्वारा चर्चित बुद्धिमत्ता तथा पतंजलि द्वारा चर्चित सत्यनिष्ठा नैतिक सद्‌गुण नहीं, वरन् बौद्धिक सद्‌गुण हैं। ये गुण मानव जीवन के लिए अत्यन्त महत्त्वपूर्ण तो अवश्य हैं, पर ये नैतिक आचरण के लिए उत्प्रेरक नहीं हो सकते। नैतिक सद्‌गुणों में, जैसा हमने ऊपर कहा हैं, अनेक सद्‌गुण व्युत्पन्न होते हैं। पतंजलि की सूची में अहिंसा एवं अस्तेय का उल्लेख है। इन्हें हम परहितेच्छा से व्युत्पन्न मान सकते हैं। इसी तरह प्लेटो द्वारा चर्चित साहसपरक सद्‌गुण को हम सुदृढ़ कर्तव्यनिष्ठा के अन्तर्गत ला सकते हैं। ईमानदारी तथा प्रतिज्ञापालन को न्यायपरता से व्युत्पन्न माना जा सकता है। इस प्रकार हम देखते हैं कि तीन ही नैतिक सद्‌गुण ऐसे हैं जो सही अर्थ में आधारभूत हैं और वे हैं—परहितेच्छा, न्यायपरता तथा कर्तव्यपरायणता।

अब यहाँ यह प्रश्न उठता है कि क्या उपर्युक्त तीनों सद्‌गुणों में केवल कर्तव्यपरायणता ही नैतिक दृष्टि से सद्‌गुण मानी जा सकती है, और अन्य दोनों फलप्राप्ति से संबद्ध होने के कारण नैतिक सद्‌गुण मानी ही नहीं जा सकतीं। काण्ट तो केवल कर्तव्यपरायणता को ही सही मायने में नैतिक सद्‌गुण मानते हैं। किन्तु यदि कोई व्यक्ति शुद्ध निःस्वार्थ सेवा करने के उद्देश्य से ही दूसरों की सेवा करता है, तो क्या उसकी यह सेवा उस व्यक्ति की सेवा से कम मूल्यवान् होती है जिसने दूसरों की सेवा शुद्ध कर्तव्यभावना से प्रेरित होकर ही की है? यहाँ यह उल्लेखनीय है कि नैतिक कर्म का कर्ता मनुष्य ही होता है और वह कोई यन्त्र नहीं होता। मनुष्य अपनी इच्छाओं से प्रेरित होकर ही संकल्प लेकर कर्म कर सकता है। वह यदि कोई परोपकार का कर्म परोपकार करने के उद्देश्य से प्रेरित होकर करता है और उस कर्म के द्वारा अपना कोई स्वार्थ सिद्ध नहीं करता, तो उसके इस कर्म से नैतिकता का किस प्रकार हनन होता है? सेवा करने के उद्देश्य से सेवा करने में जो न्यायपरकता या तार्किक संगति या स्वाभाविकता है वह शायद कर्तव्यबोध से प्रेरित होकर सेवा करने में नहीं है। पहले में यदि एक प्रकार की प्राकृतिकता है तो दूसरे में एक प्रकार की कृत्रिमता।

तो क्या कर्तव्यपरायणता या कर्तव्यबोध का कोई महत्त्व नहीं होता? निश्चय ही नैतिकता में इसका बहुत अधिक महत्त्व है। कर्तव्यपरायणता का एक विशेष महत्त्व तो यह है कि यह मनुष्य को अन्य नैतिक सद्‌गुणों के अनुरूप कार्य करने के लिए दृढ़ संकल्प प्रदान करती है। साथ-ही-साथ यह कर्ता को एकाग्रता तथा पर्याप्त बल भी प्रदान करती है। और यह अन्य सभी नैतिक सद्‌गुणों को क्रियमाण करने के लिए प्रभावी ढंग से उत्प्रेरित भी कर सकती है। पर इस कारण अन्य नैतिक सद्‌गुणों का मूल्य कम नहीं हो जाता।

जहाँ नैतिक सद्गुण मनुष्यों को नैतिक दृष्टि से चरित्रवान् होने में तथा उन्हें नैतिक कर्म करने के लिए उत्प्रेरित करने में महत्त्वपूर्ण भूमिका निभाते हैं, वहीं नैतिक दुर्गुण ठीक विपरीत भूमिका ही निभाते हैं। जो व्यक्ति अपने व्यक्तित्व में ऐसी प्रवृत्तियाँ समाविष्ट करता है जो उसे नैतिकता के ठीक विपरीत कर्म करने के लिए प्रेरित करती हैं, वह व्यक्ति एक दुश्चरित्रवान् व्यक्ति ही होता है। अनैतिक प्रवृत्तियाँ उतनी ही होती हैं, जितनी नैतिक प्रवृत्तियाँ होती हैं, क्योंकि प्रत्येक नैतिक सद्गुण के विपरीत एक नैतिक दुर्गुण होता ही है। यदि साहस एक नैतिक सद्गुण है तो कायरता एक नैतिक दुर्गुण। यदि परोपकारिता एक नैतिक सद्गुण है, तो परापकारिता एक नैतिक दुर्गुण। न्यायपरता यदि नैतिक सद्गुण है, तो अन्यायपरता एक नैतिक दुर्गुण। संक्षेप में हम कह सकते हैं कि ऐसी सभी प्रवृत्तियाँ जो नैतिक कर्मों के क्रियान्वयन में बाधक होती है तथा/या अनैतिक कर्मों को करने में सहायक सिद्ध होती हैं नैतिक दुर्गुण हैं।

7.7 चरित्र

चरित्र भी नीतिशास्त्र में एक बहुत महत्त्वपूर्ण प्रत्यय है। चरित्र के सम्बन्ध में हम पहले भी चर्चा कर चुके हैं। यहाँ यह उल्लेख करना आवश्यक है कि 'चरित्र' को हम दो अर्थों में ले सकते हैं। व्यापक अर्थ में चरित्र उन सभी प्रवृत्तियों का सुसंगठित रूप होता है जिनके कारण अच्छे तथा बुरे अर्थात् नैतिक तथा अनैतिक दोनों प्रकार के कर्म किये जाते हैं। पर संकीर्ण अर्थ में हम चरित्र से केवल सच्चरित्र ही समझते हैं, अर्थात् केवल उन प्रवृत्तियों का संकलित रूप समझते हैं जो केवल नैतिक कर्मों को उत्प्रेरित करती हैं। जब हम प्रशंसा करते हुए कहते हैं कि "राम एक चरित्रवान् व्यक्ति है" तो हम चरित्र को उन्हीं प्रवृत्तियों का संकलित रूप मानते हैं जो केवल अच्छे या नैतिक कर्मों को करने की ही प्रेरणा देती हैं। चूँकि आचरण की नैतिकता व्यक्ति के चरित्र की नैतिकता पर ही निर्भर होती है, इसलिए आचरण और चरित्र मानो एक ही सिक्के के दो पार्श्व हैं। आचरण चरित्र का व्यक्तरूप होता है और चरित्र आचरण का अव्यक्त रूप। अतः चरित्रनिर्माण नैतिकता के लिए अत्यन्त आवश्यक है और यही कारण है कि सभी नैतिक उपदेष्टा चरित्रनिर्माण पर विशेष बल देते हैं। यहाँ यह उल्लेखनीय है कि चरित्र और आचरण को एक-दूसरे से अलग नहीं किया जा सकता। ऐसा नहीं है कि इन दोनों में पूर्वापर का सम्बन्ध होता है। ऐसा मानना गलत है कि पहले चरित्र का निर्माण हो जाता है, तब आचरण की प्रक्रिया शुरू होती है; और साथ-ही-साथ यह मानना भी गलत है कि जब आचरण की सभी प्रक्रियाएँ पूरी हो जाती है, तब चरित्र का निर्माण होता है। वस्तुतः आचरण और चरित्र अन्योन्याश्रयी हैं और दोनों एक-दूसरे के कारण ही सम्भव होते हैं।

7.8 अन्तर्विवेक

कभी-कभी अन्तर्विवेक को नैतिकता या नैतिक नियमों के ज्ञान का एक स्रोत माना जाता है। जिस तरह एक बच्चे को उसके माँ-बाप कर्तव्याकर्तव्य की जानकारी दे सकते हैं, उसी तरह मनुष्य को उसके मन में अवस्थित उसका अन्तर्विवेक कर्तव्याकर्तव्य की जानकारी दे सकता है। इस अन्तर्विवेक को आप्त या प्रामाणिक मानने के लिए या तो उसे ईश्वर का प्रतिनिधि मान लिया जाता है या फिर उसे एक प्रकार की अतिप्राकृतिक प्रभुतासम्पन्न सत्ता

ही स्वीकार कर लिया जाता है। कभी-कभी हम दूसरों को सलाह के रूप में कहते भी हैं कि ''यदि तुम्हें किसी समय यह समझ में न आये कि तुम्हें उस समय क्या करना चाहिये तो उस समय तुम अपने अन्तर्विवेक से आदेश प्राप्त कर लो''। इसका तात्पर्य यह होता है कि मनुष्य के अन्तर्विवेक में कर्तव्याकर्तव्य सम्बन्धी आदेश देने की क्षमता वर्तमान रहती है। और अन्तर्विवेक के लिए ऐसा करना इसलिए सम्भव होता है कि वह या तो एक अतिप्राकृतिक सत्ता है या फिर ईश्वर का एक प्रतिनिधि। पर क्या अन्तर्विवेक की ऐसी व्याख्या स्वीकार्य हो सकती है? स्पष्ट ही यह एक विचारणीय प्रश्न है।

ईश्वर के प्रतिनिधि के रूप में अन्तर्विवेक को इसलिए नहीं माना जा सकता कि ईश्वर का अस्तित्व ही तो संदेह के कटघरे में है। और यदि ईश्वर का अस्तित्व स्वयं ही संदिग्ध है तो उस पर आधारित सभी प्रकार के अस्तित्व भी संदिग्ध हो जाते हैं। हमने ऊपर यह भी पाया है कि नैतिकता के लिए ईश्वर का अस्तित्व किसी भी प्रकार से अपेक्षित नहीं है। जहाँ तक अन्तर्विवेक को एक अतिप्राकृतिक सत्ता के रूप में स्वीकार करने की बात है, वह बात भी युक्तिसंगत नहीं है। प्रकृति एक ही है और जितनी भी घटनाएँ घटित होती हैं या जितने भी व्यापार किये जाते हैं, वे सभी उस एक ही प्रकृत्ति के अंग है और इस प्रकार वे सभी प्राकृतिक हैं। अतिप्राकृतिकता एक निरर्थक एवं अनावश्यक धारणा है और यह धारणा लाघवन्याय के अनुकूल भी नहीं है। यदि यह मान भी लिया जाय कि अन्तर्विवेक मनुष्य के अन्तर्गत एक आन्तरिक शक्ति या सत्ता है जो मनुष्य को सही नैतिक आदेश देने में सक्षम है, तो फिर यह प्रश्न उठ खड़ा होगा कि क्या ऐसे आदेशों का पालन करके मनुष्य एक परिपक्व नैतिक कर्ता की भूमिका अदा कर सकता है। हमने ऊपर देखा है कि परिपक्व एवं यथार्थ नैतिकता आदेशपालन से सम्भव नहीं होती, वरन् स्वतन्त्र रूप से सोच-विचार कर किसी विकल्प का चयन करके उसके अनुरूप संकल्प लेकर कार्य करने से ही सम्भव होती है। आदेशमूलक नैतिकता को हम 'शैशवकालीन नैतिकता' ही मान सकते हैं। स्पष्ट ही शैशवकालीन नैतिकता हमारा लक्ष्य नहीं हो सकता। नैतिककर्ताओं से किसी के या किसी प्रकार के आदेश का अनुपालन कर नैतिक आचरण करना अपेक्षित नहीं हो सकता, वरन् उनसे उनके द्वारा अपने से निर्णीत एवं संकल्पित कार्य के अनुरूप आचरण करना ही अपेक्षित हो सकता है। और ऐसा ही आचरण सही अर्थ में नैतिकता के दायरे में आ भी सकता है।

यदि हम ऊपर का आक्षेप दूर करने के लिए अन्तर्विवेक को कर्ता से भिन्न नहीं मानकर उसे कर्ता में ही समेकित कर दें और कहें कि किसी व्यक्ति का अन्तर्विवेक उसके अपने व्यक्तित्व का ही एक विशेष रूप होता है, तो फिर अन्तर्विवेक कुछ अन्य नहीं, बल्कि उस व्यक्ति की अपनी बुद्धि ही हो सकता है। और हमने बार-बार कहा भी है कि मनुष्य एक बौद्धिक प्राणी है और उसकी बुद्धि ही उसे नैतिक आचरण करने के लिए सक्षम बनाती है। ऐसा इसलिये कि उसकी बुद्धि ही उसे उसकी सहज इच्छाओं और आकांक्षाओं को नियन्त्रित करने के योग्य बनाती है। बुद्धि किसी भी स्थिति में व्यक्तित्वभिन्न शक्ति नहीं होती, वह तो व्यक्ति की एक विशेष प्रकार की आन्तरिक क्षमता ही है। अन्तर्विवेक तो वस्तुतः शुभ तथा अशुभ को परखने वाली बुद्धि ही होता है। अन्तर्विवेक कोई निर्देशक नहीं होता, बल्कि वह तो कार्य करने के लिए निर्णय एवं संकल्प लेने की एक विशेष प्रकार की क्षमता का एक दूसरा नाम है। चूँकि इस क्षमता के कारण कर्ता कोई कर्म करने के लिए निर्णय या संकल्प स्वतन्त्र रूप से लेता है, इसलिए उस कर्म के सम्बन्ध में पूर्ण उत्तरदायित्व कर्ता का ही होता है और उस कर्म के लिए प्रशंसा या भर्त्सना का भागी वही होता है। यदि अन्तर्विवेक को

किसी भी रूप में कर्ता के व्यक्तित्व से भिन्न कोई शक्ति या सत्ता मान भी लिया जाय, तो तब कर्म के उत्तरदायित्व के सम्बन्ध में बहुत अधिक पेचीदा प्रश्न उठ खड़ा हो जा सकता है। किन्तु यह तो स्पष्ट एवं सर्वमान्य है कि कर्म के लिए उत्तरदायित्व स्वयं कर्ता का ही होता है। यदि कर्म नैतिक होता है तो उसका कर्ता ही उसके लिए प्रशंसा का भागी होता है और यदि कर्म अनैतिक होता है तो फिर उसका कर्ता ही भर्त्सना का भी भागी होता है।

7.9 पुण्य और पाप

ऐसा माना जाता है कि जो व्यक्ति कर्म करता है वह फल के रूप में पुण्य अर्जित करता है और जो अनैतिक कर्म करता है वह पाप अर्जित करता है। और जो पुण्य का अर्जन करता है, वह प्रशंसा एवं पुरस्कार का भागी होता है, और जो पाप का अर्जन करता है वह निन्दा एवं दण्ड का भागी होता है। गीता में कहा भी गया है कि पुण्य अर्जित कर मनुष्य स्वर्ग जाता है और जब उसके पुण्य का भण्डार समाप्त हो जाता है तब वह फिर इस संसार में वापस लौट आता है। "ते तं भुक्त्वा स्वर्गलोकं विशालं, क्षीणे पुण्ये मर्त्यलोकं विशन्ति"। इस प्रकार यह समझा जाता है कि पुण्य या पाप मनुष्य द्वारा अर्जित कोई सम्पत्ति है। पुण्य एवं पापपरक सम्पत्तियाँ न तो भौतिक होती हैं और न ही इन्द्रियों के द्वारा अनुभवगम्य। ये तो अदृश्य सम्पत्तियाँ हैं। इन्हें हम चारित्रिक विशिष्टताएँ या गुण मान सकते हैं। जब हम कहते हैं कि अमुक व्यक्ति पुण्यात्मा है तो हमारे कहने का तात्पर्य यह होता है कि उस व्यक्ति ने अच्छे-अच्छे नीतिसंगत कार्य किये हैं और इस कारण उसने अपने लिए मोक्ष, स्वर्ग, प्रशंसा, पुरस्कार, अभिनन्दन, आदि पाने की पात्रता प्राप्त कर ली है। और जब हम कहते हैं कि अमुक व्यक्ति पापी है, तो इसका अर्थ होता है कि उसने कुकर्मों का आचरण कर अपने आपको सांसारिक यातनाओं, नरक, दुःख, निन्दा, दण्ड, जुगुप्सा, आदि के योग्य बना लिया है। इस प्रकार पुण्य या पाप मनुष्य की उस चारित्रिक विशिष्टता का सूचक होता है जो उसके कर्मों की नैतिकता के आधार पर निर्मित होती है। इस कारण हम कह सकते हैं कि पुण्य या पाप न तो कोई दृश्य या अदृश्य वस्तु है और न ही इसमें कोई दृश्य या अदृश्य शक्ति ही है। हम ऐसा भी मान सकते हैं कि पुण्य तथा पाप समाज द्वारा कल्पित ऐसे औजार या मापदण्ड हैं जिनके द्वारा मनुष्य के चरित्र की उत्कृष्टता या निकृष्टता आँकी या मापी जा सकती है। पुण्य और पाप किसी प्रकार की सम्पत्तियाँ नहीं हैं, वे तो चारित्रिक मूल्यांकन के लिए उपयोगी अवधारणाएँ मात्र हैं।

7.10 अधिकार और कर्तव्य

हम नीतिशास्त्र या आचरणशास्त्र में प्रायः यह विवेचित करते हैं कि हमें क्या करना चाहिये, अर्थात् हमारे कर्तव्य क्या हैं। यदि मैंने वादा किया है कि मैं आप से ली गयी किताब आपको कल लौटा दूँगा, तो मेरा यह कर्तव्य बनता है कि मैं आपको कल ही आपकी किताब लौटा दूँ। और मेरा यह कर्तव्य आपका अधिकार बन जाता है। आपके द्वारा ऐसा अधिकार प्राप्त हो जाने के कारण से ही आप या अन्य कोई भी व्यक्ति मेरे द्वारा आपकी किताब नहीं लौटाये जाने पर मेरी भरपूर भर्त्सना कर सकते हैं। वस्तुतः अधिकार और कर्तव्य एक ही सिक्के के दो पहलू हैं। यदि मेरा यह अधिकार है कि मेरा जीवन सुरक्षित रहे तो अन्य सभी व्यक्तियों का प्रत्यक्ष या अप्रत्यक्ष रूप से यह कर्तव्य बन जाता है कि वे मेरे जीवन की सुरक्षा के लिए सामर्थ्यानुसार प्रयत्नशील रहें। यदि मेरे पास अपने जीवनधारण के लिए पर्याप्त खाद्य पदार्थ नहीं है, तो यह समाज का कर्तव्य हो जाता है कि वह मेरे लिए पर्याप्त खाद्य पदार्थ का प्रबंध करे और इस तरह मेरे जीवनधारणपरक अधिकार की पूर्ति करे। यहाँ यह

उल्लेखनीय है कि व्यक्ति एवं समाज एक दूसरे के साथ इस तरह घुले-मिले होते हैं कि एक के बिना दूसरे की कल्पना तक नहीं की जा सकती। हमने ऊपर देखा है कि एकाकी मनुष्य मनुष्य के रूप में अस्तित्ववान् नहीं हो सकता, अर्थात् वह समाज के अभाव में मानव व्यक्तित्व को प्राप्त नहीं ही कर सकता। इस प्रकार यदि व्यक्ति का समाज के हित में काम करना उचित है, तो समाज का भी व्यक्ति के हित में काम करना उतना ही उचित है। व्यक्ति के लिए जो नीतिसम्मत कर्तव्य है वही समाज का नीतिसम्मत अधिकार हो जाता है। आपके प्रति मेरा कर्तव्य आपका अधिकार है और आपका मेरे प्रति कर्तव्य मेरा अधिकार है। अधिकार और कर्तव्य अन्योन्याश्रयी होते हैं। व्यक्तियों की पारस्परिक सापेक्षता व्यक्ति और समाज की पारस्परिक सापेक्षता के कारण ही होती है। अतः किसी भी तरह न तो व्यक्ति को और न ही समाज को कम या अधिक महत्त्व दिया जा सकता है।

7.11 मनुष्य के मौलिक अधिकार

यह तो सम्भव नहीं है कि हम मनुष्य के सभी सम्भव अधिकारों की एक पूरी सूची यहाँ प्रस्तुत कर दें, क्योंकि ऐसे अधिकार परिस्थितियों की असंख्यता के कारण असंख्य हैं। पर हम मनुष्य के कुछ मौलिक अधिकारों की चर्चा तो यहाँ कर ही सकते हैं। अतः हम अब मनुष्य के कुछ मौलिक अधिकारों की चर्चा करेंगे।

7.11.1 जीवन-सुरक्षा का अधिकार

जीवन-सुरक्षा का अधिकार मनुष्य का सर्वाधिक महत्त्वपूर्ण मौलिक अधिकार है। इसका अभिप्राय यह है कि समाज तथा राज्य प्रशासन का यह प्रमुख कर्तव्य है कि वे सभी व्यक्तियों की व्यक्तीय सुरक्षा का पूरा-पूरा इन्तजाम करें। स्पष्ट ही व्यक्ति के सुरक्षित रहने पर ही समाज का सुरक्षित रहना सम्भव हो सकता है।

7.11.2 शिक्षा तथा विकास के अधिकार

कोई व्यक्ति जन्म से ही शिक्षित एवं विकसित नहीं रहता। विकसित होने के लिए व्यक्ति को शिक्षा की आवश्यकता होती है, जो उसे माँ-बाप, गुरु, परिवार, शिक्षा संस्थान, आदि से मिल सकती है। इन शिक्षा स्रोतों का यह दायित्व होता है कि ये व्यक्ति को शैशवकाल से ही उचित शिक्षा देना प्रारम्भ कर दें, जिससे उस व्यक्ति का सर्वांगीण विकास सम्भव हो जा सके और वह व्यक्ति भी अपनी ओर से समाज के बहुमुखी विकास के लिए प्रयत्नशील हो सके।

7.11.3 स्वतन्त्रता का अधिकार

प्रत्येक मनुष्य की अपनी विशिष्ट वैयक्तिकता होती है जिस कारण उसकी अपनी मर्यादा या गरिमा होती है। ऐसी गरिमा प्राप्त व्यक्ति को सही ज्ञान अर्जन करने तथा अपने विचारों की स्वतन्त्र अभिव्यक्ति करने के अधिकार प्राप्त हो ही जाते हैं। इसका अभिप्राय यह है कि किसी बाहरी तत्त्व को, चाहे वह कोई व्यक्ति हो या कोई संस्था हो, यह अधिकार प्राप्त नहीं हो सकता कि वह किसी मानव व्यक्ति पर अपने विचार थोप दे और उसको अपना विचार अभिव्यक्त करने से रोक दे। विचार या मत रखने और उसे अभिव्यक्त करने की स्वतन्त्रता तभी उल्लंघनीय हो सकती है जब उससे समाज का किसी तरह से नुकसान होता हो। पर यहाँ यह विशेष रूप से ध्यातव्य है कि ऐसी स्वतन्त्रता में किसी तरह स्वच्छन्दता या स्वेच्छा या अविवेकशीलता का स्थान नहीं हो सकता।

7.11.4 आर्थिक अधिकार

यदि किसी व्यक्ति को अपने जीवन की सुरक्षा का अधिकार प्राप्त है तो यह सहज ही

अनुमान्य है कि उसे अपने जीवन को सुरक्षित रखने के लिए कुछ आर्थिक अधिकार भी अवश्य ही प्राप्त है। जीवन धारण के लिए भोज्य पदार्थ, वस्त्र तथा आवास की अत्यधिक आवश्यकता होती है और इन्हें उपलब्ध करने के लिए धन की आवश्यकता होती है। इस तरह मनुष्य को धन या सम्पत्ति रखने का अधिकार प्राप्त हो जाता है। और इस कारण उसे यह अधिकार भी प्राप्त हो जाता है कि वह धन या सम्पत्ति अर्जित करने के लिए किसी-न-किसी प्रकार का रोजगार कर सके तथा उसे समाज या प्रशासन द्वारा कोई रोजगार उपलब्ध कराने में सहायता भी दी जाय। सम्पत्ति, रोजगार, आदि से सम्बन्धित यह अधिकार भी मौलिक अधिकार ही है।

7.11.5 सामाजिक तथा राजनैतिक अधिकार

प्रत्येक व्यक्ति समाज का एक महत्त्वपूर्ण अंग होता है। अतःसमाज के सभी प्रकार के तन्त्रों में उसकी भागीदारी का होना न केवल अपेक्षित है, बल्कि नितान्त आवश्यक भी। इसलिए उसे समाज की विभिन्न प्रासंगिक संस्थाओं के साथ-साथ अपने राज्य के राजनैतिक तन्त्र में भी भाग लेने का पूरा अधिकार प्राप्त हो जाता है। उसे न केवल मतदान का अधिकार ही प्राप्त है, बल्कि उसे अपने उत्थान के लिए उचित अवसर पाने का भी अधिकार है। चूँकि दोषी प्रमाणित हुए बिना कोई व्यक्ति पूर्णतः निर्दोष है, इसलिए धर्म, भाषा, क्षेत्रीयता, जाति, लिंग, आदि के आधार पर उसके साथ किसी प्रकार का दण्डात्मक या भेदभावपूर्ण व्यवहार नहीं किया जा सकता। समाज के सभी व्यक्तियों को नागरिक अधिकार समान रूप से ही प्राप्त हैं, इसलिए उनमें से किसी को भी उन अधिकारों से अकारण न तो वंचित किया जा सकता और न ही उसके साथ उन अधिकारों की पूर्ति में कोई भेदपूर्ण व्यवहार किया जा सकता।

7.11.6 धार्मिक अधिकार

प्रायः पाया जाता है कि मनुष्य या तो व्यक्तिगत स्वभाव के कारण या सांस्कृतिक विरासत के कारण या दोनों के कारण एक या अनेक अदृश्य शक्तियों के अस्तित्व में विश्वास करता है और उसकी या उनकी उपासना भी करता है। वह ऐसा इसलिए करता है कि ऐसी शक्ति उसकी सहायता कर सके और उसे जीवन की विभिन्न त्रासदियों से बचा भी सके। ऐसे विश्वास एवं उपासना को लोग धार्मिक मानते हैं। किन्तु 'धर्म' शब्द के अनेक अर्थ होते हैं। उपासनापरक अर्थ के अलावे इस शब्द का एक दूसरा भी अर्थ होता है जिसका सम्बन्ध नैतिकता से होता है। पहले अर्थ में 'धर्म' का पर्यायवाची शब्द 'मजहब' या 'रिलीजियन' है और दूसरे अर्थ में इसका पर्यायवाची शब्द 'नैतिकता' या 'मोरैलिटी' है। यहाँ हम जिस धार्मिक अधिकार की चर्चा करने जा रहे हैं वह निश्चित रूप से मजहबी अधिकार है। मनुष्य के मजहबी अधिकार के सम्बन्ध में एक भ्रान्ति यह पायी जाती है कि मनुष्य का अनिवार्य रूप से मजहबी हो ही जाना चाहिए। किन्तु यह उचित नहीं माना जा सकता कि मनुष्य को अनिवार्य रूप से मजहबी हो ही जाना चाहिये। धार्मिक अधिकार का मतलब केवल यह है कि कोई मनुष्य मजहबी होने या न होने के लिए पूरी तरह स्वतन्त्र है। अर्थात् मनुष्य इस सम्बन्ध में पूरी तरह स्वतन्त्र है कि वह कोई धार्मिक विश्वास रखे या न रखे तथा वह किसी प्रकार की धार्मिक उपासना करे या न करे। उपासनापरक धर्म के सम्बन्ध में मनुष्य को अपना स्वतन्त्र विचार रखने का पूरा-पूरा अधिकार प्राप्त है। लेकिन इस तरह की स्वतन्त्रता उसे धर्म के उस पक्ष के साथ नहीं रहती जो नैतिकता से सम्बद्ध होता है। मनुष्य का मजहबी नहीं होना कोई अपराध नहीं है। पर मनुष्य का नैतिक नहीं होना एक दण्डनीय

अपराध है। मजहबपरक धार्मिकता व्यक्तिगत आस्था की वस्तु है जो किसी व्यक्ति में हो सकती है और किसी में नही। यदि किसी व्यक्ति में यह आस्था है,तो उसे इस आस्था से प्रेरित होकर उपासना, आराधना, आदि करने का पूरा अधिकार है, पर तब उन कार्यों से समाज का किसी तरह कोई अहित न होने दिया जा सकता।

उपर्युक्त सामान्य मौलिक अधिकारों के अलावे कुछ विशिष्ट मौलिक अधिकार भी होते हैं जो विशेष-विशेष कारणों से उपलब्ध होते हैं। उदाहरणस्वरूप शिशुओं को शिशु होने के कारण, स्त्रियों को स्त्री होने के कारण; अपंगों को अपंग होने के कारण तथा वृद्धों को वृद्ध होने के कारण विशेष-विशेष अधिकार प्राप्त हो जाते हैं।

जैसा हमने ऊपर कहा है, अधिकार और कर्तव्य परस्पर सापेक्ष प्रत्यय हैं। किसी व्यक्ति के अधिकार अन्य व्यक्तियों के लिए कर्तव्य हो जाते हैं और किसी के कर्तव्य दूसरों के लिए अधिकार बन जाते हैं। नीतिशास्त्र में कर्तव्यनिर्धारण सम्बन्धी विवेचन अत्यन्त महत्त्वपूर्ण होता है। इस विवेचन के लिए मनुष्य की सहज प्रवृत्ति, उसकी बौद्धिकता, सामाजिक अपेक्षा, बाह्य परिस्थिति, आदि अनेक घटकों को ध्यान में रखना आवश्यक होता है। इस संदर्भ में नैतिक दृष्टि की विशिष्टता को ध्यान में रखना भी अत्यन्त आवश्यक होता है। यहाँ उल्लेखनीय है कि चूँकि नैतिकता के स्वरूप के सम्बन्ध में अनेक प्रकार के मत हैं, इसलिए कर्तव्यनिर्धारण भी अनेक प्रकार से किया जा सकता है। किन्तु यह तो सही ही है कि अन्ततः कोई एक ही मत स्वीकार्य हो सकता है। प्रस्तुत प्रसंग में ऐसे प्रश्न भी उठ सकते हैं—क्या कर्ता को केवल कर्तव्य अनुपालन के लिए ही कर्म करना चाहिये? क्या उसे मात्र कर्तव्यपालन के लिए नहीं, वरन् इष्टसाधन या उद्देश्यपूर्ति के लिए भी कर्म करना चाहिये? ऐसे सभी प्रश्नों को ध्यान में रखकर ही हम कर्तव्यनिर्धारण का कार्य सही ढंग से कर सकते हैं। अब हम आगे कर्तव्यसम्बन्धी कुछ अन्य विषयों की चर्चा करेंगे।

7.12 कर्तव्यों की अनिवार्यता

कर्तव्यों को कभी-कभी बाध्यमूलक तथा अबाध्यमूलक वर्गों में बाँटा जाता है। बाध्यतामूलक कर्तव्य वे हैं जिनका पालन न करने से दण्ड का भागी होना पड़ता है। यदि आपने वादा किया है कि आप किसी ऋणदाता से लिए गए ऋण की अदायगी किसी निश्चित समय पर कर देंगे, तो आपके द्वारा ऐसा न करना आपको दण्ड का भागी बना देता है। इसी तरह हिंसा न करना, मिथ्या भाषण न करना, चोरी न करना, आदि कुछ ऐसे कर्तव्य हैं जो अनिवार्य हैं और इनका उल्लंघन दण्डनीय होता है। पर दान न देना, दया न करना, आदि दण्डनीय अपराध नहीं माने जाते। दान देने से या किसी पर दया करने से आप प्रशंसा के पात्र अवश्य बन जाते हैं, पर वैसा न करने से आपकी कुछ साधारण-सी भर्त्सना भले ही कर दी जाय, आपको दण्ड नहीं दिया जा सकता। इस प्रकार हम बाध्यता या अनिवार्यता की दृष्टि से कर्तव्यों में भेद कर सकते हैं।

7.13 कर्तव्यों का पारस्परिक विरोध

कभी-कभी ऐसी परिस्थिति उत्पन्न हो जाती है जिसमें दो कर्तव्यों में परस्पर विरोध उत्पन्न हो जाता है। कल्पना कीजिये कि कोई माता सख्त बीमार है। उसका एकमात्र पुत्र जो सैनिक था युद्ध में मारा जाता है। माता को अपने बेटे के घर आने की प्रतीक्षा है। वह अपने बेटे के घर आने के बारे में लोगों से पूछती रहती है। प्रश्न उठता है कि लोग उसे उसके बेटे के घर आने के बारे में क्या उत्तर दें। यदि वे सत्य बोलते हैं तो वे उस रुग्ण माता की पुत्रमृत्युशोक नहीं सह सकने के कारण सम्भाव्य तत्काल मृत्यु का कारण बन जा सकते हैं।

और यदि वे सत्य नहीं बोलते हैं और उसे झूठा आश्वासन दे देते हैं तो वे मिथ्याभाषण जैसा अनैतिक कर्म कर बैठते हैं। इस तरह का विरोध कर्तव्यपालन के संदर्भ में जब-तब उत्पन्न हो ही जाता है। उपर्युक्त परिस्थिति में सही कर्तव्य तो शायद यही प्रतीत होता है कि लोगों को झूठ बोलने से बाज नहीं आना चाहिये। शायद ऐसे ही झूठ को 'सफेद झूठ' कहा जाता है। इस परिस्थिति में वास्तविक कर्तव्य सत्य बोलना नहीं, बल्कि बीमार माता की जान बचाना ही हो सकता है। पाश्चात्त्य विचारक डब्ल्यू॰ डी॰ रॉस[2] ने कर्तव्यों को 'प्रथम दृष्ट्या' तथा 'वास्तविक' नामक दो वर्गों में वर्गीकृत किया है। सत्य बोलना, निर्दोष व्यक्ति की जान बचाना, प्रतिज्ञा का पालन करना, परोपकार करना, कृतज्ञता ज्ञापित करना, ईमानदारी बरतना, अस्तेय का पालन करना, आदि आदि प्रथमदृष्ट्या कर्तव्य हैं। किन्तु यदि किसी परिस्थिति में किन्हीं दो कर्तव्यों में परस्पर विरोध उत्पन्न हो जाय, जैसा कि ऊपर के उदाहरण में हुआ है, तो विरोधी कर्तव्यों के पालन से होनेवाले अधिक लाभप्रद परिणामों में जो परिणाम हो उससे सम्बद्ध कर्तव्य ही उस परिस्थिति के लिए वास्तविक कर्तव्य माना जा सकता है। राम ने श्याम के साथ प्रतिज्ञा की थी कि राम श्याम को किसी निश्चित तिथि को ही उधार लिए गए एक सौ रूपये लौटा देगा। किन्तु राम का पुत्र उस निश्चित तिथि के प्रातःकाल ही बहुत बुरी तरह जख्मी हो जाता है और राम पुत्र की जान बचाने के लिए दूसरा कोई प्रबंध न कर सकने के कारण लौटायी जानेवाली मुद्रा का ही उपयोग कर लेता है। नैतिक दृष्टि से शायद यही उचित भी है, क्योंकि प्रस्तुत परिस्थिति में राम का कर्तव्य यही होता है कि वह अपने पास के धन का उपयोग करके अपने पुत्र की जान बचाए और श्याम के साथ की गई प्रतिज्ञा का उल्लंघन होने दे। मैंने ऊपर 'शायद' शब्द का प्रयोग किया है, क्योंकि इस प्रसंग में कुछ लोग यह कह सकते हैं कि राम को सर्वप्रथम प्रतिज्ञा का ही पालन करना चाहिये। किन्तु इस तरह का कथन तभी उचित हो सकता है जब यह आशंका रहे कि धन नहीं लौटाने से राम के पुत्र की सम्भावित मृत्यु से ज्यादा ही हानिकारक कोई दूसरा परिणाम हो सकता है। यदि ऐसी संभावना रहे कि श्याम राम द्वारा लौटाए गए धन का उपयोग अपनी या अपने पर आश्रित किसी व्यक्ति की प्राणरक्षा के लिए ही करेगा, तो राम के द्वारा प्रतिज्ञा का उल्लंघन करना अनैतिक ही होगा। जो भी हो, कर्तव्यों का संघर्ष उपस्थित परिस्थिति की विशेषताओं को ध्यान में रखकर तथा विकल्पों के संभावित परिणामों के सम्बन्ध में पर्याप्त विवेचन करके ही दूर किया जा सकता है।

7.14. 'मेरा स्थान और मेरा कर्तव्य'

मनुष्य अपने जीवनकाल में सभी प्रकार की उत्कृष्टताओं को हासिल नहीं कर सकता। कर्मक्षेत्र बहुत विशाल और बहुआयामी होता है और मनुष्य की क्षमता बहुत सीमित होती है। अतः उससे सभी आदर्शों को प्राप्त कर लेने की अपेक्षा नहीं की जा सकती। इसी तथ्य को ध्यान में रखकर एफ॰ एच॰ ब्रैडले[3] ने एक सिद्धान्त प्रतिपादित किया है जिसे उन्होंने 'मेरा स्थान तथा इसके कर्तव्य' की संज्ञा दी है। इनके अनुसार मनुष्य एक सामाजिक संस्था का ही एक अंग होता है। इस प्रकार सभी मनुष्य एक विशाल समाज के ही विभिन्न अंग होते हैं। स्पष्ट ही सभी अंगों की क्षमताएँ एक तरह की नहीं होतीं। किसी अंग का किसी दूसरे अंग के साथ बिलकुल तादात्म्य नहीं हो सकता। इस तरह मनुष्यों के अपने-अपने विशिष्ट स्थान ही हो सकते हैं। और उन स्थानों के अनुरूप ही उनके कर्तव्य भी हो सकते हैं। मैं एक संस्थान में प्राध्यापक हूँ। इस स्थान या पद के अनुरूप मेरे कुछ विशिष्ट कर्तव्य निर्धारित हैं। नैतिकता का तकाजा यही हो सकता है कि मैं उन कर्तव्यों को बिलकुल ईमानदारी से निबाहूँ। मुझसे

यह अपेक्षा नहीं की जा सकती कि मैं एक सैनिक का कर्तव्य भी निभाऊँ। किन्तु जो व्यक्ति सेना में एक सैनिक है, उसके लिए तो नैतिकता का तकाजा यही हो सकता है कि वह अपने सैनिकोचित कर्तव्यों का ही ईमानदारी से पालन करे। सभी व्यक्ति यदि ईमानदारी से अपने-अपने स्थानोचित कर्तव्यों का पालन कर दिया करें, तो निश्चय ही समाज एक सुन्दर एवं सुव्यवस्थित रूप प्राप्त कर लेगा। इस प्रकार हम देखते हैं कि कर्तव्यों का उचित निर्धारण कर्ता के स्थान या पद को ध्यान में रखकर ही किया जा सकता है और मनुष्य की सीमित क्षमताओं की वजह से स्थानोंचित कर्तव्यों का पालन ही पर्याप्त माना जा सकता है।

7.15 वर्णाश्रम धर्म

भारतीय नैतिक विचार के अन्तर्गत कर्तव्यों का एक महत्त्वपूर्ण विभाजन उसके वर्णाश्रम धर्म के सिद्धान्त के अनुसार किया गया है। यहाँ 'धर्म' का अर्थ कर्तव्य ही है। अतः 'वर्णाश्रम धर्म' का अर्थ है—वर्ण तथा आश्रम के अनुरूप क़र्तव्य। यहाँ 'वर्ण' का अर्थ वर्ग है तथा 'आश्रम' का अर्थ मानव जीवन की पूर्वापर जीवनयापन परक अवस्था है। ये वर्ण चार होते हैं—ब्राह्मण, क्षत्रिय, वैश्य तथा शूद्र। और आश्रम भी चार हैं—ब्रह्मचर्य, गार्हस्थ्य, वानप्रस्थ तथा संन्यास। विभिन्न वर्णों के धर्म या कर्तव्य निम्नलिखित हैं। ब्राह्मणों के कर्तव्य हैं—यजन-याजन, पठन-पाठन, आदि। क्षत्रियों के कर्तव्य हैं—शासन, सुरक्षा प्रबंधन, आदि। वैश्य के कर्तव्य हैं—कृषि, व्यवसाय, आदि। तथा शूद्रों के कर्तव्य हैं—सेवा करना आदि। आश्रमपरक कर्तव्य इस प्रकार हैं—ब्रह्मचर्याश्रम में विद्यालाभ और शिक्षाग्रहण। गार्हस्थ्याश्रम में विवाह, सन्तानोत्पत्ति, पारिवारिक जीवनयापन, आदि। वानप्रस्थाश्रम में गार्हस्थ्य-जीवन का परित्याग कर वन में प्रस्थान कर पारलौकिक अभ्युत्थान के लिए विभिन्न प्रकार के धार्मिक अनुष्ठानों का क्रियान्वयन। और संन्यासाश्रम में सभी प्रकार की सांसारिक आसक्तियों को निरस्त कर संसार से पूर्णतः विरक्त होकर जनहित कार्यों का निष्पादन। विचारपूर्वक देखने से ऐसा लक्षित होता है कि वर्णाश्रम धर्म सिद्धान्त और ब्रैडले के 'मेरा स्थान और इसके कर्तव्य' नामक सिद्धान्त में अनेक साम्य हैं। स्पष्ट ही यह सम्भव नहीं है कि प्रत्येक व्यक्ति मानवोचित सभी प्रकार के कर्तव्यों को निष्पादित कर ले। अतः कर्तव्यों का निर्धारण योग्यतानुसार तथा पात्रतानुसार ही किया जा सकता है। और यह भी स्पष्ट है कि जीवनयात्रा की पूर्वापर अवस्थाएँ एक तरह की नहीं होतीं और न ही उनसे अपेक्षित आवश्यकताएँ एक तरह की हो सकती हैं। अतः जीवनक्रम की पूर्वापर अवस्थाओं की क्षमताओं एवं आवश्यकताओं के अनुरूप ही कर्तव्यों का निर्धारण उचित हो सकता है। भारतीय नीतिशास्त्र में उपर्युक्त कारणों को ध्यान में रखकर ही वर्णाश्रम धर्म के सिद्धान्त को प्रतिपादित किया गया है। स्पष्ट ही इस तरह का सिद्धान्त सामाजिक दृष्टि से अत्यन्त आवश्यक और लाभदायक है। किन्तु आज भारतीय समाज में इस सिद्धान्त ने अत्यन्त ही त्रासकारी एवं अवांछनीय रूप धारण कर लिया है। आज वर्णधर्म के आनुवंशिक हो जाने से समाज में अनेक प्रकार की कुरीतियाँ एवं कुव्यवस्थाएँ उत्पन्न हो गयी हैं। प्रारम्भ में यह वर्णधर्म आनुवंशिक नहीं था। ऐसा नहीं था कि ब्राह्मण का बेटा ब्राह्मण ही होता था और शूद्र का बेटा शूद्र ही। गुण एवं कर्म के आधार पर कोई व्यक्ति किसी वर्ण का हो सकता था। लेकिन आज वर्ण की अवधारणा के आनुवंशिकता से जुड़ जाने के कारण वह पूर्णतः विकृत हो गयी है और वर्ण का स्थान जातियों तथा उपजातियों ने ले लिया है। और ये जातियाँ तथा उपजातियाँ अपने-अपने दायरों में इस तरह सिमट गयी हैं कि वे एक-दूसरे के साथ मामूली तथा फिजूल बातो पर भी संघर्ष करने के लिए उतारु हो जाती हैं। अस्पृश्यतावाद, जातिवाद, ब्राह्मणवाद, आदि आदि अनेक समाजविरोधी जीवनयापक

परक कुरीतियाँ वर्णधर्म के आनुवंशिक हो जाने से कहर बरपा रही हैं। आज आवश्यकता इस बात की है कि हम वर्णाश्रमधर्म सिद्धान्त की समीक्षा शुद्ध नैतिकता के परिप्रेक्ष्य में करें और उसकी प्रत्येक विशिष्टता का मूल्यांकन वर्तमान सामाजिक वातावरण को ध्यान में रखकर करें और उसे विशुद्ध नैतिक रूप देने का प्रयास करें।

7.16 कर्तव्यतालिका

हमने ऊपर देखा है कि परिस्थिति की विशिष्टता के कारण परस्पर विरोधी कर्तव्य उपस्थित हो जा सकते हैं। इस सम्बन्ध में हमने यह भी कहा है कि ऐसे विरोधों को विरोधी कर्तव्यों से उत्पन्न होने वाले संभावित परिणामों को ध्यान में रखकर तुलना करके दूर किया जा सकता है। किन्तु इस सम्बन्ध में यह भी कल्पना की गयी है कि यदि सभी सम्भव कर्तव्यों की एक पूरी सूची या तालिका ही तैयार कर ली जाय, तो किसी तरह की परिस्थिति के उत्पन्न होने पर सही कर्तव्य का ज्ञान सहज ही उपलब्ध हो जा सके। ऐसी पूरी कर्तव्यतालिका को अंग्रेजी में 'कैज्विस्ट्री'[4] का नाम दिया गया है। किन्तु क्या इस प्रकार की परिपूर्ण कर्तव्यतालिका का होना सम्भव है? क्या सभी सम्भावित परिस्थितियों का आकलन कर लिया जा सकता है? स्पष्ट ही इन प्रश्नों के उत्तर नकारात्मक होंगे। निश्चय ही सभी प्रकार के कर्तव्यों की सूची तैयार कर पाना असम्भव है। और फिर इसकी कोई उपादेयता भी तो नहीं है। कर्नव्यज्ञान के लिए तो पहले परिस्थिति का सही-सही तथ्यात्मक ज्ञान आवश्यक है जो परिस्थिति के उत्पन्न होने पर ही उपलब्ध हो सकता है। भविष्य की सभी परिस्थितियों का ज्ञान वर्तमान में कैसे प्राप्त हो जा सकता है? और फिर परिस्थिति के ज्ञान होने से ही कर्तव्यों का बोध नहीं हो जा सकता। इसके लिए नैतिक नियमों का ज्ञान भी आवश्यक है। किन्तु नैतिक नियमों का केवल सामान्य ज्ञान ही पहले से उपलब्ध रह सकता है। इस सम्बन्ध में इतना ही ज्ञान प्राप्त रह सकता है कि यदि परिस्थिति अमुक प्रकार की हो, तो अमुक प्रकार का कर्तव्य उचित होता है। इस प्रकार यह स्पष्ट है कि नीतिशास्त्र सभी सम्भावित परिस्थितियों के लिए एक पूरी कर्तव्यतालिका तैयार नहीं कर दे सकता। वह तो केवल सामान्य रूप से ही कर्तव्यों का निर्धारण कर सकता है। वस्तुतः संपूर्ण कर्तव्यतालिका की कल्पना ही बेतुकी है। न तो इस प्रकार की तालिका का निर्माण हो सकता है और न ही यह तालिकापरक अवधारणा नैतिक कर्म करने की प्रक्रिया से मेल खाती है। नैतिक कार्यसम्पादन में तो कर्ता को अपने विवेक के अनुसार कार्य का चयन करना पड़ता है तथा उसके क्रियान्वयन के लिए स्वतन्त्र संकल्पन करना पड़ता है। किन्तु यदि यह मान भी लिया जाय कि कार्य करने की परिस्थिति उत्पन्न हो जाने पर पूर्वनिर्मित कर्तव्यतालिका से कर्तव्यज्ञान प्राप्त कर के कार्य का सम्पादन कर लिया जा सकता है, तो भी इस प्रकार का कार्यसम्पादन परिपक्व नैतिक आचरण नहीं माना जा सकता। अधिक-से-अधिक यह शैशवकालीन नैतिक आचरण ही माना जा सकता है। अतः संपूर्ण नैतिक कर्तव्यतालिका की अवधारणा न केवल बेतुकी है, बल्कि अनुपयोगी भी है।

❑

अध्याय 8

नैतिक निर्णय

8.1 नैतिक निर्णय का महत्त्व

जैसा हमने पहले भी कहा है, मनुष्य एक बौद्धिक प्राणी है। बौद्धिकता ही उसे पशुओं से भिन्न करती है। बौद्धिक होने के कारण ही वह सोच-विचार करने में सक्षम होता है। मनुष्य की सभी उत्कृष्ट उपलब्धियाँ उसके सोच-विचार कर सकने के कारण ही सम्भव हो सकी हैं। सोच-विचार कर किसी निष्कर्ष पर पहुँचने से निर्णय की प्राप्ति होती है। यहाँ हमें प्रत्यय तथा निर्णय के भेद को समझ लेना चाहिये। फूल एक प्रत्यय है और लाल भी एक प्रत्यय है। प्रत्यय अनेकानेक हैं। पर एकाकी प्रत्यय कोई ज्ञान नहीं दे सकता। केवल 'फूल' से हम कुछ नहीं समझ सकते। यह भी नहीं समझ सकते कि फूल है या नहीं है। किसी प्रत्यय की अभिव्यक्ति शब्द से होती है। यदि हम एक ही शब्द का प्रयोग करें तो हम कुछ भी नहीं समझ सकते। जब ही 'फूल' शब्द का प्रयोग किसी वाक्य में होता है, तब ही हम फूल के सम्बन्ध में कोई ज्ञान प्राप्त कर सकते हैं। उदाहरणस्वरूप 'वह फूल है' या 'फूल लाल है' से हमें फूल के अस्तित्व के बारे में या फूल के रंग के बारे में ज्ञान प्राप्त होता है। अतः हम कह सकते हैं कि ज्ञान की इकाई प्रत्यय नहीं, वरन् निर्णय ही होती है जिसकी अभिव्यक्ति शब्दों के अर्थपूर्ण समूह अर्थात् वाक्य के द्वारा होती है। उल्लेखनीय है कि कोई निर्णय प्रत्ययों का एक अर्थपूर्ण योग ही होता है। यह सही है कि कभी-कभी एक ही शब्द के द्वारा ज्ञान की प्राप्ति हो जाती है। जैसे—यदि कहीं आग लग जाय और कोई व्यक्ति लोगों को सावधान करने के लिए चिल्ला उठे—'आग!', तो इस एक शब्द के द्वारा ही यह अभिव्यक्त किया जा सकता है कि "आग लग गयी है, सभी लोग दूर भाग जाँय"। यहाँ एक ही शब्द पूरे वाक्य का काम कर लेता है। अतः ऐसा शब्द मानो एकशब्दीय वाक्य है।

नीतिशास्त्र में निर्णयों का स्थान महत्त्वपूर्ण होता है। जब कभी हम कार्यसम्पादन के सिलसिले में किंकर्तव्यविमूढ़ होकर द्विविधा में पड़ जाते हैं, तब हमें सोच-विचार कर कोई कर्म करने का निर्णय लेना पड़ता है, और इस तरह निर्णय लेकर हम उसके अनुसार कार्य करने का संकल्प लेते है तथा अन्य सभी विकल्पों का परित्याग कर देते हैं। हमारे इस प्रकार के चयन एवं परित्याग के पीछे उपयुक्त प्रेरणाएँ भी रहती हैं। हम जिस विकल्प को चुनते हैं उसे अच्छा समझकर ही चुनते हैं और जिसे छोड़ देते हैं उसे बुरा समझ कर ही छोड़ देते हैं। आप भूखे है और आपके पास अल्प मात्रा में ही भुने हुए चने हैं। आप उससे अपनी भूख मिटाने जा ही रहे हैं कि आपके पास भूख से पीड़ित एक भिखारी आ खड़ा होता है और वह अपनी भूख मिटाने के लिए आपसे कुछ खाद्य पदार्थ की माँग करता है। आप तो स्वयं भूखे हैं और आपके पास अपनी ही भूख मिटाने के लायक पर्याप्त खाद्य सामग्री नहीं है। आप द्विविधा में पड़ जाते हैं कि आप क्या करें। आप सोच-विचार करने लगते हैं और बहुत तरह से सोचने के बाद आप निर्णय लेते हैं कि आप स्वयं भूखा रहकर भिखारी को ही अपने पास

के भुने हुए चने खाने के लिए दे देंगे, और आप वैसा करने का संकल्प भी ले लेंते हैं। आपका ऐसा संकल्पन आपके इस निर्णय पर आधारित होता है कि 'भिखारी को भोजन देना ही अच्छा है' या 'भिखारी की अवहेलना कर स्वयं भोजन कर लेना बुरा हैं।' ऐसी परिस्थितियों में जो निर्णय लिए जाते हैं, उनमें प्रसंगानुसार अच्छा-बुरा, उचित-अनुचित, आदि प्रत्ययों को प्रयोग में लाया जाता है। इस प्रकार हम देखते हैं कि 'हम क्या करें?' तथा 'हम क्या न करें?' जैसे प्रश्नों के उत्तर हम अच्छापन या बुरापन जैसे मूल्यों के सहारे ही दे सकते हैं। इस वजह से यह निर्धारित करना अत्यन्त आवश्यक हो जाता हैं कि अच्छापन, बुरापन, आदि मूल्यों की कसौटी क्या है। इस विषय की चर्चा हम आगे विस्तार से करेंगे।

मूल्यपरक प्रत्ययों का प्रयोग किसी कर्ता द्वारा उसके सामने प्रस्तुत विकल्पों में से किसी एक का चयन करने मात्र के लिए ही नहीं किया जाता, वरन् उनका प्रयोग किसी व्यक्ति द्वारा किये गये कर्मों के मूल्यांकन के लिए भी किया जाता है। आपने किसी निर्दोष व्यक्ति को पीट दिया। कोई व्यक्ति आपके इस आचरण का मूल्यांकन कर सकता है और आपको कह सकता है कि 'आपका यह आचरण बुरा है'[1] या यदि आपने किसी असहाय व्यक्ति की सहायता की है, तो कोई भी व्यक्ति आप के इस आचरण को अच्छा मान कर आपको कह सकता है कि 'आपने अच्छा काम किया'। इस प्रकार हम देखते हैं कि मूल्यांकन के लिए भी नैतिक निर्णय लेना आवश्यक होता है।

8.2 नैतिक निर्णय का स्वरूप

नैतिक निर्णय के स्वरूप को अच्छी तरह समझने के लिए यह आवश्यक है कि हम नैतिक निर्णय और तथ्यात्मक निर्णय के विभेद को समझें और फिर इस विभेद को समझने के लिए यह आवश्यक है कि हम पहले तथ्य तथा मूल्य के विभेद को समझ लें। तथ्य वह है जो है। जैसे यह एक तथ्य है कि 'मेरे हाथ में अभी एक कलम हैं', और यह भी एक तथ्य ही है कि 'इस समय मेरे घर के ठीक सामने सड़क पर कुछ लोग चिल्ला-चिल्लाकर एक दूसरे से झगड़ रहे हैं'। तथ्यात्मक वाक्यों के रूप में सभी वाक्य मूल्यों से मुक्त होते हैं। पर यह सम्भव है कि इनके बारे में भी मूल्यांकन किया जा सके। जैसे, मेरे पुस्तकलेखन के संदर्भ में मेरे हाथ में एक कलम का होना अच्छा है। और फिर मेरे समीप शोरगुल का होना बुरा है। किसी निर्दोष व्यक्ति की हत्या कर देना महज घटना के रूप में तथ्य है। पर इस घटना का मूल्यांकन भी हो सकता है। लोग इस घटना को बिलकुल अनैतिक मानते हैं। लेकिन किसी तथ्य को अनैतिक तभी माना जा सकता है जब उसका सही सही मूल्यांकन हो। कभी-कभी ऐसा भी होता है कि किसी एक ही तथ्य का मूल्यांकन विपरीत तरीकों से कर दिया जाता है। कोई भूखा व्यक्ति अपनी भूख मिटाने के लिए कोई दूसरा उपाय न देखकर दूसरे व्यक्ति के आम के पेड़ से बिना पूछे आम तोड़कर खा लेता है। कोई व्यक्ति कहता है कि इस प्रकार आम तोड़ने का काम बुरा है। पर कोई दूसरा व्यक्ति कहता है कि यह काम बुरा नहीं अच्छा है, क्योंकि यदि वह भूखा आदमी आम तोड़कर अपनी भूख नहीं मिटा लेता तो सम्भव था कि वह अपनी भूख से उत्पन्न विकार से रोगग्रस्त हो जाता। इस प्रकार यह देखा जा सकता है कि तथ्य एवं मूल्य में भेद होता है। इस भेद के आधार पर निर्णयों को दो वर्गों में बाँटा जा सकता है—तथ्यपरक निर्णय तथा मूल्यपरक निर्णय।

8.3 तथ्यपरक निर्णय तथा मूल्यपरक निर्णय

तथ्यपरक निर्णय तथा मूल्यपरक निर्णय में मौलिक भेद यह है कि जहाँ तथ्यपरक निर्णय में तथ्य का वर्णन होता है, वहीं मूल्यपरक निर्णय में किसी तथ्य का किसी मूल्य के आलोक में मूल्यांकन होता है। ऊपर हमने कहा है कि एक ही घटना का दो विपरीत ढंगों से मूल्यांकन हो सकता है। किन्तु यह सम्भव नहीं है कि किसी एक घटना या तथ्य का किसी एक परिप्रेक्ष्य में दो विपरीत ढंगों से वर्णन किया जा सके। कोई घटना या वस्तु तथ्यात्मक रूप में जो है सो है। उसमें परिवर्तन तो हो सकता है। किन्तु किसी विशिष्ट परिप्रेक्ष्य में वह जो है सो है। उस विशिष्ट संदर्भ में उसके सही-सही वर्णन परस्पर विरोधी नहीं हो सकते। यदि कोई फूल किसी विशिष्ट समय एवं परिस्थिति में लाल है तो उस समय एवं परिस्थिति में उसका सही वर्णन है– 'यह फूल लाल हैं'। इस विशेष संदर्भ में 'यह फूल लाल नहीं है' सही नहीं हो सकता। स्पष्ट ही 'यह फूल लाल है' एक वर्णनात्मक या तथ्यात्मक निर्णय है। अब यहाँ यह उल्लेखनीय है कि इस फूल को सुन्दर मानने में अवश्य मतभेद हो सकता है। किसी को यह फूल सुन्दर लग सकता है, तो किसी को असुन्दर। सभी व्यक्तियों को सभी रंग एक समान लुभावने नहीं लगते। किसी को हरा रंग पसन्द होता है, तो किसी को लाल, किसी को नीला और किसी को पीला। किसी रंग की वास्तविकता या तथ्यता तो जो है सो है, पर उसका सुन्दर होना रुचिभिन्नता पर निर्भर करता है। अतः किसी तथ्य को उसके सौन्दर्यपरक मूल्य के साथ गड्डमड्ड नहीं कर देना चाहिये।

मूल्य केवल सौन्दर्यपरक ही नहीं होता। उसके और दो प्रकार होते हैं—एक शुभतापरक तथा दूसरा सत्यतापरक। इस तरह हम मूल्यों को तीन वर्गों में बाँट सकते हैं—सत्यतापरक मूल्य, शुभतापरक मूल्य तथा सौन्दर्यपरक मूल्य। समग्र रूप में हम इन वर्गों को 'सत्यं शिवं सुन्दरम्' का नाम दे सकते हैं। सत्यतापरक मूल्य वास्तविकता पर आधारित होता है। जब हम किसी वस्तुस्थिति का वर्णन करते हैं तब यह सम्भव है कि हमारा वर्णन, जो वैचारिक धरातल पर होता है और जिसकी अभिव्यक्ति भाषा के द्वारा की जाती है, वस्तुस्थिति के अनुरूप नहीं हो। यदि कोई फूल वस्तुतः लाल है और हम उस फूल के बारे में कहें कि 'वह फूल नारंगी रंग का है' तो मेरे कथन का मूल्य सत्यतापरक नहीं होकर मिथ्यापरक होगा। कोई मूल्य किसी वस्तुस्थिति के वास्तविक स्वरूप को बदल नहीं सकता, वह तो अपने आलोक में उस वस्तुस्थिति का केवल मूल्यांकन करा सकता है। इस पुस्तक में हम सत्यतापरक तथा सौन्दर्यपरक मूल्यों का विस्तृत अध्ययन या विवेचन नहीं करेंगे। इन कार्यों के लिए अन्य-अन्य शास्त्र हैं—सत्यता के लिए तर्कशास्त्र तथा सौन्दर्य के लिए सौन्दर्यशास्त्र। यहाँ तो हमारा लक्ष्य केवल शिवत्व या शुभतापरक मूल्य का ही विवेचन करना है। अतः इस अध्याय में हमारा विवेच्य विषय वैसा निर्णय है जो केवल शुभत्व जैसे मूल्य से सम्बद्ध रहता है। शुभत्व से सम्बद्ध निर्णयों को हम नैतिक निर्णय भी कह सकते हैं। ऐसे निर्णयों के उदाहरण हैं– 'आपका आचरण अच्छा है', 'मुझे इस परिस्थिति में ऐसा कर्म करना चाहिये', 'उनका चरित्र प्रशंसनीय है', 'निर्दोष व्यक्ति के प्रति किसी प्रकार की हिंसा नहीं बरतनी चाहिये', 'ईमानदारी एक सद्‌गुण हैं', आदि आदि।

8.4 नैतिक निर्णयों के स्वरूप के सम्बन्ध में विभिन्न मत

जैसा हम जानते हैं, किसी तथ्यात्मक निर्णय का स्वरूप वर्णनात्मक होता है, अर्थात् इसके द्वारा किसी तथ्य या वस्तुस्थिति का वर्णन किया जाता है। यदि वर्णन वस्तुस्थिति के

अनुरूप होता है, तो वर्णन करनेवाला निर्णय या उस निर्णय को अभिव्यक्त करनेवाला वाक्य सत्य होता है, और यदि वर्णन वस्तुस्थिति के अनुरूप नहीं होता है, तो निर्णय या उसे अभिव्यक्त करनेवाला वाक्य मिथ्या या असत्य होता है। जहाँ 'पृथ्वी सूर्य के चारों ओर घूमती है' सत्य है, वहीं 'सूर्य पृथ्वी के चारों ओर घूमती है' असत्य है। पर नैतिक निर्णय के स्वरूप के सम्बन्ध में विचारकों में बहुत अधिक मतभेद है। जहाँ कुछ विचारक इसे वर्णनात्मक मानते हैं, वहीं कुछ इसे वर्णनात्मक नहीं मानते। इस सम्बन्ध में दिये गये मतों को हम प्रथमतः इन दो व्यापक वर्गों में बाँट सकते हैं—ज्ञानसापेक्ष मत तथा ज्ञाननिरपेक्ष मत। फिर इन दोनों वर्गों को हम विभिन्न उपवर्गों में बाँट सकते हैं। नीचे दी गयी तालिका के द्वारा नैतिक निर्णयों का विभाजन-क्रम आसानी से स्पष्ट किया जा सकता है:—

नैतिक निर्णय के स्वरूपसम्बन्धी मत

- ज्ञानसापेक्ष
  - प्राकृतिक
  - गैरप्राकृतिक
- ज्ञाननिरपेक्ष
  - संवेगात्मक
  - आदेशात्मक
  - अभिवृत्त्यात्मक
  - उपदेशात्मक

8.4.1 प्राकृतिक ज्ञानसापेक्ष मत

कुछ विचारक नैतिक निर्णय को ज्ञानसापेक्ष इसलिए मानते हैं कि उनके अनुसार ज्ञान ही नैतिकता को सम्भव बनाता है। यहाँ प्रश्न उठता है कि तब नैतिकता की कसौटी क्या है। उत्तर में कहा जाता है कि नैतिकता की कसौटी है—सुख का ज्ञान अर्थात् सुखानुभूति का ज्ञान होना। यदि कोई कर्म इसके कर्ता के लिये सुखानुभूति को सम्भव बनाता है, तो वह कर्म नैतिक दृष्टि से अच्छा है; और यदि कोई कर्म वैसा नहीं करता है, या उसके विपरीत करता है, तो वह नैतिक दृष्टि से बुरा है। जब वैसे ज्ञान का विषय प्राकृतिक होता है और वह साधारण इन्द्रियों के द्वारा प्राप्त होता है, तब इस मत को हम प्राकृतिक ज्ञानसापेक्ष मत कह सकते हैं। इस मत के अनुसार हम कह सकते हैं कि नैतिक होना एक प्रकार की प्राकृतिक अवस्था है जिसका ज्ञान प्राकृतिक इन्द्रियानुभूति के द्वारा प्राप्त कर लिया जा सकता है। इस सम्बन्ध में पेरी[1] कहते हैं कि 'शुभ' = 'इच्छा का विषय होना' और 'उचित' = 'सामंजस्यपूर्ण सुख का कारक होना'। मिल जैसे सुखवादियों ने भी 'शुभ' एवं 'उचित' जैसे नैतिक प्रत्ययों को 'अधिकाधिक व्यक्तियों के अधिकतम सुख' के रूप में ही परिभाषित किया है। चूँकि प्रस्तुत संदर्भ के अनुसार नैतिक निर्णय प्राकृतिक अवस्थाओं के प्राकृतिक रूप से प्राप्त अनुभवपरक ज्ञान पर ही आधारित होते हैं, इसलिए इनसे संबंधित मत को "प्राकृतिक ज्ञानसापेक्ष मत" कहा जाता है।

8.4.2 गैरप्राकृतिक ज्ञानसापेक्ष मत

यह मत भी उपर्युक्त मत की तरह ही वर्णनात्मक है। इसके अनुसार भी नैतिक गुण सत्तापरक ही होते हैं। अर्थात् ये गुण मनुष्य के व्यक्तित्व या कर्मों में वास्तविक रूप से वर्तमान रहते हैं। पर इनकी एक विशिष्टता यह होती है कि ये प्राकृतिक नहीं होते। ये गुण गैरप्राकृतिक होते हैं। गैरप्राकृतिकता को समझने में 'वह फूल लाल है' तथा 'वह कर्म शुभ है' जैसे वाक्यों का तुलनात्मक पर्यवेक्षण लाभदायक सिद्ध हो सकता है। 'वह फूल लाल है' में लाल एक वास्तविक रंग है जो उस फूल में सन्निविष्ट है। यह गुण प्राकृतिक है जिसे हम आँखों के

द्वारा देख सकते हैं। 'वह कर्म शुभ है' में शुभ भी एक वास्तविक गुण है जो उस कर्म में सन्निविष्ट है। पर यह गुण प्राकृतिक नहीं है, वरन् गैरप्राकृतिक है। इस गुण का ज्ञान हम साधारण इन्द्रियों द्वारा प्राप्त नहीं कर सकते, वरन् अन्तर्दृष्टि या अन्तःप्रज्ञा के द्वारा ही प्राप्त कर सकते हैं। इस प्रकार हम देखते हैं कि जिस तरह पहला मत ज्ञानसापेक्ष और वर्णनात्मक है, उसी तरह दूसरा मत भी ज्ञानसापेक्ष और वर्णनात्मक है। पर दोनों में भिन्नता यह है कि जहाँ पहले मत के अनुसार वर्णन साधारण इन्द्रियानुभूति द्वारा ज्ञात एक प्राकृतिक गुण का होता है, वहीं दूसरे मत के अनुसार वर्णन अन्तःप्रज्ञा द्वारा ज्ञात एक गैरप्राकृतिक गुण का होता है। इस कारण इस दूसरे मत को अन्तःप्रज्ञावाद भी कहा जाता है। इस मत के माननेवाले मूर, रॉस, आदि अनेक अन्तःप्रज्ञावादी हैं। हम इस मत की चर्चा आगे विस्तार से करेंगे।

8.4.3 ज्ञाननिरपेक्ष संवेगात्मक मत

अब हम नैतिक निर्णय के स्वरूपसम्बन्धी उन मतों की चर्चा करेंगे जो ज्ञानसापेक्ष न होकर ज्ञाननिरपेक्ष होते हैं। इन मतों के अनुसार नैतिक निर्णय वर्णनात्मक नहीं होता। यह सही है कि इन मतों के अनुसार नैतिक निर्णय की अभिव्यक्ति वाक्य के द्वारा हो तो सकती है, पर इन मतों के अनुसार नैतिक निर्णय को अभिव्यक्त करनेवाले वाक्य किसी वस्तुस्थिति का चित्रण नहीं करते। इस कारण वे सत्य या असत्य नहीं हो सकते। इस ज्ञाननिरपेक्ष मत के भी कई प्रकार होते हैं, जिनमें एक को संवेगात्मक मत कहते हैं। इस मत का एक प्रमुख प्रवर्तक ए॰ जे॰ एयर[2] हैं। एयर के अनुसार नैतिक निर्णय सही अर्थ में निर्णय होता ही नहीं है। वह तो संवेग की अभिव्यक्ति मात्र होता है। मान लीजिये कि आप अत्यधिक क्रोध में हैं। आपकी आँखें लाल-लाल हैं, आप क्रोध के कारण थरथर काँप भी रहे हैं, आप जिस पर क्रोध कर रहे हैं उसकी ओर आक्रामक मुद्रा में आगे बढ़ रहे हैं। ये सभी शारीरिक क्रियाएँ आपके अन्दर आपके उफनते क्रोध को ही अभिव्यक्त कर रही होती हैं। यह बिलकुल सम्भव है कि आप अपने क्रोध को शब्दों या वाक्यों के द्वारा भी अभिव्यक्त करें। आप यदि आक्रमण करते समय 'बदमाश', 'दुष्ट', 'तुम गधे हो' जैसे शब्दों या वाक्यों का प्रयोग करते हैं, तो निश्चय ही आप उनका वर्णनात्मक प्रयोग नहीं कर रहे होते, वरन् उनके द्वारा अपने उफनते क्रोध के संवेग को ही प्रकट कर रहे होते हैं। यहाँ आपके द्वारा प्रयुक्त वाक्य "तुम गधे हो" को उसके अमिधात्मक रूप में नहीं लिया जा सकता। इस वाक्य को न तो सत्य कहा जा सकता है और न ही झूठ, क्योंकि इसके द्वारा किसी प्रकार का वर्णन नहीं किया जाता। यह तो आपके उबलते क्रोध का मानो एक बाहरी निकास है। एयर के अनुसार नैतिक निर्णय ऐसे ही निकास होते हैं। वे कहते हैं कि 'झूठ बोलना अनुचित है' कोई वर्णनात्मक कथन नहीं है, वह तो "झूठ बोलना—छिः" का एक पर्याय मात्र है। अर्थात् जो व्यक्ति "झूठ बोलना अनुचित है" का उच्चारण करता है, वह वस्तुतः झूठ बोलने के प्रति अपनी घृणा को शब्दों के माध्यम से अभिव्यक्त कर देता है। जब हम कहते हैं कि "राम एक चरित्रवान् या निष्ठावान् व्यक्ति है" तब हम किसी सत्य या असत्य कथन का प्रयोग नहीं कर रहे होते, वरन् हम राम के प्रति अपनी प्रशंसा की भावना को ही व्यक्त कर रहे होते हैं। हमारे द्वारा उच्चारित इस कथन का एक रूपान्तरण "राम का चरित्र—वाह-वाह!" हो सकता है। इस मत के अनुसार नैतिकता पूर्णतः विषयीनिष्ठ होती है। यहाँ यह उल्लेखनीय है कि यदि किसी को झूठ बोलने के प्रति घृणा हो सकती है, तो अन्य किसी को निष्ठा या अनुराग। इस तरह यदि ऐसी भावना पूरी तरह वैयक्तिक ही है, तो फिर इसके सम्बन्ध में किसी तरह के तर्क-वितर्क का स्थान ही नहीं

हो सकता। यदि मुझे लाल रंग पसन्द है और आपको पीला रंग, तो यह भिन्नता मौलिक ही मानी जानी चाहिये। हम अपनी-अपनी पसंदगी के सम्बन्ध में एक-दूसरे से किसी तरह का विवाद नहीं कर सकते। इस संवेगात्मक मत के अनुसार नैतिकता पूर्णतः व्यक्तिगत रुचि पर ही आधारित होती है।

8.4.4 ज्ञाननिरपेक्ष आदेशात्मक मत

काण्ट, कॉरनैप[3], आदि विचारकों के अनुसार नैतिक निर्णय का स्वरूप आदेशात्मक होता है। इनके अनुसार यदि कोई व्यक्ति निर्णय करता है कि 'चोरी अनैतिक है' या 'चोरी खराब है', तो वह मानो यह कह रहा होता है कि 'चोरी मत करो'। अतः इस मत के अनुसार भी नैतिक निर्णय के सत्य या असत्य होने का प्रश्न नहीं उठ सकता। किसी आदेश या हुक्म के पीछे एक अधिकारी होता है जिसे आदेश या हुक्म देने का अधिकार प्राप्त रहता है और वह अधिकारसम्पन्न व्यक्ति आदिष्ट व्यक्ति के द्वारा आदेश का पालन नहीं करने पर उसे दण्ड भी दे सकता है। अनेक विचारक नैतिक नियमों को ईश्वरीय आदेश मानते हैं। काण्ट ने नैतिक नियमों को निरपेक्ष आदेश माना है। उनके अनुसार कर्ता द्वारा नैतिक नियमों का पालन उन्हें किसी अधिकारी द्वारा निर्गत आदेशों के रूप में स्वीकार कर किसी प्रकार की फलप्राप्ति की इच्छा न रखते हुए ही करना चाहिये। यह तो स्पष्ट है कि नैतिकता के लिए प्रेरणा अत्यन्त आवश्यक होती है और प्रस्तुत मत के अनुसार नैतिकता के अदेशात्मक होने के कारण प्रेरणा उसके स्वरूप में ही निहित रहती है। इस प्रकार यह कहा जा सकता है कि किसी कर्म के नैतिक होने का तात्पर्य है कि वह किसी नैतिक आदेश के पालन का ही परिणाम है। अतः कोई नैतिक नियम कर्ताओं के लिए एक आदेश ही होता है। फलस्वरूप 'परोपकार करना नैतिक दृष्टि से उचित है' का एक दूसरा रूप 'परोपकार के कार्य करो' ही हो सकता है।

8.4.5 ज्ञाननिरपेक्ष अभिवृत्त्यात्मक मत

सी० एल० स्टिभेन्सन[4] ने एक ऐसा ज्ञाननिरपेक्ष मत प्रस्तावित किया है जिसे हम अभिवृत्त्यात्मक मान सकते हैं। इस मत के अनुसार जब कोई व्यक्ति कोई नैतिक निर्णय करता है तब वह एक ओर जहाँ अपनी अभिवृत्ति की अभिव्यक्ति करता है, वहीं दूसरी ओर वह दूसरों को वैसी ही अभिवृत्ति अपनाने का निर्देश भी देता है। यह मत एयर के संवेगात्मक मत से कुछ अंश में तो मिल जाता है, पर कुछ अंश में वह उस मत से भिन्न हो जाता है। स्टिभेन्सन कहते है कि 'यह शुभ है', वाक्य 'मैं इसका अनुमोदन करता हूँ', तुम भी इसका अनुमोदन करो।'' का पर्याय है। इस दूसरे वाक्य का पूर्वार्द्ध ''मैं इसका अनुमोदन करता हूँ''; निर्णयकर्ता की अनुमोदनात्मक अभिवृत्ति की अभिव्यक्ति करता है; किन्तु इसका उत्तरार्द्ध ''तुम भी इसका अनुमोदन करो'' अन्य लोगों को कर्ता की तरह ही अनुमोदनात्मक अभिवृत्ति अपनाने का आदेश देता है। इस तरह स्टिभेन्सन का यह मत एयर तथा कारनैप के मतों का मानो सम्मिश्रण है। यहाँ यह उल्लेखनीय है कि विश्लिष्ट वाक्य का पूर्वार्द्ध निर्णयकर्ता की अभिवृत्ति का वर्णन नहीं करता, इसलिए यह ज्ञानसापेक्ष या ज्ञानात्मक वाक्य नहीं है। इस कारण यह सत्य या असत्य भी नहीं हो सकता। यह तो निर्णयकर्ता की अभिवृत्ति को केवल प्रदर्शित ही करता है। स्टिभेन्सन के मत की एक विशिष्टता यह भी है कि वह अपने मत में तर्क को बहुत हद तक स्थान देता है। स्टिभेन्सन के अनुसार नैतिक निर्णय सम्बन्धी असहमतियों को कुछ सीमा तक सुलझा लिया जा सकता है। उनके अनुसार असहमति दो तरह की हो सकती है—(1) तथ्यपरक असहमति तथा (2) अभिवृत्तिपरक असहमति। यह सर्वथा सम्भव है कि आप जिस कर्म का अनुमोदन कर रहे हैं, मैं उसका अनुमोदन न करूँ। राम ने श्याम से ऋण

के रूप में लिए गये धन को जिस दिन लौटाने का वादा किया था उस दिन हठात् उसकी पत्नी के भयंकर रूप से दुर्घटनाग्रस्त हो जाने के कारण अपनी पत्नी के इलाज में खर्च कर दिया। फलस्वरूप राम श्याम को वादे के मुताबिक धन नहीं लौटा सका। राम की इस वादाखिलाफी को कोई व्यक्ति नैतिक तो कोई अन्य व्यक्ति अनैतिक मान सकता है। प्रतिज्ञा का अनुपालन साधारणतः एक नैतिक कर्तव्य माना जाता है। इस कसौटी के अनुसार राम का प्रतिज्ञा-भंग अनैतिक होता है। पर यहाँ यह अवश्य विचारणीय है कि राम ने किस कारण से प्रतिज्ञा का पालन नहीं किया। जो लोग राम द्वारा प्रतिज्ञा-भंग की भर्त्सना कर रहे होते हैं, उन्हें यदि यह पता लग जाय कि राम ने लौटाये जानेवाले धन का उपयोग अपनी पत्नी की प्राणरक्षा के लिए किया है, तो सम्भव है कि वे लोग राम द्वारा प्रतिज्ञा-भंग की सराहना ही करने लगें। इस प्रकार देखा जा सकता है कि असहमति तथ्यों की पूर्ण एवं सही जानकारी नहीं रहने के कारण भी हो सकती है। साधारणतः हमारी अनेकानेक असहमतियाँ तथ्यों की पूरी पूरी एवं यथार्थ जानकारी के अभाव पर ही आधारित होती हैं और इस कारण हमारे द्वारा एक ही कर्म के सम्बन्ध में गलत नैतिक निर्णय ले लिए जाते हैं। कुछ लोग किसी कर्म को अच्छा, तो कुछ लोग उसी को बुरा मान लेते हैं। अतः यह सर्वथा सम्भव है कि पूर्ण एवं सही तथ्यपरक जानकारी हो जाने पर अभिवृत्ति की भिन्नता समाप्त हो जाय और विभिन्न पक्षों द्वारा एक ही तरह का नैतिक निर्णय ले लिया जाय। लेकिन यदि पूर्ण एवं सही तथ्यपरक जानकारी हो जाने पर भी असहमति दूर न हो सके, तो तब किसी प्रकार के तर्क-वितर्क की सम्भावना रह नहीं जाती। और तब यह मान लेना जरूरी हो जाता है कि शुद्ध अभिवृत्तिपरक भिन्नता आधारभूत होती है और उसको दूर करना सम्भव नहीं होता। और तब यह स्वीकार करना भी आवश्यक हो जाता है कि अभिवृत्ति पर आधारित नैतिकता विषयीनिष्ठ होती है, विषयनिष्ठ नहीं।

8.4.6 ज्ञाननिरपेक्ष उपदेशात्मक मत

हेयर[5] आदि कुछ विचारकों ने नैतिक निर्णय को आदेश के रूप में नहीं, वरन् उपदेश या सलाह के रूप में स्वीकार किया है। जहाँ आदेश के पीछे दण्ड की सम्भावना निहित होती है, वहीं उपदेश के पीछे रजामन्दी निहित होती है। और यह रजामन्दी ठोस एवं जायज कारणों पर आधारित होती है। आदेश का तात्पर्य होता है— 'करो, नहीं तो दण्ड मिलेगा', पर उपदेश या सलाह का तात्पर्य होता है— 'करना चाहिये, क्योंकि इसके पीछे ठोस एवं उचित तर्क हैं'। इस प्रकार इस मत में तर्क या विचार का पर्याप्त स्थान रहता है। और इस कारण असहमति होने पर लोग अपने बीच सहमति स्थापित कर भी ले सकते हैं। यह सही है कि इस मत के द्वारा कोई ऐसा अकाट्य आधारभूत उपदेश सुनिश्चित नहीं कर लिया जा सकता जिसके परिप्रेक्ष्य में सभी असहमतियाँ दूर कर ही ली जा सकें,; पर, इतना तो निश्चित ही जान पड़ता है कि इस मत के परिप्रेक्ष्य में बहुत हद तक आपस में मतैक्य स्थापित कर लिया जा सकता। इसके लिए अपेक्षा केवल यह रहती है कि सभी असहमत पक्ष नैतिक दृष्टि को सही रूप में समझें और केवल उसके परिप्रेक्ष्य में ही मतैक्य स्थापित करने का प्रयास करें।

8.5 नैतिक निर्णय का विषय तथा उसका मूल्य

8.5.1 नैतिक निर्णय तथा उसका मूल्याँकन

नैतिक निर्णय का स्वरूप चाहे जो भी हो उसका विषय कर्म ही होता है। किसी कर्म के सम्बन्ध में कोई निर्णय उस कर्म की दो प्रकार की परिस्थितियों के आधार पर लिया जा सकता है। एक प्रकार की परिस्थिति कर्म के क्रियान्वयन के पूर्व की परिस्थिति होती है और दूसरे प्रकार की परिस्थिति कर्मसम्पादन के बाद की परिस्थिति होती है। पहले प्रकार की परिस्थिति

में नैतिक निर्णय कर्म का कर्ता स्वयं लेता है। यह निर्णय कर्म करने के लिए होता है। और दूसरे प्रकार की परिस्थिति में कोई भी समझदार व्यक्ति निर्णय कर ले सकता है। पहले की परिस्थिति में कर्ता निर्णय लेकर यह निश्चित करता है कि वह कौन कर्म क्रियान्वित करेगा। दूसरी परिस्थिति में अर्थात् कर्म के सम्पन्न हो जाने पर कोई भी व्यक्ति (जो स्वयं कर्ता भी हो सकता है) यह मूल्यांकित कर सकता है कि क्रियान्वित कर्म नैतिक दृष्टि से उचित है या नहीं। यहाँ हम देखते हैं कि नैतिक निर्णय के उपर्युक्त दोनों प्रकार विचारसापेक्ष होते हैं। अर्थात् कर्ता विचार करने के बाद ही यह निश्चित कर सकता है कि उसे कौन-सा कर्म करना है। विचारपूर्वक कर्म करने के कारण ही कर्ता का कर्म स्वेच्छा से किया गया कर्म माना जा सकता है, और तब उसी कारण से कर्म का पूर्ण उत्तरदायित्व कर्ता पर ही आ जाता है। अब प्रश्न उठता है कि कर्ता क्यों किसी एक कर्म को क्रियान्वित करने का निर्णय करता है, किसी अन्य कर्म को नही। स्पष्ट ही उसके सामने कुछ मूल्य रहते हैं जिनके आलोक में ही वह कर्म करने का निर्णय लेता है। यह सम्भव है कि वह जिन मूल्यों से प्रभावित होकर कर्म करने का निर्णय करता है, वे मूल्य अनैतिक ही हों। पर तब यह तो सही ही है कि कर्ता जब भी कोई कर्म करने का निर्णय लेता है, तब वह अवश्य ही अपने द्वारा स्वीकृत मूल्यों के अनुरूप ही निर्णय लेता है। यह मूल्यसम्बन्धी बात उन निर्णयों के सम्बन्ध में भी लागू होती है जो कर्म के सम्पन्न हो जाने के बाद लिये जाते हैं। इस प्रकार हम देखते हैं कि दोनों प्रकार के नैतिक निर्णयों के लिए मूल्यों का होना तथा उनका स्वीकृत रहना दोनों ही अत्यन्त आवश्यक हैं। बिना मूल्यों के नैतिक निर्णयों का स्थापित होना सम्भव नहीं हो सकती। अब प्रश्न उठता है कि नैतिक दृष्टि से सही मूल्य क्या हैं? और फिर सही नैतिक मानदण्ड क्या हैं? इन प्रश्नों के उत्तर हम आगे देंगे।

8.5.2 नैतिक मूल्याँकन की निरर्थकता

यहाँ यह ध्यातव्य है कि नैतिक निर्णय के स्वरूप के सम्बन्ध में ऊपर कुछ ऐसे मतों की चर्चा हुई है जो नैतिक निर्णयों का विचार से सम्बद्ध होना मानते ही नहीं। स्पष्ट ही इन मतों के अनुसार नैतिक निर्णय सही मायने में निर्णय होते ही नहीं। उदाहरणस्वरूप एयर के अनुसार कोई तथाकथित नैतिक कर्म वस्तुतः कर्ता के रागात्मक या द्वेषात्मक संवेगों का उद्गारमात्र होता है। उस उद्गार में सोच-विचार का कोई स्थान रहता ही नहीं। फिर, अन्तःप्रज्ञावादी भी नैतिकता में सोच-विचार को प्रश्रय नहीं देते। उनके अनुसार नैतिक गुण, चाहे वे शुभपरक हों या अशुभपरक, साक्षात् प्रत्यक्ष के विषय होते हैं और जब किसी वस्तु या विषय का साक्षात् प्रत्यक्ष हो रहा हो, तब उसके सम्बन्ध में किसी तरह के सोच-विचार की आवश्यकता ही नहीं रहती। प्रिचार्ड ने, जो एक प्रख्यात नीतिशास्त्री थे, कहा है कि चूँकि नैतिक गुण आन्तरिक प्रत्यक्ष के विषय हैं और चूँकि हमलोग उनका प्रत्यक्ष अनुभव कर लेते हैं, इसलिए उनको जानने के लिए किसी प्रकार के विवेचन की आवश्यकता ही नहीं रह जाती। यह सम्भव है कि दृष्टिदोष के कारण हम उनका सही-सही अवलोकन न कर सकें। दृष्टिदोष से गलत अवलोकन साधारण इन्द्रियानुभवों में भी प्रायः होता ही है। स्पष्ट ही इस प्रकार के दोष का निराकरण किसी प्रकार के विवेचन से नहीं, वरन् उस दोष के कारणों को दूर कर देने से ही हो जा सकता है। इस प्रकार का तर्क देकर प्रिचार्ड ने पूरे नीतिदर्शन पर ही प्रश्नचिह्न लगा दिया है। उनके अनुसार किसी तरह का दर्शनशास्त्र विवेचन पर आधारित होता है। लेकिन, नीति के सम्बन्ध में तो विवेचन अपेक्षित ही नहीं होता। जिस निबन्ध में उन्होंने इन विषयों की चर्चा की है उसका शीर्षक उन्होंने 'डज मॉरल फिलॉसफी रेस्ट ऑन ए मिस्टेक?' रखा है। किन्तु प्रिचार्ड या एयर या अन्य कोई विवेचनविरोधी नीतिशास्त्री प्रस्तुत

संदर्भ में जो कुछ भी कहें, यह तो निर्विवाद है कि नैतिकता या नैतिक निर्णयों के संम्बन्ध में प्रायः ही मतभेद होते रहते हैं और ये मतभेद सभी-के-सभी निरर्थक नहीं होते। इनमें से अनेक मतभेदों के पीछे ठोस कारण होते हैं और यही वजह है कि नीतिशास्त्र में निरंतर विवेचन के द्वारा ठोस सही सिद्धान्त स्थापित करने का सिलसिला जारी रहता है। अतः ऐसा कहना कि नैतिक गुण साक्षात् प्रत्यक्ष के विषय हैं और नीतिशास्त्र में सोच-विचार या तर्क-वितर्क का कोई स्थान नहीं रहता उचित नहीं है।

8.5.3 कर्म तथा उसके कारक एवं परिणाम

किसी कर्म के मूल्यांकन के सम्बन्ध में यह प्रश्न उठ सकता है कि हम किसी कर्म का मूल्यांकन उसके किस पहलू को ध्याान में रखकर करे। क्या हम कर्म का मूल्यांकन उसके पूर्ववर्ती कारकों को ध्यान में रखकर करे या उसके परवर्ती परिणामों को ध्यान में रखकर? यहाँ इतना तो स्पष्ट है कि मूल्यांकन कर्म का ही होता है। पर कर्म है क्या? कर्म मनुष्य द्वारा निष्पादित एक ऐसी शारीरिक क्रिया है जिसे वह जाग्रत अवस्था में किसी उद्देश्य की पूर्ति के लिए सोच-विचार कर तथा संकल्प लेकर करता है। चूँकि इस क्रिया को कर्ता नहीं भी कर सकता है और चूँकि ऐसी क्रिया पर उसका ही पूरा नियन्त्रण होता है, इसलिए इस क्रिया के लिए वह उत्तरदायी भी होता है। ऐसी ही क्रियाओं को 'कर्म' कहते हैं और ऐसी ही क्रियाआं का नैतिक मूल्यांकन भी हो सकता है। अब यदि हम कर्म का विश्लेषण करें, तो हम पायेंगे कि कर्म की कई अवस्थाएँ होती हैं। मोटे तौर पर हम उन अवस्थाओं को मानसिक, शारीरिक तथा बाह्य अवस्थाओं में बाँट सकते हैं। मान लीजिये कि राम ने श्याम को गोली मारकर उसकी हत्या कर दी। यहाँ राम का कर्म है श्याम की हत्या कर देना। इस कर्म को करने के लिए राम ने एक योजना बनायी, आवश्यक सामग्री जुटायी, संकल्प लिया और बन्दूक को उपयुक्त ढंग से चला दिया। बन्दूक चलाने के पूर्व राम के मन में जो भी व्यापार हुए वे सभी मानसिक व्यापार हैं। इन व्यापारों के बाद कुछ स्नायविक तथा मांसपेशीजनित व्यापार हुए जो शारीरिक व्यापार हैं। इनके बाद की घटनाएँ हैं श्याम की मृत्यु का होना और उसकी मृत्यु की वजह से उसके परिवार के लोगों को अनेक प्रकार के दुःख झेलना। चूँकि श्याम की मृत्यु और उसके परिणाम राम से बाहर बाह्य जगत के व्यापार हैं इसलिए ये सभी बाह्य व्यापार हैं। अब यहाँ यह प्रश्न उठता है कि इन मानसिक, शारीरिक तथा बाह्य व्यापारों में हम किस विशेष व्यापार को वास्तविक कर्म मानें।

इतना तो स्पष्ट है कि कर्म का तादात्म्य उसके कारकों या उसके परिणामों से स्थापित नहीं किया जा सकता। मान लीजिये कि उपर्युक्त उदाहरण में राम ने जो श्याम की गोली मारकर हत्या कर दी उसका एक प्रमुख कारण राम का श्याम से बदला लेना था, क्योंकि श्याम ने अतीत में राम के भाई को गोली मारकर उसकी हत्या कर दी थी। इस प्रकार राम द्वारा श्याम की हत्या का एक प्रमुख कारण राम की प्रतिशोधात्मक भावना है। इसी भावना ने राम को प्रेरित किया। किन्तु यह भावना कर्म नहीं है, क्योंकि यह भावना तो राम के मन में तभी से थी जब उसके भाई की हत्या श्याम के हाथों हुई थी। श्याम की हत्या तो राम के भाई की हत्या के बहुत बाद हुई। अतः वास्तविक कर्म की कालपरक सीमा तो तब शुरू होती है जब राम योजना के अनुरूप कर्म के क्रियान्वयन का संकल्प लेता है और बन्दूक को अपने हाथों में लेकर उसे संचालित कर देता है। इसके बाद परिणाम यह होता है कि बन्दूक की गोली श्याम को लगती है और इस वजह से उसकी मृत्यु हो जाती है। श्याम की मृत्यु को भी हम राम का कर्म नहीं मान सकते, क्योंकि श्याम की मृत्यु तो राम के कर्म का परिणाम है। यह बिलकुल सम्भव था कि राम के द्वारा गोली दागने पर भी श्याम की मृत्यु नहीं होती।

हवा के वेग से गोली की दिशा बदल जा सकती थी, या बन्दूक की कुछ खराबी के कारण गोली बन्दूक में ही अटकी रह जा सकती थी। इन सम्भावनाओं के कारण यह मानना ही उचित है कि राम के कर्म का तादात्म्य उसके संकल्पजनित शारीरिक व्यापार से ही किया जा सकता है। इस व्यापार में मानसिक तथा शारीरिक दोनों पहलू वर्तमान हैं और दोनों पहलू परस्पर इस तरह घुले-मिले रहते हैं कि उनके सम्बन्ध में यह नहीं कहा जा सकता कि अमुक क्षण तक मानसिक पहलू वर्तमान था और उस क्षण के बाद से शारीरिक पहलू शुरू हो गया। वस्तुतः के सम्बन्ध में हम कह सकते हैं कि जिस क्षण तक राम द्वारा अपने शारीरिक व्यापार पर नियन्त्रण रखा जा सकता था उस क्षण तक का शारीरिक व्यापार ही कर्म है। हम किसी कर्म को इस तरह दो रूपों में ले सकते हैं। एक संकुचित तथा दूसरा व्यापक। यदि हम उपर्युक्त उदाहरण में राम के कर्म से केवल राम के संकल्पजनित तन्त्रिकाचालन को ही समझें, तो हम राम के कर्म को उसके संकुचित रूप में लेते हैं। उसके कर्म को व्यापक रूप में हम तब लेते हैं जब हम उसके कर्म में उसकी पूर्ववर्ती तथा परवर्ती अवस्थाओं को भी शामिल कर लेते हैं। न्यायालय में न्यायाधीश जब राम के कर्म की कानूनी जाँच करता है, तब वह जहाँ एक ओर राम की प्रतिशोधात्मक भावना तथा अन्य प्रासंगिक पूर्ववर्ती अवस्थाओं को ध्यान में रखता है, वहीं दूसरी ओर वह राम के कर्म के दायरे में न केवल श्याम की मृत्यु को शामिल करता है, बल्कि श्याम की मृत्यु के कारण उसकी पत्नी और उसके अबोध पुत्र के बेसहारा हो जाने को भी शामिल कर लेता है। यदि राम अपराधी सिद्ध होता है तो उसके लिए दण्ड का निर्धारण उसके कर्म की पूर्ववर्ती एवं परवर्ती अवस्थाओं को ध्यान में रखकर ही किया जाता है। और जो भी दण्ड निर्धारित होता है वह उसके कर्म का ही दण्ड होता है। स्पष्ट ही कर्म का ऐसा निर्णय उसके व्यापक रूप को ध्यान में रख कर ही दिया जाता है।

हमने ऊपर कहा है कि कर्म के नैतिक मूल्यांकन के सम्बन्ध में कई प्रकार के मत हैं। कुछ मत ऐसे हैं जिनके अनुसार कर्म का मूल्यांकन उसके परिणामों के आधार पर ही किया जाता है। ऐसे मतों को प्रयोजनवादी या उद्देश्यवादी मत कहते हैं। पर कुछ मत ऐसे भी हैं जिनके अनुसार कर्मों का मूल्यांकन उनके परिणामों के आधार पर नहीं, वरन् उनके कर्ता द्वारा कर्तव्यपालन होने या न होने के आधार पर किया जाता है। अर्थात् जो कर्म शुद्ध कर्तव्यपालन का परिणाम होता है वह उचित या नैतिक होता है और जो वैसा नहीं होता, वह उचित या नैतिक नहीं होता। इस प्रकार के मतों को हम कर्तव्यवादी मत कह सकते हैं। यहाँ यह सहज अनुमान्य है कि जहाँ उद्देश्यवादी मत कर्म के परिणामों को महत्त्व देता है, वहीं कर्तव्यवादी मत कर्म के उस आसन्न पूर्ववर्ती मानसिक प्रक्रिया या स्थिति को महत्त्व देता है जिसकी वजह से उस कर्म का शारीरिक रूप सम्भव होता है। यहाँ यह उल्लेखनीय है कि कर्म के परिणामों में कुछ परिणाम ऐसे भी होते हैं जो अभीप्सित या प्रत्याशित नहीं होते। स्पष्ट ही ऐसे परिणामों के आधार पर कर्म का नैतिक मूल्यांकन नहीं किया जा सकता। यदि आपने किसी निर्दोष व्यक्ति को चोट पहुँचाने के उद्देश्य से एक सिक्का उसके मस्तक की ओर जोर से फेंका और उस व्यक्ति ने अपने हस्तकौशल से उस सिक्के को लोक लिया और उस सिक्के से कुछ खाद्य पदार्थ खरीदकर अपनी भूख मिटा ली तो आप प्रशंसा और पुरस्कार के पात्र नहीं हो सकते। निश्चय ही आपके कर्म को अनैतिक ही माना जाएगा और आप निन्दा तथा दण्ड के भागी होंगे ही। इससे यह स्पष्ट होता है कि कर्म के वैसे परिणाम जो अभीप्सित एवं प्रत्याशित नहीं होते, कर्म के नैतिक मूल्यांकन के लिए प्रासंगिक नहीं होते। ऐसी स्थिति में यह कहना गलत नहीं होगा कि नैतिक मूल्यांकन कर्ता के अभिप्रेरक तथा अभिप्राय का ही हो सकता है।

प्रश्न उठता है कि क्या हम अभिप्रेरक तथा अभिप्राय पर आधारित मूल्यांकन को उद्देश्यवादी मूल्यांकन कह सकते हैं। जहाँ तक कर्म के अभिप्राय पर आधारित मूल्यांकन का प्रश्न है, वहाँ तक तो वह स्पष्ट ही उद्देश्यवादी है, क्योंकि कर्म का अभिप्राय वही होता है जिसको चरितार्थ करने के लिए ही कर्म किया जाता है। पर जहाँ तक कर्म के अभिप्रेरक पर आधारित मूल्यांकन का प्रश्न है, तो उस सम्बन्ध में दो प्रकार के उत्तर दिये जा सकते हैं। ऐसा इसलिए कि कर्म का अभिप्रेरक या तो उद्देश्यपरक हो सकता है या उद्देश्यविहीन। उद्देश्यविहीन अभिप्रेरक से किसी प्रकार की उद्देश्यपूर्ति नहीं होती, वरन् शुद्ध कर्तव्यपालन होता है। नाथूराम गोडसे ने महात्मा गाँधी की हत्या कर दी। गोडसे के इस कर्म के अभिप्रेरक तथा अभिप्राय को हम इन्हें एक-दूसरे से अलग करके ही अच्छी तरह समझ सकते हैं। गोडसे का अभिप्राय था गाँधी को उस समय के राजनीतिक मंच से हटा देना। पर इसके लिए अभिप्रेरणा या तो गाँधी के अनेक राजनीतिक कर्मों के कारण गोडसे के मन में उत्पन्न गाँधी के प्रति घृणाभावना थी या फिर गोडसे की देशभक्तिपरक कर्तव्यभावना। यदि घृणा के कारण हत्या की गई तो वह अवश्य ही उद्देश्यमूलक है और यह उद्देश्य था गाँधी के जीवन को समाप्त कर देना। किन्तु यदि हत्या कर्तव्य की भावना से प्रेरित होकर की गई, तो निश्चय ही प्रेरक उद्देश्ययुक्त नहीं, वरन् कर्तव्यभावनायुक्त ही था। यह तो स्पष्ट ही है कि कर्तव्यबोध की भावना से प्रेरित कर्म कामनारहित ही हो सकता है। ऊपर के विवेचन से तो हम देखते हैं कि कर्म के नैतिक मूल्य का निर्धारण या तो अभीप्सित परिणाम के आधार पर किया जा सकता है या फिर कर्तव्यपालन के आधार पर। पहला निर्धारण परिणामपरक होगा और दूसरा कर्तव्यपालनपरक। प्रयोजनवादी या उद्देश्यवादी मत के अनुसार कर्म तभी शुभ होंगे जब उनके प्रत्याशित परिणाम शुभ होंगे। और यदि उनके प्रत्याशित परिणाम अशुभ होंगे, तो वे भी अशुभ ही होंगे। अब यहाँ प्रश्न उठ जाता है कि परिणामों को शुभ किस कारण माना जाता है। यहाँ यह उल्लेखनीय है कि परिणाम के शुभत्व को निरूपित करने के लिए सुखवाद, मोक्षवाद, आदि आदि अनेक मत हैं। इन मतों का विस्तृत विवेचन हम आगे करेंगे। अब यहाँ एक प्रश्न यह उठ जाता है कि कर्तव्यवाद, जिसमें परिणाम की बिलकुल उपेक्षा कर दी जाती है, कर्मों के शुभत्व या अशुभत्व का निरूपण कैसे करता है। इस प्रश्न का उत्तर यही है कि जो कर्म नैतिक नियम के अनुकूल होते हैं वे शुभ होते हैं; और जो प्रतिकूल होते हैं वे अशुभ। लेकिन तब यह प्रश्न उठ जाता है कि ये नैतिक नियम मान्य ही क्यों होते हैं। क्या इस कारण कि ये धर्मशास्त्र से या ईश्वरीय आदेश से या किसी अन्य सक्षम अधिकारी से प्राप्त होते हैं? लेकिन किसी बाह्य स्रोत से प्राप्त नियमों के अनुसार कर्म करने से तो कर्ता की कार्य करने की स्वतन्त्रता ही नष्ट हो जाती है और जहाँ कार्यस्वातन्त्र्य नहीं होता, वहाँ नैतिक आचरण की सम्भावना रह नहीं सकती। अतः नैतिक कर्तव्यबोध का स्रोत कर्ता की अपनी मानसिकता ही हो सकती है। इस मत के महान् प्रवर्तक काण्ट ने कहा है कि इस दुनिया में तथा इस दुनिया के बाहर भी शुभ संकल्प के सिवा और किसी तथ्य या स्थिति को निरपेक्ष शुभ नहीं माना जा सकता। यदि किसी शुभ संकल्प के परिणाम बुरे ही हों, तो भी वह संकल्प एक रत्न की तरह ही चमकेगा और नैतिक दृष्टि से अत्यन्त उत्कृष्ट ही माना जाएगा। पर, यहाँ यह आपत्ति उठाई जा सकती है कि जब काण्ट कहते हैं कि केवल शुभ संकल्प ही शुभ होता है, तब वे लोगों के सामने केवल एक पुनरुक्ति को ही प्रस्तुत करते हैं। उस पुनरुक्ति के द्वारा वे यह बतलाने में समर्थ नहीं हो जाते कि शुभ संकल्प को पहचाना कैसे जा सकता है। लेकिन तब यहाँ यह भी उल्लेखनीय है कि उन्होंने अपने नैतिक दर्शन में यह भी बतलाया

है कि शुभ संकल्प अन्ततः बौद्धिक ही होता है। अर्थात् वह एक ऐसा संकल्प है जिसे कर्ता किसी प्रकार के लाभ या किसी प्रकार की हानि को ध्यान में रखकर नहीं लेता, वरन् केवल उस आधार पर लेता है जिस आधार पर किसी बौद्धिक प्राणी को उसके सामने उपस्थित परिस्थिति की विशिष्टता को ध्यान में रख कर लेना चाहिये। काण्ट के इस मत की विस्तृत व्याख्या एवं समीक्षा हम आगे उपयुक्त स्थान पर करेंगे।

8.5.4 नैतिक निर्णय का निश्चित विषय क्या है?

कभी-कभी यह प्रश्न उठता है कि नैतिक निर्णय का ठीक-ठीक विषय क्या है—कर्म का बाह्य परिणाम या कर्म को उत्पन्न करनेवाली मनःस्थिति? ऊपर के विवेचन से इतना तो स्पष्ट है कि बाह्य परिणाम नैतिक मूल्यांकन का विषय नहीं हो सकता। कोई चिकित्सक बिलकुल ईमानदारी के साथ मरीज का इलाज करता है; लेकिन मरीज की मृत्यु हो जाती है। स्पष्ट ही यहाँ चिकित्सक को दोषी नहीं ठहराया जा सकता और उसके कर्म को अनैतिक नहीं माना जा सकता। फलस्वरूप कर्ता के अभिप्रेरक एवं अभिप्राय ही नैतिक निर्णय के उपयुक्त विषय माने जा सकते हैं। लेकिन जब हम अभिप्रेरक तथा अभिप्राय का सही-सही विश्लेषण करते हैं, तो हम पाते हैं कि सभी अभिप्रेरक, केवल कर्तव्यबोध जैसे अभिप्रेरक को छोड़कर, तथा सभी अभिप्राय परिणामसापेक्ष या उद्देश्ययुक्त ही होते हैं। जहाँ तक अभिप्राय का प्रश्न है वह तो स्पष्ट रूप से परिणामसापेक्ष या सोद्देश्य होता ही है। बारीकी से विचार करने पर अभिप्रेरक का भी उद्देश्ययुक्त होना स्पष्ट हो जाता है।

यह सही है कि कुछ अभिप्रेरक अतीत की किसी घटना से सम्बद्ध भावनाएँ होते हैं—जैसे, प्रतिशोध, पश्चात्ताप, आदि परक भावनाएँ। प्रतिशोधपरक व्यापार उस व्यक्ति के प्रति होता है जिसने किसी-न-किसी रूप में प्रतिशोध लेनेवाले को अतीत में नुकसान पहुँचाया है। इसी तरह पश्चात्ताप करने वाला व्यक्ति अपने पश्चात्ताप से प्रेरित होकर कोई कर्म इसलिये करता है कि उसने अतीत में कुछ ऐसा जघन्य कार्य किया है कि उससे उसे पश्चात्ताप हो रहा है। यहाँ यह भ्रम पैदा हो सकता है कि प्रतिशोध या पश्चात्ताप के कारण किया गया कर्म परिणामसापेक्ष नहीं हो सकता। पर यह मात्र एक भ्रम ही होता है। प्रतिशोध लेनेवाला व्यक्ति अपने अनिष्टकर्ता के प्रति ऐसा कर्म करना चाहता है कि उससे उसे अधिकाधिक नुकसान पहुँचे। अतः प्रतिशोधपरक कर्म भी एक भविष्यत् परिणाम को अंजाम देने के उद्देश्य से ही किया जाता है। इसी तरह पश्चात्ताप में भी परिणामसापेक्ष व्यापार ही सम्पन्न किया जाता है। पश्चात्ताप से प्रेरित कर्म की विशिष्टता यह होती है कि इसमें कर्ता अपने को ही प्रताड़ित करता है। लेकिन उस हालत में भी यहाँ भी एक परिणाम को अंजाम देने के लिए ही कोई कर्म किया जाता है। इस प्रकार हम देखते हैं कि कर्तव्यबोध जैसे अभिप्रेरक को छोड़कर सभी अभिप्रेरक उद्देश्यमूलक ही होते हैं।

8.5.5 अभिप्रेरक तथा अभिप्राय का स्वरूप एवं इनके पारस्परिक सम्बन्ध

यह जान लेने के बाद ही कि अभिप्रेरक तथा अभिप्राय क्या हैं हम इस विषय की चर्चा करेंगे कि नैतिक निर्णय अभिप्रेरक के आधार पर होता है या अभिप्राय के आधार पर। कुछ लोग मानते हैं कि चूँकि अभिप्राय अभिप्रेरक तथा साधन का सम्मिश्रण होता है, इसलिए नैतिक निर्णय अभिप्रेरक पर नहीं, वरन् अभिप्राय पर ही होना चाहिये। यहाँ तर्क यह दिया जाता है कि चूँकि कर्म करने में साधन की महत्त्वपूर्ण भूमिका होती है इसलिए साधन की

नैतिकता को भी कर्म की नैतिकता में शामिल करना चाहिये; और चूँकि अभिप्राय में साधन भी शामिल है, इसलिए नैतिक निर्णय अभिप्राय पर ही लेना चाहिये।

लेकिन तब प्रश्न उठता है कि क्या अभिप्राय वस्तुतः अभिप्रेरक एवं साधन का योग होता है। एक उदाहरण की सहायता से हम इस प्रश्न के विभिन्न पहलुओं को अच्छी तरह स्पष्ट कर सकते हैं। मान लीजिये कि मैं ऑक्सफोर्ड[6] विश्वविद्यालय में भाषण देने के लिए आमन्त्रित हुआ हूँ। भाषण देने के लिए मुझे एक अच्छी खासी धनराशि प्राप्त होगी और साथ-साथ यश भी प्राप्त होगा। मैं इस आमन्त्रण को स्वीकार करता हूँ और ऑक्सफोर्ड जाने की तैयारी में लग जाता हूँ। इस सम्बन्ध में मैं लोगों से कहता हूँ कि मैं भाषण देने के लिए ऑक्सफोर्ड विश्वविद्यालय जा रहा हूँ। मेरा ऑक्सफोर्ड जाने का एक अभिप्राय यह भी है कि मैं वहाँ विशेषज्ञों के द्वारा अपने शारीरिक स्वास्थ्य की पूरी तरह जाँच करवा लूँ। इस उदाहरण के द्वारा हम अभिप्रेरक तथा अभिप्राय के भेद को अच्छी तरह समझ सकते हैं। मेरी ऑक्सफोर्ड यात्रा का अभिप्रेरक स्वास्थ्य की जाँच कराना नहीं है, वरन् धन एवं यश की प्राप्ति के लिए भाषण देने की इच्छा है। इस विशेष इच्छा के कारण ही मैं ऑक्सफोर्ड जाने के लिए अभिप्रेरित हुआ हूँ। इस इच्छा से अभिप्रेरित होने पर मैं अपने मन में यह अभिप्राय भी रखता हूँ कि मैं ऑक्सफोर्ड में अपनी शारीरिक जाँच भी करवा लूँ। इस प्रकार मेरा मुख्य उद्देश्य शारीरिक जाँच नहीं, वरन् धनप्राप्ति एवं यशप्राप्ति के लिए भाषण देना ही है। इसलिए मुख्य उद्देश्य होने के कारण भाषण देना ही अभिप्रेरक है, और गौण या सहवर्ती उद्देश्य होने के कारण शारीरिक जाँच अभिप्राय है। किन्तु साधारण व्यवहार में अभिप्रेरक एवं अभिप्राय को प्रायः समानार्थक ही माना जाता है। ऊपर दिये गये उदाहरण के संदर्भ में यह पूछे जाने पर कि आपका ऑक्सफोर्ड जाने के सम्बन्ध में अभिप्राय क्या था मैं यह उत्तर दे दे सकता हूँ कि ऑक्सफोर्ड जाने के सम्बन्ध में मेरा अभिप्राय था धन कमाना और यश अर्जित करना। इस तरह के भाषाप्रयोग में अभिप्राय का वही अर्थ होता है जो अभिप्रेरक का होता है। पर जैसा हमने ऊपर कहा है, कभी-कभी अभिप्रेरक का सम्बन्ध भूतकालिक घटना से हो सकता है। जाहिर है अनेकानेक कर्म प्रतिशोध या पश्चात्ताप जैसी भावना के कारण निष्पादित किये जाते हैं। ऐसी भावना को निश्चय ही किसी भूतकालिक घटना से ही सम्बन्ध रहता है। हम देख चुके हैं कि प्रतिशोध की भावना इसलिए होती है कि प्रतिशोध की भावना रखने वाले व्यक्ति के प्रति अतीत में किसी अन्य व्यक्ति द्वारा कोई दुष्कर्म निष्पादित किया गया रहता है। इसी तरह पश्चात्ताप में भी भूतकालिक घटना की ही भूमिका रहती है, यद्यपि उस भूतकालिक घटना का कर्ता स्वयं पश्चात्ताप से पीड़ित होने वाला व्यक्ति ही होता है। भूतलक्षी अभिप्रेरक का एक उदाहरण कृतज्ञता भी है। इससे अभिप्रेरित होकर व्यक्ति उन लोगों के प्रति अपना आभार प्रकट करता है जिन लोगों ने अतीत में उसे किसी-न-किसी रूप में उपकृत किया है। ध्यातव्य है कि ऐसे भूतलक्षी अभिप्रेरकों को अभिप्राय नहीं कहा जा सकता, क्योंकि अभिप्राय पूर्णतः भविष्यलक्षी ही होता है, अर्थात् उसका सम्बन्ध भविष्य में होनेवाले परिणामों से ही रहता है। इस तरह हम देखते हैं कि अभिप्रेरक एवं अभिप्राय को समानार्थक नहीं माना जा सकता।

अब प्रश्न उठता है कि क्या हम अभिप्राय को अभिप्रेरक तथा साधन का योग मान सकते हैं। ऊपर के उदाहरण में अभिप्रेरक है ऑक्सफोर्ड विश्वविधालय में व्याख्यान देने की इच्छा। उसे पूरी करने के लिए साधन हैं व्याख्यान की तैयारी, किसी वाहन द्वारा ऑक्सफोर्ड जाना,

ऑक्सफोर्ड में किसी मंच से श्रोताओं के समक्ष भाषण देना, आदि। साधन उसी को कहते हैं जो साध्य की सिद्धि में सहायक हो। ऊपर के उदाहरण में हमने देखा है कि मेरा अभिप्राय उपर्युक्त साधनों तथा उन साधनों के साध्य से बिलकुल ही भिन्न है। इन साधनों एवं उनके साध्य में मेरी स्वास्थ्यपरक जाँच को कोई भी स्थान प्राप्त नहीं है। तब यह कैसे कहा जा सकता है कि अभिप्रेरक तथा साधन का योग ही अभिप्राय है? और जब भी हम अभिप्रेरक तथा अभिप्राय को समानार्थक मान लेते हैं, तब भी हम अभिप्राय में किसी साधन को शमिल नहीं करते, बल्कि अभिप्राय से केवल अभीप्सित परिणाम ही समझते हैं। अतः ऐसा कहना बिलकुल गलत है कि अभिप्राय अभिप्रेरक तथा साधन का योग है।

8.5.6 नैतिक निर्णय का विषय अभिप्रेरक है या अभिप्राय?

यह एक बहुत ही उलझा हुआ प्रश्न है। इसका उत्तर आसानी से नहीं दिया जा सकता। पर इतना तो स्पष्ट है कि नैतिक निर्णय संकल्पजनित कर्म पर ही दिया जाता है। और चूँकि अभिप्रेरक से प्रेरित कर्म तथा अभिप्राय के अनुसार निष्पादित कर्म दोनों ही संकल्पजनित होते हैं, इसलिए अभिप्रेरक तथा अभिप्राय दोनों नैतिक मूल्यांकन के विषय हो जाते हैं। अनेक परिस्थितियों में तो अभिप्रेरक तथा अभिप्राय में भेद करना भी कठिन हे जाता है, क्योंकि उन परिस्थितियों में ये दोनों एक हो जाते हैं, अर्थात् उन परिस्थितियों में ये दोनों कर्ता की उस मानसिक स्थिति के लिए प्रयुक्त हो सकते हैं जिससे प्रेरित होकर कर्ता कर्म को निष्पादित करता है। जहाँ अभिप्रेरक तथा अभिप्राय में भेद रहता है, वहाँ दोनों नैतिक मूल्यांकन के लिए अलग-अलग विषय बन जाते हैं। यहाँ यह उल्लेखनीय है कि मूल्यांकन दोनों का हो सकता है, क्योंकि कर्ता दोनों के आधार पर किये गये कर्मों के लिए उत्तरदायी रहता है। मेरी विदेशयात्रा के समय अभिप्रेरक तथा अभिप्राय भिन्न थे और मैं दोनों के लिए उत्तरदायी था। और यह भी स्पष्ट है कि इनके कारण किये गये कर्म नैतिक दृष्टि से अलग-अलग या तो अच्छे या बुरे हो सकते हैं। अतः ऐसा मानना कि चूँकि अभिप्राय अभिप्रेरक एवं साधन का योग होता है और इस कारण अभिप्रेरक के बजाय अभिप्राय ही नैतिक मूल्यांकन का विषय होता है बिलकुल गलत है।

यह सम्भव है कि अभिप्रेरक को नैतिक मूल्यांकन का विषय मान लेने से परिणाम का महत्त्व ही समाप्त हो जाय। डा॰ जॉनसन[7] के उदहारण में भिखारी सिक्के को लोक लेता है और उससे वह भोजन खरीद कर अपनी भूख मिटा लेता है, लेकिन तब भी सिक्का फेंकनेवाले के कर्म को उसके बुरे अभिप्रेरक के कारण अनैतिक ही माना जाता है। और ऐसा मानना जायज होता है। किन्तु सभी परिस्थितियों में परिणामों को पूरी तरह महत्त्वहीन मान लेना जायज नहीं हो सकता। यह सही है कि अनेक परिणामों पर कर्ता का कोई नियन्त्रण नहीं रहता और इस वजह से उनके लिए उसे उत्तरदायी नहीं ठहराया जा सकता। किन्तु जो परिणाम कर्ता द्वारा प्रत्याशित होते हैं उनके लिए तो उसे उत्तरदायी ठहराया ही जा सकता है। इसलिए जहाँ परिणाम प्रत्याशित है वहाँ अभिप्रेरकों द्वारा उत्पादित कर्मों के नैतिक मूल्यांकन में परिणाम की शुभता तथा अशुभता को ध्यान में रखना अवश्यक ही है। निश्चय ही जिस हद तक परिणाम की उत्पत्ति कर्ता के संकल्पन पर आधारित रहती है, उस हद तक तो कर्म का नैतिक मूल्यांकन परिणाम के आधार पर होना उचित ही है।

विशुद्ध कर्तव्यवादी परिणाम की उपेक्षा इसलिए करते हैं कि उनके अनुसार अभिप्रेरक अपने आप में ही नैतिक रूप से अच्छे या बुरे होते हैं। जो अभिप्रेरक अच्छे होते हैं, वे सद्‌गुण

कहलाते हैं और जो बुरे होते हैं, वे दुर्गुण। हमने सद्गुणों और दुर्गुणों की चर्चा पहले कर ली है। जहाँ एक ओर ईमानदारी, मित्रता, सत्यनिष्ठा, देशप्रेम, आदि सद्गुण हैं, वहीं दूसरी ओर क्रूरता, हिंसावृत्ति, घृणा, शत्रुता, आदि दुर्गुण हैं। किन्तु क्या ये मानसिक प्रवृत्तियाँ अपने आन्तरिक स्वरूप के कारण ही सद्गुण या दुर्गुण मानी जा सकती हैं?

यह सही है कि हम सद्गुण की अनुशंसा और दुर्गुण की भर्त्सना करते हैं। हम प्रायः ऐसा कहते हैं कि ईमानदारी या देशप्रेम अच्छी प्रवृत्ति है और क्रूरता या हिंसावृत्ति बुरी प्रवृत्ति। फलस्वरूप यदि हमें यह जानकारी मिलती है कि किसी कर्ता ने ईमानदारी या देश प्रेम से अभिप्रेरित होकर कोई कर्म किया है तो हम उसके कर्म को नैतिक दृष्टि से अच्छा मानते हैं; और यदि हम यह जान लेते हैं कि किसी कर्ता का अभिप्रेरक क्रूरता या हिंसावृत्ति है तो हम उसके कर्म को नैतिक दृष्टि से अनैतिक मानते हैं। इस प्रकार हम देखते हैं कि नैतिक मूल्यांकन अभिप्रेरक के अच्छा या बुरा होने पर ही निर्भर करता है। डॉ० जानसन के उदाहरण में चूँकि सिक्का फेंकने वाला हिंसाभावना से प्रेरित था, इसलिए भिखारी द्वारा सिक्का पाकर अपनी भूख मिटाने में सफल हो जाने पर भी सिक्का फेंकनेवाले का सिक्का फेंकना अनैतिक ही माना गया। पर हिंसा की भावना क्यों दुर्गुण है और ईमानदारी क्यों सद्गुण है—इस पर विचार करना भी अपेक्षित ही है। कोई सद्गुण या दुर्गुण निरपेक्ष ढंग से सद्गुण या दुर्गुण नहीं होता। यह सही है कि मनुष्य एवं समाज की संरचना कुछ इस तरह की है कि यदि मनुष्य आमतौर पर सद्गुणों से अभिप्रेरित होकर ही कर्म करें और दुर्गुणों से अभिप्रेरित होकर कर्म करें ही नहीं, तो परिणाम मनुष्य एवं समाज दोनों के लिए निश्चय ही कल्याणकारी होंगे। लेकिन तब यह भी सही ही है कि इस तरह परिणामों के कल्याणकारी होते रहने के कारण सद्गुण सद्गुण ही माने जाते रहेंगे। यदि कभी अभिप्रेरकों के परिणाम कल्याणकारी नहीं पाये जायेंगे तो तब वे सद्गुण नहीं बल्कि दुर्गुण ही माने जाने लगेंगे। कोई सद्गुण या दुर्गुण परिणामनिरपेक्ष रह कर शाश्वत रूप से सद्गुण या दुर्गुण नहीं हो सकता। देशभक्ति या देशप्रेम प्रथम दृष्ट्या निश्चय ही एक सद्गुण है। देशप्रेमी अपने देशप्रेम से प्रेरित होकर अपने देश के लिए जो भी कर्म करता है उसे नैतिक दृष्टि से अच्छा ही माना जाता है। पर विश्व इस तेजी से एक अत्यन्त छोटी इकाई का रूप ग्रहण कर रहा है कि आनेवाले दिनों में शीघ्र ही यही देशप्रेम एक दुर्गुण में परिवर्तित हो जा सकता है। ईमानदारी, सत्यनिष्ठा, आदि सद्गुण इसलिए हैं कि इनसे अभिप्रेरित कर्मों के द्वारा सर्वाधिक सामाजिक सामंजस्य स्थापित किया जा सकता है। और हिंसावृत्ति, घृणा, आदि जितने भी दुर्गुण हैं उनसे अन्ततः सामाजिक सामंजस्य नष्ट ही होता है; और सामाजिक सामंजस्य का अभाव अन्ततः सबों के लिए अनिष्टकारी ही सिद्ध होता है। अतः नैतिकता में परिणामों की अवहेलना सम्भव नहीं है।

अब यहाँ एक प्रश्न यह उठ सकता है कि क्या समाज द्वारा सामान्यतः मान्य सद्गुणों से अभिप्रेरित कर्मों के मूल्यांकन में अभिप्रेरक की शुभता को ही एकमात्र आधार मानना उचित है। इस प्रश्न के उत्तर में यही कहना सही होगा कि इन कर्मों के मूल्यांकन में भी प्रत्याशित परिणामों को ध्यान में रखना उचित है। सत्यनिष्ठा से प्रेरित होकर यदि कोई व्यक्ति रोग से जर्जर किसी माता को उसके पुत्र की मृत्यु का समाचार सुनाता है, तो निश्चय ही वह व्यक्ति नैतिक कर्म नहीं करता। ऐसे कर्म का मूल्यांकन मात्र किसी अभिप्रेरक के शुभत्व के आधार पर नहीं, वरन् उस कर्म के प्रत्याशित परिणाम के आधार पर ही किया जाना चाहिये। अतः किसी नैतिक मूल्यांकन में प्रत्याशित परिणामों को अवश्य ही ध्यान में रखना चाहिये। कर्तव्यों के परस्पर विरोध की स्थिति में भी परिणामों की शुभता ही निर्णायक भूमिका अदा कर सकती है। यह सही है कि किसी कर्म के नैतिक मूल्यांकन में उसके अभिप्रेरक के शुभत्व की भूमिका

रहती है, पर इस संदर्भ में ऐसे परिणामों को जो प्रत्याशित रहते हैं नजरअंदाज नहीं किया जा सकता।

8.5.7 नैतिक मूल्यांकन में साध्य और साधन का महत्त्व

कभी-कभी ऐसा माना जाता है कि कर्ता अच्छे साध्य की सिद्धि के लिए कोई भी साधन अपना सकता है, क्योंकि साध्य अपने साधन को उचित ठहरा ही देता है। अंग्रेजी में एक कहावत है—"दि एण्ड जस्टिफायज इट्स मीन्स।"[8] यहाँ उदाहरण के रूप में कहा जा सकता है कि यदि उद्देश्य परिवार का भरण-पोषण हो, तो डकैती जैसा साधन भी नैतिक ही है। कुछ लोग यह भी कहते हैं कि विश्वशान्ति के लिए हिंसक उपाय भी नैतिक दृष्टि से उचित ही है। किन्तु यहाँ अनेक बातें विचारणीय हो जाती हैं। पहली बात तो यह है कि साध्य और साधन में कारण-कार्य का सम्बन्ध होता है और वह सम्बन्ध किसी की इच्छा पर निर्भर नहीं होता। वह तो वस्तुजगत् के प्राकृतिक नियमों पर आधारित होता है। यदि लक्ष्य स्वास्थ्यलाभ हो, तो कार्य-कारण नियम के मुताबिक पौष्टिक भोजन, व्यायाम, तनावरहित मानसिकता, आदि ही साधन हो सकते हैं। निरंतर अनशन करके कोई स्वास्थ्यलाभ नहीं कर सकता। अतः इस उदाहरण के लक्ष्य के संदर्भ में यह कहना सही है कि उपर्युक्त साधन नैतिक हैं। यहाँ साध्य उपर्युक्त साधनों को नैतिकता प्रदान कर देता है।

पर परिवारपोषण के लिए डकैती जैसे साधनों को नैतिक दृष्टि से जायज नहीं माना जा सकता। आखिर परिवारपोषण मनुष्य करता ही क्यों है? स्पष्ट ही वह अपने तथा अपने परिवार के लोगों के सुख एवं आनन्द के लिए ही परिवारपोषण करता है। क्या डकैती जैसा कर्म उसे अनेकानेक विपत्तियों में नहीं डाल सकता? क्या इस कर्म से वह और उसके परिवार के लोग कालान्तर में कानून की गिरफ्त में नहीं आ जा सकते? वैसा परिवारपोषण किस काम का जिससे बराबर मानसिक अशान्ति ही मिलती रहे? मनुष्य के जीवन का लक्ष्य, चाहे जो हो और जैसा भी हो, मानसिक शान्ति देनेवाला ही हो सकता है। किन्तु यदि उसका साधन अपने में ही नैतिक दृष्टि से अमान्य है, ~~तो~~ उससे प्राप्त लक्ष्य मानसिक शान्ति प्रदान कैसे कर सकता है? तो लक्ष्य की नैतिकता को सुनिश्चित करने के लिए उसके साधन को भी नैतिक स्वरूप देना ही चाहिए। चूँकि डकैती स्वयं अनैतिक है, इसलिए उसके द्वारा चरितार्थ परिवारपोषण अवश्य ही उस परिवारपोषण से भिन्न होगा जो नैतिक साधनों अर्थात् उचित परिश्रम एवं जायज पेशे आदि के द्वारा चरितार्थ किया जाना है। अनुचित हिंसा से उत्पन्न स्थिति का स्वरूप अवश्य ही प्रेम से उत्पन्न स्थिति के स्वरूप से भिन्न होता है। और अनुचित हिंसा से उत्पन्न कोई स्थिति मनुष्य का उचित लक्ष्य इसलिए नहीं हो सकती कि साधन की स्वरूपगत अनैतिकता अपनी कारणता से साध्य के नैतिक स्वरूप को बिगाड़ देती है। और फिर, सही लक्ष्य में किसी तरह की अशान्ति का स्थान हो नहीं सकता। चूँकि साधन का प्रभाव साध्य पर पड़ता ही है, इसलिए नैतिक रूप से उचित साध्य के लिए उसके साधन का नैतिक होना आवश्यक ही है। साध्य साधन को औचित्य इस कारण प्रदान करता है कि नैतिक साध्य की सिद्धि नैतिक साधन से ही हो सकती है। और यदि साध्य नैतिक है तो उसके साधन का नैतिक होना अनिवार्य है।

8.5.8 नैतिक मूल्यांकन चरित्र का होता है या आचरण का?

हम चरित्र के स्वरूप का वर्णन पहले ही कर चुके हैं। चरित्र अनेकानेक प्रवृत्तियों का संकलित रूप है। ये प्रवृत्तियाँ कुछ जन्मजात तथा कुछ अर्जित होती हैं। मनुष्य एक ऐसा प्राणी

है कि वह अपनी प्रवृत्तियों को नियन्त्रित कर सकता है। चूँकि उसको बुद्धि है, इसलिए वह अच्छे तथा बुरे में भेद कर सकता है; और चूँकि वह दृढ़ संकल्प ले सकता है, इसलिए वह बुरी प्रवृत्तियों को नियंत्रण में रख कर अच्छी प्रवृत्तियों के अनुरूप आचरण कर सकता है। सामान्यतः अच्छे चरित्रवाले व्यक्ति अच्छे ही आचरण करते हैं और बुरे चरित्रवाले बुरे ही आचरण। हमारी अधिकांश अच्छी या बुरी प्रवृत्तियाँ क्रमशः अच्छे या बुरे कर्मों को करने से ही अर्जित होती हैं। हमारी सभी आदतें भी प्रवृत्तियाँ ही हैं। धूम्रपान की आदत कई बार धूम्रपान करने से ही उत्पन्न होती है। और जब कोई आदत लग जाती है, तब उसके अनुरूप कर्म करने के लिए संकल्प की आवश्यकता नहीं होती। तब आदत स्वभाव बन जाती है। कहा भी गया है कि 'हैबिट इज सेकेण्ड नेचर'[7], अर्थात् आदत दूसरी प्रकृति ही है। यहाँ यह प्रश्न उठता है कि क्या आदतजन्य कर्मों का मूल्यांकन हो सकता है। इसका उत्तर सकारात्मक है। यह सही है कि आदतजन्य कर्मों में संकल्पन का अभाव रहता है, पर आदतों का निर्माण तो संकल्पजनित आचरणों को करने से ही होता है। हमने ऊपर विवेचित किया है कि चरित्र भी प्रवृत्तियों का एक संकलित रूप ही और है, उसका निर्माण भी आचरणों के क्रियान्वित होने से ही होता है। यह कहना बिलकुल युक्तिसंगत है कि आचरण और चरित्र एक दूसरे पर निर्भर होते हैं। आचरण यदि चरित्र का व्यक्त रूप है, तो चरित्र आचरण का अव्यक्त रूप। मनुष्य यद्यपि कोई आचरण सोच-समझकर तथा संकल्प लेकर ही करता है, तब भी उसके आचरण में उसका चरित्र ही अभिव्यक्त होता है। अतः जब भी हम किसी आचरण का नैतिक मूल्यांकन करते हैं तब हम एक प्रकार से आचरणकर्ता के चरित्र का ही मूल्यांकन करते हैं। इस प्रकार हम देखतें हैं कि चरित्र और आचरण दोनों नैतिक मूल्यांकन के विषय होते हैं। और यही बात आदत पर भी लागू है।

यहाँ एक प्रश्न यह उठ सकता है कि क्या अच्छा चरित्रवाला व्यक्ति हमेशा अच्छा ही आचरण करता है। और बुरा चरित्र वाला हमेशा बुरा आचरण ही। सामान्य तौर पर तो ऐसा ही होता है। पर इसमें कोई आत्मविरोध नहीं है कि एक अच्छा चरित्रवाला व्यक्ति किसी अवसर पर कोई खराब काम कर बैठे। और साथ-साथ यह भी सम्भव है कि उसके द्वारा किया गया खराब काम उसे अच्छा ही प्रतीत होता हो। पर यह जरूरी नहीं है कि किसी व्यक्ति का उसे अच्छा प्रतीत होने वाला कोई काम वास्तविक रूप से अच्छा ही हो। वास्तविक रूप से अच्छा काम तो वही हो सकता है जो सही नैतिक मानक के अनुरूप हो। हम आगे के अध्यायों में विस्तार से चर्चा करेंगे कि सही नैतिक मानक क्या है। यहाँ इतना तो कहा ही जा सकता है कि यदि किसी अच्छे चरित्र वाले व्यक्ति का कोई काम सही नैतिक मानक के अनुरूप नहीं होता है तो उस काम को कदापि अच्छा नहीं मान लिया जा सकता; और उस व्यक्ति के उस काम को अनैतिक और निन्दनीय ही माना जायगा। इस काम से उस व्यक्ति के चरित्र पर धब्बा तो लग ही जाता है। यहाँ यह उल्लेखनीय है कि चूँकि ठोस और व्यक्त रूप में आचरण ही दृष्टिगोचर होता है, इसलिए आचरण ही नैतिक निर्णय का प्रत्यक्ष आधार होता है और यह तो स्पष्ट ही है कि किसी व्यक्ति के चरित्र का मूल्यांकन आखिरकार उस व्यक्ति के द्वारा किये गये आचरणों के आधार पर ही किया जा सकता है।

❑

अध्याय 9

नैतिक मानदण्ड: बाह्य नियमवाद

9.1 विषय-प्रवेश

जैसा हमने पहले भी संकेत किया है, मनुष्य के द्वारा जीवनयापन के क्रम में निम्नलिखित प्रश्न उठाये जाते हैं—हमें क्या करना चाहिये? हमें कैसा बनना चाहिये? तथा हमें कौन-सा लक्ष्य अपनाना चाहिये? इन प्रश्नों में जहाँ पहले प्रश्न का सम्बन्ध कर्तव्य से है, वहीं दूसरे का चरित्र से, तथा तीसरे का आदर्श से है। कर्तव्य, चरित्र तथा आदर्श के सम्बन्ध में सभी लोग या सभी विचारक एकमत नहीं हैं। अतः यह जानना जरूरी हो जाता है कि इन विषयों के सम्बन्ध में क्या-क्या मत प्रतिपादित हुए हैं और उनमें कौन-कौन से स्वीकारयोग्य हैं। स्वीकारयोग्य मत सुनिश्चित करने के लिए स्पष्ट ही कर्तव्य, चरित्र तथा आदर्श के संदर्भ में उचित मानकों या मानदण्डों का जानना आवश्यक है। नीतिशास्त्र में यह मानकसम्बन्धी विषय न केवल अत्यन्त महत्त्वपूर्ण है, बल्कि एक तरह से यह इस शास्त्र का केन्द्रीभूत विषय भी है। अतः हम इस विषय के सम्बन्ध में कुछ विस्तार से ही विचार करेंगे।

उल्लेखनीय है कि कर्म, चरित्र और आदर्श—ये तीनों विषय परस्पर सम्बद्ध हैं। हम अपने कर्मों को करके ही अपना चरित्र बनाते हैं, लेकिन हमारे चरित्र के अनुरूप ही तो हमारे कर्म हो सकते हैं। फिर कर्म एवं चरित्र आदर्श से सम्बद्ध होते हैं। सही आदर्श के आलोक में ही कर्म एवं चरित्र का मूल्यांकन होता है। कभी-कभी प्रश्न उठता है कि नीतिशास्त्र का प्रमुख विषय क्या होता है। क्या इसका प्रमुख विषय यह विचार करना है कि हमें क्या करना चाहिए? या यह कि हमें क्या बनना चाहिये? किन्तु गौरपूर्वक देखा जाय तो यह समझ लिया जा सकता है कि इन प्रश्नों को एक-दूसरे से अलग नहीं किया जा सकता। कर्म एक कर्ता ही करता है और कर्म का कर्ता एक चरित्रधारी ही व्यक्ति होता है। फिर आदर्श एक लक्ष्य के रूप में कर्म और चरित्र पर अपना प्रभाव डालता ही है। हम इन सभी बिन्दुओं पर एक-एक कर विचार करेंगे, और यह सुनिश्चित करने का प्रयास करेंगे कि इन सभी विषयों के सम्बन्ध में सही मानक क्या हो सकते हैं। पहले हम कर्तव्यसम्बन्धी मानक के बारे में विचार करेंगे।

9.2 कर्तव्यपरक मानदण्ड

मनुष्य के जीवन में ऐसी परिस्थितियाँ प्रायः उत्पन्न होती ही रहती हैं जब उसे यह सोचना पड़ता है कि वह क्या करे और क्या न करे। पर ऐसे अवसरों पर मनुष्य को अपने कर्तव्यों के सम्बन्ध में समाज से कुछ-न-कुछ दिशानिर्देश मिल ही जाते हैं। आपसे किसी समय कोई गरीब व्यक्ति अपनी भूख मिटाने के लिए कुछ आर्थिक सहायता की माँग कर बैठता है। आप उस परिस्थिति में यह निर्णय करना चाहते हैं कि आपको क्या करना चाहिये। तभी आपको समाज में प्रचलित उस नियम की याद आती है जिसके अनुसार मनुष्य का यह

कर्तव्य होता है कि वह गरीबों की सहायता करे। और आप उस नियम के अनुसार उस गरीब की आर्थिक सहायता कर देते हैं। यहाँ यह उल्लेखनीय है कि इस उदाहरण में परिस्थिति अवश्य ही विशेष है, पर नियम सामान्य है। अर्थात् यह नियम केवल प्रस्तुत उदाहरण की विशेष परिस्थिति में ही लागू नहीं होता, वरन् यह इस प्रकार की सभी परिस्थितियों में लागू होता है। नीतिशास्त्र का उद्देश्य भी यही है कि वह ऐसे सामान्य नियमों की स्थापना करे जिनके आलोक में लोग अपने-अपने कार्यों का क्रियान्वयन कर ले सकें। यह सही है कि परिस्थितियों की अपनी विशेषताएँ होती हैं और यह भी सही है कि इस कारण कोई सामान्य नियम समान ढंग से ही सभी परिस्थितियों में लागू नहीं हो सकता। पर सामान्य नियम दिशानिर्देश तो कर ही सकता है, और तब कर्ता द्वारा परिस्थिति की विशेषता के अनुरूप उसमें यथोचित परिवर्तन लाया ही जा सकता है। नीतिशास्त्र के लिए यह तर्कतः सम्भव ही नहीं है कि वह सभी सम्भव परिस्थितियों के लिए सही कर्तव्यों की एक पूरी तालिका बना दे। हम पहले देख चुके हैं कि पूर्ण कर्तव्यतालिका का निर्माण सम्भव नहीं है और इस तरह की कोई तालिका होती भी नहीं है। नीतिशास्त्र, जैसा हमने ऊपर कहा है, केवल सामान्य नियमों का प्रतिपादन ही कर सकता है। ये नियम कई प्रकार के होते हैं। ये बाह्य तथा आन्तरिक दोनों प्रकार के हो सकते हैं। हम पहले बाह्य नियमों की व्याख्या एवं समीक्षा करेंगे। बाह्य नियमों से सम्बन्धित मत को बाह्य नियमवाद कहते हैं।

9.3 बाह्य नियमवाद तथा उसके प्रकार

नैतिकता न तो व्यक्ति में और न समाज में शुरू से ही निखरी हुई रहती है। व्यक्ति अपने शैशव की प्रारम्भिक अवस्था में अपने सहजात जैविक उत्प्रेरकों एवं प्रवृत्तियों से प्रेरित होकर ही कुछ कर सकता है। जब वह कुछ बड़ा होता है, तब वह अपने माँ-बाप, परिवार और समाज के आदेशों के अनुसार कार्य करता है। ऐसे कार्यनिष्पादन में संकल्प की स्वतन्त्रता का प्रायः अभाव ही रहता है, क्योंकि शैशवावस्था में स्वतन्त्र संकल्प सामान्यतः सम्भव नहीं हो सकता। ऐसी असम्भाव्यता न केवल वैयक्तिक स्तर पर रहती है, बल्कि सामाजिक स्तर पर भी रहती है। क्रमिक विकास केवल व्यक्तित्व का ही नहीं होता, वरन् समाज का भी होता है। फलस्वरूप समाज की भी अपनी शैशवावस्था होती है। आज वे समाज जो अपनी प्रौढ़ावस्था में हैं, प्राचीन काल में शैशवावस्था में थे। आज भी ऐसे अनेक समाज संसार में हैं जो शैशवावस्था में हैं। लेकिन वे भी कालान्तर में प्रौढ़ावस्था प्राप्त कर लेंगे। आदिम समाज के लोगों के कार्यनिष्पादन के स्वरूप पर यदि गौर किया जाय, तो यह सहज ही अनुमान्य है कि ये लोग आमतौर पर समाज में प्रचलित परम्परागत रीति-रिवाजों के अनुसार ही कार्यों का निष्पादन करते होंगे। ये लोग मानसिक दृष्टि से इतने विकसित होते ही नहीं होंगे कि ये अपने से सोच-विचारकर अपने कार्यों का निष्पादन कर ले सकते होंगे। पर बाह्यनिर्दिष्ट कार्यपद्धति, चाहे वह व्यक्ति के स्तर पर हो या समाज के स्तर पर, सही अर्थ में नैतिक पद्धति नहीं हो सकती। सही नैतिकता में, जिसे हम प्रौढ़ नैतिकता भी कह सकते हैं, संकल्पस्वातन्त्र्य अवश्य ही रहता है। पर यह संकल्पस्वातंत्र्य न तो छोटे बच्चे में सम्भव हो सकता और न ही आदिम समाज के लोगों में। इस अभाव के लिए हम उन्हें दोष नहीं दे सकते, क्योंकि वे बाह्य निर्दिष्ट आदेशों यानी परम्परागत रीति-रिवाजों के अनुसार कार्य करने के लिए मानो विवश ही रहते हैं। अतः वे लोग भी अविकसित होने के कारण एक प्रकार से नैतिक ही हैं। उनकी इस नैतिकता को हम शैशवकालीन नैतिकता कह सकते हैं।

नैतिक मानदण्ड के रूप में बाह्य नियम केवल समाज से ही नहीं मिलते, वरन् राज्य से तथा धार्मिक संस्थाओं से भी मिलते हैं। अतः मानदण्डों के स्रोतों को हम तीन वर्गों में बाँट सकते हैं—(1) सामाज़िक, (2) राजकीय तथा (3) धार्मिक। इन तीनों प्रकार के बाह्य नैतिक मानदण्डों की हम एक-एक कर व्याख्या करेंगे।

9.3.1 सामाजिक

सभी समाजों में कार्य करने के कुछ-न-कुछ परम्परागत नियम रहते ही हैं। साधारणतः उन्हीं के अनुसार आचरण करना नैतिक माना जाता है और उनके विरुद्ध आचरण करना अनैतिक। ये नियम मानव जीवन के सभी तरह के पहलुओं से सम्बद्ध होते हैं। मनुष्य के जन्म से मरण तक सामान्यतः जो भी व्यापार सम्भव होते हैं, उन सबों के सम्बन्ध में समाज में नियम प्रचलित रहते हैं और वे ही लोगों को कार्य करने के लिए दिशानिर्देश देते हैं। खाना-पीना, यौनसम्बन्ध, रोगनिवारण, पारिवारिक सम्बन्ध, मृत्युसंस्कार, आक्रमण का मुकाबला, आदि आदि के लिए प्रचलित नियमों के अनुसार चलना ही नैतिक माना जाता है। जो लोग उनके अनुसार चलते हैं वे प्रशंसा के पात्र होते हैं और सराहे जाते हैं, और जो नहीं चलते उनकी भर्त्सना की जाती है और उन्हें दण्ड भी दिया जाता है। हुक्का-पानी बन्द, जाति से बहिष्कार, समाज से निष्कासन, शारीरिक यन्त्रणा, मृत्युदण्ड, आदि अनेक प्रकार के दण्ड होते हैं जो किसी रीति-रिवाज के विरुद्ध चलने वाले अपराधी को उसके अपराध की गंभीरता के अनुपात में दिये जाते हैं।

प्रश्न उठता है कि ये रीति-रिवाज आते कहाँ से हैं। जैसा हमने पहले भी कहा हे, ये अधिकांशतः परम्परागत ही होते हैं और इनके सम्बन्ध में यह निर्धारित करना कि कौन रिवाज कब शुरू हुआ और कैसे शुरू हुआ अत्यन्त कठिन है। किन्तु यहाँ यह उल्लेखनीय है कि इन रिवाजों में अनेक ऐसे रिवाज हैं जो किसी-न-किसी समय में तत्कालीन समाज के मुखिया या बुजुर्ग द्वारा उनकी अपनी समझ के अनुसार निरूपित होते रहे हैं। ऐसे नियम भी समाज में कार्यनिष्पादन के लिए दिशा-निर्देशक ही बन जाते हैं।

पर ऐसे सामाजिक नियम सही अर्थ में नैतिक मानदण्ड नहीं हो सकते। इसका कारण यह है कि ऐसे सामाजिक नियम प्रायः ही त्रुटियों से ग्रस्त रहते हैं। फलस्वरूप ये सही मायने में नैतिक नियम बनने के लायक रहते ही नहीं। अब हम इन त्रुटियों के सम्बन्ध में एक-एक कर चर्चा करेंगे।

पहली त्रुटि यह है कि ये नियम व्यापक दृष्टिकोण पर आधारित नहीं रहते और इस कारण ये समाज विशेष तक ही सीमित रहते हैं। गो-हत्या यदि एक समाज में वर्जित है तो दूसरे समाज में यह विहित है। बूढ़े माँ-बाप की सेवा करना किसी समाज में प्रशंसनीय होता है, पर किसी समाज में उनकी हत्या कर देना ही सराहणीय होता है। किसी समाज में परस्त्री-सम्बन्ध वर्जित है, तो किसी अन्य में गृहिणी का अतिथिसत्कार के लिए अतिथि के साथ यौन सम्पर्क उचित होता है। किन्तु नैतिक दृष्टि किसी एक समाज में सीमित नहीं रह सकती। परिस्थितियों के समान होने पर कोई भी नैतिक नियम सभी समाजों में समान ढंग से ही लागू होता है। बूढ़े माँ-बाप की सेवा का प्रमुख कारण यह है कि वे बुढापे के कारण अपनी हिफाजत स्वयं नहीं कर सकते और इस संदर्भ में समाजों का अलग-अलग होना कोई महत्त्व नहीं रखता। अतः संतानों का यह कर्तव्य होता है कि वे अपने बूढ़े माँ-बाप की सेवा करें; और यह तर्क उन समाजों के लिए भी पूरी तरह जायज है जिनमें रीति के अनुसार माँ-बाप की हत्या कर दी जाती है। इस प्रकार हम देखते हैं कि सामाजिक नियमों में वैसी व्यापकता नहीं रहती जैसी नैतिक नियमों के लिए आवश्यक होती है। इस प्रकार की व्यापकता के अभाव के कारण ही तो एक समाज के नियम दूसरे समाज के नियमों से भिन्न हो जाते हैं।

दूसरी त्रुटि यह है कि सामाजिक नियम कभी-कभी अपने आन्तरिक स्वरूप के कारण भी अनैतिक हो जाते हैं। हिन्दू समाज में शूद्रों के प्रति सवर्णों का व्यवहार अनुचित रहा है और अब भी कुछ हद तक अनुचित ही रहता है। पर ऐसा व्यवहार अपने आप में ही अनैतिक है। अतीत में भारत के बाहर भी अनेक समाजों में दासप्रथा प्रचलित थी। पर यह भी एक अनैतिक प्रथा ही थी। जन्म के कारण कोई मनुष्य किसी अन्य मनुष्य से नीचा या ऊँचा नहीं हो सकता। इसलिए ऊपर चर्चित रिवाजों के द्वारा मनुष्य की आन्तरिक गरिमा का हनन ही होता रहा है जो निश्चय ही अनैतिक है। इस प्रकार हम देखते हैं कि अनेक सामाजिक रीति-रिवाज अपने आन्तरिक स्वरूप के कारण अनैतिक हो जाते हैं, चाहे उनका व्यवहार जहाँ या जब भी रहा हो। और इस कारण वे नैतिक मूल्यांकन के विषय बन ही जाते हैं।

तीसरी त्रुटि यह है कि यदि सामाजिक नियमों में संघर्ष उत्पन्न हो जाय तो उस संघर्ष को मिटाने की क्षमता उनमें नहीं रहती। इसका कारण यह है कि रीति-रिवाज पर आधारित मानदण्ड अविकसित समाज में ही चालू रह सकता है और ऐसे समाज की बौद्धिक क्षमता ऐसी नहीं रहती कि वह कर्तव्य-संघर्षों को सुलझा लेने में समर्थ हो जा सके। यदि सच बोलने से किसी निर्दोष व्यक्ति की जान भी चली जाती रहे तो आदिम समाज में इस सच बोलने के नियम को दरकिनार करने का साहस जुटा पाना सम्भव नहीं होता। आदिम समाज तो सामान्यतः लकीर का फकीर होता है।

चौथी त्रुटि यह है कि इस मानदण्ड में संकल्पस्वातन्त्र्य का प्रयोग सम्भव नहीं हो पाता। कर्ता को केवल रीति-रिवाजों का अनुसरण ही करना होता है। यदि कोई अच्छा ही आचरण बाहरी दबाव के कारण किया जाता है, तो उसके नैतिक मूल्य की उत्कृष्टता वह नहीं हो सकती जो कर्ता के सकंल्प से किये गये अच्छे आचरण के नैतिक मूल्य की होती है। प्रौढ़ नैतिकता शैशवकालीन नैतिकता नहीं है। प्रौढ़ नैतिकता में समाज के प्रचलित नियमों को उनके मात्र प्रचलित रहने के कारण मानक के रूप में स्वीकार नहीं किया जा सकता। यह बिलकुल सम्भव है कि समाज का कोई प्रचलित नियम नैतिकता के अनुरूप हो। फिर भी ऐसे नियमों के अनुरूप किये गये कार्य नैतिक परिधि में तब आ सकते हैं जब वे कर्ता द्वारा समझ-बूझ कर तथा ऐसा कर लेने पर संकल्प ले कर किये गये हों। इस प्रकार ही कोई प्रचलित नियम कर्ता द्वारा आत्मसात् कर लिया गया एक नैतिक नियम बन सकता है। लेकिन तब तो वह नियम बाह्य नियम रह ही नहीं जाता।

9.3.2 राजकीय

व्यक्तियों को सही कार्य करने के लिए उनके राज्य के द्वारा भी अनेकानेक दिशानिर्देश दिये जाते हैं। ऐसा दिशानिर्देश करना राज्य का एक बहुत अधिक महत्त्वपूर्ण कर्तव्य होता है। ऐसा करने के लिए राज्य कानून बनाता है। राज्य की विधायिका का यही प्रमुख कार्य होता है। राज्य की विधायिका द्वारा बनाये गये कानून उस राज्य के नागरिकों के द्वारा आवश्यक तौर पर अनुपालनीय होते हैं। यदि कोई नागरिक उन कानूनों को नही मानता हैं तो राज्य उसे दण्ड देता है। दण्डों में जुर्माना, जेल[1], मृत्युदण्ड, आदि शामिल हैं। अब यहाँ यह प्रश्न उठता है कि राज्य के बनाए गए कानून नैतिक दृष्टि से ठीक होते हैं या नहीं।

अंग्रेज विचारक टॉमस हॉब्स[2] के अनुसार राजकीय नियम ही आचरणों की नैतिकता के उचित एवं उपयुक्त मानदण्ड है, क्योंकि उनके अनुसार राज्य ही वह सर्वशक्तिमान् सत्ता है जो मनुष्य के अस्तित्व को सुरक्षित रख सकता है। हॉब्स के अनुसार मनुष्य का प्राकृतिक जीवन दुःखों से ग्रस्त रहता है। इस तरह के जीवन में लोग एक दूसरे के खून के प्यासे रहते

हैं। इस कारण अति प्राचीन काल में लोगों ने मिलकर मानो एक समझौता किया और उस समझौते के अनुरूप राज्य का निर्माण किया और उसे समाज के प्रशासन के सारे अधिकार दे दिये। यही हॉब्स का 'सामाजिक संविदा सिद्धान्त' है। पर यह सिद्धान्त अनेक दृष्टियों से त्रुटिपूर्ण है। एक तो यह सिद्धान्त ऐतिहासिक दृष्टि से सही नहीं है। दूसरे, समाज या राज्य की उत्पत्ति किसी तिथिविशेष में मानना उचित नहीं है। यह सही है कि राज्य का जो रूप आज दृष्टिगोचर होता है, वह रूप उसे अतीत में प्राप्त नही था। पर बीज के रूप में या अविकसित रूप में राजकीय प्रशासन आदिम काल में था ही। कबीले का सरदार या मुखिया ही मानो कबीले का राजा होता था और उसके आदेश ही कबीले के कानून होते थे। या फिर आदिम समाज में पंचायत ही प्रशासन का कार्य करती थी और वही कानून का निर्माण भी करती थी। आज भी प्रंचायती शासन अनेकानेक समाजों में किसी-न-किसी रूप में वर्तमान है।

राजकीय सत्ता की उत्पत्ति चाहे जिस प्रकार से हुई हो, यह तो निर्विवाद है कि उसके बनाये हुए कानून कर्ता के लिए बाहरी कानून ही होते हैं। और उसे उन कानूनों को मानने के लिए बाध्य होना ही पड़ता है, अन्यथा वह दण्ड का भागी हो जाता है। यहाँ यह भी उल्लेखनीय है कि राजकीय कानूनों में भी नैतिक दृष्टि से वे सभी त्रुटियाँ विद्यमान हैं जो अन्य प्रकार के बाह्य नियमों में विद्यमान रहती हैं। नैतिकता में बाहरी दबाव को प्रश्रय दिया ही नहीं जा सकता, क्योंकि, जैसा हमने कई बार पहले भी कहा है, नैतिकता कर्ता के आत्मसंकल्पन से जुड़ी होती है।

यहाँ यह कहा जा सकता है कि यह जरूरी नहीं कि राजकीय कानून किसी नृशंस आततायी शासक के फरमान ही हों। यह बिलकुल सम्भव है कि राजकीय कानून प्रबुद्ध विधायकों से गठित किसी विधायिका द्वारा ही निर्मित किये गये हों। और उनके निर्माण में लोकहित को ही सर्वोच्च स्थान दिया गया हो। ऐसी स्थिति में राजकीय कानूनों का अनुपालन उचित ही माना जा सकता है। किन्तु ऐसी स्थिति में भी राजकीय कानून एक हुक्म ही तो होता है। यह हुक्म राज्यप्रशासन द्वारा निर्गत होता है और नागरिकों को उसे नहीं मानने की छूट नहीं रहती। चूँकि कोई हुक्म किसी अधिकारी द्वारा ही दिया जाता है, इसलिए जिसको हुक्म दिया जाता है उसे अपनी स्वतन्त्रता को दरकिनार कर उस हुक्म को मानना ही पड़ता है, अन्यथा वह दण्ड का भागी हो जाता है। पर, जैसा हमने पहले भी कहा है, नैतिक नियमों का अनुपालन किसी प्रकार के बाहरी दबाव के जरिये नहीं हो सकता। अतः हम राजकीय नियमों के अनुपालन को नैतिक जामा नहीं पहना सकते। यदि कोई राजकीय नियम नैतिक दृष्टि से बिलकुल खरा भी हो, तो भी उसका अनुपालन तब तक नैतिक नहीं हो सकता जब तक वह अनुपालन राज्यप्रशासन के दबाव या डर के कारण होता है। कोई अनुपालन नैतिक तभी हो सकता है जब वह कर्ता के आत्मसंकल्प पर आधारित होता है।

यहाँ यह उल्लेखनीय है कि राजकीय कानून का भी नैतिक मूल्यांकन सम्भव है। मृत्युदण्ड को ही लीजिये। अनेक राज्यों के कानूनों में मृत्युदण्ड का प्रावधान पाया जाता है। किन्तु यह विवाद अभी तक समाप्त नहीं हुआ है कि जघन्यतम अपराध के लिए भी मृत्युदण्ड दिया जाना चाहिये या नहीं। मृत्युदण्ड के विरोध में यह तर्क दिया जाता है कि कोई जघन्यतम अपराध करनेवाला व्यक्ति अन्ततः एक मनुष्य ही है और वह उचित एवं पर्याप्त प्रशिक्षण के द्वारा सुधारा भी जा सकता है। यदि उस अपराधी ने किसी निर्दोष व्यक्ति की हत्या ही कर डाली है, तो उस अपराधी को मृत्युदण्ड दे देने से वह मृत निर्दोष व्यक्ति पुनः जीवित नहीं हो जा सकता। पर हत्यारा अपराधी पर्याप्त प्रशिक्षण पाकर सुधर जा सकता है और कालान्तर में एक महान् लोकसेवक भी बन जा सकता है। इतिहास में इस तरह के अनेक

उदाहरण मिलते हैं। अतः हम कह सकते हैं कि राजकीय नियम नैतिक दृष्टि से उचित नहीं भी हो सकते हैं। फलस्वरूप राजकीय नियम को शुद्ध राजकीय नियम के रूप में नैतिक मानक नहीं माना जा सकता।

राजकीय नियम की एक त्रुटि यह भी है कि इस नियम के परिप्रेक्ष्य में कोई कर्म अपने बाह्य परिणामों के आधार पर ही अच्छा या बुरा हो जाता है। मान लीजिये कि कोई व्यक्ति एक ठोस कीमती पत्थर फेंककर किसी अन्य व्यक्ति के माथे पर गहरी चोट पहुँचाना चाहता है। किन्तु वह दूसरा व्यक्ति उस पत्थर को लोक लेता है और उस पत्थर को बेचकर अर्जित धन से अनेक अच्छे कार्य करता है। क्या राज्यप्रशासन उस पत्थर फेंकनेवाले को दण्डित करेगा? क्या उस पत्थर फेंकनेवाले का कर्म कानून की परिधि में आ सकेगा? शायद नहीं। स्पष्ट ही इस कर्म के परिणाम अच्छे हैं और कानून को साधारणतः परिणामों के अतिरिक्त और किसी बात या पहलू से सरोकार नहीं रहता। पर नैतिकता तो पत्थर फेंकनेवाले के कर्म के मूल में अवस्थित अभिप्रेरक एवं अभिप्राय पर गौर करेगी और इस कर्म को अनैतिक ही करार देगी। इस प्रकार हम देखते हैं कि जहाँ कानून मुख्यतः परिणामों पर गौर करता है, वहीं नैतिकता मुख्यतः अभिप्रेरक तथा अभिप्राय पर गौर करती है। अतः राजकीय कानून नैतिकता का मानदण्ड नहीं हो सकता।

किन्तु इसका अर्थ यह नहीं है कि राज्य के कानून बिलकुल महत्त्वहीन होते हैं। प्रशासन के लिए तो उनका महत्त्व निर्विवाद है ही। समाज में व्यवस्था कायम रखने के लिए एक अत्यन्त ही सुगठित, शक्तिशाली एवं प्रभावकारी तन्त्र की आवश्यकता होती ही है और राज्य सही मायने में ऐसा ही एक तन्त्र है। पर तब यह तन्त्र नैतिकता पर हाबी नहीं हो सकता, क्योंकि इस तन्त्र की अपनी सीमाएँ हैं और तन्त्र की उन सीमाओं में नैतिकता को समाविष्ट नहीं कर दिया जा सकता। उचित तो यही है कि राज्य को ही यथासम्भव नैतिकता का अनुपालन और अनुसरण करना चाहिये, क्योंकि तभी राज्य अधिकाधिक प्रभावकारी सिद्ध हो सकता है। नैतिकता कभी भी राज्यप्रशासन की अनुगामिनी नहीं हो सकती। राज्य के कानून में दबाव रहता है पर नैतिकता में स्वतंत्र आचरण का प्रयोग किया जाता है। अतः राज्य के कानून नैतिक मानक नहीं हो सकते।

9.3.3 धार्मिक

अनेक विचारकों द्वारा धार्मिक नियम को भी बाह्य नैतिक मानदण्ड का एक प्रकार माना गया है। इस मानदण्ड की उपलब्धि अनेक स्रोतों से होती है। यहाँ यह उल्लेखनीय है कि 'धार्मिक नियम' में 'धार्मिक' शब्द अत्यन्त ही भ्रामक है। 'धार्मिक' 'धर्म' से व्युत्पन्न है और 'धर्म' का एक अत्यन्त प्रतिष्ठित अर्थ नैतिकता ही है। अतः यदि हम 'धर्म' का अर्थ नैतिकता ही मानें, तो धार्मिक नियम की स्थापना से हम नैतिक मानदण्ड से भिन्न कोई मानदण्ड स्थापित नहीं करते। धार्मिक नियम को नैतिक मानदण्ड नहीं बन जाने देने के लिये 'धार्मिक' शब्द को गैरनैतिक अर्थ में ही लेना होगा। और 'धर्म' को ऐसा अर्थ उसे ईश्वर या आप्त पुरुष से निर्गत मानकर दिया जा सकता है। और तब यह कहना आवश्यक होगा कि धार्मिक नियम वह है जो ईश्वर या किसी आप्त पुरुष से निर्धारित होता है। ऐसे ही नियम अनेकानेक ग्रंथों में संकलित कर लिए गये हैं और ऐसे ही ग्रंथ धर्मग्रंथ कहलाते हैं, जैसे—*वेद*, *पुराण*, *स्मृति*, *गाथा*, *कुरान*, *बाइबिल*, *त्रिपिटक*, *गुरुग्रन्थ साहिब*, *आदि*। इन धर्मग्रंथों में पाये जाने वाले कार्यसम्बन्धी नियमों को साधारणतः नैतिक मानदण्ड के रूप में स्वीकार किया जाता है। चूँकि इस प्रकार के मानदण्ड को मात्र 'धार्मिक' कहना भ्रान्ति पैदा कर सकता है, इसलिए इसे या

तो ईश्वरनिर्दिष्ट या आप्तपुरुषनिर्दिष्ट धार्मिक मानदण्ड कहना अधिक उपयुक्त होगा। ध्यातव्य है कि धर्मग्रन्थों में पाये जाने वाले निर्देश अन्ततः या तो ईश्वर या फिर आप्त पुरुषों के निर्देश ही हो सकते हैं। काण्ट ने भी कहा है कि निरपेक्ष आदेश मानो ईश्वरीय आदेश ही हैं।

लेकिन ईश्वर या आप्तपुरुष द्वारा निर्धारित नैतिक मानदण्ड भी अन्ततः बाह्य मानदण्ड ही है। यह मानदण्ड भी कर्ता के निजी विवेचन पर आधारित नहीं होता,वरन् उससे भिन्न ईश्वर या किसी आप्त पुरुष के निर्देश पर ही आधारित होता है। ऐसे निर्देश को नैतिक मानदण्ड मानने के लिए यह तर्क अवश्य दिया जाता है कि ईश्वर या कोई आप्त पुरुष किसी भी स्थिति में नैतिक अच्छाई के विरुद्ध आदेश या निर्देश दे नहीं सकता। किन्तु इस प्रकार के तर्क सही अर्थ में तर्क हो नहीं सकते। अतः बाह्य निर्देशपरक इस मानदण्ड को भी नैतिक दृष्टि से सही मानदण्ड नहीं माना जा सकता। अब हम इस बाह्य मानदण्ड की त्रुटियों को एक-एक कर स्पष्ट करेंगे।

इस बाह्य नियम की पहली त्रुटि तो उसके महज बाह्य नियम होने के कारण ही है। मनुष्य नैतिक दृष्टि से अपने किसी आचरण के लिए तब जवाबदेह होता है जब वह स्वेच्छा से सोच-विचार कर आत्मसंकल्प द्वारा उस आचरण का क्रियान्वयन करता है। यह तो सही है कि ईश्वरीय आदेश या फिर संत-महात्माओं के उपदेश या फिर धर्मग्रंथों के निर्देश नैतिक दृष्टि से खरे उतर सकते हैं अर्थात् बौद्धिक विवेचन के बाद भी वे नैतिक ही सिद्ध हो सकते हैं। ''अहिंसा परमो धर्मः''—यह आचरणपरक नियम प्रायः सभी आप्त पुरुषों एवं धर्मग्रंथों द्वारा अनुमोदित तथा अनुशंसित है। और निष्पक्ष एवं तार्किक तरीके से भी विचार कर यह सिद्ध किया जा सकता है कि अहिंसा बरतना एक नैतिक आचरण है। पर तब किसी महात्मा या धर्मग्रंथ के निर्देश पर निष्पादित अहिंसापरक आचरण का नैतिक स्तर वही नहीं हो सकता जो नैतिक स्तर पर आत्मसंकल्प के आधार पर निष्पादित अहिंसापरक आचरण का होता है। हमने पहले के पृष्ठों में यह उल्लेख किया है कि शैशवकालीन नैतिकता में नैतिकता थोपी जाती है, पर परिपक्व नैतिकता में नैतिकता थोपी नहीं जाती, वरन् वह आत्मसंकल्प की उपज होती है। स्पष्ट ही थोपी गई नैतिकता सही नैतिकता नहीं हो सकती। अतः ईश्वरीय या आप्तव्यक्तीय आदेश पर आधारित नैतिक मानदण्ड बाहर से थोपे जाने के कारण सही नैतिक मानदण्ड नहीं हो सकता।

इस मानदण्ड की दूसरी त्रुटि यह है कि ईश्वर का अस्तित्व स्वयं ही विवाद का विषय है और यदि ईश्वर का अस्तित्व ही विवादग्रस्त है, तो फिर ईश्वरीय आदेश की सम्भावना भी विवादग्रस्त ही हो जाती है। थोड़ी देर के लिए यदि यह मान भी लिया जाय कि ईश्वर का अस्तित्व है, तो इससे यह सिद्ध नहीं हो जाता कि उसके आदेश नैतिक दृष्टि से उचित होंगे ही। ईश्वरीय आदेश क्या इसलिए नैतिक मानक हो जाते हैं कि वे ईश्वर के आदेश हैं या इसलिए कि वे नैतिकता की कसौटी पर खरे उतर सकते हैं? यदि पहला विकल्प ठीक है, तो क्या ईश्वर का कोई अनुचित आदेश भी नैतिक दृष्टि से उचित हो जायगा? तर्कतः यह सम्भव ही नहीं है कि कोई अनुचित आदेश उचित हो जा सके। कुछ लोग इस संदर्भ में आवाज उठाते हैं कि ईश्वर कभी अनुचित आदेश दे ही नहीं सकता। लेकिन तब वे लोग भी प्रकारान्तर से यह मान लेते हैं कि नैतिकता की अपनी विशिष्ट पहचान होती है और उसे ईश्वर भी निरस्त नहीं कर सकता। ऐसी स्थिति में हमें यह स्वीकार करना होगा कि नैतिकता को ईश्वरीय अवलम्बन की अपेक्षा नहीं रहती, वह स्वतंत्र रूप से ही मूल्यवती तो सकती

है। यदि कोई ईश्वरीय आदेश नैतिक मानक की कसौटी पर खरा उतरता है, तो उस आदेश का एक आदेश होना कोई विशेष महत्त्व नहीं रखता।

ऊपर की त्रुटियाँ बहुत हद तक उन नैतिक आदेशों की भी त्रुटियाँ होती है जो सन्त-महात्माओं एवं धर्मग्रन्थों से प्राप्त होते हैं। यह तो सही है कि संत महात्माओं एवं धर्म ग्रंथों का अस्तित्व संदिग्ध नहीं है। सारा विश्व इनसे भरा पड़ा है। पर इनके आदेश इस कारण नैतिक मानक नहीं हो जा सकते कि ये उनके आदेश हैं। इन स्रोतों से उपलब्ध आदेश इतने बड़े पैमाने पर एक दूसरे के विरोधी भी पाये जाते रहे हैं कि यह निर्णय करना प्रायः कठिन ही होता रहा है कि कौन आदेश स्वीकारयोग्य है और कौन नहीं। कोई धर्मग्रंथ कहता है कि विधवा का विवाह नहीं होना चाहिये, तो कोई उसे उचित मान लेता है। कोई धर्मोपदेश कहता है कि सतीप्रथा उचित है, तो कोई उसे अनुचित मानता है। इस प्रकार हम देखते हैं कि न केवल ईश्वरीय आदेश बल्कि महात्माओं तथा धर्मग्रंथों के आदेश भी नैतिक मूल्यांकन के योग्य हो जाते हैं। ऐसी स्थिति में उनको महज उनके स्रोतों के आधार पर नैतिक कैसे माना जा सकता? जब वे स्वयं मूल्यांकन के विषय हैं तो फिर वे अपने प्रारंभिक रूप में ही मानक कैसे हो जा सकते?

हम विस्तार से पहले ही चर्चा कर चुके है कि आध्यात्मिक धर्म जिसमें ईश्वरकेन्द्रित धर्म भी सम्मिलित है आस्था का विषय है और यह पूर्णतः वैयक्तिक होता है। पर, नैतिकता महज आस्था का विषय नहीं होकर पूरी तरह बौद्धिकता पर आधारित होती है, इसलिये यह किसी वैयक्तिक सीमा में सीमित नहीं रह कर अन्तर्वैयक्तिक हो जाती है। और तब इसमें आस्थापरक स्वतंत्रता भी नहीं रहती, क्योंकि इसमें तब एक प्रकार की बाध्यता आ जाती है जिसे हम नैतिक बाध्यता कहते हैं। वस्तुतः नैतिकता को आध्यात्मिक धर्म से कोई सम्बन्ध ही नहीं है। उसे जिस धर्म से सम्बन्ध है वह नैतिक धर्म है।

इस प्रकार हम देखते हैं कि सामाजिक नियम और राजकीय कानून की तरह ईश्वरीय आदेश एवं आप्तव्यक्तीय आदेश नैतिक मानक नहीं हो सकते। ये सभी बाह्य मानक हैं और बाह्य मानक की अवधारणा नैतिकता की आधारभूत अवधारणा के साथ मेल नहीं खाती।

ऊपर के विवेचन से स्पष्ट हो जाता है कि किसी प्रकार के बाह्य नियम नैतिक मानक नहीं हो सकते। अतः निश्चित रूप से यह कहा जा सकता है कि आन्तरिक नियम ही नैतिक मानक हो सकते हैं। इसका तात्पर्य यह है कि नैतिक आचरण के लिए कर्ता किसी बाहरी नियम से निर्देशित नहीं होकर अपनी अन्तरात्मा द्वारा ही निर्देशित होता है। इस प्रकार हम पाते हैं कि नैतिक मानक कोई बाह्य नियम नहीं, वरन् कोई आन्तरिक नियम ही हो सकता है। इस आन्तरिक नियम सम्बन्धी मत को अन्तःप्रज्ञावाद कहा जाता है। इसके अनेकानेक प्रवर्तक एवं समर्थक हो गये हैं। अगले अध्याय में हम इसी मत का विस्तृत विवेचन करेंगे।

❑

अध्याय 10

अंत:प्रज्ञावाद

जैसा हमने ऊपर कहा है, अंत:प्रज्ञावाद के अनुसार नैतिक मानक का ज्ञान बाहर से नहीं, वरन् अंतर्मन से होता है। इस मत को कर्तव्यवाद भी कहते हैं। हम पहले कर्तव्यवाद की ही चर्चा करेंगे।

10.1 अंत:प्रज्ञावाद का कर्तव्यवादी स्वरूप

कर्तव्यवाद 'कर्तव्य कर्तव्य के लिए' सिद्धान्त पर आधारित है। इस सिद्धान्त के अनुसार किसी कर्तव्य को उसके भावी परिणाम को ध्यान में रखकर नहीं, वरन् उसकी अपनी गरिमा को ध्यान में रखकर ही करना चाहिये। जो मत नैतिकता को परिणाम पर आश्रित मानता है उसे परिणामवाद या उद्देश्यवाद कहते हैं। इस प्रकार हम देखते हैं कि कर्तव्यवाद उद्देश्यवाद का विरोधी सिद्धान्त है। यहाँ प्रश्न उठता है कि यदि कर्ता किसी कार्य को करते समय उसके भावी परिणाम की अच्छाई या बुराई को ध्यान में नहीं रखेगा, तो फिर वह कैसे समझेगा कि उसे उस कार्य को करना चाहिये या नहीं। इसके उत्तर में कर्तव्यवाद कहता है कि कार्य करने के समय कर्ता की अंतरात्मा ही उसे अवगत करा देती है कि उसे वह कार्य करना चाहिये या नहीं। मान लीजिये कि एक अत्यन्त भूखा असहाय व्यक्ति आपके पास आता है और आपसे कुछ खाद्य पदार्थ की याचना करता है। आप एक संपन्न व्यक्ति हैं और आप उसे मदद करने में सक्षम हैं। ऐसी परिस्थिति में आपकी अंतरात्मा ही आपको अवगत करा देती है कि आपको उस समय क्या करना चाहिये। यहाँ यह ध्यातव्य है कि आप उपर्युक्त परिस्थिति में कोई इस तरह का चिंतन नहीं करने लगते कि मदद पहुँचाने से उस व्यक्ति की जान बच जायगी, उसका कष्ट दूर हो जायगा, आदि आदि। आप भविष्य में होनेवाले किसी परिणाम के आलोक में अपना कर्तव्य सुनिश्चित करने नहीं लग जाते, वरन् आपके अंतर्मन में एकाएक यह विचार कौंध जाता है कि उस व्यक्ति की मदद करना आपका कर्तव्य या धर्म है। इस कारण यह कर्तव्यवाद कर्तव्यज्ञान की दृष्टि से स्पष्ट ही अंत:प्रज्ञावाद है।

10.2 अंत:प्रज्ञावाद के प्रकार

10.2.1 नैतिक इंद्रियपरक मत

इस मत के प्रमुख प्रवर्तक शैफ्ट्सबेरी[1], हचेसन[2], आदि हैं। इस मत के अनुसार नैतिक ज्ञान एक प्रकार का इंद्रियज्ञान है। जिस प्रकार रंग, ध्वनि, गंध, स्वाद, आदि गुणों का ज्ञान विशेष-विशेष इंद्रियों के माध्यम से होता है, उसी प्रकार नैतिक गुणों का ज्ञान भी एक विशेष प्रकार की इंद्रिय के माध्यम से ही होता है। हम आँख से रंग या रूप का, कान से ध्वनि का, नाक से गन्ध का, जिह्वा से स्वाद का, त्वचा से ताप का तथा माँसपेशियों से भार का ज्ञान सद्यः प्राप्त कर लेते हैं। इन इंद्रियों के द्वारा जिन गुणों का ज्ञान हम सद्यः प्राप्त कर लेते हैं वे भौतिक गुण कहलाते हैं। पर कर्मों, अभिप्रेरकों, अभिप्रायों, आदि के कुछ विशिष्ट गुण होते हैं जो नैतिक गुण कहलाते हैं। मान लीजिये कि आपने किसी के साथ किए गए वादे

के अनुरूप ही कार्य किया, या आपने किसी बेसहारा व्यक्ति की मदद की। आपका इस तरह का काम शुभात्मक गुण से युक्त है। किन्तु यदि आप वादाखिलाफी करते हैं या सक्षम होने पर भी बेसहारा व्यक्तियों की सहायता नहीं करते, तो आपका इस तरह का व्यवहार अशुभ गुण से युक्त होता है। इस तरह सभी शुभ या अशुभ गुण जो आपके कर्मों में वर्तमान रहते हैं सामूहिक रूप से नैतिक गुण कहलाते हैं। ऐसे गुणों का ज्ञान हम प्रत्यक्ष के द्वारा उसी प्रकार प्राप्त कर लेते हैं, जिस प्रकार हम विशेष-विशेष इंद्रियों के द्वारा रंग, ध्वनि, जैसे भौतिक गुणों का ज्ञान प्रत्यक्ष के द्वारा प्राप्त कर लेते हैं। जिस तरह भौतिक गुणों का ज्ञान बिना किसी प्रकार के अनुमान के प्राप्त कर लिया जाता है, उसी तरह शुभता, अशुभता, जैसे नैतिक गुणों का ज्ञान भी बिना किसी प्रकार के अनुमान के एक विशेष प्रकार की इंद्रिय के द्वारा ही प्राप्त कर लिया जाता है। इस इंद्रिय को हम नैतिक इंद्रिय कह सकते हैं। नैतिक इंद्रिय आँख, नाक, कान, आदि से इस कारण भिन्न होती है कि जहाँ साधारण इंद्रियाँ भौतिक होती हैं, वहीं नैतिक इंद्रिय मानसिक होती है, और इस कारण हम इसे आंतरिक इंद्रिय भी कह सकते हैं। फिर भी भौतिक इंद्रियों द्वारा प्राप्त ज्ञान तथा नैतिक इंद्रिय के द्वारा प्राप्त ज्ञान दोनों सद्यः प्राप्त ज्ञान ही होते हैं। और उनके लिए किसी प्रकार के माध्यम की आवश्यकता नहीं रहती। अतः ये ज्ञान अनुमान या विवेचन पर आधारित नहीं होते, बल्कि पूरी तरह सद्यः प्राप्त होते हैं।

किन्तु यह नैतिक इंद्रिय मत, जो नैतिक अच्छाई या बुराई को एक विशेष प्रकार की इंद्रिय द्वारा प्राप्त प्रत्यक्ष ज्ञान पर आधारित कर देता है, त्रुटियों से मुक्त नहीं है। फलस्वरूप यह मत अब मान्य भी नहीं है। इसकी त्रुटियाँ निम्नलिखित हैंः—

पहली त्रुटि—नैतिक इंद्रिय का अस्तित्व ही स्वीकारयोग्य नहीं है। जहाँ तक भौतिक इंद्रियों का प्रश्न है, उन्हें तो हम देख सकते हैं, उनका स्पर्श कर सकते हैं और उनका स्पष्ट भौतिक परीक्षण भी कर सकते हैं। भौतिक प्रयोगों द्वारा हम उनके इंद्रियपरक स्वरूप को अधिक-से-अधिक स्पष्ट भी कर सकते हैं। किन्तु इस तरह का कोई प्रयोग हम नैतिक इंद्रिय के सम्बन्ध में नहीं कर सकते। वस्तुतः नैतिक इंद्रिय के रूप में कोई इंद्रिय होती ही नहीं है। नैतिक इंद्रिय की परिकल्पना उस मनोवैज्ञानिक परिकल्पना पर आधारित है जिसके अनुसार मन को अनेकानेक प्रकोष्ठों में विभाजित किया जाता है। इस प्रकोष्ठपरक मनोविज्ञान के अनुसार मन अनेक प्रकोष्ठों में विभाजित है और प्रत्येक प्रकोष्ठ एक विशिष्ट प्रकार का कार्य करता है। इसके अनुसार मन में प्रत्यक्ष ज्ञान, चिंतन, स्मरण, संकल्पन, आदि व्यापारों के लिए अलग-अलग प्रकोष्ठ हैं। प्रत्यक्ष ज्ञान के प्रकोष्ठ में फिर एक प्रकोष्ठ ऐसा है जो नैतिक गुणों का प्रत्यक्ष करा सकता है और उस प्रकोष्ठ को ही हम नैतिक इंद्रिय का नाम देते हैं। पर यह प्रकोष्ठपरक मनोविज्ञान ही मान्य नहीं है, क्योंकि मन प्रकोष्ठपरक नहीं, वरन् एकात्मक ही होता है। अर्थात् जो मन प्रत्यक्ष ज्ञान प्राप्त करता है, वही मन सोचता है, वही स्मरण करता है और वही संकल्पन भी करता है। अतः नैतिक ज्ञान प्राप्त करने के लिए किसी विशेष इंद्रिय की आवश्यकता ही नहीं होती और इस नैतिक इंद्रियपरक कल्पना के लिए कोई वस्तुपरक आधार भी नहीं हैं।

दूसरी त्रुटि—यह तो सही है कि हमलोग प्रायः ही किसी कर्म या किसी सम्भावित कर्म की अच्छाई या बुराई का ज्ञान सद्यः प्राप्त कर लेते हैं और ऐसा ज्ञान बाद में भी प्रायः सही एवं निर्विवाद ही पाया जाता है, पर इसका तात्पर्य यह नहीं है कि मन के अंदर कोई इंद्रिय है जो अच्छाई या बुराई का प्रत्यक्ष ज्ञान प्राप्त कर लेती है। कर्म की अच्छाई या बुराई का सद्यः ज्ञान ज्ञाता की मानसिक परिपक्वता पर निर्भर करता है। किसी ज्ञाता की शुभाशुभ-विचारिणी शक्ति इतनी प्रखर एवं परिपक्व हो सकती है कि वह ज्ञाता कर्म के स्वरूप की

कल्पना करते ही उसकी अच्छाई या बुराई का ज्ञान प्राप्त कर ले सकता है। अतः इस ज्ञान के लिए किसी विशेष प्रकार की इंद्रिय की अपेक्षा ही नहीं होती, इसे तो केवल एक विचारिणी बुद्धि की ही अपेक्षा होती है।

तीसरी त्रुटि—नैतिक इंद्रिय मत के पक्ष में एक तर्क यह दिया जाता है कि किसी किसी कर्म की जानकारी होने के साथ ही ज्ञाता के मन में असहमति की भावना उत्पन्न हो जाती है। इस प्रकार की भावना उसी तरह विचारनिरपेक्ष होती है, जिस तरह शारीरिक आनन्दानुभूति या शारीरिक पीड़ा विचारनिरपेक्ष होती है। प्यासा व्यक्ति पानी पीने पर सद्यः आनन्द अनुभव कर लेता है। वह इस प्रकार का अनुभव बिना किसी सोच या चिन्तन के प्राप्त कर लेता है। जब आप मेरे शरीर में कोई काँटा चुभोते हैं, तब मैं किसी सोच या चिंतन के बिना ही पीड़ा का अनुभव कर लेता हूँ। आनन्दानुभूति स्पष्ट ही प्रिय होती है, और पीड़ा अप्रिय। अतः जो कर्म आनन्दानुभूति जैसी प्रिय भावना को उत्पन्न करता है वह अच्छा माना जाता है, और जो कर्म पीड़ा जैसी अप्रिय भावना को उत्पन्न करता है वह बुरा माना जाता है। इस प्रकार हम देख सकते हैं कि नैतिकता सद्यः अनुभूत भावना पर आधारित होती है, न कि किसी प्रकार के सोच-विचार पर। और यह भावना एक नैतिक इंद्रिय की ही देन होती है। किन्तु डॉ० रैफैल[3] ने इस भावनापरक मत की कटु आलोचना की है। यह तो सही है कि जिस कर्म को मैं नैतिक दृष्टि से शुभ समझता हूँ उसके प्रति मेरी भावना अनुमोदनात्मक होती है और जिस कर्म को मैं नैतिक दृष्टि से अशुभ समझता हूँ उसके प्रति मेरी भावना परित्यागात्मक होती है। पर ऐसा नहीं होता कि पहले आवश्यक तौर पर भावना की अनुभूति हो जाती है और तब उस अनुभूति के आधार पर ही अच्छाई या बुराई का ज्ञान होता है। इस तरह हम देखते हैं कि नैतिक इंद्रिय मत द्वारा भावनात्मक अनुभूति पर नैतिकता को आधारित कर देना बिलकुल युक्तिसंगत नहीं है। नाथूराम गोडसे ने महात्मा गाँधी की हत्या आज से अनेक वर्ष पहले कर दी थी। हत्या की खबर पाते ही लोगों के मन में क्रोध की ज्वाला भभक उठी थी और उन्होंने गोडसे के कर्म की भरपूर भर्त्सना और निन्दा भी की थी। किन्तु आज उस हत्या के सम्बन्ध में उस प्रकार की भावनात्मक प्रतिक्रिया के वर्तमान नहीं रहने पर भी, अर्थात् उस प्रकार से क्रोध की ज्वाला से भभकते नहीं रहने पर भी, लोग आज भी उस कर्म को अनैतिक मानने में बिलकुल सक्षम हैं। इस प्रकार हम देखते हैं कि किसी कर्म के सम्बन्ध में नैतिक निर्णय करना अर्थात् उसे अच्छा या बुरा समझना उस कर्म से उत्पन्न भावनात्मक अनुभूति पर निर्भर नहीं करता। भावनात्मक अनुभूति, चाहे वह अनुमोदनात्मक हो या परित्यागात्मक, नैतिक निर्णय की अनुगामिनी ही होती है। वह नैतिक निर्णय का आधार नहीं बन सकती। अतः नैतिक ज्ञान किसी तरह इंद्रियज्ञान नहीं, वरन् पूरी तरह विचार पर आधारित ज्ञान ही है।

चौथी त्रुटि—यदि नैतिक ज्ञान प्राप्त करने के लिए भौतिक इंद्रियों की तरह कोई नैतिक इंद्रिय रही ही होती, तो जिस तरह लोग भौतिक गुणों का ज्ञान अनिवार्य ढंग से ही प्राप्त कर लेते हैं, उसी तरह वे नैतिक गुणों का ज्ञान भी अनिवार्य ढंग से ही प्राप्त कर लिया करते। अर्थात् जिस तरह लोग लाल रंग को सामान्यतः लाल रंग के रूप में ही देखते हैं, उसी तरह वे सामान्यतः किसी नैतिक सद्गुण को एक नैतिक सद्गुण के रूप में ही अनुभूत कर लिया करते। और जिस तरह वे अपनी इंद्रियों में विकार उत्पन्न हो जाने के कारण भौतिक गुणों को उनके विकृत रूपों में प्रत्यक्ष करते हैं, उसी तरह वे अपनी नैतिक इंद्रिय के विकृत हो जाने पर नैतिक गुणों को भी उनके विकृत रूपों में ही अवलोकित करते। किन्तु ऐसा मानना बिलकुल उचित नहीं जान पड़ता है। जहाँ तक भौतिक इन्द्रियों में विकार होने की बात है,

यह कोई कपोल कल्पित बात नहीं है। इन विकारों की तो जाँच हो सकती है, इनके कारणों का पता लगाया जा सकता है, इनकी चिकित्सा हो सकती है और यथासम्भव इन्हें दूर भी कर लिया जा सकता है। विकारों के दूर हो जाने पर भौतिक इंद्रियाँ फिर से सही ढंग से अपना काम करना शुरू कर देती हैं। किन्तु ऐसी बातें नैतिक ज्ञान के सम्बन्ध में लागू नहीं होतीं। ऊपर महात्मा गाँधी की हत्या का उदाहरण दिया गया है। यह सही है कि उनकी हत्या से बहुत अधिक संख्या में लोग शोकाकुल हुए थे और बहुत अधिक संख्या में लोगों ने उस कर्म को अनैतिक करार दिया था। किन्तु अनेक लोग ऐसे भी थे जिन्होंने इस घटना से आनन्द का ही अनुभव किया था और इस कर्म को नैतिक ही करार दिया था। स्पष्ट ही यहाँ यह प्रश्न उठ जाता है कि महात्मा गाँधी की हत्या नैतिक थी या अनैतिक। क्या यहाँ यह कहना उचित होगा कि जो लोग इस हत्या को नैतिक मानते थे उनमें कोई इंद्रियपरक दोष था? या फिर जो अनैतिक ही मानते थे, वे कोई इंद्रियज्ञान प्राप्त कर रहे थे। ध्यातव्य है कि कोई ज्ञान जो विचार से बदला जा सकता है, इंद्रियपरक ज्ञान नहीं हो सकता।

पाँचवीं त्रुटि—इस नैतिक संवेदनापरक मत के विरुद्ध एक आपत्ति यह भी उठाई जा सकती है कि यह मत नैतिक बाध्यता की एवं पश्चात्ताप या आत्मग्लानि तथा आत्मसंतोष जैसी भावनाओं की उचित व्याख्या नहीं कर सकता। जब हम साधारण संवेदना द्वारा किसी रंग या गंध या ध्वनि जैसे भौतिक गुण का ज्ञान प्राप्त करते हैं, तब हमें न तो उस गुण से प्रेरित होकर किसी प्रकार के कर्म करने की बाध्यता अनुभूत होती है और न ही उसके कारण हमें किसी प्रकार का पश्चात्ताप या आत्मसंतोष ही होता है। मैं जब कोई रंग देखता हूँ तब मुझे उस रंग को देखने से न तो कोई पश्चात्ताप होता है और न ही कोई आत्मसंतोष। लेकिन नैतिकता की यह विशिष्टता होती है कि नैतिक दृष्टि से उचित कार्य का ज्ञान प्राप्त होने पर उस कार्य को करने की बाध्यता भी अनुभूत होने लगती है। अर्थात् यदि किसी परिस्थिति में मुझे यह ज्ञान प्राप्त हो जाय कि उस परिस्थिति में मुझे नैतिक दृष्टि से अमुक कार्य ही करना चाहिये, तो उस ज्ञान के प्राप्त होने के साथ ही मुझे उस कार्य को करने की बाध्यता भी महसूस होने लगेगी; और यदि मैं सक्षम होकर भी उस कार्य को नहीं करता हूँ, तो मुझे उसके लिए अवश्य ही पश्चात्ताप होगा। पर साधारण इंद्रियज्ञान के उत्पन्न होने पर न तो कोई बाध्यता अनुभूत होती है और न ही कोई पश्चात्ताप या आत्मसंतोष जैसी भावना। जब हम कोई रंग देखते हैं तब यह जरूरी नहीं होता है कि हम किसी प्रकार का कार्य करने के लिए अभिप्रेरित हों ही; और जब कोई कार्य करने की अभिप्रेरणा ही उत्पन्न न हो तो किसी कार्यसंपादन का तथा उसके चलते आत्मसंतोष या आत्मग्लानि का अनुभव करने का प्रश्न ही कैसे उठ सकता है? इस प्रकार हम देखते हैं कि नैतिकता के ज्ञान को एक प्रकार का इंद्रिय संवेदनपरक ज्ञान मानना उचित नहीं है। ऐसी स्थिति में नैतिक ज्ञान सम्बन्धी यह नैतिक इंद्रियपरक मत कदापि मान्य नहीं हो सकता।

10.2.2 सौंदर्यानुभूतिपरक मत

कभी-कभी सौंदर्यानुभूति को ही नैतिक ज्ञान का आधार मान लिया जाता है। कहा जाता है कि जो सुंदर है वह शिव अर्थात् शुभ भी है। और चूँकि सुंदरता की साक्षात् अनुभूति हो सकती है, इसलिए इस मत के अनुसार शुभ की भी साक्षात् अनुभूति हो सकती है। यह तो सही ही है कि हम प्रातःकालीन सूर्योदय का दृश्य देखकर प्रसन्न हो जाते हैं, किसी खिले हुए फूल को देखकर आनन्द से विभोर हो जाते हैं, कोयल की काकली सुनकर पुलकित हो जाते हैं, आदि आदि। ऐसी सभी अनुभूतियाँ सद्यः ही होती हैं, अनुमानित नहीं होती। प्रश्न

उठता है कि क्या इन सौंदर्यानुभूतियों का कोई नैतिक आयाम होता है। भारतीय संस्कृति में एक ऐसा भी विचार है जिसके अनुसार परम सत्ता को सत्यं, शिवं तथा सुंदरं माना गया है, और परम सत्ता के इन तीन रूपों को मानवजीवन के तीन आदर्शों के रूप में स्वीकार किया गया है। इस कारण मनुष्य से यह अपेक्षित हो जाता है कि वह सत्य, शिव तथा सुंदर की प्राप्ति का प्रयास करे। इस प्रकार सत्य, शिव तथा सुन्दर तीनों मनुष्य के नैतिक आदर्श हो जाते हैं। हमने ऊपर यह चर्चा की है कि नैतिकता के दो प्रमुख रूप होते हैं। एक के अनुसार यह ध्यातव्य होता है कि मनुष्य क्या करे तथा क्या न करे और दूसरे के अनुसार यह कि मनुष्य किस प्रकार का व्यक्ति बने और किस प्रकार का नहीं। अब यदि यह स्वीकार कर लिया जाता है कि मनुष्य को सौंदर्य का अनुभव प्राप्त करना ही चाहिये और असौंदर्य का नहीं, तब तो निश्चित रूप से सौंदर्य को एक नैतिक आदर्श का दर्जा मिल जाता है। यहाँ पाश्चात्त्य नीतिशास्त्री जी० ई० मूर का विचार उल्लेखनीय है। उन्होंने कहा है कि मानव जीवन के लिए अंतर्वैयक्तिक प्रेम तथा कला एवं प्रकृति के सौंदर्यों का आनन्ददायक रसास्वादन सर्वोच्च एवं सर्वोत्कृष्ट मूल्य हैं। और ये मूल्य ही मानो नीतिशास्त्र के आधार हैं। उनका कहना है कि जो सुंदर है वह शुभ भी है, अतः सौंदर्यानुभूति स्वयं ही एक लक्ष्य हो जाता है। चूँकि यह किसी अन्य उच्चतर आदर्श का साधन नहीं है, इसलिए यह अपने आप में ही एक परमादर्श है। इस प्रकार यह कहा जा सकता है कि सौंदर्यानुभूति के द्वारा भी शुभ की प्राप्ति हो सकती है।

पर यहाँ यह ध्यातव्य है कि यह सौंदर्यानुभूतिपरक नैतिक मत नैतिकता की सभी कसौटियों पर खरा नहीं उतर सकता। यह सही है कि ऐसी सौंदर्यानुभूति जो जनकल्याण में बाधक नहीं है, मनुष्य के लिए वांछनीय हो सकती है और मनुष्य ऐसी अनुभूति के द्वारा किसी झिझक के आनन्द का अनुभव प्राप्त कर सकता है। किन्तु यदि वह इस प्रकार के अनुभवे के लिए प्रयत्नशील नहीं होता है तो समाज इसके लिए उसकी भर्त्सना नहीं कर सकता। और न ही समाज उसे ऐसा अनुभव प्राप्त करने के लिए बाध्य ही कर सकता है। सौंदर्यानुभूति तो पूर्णतः वैयक्तिक विषय है। आपको लाल रंग का फूल आनन्द देता है, किन्तु मुझे पीले रंग का फूल। अनेक लोगों को किसी भी रंग का फूल आनन्द नहीं देता। माता अपने बेटे को, चाहे वह जिस किसी रूप-रंग का क्यों न हो, सब बच्चों से अधिक सुंदर मानती है। इस प्रकार यह स्पष्ट होता है कि सौंदर्यानुभूति वैयक्तिक रुचि पर ही आधारित होती है। सौंदर्यशास्त्रियों ने अधिकाधिक लोगों द्वारा सुंदर मानी जानेवाली वस्तुओं में सममिति, सामंजस्य, आदि वस्तुनिष्ठ तत्त्व भले ही पा लिए हों और उन तत्त्वों के आधार पर उन्होंने सौंदर्य को एक वस्तुनिष्ठ रूप देने का भले ही प्रयास किया हो, फिर भी सौंदर्य को कोई शुद्ध वास्तविक रूप देना सम्भव प्रतीत नहीं होता। अनेक दर्शकों को ऐसे चित्र भी सुंदर ही लगते हैं जो पूरी तरह सममितिरहित और असामंजस्यपूर्ण होते हैं।

स्पष्ट ही सौंदर्यानुभूति तथा नैतिक चेतना में अनेक मौलिक भेद हैं। जहाँ एक ओर सौंदर्यानुभूति के लिए कोई व्यक्ति बाध्य नहीं किया जा सकता, वहीं नैतिकता के लिए प्रत्येक व्यक्ति बाध्य किया जा सकता है। यही कारण है कि जहाँ सौंदर्यानुभूति के प्रति रुचि न रखने वाला मनुष्य न तो दण्ड का भागी हो सकता है और न ही पश्चात्ताप तथा आत्मग्लानि का शिकार, वहीं नैतिकता का उल्लंघन करनेवाला मनुष्य दण्डित हो सकता है और पश्चात्ताप तथा आत्मग्लानि का शिकार भी। इन दोनों प्रकार की चेतनाओं में एक महत्त्वपूर्ण भिन्नता यह भी है कि जहाँ सौंदर्यानुभूति सुखदायी एवं प्रिय होती है, वहीं नैतिक कार्यों का क्रियान्वयन सुखदायी एवं प्रिय नहीं भी हो सकता है। नैतिक कार्यों के सम्पादन में त्याग,

बलिदान, शारीरिक कष्ट, मानसिक अंतर्द्वन्द्व, आदि का अत्यंत महत्त्वपूर्ण स्थान रहता है, और स्पष्ट ही ये सभी व्यापार मनोवैज्ञानिक रूप से सुखदायी नहीं होते। अतः नैतिक कर्तव्य का क्रियान्वयन भावनात्मक रूप में सुखदायी नहीं भी हो सकता। इस प्रकार हम देखते हैं कि सौंदर्यानुभूति प्राप्त करने में तथा नैतिक कर्तव्य का पालन करने में अनेक प्रकार के मौलिक भेद रहते हैं। अतः उन्हें एक-दूसरे के साथ गड्डमड्ड नहीं किया जा सकता।

10.2.3 अंतर्विवेकपरक मत

नैतिक अंतःप्रज्ञावाद का एक प्रकार अंतर्विवेकपरक मत भी है। इस मत के अनुसार नैतिक शुभ एवं अशुभ तथा नैतिक औचित्य एवं अनौचित्य का ज्ञान मनुष्य अपने अंतर्विवेक से प्राप्त कर ले सकता है। इसके लिए कुछ सोचने-विचारने की आवश्यकता नहीं होती। कर्ता सद्यः अंतर्विवेक के द्वारा जान ले सकता है कि उसे किसी परिस्थिति में क्या करना चाहिये और क्या नहीं, और यह भी कि नैतिक दृष्टि से कौन कर्म अच्छा होता है और कौन नहीं। इस मत के अनुसार इस तरह का ज्ञान अंतर्विवेक के द्वारा सहज ही प्राप्त कर लिया जा सकता है। जिस तरह रंग, रूप, आदि का प्रत्यक्ष ज्ञान सम्भव है, उसी तरह नैतिक शुभ या अशुभ का भी प्रत्यक्ष ज्ञान सम्भव है। दोनों ज्ञानों में भिन्नता केवल यह रहती है कि जहाँ रंग रूप, आदि के ज्ञान के लिए इंद्रियों की आवश्यकता होती है, वहीं नैतिक गुणों के ज्ञान के लिये एक मानसिक स्रोत की आवश्यकता होती है और यह स्रोत अंतर्विवेक है। प्रायः ऐसा कहा भी जाता है कि मनुष्य को वही करना चाहिये जो उसका विवेक कहे या आदेश दे। यहाँ उल्लेखनीय है कि विवेक स्वयं कार्य का कर्ता नहीं होता, वरन् वह मात्र आदेशकर्ता होता है। वह तो केवल एक प्रभुतासम्पन्न नियामक है, और उसके द्वारा दिये गये नियमों को ही कर्ता द्वारा पालित होना चहिये। यहाँ सिगमण्ड फ्रायड[4] द्वारा दिया गया मन के स्वरूप का विश्लेषण अत्यन्त प्रासंगिक है। उनके अनुसार मन के तीन विभाग होते हैं—अहं, इदं (अर्थात् प्रवृत्तिधारक मन) और अत्यहं। अहं कर्ता है, इदं प्रवृत्तियों का आश्रय है तथा अत्यहं विधि एवं निषेधपरक आदेशकर्ता एवं मूल्यों और नियमों का निर्धारणकर्ता है। इसी अत्यहं को हम अंतर्विवेक भी कह सकते हैं। किन्तु जहाँ फ्रायड अत्यहं को सामाजिक एवं सांस्कृतिक मानकों एवं नियमों का महज एक आंतरिक या मानसिक रूप मानते हैं, वहीं अनेकानेक विचारक अंतर्विवेक को एक विलक्षण प्रभुतासम्पन्न आन्तरिक शक्ति मान लेते हैं जो वातावरण से अर्जित नहीं की जाती, वरन् मनुष्य का एक जन्मजात अंग होती है। इस तरह के विचारों के एक अत्यन्त महत्त्वपूर्ण प्रवर्तक बिशॉप बटलर[5] हो गये हैं। इनका एक अति विख्यात कथन है कि "यदि विवेक को उतना बल होता जितनी उसे प्रभुता है, तो वह विश्व का शासक होता"। बटलर के इस कथन का तात्पर्य यह है कि विवेक प्रभुतासंपन्न तो है अर्थात् उसके द्वारा निर्गत आदेशों एवं मानकों की आप्तता या प्रामाणिकता में कोई संदेह तो नहीं है, पर उसकी शक्ति उतनी नहीं है कि वह अपने द्वारा निर्गत आदेशों एवं मानकों का पूर्णतः अनुपालन करा ही ले सके। यदि उसकी शक्ति भी पर्याप्त होती तो अवश्य ही उसके आदेशानुसार ही मनुष्य के सारे कार्य-कलाप संचालित होते और तब शायद मानव समाज में किसी तरह का दुराचार सम्भव नहीं होता।

बिशॉप बटलर के अनुसार मनुष्य की मानसिक प्रकृति के दो प्रमुख अंग हैं—एक प्रवृत्तिपरक और दूसरा नैतिक मूल्यनिर्धारणपरक। प्रवृत्तिपरक मन कार्य करने की इच्छा का स्रोत होता है। इसके अभाव में मनुष्य कोई कार्य कर नहीं सकता, चाहे वह कार्य नैतिक दृष्टि से अच्छा ही क्यों न हो। कार्य करने की प्रवृत्ति रखने के अलावे मानव मन किसी किये गये कर्म का नैतिक मूल्यांकन भी कर सकता है, चाहे वह कर्म मूल्यांकन करनेवाले का ही हो या

अन्य किसी व्यक्ति का। मनुष्य के इस मूल्यनिर्धारक मन को ही अंतर्विवेक कहते हैं। कोई व्यक्ति जब अपने अंतर्विवेक के मूल्यांकन के आलोक में अपने किसी कर्म को अनैतिक पा लेता है, तब वह व्यक्ति स्वयं ही अपनी भर्त्सना करता है और पश्चात्ताप का अनुभव भी करता है। यह अंतर्विवेक कोई तर्कबुद्धि नहीं हैं, वरन् एक आन्तरिक दृष्टि या सूझ है। जैसा हमने ऊपर कहा है, यह दृष्टि या सूझ सहज ही जान लेती है कि कौन कर्म नैतिक है और कौन अनैतिक। यह अंतर्विवेक एक क्षमता के रूप में सभी मनुष्यों में सामान्य तौर पर पाया जाता है। हम देखते भी हैं कि नैतिक सद्‌गुणों को अर्थात् सत्यनिष्ठा, कर्तव्यनिष्ठा, आदि को कोई स्वस्थ एवं परिपक्व मन अवगुण नहीं मान सकता। और फिर इस तरह का मन किसी नैतिक अवगुण को, जैसे किसी निर्दोष व्यक्ति की हत्या करने की प्रवृत्ति को, नैतिक सद्‌गुण नहीं मान सकता। कुछ विचारक इस क्षमता को अर्जित मानते हैं, तो कुछ जन्मजात। जहाँ फ्रायड का अत्यहं पिता का प्रतिरूप है या समाज का आन्तरिकीकरण है, वहीं बटलर के अनुसार अंतर्विवेक एक जन्मजात प्रभुतासम्पन्न विलक्षण शक्ति है और यह जो भी नैतिक आदेश प्रदान करता है वह नैतिक दृष्टि से गलत नहीं हो सकता। बटलर के अनुसार विवेक की अकाट्यता एवं प्रामाणिकता के सम्बन्ध में कोई आपत्ति उठायी ही नहीं जा सकती, क्योंकि यह तो परिभाषा से ही एक प्रभुतासम्पन्न अर्थात् पूर्णाधिकारसम्पन्न शक्ति के रूप में परिकल्पित है। यह बात दीगर है कि उसे उतनी अधिक शक्ति प्राप्त ही नहीं है कि वह अपने आदेशानुसार ही कर्ता से कार्य सम्पन्न करा ले सके। बटलर ने बहुत खेद के साथ कहा था कि यदि विवेक को उतना बल होता जितनी उसे प्रभुता है, तो वह दुनियाँ का शासक हो जा सकता था।

नैतिक अंतःप्रज्ञावाद या अंतर्दृष्टिवाद के प्रबल समर्थक के रूप में ब्रिटेन के एच०ए० प्रिचार्ड का नाम भी प्रसिद्ध ही है। इन्होंने तो नैतिक दर्शन की सार्थकता तथा औचित्य पर ही प्रश्नचिह्न लगा दिया है। उनका कहना है कि नैतिक दर्शनशास्त्र बेमानी है, क्योंकि किसी शास्त्र में विचार-विमर्श होता है और पक्ष एवं विपक्ष में तर्क दिये जाते हैं। पर किसी कर्म की नैतिकता या अनैतिकता के सम्बन्ध में किसी प्रकार के तर्क की जरूरत ही नहीं होती। उसके लिए तो प्रत्यक्ष ज्ञान की जरूरत होती है जो ज्ञान अंतर्दृष्टि द्वारा सहज ही प्राप्त हो जाता है। *माइण्ड*[6] नामक पत्रिका में 1912 ई० में उन्होंने एक लेख प्रकाशित कराया था जिसका शीर्षक था 'डज मॉरल फिलॉसफी रेस्ट ऑन ए मिस्टेक?'। और, जैसा हम पहले भी कह चुके हैं, इस प्रश्न का वे सकारात्मक उत्तर ही देते हैं।

अब प्रश्न उठता है कि अंतर्विवेकवाद मान्य हो सकता है या नहीं। जैसा हमने ऊपर संकेत किया है, बटलर अंतर्विवेक को एक प्रकार का आदेशकर्ता मानते हैं, और उनके अनुसार उसके आदेश प्रत्येक व्यक्ति द्वारा पालनीय होने ही चाहिये। लेकिन तब यहाँ यह आपत्ति उठायी जा सकती हैं कि यदि किसी आदेश का पालन ही नैतिक आचरण है और कर्ता को उसका पालन करना ही चाहिये, तो वह स्वेच्छा से संकल्प लेकर कर्म तो नहीं कर रहा होता। और ऐसी स्थिति में नैतिकता अपना उचित एवं परिपक्व रूप ग्रहण भी नहीं कर रही होती। हमने यह पहले ही स्पष्ट कर दिया है कि कोई आचरण सही अर्थ में नैतिक रूप तभी ले सकता है जब वह आचरणकर्ता द्वारा सोच-समझकर स्वतन्त्र संकल्प के साथ निष्पादित किया जाता है। यह सही है कि सोच-समझकर किये गये संकल्पजनित कर्म नैतिक दृष्टि से उचित नहीं भी हो सकते। नैतिक दृष्टि से उचित होने के लिए कुछ अन्य शर्तों को भी पूरा करना पड़ता है। पर किसी कर्म का नैतिक दृष्टि से उचित होना इस बात पर निर्भर

नहीं हो सकता कि वह कर्म किसी आदेश का अनुपालन हो, चाहे वह आदेश किसी महानतम स्रोत से ही क्यों न निर्गत हुआ हो। कर्म का नैतिक होना जिन शर्तों पर निर्भर करता है उनकी चर्चा हम आगे करेंगे।

किसी आदेश का, चाहे उसका स्रोत विवेक ही क्यों न हो, नैतिक हो जाना जरूरी नहीं है। यदि ऐसा होना सम्भव होता तो विवेक के आदेशों में कभी कोई संघर्ष नहीं होता। किन्तु उनमें संघर्ष का होना प्रायः ही देखने को मिलता है। मेरा अन्तर्विवेक कहता है कि मैं अपने देश की स्वतंत्रता के लिए अपनी जान कुर्बान कर दूँ। किन्तु मेरा अंतर्विवेक यह भी कहता है कि मैं अपनी बूढ़ी माँ का एक मात्र सहारा होने के कारण उनकी सेवा में ही रात-दिन लगा रहूँ। इसी तरह जहाँ एक ओर अंतर्विवेक यह आदेश देता है कि सदा सच बोलो, वहीं दूसरी ओर अंतर्विवेक यह भी आदेश देता है कि यदि सच खबर देने से किसी निर्दोष व्यक्ति की जान चली जाने की संभावना रहे, तो सच मत बोलो। स्पष्ट ही विवेक के दो विपरीत आदेशों में एक ही नैतिक दृष्टि से उचित हो सकता है, और उनमें से जो भी आदेश उचित होगा वह इस कारण से उचित नहीं ही होगा कि वह विवेक का आदेश है। कोई आदेश नैतिक दृष्टि से तभी उचित होता है जब वह, जैसा हमने ऊपर संकेत किया है, सही नैतिक मानदण्ड के अनुरूप होता है। यदि यह मान भी लिया जाय कि ईश्वर है, तो उसका भी आदेश इसलिए मान्य नहीं हो सकता कि वह ईश्वर का आदेश है, बल्कि इसलिए मान्य हो सकता है कि वह आदेश सही नैतिक मानदण्ड के अनुकूल है। बटलर ने अंतर्विवेक को अकाट्य और प्रभुतासम्पन्न मानकर गलती की है। जिसे वे अंतर्विवेक या अंतःप्रज्ञा कहते हैं, वह शायद फ्रायड द्वारा चर्चित अत्यहं ही है और यह अत्यहं, जैसा हमने ऊपर कहा है, व्यक्ति के अन्दर उसके पिता या निकटवर्ती समाज का मानो आन्तरीकृत प्रतिनिधि ही है। और यदि पिता या समाज का आदेश गलत हो सकता है, तो उसके प्रतिनिधि के रूप में स्थापित इस अत्यहं या अंतर्विवेक का आदेश भी गलत हो सकता है।

अंतर्विवेक-सिद्धान्त में एक बड़ी गलती यह भी है कि इसमें दो प्रकार की भूमिकाओं को गड्डमड्ड कर दिया गया है। बटलर ने कहा था कि अंतर्विवेक को जितनी प्रभुता है उतनी यदि उसे शक्ति होती, तो वह दुनियाँ का शासक होता। उनके कहने का तात्पर्य यह है कि अंतर्विवेक जिस कार्य के क्रियान्वयन पर जोर देता है वह नैतिक दृष्टि से जायज तो रहता ही है, पर उसे इतनी शक्ति नहीं रहती है कि वह उस कार्य को क्रियान्वित करा ही ले सके। यहाँ यह ध्यातव्य है कि किसी बात का जायज होना एक बात है और उस बात के लिए जोरदार आग्रह करना दूसरी बात है। किसी बात पर जोरदार आग्रह करने से ही वह बात जायज नहीं हो जा सकती। यह सही है कि अंतर्विवेक का आदेश बड़ा प्रभावकारी और जोरदार होता है जिसे नहीं मानना प्रायः कठिन ही होता है। यही कारण है कि अनेकानेक लोग अंतर्विवेक के मानो गुलाम होते हैं। इस प्रकार हम देखते हैं कि अंतर्विवेक अधिवक्ता का काम तो बहुत अच्छी तरह कर लेता है। पर क्या अधिवक्ता को निर्णायक मान लेना भी उचित ही है? यह सर्वथा सम्भव है कि अधिवक्ता का बयान उचित नहीं हो। और उसके औचित्य का फैसला स्वयं अधिवक्ता एक अधिवक्ता के रूप में नहीं कर सकता। फैसला तो कोई निर्णायक ही कर सकता है। बटलर ने अंतर्विवेक को अधिवक्ता तथा निर्णायक दोनों मान लिया है और यही उनकी भूल है। अतः अंत में हम कह सकते हैं कि हम किसी कर्म का नैतिक औचित्य उसके किसी आदेश के अनुकूल होने के आधार पर नहीं, वरन् उसके सही नैतिक मानदण्ड के अनुकूल होने के आधार पर ही निर्णीत कर सकते हैं। चूँकि यह सम्भव

है कि कोई आदेश नैतिक मानदण्डों के अनुकूल नहीं हो, इसलिए यह स्पष्ट है कि अंतर्विवेक या अंत:प्रज्ञा का आदेश नैतिक नहीं भी हो सकता।

10.2.4 प्रिचार्ड का विषयनिष्ठ नैतिक गुणपरक मत

अंत:प्रज्ञावाद का एक महत्त्वपूर्ण प्रकार वह है जिसे हम विषयनिष्ठ गुणपरक मत कह सकते हैं। इस मत के प्रवर्तक एच० ए० प्रिचार्ड थे जिनकी चर्चा हम अंतर्विवेकवाद के प्रसंग में कर चुके हैं। उनके नीतिशास्त्रीय विचार उनकी पुस्तक *'मॉरल ऑब्लिगेशन'* में संकलित हैं। सन् 1912 में *माइण्ड* पत्रिका में छपे उनके लेख 'डज मॉरल फिलॉसफी रेस्ट ऑन ए मिस्टेक?' की चर्चा हम ऊपर भी कर चुके हैं। इस लेख में उन्होंने दावा किया है कि नैतिक विवेचन की कोई आवश्यकता ही नहीं है। अत: नीतिशास्त्र का अस्तित्व ही भ्रामक है। जिस किसी वस्तु या गुण को हम प्रत्यक्ष देख या जान रहे हैं उसके ज्ञान के सम्बन्ध में किसी प्रकार के विचार- विमर्श का औचित्य ही क्या है? यदि हम किसी कर्म को प्रत्यक्ष द्वारा नैतिक गुण से सम्पन्न जान ही रहे हैं, तो फिर उसके नैतिक नहीं होने का प्रश्न ही कैसे उठ सकता है? मैंने आपसे वादा किया है कि मैं आपसे लिया गया ऋण अगले महीने की पहली तारीख को लौटा दूँगा। इस सम्बन्ध में मुझे अपने कर्तव्य को जानने के लिए किसी वाद-विवाद की आवश्यकता ही नहीं हैं। मेरे द्वारा ऋण चुकाने सम्बन्धी कार्य में मेरी कर्तव्यपशयणता उसी तरह घुली-मिली है जिस तरह पीले फूल में पीलापन। पीले फूल के पीला होने के सम्बन्ध में किसी प्रकार के शास्त्रीय विवेचन की अपेक्षा नहीं है। वह तो प्रत्यक्ष देख लिया जा सकता है। और जिस तरह पीले फूल का पीलापन एक वस्तुनिष्ठ गुण है, उसी तरह मनुष्य के ऐच्छिक कर्मों के नैतिक गुण वस्तुनिष्ठ गुण ही होते हैं, और उन्हें अंत:प्रज्ञा द्वारा सहज एवं स्पष्ट रूप से जान भी लिया जा सकता है। हम बिना किसी संदेह एवं द्विविधा के कह सकते हैं कि ऋण चुकाना मनुष्य की नैतिक बाध्यता है, अर्थात् ऋण चुकाना एक ऐसा कार्य है जिसमें कर्तव्यतापरक गुण समाविष्ट ही रहता है। जिस प्रकार हम किसी भौतिक वस्तु का रंग अपनी आँख से प्रत्यक्ष जान ले सकते हैं, उसी प्रकार हम किसी नैतिक कार्य का कर्तव्यतापरक गुण अपनी आन्तरिक दृष्टि के द्वारा प्रत्यक्ष रूप से ही जान ले सकते हैं। यहाँ किसी प्रकार का विवेचन अपेक्षित नहीं होता। हम इस सम्बन्ध में ऐसा भी तर्क नहीं दे सकते कि चुँकि मेरे द्वारा इस कार्य के क्रियान्वित होने से मुझे या किसी अन्य को सुख या लाभ पहुँचेगा, इसलिए मुझे यह कार्य करना चाहिये। कर्तव्यपरायणता किसी प्रकार से किसी साध्यसिद्धि पर आश्रित नहीं होती। इस प्रकार हम देखते हैं कि प्रिचार्ड का अंत:प्रज्ञावाद कर्तव्यतापरक विषयनिष्ठ नैतिक गुण सम्बन्धी प्रत्यक्षवाद का रूप भी ग्रहण कर लेता है।

किन्तु इस मत की भी अपनी कठिनाइयाँ हैं। एक कठिनाई तो यह है कि यदि कर्तव्यतापरक नैतिक गुण एक विषयनिष्ठ नैतिक गुण है, तो वह अवश्य ही तथ्यपरक है, और महज तथ्यता के आधार पर यह नहीं जाना जा सकता कि क्या करना चहिये और क्या नहीं करना चाहिये। यहाँ डेविड ह्यूम[7] का वह कथन कि ''मात्र 'है' से 'चाहिये' आपादित नहीं होता'' अत्यन्त प्रासंगिक हो जाता है। यहाँ प्रिचार्ड कह सकते हैं कि कर्तव्यपरक नैतिक गुण का स्वरूप ही कुछ ऐसा है कि उसमें कर्तव्यताबोध समाविष्ट ही रहता है। वे कह सकते हैं कि यह गुण आखिर कर्तव्यतापरक गुण ही तो है। किन्तु किसी प्रकार के गुण द्वारा, चाहे वह प्राकृतिक गुण हो या अप्राकृतिक, अपने से तथा बिना किसी सन्दर्भ के किसी तरह की कर्तव्यता निर्देशित करना बिलकुल बेतुका एवं रहस्यात्मक प्रतीत होता है। प्रिचार्ड द्वारा 'है' और 'चाहिये' का जो घालमेल कर दिया गया है, वह निश्चय ही कोटिदोष का एक सुन्दर उदाहरण है।

यदि यह मान भी लिया जाय कि कोई नैतिक गुण वास्तविक रूप से अस्तित्ववान् हो सकता है, तो निश्चय ही उस गुण का कोई आश्रय होगा। आखिर वह गुण किसी द्रव्य का ही गुण हो सकता है। क्या वह गुण उस कर्म का है जिसे किसी कर्ता द्वारा किया जाना है? यदि इसका उत्तर सकारात्मक है, तो यहाँ एक गंभीर आपत्ति यह उठ जा सकती है कि जो कर्म अभी किया जाना है वह तो अभी क्रियान्वित हुआ नहीं है। अतः वह अभी अस्तित्ववान् नहीं है। और यदि गुण का आश्रयरूपी कर्म ही अभी अस्तित्ववान् नहीं है तो फिर गुण का पहले से अस्तित्ववान् होना कैसे सम्भव हो सकता है? और जिस समय गुण अस्तित्ववान् नहीं रहता उस समय उसका प्रत्यक्ष ज्ञान कैसे सम्भव हो सकता है?

इस प्रकार की आपत्ति की वजह से प्रिचार्ड अपने परवर्ती विचारों में नैतिक गुण को कर्म का गुण नहीं मानकर उस कर्ता का गुण मानते हैं जो कर्म करने जा रहा है, अर्थात् कर्म करने की परिस्थिति में है। लेकिन तब प्रश्न उठता है कि यहाँ परिस्थिति का अर्थ क्या है। स्पष्ट ही परिस्थिति का अर्थ यहाँ कर्ता का बाह्य वातावरण, उसकी मानसिक स्थिति, उसकी इच्छाएँ, उसकी बौद्धिक एवं शारीरिक क्षमताएँ, आदि का समेकित रूप है। निश्चय ही मनुष्यों की ऐसी परिस्थितियाँ एक ही तरह की नहीं हो सकतीं। और यदि परिस्थितियों के स्वरूप भिन्न-भिन्न हों, तो उनके नैतिक गुण भी भिन्न-भिन्न ही होंगे। किसी परिस्थिति में यदि ऋण चुकाना अनिवार्य एवं आवश्यक है, तो किसी अन्य परिस्थिति में वह अनिवार्य एवं आवश्यक नहीं भी हो सकता है। और यदि परिस्थिति जटिल रहे तो फिर आसानी से यह जानना भी सम्भव नहीं हो सकता कि उस परिस्थिति में नैतिक रूप से क्या करना चाहिये और क्या नहीं। ऐसी स्थिति में प्रत्यक्ष ज्ञान की कोई सम्भावना ही नहीं रह सकती और तब निश्चय ही एक मात्र सहारा बौद्धिक विवेचन का ही रह जाता है। प्रिचार्ड के मत के विरोध में यह भी उल्लेखनीय है कि कर्ता अपने अंतर्ज्ञान के आधार पर जिस कर्म को कर्तव्य मानकर क्रियान्वित करता है या करना चाहता है, वह कर्म बाद में सही, नैतिक कर्तव्य साबित ही न हो सके। इसके उदाहरण प्रायः ही मिलते हैं। इस प्रकार हम देखते हैं कि प्रिचार्ड अपने मत को सही सिद्ध करने में सफल नहीं हो पाते। वे तो यह सिद्ध करना चाहते थे कि नैतिक गुण एक ऐसा सामान्य गुण है जो व्यक्तिनिरपेक्ष होता है और जिसे अंतर्दृष्टि द्वारा प्रत्यक्ष ही जान लिया जा सकता है और इस तरह के ज्ञान के लिए किसी प्रकार के बौद्धिक चिन्तन की आवश्यकता ही नहीं होती। लेकिन चूँकि कार्य करने की सभी परिस्थितियों में कर्ता की व्यक्तिगत इच्छाएँ, आकांक्षाएँ, क्षमताएँ, परिस्थिति की अन्य विशिष्टताएँ, आदि समाविष्ट हो जाती हैं, इसलिए नैतिकता की निरपेक्षता तब समाप्त ही हो जाती है और नैतिकता परिस्थितिसापेक्ष हो जाती है। और यदि नैतिकता परिस्थितिसापेक्ष हो जाती है, तो तब नैतिक गुण शाश्वत रूप से अस्तित्ववान् नहीं हो सकते और उनके प्रत्यक्ष ज्ञान की सम्भावना भी नहीं रह जाती।

10.2.5 रॉस का प्रथमदृष्ट्या कर्तव्यज्ञानपरक मत

डब्ल्यू॰ डी॰ रॉस एक प्रख्यात अंतःप्रज्ञावादी हो चुके हैं। उनके अनुसार हम अपनी अंतःप्रज्ञा से कुछ ऐसे नैतिक नियमों या मानदण्डों को जान ले सकते हैं, जिनके आधार पर हमें अपने कर्तव्यों का ज्ञान प्राप्त हो जा सकता है। उनके अनुसार हम कर्तव्यों को दो वर्गों में बाँट सकते हैं—(1) प्रथमदृष्ट्या कर्तव्य तथा (2) वास्तविक कर्तव्य। जो कर्तव्य परिस्थिति की विशेषता से मुक्त रह कर अपने आप में ही क्रियान्वयनयोग्य प्रतीत हो, वह कर्तव्य प्रथमदृष्ट्या कर्तव्य होता है, जैसे प्रतिज्ञापालन, सत्यभाषण, आदि आदि। यदि आपने

कोई प्रतिज्ञा की है तो आप सहज ही जान लेते हैं कि आपको उसका अनुपालन करना चाहिये। इसके लिए किसी प्रकार के विवेचन की आवश्यकता नहीं होती। यह सहज ज्ञान अंतःप्रज्ञाजनित ज्ञान है। रॉस के अनुसार सभी प्रथमदृष्ट्या कर्तव्यों का ज्ञान अंतःप्रज्ञाजनित ही होता है। पर यह जरूरी नहीं है कि प्रथमदृष्ट्या कर्तव्य हमारे वास्तविक कर्तव्य भी हों। आपने प्रतिज्ञा की है कि आप अपने मित्र से लिए गये ऋण को अमुक तारीख को लौटा देंगे। किन्तु आप उस दिन अपने बीमार पुत्र की रक्षा के लिए अपने सीमित धन का उपयोग कर लेने के कारण ऋण की अदायगी नहीं कर सकते हैं। और आपका प्रथमदृष्ट्या कर्तव्य यह भी तो है कि आप अपने बीमार पुत्र की जान बचाने के लिए हर संभव कोशिश करें। यहाँ यह प्रश्न उठ जाता है कि प्रतिज्ञा के अनुसार ऋण-अदायगी के दिन आपको अपने संसाधनों को किस कार्य में लगाना चहिये था—ऋण-अदायगी के कार्य में या मरणासन्न पुत्र की जान बचाने के कार्य में? प्रथमदृष्ट्या तो दोनों आपके कर्तव्य के दायरे में ही आ जाते हैं। पर यदि आप दोनों कर्तव्यों को साथ-ही-साथ क्रियान्वित करने की स्थिति में नहीं हैं, तो यह निश्चित कर पाना बहुत आसान नहीं है कि आपको दोनों में से किस कर्तव्य को क्रियान्वित करना चाहिये। इसके लिए निश्चय ही गहन विवेचन की आवश्यकता है और इस विवेचन में परिस्थिति की विशिष्टताओं को ध्यान में रखना अत्यन्त आवश्यक होता है। स्पष्ट ही ऐसी परिस्थिति में सहज ज्ञान या प्रत्यक्ष आन्तरिक ज्ञान तब तक सम्भव नहीं हो सकता जब तक परिस्थितियों का पर्याप्त विश्लेषण न कर लिया जाय। ऐसा विश्लेषण होने पर ही वास्तविक कर्तव्य का ज्ञान प्रस्फुटित हो सकता है। यह संभव है कि कोई भी प्रथमदृष्ट्या कर्तव्य वास्तविक कर्तव्य के रूप में परिवर्तित हो जाय। ऊपर के उदाहरण में विवेचन के बाद यह सुनिश्चित हो जाता है कि प्रतिज्ञाकर्ता को ऋण की अदायगी नहीं करके अपने पुत्र की जान बचाने को ही प्राथमिकता देनी चाहिये। इस प्रकार हम देखते हैं कि प्रथमदृष्ट्या कर्तव्य परिस्थिति की विशिष्टता की वजह से ही वास्तविक कर्तव्य ही बन सकता है।

अब प्रश्न उठता है कि क्या प्रथमदृष्ट्या कर्तव्य का ज्ञान अंतःप्रज्ञाजनित ही होता है। यह प्रश्न महत्त्वपूर्ण इसलिए है कि ऐसे ज्ञान को अंतःप्रज्ञाजनित मानकर स्वयंसिद्ध मान लिया जाता है। और तब ऐसे ज्ञान के लिए औचित्य का प्रश्न उठाया नहीं जाता। यह सही है कि प्रतिज्ञा का अनुपालन सम्बन्धी ज्ञान बिना किसी तर्क-वितर्क के प्रथमदृष्ट्या ही उपलब्ध हो जाता है और इस वजह से इसे स्वयंसिद्ध ज्ञान कहा जा सकता है। लेकिन तब यहाँ यह विचारणीय है कि इसे 'स्वयंसिद्ध' कहने का तात्पर्य क्या हो सकता है? क्या इसका तात्पर्य यह है कि प्रतिज्ञाकर्ता को परिस्थिति की तहकीकात किये बिना आँख मूँदकर ही प्रतिज्ञा का अनुपालन कर देना चाहिए? क्या उसे ऊपर के उदाहरण में अपनी प्रतिज्ञा का अनुपालन करने के लिए अपने मरणासन्न पुत्र की चिकित्सा की अवहेलना ही कर देनी चाहिये? क्या उसे प्रतिज्ञापालन से होनेवाले सभी तरह के परिणामों पर ध्यान ही नहीं देना चाहिये? और तब यहाँ यह प्रश्न उठना भी स्वाभाविक है कि प्रथमदृष्ट्या ज्ञान में ऐसी कौन-सी बात है जो उसे बिलकुल अनुल्लंघनीय बना देती है। परंपरा से मिली संस्कृति में पला-बसा भारतीय ग्रामीण अपनी अष्टवर्षीया पुत्री के दिवाह के लिए बेचैन हो जाता है। वह मानो प्राकृतिक रूप से ही जानता है कि आठ वर्ष होते-होते बालिकाओं का विवाह कर ही देना चाहिये। इसे वह एक अकाट्य नियम के रूप में स्वीकार करता है। यह तो उसके लिए प्रथमदृष्ट्या ही कर्तव्य है। पर क्या नैतिक दृष्टि से यह उचित है कि वह अपनी अष्टवर्षीया पुत्री का विवाह अपने इस प्रकार के कर्तव्यज्ञान के आधार पर कर ही दे? उत्तर अवश्य ही नकारात्मक होगा। परम्परा

से प्राप्त ज्ञान कुछ भी अनोखा नहीं होता कि वह बिलकुल अकाट्य हो। इस तरह के ज्ञान वस्तुतः विरासत में मिले ज्ञान ही होते हैं और चूँकि ये संस्कृति की देन होते हैं, इसलिए ये स्वाभाविक और अकाट्य प्रतीत होते हैं। विचारपूर्वक देखा जाय तो कोई स्वाभाविक प्रतीत होनेवाला ज्ञान यदि वह पुनरुक्तिपरक नहीं है तो वह वस्तुनिरपेक्ष नहीं हो सकता। ऐसे ज्ञानों में किसी प्रकार की नैसर्गिक विलक्षणता खोजना बिलकुल बेतुका और अदार्शनिक है। प्रथमदृष्ट्या कर्तव्यों को वास्तविक कर्तव्य का रूप देने में अंतर्दृष्टि कोई मदद नहीं कर सकती। इस तरह के प्रयास के लिए परिस्थिति को ध्यान में रखकर विचार-विमर्श करना ही उपयोगी और सहायक सिद्ध हो सकता है।

10.2.6 काण्ट का क्रियात्मक अंतर्बोधपरक मत

काण्ट भी एक प्रकार से अंतः प्रज्ञावादी ही थे। उनके अनुसार मनुष्य के व्यक्तित्व की संरचना ही ऐसी है कि वह अंतर्बोध को सम्भव बना सकती है। वस्तुतः मनुष्य की आन्तरिक बुद्धि ही आचरण के क्रियान्वयन के लिए आदेश देती है और यह आदेश पूर्णतः उद्देश्यहीन और लक्ष्यनिरपेक्ष होता है। यह आदेश इस प्रकार का होता है कि इसका उल्लंघन नैतिकता के विरुद्ध हो जाता है। ध्यातव्य है कि यह आदेश किसी ऊपरी या बाह्य सत्ता का आदेश नहीं होता, वरन् यह मनुष्य की अपनी आन्तरिक बुद्धि का ही आदेश होता है। यह किसी तरह के सोच-विचार का परिणाम नहीं होता, वरन् यह किसी स्वस्थ मानव की अंतरात्मा की माँग ही होता है। काण्ट के अनुसार जहाँ एक ओर शुद्ध बुद्धि अपनी प्रकृति के अनुसार जगत् सम्बन्धी ज्ञान देती है, वहीं दूसरी ओर क्रियापरक बुद्धि अपनी प्रकृति के अनुसार आचरण सम्बन्धी ज्ञान देती है। आचरण सम्बन्धी नीतिपरक ज्ञान विवेचित ज्ञान नहीं होता, वरन् वह आन्तरिक बुद्धि से प्रस्फुटित सहज ज्ञान ही होता है। काण्ट के अनुसार आत्मा का मूलभूत नीतिपरक आदेश है—''उस रीति के अनुसार कर्म करो जिसे तुम एक सार्वजनीन नियम बना सको''। अतः नैतिक आचरण वही हो सकता है जो सार्वजनीन या सर्वसापेक्ष हो। इसमें किसी तरह अपवाद का स्थान नहीं हो सकता। यहाँ यह स्पष्ट कर देना आवश्यक है कि यह आदेश किसी प्रकार की बाह्य सत्ता या अतिप्राकृतिक अधिकारी का आदेश नहीं होता। यह तो मनुष्य की अपनी अंतरात्मा का ही आदेश होता है जो अनुल्लंघनीय इसलिए है कि यह पूरी तरह तर्कसंगत है। इसी कारण काण्ट आदेश देनेवाली अंतरात्मा को 'क्रियापरक बुद्धि' ही कहते हैं। इस तरह हम देखते हैं कि एक दृष्टि से यदि काण्ट अंतःप्रज्ञावादी हैं, तो एक अन्य दृष्टि से वे बुद्धिवादी हैं। इस प्रकार की मान्यता को हम एक उदाहरण के द्वारा स्पष्ट करना चाहेंगे।

प्रतिज्ञापालन सम्बन्धी विषय नीतिशास्त्र का एक अत्यंत महत्त्वपूर्ण विषय है। ''प्रतिज्ञा का पालन करना चाहिये''—यह आचरण सम्बन्धी एक अत्यन्त महत्त्वपूर्ण नियम है। कोई स्वस्थ प्रौढ़ व्यक्ति सहज ही इस बात को स्वीकार करेगा कि प्रतिज्ञा का पालन अवश्य करना चाहिये। प्रश्न उठता है कि इस प्रतिज्ञापालन का ज्ञान उपलब्ध कैसे होता है। गहराई से विचार करने पर यह समझने में कोई कठिनाई नहीं हो सकती कि प्रतिज्ञा की अवधारणा में ही उसकी अनुपालनीयता अंतर्निहित है। और यदि यह सही है तो प्रतिज्ञापालनपरक आदेश का अनुपालन इस बात पर निर्भर नहीं है कि यह आदेश किसी बाह्य प्रभुतासम्पन्न अधिकारी से निर्गत हुआ है या इसके द्वारा कोई स्वार्थसिद्धि या कोई अन्य प्रकार की साध्यसिद्धि ही होती है। आप प्रतिज्ञा करने मात्र से ही इस बात के लिए प्रतिबद्ध हो जाते हैं कि आपको प्रतिज्ञा का पालन करना चाहिये। यदि आप प्रतिज्ञा करते समय अपने आपको प्रतिज्ञापालन से बरी मान लेते हैं, तो फिर आप प्रतिज्ञा करते ही नहीं हैं। और यदि आप प्रतिज्ञा करते ही

नहीं हैं, तो आपके द्वारा प्रतिज्ञापालन का प्रश्न ही नहीं उठ सकता। अतः यदि आप सही अर्थ में प्रतिज्ञा करते हैं, तो फिर आप उसके पालन के लिए प्रतिबद्ध हो ही जाते हैं। इस प्रसंग में जो आदेश की चर्चा होती है, वह, जैसा हमने ऊपर भी कहा है, किसी प्रभुतासम्पन्न सत्ता का आदेश नहीं होता। इसमें तार्किक संगति का न तो उल्लंघन होता है, और न ही इसे अनुपादेय मानकर छोड़ा जा सकता है। क्या तार्किक विसंगति पर आधारित कोई प्रयास सम्भव भी हो सकता है?

अब प्रश्न उठता है कि क्या क्रियात्मक अंतर्बुद्धि से निर्गत निरपेक्ष आदेशसम्बन्धी काण्ट का यह नैतिक मानदण्ड स्वीकार योग्य है? क्या नैतिक मानदण्डसम्बन्धी सभी आवश्यकताओं की पूर्ति इस मानदण्ड से हो जाती है? यदि व्यक्ति किसी कार्य को करने की प्रतिज्ञा करता है, पर उसके अनुपालन का प्रयास नहीं करता, तो वह व्यक्ति एक प्रकार से आत्मव्याघाती व्यवहार ही करता है। ऐसा इसलिए कि वह अपनी प्रतिबद्धता के प्रतिकूल व्यवहार करता है। जैसा हमने ऊपर कहा है, प्रतिज्ञापालन की अनिवार्यता तो प्रतिज्ञा करने की अवधारणा में ही अंतर्निहित है। यह अनिवार्यता किसी हितकारी परिणाम पर आधारित नहीं होती। ऐसा बिलकुल सम्भव है कि प्रतिज्ञापालन के परिणाम हितकारी न ही हों। लेकिन तब भी उसकी एक अपनी गरिमा तो है ही।

यहाँ एक प्रश्न यह उठता है कि क्या काण्ट के बतलाये अन्य नैतिक कर्तव्यों में भी उसी प्रकार की अनिवार्यता निहित है जैसी अनिवार्यता प्रतिज्ञापालन में है। काण्ट के अनुसार लोककल्याणपरक कार्य भी नैतिक कर्तव्य ही है। साधारण विचार के अनुसार भी ऐसे कार्य नैतिक कर्तव्य ही होते हैं। लेकिन क्या इसके विरुद्ध सोचने या कार्य करने वाला व्यक्ति आत्मव्याघाती ढंग से सोचता या कार्य करता है? इसका उत्तर स्पष्ट ही नकारात्मक होगा। यह सोचना बिल्कुल सुसंगत है कि मैं सुखसम्पन्न रहूँ और मैं किसी अन्य व्यक्ति के कल्याणार्थ कुछ न सोचूँ या करूँ। इस तरह के सोच में किसी प्रकार का आत्मविरोध नहीं है। लेकिन इस तर्क के विरोध में क्या यह नहीं कहा जा सकता कि यदि इस प्रकार के लोककल्याणविरोधी सोच को सार्वभौम रूप दे दिया जाय और उसे एक नैतिक नियम ही बना दिया जाय, तो क्या ऐसी सोच रखने वाला व्यक्ति स्वयं उसकी लपेट में नहीं आ जायगा और स्वयं भी सभी प्रकार की सहायता से वंचित नहीं रह जायगा? और तब उसका स्वयं का सुखसम्पन्न रहना बाधित नहीं हो जायगा? सार्वभौम नियम सही अर्थ में सार्वभौम या सार्वजनीन तभी हो सकता है जब उसमें सभी व्यक्ति शामिल कर लिये जाते हैं। यदि उपर्युक्त सोच वाला व्यक्ति अपने आपको उपर्युक्त सार्वजनीन नियम से अलग कर लेता है, तो वह उस नियम को सार्वजनीन होने ही नहीं देता है। और यदि वह उस नियम को सार्वजनीन नहीं होने देता है, तो वह स्वयं भी सभी प्रकार के हितों से वंचित रह जाता है। लेकिन तब यहाँ यह प्रत्युत्तर दिया जा सकता है कि लोककल्याणपरक कर्तव्य के पीछे किसी के द्वारा लाभान्वित होने की बात तो रहती ही नहीं है। वह तो सिर्फ कर्तव्य करने का नियम है। लेकिन तब काण्ट के "कर्तव्य केवल कर्तव्य के लिये" का नारा निश्चय ही एक खोखला नारा हो जाता है, जो किसी काम का नहीं होता।

काण्ट के विरुद्ध यह आक्षेप भी किया ही जा सकता है कि यदि किसी समय दो सार्वभौम नियमों में परस्पर विरोध या संघर्ष उत्पन्न हो जाये तो उस समय कर्ता के लिये किंकर्तव्यविमूढ़ होने के अलावे और कुछ भी करना सम्भव नहीं हो सकता। इसका कारण यह है कि सार्वभौम या सार्वजनीन होने के कारण दोनों परस्पर विरोधी नियमों की नैतिकता बिलकुल अक्षुण्ण रहती

है और ऐसी स्थिति में कर्ता के लिए किसी एक को छोड़कर दूसरे के अनुसार कार्य करना सम्भव नहीं हो सकता। पर तब ऐसा मानकर कुछ नहीं करना भी मनुष्य के लिए शोभनीय नहीं हो सकता। ऐसी स्थिति में दोनों विकल्पों के प्रत्याशित परिणामों की तुलनात्मक जाँच करके अधिक लाभकारी विकल्प के अनुरूप कार्य करने का संकल्प लेना ही उचित हो सकता है। इस प्रकार हम देखते हैं कि केवल कर्तव्यता के आधार पर तथा परिणामों की पूरी तरह उपेक्षा करके कार्य करना हर परिस्थिति में सम्भव नहीं हो सकता।

काण्ट के विरुद्ध यह आक्षेप भी लगाया जा सकता है कि उनकी कार्यपद्धति नैतिकता के क्षेत्र में मात्र आकार प्रदान करती है, कोई विषय-वस्तु नहीं देती। महज सामान्य हो जाने से ही किसी नियम को नैतिक नियम की संज्ञा नहीं दी जा सकती। विलियम के० फ्रैंकेना[8] ने अपनी पुस्तक *एथिक्स* में दो ऐसे उदाहरण दिये हैं जिन्हें आसानी से सामान्य एवं सार्वभौम बनाया जा सकता है। ये उदाहरण हैं—(1) अँधेरे में अकेला रहने पर सीटी बजाओ और (2) बाँयें जूते के फीते को पहले बाँधो। लेकिन क्या ये दोनों आदेश सामान्य जाने पर नैतिक दृष्टि से प्रासंगिक हो जाते हैं? क्या ऐसे सामान्य आदेशों का पालन करके लोग प्रशंसा या पुरस्कार के पात्र बन जा सकते हैं? और पालन नहीं करने पर निन्दा या दण्ड के भागी हो जा सकते हैं? इन प्रश्नों के उत्तर अवश्य ही नकारात्मक होंगे। अतः यह स्पष्ट हो जाता है कि कोई कार्यप्रणाली सामान्य बना दिये जाने पर नैतिक मान्यता प्राप्त नहीं कर ले सकती। ऐसी मान्यता पाने के लिये उसे सर्वजनहितकारी भी होना ही चाहिये। इस प्रकार हम देखते हैं कि परिणाम की अवहेलना कर मात्र कर्तव्य का नारा देने से नैतिकता सम्भव नहीं हो जा सकती। कोई कर्म नैतिकता के क्षेत्र में तभी आ सकता है जब वह कुछ आकारपरक तथा कुछ वस्तुपरक लक्षणों से युक्त हो जाता है। उन लक्षणों के अभाव में कोई कर्म नैतिक परिधि में आ नहीं सकता। चूँकि उपर्युक्त दोनों उदाहरणों के कर्तव्यों में लोककल्याणपरक लक्षण वर्तमान नहीं है, इसलिये वे नैतिक दृष्टि से प्रासंगिक एवं महत्त्वपूर्ण नहीं हो सकते। इन कर्तव्यों का सामान्यीकरण तो अवश्य हुआ है, पर केवल सामान्यीकरण के आधार पर किसी कर्तव्य को नैतिक रूप नहीं मिल जाता। काण्ट ने सामान्यीकरण को जो अत्यधिक महत्त्व दिया है वह अपनी जगह पर बिल्कुल ठीक है। निश्चय ही सामान्यीकरण नैतिकता के लिए अत्यन्त आवश्यक है, पर निश्चय ही यह पर्याप्त नहीं है। सामान्यीकरण के अलावे नैतिकता के लिये और क्या-क्या अपेक्षित और आवश्यक हैं उस सम्बन्ध में हम आगे उचित स्थान पर विचार करेंगे। लेकिन ऊपर के विवेचन से यह तो स्पष्ट हो ही जाता है कि अंतःप्रज्ञावाद के अंतर्गत ऊपर वर्णित काण्ट द्वारा प्रवर्तित मत अपर्याप्त होने के कारण स्वीकारयोग्य नहीं है।

❑

अध्याय 11

कर्तव्यवाद

11.1 कर्तव्यवाद का स्वरूप

पिछले अध्यायों में हमने बाह्यनियमपरक तथा अंतःप्रज्ञापरक नैतिक मानदण्डों का विस्तृत विवेचन किया है। अंतःप्रज्ञापरक मानदण्ड के विवेचन के क्रम में हमने पाया कि अंतःप्रज्ञावाद के अनुसार कर्तव्यों का प्रत्यक्ष ज्ञान हो जा सकता है और मनुष्यों का यह नैतिक दायित्व होता है कि वे इन कर्तव्यों का पालन परिणामों की प्राप्ति के लिए नहीं, वरन् केवल कर्तव्यपालन के लिए ही करें। *गीता* इसी प्रकार का संदेश देती है जब वह कहती है—"कर्मण्येवाधिकारस्ते मा फलेषु कदाचन"। इस प्रकार के संदेश से यह बात तो स्पष्ट हो ही जाती है कि कर्म या तो फलप्राप्ति के लिए या फिर कर्तव्यपालन के लिए किया जा सकता है। इस प्रकार हम देखते हैं कि कर्तव्यों का परिणामनिरपेक्ष अनुपालन तो हो ही सकता है। कर्तव्यों के इस परिणामनिरपेक्ष अनुपालनसम्बन्धी मत को कर्तव्यवाद कहते हैं। इस मत में परिणामों की प्रासंगिकता रह ही नहीं जाती और यह मत अपने औचित्य के लिए मुख्यतः अंतःप्रज्ञावाद पर ही निर्भर करता है। हमने यहाँ 'मुख्यतः' शब्द का प्रयोग किया है, क्योंकि कर्तव्यवाद के औचित्य का आधार केवल अंतःप्रज्ञा को ही नहीं, बल्कि बौद्धिक विवेचन, ईश्वरीय आदेश, सामाजिक रीति-रिवाज, आदि को भी माना गया है। इस अध्याय में हम कर्तव्यवाद के उस दृष्टिकोण की ही विस्तृत व्याख्या एवं समीक्षा करेंगे जिसके अनुसार कार्य का क्रियान्वयन केवल कर्तव्यपालन के लिए ही करना चाहिये, उससे उत्पन्न परिणामों को प्राप्त करने के लिए नहीं। हम ऊपर देख चुके हैं कि इस दृष्टिकोण के एक कट्टर समर्थक इमैन्युएल काण्ट हैं जिन्होंने 'कर्तव्य कर्तव्य ही के लिए' का नारा दिया है। और यही कारण है कि उनके नैतिक सिद्धान्त को कर्तव्यवाद भी कहा जाता है। इस अध्याय का विवेच्य विषय यह नहीं है कि कर्तव्यों का ज्ञान अंतःप्रज्ञा से होता है या किसी अन्य स्रोत से, बल्कि इसका विषय मुख्यतः यहाँ यह है कि कर्तव्यवाद अपने आप में नैतिक दृष्टि से पर्याप्त है या नहीं। ऊपर के विवेचन से यह तो संकेत मिल ही गया है कि कर्तव्यवाद का विरोधी मत परिणामवाद या प्रयोजनवाद है जिसके अनुसार कर्म की नैतिकता उसके परिणामों पर ही निर्भर होती है। इसका विस्तृत विवेचन हम अगले अध्याय में करेंगे।

11.2 कर्तव्यवाद के प्रकार

कर्तव्यवाद को हम दो रूप दे सकते हैं:—

(1) परिस्थिति आधारित कर्तव्यवाद और (2) नियम आधारित कर्तव्यवाद।

इन दोनों ही कर्तव्यवादों में परिणामों की कोई अपेक्षा नहीं रहती है।

11.2.1 परिस्थिति-कर्तव्यवाद

परिस्थिति पर आधारित कर्तव्यवाद् में किसी नैतिक नियम के अनुसार कर्तव्य निर्धारित

नहीं होता, वरन् उपस्थित परिस्थिति की विशिष्टता के अनुसार ही कर्तव्य निर्धारित होता है। इसलिए इसमें नियम की कोई प्रासंगिकता सम्भव नहीं होती। कर्ता को वही कर्म करना चाहिये जो उपस्थित परिस्थिति की विशिष्टता के अनुरूप किया जाना चाहिये। उसे किसी भविष्य में परिणाम को ध्यान में रखकर नहीं, वरन् उपस्थित परिस्थिति की विशिष्टता को ध्यान में रखकर ही काम करना चाहिये। पाश्चात्त्य दार्शनिक फैंकेना इस प्रकार के कर्तव्यवाद को कर्म-कर्तव्यवाद कहते हैं, क्योंकि इसमें परिस्थिति के अनुरूप किये जाने वाले कर्म की ही प्रधानता होती है, न कि किसी पूर्व निर्धारित नियम की। हम इस कर्म-कर्तव्यवाद को परिस्थितिनिरपेक्ष कर्तव्यवाद ही कहेंगे, क्योंकि 'कर्म-कर्तव्यवाद' से भ्रान्तियाँ उत्पन्न हो सकती हैं। अब यहाँ यह प्रश्न उठ सकता है कि यदि परिस्थिति-कर्तव्यवाद में न तो किसी नियम का और न ही किसी प्रत्याशित परिणाम का कोई स्थान है, तो फिर उसके अनुसार कर्तव्य का निर्धारण होता कैसे है? क्या यह निर्धारण अंतःप्रज्ञा या अंतर्दृष्टि की सूझ पर आधारित होता है? यहाँ यह उल्लेखनीय है कि अंतःप्रज्ञा का सहारा लेकर प्रस्तुत समस्या का समाधान अनेक विचारकों ने किया तो है, किन्तु यदि बारीकी से विचार किया जाय तो यह देखा जा सकता है कि अंतःप्रज्ञा का सहारा लेकर समस्या को केवल टाला ही जा सकता है, उसका समाधान नहीं निकाला जा सकता। अंतःप्रज्ञा या अंतर्दृष्टि आखिर है क्या? यह प्रश्न भी यहाँ विचारणीय हो जाता है। यदि किसी व्यक्ति के सामने एक ऐसी परिस्थिति उत्पन्न हो जाय जिसमें उसके लिए कर्म करना जरूरी हो जाय और अंतदृष्टि से उसके मन में किसी कार्य का बोध भी हो जाय, तो भी हम उस बोध को नैतिक मान्यता नहीं दे सकते; क्योंकि वह बोध अंतदृष्टि की सहायता से उत्पन्न होने के कारण विचारजनित नहीं हो जा सकता, बल्कि वह हठात् उत्पन्न होने वाला एक बोध ही हो सकता है। और ऐसा बोध कर्ता का अपना निर्णीत ज्ञान नहीं हो सकता, वरन् एक प्रकार से बाह्यारोपित ज्ञान ही माना जा सकता है। ऐसी स्थिति में इस ज्ञान को नैतिक मान्यता दे देने से यह उन सभी दोषों से ग्रस्त हो जाता है जिनसे सभी प्रकार के बाह्य नैतिक नियम ग्रसित रहते हैं। और तब यहाँ यह दोषारोपण भी प्रासंगिक हो जाता है कि परिस्थिति-कर्तव्यवाद में स्वतंत्र संकल्पन का अभाव ही रहता है। पर तब यहाँ यह पूछा जा सकता है कि यदि कर्तव्य का ज्ञान परिस्थिति के अनुरूप हठात् ही उत्पन्न होता है, तो उसे बाह्यारोपित कैसे कहा जा सकता। इसे तो परिस्थिति के अनुरूप विवेचित ज्ञान का दर्जा ही दिया जाना चाहिये। अस्तित्ववादियों के अनुसार तो परिस्थिति को महत्त्व देने पर ही स्वतंत्र संकल्पन सम्भव हो सकता है। उनके विचार में किसी नियम का अनुपालन करना ही लकीर का फकीर बनना है। उनके अनुसार तो कर्ता को उपस्थित परिस्थिति के अनुरूप ही यह निर्णय लेना चाहिये कि उस परिस्थिति में उसे क्या करना चाहिये। इस प्रकार हम देखते हैं कि अस्तित्ववादी परिस्थिति-कर्तव्यवादी ही होते हैं।

लेकिन यदि विचारपूर्वक देखा जाय तो यह स्पष्ट हो जाता है कि परिस्थिति के अनुरूप कोई निर्णय लेना प्रकारान्तर से किसी नियम का ही सहारा लेना होता है। और नियम के अनुरूप निर्णय लेने में एक प्रकार की तार्किकता अवश्य वर्तमान रहती है। अतः परिस्थिति के अनुरूप निर्णय लेने में एक प्रकार से नियम का ही सहारा लेकर हम तर्कसंगत बने रह जा सकते हैं। उस नियम को हम इस प्रकार वर्णित कर सकते हैं—"ऐसी सभी परिस्थितियों में जो वर्तमान परिस्थिति के समान हों, कर्ता को अमुक प्रकार का कार्य करना चाहिये"। किसी परिस्थिति के उपस्थित हो जाने पर हठात् कुछ कर बैठना नैतिक दृष्टि से न तो उचित है, और न मनुष्य जैसे बौद्धिक प्राणी के लिए शोभनीय ही। किसी बौद्धिक प्राणी से जो अपेक्षित

होता है, उसमें तारतम्य, तार्किकता और संगति का होना नितान्त आवश्यक है। और जहाँ कहीं भी ये लक्षण वर्तमान रहते हैं, वहाँ नियम का होना स्वाभाविक ही है। इस प्रकार हम देखते हैं कि परिस्थिति-कर्तव्यवाद में एक प्रकार से नियम-कर्तव्यवाद निहित ही रहता है। यदि परिस्थिति-कर्तव्यवाद में नियम निहित न रहे, तो उसे नैतिक मान्यता नहीं दी जा सकती।

11.2.2. नियम-कर्तव्यवाद

नियम-कर्तव्यवाद अर्थात् नियम पर आधारित कर्तव्यवाद का अपना विशिष्ट महत्त्व है और इसका इतिहास बहुत गौरवपूर्ण है। प्रायः सभी संस्कृतियों में यह माना जाता रहा है कि कुछ मूलभूत नैतिक नियम हैं जिनके अनुसार कर्म करना ही मनुष्य का नैतिक दायित्व है। ये कर्म हैं—सच बोलना, चोरी नहीं करना, ऋण चुकाना, प्रतिज्ञा का पालन करना, निर्दोष जीव को पीड़ा न देना, कृतज्ञ होना, आदि आदि। ये सभी नियम मौलिक हैं; और ये इसलिए अनुपालनीय नहीं होते कि इनके अनुपालन से कर्ता या समाज को सुख मिल सकता है, बल्कि इसलिए कि इनका अनुपालन मनुष्य का कर्तव्य होता है। ऐसे नियम मानव समाज के विकास की प्रारम्भिक अवस्था में भले ही सामाजिक व्यवहार से उत्पन्न हुए रहे हों, पर कोई परिपक्व मानसिक क्षमता रखने वाला व्यक्ति स्वयं भी अपनी बुद्धि के द्वारा ऐसे नियमों का सृजन कर ही ले सकता है। और फिर, हमने ऊपर देखा ही है कि इन नियमों के ज्ञान के सम्बन्ध में एक मत अंतःप्रज्ञापरक भी है। चूँकि हम इस मत के बारे में विस्तृत विवेचन पहले ही कर चुके हैं, इसलिए अब यहाँ उसकी पुनरावृत्ति करना अपेक्षित नहीं है। अतः अब हम यहाँ ऐसे नियमों की संख्या एवं प्रकार के बारे में चर्चा करेंगे।

11.3 कर्तव्यपरक नियमों की संख्या एवं उनके प्रकार

साधारणतः नैतिक नियमों की संख्या अनेक मानी जाती है। इस सम्बन्ध में कोई निश्चित संख्या निर्धारित नहीं की जाती। यहाँ इतना ही कहा जा सकता है कि किसी समाज में मनुष्य के आचरणों के सम्बन्ध में दिशानिर्देश के लिए जितने नियम प्रचलित रहते हैं, उस समाज में नैतिक नियमों की संख्या उतनी ही रहती है। पर विचारकों ने ऐसे नियमों को वर्गीकृत करने की तथा उन नियमों को अधिक से अधिक सामान्य बनाकर उनकी संख्या को कम-से-कम करने की अवश्य कोशिश की है।

इस संदर्भ में नैतिक नियमों को आधारभूत नियमों तथा व्युत्पन्न नियमों में विभाजित किया जा सकता है। 'सत्यनिष्ठ होना चाहिये'—यह एक आधारभूत या मौलिक नियम है। किन्तु इससे अनेक विशिष्ट नियम व्युत्पन्न हो सकते हैं—जैसे, किसी को झूठी खबर नहीं देनी चाहिये, झूठी गवाही नहीं देनी चाहिये, धोखाधड़ी नहीं करनी चाहिये, आदि आदि। अब प्रश्न उठता है कि ये आधारभूत या मौलिक नियम कितने हैं और क्या-क्या हैं। इन नियमों की संख्या के सम्बन्ध में कोई निश्चित संख्या बतलाना तो सम्भव नहीं है। पर हम इन नियमों द्वारा निर्धारित कर्तव्यों को दो वर्गों में बाँट अवश्य सकते हैं—(1) परोपकारनिष्ठात्मक कर्तव्य और (2) आबंधात्मक कर्तव्य। इन दोनों प्रकार के कर्तव्यों में किसी तरह के उद्देश्य की प्राप्ति का कोई स्थान नहीं रहता। परोपकारनिष्ठात्मक कर्तव्यों के अंतर्गत वैसे कर्तव्य आते हैं जिनके कारण हम दूसरों के प्रति उपकार के कार्य करने के लिए मानो बाध्य होते हैं। यहाँ परोपकार-निष्ठा तथा परोपकार-भावना में भेद करना अपेक्षित एवं आवश्यक है। कोई माता अपनी संतान को सुख पहुँचाने के लिए अनेक प्रकार के कार्य करती रहती है। वह साधारणतः इस सम्बन्ध में किसी कर्तव्यनिष्ठा से प्रेरित नहीं होती, बल्कि अपनी संतान के प्रति वात्सल्य

या स्नेह की भावना से प्रेरित होकर उद्देश्यपूर्ण कार्य करती है। यहाँ यह उल्लेखनीय है कि भावनाजनित कर्म तथा कर्तव्यनिष्ठाजनित कर्म नैतिक उत्कृष्टता की दृष्टि से एक ही प्रकार के नहीं होते। नैतिक दृष्टि के अनुसार तो वही कर्म मूल्यवान् होता है जो सोच-समझकर स्वतंत्र संकल्प के आधार पर आत्मसात् करके किया जाता है, न कि किसी प्रकार की भावना से उत्प्रेरित होकर किया जाता है। यह सही है कि माता की वात्सल्य-भावना को किसी तरह अनैतिक नहीं माना जा सकता, और इससे प्रेरित कर्मों को नैतिक ही माना जायगा। पर तब यह भी सही ही है कि अनेक प्रसंगों में उसकी यही भावना उसके अनेक कर्मों को पक्षपातपूर्ण तथा अनैतिक बना दे सकती है। यहाँ यह भी उल्लेखनीय है कि यद्यपि भावनाजनित कर्मों तथा कर्तव्यनिष्ठाजनित कर्मों के परिणाम एक जैसे ही हो सकते हैं, फिर भी नैतिक मूल्यांकन में उत्कृष्टता का आधार भावना की अपेक्षा निष्ठा ही हो सकती है। और फिर यह भी सही है कि ऊपर वर्णित प्रथम वर्ग के नैतिक नियमों से उत्प्रेरित कर्मों के परिणाम परोपकारनिष्ठाजनित होने के कारण परोपकारपरक ही होते हैं। पर दूसरे वर्ग के यानी आबंधात्मक नियमों से उत्प्रेरित कर्मों के परिणामों में परोपकार करने का कोई स्थान ही नहीं रहता। इस दूसरे वर्ग में तो केवल आबंधात्मक कर्तव्य ही आते हैं, जैसे, सत्यनिष्ठ होना, प्रतिज्ञा का पालन करना, ऋण से उऋण होना, योग्यतानुसार सुख-दुःख का आबंटन करना, क्षतिपूर्ति करना, दाम्पत्य-प्रतिबद्धता, कृतज्ञता, न्यायनिष्ठा, आदि-आदि। इन कर्तव्यों को हम ''न्यायपरक कर्तव्य'' कह सकते हैं। इस प्रकार के कर्तव्यों को करने में दूसरों को उपकार पहुँचाने की बात बिलकुल नहीं रहती; वरन् ऐसे कर्तव्यों को करने में दूसरों के साथ केवल न्यायोचित एवं तर्कसंगत व्यवहार ही हो सकता है। उदाहरणस्वरूप यदि मैंने प्रतिज्ञा की है कि मैं आपके साथ मिलकर कोई व्यापार करूँगा, तो तर्कतः मेरा यह कर्तव्य होता है कि मैं आपके साथ मिलकर कोई व्यापार करूँ। यदि मैंने आपको कोई क्षति पहुँचायी है, तो मेरा यह कर्तव्य बनता है कि मैं आपकी क्षति को पूरी कर दूँ। यदि मुझे आपको कोई सूचना देने जैसा कर्तव्य करना है, तो सही अर्थ में मैं आपको तभी सूचना दे सकूँगा जब मैं आपको सच्ची सूचना दूँगा। यदि आपने मेरा कोई उपकार किया है, तो एक बौद्धिक प्राणी होने के नाते मेरा यह कर्तव्य बन जाता है कि मैं आपका आभार मानूँ और आपके प्रति कृतज्ञ होऊँ। स्पष्ट ही ये सभी कर्तव्य न्याय पर आधारित हैं। इन्हें हम ''न्यायाश्रित कर्तव्य'' भी कह सकते हैं।

11.4 परमकर्तव्यपरक नियम की परिकल्पना

हमने ऊपर संकेत किया है कि सभी नैतिक कर्तव्यों को किसी एक आधारभूत परम नियम के अंतर्गत लाने का प्रयास भी किया गया है। ऐसा प्रयास सिजविक, राशडेल, काण्ट, आदि विचारकों ने किया है। इस सम्बन्ध में सिजविक ने न्यायपरक सिद्धान्त, राशडेल ने समानतापरक सिद्धान्त तथा काण्ट ने सामान्यीकरण सिद्धान्त प्रस्तुत किये हैं। उनके ये सिद्धान्त नीचे दिये जाते हैं।

11.4.1. सिजविक का न्यायपरक सिद्धान्त

''अ के लिए कभी यह उचित नहीं हो सकता कि वह ब के साथ वैसा व्यवहार करे जैसा यदि ब अ के प्रति करे तो वह अनुचित माना जाय। अ तथा ब के असमान व्यवहारों को महज इस कारण उचित नहीं ठहराया जा सकता कि वे दोनों भिन्न-भिन्न व्यक्ति हैं और उनके प्राकृतिक स्वभावों या उनकी परिस्थितियों में भिन्नता है जिन भिन्नताओं के आधार पर कभी-कभी असमान व्यवहारों को उचित ठहराया जा सकता है।''

11.4.2. राशदल का समानतापरक सिद्धान्त

"मुझे किसी व्यक्ति की भलाई को अन्य किसी व्यक्ति की वैसी ही भलाई के समान मानकर दोनों को एक ही तरह का मूल्य प्रदान करना चाहिए।"

11.4.3. काण्ट का सामान्यीकरण सिद्धान्त

"केवल उसी नीति के अनुसार काम करो जिसे तुम एक सर्वसामान्य नियम के रूप में स्वीकार कर सको।"

इस प्रकार हम देखते हैं कि उपर्युक्त विचारकों ने अपने-अपने ढंग से विभिन्न नैतिक नियमों को एक ही सर्वव्यापक नियम के अंतर्गत लाने का प्रयास किया है और उसी एक सर्वव्यापक नैतिक नियम के अनुरूप सभी नैतिक कर्तव्यों का निरूपण सम्भव माना है। किन्तु यहाँ यह प्रश्न उठ जाता है कि क्या नियम-कर्तव्यवाद, चाहे वह अनेकरूपी हो या एकरूपी, नैतिक मानदण्ड के रूप में खरा उतर सकता है।

11.5 नियम-कर्तव्यवाद की समीक्षा

पहले हम अनेकरूपी नियम—कर्तव्यवाद की समीक्षा करेंगे। इसका एक उपयुक्त उदाहरण रॉस का कर्तव्यवाद है। उन्होंने, जैसा हमने पहले भी देखा है, अनेक नैतिक कर्तव्यों को माना है, और कर्तव्यों के संघर्ष की समस्या से निपटने के लिए उन्होंने प्रथमदृष्ट्या कर्तव्य तथा वास्तविक कर्तव्य में विभेद भी किया है। उनके अनुसार प्रथमदृष्ट्या कर्तव्यों में संघर्ष हो ही सकता है, पर जब परिस्थिति की विशिष्टता पर ध्यान दिया जाता है, तब उस विशिष्टता के आलोक में वास्तविक कर्तव्य का ज्ञान सम्भव हो जा सकता है और इस तरह संघर्ष का अंत हो जा सकता है। पर तब क्या हम नियम-कर्तव्यवाद को छोड़कर परिस्थिति-कर्तव्यवाद को स्वीकार नहीं कर लेते? यहाँ यह उल्लेखनीय है कि हमने परिस्थिति-कर्तव्यवाद की आलोचना ऊपर की है और हमने पाया है कि परिस्थिति-कर्तव्यवाद में प्रकारान्तर से नियम- कर्तव्यवाद निहित ही रहता है। यहाँ यह प्रश्न भी उठ जाता है कि परिस्थिति की विशिष्टता के कारण जो वास्तविक कर्तव्य का ज्ञान उपलब्ध होता है, वह अंतःप्रज्ञात्मक होता है या प्रत्याशित परिणामों के आधार पर अनुमानित। यदि वह अंतःप्रज्ञात्मक है तो फिर हम अंतःप्रज्ञावाद की कठिनाइयों में फँस जाते हैं। पर यह तो सही ही है कि यदि मैंने कोई प्रतिज्ञा की है, तो मैंने स्वयं ही उस प्रतिज्ञा के अनुसार कार्य करने की प्रतिबद्धता अख्तियार कर ली है और तब यदि मैं उस कार्य को नहीं करना चाहता हूँ या नहीं करता हूँ, तो एक प्रकार से मैं अपनी ही प्रतिष्ठा को दाँव पर लगा देता हूँ। इस प्रकार का प्रतिष्ठाविनाश प्रतिज्ञा की अवधारणा के स्वरूप के कारण ही सम्भव होता है। पर इस तार्किक आधार के बावजूद प्रतिज्ञापालन का नैतिक रूप लेना सामाजिक हितपरक कारणों से ही सम्भव हो सकता है। यदि प्रतिज्ञा या प्रतिज्ञापालन जैसी आचरण- व्यवस्था सामाजिक हित में नहीं होती, तो उसे सामाजिक मान्यता नहीं मिल पाती। नियम-कर्तव्यवादियों ने जो भी नैतिक नियम गिनाए हैं, वे अपनी अपनी अवधारणात्मक संरचना के कारण स्वयंसिद्ध एवं अकाट्य भले ही हों, पर उनका नैतिक रूप सामाजिक उपादेयता पर ही निर्भर होता है। वास्तविक जीवन में ऐसे भी अवसर आते हैं जब ये नियम न तो स्वयंसिद्ध प्रतीत होते और न अकाट्य ही। सामाजिक परिस्थिति की विशिष्टता प्रतिज्ञापालन के उल्लंघन को भी उसी तरह औचित्य प्रदान कर देती है जिस तरह परिस्थिति की विशिष्टता अन्य अवसरों पर

प्रतिज्ञा के पालन को ही औचित्य प्रदान करती है। प्रतिज्ञापालन नियम का स्वयंसिद्ध या अकाट्य रूप तब उतना स्पष्ट और जोरदार प्रतीत नहीं होता, जब उसके उल्लंघन से जनहित की सम्भावना बहुतअधिक बढ़ जाती है और जिसके साथ प्रतिज्ञा हुई रहती है उसकी बहुत अधिक हानि की संभावना भी नहीं रहती है। राम ने प्रतिज्ञा की है कि वह करोड़पति श्याम से ऋण के रूप में लिए गये 100 रुपये अगले महीने की पहली तारीख को लौटा देगा। अगले महीने की पहली तारीख को राम की बीमार पत्नी की हालत बहुत बिगड़ जाती है और राम अपने पास के सभी रुपये अपनी पत्नी के इलाज में खर्च कर देता है और श्याम को उसके रुपये नहीं लौटा सकता है। क्या यहाँ नैतिकता के नाम पर यह कहना उचित है कि राम को अपनी प्रतिज्ञा के अनुसार श्याम को रुपये लौटा ही देना चाहिये था और उन रुपयों को अपनी पत्नी के इलाज में खर्च नहीं करना चाहिये था? उसके लिए यह तो सम्भव था ही कि वह दोनों विकल्पों में से जिसको चाहता उसे ही चुन सकता था। तो क्या उसे ऋण चुकाने को ही चुन लेना चाहिये था? साधारण सोच के अनुसार तो उसका अपनी पत्नी के इलाज को ही महत्त्व देना उचित जान पड़ता है। इस प्रकार यह देखा जा सकता है कि नैतिक कर्तव्य का अनुपालन महज यान्त्रिक ढंग से करना उचित नहीं है। किसी प्रथमदृष्ट्या कर्तव्य को वास्तविक कर्तव्य तभी बनाया जा सकता है जब यह प्रतीत हो जाय कि वह कर्तव्य जनहित में बाधक न होकर साधक ही सिद्ध होगा। इस प्रकार यह देखा जा सकता है कि नैतिकता के लिए जनहित-सिद्धि एक आधारभूत शर्त है। कर्तव्यों के संघर्षों का निराकरण भी संघर्षरत कर्तव्यों के सम्भावित परिणामों की तुलनात्मक जाँच करके तथा उन परिणामों का जनहितकारिता के परिप्रेक्ष्य में सम्यक् आकलन करके ही किया जा सकता है। यह सही नहीं है कि कर्तव्यों की कोई पूर्व निर्धारित तालिका है जिसमें पहले से ही उन कर्तव्यों का अधिमानता-क्रम सुनिश्चित कर दिया गया है। और यह भी सही नहीं है कि इस तरह की तालिका ईश्वरप्रदत्त है और उसकी अभिव्यक्ति धर्मग्रंथों में या संत-महात्माओं के उपदेशों में होती है। नीतिशास्त्र में ईश्वरपरक अवधारणाओं का क्या स्थान हो सकता है, इसकी विस्तृत चर्चा हम पहले ही कर चुके हैं। और हमने देखा है कि नीतिशास्त्र में ईश्वर का स्थान सही मायने में नहीं ही हो सकता। चूँकि ईश्वर के बिना नैतिकता सम्भव हैं, इसलिए नैतिकता में ईश्वरपरक विचारों को स्थान देकर समस्याओं को और अधिक उलझा देना ही होता है।

प्रतिज्ञापालन स्पष्ट ही एक सामाजिक प्रक्रिया है। इसका प्रचलन निश्चय ही सामाजिक लेन-देन के कारण ही शुरू हुआ होगा। चूँकि मनुष्य कभी-कभी पूरी तरह अभावग्रस्त हो जाते हैं, इसलिए उन्हें कभी-कभी अपनी कमियों की पूर्ति के लिए अन्य लोगों से मदद लेनी ही पड़ती है। पारस्परिक मदद के अभाव में वे अपने सांसारिक जीवन को आगे नहीं बढ़ा सकते। पारस्परिक आदान-प्रदान में प्रतिज्ञा की बहुत बड़ी भूमिका होती है। चूँकि इसके द्वारा प्रतिज्ञाकारी अपने को वैसा करने के लिए प्रतिबद्ध बना देता है जैसा करने के लिए वह प्रतिज्ञा करता है, इसलिए प्रतिज्ञाकारी उस व्यक्ति का विश्वास प्राप्त कर लेता है जिसके संग वह प्रतिज्ञा करता है। इस प्रकार हम देखते हैं कि प्रतिज्ञा करना विश्वास पैदा करने का एक तरीका है। अब यदि प्रतिज्ञाएँ प्रायः तोड़ी ही जाती रहें, तो ये कभी विश्वास पैदा करने में सफल नहीं हो सकतीं। और तब ये अपने उद्देश्य की पूर्ति भी नहीं कर सकतीं। उस हालत में प्रतिज्ञा करने और उसका पालन करने जैसी सामाजिक व्यवस्था कायम ही नहीं रह सकती। अतः जहाँ प्रतिज्ञापरक व्यवस्था का अस्तित्व उसके अधिकाधिक पालन पर ही निर्भर होता है, वहीं उसका वास्तविक उद्देश्य सामाजिक कल्याण ही होता है। यही कारण है कि साधारण

परिस्थिति में प्रतिज्ञा का पालन अनिवार्य ही माना जाता है और अनेक विचारक इसे स्वयंसिद्ध भी मान लेते हैं। किन्तु, जैसा हमने ऊपर के उदाहरण में देखा है, असाधारण परिस्थिति में प्रतिज्ञा का उल्लंघन ही श्रेयस्कर होता है। यह तो प्रतिज्ञा-व्यवस्था के लिए सौभाग्य की बात है कि असाधारण परिस्थितियों की संख्या साधारण परिस्थितियों की संख्या की तुलना में बहुत कम होती है और इस वजह से प्रतिज्ञा-व्यवस्था पर कोई आँच नहीं आती। यदि असाधारण परिस्थितियों की संख्या ही अधिक हो जाय, तो ये ही साधारण परिस्थितियाँ बन जायेंगी और तब प्रतिज्ञापालन जैसा कर्तव्य सम्भव ही नहीं हो सकेगा। इस प्रकार हम देखते हैं कि शुद्ध कर्तव्यवाद जो "कर्तव्य केवल कर्तव्य के लिए" का नारा देता है, सही मायने में खरा नहीं उतरता। अंत में उसे अपने आपको सामाजिक सामंजस्य तथा लोककल्याण जैसे आदर्शों के संवर्द्धक के रूप में परिवर्तित करना ही पड़ता है। सामाजिक सामंजस्य तथा सामाजिक कल्याण के सम्बन्ध में हम आगे चर्चा करेंगे।

हमने ऊपर उल्लेख किया है कि कर्तव्यवाद एकरूपी भी हो सकता है। और हमने इस संदर्भ में काण्ट जैसे कुछ नीतिशास्त्रियों के विचारों की चर्चा भी की है। स्पष्ट है कि एकवादी कर्तव्यवाद में न तो कर्तव्यों के बीच का कोई पारस्परिक संघर्ष हो सकता है और न उनमें कोई वरीयता-क्रम ही हो सकता है। लेकिन क्या एकवादी कर्तव्य कोई स्पष्ट एवं निश्चित कार्यनिर्देश देने में समर्थ हो सकता है? यदि ध्यान से देखा जाय तो पाया जायगा कि काण्ट आदि नीतिशास्त्रियों ने जो एकवादी सिद्धान्त प्रस्तुत किया है उसमें इस बात पर अत्यधिक बल दिया गया है कि चूँकि मनुष्यों की गरिमा एकसमान है इसलिए नैतिक दृष्टि से वही कार्य उचित हो सकता है जो सबों में समान ढंग से लागू हो। यदि कोई कार्य किसी के लिये उचित है, तो समान परिस्थिति में वह कार्य अन्य किसी के लिये भी उचित ही होगा। लेकिन यह सही होने पर भी कि नैतिकता में सभी मनुष्यों को समान महत्त्व देना चाहिये, महज इस सामान्यीकरण के आधार पर यह निश्चित नहीं किया जा सकता कि वास्तविक कर्तव्य क्या हो सकता है। वास्तविक कर्तव्य का निरूपण तो सामान्यीकरण के साथ-साथ परिस्थिति की विशिष्टता को ध्यान में रखकर ही किया जा सकता है। उदाहरण के लिए मान लीजिये कि आप मुझसे किसी गुप्त विषय के सम्बन्ध में सही-सही जानकारी उपलब्ध कर लेना चाहते हैं। यहाँ मेरे सामने यह प्रश्न उठ जाता है कि मुझे इस सम्बन्ध में क्या करना चाहिये। मुझे सही-सही बात कह देनी चाहिये या नहीं? सामान्य व्यवहारपरक सिद्धान्त के अनुसार तो मुझे सच्ची बात ही कहनी चाहिये, क्योंकि सामान्यतः सभी व्यक्तियों से अपेक्षित यही होता है कि वे लोगों को सच्ची बात ही कहें। और फिर इस सम्बन्ध में एक नैतिक नियम भी है कि मनुष्यों को सत्य ही कहना चाहिये, यानी उन्हें सत्यनिष्ठ ही होना चाहिये। किन्तु प्रस्तुत प्रसंग में यह भी तो सम्भव हो सकता है कि मुझसे जानकारी लेने बाला व्यक्ति कोई जासूस हो और वह मुझसे जानकारी लेकर मेरे राष्ट्र के विरुद्ध ही उसका दुरुपयोग करे। अतः निश्चय ही इस प्रकार की परिस्थिति में मेरा सच बोलना नैतिक नहीं हो सकता। जैसा हमने ऊपर कहा है, मात्र सामान्यीकरण के आधार पर नैतिक कर्तव्य का निर्धारण सम्भव नहीं हो सकता। यहाँ मैं पुनः फ्रेंकेना के उस सामान्यीकृत कर्तव्य की चर्चा करूँगा जिसका उल्लेख उन्होंने अपनी पुस्तक एथिक्स में किया है। वह कर्तव्य है—अँधेरे में अकेला रहने पर सीटी बजाना चाहिये। स्पष्ट ही इस कार्य को बिना किसी तरह का नुकसान उठाये सबों के द्वारा अनुकरणीय बना लिया जा सकता है। लेकिन तब क्या इसे एक नैतिक कर्तव्य माना जा सकता है? क्या इस कार्य को नहीं करने वाले की निन्दा या भर्त्सना की जा सकती है? क्या ऐसा नहीं करनेवाला

व्यक्ति आत्मग्लानि का अनुभव कर सकता है? और क्या ऐसा नहीं करनेवाले को नैतिक आधार पर दण्ड दिया जा सकता है? स्पष्ट ही इन सभी प्रश्नों के उत्तर नकारात्मक होंगे। यहाँ यह भी उल्लेखनीय है कि एकवादी कर्तव्यवाद इतना अमूर्त होता है कि उसकी स्थिति एक पुनरुक्ति के समान ही होती है। जिस तरह कोई पुनरुक्ति कोई वस्तुपरक संदेश या कार्यनिर्देश नहीं दे सकती, उसी तरह मात्र सामान्यीकरण पर आधारित एकवादी कर्तव्यवाद से निर्गमित नियम कोई वस्तुपरक कार्यनिर्देश नहीं दे सकता। अतः यह सुनिश्चित करना नितान्त आवश्यक हो जाता है कि नैतिकता के लिए सामान्यीकरण के अलावे और क्या-क्या घटक आवश्यक होते हैं। इस सम्बन्ध में हम अगले अध्याय में विस्तृत चर्चा करेंगे।

❑

अध्याय 12

उद्देश्यवाद

12.1 कर्तव्यवाद की अपर्याप्तता तथा उद्देश्यवाद की अनिवार्यता

हमने ऊपर के अध्याय में कर्तव्यवादी नैतिक मतों की विस्तृत चर्चा की है और पाया है कि ये मत सही नैतिक मानदण्ड प्रस्तुत करने में सफल नहीं होते। यह सही है कि ये मत नैतिकता के एक अत्यन्त आवश्यक आयाम सार्वजनीनता पर बल देकर उसके महत्त्व को प्रदर्शित कर देते हैं। पर ये मत नैतिक कार्यों को परिणामनिरपेक्ष बनाकर उन्हें मानो एक प्रकार से अन्धे ही बना देते हैं। काण्ट, जो कर्तव्यवाद के एक अत्यन्त प्रबल समर्थक हैं, कहते हैं कि नैतिक रूप से परोपकार करने को भी परिणामसापेक्ष अर्थात् सोद्देश्य नहीं होना चाहिये। काण्ट यहाँ तर्क देते हैं कि यदि कोई व्यक्ति अन्य व्यक्तियों का उपकार उनको सुख पहुचाने के उद्देश्य से करता है तो वह वैसा कार्य एक उद्देश्य की पूर्ति के लिए करता है। वह व्यक्ति इस कार्य को इसलिए नहीं करता कि वैसा करना उसका कर्तव्य है। लेकिन सही मायने में नैतिकता तभी सम्भव हो सकती है जब किसी कार्य का निष्पादन केवल कर्तव्यबोध से किया जाय, किसी तरह की उद्देश्यपूर्ति के लिए नहीं।

पर यहाँ काण्ट को यह पूछा जा सकता है कि यदि कर्ता परोपकार करते समय दूसरे की भलाई जैसे उद्देश्य को ध्यान में नहीं रखेगा, तो वह परोपकार करते समय यह कैसे समझ सकेगा कि वह परोपकार जैसे कर्तव्य को कर रहा है। क्या काण्ट केवल सामान्यीकरण की सहायता से ही परोपकार को एक नैतिक कर्तव्य बना पाने में समर्थ हो जा सकते हैं? क्या यह सम्भव नहीं है कि कोई समृद्ध व्यक्ति अपने लिए दूसरों की ओर से किसी प्रकार की उम्मीद ही न रखे, और न वह दूसरों को अपने प्रति कोई उपकार करने का मौका ही दे, और इस तरह वह परोपकारिता के सामान्यीकरण में बाधक ही बनता रहे? ऐसा सोचने में कि मैं दूसरों की भलाई तो करूँ, पर दूसरे मेरी भलाई न करें कोई अंतर्विरोध नहीं है। यह सही है कि ऐसे कर्तव्य जिनका उल्लंघन आत्मव्याघाती सिद्ध हो नैतिक कर्तव्य के रूप में टिक नहीं सकते। पर आत्मव्याघात या आत्मविरोध से मुक्त रहना तो महज एक आकारिक आवश्यकता है। निश्चय ही नीतिशास्त्र या आचरणशास्त्र, तर्कशास्त्र या गणित की तरह कोई शुद्ध आकारविज्ञान नहीं है। यह तो मनुष्यों के आचरणों का नियामक विज्ञान है। इसे तो इस बात से सरोकार रहता है कि मनुष्य मनुष्य के लिए कौन-सा काम करे। मनुष्य एक ऐसा प्राणी है जो एकाकी नहीं रह सकता। उसे अन्य मनुष्यों की बराबर जरूरत होती है। और इस तरह उसे हमेशा ही एक समाज की जरूरत होती है। इस प्रकार यह स्पष्ट हो जाता है कि यदि मनुष्य का कोई कार्य समाज की संरचना एवं सामंजस्य को नष्ट करता है, तो वह नैतिक नहीं हो सकता। अतः मनुष्य का वही कार्य नैतिक हो सकता है जो सामाजिक संरचना, सामंजस्य तथा समृद्धि को सम्भव बनाता तथा प्रोन्नत करता है। इस प्रकार यह स्पष्ट हो जाता है कि नैतिक कार्य का एक ठोस वस्तुपरक अंग भी होता है जिसे हम सामाजिक कल्याण,

लोककल्याण या जनकल्याण का नाम दे सकते हैं। कर्तव्यवादियों की सामान्यीकरणता नैतिकता के लिए आवश्यक जरूर है, क्योंकि नैतिकता में सभी मनुष्यों को मनुष्यपरक गरिमा प्रदान करना जरूरी होता है, पर सिर्फ इतना करना पर्याप्त नहीं होता। सर्वजनहिताय होना भी नितान्त आवश्यक ही होता है। मोटे तौर पर यह प्रतिपादित किया जा सकता है कि पक्षपातरहित ढंग से जनहित की अभिवृद्धि करना ही नैतिकता है और यही नैतिकता का सही मानदण्ड भी है। इस प्रकार नैतिकता का सोद्देश्य होना मानो उसका एक अत्यन्त आवश्यक अंग है। अब यहाँ यह प्रश्न उठ जाता है कि इस जनहित या जनकल्याण का वास्तविक स्वरूप क्या है। इस सम्बन्ध में अनेक मत प्रतिपादित हैं। इनकी विशद व्याख्या हम आगे करेंगे।

यहाँ यह उल्लेख करना आवश्यक है कि कर्तव्यवाद को बिलकुल महत्त्वहीन नहीं माना जा सकता। चूँकि कर्तव्यवाद इस बात पर बल देता है कि कर्तव्यों का अनुपालन निष्ठापूर्वक होना चाहिये, इसलिए नैतिकता के लिए इसका अत्यधिक महत्त्व तो है ही। नैतिकता कोई खिलवाड़ नहीं है। यह मनुष्य के जीवनयापन का एक अत्यन्त वांछनीय और महत्त्वपूर्ण घटक है। यह मनुष्य को अपना जीवन नीतियों, नियमों और सिद्धान्तों के अनुरूप जीने के लिए प्रेरित एवं बाध्य करती है। इस प्रकार हम देखते हैं कि कर्तव्यों की एक अपनी विशिष्ट भूमिका रहती है जिससे उनका अनुपालन एक प्रकार से अनिवार्य ही है। और इस परिप्रेक्ष्य में कर्तव्यवाद अकाट्य ही हो जाता है। लेकिन कर्तव्यों को इस प्रकार की अकाट्यता मिलती कैसे है? इस प्रश्न के उत्तर के लिए कभी-कभी अन्तःप्रज्ञा का और कभी-कभी ईश्वरीय आदेश का सहारा लिया जाता है। पर हमने ऊपर विस्तृत विवेचन के आधार पर पाया है कि न तो अन्तःप्रज्ञावाद स्वीकार्य हो सकता और न ही ईश्वरीय आदेशवाद। वास्तविकता यह है कि कर्तव्य कहीं से टपक नहीं पड़ते। वे तो जनमानस के द्वारा जनहित की संवृद्धि के लिए निर्मित ही किये जाते हैं। और इस निर्माणप्रक्रिया में समाज के अधिकाधिक कल्याण जैसे उद्देश्य या परिणाम को ही महत्त्व दिया जाता है। यहाँ हम कर्तव्यों की तुलना राज्य के कानूनों के साथ कर सकते हैं। जिस तरह न्यायकर्ता राज्य-निर्धारित कानूनों को सर्वोपरि मानता है, उसी तरह कर्तव्यवादी समाजनिर्धारित कर्तव्यों को ही सर्वोपरि मानता है। और जिस तरह राज्य की विधायिका कानून बनाते समय राज्य या समाज के हित को ध्यान में रखती है, उसी तरह जनमानस कर्तव्यों के निर्धारण में जनहित को अवश्य ही ध्यान में रखता है। इस तरह हम देखते हैं कि कर्तव्यों की स्थापना परिणामसापेक्ष अर्थात् उद्देश्यपूर्ति के लिए ही होता है, पर उनके अनुपालन में कर्तव्यनिष्ठा विशेष रूप से उपयोगी होती है। तथापि शुद्ध कर्तव्यवाद इस अर्थ में अवश्य अपूर्ण है कि वह कर्तव्यों को वस्तुपरक रूप देने के लिए परिणामवाद या उद्देश्यवाद पर निर्भर होता है।

12.2 नैतिक उद्देश्य का स्वरूप

अब प्रश्न उठता है कि वह उद्देश्य क्या है जो नैतिकता को वस्तुपरक रूप देता है और इस प्रकार उसका दिशानिर्देशन करता है। इस उद्देश्य को हम एक दृष्टि से तो नैतिक अवश्य कह सकते हैं क्योंकि यह नैतिकता की प्रेरणा एवं उसकी परिणति भी है, पर एक दूसरी दृष्टि से हम इसे नैतिक नहीं कह सकते, वरन् नैतिकेतर ही मान सकते हैं। इस संदर्भ में यह जान लेना अत्यन्त आवश्यक है कि नैतिक, अनैतिक तथा नैतिकेतर में क्या भेद है। स्पष्ट ही कोई कर्म या आचरण या चरित्र या चारित्रिक अवयव या उत्प्रेरक या अभिप्राय या व्यक्ति नैतिक

या अनैतिक हो सकता है। यदि इनमें से किसी के द्वारा अर्थात् किसी की साधनता से किसी सर्वसामान्य हितपरक आदर्श की पूर्ति सम्भव हो, तो उसे अर्थात् उस साधन को नैतिक कहा जाता है; और यदि इनमें से कोई साधन इस आदर्श की पूर्ति में बाधक होता है, तो वह अनैतिक कहा जाता है। इस प्रकार आदर्श जैसे साध्य की सिद्धि में जो साधन सहायक होता है, वह नैतिक है; और जो बाधक होता है, वह अनैतिक हैं। अतः नैतिकता साधन से सम्बद्ध होती है, साध्य से नहीं। अब यदि नैतिकता के आदर्श या लक्ष्य को भी नैतिक ही मान लिया जाय, तो तब यह बतलाना आवश्यक हो जायगा कि वह किस उच्चतर आदर्श या लक्ष्य की पूर्ति में साधन का काम करता है। पर यह बतलाना सम्भव नहीं हो सकता, क्योंकि यदि कोई आदर्श किसी अन्य उच्चतर आदर्श को सिद्ध करने में साधन का काम करता है, तो वह आदर्श आदर्श ही नहीं होता और तब वह एक साधन ही बन जाता है। अतः सर्वोच्च आदर्श साधन न होने के कारण न तो नैतिक हो सकता और न अनैतिक ही। वह अपने आप में नैतिकेतर ही हो सकता है।

इस प्रकार हम देखते हैं कि आदर्श या लक्ष्य जो अन्तिम स्थिति ही हो सकता है नैतिकता के क्षेत्र से बाहर ही रहता है। और यहाँ हम यह भी देखते हैं कि 'नैतिक' शब्द का सही प्रयोग उसी क्षेत्र में सम्भव हो सकता है जिस क्षेत्र में 'अनैतिक' शब्द का प्रयोग भी सम्भव हो। उदाहरणस्वरूप कर्म यदि नैतिक हो सकता है, तो वह अनैतिक भी हो सकता है। उसी तरह चरित्र यदि नैतिक हो सकता है, तो वह अनैतिक भी हो सकता है। पर परम आदर्श अनैतिक नहीं हो सकता। फलस्वरूप उसे नैतिक कहना उचित नहीं है। यह सही है कि लोग 'नैतिक आदर्श' जैसे पद का प्रयोग प्रायः ही करते हैं। पर इस प्रयोग के आधार पर यह नहीं समझ लेना चाहिये कि 'नैतिक' शब्द आदर्श के आन्तरिक स्वरूप को चित्रित करता है। उपर्युक्त पद में 'नैतिक' शब्द के प्रयोग से केवल यह अभिव्यक्त होता है कि जिस आदर्श का यह विशेषण है वह नैतिक व्यापारों या साधनों के द्वारा ही चरितार्थ हो सकता है। नैतिकता तो केवल साधन होती है, क्योंकि इसके द्वारा ही जीवन के चरम साध्य की सिद्धि सम्भव होती है। अब यहाँ यह प्रश्न उठ जाता है कि यह साध्य है क्या? इस प्रश्न के अनेक उत्तर हैं। अतः अब हम यहाँ इन्हीं उत्तरों के सम्बन्ध में विस्तार से विचार करेंगे।

12.3 सुखवाद

मानव जीवन के लिए अनेक नैतिक साध्य माने गये हैं—जैसे, सुख, शक्ति, ज्ञान, आत्मपूर्णता, मानवप्रेम, आदि आदि। हम इन साध्यों या आदर्शों की व्याख्या एवं समीक्षा एक-एक कर करेंगे और यह सुनिश्चित करने का प्रयास करेंगे कि मनुष्य का सही साध्य या आदर्श क्या होना चाहिये। सबसे पहले हम सुख के सम्बन्ध में विचार करेंगे। जो मत सुख को चरम आदर्श मानता है उसे सुखवाद कहते हैं। सुखवाद एक बहुत अधिक प्रचलित और ऐतिहासिक दृष्टि से बहुत प्राचीन सिद्धान्त है। जहाँ एक ओर भारत में पुराकालीन विचारक चार्वाक सुख को ही जीवन का चरम आदर्श मानते थे, वहीं दूसरी ओर यूरोप के प्राचीन यूनानी एरिस्टिप्पस[1], एपिक्यूरस[2], आदि भी सुख को ही जीवन का सर्वोच्च आदर्श मानते थे। सहज ढंग से भी यदि सोचा जाय तो जीवन के सुख को ही जीवन का आदर्श मानना उचित जान पड़ता है। सुख का उलटा दुःख होता है और दुःख को स्पष्ट ही जीवन का आदर्श नहीं माना जा सकता। अब प्रश्न उठता है कि सुख क्या है, अर्थात् इसका स्वरूप क्या है।

साधारणतः सुख का अर्थ है—ऐन्द्रिक तथा या मानसिक आनन्द, जैसे—सुस्वादु भोजन करने का आनन्द, यौनक्रिया एवं तृप्ति का आनन्द, मानसिक सन्तोष का आनन्द, आदि आदि। विचारपूर्वक देखा जाय तो ऐन्द्रिक आनन्द भी अन्ततः मानसिक ही होता है। आप किसी सुंदर दृश्य को आँख के द्वारा देखकर आनन्द प्राप्त करते हैं, पर आपका यह आनन्द प्राप्त करना वस्तुतः आपके द्वारा एक सुखद अनुभूति को प्राप्त करना ही होता है। आनन्द तथा आनन्दानुभूति में भेद कर पाना भी कठिन है। यदि वैचारिक धरातल पर यह मान भी लिया जाय कि आनन्द एवं आनन्दानुभूति में तादात्म्य नहीं होता, तब भी ऐसा मानना शायद गलत नहीं होगा कि आनन्द का अस्तित्व आनन्दानुभूति के अन्तर्गत ही सम्भव हो सकता है। यदि आनन्द का अस्तित्व स्वतन्त्र एवं अनुभूतिनिरपेक्ष रूप में सम्भव हो भी जाय, तो भी नैतिकता के आदर्श के रूप में आनन्दानुभूति को ही मान्यता दी जायेगी, न कि ऐसे आनन्द को जो अनुभूति के क्षेत्र से बाहर हो।

अब प्रश्न उठता है कि क्या यह आनन्दानुभूति या सुखानुभूति, जो नैतिकता का लक्ष्य हो सकती है, मात्रा में कम या अधिक हो सकती है या नहीं। अनेक सुखवादियों का तो मत है कि सुखानुभूति में मात्राभेद हो सकता है और वही सुख चरम लक्ष्य हो सकता है जिसकी मात्रा सर्वाधिक हो। जेरेमी बेन्थम[3] ने सुख की मात्रा की माप के लिए एक विधि बतलायी है जिसे हम ''सुखपरक मापविधि'' कह सकते हैं। उन्होंने कहा है कि सुख के सात आयाम होते हैं—तीव्रता, अवधि, निश्चितता, निकटता, उर्वरता, शुद्धता, तथा विस्तार। उनके अनुसार जिन सुखों में इन सबों की मात्रा सर्वाधिक हो, वही सुख चरम लक्ष्य हो सकता है। उनके अनुसार इन बातों की जरा भी चिंता नहीं करनी चाहिये कि सुख किस प्रकार का है और उसका स्रोत क्या है। उनके अनुसार तो सुख की अधिकाधिक मात्रा को ही महत्त्व देना चाहिये। उन्होंने कहा है कि यदि दूसरे के शरीर में सूई चुभोने से तथा काव्य-रसास्वादन से बराबर मात्राओं में आनन्द प्राप्त होता हो, तो दोनों आनन्द समान रूप से शुभ हैं।

इस सम्बन्ध में जॉन स्टुअर्ट मिल[4] ने बेन्थम की कड़ी आलोचना की है। मिल ने कहा है कि सुखों में केवल मात्राभेद नहीं होता, उनमें गुणभेद भी होता है। जो गुण दूसरे को सूई चुभोने में है वही गुण काव्योपभोग में नहीं हो सकता। काव्योपभोग का आनन्द स्पष्ट ही ऊँचे स्तर का होता है और सूई चुभोने का आनन्द नीचे स्तर का। और यह भेद मात्राभेद के कारण नहीं, वरन् प्रकारभेद के कारण होता है। यह सम्भव है कि कोई शूकर गंदगी में क्रीड़ारत होकर ज्यादा मात्रा में सुख प्राप्त कर ले, पर यह मान लेना कदापि उचित नहीं हो सकता कि शूकर द्वारा प्राप्त सुख वांछनीय भी है। शायद ही कोई मनुष्य शूकर की तरह ही सुख पाना ठीक मानेगा। लेकिन यदि मिल की आपत्ति के आलोक में सुखों के स्वरूप में गुण को भी एक अवयव के रूप में शामिल कर दिया जाय, तो फिर यह निश्चित करना आवश्यक हो जाता है कि कौन-सी अनुभूति वास्तविक रूप से सुख देने वाली है और कौन नहीं, और तब यह सुनिश्चित करना भी आवश्यक हो जाएगा कि कौन-सी अनुभूति अच्छे गुण से युक्त है और कौन नहीं। इस सम्बन्ध में मिल का यह कहना कि सुखानुभूतियों के गुणपरक स्वरूप को सुनिश्चित करने के लिए अनुभवी व्यक्तियों की मदद लेनी चाहिये समस्या को सुलझाने के बजाय उलझा ही देता है। हम अनुभवी व्यक्ति किनको मानेंगे? क्या उनके विचारों में भेद नहीं हो सकता? उनमें भेद हो जाने पर हम फिर किसका सहारा लेंगे? यहाँ यह भी उल्लेखनीय है कि मिल ने सुखों में गुणभेद को समाविष्ट कर एक तरह से सुखवाद के ऐन्द्रिक आयाम पर प्रहार ही कर दिया है और साथ-ही-साथ उन्होंने यह संकेत भी दे दिया

है कि सुखवाद इन्द्रियपरक रूप में सही नैतिक सिद्धान्त नहीं भी हो सकता। इस इन्द्रियपरक सुखवाद की विस्तृत आलोचना हम आगे करेंगे।

12.4 मनोवैज्ञानिक सुखवाद तथा नैतिक सुखवाद

सुख का स्वरूप चाहे जो भी हो, आमतौर पर सभी सुखवादी सुख को ही जीवन का परम लक्ष्य मानते हैं। इसकी पुष्टि के सम्बन्ध में उनका प्रमुख तर्क यह है कि मनुष्य अपनी प्रकृति के अनुसार केवल सुख चाहता है। और यदि मनुष्य प्राकृतिक रूप से केवल सुख ही चाहता है, तो फिर उसका सही लक्ष्य सुख ही हो सकता है और ऐसा होना भी चाहिये। यहाँ हम सुखवाद के दो भेद कर सकते हैं—मनोवैज्ञानिक सुखवाद और नैतिक सुखवाद। मनोवैज्ञानिक सुखवाद के अनुसार मनुष्य अपनी मनोवैज्ञानिक प्रकृति के कारण सुख ही चाहता है और दुःख से दूर ही रहना चाहता है। लेकिन नैतिक सुखवाद के अनुसार मनुष्य को नैतिक कारण से केवल सुख ही प्राप्त करना चाहिये और उसके लिए यथासम्भव प्रयास भी करना चाहिये। मनोवैज्ञानिक सुखवाद और नैतिक सुखवाद में 'है' और 'चाहिये' का भेद है। अब यहाँ यह प्रश्न उठ जाता है कि मनुष्य को क्यों केवल सुख ही प्राप्त करना चाहिये, कोई अन्य वस्तु नहीं। इसके उत्तर में सुखवादी प्रायः यही तर्क देते हैं कि चूँकि मनुष्य का स्वभाव ही ऐसा है कि वह केवल सुख ही प्राप्त करना चाहता है, इसलिए यह उचित ही है कि वह केवल सुख ही प्राप्त करता रहे। मनुष्य अपनी प्रकृति के विरुद्ध किसी प्रकार का लक्ष्य कैसे अपना सकता है?

किन्तु इस तर्क के संदर्भ में यह प्रश्न उठ सकता है कि क्या 'है' से 'चाहिये' का निष्कर्ष निकालना तर्कतः उचित है। डेविड ह्यूम ने बहुत पहले ही इस प्रश्न का नकारात्मक उत्तर दिया है। उन्होंने कहा है कि 'है' वस्तुस्थिति का द्योतक होता है और 'चाहिये' मूल्य का। अतः यह सम्भव नहीं है कि मूल्यविहीन 'है' से मूल्यगर्भित 'चाहिये' को निःसृत किया जा सके। यदि यह सच ही मान लिया जाय कि मनुष्य स्वभाव से केवल सुख ही पाना चाहता है, तो भी यह स्वीकार नहीं किया जा सकता कि उसे केवल सुख ही पाना चाहिये। इस संदर्भ में जी० ई० मूर के विचार बहुत प्रासंगिक एवं महत्त्वपूर्ण हैं। उनका कहना है कि मनुष्य का लक्ष्य केवल वही पदार्थ हो सकता है जो शुभ या शुभत्व जैसे गुण से युक्त हो। पर यह शुभ या शुभत्व किसी काल या क्षेत्रविशेष में अवस्थित नहीं हो सकता। कोई वस्तु या कोई अनुभूति शुभ हो सकती है, पर वह वस्तु या अनुभूति अपने आप में शुभ या शुभत्व नहीं है। यदि कोई व्यक्ति शुभत्व का किसी वस्तु या अनुभूति के साथ तादात्म्य स्थापित कर देता है, तो वह निश्चय ही गलती करता है। मूर इस गलती को 'प्रकृतिवादी दोष' कहते हैं। इसे प्रकृतिवादी दोष इसलिए कहा जाता है कि इसके द्वारा जो प्राकृतिक नहीं है उसे प्राकृतिक मान लिया जाता है। अब प्रश्न उठता है कि सुखवाद इस दोष से कैसे ग्रसित होता है। अब हम आगे इसी के बारे में चर्चा करेंगे।

सुखवादी सुख को ही परम आदर्श के रूप में स्वीकार करते हैं। किन्तु आदर्श तो एक लक्ष्य होता है जो न तो दैशिक होता और न ही कालिक। और स्पष्ट ही सुख की अनुभूति कालिक होती है और कुछ संदर्भ में दैशिक भी। अब यदि सुखानुभूति को एक अनुभूति के रूप में परम आदर्श मान लिया जाय, तो स्पष्ट ही एक विशेष प्रकार की कोटि को उससे भिन्न एक अन्य प्रकार की कोटि के साथ घालमेल कर दिया जाता है। और निश्चय ही यह घालमेल दोषपूर्ण है। सुखानुभूति देश-काल में अवस्थित होने के कारण एक प्रकृतिवादी

अवधारणा है और परम आदर्श, जो परम शुभ होता है, अपने शुभपरक रूप में देश-काल से बिलकुल असम्पृक्त होने के कारण एक अप्रकृतिवादी अवधारणा है। सुखवादियों ने इन दो भिन्न कोटियों की अवधारणाओं को यह कहकर घालमेल कर दिया है कि सुख ही अपने प्रकृत रूप में परम शुभ है। इस प्रकार सुखवादी तार्किक आधार पर उस दोष से ग्रसित हो जाते हैं जिसे मूर ने 'प्रकृतिवादी दोष' कहा है।

मिल ने भी अपने सुखवाद की पुष्टि के लिए जो तर्क दिया है वह भी कोई ठोस निगमनात्मक तर्क नहीं है। वे तो सामान्य बुद्धि के आधार पर केवल इतना ही कहना चाहते हैं कि चूँकि मनुष्य स्वभावतः सुख चाहता है, इसलिए उसके लिए सुख पाना ही वांछनीय है। हम रंग या रूप को दर्शनीय मानते हैं, क्योंकि रंग या रूप देखा जा सकता है। आवाज को श्रवणीय मानते हैं, क्योंकि वह सुनी जा सकती है। अब यदि रंग देखे जा सकने के कारण दर्शनीय है और आवाज सुनी जा सकने के कारण श्रवणीय है, तो निश्चय ही सुख अनुभूत किये जा सकने के कारण अनुभव करने योग्य है। इस तरह सुख वांछनीय हो जाता है और जीवन का आदर्श भी बन जाता है। लेकिन स्पष्ट ही मिल यहाँ प्रकृतिवादी दोषपरक गलती कर बैठते हैं। ऊपर का 'दर्शनीय' या 'श्रवणीय' प्रयोग अवश्य ही प्रकृतिवादी प्रयोग है। इन शब्दों का निहितार्थ क्रमशः यह है कि मनुष्य में ऐसी प्राकृतिक क्षमता है कि वह रंग देख सकता है और आवाज सुन सकता है, और स्पष्ट ही रंग एवं आवाज ऐसे प्राकृतिक तथ्य हैं जो मनुष्यों की इन्द्रियों के द्वारा प्रत्यक्ष किये जा सकते हैं। किन्तु 'वांछनीय' शब्द किसी वस्तु के किसी तथ्यपरक गुण को अभिव्यक्त नहीं करता, वरन् वह किसी वस्तु के नैतिक होने के कारण उसकी नैतिक अर्हता को अभिव्यक्त करता है। सुख को यह कहकर वांछनीय अर्थात् जीवन के आदर्श के रूप में प्राप्तियोग्य नहीं माना जा सकता कि लोग अपने प्राकृतिक स्वभाव के कारण उसको पाना चाहते हैं और उसकी प्राप्ति के लिये सतत प्रयत्नशील रहते हैं।

ऊपर वर्णित मनोवैज्ञानिक सुखवाद के विरोध में यह प्रश्न भी उठाया जा सकता है कि क्या मनुष्य केवल सुख ही पाना चाहता है। अनेक विचारक मानते हैं कि मनोवैज्ञानिक सुखवाद सही नहीं है। उनके अनुसार सुख से इतर अनेक वस्तुएँ हैं जिन्हें भी लोग निश्चित रूप से पाना चाहते हैं—जैसे, ज्ञान, शक्ति, मोक्ष, आत्मपूर्णता, सत्य, सौन्दर्य, सद्गुण, आदि आदि। ऐसी स्थिति में सुखवाद का यह तर्क कट जाता है कि मनुष्य स्वभावतः केवल सुख ही चाहता है। लेकिन तब यहाँ यह विचारणीय हो जाता है कि क्या मनुष्य इन वस्तुओं को अन्तिम लक्ष्य के रूप में पाना चाहता है, या वह उनको पाकर उनके द्वारा अन्त में सुख ही पाना चाहता है। यदि यह दूसरा विकल्प सही है, तब तो ये सभी वस्तुएँ मात्र साधन हो जाते हैं, और साध्य नहीं होते। किन्तु ऐसा प्रतीत नहीं होता कि ये वस्तुएँ मात्र साधन ही हो सकते हैं।

यदि यह मान भी लिया जाय कि ये मात्र साधन ही हो सकते हैं, तब यहाँ यह विचार करना भी आवश्यक हो जाता है कि सत्य, ज्ञान, यश, सद्गुण, आदि वस्तुओं के द्वारा जो सुख उपलब्ध होता है वह किस प्रकार का सुख होता है। क्या वह सुख उस ऐन्द्रिक सुख के जैसा होता है जिसे पाकर लोग कभी कभी आत्मग्लानि का अनुभव करते हैं। यहाँ हमें सुख तथा संतोष के भेद को स्पष्ट रूप से समझ लेना चाहिये। कहा जाता है कि ''न संतोषात् परं सुखं'' अर्थात् संतोष से परे और कोई सुख नहीं होता। यह तो स्पष्ट है कि संतोष को ऐन्द्रिक सुख का रूप नहीं दिया जा सकता। आपने अपने को भूखा रखकर अपना भोजन उस व्यक्ति

को दे दिया जो भूख से तड़प रहा था। आप उस ऐन्द्रिक सुख से वंचित रह गये जो आपको भोजन करने से मिलता। आपने भूख की पीड़ा को सहते हुए भी संतोष का सुख पाया। इस प्रकार यह देखा जा सकता है कि ऐन्द्रिक सुख एवं संतोषजनित सुख एक समान नहीं होते। एपिक्यूरस, चार्वाक, बेन्थम, आदि सुखवादी जिस सुख को जीवन का परम लक्ष्य मानते हैं वह संतोषजनित सुख से अवश्य भिन्न होता है, क्योंकि संतोषजनित सुख ऐन्द्रिक दुःख झेलकर भी पाया जाता है। और ये उपर्युक्त सुखवादी ऐन्द्रिक दुख को सुखकारी नहीं मान सकते।

यहाँ सुखवाद के विरोध में यह तर्क भी पेश किया जा सकता है कि लोग साधारणतः सुख पाने के लिए ही प्रयत्नशील नहीं रहा करते। वे तो उन वस्तुओं को ही पाने के लिए प्रयत्नशील रहते हैं जिनकी उन्हें जरूरत होती है। उदाहरणस्वरूप, यदि हमें रहने के लिए मकान नहीं है, तो हम मकान बनवाने या खरीदने के लिए प्रयत्नशील हो जाते हैं। यहाँ तक कि हम कष्ट झेलकर भी मकान हासिल करने के लिए प्रयत्नशील हो जाते हैं। यदि हमारे जीवन का उद्देश्य केवल सुख ही पाना रहता, तो हम मकान हासिल करने के लिए किसी तरह दुःख झेलने के लिए तैयार नहीं होते। हाँ, यह सही जरूर है कि जब हम मकान हासिल कर लेते हैं, तब हमें सुख अवश्य मिलता है। पर यह सुखप्राप्ति उद्देश्यपूर्ति के बाद ही होती है। अतः हम कह सकते हैं कि सुख हमारा उद्देश्य नहीं होता, वरन् हमारा उद्देश्य तो वह वस्तु होती है जिसका हमें अभाव रहता है। जैसे—मकान, कपड़ा, भोजन, धन, यश, यौन क्रिया, आत्मविकास, आदि आदि। और जब हमें लक्ष्यपरक वस्तु की प्राप्ति हो जाती है, तब हमें सुख का अनुभव मनोवैज्ञानिक कारण से हो जाता है। सुखवादी यह कहकर कि हम सुख पाने के उद्देश्य से ही प्रयासरत होते हैं बड़ी भूल करते हैं। इसे हम 'गाड़ी को घोड़े के आगे रखने की भूल' कह सकते हैं।

सुखवादियों द्वारा सुख को ही सभी क्रियाओं का लक्ष्य मानना एक दूसरे ढंग से भी सही नहीं जान पड़ता। यदि आप हमेशा सुख पाने के लिए ही लालायित रहेंगे और बराबर उस सम्बन्ध में ही चिंता करते रहेंगे, तो आपको सुख तो नहीं ही मिलेगा, उलटे आप बराबर चिन्ता से ही ग्रस्त रहा करेंगे। जो व्यक्ति अपनी दूरस्थ छाया को पकड़ने के लिए दौड़ता रहता है वह अपनी छाया को पकड़ नहीं पाता, क्योंकि उसकी छाया बराबर उसके आगे-आगे ही भागती चली जाती है। वही हाल सुख पाने के लिये सतत चिंता करने वालों का होता है। आप सुख पाने के लिए जितनी अधिक चिंता करेंगे, आप अपने उद्देश्य को पूरा करने में उतना ही अधिक विफल होंगे। सुखवाद की यह एक विडम्बना ही है। इसी को 'सुखवाद का विरोधाभास' कहते हैं। सही अर्थ में सुख की प्राप्ति तभी हो सकती है जब हम सुख की रट न लगायें और एक तरह से उसे भूले ही रहें। सुख पाने के लिए उतावले न होकर नैतिक तरीकों से अपनी इच्छाओं की पूर्ति करके हम सहज ही सुख की प्राप्ति कर ले सकते हैं। मनोवैज्ञानिक सुखवाद का यह कहना कि हम बराबर सुख पाने के उद्देश्य से ही कार्य करते हैं सही नहीं है। इस प्रकार हम देखते हैं कि मनोवैज्ञानिक सुखवाद को बिल्कुल सही मान लेना उचित नहीं है। यहाँ यह उल्लिखित करना भी अप्रासंगिक नहीं होगा कि मनुष्य जब तब आत्मबलिदान जैसी क्रियाओं को करके भी सुख पाता है। राष्ट्र के हित के लिए या अन्य किसी महान् उद्देश्य की पूर्ति के लिए स्वेच्छा से अधिकाधिक शारीरिक तथा मानसिक कष्ट सहना कोई काल्पनिक विचार नहीं है। यह तो अक्सर होने वाली वास्तविक घटना है। अतः इससे भी सिद्ध हो जाता है कि मनोवैज्ञानिक सुखवाद सभी परिस्थितियों के लिए सही नहीं

है। और यदि यह सही नहीं है, तो इसके आधार पर नैतिक सुखवाद की स्थापना कैसें की जा सकती है?

यदि हम थोड़ी देर के लिए यह मान भी लें कि मनोवैज्ञानिक सुखवाद, अर्थात् यह मत जिसके अनुसार मनुष्य स्वभावतः केवल सुख ही पाना चाहता है, सही ही है, तो भी उससे यह निष्कर्ष नहीं निकाला जा सकता कि मनुष्य को केवल सुख ही पाते रहने की इच्छा रखनी चाहिये। हमने ऊपर जिक्र किया है कि मनुष्य क्या करना चाहता है और उसे क्या करना चाहिये में कोटिपरक भेद है। हम पहले यह भी कह चुके हैं कि डेविड ह्यूम के अनुसार 'है' से 'चाहिये' निगमित नहीं हो सकता और यह भी कि जी॰ ई॰ मूर के अनुसार प्राकृतिक तथ्य तथा नीतिपरक शुभ में तादात्म्य स्थापित करना तर्कतः उचित नहीं है। अतः नैतिक सुखवाद को स्थापित करने के लिए मनोवैज्ञानिक सुखवाद का सहारा न लेकर अन्य किन्हीं स्वतंत्र युक्तियों का सहारा लेना ही उचित एवं उपादेय हो सकता है। पर इस तरह का सहारा लेने के पहले हमें सुखवाद के उस रूप को भी अच्छी तरह समझ एवं परख लेना चाहिये जिसके अनुसार मनुष्य को केवल अपना ही सुख पाने के लिए प्रयत्नशील रहना चाहिये। सुखवाद के इस रूप को स्वार्थपरक सुखवाद कहते हैं।

12.5 स्वार्थपरक सुखवाद

स्वार्थपरक सुखवाद एक ऐसा सुखवाद है जिसके अनुसार मनुष्य को केवल अपने ही सुख को जीवन का लक्ष्य बनाना चाहिये, अर्थात् कर्ता को केवल वैसा ही कर्म करना चाहिये जिससे केवल उसे ही सुख मिल सके। यहाँ यह उल्लेखनीय है कि यदि कोई व्यक्ति स्वार्थी प्रवृत्ति का नहीं भी है, तो भी उसे स्वार्थवाद के अनुसार अपने सुख के लिए ही कार्यरत होना चाहिये। कहते हैं कि चार्वाक ऋषि ने अपने निजी सुख के लिए कोई प्रयत्न न करते हुए भी लोगों को अपना-अपना सुख पाने के लिए ही प्रयत्नशील रहने की शिक्षा दी थी। उन्होंने इस स्वार्थवाद के समर्थन में तर्क भी दिये थे। स्पष्ट ही किसी मत के समर्थन में तर्क तो दिये ही जाने चाहिये। पर तब मनुष्य एक नैतिक उपदेशक भी हो सकता है, और वह अति प्राचीन काल से ही इस भूमिका को निभाते भी आ रहा है। अब यहाँ यह प्रश्न उठ जाता है कि क्या किसी स्वार्थवादी नैतिक उपदेशक को नैतिक उपदेश देने के क्रम में अपने निजी स्वार्थ को ही ध्यान में रखना चाहिये या उस व्यक्ति के स्वार्थ को जिसे वह उपदेश दे रहा हो। चार्वाक ऋषि ने तो अपने स्वार्थ को ही ध्यान में नहीं रखा, बल्कि उन्हीं लोगों के स्वार्थ को ध्यान में रखा जिनको उन्होंने उपदेश दिया। उन्होंने तो मानो प्रत्येक मनुष्य से कहा— ''यावज्जीवेत् सुखं जीवेत् ऋणं कृत्वा घृतं पिबेत्''। अब यहाँ यह आपत्ति उठायी जा सकती है कि यदि स्वार्थसिद्धि को ही नैतिक मान्यता देना तर्कसंगत एवं उचित है तो फिर नैतिक उपदेशक को भी अपने उपदेशों के माध्यम से दूसरों के द्वारा अपना निजी स्वार्थ ही सिद्ध कराना चाहिये। प्रस्तुत विचार के संदर्भ में हम नैतिक स्वार्थवाद के दो रूप मान सकते हैं—(1) उपदिष्ट व्यक्तियों द्वारा उपदेशक के स्वार्थ की सिद्धि सम्बन्धी रूप तथा (2) उपदिष्ट व्यक्तियों द्वारा अपने-अपने स्वार्थ की सिद्धि सम्बन्धी रूप। इसके पहले कि हम इन दोनों रूपों की व्याख्या एवं समीक्षा करें, यह उल्लेख करना जरूरी हो जाता है कि स्वार्थवाद के अनेक प्रकार हो सकते हैं जिनमें स्वार्थपरक सुखवाद केवल एक प्रकार है। अन्य प्रकार के स्वार्थवादों के लक्ष्य सुख से भिन्न होते हैं। ऐसे लक्ष्य हैं—पूर्णताप्राप्ति, मोक्षप्राप्ति, ईश्वरसाक्षात्कार, आदि आदि। यहाँ हम अपना विवेचन केवल स्वार्थपरक नैतिक सुखवाद के उपर्युक्त दोनों रूपों से ही सम्बद्ध रखेंगे।

यदि नैतिक सलाहकार यह सलाह देता है कि सभी लोग सैद्धान्तिक रूप से केवल अपने-अपने स्वार्थ की पूर्ति को ही जीवन का लक्ष्य बनावें, तो ऐसी सलाह से निश्चय ही समाज में संघर्ष की स्थिति उत्पन्न होती रहेगी। और फिर इस प्रकार के स्वार्थवाद में दूसरी कठिनाई यह भी है कि यह स्वार्थवाद एक सुसंगत सिद्धान्त के रूप में पनप नहीं सकता; क्योंकि इस में जहाँ एक ओर स्वार्थसिद्धि का संदेश है, वहीं दूसरी ओर इसमें सभी लोगों के स्वार्थों को समान ढंग से महत्त्व देकर एक प्रकार से स्वार्थत्याग का ही संदेश इस तरह यह स्वार्थवाद आत्मविरोधी हो जाता है और इस कारण यह सही अर्थ में कोई सिद्धान्त नहीं हो सकता।

अब हम इस स्वार्थपरक सुखवाद के दूसरे रूप के बारे में विचार करेंगे। यदि स्वार्थवाद का अर्थ यह है कि उपदिष्ट व्यक्तियों के द्वारा उपदेशक का ही स्वार्थ सिद्ध किया जाय, तो तब यह मानना आवश्यक हो जायगा कि उपदेशक के स्वार्थ की सिद्धि ही नैतिकता का चरम आदर्श है और सभी लोगों का यह नैतिक कर्तव्य होता है कि वे उस उपदेशक के स्वार्थ की सिद्धि के लिए ही प्रयत्न करें। पर तब इस तरह का निष्कर्ष तो अन्य किसी उपदेशक के सम्बन्ध में भी निकाला जा सकता है और तब चरम या सर्वोच्च आदर्श एक नहीं होगा, वरन् उपदेशकों की संख्या के अनुसार अनेक हो जाएँगे। और यदि आदर्शों की संख्या अनेक हो जाएगी तो फिर वे सभी 'सर्वोच्च' कैसे माने जा सकेंगे? सर्वोच्च आदर्श तो तर्कतः एक ही हो सकता है। चूँकि स्वार्थवाद का यह दूसरा रूप इसे अनेक आदर्शों के जाल में फँसा कर इसे आन्तरिक रूप से असंगत बना देता है, इसलिए यह भी एक सिद्धान्त के रूप में स्वीकार्य नहीं हो सकता।

जिस तरह नैतिक सुखवाद के समर्थन में मनोवैज्ञानिक सुखवाद का सहारा लिया जाता है, उसी तरह नैतिक स्वार्थवाद के समर्थन में भी मनोवैज्ञानिक स्वार्थवाद का सहारा लिया जाता है। इस सम्बन्ध में तर्क यह दिया जाता है कि चूँकि मनुष्य स्वभाव से ही स्वार्थी होता है और फिर स्वभाव से ही वह केवल अपना कल्याण ही चाहता है, इसलिए उसे केवल अपना ही कल्याण चाहना चाहिये। किन्तु हम नैतिक सुखवाद के संदर्भ में देख ही चुकें हैं कि इस तरह का तर्क देना बिलकुल दोषपूर्ण हैं। और फिर यह भी तो सही नहीं है कि मनुष्य स्वभावतः स्वार्थी होता ही है। माता का अपनी संतान के लिए स्वार्थत्याग स्वभावजन्य ही होता है। और यदि यह सही नहीं है कि मनुष्य स्वभावतः स्वार्थी ही होता है, तो फिर मनोवैज्ञानिक स्वार्थवाद के आधार पर नैतिक स्वार्थवाद को स्थापित करना भी सम्भव नहीं हो सकता।

12.6 मनोवैज्ञानिक स्वार्थवाद की समीक्षा

ऊपर हमने संकेत किया है कि मनोवैज्ञानिक स्वार्थवाद सही नहीं है। किन्तु इस विचार को पुष्ट करने के लिए हमें ठोस युक्ति देनी होगी। इस सम्बन्ध में हमें मनुष्यों के साधारण क्रिया-कलापों की ओर ध्यान देकर गौर करना होगा कि क्या मनुष्य जब भी कोई कार्य करता है तब वह केवल यही सोचकर कार्य करता है कि उससे उसका अपना निजी लाभ ही सिद्ध होगा। क्या मनुष्य की सभी क्रियाओं की पृष्ठभूमि में उसकी अपनी स्वार्थभावना ही वर्तमान रहती है? क्या वह उस भावना के बिना कोई कार्य कर ही नहीं सकता? इन सभी प्रश्नों के उत्तर नकारात्मक हैं। आपको भोजन मिल जाता है और आप भोजन करके अपनी भूख मिटा लेते हैं। आपको भोजन करने से तृप्ति मिलती है और उससे आपको आनन्द भी मिलता है। पर इस पूरी प्रक्रिया में आप किसी समय अपनी निजी स्वार्थपूर्ति परक भावना को शामिल

नहीं करते। आप जब अपने भोजन के बारे में सोच रहे होते हैं, तब आपका ध्यान किसी खाद्य पदार्थ को खाने पर केन्द्रित रहता है, न कि उसके उपभोग से उत्पन्न होनेवाले अपने आनन्द पर। शायद अपने निजी आनन्दपरक सोच में पूरी तरह डूबा हुआ व्यक्ति अपने खाद्य पदार्थ को अच्छी तरह खाने में सफल नहीं भी हो सकता है। क्योंकि वह अपने आनन्दपरक सोच में पूरी तरह डूबा हुआ रहने के कारण अपने खाद्य पदार्थ का अच्छी तरह उपभोग करने में सफल नहीं भी हो सकता। यह सही है कि भोजन कर लेने पर उससे उत्पन्न आनन्द उसी को मिलता है, किसी अन्य को नहीं। पर यह तो मनुष्य की शारीरिक एवं मानसिक संरचना के कारण होता है, न कि इसलिए कि भोजन करनेवाला व्यक्ति भोजनप्राप्ति की पूरी प्रक्रिया में अपनी स्वार्थपूर्तिपरक भावना से ओत-प्रोत रहता है। यहाँ यह भी उल्लेखनीय है कि मनुष्य भोजन की खोज केवल अपने लिए नहीं करता, वरन् दूसरों के लिए भी करता है। माता अपने बच्चों को स्वस्थ रखने के लिए स्वयं कितने कष्ट और कितनी यातनाएँ सह सकती है, इसका सहज अनुमान लगाना कठिन ही है। मानव समाज में आत्मबलिदान की घटनाएँ भी कम संख्या में नहीं घटतीं। समाज में दूसरों के प्रति दया और करुणा रखनेवाले लोगों की संख्या कम नहीं है। ऐसी स्थिति में मनुष्य को पूरी तरह स्वार्थी ही मान लेना तथ्य को नजर-अंदाज करना ही हो सकता है।

यहाँ हम कुछ ऐसे मानव व्यवहारों का उल्लेख करेंगे जिनसे यह भली-भाँति स्पष्ट हो जा सकेगा कि मनुष्यों में सिर्फ स्वार्थपरक प्रवृत्तियाँ ही नहीं होतीं, वरन् उनमें परार्थपरक प्रवृत्तियाँ भी होती हैं। परहितेच्छा, सहानुभूति, करुणा, आदि कुछ ऐसी प्रवृत्तियाँ हैं जो मनुष्यों में स्वाभाविक तौर पर ही वर्तमान रहती हैं। इतिहास के पन्नों में मनुष्यों के ऐसे अनेकानेक आचरण वर्णित हुए हैं जो मनुष्य की परार्थोन्मुख प्रवृत्तियों के कारण ही सम्भव हो सके हैं। यह सही है कि बहुत से मानव आचरण परहितपरक दिखायी तो पड़ते हैं, पर सही रूप में वे आचरणकर्ता के ही हित में होते हैं। राम अपनी बूढ़ी दादी की सेवा जी-जान लगाकर करता है। वह जानता है कि उसकी दादी के बक्से में उसकी दादी के बहुत से सोने के गहने रखे हुए हैं। वह भीतर-ही-भीतर इस फिराक में है कि वह अपनी दादी को अपनी सेवा-शुश्रूषा से खुश रखकर उससे उसके गहनों को हासिल कर ले। किसी भविष्यत् स्वार्थपूर्ति के लिए वर्तमान में परोपकार करना एक आम बात है। किन्तु इससे यह नहीं मान लेना चाहिये कि सभी परहितक्रियाएँ भीतर से स्वार्थपूर्ति के लिए ही की जाती हैं। क्या माताएँ अपने बच्चों के लिए सभी प्रकार की यातनाएँ एवं यन्त्रणाएँ अपनी स्वार्थपूर्ति के लिए ही सहती हैं? क्या सभी आत्मबलिदानी अपने राष्ट्र के हित के लिए या अन्य किसी महान् जनहितकारी आदर्श की पूर्ति के लिए हँसते-हँसते फाँसी के फंदे में झूल कर या अन्य किसी प्रकार से अपने प्राणों की आहुति देकर अपना ही स्वार्थ पूरा करते हैं? वे अपने प्राणों को गँवा कर अपना कौन-सा निजी स्वार्थ पूरा कर लेने में सफल होते हैं?

यहाँ इस प्रकार के परोपकारी कार्यों के क्रियान्वयन के सम्बन्ध में यह आक्षेप किया जा सकता है कि ऐसे क्रियान्वयन से कर्ता को आत्मसंतोष या आत्मानन्द तो मिलता ही है और वह शायद इसी स्वार्थ की पूर्ति के लिए परोपकारपरक कार्य करता है। और इस तरह परोपकार भी अप्रत्यक्ष रूप से कर्ता के स्वार्थ की ही पूर्ति करता है। लेकिन तब यहाँ यह प्रत्युत्तर दिया जा सकता है कि उपर्युक्त आक्षेप विरोधाभासपूर्ण है। यदि कोई परोपकारपरक कार्य आत्मसंतोष या आत्मानन्द जैसे स्वार्थपरक उद्देश्य की पूर्ति के लिए किया जाता है, तो इस तरह का क्रियान्वयन सही आत्मसंतोष या आत्मानन्द उत्पन्न कर ही नहीं सकता,

क्योंकि वह क्रियान्वयन वस्तुतः परोपकारपरक उद्देश्य की पूर्ति के लिए नहीं, वरन् आत्मानन्द प्राप्तिपरक उद्देश्य की पूर्ति के लिए ही सम्पन्न होता है। ऐसा छद्मी परोपकार अपने छद्मी स्वरूप के कारण वास्तविक आत्मानन्द या आत्मसंतोष उत्पन्न नहीं कर सकता। वास्तविक आत्मानन्द या आत्मसंतोष तो परोपकार के उद्देश्य से किया गया परोपकारपरक कार्य ही सम्पन्न कर सकता है। सही या यथार्थ परोपकारपरक कार्य किसी तरह से स्वार्थपरक हो नहीं सकता। अतः यह कहना कि मनुष्य के सभी कार्य किसी-न-किसी रूप में निजी स्वार्थ की पूर्ति के लिए ही किये जाते हैं गलत है। मनुष्य में शुद्ध रूप से परोपकारी भावनाएँ एवं प्रवृत्तियाँ निश्चय ही विद्यमान रहती हैं। इसलिए मनोवैज्ञानिक स्वार्थवाद को पूरी तरह सत्य नहीं माना जा सकता। और यदि मनोवैज्ञानिक स्वार्थवाद पूरी तरह सत्य नहीं है, तो फिर उसके आधार पर नैतिक स्वार्थवाद को कैसे स्थापित किया जा सकता है?

इस प्रकार हम देखते हैं कि नैतिक स्वार्थवाद मनोवैज्ञानिक स्वार्थवाद से निगमित नहीं हो सकता। और यदि स्वार्थवाद नैतिक नहीं है, तो परार्थवाद ही नैतिक हो सकता है। और इस तरह परोपकार को नैतिक महत्त्व मिल जा सकता है। चूँकि परोपकार दूसरे को सुख देकर ही किया जा सकता है, इसलिए यह मानना उचित हो जा सकता है कि परसुखवाद ही सही नैतिक मानदण्ड है। इस परसुखवाद को बेन्थम तथा मिल जैसे ब्रितानी नीतिशास्त्रियों ने उपयोगितावाद का नाम दिया है। आगे हम इसी उपयोगितावाद की व्याख्या एवं समीक्षा करेंगे।

❑

अध्याय 13

उपयोगितावाद

13.1 उपयोगितावाद का अर्थ

उपयोगितावाद से सुखवाद समझना सम्भव नहीं है, क्योंकि उपयोगितावाद का शाब्दिक अर्थ परसुखवाद नहीं होता। उपयोगितावाद का मूल आधार तो उपयोग है, जिसे अंग्रेजी में 'यूटिलिटी'[1] कहते हैं। स्पष्ट ही उपयोग की अवधारणा फलसापेक्ष है। उपयोगितावाद के अनुसार जो कार्य किसी वांछित उद्देश्य या परिणाम की प्राप्ति के लिए उपयोगी सिद्ध हो, वही नैतिक हो सकता है। इस प्रकार यह स्पष्ट हो जाता है कि कोई भी कार्य अपने स्वरूप के कारण नैतिक नहीं होता, वरन् अपने परिणामों के कारण नैतिक होता है। उपयोगितावाद उस मत का विरोधी है जो मत कार्य की नैतिकता को उसके फल के आधार पर नहीं, वरन् उसके फलनिरपेक्ष क्रियान्वयन के आधार पर निरूपित करता है। यहाँ यह उल्लेखनीय है कि सभी उपयोगी साधन केवल सुख ही पैदा नहीं करते। सुख के अलावे भी अनेक वांछनीय फल हो सकते हैं। चूँकि उपयोगितावाद सुखेतर फलों को भी प्रश्रय देता है, इसलिए इसे सुखवाद या परसुखवाद मानना उचित नहीं हो सकता। किंतु, जैसा हमने ऊपर कहा है, बेन्थम तथा मिल ने उपयोगितावाद को परसुखवाद के रूप में ही प्रचारित किया है, और ये दोनों ही उपयोगितावाद के मुख्य प्रवर्तक भी हैं। हम इन दोनों उपयोगितावादियों के विचारों की व्याख्या एवं समीक्षा बारी-बारी से करेंगे।

13.2 बेन्थम का उपयोगितावाद

जैसा हम पहले कह चुके हैं, जेरेमी बेन्थम सुखवाद के कट्टर समर्थक थे। उनका नैतिक सुखवाद मनोवैज्ञानिक सुखवाद पर आधारित है। उन्होंने कहा है कि प्रकृति ने मनुष्यों को सुख एवं दुःख जैसे दो शक्तिशाली प्रेरकों के अधीन कर रखा है। मूलतः ये ही मनुष्यों को प्रेरित कर सकते हैं, क्योंकि अन्ततः मनुष्यों का लक्ष्य सुखप्राप्ति तथा/या दुःख से मुक्ति ही होता है। अर्थात् उनके सभी विचारों एवं क्रिया-कलापों का उद्देश्य अन्ततः इन्हीं दो आदर्शों की पूर्ति करना होता है। बेन्थम मूल रूप से एक स्वार्थपरक सुखवादी हैं। उनके अनुसार मनुष्य का अपना सुख ही उसका लक्ष्य होता है और होना भी चाहिये। मनुष्य यदि किसी अन्य व्यक्ति के सुख के लिए प्रयत्नशील होता भी है, तो वह उस प्रयास के द्वारा अन्ततः अपना ही सुख हासिल करना चाहता है। बेन्थम ने कहा था कि कोई व्यक्ति अन्य सभी व्यक्तियों की अपेक्षा अपने आप से ही ज्यादा निकट है। अतः प्रत्येक व्यक्ति को चाहिये कि वह अपने लिए ही ज्यादा-से-ज्यादा सुख तथा कम-से-कम दुःख अर्जित करे। यही मानव जीवन का चरम आदर्श है।

अब यहाँ यह प्रश्न उठता है कि बेन्थम के अनुसार जो जीवन का लक्ष्य है उसका स्वरूप क्या है। हम ऊपर कह चुके हैं कि बेन्थम सुख से संवेदनात्मक ऐन्द्रिक सुख ही समझते हैं।

उनके अनुसार सुखों में गुणात्मक भेद नहीं होता, उनमें केवल परिमाणपरक या मात्रापरक भेद ही होता है। हमने ऊपर उनके द्वारा प्रतिपादित सुखकलन सम्बन्धी प्रक्रिया की चर्चा की है और बतलाया है कि उन्होंने सुख की मात्रा को मापने के लिए तीव्रता, अवधि, निकटता, निश्चितता, शुद्धता, उत्पादकता तथा व्यापकता जैसे सात आयामों को मिलाकर एक मापदण्ड प्रस्तावित किया है। इन आयामों के सम्मिलित आधार पर जो भी सुख अधिकतम माना जाता है वही जीवन का लक्ष्य हो सकता है। यह सुखवाद प्राचीनकाल से ही दो रूपों में प्रचलित है—(1) निकृष्ट सुखवाद तथा (2) उत्कृष्ट सुखवाद। अब हम यहाँ इन सुखवादों के सम्बन्ध में कुछ संक्षिप्त चर्चा करेंगे।

13.3 निकृष्ट सुखवाद एवं उत्कृष्ट सुखवाद तथा उनके भेद

प्राचीन यूनान में अरिस्टिप्पस साइरिन[2] नामक स्थान के निवासी थे। उन्होंने साइरेनैक्स[3] नामक संप्रदाय की स्थापना की थी। उन्होंने अधिकतम सुखप्राप्ति को ही जीवन का परम लक्ष्य माना। उनके अनुसार इन्द्रियतृप्ति अर्थात् शारीरिक सुख ही सही अर्थ में सुख है। और फिर जो सुख अधिक तीव्र एवं टिकाऊ होता है वही श्रेयस्कर भी होता है। भविष्य में होनेवाले सुख की अपेक्षा वर्तमान सुख ही ज्यादा वांछनीय है। वर्तमान तो निश्चित है, भविष्य में क्या होगा कौन जानता है? भारत में सुखवाद का प्रबल समर्थक चार्वाक सम्प्रदाय है। इस सम्प्रदाय के अनुयायियों के भी दो वर्ग हैं, जो धूर्त चार्वाक और सुसंस्कृत या सुशिक्षित चार्वाक जैसे नामों से जाने जाते हैं। धूर्त चार्वाकों का मूल मन्त्र था—"यावज्जीवेत् सुखं जीवेत् ऋणं कृत्वा घृतं पिबेत्। भस्मीभूतस्य देहस्य पुनरागमनं कुतः"। अतः वर्तमान में ही अधिक-से-अधिक शारीरिक सुख प्राप्त कर लेना उनका चरम आदर्श था। वे किसी प्रकार के आध्यात्मिक या अतीन्द्रिय सुख को स्वीकार नहीं करते थे।

उत्कृष्ट या सुसंस्कृत सुखवाद भी अति प्राचीन है। प्राचीन यूनान में एपिक्यूरस नामक एक अन्य सुखवादी विचारक भी थे। उनका मत एपिक्यूरियनिज्म[4] नाम से जाना जाता है। उन्होंने जिस किसी तरीके से प्राप्त शारीरिक सुख या इन्द्रियतृप्ति को महत्त्व नहीं दिया था। उन्होंने वासनाओं के वेग में बह जाने के बजाय बौद्धिक विवेचन को अधिक महत्त्व दिया था। उन्होंने वर्तमान के क्षणिक सुख की अपेक्षा भविष्य के दीर्घकालीन सुख को महत्त्व देने की अनुशंसा की थी। उन्होंने इस बात पर बल दिया कि मनुष्य को ऐसे ही उपाय अपनाने चाहिये जिनसे उसके शारीरिक कष्ट तथा मानसिक असंतुलन दोनों दूर हो सकें। इन दुःखों का अभाव भी तो सुखदायक ही होता है। मादक द्रव्य के सेवन से तत्काल सुख अवश्य मिलता है, किंतु इसकी लत लग जाने से मादक द्रव्य सेवन करने वालों की अन्त में क्या दुर्गति या दुर्दशा होती है यह लोगों को प्रायः ही मालूम होता रहता है। मादक द्रव्य सेवन करने वाले न केवल अनेकानेक रोगों के शिकार हो जाते हैं, बल्कि उनकी प्रायः अकाल मृत्यु हो जाया करती है। अतः एपिक्यूरस ने लोगों को वासनाओं का गुलाम न होकर बुद्धि- प्रयोग करने की सलाह दी। सुखप्राप्ति जीवन का अभीष्ट जरूर है, पर सही स्थायी सुख पाने के लिए बौद्धिक विवेचन बहुत आवश्यक है। एपिक्यूरस के अनुयायी शारीरिक सुख की अपेक्षा बौद्धिक या मानसिक सुख को ही अधिमानित करते थे। यह सही है कि मैत्री- सुख इन्द्रियजनित सुख के समान तीव्र नहीं होता, पर मैत्रीसुख से जिस प्रकार की दीर्घकालीन मानसिक शान्ति मिल सकती है, उस प्रकार की शान्ति इन्द्रियजनित क्षणिक सुख से नहीं मिल सकती। स्थायी सुख के लिए वासनाओं की तृप्ति नहीं, वरन् संतोष की प्राप्ति ही अधिक उपयोगी सिद्ध हो सकती

है। इस प्रकार हम देखते हैं कि एपिक्यूरस का सिद्धांत अरिस्टिप्पस के सिद्धांत से भिन्न है। एपिक्यूरस ने मानो सुख में एक नया आयाम जोड़ दिया है, जो अरिस्टिपस के अनुसार आवश्यक नहीं है। अतः यदि अरिस्टिप्पस का सुखवाद निम्नस्तरीय है, तो एपिक्यूरस का सुखवाद निश्चय ही उच्चस्तरीय है। यही कारण है कि पहला सुखवाद निकृष्ट है और दूसरा सुखवाद उत्कृष्ट एवं सुसंस्कृत।

भारतवर्ष में भी सुसंस्कृत सुखवादी हो गये हैं। जैसा हमने ऊपर कहा है, चार्वाक भी दो प्रकार के थे—(1) धूर्त चार्वाक और (2) शिष्ट या सुशिक्षित चार्वाक। सुशिक्षित चार्वाक अश्लील सुखभोग को महत्त्व नहीं देते थे। वे उत्कृष्ट सुखों को ही जीवन का लक्ष्य मानते थे। इस कारण वे विद्यार्जन तथा ललितकलाओं के अभ्यास को भी महत्त्व देते थे। वे सामाजिक संतुलन को कायम रखने के लिए निजी सुख को अधिक महत्त्व नहीं देते थे।

कामसूत्र के प्रणेता वात्स्यायन को हम शिष्ट सुखवादी वर्ग में ही रख सकते हैं। उन्होंने मोक्ष जैसे पुरुषार्थ को नहीं माना था। उनके अनुसार धर्म, अर्थ तथा काम ही वास्तविक पुरुषार्थ हैं और इनमें भी अर्थ तथा धर्म वस्तुतः काम की सिद्धि के लिए साधन की भूमिका ही निभाते हैं। यहाँ यह उल्लेखनीय है कि काम की सिद्धि के लिए धर्म का साधन के रूप में प्रयोग निश्चित रूप से यह प्रदर्शित करता है कि वात्स्यायन कामसाधना को गर्हित एवं घृणित नहीं मानते थे। और निश्चय ही धर्म पर आधारित कामसिद्धि पाशविक तथा निकृष्ट नहीं हो सकती। वात्स्यायन के अनुसार ललितकलाएँ चौंसठ प्रकार की होती हैं और उनका अभ्यास मनुष्यों के लिए अत्यंत वांछनीय है। पर इस तरह के अभ्यास के लिए पहले से विद्या का उपार्जन करके सुशिक्षित हो जाना भी अत्यंत वांछनीय है। जो लोग शीघ्रातिशीघ्र सुखप्राप्ति के लिए बाल्यावस्था से ही सुख देने वाले कार्यों में रत हो जाते हैं, वे लोग निश्चय ही अधिक काल तक सुखभोग नहीं कर सकते। अतः लोगों को बाल्यकाल में ब्रह्मचर्य का पालन कर संयत जीवन व्यतीत करना चाहिये और उस अवधि में ललितकलाओं को सीखना तथा उनका अभ्यास करना चाहिये। ऐसा करने से सही समय पर दीर्घकालीन एवं विहित सुख का उपभोग सम्भव हो सकता है। इस प्रकार हम देखते हैं कि वात्स्यायन एक विचारवान् सुखवादी थे। अतः हम उन्हें शिष्ट चार्वाकों में ही परिगणित कर सकते हैं।

13.4 बेन्थम के सुखवाद का स्वरूप

निकृष्ट सुखवाद तथा उत्कृष्ट सुखवाद के भेद को जानने के बाद हम इस नतीजे पर पहुँच सकते हैं कि जहाँ एक ओर निकृष्ट सुखवाद में स्वार्थपरता तथा कोरी इन्द्रियतृप्ति पर जोर दिया जाता है, वहीं दूसरी ओर उत्कृष्ट सुखवाद में सामाजिकता तथा सुखों की गुणात्मक उत्कृष्टता पर जोर दिया जाता है। प्रश्न उठता है कि बेन्थम को हम किस कोटि में रख सकते हैं—निकृष्ट सुखवादी की कोटि में या उत्कृष्ट सुखवादी की कोटि में। इस प्रश्न के उत्तर में हम यह अवश्य कह सकते हैं कि जहाँ एक ओर बेन्थम स्वार्थवाद की परिधि को लाँघकर परार्थवाद की परिधि में आ जाते हैं, वहीं दूसरी ओर वे सुखों के गुणात्मक आयाम को नहीं मानने के कारण निकृष्ट सुखवाद की परिधि में ही रह जाते हैं। उन्होंने कहा था कि यद्यपि सभी प्रकार के सुख निश्चित रूप से उपभोग्य होते हैं, फिर भी अधिक परिमाण वाला सुख कम परिमाण वाले सुख से अधिक उपभोग्य होता है।

अब यहाँ प्रश्न उठता है कि जब बेन्थम अपने नैतिक सुखवाद को स्वार्थपरक मनोवैज्ञानिक सुखवाद पर ही आधारित मानते हैं, तब वे स्वार्थपरक नैतिक सुखवाद को

लाँघकर परार्थपरक नैतिक सुखवाद में कैसे चले जा सकते हैं। इस प्रसंग में बेन्थम की एक प्रसिद्ध उक्ति पर ध्यान देना आवश्यक हो जाता है। वह उक्ति है–"प्रत्येक केवल एक है और कोई भी एक से ज्यादा नहीं है"। अर्थात् किसी व्यक्ति को उतना ही सुख पाने का अधिकार है जितना उसके हिस्से में आ सकता है। वह दूसरे के हिस्से का सुख हड़प लेने का अधिकारी नहीं हो सकता। इसका तात्पर्य यह है कि सुख की पूरी राशि का वितरण सभी व्यक्तियों में होना चाहिये। हमने ऊपर देखा है कि बेन्थम ने अपनी सुखपरक मापविधि के सम्बन्ध में सुख के सात आयाम बतलाये हैं और उनमें एक आयाम विस्तार का भी है। इस विस्तार का अर्थ यह भी हो सकता है कि सुख का विस्तार वितरण के द्वारा सभी प्राणियों में हो। इस प्रकार हम देखते हैं कि बेन्थम सुखानुभूति को किसी एक व्यक्ति में सीमित नहीं रखना चाहते थे, वरन् वे इसे व्यापक या सार्वजनीन बना देना चाहते थे।

13.5 बेन्थम के अनुसार नैतिक अनुशास्तियाँ

बेन्थम ने सुखप्राप्ति के सार्वजनीन हो सकने के सम्बन्ध में चार नैतिक अनुशास्तियों का जिक्र किया है। ये चार अनुशास्तियाँ हैं—(1) प्राकृतिक, (2) सामाजिक, (3) राजनीतिक तथा (4) धार्मिक। ये सभी अनुशास्तियाँ बाह्य हैं क्योंकि ये मनुष्यों को बाहर से बाध्य करती हैं। जो व्यक्ति इन अनुशास्तियों को नहीं मानता, उसे विभिन्न तरीकों से दण्डित किया जा सकता है, और जो उन्हें मानता है, उसे उचित तरीकों से पुरस्कृत किया जा सकता है। अब हम इन अनुशास्तियों की एक-एक कर व्याख्या एवं समीक्षा करेंगे।

13.5.1 प्राकृतिक अनुशास्ति

प्राकृतिक अनुशास्ति वह है जिसे प्रकृति निर्धारित करती है। मनुष्यों में कुछ सहजात प्रवृत्तियाँ होती हैं, जैसे क्षुधा, पिपासा, यौनक्रिया कामना, आदि। इन प्रवृत्तियों की तृप्ति मनुष्यों तथा अन्य सभी प्राणियों के लिए आवश्यक होती है। इसकी तृप्ति के बिना प्राणियों का अस्तित्व ही कायम नहीं रह सकता और इस तृप्ति से प्राणियों को बहुत अधिक सुख भी मिलता है। अब यदि कोई मनुष्य अधिकतम सुख पाने के लिए अपने भोजन की मात्रा को अधिकतम बढ़ा दे, तो, उसे सुख मिलना तो दूर, अपने प्राणों की आहुति दे देने की नौबत भी आ जा सकती है। अतः मानो यह एक प्राकृतिक नियम ही है कि किसी प्राणी को मर्यादित भोजन ही करना चाहिये। प्रकृति की यह अनुशास्ति मनुष्यों को अपनी प्राकृतिक प्रवृत्तियों को नियन्त्रित करने के लिए मानो बाध्य ही करती है, और इस तरह वह उन्हें अपने निजी सुखों को सीमित रखने की सीख भी देती है। चूँकि यहाँ नैतिक अनुशासन का काम प्रकृति के द्वारा किया जाता है, इसलिए इस अनुशास्ति को हम प्राकृतिक अनुशास्ति कह सकते हैं।

13.5.2 सामाजिक अनुशास्ति

समाज व्यक्तियों का एक ऐसा समूह है जो उनके सामंजस्यपूर्ण सम्बन्धों पर ही टिका रह सकता है। यदि समाज में सामंजस्य न हो, तो समाज टिक नहीं सकता, और यदि समाज न हो तो व्यक्ति का अस्तित्व सम्भव नहीं हो सकता। अतः समाज में सामंजस्य की स्थापना तथा उसकी स्थिरता के लिए समाज के अंतर्गत ही कुछ ऐसे नियम विकसित हुए हैं जो मनुष्यों को मनमानी करने से रोकते हैं और सामाजिक संतुलन को बिगड़ने नहीं देते। समाज में स्वच्छन्द यौनक्रिया, दूसरे की सम्पत्ति को हड़प लेना, आदि आदि कार्य गर्हित माने जाते हैं; और दूसरों की भलाई करना, विपत्ति में फँसे लोगों को मदद पहुँचाना, आदि आदि कार्य

प्रशंसनीय माने जाते हैं। जो व्यक्ति कोई गर्हित कर्म कर बैठता है, उसे समाज बहिष्कार, निन्दा, भर्त्सना, आदि माध्यमों से दण्डित करता है; और जो व्यक्ति सराहणीय कार्य करता है, उसे समाज प्रशंसा, गुणगान, आदि माध्यमों से पुरस्कृत करता है। इस प्रकार समाज अपनी सामाजिक अनुशास्तियों के द्वारा लोगों को परापेक्षी होने को बाध्य करता है और इस तरह उन्हें केवल अपनी निजी सुख-सुविधाओं में सीमित न रहकर अन्य लोगों की सुख-सुविधाओं पर ध्यान देने, उन्हें उत्पन्न करने तथा उन्हें बढ़ाने की प्रेरणा भी देता है।

13.5.3 राजनीतिक अनुशास्ति

समाज जब विकसित हो जाता है तब उसमें शासनतंत्र की स्थापना भी हो जाती है। शासनतंत्र अनेक रूप ले सकता है, जैसे—राजतंत्र, लोकतंत्र, आदि। किसी शासनतन्त्र का एक प्रमुख कार्य यह होता है कि वह समाज में शान्ति एवं सामंजस्य कायम करे तथा जनकल्याण की संवृद्धि सुनिश्चित करे। चूँकि मनुष्य साधारणतः स्वार्थी होता है, इसलिए वह प्रायः अन्य लोगों के सुख की ओर ध्यान न देकर केवल अपने सुख के लिए ही प्रयत्नशील रहता है। फलस्वरूप लोगों में वैमनस्य, टकराव तथा संघर्ष की स्थिति उत्पन्न होती रहती है और समाज विनाश की ओर बढ़ता चला जाता है। इस कारण शासनतंत्र का यह कर्तव्य हो जाता है कि वह समाज में संघर्ष की स्थिति उत्पन्न ही न होने दे तथा स्थायी शान्ति के लिए उचित कार्रवाई करता रहे। इन उद्देश्यों की पूर्ति के लिए वह भिन्न-भिन्न प्रकार के कानून बनाता है और उनके द्वारा लोगों को अनुशासित करता है। जो व्यक्ति इन कानूनों का उल्लंघन करता है, उसे वह जुर्माना, कारावास, मृत्युदण्ड, आदि के द्वारा दण्डित भी करता है। किसी दूसरे की सम्पत्ति हड़प लेना, किसी निर्दोष व्यक्ति को किसी प्रकार की पीड़ा पहुँचाना, आदि दण्डनीय अपराध होते हैं; और जो लोग ऐसे अपराध करते हैं उन्हें शासनतंत्र दण्डित करता है। और वह वैसे व्यक्तियों को पुरस्कृत करता है जो समाजसेवा, परोपकार, आदि के द्वारा जनसाधारण के सुखों का संवर्धन करता है। पुरस्कारों के अनेक प्रकार होते हैं—जैसे, प्रशस्तिपत्र, उपाधि, नकद इनाम, प्रशासन के किसी पद पर नियुक्ति, आदि आदि। शासनतंत्र के द्वारा बनाये गये नियमों को, जिनके द्वारा स्वार्थपरता पर रोक लगायी जाती है तथा परोपकारिता को प्रोत्साहित किया जाता है, हम राजनीतिक अनुशास्तियाँ कह सकते हैं। इस तरह हम देखते हैं कि लोग राजनीतिक अनुशास्तियों के कारण भी परहित की ओर ध्यान देने तथा उस ओर कार्यरत होने को बाध्य होते हैं। नैतिकता का उद्देश्य भी तो अन्ततः परहित को बढ़ाना ही होता है।

13.5.4 धार्मिक अनुशास्तियाँ

धार्मिक अनुशास्तियाँ धर्म या मजहब के कारण सम्भव होती हैं। मजहब या धर्म विश्वास पर आधारित होता है। इसमें ईश्वर, स्वर्ग, नरक, देवी-देवता, आदि अनेक अलौकिक सत्ताओं पर विश्वास किया जाता है। धार्मिक विश्वास के अनुसार यह माना जाता है कि मनुष्य एवं संसार की सभी वस्तुओं की सृष्टि ईश्वर या देवी-देवताओं से होती है और वे ही मनुष्यों को उनके अच्छे कर्मों के लिए पुरस्कृत करते हैं तथा बुरे कर्मों के लिए दण्डित करते हैं। पुरस्कार का एक रूप स्वर्गसुखप्राप्ति है और दण्ड का एक रूप नरकदुःखभोग। पुरस्कार तथा दण्ड के और भी अनेक रूप माने जाते हैं। स्वार्थलोलुपता बुरी प्रवृत्तियों में गिनी जाती है और परोपकारिता अच्छी प्रवृत्तियों में। फलस्वरूप लोग नरकदुःखभोग से बचने के

लिए स्वार्थलोलुप होने से बचते हैं और परोपकार करके स्वर्ग पाने का प्रयास भी करते हैं, क्योंकि स्वर्ग में सुख ही सुख है। इस प्रकार हम देखतें हैं कि धार्मिक अनुशास्तियाँ भी मनुष्य को स्वार्थपरता के बजाय परसेवा की ओर अग्रसर होने के लिए प्रेरित एवं बाध्य करती हैं।

यहाँ यह उल्लेखनीय है कि महज धार्मिक यानी मजहबी विश्वास के आधार पर जिन अलौकिक सत्ताओं को माना जाता है उन्हें जब तक उनकी वैज्ञानिक पुष्टि नहीं होती तब तक सत्य नहीं माना जा सकता। लेकिन यह तो सही ही है कि लोगों में अनेकानेक मजहबी विश्वास रहते हैं और उन पर आधारित अनुशास्तियाँ उनके आचरणों पर बहुत अधिक प्रभाव डालती हैं। लेकिन तब यह भी सही ही है कि विज्ञान के निरन्तर विकास तथा शिक्षा के अधिकाधिक प्रचार-प्रसार से धार्मिक अन्धविश्वास कम होते जा रहे हैं और लोगों में उनका प्रभाव भी कम होता जा रहा है। किंतु स्थिति अभी ऐसी नहीं हुई है कि हम धार्मिक अनुशास्तियों की अनदेखी कर सकें और कह सकें कि ये अनुशास्तियाँ अब निष्प्रभावी हो गयी हैं।

13.6 बेन्थम के सुखवाद की समीक्षा

हमने देखा है कि बेन्थम एक स्वार्थपरक मनोवैज्ञानिक सुखवादी के रूप में अपने नीति-दर्शन का प्रारंभ करते हैं, पर बाद में वे उसे परार्थपरक बनाने का प्रयास करते हैं और फिर नैतिक दृष्टि से इसी परार्थपरक सुखवाद को ही उचित ठहराना चाहते हैं। इस तरह वे उपयोगितावाद के उसी नारे का समर्थन करना चाहते हैं जिसके अनुसार मनुष्य का नैतिक आदर्श अधिकतम व्यक्तियों के लिए अधिकतम सुख सुनिश्चित करना है। हमने ऊपर यह भी देखा है कि सुख के स्वरूप के सम्बन्ध में बेन्थम की मान्यता है कि सुख में गुण सम्बन्धी भेद नहीं होता, जिस कारण यह नहीं कहा जा सकता कि कोई सुख उच्च कोटि का है और कोई निम्न कोटि का। सुख में केवल मात्रापरक भेद होता है, अतः वह केवल कम या अधिक हो सकता है। मात्रा या परिमाण को मापने के लिए उन्होंने सुख के सात आयाम बतलाये हैं, जिनकी चर्चा हम ऊपर कर चुके हैं। हमने ऊपर यह भी उल्लिखित कर दिया है कि बेन्थम ने सुखों का अधिकतम व्यक्तियों में आबंटन का सिद्धांत देकर अपने सुखवाद के कोरे स्वार्थपरक रूप को परार्थपरक बनाने का प्रयास किया है और इस तरह उन्होंने अपने सुखवाद को नैतिक स्वरूप देने की चेष्टा की है। किंतु क्या वे अपने इस तरह के प्रयास में सफल हुए हैं? इसका उत्तर नकारात्मक है। इसे समझने के लिए अब हम बेन्थम के परार्थपरक सुखवाद यानी उपयोगितावाद की समीक्षा करेंगे।

हमने ऊपर देखा है कि बेन्थम ने सुखवाद को परार्थपरक रूप देने के लिए चार अनुशास्तियों की सहायता ली है। किंतु ये चारों अनुशास्तियाँ मनुष्य पर बाहर से ही थोपी जाती हैं। ये मनुष्य के अंतर्मन की उपज नहीं होतीं, और न ही ये मनुष्य के द्वारा सोच-विचार कर आत्मसात् की गई होती हैं। लेकिन, जैसा हम जानते हैं, मनुष्य का कोई भी कार्य जब तक स्वतंत्र संकल्प के आधार पर बिना किसी डर या प्रलोभन के क्रियान्वित नहीं होता, तब तक वह नैतिक दृष्टि से अच्छा या बुरा नहीं हो सकता। चूँकि बेन्थम की चारों अनुशास्तियाँ बाह्य हैं, अर्थात् वे सभी बाहर से थोपी जाती हैं, इसलिए वे किसी कार्य को नैतिकता प्रदान नहीं कर सकतीं। वे प्रभावी जरूर होती हैं, क्योंकि मनुष्य साधारणतः अपने लिए किसी तरह का झंझट मोल लेना नहीं चाहता। और फिर मनुष्य अनुशास्तियों के अनुसार चलकर पुरस्कार या प्रशंसा के द्वारा यथासम्भव सुख भी बटोर ही लेना चाहता है। किंतु किसी प्रकार के बाह्य

नियम के कारण आचरण करना नैतिक दृष्टि से सम्माननीय नहीं हो सकता, क्योंकि नैतिकता का आधार स्वतंत्र संकल्प के आधार पर आचरण करना ही होता है। हमने ऊपर उल्लेख किया है कि बेन्थम के अनुसार प्रत्येक व्यक्ति केवल एक है और कोई व्यक्ति एक से अधिक नहीं है। उनका यह कथन नैतिक दृष्टि से निश्चय ही बहुत अधिक मूल्यवान् है। किंतु उनका यह कथन उनके मौलिक स्वार्थपरक सुखवाद से बिलकुल ही मेल नहीं खाता। इस तरह उनके कुछ नीतिसम्बन्धी विचार परस्पर विरोधी हो जाते हैं। इस प्रकार हम देखते हैं कि बेन्थम अपने स्वार्थपरक मनोवैज्ञानिक सुखवाद को नैतिक रूप देने में सफल नहीं हो पाते और उनकी नीतिपरक अनुशास्तियाँ भी उन्हें नैतिकता की तह तक जाने में मदद नहीं दे पातीं।

13.7 मिल का उपयोगितावाद

बेन्थम की तरह जॉन स्टुअर्ट मिल भी उपयोगितावाद के ही समर्थक थे, बल्कि उपयोगितावादियों में सबसे अधिक प्रसिद्धि मिल को ही मिली। जैसा हमने ऊपर कहा है, उपयोगितावाद का प्रमुख नारा है 'अधिकतम व्यक्तियों के लिए अधिकतम सुख'। ध्यातव्य है कि मिल ने भी अपने को स्वार्थवाद के दायरे से निकालकर परार्थवाद का ही समर्थन किया है। सर्वप्रथम हम यहाँ मिल के उपयोगितावाद की कुछ प्रमुख विशिष्टताओं का उल्लेख करेंगे।

13.7.1 मिल के अनुसार सुख का स्वरूप तथा उसके दो प्रकार

सुख के स्वरूप के सम्बन्ध में मिल का विचार बेन्थम के विचार से भिन्न है। जहाँ बेन्थम सुखों में किसी प्रकार का गुणपरक भेद नहीं मानते, बल्कि केवल मात्रापरक भेद ही मानते हैं, वहीं मिल सुखों में गुणपरक भेद का होना भी स्वीकार करते हैं। इनके अनुसार इन्द्रियतृप्तिपरक सुख तथा काव्यबोधपरक सुख एक ही कोटि में नहीं रखे जा सकते; पहले प्रकार का सुख अवश्य ही निम्न कोटि का तथा दूसरे प्रकार का सुख अवश्य ही उच्च कोटि का होता है। इस प्रकार हम देखते हैं कि मिल बौद्धिक या बुद्धिजन्य सुखों को शारीरिक सुखों की अपेक्षा अधिक महत्त्व देते हैं।

13.7.2 मिल का स्वार्थवाद से परार्थवाद की ओर प्रस्थान

मिल भी एक मनोवैज्ञानिक सुखवादी ही थे। उनका भी यही मत था कि मनुष्य प्राकृतिक स्वभाव के कारण ही सुख प्राप्त करना चाहता है। और चूँकि प्रत्येक व्यक्ति अपना-अपना सुख ही चाहता है, इसलिए सभी व्यक्तियों के लिए सभी व्यक्तियों का सुख ही वांछित हो सकता है। ऐसा तर्क देकर वे स्वार्थवाद के दायरे से बाहर निकलकर परार्थवाद की ओर जाने का प्रयास करते हैं। किंतु क्या वे इस प्रयास में सफल हो पाते हैं? इसकी जाँच हम आगे करेंगे।

हमने ऊपर देखा है कि स्वार्थवाद से परार्थवाद की ओर जाने के लिए बेन्थम ने चार प्रकार की अनुशास्तियों का सहारा लिया था। किंतु चूँकि ये सभी अनुशास्तियाँ बाह्य हैं, इसलिए उनके द्वारा उत्पन्न परार्थपरता नैतिक रूप ग्रहण नहीं कर सकती। दबाव में पड़कर कोई अच्छा काम कर लेना नैतिक दृष्टि से मूल्यवान् नहीं हो सकता। इसीलिए मिल ने इस बात पर पूरा जोर दिया कि मनुष्य में परहितपरक आंतरिक रुचि भी होनी चाहिये। अर्थात् उनके अनुसार बाह्य अनुशास्तियों के साथ-साथ आंतरिक अनुशास्ति भी होनी चाहिये। आंतरिक अनुशास्ति से प्रभावित होने पर ही कोई आचरण बाहरी दबाव से मुक्त माना जा सकता है। मिल ने इस आंतरिक अनुशास्ति को मानव सुखाकांक्षी प्रवृत्ति का नाम दिया है। इस प्रवृत्ति के आधार पर वे प्रतिपादित करना चाहते हैं कि परहितकारी कार्य मनुष्य के आंतरिक स्वभाव के कारण ही सम्भव होते हैं। उनके इस मत की समीक्षा हम आगे करेंगे।

13.7.3 सुखों की गुणवत्ता के निरूपण में अनुभवी व्यक्तियों के निर्णय की भूमिका

मिल के अनुसार सुख के चयन में केवल उसकी मात्रा या उसके परिमाण पर ही ध्यान नहीं देना चाहिये, वरन् उसकी गुणवत्ता पर भी ध्यान देना चाहिये। लेकिन तब प्रश्न उठ जाता है कि परिमाण तथा गुणवत्ता में अधिक महत्त्व किसे दिया जाना चाहिये। इस सम्बन्ध में मिल कहते हैं कि एक असंतुष्ट सुकरात एक संतुष्ट शूकर से अधिक सम्माननीय है। इस प्रकार उनके अनुसार परिमाण की अपेक्षा गुण ही अधिक महत्त्वपूर्ण होता है। लेकिन तब प्रश्न यह उठ जाता है कि गुणवत्ता का निरूपण किस प्रकार होता है। परिमाण को मापने की विधि तो बेन्थम ने बतलायी है जिसके द्वारा हम परिमाण को तो यथासम्भव माप ले सकते हैं। पर, गुणवत्ता को सुनिश्चित करने के लिए हम कौन-सी विधि अपनायें? अर्थात् हम यह कैसे जानें कि दो सुखों में कौन सुख सद्‌गुणसंपन्न है और कौन नहीं? या फिर कौन अधिक सद्‌गुणसंपन्न है और कौन कम सद्‌गुणसंपन्न। इस सम्बन्ध में मिल कहते हैं कि सुखों के गुणात्मक भेद को सुनिश्चित करने के लिए हमें ऐसे व्यक्तियों के निर्णय का सहारा लेना चाहिये जो अनुभवी एवं योग्य हों। लेकिन तब यहाँ अनेक प्रश्न उठ खड़े हो जाते हैं। कौन व्यक्ति योग्य है? योग्यता की कसौटी क्या है? अच्छे गुण या सद्‌गुण की विशिष्टता क्या है? आदि आदि। इन प्रश्नों के सम्बन्ध में हम आगे विचार करेंगे।

13.7.4 मिल के उपयोगितावाद की आलोचना

हमने ऊपर देखा है कि मिल सुखवाद के समर्थन में यह तर्क देते हैं कि जिस तरह किसी वस्तु के देखे जा सकने के कारण उसे 'दर्शनीय' या 'दिखाई पड़ने योग्य' कहा जाता है, उसी तरह व्यक्तियों द्वारा स्वाभाविक तौर पर सुख की कामना किये जा सकने के कारण सुख को भी 'कामना करने योग्य' माना जा सकता है। जिस तरह रंग या रूप देखे जा सकने के कारण 'दर्शनीय' या 'दर्शनयोग्य' है, उसी तरह सुख स्वाभाविक तौर पर काम्य होने के कारण 'कामना करने योग्य' हो जाता है। किंतु इस प्रकार का तर्क देना दोषपूर्ण है। उपर्युक्त 'दर्शनयोग्य' से जो योग्यता अभिव्यक्त होती है, वह प्राकृतिक गुण होता है, वह गुण किसी प्रकार की मूल्यपरक अर्हता नहीं है। संसार में बहुत-सी ऐसी वस्तुएँ हैं जो देखी नहीं जा सकतीं—जैसे, परमाणु, विषाणु, आदि। अतः उनमें प्राकृतिक कारणों से दर्शनीय होने का गुण वर्तमान नहीं है। लेकिन इसका अर्थ यह नहीं है कि यदि वे किसी प्रकार देख लिए जा सकें, तो भी उनका दर्शन नहीं करना चाहिये। पर जब हम किसी सुख के बारे में कहते हैं कि वह अनुभव करने योग्य नहीं है, अर्थात् वह वांछनीय नहीं है, तब हम निश्चय ही यह नहीं कहना चाहते कि हम उस सुख को पाने की इच्छा रख ही नहीं सकते, या उस सुख का अनुभव कर ही नहीं सकते, बल्कि यह कहना चाहते हैं कि हमें उस सुख को पाने की इच्छा रखनी ही नहीं चाहिये, या उसका अनुभव करना ही नहीं चाहिये। किसी सुख का वांछनीय होना उस सुख के इच्छित हो सकने पर निर्भर नहीं होता, बल्कि उसके नैतिक होने पर निर्भर होता है। इस प्रकार हम देखते हैं कि 'सुख वांछनीय है' की वांछनीयता तथा 'रंग या रूप दर्शनीय है' की दर्शनीयता दो भिन्न-भिन्न प्रकार की योग्यताएँ हैं। इन दोनों प्रकार की योग्यताओं को एक ही कोटि में ले आना कोटि-दोष का शिकार होना होता है। मिल बिलकुल स्पष्ट रूप से इस दोष के शिकार हो जाते हैं। मूर ने इस दोष को 'प्राकृतिक दोष' का नाम दिया है। इस 'प्राकृतिक दोष' की चर्चा हम ऊपर कर चुके हैं। इसका सारांश यही है कि प्राकृतिकता के आधार पर अतिप्राकृतिकता या अप्राकृतिकतापरक निष्कर्ष निकालना दोषपूर्ण हैं। हम सुख

चाहते हैं यह एक प्राकृतिक तथ्य है। पर इस आधार पर यह कहना कि 'हमें सुख पाना चाहिये क्योंकि यह वांछनीय है' निश्चय ही प्राकृतिक दायरे से गैरप्राकृतिक दायरे में चला जाना है। इस दूसरे दायरे में अच्छापन या शुभत्व प्राकृतिक गुण से सम्पन्न तथा देशकाल में अवस्थित कोई वस्तु या प्रक्रिया नहीं है। इसमें तो शुभत्व बिलकुल अप्राकृतिक है और इस कारण इसका ज्ञान इन्द्रियजन्य नहीं होता। इसका सीधा ज्ञान तो हो सकता है, पर वह इन्द्रियों के द्वारा प्राप्त नहीं होता। इस प्रकार यह देखा जा सकता है कि मिल का यह तर्क कि चूँकि हम सुख प्राकृतिक तौर पर ही चाहते हैं, इसलिए हमें सुख को ही नैतिक रूप से भी चाहना चाहिये त्रुटिपूर्ण है।

हमने ऊपर देखा है कि उपयोगितावाद का सबसे महत्त्वपूर्ण नारा है—'अधिकतम व्यक्तियों के लिए अधिकतम सुख'। पर यहाँ प्रश्न उठता है कि यदि मनुष्य स्वाभाविक तौर पर अपने निजी सुख के लिए ही इच्छुक रहता है और इस तरह उसमें स्वार्थपरक मनोवैज्ञानिक प्रवृत्ति ही वर्तमान रहती है, तो फिर उसमें अधिकतम व्यक्तियों के लिए अधिकतम सुख पैदा करने जैसी प्रवृत्ति कैसे आ जाती है? इस सम्बन्ध में मिल तर्क देते हैं कि चूँकि क अपना सुख चाहता है, ख अपना, ग अपना, और इसी तरह हर व्यक्ति अपना सुख चाहता है, इसलिए क, ख, ग तथा अन्य सभी लोगों का पूरा समूह क, ख, ग तथा अन्य सभी लोगों का सम्मिलित सुख चाहता है। अतः सबों को सभी लोगों का सुख ही चाहना चाहिये। किंतु यह तर्क कितना बेसंगत है, उसका पता इस एक बात से ही लग जाता है कि बहुत लोग अपने सुखलाभ के लिए दूसरों को दुःख देने जैसे साधन को ही अपनाते हैं। मैं अपना पेट पालने के लिए आपकी सम्पत्ति की चोरी कर लेता हूँ। आप अपनी यौन पिपासा को शान्त करने के लिए बलात्कार कर बैठते हैं। इस प्रकार यदि दूसरों का उत्पीड़न ही निजी सुखप्राप्ति का साधन बन जा सकता है, तो फिर यह कैसे कहा जा सकता है कि क, ख, ग आदि का अपना-अपना सुख प्राप्त करना क, ख, ग आदि के द्वारा समेकित रूप से सुख प्राप्त कर लेना भी हो जा सकता है। यहाँ यह आपत्ति भी उठायी जा सकती है कि मनुष्यों की सुखानुभूति कोई ऐसी वस्तु नहीं है कि उसे कोई समेकित रूप देकर ऊपर जैसा कोई निष्कर्ष निकाला जा सकता। सुखानुभूति तो वैयक्तिक स्तर की मानसिक अनुभूति होती है। इस प्रकार यह स्पष्ट होता है कि मिल का उपर्युक्त तर्क 'समेकितीकरण दोष' से ग्रसित है।

मिल ने परार्थवाद को नैतिक औचित्य प्रदान करने के लिए बाह्य अनुशास्तियों के अलावा एक आंतरिक अनुशास्ति को भी स्वीकार किया है और उसे 'परहितभावना' की संज्ञा दी गई है। किंतु इस भावना के अस्तित्व के सम्बन्ध में स्वयं मिल बहुत आश्वस्त नहीं थे। उन्होंने कहा था कि यह भावना बहुत लोगों में उनकी स्वार्थपरकभावना की तुलना में बहुत कमजोर होती है और अनेक लोगों में तो इस भावना का पूरा-पूरा अभाव ही रहता है। फलस्वरूप सामान्य तौर पर मनुष्यों में उनकी स्वार्थभावना ही प्रबल रहती है। ऐसी स्थिति में मिल द्वारा स्वीकृत परहितभावनापरक आंतरिक अनुशास्ति का स्वार्थभावना पर विजय पाना कितना सम्भव है यह निश्चय ही एक विचारणीय प्रश्न है। पर, यदि यह स्वीकार कर भी लिया जाय कि मनुष्य की परहितभावना उसकी स्वार्थभावना पर प्रभावी हो जा सकती है, तो क्या यह प्रश्न पूछा नहीं जा सकता कि भावना के आधार पर किये गये कर्म नैतिक मूल्य प्राप्त कर सकते हैं या नहीं। क्या ऐसे कर्म जिनमें स्वतंत्र संकल्पन का अभाव हो और जिनका निष्पादन भावना के उद्रेक के कारण सम्भव हुआ हो नैतिक रूप प्राप्त कर सकते हैं? स्पष्ट ही उत्तर नकारात्मक होगा, क्योंकि हम पहले ही देख चुके हैं कि नैतिकता के लिए स्वतंत्र संकल्पन निहायत जरूरी है।

मिल ने, जैसा हमने ऊपर भी कहा है, अपने उपयोगितावाद में सुखों के मात्राभेद के साथ उनके गुणभेद को भी स्वीकार किया है। उनके अनुसार एक असंतुष्ट सुकरात एक संतुष्ट पशु से ज्यादा प्रतिष्ठावान् होता है। पर यहाँ प्रश्न उठ सकता है कि गुण है क्या। सुख किस स्थिति में सद्गुणसंपन्न माना जा सकता है और किस स्थिति में दुर्गुणयुक्त? स्पष्ट ही मात्रा या परिमाण की कमी-बेशी से ऐसे गुण को कोई सरोकार नहीं हो सकता। और फिर किसी के कह देने मात्र से कोई सुख अच्छा या बुरा नहीं हो जा सकता। सुरापान को सुरापायी अच्छा कहेगा ही और सुराद्वेषी बुरा ही। चूँकि ऐसे लोगों के विचार पूर्वाग्रहपूर्ण होते हैं, इसलिए मिल के अनुसार गुणवत्ता की परख अनुभवी एवं योग्य निर्णायकों के द्वारा ही सम्भव हो सकती है। लेकिन तब यहाँ यह जानना आवश्यक हो जाता है कि अनुभवी और योग्य निर्णायक कौन लोग होते हैं। क्या जो लोग ज्यादा उम्र के हैं, वे योग्य होते हैं? लेकिन अनेकानेक ज्यादा उम्र के लोगों के कारनामे ऐसे होते हैं कि जनसाधारण की नजर में वे अत्यन्त पतित ही माने जाते हैं। तब फिर योग्यता की कसौटी क्या हो सकती है? शायद जनसाधारण द्वारा जिन्हें अनुभवी या बुजुर्ग माना जाता है वे ही योग्य निर्णायक होते हैं। लेकिन तब यदि ऐसे दो अनुभवी व्यक्तियों या बुजुर्गों में किसी सुख की गुणवत्ता के सम्बन्ध में मतभेद हो जाय तो उस समय हमें क्या करना होगा? उस समय गुणवत्ता की पहचान कैसे की जा सकेगी? यहाँ हमें यह कहना नहीं होगा कि मिल सही मायने में गुणवत्ता की पहचान के लिए कोई स्वीकारयोग्य कसौटी दे ही नहीं सके। यहाँ यदि यह मान लिया जाय कि सुख में किसी विलक्षण तत्त्व के प्रविष्ट हो जाने से वह सद्गुणसंपन्न हो जाता है, तो वह सुख निश्चय ही सुखवाद के इन्द्रियगम्य सुख से भिन्न होगा। और तब मिल न तो इन्द्रियपरक सुखवादी रह पाएँगे और न उपयोगितावादी ही, क्योंकि उपयोगितावाद इन्द्रियपरक सुखवाद का ही एक प्रकार है। पर तब यहाँ यह ध्यातव्य है कि मिल ने सुखों में गुणात्मक भेद को मानकर सुखवाद को एक सही संकेत देने का प्रयास तो अवश्य किया है। चूँकि वे गुण के सही स्वरूप को भाँप नहीं पाये, इसलिए वे अपने उपयोगितावादी सुखवाद को नैतिक दृष्टि से स्वीकारयोग्य नहीं बना सके।

मिल के अनुसार जीवन का अभीष्ट अधिकतम व्यक्तियों के लिए अधिकतम सुख तथा न्यूनतम दुःख सम्भव बनाना है। अतः नैतिक दृष्टि से कर्ता के लिए यह आवश्यक होता है कि वह अपने कर्मों के द्वारा लोगों के उपभोग के लिए अधिक-से-अधिक सुख का सृजन करे तथा ऐसी परिस्थिति उत्पन्न करे जिससे कम-से-कम दुःख पैदा हो। पर ऐसी स्थिति को सम्भव बनाने के लिए यह आवश्यक हो जाता है कि सुख तथा दुःख की माप सम्भव हो जाय। हमने ऊपर देखा है कि बेन्थम ने सुख की मात्रा को मापने के लिए एक आकलन विधि प्रस्तावित की थी। किंतु उस विधि का कारगर होना अत्यंत कठिन है। इस कठिनाई के अनेक कारण हैं। पहला कारण तो यह है कि सुख या दुःख की मात्रा का आकलन विश्वस्तर पर किया जाना अपेक्षित हो जाता है। दूसरा कारण यह है कि माप केवल वर्तमान सुख एवं दुःख की नहीं, वरन् भविष्य में होनेवाले सुख एवं दुःख की भी अपेक्षित हो जाती है। तीसरा कारण यह है कि मिल के अनुसार मात्रा-माप के साथ-साथ गुणवत्ता की जानकारी भी आवश्यक हो जाती है। इन कारणों में दूसरा कारण भविष्य से सम्बद्ध है। चूँकि उपयोगितावाद अधिकतम व्यक्तियों तथा अधिकतम सुख से सम्बन्ध रखता है, इसलिए उसके लिए भविष्य से सम्बन्ध रखना भी जरूरी होता है। पर भविष्य तो अंतहीन है। अतः यह आकलन कर पाना अत्यंत कठिन है कि वर्तमान के कार्य अपने परिणामों के द्वारा सुदूर भविष्य में क्या-क्या परिणाम पैदा

कर सकते हैं। इन सभी कठिनाइयों की वजह से यह अनुमान लगाना बिलकुल सहज है कि सुख एवं दुःख की माप असम्भव है। ऐसी स्थिति में यह कैसे जाना जा सकता है कि सुख की मात्रा अधिकतम है और दुःख की मात्रा न्यूनतम?

उपयोगितावाद में अधिकाधिक व्यक्तियों द्वारा अधिकतम सुख की प्राप्ति को जो महत्त्व दिया गया है वह नैतिक दृष्टि से उचित जरूर है, पर इतना ही पर्याप्त नहीं है। अधिकतम सुख का अधिकाधिक लोगों में गलत आबंटन भी सम्भव है। अतः सुख का उचित ढंग से आबंटन भी जरूरी है। और जब उपयोगितावाद में सुखोत्पादन के साथ उचित आबंटन भी जुट जाता है, तब उसका स्वरूप निश्चय ही परिवर्तित हो जाता है। और तब यह भी स्पष्ट हो जाता है कि वैसा उपयोगितावाद जिसमें उचित आबंटन का प्रावधान नहीं है, नैतिकता का सही मत नहीं हो सकता।

हमने ऊपर देखा है कि यद्यपि मिल मूलतः स्वार्थवादी हैं, फिर भी वे नैतिकता के लिए परार्थवादी हो जाते हैं। वे अपने को परार्थवादी बनाने के लिए बाह्य अनुशास्तियों के साथ-साथ एक आंतरिक अनुशास्ति का भी सहारा लेते हैं जिसे वे परहितभावना कहते हैं। पर वे इस भावना को लोगों में प्रायः अनुपस्थित ही पाते हैं। यदि ऐसी बात है, तो फिर मनुष्य का परार्थवादी होना सम्भव नहीं जान पड़ता। और यहाँ यह भी उल्लेखनीय है कि यदि हम यह मान भी लें कि मनुष्य अपनी परहितभावना के कारण परार्थवादी हो जा सकता हैं, तो निश्चय ही ऐसे परार्थवाद की नैतिक उत्कृष्टता वैसी नहीं हो सकती जैसी संकल्पजनित आचरण पर आधारित परार्थवाद की हो सकती है। नैतिकता में भावना के उद्वेग से किये गये कर्म को महत्त्व नहीं दिया जाता। अतः मिल का भावनात्मक परार्थवाद पर्याप्त नैतिक महत्त्व नहीं रखता।

उपयोगितावाद की एक बड़ी कठिनाई यह है कि वह साधन के जाल में इस तरह फँस जाता है कि वह साध्य पर विशेष ध्यान नहीं दे सकता। नतीजा यह होता है कि वह अंतिम नैतिक आदर्श की स्थापना कर ही नहीं पा सकता। जैसा कि 'उपयोगितावाद' शब्द से ही स्पष्ट होता है, उपयोगितावाद उसी को महत्त्व देता है जो उपयोगी हो। फलस्वरूप उपयोगितावाद किसी आचरण या मानसिक स्थिति को तब तक महत्त्व नहीं देता जब तक उसका सुखोत्पादन में उपयोगी सिद्ध होना सम्भव नहीं मान लिया जाता। यदि मैंने कोई सुख प्राप्त कर भी लिया है, तो भी वह सुख नैतिक दृष्टि से मूल्यवान् तभी माना जायगा जब वह भविष्य में भी सुखोत्पादन में उपयोगी सिद्ध हो सकेगा। लेकिन तब यहाँ यह उल्लेखनीय है कि जो शर्त वर्तमान सुख के लिए लगाई जा रही है, भविष्य में होने वाले सुख के लिए भी लगाना जरूरी हो जाएगा। और तब भविष्य के अंतहीन होने के कारण एक अंतहीन शृंखला ही शुरू हो जाएगी और इसका नतीजा यह होगा कि अंतिम लक्ष्य का निर्धारण सम्भव ही नहीं हो सकेगा। और यदि अंतिम लक्ष्य का निर्धारण ही असम्भव होगा, तो उपयोगिता का आकलन सम्भव किस तरह हो सकेगा?

मिल के अनुसार हमारी इच्छाएँ सुखापेक्षी होती हैं और सुख ही हमारे कर्मों के प्रेरक भी होते हैं। किन्तु साधारणतः हम अपने कार्यनिष्पादन के समय लक्ष्य अर्थात् सुख पर ध्यान नहीं देते, वरन् निष्पादन की प्रक्रिया पर ही ध्यान देते हैं। यदि मुझे भूख लगी है तो मैं रोटी, दाल, फल, आदि वस्तुओं पर ही ध्यान देता हूँ और उन्हीं को प्राप्त करने का प्रयास करता हूँ; और जब वे वस्तुएँ प्राप्त हो जाती हैं, तब मैं उन्हें खाने की क्रिया शुरू करता हूँ। यह सही है कि खाने के क्रम में और खाने के बाद मुझे तृप्ति मिलती है और फलस्वरूप मुझे

सुख भी मिलता है। किंतु यह सुख भोजनप्रक्रिया का अंतिम परिणाम है। यह परिणाम मुझे प्रेरित नहीं करता, मुझे प्रेरित तो खाद्य पदार्थ को खाने की मेरी इच्छा ही करती है। यहाँ यह कहा जा सकता है कि जिस समय हम खाने के उद्देश्य से खाद्य पदार्थों की तलाश करते हैं, उस समय हम भोजनतृप्ति से होनेवाले सुख की कल्पना करते हुए मानो उस सुख का अनुभव भी कर रहे होते हैं। लेकिन ऐसा कहना उचित नहीं हो सकता, क्योंकि यदि भविष्य में होनेवाले सुख की कल्पना करके वर्तमान में ही उस सुख का अनुभव प्राप्त कर लिया जा सके, तो फिर खाद्य पदार्थ को तलाशने की जरूरत ही क्या रह जाती है?

यहाँ यह भी ध्यातव्य है कि कोई कार्य करने का लक्ष्य केवल सुख पाना ही नहीं होता, बल्कि वैसी वस्तुएँ पाना होता है जिनको प्राप्त करके बाद में सुख प्राप्त किया जा सकता है। यदि वस्तुओं को नजरअंदाज ही कर दिया जाय, तो फिर कार्य के निष्पादन के लिए दिशा-निर्देश किस तरह मिल सकेगा? उपर्युक्त उदाहरण में मेरे द्वारा रोटी, दाल, फल, आदि की तलाश इसलिए सम्भव हो सकी कि मेरा उद्देश्य उन वस्तुओं को हासिल करना था। इस प्रकार यह स्पष्ट होता है कि उद्देश्यनिर्धारण में वस्तुओं की भूमिका अवश्य रहती है। स्वयं मिल ने स्वीकार किया है कि सद्‌गुण, धन, आदि हमारे उद्देश्य के आंतरिक अंग होते हैं; उन्हें उद्देश्य अर्थात् सुख का महज साथी नहीं मानना चाहिये, बल्कि उसका अंतरंग ही मानना चाहिये। लेकिन तब यहाँ यह पूछा जा सकता है कि धन या अन्य कोई बाह्य पदार्थ सुखानुभूति का अंग कैसे बन सकता है। सुखानुभूति तो एक मानसिक स्थिति है जिसे कोई आकार नहीं होता। लेकिन धन को मुद्रा के रूप में या फिर सोने-चाँदी के रूप में आकार तो होता ही है। ऐसी स्थिति में सुखानुभूति में धन का एक अंग के रूप में समाविष्ट होना कैसे सम्भव हो सकता है? दूसरी बात यह है कि कोई साधन साध्य से भिन्न ही होता है और इस भिन्नता को तर्कतः दूर नहीं किया जा सकता। स्वयं मिल के उपयोगितावाद में साधन-साध्य के भेद की बहुत बड़ी भूमिका रही ही है। इस प्रकार हम देखते हैं कि मिल अनेक मुद्दों पर युक्तिसंगत विचार प्रस्तुत नहीं कर सके। अतः उनका उपयोगितावाद पूरी तरह सफल नहीं माना जा सकता।

13.8 सिजविक का उपयोगितावाद

13.8.1 सिजविक द्वारा सुखवाद का समर्थन

हेनरी सिजविक नीतिशास्त्र के एक महान् विचारक हो गये हैं। उन्होंने अपनी पुस्तक दि मेथड्स ऑफ एथिक्स[6] में नैतिक आदर्श के सम्बन्ध में गहराई से विचार किया है। हमने ऊपर देखा है कि मिल ने सुख को नैतिक आदर्श के रूप में स्थापित करने के लिए अनेक तार्किक युक्तियाँ दी हैं। पर हमने ऊपर यह भी पाया है कि वे अपने प्रयासों में सफल नहीं हो सके हैं। सिजविक इस संदर्भ में कहते हैं कि सुख को नैतिक आदर्श के रूप में स्वीकार करने के लिए किसी तार्किक युक्ति की आवश्यकता ही नहीं है। सुख या आनन्द को जीवन का लक्ष्य मानना चाहिये—यह तो बिना किसी तर्क के ही स्पष्ट है। अतिसाधारण बुद्धिवाला व्यक्ति भी कह सकता है कि सुख प्राप्त करना चाहिये तथा दुःख से दूर रहना चाहिये। दुःख को केवल तब झेलना चाहिये जब वैसा करके अधिक सुख अर्जित किया जा सके। चूँकि सिजविक सुख जैसे लक्ष्य का ज्ञान आंतरिक बोध के द्वारा सम्भव मानते हैं, इसलिए उनके सुखवाद को अंतर्बोधपरक सुखवाद या अंतर्बोधपरक उपयोगितावाद भी कहा जाता है। और चूँकि वे तार्किक युक्तियों के द्वारा ही यह सिद्ध करना चाहते हैं कि उपयोगितावाद के लिए

आत्मप्रेम तथा परोपकारिता दोनों आवश्यक हैं, इसलिए उनके उपयोगितावाद को तार्किक या बौद्धिक उपयोगितावाद भी कहा जाता है। वे अपने नैतिक विचारों को कितना तार्किक या युक्तियुक्त बना पाते हैं, यह तो जाँच का विषय है। हम पहले उनके प्रमुख नैतिक विचारों का संक्षिप्त विवरण प्रस्तुत करेंगे और तब उनके विचारों का मूल्यांकन करेंगे।

यदि यह सही है कि मनुष्य के जीवन का अंतिम लक्ष्य सुख ही है तो फौरन ही यह प्रश्न उठ खड़ा होता है कि क्या मनुष्य को केवल अपने सुख के लिए ही प्रयास करना चाहिये या दूसरों या सबों के सुख के लिए। नीतिशास्त्र में यह एक अत्यन्त महत्त्वपूर्ण प्रश्न है। अतः इस शास्त्र के साथ स्वार्थवाद तथा परार्थवाद जैसे मत संबंधित ही रहते हैं। आमतौर पर नैतिकता में परार्थवाद पर ही अधिक बल दिया जाता है और ऐसे भी विचारक हैं जो स्वार्थवाद को नैतिकता में बिलकुल ही स्थान नहीं देते। किंतु सिजविक परार्थवाद के साथ-साथ स्वार्थवाद को भी नैतिकता में महत्त्वपूर्ण स्थान देते हैं। उनके अनुसार स्वार्थपरक सुखवाद और परार्थपरक सुखवाद दोनों बौद्धिक, युक्तिसंगत तथा स्वीकारयोग्य हैं।

सिजविक के अनुसार सुख महज सुख के रूप में जीवन का अदर्श नहीं हो सकता। सुख का अनुभव करना ही मानव जीवन का लक्ष्य हो सकता है। धन, धान्य, ज्ञान, शक्ति, सद्‌गुण, आदि आदि सुखानुभूति को सम्भव बनाने के कारण ही महत्त्वपूर्ण होते हैं। पर प्रश्न उठता है कि किसकी सुखानुभूति को सम्भव बनाने के कारण ऐसा होता है। सिजविक उत्तर देते हैं—सबों की, अर्थात् नैतिककर्ता की अपनी और अन्य लोगों की भी। स्पष्ट ही किसी व्यक्ति का अपना सुख दूसरों के सुख का साधन नहीं बनाया जा सकता। वे कहते हैं कि व्यक्ति को अपना सुख केवल दूसरों के सुख को सम्भव बनाने के लिए ही उपार्जित नहीं करना चाहिये, बल्कि अपने सुख को अंतिम लक्ष्य के रूप में ही उपार्जित करना चाहिये। ऐसा करना कैसे तर्कसंगत हो सकता है कि मनुष्य अपने ही सुख को नजरअंदाज कर दे? मनुष्य जो अपने लिए यानी अपने कल्याण के लिए कार्य करता है, वह प्राकृतिक नियम के विरुद्ध नहीं, वरन् अनुकूल ही है। अतः अपने लिए या अपने कल्याण के लिए कार्य करना अतार्किक या अनुचित कैसे हो जा सकता है? मुझे प्यास लगती है और मैं पानी पीता हूँ और प्यास बुझाकर सुख का अनुभव करता हूँ। मेरा यह काम अप्राकृतिक नहीं हो सकता। मैं प्रकृति द्वारा निर्धारित नियम का ही पालन कर रहा होता हूँ और इस तरह अपना स्वार्थ सिद्ध कर रहा होता हूँ। स्पष्ट ही स्वार्थसिद्धि अतार्किक न होकर बिलकुल तार्किक और नैतिक ही है।

पर सिजविक यहीं नहीं रुक जाते। वे परार्थवाद को भी तर्कसंगत ही मानते हैं। इस सम्बन्ध में उनका तर्क है कि यदि प्राकृतिक होने के कारण मेरा अपना सुखानुभव तर्कसंगत है, तो उसी आधार पर दूसरों का अपना-अपना सुखानुभव भी तर्कसंगत ही हैं। और तब मेरा अपना सुख अन्य लोगों के सुख से अधिक महत्त्वपूर्ण नहीं हो जा सकता। और तब मेरे सुख को अन्य किसी व्यक्ति के सुख के समम्ल्य ही माना जा सकता है। और मेरा सुख उतना ही महत्त्व रख सकता है जितना किसी अन्य व्यक्ति का सुख। चूँकि यह मान्यता सबों के लिए एक समान है, इसलिए दूसरों के सुख की बिलकुल ही उपेक्षा नहीं की जा सकती। अतः दूसरों के सुख के लिए प्रयत्नशील होने की आवश्यकता उतनी ही है जितनी अपने सुख के लिए प्रयत्नशील होने की। अतः परसुखवाद या परकल्याणवाद निश्चित रूप से बौद्धिक एवं युक्तिपूर्ण ही होती है।

13.8.2 नैतिकता का नियामक सिद्धांत

हमने ऊपर देखा है कि सिजविक आत्मसुख या आत्मकल्याण को भी मानव जीवन का

एक आदर्श मानते हैं और इसके लिए उन्होंने तर्क भी दिया है। इस तरह यह स्पष्ट हो जाता है कि वे आत्मसुख को सहज प्रवृत्ति से उद्भूत होने के कारण से ही आदर्श या अंतिम लक्ष्य नहीं मान लेते। वे कहते हैं कि सहज प्रवृत्ति से प्रेरित होकर तत्काल क्षणिक सुख प्राप्त कर लेना ही सही अर्थ में आत्मकल्याण को सिद्ध कर लेना नहीं है। यह सही जरूर है कि प्राकृतिक वासना की तृप्ति से तत्काल सुख प्राप्त कर लिया जा सकता है। पर ऐसा सुख क्षणिक तथा वर्तमान तक ही सीमित होता है। स्पष्ट ही मनुष्य के द्वारा अपने जीवन को केवल वर्तमान में ही सीमित कर देना बुद्धिमानी नहीं है। बुद्धिमानी तो इसमें है कि मनुष्य के द्वारा वर्तमान का उपयोग इस तरह किया जाय कि उसका पूरा भविष्य ही मंगलमय हो जा सके। बुद्धिमत्ता दूरदर्शिता अपनाने की ही सीख देती है। इसलिए बुद्धि आत्मकल्याण के लिए भी दूरदर्शिता पर आधारित नियामक सिद्धान्त ही प्रतिपादित करती है। स्पष्ट ही यह दूरदर्शिता सहज एवं स्वाभाविक प्रवृत्ति नहीं हो सकती, यह तो पूरी तरह बुद्धि की ही देन होती है। और यह दूरदर्शिता निश्चय ही नैतिकता के लिए अत्यंत आवश्यक भी है।

जिस तरह बुद्धि आत्मकल्याण के परिप्रेक्ष्य में व्यक्ति के केवल वर्तमान को ही महत्त्व न देकर उसके भविष्य को भी महत्त्व देती है, उसी तरह बुद्धि पूरी नैतिकता के परिप्रेक्ष्य में केवल आत्मकल्याण को ही महत्त्व न देकर परकल्याण को भी महत्त्व देती है। और साथ-ही-साथ बुद्धि यह भी सुनिश्चित करती है कि कल्याण या सुख का आबंटन सभी व्यक्तियों में समान ढंग से ही हो। निश्चय ही यह समान आबंटन का सिद्धान्त बुद्धि पर ही आधारित हो सकता है। इस प्रकार हम देखते हैं कि नैतिकता के लिए मात्र परकल्याण पर्याप्त नहीं हो सकता। परकल्याण के साथ-साथ आत्मकल्याण और फिर कल्याण का पक्षपातरहित आबंटन भी अपेक्षित हो जाते हैं। इस तरह के कल्याणवाद को हम बौद्धिक कल्याणवाद कह ही सकते हैं।

ऊपर के विवेचन से स्पष्ट होता है कि मानवसमाज के सभी व्यक्तियों को समान महत्त्व देना नैतिकता के लिए परम आवश्यक है। लेकिन क्या सभी व्यक्तियों को यांत्रिक ढंग से बिना कुछ सोचे-समझे समान महत्त्व दे देना उचित है? क्या रोगियों के लिए भी उसी प्रकार की भोजन-सामग्री अनुशंसित होनी चाहिये जिस प्रकार की भोजन-सामग्री नीरोग व्यक्तियों के लिए अनुशंसित की जाती है? क्या आर्थिक दृष्टि से कमजोर और आर्थिक दृष्टि से सुसम्पन्न व्यक्तियों के लिए समान ढंग से ही सुविधाएँ प्रदान की जानी चाहिये? क्या अपराधी का भी वैसा ही अभिनन्दन होना चाहिये जैसा किसी सद्गुणी व्यक्ति का? सिजविक के अनुसार बुद्धि इन सभी प्रश्नों का नकारात्मक उत्तर देगी। अतः यह स्पष्ट है कि उनके अनुसार केवल समानता पर्याप्त नहीं है। वे समानता के साथ योग्यता को जोड़ना भी आवश्यक मानते हैं, क्योंकि उनके अनुसार ऐसा करना ही न्यायसंगत है। इस प्रकार हम देखते हैं कि सिजविक एक न्यायसम्मत नियामक सिद्धांत प्रस्तुत करते हैं।

ऊपर के विवेचन से यह स्पष्ट होता है कि जहाँ एक ओर सिजविक सुख की अनुभूति को जीवन का चरम आदर्श मानने के लिए अंतर्बोध या अंतर्दृष्टि को ज्ञान का स्रोत मानते हैं, वहीं दूसरी ओर वे न्यायोचित आत्मकल्याणवाद तथा न्यायोचित परकल्याणवाद जैसे सिद्धांतों को स्थापित करने के लिए तर्कबुद्धि का भी सहारा लेते हैं। इसलिए उनके सुखपरक उपयोगितावाद को एक दृष्टि से यदि अन्तर्दृष्टिपरक, तो एक दूसरी दृष्टि से बौद्धिक, माना ही जा सकता है।

13.8.3 सिजविक के नीतिपरक विचारों की आलोचना

हमने ऊपर देखा है कि सिजविक स्वार्थवाद को युक्तिसंगत मानते हैं। पर यहाँ यह

उल्लेखनीय है कि स्वार्थपरता के दो रूप हो सकते हैं—एक साधनपरक और दूसरा साध्यपरक। साधनपरक स्वार्थपरता का अंतिम लक्ष्य परार्थपरता भी हो सकता है। मैं अपने शारीरिक स्वास्थ्य को अत्युत्तम इसलिए रखता हूँ कि मैं जनकल्याण के कार्यों को अपने हाथों करने में समर्थ हो सकूँ। मैं ज्ञान इसलिए उपार्जन करना चाहता हूँ कि मैं दूसरों को ज्ञानी बना सकूँ। यदि मैं अपना सुख इसलिए चाहता हूँ कि मैं सुखी रहकर स्वस्थ मन से दूसरों को सुखी बना सकूँ, तो स्पष्ट ही मेरा यह निजी तौर पर सुखी रहना मेरा अंतिम आदर्श नहीं होता, वरन् मेरे अंतिम आदर्श का महज एक साधन होता है। ऐसी स्वार्थसिद्धि जीवन का चरम नैतिक आदर्श नहीं होती।

किंतु, जैसा हमने ऊपर देखा है, सिजविक स्वार्थवाद के साध्यपरक रूप को भी युक्तिसंगत बनाकर उसे एक चरम आदर्श ही मान लेते हैं। लेकिन जब कोई लक्ष्य आदर्श बन जाता है, तब वह एक प्रकार से सार्वजनीन बन जाता है। किंतु, जैसा हमने ऊपर विवेचित किया है, किसी का निजी सुख दूसरों के लिए सुख नहीं भी उत्पन्न कर सकता है। ऐसी अनेक परिस्थितियाँ होती हैं जिनमें निजी सुख तथा सार्वजनिक सुख में विरोध ही रहता है। स्वार्थवाद के सम्बन्ध में एक दूसरी कठिनाई यह है कि यदि प्रत्येक व्यक्ति के लिए उसका अपना ही निजी सुख उसका अंतिम लक्ष्य हैं, तो तब जितने व्यक्ति हैं उतने ही अंतिम लक्ष्य हो जाएँगे। किंतु नैतिकता के परिप्रेक्ष्य में किसी मनुष्य के लिए अंतिम नैतिक लक्ष्य वही हो सकता है जो सभी मनुष्यों का अंतिम लक्ष्य हो सके। अतः अंतिम नैतिक लक्ष्य एक ही हो सकता, अनेक नहीं। इस प्रकार हम देखते हैं कि स्वार्थपरक नैतिक आदर्श आत्मविरोधी हो जाता है। ऐसी स्थिति में हम यह निष्कर्ष निकाल ही सकते हैं कि परार्थवाद के साथ स्वार्थवाद का सामंजस्य स्थापित नहीं किया जा सकता। अतः सिजविक ने इस सम्बन्ध में जो प्रयास किया है वह सफल नहीं माना जा सकता।

हमने ऊपर उल्लेख किया है कि सिजविक ने स्वार्थपरक आदर्श को एक तर्कसंगत रूप दिया है। किंतु सही मायने में स्वार्थवाद को तर्कसंगत रूप दिया ही नहीं जा सकता, क्योंकि नैतिक स्वार्थवाद के अनुसार किसी मनुष्य के निजी स्वार्थ को यदि आदर्श बनाकर सार्वजनिक रूप दे दिया जाता है, तो इसका तात्पर्य यह होता है कि सभी मनुष्यों को उस व्यक्ति के स्वार्थ को ही आदर्श मानना चाहिये जो न तो मनोवैज्ञानिक रूप से सम्भव है और न नैतिक दृष्टि से उचित ही। यदि राम के स्वार्थ की पूर्ति को ही सभी मनुष्यों का आदर्श मानना उचित माना जाएगा, तब मोहन, सोहन, आदि सभी मनुष्यों के अलग-अलग स्वार्थों की पूर्ति को भी वैसा ही आदर्श मानना पड़ेगा। इसका नतीजा यह होगा कि किसी भी मनुष्य के स्वार्थ की पूर्ति सम्भव नहीं हो सकेगी। इस तरह हम देखते हैं कि नैतिक स्वार्थपरता एक आत्मव्याघाती अवधारणा है और इस कारण इसके ऊपर कोई नैतिक आदर्श आधारित नहीं हो सकता।

सिजविक स्वार्थवाद को केवल युक्तिसंगत ही नहीं मानते, वरन् वे इसे परार्थवाद के साथ समंजनीय भी मानते हैं। उनके अनुसार स्वार्थवाद एवं परार्थवाद दोनों अपने-अपने ढंग से युक्तिसंगत ही होते हैं। यहाँ जरूरत केवल इस बात की रहती है कि दोनों को एक-दूसरे के साथ समंजित किया कैसे जाय। और उनके अनुसार यही नीतिशास्त्र का सबसे अधिक महत्त्वपूर्ण प्रश्न भी है। चूँकि स्वार्थ और परार्थ का सामंजस्य किसी व्यवहार के द्वारा सम्भव नहीं हो सकता, इसलिए यह एक समस्या का रूप ही ग्रहण कर लेता है। और यह समस्या अत्यन्त गंभीर इसलिए बन जाती है कि स्वार्थ और परार्थ के सामंजस्य के बिना नैतिकता सम्भव ही नहीं हो सकती। किन्तु नैतिकता तो मानव समुदाय में विद्यमान एक वास्तविकता है। इसे झूठ मानना सम्भव ही नहीं हैं। इसलिए तब स्वार्थवाद और परार्थवाद के समंजन की

सम्भावना को ही अस्वीकार करना होगा। सिजविक इस संदर्भ में ईश्वर के प्रति कृतज्ञ होते हुए कहते हैं कि ईश्वरीय विधान यह सम्भव बना देता है कि कोई कर्ता एक ही कार्य के माध्यम से अपना और दूसरों का सुख सुनिश्चित कर ले सके। लेकिन तब यहाँ प्रश्न उठता है कि क्या ईश्वरीय विधान किसी तार्किक विरोध को दूर कर सकता है। क्या अंतिम आदर्श के रूप में स्वार्थवाद का सामंजस्य परार्थवादी आदर्श के साथ सम्भव हो जा सकता है? स्पष्ट ही इन प्रश्नों के उत्तर नकारात्मक होंगे। ईश्वर के नाम पर जो कुछ भी स्वीकार कर लेना बिलकुल अनुचित है; और फिर, जैसा हम पहले भी कह चुके हैं, ईश्वर का अस्तित्व ही तो विवादास्पद है। यदि यह स्वीकार कर भी लिया जाय कि ईश्वर है, तो भी यह मानना कि ईश्वर का सम्बन्ध मानव की नैतिकता के साथ होता है उचित नहीं है। और फिर तार्किक विरोध को समाप्त करने की क्षमता ईश्वर में भी नहीं हो सकती।

जैसा हमने ऊपर कहा है, सिजविक सुख को ही एक मात्र अंतिम लक्ष्य मानते हैं। इस प्रकार वे एकोद्देश्यवादी हो जाते हैं। किंतु यहाँ उल्लेखनीय है कि सुख को मात्र सुख के रूप में अंतिम लक्ष्य मानना उचित नहीं है। सिजविक भी सुख को मात्र सुख के रूप में अंतिम लक्ष्य नहीं मानते, वे भी सुख की अनुभूति को ही अंतिम लक्ष्य मानते हैं। स्पष्ट ही कोई व्यक्ति ऐसे सुख को अपना लक्ष्य बनाना नहीं चाहेगा जिसकी वह अनुभूति ही न कर सके। अतः हम देखते हैं कि सिजविक के अनुसार भी सुख नहीं, वरन् सुखानुभूति ही जीवन का परम लक्ष्य है। लेकिन तब यहाँ यह प्रश्न उठ जा सकता है कि क्या केवल सुखानुभूति को ही जीवन का परम लक्ष्य मानना चाहिये। क्या ज्ञान, शक्ति, सद्गुण का उपार्जन, सौन्दर्य की अनुभूति, कला का अनुशीलन, आत्मपूर्णता की प्राप्ति, आदि आदि जीवन के चरम लक्ष्य नहीं माने जा सकते? और यहाँ यह प्रश्न भी उठाया जा सकता है कि लक्ष्यों की संख्या चाहे जितनी भी हो, यदि उनसे मानसिक शांति या संतुष्टि नहीं मिलती है तो वे जीवन के लक्ष्य नहीं ही माने जा सकते। इस तरह यहाँ एक बात जो हमारे सामने उभर कर आती है वह यह है कि एक दूसरी अनुभूति भी होती है जो सुखेतर लक्ष्यों की पूर्ति से प्राप्त हो जा सकती है और जिसे हम शांति या संतुष्टि या आनन्द का नाम दे सकते हैं।

लेकिन सुखवादी यहाँ यह आक्षेप कर सकते हैं कि मानसिक संतोष या आनन्द की अनुभूति भी तो एक प्रकार की सुखानुभूति ही है। पर तब ऐसे सुखवादियों से पूछा जा सकता है कि क्या मिल द्वारा सुख में गुणवत्ता का आयाम जोड़ना बिलकुल बेमानी था। क्या मनुष्य असंतुष्ट सुकरात बनने के बजाय एक संतुष्ट शूकर ही बन जाने को श्रेयस्कर मानेगा? सिजविक तो इन्द्रिय सुखानुभूति को ही जीवन का परम लक्ष्य मानते हैं और वे गुणवत्ता को सुख में स्थान ही नहीं देते। वे तो बेन्थम की तरह एक परिमाणपरक सुखवादी ही बने रहना चाहते थे। पर, जैसा हमने ऊपर देखा है, वे परोपकारिता को भी नैतिक दृष्टि से बिलकुल उचित ही मानते थे। ऐसी स्थिति में यहाँ यह प्रश्न उठ जाता है कि क्या परोपकारिता से प्रेरित कर्मों से वही सुख मिलता है जो सुख व्यक्तिगत सहज प्रवृत्तियों से प्रेरित कर्मों से मिलता है। स्पष्ट ही इसका उत्तर नकारात्मक होगा, क्योंकि दूसरों के उपकार के लिए किये गये कर्म अनेक परिस्थितियों में कर्ता के लिए सुखदायी न होकर दुःखदायी ही हो सकते हैं। उदाहरण के लिए हम छोटे-बड़े आत्मबलिदानपरक कर्मों को ले सकते हैं। पर्याप्त भोजन के अभाव में माता स्वयं भूखी रहकर अपने बच्चों को ही खाना खिला देती है। फलस्वरूप माता की अपनी क्षुधा-ज्वाला धधकती ही रहती है और उसे कष्ट सहते ही रहना पड़ता है। लेकिन तब भी उसे एक ऐसा सुख मिलते रहता है जो इन्द्रियजन्य नहीं होता, वरन् विलक्षण होता है।

ऐसे ही सुख को शांति या संतोष कहते हैं। यह आत्मसंतोष भी आनन्द ही देता है, पर यह आनन्द इन्द्रियजनित आनन्द के जैसा नहीं होता। इस तरह का आनन्द शारीरिक कष्ट होने पर भी हो सकता है। सिजविक इस आत्मसंतोष को किसी तरह हेय या महत्त्वहीन नहीं मान सकते, क्योंकि वे तो स्वयं परोपकारिता को पूरा पूरा महत्त्व देते हैं; और परोपकारिता कष्टप्रद होने पर भी आत्मसंतोष पैदा करती ही है। उनका परोपकार-सम्बन्धी विचार उनके परिमाणपरक सुखवाद से बिलकुल मेल नहीं खाता। कोई शुद्ध परिमाणपरक सुखवादी आततायियों के द्वारा किये गये क्रूर नरसंहार से उत्पन्न उनके सुखानुभव को वही गरिमा प्रदान करने को बाध्य हो जाता है जो गरिमा मानव प्रेम से उत्पन्न सुखानुभव को नैतिक आधार पर दी जानी चाहिये। पर क्या क्रूर नरसंहार से उत्पन्न सुखानुभव को गरिमा प्रदान करना किसी भी तरह उचित हो सकता है? इसका उत्तर अवश्य ही नकारात्मक होगा। इस प्रकार हम देखते हैं कि सिजविक स्वीकारयोग्य नैतिक सिद्धांत देने में बिलकुल असफल रहते हैं। लगता है कि वे ''न सन्तोषात् परं सुखम्'' के गूढ़ार्थ को समझ नहीं पाये।

13.9 हर्बर्ट स्पेन्सर[7] का विकासवादी सुखवाद

13.9.1 स्पेन्सर द्वारा सुख और विकास का समन्वयन

हर्बर्ट स्पेन्सरभी एक सुखवादी ही थे। उन्होंने अपने सुखवाद को विकासवादी आयाम भी दिया था। इन दिनों विचार- जगत् में विकासवाद को भरपूर महत्त्व दिया जाता है। निश्चय ही किसी विषय को अच्छी तरह जानने-समझने के लिए उसे विकास के परिप्रेक्ष्य में आँकना जरूरी होता है। एक समय था जब मनुष्य को ईश्वर की संतान माना जाता था। किंतु अब विकासवाद के बढ़ते प्रभाव के कारण मनुष्य को बंदर की संतान माना जाता है। किसी विचार या मत की मान्यता तब और बढ़ जाती है, जब वह विकासवाद द्वारा समर्थित हो जाता है। स्पेन्सर ने अपने सुखवाद को विकासवादी जामा पहनाने का जोरदार प्रयास किया है। उन्होंने न केवल अपने नैतिक सिद्धांत को विकासवाद पर आधारित करने की चेष्टा की हैं, बल्कि उन्होंने यह भी स्थापित करने की चेष्टा की है कि विकासप्रक्रिया के कारण ही सुख जीवन का लक्ष्य हो सकता है। अब हम पहले उनके विचारों की व्याख्या करेंगे और तब उन विचारों की आलोचना करेंगे।

विकासवाद के अनुसार वस्तुजगत् का परिवर्तन सरल स्थिति से जटिल स्थिति की ओर होता है। जहाँ पशुजगत् में पशुओं के व्यवहार की प्रक्रिया प्राकृतिक तथा अनुबंधित प्रतिवर्तों के रूप में होती है, वहीं मानवजगत् में मनुष्यों के व्यवहार की प्रक्रिया चिंतन से भी प्रभावित हो जाने के कारण एक जटिल रूप ग्रहण कर लेती है। फलस्वरूप व्यवहार की नयी-नयी दिशाएँ उत्पन्न हो जाती हैं। जहाँ पशु साधारणतः अपने लिए ही कार्य करते हैं तथा दूसरों के प्रति वे प्रायः आक्रामक ही रहते हैं, वहीं मनुष्य सोच-विचार कर सकने के कारण दूसरों के साथ सहयोग और मैत्रीपूर्ण व्यवहार करने में भी सक्षम हो जा सकते हैं। यही कारण है कि जो सामाजिक व्यवस्था मानवजगत् में पायी जाती है, वह पशुजगत् में सम्भव नहीं हो पाती। और यह तो सहज ही देखा जा सकता है कि मैत्रीपूर्ण व्यवहार साधारणतः अधिक उपयोगी होता है, और आत्मकेंद्रित एवं आक्रामक व्यवहार साधारणतः बहुत अनुपयोगी। इन तथ्यों के परिप्रेक्ष्य में स्पेन्सर निष्कर्ष निकालते हैं कि विकसित होना ही नैतिक होना हैं। इस तरह उनके अनुसार विकास ही नैतिकता का मानदण्ड है।

स्पेन्सर जहाँ एक ओर नैतिक उत्कृष्टता को अधिकाधिक विकास से जोड़ते हैं, वहीं दूसरी ओर वे सुखानुभूति को ही जीवन का चरम लक्ष्य मानते हैं। वे कहते हैं कि जीवन को

सफल तभी माना जा सकता है जब उसमें आनन्ददायक अनुभूति सम्भव होती रहे। इस तरह की अनुभूति के अभाव में जीवन असफल ही माना जाएगा। इस प्रकार हम देखते हैं कि स्पेन्सर के नैतिक विचार के दो पक्ष हैं—एक विकासपरक पक्ष तथा दूसरा सुखपरकपक्ष। अब यहाँ प्रश्न उठता है कि क्या इन दोनों पक्षों को युक्तिपूर्वक एक दूसरे से जोड़ा जा सकता है। स्पेन्सर इन्हें जोड़ने के लिए शायद यह तर्क दे सकते हैं कि विकास से जीवंतता की वृद्धि होती है। यह जीवंतता यदि सुखकारी नहीं होती तो इसकी वृद्धि सम्भव नहीं हो सकती। कष्टकारी जीवन टिकाऊ नहीं हो सकता है। टिकाऊ तो वही जीवन हो सकता है जिसमें जीने की ललक हो। और ललक जहाँ दीर्घ काल तक मनुष्यों को जीने के लिए प्रेरित कर सकती है, वहीं दुःखानुभूति उन्हें जीवन से विरक्त होने तथा उससे मुक्ति पाने की ही प्रेरणा दे सकती है।

लेकिन क्या यह सही है कि अधिक विकसित अवस्था निश्चित रूप से सुखदायी ही होती है? क्या जटिलता की अपेक्षा सरलता में अधिक सुख नहीं रह सकता? क्या आज के अतिविकसित समाज में वह शांति पायी जाती है जो शांति किसी आदिम समाज में पायी जाती है? क्या आज का अति विकसित मानव अनेकानेक नयी-नयी व्यथाओं से पीड़ित नहीं रहते जिनसे आदिम मानव बिलकुल पीड़ित नहीं रहते थे?

यदि यह मान भी लिया जाय कि जो अधिक विकसित है वह अधिक सुखी है, तो तब भी विकास को सुख का मात्र एक आयाम माना जा सकता है। इस आधार पर यह आवश्यक नहीं है कि हम विकास को सुख का कारण ही मान लें। और तर्कतः यह जरूरी भी नहीं है कि विकसित रूप ही सुखदायी होता है, अविकसित रूप नहीं। यह बिलकुल सम्भव है कि समान मात्रा में विकसित दो स्थितियों में एक सुखकारी हो और दूसरी दुःखकारी। अतः विकास के आधिक्य को सुख के आधिक्य का आवश्यक कारण मानना उचित प्रतीत नहीं होता।

थोड़ी देर के लिए यदि यह मान भी लिया जाय कि विकास के परिमाण के अनुसार ही सुखद अनुभूति का परिमाण होता है, तो इससे यह कैसे सिद्ध हो जाता है कि जो जितना अधिक विकसित है उसे उतनी ही अधिक नैतिक उत्कृष्टता प्राप्त है? इसके उत्तर में सिजविक कहते हैं कि जो जितना अधिक विकसित है, वह उतना ही अधिक सुखकारी है और जो जितना अधिक सुखकारी है वह नैतिक दृष्टि से उतना ही अधिक मूल्यवान् है। इनके अनुसार सुखकारिता ही नैतिक अर्हता की कसौटी है। अतः अब हम स्पेन्सर के इस विकासवादी नैतिक सुखवाद की ही समीक्षा करेंगे।

13.9.2 स्पेन्सर के विकासवादी नैतिक सुखवाद की समीक्षा

स्पेन्सर स्वार्थवाद की अपेक्षा परार्थवादी सुखवाद को इसलिए मान्यता प्रदान करते हैं कि विकासप्रक्रिया में मनुष्य एक-दूसरे के साथ संघर्ष करके नहीं, वरन् एक दूसरे के साथ प्रेम तथा सहयोग करके ही आगे बढ़ते जाने में समर्थ होते हैं। इस तरह स्वार्थवाद की अपेक्षा परार्थवाद ही अधिक मूल्यवान् हो सकता है। लेकिन तब यहाँ प्रश्न उठता है कि क्या स्पेन्सर का परार्थवादी सुखवाद परार्थवादी होने पर भी नैतिक दृष्टि से मान्य हो सकता है। निश्चय ही इसका उत्तर नकारात्मक है। इस नकारात्मक उत्तर के कारणों की हम यहाँ चर्चा नहीं करेंगे, क्योंकि हम इस सम्बन्ध में पहले ही बहुत अधिक चर्चा कर चुके हैं। हम न केवल सुखवाद की, बल्कि परार्थपरक सुखवाद यानी उपयोगितावाद की भी बहुत अधिक चर्चा कर चुके हैं। फिर से यहाँ उनकी चर्चा करना उचित नहीं है।

लेकिन क्या विकासवाद किसी भी तरह नैतिकशास्त्र की सहायता नहीं कर सकता? जो लोग विकासवाद को नैतिक विवेचन के लिए उपयोगी मानते हैं, वे कह सकते हैं कि विकासक्रम के आधार पर यह कहा जा सकता है कि विकास की दिशा क्या है और उसे ध्यान में रखकर ही मानव जीवन के सही नैतिक आदर्श को निरूपित किया जा सकता है। तब यहाँ यह उल्लेख करना प्रासंगिक ही है कि साधारणतः लोग विकास का अर्थ प्रगति मान लेते हैं और प्रगति का अर्थ अशुभ से शुभ की ओर की गति ही मान लेते हैं। किंतु ऐसा मान लेना सर्वथा अनुचित है। विकास की गति का स्वरूप एक बात है, और उसका नैतिक होना एक दूसरी बात है। यह तर्कतः बिलकुल सम्भव है कि विकास की जो दिशा अब तक रही है, वह नैतिक दृष्टि से बिलकुल उचित न हो। नैतिक मूल्यांकन तो नैतिक आदर्श के परिप्रेक्ष्य में ही हो सकता है, और आदर्श के निरूपण के लिए विकासप्रक्रिया के वास्तविक स्वरूप को ध्यान में रखना जरूरी नहीं है। उल्लेखनीय है कि जिसका नैतिक मूल्यांकन हो रहा होता है उसे ही आप नैतिक कसौटी नहीं मान ले सकते। नैतिक आदर्श का निरूपण एक ऐसी प्रक्रिया है जिसमें वास्तविक विकासक्रम की कोई प्रत्यक्ष भूमिका नहीं होती। विकासक्रम को स्वरूपतः नैतिकगुण-संपन्न मान लेना निश्चय ही दोषपूर्ण है।

नैतिकता का सम्बन्ध वैसे कार्यों से रहता है जो स्वतंत्र संकल्पन के आधार पर निष्पादित किये जाते हैं या फिर व्यक्तियों के चरित्रों से रहता है जो स्वतंत्र संकल्पन के द्वारा सम्पादित कार्यों के आधार पर निर्मित होते हैं। विकासप्रक्रिया कोई कार्य नहीं करती, वह तो यांत्रिक कारणों से परिचालित होती रहती है। इसके द्वारा वस्तुस्थिति में जो परिवर्तन होता है वह तो यांत्रिक ही होता है। ऐसे परिवर्तन को नैतिक गुणों से अलंकृत कर देना सर्वथा अनुचित है। यह सही है कि विकासप्रक्रिया की वजह से ही मनुष्य में ऐसी क्षमता का उदय हुआ है जिससे वह नैतिक कार्य कर सकता है और नैतिक चरित्र अर्जित कर सकता है। पर इस आधार पर पूरी विकासप्रक्रिया को नैतिक गुण से अलंकृत कर देना भारी भूल है, क्योंकि तब तो उसी आधार पर विकासप्रक्रिया को अनैतिक मान लेना भी सम्भव हो जा सकेगा। मनुष्य यदि एक ओर नैतिक कार्य करने में सक्षम होता है, तो दूसरी ओर वह घोर अनैतिक कार्य करने में शायद ज्यादा ही सक्षम होता है। और तब यह कह दिया जा सकता है कि अधिक विकसित होने के कारण ही मनुष्य अनैतिक कार्य करने में अधिक सक्षम हुआ है। स्पेन्सर ने विकासप्रक्रिया के साथ नैतिकता को जोड़कर 'हैं' तथा 'चाहिये' के भेद को मानो मिटा ही दिया है। और इस कारण वे प्रकृतिवादी दोष से जिसके बारे में हम पहले कह चुके हैं, ग्रसित हो गये हैं।

विकास निश्चित रूप से एक ऐतिहासिक प्रक्रिया है और हम यह कह नहीं सकते कि भविष्य में यह प्रक्रिया क्या दिशा लेगी। अतीत के विकास के आधार पर कोई निश्चित भविष्यवाणी नहीं की जा सकती। और नैतिक आदर्श का स्वरूपनिर्धारण केवल अब तक के विकास के आधार पर नहीं किया जा सकता। यह बिलकुल सम्भव है कि यह पृथ्वी कालान्तर में नष्ट हो जाय और इसके साथ यह मनुष्य समाज भी नष्ट हो जाय। यदि ऐसा हो जाता है, तो मनुष्य का किसी निश्चित आदर्श की ओर विकसित होते रहना सम्भव ही नहीं हो सकता। हमने ऊपर यह भी देखा है कि स्पेन्सर सुख को ही जीवन का आदर्श मानते हैं। उनका तर्क है कि अधिक विकास से अधिक जीवंतता और अधिक जीवंतता से अधिक सुखोत्पादन और अधिक सुखोत्पादन से अधिक सुखानुभूति सम्भव हो जाती है। पर क्या अधिक जीवन्तता से अधिक पराक्रम और अधिक बल सम्भव नहीं हो जाते? और क्या अधिक पराक्रम और

अधिक बल से अधिक संघर्ष की सम्भावना नहीं हो जाती? और क्या अधिक संघर्ष से अधिक दुःखानुभूति और अधिक दुःखानुभूति से अन्ततः मनुष्यजाति के पूर्ण विनाश की सम्भावना नहीं हो जाती? विकास निश्चित रूप से सुखानुभूति की ओर ले ही जाएगा, यह मानना अवश्य ही एक भारी भूल है।

स्पेन्सर ने मनुष्य की नैतिक चेतना की उत्पत्ति के सम्बन्ध में कहा है कि कुछ सामाजिक, राजनीतिक तथा धार्मिक अनुशास्तियाँ मनुष्य को अपनी सहज प्रवृत्तियों को नियंत्रित करने के लिए बाध्य करती हैं और कालक्रम में मनुष्य अपने अंतर्गत एक ऐसी अनुशास्ति को जन्म दे देता है जो मनुष्य की सहज प्रवृत्तियों पर नियंत्रण स्थापित करने में स्वयं सक्षम हो जाती है। वह अनुशास्ति मनुष्य की नैतिक चेतना है। जैसा हमने पहले देखा है, साामाजिक, राजनीतिक तथा धार्मिक अनुशास्तियाँ बाह्य होती हैं और यह तो स्पष्ट ही है कि किसी प्रकार के बाहरी नियंत्रण से नैतिकता सम्भव नहीं हो सकती। बाहरी नियंत्रण लोगों में डर पैदा करके प्रभावी होते हैं। किंतु जो व्यक्ति डर से आक्रांत रहता है, वह नैतिक चेतना को कैसे उत्पन्न कर सकता है? नैतिक चेतनायुक्त मनुष्य तो साहसी होता है जिस कारण वह स्वेच्छा से संकल्प लेकर नैतिक सिद्धांत के अनुरूप कार्य कर सकता है। अब यहाँ प्रश्न उठता है कि यह नैतिक चेतना अंतर्मन में उत्पन्न कैसे हो जाती है। इतना तो स्पष्ट है कि यह चेतना किसी बाहरी स्रोत से आरोपित नहीं की जा सकती। विकासवाद भी इसे बाह्य आरोपित या बाह्य प्रदत्त नहीं मान सकता। नैतिक चेतना का तो विकास ही हुआ है, लेकिन यह विकास मनुष्य की आंतरिक बौद्धिकता के कारण सम्भव हो सका है। हम यह कह सकते हैं कि मनुष्य एक नैतिकतायुक्त प्राणी इसलिए है कि वह एक बौद्धिक प्राणी भी है। मनुष्य को अन्य प्राणियों से भिन्न इसलिए माना जाता है कि उसमें कुछ ऐसी क्षमताएँ विद्यमान हैं जो अन्य प्राणियों में नहीं हैं और ये क्षमताएँ बौद्धिक क्षमताएँ ही हैं और इन्हीं बौद्धिक क्षमताओं के कारण मनुष्य नैतिक कार्यक्षमता से युक्त हो सका है। स्पेन्सर बाह्य नियंत्रणों के कारण ही मनुष्य में नैतिक चेतना का उदय सम्भव मानते हैं। किंतु उल्लेखनीय है कि नियंत्रण बौद्धिक प्राणियों पर अंततः प्रभावी नहीं हो सकते। बौद्धिक प्राणियों की यह बौद्धिकता भी बाह्यारोपित नहीं होकर विकास का ही फल होता है और इसी बौद्धिकता के कारण नैतिक चेतना सम्भव हो सकी है। नैतिक चेतना को बाह्य अनुशास्तियों के कारण सम्भव बनाना बिलकुल अनर्गल है।

स्पेन्सर ने नैतिक आबंध को भी विकास का ही फल मानने का प्रस्ताव किया है। उनके अनुसार मनुष्य उत्तरोत्तर विकास के साथ-साथ उत्तरोत्तर बाह्य अनुशास्तियों से प्रेरित नहीं होकर अपने अंदर विकसित होती आंतरिक अनुशास्तियों से ही प्रेरित होने लगता है। इस तरह विकास के क्रम में बाह्य अनुशास्तियो का स्थान धीरे-धीरे आंतरिक अनुशास्ति लेने लगती है और इस ढंग से ही मनुष्य में नैतिक चेतना का उदय सम्भव हो पाता है। यह चेतना भी बाह्य अनुशास्तियों की तरह ही बाध्यकारी होती है, क्योंकि यह बाह्य नियंत्रणों की तरह ही मानसिक धरातल पर नियंत्रण कर सकती है। पर, इस प्रसंग में स्पेन्सर यह कहते हैं कि जब विकास की अत्यधिक प्रगति हो जाएगी, तब एक ऐसी अवस्था उत्पन्न हो जाएगी जिसमें व्यक्ति का वातावरण के साथ पूरी तरह समायोजन हो जाएगा और तब सभी प्रकार के संघर्ष मिट जाएँगे और तब मनुष्य स्वभाव से ही ऐसे कार्य करने लगेंगे जो नैतिकता के बिलकुल अनुरूप होंगे। फलस्वरूप नैतिक आबंध का दबाव समाप्त हो जाएगा और नैतिक चेतना की बाध्यता का भी अंत हो जाएगा। ऐसा होने पर नैतिकता एक दूसरा ही रूप ले लेगी जिसे हम 'स्वाभाविक नैतिकता' या 'निरपेक्ष नैतिकता' का नाम दे सकते हैं।

किंतु क्या हम ऐसा मान ले सकते हैं कि किसी निश्चित समय-सीमा में विकास की प्रक्रिया इस तरह का रूप ले लेगी और उसके फलस्वरूप मनुष्य के सभी आपसी संघर्ष समाप्त हो जाएँगे? क्या हम यह भी मान ले सकते हैं कि जब तक भविष्य में विकास की प्रक्रिया यह नया रूप नहीं ले लेती है तब तक यह प्रक्रिया निश्चित रूप से चलती ही रहेगी? क्या यह सम्भव नहीं है कि यह विकासप्रक्रिया ही, जिसकी चर्चा स्पेन्सर करते हैं और जिसे वह नैतिकता के लिए प्रासंगिक मानते हैं, समाप्त हो जाए और फलस्वरूप संपूर्ण जीवजगत् तथा पूरा मानव समाज ही नष्ट हो जाय? उल्लेखनीय है कि नैतिकता की चर्चा तभी तक सम्भव और प्रासंगिक हो सकती है जब तक मनुष्य जन्मजात इच्छाओं तथा बौद्धिक क्षमताओं से युक्त अपना स्वरूप कायम रख सकता है। यदि आत्यंतिक विकास के कारण यह सम्भव हो जाय कि मनुष्य को अपनी इच्छाओं को संतुष्ट करने की कोई आवश्यकता ही न रहे और इस वजह से उसे किसी प्रकार के संघर्ष करने की जरूरत ही न हो और समाज में पूरी तरह सामंजस्य स्थापित हो जाय, तो निश्चय ही नैतिकता की चर्चा बिलकुल अप्रासंगिक हो जाएगी। और तब नैतिकता नाम की कोई संस्था ही समाज में नहीं रहेगी। इसका कारण यह है कि नैतिकता की अवधारणा में एक विशेष प्रकार के संघर्ष की अवधारणा अंतर्निहित रहती है। यह संघर्ष इच्छा और बुद्धि का संघर्ष होता है। चूँकि स्पेन्सर के अनुसार अत्यधिक विकास से उत्पन्न वस्तुस्थिति में इस प्रकार का संघर्ष सम्भव नहीं है, इसलिए उस वस्तुस्थिति में नैतिकता सम्भव ही नहीं हो सकती। अतः जिसे स्पेन्सर निरपेक्ष नैतिकता कहना चाहते हैं, वह नैतिकता हो ही नहीं सकती। हम यह तो स्वीकार करते हैं कि विकासवाद से नीतिशास्त्र को कुछ तथ्यपरक जानकारी मिलती है। पर, नैतिकता के सैद्धांतिक पक्ष को विकासवाद पर निर्भर बना देना निश्चय ही एक बड़ी भूल है। लेकिन तब ऐसा कहना कि चूँकि विकासक्रम में यह पाया जाता है कि मनुष्य की सही अभीष्टसिद्धि उसके द्वारा अन्य मनुष्यों के साथ संघर्ष करके नहीं, वरन् उनके साथ सहयोग एवं उनसे प्रेम करके ही सम्भव हो सकती है, इसलिए नैतिकता में किसी प्रकार के संघर्ष की कोई भूमिका ही नहीं है, नैतिकता की आधारभूत पृष्ठभूमि को नजरअंदाज कर देना ही होता है। नैतिकता के लिए इच्छाओं तथा विवेक का पारस्परिक संघर्ष एक बुनियादी जरूरत है। इस संघर्ष के बिना नैतिकता का खेल खेला ही नहीं जा सकता। यह सही है कि नैतिकता का लक्ष्य इस संघर्ष को समाप्त करना होता है। पर यह लक्ष्य तो एक आदर्श है। भविष्य में किसी समय इस आदर्श की प्राप्ति हो सकती है, यह एक कल्पना भले ही हो सकती है, पर यह वास्तविकता नहीं हो सकती। स्पेन्सर ने नैतिकता के लक्ष्य को विकासप्रक्रिया के भीतर स्थान देकर बड़ी भारी भूल की है। मनुष्य जब तक अस्तित्व में हैं, तब तक नैतिकता का यह खेल चलता ही रहेगा और उस खेल में हार-जीत होती ही रहेगी। हाँ, निश्चय ही इस खेल को खेलने की कला में प्रगति भी होती ही रहेगी।

13.10 आदर्शवादी उपयोगितावाद

13.10.1 आदर्शवादी उपयोगितावाद का स्वरूप

ऊपर हमने जिन उद्देश्यवादियों की चर्चा की है उनके अनुसार सुख ही जीवन का परम उद्देश्य या लक्ष्य है। और चूँकि वे सब के सब स्वार्थवाद की सीमा से बाहर जाकर किसी-न-किसी रूप में परार्थवाद का ही समर्थन करते हैं, इसलिए वे सभी परार्थवादी सुखवादी ही हैं। परार्थपरक सुखवाद को परार्थवादी सुखवाद या उपयोगितावाद भी कहा जाता है। उपयोगितावाद को यह नाम इसलिए दिया गया है कि इसके अनुसार परम लक्ष्य यानी

सार्वजनिक सुख को प्राप्त करने में जो कर्म उपयोगी होता है वही नैतिक होता है और जो कर्म अनुपयोगी या बाधक होता है, वह अनैतिक होता है; अर्थात् नैतिकता का सम्बन्ध साधन की उपयोगिता से है। अब यहाँ उल्लेखनीय है कि जहाँ ऊपर विवेचित सभी उद्देश्यवादी सुख को ही जीवन का परम उद्देश्य मानते हैं, वहीं अनेक अन्य उद्देश्यवादी सार्वजनिक सुख को जीवन का परम उद्देश्य नहीं मानते, वरन् अन्य विषयों को वैसा उद्देश्य मानते हैं। उदाहारण के लिए हम हेस्टिंग्स रशडल तथा जी० ई० मूर जैसे नीतिशास्त्रियों के नाम ले सकते हैं। ये भी उपयोगितावादी ही हैं, पर ये सुखानुभूति को ही जीवन का परम लक्ष्य नहीं मानते। ये 'कर्तव्य कर्तव्य के लिए ही' सिद्धांत को भी नहीं मानते, क्योंकि उनके अनुसार किसी न किसी अभीष्ट की सिद्धि ही जीवन का लक्ष्य होती है। चूँकि ये नैतिकता को ऐसे उपयोगी साधनों से जोड़ते हैं जो सुख से भिन्न अन्य आदर्शों को चरितार्थ करने में सहायक हो सकते हैं, इसलिए ये आदर्श उपयोगितावादी माने जाते हैं। हम यहाँ केवल रशडल तथा मूर के आदर्शपरक उपयोगितावाद की ही चर्चा करेंगे।

13.10.2 हेस्टिंग्स रशडल

हेस्टिंग्स रशडल नैतिकतासम्बन्धी नियम को इस प्रकार वर्णित करते हैं– ''मुझे किसी व्यक्ति के हित को तथा अन्य किसी भी व्यक्ति के वैसे ही हित को समान मान्यता देनी चाहिये।'' इस नियम के आधार पर वे स्वार्थवाद तथा परार्थवाद दोनों को नैतिक दृष्टि से महत्त्वपूर्ण ही मानते हैं। किंतु वे मनुष्य के हित को केवल सुखप्राप्ति से ही सम्बद्ध नहीं रखना चाहते। इनके अनुसार जीवन के अनेक लक्ष्य हो सकते हैं–जैसे, सद्गुण, ज्ञान, सौन्दर्य, आनन्द, आदि। इस तरह ये एकरूपी उद्देश्यवाद का समर्थक न होकर बहुरूपी उद्देश्यवाद के समर्थक हो जाते हैं। लेकिन तब यहाँ अनेक प्रश्न उठ जा सकते हैं। अनेक लक्ष्यों को मानना क्यों आवश्यक होता है? सभी लक्ष्यों में परस्पर क्या सम्बन्ध हैं? क्या सभी लक्ष्यों को एक ही तरह की उत्कृष्टता दी जा सकती है? क्या उनमें किसी एक को किसी अन्य के लिए साधन के रूप में स्वीकार किया जा सकता है? क्या सद्गुण मात्र एक क्षमता नहीं है जो नैतिक अभीष्ट की सिद्धि में साधन तो बन सकता है पर स्वयं लक्ष्य नहीं बन सकता? यहाँ यह उल्लेखनीय है कि रशडल सद्गुण को सद्गुण के रूप में ही एक चरम लक्ष्य मान लेते हैं; किंतु अनेक उद्देश्यवादी वैसे सद्गुण को जो आनन्ददायक न हो चरम लक्ष्य मानने में कोई औचित्य नहीं देखते। कट्टर कर्तव्यवादी काण्ट ने भी यह उचित एवं युक्तिसंगत ही माना था कि सद्गुण प्राप्त करनेवाले को आनन्द तो मिलना ही चाहिये। हम इन विषयों की समीक्षा आगे मूर के आदर्शवादी उपयोगितावाद की व्याख्या के बाद करेंगे। यहाँ हम केवल इतना कहना चाहते हैं कि मनुष्य का अंतिम लक्ष्य कोई ऐसी सरल स्थिति नहीं हो सकती जिसे 'सुख' या 'आनन्द' की संज्ञा देने से ही वर्णित कर लिया जा सके। जिस किसी स्थिति को हम चरम लक्ष्य मानेंगे, उसमें अनेक अवयवों का होना नितांत आवश्यक है। अतः ऐसे लक्ष्य को समझने के लिए उसका सम्यक् विश्लेषण होना चाहिये। सुख या आनन्द बुरे साधनों के द्वारा भी अर्जित किया जा सकता है, पर ऐसे सुख या आनन्द को चरम लक्ष्य कदापि नहीं नाना जा सकता। अब हम जी॰ ई॰ मूर के आदर्शवादी उपयोगितावाद की व्याख्या करेंगे।

13.10.3 जी॰ ई॰ मूर

13.10.3.1 मूर का 'प्रकृतिवादी दोष' सिद्धान्त तथा उनका उद्देश्यवाद

मूर किसी नैतिक लक्ष्य को न तो किसी प्रकार की प्राकृतिक वस्तु मानते हैं और न ही किसी प्रकार की अतिप्राकृतिक वस्तु। नैतिक गुण भी न तो किसी प्रकार का प्राकृतिक गुण

है और न ही किसी प्रकार का अतिप्राकृतिक या दैवी गुण। मूर के अनुसार नैतिकता की अवधारणा अपने आप में एक स्वतंत्र अवधारणा है और इसकी अभिव्यक्ति विशेषतः 'शुभ' जैसे शब्दों के द्वारा ही की जाती है। उनका कहना है कि शुभ एक सरल अपरिभाषेय तथा अविश्लेषणीय गुण है जिसका अंतर्बोध के द्वारा सीधे तौर पर ज्ञान होता है। जिस तरह पीलापन का कोई विश्लेषण नहीं हो सकता और जिस तरह उसका ज्ञान प्रत्यक्ष के द्वारा सम्भव हो सकता है, उसी तरह शुभता का भी कोई विश्लेषण नहीं हो सकता और उसे केवल प्रत्यक्ष अंतर्बोध के द्वारा ही जाना जा सकता है। दोनों में फर्क केवल इतना है कि जहाँ पीलापन एक प्राकृतिक गुण है जिसे केवल ऐन्द्रिक प्रत्यक्ष द्वारा ही जाना जा सकता हैं, वहीं शुभता एक अप्राकृतिक गुण है जिसे केवल अंतर्बोध के द्वारा ही जाना जा सकता है। जो लोग शुभता को प्राकृतिक या अतिप्राकृतिक मानते हैं, वे सभी 'प्रकृतिवादी दोष' से ग्रसित हो जाते हैं।

किन्तु यह विलक्षण गुण जिसे हम नैतिक गुण कह सकते हैं प्राकृतिक वस्तुओं में पाया अवश्य जा सकता है। और ऐसी वस्तु को जिसमें यह विलक्षण गुण वर्तमान रहता है, हम 'शुभ वस्तु' कहते हैं। शुभ वस्तुएँ दो प्रकार की हो सकती हैं, क्योंकि कुछ वस्तुएँ साधन के रूप में शुभ होती हैं और कुछ साध्य के रूप में। किसी साध्य को सिद्ध करने के लिए जो भी कर्म या स्वभाव सहायक सिद्ध होता है, वह साधन के रूप में शुभ होता है। और जो भी वास्तविक स्थिति साध्य अर्थात् अंतिम रूप से प्राप्त करने योग्य मानी जाती है, वह साध्य के रूप में शुभ होती है। मूर 'कर्तव्य कर्तव्य के लिए' सिद्धान्त को नहीं मानते थे। इनके अनुसार कोई कर्तव्य किसी उद्देश्य की पूर्ति के लिए ही होता है। अतः वे कर्तव्यवादी नहीं, वरन् उद्देश्यवादी तथा विशिष्ट रूप में उपयोगितावादी ही थे। पर जहाँ वे एक ओर नैतिक स्वार्थवाद को आत्मविरोधी मानते थे, वहीं वे दूसरी ओर ऐन्द्रिक सुखवाद एवं प्राकृतिक विकासवाद जैसे नैतिक सिद्धांतों को प्रकृतिवादी दोष से ग्रसित मानकर अमान्य कर देते थे। वे उद्देश्यवादी अवश्य थे, पर वे नैतिक जीवन के लिए ऐसे उद्देश्य या आदर्श को नहीं स्वीकार करते थे जो सोचा तो जा सके पर चरितार्थ न किया जा सके। अर्थात् वे कल्पनापरक आदर्शवादी नहीं थे। फिर वे एकरूपी उद्देश्यवादी भी नहीं थे। वे चरितार्थ होने योग्य उन सभी शुभ स्थितियों को आदर्श मानते थे जो किसी भी तरह साधन नहीं बन जा सकतीं, वरन् केवल साध्य ही हो सकती हैं। उन्होंने ऐसी साध्यरूपी शुभ स्थितियों की विस्तृत चर्चा की है। उनके अनुसार मनुष्य को ऐसी ही शुभ स्थितियों को प्राप्त करने के लिए प्रयास करना चाहिये। यहाँ यह उल्लेखनीय है कि ऐसी सभी स्थितियाँ मानसिक धरातल पर ही अवस्थित रह सकती हैं। मूर इन मानसिक स्थितियों की संरचना को आंगिक इकाइयाँ मानते हैं।

13.10.3.2 जीवन के लक्ष्य की मनोवैज्ञानिक संरचना

अब हम मानव जीवन के अंतिम लक्ष्यों की मनोवैज्ञानिक संरचना के बारे में विचार करेंगे। मूर के अनुसार कोई वस्तु या स्थिति महज वस्तु या स्थिति के रूप में ही लक्ष्य नहीं बन जा सकती, उसका अनुभूत रूप ही लक्ष्य बन सकता है। सौन्दर्य अपने आप में लक्ष्य नहीं हो सकता, वरन् सौन्दर्य की अनुभूति ही लक्ष्य हो सकती है। इसी तरह कष्ट या दुःख अपने आप में त्याज्य नहीं हो जा सकता, वरन् उसकी अनुभूति ही त्याज्य हो सकती है। इस प्रकार चूँकि कोई लक्ष्य एक मानसिक अवस्था है, इसलिए उसमें ज्ञानपरक तथा संवेगपरक अंशों का होना भी जरूरी ही है और उनके अलग-अलग अपने-अपने महत्त्व भी होते हैं। मूर यह भी मानते हैं कि किसी लक्ष्य के विभिन्न अंश अपने-अपने ढंग से उस लक्ष्य को शुभ बनाने में सहयोग करते हैं।

13.10.3.3 मूर का आंगिक इकाईपरक सिद्धान्त

ऊपर के विवेचन से स्पष्ट है कि मनुष्य का चरम लक्ष्य एक मिश्रित अवस्था है जिसके कई अंग होते हैं। इस लक्ष्य के मूल्यनिर्माण में प्रत्येक अंग अपनी-अपनी सकारात्मक या नकारात्मक भूमिका अदा करता है। प्रश्न उठता है कि यदि अंगों में प्रत्येक का अपना सकारात्मक या नकारात्मक मूल्य होता है, तो अंगों की संपूर्णता का क्या मूल्य हो सकता है। क्या अंगों की संपूर्णता का मूल्य सभी अंगों के अपने-अपने मूल्यों का योग होता है? मूर इस प्रश्न का नकारात्मक उत्तर देते हैं। वे इस संदर्भ में अपना आंगिक इकाईपरक सिद्धांत प्रस्तावित करते हैं जिसके अनुसार किसी आंगिक पूर्णता का मूल्य उसके सभी अंगों के मूल्यों के योग के बराबर नहीं भी हो सकता है। वे इस प्रसंग में सौंदर्य की अनुभूति का उदाहरण देते हैं। इस अनुभूति के दो प्रमुख अंग हैं—(1) सौंदर्य तथा (2) अनुभूति। सौंदर्य का अपने आप में तो मूल्य होता है, पर अनुभूति का अपने आप में कोई मूल्य नहीं होता। अनुभूति अपने अनुभूत विषय के मूल्य के कारण ही कोई मूल्य पा सकती है। यदि किसी अनुभूति का विषय अच्छा है, जैसे सौंदर्य, तो वह अनुभूति अच्छी मानी जाएगी। और यदि किसी अनुभूति का विषय बुरा है, जैसे हिंसक प्रयास, तो वह अनुभूति बुरी मानी जाएगीं। यहाँ यह ध्यातव्य है कि किसी अच्छे या बुरे विषय की अनुभूति का मूल्य मात्र उतना ही नहीं होता जितना संबद्ध विषय का होता है; बल्कि अनुभूति का मूल्य उसके विषय के मूल्य से कई गुणा अधिक होता है। मान लीजिये कि सौंदर्य का मूल्य 2 है और अनुभूति का मूल्य 0 है, तो सौन्दर्य की अनुभूति का मूल्य मात्र 2+0=2 नहीं होगा, बल्कि उस अनुभूति का मूल्य कई गुणा अधिक होगा, यानी उसका मूल्य 4, 8, 16 या और भी अधिक हो सकता है। यहाँ यह भी ध्यातव्य है कि इस प्रकार की मूल्यपरक वृद्धि विषय के अच्छे होने पर अच्छी दिशा में और विषय के खराब होने पर खराब दिशा में होती है। जघन्य कार्य करने में आनन्द की अनुभूति की खराबी जघन्य कार्य की अपनी खराबी से कई गुणा अधिक होती है। इस आनन्दपरक अनुभूति का मूल्य जघन्य कार्य के अपने मूल्य तथा अनुभूति के अपने मूल्य का मात्र योगफल नहीं होता। यहाँ यह उल्लेखनीय है कि यद्यपि प्रस्तुत उदाहरण में अनुभूति आनन्दपरक है, फिर भी वह संदर्भ के कारण सकारात्मक मूल्य के बदले नकारात्मक मूल्य ही प्रदान कर सकता है। इस प्रकार हम देखते हैं कि मूर विषयों की अनुभूतियों को आंगिक इकाइयाँ मानते हैं और वे उनके मूल्यनिर्धारण के सम्बन्ध में अपना आंगिक इकाईपरक सिद्धांत प्रस्तुत करते हैं।

इन इकाइयों के अवयवों में कुछ अवयव अपने आप में अच्छे, कुछ बुरे तथा कुछ न तो अच्छे और न ही बुरे होते हैं। यदि किसी आंगिक पूर्ण में कोई अवयव बुरा है, तो इसका अर्थ यह नहीं होता कि वह आंगिक पूर्ण अपने समग्ररूप में बुरा ही है। यहाँ उदाहरण के लिए हम हिंसा के प्रति घृणाभाव को ले सकते हैं। हिंसा का मूल्य नकारात्मक है और घृणाभावना का मूल्य भी अपने आप में नकारात्मक ही है। पर हिंसा के प्रति घृणाभावना का मूल्य बहुत अधिक सकारात्मक हो जाता है, अर्थात् नैतिक दृष्टि से बहुत अधिक अच्छा हो जाता है।

13.10.3.4 मानव जीवन का आदर्श

मूर मानव जीवन के आदर्शनिर्धारण में एकवादी दृष्टि नहीं अपनाते। 'आदर्श' को वे तीन अर्थ देते हैं। एक अर्थ के अनुसार आदर्श वह है जो कल्पना के द्वारा सबसे अच्छा कल्पित किया जा सके। दूसरे अर्थ के अनुसार आदर्श वह है जो प्राकृतिक या वास्तविक तौर पर सबसे अच्छा हो सके। और तीसरे अर्थ के अनुसार आदर्श एक ऐसी वास्तविक स्थिति है जो आंतरिक रूप से अच्छी हो और जो किसी अन्य स्थिति की उत्पत्ति के लिए साधन

की भूमिका न अदा करती हो, अर्थात् जो हमेशा केवल साध्य ही बनी रहे। मूर के अनुसार ऐसी स्थितियाँ अनेक हैं, इसलिए अंतिम लक्ष्य की संख्या के सम्बन्ध में वे एकवादी नहीं रहकर अनेकवादी हो जाते हैं। काल्पनिक रूप से सबसे अच्छा आदर्श या फिर प्राकृतिक सम्भाव्यता की दृष्टि से सबसे अच्छा आदर्श क्या है—इसका निर्धारण न केवल अत्यन्त कठिन है, बल्कि नैतिकता के लिए निरर्थक भी है। अतः मूर आदर्शनिरूपण के संदर्भ में आदर्श के तीसरे अर्थ में ही अपने को सीमित रखते हैं।

अब यहाँ एक रोचक प्रश्न यह उठता है कि क्या मानव जीवन के लक्ष्य केवल सकारात्मक ही होते हैं, नकारात्मक नहीं अर्थात् क्या ऐसी स्थितियाँ नहीं हो सकती जिन्हें प्राप्त करने के बजाय पूरी तरह छोड़ देना ही उचित हो। मूर इस सम्बन्ध में स्पष्ट रूप से कहते हैं कि कुछ स्थितियाँ ऐसी होती हैं जिनका पूरी तरह हमेशा परित्याग ही करना चाहिये। इस प्रकार की स्थिति को हम 'निषेधात्मक आदर्श' कह सकते हैं। यह तो हम जानते ही हैं कि शुभ की संभावना के साथ-साथ अशुभ की संभावना भी रहती ही है। बेन्थम ने ठीक ही कहा है कि मनुष्य के जीवन में दो अत्यन्त शक्तिशाली और प्रभावकारी प्रेरक वर्तमान रहते हैं—(1) सुख और (2) दुःख। यदि एक ओर मनुष्य प्राकृतिक रूप से सुखप्राप्ति के लिए तत्पर रहता है, तो दूसरी ओर वह प्राकृतिक रूप से ही दुःख से मुक्त रहने के लिए भी तत्पर रहता है। और निश्चय ही दुःख से मुक्ति भी मनुष्य का उसी तरह से एक आदर्श हो जाती है जिस तरह से सुख की प्राप्ति उसका आदर्श होती है। यहाँ यह उल्लेखनीय है कि साधनरूपी दुःख नैतिक दृष्टि से अशुभ या खराब नहीं भी हो सकता। यदि कोई दुःखद साधन किसी शुभ साध्य को सिद्ध करता है, तो वह साधन नैतिक दृष्टि से अशुभ एवं परिहार्य नहीं होता। दुःख परिहार्य तभी होता है, जब वह किसी तरह शुभ उत्पन्न नहीं कर सकता। ऐसे सभी दुख को हम निषेधात्मक आदर्श कह सकते हैं।

13.10.3.5 आदर्शों के प्रकार

मूर ने आदर्शों को तीन वर्गों में बाँटा है—(1) शुभ, (2) अशुभ एवं (3) मिश्रित शुभ। जहाँ शुभ एवं मिश्रित शुभ सकारात्मक आदर्श हैं, वहीं अशुभ नकारात्मक आदर्श है। मनुष्य को जहाँ शुभ एवं मिश्रित शुभ को प्राप्त करने का प्रयास करना चाहिये, वहीं उसे अशुभ का बराबर परित्याग ही करना चाहिये। अब हम यहाँ इन तीनों प्रकार के आदर्शों की एक-एक कर व्याख्या करेंगे।

शुभ आदर्श एक ऐसी मानसिक स्थिति है जिसके तीन अंग होते हैं—चेतना, भावना और उनके विषय। जैसा हम पहले भी कह चुके हैं कि सुख अपने आप में आदर्श नहीं हो सकता, बल्कि उसकी अनुभूति ही आदर्श हो सकती है। वह सुख किस काम का जिसे कोई भोग ही न सके, अर्थात् जिसकी कोई व्यक्ति अनुभूति ही न कर सके। सुखानुभूति जैसे आदर्श में सुख विषय है और अनुभूति उसकी चेतना है। चेतना के साथ ही भावना भी होती है, जो या तो सकारात्मक यानी अनुमोदनात्मक होती है या नकारात्मक यानी वर्जनात्मक। अनुमोदन या वर्जन अपने आप में नैतिक गुण से युक्त नहीं हो सकता। उसका नैतिक गुण से युक्त होना इस बात पर निर्भर करता है कि वह किस प्रकार के विषय से सम्बद्ध है। यदि अनुमोदन शुभ विषय का होता है, तो वह नैतिक होता है; और यदि वह अशुभ विषय का होता है, तो वह अनैतिक होता है। जैसे, यदि आप मानव के पारस्परिक प्रेम का अनुमोदन करते हैं, तो आपका अनुमोदन नैतिक हैं; पर यदि आप हिंसा का अनुमोदन करते हैं, तो आपका अनुमोदन अनैतिक

हो जाता है। इसी तरह यदि आप मनुष्यों के पारस्परिक प्रेम के प्रति वर्जनात्मक भावना रखते हैं, तो आपकी भावना अनैतिक होगी; लेकिन यदि आप हिंसात्मक कर्मों के प्रति ऐसी भावना रखते हैं, तो आपकी भावना नैतिक होगी। अतः आदर्श का निरूपण उसके अंगों अर्थात् उसकी चेतना, उसकी भावना तथा उसके विषय के परिप्रेक्ष्य में ही करना चाहिये। हमने ऊपर यह स्पष्ट किया है कि किसी आंगिक इकाई का नैतिक मूल्य उसके अंगों के मूल्यों का केवल योग नहीं हो सकता, वरन् वह उन मूल्यों के योग से कम या अधिक भी हो सकता है।

जैसा हमने ऊपर संकेत किया है, मूर के अनुसार सकारात्मक अर्थात् शुभ आदर्श दो प्रकार के होते हैं—(1) अमिश्रित तथा (2) मिश्रित। ये क्रमशः अमिश्रित शुभ तथा मिश्रित शुभ भी कहे जा सकते हैं। और नकारात्मक आदर्श एक ही प्रकार का होता है जिसे हम 'यथार्थ अशुभ' का नाम दे सकते हैं। अमिश्रित शुभ वे हैं जिनमें केवल शुभ विषयों का अनुमोदन ही होता है। ऐसे शुभ दो प्रकार के होते हैं—(1) सौंदर्य की आनन्ददायक अनुभूति तथा (2) प्रेमानुभूति। ये शुभ अमिश्रित इसलिए कहलाते हैं कि इनमें किसी तरह से कोई अशुभ तत्त्व विद्यमान नहीं रहता। किंतु मिश्रित शुभ में किसी-न-किसी तरह अशुभ तत्त्व विद्यमान रहता ही है।

अब यहाँ प्रश्न उठ जाता है कि यदि मिश्रित शुभ में किसी-न-किसी तरह अशुभ वर्तमान रहता ही है, तो वह शुभ कैसे हो जा सकता है? इसका उत्तर यह है कि मिश्रित शुभ के अशुभ तत्त्व का उस मिश्रित शुभ में इस प्रकार समेकन हो जाता है कि वह एक आंगिक इकाई के रूप में पूरी तरह शुभ हो जाता है। उदाहरण के लिए मूर साहस, करुणा तथा नैतिक भावना की चर्चा करते हैं। जैसा हम जानते हैं, बुराई का प्रतिकार साहस के द्वारा सम्भव हो सकता है। बुराई अपने आप में तो खराब है ही, पर उसका प्रतिकार निश्चित रूप से अच्छा या शुभ होता है। अतः ऐसा प्रतिकार अवश्य करना चाहिये। इसी तरह करुणा तभी सम्भव हो सकती है जब पीड़ा या कष्ट का अस्तित्व हो। पर करुणा शुभ इसलिए नहीं होती कि इसमें किसी प्राणी की पीड़ा का ज्ञान वर्तमान रहता है, बल्कि इसलिए कि इसमें उस पीड़ा के दूरीकरण की आकांक्षा वर्तमान रहती है। और नैतिकता भी तो बुराई के प्रतिकार से ही सम्बद्ध रहती है। यदि संसार में कोई बुराई रहती ही नहीं, तो संसार में नैतिकता भी नहीं रहती। हम चूँकि अपनी सहज तथा/या अर्जित प्रवृत्तियों के कारण दूसरों का अनिष्ट करना चाहते हैं या करते हैं, इसीलिए नैतिकता हमें अनिष्ट न चाहने या न करने की सीख देती है। इस तरह नैतिकता मानो बुराई पर विजय पाने का एक उपाय या साधन है। और इस कारण हम ऐसा कह सकते हैं कि नैतिकता की अवधारणा में अशुभ उसी प्रकार वर्तमान रहता है जिस प्रकार मिश्रित शुभ जैसे आदर्श की अवधारणा में अशुभ वर्तमान रहता है।

यथार्थ अशुभ किसी रूप में हासिल करने योग्य नहीं हो सकता। इसका प्रतिषेध या परित्याग ही आदर्श होता है। मूर के अनुसार ऐसे अशुभ जिनका हर हालत में परित्याग करना चाहिये तीन प्रकार के होते हैं। पहला प्रकार वह है जिसमें बुराई से प्रेम किया जाता है, जैसे निर्दोष व्यक्ति की हिंसा का अनुमोदन और इस तरह के आचरण के प्रति अनुराग। दूसरे प्रकार में अच्छाई से घृणा की जाती है, जैसे, परोपकार की निंदा और भर्त्सना। और तीसरे प्रकार का उदाहरण घोर पीड़ा या कष्ट की अनुभूति है। ऐसी अनुभूति में न तो किसी तरह का अनुराग रहता है और न किसी तरह की घृणा ही। हाँ, इसमें चेतना तो रहती ही है। वस्तुतः इन तीनों प्रकार के अशुभों में चेतना और विषय तो रहते ही हैं। पर प्रथम और द्वितीय प्रकार के अशुभों में चेतना और विषय के अलावे भावना भी विद्यमान रहती है, जैसे पहले में प्रेम और दूसरे में घृणा।

यहाँ यह उल्लेखनीय है कि कोई आदर्श चाहे वह सकारात्मक हो या नकारात्मक, यानी शुभ हो या अशुभ, अनेक अंगोंवाली आंगिक इकाई ही होता है और उसका मूल्य उपर्युक्त आंगिक इकाईपरक सिद्धांत के अनुरूप ही निरूपित हो सकता है। यह मूल्य, जैसा हमने ऊपर देखा है, अंगों के अपने-अपने मूल्यों का मात्र यांत्रिक योग नहीं हेाता। यहाँ एक प्रश्न यह उठ सकता है कि अशुभ को आदर्श कैसे माना जा सकता है जब वह शुद्ध पीड़ा या कष्ट है। पर उल्लेखनीय है कि अशुभ अपने आप में आदर्श नहीं माना जाता, बल्कि उसका परित्याग आदर्श माना जाता है। मूर के अनुसार आदर्श एकात्मक नहीं होकर अनेकात्मक होता है। अशुभ आदर्श की अवधारणा में भी एक अंग अशुभ का है, तो दूसरा परित्याग का।

13.10.3.6 क्या मूर शुद्ध उपयोगितावादी थे?

हम जानत्ते हैं कि उपयोगितावाद परिणामसापेक्ष तथा कर्तव्यवाद परिणामनिरपेक्ष होता है। मूर के नैतिकतासम्बन्धी विचारों के संदर्भ में यह प्रश्न उठ सकता है कि क्या मूर अपने नैतिकता सम्बन्धी विचारों में किसी भी तरह परिणामनिरपेक्षता को महत्त्व देते हैं। इस संदर्भ में यदि हम मूर के विचारों की गहराई में जायें, तो निश्चय ही हम इस प्रश्न का उत्तर सकारात्मक रूप में ही दे सकते हैं। हम प्रायः ही देखते हैं कि मनुष्य अनेक अवसरों पर अपने कर्मों को केवल इसलिए नहीं करता है कि उनसे उसे या अन्य किसी व्यक्ति को कुछ लाभ मिलनेवाला रहता है, बल्कि इसलिए करता है कि वैसा करना वह अपना नैतिक धर्म या दायित्व समझता है। यदि मैंने प्रतिज्ञा की है कि आपसे लिए गये ऋण को मैं आपको एक निश्चित तारीख को लौटा दूँगा, तो परिणाम चाहे जो भी हो मुझे आपसे लिया गया ऋण उसी तारीख को लौटा देना चाहिये। यहाँ यह उल्लेखनीय है कि मनुष्य का वास्तविक कर्म तो देश-काल में घटनेवाली एक घटना ही होता है। और कर्म का क्रियान्वयन कर्ता के चारित्रिक स्वभाव के अनुरूप ही होता है। चारित्रिक स्वभाव प्रवृत्तियों का ही संकलित रूप है। प्रवृत्तियाँ हर समय क्रियमाण नहीं रहतीं, उपयुक्त परिस्थिति के उपस्थित होने पर ही वे क्रियमाण होती हैं। ईमानदार व्यक्ति हर क्षण ईमानदारी का कार्य नहीं कर रहा होता, वह ऐसा कार्य तभी करता है जब वैसा करने के लिए उपयुक्त परिस्थिति उत्पन्न हो जाती है। किंतु वह व्यक्ति उस समय भी एक ईमानदार व्यक्ति ही रहता है, जिस समय वह ईमानदारी का कोई कार्य कर नहीं रहा होता। ऐसे समयों में भी उसकी ईमानदारी एक प्रवृत्ति के रूप में अर्थात् एक क्षमता के रूप में उसके चरित्र का एक अंग बनी ही रहती है। प्रवृत्तियाँ नैतिक दृष्टि से अच्छे तथा बुरे दोनों तरह के कर्म करा सकती हैं। जो जो प्रवृत्तियाँ अच्छे कर्म कराती हैं वे सद्गुण कहलाती हैं और जो जो बुरे कर्म कराती हैं वे दुर्गुण कहलाती हैं। अब प्रश्न उठता है कि इन प्रवृत्तियों का अर्थात् सद्गुणों या दुर्गुणों का अपना नैतिक मूल्य होता है या नहीं।

कर्तव्यवादी तो कहेंगे कि नैतिक मूल्य सद्गुणों या दुर्गुणों में ही निहित रहता है, उनसे प्रेरित कर्मों के परिणाम चाहे जो भी हों। किंतु उपयोगितावादी ऐसा नहीं मानते। उनके अनुसार प्रवृत्तियाँ तो कार्य करने की क्षमताएँ मात्र हैं। उनसे प्रेरित कर्म यदि लाभदायक या उपयोगी हैं, तो वे नैतिक हैं; और यदि वे हानिकारक या अनुपयोगी है, तो अनैतिक हैं। हम साधारणतः मूर को एक उपयोगितावादी मानते हैं। अर्थात् उनके अनुसार मनुष्य के आदर्श को प्राप्त करने में जो भी प्रवृत्तियाँ या कर्म साधन के रूप में सहायक हैं, वे नैतिक हैं; और जो बाधक हैं, वे अनैतिक हैं। अतः प्रवृत्तियों की नैतिकता परिणामसापेक्ष नैतिकता ही होती है, परिणाम-निरपेक्ष नैतिकता नहीं।

पर यदि हम सावधानी से गौर करें तो हम पायेंगे कि मूर कुछ प्रवृत्तियों को आंतरिक

रूप से भी नैतिक मानते हैं। उनके अनुसार साहस, करुणा, विवेकशीलता, आदि कुछ ऐसे सद्गुण हैं जो आंतरिक रूप से भी नैतिकतासम्पन्न होते हैं। यह तो निश्चित रूप से एक कठोर सत्य है कि मनुष्य का वास्तविक जीवन अनेक प्रकार के दुःखों से घिरा रहता है। प्रश्न उठता है कि मनुष्य इन दुःखों का क्या करे। वह इन दुःखों की अनदेखी तो कर नहीं सकता। उसे इन दुःखों का उपयुक्त उपायों के द्वारा सामना तो करना ही चाहिये। नहीं तो ये दुःख उसे मानवयोग्य जीवनयापन करने में सफल नहीं होने देंगे। अतः यह आवश्यक हो जाता है कि मनुष्य कुछ ऐसे सद्गुण अर्जित करे जिनके द्वारा वह इन दुःखों का मुकाबला कर सके। ऐसे ही सद्गुणों में साहस, करुणा तथा विवेकशीलता सम्मिलित हैं। यह सही है कि इन सद्गुणों से प्रेरित कर्मों के परिणाम प्रायः अच्छे ही होते हैं, और इस कारण वे साधन के रूप में बहुत उपयोगी माने भी जाते हैं। पर मूर इन सद्गुणों को अपने आप में भी नैतिक दृष्टि से मूल्यवान् मानते हैं। यहाँ यह ध्यातव्य है कि कार्यों के द्वारा दुःखों को दूर करना एक बात है और दुःखों के प्रति घृणा, भर्त्सना, आदि के भाव रखना एक दूसरी बात है। जो प्रवृत्ति मनुष्य को ऐसे भाव रखने में सक्षम बनाती है, वह प्रवृत्ति अपनी इस प्रकृति के कारण अपने आप में भी मूल्यवान् हो जाती है। साहस, करुणा तथा विवेकशीलता अपने आप में भी इसी कारण मूल्यवान् हैं। साहस मनुष्य को दुःखों या अशुभों के प्रति द्वेषपरक भाव रखने में सक्षम बनाता है। करुणा उसे दूसरों के दुःखों के प्रति विनाशपरक भाव रखने में सक्षम बनाती है तथा विवेकशीलता उसे उसकी अवांछनीय इच्छाओं एवं आकांक्षाओं को गर्हित समझने में सक्षम बनाती है। ये सभी प्रवृत्तियाँ काल्पनिक अशुभ के संदर्भ में भी मूल्यवान् होती हैं। पर वास्तविक अशुभ के संदर्भ में तो वे और अधिक मूल्यवान् हो जाती हैं। और चूँकि विश्व में अशुभ का वास्तविक अस्तित्व है ही, इसलिए ये प्रवृत्तियाँ अपने आप में नैतिक रूप से अत्यधिक मूल्यवान् रहती ही हैं। ऐसी प्रवृत्तियों को मूर मिश्रित सद्गुण कहते हैं, क्योंकि इनकी बनावट में अशुभ की भी भूमिका रहती है। मूर ने कहा है—"......जहाँ अशुभ का अस्तित्व वास्तविक रूप से है, वहाँ मिश्रित सद्गुणों का मूल्य उनसे प्रेरित परिणामों के मूल्य से तथा अशुभ के मात्र काल्पनिक रूप से जुड़े मूल्य से बिलकुल अलग एवं अप्रभावित रहता है।"[9] और फिर ज्ञान के सम्बन्ध में मूर का मत है कि ज्ञान साधन के रूप में तो मूल्यवान् है ही, वह अपने आपमें भी तब और अधिक मूल्यवान् हो जाता है जब उसे परिणामनिरपेक्ष रूप में प्राप्त करने के लिए लोग प्रयासरत हो जाते हैं।

13.11 उपयोगितावाद के तीन रूप

विलियम के० फ्रेंकेना ने उपनी पुस्तक एथिक्स में उपयोगितावाद के तीन प्रकार माने हैं। वे हैं:—

(1) कार्य-उपयोगितावाद,

(2) सामान्य-उपयोगितावाद और

(3) नियम-उपयोगितावाद।

हम यहाँ इन तीनों की व्याख्या एवं समीक्षा संक्षेप में करेंगे।

13.11.1 कार्य-उपयोगितावाद

कार्य-उपयोगितावाद वह उपयोगितावाद है जिसके अनुसार कर्ता कार्य करने के पहले यह आकलन कर लेता है कि उपस्थित परिस्थिति में किया जाने वाला कार्य अधिकतम सुख एवं न्यूनतम दुःख का उत्पादन करेगा या नहीं। यदि कर्ता समझता है कि वह कार्य ऐसा सम्भव कर सकेगा, तब तो कर्ता के लिए उस परिस्थिति में वही कार्य करना नैतिक दृष्टि से

अपेक्षित हो जाता है। पर तब यहाँ यह प्रश्न उठ खड़ा होता है कि क्या ऐसा आकलन कर पाना वास्तविक रूप से सम्भव है।

निश्चय ही कर्ता अपने भविष्यसम्बन्धी अज्ञान के कारण यह आकलन कर पाने में समर्थ नहीं हो सकेगा कि उसके द्वारा किये जानेवाले कर्म का परिणाम जनसामान्य के लये सुखद होगा या दुःखद। ऐसा आकलन सीमित जनसमुदाय के लिय अत्यन्त निकट भविष्य में होनेवाले परिणामों के बारे में शायद सम्भव हो भी सके, पर विस्तृत जनसमुदाय के लिये दूरगामी परिणामों के बारे में ऐसा आकलन कर पाना निश्चित रूप से बहुत कठिन है। और यह कठिनाई इसलिए भी और बढ़ जाती है कि उपयोगितावाद परिणाम को ही महत्त्व देता है और इस कारण उसके द्वारा परिणामों के परिणामों को भी महत्त्व देना जरूरी हो जाता है। इस उपयोगितावाद की दूसरी कठिनाई यह है कि कर्ता के पास उपस्थित परिस्थिति के दबाव के कारण इतना समय नहीं रहता कि वह परिणामों का सही ढंग से आकलन कर सके। कभी-कभी तो परिस्थिति ऐसी भी रहती है कि कर्ता को बिना समय गँवाये कुछ कर लेना जरूरी हो जाता है। ऐसी स्थिति में भी यह बिलकुल सम्भव है कि कर्ता कुछ अपने ही व्यक्तिगत पूर्वाग्रह के कारण सही निर्णय लेने में समर्थ न हो सके। अतः यह मत कि कर्ता को हर परिस्थिति में परिणामों के बारे में आकलन करके ही कार्य करना चाहिये न तो व्यावहारिक दृष्टि से और न सैद्धांतिक दृष्टि से ही उचित जान पड़ता है।

यहाँ यह उल्लेखनीय है कि यदि परिणामों के आकलन को व्यावहारिक रूप में सम्भव मान भी लिया जाय, तो भी ऐसी परिस्थितियाँ उत्पन्न हो जा सकती हैं जिनमें परिणामों के नैतिक औचित्य का निर्धारण उपयोगिता के आधार पर सम्भव न हो सके। मान लिया जाय कि किसी परिस्थिति में कार्यसम्बन्धी दो विकल्प क तथा ख सम्भव हो जाते हैं, और आकलन के द्वारा यह पता लगता है कि दोनों की उपयोगिताएँ बराबर बराबर हैं, अर्थात् दोनों बराबर बराबर सुख उत्पन्न कर सकते हैं और बराबर-बराबर दुःख दूर कर सकते हैं। किन्तु जहाँ क से किसी प्रतिज्ञा का उल्लंघन हो जाता है, वहीं ख से उस प्रतिज्ञा का अनुपालन होता है। ऐसी स्थिति में प्रश्न उठ जाता है कि कर्ता को क करना चाहिये या ख। स्पष्ट ही यहाँ यदि किसी पूर्वाग्रह से ग्रसित हुए बिना उत्तर दिया जाय तो यही उत्तर देना उचित होगा कि कर्ता को क नहीं करके ख ही करना चाहिये।

पर यहाँ यह प्रत्युत्तर दिया जा सकता है कि यदि कोई कार्य अधिकतम सुख उत्पन्न करने में कारगर हो जा सकता है, तो, उससे प्रतिज्ञा का उल्लंघन ही क्यों न होता हो, नैतिक दृष्टि से वही कार्य क्रियान्वयन के योग्य हो जाता है। लेकिन तब क्या ऐसी परिपाटी कायम नहीं हो जा सकती कि लोगों को प्रतिज्ञा का उल्लंघन करके अधिक-से-अधिक सुख उत्पन्न कर लेना चाहिए? और यदि ऐसी परिपाटी कायम हो जाती है तो प्रतिज्ञाओं के उल्लंघन होते रहने से समाज में सुख-समृद्धि के उत्पादन में ह्रास होना शुरू नहीं हो जा सकता? और ऐसा होना स्पष्ट ही उपयोगितावाद के लक्ष्य के विरुद्ध ही होगा। इस प्रकार यह देखा जा सकता है कि प्रतिज्ञापालन नियम तथा अन्य कार्यपरक नियमों का भी नैतिक महत्त्व होता ही है। ऐसी स्थिति में कार्य-उपयोगितावाद न केवल अव्यावहारिक होने के कारण, वरन् सैद्धांतिक रूप से भी बहुत ठोस नहीं होने के कारण स्वीकारयोग्य नहीं है।

13.11.2 सामान्य-उपयोगितावाद

कार्य-उपयोगितावाद की त्रुटियों की वजह से उपयोगितावादी सामान्य-उपयोगितावाद को स्वीकार कर सकता है। सामान्य-उपयोगितावाद के अनुसार कार्य का निष्पादन मात्र उपस्थित अवसर को ध्यान में रखकर ही नहीं किया जाता, वरन् अवसर के अनुकूल सामान्य

नियमों के आलोक में ही किया जा सकता है। अर्थात् इस उपयोगितावाद में परिणाम के आकलन का आधार मात्र उपस्थित परिस्थिति नहीं होता, वरन् कारण-कार्यपरक सामान्य नियम भी होता है। इस प्रकार सामान्य-उपयोगितावाद में उपयोगितावाद को विशेष परिस्थिति में सीमित न रखकर कारण-कार्य सम्बन्ध के आधार पर उसका एक तरह से सामान्यीकरण कर दिया जाता है। इसके लिए तर्क यह दिया जाता है कि किसी नैतिक आचरण के लिए यह आवश्यक होता है कि वह समान परिस्थितियों में सभी कर्ताओं के लिए एक उदाहरण की भूमिका अदा कर सके। लेकिन तब प्रश्न उठता है कि क्या सामान्य-उपयोगितावाद अपने उपयोगितावादी स्वरूप को कायम रखते हुए सभी प्रकार की स्थितियों में सही दिशानिर्देश दे सकता है। ऊपर कार्य-उपयोगितावाद के संदर्भ में दिये गये उदाहरण को यदि इस उपयोगितावाद के संदर्भ में भी प्रयुक्त किया जाय और क और ख दो विकल्प माने जाँय और दोनों विकल्पों से बराबर बराबर सुख ही उत्पन्न होने की सम्भावना रहे और क के द्वारा प्रतिज्ञा का उल्लंघन हो रहा हो और ख के द्वारा ऐसा उल्लंघन न होता हो, तो क्या तब दोनों विकल्पों को समान रूप से नैतिक मानना उचित होगा। स्पष्ट ही यहाँ भी यदि पूर्वाग्रहरहित होकर उत्तर दिया जाय, तो यही कहा जाएगा कि क की अपेक्षा ख को ही नैतिक दृष्टि से उचित मानना चाहिये। इस प्रकार यह स्पष्ट हो जाता है कि कार्यसम्पादन में सामान्य नैतिक नियमों का अपना विशेष महत्त्व होता ही है। लेकिन तब भी यहाँ यह उल्लेखनीय है कि उपयोगितावादी नियमों को नैतिक महत्त्व तभी देंगे, जब वे जान लेंगे कि नियमों के पालन से अधिकाधिक सुख की उत्पत्ति सम्भव हो जा सकेगी। उपयोगितावादी किसी नियम को इस आधार पर नैतिक मान्यता प्रदान नहीं कर सकते कि वह नियम किसी विवेकशील आत्मा की आंतरिक पुकार है और इस वजह से ही अनुपालनीय है। वे तो कहेंगे कि प्रतिज्ञापालन का नियम या कोई नैतिक नियम इसलिए मान्य होता है कि उसके पालन से समाज में सामान्यतः सुख एवं सामंजस्य की ही उत्पत्ति होती है, भले ही उसके पालन से यदा-कदा दुःख एवं वैमनस्य की उत्पत्ति क्यों न सम्भव हो जाय।

13.11.3 नियम-उपयोगितावाद

उपर्युक्त विवेचन से यह संकेत मिलता है कि आचरण करने में नियम की भूमिका भी बहुत आवश्यक है। और जो उपयोगितावाद नियम को बहुत आवश्यक मानता है वह नियम—उपयोगितावाद कहलाता है। इस वाद के पक्ष में एक प्रमुख तर्क यह है कि इसके मान लेने से यह मानना जरूरी नहीं रहता कि कर्ता को कोई कार्य करने के पहले यह आकलन कर ही लेना चाहिये कि उस कार्य से अधिकाधिक सुख का उत्पादन सम्भव होगा या नहीं। इस वाद के अनुसार परिस्थितियोग्य नियम की जानकारी रहने मात्र से कर्ता पूरी सहजता के साथ उस नियम के अनुरूप कार्य कर ले सकता है। यहाँ यह ध्यातव्य है कि ऐसे नियम किसी आंतरिक सूझ की उपज नहीं होते, जैसा अन्तःप्रज्ञावादी मानते हैं। इन नियमों का निर्धारण तो समाज के द्वारा लम्बे अनुभव के आधार पर किया जाता है। इनके अनुपालन से यदि समाज में सुख तथा सामंजस्य का संचार होता रहता है, तो वे नियम समाज में कायम रहते हैं; और यदि ऐसा नहीं होता है, तो वे कालांतर में नष्ट हो जाते हैं।

पर क्या शुभ की अधिकाधिक संवृद्धि ही, चाहे वह शुभ सुख के रूप में हो या वह ज्ञान, प्रेम, सौंदर्यानुभूति, आदि आदि के समुच्चय के रूप में हो, नैतिकता की एक मात्र कसौटी है? क्या उपयोगितावाद को केवल शुभ की उत्पत्ति एवं संवृद्धि से ही सरोकार है, चाहे वह शुभ किसी एक व्यक्ति में या कुछ इने-गिने व्यक्तियों में ही क्यों न सीमित रह

जाय? निश्चय ही उपयोगितावादियों का मत यह नहीं है कि शुभ कुछ ही व्यक्तियों तक सीमित रहे। हम जानते हैं कि महान् उपयोगितावादी मिल ने 'अधिकाधिक लोगों का अधिकाधिक सुख' का ही नारा दिया है और बेन्थम ने भी कहा है कि ''प्रत्येक व्यक्ति की गणना होनी चाहिये, और किसी की गणना एक से अधिक के रूप में नहीं होनी चाहिये।'' इन विचारों से स्पष्ट है कि उपयोगितावादियों ने इस बात पर बहुत अधिक बल दिया है कि सुख या शुभ का आबंटन सार्वजनिक ढंग से ही होना चाहिये।

13.12 क्या उपयोगितावाद शुद्ध उपयोगितावाद के रूप में पर्याप्त है?

हमने ऊपर देखा है कि नियम-उपयोगितावाद के अनुसार कर्ता को कार्यों के क्रियान्वयन में नियमों से सहायता मिलती है और उसे नियमों का उपयोग करने से प्रत्येक कार्यनिष्पादन के अवसर पर सोच-विचार या किसी प्रकार का आकलन नहीं करना पड़ता। मैंने यदि किसी के साथ कुछ प्रतिज्ञा की है तो प्रतिज्ञापालन नियम के अनुसार मेरा यह कर्तव्य हो जाता है कि मैं उसका अवश्य अनुपालन करूँ। पर, जैसा हमने पहले भी कहा है, आकलन करना इसलिए जरूरी नहीं है कि वह मेरे आंतरिक विवेक द्वारा निर्धारित एक नियम है। उपयोगितावादी तो यहाँ कहेंगे कि वैसा करने से समाज में अन्ततः सुख या शुभ की अधिकाधिक उत्पत्ति ही सम्भव होती है। प्रतिज्ञापालन, सत्यवादिता, अहिंसा, अस्तेय, आदि जितने भी नैतिक नियम हैं, वे सभी अन्ततः नैतिक इसलिए हैं कि वे अधिकाधिक सुख या शुभ का एवं न्यूनतम दुःख या अशुभ का उत्पादन करने में सहायक सिद्ध होते हैं। उल्लेखनीय है कि उपयोगितावाद, चाहे परिस्थितिपरक हो, या सामान्य उपयोगितापरक या फिर नियमपरक, उस एक मौलिक सिद्धांत पर आधारित होता है जिसके अनुसार कर्मों की परिणति निश्चित रूप से अधिकाधिक सुख या शुभ तथा कम-से-कम दुःख या अशुभ के उत्पादन में ही होनी चाहिये।

लेकिन तब यहाँ दो प्रश्न उठ खड़े होते हैं—(1) क्या उपयोगितावाद अपने शुद्ध उपयोगितावादी रूप में पर्याप्त है? तथा (2) क्या शुद्ध उपयोगितावाद नैतिक दृष्टि से अनुमोदनयोग्य हैं? हम इन प्रश्नों के उत्तर बारी-बारी से देने का प्रयास करेंगे।

जैसा हमने ऊपर देखा है, केवल अधिक-से-अधिक सुख या शुभ एवं कम-से-कम दुःख या अशुभ के उत्पादन से ही नैतिकता की माँग पूरी नहीं हो जा सकती। उसकी माँग को पूरा करने के लिए सुख या शुभ का पूरे समाज में उचित तरीके से आबंटन भी जरूरी होता है। ऐसा कदापि नहीं होना चाहिये कि कुछ लोग मौज मनाएँ और कुछ लोग दुःख से ग्रस्त रहें। पर उचित आबंटन शुद्ध उपयोगितावाद के आधार पर सम्भव ही नहीं हो सकता। उपयोगितावाद का सार तो यही है कि संसार में केवल सुख या शुभ ही वर्तमान रहे। पर चूँकि दुःख या अशुभ का पूर्ण विनाश सम्भव ही नहीं है, इसलिए उपयोगितावाद सुख एवं दुःख के अस्तित्व के सम्बन्ध में यह अनुपात स्वीकार कर लेता है कि सुख या शुभ अधिकतम रहे तथा दुःख या अशुभ न्यूनतम। लेकिन यहाँ यह प्रश्न उठ जाता है कि क्या सुख तथा दुःख या शुभ तथा अशुभ ऐसी वस्तुएँ हैं जिनके सम्बन्ध में यह सुनिश्चित करना किसी समय सम्भव है कि सुख या शुभ अधिकतम है और दुःख या अशुभ न्यूमतम। क्या सुख तथा दुःख को या शुभ तथा अशुभ को किसी तरह मापा जा सकता है? हमने ऊपर देखा है कि बेन्थम ने सुख तथा दुःख के सम्बन्ध में मात्राभेद स्वीकार किया है और उन्होंने सुख तथा दुःख को मापने के लिए एक सुखवादी गणक भी प्रस्तुत किया है। किंतु क्या इस तरह

की गणना ऐसे सुख के सम्बन्ध में भी सम्भव है जिसे मिल गुण से युक्त मानते हैं या जिसमें मात्राभेद सम्भव ही नहीं है? थोड़ी देर के लिए यदि यह मान भी लिया जाय कि सुख या शुभ का अधिकतम उत्पादन और दुःख या अशुभ का न्यूनतम उत्पादन सम्भव है, तो क्या मात्र इतने से नैतिकता की माँग पूरी हो जा सकती है? जैसा हमने ऊपर भी प्रश्न किया है, क्या यह नैतिक दृष्टि से उचित है कि कुछ लोग सुख या शुभ का भोग करते रहें और कुछ लोग दुःख या अशुभ के भागी बनते रहें? हमने ऊपर देखा है कि स्वयं मिल एवं बेन्थम उपयोगितावाद को अधिकधिक व्यापक बनाना चाहते थे। पर सुख या शुभ की अधिकाधिक व्यापकता एक बात है और उसका सही-सही आबंटन बिलकुल दूसरी बात। शुद्ध उपयोगितावाद व्यापकता पर तो ध्यान देता है, पर मात्र इस पर ध्यान देने से ही उचित आबंटन सम्भव नहीं हो जा सकता। इसके लिए एक अलग सिद्धान्त की जरूरत होती है, जिसे या तो समता का सिद्धान्त या फिर न्याय का सिद्धांत कहा जा सकता है। और जब न्याय प्रभावी होता है, तब उपयोगिता खतरे में पड़ ही जा सकती है। इस प्रकार यह देखा जा सकता है कि शुद्ध उपयोगितावाद नैतिक दृष्टि से पर्याप्त नहीं है। इसे समतापरक सिद्धांत से जोड़ना अत्यन्त आवश्यक है। इस समतापरक सिद्धांत की विस्तृत व्याख्या हम आगे करेंगे।

दूसरा प्रश्न हैः क्या शुद्ध उपयोगितावाद नैतिक दृष्टि से अनुमोदन-योग्य हो जा सकता है? हमने ऊपर देखा है कि शुद्ध उपयोगितावाद को समतापरक सिद्धांत से जोड़ना अत्यन्त आवश्यक होता है। हमने ऊपर यह भी देखा है कि हमारे लिए अधिकतम सुख या शुभ के उत्पादन के साथ-साथ दुःख या अशुभ को न्यूनतम बनाने के लिए प्रयत्न करना इसलिए आवश्यक हो जाता है कि विश्व की संरचना ही कुछ ऐसी है कि दुःख या अशुभ को पूरी तरह अस्तित्वहीन कर देना मनुष्य के वश की बात नहीं है। अब यहाँ यह प्रश्न उठ खड़ा हो जाता है कि इस तरह के सभी प्रयत्नों के लिए कर्तव्यबोध का होना जरूरी है या नहीं। यदि हम सार्वजनिक सुख या शुभ की उत्पत्ति के प्रति कर्तव्यनिष्ठा रखें ही नहीं, तो हम इस प्रकार की उत्पत्ति को सम्भव कैसे बना सकते हैं? क्या इस तरह की उत्पत्ति को मूर्त्तरूप देने के लिए कर्तव्यनिष्ठा से प्रेरित होकर कार्य करना जरूरी नहीं है? डब्ल्यू॰ के॰ फ्रेंकेना ने अपनी पुस्तक एथिक्स में लिखा है कि उपयोगितावाद का नारा 'अधिकतम सुख अधिकतम व्यक्तियों के लिए'' का सम्भव होना ही उस मौलिक सिद्धांत पर आधारित होता है जिसके अनुसार सार्वजनिक कल्याण के लिए कार्य करना मनुष्यों का नैतिक कर्तव्य माना जाता है। इस सिद्धांत को हम ''लोककल्याणपरक निष्ठा सिद्धान्त' कह सकते हैं। फ्रेंकेना इस लोककल्याणपरक निष्ठा की अवधारणा में केवल परोपकारिता को ही स्थान नहीं देते, वरन् वे इसमें कर्तव्यपरायणता को भी स्थान देते हैं। नैतिकता का अंतिम लक्ष्य लोककल्याण या जनहित तो होता ही है पर उस लक्ष्य को प्राप्त करने के लिए कर्ता में कर्तव्यनिष्ठा का होना भी जरूरी ही होता है। अतः नीतिशास्त्रियों को चाहिये कि वे लोककल्याणपरक लक्ष्य के साथ उसकी प्राप्ति के प्रति कर्तव्यनिष्ठा को भी सैद्धांतिक रूप से ही जोड़ दें।

13.13 लोककल्याणपरक निष्ठा का सिद्धान्त

ऊपर के विचारों से यह तो स्पष्ट होता ही है कि नैतिकता का उद्देश्य लोकहित को चरितार्थ करना ही होता है। और फिर कर्तव्यवादी भी लोककल्याण के महत्त्व को स्वीकार करते ही हैं। यहाँ तक कि वे लोककल्याण को सम्भव बनाने के लिए एक विशेष नैतिक कर्तव्य का निरूपण भी कर देते हैं। यह लोककल्याणपरक कर्तव्य कर्तव्यों की सूची में महज एक होता है। पर, जब इस कर्तव्य का किसी अन्य कर्तव्य या किन्हीं अन्य कर्तव्यों के साथ कोई संघर्ष उत्पन्न हो जाता है, तब कार्य का निष्पादन एक समस्या ही बन जाता है। अतः नैतिकता

के लिए एक ऐसे मूल सिद्धांत का होना नितांत आवश्यक हो जाता है जिसके आलोक में नैतिक लक्ष्य को सही रूप दिया जा सके और जो नैतिक लक्ष्य को चरितार्थ करने के लिए प्रेरणाएँ भी दे सके। स्पष्ट ही यह सिद्धांत लोककल्याणपरक निष्ठा का सिद्धान्त ही हो सकता है, क्योंकि निष्ठा के सम्मिलित हो जाने से कर्ता को न केवल प्रेरणा मिलती है, बल्कि उसे लोककल्याण को सही रूप देने के लिए दिशा भी मिलती है। इस सिद्धान्त के इन दोनों पक्षों के सम्बन्ध में यहाँ विस्तृत विवेचन जरूरी है।

जैसा हमने ऊपर देखा है, थोक रूप में सुख या शुभ पैदा कर देने मात्र से मानवहित सिद्ध नहीं हो जाता। इसके लिए सुख या शुभ का व्यक्तियों में उचित आबंटन नितांत आवश्यक होता है। अतः लोककल्याण सिद्धांत को न्यायपरक बनाना बहुत जरूरी है। ऐसा करके ही सुख या शुभ का पक्षपातरहित आबंटन सुनिश्चित किया जा सकता है। इसके पहले कि हम इस न्यायसम्बन्धी विचार या सिद्धांत की विस्तृत चर्चा करें, यह ध्यान में रखना आवश्यक है कि न्याय-सिद्धांत अपने आप में नैतिकता के लिए पर्याप्त नहीं हो सकता। लोग ऐसा अवश्य कह देते हैं कि यह न्याय का ही तकाजा है कि हम मानव हित के लिए सुख या शुभ उत्पन्न करें। यदि यह विचार सही है तो फिर अलग से किसी ऐसे सिद्धांत की आवश्यकता नहीं रह जाती जो सुख या शुभ के उत्पादन के सम्बन्ध में सीख भी दे। पर गहराई से विचार करने पर यह स्पष्ट हो जा सकता है कि केवल न्यायनिष्ठ होने मात्र से सुख या शुभ का उत्पादन सम्भव नहीं हो जा सकता। इसके लिए एक ऐसे सिद्धांत की जरूरत है जो विशेष तौर पर सुख या शुभ के उत्पादन को एक आधारभूत कर्तव्य बनाये। इसकी विस्तृत चर्चा हम आगे करेंगे।

प्रस्तुत प्रसंग में न्याय की अवधारणा के विश्लेषण से यह स्पष्ट हो जाता है कि यह अवधारणा दो या दो से अधिक व्यक्तियों के साथ निष्पक्ष या पक्षपातरहित व्यवहार करने से ही सम्बद्ध हैं। इस तरह यह एक प्रकार से सम्भव विकल्पों के बीच चयन से ही सम्बद्ध है। अतः यह कार्य करने के तरीके से संबद्ध होता है न कि कार्य से सम्बद्ध विषय-वस्तुओं के उत्पादन से। इस तरह का उत्पादन तो लोककल्याण सिद्धांत के कारण ही सम्भव हो सकता है, क्योंकि इस सिद्धांत के द्वारा अधिक-से-अधिक सुख या शुभ की उत्पत्ति सुनिश्चित की जाती है। किंतु क्या इस उत्पादित सुख या शुभ को कुछ ही लोगों के उपभोग के लिए छोड़ दिया जाना चाहिये? क्या ऐसा करना सामान्य जनहित विरोधी नहीं होगा? स्पष्ट ही यह उचित नहीं माना जा सकता है कि उत्पादित सुख या शुभ का उपभोग कुछ ही लोग करें और बाकी लोग उससे वंचित रह जाँय। इस प्रकार हम देखते हैं कि उचित आबंटन को सुनिश्चित करने के लिए न्याय की दुहाई देना जरूरी हो जाता है और इस तरह एक न्यायपरक सिद्धांत की आवश्यकता हो ही जाती है। इस सिद्धांत के आधार पर उत्पादन द्वारा सुख या शुभ की मात्रा में वृद्धि नहीं की जा सकती, ऐसी वृद्धि तो लोककल्याण सिद्धांत के आधार पर ही सम्भव है। पर जैसा हमने ऊपर कहा है, जहाँ तक उचित आबंटन का प्रश्न है, वह तो न्याय-सिद्धांत के आधार पर ही सुनिश्चित किया जा सकता है। अतः हम देखते हैं कि नैतिकता के लिए दो भिन्न-भिन्न आधारभूत सिद्धांत आवश्यक होते हैं—(1) लोकहित सिद्धांत और (2) न्यायपरक सिद्धांत। अब हम इस न्यायपरक सिद्धांत के सम्बन्ध में विस्तृत रूप से विचार करेंगे।

13.14 न्यायपरक सिद्धान्त

13.14.1 न्यायपरक सिद्धान्त का स्वरूप

इस सिद्धान्त के द्वारा यह सुनिश्चित किया जाता है कि सभी व्यक्तियों के साथ समान तरीके से व्यवहार हो और सुख या शुभ के आबंटन में भेदभाव या पक्षपात न किया जाय।

सिजविक ने ठीक ही कहा है कि न्याय समानों में समान और असमानों में असमान व्यवहार से सम्बद्ध है। अब यहाँ प्रश्न उठता है कि लोगों में समान व्यवहार किस आधार पर किया जाना चाहिये। अर्थात् उसके लिए कसौटी क्या होनी चाहिये? क्या व्यक्तियों के रंग या धर्म या राष्ट्रीयता के आधार पर उनके साथ कोई व्यवहार किया जाना चाहिये? क्या किसी विशेष रंग या धर्म या राष्ट्रीयता वाले व्यक्तियों को किसी अन्य रंग या धर्म या राष्ट्रीयता वाले व्यक्तियों की तुलना में अधिक महत्त्व देना चाहिये? स्पष्ट ही इस प्रकार के आधार पर अधिक महत्त्व देना नैतिक दृष्टि से उचित नहीं हो सकता। उल्लेखनीय है कि समान व्यवहार के आधार को सुनिश्चित करने के लिए फ्रैंकेना ने अपनी पुस्तक एथिक्स में तीन प्रकार की कसौटियों की चर्चा की है—(1) योग्यता की कसौटी, (2) आवश्यकता की कसौटी तथा (3) मानवीय समानता की कसौटी।

13.14.2 न्यायपरक सिद्धान्त की तीन कसौटियाँ

13.14.2.1 योग्यता

इस कसौटी का समर्थन एरिस्टॉटल तथा रॉस ने किया है। इसके अनुसार सद्गुणसम्पन्न लोगों अर्थात् योग्य लोगों को ही महत्त्व देना चाहिये। किन्तु यह कसौटी उचित नहीं प्रतीत होती। यह सही है कि यह कसौटी रंग, धर्म, वंश, सामाजिक स्तर, आदि पर आधारित कसौटियों की तुलना में अधिक उपयुक्त प्रतीत होती है, पर क्या यह सम्भव नहीं है कि इस कसौटी के कारण उन लोगों की उपेक्षा हो जाये जिन्हें सद्गुण अर्जित करने का अवसर न मिल पाया हो? और यदि कुछ लोगों ने अवसर न मिल पाने के कारण सद्गुण प्राप्त न किया हो, तो क्या उन्हें सुख या समृद्धि से वंचित कर देना न्यायसंगत होगा? और फिर इस प्रसंग में यह भी तो कहा जा सकता है कि यदि अयोग्य व्यक्तियों के साथ सहानुभूतिपूर्वक व्यवहार किया जाय, तो वे सुधर भी जा सकते हैं। यहाँ यह भी कहा जा सकता है कि सभी लोगों के लिए उचित अवसर सुनिश्चित करना भी तो समाज का ही कर्तव्य होता है। अतः योग्यता की कसौटी इस प्रसंग में मान्य नहीं हो सकती। इसमें आवश्यक संशोधन करना जरूरी ही है।

13.14.2.2 आवश्यकता

आवश्यकता की कसौटी मार्क्सवादियों ने दी है जिनका नारा है— 'प्रत्येक से क्षमता के अनुरूप काम लो, और प्रत्येक को उसकी आवश्यकता के अनुसार सुख या शुभ प्रदान करो।' चूँकि सभी लोगों की आवश्यकताएँ एक समान नहीं होतीं, इसलिए सभी लोगों में बराबर बराबर शुभ वस्तुओं का वितरण लाभकारी नहीं हो सकता। मान लिया जाय कि कुल मिलाकर क और ख दो ही व्यक्ति हैं और खाद्य सामग्री कुल मिलाकर एक दिन के लिए एक सेर चावल ही उपलब्ध है। साधारण न्याय के अनुसार तो यही उचित माना जाएगा कि क और ख दोनों को आधा-आधा सेर चावल बाँट दिया जाए। ऐसा कर देने से पक्षपात का आरोप नहीं लग सकता। पर मान लीजिये कि क को एक दिन में एक पाव चावल की ही आवश्यकता है, क्योंकि वह अपनी विशिष्ट शारीरिक अवस्था के कारण एक दिन नें एक पाव से अधिक चावल का उपभोग नहीं कर सकता। पर ख एक हट्टा-कट्टा जवान है और उसे एक दिन में तीन पाव चावल की आवश्यकता होती है। क्या ऐसी स्थिति में क और ख दोनों को आधा-आधा सेर चावल का आबंटन करना न्यायसंगत है? स्पष्ट ही ऐसा करना क को बदहजमी का शिकार बनाना है और ख को क्षुधापूर्ति न होने के कारण भुखमरी का शिकार बनाना है।

निश्चित रूप से यहाँ न्याय का तकाजा यही हो सकता है कि क को एक पाव चावल और ख को तीन पाव चावल का आबंटन किया जाय। ऐसा करना न्यायसंगत इसलिए होता है कि क और ख की आवश्यकताएँ भिन्न भिन्न हैं।

किन्तु गहराई से विचार करने से यह सहज ही पता लग सकता है कि आवश्यकतापरक कसौटी की पृष्ठभूमि में मानवीय समानता की कसौटी विद्यमान रहती है। जभी हम मौलिक रूप में यह मान चुके होते हैं कि सभी व्यक्ति मानव होने के नाते एक समान हैं, तभी हम क को बदहजमी से बचाने के लिए एक पाव का आबंटन करते हैं और ख को भुखमरी से बचाने के लिए तीन पाव चावल का आबंटन। इस असमान आबंटन का आधार यही है कि क और ख सुख का उपभोग समान रूप से कर सकें। इस समान उपभोग को सुनिश्चित करने के लिए ही विकलांगों को यथासम्भव आवश्यकतानुसार अधिक सुविधा प्रदान की जाती है। इस प्रकार हम देखते हैं कि आखिरकार मानवीय समानता ही न्यायपरक आबंटन की कसौटी बन सकती है।

13.14.2.3 मानवीय समानता

अब यहाँ प्रश्न उठ सकता है कि किस प्रकार की मानवीय समानता सुख और समृद्धि के आबंटन की न्यायसंगत कसौटी बन सकती है। क्या मनुष्य की ऊँचाई या उसका रंग या उसकी वंशपरम्परा उसकी समानता का आधार है? स्पष्ट ही मनुष्य के ऐसे लक्षण उसकी समानता के आधार नहीं बन सकते। उसकी समानता का आधार वही गुण या लक्षण बन सकता है जो उसे मनुष्य का स्वरूप देने में आवश्यक होता है। स्पष्ट ही यह गुण या लक्षण मनुष्य का एक बुद्धियुक्त प्राणी होना है। बुद्धियुक्त या बौद्धिक प्राणी होने के कारण मनुष्य एक विशिष्ट प्रकार की गरिमा प्राप्त कर लेता है। इस प्रकार की गरिमा से मण्डित मनुष्यों के समुदाय को काण्ट ने 'लक्ष्यों का साम्राज्य' नाम दिया है। वर्तमान समय का लोकतांत्रिक रुझान इसी मानवीय गरिमा की नींव पर आधारित है। सभी मनुष्यों में इस गरिमा के वर्तमान रहने से सभी मनुष्य मानो एक दूसरे के भाई हैं। इस मानवीय भ्रातृत्व के लिए ईश्वरीय पितृत्व को स्वीकार करना आवश्यक नहीं है। एक मनुष्य दूसरे मनुष्य का भाई इसलिए है कि दोनों में बौद्धिकता वर्तमान है।

जब हम इस मानवीय समानतापरक कसौटी को अधिमानित करते हैं तब हम यह नहीं कहना चाहते है कि ऊपर की कसौटियों में चर्चित योग्यतापरक सद्‌गुण तथा उपभोगपरक आवश्यकता का कोई महत्त्व नहीं होता। योग्यतापरक सद्‌गुण एवं उपभोगपरक आवश्यकता का नैतिक दृष्टि से महत्त्व तो है ही, पर उनके महत्त्व को मानवीय समानता की पृष्ठभूमि में ही अच्छी तरह सुनिश्चित किया जा सकता है। और फिर, सद्‌गुणियों में या जरूरतमन्द लोगों में भी तो समान व्यवहार ही अपेक्षित हो सकता है। अतः अन्ततः मानवीय समानता ही सुख या शुभ के आबंटन की कसौटी बन सकती है।

13.15 लोक कल्याणपरक नैतिकता की अनिवार्यता

इस प्रकार हम देखते हैं कि नैतिक कार्यों के क्रियान्वयन के सम्बन्ध में दो सिद्धांतों की अपेक्षा होती है—(1) लोककल्याण सिद्धान्त और (2) मानवीय समानता सिद्धान्त। जहाँ तक लोककल्याण सिद्धान्त का प्रश्न है, हम बिना किसी उलझन के इसे एक उद्देश्यवादी सिद्धान्त मान सकते हैं। ऐसा इसलिए कि यह सिद्धांत स्पष्ट रूप से एक उद्देश्य की प्राप्ति

को ही महत्त्व देता है, और वह उद्देश्य लोगों का कल्याण है। इस कारण यह सिद्धांत परिणामवादी हो जाता है। पर क्या हम मानवीय समानता सिद्धांत को भी उद्देश्यवादी या परिणामवादी कह सकते हैं? यहाँ यह ध्यातव्य है कि अधिकाधिक सुख या शुभ का उत्पादन तथा अधिकाधिक दुःख या अशुभ का विनाश लोककल्याण सिद्धांत के अंतर्गत आ ही जाते हैं। इस तरह के उत्पादन या विनाश के सम्बन्ध में मानवीय समानता सिद्धांत कोई योगदान नहीं कर सकता। ऐसा कुछ करना उसका अभिप्रेत भी नहीं होता। उसका अभिप्रेत तो उपलब्ध सुख या शुभ का उचित तरीके से आबंटन सुनिश्चित कराना ही होता है। अर्थात् यह सिद्धांत आबंटित होनेवाली वस्तु के उत्पादन या सम्वर्द्धन से सम्बन्धित नहीं होता, बल्कि उस वस्तु के आबंटन के नैतिक आधार से सम्बन्धित होता है। और चूँकि यह सिद्धान्त आबंटनीय वस्तु की आबंटनपरक प्रक्रियामात्र से सरोकार रखता है, इसलिए इसे उद्देश्यवादी या परिणामवादी नहीं कहकर कर्तव्यवादी कहना ही उचित एवं सही हो सकता है। चूँकि सही अर्थ में बिना उचित आबंटन के लोककल्याण सम्भव नहीं है, इसलिए फ्रैंकेना ने लोककल्याणपरक नैतिकता को लोककल्याण सिद्धांत तथा मानवीय समानता सिद्धान्त दोनों पर आधारित माना है। और इस कारण उन्होंने लोककल्याणपरक चरम नैतिक आदर्श को एक मिश्रित कर्तव्यवादी आदर्श के रूप में स्वीकार करना अधिक उपयुक्त माना है। चूँकि इस मिश्रित आदर्श में न्यायपरक आबंटन भी सम्मिलित ही रहता है, इसलिए इस आदर्श को मान लेने पर न्यायपरक आबंटन बिलकुल अनिवार्य हो जाता है।

13.16 लोककल्याण सिद्धान्त तथा मानवीय समानता सिद्धान्त का पारस्परिक विरोध

हमने ऊपर देखा है कि नैतिकता के लिए लोगों का कल्याण तथा लोगों में समान व्यवहार दोनों आधारभूत आवश्यकताएँ हैं। पर यहाँ यह प्रश्न उठ सकता है कि क्या इनमें परस्पर विरोध सम्भव नहीं है। यदि कभी समान व्यवहार के कारण सुख या शुभ के उत्पादन में खलल पहुँचे या कमी हो जाये, तो वैसी स्थिति में क्या समान रूप से व्यवहार करना उचित होगा? और यदि बहुत हल्के-फुल्के असमान व्यवहार के द्वारा सुख एवं शुभ के भण्डार को बहुत अधिक बढ़ा लिया जा सके, तो क्या वह असमान व्यवहार नैतिक दृष्टि से उचित नहीं होगा? इन प्रश्नों के उत्तर देने के लिए यह तय करना जरूरी हो जाता है कि इन विकल्पों में अधिमानता किसे देनी चाहिए—अधिक उत्पादन को या समान आबंटन को। पर यदि किसी एक को अधिमानता दी जाती है तो फिर कर्तव्यवाद बनाम परिणामवाद के पचड़े में पड़ जाने की स्थिति उत्पन्न हो जाती है। और हमने तो ऊपर देखा ही है कि नैतिकता के लिए ये दोनों विकल्प अपने-अपने ढंग से अत्यंत महत्त्वपूर्ण हैं। विचारपूर्वक देखा जाय तो देखा जा सकता है कि इन दोनों विकल्पों के बीच कोई तार्किक विरोध नहीं है। पर तब सुख के साथ संतोष को भी जोड़ना जरूरी ही होता है। ऐसा करने पर दोनों विकल्पों में विरोध की सम्भावना को नकारा जा सकता है और तब सभी व्यक्तियों को सुखी बनाना भी सम्भव हो जाता है। हमारे मनीषियों ने तो सबों के सुखी होने की अपनी आकांक्षा को मुक्त कण्ठ से अभिव्यक्त किया है:—

"सर्वे भवन्तु सुखिनः सर्वे सन्तु निरामयाः।
सर्वे भद्राणि पश्यन्तु मा कश्चिद् दुःखभाग्भवेत्।।"

इस आकांक्षा से यह तो स्पष्ट हो ही जाता है कि समानता और शुभत्व में कोई तार्किक विरोध नहीं है। पर विशेष परिस्थितियों में इन दोनों में टकराव अवश्य उपस्थित हो जा सकता

है। मान लीजिये लि क और ख दो मजदूर हैं। समानता सिद्धांत के मुताबिक दोनों को प्रतिदिन सौ-सौ रुपये की मजदूरी देना उचित है। दोनों को देय दो सौ रुपये से अधिक धन की राशि उपलब्ध न हो सकने के कारण उन मजदूरों की मजदूरी बढ़ायी नहीं जा सकती। किंतु यदि क को दस रुपये कम देकर ख की मजदूरी 110 रु० कर दी जाय, तो उनके परिश्रम से उत्पादन ड्योढ़ा बढ़ जा सकता है। और तब इस बढ़े हुए उत्पादन का सभी व्यक्तियों में आबंटन किया जा सकता है। इस उदाहरण में समानता सिद्धांत का उल्लंघन तो अवश्य हो जाता है, पर उस उल्लंघन के द्वारा लोककल्याण के लिए सुख और समृद्धि की राशि को और अधिक बढ़ाना सम्भव हो जाता है। क्या एक व्यक्ति के मामूली नुकसान के द्वारा सार्वजनिक सुखसमृद्धि को अधिक मात्रा में बढ़ाना अनैतिक है? क्या इन दोनों सिद्धांतों के परस्पर टकराव की स्थिति में न्याय सिद्धांत को ही अधिक नैतिक महत्त्व देना उचित एवं आवश्यक है?

प्रथमदृष्ट्या तो यह उचित जान पड़ता है कि अन्याय, चाहे न्यूनतम ही क्यों न हो, नैतिक नहीं माना जा सकता। और यहाँ यह भी ध्यातव्य है कि यह सुनिश्चित करना सम्भव नहीं है कि किसी व्यक्ति को उसके न्यायसंगत हक से वंचित रखकर सार्वजनिक सुख-समृद्धि का भण्डार बढ़ा ही लिया जा सकता है। हमने ऊपर कहा ही है कि मनुष्य यह सुनिश्चित नहीं कर सकता कि किसी कार्य के दूरगामी परिणाम क्या होंगे। यह टकराव सम्बन्धी समस्या और अधिक जटिल तब हो जाती है जब वह व्यक्ति जिसका न्यायसंगत हक मारा जा रहा है अपने हक के मुताबिक सुख-समृद्धि पाने का प्रबल दावेदार बन जाता है। लेकिन तब यहाँ यह भी उल्लेखनीय है कि नैतिकता में आत्मबलिदान का बहुत अधिक महत्त्वपूर्ण स्थान रहता है। जो व्यक्ति सार्वजनिक सुख-समृद्धि के लिए अपनी सुख-समृद्धि का त्याग या बलिदान करता है, वह तो मानो नैतिक उत्कृष्टता के शिखर पर ही पहुँच जाता है। अतः यदि न्यायोचित हक से वंचित होनेवाला कोई व्यक्ति सार्वजनिक हित में स्वेच्छा से अपना हक छोड़ देता है, तो समस्या उपस्थित ही नहीं हो सकती। लेकिन यदि वह व्यक्ति ऐसा नहीं करता है, तो न्याय सिद्धांत का अल्पतम उल्लंघन भी अनैतिक हो जाता है। इस तरह यह देखा जा सकता है कि कर्तव्यवादी बिलकुल उचित और सही कारण से ही अपने पक्ष पर जोर डालते हैं। और, जैसा हम जानते हैं, उनका पक्ष नैतिकता में परिणाम पर बल न देकर कर्तव्यपालन पर ही बल देता है। इस तरह कर्तव्यनिष्ठा एक प्रकार से अनिवार्य ही हो जाती है। लेकिन तब भी यह निश्चित रूप से विचारणीय है कि कर्तव्यनिष्ठा को किस सीमा तक महत्त्व देना चाहिये। क्या प्रतिज्ञापालन के लिए रोगग्रस्त पुत्र की चिकित्सा की अवहेलना कर एक अत्यन्त धनाढ्य व्यक्ति से लिए गए ऋण की वापसी कर्तव्यनिष्ठा का अनैतिक एवं निन्दनीय अनुपालन नहीं है? यदि सत्यवादिता से प्रेरित किसी रहस्योद्घाटन से विश्वयुद्ध ही प्रारम्भ हो जाय, तो क्या सत्यवादिता जैसे कर्तव्य का अनुपालन नैतिक है? इन प्रश्नों के उत्तर देना आसान नहीं है, क्योंकि न्याय बनाम सुख-सम्वर्द्धन के मामले को सुलझाने के लिए कोई पूर्वनिर्धारित नियम उपलब्ध नहीं है। अतः ऐसे मामलों में अपेक्षित यही है कि उपस्थित परिस्थिति की अच्छी तरह जाँच कर लेने के बाद पक्षपातरहित होकर न्याय सिद्धांत तथा लोककल्याणपरक सिद्धांत के बीच संतुलन रखते हुए कर्तव्य का निर्धारण करना चाहिये। ऐसा करना ही नैतिक दृष्टिकोण के अनुसार हो सकता है। नैतिक दृष्टिकोण के सम्बन्ध में विस्तृत चर्चा हम आगे उचित स्थान पर करेंगे।

❑

अध्याय 14

पूर्णतावाद

नैतिक चिंतन के इतिहास में पूर्णतावाद को भी एक बहुत महत्त्वपूर्ण स्थान प्राप्त है। यहाँ तक कि अनेक दार्शनिक विचारधाराओं में मनुष्य की सम्यक् पूर्णता को ही नैतिक निर्णय के परिप्रेक्ष्य में सर्वाधिक उपयुक्त मानदण्ड माना गया है। हम इस अध्याय में इसी पूर्णतापरक नैतिक मानदण्ड की व्याख्या एवं समीक्षा करेंगे, और यह सुनिश्चित करने का प्रयास करेंगे कि यह मानदण्ड स्वीकारयोग्य है या नहीं।

14.1 पूर्णता का अर्थ

जैसा हम जानते हैं, नैतिकता में नैतिक कर्ता का एक अत्यन्त ही महत्त्वपूर्ण स्थान होता है। इसके बिना नैतिकता की कल्पना तक नहीं की जा सकती। यह सही है कि नैतिकता का चरम उद्देश्य प्राणियों के सुख से ही सम्बद्ध होता है, पर इस उद्देश्य की प्राप्ति के लिए प्रयत्न करना किसी व्यक्ति के द्वारा ही हो सकता है। यह सही है कि लोग मिल-जुल कर सामूहिक रूप से भी किसी सार्वजनिक उद्देश्य की पूर्ति के लिए प्रयत्न कर सकते हैं। पर ऐसे प्रयत्नों में भी संकल्पन एवं कार्यसंपादन वैयक्तिक स्तर पर ही सम्भव होते ही हैं। यही कारण है कि सामूहिक प्रयत्नों में यदि किसी प्रकार का मतभेद उत्पन्न हो जाता है, तो वैयक्तिक स्तर पर ढिलाई आ जाने से वैयक्तिक संकल्प निर्बल हो जाता है और तब उद्देश्य की पूर्ति नामुमकिन हो जाती है। इस प्रकार यह स्पष्ट है कि नैतिकता में कर्ता की भूमिका बहुत अधिक महत्त्वपूर्ण होती है। यहाँ यह उल्लेखनीय है कि जब हम कहते हैं कि नैतिकता में व्यक्ति को बहुत ही महत्त्वपूर्ण स्थान प्राप्त है, तब हम वस्तुतः यह कहना चाहते हैं कि नैतिकता में मनुष्य के चरित्र को बहुत ही महत्त्वपूर्ण स्थान प्राप्त होता है। ऐसा इसलिए कि व्यक्ति जो कुछ सोचता या करता है वह उसके चरित्र के अनुरूप ही होता है। और यही वजह है कि नैतिकता में चरित्रनिर्माण को बहुत अधिक महत्त्व दिया जाता है। इस तरह यह स्पष्ट होता है कि यदि नैतिकता एक ओर व्यक्ति को दूसरों के कल्याण के लिए सतत प्रयत्नशील रहने की शिक्षा देती है, तो दूसरी ओर वह यह शिक्षा भी देती है कि व्यक्ति अपने चरित्र को ऐसा बनाये कि वह नैतिक कर्म करने में सतत सक्षम और समर्थ रह सके। यहाँ यह उल्लेखनीय है कि मनुष्य के कुछ कार्य दूसरों के हित से सम्बद्ध नहीं भी रह सकते हैं। पर इन कार्यों के सम्बन्ध में व्यक्ति को यह छूट नहीं रह सकती कि वह जो चाहे सो कर ले। मुझे यह छूट नहीं मिल सकती कि मैं बिना कुछ करते हुए अपना समय नष्ट करता रहूँ, या अपने व्यक्तित्व के विकास के लिए उचित कार्य करूँ ही नहीं। अपना विकास भी नैतिकता का एक आवश्यक अंग ही है। इस प्रकार यह देखा जा सकता है कि नैतिकता में केवल लोककल्याण ही प्रासंगिक नहीं होता, वरन् इसमें आत्मकल्याण भी प्रासंगिक होता है। शायद यह कहना गलत नहीं होगा कि लोककल्याण की संभाव्यता आत्मकल्याण या आत्मोन्नयन की संभाव्यता पर ही निर्भर करती है। अब यहाँ प्रश्न उठता है कि हम आत्मकल्याण या आत्मोन्नयन से समझते क्या

हैं। हम देख चुके हैं कि स्वार्थवाद को नैतिकता में कोई स्थान नहीं मिल सकता। और यदि ऐसा है तो फिर आलोचक आत्मोन्नयन या आत्मकल्याण के सम्बन्ध में भी आपत्ति उठा ही सकते हैं। पर जैसा हमने ऊपर कहा है, नैतिकता में कर्ता का बहुत महत्त्वपूर्ण स्थान होता है। ऐसा इसलिए कि किसी कार्य का क्रियान्वयन कर्ता ही तो करता है। अतः कर्ता को उचित रूप में कर्ता बनने के लिए आत्मविकास या आत्मोन्नयन करना ही पड़ता है। और फिर जब आत्मविकास या आत्मोन्नयन को आवश्यक माना जाता है, तब आत्मपूर्णता पर ध्यान देना भी आवश्यक हो जाता है। और तब अनेक विचारक तो यहाँ तक कह देते हैं कि व्यक्ति अपने आपको सम्यक् रूप से पूर्ण बना ले, तो वह अपने सभी प्रकार के नैतिक दायित्वों से मुक्त भी हो जाता है। और स्पष्ट ही तभी वह अपने जीवन का सही लक्ष्य भी प्राप्त कर लेता है। यही कारण है कि नीतिशास्त्र में आत्मपूर्णतावाद की बहुत अधिक चर्चा होती रही है। कुछ विचारक तो विभिन्न नैतिक आदर्शों में इसे ही सर्वोत्कृष्ट मानते हैं। इस संदर्भ में हम यहाँ भारतीय तथा पाश्चात्त्य दोनों विचारधाराओं के कुछ विख्यात मतों की चर्चा करेंगे।

14.1.1 भारतीय मत

भारतीय संस्कृति में मानव जीवन का एक अत्यंत महत्त्वपूर्ण आदर्श आत्मसाक्षात्कार है। इसके अनुसार मनुष्य का अंतिम लक्ष्य अपना वास्तविक स्वरूप ही है। ऐसी बात नहीं है कि अंतिम लक्ष्य की प्राप्ति के लिए मनुष्य को किसी बाह्य तत्त्व पर निर्भर होना पड़ता है, बल्कि इसके लिए तो उसे केवल अपने व्यक्तित्व के वास्तविक स्वरूप को पहचानना पड़ता है। अर्थात् उसे केवल सही अर्थ में आत्मसाक्षात्कार करना पड़ता है। यह सही है कि मनुष्य अपनी सहज प्रवृत्तियों से संचालित होनेवाला एक प्राणी भी है, फिर भी उसमें इतना विवेक तो रहता ही है कि वह अच्छे और बुरे में भेद कर ले सके और इस कारण वह श्रेय और प्रेय में भी भेद कर लेने में समर्थ हो जा सके।

तात्त्विक रूप में मनुष्य एक शाश्वत और चिरंतन आत्मा है जो एक है और असीम है। वह भ्रम के कारण समझता है कि अनेकता ही वास्तविक है। जब तक यह भ्रम कायम रहता है, तब तक मनुष्य मानो एक जीव का रूप ग्रहण कर लेता है और तब तक वह जीवोपयुक्त कर्म ही करता है। किंतु चूँकि उसमें विवेकिनी बुद्धि भी रहती है, इसलिए उसमें उचित कार्य सम्बन्धी ज्ञान प्राप्त करने की क्षमता भी रहती है। अर्थात् मनुष्य यह जान पाने में सक्षम है कि उसे क्या करना चाहिए और क्या नहीं। और इस कारण वह नैतिकता से सम्बद्ध प्राणी हो जाता है। फलस्वरूप उसका यह कर्तव्य हो जाता है कि वह केवल सुकर्म करे और कुकर्म से बिलकुल दूर रहे। किंतु जीवन में बार-बार सुकर्मों का चयन करते रहना और इस प्रकार चयनप्रक्रिया को सदा के लिए चालू ही रखना सही रूप में चयन करना नहीं हो सकता। सही रूप में चयन करना तो तब सम्भव हो सकता है जब वह ऐसा हो कि बाद में फिर कभी कोई चयन करने की आवश्यकता ही न पड़े। स्पष्ट ही ऐसी स्थिति तब आ सकती है जब कार्य और अकार्य का द्वन्द्व ही समाप्त हो जाय। अर्थात् नैतिकतारूपी नाटक का पटाक्षेप ही हो जाय। लेकिन जब तक मनुष्य का सांसारिक जीवन कायम रहता है, अर्थात् जब तक वह एक चिंतनशील जीव के रूप में कायम रहता है, तब तक उसका वह कार्याकार्यपरक द्वन्द्व समाप्त नहीं हो सकता; और जब तक इस नैतिकतारूपी नाटक का पूर्ण पटाक्षेप नहीं हो जाता, तब तक मनुष्य इस नाटक में भाग लेने से अपने को बचा भी नहीं सकता। मनुष्य अपने तात्त्विक रूप में इस नाटक में भाग लेने को बाध्य नहीं है। वह तो भ्रम में फँस जाने के कारण ही नैतिकता के नाटक में भाग लेने को बाध्य होता है। अतः जैसे ही

वह यह समझने में समर्थ हो जाता है कि वह वस्तुतः परमात्मा है, अर्थात् जैसे ही उसे 'अहं ब्रह्मास्मि' परक अनुभूति हो जाती है, वैसे ही न तो उसका जीवत्व रहता है, न ही कोई नैतिक द्वन्द्व और न ही किसी प्रकार की नैतिक बाध्यता। इस प्रकार हम देखते हैं कि मनुष्य का चरम लक्ष्य अपने आपको सम्यक् रूप से जानना ही होता है और यही आत्मज्ञान या आत्मसाक्षात्कार है। चूँकि मनुष्य इस आत्मज्ञान के द्वारा अपनी जैविक व्यक्तित्वपरक खामियों को दूर कर अपनी वास्तविक परिपूर्णता की अनुभूति प्राप्त कर लेता है, इसलिए इस अनुभूति पर आधारित मत को आत्मपूर्णतावाद या पूर्णतावाद कहते हैं।

14.1.2 पाश्चात्त्य मत

आत्मपूर्णता या आत्मसाक्षात्कार या आत्मज्ञान जैसा नैतिक आदर्श केवल भारतीय विचारधारा में ही नहीं पाया जाता, ऐसा आदर्श तो पाश्चात्त्य विचारधारा में भी पाया जाता है। पाश्चात्त्य निरपेक्ष प्रत्ययवाद तो इस नैतिक आदर्श का एक बहुत प्रबल समर्थक है। हम इस प्रसंग में यहाँ सुविख्यात पाश्चात्त्य प्रत्ययवादी एफ़०एच० ब्रैडले के नैतिक आदर्शसम्बन्धी विचारों की एक संक्षिप्त रूपरेखा प्रस्तुत करेंगे। ब्रैडले उन्नीसवीं शताब्दी के अन्त और बीसवीं शताब्दी के प्रारम्भ में इंगलिस्तान के एक बहुत प्रभावशाली दार्शनिक थे। उनके अनुसार जिस तरह ज्ञानप्रक्रिया में ज्ञाता तथा ज्ञेय में एक प्रकार से सामंजस्य स्थापित हो जाता है और इस तरह वे मानो एकीकृत हो जाते हैं, उसी तरह नैतिक आचारण में भी कर्ता तथा कर्म में एक प्रकार से सामंजस्य स्थापित हो जाता है और इस कारण वे भी मानो एक दूसरे के साथ घुल-मिल जाते हैं। इस प्रकार के परस्पर मिलन से कर्म जो आंशिक रूप से बाह्य होता है मानो कर्ता में समाविष्ट हो जाता है। और यह समावेशपरक प्रक्रिया तब तक चलती है, जब तक पूरा विश्व ही प्रकारांतर से कर्ता में समाविष्ट नहीं हो जाता। इस तरह के समावेश के समाप्त होने पर ही कर्ता अपने सही स्वरूप को जान पाता है, क्योंकि तभी वह अपने पूर्णत्व का अनुभव प्राप्त कर सकता है। और ऐसा अनुभव ही तो उसका आत्मसाक्षात्कार है।

इस प्रकार हम देखते हैं कि पाश्चात्त्य एवं प्राच्य दोनों विचारधाराओं में नैतिकता को आध्यात्मिक रूप दे दिया गया है। स्पष्ट ही कर्ता अपने नैतिक दायित्व से तभी मुक्त हो सकती है जब उसके लिए नैतिक अंतर्द्वन्द्व की सम्भावना ही समाप्त हो जाय। और ऐसी समाप्ति तभी सम्भव हो सकती है जब मनुष्य पूरे विश्व को ही अपने में आत्मसात् कर ले और इस प्रकार स्वयं ही संपूर्ण बन जाय। स्पष्ट ही संपूर्णत्व में अंतर्द्वन्द्व या संघर्ष सम्भव नहीं हो सकता। पूर्ण तो बिलकुल प्रेममय ही हो सकता है।

14.2 पूर्णतावाद की समीक्षा

अब हम पूर्णतावाद की समीक्षा करेंगे। हमारे विचार से यह सिद्धांत तो नैतिकता को ले ही डूबता है। किंतु आलोचना के पहले हम इसके कुछ गुणों पर दृष्टिपात कर लेना चाहेंगे।

14.2.1 पूर्णतावाद के गुण

14.2.1.1 आत्मनिर्माण पर बल

हम जानते हैं कि नैतिक विकास के लिए कर्ता का होना जरूरी होता है। और कोई कर्ता नैतिक परिधि में तभी आ सकता है जब उसका कर्म उसके संकल्प पर ही आधारित हो, अर्थात् जब उसका कर्म उसके द्वारा स्वतंत्र रूप से ही किया गया हो। फलस्वरूप उसके कर्म की नैतिकता कर्म के केवल परिणामों के आधार पर नहीं, वरन् कर्ता की उन चारित्रिक

विशिष्टताओं के आधार पर भी आँकी जाती है जो कर्मनिष्पादन में प्रभावकारी भूमिका अदा करती हैं। यही वजह है कि कर्म की नैतिकता के निर्धारण में कर्ता के प्रेरक और अभिप्राय को बहुत अधिक महत्त्व दिया जाता है। और इसी वजह से नैतिकता के संदर्भ में मनुष्य के चरित्रनिर्माण पर सर्वाधिक बल दिया जाता है। किसी व्यक्ति का नैतिक चरित्र उत्कृष्ट तभी माना जा सकता है, जब वह व्यक्ति बिलकुल स्वाभाविक तौर पर नैतिक कर्म करने लगे। नैतिक कर्म के लक्षण हम ऊपर विवेचित कर चुके हैं। और हमने ऊपर यह भी स्पष्ट कर दिया है कि नैतिकता का एक प्रमुख अंग आत्मनिर्माण है। और यह आत्मनिर्माण प्रकारांतर से पूर्णताप्राप्ति ही है। इस प्रकार हम देखते हैं कि नैतिकता का पूर्णतावाद से घनिष्ठ सम्बन्ध है।

पूर्णता को हम एक दूसरे अर्थ में भी ले सकते हैं। मनुष्य के मानसिक जीवन के अनेक आयाम होते हैं। उसके जीवन का एक आयाम बौद्धिक है, तो दूसरा भावात्मक और तीसरा क्रियात्मक। इन सभी आयामों में प्रगति की सम्भावनाएँ असीम हैं। बुद्धि, भावना और संकल्प तीनों की क्षमताओं का कोई अंत नहीं है। विज्ञान, कला एवं कर्म के क्षेत्रों में उपलब्धियों के कीर्तिमान दिन दूने और रात चौगुने बढ़ते ही जा रहे हैं। एक प्रकार से मनुष्य का यह नैतिक कर्तव्य ही हो जाता है कि वह इन क्षेत्रों में निरंतर प्रगति करता रहे और पूर्णत्व की ओर बढ़ता रहे। इस प्रकार पूर्णता एक नैतिक आदर्श का रूप ले लेती है और यही नैतिक पूर्णतावाद है।

14.2.1.2 स्वार्थवाद और परार्थवाद का समंजन सम्भव

हमने ऊपर देखा है कि नैतिकता में स्वार्थपरता को स्थान नहीं मिल सकता। परार्थ के लिए स्वार्थ का त्याग ही नैतिकता का मूलमंत्र होता है। सबों के हित के लिए आत्मबलिदान करना ही नैतिक दृष्टि से अत्यंत उत्कृष्ट माना जाता है। किन्तु इस तरह का बलिदान करने में कौन समर्थ हो सकता है? स्पष्ट ही वही जिसमें आत्मबल हो। अतः आत्मबल का नैतिकता में अत्यंत महत्त्वपूर्ण स्थान होता है। किंतु आत्मबली एक अर्थ में निश्चय ही स्वार्थी होता है, क्योंकि वह बहुत अधिक निष्ठा के साथ अपना ही चरित्रनिर्माण करता है। इस तरह चरित्रनिर्माण में मनुष्य को एक तरह से स्वार्थी बनना ही पड़ता है। मैं आपको यह भले ही बता दे सकता हूँ कि आपको अपने चरित्रनिर्माण में क्या करना चाहिए और किन बातों पर ध्यान देना चाहिए, पर मैं अपनी ओर से आपके चरित्र को निर्मित नहीं कर दे सकता। इस प्रकार हम देखते हैं कि पूर्णतावाद में जहाँ एक ओर आत्मनिर्माण के द्वारा एक प्रकार की स्वार्थसिद्धि होती है, वहीं दूसरी ओर इस आत्मनिर्माण के द्वारा स्वार्थपरता पर विजय पाकर लोककल्याण को चरितार्थ करके परार्थसिद्धि भी सम्भव बनायी जा सकती है। इस तरह यह सिद्धांत स्वार्थवाद और परार्थवाद में एक बढ़िया समन्वय स्थापित करने में समर्थ हो जाता है। ऐसा समन्वय इसलिए सम्भव हो सकता है कि विश्वप्रेम के लिए आत्मप्रेम को ऐसे रूप में ढाला जाता है कि आत्मप्रेम विश्वप्रेम के लिए बाधक न बन कर साधक ही बन जाये। आत्मप्रेम का इस तरह साधक बनना इस बात पर निर्भर है कि वह अपनी आत्मपरक विशिष्टता को कायम रखते हुए ही परपरक कार्यों के निष्पादन में सहायक हो। अतः यह मानना अनर्गल नहीं है कि स्वार्थवाद और परार्थवाद में एक विशेष ढंग से सामंजस्य स्थापित हो सकता है।

14.2.1.3 सुखवाद और कर्तव्यवाद में भी समन्वय सम्भव

हमने पहले देखा है कि सुखवाद और कर्तव्यवाद में विरोध रहता है। जहाँ सुखवाद कहता है कि हमें सुख पाने के लिए ही कोई कार्य करना चाहिए, वहीं कर्तव्यवाद कहता है

कि हमें कोई कार्य केवल कर्तव्य क्रियान्वित करने की दृष्टि से ही करना चाहिए, चाहे उस क्रियान्वयन से सुख मिले या न मिले। हमने ऊपर देखा है कि पूर्णतावाद में कर्ता द्वारा किसी कार्य का क्रियान्वयन यांत्रिक ढंग से नहीं, वरन् विश्व को एक तरह से अपने में आत्मसात करके ही किया जाता है। अतः नैतिक आचरण से इन्द्रियों की यांत्रिक संतुष्टि नहीं होती, वरन् उसके द्वारा कर्तव्यों का अनुपालन ही होता है। पूर्णतावाद में वैसे सुखों को प्रश्रय नहीं दिया जाता जिनकी अनुशंसा बेन्थम जैसे सुखवादियों ने की है। पर यह तो सही है कि पूर्णतावाद द्वारा अनुशंसित किसी नैतिक कर्तव्य को क्रियान्वित करने से सुख अवश्य मिलता है। इस सुख को इन्द्रिय-सुख से अलग करने के लिए हम इसे कभी-कभी आनन्द कहते हैं। आत्मा की पूर्णता में इस प्रकार के आनन्द का अत्यंत महत्त्वपूर्ण स्थान रहता है। अनेक भारतीय विचारकों ने इस आनन्द को सच्चिदानन्द में स्थान दिया है। इस प्रकार हम देखते हैं कि पूर्णतावाद में कर्तव्यवादियों के कर्तव्यपालनपरक तथा परिणामवादियों के सुखप्राप्तिपरक विचारों का एक सुन्दर समन्वय स्थापित हो सका है।

14.2.2 पूर्णतावाद की आलोचना

पूर्णतावाद यों तो बहुत आकर्षक प्रतीत होता है, पर उसके सम्बन्ध में गहनता से जाकर विचार करने पर यह देखा जा सकता है कि यह सिद्धांत नैतिकता को एक प्रकार का नाटक ही मानता है। इस मत के अनुसार मनुष्य वास्तविक रूप में या तो एक शाश्वत एवं असीम तत्त्व है या फिर ऐसे तत्त्व का एक अंश ही है। ऐसी स्थिति में मनुष्य के समक्ष वास्तविक रूप से न तो कोई भेद उपस्थित हो सकता है और न ही कोई संघर्ष। पर हम जानते हैं कि नैतिकता के लिए भेद और संघर्ष का होना नितांत आवश्यक है। यदि मनुष्यों में किसी भी तरह पारस्परिक भेद सम्भव ही न हो, तो फिर उनके लिए प्रेम की नैतिकता का प्रश्न ही नहीं उठ सकता। और यदि किसी स्वाभाविक इच्छा के विरुद्ध संघर्ष कर के किसी अप्राप्त आदर्श को पाने की बात ही सही न हो, तो नैतिकता का प्रश्न ही नहीं उठ सकता। और, जैसा हमने देखा है, पूर्णतावाद में मनुष्य का लक्ष्य ही होता है अपने आपको एक पूर्ण सत्ता के रूप में केवल पहचान लेना। ऐसा इसलिए कि वह वास्तविक रूप में एक भेदरहित शाश्वत एवं पूर्ण सत्ता तो होता ही है। अब यदि भेद तथा तज्जन्य संघर्ष वास्तविक रूप से सही नहीं हैं, अर्थात् यदि वे मात्र नाटकीय हैं, तो फिर उनको पाटने या दूर करने की क्रिया भी नाटकीय ही होगी। और तब यहाँ यह प्रश्न भी उठाया ही जा सकेगा कि क्या मनुष्य एक नाटकीय व्यापार करके अपने आपको एक वास्तविक रूप से पूर्ण सत्ता के रूप में पहचान सकता है।

यदि इसे स्वीकार कर भी लिया जाय कि नैतिकता आत्मज्ञान के लिए एक आवश्यक साधन होती है, तो इसका तात्पर्य यही होगा कि मनुष्य को नैतिकता का अतिक्रमण करना ही चाहिए, क्योंकि नैतिकता की संघर्षयुक्त परिधि से बाहर निकल कर ही मनुष्य अपना आत्मज्ञानपरक अंतिम लक्ष्य प्राप्त कर सकता है। यह लक्ष्य संसार से मोक्ष पाना है और यही परमपुरुषार्थ है। धर्म, अर्थात् नैतिक आचरणपरक पुरुषार्थ, परमपुरुषार्थ नहीं हो सकता, अधिक-से-अधिक यह परमपुरुषार्थ हासिल करने का एक साधन ही हो सकता है। इस प्रकार हम देखते हैं कि पूर्णतावाद ने नैतिकता को असम्भव ही बना दिया है। और यदि साधन के रूप में उसे स्वीकार किया भी गया है तो उसे अतिक्रमणीय बनाकर उसके महत्त्व को नष्ट ही कर दिया गया है। भारतीय एवं पाश्चात्य दोनों विचारधाराओं के अनुसार आत्मपूर्णता का लक्ष्य आत्मसाक्षात्कार ही है, जिसका वास्तविक अर्थ उनके तत्त्व-विचारों के आलोक में ही समझा जा सकता है। इन दोनों के तत्त्व-विचारों को निरपेक्ष प्रत्ययवाद कहा जाता है। भारत

के शंकराचार्य तथा पाश्चात्त्य जगत् के ब्रैडले इसी निरपेक्ष प्रत्ययवाद के अतिविख्यात समर्थक हो गये हैं। ये लोग तथा इस मत को मानने वाले अन्य विचारक नैतिकता को अंतिम रूप से सत्य नहीं मानते और ये सभी विचारक लोगों को उसका अतिक्रमण करने अर्थात् उसकी परिधि से बाहर निकल जाने का ही उपदेश देते हैं। उनके अनुसार मनुष्यों का अंतिम लक्ष्य कर्मसंन्यास ग्रहण करके परम तत्त्व में विलीन हो जाना ही होता है।

पर क्या निरपेक्ष प्रत्ययवाद विश्व की सही व्याख्या करने में सफल हो पाता है? पाश्चात्त्य तथा प्राच्य दोनों दार्शनिक विचारधाराओं के अंतर्गत विश्व की व्याख्या के लिये ऐसे अनेक अन्य मत भी प्रस्तावित हुए हैं जो विश्व को न तो प्रत्ययात्मक मानते और न ही एकात्मक। इन मतों के दार्शनिकों ने निरपेक्ष प्रत्ययवाद के विरुद्ध बहुत सारे ठोस तर्क प्रस्तावित किये हैं। ऐसी स्थिति में निश्चय ही यह मानना अत्यन्त कठिन है कि निरपेक्ष प्रत्ययवाद ही अंतिम रूप से सही है और इस कारण मनुष्य का अंतिम लक्ष्य कर्मसंन्यास लेकर परम तत्त्व में विलीन हो जाना ही है। हम उपर्युक्त संदर्भ में यहाँ किसी लंबे तात्त्विक विवेचन में फँसना नहीं चाहते। अतः हम यहाँ केवल नैतिकता के सम्बन्ध में ही विवेचन करेंगे। उल्लेखनीय है कि जब हम किसी पूर्वाग्रह से मुक्त होकर नैतिकता के सम्बन्ध में विचार करना चाहते हैं, तब हमारे लिए नैतिकता को महज एक भ्रांति मान लेना अत्यंत कठिन हो जाता है। यह तो एक अकाट्य सत्य है कि हम अपनी इच्छाओं और आकांक्षाओं के अनुरूप काम करना चाहते हैं और इस कारण हमारे तथा समाज के अन्य लोगों के बीच अनेक तरह के संघर्ष उठ खड़े होते हैं। पर चूँकि हमारे लिये समाज की अवहेलना करना भी सम्भव नहीं होता, इसलिये हमारे सामने यह प्रश्न उठ खड़ा होता है कि हमें अपनी इच्छाओं और आकांक्षाओं के अनुरूप ही काम करना चाहिए या अन्य लोगों के हित को ध्यान में रखकर भी काम करना चाहिए। और यही प्रश्न तो नैतिकता का प्रश्न है। और इसी प्रश्न का उत्तर नीतिशास्त्र देता है। इस प्रकार हम देखते हैं कि नैतिकता के लिये मनुष्यों की अनेकता और उनके बीच संघर्षों का होना आधारभूत तथ्य हैं। स्पष्ट ही ऐसे संदर्भ में किसी सार्थक विवेचन का उद्देश्य यह नहीं हो सकता कि किस तरह मनुष्यों की अनेकता को भ्रांतिपूर्ण माना जाय, बल्कि यह कि उनके संघर्षों का किस तरह अंत हो सके। जो लोग मानव संघर्षों को भ्रांतिपूर्ण मानकर उनका अतिक्रमण कर दिये जाने की सलाह देते हैं, वे लोग नैतिकता के महान् उद्देश्य को बिलकुल नजरअंदाज ही कर देते हैं। ऐसे लोग तो नैतिकता को तत्त्वविचार के साथ अनुचित ढंग से जोड़कर उसकी स्वरूपगत विशिष्टता पर ही कुठाराघात कर देते हैं। नीतिशास्त्रियों के लिये तो उचित यही है कि वे पूरी तरह पूर्वाग्रह रहित होकर और नैतिक दृष्टि का पूरा-पूरा सम्मान करते हुए लोगों को यह बतलावें कि इस दृष्टि के अनुसार उन्हें क्या करना चाहिए और क्या नहीं। नैतिकता कर्मसंन्यास का ढोल नहीं पीट सकती। यहाँ यह उल्लेखनीय है कि मनुष्य को नैतिक कार्य करने के लिये एक विशेष प्रकार का मनुष्य बनना पड़ता है। कोई कार्य कोई कर्ता ही कर सकता है। अतः यदि कर्ता नैतिक कार्य करने में सक्षम ही न हो, तो वह नैतिक कार्य कर नहीं सकता। इसीलिये चरित्रनिर्माण पर विशेष बल दिया जाता है। और इस वजह से आत्मनिर्माण या आत्मविकास भी जरूरी हो जाता है। अतः हम पूर्णतावाद को उस हद तक प्रासंगिक मान ले सकते हैं जिस हद तक वह आत्मनिर्माण या आत्मविकास को महत्त्व देता है। कर्ता को हम दो कारणों से महत्त्व दे सकते हैं। एक तो यह कि कोई कार्य करने के लिये कर्ता ही संकल्प लेता है। कर्ता यदि अपने जैविक स्तर पर तथा/या सहज प्रवृत्तियों के स्तर पर ही स्थिर रहे, तो वह कोई नैतिक आचरण नहीं कर सकता। ऐसा आचरण करने के लिये उसे अपने जैविक उद्वेगों तथा सहज प्रवृत्तियों पर विजय पाना ही होता है और फिर नैतिक दृष्टि के अनुकूल कार्य करने का मन बनाना ही पड़ता है। इसके

लिये दृढ़ निश्चय एवं संकल्प की आवश्यकता होती है जो कर्ता की पर्याप्त नैतिक प्रगति से ही सम्भव हो सकते हैं। चूँकि पूर्णतावाद इस प्रकार की नैतिक प्रगति को बहुत महत्त्व प्रदान करता है, इसलिये यह उस कारण एक स्वागतयोग्य एवं स्वीकार्य मत हो जाता है।

कर्ता के महत्त्व का दूसरा कारण यह है कि उसकी क्षमताओं के उचित विकास से ही नैतिकता सम्भव हो सकती है। हमने ऊपर देखा है कि मनुष्य एक बौद्धिक प्राणी है। और इस कारण उसकी शारीरिक, भावनात्मक तथा क्रियात्मक क्षमताओं का अधिकाधिक विकास होना भी सम्भव हुआ है। इन क्षमताओं के विकसित होने से मनुष्य बहुत तरह के नये-नये कार्य करने में समर्थ हो जाता है। यह सच है कि सभी व्यक्ति आईन्स्टाईन[1] नहीं बन जा सकते और न कालिदास या शेक्सपीयर[2] ही। पर तब यह भी सच ही है कि सभी व्यक्तियों को अपनी-अपनी क्षमताओं के अनुसार अपना-अपना विकास अवश्य करना चाहिए; और साथ ही साथ अन्य सबों को उत्कृष्टता के सोपान में अधिकाधिक ऊँचाई तक पहुँचने का प्रयास भी अवश्य करना चाहिए। यह सही है कि उत्कृष्टता की कोई ऊपरी सीमा नहीं होती और इस कारण उसे निश्चित रूप से ध्यान में रखकर कोई प्रयास किया नहीं जा सकता। पर कोई आदर्श आखिरकार एक आदर्श ही तो होता है और उसका ऐतिहासिक रूप में चरितार्थ करना सम्भव नहीं हो सकता। अतः किसी व्यक्ति द्वारा पूर्णत्व प्राप्त कर लेना भी ऐतिहासिक नहीं हो सकता, यद्यपि पूर्णत्व प्राप्त करने का प्रयास ऐतिहासिक रूप अवश्य ले सकता है। पूर्णतावाद के इस सर्वआयामी आत्मोत्थानपरक पक्ष की नैतिक प्रासंगिकता कितनी है यह एक विवादग्रस्त विषय है। मैं यदि आइन्स्टाईन या कालिदास नहीं बन सका, तो इसके लिये मेरी नैतिक भर्त्सना नहीं की जा सकती। और यह भी तो निश्चित रूप से नहीं कहा जा सकता कि मैं यदि वैसा बनना चाहता भी, तो मैं वैसा बन ही जा सकता था। पर एक सामान्य रूप से स्वस्थ व्यक्ति से जितना आत्मविकास या आत्मोत्थान अपेक्षित है, उतना उसके द्वारा सुनिश्चित कर लेना उसका नैतिक कर्तव्य हो जाता है। और यदि वह उस कर्तव्य को क्रियान्वित नहीं करता है, तो वह नैतिक भर्त्सना का पात्र अवश्य ही बन जाता है। इस प्रकार हम देखते हैं कि पूर्णतावाद को इस दृष्टिकोण से नैतिकता के क्षेत्र में भी महत्त्व दिया ही जा सकता है।

अब यहाँ यह प्रश्न उठ सकता है कि यदि मनुष्य के द्वारा अपनी निहित क्षमताओं का विकास करना उसका नैतिक कर्तव्य है, तो क्या उसकी उन आकांक्षाओं की पूर्ति उसका नैतिक कर्तव्य नहीं है जिन्हें हम आध्यात्भिक आकांक्षाएँ कहते हैं। निश्चित ही हम इन आध्यात्मिक आकांक्षाओं में आत्मा का परमात्मा में मिलन, ईश्वर-दर्शन, ईश्वर-भक्ति, ईश्वर-सेवा, आदि आदि आकांक्षाओं को शामिल कर ले सकते हैं। पर क्या ये आकांक्षाएं नैतिक दायरे में आ सकती हैं? यदि आ सकती हैं, तो शायद आध्यात्मिक लक्ष्य को ही मनुष्य का अंतिम लक्ष्य मानना उचित होगा। और यह एक तथ्य है कि अनेक विचारक आध्यात्मिकता को ही नैतिकता की चरम परिणति मानते हैं। इस प्रकार निश्चय ही पूर्णतावाद और अधिक प्रभावकारी और महत्त्वपूर्ण बन जाता है।

किन्तु, जैसा हमने ऊपर भी कहा है, कोई लक्ष्य, जो परमात्मा या ईश्वर जैसी सत्ता से सम्बद्ध होता है, अत्यंत विवादग्रस्त हो जाता है। ऐसा इसलिए होता है कि परमात्मा या ईश्वर जैसी अलौकिक सत्ता का अस्तित्व ही विवादग्रस्त है। इस सम्बन्ध में हम विस्तृत विवेचन ऊपर कर ही चुके हैं। ऊपर हमने यह सिद्ध करने की चेष्टा की है कि नैतिकता को आध्यात्मिकता से कोई सम्बन्ध नहीं रहता। लेकिन क्या यह सही नहीं है कि मनुष्य में आध्यात्मिक आकांक्षाएँ होती हैं और ऐसी आकांक्षाएँ रखनेवाले मनुष्यों की संख्या बहुत अधिक है। निश्चय ही इन प्रश्नों के उत्तर सकारात्मक हैं। और ये उत्तर सकारात्मक अकारण

नहीं है। कार्यसिद्धि में विफलता, पारिवारिक या सांस्कृतिक प्रभावपरंपरा, दार्शनिक चिंतन, आदि आदि इन उत्तरों के सकारात्मक होने के कारण हैं। और फिर इन कारणों की वजह से अनेकानेक मनुष्य अपने कल्याण की संभावना को किसी सर्वशक्तिमान् पारलौकिक सत्ता से जोड़ देते हैं। मेरे विचार में ऐसे मनुष्यों को आध्यात्मिक आकांक्षा रखने की छूट होनी चाहिए। मनुष्य की स्वतंत्रता की एक अपनी गरिमा है। इसके बिना मनुष्य सही मायने में मनुष्य ही नहीं है। इस गरिमा का आदर करना निश्चय ही एक नैतिक कर्तव्य है। पर तब यह भी सही है कि मनुष्यों को उनके पूर्वाग्रहों, अन्धविश्वासों एवं हठधर्मिताओं से मुक्त कराना भी एक नैतिक कर्तव्य ही है। मनुष्य की निजी स्वतंत्रता पर तब तक कोई अंकुश नहीं लगाया जा सकता जब तक वह स्वतंत्रता नैतिकता के लिए कोई बाधा उत्पन्न नहीं करती। आध्यात्मिक उत्थान या ईश्वरप्राप्ति के लिए किया गया कोई कार्य तब तक वर्जित नहीं हो सकता जबतक वह नैतिकता के खिलाफ नहीं होता। किंतु, जैसा सर्वविदित है, मनुष्य देवी-देवताओं को प्रसन्न करने के लिये अपनी संतान तक की बलि दे देता है। स्पष्ट ही इस प्रकार का कोई आध्यात्मिक धर्मानुष्ठान अनुमोदित एवं अनुशंसित नहीं हो सकता। आध्यात्मिक धर्म को नैतिकता के आगे झुकना ही होगा। जब तक आध्यात्मिकता नैतिकता में किसी तरह का खलल नहीं डालती, तभी तक वह मनुष्य द्वारा अंगीकृत की जा सकती है। मनुष्य की व्यक्तिगत स्वतंत्रता मूल्यवान् अवश्य होती है, पर वह नैतिकता के मजार पर बैठकर अपना राग नहीं अलाप सकती। और, जैसा हमने ऊपर संकेत किया है, समाज का एक प्रकार से नैतिक कर्तव्य ही हो जाता है कि वह मनुष्य की आध्यात्मिकता को किसी तरह से किसी तरह के अंधविश्वास पर आधारित नहीं होने दे। इस संदर्भ में विज्ञान ही पथप्रदर्शक का काम कर सकता है।

ऊपर के विवेचन से यह स्पष्ट होता है कि मनुष्य आध्यात्मिक होने के लिए स्वतंत्र है। इसका तात्पर्य यह है कि यदि वह आध्यात्मिक होता है, तो ठीक है; और यदि नहीं होता है, तो वह भी ठीक है। पर, नैतिकता के सम्बन्ध में उसे ऐसी छूट नहीं मिल सकती। हमने ऊपर देखा है कि नैतिकता में एक प्रकार की बाध्यता रहती है। नैतिकता के साथ आप किसी प्रकार का खिलवाड़ नहीं कर सकते। आप यदि नैतिक आचरण नहीं करते हैं, तो आप भर्त्सना एवं दंड के भागी हो ही जाते हैं। किंतु यदि आप अपने को आध्यात्मिक साँचे में नहीं ढालते, तो आप भर्त्सना एवं दंड के भागी नहीं हो सकते। पर यहाँ यह विशेष रूप से उल्लेखनीय है कि जहाँ एक ओर नैतिकता में बाध्यता है, वहीं दूसरी ओर उसमें स्वतंत्रता भी है। लेकिन नैतिकता की बाध्यता एवं स्वतंत्रता में विरोध नहीं रहता। हमने ऊपर देखा है कि मनुष्य के व्यक्तित्व में तर्कबुद्धि एक आवश्यक अंग है। और यह तर्कबुद्धि ही नैतिकता की बाध्यता का कारण है। और फिर इसी की वजह से यह बाध्यता स्वतंत्रता का विरोध नहीं करती, क्योंकि स्वतंत्रता भी तो बुद्धि के कारण ही होती है। पर, आध्यात्मिकता में बौद्धिकता का अभाव रहता है, क्योंकि मूलतः यह विश्वास पर आधारित होता है। अतः इसमें जो बाध्यता रहती है, वह मनोवैज्ञानिक बाध्यता होती है। ऐसी बाध्यता वैयक्तिक स्तर की होती है जो बौद्धिक विवेचन के द्वारा दूर कर दी जा सकती है। इस बाध्यता को मनुष्य के व्यक्तित्व का कोई आवश्यक अंग नहीं माना जा सकता। अतः चूँकि आध्यात्मिकता की नींव पर ही पूर्णतावाद की पूरी इमारत खड़ी है और चूँकि आध्यात्मिकता को नैतिकता से कोई आंतरिक सम्बन्ध नहीं है, इसलिये नैतिक मानदंड के रूप में पूर्णतावाद को कोई महत्त्व नहीं दिया जा सकता। पूर्णतावाद नैतिकता के लिये प्रासंगिक ही नहीं है। वह तो, जैसा हमने ऊपर देखा है, एक प्रकार से नैतिकता का भंजन ही कर देता है।

❑

अध्याय 15

नैतिकता एवं मूल्य

15.1 मूल्य क्या है?

हमने पिछले अध्यायों में देखा है कि मनुष्य का यह नैतिक कर्तव्य होता है कि वह जनसाधारण के हित में सुख का उत्पादन एवं संवर्द्धन करे तथा समानता के आधार पर उस सुख का उचित आबंटन करे। लेकिन यहाँ यह प्रश्न उठ सकता है कि मनुष्य को सुख का उत्पादन तथा आबंटन क्यों करना चाहिए। साथ-ही-साथ यह प्रश्न भी उठ सकता है कि मनुष्य को दुःख या कष्ट का निराकरण तथा निवारण क्यों करना चाहिए। इन प्रश्नों के उत्तर में यह कहा जा सकता है कि सुख वांछनीय है तथा दुःख अवांछनीय। पर तब भी यह पूछा ही जा सकता है कि सुख क्यों वांछनीय है और दुःख क्यों अवांछनीय। निश्चय ही यह वांछनीयता या अवांछनीयता मूल्य पर ही आधारित हो सकती है। जहाँ मूल्य नहीं है वहाँ वांछनीयता के होने या नहीं होने का प्रश्न ही नहीं उठ सकता। अतः नीतिशास्त्र में मूल्य-विचार अत्यंत महत्त्वपूर्ण एवं आवश्यक हो जाता है।

अब प्रश्न उठता है कि मूल्य है क्या। अनेक विचारक यह मानते हैं कि मूल्य एक प्रकार की सत्ता है। कुछ विचारक तो चरम सत्ता और सर्वोच्च मूल्य में तादात्म्य ही स्थापित कर देते हैं। और इस तरह वे दोनों में कोई भेद मानते ही नहीं। जी॰ ई॰ मूर ने मूल्य के सम्बन्ध में कहा है कि मूल्य एक प्रकार का गुण है जो वस्तुओं में पाया जाता है। यह सही है कि उनके अनुसार मूल्यपरक गुण प्राकृतिक नहीं होता और इस कारण ऐसा गुण दैशिक तथा कालिक भी नहीं होता। उनके अनुसार ऐसे गुण अप्राकृतिक कहे जा सकते हैं, यद्यपि ये प्राकृतिक वस्तुओं तथा घटनाओं में विद्यमान रह सकते हैं। इस तरह तब प्रकारांतर से मूल्य सत्तात्मक तो होते ही हैं। अब यहाँ प्रश्न उठ सकता है कि क्या मूल्य वैयक्तिक अनुभूति के बिना भी सम्भव होता है? इस संदर्भ में मूर ने इस विश्व से भिन्न ऐसे दो विश्वों की कल्पना की है जिनमें किसी में भी किसी प्रकार के अनुभवकरनेवाले प्राणी नहीं रहते हैं। पर उनमें से एक विश्व ऐसे पदार्थों से भरा हुआ है जिनसे पृथ्वी के लोग घृणा करते हैं, और दूसरा विश्व ऐसे पदार्थों से भरा हुआ है जिन्हें यहाँ के लोग पसंद करते हैं। अब मूर इन दोनों अनुभवकर्ताविहीन विश्वों के सम्बन्ध में पूछना चाहते हैं कि क्या ये दोनों ही विश्व पूरी तरह मूल्यविहीन हैं। और वे अपनी ओर से यह उत्तर देते हैं कि इन दोनों विश्वों में मूल्यपरक भिन्नता है। जहाँ पहला विश्व खराब और असुंदर है, वहीं दूसरा विश्व अच्छा और सुंदर है। इस तरह मूर यह सिद्ध करना चाहते हैं कि मूल्य, चाहे वह शुभात्मक हो या अशुभात्मक, अनुभवकर्ता के अभाव में भी अस्तित्ववान् हो सकता है। पहला काल्पनिक विश्व निश्चय ही असुंदर है और दूसरा विश्व निश्चय ही सुंदर। सुंदरता और असुंदरता मूल्य हैं और वे अनुभवनिरपेक्ष सत्ताएँ भी हैं।

किन्तु यहाँ यह प्रश्न उठ सकता है कि अनुभवकर्ता के अभाव में हम किस आधार पर

उपर्युक्त विश्वों में से एक को सुंदर तथा दूसरे को असुंदर मान सकते हैं। यह सही है कि उपर्युक्त विश्वों में आकार या संरचना सम्बन्धी भिन्ताएँ अनुभवकर्ता के अभाव में भी हो सकती हैं। पर क्या मात्र आकार या संरचना के कारण सुंदरता या असुंदरता का अस्तित्व सम्भव हो सकता है? और फिर यह जरूरी नहीं है कि सभी लोग किसी आकार या संरचना विशेष को सुंदरता या असुंदरता का आधार मानने के लिए तैयार हो ही जाँय। यहाँ एक आपत्ति यह भी उठायी जा सकती है कि यद्यपि हमने उपर्युक्त दोनों विश्वों को अनुभवकर्ताविहीन मान लिया है, फिर भी जब हम एक को सुंदर और दूसरे को असुंदर कहते हैं तब हम उन विश्वों को परोक्ष ढंग से अनुभूत हुई या हो रही या होनेवाली वस्तुओं की परिधि में ले ही आते हैं। अर्थात् इन विश्वों को सुंदर या असुंदर कहने का तात्पर्य यही है कि यदि इन विश्वों को सौंदर्य की परख कर सकनेवाले व्यक्तियों द्वारा अनुभूत कराया जाय, तो वे लोग सामान्यतः अपने अनुभव के आधार पर इन विश्वों में पहले को असुंदर तथा दूसरे को सुंदर अवश्य करार देंगे। इस तरह यह कहा जा सकता है कि अननुभूत अवस्था में कोई वस्तु न तो सुंदर है और न ही असुंदर। मूल्य सत्ता नहीं होता और न ही सत्ता मूल्य होती है। अधिक से अधिक हम इतना ही कह सकते हैं कि मूल्य विभिन्न प्रकार की सत्ताओं के परस्पर सम्बन्ध पर आधारित एक विशेष प्रकार की अवधारणा है।

15.2 मूल्य और रुचि

विश्व की विभिन्न वस्तुओं का अस्तित्व उनके पारस्परिक सम्बन्ध पर निर्भर होता है। ऐसा सम्बन्ध इसलिये भी होता है कि अनेक वस्तुओं की अनेक आवश्यकताओं की पूर्ति अन्य वस्तुओं के द्वारा ही हो सकती है। उदाहरणस्वरूप किसी जीव की क्षुधापूर्ति विभिन्न भोज्य पदार्थों पर निर्भर होती है, या फिर किसी प्राणी की लैंगिक वासना की संतुष्टि अन्य उपयुक्त प्राणियों के साथ रति के द्वारा ही सम्भव होती है। ऐसे पारस्परिक सम्बन्धों के लिए यह नितांत आवश्यक है कि जीवों या प्राणियों में वातावरण में उपस्थित विषयों या प्राणियों के प्रति सम्बन्ध स्थापित करने की रुचि हो। यहाँ यह उल्लेखनीय है कि रुचि एक प्रकार की आवश्यकतापरक अपेक्षा है जिसके अनेक प्रकार हो सकते हैं। पौधों को जल या प्रकाश की अपेक्षा रहती है, पशुओं को घास की, नवजात शिशु को माता के स्तन के दूध की, वयस्क जनों को कामवासना की तृप्ति के लिए विषमलैंगिक वयस्कों की, धर्मानुरागी को सद्‌गुणोपार्जन की, आदि आदि। स्पष्ट ही इन सभी अपेक्षाओं का स्तर एक जैसा नहीं है। ऐसी स्थिति में क्या इन सभी अपेक्षाओं के लिए 'रुचि' शब्द का प्रयोग उचित हो सकता है? उत्तर नकारात्मक ही हो सकता है। जल या प्रकाश के लिए पौधों की अपेक्षा को हम रुचि नहीं कहते। शायद हम घास के लिए पशुओं की चाह को भी रुचि कहना नहीं चाहेंगे। पर हम स्त्रियों या पुरुषों की कामपरक चाह को रुचि की संज्ञा देना चाहेंगे, और धर्माचारी के धर्माचरणपरक रुझान को भी रुचि ही कहेंगे। विश्व की सभी वस्तुएँ एक-दूसरे पर अनेकानेक प्रकारों से निर्भर हैं; उनकी यह निर्भरता या तो भौतिक या जैविक या फिर मनोवैज्ञानिक स्तर पर हो सकती है। जब किसी वस्तु या प्राणी के लिए अपेक्षा मनोवैज्ञानिक स्तर पर होती है, तब हम उसके लिए 'रुचि' शब्द का प्रयोग करते हैं। अतः रुचि एक मनोवैज्ञानिक प्रत्यय है, यह न तो भौतिक और न ही जैविक प्रत्यय है। स्पष्ट ही 'रुचि' शब्द का प्रयोग मनोवैज्ञानिक ही माना जा सकता है।

हमने ऊपर संकेत किया है कि मूल्य अपने आप में कोई सत्ता नहीं होती। वह तो विभिन्न वस्तुओं के विभिन्न प्रकार के सम्बन्धों पर आधारित एक अवधारणा है। हमने ऊपर देखा है कि वस्तुओं के अनेक आपसी सम्बन्धों में रुचिपरक सम्बन्ध भी एक है। और फिर इस रुचि

के कारण अनेकानेक अन्य सम्बन्ध स्थापित हो सकते हैं। और इस रुचि का जो विषय होता है, वह मूल्यवान् माना जाता है। और ऐसे मूल्यवान् विषय को भी हम मूल्य कहते हैं। उपर्युक्त कारणों से हम कह ही सकते हैं कि मूल्य की अवधारणा रुचि का ही एक प्रतिफलन है। अतः जहाँ रुचि नहीं है, वहाँ मूल्य नहीं है। और फिर जहाँ रुचि रखनेवाले व्यक्ति नहीं हैं, वहाँ मूल्य नहीं हो सकता। इस तरह यह स्पष्ट हो जाता है कि मूल्य रुचिसापेक्ष होता है और रुचि का विषय ही मूल्यवान् होता है।

यहाँ मूल्य और मूल्यवान् में भेद करना आवश्यक है। हमने ऊपर कहा है कि रुचि का विषय ही मूल्यवान् होता है। जैसे यदि मेरी रुचि का विषय भोजन है, तो भोजन मेरे लिए मूल्यवान् है। आपकी रुचि यदि संगीत में है, तो संगीत आपके लिए मूल्यवान् है। मूल्यवान् वस्तुएँ अनेक प्रकार की हो सकती हैं—भौतिक पदार्थ, मानसिक स्थितियाँ, गुण, कर्म, विश्वास की वस्तुएँ, आदि आदि। सभी प्रकार के मूल्यवान् पदार्थों के उस सामान्य लक्षण को जिस कारण वे सभी पदार्थ मूल्यवान् हैं हम मूल्य कह सकते हैं। किन्तु जैसा हमने ऊपर भी कहा है, जब तब मूल्यवान् पदार्थों को भी मूल्यों के रूप में ही वर्गीकृत कर दिया जाता है। अब यहाँ एक प्रश्न यह उठ सकता है कि यदि रुचि का विषय मूल्य है, तो अरुचि का विषय क्या हो सकता है। स्पष्ट ही अरुचि का विषय भी एक प्रकार का मूल्य ही है। पर वह विषय सकारात्मक मूल्य न होकर नकारात्मक मूल्य होता है। उदाहरण के लिए हम कष्ट या पीड़ा को ले सकते हैं। निश्चय ही यह अरुचि का विषय है। कोई प्राणी कष्ट या पीड़ा से बचना ही चाहता है। अतः कष्ट या पीड़ा नकारात्मक मूल्य है। हम इसे विमूल्य या कुमूल्य भी कह सकते हैं। ऐसे सभी पदार्थ जिन्हें लोग पाना नहीं चाहते, या जिनसे लोग बचना चाहते हैं, विमूल्य या कुमूल्य हैं। हम यह आगे विचार करेंगे कि लोग क्या पाना चाहते हैं और क्या नहीं पाना चाहते। और तब हम यह भी विचार करेंगे कि लोगों को क्या पाना चाहिए और क्या नहीं पाना चाहिए। स्पष्ट ही 'हैं' और 'चाहिए' में बहुत अंतर होता है। अतः यह बिलकुल सम्भव है कि लोग स्वभावतः जिस वस्तु को पाना चाहते हैं उस वस्तु को उन्हें नैतिक कारण से नहीं ही पाना चाहिए। मनुष्य की स्वाभाविक रुचि का विषय होने के कारण जो विषय मूल्यवान् माना जाता है, वह नैतिक दृष्टि से विमूल्य या कुमूल्य हो सकता है। अतः प्राकृतिक रुचि पर आधारित मूल्यों एवं नैतिक मूल्यों में बहुत अंतर हो सकता है। नैतिक मूल्यों का निर्धारण भी नीतिशास्त्र का एक प्रमुख अंग है।

15.3 मूल्यों का वर्गीकरण

मूल्यों का वर्गीकरण अनेक तरह से किया जा सकता है। हम इस वर्गीकरण के संदर्भ में विख्यात नीतिशास्त्री आर० बी० पेरी[1] तथा डब्ल्यू० के० फ्रैंकेना के विचारों की चर्चा करेंगे।

15.3.1 आर० बी० पेरी

पेरी ने अपनी पुस्तक *जेनेरल थ्योरि ऑफ वैल्यू*[2] के अंत में मूल्यों को सत्य, सौंदर्य तथा शिव जैसे तीन वर्गों में वर्गीकृत किया है। उनके अनुसार इस वर्गीकरण का आधार केवल मूल्यपरक ही नहीं है, बल्कि मनोवैज्ञानिक और ऐतिहासिक भी है। यह मूल्यपरक इसलिए है कि इसमें सत्य, सौंदर्य तथा शिव को मूल्यों के रूप में वर्गीकृत किया गया है। पर मनोवैज्ञानिक इसलिए कि इसे मन के तीन प्रकार के व्यापारों पर आधारित माना गया है। और फिर ऐतिहासिक इसलिए कि इतिहास में इसकी बहुत चर्चा हुई है और इसे बहुत अधिक महत्त्वपूर्ण माना गया है। पेरी ने तो कहा भी है कि इस वर्गीकरण के मूल में त्रिभागीय

मनोविज्ञान तथा दार्शनिक निरपेक्षवाद हैं। त्रिभागीय मनोविज्ञान के अनुसार मन के तीन प्रकार के व्यापार होते हैं—चिंतनात्मक, भावनात्मक तथा क्रियात्मक। इन तीन प्रकार के व्यापारों के लक्ष्य क्रमशः सत्य, सौंदर्य तथा शिव होते हैं। और फिर इन मूल्यों को दार्शनिक विवेचन के आधार पर निरपेक्ष सत्ता या ईश्वर के साथ भी जोड़ा जाता है। स्वयं पेरी इन विचारों को आपत्तिपूर्ण मानते हैं, क्योंकि उनके अनुसार इस वर्गीकरण को मनोवैज्ञानिक व्यापारों पर आधारित करना आपत्तिजनक है और फिर इसे निरपेक्ष सत्ता या ईश्वर के साथ जोड़ना तो आपत्तिजनक होता ही हैं।

इस संदर्भ में यह तो कहा ही जा सकता है कि सत्य को सभी प्रकार की स्थितियों में मूल्य नहीं माना जा सकता। 'सत्य' का प्रयोग उन परिस्थितियों में भी होता है जिनमें मूल्य की कोई भूमिका रहती ही नहीं है। मूल्य के रूप में सत्य की भूमिका तभी सम्भव है जब सत्य और असत्य में विभेद करके सत्य को प्राप्त करने का तथा असत्य को छोड़ने का विषय माना जाय। कल्पना कीजिये कि विश्व में ज्ञान प्राप्त करनेवाला कोई प्राणी है ही नहीं। लेकिन तब भी यह तर्कवाक्य कि 'पृथ्वी गोल है' सत्य ही है, क्योंकि वास्तविकता यही है कि पृथ्वी गोल है। यहाँ सत्यता कोई मूल्य नहीं है, बल्कि उपर्युक्त तर्कवाक्य का एक गुण या लक्षण है। इसी तरह असत्यता भी तर्कवाक्य का एक गुण या लक्षण ही होती है। यह गुण या लक्षण किसी तर्कवाक्य के वास्तविकता से मेल नहीं खाने के कारण सम्भव होता है। सत्यता तथा असत्यता मूल्य तभी हो सकती हैं जब उनके प्रति रुचि या अरुचि सम्भव हो जाय। और ऐसा तभी हो सकता है जब उनका सम्बन्ध किसी रुचि रख सकने वाले प्राणी से स्थापित हो जाय। रुचिनिरपेक्ष सत्यता को हम तार्किक सत्यता भले ही कह सकते हैं, पर इसे हम किसी तरह मूल्य नहीं मान सकते। अतः मूल्यों के वर्गीकरण में इस प्रकार की सत्यता को कोई स्थान नहीं मिल सकता। जैसा हमने ऊपर कहा है, पेरी ने उपर्युक्त वर्गीकरण को किसी सत्ता के साथ जोड़ने को उचित नहीं माना है। हम भी मूल्य-विचार में निश्चित ही ईश्वर को कोई स्थान देने के पक्ष में नही हैं। पर यदि कोई व्यक्ति अपने वैयक्तिक स्तर पर ईश्वर या ईश्वरप्राप्ति को ही सर्वोच्च मूल्य मानता है और वह अपने विचार को किसी अन्य व्यक्ति पर थोपना नहीं चाहता, तो नैतिक कारण से उसकी मान्यता के बारे में कोई आपत्ति नहीं उठाई जानी चाहिये। पर यथार्थतः नैतिकता चूँकि अंतर्वैयक्तिक होती है, इसलिए उसमें वैयक्तिक आस्था पर आधारित कोई मूल्य, चाहे वह ईश्वरपरक ही क्यों न हो, स्थान नहीं पा सकता।

पेरी ने उपर्युक्त मूल्यपरक वर्गीकरण को मनोवैज्ञानिक इसलिए माना है कि यह मन के तीन प्रकार के व्यापारों पर आश्रित है। पर इसे मनोवैज्ञानिक इस कारण भी माना जा सकता है कि अंततः कोई मूल्य रुचि का ही प्रतिफलन होता है और रुचि एक मनोवैज्ञानिक प्रवृत्ति ही है। रुचिपरक भिन्नताओं के कारण मूल्यों में प्रकार-भेद भी होता ही है। और, जैसा हमने पहले भी कहा है, रुचि सकारात्मक और नकारात्मक दोनों हो सकती है। हम किसी वस्तु को पाना चाह सकते हैं और किसी को छोड़ देना ही। प्रथम प्रकार की वस्तु में हमारी रुचि होती है, पर दूसरे प्रकार की वस्तु में हमारी अरुचि। अतः जहाँ पहले प्रकार की वस्तुएँ हमारे लिए मूल्य हैं, वहीं दूसरे प्रकार की वस्तुएँ हमारे लिए विमूल्य हैं। पहला मूल्य सकारात्मक है, और दूसरा नकारात्मक।

यहाँ यह उल्लेखनीय है कि रुचि आत्मकेन्द्रित हो सकती है और समाजकेन्द्रित भी। मैं जब केवल अपने सुख में रुचि रखता हूँ, तब रुचि आत्मकेन्द्रित होती है। किन्तु जब मेरी रुचि जनसाधारण के सुख से सम्बद्ध होती है, तब वह समाजकेन्द्रित हो जाती है। इस प्रकार

हम देखते हैं कि मूल्यों की मनोवैज्ञानिक पृष्ठभूमि अत्यन्त महत्त्वपूर्ण हो सकती है। यह पृष्ठभूमि रुचियों एवं तज्जनित मूल्यों के अनेकानेक आयामों को स्पष्ट करने में बहुत सहायक सिद्ध होती है।

पेरी ने उपर्युक्त वर्गीकरण को ऐतिहासिक भी कहा हैं। वे इसे ऐतिहासिक इसलिए मानते हैं कि उनके अनुसार इस तरह का वर्गीकरण अतीत में प्रायः ही किया जाता रहा है। ऐतिहासिक होने के अलावे चूँकि मूल्यों का निर्धारण ज्ञान, नीति, अर्थ, सौंदर्य, राजनीति, धर्म, आदि के संदर्भ में भी किया जा सकता है, इसलिए मूल्यों को हम संदर्भानुसार ज्ञानात्मक, नैतिक, आर्थिक, सौंदर्यपरक, राजनीतिक, धार्मिक, आदि भी मान सकते हैं। ऐसे वर्गीकरण भी अत्यन्त महत्त्वपूर्ण होते हैं, क्योंकि मनुष्य के जीवन में विज्ञान, नैतिक कर्म, आर्थिक उद्योग, ललित कला, राजकीय प्रशासन, आध्यात्मिक धर्म, आदि का अत्यन्त महत्त्वपूर्ण स्थान रहता है। यहाँ यह भी उल्लेखनीय है कि मूल्यों की बारीकी से समीक्षा बहुत जरूरी है क्योंकि उसी के आधार पर इनकी सीमाओं का सही निर्धारण किया जा सकता है और इन्हें सही ढंग से सुसंगठित भी किया जा सकता है।

15.3.2 विलियम के० फ्रैंकेना

फ्रैंकेना ने सर्वप्रथम मूल्यों को नैतिक तथा नीतिनिरपेक्ष दो वर्गों में विभाजित किया है। जैसा हम जानते हैं, नैतिक मूल्य सभी वस्तुओं से सरोकार नहीं रखता। यह केवल मनुष्य के चरित्र, अभिप्राय, कर्म, जैसे विषयों से ही सरोकार रखता है। प्रश्न उठता है कि नैतिक मूल्य मानव व्यक्तित्व के केवल उपर्युक्त अंगों से ही सरोकार क्यों रखता है। यहाँ यह उल्लेखनीय है कि ये सब अंग महज मनोवैज्ञानिक होने के कारण ही नैतिक परिधि में नहीं आते। हमने ऊपर देखा है कि किसी कर्ता को नैतिक कर्म करने के लिए एक विशेष प्रकार के मानदंड का अनुसरण करना पड़ता है, जिसे हम नैतिक मानदंड कहते हैं। और हम ऊपर देख चुके हैं कि नैतिक मानदण्ड लोकसुख का उत्पादन और उसके निष्पक्ष आबंटन से ही सम्बद्ध रहता है। जो कर्म इस मानदण्ड के अनुकूल होते हैं, वे और केवल वे ही नैतिक दृष्टि से मूल्यसम्पन्न हो सकते हैं। स्पष्ट ही इसी नैतिक मानदण्ड के आलोक में मनुष्य के व्यक्तित्व, मानसिक व्यापारों तथा कर्मों के सम्बन्ध में यह निर्णय लिया जा सकता है कि वे नैतिक दृष्टि से अच्छे हैं या बुरे। यहाँ उल्लेखनीय है कि नैतिक मानदण्ड की भूमिका किसी कर्म के निष्पन्न होने के पहले की उसके कर्ता की मानसिक स्थिति के लिए तथा कर्म के निष्पन्न हो जाने के बाद की परिस्थिति के लिए भी रहती है। जब हम किसी कर्म की पूर्वापर परिस्थितियों की जाँच नैतिक मानदण्ड के आलोक में करते हैं, तभी हम उस कर्म का नैतिक मूल्य निर्धारित कर सकते हैं। अब हम ऐसे मूल्यों के सम्बन्ध में विचार करेंगे, जिन्हें हम नीतिशून्य मूल्य या नीतिभिन्न मूल्य कह सकते हैं।

नीतिशून्य या नीतिभिन्न मूल्य वे हैं जो नैतिकता के परिप्रेक्ष्य में नहीं, वरन् उससे भिन्न या अलग परिप्रेक्ष्य में मूल्यवान् होते हैं। कैंची से हम कागज काट ले सकते हैं। अतः कैंची निश्चय ही एक मूल्यवान् वस्तु है। पर कैंची का मूल्य नैतिक नहीं है, क्योंकि कैंची के द्वारा कागज काट लिए जाने में नैतिकता की कोई प्रासंगिकता नहीं होती। अतः कैंची का यह मूल्य नीतिशून्य या नीतिभिन्न मूल्य है। फ्रैंकेना के अनुसार नीतिशून्य मूल्य निम्नलिखित प्रकार के होते हैं— उपयोगिता मूल्य, साधनता मूल्य, निहित मूल्य, आंतरिक मूल्य, योगदायक मूल्य तथा परम मूल्य। हम इन सबों की एक-एक कर व्याख्या करेंगे।

15.3.3 फ्रैंकेना के अनुसार नीतिशून्य मूल्यों के प्रकार

15.3.3.1 उपयोगिता मूल्य

यह मूल्य उस वस्तु को प्राप्त होता है जो किसी उद्देश्य को पूरा करने में उपयोगी सिद्ध होती है। मैं अपनी तरकारी छीलना चाहता हूँ। इसके लिए मैं एक छुरी का उपयोग करता हूँ। यहाँ छुरी को उपयोगिता मूल्य प्राप्त है। मैं किसी व्यक्ति को पीटना चाहता हूँ और उसके लिए मैं एक छड़ी का उपयोग करता हूँ। यहाँ छड़ी को उपयोगिता मूल्य प्राप्त है। यहाँ यह उल्लेखनीय है कि जो व्यक्ति छड़ी से पीटा जा रहा है वह व्यक्ति निर्दोष है। अतः इस व्यक्ति को पीटना नैतिक दृष्टि से तो अच्छा नहीं हो सकता। लेकिन तब भी छड़ी को उपयोगिता मूल्य तो प्राप्त रहता ही है। किसी वस्तु को निकट लाने में घड़ी मदद कर सकती है। इस प्रकार यह देखा जा सकता है कि उपयोगिता मूल्य नैतिकतापरक नहीं होता है।

15.3.3.2 साधनता मूल्य

यह मूल्य किसी साधन को उसके साध्य के परिप्रेक्ष्य में प्राप्त होता है। यह मूल्य उपयोगिता मूल्य से इस प्रकार भिन्न है कि जहाँ उपयोगिता मूल्य मुख्यतः उपयोगी वस्तु की अपनी कार्यक्षमता पर ही आधारित होता है, वहीं साधनता मूल्य साधन द्वारा साध्य को सिद्ध कर ले सकने की क्षमता पर आधारित होता है। धन को अपने आप में कोई मूल्य नहीं होता। पर वह साधन के रूप में मूल्य प्राप्त कर लेता है। यह साधनता मूल्य मानो एक बाहरी मूल्य है जो कोई भी वस्तु किसी साध्यसिद्धि को सम्भव बना ले सकने के कारण प्राप्त कर लेती है। यह सही है कि कृपण लोग अपनी रुग्ण मानसिकता के कारण धन को ही मूल्य प्रदान कर देते हैं। पर क्रयविक्रय के अभाव में उसे क्रयविक्रय सम्बन्धी कोई मूल्य प्राप्त नहीं हो सकता।

15.3.3.3 निहित मूल्य

निहित मूल्य उसे कहते हैं जो किसी वस्तु की अपनी संरचना के कारण उसमें विद्यमान रहता है, जैसे सौंदर्य। यह सही है कि सौंदर्यानुभूति में अनुभवकर्ता के निजी मनोवैज्ञानिक कारकों का भी योगदान रहता है, पर तब यह भी सही है कि सौंदर्यानुभूति में सुंदर मानी जानेवाली वस्तु की अपनी संरचना तथा उसके अपने अन्य लक्षणों का कम योगदान नहीं रहता। क्या कारण है कि ताजमहल को दुनिया के तमाम लोग सुंदर मानते हैं? उसका रंग-रूप, उसकी संरचना, उसके अवयव, उसकी पृष्ठभूमि, आदि कुछ ऐसे घटक हैं जो लोगों को उसे सुंदर मानने को विवश कर देते हैं और उसे देखने पर उन्हें आनन्द का अनुभव करने को मानो बाध्य कर देते हैं। अतः हम यह कह सकते हैं कि ताजमहल में सुंदरता अंतर्निहित है और उसकी सुंदरता उसका अंतर्निहित मूल्य है। यह मूल्य सम्बद्ध मूल्यवान् वस्तु की अपनी संरचना तथा अपने गुणों के कारण ही सम्भव होता है। न केवल कलाकृतियों के बल्कि प्राकृतिक रूप से सुंदर वस्तुओं में भी इसी प्रकार का अंतर्निहित मूल्य विद्यमान रहता है।

15.3.3.4 आंतरिक मूल्य

आंतरिक मूल्य लक्ष्यपरक होता है। कोई निहित मूल्य अपने आप में लक्ष्य नहीं हो जा सकता। इसके लिए उसे अनुभूतियोग्य मानने की जरूरत होती है। अनुभूतिनिरपेक्ष रूप में कोई निहित मूल्य लक्ष्य नहीं है, और इस कारण वह आंतरिक मूल्य भी नहीं है। आंतरिक मूल्य की एक विशेषता यह भी है कि ऐसे मूल्य की प्राप्ति में जो अनुभूति होती है वह संतोष से युक्त होती है, और इस तरह कोई आंतरिक मूल्य एक आदर्श का रूप ले लेती है।

15.3.3.5 योगदायक मूल्य

आंतरिक मूल्य अपने आप में चरम लक्ष्य इसलिए हो सकता है कि उसकी संरचना में संतोष की अनुभूति भी वर्तमान रहती है। संतोषयुक्त आंतरिक मूल्य किसी अन्य स्थिति का साधन नहीं होता। इस आंतरिक मूल्य को प्राप्त करने के साधन तो होते हैं, पर वह स्वयं साधन नहीं होता। इस आंतरिक मूल्य को प्राप्त करने के लिए ज्ञान और सद्गुण को साधनों के रूप में प्रयुक्त किया जा सकता है। लेकिन क्या ज्ञान और सद्गुण का महत्त्व उनकी साधनपरक भूमिका तक ही सीमित रहता है? क्या कोई ज्ञानपारखी वैज्ञानिक ज्ञान को केवल उसकी उपयोगिता के आधार पर ही महत्त्व देता है? क्या ज्ञानार्जन अपने आप में कोई उपलब्धि नहीं है? इसी तरह क्या सौंदर्यानुभूति भी अपने आपमें ही एक महान् लक्ष्य नहीं है? स्पष्ट ही ज्ञान, सौंदर्यानुभूति, आदि को लक्ष्य के रूप में मानना भी उचित ही है। अब यदि किसी आंतरिक मूल्य में जो एक संतोषप्रद और सुखकारी अनुभूति ही है ज्ञान और सौंदर्य भी साधन के रूप में नहीं वरन् अंशों के रूप में वर्तमान हों, तो क्या उस आंतरिक मूल्य की मूल्यवत्ता और अधिक नहीं बढ़ जाएगी? निश्चय ही उसकी मूल्यवत्ता बहुत अधिक बढ़ जाएगी। इस प्रकार हम देखते हैं कि कुछ मूल्य अंशवर्ती या आंशिक भी हो सकते हैं। अतः कुछ मूल्य साधन मूल्य और अंशवर्ती होकर योगदायक मूल्य दोनों हो सकते हैं, जैसे, ज्ञान।

15.3.3.6 परम मूल्य

कोई सुख या आनन्द देनेवाली संतोषयुक्त अनुभूति परममूल्य का रूप तभी ले सकती है जब वह किसी अन्य मूल्य का साधन न हो और उसकी उत्पत्ति नैतिक साधनों से ही हुई हो। अनैतिकता किसी आनन्ददायक अनुभूति की नैतिक गुणवत्ता को नष्ट कर देती है। इस वजह से मिल ने सुखवाद के परिमाणात्मक रूप को छोड़ कर उसके गुणात्मक रूप को अपनाया था, और यह नहीं माना था कि सूई चुभोना उतना ही शुभ है जितना काव्यानुशीलन। अतः हम कह सकते हैं कि परम मूल्य या अंतिम लक्ष्य वही हो सकता है जो सभी प्रासंगिक दृष्टियों से मूल्यवान् हो और जो मूल्यों की शृंखला में सर्वोपरि हो। स्पष्ट ही ऐसा परम मूल्य वही मूल्य हो सकता है जिसमें न केवल मनुष्य द्वारा प्राप्त करने योग्य शारीरिक, मानसिक तथा बौद्धिक अच्छाइयाँ ही हों, बल्कि जिसे प्राप्त करने के लिए किसी प्रकार का अनैतिक साधन न अपनाया गया हो। फलस्वरूप परम मूल्य या चरम आदर्श एक ऐसा मानव जीवन ही हो सकता है जो सभी प्रकार की अच्छाइयों से परिपूर्ण हो और जो केवल नैतिक साधनों के द्वारा ही प्रतिष्ठापित किया गया हो। यहाँ यह विशेष रूप से उल्लेखनीय है कि स्वयं परम मूल्य को नैतिक नहीं माना जा सकता, क्योंकि नैतिकता तो उसे प्राप्त करने का एक साधन मात्र होती है। और इस तरह परममूल्य नैतिकता तथा अनैतिकता की परिधि से बिलकुल बाहर ही रहता है।

15.4 आर॰ बी॰ पेरी के अनुसार मूल्यों का निरूपण

आर॰ बी॰ पेरी के अनुसार मूल्य कोई अप्राकृतिक या अतिप्राकृतिक वस्तु नहीं है। वह तो रुचि का ही एक प्रतिफलन है। रुचि के अभाव में मूल्य का अस्तित्व ही नहीं हो सकता। यह कहना सही नहीं है कि कोई सत्ता निरपेक्ष ढंग से अपने आप में ही मूल्यवान् हो जा सकती है। चूँकि विश्व में अनेक सत्ताएँ रुचियुक्त होती हैं, इसलिए उनकी रुचियों से सम्बद्ध सभी विषय मूल्यवान् हो जाते हैं। मैं स्वयं भी एक ऐसी ही सत्ता हूँ, क्योंकि मैं अपनी संरचना तथा अपने स्वरूप के कारण रुचि रखने या लेने में समर्थ और सक्षम हूँ। जिन वस्तुओं के प्रति मेरी रुचि होती है वे सभी मेरे लिए मूल्यवान् हो जाती हैं। स्पष्ट ही मैं एक ऐसा प्राणी हूँ जिसके लिए भोजन का उपभोग अत्यंत आवश्यक है। अतः भोज्य पदार्थ में मेरी रुचि का

होना भी अत्यंत आवश्यक है। इस कारण विभिन्न प्रकार के खाद्य पदार्थ, जैसे, अन्न, दूध, फल, आदि मेरे लिए अत्यंत मूल्यवान् हैं। यदि मैं एक आक्रामक स्वभाव का व्यक्ति हूँ, तो यह बिलकुल स्वाभाविक है कि आक्रमण करने में मेरी रुचि हो और तब मेरे लिए वे सभी प्राणी मूल्यवान् हो जाते हैं जिन पर मैं आक्रमण कर सकता हूँ। इस प्रकार हम देखते हैं कि मूल्य रुचि का उसके विषय के साथ सम्बन्ध पर आश्रित होता है। फलस्वरूप यह एक सत्तात्मक प्रत्यय नहीं होकर एक सम्बन्धात्मक प्रत्यय ही है।

किन्तु यदि रुचि का होना एक वास्तविकता है, तो अरुचि का होना भी एक वास्तविकता ही है। और यदि रुचि के विषय रुचिसम्बद्ध होने के कारण मूल्यवान् होते हैं, तो अरुचि के विषय भी अरुचिसम्बद्ध होने के कारण विमूल्यवान् या कुमूल्यवान् होते हैं। इस विमूल्य या कुमूल्य को हम नकारात्मक मूल्य भी कह सकते हैं। यहाँ यह ध्यातव्य है कि रुचि एवं अरुचि दोनों जन्मजात हो सकती हैं तथा अर्जित भी। भोजन के प्रति रुचि और कष्ट या पीड़ा के प्रति अरुचि दोनों जन्मजात हैं। फिर देश-प्रेम के प्रति रुचि और युद्ध के प्रति अरुचि दोनों अर्जित हैं। इस प्रकार हम देख सकते हैं कि जन्मजात और अर्जित रुचियों एवं अरुचियों की अनेकता के कारण मूल्य एवं विमुल्य भी अनेक हैं। यहाँ यह भी ध्यातव्य है कि चूँकि किसी विषय का मूल्यवान् या विमूल्यवान् होना मनुष्य की वैयक्तिक रुचि या अरुचि पर निर्भर करता है, इसलिए कोई वस्तु मेरे लिए मूल्यवान् हो सकती है, पर आपके लिए विमूल्यवान्। कोई व्यक्ति मांसाहार में रुचि रखता है, तो कोई अन्य व्यक्ति मांसाहार से घृणा करता है। हमने ऊपर देखा है कि मूल्य साधनपरक हो सकता है और साध्यपरक भी। साधनपरक मूल्य केवल साधन के रूप में मूल्यवान् होता है और साध्यपरक मूल्य साध्य के रूप में। साध्यपरक मूल्य कुछ विशिष्ट आंतरिक गुणों से सम्पन्न हो जाने पर चरम साध्य भी हो जा सकता है। इस प्रकार हम देख सकते हैं कि मूल्यपरक भेद-प्रभेदों की वजह से मूल्यों का एक विशाल समूह ही उपस्थित हो जाता है। प्रश्न उठता है कि क्या मूल्यों और विमूल्यों के इस विशाल समूह को एक सुव्यवस्थित रूप दिया जा सकता है? यह तो स्पष्ट ही है कि इन्हें एक सुव्यवस्थित रूप देकर ही हम इन्हें ज्यादा अच्छी तरह समझ सकते हैं, और अपने जीवन को उनके अनुरूप आसानी से ढाल भी सकते हैं।

यहाँ हमारे लिए मनुष्य की दो महत्त्वपूर्ण क्षमताओं की ओर ध्यान देना अत्यावश्यक हो जाता है। एक तो उसकी मूल्य पर आधारित जीवन बिताने की क्षमता है जो केवल मनुष्यों में ही पायी जाती है, क्योंकि रुचि एवं अरुचि जिन पर सारा मूल्यविधान निर्भर होता है केवल मनुष्यों की ही विशिष्टताएँ हैं। दूसरी मनुष्य की बौद्धिकतापरक क्षमता है।

अब यहाँ ध्यातव्य है कि चूँकि मनुष्य बौद्धिक होने के कारण सोच-विचार कर सकता है, इसलिए वह यह समझने में सक्षम एवं समर्थ हो जाता है कि उसके लिए कौन विषय या स्थिति सही अर्थ में मूल्यवान् है और कौन नहीं। और फिर बौद्धिक विचार के द्वारा ही वह मूल्यों के परस्पर सम्बन्ध को भी समझ ले सकता है। और तब वह मूल्यों में एक तारतम्य स्थापित कर उनकी एक शृंखला भी बना ले सकता है। पेरी ने इसी तरह की एक शृंखला का निर्माण अपने उपर्युक्त ग्रंथ में किया है। हम उनकी इस विशिष्ट निर्माणप्रक्रिया का संक्षिप्त विवरण यहाँ प्रस्तुत करेंगे।

15.5 आर.बी. पेरी के अनुसार मूल्यों की शृंखला निर्माण सम्बन्धी चार कसौटियाँ

पेरी ने मूल्यों को शृंखलाबद्ध करने के लिए चार कसौटियाँ प्रस्तुत की हैं। ये हैं—शुद्धता, तीव्रता, अधिमानता तथा अंतर्लीनता। इन चारों कसौटियों के आधार पर यह

सुनिश्चित किया जा सकता है कि रुचियों के अनेकानेक विषयों में कौन-कौन विषय सही अर्थ में मूल्यवान् हैं और फिर यह भी सुनिश्चित किया जा सकता है कि उन मूल्यवान् विषयों में कोई तारतम्य है या नहीं। हम पहले इन कसौटियो की एक-एक कर व्याख्या करेंगे।

15.5.1 शुद्धता

पेरी के अनुसार किसी रुचि के दो पक्ष होते हैं—(1) संवेगात्मक क्रियापरक पक्ष तथा (2) ज्ञानपरक पक्ष। संवेगात्मक क्रियापरक पक्ष के कारण रुचि गत्यात्मक होती है, क्योंकि इस पक्ष के कारण ही रुचिधारक का उस खास विषय के साथ अनुरागात्मक सम्बन्ध स्थापित होता है जिसके प्रति उसकी रुचि रहती है। पर इस तरह का सम्बन्ध तभी सम्भव हो सकता है जब रुचिधारक को अपनी रुचि के विषय का ज्ञान भी प्राप्त रहे। रुचि के विषय के ज्ञान के अभाव में रुचि गत्यात्मक रूप नहीं ले सकती। पर विषय का केवल ज्ञान हो जाने से रुचि गत्यात्मक नहीं हो जा सकती। इसके लिए यह भी आवश्यक है कि ज्ञात विषय को रुचिधारक मूल्यवान् समझे। इस तरह यह देखा जा सकता है कि रुचि के ज्ञानपरक पक्ष में विषय की मूल्यवत्ता का ज्ञान होना भी आवश्यक है। एक उदाहरण के द्वारा हम इस बिन्दु को बेहतर ढंग से समझ सकते हैं। राम दूध पीने में रुचि रखता है। यहाँ राम रुचिधारक है। दूध रुचि का विषय है। जब वह दूध के सम्बन्ध में यह जान रहा होता है कि दूध उसके लिए बहुत उपयोगी है तभी वह दूध पीने के लिए तत्पर होता है। इस तरह हम देखते हैं कि रुचि की अवधारणा के अंतर्गत ही सम्बद्ध विषय के मूल्यवत्तापरक ज्ञान का होना भी समाविष्ट रहता है।

किंतु इस तरह का मूल्यवत्तापरक ज्ञान भ्रामक भी हो सकता है। यदि यह ज्ञान वस्तुतः भ्रामक है, तो रुचि का विषय सही अर्थ में मूल्यवान् नहीं हो सकता। और तब यह जरूरी हो जाता है कि जिस भ्रम के कारण मूल्यनिर्धारण गलत हुआ रहता है, उस भ्रम को दूर कर दिया जाय। स्पष्ट ही इसके लिए उचित संशोधन की जरूरत होती है, क्योंकि उचित संशोधन के द्वारा ही रुचि के विषय के मूल्यपरक दोष को दूर किया जा सकता है, और उसी क्रम में यह भी जाना जा सकता है कि सम्बद्ध प्रसंग में कौन-सा विषय सही अर्थ में मूल्यवान् हो सकता है। इस विवेच्य बिंदु को हम एक उदाहरण की मदद से अधिक अच्छी तरह समझ सकते हैं। आप अपनी बेटी के विवाह के अवसर पर उसे एक कीमती आभूषण देना चाहते हैं। आप आभूषणालय में एक ऐसे आभूषण को बहुत अधिक रकम देकर खरीद लेते हैं जिसके बारे में आभूषणविक्रेता आपको यह विश्वास दिलाने में सफल हो जाता है कि उस आभूषण में असली हीरा जड़ा हुआ है। आप उस आभूषण के अत्यधिक मूल्यवान् होने के बारे में आश्वस्त हो जाते हैं और आप उसे खरीदने के लिए माँगी हुई कीमत चुका देते हैं। कालांतर में यह पता चलता है कि उस आभूषण में असली हीरा नहीं है। इस जानकारी के बाद आपकी नजर में वह आभूषण कौड़ी के मोल का हो जाता है और आप अच्छी तरह समझ जाते हैं कि आप आभूषणविक्रेता के द्वारा ठग लिए गये हैं। इस उदाहरण के द्वारा यह समझ लिया जा सकता है कि मनुष्य रुचि के विषय के सम्बन्ध में सही जानकारी नहीं रख सकने के कारण उसका गलत मूल्य भी स्वीकार कर लेता है। लेकिन जैसे ही उसे विषय के सही मूल्य की जानकारी मिल जाती है वैसे ही वह उसके वास्तविक मूल्य को स्वीकार कर लेता है। अतः यह जरूरी हो जाता है कि सभी मूल्यपरक आस्थाओं की अच्छी तरह जाँच हो और यदि वे अनुचित पाये जाँय तो उनका उचित संशोधन हो और इस प्रकार उनका शुद्धीकरण हो।

इस प्रसंग में हम अब एक ऐसे विश्वास की चर्चा करेंगे जिसके कारण समाज में प्रचलित अनेकानेक रीति-रिवाजों को बहुत अधिक मूल्यवान् माना जाता है। ये रीति-रिवाज धार्मिक होते हैं। हम देखते हैं कि संसार भर में लोग धार्मिक कृत्यों के प्रति इतनी अधिक रुचि रखते हैं कि वे उन कृत्यों को करने के लिए अपने जीवन तक को उत्सर्ग करने के लिए तैयार हो जाते हैं। इन धार्मिक कृत्यों के प्रति रुचि के पीछे यह विश्वास वर्तमान रहता है कि इस संसार का नियंता एक ईश्वर है जिसे धार्मिक कृत्यों के द्वारा प्रसन्न कर लिया जा सकता है और उनकी प्रसन्नता के जरिये सभी प्रकार के दुःखों को दूर कर लिया जा सकता है। पर तब यहाँ यह भी उल्लेखनीय है कि प्राचीन काल से ही ईश्वर के अस्तित्व के सम्बन्ध में संदेह प्रकट किया जाता रहा है और अनेक लोगों के द्वारा धार्मिक कृत्यों को महत्त्व नहीं भी दिया जाता रहा है। अब तो विज्ञान के प्रभाव से धार्मिक कृत्यों को उतना महत्त्व नहीं दिया जा रहा है जितना पहले दिया जाता था। इस संदर्भ में चेचक की बीमारी का उदाहरण प्रस्तुत किया जा सकता है। भारत में प्रायः लोग मानते थे कि चेचक की बीमारी शीतला देवी के प्रकोप के कारण होती है। अतः लोग इस बीमारी का उपचार औषधि के द्वारा नहीं करते थे, बल्कि शीतला देवी के प्रकोप को दूर करने के लिए कीर्तन-भजन में लग जाते थे। आज वैज्ञानिक खोज से चेचक के सही कारण की जानकारी उपलब्ध हो गयी है और इस बीमारी के सही उपचार का पता भी लग गया है। जिन लोगों को चेचक के सही कारण की जानकारी मिल गयी है, वे लोग अब चेचक को दूर करने के लिय भजन-कीर्तन का सहारा नहीं ले रहे हैं। इस प्रकार हम देखते हैं कि सही जानकारी के अभाव में गलत मूल्यनिरूपण हो जाता है। अतः सही मूल्यों को सुनिश्चित करने के लिए प्रचलित मूल्यों का शुद्धीकरण अत्यंत आवश्यक है।

15.5.2 तीव्रता

इस कसौटी के अनुसार किसी वस्तु का मूल्य उस वस्तु के प्रति विद्यमान रुचि की तीव्रता के आधार पर आँका जाता है। मैं यदि प्यासा हूँ, तो मेरी रुचि गर्म जल की अपेक्षा ठंढे जल के प्रति अधिक होगी। इसलिए इस संदर्भ में मेरे लिए ठंढा जल गर्म जल की अपेक्षा अधिक मूल्यवान् है। ठंढे जल के अभाव की स्थिति में ही मैं अपनी प्यास कम मात्रा में गर्म जल से बुझाने को तैयार होऊँगा। अतः प्रस्तुत प्रसंग में कम मात्रा में गर्म जल भी मूल्यवान् है। इस प्रकार हम देखते हैं कि रुचि की न्यूनाधिक तीव्रता के आधार पर हम वस्तुओं के मूल्यों को निरूपित कर सकते हैं। हम पहले भी परिमाणात्मक सुखवाद के विवेचन के क्रम में देख चुके हैं कि मूल्यनिर्धारण में तीव्रता का भी महत्त्व होता है।

15.5.3 अधिमानता

प्रायः यह भी देखा जाता है कि लोग अनेक परिस्थितियों में अधिक तीव्र सुखानुभूति की अपेक्षा कम तीव्र सुखानुभूति को ही अधिमानित कर देते हैं। प्रायः लोग उच्छृंखल यौनसुख की अपेक्षा मर्यादित यौनसुख को ही अधिमानित करते हैं। या फिर अत्यधिक भोजन की अपेक्षा संयमित भोजन को ही अधिमानित करते हैं। स्पष्ट ही इन संदर्भों में तीव्रता के आधार पर मूल्यनिर्धारण नहीं किया जाता। मिल ने भी बेन्थम की तीव्रतापरक कसौटी को भी स्वीकार नहीं कर लिया था। उन्होंने गुणवत्ता की कसौटी को ही स्वीकार किया और कहा कि सुख के परिमाणपरक लक्षणों से ज्यादा उपयोगी गुणवत्तापरक लक्षण ही होते हैं। अतः उन्होंने माना था कि गुणवत्ता के आधार पर ही वस्तुओं का मूल्य- निर्धारण होना चाहिये क्योंकि

गुणवत्ता से युक्त वस्तुओं को ही अधिमानित करना चाहिये। यहाँ यह उल्लेखनीय है कि जब भी कोई व्यक्ति किसी वस्तु को किसी अन्य वस्तु की तुलना में अधिमानित करता है, तब उस अधिमानना के पीछे कोई कारण अवश्य होता है। पर यह बिलकुल सम्भव है कि अधिमानित करनेवाला व्यक्ति सही ज्ञान के अभाव में ही अधिमानित की जाने वाली वस्तु को अधिमानित कर रहा हो। ऐसी परिस्थिति में जैसे ही अधिमानित करने वाले व्यक्ति को सही ज्ञान उपलब्ध हो जाता है, वैसे ही वह उस वस्तु का मूल्यांकन अपने नये ज्ञान के आलोक में करता है। और तब यह सम्भव है कि वह उस वस्तु को पहले की तरह अधिमानित न करे। ऊपर के आभूषण वाले उदाहरण में हमने इस बिंदु को अच्छी तरह स्पष्ट कर दिया है। पर तब यह भी तो सम्भव है कि सही ज्ञान पा लेने के बाद भी कोई व्यक्ति अपनी पूर्व की अधिमानना में किसी तरह का फेरबदल करने को तैयार न हो। स्पष्ट ही ऐसे लोगों की अधिमाननाओं को किसी प्रकार का महत्त्व नहीं दिया जा सकता। पर जो अधिमाननाएँ सही कारण से निरूपित होती है, उन्हें तो महत्त्व देना उचित ही है। दुःख की अपेक्षा सुख को अधिमानित करना बिलकुल ही उचित है। इस प्रकार हम देखते हैं कि मूल्य-निरूपण में अधिमानता की कसौटी भी अत्यंत महत्त्वपूर्ण होती है।

15.5.4 अंतर्लीनता

पेरी किसी वस्तु या स्थिति को मूल्यवान् मानने के लिए अंतर्लीनीकरण की भी सहायता लेते हैं। एक उदाहरण के द्वारा हम इस प्रक्रिया का स्पष्टीकरण करना चाहेंगे। राम को संगीत में रुचि है, अतः उसके लिए संगीत मूल्यवान् है। श्याम को भी संगीत में रुचि है, इसलिए उसके लिए भी संगीत मूल्यवान् है। इस तरह यदि अधिकाधिक लोगों के लिए संगीत मूल्यवान् हो, तो संगीत की मूल्यवत्ता बहुत अधिक आँकी जाएगी। यदि एक व्यक्ति की रुचि के कारण कोई वस्तु मूल्यवान् हो सकती है, तो यदि अनेक व्यक्ति किसी एक वस्तु में रुचि रखते हैं तो उस वस्तु का बहुत अधिक मूल्यवान् होना बिलकुल युक्तिसंगत है। इससे यह निष्कर्ष निकाला जा सकता है कि किसी वस्तु को अंतिम रूप से मूल्यवान् मानने के लिए किसी एक व्यक्ति की रुचि को ही ध्यान में नहीं रखना चाहिये, वरन् उसके लिए अधिकाधिक व्यक्तियों की रुचियों को महत्त्व देना चाहिये। यहाँ तर्क यह है कि यदि किसी विषय के प्रति मेरी रुचि का महत्त्व है, तो उसके प्रति आपकी रुचि का भी महत्त्व हो ही जाता है। तब उसके प्रति जन सामान्य की रुचि का भी महत्त्व हो ही जाता है और तब यदि सबों की रुचियाँ एक समान हैं, तो किसी एक व्यक्ति की रुचि जनसामान्य की रुचि में अंतर्लीन हो जाती है। और तब यह कहा ही जा सकता है कि किसी एक व्यक्ति कि रुचि का जनसमुदाय की रुचियों में अंतर्लीन हो जाने पर उस रुचि के मूल्यवान् होने की संपुष्टि हो जाती है।

अब यहाँ अंतर्लीनीकरण की एक दूसरे प्रकार की प्रक्रिया पर ध्यान देना भी आवश्यक है। मूल्यनिर्धारण में यदि एक व्यक्ति का जनसमुदाय में अंतर्लीनीकरण प्रासंगिक हो सकता है, तो इस कार्य के लिए मानव व्यक्तित्व के किसी एक अंग का उसके पूरे रूप में अंतर्लीनीकरण भी प्रासंगिक हो सकता है। ऐसा इसलिए कि संपूर्ण व्यक्तित्व अपने किसी अंग को अपने में उसी तरह समंजित कर ले सकता है जिस तरह सम्पूर्ण मानवता किसी एक मानव को अपने में समंजित कर ले सकती है। इसे स्पष्ट करने के लिए यहाँ एक उदाहरण दे देना उचित होगा। मेरे व्यक्तित्व का एक हिस्सा कामवासना से सम्बद्ध है। इस कामवासना की पूर्ति मेरे व्यक्तित्व में बहुत अधिक महत्त्वपूर्ण स्थान रखती है और इस कारण से

कामवासना की पूर्ति से सम्बद्ध कोई विषय बहुत अधिक मूल्यवान् है। पर मेरे व्यक्तित्व का एक अन्य हिस्सा बुद्धि है। इस बुद्धि के द्वारा मैं सोच-विचार करने में समर्थ होता हूँ। यह सर्वथा सम्भव है कि सोच-विचार के द्वारा मैं इस निष्कर्ष पर पहुँचूँ कि असीमित तथा अमर्यादित कामतृप्ति विनाशकारी होती है और इस कारण यह शुभ नहीं होकर अशुभ ही होती है। अतः मर्यादित कामतृप्ति ही अमर्यादित कामतृप्ति से अधिक मूल्यवान् हो सकती है। इस प्रकार हम देखते हैं कि बौद्धिक सोच-विचारपरक मेरा व्यक्तित्व कामवासनापरक प्रवृत्तियों को अपने में एक तरह से अंतर्लीन कर लेता है। इस प्रकार का अंतर्लीनीकरण भी मूल्यनिरूपण में बहुत महत्त्वपूर्ण होता है।

यहाँ यह उल्लेखनीय है कि तीव्रता, अधिमानता तथा सामाजिक अंतर्लीनता के आधार पर किसी वस्तु के मूल्य का परिमाणपरक आधिक्य सुनिश्चित किया जाता है, अर्थात् इनके द्वारा मूल्यों की अधिक मात्रा या अधिक व्यापकता निर्णीत की जाती है। अतः इन कसौटियों को हम परिमाणपरक कसौटियाँ कह सकते हैं। पर शुद्धता की कसौटी के द्वारा मूल्य की गुणवत्ता आँकी एवं स्थापित की जाती है; इसलिए यह कसौटी उपर्युक्त अन्य तीनों कसौटियों से भिन्न प्रकार की होती है। इस कसौटी को हम गुणवत्तापरक कसौटी कह सकते हैं।

अब यहाँ यह प्रश्न उठ सकता है कि क्या इन तीनों परिमाणात्मक कसौटियों में कोई तारतम्य है। पेरी इस प्रश्न का सकारात्मक उत्तर देते हैं। उनके अनुसार इन कसौटियों में तारतम्य स्थापित करने के लिए सबसे पहले अंतर्लीनीकरण के द्वारा लोगों की रुचियों को एक सामंजस्यपूर्ण रूप देना चाहिये। ऐसा कर लेने से वे सभी रुचियाँ बहिष्कृत हो जाएँगी जो रुचियों को सामंजस्यपूर्ण रूप लेने में बाधक हो सकती हैं। यदि मैं स्वार्थी होने के कारण अन्य लोगों के हित का घोर विरोधी हूँ, तो स्पष्ट ही मेरी इस रुचि का इसके वर्तमान रूप में अंतर्लीनीकरण सम्भव नहीं है। अतः अंतर्लीनीकरण को सम्भव बनाने के लिए मुझे अपनी इस रुचि को उस सीमा तक छोड़ना पड़ेगा जिस सीमा तक मेरी यह रुचि अन्य लोगों की रुचियों से मेल नहीं खाती है। अंतर्लीनीकरण के बाद अंतर्लीनीकृत रुचियों में अधिमानना की प्रक्रिया लगानी चाहिये; और अधिमानित हो जाने के बाद जो रुचियाँ अवशिष्ट रह जाँय, उनकी तीव्रता पर तब ध्यान देना चाहिए; और उनमें जो अधिक तीव्र पाये जाय, उन्हें ही अंतिम रूप से मूल्यवान् मानना चाहिए। इस प्रकार हम देखते हैं कि उपर्युक्त तीनों कसौटियों के द्वारा रुचियों के विषयों को एक सुव्यवस्थित एवं सामंजस्यपूर्ण रूप दिया जा सकता है। इस प्रक्रिया में सबसे पहले अंतर्लीनीकरण होता है, उसके बाद अधिमानित करना होता है, तथा अंत में तीव्रता आँकी जाती है। रुचियों के विषयों की शुद्धता तो इन तीन परिमाणपरक विधियों के प्रयोग के पहले ही आँक ली जाती है।

15.6 पेरी के अनुसार सर्वोच्च शुभ

जैसा हमने ऊपर देखा है, मूल्यनिर्धारण के लिए अंतर्लीनीकरण का एक विशिष्ट महत्त्व है। यह अंतर्लीनीकरण दो स्तरों पर किया जाता है—(1) वैयक्तिक स्तर पर तथा (2) सार्वजनिक स्तर पर। सार्वजनिक स्तर के अंतर्लीनीकरण के पहले वैयक्तिक स्तर का अंतर्लीनीकरण कर लिया जाता है। जैसा हमने ऊपर कहा है, यह अंतर्लीनीकरण एक प्रकार का समंजन ही है। व्यक्तियों का वैयक्तिक स्तर पर समंजन इसलिए आवश्यक होता है कि बिना इस तरह के समंजन के व्यक्तियों का सार्वजनिक स्तर पर समंजन सम्भव ही नहीं हो सकता। अतः यह जरूरी है कि व्यक्तियों का वैयक्तिक स्तर पर समंजन पहले ही हो चुका रहे। अब हम यहाँ इस व्यक्तिगत समंजन की विस्तृत व्याख्या करेंगे।

यह तो सर्वविदित ही है कि मनुष्य की अनेकानेक रुचियाँ होती हैं। कुछ रुचियाँ जन्मजात होती हैं, तो कुछ जीवनयापन के क्रम में अर्जित की जाती हैं। यह भी सर्वविदित ही है कि मनुष्य की जन्मजात एवं अर्जित रुचियों में परस्पर मेल नहीं भी रह सकता है। आपको राम से मित्रता है; अतः आप राम की भलाई में रुचि रखते हैं। किन्तु आप एक दूसरे ढंग से राम की भलाई में रुचि नहीं भी रखते हैं क्योंकि आप प्रतिस्पर्द्धा के कारण नहीं चाहते हैं कि राम आपसे आगे बढ़ जाय। ऐसी स्थिति में आपकी दो रुचियों में संघर्ष का होना स्वाभाविक है। मनुष्यों में रुचिसंघर्ष की स्थितियाँ प्रायः ही उत्पन्न होती हैं। जाहिर है कि कोई रुचिसंघर्ष में फँसा व्यक्ति अपने को शांत और संतुलित नहीं भी रख सकता। अतः उसके लिए यह अत्यंत आवश्यक हो जाता है कि वह अपनी परस्पर विरोधी रुचियों में इस तरह बदलाव लाने की चेष्टा करे कि उसके मानसिक जीवन में सामंजस्य स्थापित हो जा सके। स्पष्ट ही इस कार्य में उसे उसकी बुद्धि सहायता कर सकती है। बुद्धि के द्वारा उन सभी रुचियों को अप्रभावी बनाया जा सकता है जो सही अर्थ में उचित रुचियों को प्रभावी होने नहीं देती हैं। जैसा हम ऊपर बतला चुके हैं, पेरी ने रुचियों में सामंजस्य स्थापित करने के लिए चार कसौटियाँ प्रस्तावित की हैं। इन चारों कसौटियों पर आधारित प्रक्रियाओं के द्वारा हम रुचियों के विषयों में परिवर्तन, परिमार्जन, चयन एवं अंतर्लीनीकरण कर सकते हैं। कोई माता अपनी क्षुधाशांति की अपेक्षा अपनी संतान की क्षुधाशांति को ही अधिमानित करती है। अतः वह पर्याप्त भोजन के अभाव में अपनी संतान को भोजन कराने सम्बन्धी रुचि को ही प्राथमिकता देती है, न कि अपने ही भोजन कर लेने की रुचि को। इस प्रकार वैयक्तिक स्तर पर निजी रुचियों को एक सुव्यवस्थित एवं समंजित रूप देने की लिप्सा को पेरी ने आत्मप्रेम कहा है। यह आत्मप्रेम उनके अनुसार स्वार्थपरता नहीं है। इस आत्मप्रेम के कारण मनुष्य अपनी रुचियों में सुव्यवस्था और सामंजस्य कायम कर सकता है। और यह बिलकुल सम्भव है कि इस तरह की सुव्यवस्था और सामंजस्य से अन्य व्यक्तियों के हितसाधन में मदद ही मिले। जब कोई माता अपनी भूख न मिटाकर अपनी संतान की भूख मिटाने को ही प्राथमिकता देती है, तब वह दूसरे के कल्याण के द्वारा ही अपने निजी कल्याण को सम्भव बना लेती है। इस तरह उसकी रुचि की संतुष्टि उसकी संतान की संतुष्टि पर ही निर्भर हो जाती है। इस उदाहरण में माता आत्मप्रेमी तो रहती ही है, क्योंकि वह अपनी वात्सल्य-भावना से प्रेरित होकर ही उस आत्मप्रेम को मूर्त रूप देना चाहती है। इस आत्मप्रेम के कारण वह स्वार्थी नहीं होती, क्योंकि उसकी वात्सल्यभावनापरक रुचि का लक्ष्य उसका निजी लाभ नहीं होता, बल्कि उसकी संतान का लाभ ही होता है। निश्चय ही इस प्रकार का आत्मप्रेम अत्यंत महत्त्वपूर्ण भूमिका अदा कर सकता है।

पर यह सर्वथा सम्भव है कि कोई व्यक्ति अपने आप में तो पूरी तरह समंजित हो जाय, अर्थात् उसकी अपनी रुचियों में तो पूरा तालमेल स्थापित हो जाय, पर उसका अन्य व्यक्तियों के साथ तालमेल स्थापित न रहे। व्यक्तिस्तरीय सामंजस्य अंतर्वैयक्तिक सामंजस्य से बिलकुल भिन्न होता है। कोई तानाशाह अपनी आंतरिक इच्छाओं को इस तरह समंजित कर लेता है कि वह एक शक्तिपुंज के रूप में उभर आता है और तब वह अपनी शक्ति की बदौलत अपने तानाशाहीपरक उद्देश्यों को पूरा करने में प्रायः सफल भी हो जाता है। पर यह स्पष्ट है कि उसका उद्देश्य अन्य व्यक्तियों के उद्देश्यों के साथ मेल नहीं खाता है और उसका व्यक्तिस्तरीय सामंजस्य अंतर्वैयक्तिक संघर्ष ही पैदा न करता है। अतः अंतर्वैयक्तिक संघर्षों को न होने देने के लिए एक सार्वजनीन अंतर्लीनीकरण की नितान्त जरूरत होती है और इस अंतर्लीनीकरण को सम्भव बनाया जा सकता है।

अंतर्वैयक्तिक अंतर्लीनीकरण को सम्भव बनाने के लिए पहले यह देख लेना चाहिए कि व्यक्तिस्तरीय सामंजस्य की स्थापना अच्छी तरह हुई है या नहीं। इस व्यक्तिस्तरीय सामंजस्य की सफल स्थापना के लिए निम्नलिखित प्रश्नों पर ध्यान देना अत्यंत आवश्यक है:—

(1) विभिन्न रुचियों के पारस्परिक सम्बन्धों को अच्छी तरह समझा जा सका है या नहीं?
(2) व्यक्ति की सभी प्रकार की रुचियों का परस्पर समंजन हो सका है या नहीं?
(3) रुचि के विषयों में तारतम्य स्थापित किया जा सका है या नहीं?
(4) मूल्य सम्बन्धी सभी निर्णय उचित तरीके से लिए गये हैं या नहीं?
(5) साधन-साध्य सम्बन्धों को सही ढंग से निरूपित किया गया है या नहीं?

यदि इन प्रश्नों के उत्तर सकारात्मक होते हैं, तब तो यह माना जा सकता है कि व्यक्ति का समंजन सही ढंग से हुआ है। और, जैसा हमने ऊपर भी कहा है, केवल व्यक्तिस्तरीय समंजन पर्याप्त नहीं होता। व्यक्तियों में एक दूसरे के साथ समंजन होना भी जरूरी है। इसे ही अंतर्वैयक्तिक या सामाजिक समंजन कहते हैं। अंतर्लीनीकरण से इस सामाजिक समंजन को सम्भव बनाया जा सकता है। उल्लेखनीय है कि सामाजिक सामंजस्य के बिना व्यक्तिस्तरीय सामंजस्य टिकाऊ नहीं हो सकता।

यहाँ यह पूछा जा सकता है कि मनुष्य के लिए केवल अपने व्यक्तित्व को समंजित कर लेना पर्याप्त क्यों नहीं होता। इस प्रश्न के अनेक उत्तर हो सकते हैं। एक तो यह कि मनुष्यों के निजी व्यक्तित्व के आंतरिक समंजन से उनके बीच पारस्परिक समंजन अपने आप स्थापित नहीं हो जा सकता। दूसरा यह कि व्यक्तियों में अंतर्वैयक्तिक समंजन के नहीं रहने से उनमें अंतर्वैयक्तिक संघर्ष उत्पन्न होते रह सकते हैं। और ऐसा होते रहने पर वैयक्तिक समंजन भी बिलकुल बिगड़ जा सकता है। इन्हीं कारणों से अंतर्लीनीकरण का सार्वजनिक प्रयोग जरूरी होता है। सार्वजनिक अंतर्लीनीकरण को उचित ठहराने के लिए यह तर्क भी दिया जा सकता है कि चूँकि मनुष्य प्राकृतिक रूप से ही एक दूसरे पर निर्भर होते हैं, इसलिए उनके लिए केवल व्यक्तिस्तरीय समंजन पर्याप्त नहीं हो सकता। सही अर्थ में उनका वास्तविक कल्याण सर्वव्यापी समंजन से ही हो सकता है। इस सर्वव्यापी समंजन के लिए यह जरूरी है कि मनुष्य अपने स्वार्थपरक संकीर्ण दायरे से बाहर जाये। यह एक सौभाग्य की बात है कि मनुष्य में अपने स्वार्थपरक संकीर्ण दायरे से बाहर जाने की क्षमता वर्तमान है। इस बात की पुष्टि के संदर्भ में माता का अपनी संतान के प्रति स्वाभाविक प्रेम, मनुष्यों में विद्यमान करुणा का भाव, दूसरों के प्रति दया का होना, आदि को आधार के रूप में पेश किया जा सकता है।

लेकिन यहाँ यह प्रश्न उठाया जा सकता है कि क्या लोककल्याण की सिद्धि के लिए केवल प्रकृतिप्रदत्त परहितभावना ही आधार हो सकती है। वास्तविकता तो यह है कि कुछ अपवादों को छोड़कर सामान्यतः लोगों में परहितभावना इतनी विरल एवं निर्बल होती है कि वह एक ठोस एवं टिकाऊ लोककल्याणोन्मुख सामाजिक व्यवस्था का आधार नहीं बन सकती। और शायद यही कारण है कि आज तक इस तरह की कोई विश्वव्यापी सामाजिक व्यवस्था कायम नहीं हो सकी है। अतः हमें ऐसी व्यवस्था कायम करने के लिए तर्कबुद्धि का सहारा लेना ही पड़ता है।

यहाँ यह उल्लेखनीय है कि मनुष्य कोई कार्य किसी परिस्थिति में ही करता है। अतः उसे कुछ करने के पहले उपस्थित परिस्थिति के अंतर्निहित तर्क की ओर ध्यान देना ही चाहिये। कल्पना कीजिये कि आप व्यक्तिगतरूप से बिलकुल सुखी हैं, पर आपका पड़ोसी सुखी नहीं है। आप केवल अपने कल्याण का ख्याल कर उपलब्ध सुख-सामग्री का उपभोग दूसरों को करने नहीं देते, क्योंकि आप में परहितपरक कोई भावना है ही नहीं। लेकिन इसका तात्पर्य

यह नहीं हो जाता कि आपको दूसरों के हित का ख्याल करना ही नहीं चाहिये। आप एक व्यक्ति हैं और आपका पड़ोसी भी एक व्यक्ति ही है। आप यदि अपने को गरिमापूर्ण समझते हैं, तो आपका पड़ोसी भी अपने को गरिमापूर्ण समझता है। आप यदि किसी अन्य व्यक्ति की सुखसिद्धि के लिए अपने को साधन बनाना नहीं चाहते, तो आपका पड़ोसी भी आपके या अन्य किसी व्यक्ति की सुखसिद्धि के लिए अपने को साधन बनाना नहीं चाहता। यह बिलकुल ही सही है कि किसी व्यक्ति को किसी अन्य व्यक्ति के सुख को सम्भव बनाने के लिए बलि का बकरा नहीं बनाया जा सकता। मनुष्य की वैयक्तिक गरिमा कोई ऐसी चीज नहीं है कि उसे अन्य व्यक्तियों के सुखभोग के लिए, चाहे उन व्यक्तियों की संख्या कितनी भी अधिक क्यों न हो, किसी भी तरह खंडित किया जा सके। असंख्य व्यक्तियों को लाभ पहुँचाने के लिए भी किसी एक व्यक्ति को साधन नहीं बनाया जा सकता। इसी विचार के आधार पर काण्ट ने मनुष्यों की समष्टि को 'साध्यों का साम्राज्य' जैसा नाम दिया था। अतः यह बिलकुल स्पष्ट है कि व्यक्तिपरक समंजन के बाद अंतर्वैयक्तिक समंजन स्थापित करना नितांत आवश्यक है। इस प्रकार हम देखते हैं कि मूल्यों का तारतम्य अंत में एक विश्वव्यापी रूप ले लेता है। इस रूप को ही हम अंतिम मूल्य या परमादर्श कह सकते हैं और यही प्रत्येक मानव जीवन का सही अर्थ में अभीष्ट होता भी है। और यदि यह सच है तो कर्ता के मन में परहितपरक भावना के नहीं रहने पर भी उसे उपर्युक्त तार्किक आधार पर ही परहितपरक कार्य करना ही चाहिये। सही परमादर्श का निहितार्थ यही है।

15.7 अंतर्वैयक्तिक सामंजस्य तथा मानव जीवन का चरम आदर्श

वैयक्तिक स्तर का समंजन अत्यंत आवश्यक तो होता ही है, पर वह पर्याप्त नहीं होता। हम अच्छी तरह जानते हैं कि व्यक्ति अनिवार्य रूप से समाज का अंग बनकर ही कायम रह सकता है। अतः उसे अपने को अन्य व्यक्तियों के साथ समायोजित करना ही पड़ता है। ऐसा किसी एक व्यक्ति को नहीं, वरन् सभी व्यक्तियों को करना पड़ता है। प्रश्न उठता है कि ऐसे सर्वव्यापी समायोजन की प्रेरणा का स्रोत क्या है। यदि वह स्रोत व्यक्तिगत स्वार्थ और सुरक्षा है, तब तो इससे उत्पन्न प्रेरणा अपने उद्देश्य को पूरा नहीं कर सकती। यदि कोई प्रेमी किसी व्यक्ति के साथ स्वार्थपूर्ति से प्रेरित होकर प्रेम करता है, तो सही अर्थ में वह प्रेम करता ही नहीं है। प्रेम तो सही अर्थ में न्यौछावर ही हो सकता है। यदि आप अपने पुत्र से प्रेम इसलिए करते हैं कि वह आपकी मदद किया करे, तो आप सही अर्थ में अपने पुत्र से प्रेम करते ही नहीं हैं। आप सही अर्थ में अपने पुत्र से प्रेम तब कर सकते हैं जब आप उसकी इच्छाओं का आदर करते हैं। यह सम्भव है कि उसकी इच्छाएँ अच्छी या शुभ न हों। यदि ऐसी स्थिति है तो पहले यह आवश्यक हो जाता है कि उसकी इच्छाओं में परिवर्तन लाया जाय और इस तरह उन्हें सुधारा जाय। तब आप उसकी सुधारी गई इच्छाओं का आदर करके उससे प्रेम कर सकते हैं। हम जानते हैं कि कोई माता अपनी संतान का भरण-पोषण एवं लालन-पालन अनेकानेक कष्टों को सहकर बिना किसी स्वार्थ के सहर्ष कर लेती है। अब, यदि कोई माता इस तरह का निःस्वार्थ प्रेम कर सकती है तो यह सहज ही अनुमान लगाया जा सकता है कि अन्य लोग भी दूसरों के साथ निःस्वार्थ प्रेम व्यवहार कर ही ले सकते हैं। दूसरों के साथ प्रेमयुक्त व्यवहार करना मनुष्य के सामर्थ्य के अंदर ही आता है। पर तब इसके लिए नैतिक नियंत्रण का होना नितांत आवश्यक है। स्पष्ट ही नैतिक नियंत्रण से उत्पन्न कोई कार्य-संकल्प शुभ ही हो सकता है और शुभ संकल्प पर आधारित सामाजिक समायोजन निश्चित रूप से टिकाऊ तथा सर्वमंगलकारी ही हो सकता है।

स्पष्ट ही शुभ संकल्प उस रुचि का ही परिणाम हो सकता है जो रुचि दूसरों कीं रुचियों के साथ समंजित रहती है। इस तरह से उत्पन्न शुभ संकल्प निश्चय ही परहितकारी एवं सर्वसमन्वयक होता है। और चूँकि यह बुद्धि पर आधारित होता है इसलिए यह सामान्यतः गलत मूल्यों को आत्मसात् नहीं करता। प्रश्न उठता है कि शुभ संकल्प में मूल्यों का चयन किस दृष्टि से होता है। यहाँ यह उल्लेखनीय है कि शुभ संकल्प का उद्देश्य अंततः वही हो सकता है जिसके द्वारा सभी व्यक्तियों के लिए नैतिकता पर आधारित सुखानुभूति सम्भव बनायी जा सके। संक्षेप में हम इस आदर्श को सर्वमंगलपरक आदर्श कह सकते हैं। भारतीय वाङ्मय के 'सर्वे भवन्तु सुखिनः' में इसी आदर्श की पूर्ति के लिए कामना की गयी है। सही अर्थ में यही मानव जीवन का सर्वोच्च आदर्श हो सकता है।

यहाँ यह ध्यातव्य है कि यह समष्टि सुख कोई वास्तविक सत्ता नहीं, वरन् एक आदर्श है। सर्वोच्च आदर्श कभी ऐतिहासिक रूप से वास्तविक नहीं हो सकता। वह तो वैचारिक धरातल पर एक प्रेरक की भूमिका अदा करता है। आदर्श दो तरह से विचारपरक होता है। एक तो यह कि कोई आदर्श एक वैचारिक अवधारणा होता है और दूसरा यह कि आदर्श के क्रियान्वयन के लिए विचार पर आधारित संकल्प की आवश्यकता होती है। अब यहाँ प्रश्न उठता है कि यदि सर्वमंगलपरक आदर्श एक वैचारिक अवधारणा है, तो क्या हमें इस आदर्श को मात्र एक कल्पना ही मान लेना चाहिये? पेरी इस प्रसंग में कहते हैं कि यद्यपि यह आदर्श ऐतिहासिक रूप से तथ्यपरक नहीं हो सकता, तो भी यह एक हेत्वाश्रित तथ्य का रूप ले ही सकता है। यदि अभी कोई बारह हाथ लम्बा मनुष्य अस्तित्ववान् हो जाय, तो वह मनुष्य निश्चय ही वर्तमान के सभी मनुष्यों से अधिक लम्बा मनुष्य माना जायगा। इस मनुष्य का सबसे अधिक लंबा होना एक हेत्वाश्रित सत्य है। और इस कारण यह एक हेत्वाश्रित तथ्य भी है। इसी तरह हम कह सकते हैं कि यदि सभी मनुष्य सभी मनुष्यों के नीतिसम्मत सुख के लिए निष्ठा के साथ क्रियाशील हो जाँय, तो यह सुख निश्चय ही प्राप्त करने योग्य हो जा सकता है। इस तरह की सुखप्राप्ति अवश्य ही एक हेत्वाश्रित सत्य एवं तथ्य है। यहाँ यह भी उल्लेखनीय है कि यदि कोई एक व्यक्ति इस प्रकार की सुखप्राप्ति के लिए प्रयत्न कर सकता है, तो सबों के द्वारा इसके लिये प्रयत्न करना कोई अनर्गल बात नहीं है। अतः यद्यपि सर्वजनसुखपरक आदर्श वास्तविक रूप से अभी तक चरितार्थ नहीं किया जा सका है, फिर भी उस दिशा में प्रयास करना तो बिलकुल तर्कसंगत है। अतः इस आदर्श को कल्पना की एक उड़ान मात्र नहीं माना जा सकता। पेरी कहते है कि इस आदर्श के अनुरूप सार्वजनीन सुखानुभूति से मिलती-जुलती कुछ घटनाएँ जब तब घटती भी रहती हैं, और उनके माध्यम से लोग उस महानतम आदर्श की कुछ झलकें प्राप्त भी कर लिया करते हैं। सौंदर्यानुभूति से आनंदलाभ, किसी महान् लक्ष्य की प्राप्ति के लिए साहसपूर्ण कार्य करना, कष्ट से ग्रस्त जीवों के प्रति करुणा की भावना, लोगों के कष्टनिवारण के लिए प्रयासरत होना, आदि कुछ ऐसी स्थितियाँ हैं जिनके द्वारा हमें उस महानतम आदर्श का कुछ-कुछ आभास तो मिल ही जाता है।

यहाँ यह उल्लेखनीय है कि यद्यपि यह महानतम आदर्श परहितपरक है, तो भी यह आदर्श आत्मप्रेम का विरोधी नहीं है। हमने ऊपर देखा है कि आत्मप्रेम स्वार्थलोलुपता नहीं होता, वरन् यह किसी व्यक्ति का अपने प्रति एक ऐसा अनुराग होता है जो उसकी उच्छृंखल इच्छाओं और आकांक्षाओं के परिमार्जित एवं समंजित होने पर ही उत्पन्न हो सकता है। अपने प्रति इस तरह का अनुराग केवल आत्मप्रेमी को ही नहीं होता, वरन् किसी सच्चे परप्रेमी को भी होता है। यहाँ यह उल्लेखनीय है कि विश्वप्रेम के लिए आत्मप्रेम बाधक नहीं होता, ठीक वैसे ही जैसे आत्मप्रेम के लिए अनेकानेक वैयक्तिक रुचियों का होना बाधक नहीं होता, चूँकि

इस विषय की विस्तृत चर्चा पहले की जा चुकी है, इसलिए उसकी फिर से यहाँ चर्चा करना आवश्यक नहीं है। वैयक्तिक रुचियों के समंजित रूप पर आधारित आत्मप्रेम का विश्वप्रेम के साथ कोई विरोध हो नहीं सकता। अतः मूल्यसोपान में विश्वप्रेम के साथ-साथ आत्मप्रेम को भी स्थान प्राप्त हो जाना है। इस मूल्यसोपान में निश्चय ही उन मूल्यों को स्थान नहीं मिल सकता जो मूल्य न होकर कुमूल्य होते हैं और जो सोपान के सही मूल्यों के विरोधी ही सिद्ध हो सकते हैं।

क्या उपर्युक्त इस आदर्श को एक उपयोगितावादी आदर्श कहा जा सकता है? इसका उत्तर नकारात्मक है, क्योंकि यह आदर्श तो सर्वोच्च एवं अन्तिम है और इस कारण यह केवल साध्य हो सकता है साधन नहीं। अतः इसके सम्बन्ध में यह पूछा ही नहीं जा सकता कि यह किस उद्देश्य के लिए उपयोगी है या हो सकता है। यह सही है कि इसको चरितार्थ करने के लिए अनेक साधनों का उपयोग जरूरी है, पर यह स्वयं किसी साध्य को सिद्ध करने के लिए साधन के रूप में प्रयुक्त नहीं हो सकता। यह साध्य या आदर्श शुद्ध रूप से परिमाणपरक भी नहीं है, क्योंकि इसके निरूपण में सुख के परिमाण को जरूरत से ज्यादा महत्त्व दिया ही नहीं गया है। ऐसा भी नहीं है कि इस आदर्श के अंतर्गत आनेवाली मूल्य-शृंखला में जिस किसी भी सुख को स्थान दे दिया जाता है; बल्कि केवल ऐसे ही सुख को स्थान दिया जाता है जो सद्‌गुण से युक्त होता है। यही कारण है कि इसमें काव्यानन्द की उपेक्षा और सूई-छेदन की अपेक्षा नहीं होती है। यहाँ यह उल्लेखनीय है कि एक तरह से मिल एवं बेन्थम के नैतिक मत का उपयोगितावाद के रूप में नामकरण ही भ्रामक है। साधन का उपयोग या उपयुक्त साधन का प्रयोग तो प्रत्येक आदर्श की प्राप्ति के लिए जरूरी ही होता है। और इस दृष्टि से प्रत्येक नैतिक आदर्श उपयोगितावादी तो होता ही है। अतः मिल या बेन्थम के द्वारा अपने मत को 'उपयोगितावाद' नामित करना बिलकुल भ्रामक है। पर तब यह आदर्श कर्तव्यवादी आदर्श भी नहीं है। इसके अनुसार कार्यों का क्रियान्वयन कर्तव्य निष्पादन के लिए ही नहीं होता, वरन् उद्देश्यप्राप्ति के लिए ही होता है। पर वह उद्देश्य सद्‌गुणमर्यादित सार्वजनीन सुखानुभूति है और इसकी प्राप्ति के लिए शुभ संकल्प आवश्यक होता है। पर शुभ संकल्प अपने आप से शुभ नहीं हो जाता। वह शुभ इस कारण होता है कि वह अंत तक सद्‌गुणमर्यादित सार्वजनीन सुख जैसे सर्वोच्च आदर्श की प्राप्ति को सम्भव बनाता है। यह सही है कि सभी संकल्प सफल नहीं हो जाते, पर प्रकृति ऐसी अनुदार भी नहीं है कि वह मनुष्यों के सभी संकल्पों को विफल ही कर देती है। पूरा इतिहास गवाह है कि मनुष्यों के अनेकानेक शुभ संकल्प सफलीभूत हुए हैं। यहाँ यह भी ध्यातव्य है कि यह आदर्श स्वार्थसिद्धिपरक भी नहीं है, क्योंकि इसके अनुसार मनुष्य का लक्ष्य सबों के द्वारा सुख के अनुभव को सम्भव बनाना ही है।

चूँकि उपर्युक्त विवेचनों से यह सिद्ध होता है कि मानव जीवन का चरमादर्श विश्वव्यापी सुख को ही सम्भव बनाना है, इसलिए कोई नैतिक निर्णय लेने के लिए विश्वव्यापी सद्‌गुणसम्पन्न सुख की प्राप्ति ही मानदंड की भूमिका अदा कर सकती है। हम व्यापक तौर पर दो तरह के नैतिक निर्णय लिया करते हैं, क्योंकि जीवनयापन के क्रम में हमारे सामने दो प्रकार के प्रश्न उठते रहते हैं। एक प्रकार तो यह है कि हम क्या करें? और दूसरा प्रकार यह है कि हम कैसा बनें? इन दोनों प्रकार के प्रश्न इसलिए उठते हैं कि हम बौद्धिक प्राणी हैं। यदि हम मात्र प्राणी होते और बौद्धिक नहीं होते, तो ऐसे प्रश्न उठ ही नहीं सकते थे। चूँकि हम बौद्धिक हैं और परिस्थितियाँ ऐसी बनती रहती हैं कि हमारे सामने अनेक विकल्प

उपस्थित होते रहते हैं, इसलिए हमें सोचना पड़ता है कि हम किन विकल्पों को छोड़ें और किन्हें स्वीकार करें। इस प्रकार हमें उचित मानदंड की आवश्यकता होती रहती है। स्पष्ट ही कोई सर्वोत्कृष्ट मूल्य ही सही मानदंड हो सकता है। इसलिए यह प्रश्न उठ खड़ा होता है कि सर्वोत्कृष्ट मूल्य क्या है जिसे ही हम अपने कर्मों के लिए तथा अपने चरित्रनिर्माण के लिए मानदण्ड बना सकें। यहाँ यह उल्लेखनीय है कि हम ऊपर सुनिश्चित कर चुके हैं कि सर्वोत्कृष्ट मूल्य सद्गुणों से परिमार्जित सर्वकल्याण ही हो सकता है। अतः ऐसा ही कल्याण उचित भी हो सकता है। तात्पर्य यह है कि हमें वही करना चाहिये जो अंततः उपर्युक्त प्रकार के विश्वकल्याण को ही सम्भव बनावे। और फिर हमें अपने लिए तथा दूसरों के लिए भी चरित्रनिर्माण सम्भव बनाना चाहिये जो हमेशा कर्ता को विश्वकल्याणपरक कर्मों को करने के लिए ही प्रेरित करता रहे। किसी कर्म को करने के लिए इच्छा, आकांक्षा, प्रेरक, अभिप्राय, उद्देश्य, आदि की आवश्यकता होती है। हमें इनके सम्बन्ध में भी निर्णय लेना पड़ता है कि ये अच्छे हैं या बुरे। स्पष्ट ही ऐसे निर्णयों के लिए भी उचित मानदंड की आवश्यकता रहती ही है। निःसंदेह यहाँ भी विश्वव्यापी लोककल्याण ही मानदंड हो सकता है। जब कोई कर्ता कोई कर्म कर लेता है, तो उस कर्म के संदर्भ में पूछा जाता है कि उसके कर्ता का प्रेरक या अभिप्राय अच्छा था या बुरा। यदि उत्तर देनेवाले के सामने कोई मानक नहीं है, तो वह ऐसे प्रश्न का उत्तर नहीं दे सकता। यहाँ भी मानक उपर्युक्त लोककल्याण ही हो सकता है। इस प्रकार हम देखते हैं कि कर्मों के नैतिक औचित्य तथा मनुष्यों के चरित्र के नैतिक शुभत्व को सुनिश्चित करने के लिए लोककल्याणपरक सर्वोच्च मूल्य ही मानक का काम कर सकता है। इस प्रसंग में हम संस्कृत वाङ्मय की उस उक्ति को उद्धृत करना चाहते हैं जिसमें उपर्युक्त नैतिक मानदंड बहुत स्पष्ट रूप से वर्णित किया गया है। वह उक्ति है— ''अष्टादशपुराणेषु व्यासस्य वचनद्वयम्। परोपकारः पुण्याय पापाय परपीडनम्॥''

❑

अध्याय 16

दण्ड और पुरस्कार

16.1 नैतिकता में दण्ड और पुरस्कार की प्रासंगिकता

नैतिकता में दण्ड और पुरस्कार का स्थान है या नहीं? नीतिशास्त्र के लिए यह भी एक विचारणीय प्रश्न ही है। हम कहते आये हैं कि नैतिकता में संकल्प की स्वतंत्रता का बहुत ही महत्त्वपूर्ण स्थान होता है। जो कर्म कर्ता के स्वतंत्र संकल्पन के आधार पर क्रियान्वित होता है, वही कर्म नैतिक परिधि के अंतर्गत आता है, और ऐसे ही कर्म के लिए उनके कर्ता को उत्तरदायी माना जा सकता है। अब यहाँ प्रश्न उठता है कि उत्तरदायित्व क्या है। उत्तरदायित्व का प्रयोग हम मुख्यतः दो अर्थों में करते हैं। हम किसी व्यक्ति के सम्बन्ध में कह सकते हैं कि 'वह एक उत्तरदायित्वपूर्ण व्यक्ति है।' इसका अर्थ यह है कि उक्त व्यक्ति को जो कार्य सौंपा जाता है, उसे वह बिलकुल तत्पर होकर पूरी निष्ठा के साथ क्रियान्वित करने का प्रयास करता है। स्पष्ट ही इस अर्थ में हम सम्बद्ध व्यक्ति के स्वभाव या चरित्र के बारे में अपनी राय व्यक्त करते हैं। पर कभी कभी हम किसी निष्पादित कर्म के कर्ता की पहचान करने के सिलसिले में इस शब्द का प्रयोग करते हैं; "इस कर्म के लिए अमुक व्यक्ति ही उत्तरदायी है"। इस वाक्य के द्वारा मानो सम्बद्ध कर्म के कर्ता की पहचान की गयी है। यहाँ यह ध्यातव्य है इन दोनों प्रकार के उत्तरदायित्वों में यदि पहले में प्रशंसा, अनुशंसा, पुरस्कार, आदि अधिक अपेक्षित होते हैं, तो दूसरे में निंदा, भर्त्सना, दण्ड आदि अधिक अपेक्षित होते हैं। ध्यातव्य है कि हम किसी कर्ता को उसके द्वारा किये गये कर्म के लिए इसलिए उत्तरदायी मानते हैं कि हम समझते हैं कि यदि वह कर्ता चाहता, तो वह उस कर्म को नहीं भी कर सकता था। यहाँ यह उल्लेखनीय है कि जहाँ कर्ता के सामने कार्यपरक विकल्प नहीं रहते हैं, वहाँ सही अर्थ में कोई कर्ता हो ही नहीं सकता। और जहाँ तथाकथित कर्ता जड़वत् कार्य करने को विवश होता है, वहाँ उसके उत्तरदायी होने का प्रश्न ही नहीं उउ सकता। इस बात को हम एक दूसरे ढंग से इस प्रकार समझ सकते हैं। ऐसे कार्य जिनके सम्बन्ध में प्रशंसा, पुरस्कार, दण्ड, निंदा, आदि प्रासंगिक नहीं होते, वैसे कार्यों के करनेवालों को हम उत्तरदायी नहीं मान सकते। इस प्रकार हम देखते हैं कि संकल्प-स्वतंत्रता, उत्तरदायित्व, प्रशंसा, निंदा, पुरस्कार, दण्ड, आदि अवधारणाएँ एक दूसरे से इस प्रकार सम्बद्ध हैं कि एक अवधारणा के आधार पर दूसरे को आपादित किया जा सकता है। ऐसा कहना कि "मैं अपना कार्य करने में स्वतंत्र हूँ, पर मै इसके लिए उत्तरदायी नहीं हो सकता" उसी तरह बेतुका है जिस तरह ऐसा कहना कि "मैं किसी अनैतिक कार्य करने के लिए उत्तरदायी तो होता हूँ, पर उसके लिए मेरी भर्त्सना नहीं की जा सकती और न ही मुझे उसके लिए कोई दण्ड ही दिया जा सकता।" हम मनुष्य की संकल्प-स्वतंत्रता के सम्बन्ध में पहले ही विस्तृत विवेचन कर चुके हैं और हमने यह स्वीकार किया है कि मनुष्य में विभिन्न विकल्पों के बीच स्वतंत्र चयन करने की क्षमता है, और इस कारण वह चुने हुए विकल्प के अनुरूप कार्य करने के लिए उत्तरदायी

भी होता है। हमने ऊपर यह भी विवेचित किया है कि कोई कर्म किस कारण नैतिक होता है और किस कारण अनैतिक। और हमने पाया है कि नैतिकता की कसौटी अंततः समान आबंटन से युक्त लोककल्याण ही हो सकती है। और जो व्यक्ति इस तरह के लोककल्याणपरक कार्य करने के लिए ही अपना चरित्रनिर्माण करता है वही व्यक्ति नैतिक दृष्टि से चरित्रवान् माना जा सकता है। मनुष्य चूँकि एक बौद्धिक प्राणी है इसलिए उससे यह अपेक्षित तो रहता ही है कि वह स्वार्थ का परित्याग कर परार्थ के लिए ही कार्य करे, और वह अपने अंदर वैसा ही करने की प्रवृत्ति का भी सृजन करे। जभी प्रवृत्ति नैतिकता के अनुकूल होती है तभी कर्ता नैतिक कर्म करने के लिए संकल्प लेने में समर्थ हो सकता है। और तभी वह अपने कर्म के लिए उत्तरदायी भी माना जा सकता है, और उत्तरदायी होने की वजह से वह नैतिक कर्म करने पर प्रशंसा और पुरस्कार का भागी भी बन सकता है और अनैतिक कर्म करने पर निंदा और दण्ड का भागी। इस प्रकार हम यह भी देख सकते हैं कि नीतिशास्त्र में प्रशंसा और निंदा तथा पुरस्कार एवं दण्ड का विशेष महत्त्व होता है।

यहाँ एक प्रश्न यह उठ सकता है कि नैतिक कर्म के लिए प्रशंसा और पुरस्कार तथा अनैतिक कर्म के लिए निंदा एवं दण्ड के प्रावधान का औचित्य क्या है। इसके उत्तर में यह कहा जा सकता है कि मनुष्य एक बौद्धिक प्राणी है, जिस कारण वह यह सोचने में सक्षम एवं समर्थ है कि सही मायने में उसका लक्ष्य क्या हो सकता है। उल्लेखनीय है कि सही ढंग से विचार करने पर यह तो पता लग ही सकता है कि मनुष्य का उचित लक्ष्य लोककल्याण ही है। पर इस लक्ष्य को हासिल करने की प्रवृत्ति रखना बहुत आसान नहीं है। अतः ऐसी प्रवृत्ति रखने के लिए प्रयास करना अत्यंत आवश्यक है। पर तब यह भी अत्यंत आवश्यक है कि समाज मनुष्य को ऐसी प्रवृत्ति रखने के लिए जोरदार ढंग से प्रेरित करे। समाज यदि इस सम्बन्ध में कुछ नहीं करता है, तो इससे अंततः समाज का ही अहित होता है। और समाज के अहित का अर्थ समाज के सभी सदस्यों का अहित ही है। अतः समाज के लिए यह आवश्यक हो जाता है कि वह ऐसे-ऐसे उपाय करे जिनसे लोगों में नैतिक कार्य करने की प्रवृत्ति और अनैतिक कार्य करने की निवृत्ति पैदा हों। मनुष्य बौद्धिक प्राणी अवश्य है, पर उसकी बौद्धिकता अपने आप सक्रिय नहीं हो जाती। इसके लिए उचित एवं पर्याप्त शिक्षा की आवश्यकता होती है। और किसी तरह के शिक्षार्थी के लिए मनोवैज्ञानिक कारण से यह जरूरी होता है कि उसकी शिक्षा के साथ दण्ड और पुरस्कार का प्रावधान भी जुड़ा रहे। मनुष्य स्वभाव से सुख पाना चाहता है और दुःख से दूर रहना चाहता है। और यह तो स्पष्ट ही है कि पुरस्कार सुखदायी होता है और दण्ड दुःखदायी। अतः पुरस्कार से प्रोत्साहन सम्भव होता है और दण्ड से विरक्ति सम्भव होती है। इस वजह से यह जरूरी हो जाता है कि नैतिकता से सम्बद्ध सभी तरह के प्रयासों के साथ दण्ड और पुरस्कार का प्रावधान भी जुड़ा रहे।

यहाँ यह उल्लिखत करना बिलकुल अप्रासंगिक नहीं होगा कि एक प्रकार से प्रकृति द्वारा ही यह प्रावधान कर दिया गया है कि नैतिकता के साथ पुरस्कार जुड़ा रहे और अनैतिकता के साथ दण्ड। मनुष्य जिस कार्य को उचित समझता है उसे यदि वह कर लेता है तो उसे प्राकृत्तिक तौर से ही सुख एवं संतोष की अनुभूति होती है। और यदि वह उसे नहीं कर सकता है या उसके विपरीत कुछ कर देता है, तो उसे प्राकृतिक तौर पर ही दुःख एवं आत्मग्लानि की अनुभूति होती है। यह बात दीगर है कि कर्ता जिस कार्य को नैतिक दृष्टि से उचित समझ रहा है वह वस्तुतः नैतिक दृष्टि से उचित नहीं हो। पर इससे यह सिद्ध नहीं होता कि कर्ता द्वारा किसी कार्य को उचित समझकर किये जाने पर उसे सुख एवं संतोष का अनुभव नहीं

होगा। ऐसा अनुभव तो उसे मनोवैज्ञानिक कारणों से होगा ही। पर तब यहाँ इसकी अपेक्षा हो जाती है कि समाज उसे बतलावे कि वह जिस कार्य को नैतिक दृष्टि से उचित समझता है वह सही अर्थ में नैतिक दृष्टि से उचित नहीं है। मनुष्य की अनेक जन्मजात एवं अर्जित प्रवृत्तियाँ अनैतिक होती ही हैं और कभी-कभी तो ऐसी प्रवृत्तियाँ इतनी सशक्त हो जा सकती है कि मनुष्य को नैतिक रूप से उचित कार्य का ज्ञान रहने पर भी उसके विपरीत ही उन्हीं कुवृत्तियों के अनुरूप ही कार्य करने को विवश हो जाना पड़ता है। पर ऐसी स्थितियों में भी इतना तो निश्चित रहता है कि कर्ता को कर्म के सम्पन्न हो जाने के बाद आत्मग्लानि एवं पश्चात्ताप की आग में झुलसना तो पड़ता ही है। इस तरह की आग में झुलसने से केवल वही बच सकता है जिसका विवेक पूरी तरह अशक्त होता है। पूर्ण रूप से विवेकहीन मनुष्यों के उदाहरण मिलते तो अवश्य हैं, पर यह अत्यंत सौभाग्य की बात है कि ऐसे मनुष्यों की संख्या पहले भी बहुत कम थी और आज भी बहुत कम है। यदि ऐसा नहीं होता तो समाज का कायम रह पाना सम्भव ही नहीं होता। अब यहाँ यह उल्लेखनीय है कि मनोवैज्ञानिक कारणों से होने वाले आत्मसंतोष या आत्मग्लानि सम्बन्धी सभी अनुभव नैतिक उत्थान एवं प्रगति के लिए सहायक तो अवश्य होते हैं, पर वे ऐसे अत्थान एवं प्रगति के लिए पर्याप्त नहीं होते। अतः समाज के लिए यह नितांत आवश्यक हो जाता है कि वह अपने स्तर पर कुछ ऐसी व्यवस्था करे जिससे नैतिक शिक्षण प्रभावी हो सके और नैतिक क्रियान्वयन सुदृढ़ हो सके। स्पष्ट ही नैतिक शिक्षण को प्रभावी बनाने के लिए तथा नैतिक क्रियान्वयन के सुदृढ़ होने के लिए दण्ड और पुरस्कार का प्रावधान होना अत्यंत उपयोगी सिद्ध हो सकता है। बच्चों की शिक्षा तथा उसके कार्यनिष्पादन के संदर्भ में तो कहा भी गया है—''लालयेत् पंचवर्षाणि दशवर्षाणि ताड़येत्''। अंग्रेजी भाषा में भी एक कहावत है—''स्पेयर दि रॉड एण्ड स्वाय्ल दि चाइल्ड'', अर्थात् ''डंडे को छोड़िये और बच्चे को बिगाड़िये''।

यहाँ यह उल्लेखनीय है कि नैतिकता को पुरस्कार और दण्ड व्यवस्था का पर्यायवाची नहीं मान लेना चाहिये। नैतिकता तो मानो एक विधान है जिसके अनुरूप मनुष्य को कार्य करना चाहिये। नैतिकता के अनुरूप कार्य उत्प्रेरित एवं क्रियान्वित हो सकें—इसके लिए समाज में यह दण्ड और पुरस्कार देने की व्यवस्था विकसित हुई है। चूँकि लोग दण्ड नहीं चाहते और पुरस्कार चाहते हैं और चूँकि समाज नैतिकता का पक्षधर होता है, इसलिए लोग दण्ड से बचने के लिए तथा पुरस्कार पाने के लिए नैतिक होता है। अतः हम दण्ड और पुरस्कार को नैतिक उत्प्रेरक भी कह सकते हैं। लेकिन यहाँ यह ध्यातव्य है कि जो कर्म दण्ड से बचने या पुरस्कार पाने के लिए किया जाता है वह सही अर्थ में नैतिक नहीं हो सकता। जैसा हम जानते हैं, जो कर्म स्वतंत्र संकल्प से उत्पन्न होता है और जो नैतिक उद्देश्य की पूर्ति के लिए ही किया जाता है वही कर्म नैतिक हो सकता है। कर्ता द्वारा दण्ड या पुरस्कार की प्राप्ति तो एक तरह से उसके द्वारा स्वतंत्र होकर कार्यनिष्पादन करने की तार्किक परिणति है। नैतिक कर्म नहीं करने के लिए कर्ता के द्वारा दण्ड की प्राप्ति और करने के लिए पुरस्कार की प्राप्ति मानो नैतिकता की एक तर्कसम्मत आंतरिक विशिष्टता है। अब हम दण्ड सम्बन्धी विभिन्न मतों की व्याख्या एवं समीक्षा करेंगे।

16.2 दण्ड का सिद्धान्त

दण्डविधान के सम्बन्ध में निम्न बिंदुओं के बारे में विचार करना अत्यन्त आवश्यक हैः दण्ड कौन देता है, क्यों देता है, कैसे देता है, आदि। यह तो सभी जानते हैं कि दण्ड उसी

व्यक्ति को दिया जाता है जिसने कोई गलत या अनैतिक काम जानबूझकर या सोच समझ कर किया है। और अनैतिक काम तो वही होता है जो नैतिक मानदण्ड के विरुद्ध होता है। पर दण्ड देता कौन है? ईश्वरवादी विचारधारा के अनुसार नैतिक नियम ईश्वरीय आदेश होते हैं, और ईश्वर ही ऐसे आदेशों के पालन करने वालों को उनके जीवनकाल में सुखभोग तथा उनके मरणोपरान्त स्वर्ग आदि पुरस्कार देते हैं, और वे ही इन आदेशों के उल्लंघन करने वालों को जीवनकाल में नाना प्रकार के दुःख तथा मरणोपरान्त नरकभोग आदि दण्ड देते हैं। लेकिन हम इस ईश्वरवादी विचार को स्वीकार नहीं करते। हम ऐसा नहीं मानते कि नैतिकता के लिए किसी तरह ईश्वरीय अस्तित्व जरूरी होता है। लेकिन तब यहाँ प्रश्न उठ जाता है कि नैतिक अपराध के लिए दण्ड देनेवाला कौन होता है। इस प्रश्न के उत्तर में हम कह सकते हैं कि दण्ड देनेवाला या तो स्वयं कर्ता या समाज या फिर राज्य होता है। हमने ऊपर कहा है कि मनोवैज्ञानिक स्तर पर भी दण्डविधान स्वतः लागू हो जाता है। यदि कोई व्यक्ति नैतिक नियम को जानते हुए और उसे स्वीकार करते हुए कायर या दुश्चरित्र होने के कारण उस नियम का उल्लंघन करता है, तो निश्चय ही वह मनोवैज्ञानिक स्तर पर आत्मग्लानि का अनुभव करता है और इस तरह मानसिक कष्ट झेलने को बाध्य होता है। दण्डविधान का उद्देश्य भी तो यही है कि अपराधी किसी-न-किसी तरह कष्ट भोगे। यह सही है कि कुछ अपराधी ऐसे भी होते हैं जो पूरी तरह विवेकहीन होते हैं और जिनमें आत्मलानि या पश्चात्ताप जैसे अनुभवों की सम्भावना ही नष्ट हो चुकी रहती है। पर, जैसा हमने ऊपर कहा है, ऐसे निकृष्टतम अपराधियों की संख्या बहुत कम होती है। इसलिए उन्हें केवल अपवाद ही माना जा सकता है। लेकिन अपवाद होने पर भी ये अपराधी दण्ड से मुक्त नहीं हो जा सकते। राज्य प्रशासन तो ऐसे अपराधियों को दण्ड देने के लिए विशेष रूप से सावधान रहता है। कोई राज्य प्रशासन राज्य का शक्तिकेन्द्र होता है और कोई राज्य समाज का एक सुसंगठित एवं अधिकारसम्पन्न प्रतिरूप होता है। और राज्य समाज के द्वारा सामाजिक विकास, उत्थान, कल्याण, आदि कार्यों को करने के लिए ही प्राधिकृत कर दिया जाता है। फलस्वरूप राज्य प्रशासन का यह कर्तव्य हो जाता है कि वह समाजविरोधी तत्त्वों को नियंत्रित करे, और यदि ऐसे तत्त्व अपराध कर दें तो उन्हें दंडित करे। पर इसका अर्थ यह नहीं होता है कि जब तक समाज राज्य के रूप में संगठित नहीं हो जाता, तब तक समाज समाजविरोधी तत्त्वों को नियंत्रित कर नहीं सकता और उन्हें दण्ड दे नहीं सकता। समाज अपने मौलिक स्तर पर भी अपराधियों को नियंत्रित और दंडित करता ही है। हम यहाँ एक उदाहरण के द्वारा इस विषय को स्पष्ट करना चाहेंगे। कल्पना कीजिए कि एक वयस्क पुरुष और एक वयस्क स्त्री में विवाहेतर यौन सम्बन्ध दोनों की रजामंदी से ही स्थापित हो जाता है। यह यौन सम्बन्ध नैतिक दृष्टि से उचित है या नहीं, इस पर हम यहाँ विचार नहीं करना चाहते। हम यहाँ केवल यह देखना चाहते हैं कि इस यौन सम्बन्ध के प्रति राज्य और समाज के द्वारा साधारणतः कैसी प्रतिक्रियाएँ की जाती हैं। जहाँ राज्य इसे अपराध नहीं मानता और इस कारण वह इस सम्बन्ध में कोई दण्डात्मक कार्रवाई नहीं करता, वहीं समाज इसे नैतिक अपराध मानकर इससे सम्बद्ध व्यक्तियों को दंडित करता है। समाज के द्वारा दण्ड दिये जाने के अनेक तरीके हैं—जैसे निंदा, भर्त्सना, घृणा, बहिष्कार, हुक्का-पानी बंद करना, बेटी-रोटीपरक सम्बन्ध समाप्त करना, आदि आदि। कभी-कभी तो समाज अपराधी के साथ मारपीट भी करता है और उसे मृत्युदण्ड तक दे डालता है। इस प्रकार हम देखते हैं कि समाज और राज्य के दृष्टिकोण अलग-अलग हो सकते हैं और इस वजह से उनके दण्डविधान भी अलग-अलग हो सकते हैं।

अब यहाँ प्रश्न उठता है कि क्या उपर्युक्त यौनसम्बन्ध के विषय में या अन्य सामाजिक मामलों में समाज और राज्य प्रशासन के दण्डविधानों का अलग-अलग होना उचित है। यों तो इसका उत्तर नकारात्मक ही होना चाहिये। आखिरकार राज्य तो समाज का ही प्रतिनिधित्व करता है। अतः दोनों के दण्डविधानों में भिन्नता का होना बेतुका लगता है। लेकिन यहाँ यह भी ध्यातव्य है कि यद्यपि समाज को यह देखने का हक है कि राज्य प्रशासन समाज के हित में काम करता है या नहीं, फिर भी यह बिल्कुल मुनासिब है कि समाज को राज्य के दायरे में आनेवाले कार्यों में बेवजह दखल नहीं देना चाहिये। यह तो स्पष्ट ही है कि समाज के रीति-रिवाज प्रायः परंपरा पर आधारित होते हैं, और राज्य के कानून विचार-विमर्श करके बनाये जाते हैं। अतः दोनों के दण्डविधानों में फर्क हो ही सकता है। चूँकि दण्ड देने में विशेष सावधानी की जरूरत है इसलिए दण्डविधान राज्य प्रशासन के अंतर्गत ही आता है। इसलिए समाज को साधारणतः यह अधिकार नहीं है कि वही किसी अपराध के लिए दण्ड निर्धारित करे और उसे क्रियान्वित भी करे। उपर्युक्त यौन सम्बन्ध के संदर्भ में यही कहा जा सकता है कि समाज द्वारा अपने ही स्तर पर दण्ड नहीं दे दिया जाना चाहिये। लेकिन समाज का यह कर्तव्य अवश्य बनता है कि वह अपराधी को शासन के सुपुर्द कर दे। समाज राज्य के किन कार्यक्षेत्रों में किस हद तक दखल दे सकता है—यह तो निश्चय ही एक विचारणीय विषय है।

पर कानून की भी अपनी सीमाएँ होती हैं। वह अनेक कारणों से अनेक अपराधों के सम्बन्ध में समुचित कार्रवाई करने में असमर्थ सिद्ध होता है। हम जानते हैं कि अनेकानेक अपराध कानूनी दृष्टि से पर्याप्त साक्ष्य के अभाव में शासन द्वारा दंडित नहीं किये जाते हैं। ऐसे अपराधों के लिए यदि समाज अपने स्तर पर अपराधी को निंदा, भर्त्सना, बहिष्कार, आदि आदि द्वारा दंडित करता है, तो निश्चय ही वह अपने ढंग से अपना नैतिक कर्तव्य निभाता ही है। लेकिन तब अपराधियों को प्रशासन के द्वारा दंडित किये जाने को सुनिश्चित करने के लिए समाज का यह भी कर्तव्य होता है कि वह राजकीय न्यायप्रक्रिया में यथोचित परिवर्तन कराकर उसकी खामियों को दूर करावे।

उपर्युक्त विवरण से यह आँका जा सकता है कि दण्ड तीन स्तरों पर दिये जाते हैं:—

(1) मनोवैज्ञानिक स्तर पर अपराधी मनोवैज्ञानिक व्यापारों के द्वारा अपने से ही अपने को दण्ड देता है। (2) सामाजिक स्तर पर समाज अपराधी को अपनी परम्परागत रीतियों के द्वारा दण्ड देता है। और (3) राज्य के स्तर पर प्रशासन अपराधी को न्यायप्रक्रिया द्वारा कानून के अनुसार दण्ड देता है। ध्यातव्य है कि दण्ड देने का अर्थ ही है कष्ट या दुःख देना। यों तो सभी कष्ट या दुःख अंततः मनोवैज्ञानिक ही होते हैं, फिर भी उनका आधार शारीरिक भी हो सकता है। दण्ड का सबसे अधिक उग्र रूप है मृत्युदण्ड। मृत्युदण्ड दिया जाना चाहिये या नहीं—यह एक विचारणीय प्रश्न है। हम इस दण्ड के सम्बन्ध में आगे विस्तार से चर्चा करेंगे। अपराध और दण्ड का आनुपातिक सम्बन्ध भी एक विचारणीय विषय ही है। इस विषय के सम्बन्ध में कानून में अत्यधिक विस्तार से विचार किया जाता है। नैतिकता का यह भी तकाजा होता है कि वह सुनिश्चित करे कि अपराधी को उचित से न तो अधिक और न ही कम दण्ड मिले। इस सम्बन्ध में हम यहाँ मात्रापरक बारीकियों में जाना नहीं चाहेंगे

अब हम यहाँ यह विचार करेंगे कि दण्ड क्यों दिया जाना चाहिये। यह विषय स्वयं ही

एक अत्यंत महत्त्वपूर्ण विषय है, क्योंकि किसी को बिना कारण के दण्ड देना अपने में ही एक दण्डनीय अपराध हैं। दण्ड देने के सम्बन्ध में तीन मत प्रस्तावित किये गये हैं। ये हैः—

(i) प्रतिकारात्मक मत, (ii) निवारणात्मक मत और (iii) सुधारपरक मत।

अब हम इन तीनों मतों की एक-एक कर व्याख्या एवं समीक्षा करेंगे।

16.3 दण्डसम्बन्धी तीन मत

16.3.1 प्रतिकारात्मक मत

कहावत हैः 'जैसे को तैसा' या 'जैसा करोगे वैसा पाओगे' या फिर 'जैसा बोओगे वैसा ही काटोगे।'[2] इन सभी कहावतों का निहितार्थ यही है कि कर्म के अनुसार ही फल मिलना चाहिये। हिन्दू संस्कृति का कर्मवाद भी यही प्रतिपादित करता है। साधारण न्यायबोध के अनुसार भी उचित यही प्रतीत होता है कि यदि किसी व्यक्ति ने किसी निर्दोष व्यक्ति की हत्या कर दी है और इस तरह उसने उसका जीवन छीन लिया है, तो उस हत्यारे के साथ भी वही सलूक होना चाहिये जो उसने मृतक के साथ किया है। ऐसा होने पर ही न्याय की माँग पूरी हो सकती है। यही दण्ड का प्रतिकारात्मक रूप है।

ऐसा प्रतीत होता है कि यह मत मनोवैज्ञानिक प्रतिक्रियाओं के अनुकूल ही है। हम प्रायः ऐसा देखते हैं कि यदि कोई व्यक्ति किसी दूसरे व्यक्ति के साथ कोई दुर्व्यवहार करता है, तो वह दूसरा व्यक्ति पहले के साथ बदला लेने के लिए उसी तरह का दुर्व्यवहार कर देता है। इस प्रकार की प्रतिशोधात्मक प्रवृत्ति प्रायः ही मनुष्यों में पायी जाती है। पर यहाँ एक प्रश्न यह उठ खड़ा होता है कि क्या इस तरह की प्रतिशोधात्मक प्रवृत्ति के रहने की वजह से किसी व्यक्ति को यह अधिकार प्राप्त हो जाता है कि वह बदला लेने की कार्रवाई करे ही। इसका उत्तर नकारात्मक होगा, क्योंकि एक तो मनोवैज्ञानिक प्रवृत्तियाँ नैतिकता के अनुकूल नहीं भी हो सकती हैं और दूसरे दण्डविधान का आधार मनोवैज्ञानिक तथ्य नहीं होता, बल्कि नैतिकता होती है। मनोवैज्ञानिक तथ्य होने के कारण यदि प्रतिशोधात्मक प्रवृत्ति को क्रियमाण होने की छूट मिल जाय, तो समाज में अशान्ति फैल जा सकती है जिससे अंततः व्यक्तियों का ही नुकसान हो सकता है। निश्चय ही किसी दण्डप्रक्रिया का उद्देश्य सहज मनोवैज्ञानिक प्रतिक्रियाओं के पीछे छिपे उद्देश्य के जैसा नहीं हो सकता। दण्डप्रक्रिया न तो एक शुद्ध वैयक्तिक प्रक्रिया हो सकती है, और न ही कोई व्यक्ति शुद्ध वैयक्तिक रूप में दण्ड देने का अधिकारी हो सकता है। दण्ड या तो सामाजिक स्तर पर सामाजिक रीति द्वारा या फिर राजकीय स्तर पर कानून के तहत नियुक्त अधिकारी द्वारा दिया जा सकता है। सामाजिक स्तर पर या राजकीय प्रशासन के स्तर पर जो भी व्यक्ति दण्ड देने का अधिकारी होता है वह समाज का या राज्य का प्रतिनिधि होता है। इस प्रकार यह देखा जा सकता है कि हमें दण्डविधान के औचित्य को निरूपित करने के लिए मनोवैज्ञानिक प्रतिक्रियाओं से प्रभावित न होकर दण्ड की उपादेयता पर ध्यान देना होगा। तभी हम दण्डविधान के नैतिक औचित्य को समझ सकते हैं।

दण्ड सम्बन्धी प्रतिकारात्मक मत न्याय की दुहाई देकर अपराधी को उसके अपराध के अनुरूप ही दण्ड देने को नैतिक दृष्टि से उचित ठहराता है। उसका नारा है शुद्ध न्याय, और वह इस न्याय की गरिमा को अक्षुण्ण रखना चाहता है। यह मत दण्ड सम्बन्धी उस मत को उचित नहीं मानता जिसके अनुसार दण्ड देने का मूल अभिप्राय लोगों को अपराध करने से रोकना है। अब यदि इस दूसरे मत को ही सही मान लिया जाय, तब तो किसी निर्दोष व्यक्ति को झूठमूठ एक मनगढ़ंत अपराध में फँसाकर कुछ मामूली दण्ड दे देना उचित ही हो जाएगा। किन्तु इस तरह से कुछ भी दण्ड देना किसी स्थिति में उचित नहीं हो सकता। दण्ड तो तभी

दिया जा सकता है जब वास्तविक रूप से अपराध किया गया हो। दण्ड अपराध किये जाने के बाद ही दिया जा सकता है। अतः प्रतिकारात्मक दण्डविधान के पीछे एक तार्किकता अवश्य है जिसे नजरअंदाज नहीं किया जा सकता।

हमने ऊपर देखा है कि कर्तव्यवादी कर्तव्यपरक नियमों को ही मानकों के रूप में सर्वोपरि मानते हैं। उनकी मान्यता है कि कर्तव्य को कर्तव्य मानकर बिना किसी फलाकांक्षा के क्रियान्वित करना चाहिये। अतः यदि आपने किसी कर्तव्यपरक नियम का उल्लंघन कर दिया है, तो आप निश्चित रूप से अपराधी बन जाते हैं और दण्ड के भागी हो जाते हैं। यहाँ नावेल-स्मिथ का वह विचार उल्लेखनीय है जिसके द्वारा उन्होंने न्यायकर्ता तथा विधायक के कार्यों में भिन्नता दिखलायी है। विधायक का काम है नियम या कानून बनाना। उसे कानून बनाते समय यह ध्यान में रखना चाहिये कि प्रस्तावित कानून से जनसाधारण का कल्याण सिद्ध हो सकेगा या नहीं। स्पष्ट ही विधायिका को नैतिक दृष्टि अपना कर केवल ऐसे ही नियम या कानून बनाने चाहिये जो जनता के हित में हों। पर, जब नियम या कानून बनकर तैयार हो जाँय तब उन्हें इस प्रकार गरिमामंडित कर देना चाहिये कि साधारण परिस्थिति में वे बिलकुल अनुल्लंघनीय हो जाँय। कानून के इस तरह से गरिमामंडित हो जाने के कारण ही न्याय साधारणतः यह नहीं देखता है कि अपराधी के अपराध से जनहित का नुकसान हुआ है या नहीं, बल्कि वह केवल यह देखता है कि अपराधी के द्वारा कानून का उल्लंघन हुआ है या नहीं। यदि कानून का उल्लंघन हुआ है, तो फिर उसे अपने अपराध के लिए कानून द्वारा निर्धारित दण्ड भुगतना ही होगा। इस प्रकार हम देखते हैं कि न्यायकर्ता एक न्यायकर्ता के रूप में मानो एक प्रतिकारवादी ही हो जाता है। यहाँ हम इस बात का भी उल्लेख कर सकते हैं कि मनुष्य की मानसिक संरचना कुछ ऐसी है कि मनुष्य अपनी सहज बुद्धि से ही अनेक परिस्थितियों में उचित और अनुचित या शुभ और अशुभ में भेद कर लेता है; और परिणामों को ध्यान में लाये बिना ही समझ लेता है कि कौन कर्म अनुचित एवं अशुभ होने के कारण दण्डनीय हैं और कौन कर्म उचित एवं शुभ होने के कारण सराहणीय तथा प्रशंसनीय हैं। सहज बुद्धि से प्राप्त ऐसी मान्यताओं को हम एक तरह से प्राकृतिक नियम ही मान सकते हैं। फलस्वरूप 'निर्दोष व्यक्ति की हत्या दण्डनीय है' को हम एक तरह से प्राकृतिक नियम ही मान सकते हैं। स्पष्ट ही इस नियम के उल्लंघन करने मात्र से उल्लंघनकर्ता दण्ड का भागी बन जाता है, चाहे इस उल्लंघन से अनेकानेक लाभकारी परिणाम ही क्यों न सम्भव होते हों। और तब यह भी कहा जा सकता है कि जिस तरह प्राकृतिक नियमों की अपनी गरिमा है, उसी तरह राज्य के कानूनों की भी अपनी गरिमा होती है। फलस्वरूप कानून का उल्लंघन करनेवाला उल्लंघन करने मात्र से दण्ड का भागी बन जाता है। कानून, जैसा काण्ट ने कहा है, निरपेक्ष आदेश होता है और उसकी अनुपालनीयता उसकी अवधारणा में ही निहित रहती है। अतः जब सही अवसर पर उसका अनुपालन नहीं होता है, तब अनुपालन नहीं करने वाले को दण्डित करना स्वतः अपेक्षित हो जाता है। और शुद्ध न्याय की माँग भी तो यही है। दण्ड का प्रतिकारात्मक मत इसी शुद्ध न्याय की दुहाई देता है और अपने को इसी न्याय पर आधारित मानता है।

पर क्या दण्ड का यह प्रतिकारात्मक मत अंतिम रूप से स्वीकरयोग्य है? इस मत के दो रूप माने गये हैं—एक को कठोर रूप कहते हैं और दूसरे को शांत रूप। कठोर रूप में दण्ड का स्वरूप अपराध के बिलकुल अनुरूप होता है। इस रूप की व्याख्या हम 'आँख के बदले आँख और दाँत के बदले दाँत' जैसे कथन के माध्यम से कर सकते हैं। पर दण्ड का शांत रूप उस परिस्थिति के अनुकूल होता है जब दण्ड देनेवाले का क्रोध मानो शांत हो चुका रहता है। क्रोध के कुछ शांत हो जाने के कारण दण्ड देनेवाला कुछ कुछ अपनी तर्कबुद्धि

से प्रभावित होने लगता है। अब वह सोचने लगता है कि अपराधी ने क्यों और किस परिस्थिति में अपराध किया। तर्कबुद्धि यह अनुमोदित नहीं कर सकती कि यदि अपराधी अपराध करने के लिए बाध्य किया गया हो, तो भी उसे उतना ही दण्ड मिलना चाहिये जितना उसे संकल्प लेकर अपराध करने पर मिलता। इस प्रकार हम देखते हैं कि प्रतिकारात्मक मत अपने शांत रूप में अपराध सम्बन्धी परिस्थिति, उद्देश्य, आदि को प्रासंगिक मानता है और वह दण्डविधान के लिए बुद्धि का उपयोग आवश्यक मानता है। किंतु तब क्या वह एक तरह से अपने ही ऊपर प्रश्न-चिह्न नहीं लगा देता? क्या तब वह यह प्रश्न उठाने के लिए पृष्ठभूमि तैयार नहीं कर देता कि 'दाँत के बदले दाँत' क्यों? और 'आँख के बदले आँख' क्यों? हमने ऊपर अनेक प्रकार से प्रतिकारात्मक मत को उचित ठहराने का प्रयास किया है। पर क्या इस तरह का कोई प्रयास करने के पहले यह सुनिश्चित कर लेना आवश्यक नहीं है कि प्रतिकार ही क्यों। यहाँ यह ध्यातव्य है कि कोई सही दण्डविधान किसी तानाशाह के दिमाग की उपज नहीं हो सकता, और न ही वह परिस्थितिनिरपेक्ष हो सकता है। अपराध और दण्ड मात्र एक मनुष्य के अस्तित्व में रहने पर सम्भव नहीं हो सकते। ये तो किसी समाज में ही सम्भव हो सकते हैं; और चूँकि ये किसी सामाजिक परिवेश में ही सम्भव हो सकते हैं, इसलिए उनके सम्बन्ध में कोई विवेचन या निर्णय सामाजिक परिप्रेक्ष्य में करना ही उचित हो सकता है। अतः प्रतिकारात्मक मत को अंतिम रूप से स्वीकार करने के पहले यह सुनिश्चित कर लेना जरूरी हो जाता है कि प्रतिकार से समाज का हित सिद्ध हो सकता है या नहीं। यदि प्रतिकार से समाज का हित सिद्ध हो जा सके, तब तो इस पर आधारित दण्डविधान उचित हो सकता हैं। अन्यथा हमें ऐसा दण्डविधान सुनिश्चित करना चाहिये जिससे सामाजिक हित सिद्ध हो जा सके।

यहाँ यह उल्लेखनीय है कि यद्यपि किसी दण्डविधान का औचित्य अंततः सामाजिक हित पर ही आधारित होता है, फिर भी प्रतिकारात्मक मत का वह पक्ष तो बिलकुल अखंडनीय है जो प्रस्तावित करता है कि अपराधी को निश्चित रूप से कोई-न-कोई दण्ड मिलना ही चाहिये। किसी दण्डनीय अपराध का प्रतिकार अपराधी को दण्ड देकर ही सम्भव बनाया जा सकता है, चाहे उस दण्ड का स्वरूप जो भी हो। इसका तात्पर्य यह है कि प्रतिकार तो हो, पर वह सामाजिक हित को ध्यान में रखकर ही हो। कल्पना कीजिये कि किसी प्रतिकार से सम्पूर्ण समाज का अहित ही होने जा रहा है। क्या ऐसे प्रतिकार को महज इसलिए कि वह प्रतिकार के रूप में बिलकुल उपयुक्त है क्रियान्वित करना ही चाहिये? स्पष्ट ही इस प्रश्न का उत्तर नकारात्मक होगा। अतः दण्डविधान का समाजसापेक्ष होना निहायत जरूरी है, और इसका अर्थ यही है कि किसी दण्डविधान का समाज के हित में होना बहुत जरूरी है। और जभी हम समाज के लोगों के हित की बात करने लगते हैं, तभी हम शुद्ध प्रतिकारात्मक दण्डविधान को छोड़कर अन्य प्रकार के दण्डविधानों को प्रश्रय देने की बात करने लगते हैं। इस प्रकार यह देखा जा सकता है कि दण्ड के सम्बन्ध में शुद्ध प्रतिकारात्मक मत को स्वीकार नहीं किया जा सकता।

16.3.2 निवारणात्मक मत

ऊपर के विवेचन से यह संकेत तो मिलता ही है कि अपराध करना एक बुरी बात है, इसलिए लोगों को अपराध करने से रोकना जरूरी ही है। क्या इस तरह की रोक किसी अपराधी पर भी लगानी चाहिये, चाहे उसे मृत्युदण्ड ही क्यों न दे दिया गया रहे? कारावास में सजा भोग रहे अपराधी पर इस रोक को इसलिए लगाना चाहिये कि अपराधी कारावास में सजा भोग लेने के बाद रिहा होने पर फिर से किसी प्रकार का अपराध न करे। पर मृत्युदण्ड दिये गये अपराधी की बात तो बिलकुल दीगर है। मृत्युदण्ड की चर्चा हम आगे करेंगे।

अब यहाँ प्रश्न उठता है कि यह रोक लगायी कैसे जाय। स्पष्ट ही इस प्रकार की रोक अपराधियों के मामले में दण्डप्रक्रिया के द्वारा ही लगायी जा सकती है। कहने का तात्पर्य यह है कि दण्ड को ऐसा होना चाहिये कि वह पूर्व में किये गये अपराध के लिए दण्ड का काम करे और साथ-साथ संभावित अपराधों का निवारण भी करे। ध्यातव्य है कि निवारण केवल अपराधियों के लिए ही नहीं होता, वरन् निर्दोष व्यक्तियों के लिए भी होता है, ताकि वे भविष्य में कोई अपराध न करें।

अब इस प्रसंग में यहाँ एक प्रश्न यह उठ सकता है कि क्या आम जनता को अपराध करने से रोकने के लिए किसी व्यक्ति को असह्य पीड़ा देकर एक मिसाल के रूप में दिखलाया जा सकता है। हमने ऊपर एक प्रश्न उठाया था कि क्या किसी निर्दोष व्यक्ति को बिलकुल झूठे रूप में अपराधी मानकर दण्ड इसलिए दे देना चाहिये कि लोग उसे दंडित देखकर अपराध करने से डरें। स्पष्ट ही इस प्रश्न का उत्तर नकारात्मक होगा। दण्ड किसी वास्तविक अपराध के क्रियान्वित होने पर ही दिया जा सकता है। और जैसा हमने कई बार पहले कहा है, मनुष्य की एक अपनी गरिमा होती है; अतः उसे समाज में अपराध रोकने के लिए किसी झूठे अपराध के आधार पर दण्ड देकर एक मिसाल के रूप में प्रयुक्त नहीं किया जा सकता। हाँ, यदि किसी मनुष्य का अपराध वास्तविक है, तब तो वह दण्ड का अधिकारी हो ही जाता है और तब तो उसे दण्ड मिलना ही चाहिये। इस तरह हम देखते हैं कि दण्ड नमूना पेश करने के लिए नहीं दिया जाता, वरन् वास्तविक अपराध के लिए ही दिया जाता है। वास्तविक अपराध के लिए जो दण्डविधान मौजूद है और उसके आधार पर जो दण्ड दिया जाता है उसी से तो लोगों को पर्याप्त हिदायत मिल जाती है कि अपराध करना दण्डनीय होता है और इस कारण अपराध नहीं करना चाहिये। और ऐसी हिदायत भविष्य के लिए उस वास्तविक अपराधी को भी मिल जाती है जो अपने ही अपराध के लिए सजा भुगत रहा है। इस प्रकार हम देखते हैं कि निवारणात्मक मत में कुछ गुण तो अवश्य हैं, पर यह अपने इसी रूप में पूर्णतः स्वीकार्य नहीं हो सकता। दण्डविधान को निवारणात्मक अवश्य होना चाहिये, पर निवारण ही उसका एकमात्र उद्देश्य नहीं हो सकता। इस विधान के लिए भी दण्ड देना एक आवश्यक अंग ही होना चाहिये।

16.3.3 सुधारपरक मत

हमने ऊपर देखा है कि दण्डविधान एक सामाजिक विधान है। सामाजिक परिप्रेक्ष्य में ही यह सम्भव हो सकता है। और अंततः यह सामाजिक हित का साधक ही होता है। पर क्या समाज के अंतर्गत स्वयं अपराधी नहीं आता? क्या अपराधी स्वयं समाज का एक अंग नहीं है? क्या मानव के रूप में उसकी अपनी कोई गरिमा नहीं होती? इन प्रश्नों के उत्तर निश्चित रूप से सकारात्मक है। पर तब भी अपराधी निश्चित रूप से दण्ड का पात्र तो बना ही रहता है। मनुष्य को मनुष्य होने के नाते गरिमा अवश्य प्राप्त है; पर जब वह कोई अपराध कर देता है, तब वह एक अपराधी हो जाता है और तब उसे गरिमामंडित नहीं, बल्कि दण्डित ही करना चाहिये। कोई अपराधी अपनी मानवीय गरिमा तो तभी नष्ट कर देता है जब वह कोई अपराध कर बैठता है। लेकिन क्या एक बार का अपराधी सदा के लिए ही अपराधी बन जाता है? क्या ऐसे मिसाल दुनियाँ के इतिहास में नहीं मिलते जो यह प्रदर्शित करें कि जघन्य से जघन्य अपराध कर चुका व्यक्ति भी कालांतर में एक महान् व्यक्ति बन जा सकता है? कहा जाता है कि अंगुलिमाल जो रोज अनेक मनुष्यों को मौत के घाट उतारता था और मृतकों की

अंगुलियों की माला बनाकर पहना करता था बाद में महात्मा बुद्ध के उपदेश से प्रभावित होकर उनका एक अनुयायी बन गया। आदिकवि वाल्मीकि अपने प्रारंभिक जीवन में एक घनघोर दुष्कर्मी था, किंतु बाद में उसमें ऐसा हृदयपरिवर्तन हुआ कि वह आदिकाव्य रामायण का प्रणेता बन गया और इस रूप में उसने मानव समुदाय को अनुपम भेंट अर्पित की। ऐसी घटनाओं के आधार पर यह निश्चित तौर पर कहा जा सकता है कि वर्षों तक लूट-पाट, हत्या, डकैती, बलात्कार, जैसे अपराधों में आकंठ डूबे रहने के बाद भी लोग पश्चात्ताप, भर्त्सना, बहिष्कार, आदि विभिन्न प्रकार के दण्डों को भुगतकर अपने शेष जीवन को जनसेवा, सत्संग, काव्यनिर्माण, आदि आदि महान् कार्यों में लगाने में समर्थ हो जा सकते हैं। अतः यह कहना सही नहीं है कि एक बार का अपराधी सदा के लिए ही अपराधी बन जाता है। ऐसी स्थिति में क्या यह उचित नहीं है कि दण्डविधान में ऐसा प्रावधान हो जिससे अपराधी को अपने आपको सुधारने के लिए पर्याप्त अवसर एवं उपाय मिल जाँय।

इस विषय के संदर्भ में क्षमादान एवं हृदयपरिवर्तन जैसी बातें प्रासंगिक हो सकती हैं। अनेक धर्मों में क्षमादान को एक नैतिक सद्‌गुण माना गया है, और आए दिन महात्मा गाँधी ने हृदयपरिवर्तन पर बहुत अधिक बल दिया है। क्षमादान तथा हृदयपरिवर्तन के सम्बन्ध में हम आगे विस्तार से चर्चा करेंगे। यहाँ हम केवल इतना कहना चाहते हैं कि यदि क्षमादान एवं हृदयपरिवर्तन को नैतिक दृष्टि से प्रासंगिक माना जा सकता है, तो फिर दण्डविधान में सुधारप्रक्रिया को निश्चित रूप से स्थान दिया ही जा सकता है। विचारपूर्वक देखने से शायद यही उचित जान पड़ता है कि अपराधी को दण्डित करना उतना विवेकपूर्ण नहीं है जितना उसमें शिक्षा के माध्यम से सुधार ले आना है। हमें यहाँ इस संदर्भ में निम्नलिखित दो विकल्पों पर अवश्य ही विचार करना चाहिए। मान लीजिए कि राम ने श्याम की हत्या कर दी और इस तरह राम एक अपराधी बन गया। अब यहाँ हमारे सामने दण्ड एवं सुधार जैसे दो विकल्प हैं। या तो हम राम को मृत्यु तक का दण्ड दे सकते हैं या फिर हम उसे नियंत्रित रखकर तथा शिक्षा देकर उसे सुधारने का प्रयास कर सकते हैं। यहाँ यह उल्लेखनीय है कि अपराधी पागल नहीं होता। पागल सुसंगत ढंग से सोच भी नहीं सकता, पर अपराधी तो सुसंगत ढंग से सोच सकता है। चूँकि अपराधी को सुसंगत ढंग से सोचने की क्षमता है, इसलिए ही तो वह अपराध कर सकने में समर्थ हो सका है। दुर्भाग्य से उस में कमी इस बात की है कि उसमें नैतिक मानकों के प्रति कोई आस्था नहीं है; या यदि ऐसी आस्था उसमें है भी, तो भी वह निश्चित रूप से एक नैतिक कायर तो है ही। यहाँ यह उल्लेखनीय है कि चूँकि कोई पागल बौद्धिक रूप से अक्षम होता है इसलिए उसका इलाज होना चाहिए; उसे किसी तरह से दण्ड देने का प्रश्न उठ ही नहीं सकता। पर चूँकि अपराधी बौद्धिक रूप से सक्षम होता है, इसलिए वह दण्ड का भागी तो हो ही जाता है। अब यहाँ यह प्रश्न उठ ही जाता है कि उसके लिए दण्ड प्रतिशोधात्मक हो या सुधारपरक। आपने मेरे गाल पर थप्पड़ मारा और मैंने भी प्रतिशोध की भावना से प्रेरित होकर आपके गाल पर थप्पड़ मार दिया। इस प्रकार मैंने आपके अपराध का प्रतिकार कर एक न्यायसंगत काम ही किया। पर ईसाई धर्म में कहा गया है कि यदि आपके दाहिने गाल पर कोई व्यक्ति थप्पड़ मारे, तो आप उसके सामने अपना बाँया गाल आगे कर दीजिए जिससे वह उस गाल पर भी थप्पड़ मार सके। शायद इस दूसरे प्रकार की प्रतिक्रिया से अपराधी अधिक अच्छी तरह एक सबक सीख ले सकता है और तब उसका ज्यादा ही कल्याण सम्भव हो जा सकता है। लेकिन इस दूसरे प्रकार की प्रतिक्रिया के होने पर यह भी

तो सम्भव है कि अपराधी आपके बाँयें गाल पर भी थप्पड़ मार दे। इस प्रकार हम देख सकते हैं कि किसी प्रतिकार का अपराधी पर क्या असर पड़ेगा इसके बारे में कुछ कहना बहुत कठिन है। इसका असर अपराधी पर अच्छा भी पड़ सकता है, या फिर वह प्रतिशोधात्मक प्रतिक्रिया को ही जन्म दे सकता है। अतः प्रतिकार के आधार पर दण्डविधान का निरूपण उचित नहीं हो सकता। इसके लिए तो जैसा हमने ऊपर कहा है, सामाजिक आवश्यकताओं तथा अपराधी की भविष्यत् सम्भाव्यताओं को ध्यान में रखना ही उचित है। अपराधी भी मनुष्य ही है, और मनुष्य की सम्भाव्यताएँ तो अनन्त होती हैं। और फिर एक बार का अपराधी सर्वकालिक अपराधी नहीं माना जा सकता। अतः यहाँ समाज या राज्य के लिए दो कर्तव्य अपेक्षित हो जाते हैं। चूँकि अपराधी ने अपराध किया है इसलिए उसे नियंत्रण में रख कर दण्ड तो देना ही चाहिये, और साथ-ही-साथ उसकी अनंत संभाव्यता को ध्यान में रखकर उसे सुधारने का भी पूरा प्रयास करना ही चाहिए। इस तरह यह तो स्पष्ट हो ही जाता है कि मृत्युदण्ड का प्रावधान किसी भी स्थिति में उचित नहीं हो सकता, क्योंकि मृत्युदण्ड दे देने से अपराधी को सुधारने का विकल्प बिलकुल समाप्त हो जाता है। और फिर इस दण्ड के क्रियान्वयन से अपराधी आत्मग्लानि और पश्चात्ताप के द्वारा अपने आप को परिमार्जित करने से भी वंचित हो जाता। इतना ही नहीं, वह नियंत्रित रहकर भी अपने सम्बन्ध में कुछ सोचने तथा अपनी आलोचना करने से भी वंचित हो जाता है। इस मृत्युदण्ड के सम्बन्ध में हम अब यहाँ और कुछ नहीं कहेंगे, क्योंकि इसके सम्बन्ध में हम आगे भी विचार करेंगे। पर अब हम यहाँ यह तो अवश्य कहना चाहेंगे कि सुधारपरक दण्डविधान एक सशक्त एवं आकर्षक दण्डविधान है, क्योंकि इसके पक्ष में अनेक ठोस युक्तियाँ हैं। और यह महज एक संयोग नहीं है कि अब शिक्षित समाज में सुधारपरक दण्डविधान को ही अधिक महत्त्व दिया जा रहा है।

16.4 दण्ड का उचित रूप

दण्ड का उचित रूप क्या होना चाहिए? इस प्रश्न पर जब हम विचार करने लगते हैं तो हम देखते हैं कि ऊपर विवेचित तीनों मतों में किसी न किसी रूप में औचित्य परक सत्यता अवश्य विद्यमान है। अतः हम इनमें से किसी का पूर्णतः तिरस्कार या बहिष्कार नहीं कर सकते। प्रतिकारात्मक मत की यह सत्यता तो निर्विवाद है कि अपराध के लिए दण्ड अवश्य दिया जाना चाहिये। निवारणात्मक मत की यह मान्यता कि दण्ड से लोगों को अपराध न करने की सीख मिलती है और फिर उनमें इससे डर का भी संचय होता है बिलकुल सही है। निश्चय ही इस प्रकार की सीख से या इस प्रकार के डर-संचय से समाज का बहुत अधिक उपकार होता है। और दण्ड सम्बन्धी सुधारपरक मत मानवीय गरिमा के अनुकूल तो है ही; यह मत नैतिक प्रगति में सहायक भी सिद्ध हो सकता है। यहाँ यह ध्यातव्य है कि दण्ड अपने आप में कभी लक्ष्य नहीं हो सकता। दण्ड तो भटके हुए मनुष्य को ठीक रास्ते पर लाने का मात्र एक साधन है। मनुष्य अपनी जीवनयात्रा में कुकर्म तो कर ही सकता है। ऐसा इसलिए कि वह एक पशु भी है। पर तब समाज का यह कर्तव्य हो जाता है कि वह इस पशु को उसके कुकर्म के लिए दिये जानेवाले दण्ड के माध्यम से यह समझाने का प्रयास करे कि वह स्वरूप से ही विवेकशील भी है। और विवेकशील होने के कारण वह अपने जीवनकाल में ऊँची से ऊँची नैतिक उकृष्टताओं को प्राप्त करने में बिलकुल सक्षम है। चूँकि हम दण्डविधान के सम्बन्ध में एक समन्वयात्मक दृष्टिकोण अपनाना चाहते हैं, इसलिए हम किसी भी उपयुक्त दण्डविधान में प्रतिकार, निवारण तथा सुधार तीनों को महत्त्व देते हैं।

16.5 क्षमादान

क्षमादान की महिमा प्राचीन काल से ही उद्‌घोषित होती आयी है। **मनुस्मृति** में मनु ने धर्म के दश लक्षणों में क्षमा को भी सम्मिलित किया है। उन्होंने कहा है—''धृतिः क्षमा दमोस्तेयं शौचमिन्द्रियनिग्रहः। धीर्विद्या सत्यमक्रोधो दशकं धर्मलक्षणम्।।'' और ईसाई धर्मग्रंथ न्यू टेस्टामेन्ट[3] में पर्वत पर से दिये गये उपदेशों में कहा गया है कि ''क्षमा करनेवाले धन्य हैं, क्योंकि वे भी क्षमा पायेंगे।''[4]

इस प्रकार हम देखते हैं कि क्षमादान को एक नैतिक सद्‌गुण के रूप में महत्त्व दिया गया है। अतः दण्डविधान के संदर्भ में क्षमादान जैसे सद्‌गुण का विवेचित होना प्रासंगिक ही है। प्रश्न उठता है कि क्या अपराधी को क्षमादान मिलना चाहिए। हमारे भारतीय संविधान में प्रावधान है कि फाँसी की सजा पानेवाला अपराधी राष्ट्रपति को क्षमादान के लिए आवेदन कर सकता है और राष्ट्रपति उसे क्षमादान कर सकते हैं। इस आधार पर यह कहा जा सकता है कि दण्डविधान में क्षमादान का प्रावधान होना नैतिक दृष्टि से बेतुका नहीं है। पर हमने अपने दण्ड सम्बन्धी अंतिम विचार में प्रतिकार को पूर्णतः नकारा नहीं है। और यदि न्याय की रक्षा के लिए किसी रूप में तथा किसी सीमा तक प्रतिकार आवश्यक हो जाता है, तो तब अपराध के लिए क्षमादान सम्भव नहीं हो सकता। अपराधी को क्षमा करने का अर्थ ही है उसे दण्ड से मुक्त कर देना। और यदि अपराधी को क्षमा कर देने की नीति को सही मानकर उसकी एक परिपाटी ही चला दी जाय, तो उससे न केवल न्याय का गला घोंटा जाता रहेगा, बल्कि उससे समाज का निश्चित रूप से अहित ही होता रहेगा। ऐसी हालत में क्षमा पानेवाले अपराधी भी अप्रत्यक्ष ढंग से अहित के ही भागी होते रहेंगे। अतः अंधाधुंध क्षमादान का समर्थन नहीं किया जा सकता। लेकिन यद्यपि हमने प्रतिकार को एक परिमार्जित रूप में स्वीकार कर लिया है, फिर भी हमने सुधार को भी बहुत अधिक महत्त्व दिया है। हमने कहा है कि अपराधी को नियंत्रण में रखकर उसे सुधारने के लिए उचित एवं उपयोगी शिक्षा देनी चाहिए। जब इस तरह की शिक्षा का प्रभाव अपराधी पर पड़ जाय, तब ही उसे क्षमा करने की बात सोचनी चाहिए; और यदि उसमें पर्याप्त सुधार हो चुका रहे, तो उसे क्षमा कर देना चाहिए। यह सम्भव है कि क्षमादान का निर्णय आगे चलकर गलत साबित हो जाय। कभी-कभी क्षमा प्राप्त करनेवाला व्यक्ति फिर से अपराध करने लगता है। पर ऐसा बहुत कम होता। अनुभव यह नहीं बतलाता कि क्षमा पानेवाले व्यक्ति फिर से अपराधी बन ही जाते हैं। अपराधी बन जाने वाले व्यक्ति निश्चित रूप से अपवाद ही होते हैं। ऐसी स्थिति में क्या क्षमादान जैसे प्रावधान को पूरी तरह ठुकरा ही देना चाहिए? शायद नहीं। लेकिन तब क्षमादान में सावधानी तो बरतनी ही चाहिए। क्षमादान का निर्णय निश्चय ही पक्षपातरहित होना चाहिए और ऐसा निर्णय सभी आवश्यक तथ्यों को ध्यान में रखकर ही लेना चाहिए। हम परंपरा से सम्मानित और जनश्रुतियों में महिमामंडित इस क्षमादान पद्धति को ठुकराने के पक्ष में नहीं हैं। पर साथ-ही-साथ हम उसे न्याय के साथ जोड़ना भी चाहते हैं। शेक्सपीयर ने क्षमामिश्रित न्याय की बात कही है। मनुष्य के मौलिक रूप से विवेकशील होने के कारण और अवसर मिलने पर उसमें सुधार सम्भव हो सकने के कारण हम भी इस ''क्षमामिश्रित न्याय''[5] की अनुशंसा ही करते हैं। पर इसके लिए हमने जो शर्तें ऊपर प्रस्तावित की हैं उनकी अवहेलना को हम किसी तरह जायज नहीं मान सकते। क्षमादान पाने के लिए अपराधी का उसके योग्य बनना नितान्त आवश्यक है, क्योंकि नैतिकता में अंधाधुंध क्षमादान का प्रावधान सम्भव ही नहीं हो सकता।

16.6 हृदय परिवर्तन

कभी-कभी हमलोग अपराधी को दण्ड देने के बजाय उसके हृदय को बदलने की बात भी सुनते हैं। महात्मा गाँधी ने कहा था—"अपराध से घृणा करो, अपराधी से नहीं।" इसका तात्पर्य यह है कि अपराधी के साथ बरताव ऐसा करना चाहिए कि उसकी अपराधी प्रवृत्ति ही नष्ट हो जाए। पर यह तो तभी हो सकता है जब उसका हृदय परिवर्तित हो जाय। स्पष्ट ही "हृदय परिवर्तन" एक रूपक है; इसका तात्पर्य मनोवृत्ति परिवर्तन ही हो सकता है। अब प्रश्न उठता है कि मन की आपराधिक प्रवृत्ति का परिवर्तन किस तरह सम्भव हो सकता है। इस सम्बन्ध में गाँधीजी कहते हैं कि हिंसा से हिंसात्मक प्रवृत्तियों का नाश नहीं हो सकता। उनका नाश अहिंसा अर्थात् प्रेम के द्वारा ही हो सकता है। लेकिन दण्ड प्रक्रिया में तो कष्ट, पीड़ा, मृत्युदण्ड आदि का प्रयोग उचित ही माना जाता है। लेकिन तब भी महात्मा गाँधी सामान्यतः ऐसे हिंसक प्रयोगों का समर्थन नहीं करते थे और वे बराबर अहिंसा या प्रेम के द्वारा अपराधी को सुधारने की बात पर ही जोर देते थे।

प्रश्न उठता है कि प्रेम या अहिंसा के द्वारा किस तरह हृदय परिवर्तन सम्भव हो सकता है। गाँधीजी किसी अवांछित स्थिति को दूर करने के लिए स्वयं उपवास पर चले जाते थे, मौनव्रत धारण कर लेते थे, जेल चले जाते थे, आदि आदि। तात्पर्य यह कि जो व्यक्ति अपराध को दूर करना चाहता है, वह अपराधी को उत्पीड़ित करने या कराने के बदले अपने आपको ही उत्पीड़ित करे। ईसा मसीह ने मनुष्य जाति के आदिम पाप को स्वयं अपने ऊपर लेकर मृत्यु का भी आलिंगन कर लिया था, और इस तरह उन्होंने मानव जाति के अपराध के लिए अपने आपको ही दंडित करा लिया था। और ऐसा करके उन्होंने अपनी मान्यता के अनुसार मानव जाति को उसके आदिम पाप से मुक्त करा लिया था। यहाँ यह उल्लेखनीय है कि मनुष्य की सोच-समझ सामान्यतः कुछ ऐसी होती है कि वह अन्य प्राणियों के कष्ट को देखकर दुःखी हो जाता है और इस कारण उसमें ऐसे प्राणियों के प्रति दया एवं करुणा की भावनाएँ उत्पन्न हो जाती हैं और इन भावनाओं का असर उसके क्रिया-कलापों पर पड़ता है। ऐसी भावनाओं से प्रभावित उसकी जीवनशैली में परिवर्तन भी आ जा सकता है। ऐसे परिवर्तन को ही हम हृदयपरिवर्तन कहते हैं। यहाँ यह उल्लेखनीय है कि गाँधीजी जब किसी राजनीतिक या सामाजिक संकट को दूर करने के लिए अनशन पर बैठ जाते थे और उनकी स्थिति मरणासन्न हो जाती थी, तब लोगों का ध्यान उनकी ओर खिंच ही जाता था और चूँकि उनका अनशन किसी महान् एवं उचित उद्देश्य की पूर्ति के लिए ही होता था, इसलिये अनेकानेक लोग, जिनमें कभी-कभी कुछ अंग्रेज शासक भी शामिल रहते थे, उनकी इच्छा के अनुरूप ही कार्य करने के लिए तत्पर हो जाते थे। इस तरह हम देखते हैं कि सोच में परिवर्तन आ जा सकता है। अतः यदि किसी अपराधी का किसी उचित तरीके से हृदय परिवर्तन ही करा दिया जाय, तो फिर उसे किसी तरह का दण्ड देने की आवश्यकता ही नहीं रह जायेगी। लेकिन तब यहाँ यह प्रश्न उठ सकता है कि क्या सभी अपराधियों का हृदयपरिवर्तन सम्भव है और यदि इस तरह का हृदयपरिवर्तन सम्भव है तो इसका भार कौन उठायेगा। अनेकानेक अपराधी इतने कट्टर होते हैं कि उनका हृदय पिघलाना मानो पत्थर को ही पिघलाना है। लेकिन तब लोग यहाँ यह भी कह सकते हैं कि कट्टर से कट्टर अपराधी का भी हृदय पिघल जा सकता है, क्योंकि अपराधी तो आखिर मनुष्य ही होता है और मनुष्य में बौद्धिकता प्राकृतिक रूप से ही रहती है। लेकिन तब भी यह यक्ष-प्रश्न तो रह ही जाता

है कि अपराधियों के हृदय परिवर्तन का भार कौन लेगा। यह भार किसी के द्वारा किसी पर थोपा नहीं जा सकता। इसं कार्य के लिए भार लेने वाले के मन में स्वतंत्र इच्छा एवं संकल्प का होना नितांत आवश्यक है। ऐसा व्यक्ति यदि इस तरह का भार उठाने के लिए आगे बढ़ता है तो उसका हार्दिक स्वागत होना चाहिए। अन्यथा न तो कोई व्यक्ति, न ही राज्य प्रशासन और न ही समाज किसी व्यक्ति को यह भार उठाने के लिए बाध्य करने हेतु अधिकृत किया जा सकता है।

पर यदि कोई व्यक्ति इस तरह का भार उठाने के लिए स्वतः तैयार हो भी जाता है, तो उसके सामने यह प्रश्न तो उठ खड़ा होगा ही कि वह अपराधी के हृदय परिवर्तन के लिए क्या करे। जैसा हमने ऊपर संकेत किया है, इसके लिए एक उपाय तो यह है कि हृदय परिवर्तन करानेवाला व्यक्ति आत्मपीड़न करे। महात्मा गाँधी अनशन पर बैठकर अपने को ही पीड़ित करते थे। परन्तु क्या इस तरह का आत्मपीड़न नैतिक दृष्टि से उचित है? आत्मपीड़न जिसमें मृत्यु तक का आलिंगन भी शामिल है, सभी परिस्थितियों में नैतिक नहीं माना जा सकता। अपराधी के नैतिक उन्नयन के लिए जब शिक्षणविधि उपलब्ध है, तब इसके लिए किसी के द्वारा अपने को ही पीड़ित करना नैतिक दृष्टि से उचित नहीं हो सकता। कानून तो इसकी अनुमति नहीं ही देता है। समाज भी इसे अनुमोदित नहीं कर सकता। राज्य प्रशासन तो ऐसे आत्मपीड़क के विरुद्ध कानूनी कार्रवाई भी करता है। और समाज भी इस बात को कैसे कबूल कर सकता है कि किसी अपराधी के अपराध के लिए पीड़ा का भागी कोई दूसरा व्यक्ति हो। हृदय परिवर्तन करानेवाले व्यक्ति का उद्देश्य निश्चय ही बहुत महान् होता है, पर उसके आत्मपीड़न-विधि का प्रयोग आमतौर पर न तो सम्भव है और न ही उसकी नैतिकता असंदिग्ध हो सकती है। अतः अपराध नियन्त्रण के लिए हृदय परिवर्तन की विधि को दण्डविधान का एक आवश्यक अंग नहीं माना जा सकता। यदि कोई व्यक्ति नैतिक परिधि के अंतर्गत रहकर स्वेच्छा से किसी अपराधी का हृदय परिवर्तन कराने में संलग्न हो जाता है, तो निश्चय ही वह प्रशंसा और साधुवाद का अधिकारी हो जाता है। पर ऐसे व्यक्ति यदा-कदा ही अवतरित होते हैं। फिर भी यदि किसी अपराधी का सही तरीके से हृदय परिवर्तन हो जाता है, तो यह न केवल उस अपराधी के लिए बल्कि पूरे समाज के लिए भी बहुत हितकर है।

16.7 मृत्युदण्ड

जैसा हम जानते हैं, अपराध की अन्तिम सजा मृत्युदण्ड है। यह सजा प्रायः सभी देशों में प्रचलित है। पर अब यह एक गहन चर्चा का विषय हो गया है कि जघन्यतम अपराध के लिए भी मृत्युदण्ड दिया जाना चाहिए या नहीं। चूँकि अब प्रबुद्ध समाज का ध्यान दण्ड सम्बन्धी सुधारवादी दृष्टि की ओर ही बढ़ रहा है, इसलिए मृत्युदण्ड के सम्बन्ध में चर्चा और अधिक जोर पकड़ती जा रही है। हमने ऊपर दण्ड के सम्बन्ध में तीन मतों की चर्चा की है। अतः हम इन तीनों मतों के परिप्रेक्ष्य में मृत्युदण्ड के बारे में विचार करेंगे। हम यहाँ एक कल्पित घटना के माध्यम से ही विचार करना चाहेंगे। मान लीजिए कि किसी व्यक्ति ने सोच समझकर किसी निर्दोष व्यक्ति की हत्या कर दी। इस हालत में हत्यारे का अपराध तो निश्चित रूप से सिद्ध है ही और यह भी निर्विवाद ही है कि उस हत्यारे को दण्ड मिलना ही चाहिए। प्रश्न उठता है कि उसे क्या दण्ड मिले। प्रतिकारात्मक मत तो इस अपराध के लिए निश्चित रूप से मृत्युदण्ड ही निर्धारित करेगा, क्योंकि इसके अनुसार जो जैसा करे उसे वैसा ही फल

मिलना चाहिए। निवारणात्मक मत भी मृत्युदण्ड निर्धारित करेगा, क्योंकि ऐसा करके ही यह मत प्रभावी तरीके से अन्य लोगों को निर्दोष व्यक्ति की हत्या करने से रोक सकता है। निश्चय ही लोग ऐसे हत्यारों को मृत्युदण्ड पाते देखकर ऐसी हत्या करने से बाज आयेंगे। किन्तु सुधारपरक मत तो मृत्युदण्ड का विरोध करेगा, क्योंकि इसके अनुसार दण्ड का उद्देश्य अपराधी को सुधारना होता है और जहाँ उद्देश्य सुधार करना होता है, वहाँ मृत्युदण्ड इसलिए भी नहीं दिया जा सकता कि इस दण्ड को देने से सुधार की सम्भावना ही समाप्त हो जाती है। अब यहाँ यह उल्लेखनीय है कि हमने अपने ऊपर के विवेचन में पाया है कि तीनों मतों के अपने-अपने नैतिक महत्त्व होते हैं। साथ-ही-साथ हमने ऊपर के विवेचन में यह भी पाया है कि जहाँ उत्कृष्टता-प्राप्ति की दौड़ में मानव जीवन की संभावनाएँ असंख्य हैं, वहीं अपराधी को अपराध के लिए दण्ड मिलना भी अनिवार्य ही है। सुधारवादी भी इस बात को अस्वीकार नहीं कर सकते कि अपराधी को दण्ड मिलना ही चाहिए। लेकिन सुधारवादी मृत्युदण्ड का समर्थक नहीं हो सकता, क्योंकि इस दण्ड के क्रियान्वित हो जाने से सुधार की संभावना ही समाप्त हो जाती है। अतः सुधारवादी इस निष्कर्ष पर पहुँचता है कि अपराधी को नियंत्रण में रखकर उसे उपयुक्त यातनाओं के द्वारा अनुशासित करना चाहिए और उसे अनुशासन में लाकर उसके चारित्रिक परिवर्तन के लिए प्रभावकारी शिक्षण का प्रबंध करना चाहिए। इस प्रक्रिया में यातनाओं की भूमिका इसलिए जरूरी है कि अपराधी यह महसूस करे कि उसके अपराध के लिए उसे सजा दी जा रही है। कुछ लोग मृत्युदण्ड के पक्ष में यह तर्क देते हैं कि अनेक अपराधी इतने कट्टर एवं दुर्दम्य होते हैं कि उनमें सुधार की कोई सम्भावना ही नहीं रहती। लेकिन ऐसी परिस्थिति में भी अपराधी को मृत्युदण्ड न देकर उसे निरंतर नियंत्रण में ही रखना चाहिए और उसके लिए यथासम्भव सुधार की प्रक्रिया ही चालू रखनी चाहिए। कोई नहीं जानता कि भविष्य के गर्भ में क्या-क्या चमत्कार छिपे हैं; और फिर मनोवैज्ञानिक संपरिवर्तन की बात बिलकुल अजूबी भी नहीं है। इतिहास में ऐसे अनेक उदाहरण मिलते हैं जिनके अनुसार निकृष्ट से निकृष्ट अपराधियों ने भी सहसा संपरिवर्तित होकर अपना शेष जीवन जनकल्याण जैसे पुनीत कार्य को करने में ही बिताया है।

अपराधी को मृत्युदण्ड देकर तो हम उसके सभी सम्भव अच्छे कार्य-कलापों को बिलकुल निरस्त कर देते हैं। अपराधी यदि कभी नहीं भी सुधरता है या नहीं भी संपरिवर्तित होता है, तो भी वह निरंतर नियंत्रण में रहने की वजह से समाज का कोई अहित नहीं कर सकता। और फिर उसके नियंत्रित होकर रहने से तथा उसके द्वारा उपयुक्त शिक्षण पाने से दण्डसम्बन्धी प्रतिकार, निवारण तथा सुधार जैसी सभी अपेक्षाएँ पूरी भी हो जाती हैं। अतः हम नैतिक कारणों से मृत्युदण्ड का समर्थन नहीं कर सकते।

❑

अध्याय 17

नैतिक प्रगति

17.1 नैतिक प्रगति का अर्थ

इस अध्याय में हम नैतिक प्रगति के विभिन्न पहलुओं पर विचार करेंगे। सबसे पहले तो हमें नैतिक प्रगति का अर्थ समझ लेना चाहिए। पर इसे समझने के लिए हमें पहले नैतिकता का ही अर्थ समझना चाहिए। चूँकि हम नैतिकता के अर्थ के सम्बन्ध में पहले ही काफी विस्तार से चर्चा कर चुके हैं, इसलिए इस सम्बन्ध में हम यहाँ अत्यंत संक्षेप से चर्चा करेंगे। जैसा हमने पहले भी कहा है, नैतिकता के दो प्रमुख पहलू होते हैं—एक कार्य सम्बन्धी तथा दूसरा स्वभाव या चरित्र सम्बन्धी। कार्य सम्बन्धी पहलू यह है कि हमें समान व्यवहार करते हुए लोककल्याणपरक कार्य ही करना चाहिए और स्वभाव या चरित्र सम्बन्धी पहलू यह है कि हमारा स्वभाव या चरित्र ऐसा हो जाय कि हम समत्वभाव से लोककल्याणपरक कार्य ही करते रहें। इस तरह हम देखते हैं कि नैतिकता के लिए यह जरूरी होता है कि कर्म एवं चरित्र दोनों में परस्पर तालमेल रहे। इस प्रकार के तालमेल को स्थापित करने के लिए संकल्प, साधना और अभ्यास की आवश्यकता होती है। और इस तरह की स्थापना क्रमिक ही हो सकती है। फलस्वरूप यह स्थापना विकासपरक ही हो सकती है। चूँकि इस तरह के विकास से नैतिक अभीष्ट सिद्ध हो सकता है, इसलिए इसे हम नैतिक विकास या नैतिक प्रगति कह सकते हैं।

17.2 नैतिक प्रगति के तीन स्तर

अब यहाँ प्रश्न उठता है कि क्या इस तरह का विकास वास्तविक यानी ऐतिहासिक होता है। इस प्रश्न का उत्तर तीन स्तरों को ध्यान में रखकर दिया जा सकता है—(1) वैयक्तिक, (2) सामाजिक तथा (3) विश्वपरक। हम नैतिक प्रगति के इन तीनों स्तरों के बारे में अलग-अलग विचार करेंगे।

17.2.1 वैयक्तिक

सही अर्थ में नैतिक प्रगति या नैतिक ह्रास वैयक्तिक स्तर पर ही होता है। जब हम किसी समाज के सम्बन्ध में कहते हैं कि वह समाज नैतिक दृष्टि से बहुत उन्नत है, तब हमारे कहने का तात्पर्य यही होता है कि उस समाज के अधिसंख्य लोग नैतिक दृष्टि से बहुत उन्नत हैं। नैतिक प्रगति सामाजिक रूप लेती अवश्य है, पर उसका आधारभूत वास्तविक नियंता या कर्ता व्यक्ति ही होता है। जहाँ तक कर्तृत्व का प्रश्न है, नैतिकता की आधारभूत इकाई तो व्यक्ति ही होता है। यदि हम किसी समाज के सम्बन्ध में यह मान भी लें कि वह समाज नैतिक दृष्टि से पूर्ण रूप से उन्नत है, तो इसका अर्थ यही होगा कि उस समाज के प्रत्येक व्यक्ति का चरित्र ऐसा है कि वहाँ के सभी व्यक्ति सदैव नैतिक कार्य ही करते हैं। समाज तो कोई ऐसा पदार्थ नहीं होता कि वह सोच सके, संकल्प ले सके तथा कार्यनिष्पादन कर सके। यह

सही है कि हम प्रायः ही ऐसा कहते हैं कि समाज सोचता है, संकल्प लेता है और कार्य निष्पादित करता है, पर निश्चय ही ऐसे कथनों में भाषा का लाक्षणिक प्रयोग होता है। 'समाज सोचता है', 'समाज संकल्प लेता है', 'समाज कार्य संपादित करता है'—ये सभी वाक्य वंस्तुतः रूपक हैं। वास्तविक कर्ता तो व्यक्ति ही होता है। पर नैतिक मूल्यांकन हम वैयक्तिक एवं सामाजिक दोनों स्तरों के लिए करते हैं। कल्पना कीजिये कि किसी समाज में राम, श्याम, यदु, आदि अनेक व्यक्ति हैं। उनमें राम नैतिक दृष्टि से पूर्णतः उन्नत है और अन्य सभी नैतिक दृष्टि से भ्रष्ट हैं। यहाँ हम राम को तो एक नैतिक आदर्श के रूप में स्वीकार कर लेंगे, पर पूरे समाज को, जिसका एक सदस्य राम भी है, नैतिक दृष्टि से भ्रष्ट ही मानेंगे। ऐसा इसलिए कि उस समाज के अधिसंख्य लोग नैतिक दृष्टि से भ्रष्ट हैं। इस प्रकार हम देखते हैं कि नैतिक मूल्यांकन केवल वैयक्तिक स्तर पर नहीं हो सकता, बल्कि वह सामाजिक स्तर पर भी हो सकता है। और तब इसी तर्ज पर हम पूरे विश्व का भी नैतिक मूल्यांकन कर ही सकते हैं।

अब हम पहले वैयक्तिक स्तर की नैतिक प्रगति के सम्बन्ध में विचार करेंगे। वैयक्तिक नैतिक प्रगति के संदर्भ में यह निर्विवाद कहा जा सकता है कि विश्व के इतिहास में ऐसे अनेक महापुरुष हो गये हैं जिन्होंने नैतिकता के क्षेत्र में बहुत ऊँचे-ऊँचे कीर्तिमान स्थापित किये हैं। महात्मा बुद्ध, महावीर, ईसा मसीह, महात्मा गाँधी, आदि ऐसे अनेक महापुरुष हो गये हैं जिन्हें हम नैतिक दृष्टि से आदर्श पुरुष कह सकते हैं। और ऐसे अनेक महापुरुषों की संख्या कम नहीं है। यहाँ यह उल्लेखनीय है कि नैतिक दृष्टि से अत्यधिक उन्नत ऐसे भी अनेकानेक लोग हो गये हैं जिनके बारे में कभी कोई प्रचार नहीं हुआ और जो बिना कोई ढिंढोरा पीटे जीवन भर समाज की सेवा करते रहे। नैतिक रूप से उन्नत लोगों के लिए यह जरूरी नहीं होता कि वे नीतिशास्त्र के विशेषज्ञ हों, पर उनके क्रिया-कलाप नैतिकता के उदाहरण अवश्य हो जा सकते हैं। यह सही है कि किसी भी व्यक्ति को शतप्रतिशत रूप से या सम्पूर्ण रूप से आदर्श पुरुष नहीं माना जा सकता, क्योंकि किसी भी अधिक-से-अधिक उन्नत पुरुष के सम्बन्ध में यह कहा ही जा सकता है कि वह तर्कतः और अधिक उन्नत हो सकता था। और फिर आदर्श तो अंततः काल्पनिक ही होता है जो कभी ऐतिहासिक नहीं हो सकता। नैतिक आदर्श किसी भी काल-बिन्दु पर चरितार्थ नहीं हो सकता। अनेक विचारक आदर्श की इस स्वरूपगत विशिष्टता को एक दोष मान लेते हैं, और वे इस दोष को दूर करने के लिए यह मान लेते हैं कि आदर्श ईश्वर के रूप में चरितार्थ हुआ ही रहता है। उनके अनुसार ईश्वर सभी प्रकार की अच्छाइयों से परिपूर्ण एक तात्त्विक सत्ता है और वही मनुष्यों के लिए एक आदर्श की भूमिका अदा करता है। ईश्वर के अस्तित्व के लिए इस प्रकार का नीतिपरक तर्क आस्तिक विचारकों के द्वारा प्रायः दिया जाता रहा है। हम यहाँ इस तर्क की प्रामाणिकता पर कोई विचार नहीं करेंगे। यहाँ हम केवल इतना कहना चाहेंगे कि किसी आदर्श द्वारा लोगों को अपनी ओर आकर्षित कर सकना इस बात पर निर्भर नहीं होता कि वह आदर्श कम-से-कम ईश्वर के रूप में चरितार्थ हुआ माना ही जाय। आदर्श तो मात्र एक अवधारणा है और उसकी अवधारणा ही लोगों के दिशानिर्देश के लिए पर्याप्त है। ईश्वर के अस्तित्व का नीतिपरक प्रमाण बहुत प्रभावी हो भी नहीं सकता; क्योंकि इस प्रमाण में आदर्श को एक सत्ता मानकर उसे एक तरह से विकृत ही कर दिया गया है। अतः प्रस्तुत प्रसंग में हम यहाँ केवल इतना कहना चाहेंगे कि यद्यपि किसी व्यक्तिविशेष के सम्बन्ध में यह नहीं कहा जा सकता कि उसने नैतिक आदर्श को अपने जीवन में पूरी तरह चरितार्थ कर लिया है, फिर भी यह

तो कहा ही जा सकता है कि इतिहास में ऐसे अनेकानेक महापुरुष हो गये हैं जिन्होंने नैतिक आदर्श को चरितार्थ करने के क्रम में बहुत बड़े-बड़े कीर्तिमान स्थापित कर दिये हैं। लेकिन तब दूसरी ओर यह भी कहा ही जा सकता है कि अनेकानेक लोग ऐसे भी हो गये हैं जिन्होंने अनैतिकता ही बरतने में दुष्ट कीर्तिमान स्थापित कर दिये हैं। यदि ऐतिहासिक आधार पर पुण्यात्माओं की लम्बी सूची पेश की जा सकती है, तो ऐतिहासिक आधार पर ही पापात्माओं की भी लंबी सूची पेश की ही जा सकती है। और तब शायद यह कहना अत्यंत कठिन हो जायेगा कि दोनों सूचियों में अधिक लम्बी कौन है। इस संदर्भ में किसी प्रकार की शुभ भविष्यवाणी करना भी कठिन ही है। ऐसा कहना कि 'भविष्य में कभी-न-कभी सभी लोग धर्मात्मा बन जाएँगे' कहने वाले की आकांक्षा की मात्र एक अभिव्यक्ति ही हो सकता है।

17.2.2 सामाजिक

सामाजिक नैतिक प्रगति के सम्बन्ध में यह पूछा जा सकता है कि जब नैतिक आचरण का कर्ता व्यक्ति होता है, तब सामाजिक स्तर की नैतिक प्रगति का अर्थ क्या है। इस प्रश्न का उत्तर यह है कि जब किसी समाज के सदस्य सामान्यतः नैतिक कार्यों का ही क्रियान्वयन करते हैं और उनके चरित्र भी सामान्यतः नैतिक प्रवृत्तियों से ही निर्मित होते हैं, तब ऐसे समाज को नैतिक दृष्टि से उन्नत समाज माना जाता है। स्पष्ट ही कोई नैतिक दृष्टि से उन्नत समाज अनैतिकता से पूरी तरह मुक्त नहीं हो सकता। ऐसे समाज में भी यदा कदा कुछ लोगों के द्वारा अनैतिक आचरण किये ही जाते हैं। पर चूँकि इसमें आमतौर पर नैतिक व्यवहार ही किये जाते हैं, इसलिए इसे नैतिक दृष्टि से उन्नत समाज माना जाता है। हम नैतिक दृष्टि से उन्नत समाजों की एक दूसरे के साथ तुलना भी करते हैं। हम कहते हैं कि अमुक शहर नैतिकता के संदर्भ में अमुक शहर से अधिक उन्नत है। जहाँ अमुक शहर में आभूषणों से सजी युवती अकेली ही रात में घूम सकती है, वहीं अमुक शहर में लोग शाम होते ही असामाजिक तथा अपराधी तत्त्वों के डर से अपने-अपने घरों में दुबक जाते हैं। कहा जाता है कि प्राचीन काल में पाटलिपुत्र शहर में लोग अपने-अपने घरों से बाहर जाते समय उनमें ताले नहीं लगाते थे। पर उसी पाटलिपुत्र या पटना में इन दिनों सशस्त्र रक्षाकर्मियों की मौजूदगी में भी बैंक लूट लिए जाते हैं। जब मैं विदेश में था तो मैंने अपनी आँखों से देखा था कि चौराहों पर बिना क़िसी पहरेदारी के अखबारों की गड्डियाँ रखी रहती थीं और अखबार खरीदने वाले वाजिब कीमत को अखबारों की गड्डियों पर रखकर अखबार उठा लेते थे। और अखबारों का रखनेवाला सायंकाल जमा हुई कीमत को उठा ले जाता था। मैं नहीं जानता कि भारतवर्ष में कहीं भी इस तरह की बिक्री प्रचलित है। ऊपर के विवेचन से स्पष्ट है कि सामाजिक स्तर पर भी नैतिक प्रगति हो सकती है।

यह जरूरी नहीं है कि जो समाज एक बार नैतिक दृष्टि से उन्नत हो जाता है, वह समाज हमेशा के लिए ही उन्नत हो जाता है। ऐसे अनेक उदाहरण दिये जा सकते हैं जिनके आधार पर यह साबित कर दिया जा सकता है कि नैतिक दृष्टि से उन्नत समाज भी कालांतर में अवनत हो जा सकता है। यहाँ यह भी उल्लेखनीय है कि एक ही समाज नैतिकता के एक पक्ष के संदर्भ में उन्नत हो सकता है, पर किसी दूसरे पक्ष के संदर्भ में अवनत; ऐसा भी हो सकता है कि कुछ लोग जरूरत पड़ने पर अपनी बिरादरी की मदद के लिए असीम साहस दिखला सकते हैं, पर वे ही लोग अन्य बिरादरी के संदर्भ में कायर बन जा सकते हैं। कबीली नैतिकता में कबीले के अंतर्गत सभी लोगों में एक दूसरे के साथ अत्यंत सौहार्दपूर्ण सम्बन्ध

ही उचित माना जाता है, पर अन्य कबीलों के लोगों के साथ शत्रुतापूर्ण सम्बन्ध भी अनुचित नहीं माना जाता। प्राचीन यूनान में ईसा के पूर्व एथेन्स[1], स्पार्टा[2], आदि अनेक राज्य स्थापित हुए थे। उनमें से अनेक राज्य लोकतंत्रात्मक थे और ऐसे राज्यों में सभी नागरिकों को समान अधिकार प्राप्त होता था। पर उन्हीं राज्यों में जो लोग दासवर्ग के अंतर्गत आते थे, उन्हें मतदान का अधिकार प्राप्त नहीं होता था और वे नागरिक भी नहीं माने जाते थे। भारतवर्ष में भी वर्णव्यवस्था के कारण समाज इस तरह विभाजित हो गया कि कुछ वर्ण के लोग अपने को अन्य वर्णों के लोगों से उच्च मानने लगे और परिणाम यह हुआ कि अनेकानेक जातियाँ कायम हो गयीं, जातियों में ऊँची-नीची जातियों का भेद स्थापित हो गया और ऊँची जातियों के लोग नीची जातियों के लोगों के साथ अनुचित व्यवहार भी करने लगे। वेदों का अध्ययन उच्च वर्णों में उचित माना गया, पर वह शूद्रों तथा स्त्रियों में वर्जित कर दिया गया। इस प्रकार यह देखा जा सकता है कि नैतिकता की आधारभूत मान्यता समानता को सीमित दायरों में तो लागू कर दिया गया, पर उसी मान्यता को पूरी तरह सार्वजनीन नहीं बनाया गया। इस तरह की संकुचित मनोवृत्ति आज भी प्रायः सभी समाजों में पायी जाती है। आज भी मजहब, भाषा, क्षेत्र, जाति, वंश, लिंग, आदि के नाम पर पक्षपातपूर्ण व्यवहार धड़ल्ले से किये जा रहे हैं। निश्चय ही ऐसे सभी व्यवहार समाज की नैतिक प्रगति को आगे बढ़ाने के बदले और पीछे ही धकेल देते हैं। अतः यह नहीं कहा जा सकता कि समाज में नैतिक प्रगति अनवरत रूप से तथा सभी क्षेत्रों में समान रूप से होती ही जा रही है। हाँ, यह जरूर हुआ है कि अतीत की अपेक्षा अब अधिकाधिक लोग नैतिकता की सार्वजनिकता को समझने लगे हैं और अब यह भी ज्यादा अच्छी तरह समझा जाने लगा है कि सामाजिक नैतिक उत्थान के लिए अभी बहुत कुछ करना बाकी है। पर, जैसा हमने ऊपर कहा है, पूर्ण नैतिक उत्थान एक आदर्श है और किसी आदर्श की पूर्ण उपलब्धि सम्भव नहीं होती।

17.2.3 विश्वस्तरीय

विश्वस्तरीय नैतिक प्रगति के सम्बन्ध में यह प्रश्न उठाया जा सकता है कि क्या विश्व स्तर पर नैतिक उत्थान सम्भव है। इस प्रश्न का उत्तर सामाजिक नैतिक प्रगति को ध्यान में रखकर दिया जा सकता है। विश्वसमाज भी तो आखिरकार एक समाज ही है। लेकिन उल्लेखनीय है कि विश्वसमाज में भी नैतिक प्रगति सभी क्षेत्रों में तथा सभी विषयों में सही रूप से नहीं हो रही है। यहाँ भी उतार एवं चढ़ाव दोनों हो रहे हैं। पर यहाँ यह उल्लेखनीय है कि संसार में अब यातायात एवं संचार की सुविधा इतनी बढ़ गयी है कि अब संसार बहुत अधिक सिमट गया है। अब आप एक महाद्वीप में सुबह का नाश्ता कर सकते हैं, दूसरे में दिन का भोजन तथा तीसरे में रात्रिविश्राम। अब लोग धीरे-धीरे यह समझने लगे हैं कि एक स्थान के लोग दूसरे किसी स्थान के लोगों की गतिविधियों से अनभिज्ञ नहीं रह सकते। द्वितीय विश्वयुद्ध की समाप्ति 1945 में हुई थी। इसका आसन्न पूर्ववर्ती कारण संयुक्त राज्य अमेरिका द्वारा जापान पर अणु बम गिराना था। इस अणु-बम संहार में लाखों लाख आदमी कालकवलित हुए थे। पूरे युद्ध में तो करोड़ों-करोड़ व्यक्तियों ने अपने प्राण गँवाये थे। युद्ध में जो लोग विजयी हुए उनलोगों ने युद्ध की विभीषिका को सर्वदा के लिए समाप्त करने तथा मानव कल्याण के विभिन्न प्रकार के कार्यों के क्रियान्वयन को सम्भव बनाने के उद्देश्य से 1948 ई० में संयुक्त राष्ट्रसंघ[3] की स्थापना की थी। आज विश्व के 189 देश संयुक्त राष्ट्र संघ के सदस्य हैं। इस संयुक्त राष्ट्र संघ के अधीन मानव हित के विभिन्न प्रकार के कार्यों के निष्पादन के लिए विभिन्न अंतर्राष्ट्रीय संगठनों की स्थापना हुई है; जैसे, संयुक्त राष्ट्र शैक्षणिक वैज्ञानिक तथा सांस्कृतिक संघ[4], अंतर्राष्ट्रीय श्रम संघ[5], विश्व खाद्य संघ[6], अंतर्राष्ट्रीय शरणार्थी संगठन[7], आदि आदि। ये अंतर्राष्ट्रीय संगठन अपने अपने उद्देश्यों की

पूर्ति में कितने सफल हुए हैं या हो रहे हैं यह सुनिश्चित करना तो अत्यंत कठिन है। पर विश्वस्तरीय नैतिक प्रगति के संदर्भ में इतना तो अवश्य हुआ है कि विश्व स्तर पर लोग अब यह सोचने लगे हैं कि यदि मानव समाज को विनाश से बचाना है और उसका सर्वांगीण विकास सम्भव बनाना है तो मानवगरिमा को तथा मानवकल्याण की अनिवार्यता को स्वीकार करना ही होगा। इस तरह के सोच का आविर्भूत होना, उसके अनुरूप अनेक विश्वव्यापी संगठनों का स्थापित हो जाना तथा उन संगठनों के द्वारा अपने अपने क्षेत्रों में अपने अपने उद्देश्यों की पूर्ति के लिए यथासम्भव प्रयास का किया जाना इस बात के स्पष्ट संकेत हैं कि विश्व नैतिक पतन के बजाय नैतिक उत्थान को ही अधिमानित करने लगा है। और यह अपने आप में ही एक बहुत बड़ी नैतिक उपलब्धि है। यह सही है कि विश्वस्तरीय नैतिक प्रगति की बाधाएँ इतनी प्रबल, जटिल एवं अधिसंख्य हैं कि उनपर काबू पा लेना आसान नहीं है। मनुष्य अपने स्वभाव से ही एक ऐसा प्राणी है कि वह नैतिक विकास की क्षमता रखते हुए भी अक्सर ऐसी ऐसी कुप्रवृत्तियों के जाल में फँस जाता है कि उसके लिए प्रगति की राह पर चलते रहना बहुत मुश्किल हो जाता है। फलस्वरूप न केवल वैयक्तिक स्तर पर, बल्कि सामाजिक एवं विश्वपरक स्तरों पर भी नैतिक प्रगति में बाधा पड़ जाया करती है। एक तरह से विश्व स्तर पर इस बाधा को दूर करने का भार युनेस्को पर पड़ता है, क्योंकि शिक्षा इसी के अधीन आती है। और शिक्षा ही वह प्रक्रिया है जो मनुष्य में नैतिकता के प्रति रुझान ला सकती है। इस प्रकार यदि नैतिक प्रगति के लिए मनुष्यों का शिक्षित होना नितांत आवश्यक है, तो यह स्पष्ट हो जाता है कि नैतिक प्रगति के लिए विशेष रूप से शिक्षा का प्रसार करना ही चाहिए। यह सही है कि तब भी नैतिक आदर्श अंतिम रूप से चरितार्थ नहीं किया जा सकता, लेकिन नैतिक आदर्श की ओर लोगों का बढ़ जाना अपने आप में एक उपलब्धि तो है ही। यह सचमुच बड़े हर्ष की बात है कि विश्वस्तरीय नैतिक प्रगति अनेकानेक अड़चनों के उपस्थित होते रहने पर भी होती ही जा रही है। प्रगति की रफ्तार निश्चय ही बहुत धीमी हैं, पर इसका कारण यह है कि मनुष्य का बौद्धिक पक्ष बहुत आसानी से उसके भावनात्मक पक्ष पर अपना प्रभाव नहीं डाल सकता।

17.3 नैतिक प्रगति और विकासवाद

अनेक विचारक विश्वस्तरीय नैतिक प्रगति को विकासवाद से जोड़ने का प्रयास करते हैं। इन लोगों का कहना है कि विश्व में विकास तो हो ही रहा है, और विकास का अर्थ ही होता है प्रगति और प्रगति का अर्थ ही है अच्छाई की ओर बढ़ना। बुराई की ओर बढ़ने को प्रगति या उन्नति नहीं कहा जा सकता; वह तो अवनति या अधोगति है। विकासवाद का प्रभाव केवल प्रकृतिवादी चिंतकों पर ही नहीं, वरन् अध्यात्मवादी चिन्तकों पर भी पड़ा है। इन दोनों प्रकार के चिंतक मानते हैं कि विश्व का विकास उस आदर्श की ओर हो रहा है जिसे हम नैतिक दृष्टि से परम शुभ मान सकते हैं। इन चिंतकों के अनुसार विश्व की प्रकृति ही ऐसी है कि विश्व निरंतर प्रगति ही कर सकता है। फलस्वरूप उसका विकास निरंतर परम शुभ की ओर ही हो रहा है। इस संदर्भ में हम यहाँ हर्बर्ट स्पेन्सर, हिगेल तथा श्री अरविन्द के विकासवाद पर आधारित उनके नैतिकता सम्बन्धी विचारों की व्याख्या एवं समीक्षा करेंगे। इन विचारकों में हर्बर्ट स्पेन्सर प्रकृतिवादी हैं और हिगेल तथा श्री अरविन्द अध्यात्मवादी हैं। इनके सम्बन्ध में हम यह भी विवेचित करेंगे कि इनके विचार स्वीकारयोग्य हैं या नहीं।

17.3.1. हर्बर्ट स्पेन्सर

चार्ल्स डार्विन[8] के जैविक विकासवाद को वैज्ञानिक मान्यता मिल जाने से विकासवाद का महत्त्व बहुत अधिक बढ़ गया और विश्व के अनेकानेक क्षेत्रों में परिवर्तन का आधार बहुत

हद तक क्रमिक विकास को ही माना जाने लगा। अंग्रेज दार्शनिक हर्बर्ट स्पेन्सर ने नैतिकता को भी विकास की प्रक्रिया से ही जोड़ने का प्रयास किया है। उनके अनुसार अधिक विकास से अधिक नैतिक प्रगति होती है। और चूँकि मानव जीवन उत्तरोत्तर विकसित ही हो रहा है, इसलिए नैतिक प्रगति भी उत्तरोत्तर बढ़ती ही जा रही है। वे कहते हैं कि मानव जीवन की सुरक्षा मनुष्यों के परस्पर संघर्ष के बजाय उनके परस्पर सहचार और सहयोग से ही सम्भव हो सकती है। अतः वे सहचारिता तथा सहयोग को ही नैतिक महत्त्व देते हैं। इस प्रकार मानव जीवन का विकास मानो नैतिक विकास ही है। अतः विकास मात्र परिवर्तन नहीं है, वह नैतिक अच्छाइयों की ओर बढ़ने की प्रक्रिया भी है। इस कारण, विकास की मात्रा के अनुरूप ही नैतिक प्रगति की मात्रा आँकी जा सकती है। और चूँकि विश्व के विकास की प्रक्रिया एक निरंतर चलनेवाली प्रक्रिया है, इसलिए विश्व की नैतिक प्रगति की प्रक्रिया भी एक निरंतर चलनेवाली प्रक्रिया ही है।

हर्बर्ट स्पेन्सर एक दूसरे ढंग से भी नैतिक प्रगति की वास्तविकता को सही मानते हैं। वे कहते हैं कि विकास प्रक्रिया के कारण मनुष्य की जीवंतता अधिकाधिक बढ़ती जा रही है। इससे यह संकेत मिलता है कि मनुष्य का जीवन एक सुखद जीवन है। और फिर सुखद जीवन ही तो मनुष्य का अभीष्ट भी है। स्पेन्सर नीतिशास्त्री के रूप में सुखवादी ही थे। और उन्होंने अपने सुखवाद को विकासवाद से जोड़कर सुख की उपलब्धि को तथा इस प्रकार नैतिक प्रगति को अवश्यंभावी बनाने का प्रयास किया। अतः हम कह सकते हैं कि हर्बर्ट स्पेन्सर के अनुसार विश्वस्तरीय नैतिक प्रगति निश्चित रूप से हो ही रही है और भविष्य में भी होती ही रहेगी।

पर हर्बर्ट स्पेन्सर का उपर्युक्त मत तर्क की कसौटी पर शायद ही खरा उतर सकता है। यदि नैतिक प्रगति का अर्थ जैविक विकास का निरंतर होना ही है, तो उस आधार पर यह कैसे कहा जा सकता कि नैतिक प्रगति सब दिन होती ही रहेगी। यह बिलकुल सम्भव है कि परमाणु-विस्फोट जैसे कारणों से जीवन का अस्तित्व ही समाप्त हो जाय। और यदि जीवन का अस्तित्व ही समाप्त हो जाता है, तो उसका विकास भी समाप्त हो जाएगा और तब नैतिक प्रगति की संभावना ही नहीं रह जाएगी। दूसरी कठिनाई यह है कि विकासक्रम में मनुष्यों की केवल वैसी प्रवृत्तियाँ ही सुदृढ़ नहीं होतीं जो उन्हें एक दूसरे के साथ जोड़ती हैं, बल्कि उन प्रवृत्तियों की भी जो उन्हें एक दूसरे के विरुद्ध तोड़ती हैं। संसार के विभिन्न पशुस्तरीय एवं मानवस्तरीय संघर्ष इस बात के ठोस प्रमाण हैं कि विकास की प्रक्रिया केवल सद्गुणों को ही नहीं पैदा करती, वरन् दुर्गुणों को भी पैदा करती है। शायद यह कहना गलत नहीं होगा कि यदि प्राचीन काल में मनुष्य अपने शत्रु के साथ बिना धोखा दिये एक विरोधी के रूप में संघर्ष करता था, तो आज मनुष्य अपने शत्रु के साथ एक मित्र की तरह व्यवहार करते हुए पीछे से उसकी पीठ में छुरा भोंक देता है। ऐसा मानना कि प्राचीन काल के मनुष्यों की मानसिकता की तुलना में वर्तमान काल के मनुष्यों की मानसिकता अधिक नीतिप्रवण तथा अधिक अनैतिकताविरोधी हो गयी है। मात्र एक कपोल कल्पना ही हो सकती है। भारतवर्ष में तो पौराणिक मान्यता यह है कि सत्ययुग से त्रेता तथा द्वापर होते हुए वर्तमान के कलियुग तक की जो मानव जीवन की यात्रा रही है, वह सद्गुणों को धीरे-धीरे छोड़ने की तथा दुर्गुणों को अधिकाधिक अपनाने की ही यात्रा रही है। इस कारण अब एक नये अवतार के होने की अपेक्षा है जिससे अधर्म की समाप्ति तथा धर्म की फिर से स्थापना सम्भव हो सके। यह सही है कि इस तरह का सोच महज एक पौराणिक कल्पना है जिसके आधार पर कोई प्रामाणिक

निष्कर्ष नहीं निकाला जा सकता पर, तब यह कहना बिलकुल आधारहीन नहीं है कि प्राचीन काल के मानव की अपेक्षा आज का मानव अधिक फरेबी और तिकड़मी व्यवहार कर सकता है। साधुओं के वेश में घोर दुराचारियों की संख्या में उत्तरोत्तर वृद्धि के कारण आज का समाज शायद अधिक अभिशप्त है। अतः अधिकाधिक विकास अधिकाधिक प्रगति का निश्चित द्योतक नहीं माना जा सकता। पर हमने ऊपर कहा है कि हर्बर्ट स्पेन्सर विकासवादी के साथ-साथ एक सुखवादी भी थे। उनका तर्क था कि जैविक विकास के लिए जीवंतता अत्यंत आवश्यक है। और जीवंतता की अनुभूति एक अनुरागात्मक अनुभूति होती है। अतः यदि जीवंतता अधिक है तो अनुराग और उससे उत्पन्न आनन्द भी अधिक है। स्पष्ट ही ऐसे जीवन की वांछनीयता बहुत अधिक है। इस प्रकार यह समझा जा सकता है कि विकास और आनन्द या सुख में बहुत घनिष्ठ सम्बन्ध है। और चूँकि सभी लोग जीवन में आनन्द या सुख ही पाना चाहते हैं और फिर नैतिक दृष्टि से भी उसे पाना ही उचित है, इसलिए हम कह सकते हैं कि ज्यों-ज्यों विकास की प्रक्रिया आगे बढ़ती है, त्यों-त्यों नैतिक प्रगति भी होती ही रहती है।

पर स्पेन्सर का यह मत मान्य नहीं हो सकता। थोड़ी देर के लिए यदि हम यह मान भी लें कि जीवन के विकास के साथ-साथ आनन्दानुभूति या सुखानुभूति भी अधिकाधिक बढ़ती ही जाती है, तो भी इससे यह सिद्ध नहीं हो जाता कि ऐसी अनुभूति से नैतिक प्रगति भी होती ही जाती है। जैसा हमने ऊपर भी कहा है, आनन्दानुभूति या सुखानुभूति नैतिक प्रगति का द्योतक नहीं हो सकती, क्योंकि ऐसी अनुभूति दूसरों को पीड़ा देने से भी प्राप्त की जा सकती है। और फिर, जैसा हमने कई बार ऊपर भी कहा है, अनेकानेक विचारक एक असंतुष्ट सुकरात को ही एक संतुष्ट शूकर से अधिक सम्माननीय मानते हैं। सुखानुभूति महज सुखपरक रूप में नैतिकता का द्योतक नहीं हो जा सकती। यदि यह सत्य भी है कि विकास के कारण अधिकाधिक सुख प्राप्त हो रहा है, तो भी महज इस तथ्य के आधार पर यह कहना गलत ही होगा कि विश्व में नैतिक प्रगति भी होती ही जा रही है।

यहाँ यह उल्लेखनीय है कि जी॰ ई॰ मूर ने हर्बर्ट स्पेन्सर के उपर्युक्त दोनों विचारों में भूल पायी है जिसे उन्होंने ''प्रकृतिवादी भूल'' का नाम दिया है। हम इस भूल के बारे में विस्तार से पहले ही चर्चा कर चुके हैं। यहाँ केवल इतना कहना पर्याप्त होगा कि विकासप्रक्रिया एक प्राकृतिक प्रक्रिया है और शुभत्व या अच्छाई एक नैतिक अवधारणा है। और चूँकि यह अवधारणा देश एवं काल में अवस्थित नहीं होती, इसलिए यह कोई प्राकृतिक अवधारणा नहीं हो सकती। अतः विकास का शुभत्व के साथ तादात्म्य स्थापित नहीं किया जा सकता। और यदि कोई व्यक्ति ऐसा तादात्म्य स्थापित कर देता है, तो वह निश्चय ही 'प्रकृतिवादी भूल' कर बैठता है। अतः विकासजनित जीवंतता से उत्पन्न सुख का तादात्म्य भी शुभत्व के साथ नहीं हो सकता। इनमें तादात्म्य स्थापित करनेवाला व्यक्ति भी 'प्रकृतिवादी भूल' कर बैठता है। निश्चय ही हर्बर्ट स्पेन्सर द्वारा नैतिकता को विकास पर आधारित करने का प्रयास सफल नहीं हो सकता; क्योंकि नैतिकता महज अधिकाधिक परिवर्तन नहीं है। फलस्वरूप शुद्ध विकास के आधार पर नैतिक प्रगति की सत्यता प्रमाणित नहीं की जा सकती।

17.3.2 हिगेल

अब हम नैतिक प्रगति सम्बन्धी दो ऐसे मतों के बारे में विचार करेंगे जो नैतिक प्रगति को विश्वव्यापी आयाम तो देते हैं, पर वे इस प्रगति को नैतिकता के अतिक्रमित होने पर

ही सम्भव मानते हैं। ये दोनों मतें अध्यात्मवादी हैं, क्योंकि ये विश्व के सारभूत तत्त्व को देश-काल से परे एक आत्मा यानी एक अध्यात्मा मानते हैं। अध्यात्मवाद एक अत्यंत प्राचीन एवं अत्यंत सम्मानित विश्वदर्शन है। इसके अनुसार मानवीय आत्मा या जीवात्मा तत्त्वतः अध्यात्मा या परमात्मा ही है। अतः जब तक जीवात्मा अपने आपको देश-काल में सीमित एक ससीम सत्ता मानती है, तब तक वह अज्ञान में रहती है। इस कारण उसके जीवन का चरम लक्ष्य यही हो सकता है कि वह अपने इस अज्ञान को दूर करे, अर्थात् वह अपने आपको पहचाने और अपने सही अनंत रूप का साक्षात्कार करे। इस अनंत एवं पूर्ण रूप में न तो किसी प्रकार का अभाव रह सकता है और न ही इसमें किसी अपूर्त उद्देश्य की पूर्ति के लिए कोई कर्म करने की आवश्यकता ही हो सकती है। इस तरह यह देखा जा सकता है कि पूर्णत्व की अवस्था पूरी तरह कर्मनिरपेक्ष होने के कारण नैतिकता का बिलकुल अतिक्रमण ही कर देता है। अतः यदि आत्मसाक्षात्कार ही जीवन की चरम परिणति है, तो स्पष्ट ही उसमें नैतिकता का कोई स्थान नहीं रह सकता। और तब नैतिकता की प्रगति उसके अवसान में ही निहित हो सकती है। इस संदर्भ में हम पहले पाश्चात्त्य दार्शनिक हिगेल तथा उसके बाद भारतीय दार्शनिक श्री अरविन्द के विचारों की व्याख्या एवं समीक्षा करेंगे।

जार्ज विल्हेल्म फ्रेडरिक हिगेल[9] एक जर्मन दार्शनिक थे। वे एक अध्यात्मवादी दार्शनिक के रूप में अत्यधिक विख्यात हैं। उनके अनुसार वास्तविक सत्ता बौद्धिक होती है और उसमें एक द्वन्द्वात्मक प्रक्रिया क्रियमाण रहती है। इस प्रक्रिया के कारण शुद्ध बुद्धि देशकालिक प्रकृति को जन्म देती है। शुद्ध बुद्धि तथा प्रकृति का अंतर्विरोध पूर्ण निरपेक्ष अध्यात्मा में समाप्त हो जाता है। यह समापन कोई कालिक प्रक्रिया नहीं होता; यह तो एक बौद्धिक व्यापार है जो देश-काल से परे होता है। देश एवं काल तो प्रकृति की अवस्थाएँ हैं और वे प्रकृति के संदर्भ में ही प्रासंगिक हो सकते हैं। ये तात्त्विक रूप से सत्य नहीं हो सकते। इसलिए तात्त्विक दृष्टि से ये अवास्तविक हैं। यहाँ यह ध्यातव्य है कि मनुष्य का जैविक रूप प्रकृति के स्तर पर ही सम्भव हो सकता है; इसलिए मनुष्य का नैतिक प्रयास भी प्रकृति के स्तर पर ही सम्भव हो सकता है। और उसका नैतिक प्रयास यही हो सकता है कि वह अपने आचार और विचार के माध्यम से यह अनुभव करे कि वह वस्तुतः निरपेक्ष अध्यात्मा या परमात्मा ही है। और उसका ऐसा अनुभव करना ही उसका आत्मसाक्षात्कार है। जब ऐसी स्थिति प्राप्त हो जाती है, तब प्रकृति तात्त्विक दृष्टि से तिरोहित हो जाती है और तब न तो जीवात्मा रहती है और न ही बाह्य जगत्। और तब न तो किसी प्रकार का नैतिक प्रयास सम्भव है और न ही किसी प्रकार की नैतिक प्रगति। पर इतना तो कहा ही जा सकता है कि ऐसी स्थिति पर पहुँच पाना एक प्रकार की नैतिक प्रगति ही है। इन विचारों के आधार पर हम यह कह ही सकते हैं कि एक प्रकार से नैतिक प्रगति तभी होती है जब नैतिक प्रयास को सम्भव बनाने वाली सभी आवश्यक परिस्थितियाँ पूर्णतः समाप्त हो जाती हैं। स्पष्ट ही यह एक विरोधाभास है। लेकिन तब भी अध्यात्मवाद नैतिकता को एक अतिक्रमणीय विषय ही मानता है।

17.3.3 श्री अरविन्द

समसामयिक भारतीय दर्शन में विश्वविकास की विस्तृत चर्चा श्री अरविन्द के दर्शन में पायी जाती है। उनके अनुसार जड़ से जीवन और जीवन से मन का विकास हुआ है। पर उनका यह भी कहना है कि जड़ से जीवन और जीवन से मन का विकास इसलिए सम्भव हो सका है कि जड़ में जीवन तथा जीवन में मन पहले से ही अविकसित रूप में विद्यमान रहता है। अतः विकास का प्रतिविकास पर आधारित होना अत्यन्त आवश्यक है। श्री अरविन्द

एक अध्यात्मवादी दार्शनिक थे। उनके अनुसार मूल तत्त्व सच्चिदानन्द है। पाश्चात्य विकासवादी वैज्ञानिक जड़ से जीवन तथा जीवन से मन के विकास की बात तो करते हैं, पर वे मन से आगे के विकास की बात नहीं करते। लेकिन श्री अरविन्द मन के विकास के बाद के विकास की भी चर्चा करते हैं। उनके अनुसार अब तक का विकासक्रम इसलिए सम्भव हुआ है कि सत्ता के मूल में सच्चिदानन्द अवस्थित है। अतः मन के आगे का विकास सच्चिदानन्द-साक्षात्कार के रूप में होना निश्चित है। इस प्रकार यह देखा जा सकता है कि विकास की प्रक्रिया सीधी रेखा की तरह नहीं होती; वह तो एक वृत्त की तरह होती है। वृत्त का एक भाग विकास है, तो दूसरा भाग प्रतिविकास। और इस प्रतिविकास के कारण ही विकास होता है। अब तक जितना विकास हुआ है, वह अधूरा है; क्योंकि मन अभी तक सच्चिदानन्द में परिवर्तित नहीं हुआ है। मन तो अभी तक अतिमानस में भी परिवर्तित नहीं हुआ है। मन को पहले अतिमानस में परिवर्तित होना है और तब अंत में उसे सच्चिदानन्द का रूप लेना है। पर यह सहज साध्य नहीं है। इसके लिए योग जैसी कठिन प्रक्रिया की आवश्यकता होती है। इस योग की प्रक्रिया के द्वारा ज्ञान, भावना तथा कर्म को इस प्रकार समन्वित किया जाता है कि मन अतिमानस में परिवर्तित हो जाता है। चूँकि अतिमानस की दृष्टि समन्वयात्मक होती है, इसलिए अतिमानस संपूर्ण विश्व को अपने में समाविष्ट कर अंततः सच्चिदानन्द का रूप ले लेता है। इस तरह सम्पूर्ण विश्व ही दिव्य हो जाता है। तब न तो किसी प्रकार के नैतिक प्रयास की आवश्यकता रह जाती है और न ही किसी प्रकार की नैतिक प्रगति की सम्भावना। अतः हम कह सकते हैं कि श्री अरविन्द के अनुसार भी नैतिक प्रगति का एक लक्षण उसका अनावश्यक हो जाना है। हमने ऊपर कहा है कि नैतिक प्रगति के लिए समन्वयात्मक योग की आवश्यकता होती है। इस योग के सम्बन्ध में यहाँ दो बातें उल्लेखनीय हैं। एक तो यह कि इस योग का क्रियान्वयन विश्व स्तर पर होना चाहिए और दूसरा यह कि इस योग के एक घटक कर्म को नैतिक बनाना चाहिए। किसी कर्म या आचरण को नैतिक बनाने का अर्थ है उसे व्यापक आयाम देना। और इस व्यापकता की परिधि में न केवल मनुष्य, बल्कि सभी जीव-जन्तु भी नैतिक रूप से आचरित होने के अधिकारी हो जाते हैं। ऐसे आचरण के द्वारा ही समन्वयात्मक योग में सफलता मिल सकती है और ऐसी सफलता मिलने पर ही यह कहा जा सकता है कि मानव समाज ने सही अर्थ में नैतिक प्रगति की है। श्री अरविन्द इसी प्रकार की विश्वस्तरीय नैतिक प्रगति को मान्यता देते हैं। उन्होंने तो इसे ही चरितार्थ करने के लिए अपना पूरा जीवन उत्सर्ग कर दिया और मृत्युपर्यंत इसके लिए योगसाधना में रत रहे। वे अन्य लोगों से भी इसी समन्वयात्मक योग की साधना की अपेक्षा रखते थे।

17.4 अध्यात्मवाद पर आधारित नैतिक प्रगति सम्बन्धी मत की समीक्षा

हमने ऊपर देखा है कि हिगेल तथा अरविन्द दोनों नैतिक प्रगति की परिणति नैतिकता के अवसान में ही मानते हैं। इसका मूल कारण दोनों का अध्यात्मवादी होना ही है। अध्यात्मवाद में मौलिक सत्ता एकात्मक होती है जिसमें किसी प्रकार के द्वन्द्व की सम्भावना नहीं रहती। चूँकि नैतिकता का आधार द्वन्द्व ही होता है, इसलिए जभी तक द्वन्द्व है, अर्थात् जभी तक वासना एवं बुद्धि का अंतर्द्वन्द्व सम्भव रहता है, तभी तक नैतिक प्रयास भी सम्भव हो सकता है। अब यहाँ यह प्रश्न उठता है कि क्या कभी यह अंतर्द्वन्द्व समाप्त हो सकता है। इसके उत्तर में यह कहा ही जा सकता है कि वैयक्तिक स्तर पर तो यह वासना एवं बुद्धि का अंतर्द्वन्द्व निश्चित रूप से समाप्त हो सकता है। अनेकानेक ऐसे महात्मा हुए हैं जो बुद्धि

के द्वारा वासनाओं को नियंत्रित करके बहुत ही उत्कृष्ट चरित्र अर्जित करने में सफल हो गये हैं। स्पष्ट ही ऐसे चरित्रवाले लोग कभी अनैतिक कार्य कर नहीं सकते। ऐसे लोग ही स्थितप्रज्ञ होते हैं और उनका स्वभाव ऐसा हो जाता है कि उन्हें नैतिक कार्य करने में किसी तरह का प्रयास करने की आवश्यकता ही नहीं होती। अतः यह कहा ही जा सकता है कि ऐसे व्यक्तियों के लिए नैतिकता अतिक्रमित हो जाती है। लेकिन क्या हम उपर्युक्त तथ्यों के आधार पर नैतिकता सम्बन्धी अध्यात्मवादी विचार को सही मान ले सकते हैं? स्पष्ट ही इस प्रश्न का तार्किक विवेचन अत्यंत आवश्यक है।

हम पहले कह ही चुके हैं कि अध्यात्मवाद के अनुसार मौलिक सत्ता एक है और वह आध्यात्मिक भी है। अतः किसी बौद्धिक प्राणी से यही अपेक्षित होता है कि वह इस मूलभूत तथ्य को जाने और उसे आत्मसात् करे। पर जैसे ही यह तथ्य व्यक्ति द्वारा आत्मसात् कर लिया जाता है वैसे ही न तो व्यक्ति के रूप में कोई कर्ता रह जाता है और न ही किसी प्रकार की कर्तव्यपरायणता। पर यहाँ यह उल्लेखनीय है कि ऐसा प्रमाणित कर देना कि मौलिक सत्ता एक है और आध्यात्मिक भी अत्यंत कठिन है। शायद ऐसा मानना अधिक युक्तिसंगत है कि मौलिक सत्ता एक प्रवाह है और कालिक भी। यह दैशिक है और इस सत्ता में मनुष्य का जन्म-मरण चलता ही रहता है। यह सही है कि जो भी मनुष्य स्थितप्रज्ञ हो जाता है उसके लिए एक प्रकार से नैतिकता का अवसान हो जाता है, क्योंकि ऐसे मनुष्य की प्रकृति ही ऐसी हो जाती है कि वह सहज ही बिना किसी प्रयास एवं कठिनाई के नैतिकता के अनुरूप कार्य कर ले सकता है। पर इसका तात्पर्य यह नहीं होता कि एक व्यक्ति के स्थितप्रज्ञ हो जाने से अन्य सभी व्यक्ति भी स्थितप्रज्ञ हो जाते हैं और तब किसी अन्य व्यक्ति के द्वारा किसी तरह का नैतिक प्रयास जरूरी नहीं होता और इस तरह नैतिकता पूरी तरह अतिक्रमित हो जाती है। निश्चय ही एक व्यक्ति के स्थितप्रज्ञ हो जाने से अन्य सभी व्यक्ति स्थितप्रज्ञ नहीं हो जा सकते; और फिर यह सोचना कि सभी लोग नैतिक प्रयास के द्वारा ही किसी-न-किसी समय में जीवन के चरमोत्कर्ष को प्राप्त कर लेंगे और इस तरह नैतिकता अतिक्रमित हो जायेगी वास्तविकता के बिलकुल परे है, और इस कारण पूरी तरह भ्रामक है। जबतक मनुष्य का अस्तित्व बरकरार है, तबतक नैतिकता अतिक्रमित हो नहीं सकती और इसकी प्रगति की सम्भावना भी नष्ट नहीं हो सकती। अब यहाँ प्रश्न उठ जाता है कि यदि विश्वस्तरीय नैतिक प्रगति की सम्भावना का अवसान नहीं हो सकता, तो क्या यह सुनिश्चित किया जा सकता है कि किसी प्रकार की विश्वस्तरीय नैतिक प्रगति हो रही है या नहीं। निश्चय ही इसके लिए निरीक्षण किया जा सकता है। और निरीक्षण के आधार पर हम तो पाते ही हैं कि नैतिक प्रगति को सम्भव तथा सुदृढ़ बनाने के लिए मानव समाज ने विश्वस्तर पर अनेक अत्यंत महत्त्वपूर्ण कदम उठाये हैं—जैसे, संयुक्त राष्ट्र संघ, संयुक्त राष्ट्रीय शैक्षणिक वैज्ञानिक तथा सांस्कृतिक संघ, आदि आदि का स्थापित किया जाना। इन संघों की स्थापना से यह तो पता चलता ही है कि विश्व स्तर पर भी नैतिक प्रगति के लिए प्रयास किये जा रहे हैं। किन्तु यहाँ विडंबना यह है कि कूटनीति के माध्यम से ऐसे भी प्रयास जारी हैं जिनसे नैतिक प्रयास में बाधा पड़ती ही रहती है। अत्यंत दुर्भाग्यपूर्ण बात यह है कि नैतिक प्रगति की बाधाओं की संख्या निरंतर बढ़ती ही जाती है। जो भी हो, अध्यात्मवादियों द्वारा विश्व को आध्यात्मिक रूप देकर नैतिकता को अतिक्रमणीय बना देना कदापि उचित नहीं हो सकता। यह सही है कि नैतिकता के लिए विश्व सम्बन्धी तात्त्विक विवेचन आवश्यक होता है। पर यह स्वीकार कर लेना कि वह विवेचन निश्चय ही आध्यात्मिक रूप ही ले सकता है हठधर्मिता के अतिरिक्त और कुछ नहीं हो सकता। मनुष्य का नैतिकतापरक पक्ष जितना स्पष्ट और स्वीकारयोग्य है, उतना स्पष्ट और स्वीकारयोग्य उसका आध्यात्मिकतापरक पक्ष नहीं है। और निश्चित रूप से उसका नैतिकतापरक पक्ष ही उसे गरिमा प्रदान करता है।

❑

खण्ड-II

अध्याय 18

अधिनीतिशास्त्र

18.1 अधिनीतिशास्त्र का स्वरूप तथा उसका उद्देश्य

इसके पहले तक हमने मानकीय या आदर्शपरक नैतिकता की ही चर्चा की है; अर्थात् अभी तक हमने यह जानने का ही प्रयास किया है कि मनुष्य को किस मानक या किस आदर्श के अनुरूप कार्य करना चाहिए तथा उसे अपने चरित्र का निर्माण किस रूप में करना चाहिए। जैसा हमने पहले भी कहा है, करना तथा बनना ही मनुष्य की नैतिक अपेक्षाएँ हैं। दोनों के संदर्भ में यह बिलकुल सम्भव है कि मनुष्य अनुचित या अवांछनीय मानक या आदर्श ही अपना ले। शायद इसके ही निराकरण के लिए नीतिशास्त्र की स्थापना हुई है; क्योंकि इस शास्त्र का उद्देश्य ही है मनुष्य को कर्म तथा चरित्र सम्बन्धी सही मानक की जानकारी देना। हम इस सम्बन्ध में पर्याप्त विवेचन पहले ही कर चुके हैं और यह बतला चुके हैं कि मनुष्य के लिए कर्म तथा चरित्रसम्बन्धी मानक क्या हैं।

अब यहाँ यह उल्लेखनीय है कि किसी भी विषय में निष्कर्षों की स्थापना संप्रत्ययों तथा निर्णयों के माध्यम से ही हो सकती है; और उन संप्रत्ययों और निर्णयों की अभिव्यक्ति क्रमशः पदों एवं वाक्यों के माध्यम से ही हो सकती है। ऐसे पदों एवं वाक्यों को जो क्रमशः नीतिसम्बन्धी संप्रत्ययों और निर्णयों को अभिव्यक्त करते हैं हम नीतिसम्बन्धी पद एवं वाक्य कह सकते हैं। साधारणतः ऐसा देखा जाता है कि नीतिशास्त्री अपने विचारों को अभिव्यक्त करने के लिए पदों एवं वाक्यों का प्रयोग तो करते हैं; पर वे अलग से न तो पदों का अर्थ निरूपित करते हैं और न वाक्यों के औचित्य का शास्त्रीय विवेचन ही करते हैं। नैतिकता का उपदेश देनेवाले लोग भी प्रायः नैतिक अवधारणाओं तथा निर्णयों का प्रयोग तो धड़ल्ले से कर देते है, पर वे भी उनके अर्थ तथा औचित्य से कोई सरोकार नहीं रखते। अब यहाँ एक प्रश्न यह उठता है कि नैतिक या अन्य किसी प्रकार के उपदेश केवल मनुष्यों को ही क्यों दिये जाते, अन्य प्राणियों को क्यों नहीं। स्पष्ट ही ऐसा इसलिए है कि मनुष्यों में उपदेशों को समझने तथा उनके अनुरूप कार्य करने की क्षमता होती है, अर्थात् मनुष्य एक बौद्धिक प्राणी है। पर यदि मनुष्य एक बौद्धिक प्राणी है तो उससे यह अपेक्षित हो ही जाता है कि वह उपदेशों में प्रयुक्त अवधारणाओं का अर्थ तथा निर्णयों का औचित्य समझकर ही उन उपदेशों के अनुसार कार्य करे। निश्चय ही बौद्धिक प्राणी होने के नाते मनुष्य के द्वारा बौद्धिक आधार पर ही कार्य करना उचित हो सकता है।

किसी शास्त्र में अर्थ तथा औचित्य का स्पष्ट ही बहुत महत्त्वपूर्ण स्थान होता है और नीतिशास्त्र इस सम्बन्ध में कोई अपवाद नहीं हो सकता। अर्थ और औचित्य का महत्त्व इतना अधिक होता है कि हम किसी भी शास्त्रीय विवेचन में इनकी अवहेलना कर ही नहीं सकते। यहाँ यह ध्यातव्य है कि नैतिक उपदेशों का अर्थ समझना या उनका औचित्य निर्धारित करना, नैतिक उपदेश देना या सुनना नहीं होता। अर्थ-स्पष्टीकरण या औचित्य-निर्धारण तो विश्लेषण

एवं विवेचन पर आधारित होता है, और ऐसा कार्य वह व्यक्ति भी कर सकता है जो प्रासंगिक विचाराधीन उपदेशों को स्वीकार नहीं भी कर रहा होता है। मैं यदि कोई नैतिक उपदेश दे रहा होता हूँ, तो मुझसे यह अपेक्षा उचित ही है कि मैं स्वयं उस उपदेश के प्रति प्रतिबद्ध रहूँ; अन्यथा मैं ढोंगी माना जाऊँगा और उस हालत में मेरे उपदेश का सुनने वालों पर कोई असर नहीं पड़ेगा। पर ऐसी प्रतिबद्धता उस चिंतक से अपेक्षित नहीं की जा सकती जो किसी नैतिक उपदेश के अर्थ का विश्लेषण या उसके औचित्य का निर्धारण कर रहा होता है। किसी निष्पक्ष विवेचक से यह अपेक्षा करना उचित नहीं है कि वह अपने विवेच्य उपदेश का समर्थन करे और उसी के अनुरूप कार्य करे। अर्थ-विश्लेषक या औचित्य-निर्धारक अपने आप में मात्र एक विवेचक या विचारक होता है। इस रूप में वह कोई नैतिक कर्ता के रूप में कार्य-निष्पादक नहीं होता। यह सही है कि चूँकि वह विचारक भी एक मनुष्य है इसलिए उससे यह अपेक्षा की ही जानी चाहिए कि वह नैतिकता के अनुरूप ही कार्य करे। पर यह बात दीगर है। अर्थ-विश्लेषण तथा औचित्य-निर्धारण ज्ञान सम्बन्धी कार्य होते हैं; इन्हें नीति के अनुरूप जीवनयापन के साथ गड्डुमड्डु नहीं कर देना चाहिए। नैतिकता सम्बन्धी अर्थविश्लेषण एवं औचित्यनिर्धारण को नीतिशास्त्र की परिधि के अंतर्गत लाना उचित नहीं है। यही कारण है कि इन्हें नीतिशास्त्र के अंतर्गत नहीं रखकर अधिनीतिशास्त्र नामक शास्त्र के अंतर्गत रखा जाता है। इस अध्याय में हम इसी अधिनीतिशास्त्र के सम्बन्ध में विस्तार से विचार करेंगे।

18.2 अधिनीतिशास्त्र की विषय-वस्तुएँ

अधिनीतिशास्त्र की प्रमुख विषय-वस्तुएँ चार हैं:—

(i) नैतिकता का स्पष्टीकरण,
(ii) नैतिक प्रत्ययों का अर्थविश्लेषण तथा नैतिक निर्णयों का स्वरूपनिर्धारण,
(iii) नैतिक मनोविज्ञान तथा
(iv) नैतिक निर्णयों का औचित्यीकरण।

हम यहाँ इन सभी विषय-वस्तुओं की बारी बारी से व्याख्या करेंगे।

18.2.1 नैतिकता का स्पष्टीकरण

अधिनीतिशास्त्र का एक महत्त्वपूर्ण विषय नैतिकता की अवधारणा की व्याख्या करना और इससे नैतिकेतर अवधारणाओं के भेद को बतलाना है। साधारणतः लोग नैतिकता को आध्यात्मिकता, मजहब, परलोकपरक सुखप्राप्ति, जैसे विषयों के साथ गड्डु-मड्डु कर देते हैं। ऐसा भी देखा जाता है कि लोग आत्मकल्याणपरक दृष्टि को ही नैतिक दृष्टि मान लेते हैं। नतीजा यह होता है कि नैतिकता के सम्बन्ध में ऐसे भी निष्कर्ष निकाल लिए जाते हैं जो नैतिकता की परिधि से बिलकुल बहिर्गत होते हैं। स्पष्ट ही ऐसा निष्कर्ष निकालना कि मनुष्य के जीवन का लक्ष्य आत्मसाक्षात्कार या स्वर्गप्राप्ति या ईश्वरमिलन या फिर केवल अपनी निजी इहलौकिक सुखप्राप्ति है नैतिकता की अवधारणा के अनुकूल नहीं है। अतः यह नितांत आवश्यक है कि नैतिकता की अवधारणा का बारीकी से विश्लेषण हो और नैतिक दृष्टिकोण को अन्य दृष्टिकोणों से पृथक् कर उसके असली स्वरूप को समझा जाय। यहाँ यह उल्लेखनीय है कि इस प्रकार के विश्लेषण एवं विवेचन से नैतिक नियमों, सिद्धांतों या मूल्यों का निर्धारण नहीं हो जाता, वरन् इनसे तो नैतिकता के प्रत्यय का मात्र स्पष्टीकरण ही होता है। ऐसा स्पष्टीकरण कोई उपदेशक नहीं करता, वरन् एक दार्शनिक ही कर सकता है। पर यह सर्वथा सम्भव है कि कोई उपदेशक एक दार्शनिक भी हो और तब तो वह इस तरह का स्पष्टीकरण कर ही सकता है।

18.2.2 नैतिक प्रत्ययों का अर्थ-विश्लेषण तथा नैतिक निर्णयों का स्वरूप-निर्धारण

नैतिकता की अवधारणा के स्पष्टीकरण के बाद नैतिकता से सम्बद्ध अन्य अवधारणाओं का अर्थ-विश्लेषण भी अपेक्षित हो जाता है। अनेक लोग नैतिक आचरण के सम्बन्ध में भूल इसलिए कर बैठते हैं कि उन्हें महत्त्वपूर्ण नैतिक संप्रत्ययों का सही-सही ज्ञान उपलब्ध ही नहीं रहता। फलस्वरूप वे नैतिक संप्रत्ययों का सही-सही प्रयोग कर ही नहीं सकते। 'अच्छा' एक नैतिक संप्रत्यय है। 'आपने अच्छा काम किया है', 'आपका चरित्र अच्छा है', 'आपका इरादा अच्छा है'—इन वाक्यों में 'अच्छा' शब्द का प्रयोग हुआ है। इन वाक्यों को समझने के लिए 'अच्छा' का सही-सही अर्थ जानना अत्यावश्यक है। जैसा हम जानते हैं, इस शब्द का प्रयोग अनेकानेक विभिन्न संदर्भों में अनेकानेक उद्देश्यों के लिए किया जाता है। अतः जब तक हम इस शब्द के विभिन्न प्रयोगों का बारीकी से विश्लेषण नहीं कर लेते, तब तक हम यह कैसे जान सकते कि इस शब्द का प्रयोग आचरण एवं चरित्र की स्वीकार्यता, अनुकरणीयता एवं अनुपालनीयता के लिए भी हो सकता है। शब्दों के ऐसे ही प्रयोग को नैतिक प्रयोग कहा जाता है; और जिन शब्दों या पदों या निर्णयों का नैतिक प्रयोग होता है, उन्हें ही नैतिक शब्द या पद या निर्णय कहते हैं। 'अच्छा' का एक पर्याय 'शुभ' भी है। उल्लेखनीय है कि 'अच्छा' तथा 'शुभ' के अलावे और भी अनेक शब्द या पद हैं, जिनका नैतिक प्रयोग होता है—जैसे, 'उचित', 'चाहिए', 'कर्तव्य', आदि। ऐसे शब्दों या पदों का प्रयोग जिन वाक्यों में होता है, वे वाक्य नैतिक निर्णय कहलाते हैं। अतः नैतिक पदों के अर्थ-विश्लेषण के अलावे नैतिक निर्णयों का स्वरूप-निर्धारण भी अधिनीतिशास्त्र का एक प्रमुख विषय हो जाता है।

18.2.3 नैतिक मनोविज्ञान

अधिनीतिशास्त्र की एक विषय-वस्तु नैतिक मनोविज्ञान भी है। हम यह देख चुके हैं कि नीतिशास्त्र का मनोविज्ञान के साथ अत्यंत गहरा सम्बन्ध रहता है। मनुष्य के द्वारा तो अनेकानेक प्रकार की क्रियाएँ की जाती हैं; पर उसकी सभी क्रियाओं को नैतिक परिधि के अंतर्गत नहीं लाया जा सकता। मनुष्य रात-दिन साँस लेता है; लेकिन हम उसके द्वारा रात-दिन साँस लेते रहने की वजह से उसकी प्रशंसा या भर्त्सना नहीं करते। पर उसके अनेक कर्म ऐसे अवश्य होते हैं जिनकी वजह से हम उसकी या तो प्रशंसा करते हैं या निंदा। ऐसा क्यों होता है? कर्म की वह कौन-सी विशिष्टता है जिसके कारण उसका कर्ता या तो प्रशंसा का पात्र होता है या निंदा का? निश्चय ही कर्म की वह विशिष्टता उसके एक विशिष्ट प्रकार के मनोवैज्ञानिक स्वरूप पर आधारित होगी। अतः जबतक कर्म के उस मनोवैज्ञानिक स्वरूप को भली-भाँति समझ न लिया जाय, तबतक उसकी उस विशिष्टता को भली-भाँति समझा नहीं जा सकता। जिस विशिष्टता के कारण उसका कर्ता प्रशंसा या निंदा का पात्र बनता है वही विशिष्टता कर्मों को नैतिक परिधि में लाती है। अतः नैतिक परिधि में आनेवाले कर्मों की मनोवैज्ञानिक पृष्ठभूमि तथा उत्पत्ति तथा उसके मनोवैज्ञानिक स्वरूप की सही-सही जानकारी होना अत्यावश्यक है। स्पष्ट ही इस संदर्भ में इच्छा, संकल्प, स्वतंत्र संकल्पन, उत्प्रेरक, अभिप्राय, आदि मनोवैज्ञानिक व्यापार विशेष रूप से प्रासंगिक एवं महत्त्वपूर्ण हैं। अतः ऐसे मनोवैज्ञानिक व्यापारों का सम्यक् विश्लेषण अधिनीतिशास्त्र का एक अत्यंत महत्त्वपूर्ण अंग होता है।

18.2.4 नैतिक निर्णयों का औचित्यीकरण

अधिनीतिशास्त्र का एक प्रमुख कार्य नैतिक निर्णयों का औचित्यीकरण भी है। मनुष्य चूँकि एक बौद्धिक प्राणी है इसलिए वह अपने जीवनयापन के क्रम में किसी कार्यसम्पादन

के संदर्भ में या फिर चरित्रनिर्माण के संदर्भ में शुभ तथा अशुभ में या नैतिक तथा अनैतिक में या उचित तथा अनुचित में भेद का होना समझ ही सकता है। और उस भेद को समझ करके ही वह उचित नैतिक निर्णय ले सकता है। और फिर अपने ऐसे निर्णयों के आधार पर ही वह अपनी सही जीवनशैली निरूपित कर ले सकता है। इस विषय को हम एक उदाहरण के द्वारा अच्छी तरह समझ सकते हैं। यह सर्वथा सम्भव है कि कोई व्यक्ति इतना अभावग्रस्त हो कि उसके लिए अपने भोजन की व्यवस्था कर पाना भी सम्भव न हो सके। ऐसी स्थिति में उसके मन में किसी अन्य व्यक्ति के घर से चोरी-छिपे भोजन की सामग्री चुरा लेने का विचार उत्पन्न हो जा सकता है। और वह यह निर्णय भी ले सकता है कि मैं चोरी करके ही अपने प्राणों की रक्षा कर लूँ। अब यहाँ प्रश्न उठता है कि चोरी करना उचित है या अनुचित, अर्थात् चोरी करनी चाहिए या नहीं करनी चाहिए। परम्परागत मान्यता तो यही है कि चोरी नहीं करनी चाहिए। पर, प्रस्तुत उदाहरण में चोरी करने के पक्ष मे यह तर्क दिया जा सकता है कि चोर की भूख इतनी उग्र थी कि उसके द्वारा अपनी भूख की पीड़ा को मिटाने के लिए अन्य व्यक्ति के घर से खाद्य सामग्री का जुटाना लाजिमी ही था। भूख को मिटाने के लिए खाद्य सामग्री का जुटाना अनर्गल या बेतुका नहीं हो सकता। बेतुका तो यह व्यवहार तब होता जब इससे खाद्य सामग्री के संग्रह और उपयोग सम्भव ही नहीं होते। भूख का मिटाना खाद्य सामग्री के संग्रह एवं उसके उपभोग से ही सम्भव हो सकता है। भूख मिटाने के लिए भोज्य पदार्थ पर भूखे व्यक्ति का स्वामित्व होना कतई आवश्यक नहीं है। इस प्रकार के स्वामित्व से भोज्य पदार्थ में किसी तरह का भौतिक या रासायनिक गुण का समावेश नहीं हो जाता। चोरी द्वारा अर्जित भोज्य पदार्थ उसी तरह भूख को शांत कर सकता है जिस तरह भोजन करनेवाले के अपने अधिकार के अंतर्गत रहने वाला भोज्य पदार्थ कर सकता है। लेकिन इसके बावजूद नैतिक मान्यता तो यही है कि चोरी करके भूख नहीं ही मिटानी चाहिए। प्रश्न उठता है कि ऐसी मान्यता क्यों है? क्या यह मान्यता ही तो अनुचित नहीं है?

इन प्रश्नों को अच्छी तरह समझने के लिए तथा इनके युक्तियुक्त उत्तर देने के लिए हमें युक्तियों के सम्बन्ध में जानकारी प्राप्त करनी होगी। किसी कार्य सम्बन्धी 'क्यों' के उत्तर में हम दो प्रकार की युक्तियाँ पेश कर सकते हैं—पहली तो तर्कसम्मत युक्तियाँ तथा दूसरी नीतिसम्मत युक्तियाँ। अँग्रेजी में हम तर्कसम्मत युक्तियों को 'लौजिकली गुड रीजन्स'[1] तथा नीतिसम्मत युक्तियों को 'मॉरली गुड रीजन्स'[2] कहते हैं। पहली युक्तियों में इस बात पर ध्यान दिया जाता है कि कारण के अनुसार कार्य होता है या नहीं। भूख मिटाने के लिए भोजन का उपयोग पूर्णतः तर्कसम्मत है; इसमें कोई तार्किक बेतुकापन नहीं है। भूख मिटाने की प्रक्रिया के संदर्भ में भूखे व्यक्ति के स्वामित्व सम्बन्धी प्रश्न को उठाना ही बेतुका है। पर वास्तविकता यह है कि प्रायः स्वामित्व सम्बन्धी प्रश्न उठाया ही जाता रहा है और इसके लिए जो युक्तियाँ दी जाती हैं वे नीतिपरक युक्तियाँ ही हो सकती हैं। अब ध्यातव्य है कि इन नीतिपरक युक्तियों में स्वामित्व की बहुत ही महत्त्वपूर्ण भूमिका रहती है। जैसा हम जानते हैं, नीतिशास्त्र का केन्द्रबिन्दु है दूसरों की भलाई। नैतिकता के अनुसार अपनी भलाई करना तो तभी उचित हो सकता है जब इससे दूसरों की बुराई न हो। इस प्रकार यदि नैतिकता के केन्द्र में परहित है, तो चोरी करके भूख मिटाना या जीवनयापन करना उचित या नैतिक नहीं हो सकता। अब प्रश्न उठता है कि परहित को प्रश्रय एवं महत्त्व क्यों देना चाहिए? यह प्रश्न अपने आप में एक महत्त्वपूर्ण प्रश्न है जिसके बारे में हम बाद में विस्तार से विचार करेंगे। यहाँ हम केवल इतना कहना पर्याप्त समझते हैं कि किसी आचरण सम्बन्धी निर्णय का औचित्यीकरण या तो तार्किक या फिर नैतिक रूप ले सकता है—स्पष्ट है कि नैतिक औचित्यीकरण ही अधिनीतिशास्त्र का प्रमुख विषय हो सकता है। इस विषय की व्याख्या करना अत्यंत ही आवश्यक है।

इस प्रकार हम देखते हैं कि मोटे तौर पर अधिनीतिशास्त्र के उपर्युक्त चार विभाग हैं। अब हम इन चारों विभागों के अंतर्गत आनेवाले विषयों का विस्तृत विवेचन करेंगे।

18.3 नैतिकता की अवधारणा तथा उसके लक्षण

नैतिकता की अवधारणा एक जटिल अवधारणा है। इसके अनेक पहलू हैं। अतः इसे समझने के लिए पर्याप्त विश्लेषण की आवश्यकता होती है। सर्वप्रथम हम यह कह सकते हैं कि नैतिकता मनुष्य के उन आचरणों से तथा उनको प्रेरित करनेवाली मनुष्य की उन प्रवृत्तियों से सम्बद्ध होती है जिनके लिए आचरणों का कर्ता तथा/या प्रवृत्तियों का रखनेवाला जिम्मेवार ठहराया जाता है। मैं रात-दिन साँस लेता हूँ। साँस लेना मेरा जन्मजात स्वभाव है। यह मेरी इच्छा पर निर्भर नहीं होता। इसके लिए कोई न तो मेरी प्रशंसा करता है, न ही मेरी निंदा। मेरा ऐसा प्रत्येक व्यवहार या स्वभाव जो मेरे स्वतंत्र संकल्प पर निर्भर नहीं होता नैतिकता की परिधि से बाहर ही रहता है। ऐसा व्यवहार या स्वभाव नैतिकतारहित इस अर्थ में है कि वह न तो नैतिक होता है और न ही अनैतिक। हम यह भी कह सकते हैं कि वह न तो प्रशंसनीय होता है और न ही निंदनीय। पशुओं के सभी क्रियाकलाप इसी अर्थ में नैतिकता से रहित होते हैं। मनुष्य के अनेकानेक क्रियाकलाप पशु के क्रिया-कलापों से भिन्न नहीं होते। कहा भी गया है—''आहारनिद्राभयमैथुनं च सामान्यमेतत्पशुभिर्नराणाम्''। लेकिन मनुष्य की बौद्धिक विशिष्टता के कारण उसके अनेक क्रियाकलाप नैतिकता के दायरे में आ जाते हैं। हम यहाँ नैतिकता के दायरे में आनेवाले मनुष्य के आचरणों एवं स्वभावों के नैतिकतापरक लक्षणों की विस्तार से व्याख्या करेंगे। ऐसा करके ही हम नैतिकता की अवधारणा को अच्छी तरह विश्लेषित एवं स्पष्ट कर सकते हैं। नैतिकता के विभिन्न लक्षण नीचे स्पष्ट किये जा रहे हैं।

18.3.1 संकल्पस्वातन्त्र्य पर आधारित होना

नैतिकता की परिधि में वे ही आचरण एवं स्वभाव आ सकते हैं जिनके क्रियान्वयन एवं निर्माण में सम्बद्ध व्यक्ति का ही कर्तृत्व रहता है, अर्थात् जो व्यक्ति उन आचरणों एवं स्वभावों का स्वामी होता है। यदि मेरे द्वारा कोई ऐसी क्रिया संपादित हो जाती है जिसे मैं चाहकर भी टाल नहीं सका, या यदि मैंने अपने किसी स्वभाव को अपनी स्वतंत्र इच्छा से अर्जित नहीं किया है, तो उस क्रिया या उस स्वभाव के लिए मैं उत्तरदायी नहीं हो सकता। और इस कारण उस क्रिया या उस स्वभाव को नैतिक परिधि के अंतर्गत लाया नहीं जा सकता। इस प्रकार हम देखते हैं कि संकल्पस्वातंत्र्य का नैतिकता में एक अत्यंत महत्त्वपूर्ण स्थान है। और इस कारण हम कह सकते हैं कि संकल्पस्वातंत्र्य नैतिकता का एक प्रमुख लक्षण है।

18.3.2 कर्ता द्वारा आत्मसंतोष या आत्मग्लानि का अनुभव करना

चूँकि नैतिकता के साथ संकल्पस्वातंत्र्य जुड़ा हुआ है, इसलिए कर्ता का संकल्प मूल्यांकन का विषय हो जाता है। और इस वजह से नैतिक मानदंड प्रासंगिक हो जाता है और तब नैतिक और अनैतिक का भेद भी प्रासंगिक हो जाता है। फलस्वरूप प्रशंसा एवं निंदा भी प्रासंगिक हो जाती हैं। और साथ-ही-साथ कर्ता के द्वारा आत्मसंतुष्टि या आत्मग्लानि का अनुभव करना भी प्रासंगिक हो जाता है। स्पष्ट ही हम इन सभी प्रासंगिकताओं को नैतिकता के लक्षणों के रूप में स्वीकार कर सकते हैं।

18.3.3 समाजसापेक्षता

नैतिकता यदि एक ओर व्यक्ति के संकल्पस्वातन्त्र्य पर अवलंबित होने के कारण व्यक्तिसापेक्ष है, तो दूसरी ओर वह अपनी उत्पत्ति, अपने मूल्यों, अपने आदर्शों, अपनी

अनुशास्तियों, आदि के लिए समाज पर निर्भर होने के कारण समाजसापेक्ष भी है। एकाकी व्यक्ति के लिए (यदि ऐसा व्यक्ति सम्भव हो भी) नैतिकता सम्भव नहीं हो सकती। ऐसे व्यक्ति के लिए नैतिक-अनैतिक या अच्छे-बुरे का भेद बेमानी है। ऐसे व्यक्ति के लिए ऐसे विभेदों का सार्थक होना तभी सम्भव है, जब वह किसी तरह से किसी सामाजिक परिवेश में अवस्थित हो जाय। यही कारण है कि नैतिकता एक सामाजिक व्यवस्था या एक सामाजिक संस्था मानी जाती है और सही अर्थ में इसका चरम लक्ष्य या उद्देश्य अंततः सामाजिक ही होता है। नैतिकता का वह पक्ष जो वैयक्तिक चरित्र-निर्माण से सम्बद्ध होता है अंततः सामाजिक कल्याण को सम्भव बनानेवाला ही होता है। व्यक्तिपरक नैतिकता, यदि वह समाजनिरपेक्ष है, तो नैतिकता नहीं है।

18.3.4 आत्मलाभ के बजाय सामाजिक लाभ को प्रश्रय देना

नैतिकता आत्मलाभ नहीं है। आत्मलाभपरक दृष्टि सामाजिक लाभ को महत्त्व न देकर कर्ता को ही महत्त्व देती है। किंतु आत्मलाभ को तभी तक महत्त्व दिया जा सकता है जब तक वह सामाजिक लाभ के लिए बाधक नहीं बन सकता। सामाजिक लाभ की सिद्धि में सहायक होने वाला आत्मलाभ तो नैतिक हो ही सकता है।

18.3.5 प्रशासनिक कानून पर निर्भर न होना

नैतिकता और कानून में भेद होता है। यों तो कानून को अंततोगत्वा नैतिकता पर ही आधारित होना चाहिये, फिर भी कानून कई मायने में नैतिकता से भिन्न है। कानून किसी सुसंगठित समाज के शासनतंत्र की उपज होता है। प्रशासन को बलप्रयोग के द्वारा भी कानून का अनुपालन कराने का अधिकार होता है। किंतु जहाँ प्रशासन कर्ता के केवल बाह्य क्रियाकलापों के सम्बन्ध में ही कोई कार्यवाही कर सकता है, वहीं नैतिकता कर्ता के अभिप्रेरक, अभिप्राय तथा चरित्र जैसी आंतरिक विशिष्टताओं से भी सरोकार रखती है। यहाँ तक कि नैतिकता बाह्य क्रियाओं की अपेक्षा आंतरिक विशिष्टताओं को ही अधिक महत्त्व देती है। नैतिकता की एक विशिष्टता यह भी है कि इसमें अनुशास्तियों का प्रयोग बल के द्वारा नहीं होता, वरन् प्रशंसा, निंदा, उपयुक्त सामाजिक व्यवहार, आदि के द्वारा ही होता है। और फिर नैतिकता में कर्ता अपने स्तर पर आत्मसंतोष या आत्मग्लानि से अपने को पुरस्कृत या दंडित तो करता ही है।

18.3.6 महजब नहीं होना

नैतिकता मजहब या आध्यात्मिक धर्म नहीं है। यह सच है कि प्रायः ही नैतिकता को मजहब के साथ गड्डमड्ड कर दिया जाता है। इसके लिए बहुत हद तक भाषा ही जिम्मेवार होती है। भारतीय भाषा में *'धर्म'* शब्द का प्रयोग जहाँ "अहिंसा परमो धर्मः" में नैतिकता से सम्बन्धित है, वहीं 'सर्वधर्मसमभाव' में मजहब से सम्बन्धित है। मजहब में किसी-न-किसी रूप में आध्यात्मिकता या पारलौकिकता अपेक्षित रहती ही है। पर नैतिकता में आध्यात्मिकता या पारलौकिकता की कोई भूमिका नहीं रहती। मजहब तो आस्था पर आधारित होता है, पर नैतिकता तर्कबुद्धि पर आधारित होती है। मनुष्य मजहब की अवहेलना करने से निंदनीय या दण्डनीय नहीं हो जा सकता, पर वह नैतिकता की अवहेलना करने पर निंदनीय या दण्डनीय अवश्य हो जाता है। नैतिकता का आबंध एक वस्तुस्थितिसापेक्ष सच्चाई है, पर मजहबी आबंध सही अर्थ में ऐसी सच्चाई हो नहीं सकता। कुछ लोगों में मनोवैज्ञानिक कारणों से मजहबी आबंध एक व्यक्तिगत सच्चाई हो सकता है, पर ऐसी परिस्थिति में भी इस आबंध को कोई सही तात्त्विक आधार नहीं मिल सकता। चूँकि 'धर्म' का प्रयोग नैतिकता तथा मजहब दोनों के लिए होता रहा है, इसलिए हम इसके सही प्रयोग के लिए इसके प्रयोग के सम्बन्ध में कुछ परिवर्तन

लाना चाहेंगे। जब 'धर्म' का प्रयोग मजहब के अर्थ में होगा तब हम उसके साथ विशेषण के रूप में 'आध्यात्मिक' को जोड़ेंगे और जब नैतिकता के अर्थ में होगा, तब उसके साथ विशेषण के रूप में 'नैतिक' को जोड़ दिया करेंगे। चूँकि मात्र 'धर्म' का प्रयोग भ्रामक हो सकता है, इसलिए 'आध्यात्मिक धर्म' तथा 'नैतिक धर्म' जैसे पदों का प्रयोग ही अधिक वांछनीय है।

18.3.7 सार्वभौम होना

नैतिकता का सार्वभौम होना भी अत्यंत आवश्यक है। किसी व्यक्ति की कोई प्रवृत्ति या कार्यपद्धति नैतिक तभी मानी जा सकती है, जब वह प्रवृत्ति या कार्यपद्धति समान परिस्थिति में सभी व्यक्तियों के लिए नैतिक मानी जा सके। ऐसा इसलिये है कि परिस्थिति के समान रहने पर सभी व्यक्तियों को समान महत्त्व देना नैतिकता के लिए अत्यंत आवश्यक होता है। यहाँ यह भी विशेष रूप से उल्लेखनीय है कि नैतिकता केवल मानवहित को ध्यान में नहीं रखती। वह तो मानवहित के अलावे जीव-जन्तुओं, पेड़-पौधों, बाह्य वातावरण, आदि के हितों तथा सुरक्षा को भी ध्यान में रखती है। अतः नैतिकता का सार्वभौम या विश्वव्यापी होना बिलकुल स्वरूपगत है।

18.3.8 परोपकारपरक होना

नैतिकता को जहाँ एक ओर एक प्रकार की आकारिक विशिष्टता प्राप्त है, वहीं दूसरी ओर उसे एक प्रकार की अंतर्वस्तुपरक विशिष्टता भी प्राप्त है। हमने ऊपर देखा है कि नैतिक कर्मों को मनुष्य के स्वतंत्र संकल्प पर आधारित होना चाहिये तथा उन्हें सार्वभौम भी होना चाहिये, अर्थात् नैतिक कर्म समान परिस्थिति में सबों के द्वारा तथा सबों के लिए किया जाना चाहिये। उदाहरणस्वरूप सत्यकथन तभी नैतिक हो सकता है जब उसके पीछे स्वतंत्र संकल्पन हो, और वह समान परिस्थिति में सभी वक्ताओं से अपेक्षित हो और सभी श्रोताओं के लिए आवश्यक हो। किंतु क्या सत्यवादिता को केवल स्वतंत्र संकल्प पर आधारित होने से तथा सर्वमान्य होने से ही नैतिक मान लेना चाहिये? स्पष्ट ही इसका उत्तर नकारात्मक होगा। सत्यवादिता के नैतिक होने का कारण यह भी होना चाहिये कि अंततोगत्वा उससे वक्ताओं और श्रोताओं को लाभ ही मिले। जाहिर है कि सत्यवादिता से उत्पन्न वस्तुस्थिति की सर्वहितकारिणी होने से ही लोग अंततः सही मायने में लाभान्वित हो सकते हैं। अतः नैतिकता को निश्चित रूप से परोपकारपरक ही होना चाहिये

इस प्रकार हम देखते हैं कि नैतिकता की एक अंतर्वस्तु भी होती है जिसे हम परोपकारितापरक मान सकते हैं। यह अंतर्वस्तु नैतिकता की आकारपरक विशिष्टता नहीं है, यह तो उसकी वस्तुपरक विशिष्टता है।

यहाँ हमें परोपकारिता के दो पक्षों को अर्थात् उसके सकारात्मक तथा नकारात्मक पक्षों को भी स्पष्ट कर देना चाहिये। परोपकार या तो सुख देकर या दुःख नहीं देकर किया जा सकता है। मैं आपको भोजन खिलाकर सुख दे सकता हूँ। यह परोपकार का सकारात्मक पक्ष है। पर यदि मैं आपको किसी तरह से कोई दुःख नहीं पहुँचाता हूँ, तो यह भी मेरे द्वारा आपका उपकार करना ही है। पर यह नकारात्मक परोपकार है। लेकिन तब यहाँ यह उल्लेखनीय है कि लोग नकारात्मक परोपकार कर लेने से ही सकारात्मक परोपकार करने से बरी नहीं हो जाते। मनुष्य दूसरों को दुःख नहीं देकर ही अपने को नैतिक दायित्व से बरी नहीं कर ले सकता। उसे मानव कल्याण या मानव सुख के सृजन एवं संवर्द्धन के लिए यथाशक्ति एवं यथासम्भव कार्य करना ही चाहिये। भारतीय वाङ्मय मे तो मानव कल्याण के भावात्मक तथा अभावात्मक दोनों पक्षों को बिलकुल आवश्यक समझा गया है। कहा भी गया है:—

''सर्वे भवन्तु सुखिनः सर्वे सन्तु निरामयाः।
सर्वे भद्राणि पश्यन्तु मा कश्चिद् दुःखभाग्भवेत्।।''

इस प्रकार यह देखा जा सकता है कि नैतिकता का एक महत्त्वपूर्ण लक्षण परोपकारिता है।

यहाँ यह आपत्ति उठाई जा सकती है कि मनुष्य से नैतिकता के नाम पर ही ऐसे व्यवहारों की अपेक्षा की जाती है जो परोपकारोन्मुख न होकर शुद्ध रूप से कर्तव्यपालनपरक होते हैं। जैसे—ऋण चुकाना, प्रतिज्ञापालन करना, सत्य बोलना, आदि आदि। इन कर्तव्यों का प्रेरणास्रोत परोपकार नहीं होकर न्याय होता है और इस कारण से इन्हें ''न्यायपरक कर्तव्य'' कहा जाता है। पर क्या ये न्यायपरक कर्तव्य अंततोगत्वा सामाजिक सुख एवं समृद्धि के उत्पादन एवं संवर्द्धन में सहायक नहीं होते? क्या ऐसा समाज जहाँ ऋण की वसूली न की जाती रहे, जहाँ प्रतिज्ञा का पालन न होता रहे, जिसमें सत्यवादिता का बिलकुल अभाव हो, टिकाऊ एवं सुव्यवस्थित रह सकता है? यह सही है कि इन न्यायपरक कर्तव्यों के क्रियान्वयन से व्यक्तीय स्तर पर अपकार हो जा सकता है, क्योंकि ऋण चुकाने से ऋण चुकानेवाले को खाने तक के लाले पड़ जा सकते हैं, सत्य बोलने से श्रोता की मृत्यु तक हो जा सकती है, प्रतिज्ञापालन करने से प्रतिज्ञा पालन करनेवालों को अनेक प्रकार के कष्टों का सामना करना पड़ जा सकता है। पर ये सभी कर्तव्य अंततः पूरे समाज के व्यापक एवं दूरगामी लाभ के लिए साधन ही सिद्ध होते हैं। यदि ये कर्तव्य अंततः समाज के लिए लाभप्रद नहीं होते, तो ये कर्तव्य के रूप में समाज में बरकरार रह ही नहीं सकते थे। यदि ये समाज में कायम न रहें, तो शायद समाज का अस्तित्व ही कायम नहीं रह सके। यह सही है कि नैतिक सद्गुण एक ढंग से एक लाभनिरपेक्ष स्वरूप ग्रहण कर लेता है, पर उस स्वरूप का निर्माण व्यापक एवं दूरगामी लाभपरक उद्देश्य पर ही आधारित होता है। कोई सद्गुण पूरी तरह व्यक्तिसापेक्ष नहीं होता, वह अंततः परिस्थितिसापेक्ष ही होता है। राष्ट्र-प्रेम वर्तमान समय में एक राष्ट्र में सीमित रहकर भी एक सद्गुण माना जाता है, पर यह बिलकुल सम्भव है कि कालांतर में सामाजिक स्तर पर विश्व के अत्यंत छोटा हो जाने के बाद यह राष्ट्र-प्रेम नैतिक सद्गुण न रहकर एक नैतिक दुर्गुण ही बन जाय। इस तरह यह देखा जा सकता है कि सभी दृष्टियों से मानव कल्याण ही नैतिकता का केन्द्रविन्दु होता है। मानव कल्याण से असम्बद्ध नैतिकता नैतिकता नहीं होती। पर, जैसा हमने ऊपर भी कहा है, नैतिकता की अवधारणा केवल मानव कल्याण तक ही सीमित नहीं रहती। वह जीवकल्याण, वनस्पतिकल्याण तथा विश्वकल्याण तक को भी अपने में समाविष्ट कर लेती है।

18.4 नैतिक दृष्टिकोण

यदि हमने ऊपर के विवेचन से नैतिकता की अवधारणा को भली-भाँति समझ लिया है, तो हमारे लिए नैतिक दृष्टिकोण को समझना कठिन नहीं हो सकता। यहाँ यह उल्लेखनीय है कि नैतिक दृष्टिकोण को उसके अपने विशुद्ध रूप में समझना अत्यंत ही आवश्यक है, क्योंकि प्रायः ही लोग नैतिक दृष्टिकोण को अन्यान्य दृष्टिकोणों के साथ गड्डमड्ड करके अनेकानेक भूलें करते रहते हैं। प्रायः ही लोग नैतिक दृष्टिकोण को आत्मकल्याणपरक दृष्टिकोण से या फिर आध्यात्मिक धर्मपरक दृष्टिकोण से जोड़ देते हैं। पर नैतिक दृष्टि आत्मकल्याणपरक दृष्टि या आध्यात्मिक धर्मपरक दृष्टि से बिलकुल भिन्न होती है। जहाँ आत्मकल्याणपरक दृष्टि कर्ता के निजी कल्याण को महत्त्व देती है, वहीं नैतिक दृष्टि जनसाधारण के कल्याण के साथ-साथ जीवमात्र के कल्याण को महत्त्व देती है। आध्यात्मिक धार्मिक दृष्टि भी नैतिक दृष्टि से भिन्न होती है, क्योंकि यह अंततः किसी-न-किसी रूप में आध्यात्मिक साक्षात्कार या ईश्वरशरणगति को ही महत्त्व देती है। अतः नैतिक दृष्टिकोण को उसके अपने विशुद्ध रूप में समझना नितांत आवश्यक है।

नैतिक दृष्टिकोण की विशिष्टताएँ निम्नलिखित हैं:—

(i) नैतिक दृष्टि के आलोक में मनुष्य की स्वैच्छिक क्रियाओं तथा उन क्रियाओं को सम्भव बनानेवाली उसकी मानसिक प्रवृत्तियों का मूल्यांकन सम्भव होता है। जो क्रियाएँ या प्रवृत्तियाँ इस दृष्टि के अनुरूप होती हैं, वे नैतिक कहलाती हैं; और जो उसके विपरीत होती हैं, वे अनैतिक कहलाती हैं। नैतिक दृष्टिकोण मानो नैतिकता के विषयों को नैतिक परिधि में लाता है।

(ii) नैतिक दृष्टि की दूसरी विशिष्टता यह है कि इसके अनुरूप लिए गये निर्णय सामान्य होते हैं, अर्थात् ये निर्णय समान परिस्थितियों में सभी व्यक्तियों पर समान ढंग से लागू किये जा सकते हैं। यदि चोरी करना अनैतिक है, तो यह सभी व्यक्तियों के लिए अनैतिक है। यदि प्रतिज्ञा का अनुपालन नैतिक है, तो यह सबों के लिए नैतिक है। कभी-कभी विशेष परिस्थिति में प्रतिज्ञा के उल्लंघन को नैतिक माना जा सकता है। पर इससे नैतिक दृष्टिकोण की सर्वसामान्य होने सम्बन्धी विशिष्टता पर कोई आँच नहीं आती। अपवाद यदि सामान्य निर्णय के अंतर्गत स्पष्ट रूप से समाविष्ट रहता है, तो उससे निर्णय का सामान्य स्वरूप नष्ट नहीं होता। नैतिक दृष्टिकोण की इस सर्वसामान्यपरक विशिष्टता का तात्पर्य यह है कि नैतिकता में पक्षपात का कोई स्थान नहीं रहता।

(iii) जहाँ नैतिक दृष्टि की सर्वव्यापकता इस दृष्टि की आकारिक विशिष्टता है, वहीं इस दृष्टि की सर्वकल्याणपरकता इस दृष्टि की वस्तुपरक विशिष्टता है। इस वस्तुपरक विशिष्टता के अनुरूप मनुष्य के वैसे ही स्वभाव एवं कार्य नैतिक हो सकते हैं, जो संवेदनशील प्राणियों के सुख एवं शांति के उत्पादक हों और उनके दुःख एवं संताप के विनाशक। हमने यह विचार पहले ही कर लिया है कि नैतिकता के आदर्श के रूप में सुख एवं कल्याण का सही अर्थ क्या हो सकता है।

(iv) नैतिक दृष्टिकोण की चौथी विशिष्टता यह है कि इसके अनुरूप कर्म करने वाले को महज वैसा करने के आधार पर ही अधिमानित नहीं किया जा सकता, क्योंकि वैसा करना तो उससे अपेक्षित ही रहता है। वैसा करने के कारण वह प्रशंसा का पात्र अवश्य होता है, और नहीं करने से निंदा का। पर प्रशंसा के द्वारा कर्ता को अधिमानित नहीं किया जाता, बल्कि उसके द्वारा उसे केवल अपना उचित प्रतिफल ही मिलता है। किन्तु यदि कोई कर्ता अपनी स्वतंत्र इच्छा से अन्य व्यक्तियों के लाभ के लिए या किसी महान् उद्देश्य की सिद्धि के लिए अपना कोई बलिदान करता है, तो वह निश्चय ही अत्यधिक अधिमानना का पात्र बन जाता है। आत्मबलिदान स्वभावजन्य आत्मलाभपरक दृष्टि के कारण नहीं हो सकता, वह तो आत्मत्यागपरक भावना पर आधारित होकर ही सम्भव हो सकता है। यह सही है कि आत्मलाभपरक दृष्टि जब तक दूसरों का अहित नहीं करती, तब तक वह अनैतिक नहीं मानी जा सकती। पर तब भी वह नैतिक उत्कृष्टता के पैमाने पर आत्मत्यागपरक दृष्टि के समतुल्य नहीं हो सकती। नैतिकता में आत्मबलिदान का अधिमानित होना नैतिकता का एक अतिविशिष्ट लक्षण है।

18.5 नैतिक संप्रत्ययों का विश्लेषण तथा नैतिक निर्णयों का स्वरूपनिर्धारण

18.5.1 नैतिक भाषा के विश्लेषण एवं स्वरूपनिर्धारण का महत्त्व

अधिनीतिशास्त्र का एक प्रमुख विषय नैतिकता से सम्बद्ध संप्रत्ययों का विश्लेषण होता है, तथा जिन निर्णयों में वे संप्रत्यय प्रयुक्त होते हैं उनका स्वरूपनिर्धारण होता है। बिना उपर्युक्त विश्लेषण एवं निर्धारण के नैतिक संप्रत्ययों एवं नैतिक निर्णयों की सही जानकारी प्रायः सम्भव

नहीं हो सकती है। हम साधारणतः पाते हैं कि नैतिकता के संदर्भ में 'शुभ', 'उचित', 'चाहिये', 'कर्तव्य', 'बाध्यता', आदि संप्रत्यय ही प्रयोग में आते रहते हैं। अतः इन नैतिक संप्रत्ययों का बारीकी से विश्लेषण करना अत्यंत आवश्यक है। ऐसा नहीं करने से कभी-कभी तो उन निर्णयों को जिनमें वे संप्रत्यय प्रयुक्त होते हैं समझना भी कठिन हो जा सकता है। और जब तक नैतिक निर्णयों को अभिव्यक्त करनवाले वाक्यों का सही-सही अर्थ समझ नहीं लिया जाय, तब तक उन वाक्यों से सही-सही निर्देश पाना भी सम्भव नहीं हो सकता। इस बिन्दु को एक उदाहरण के द्वारा अधिक अच्छी तरह स्पष्ट किया जा सकता है। हम प्रायः कहते हैं कि "चोरी करना अनुचित है"। इस वाक्य का निहितार्थ है कि चोरी नहीं करनी चाहिये। इस प्रकार हम पाते हैं कि 'अनुचित' शब्द में मानो मना करने की एक शक्ति छिपी हुई है। स्पष्ट ही, इस छिपी हुई शक्ति को उजागर करने के लिए 'अनुचित' शब्द का विश्लेषण आवश्यक हो जाता है। विश्लेषण करने से ही यह पता लग सकता है कि "चोरी करना अनुचित है" एक वर्णनात्मक वाक्य नहीं, वरन् एक नियोजक वाक्य है। और तब यहाँ यह प्रश्न भी उठ खड़ा हो जाता है कि इस प्रकार के नियोजन का औचित्य क्या है। अतः विश्लेषण के साथ-साथ औचित्यनिरूपण भी अपेक्षित हो जाता है। इस तरह हम देखते हैं कि नैतिकता से सम्बद्ध संप्रत्ययों के विश्लेषण से तथा इन संप्रत्ययों से युक्त वाक्यों के स्वरूपनिर्धारण से नैतिक दिशानिर्देश का ज्ञान हो सकता है। अतः ऐसे विश्लेषण एवं स्वरूप निर्धारण नैतिकता के लिए अत्यंत महत्त्वपूर्ण हो जाते हैं। और ये कार्य अधिनीतिशास्त्र के प्रमुख अंग ही बन जाते हैं। इन कार्यों के सम्बन्ध में विस्तृत विवेचन हम आगे करेंगे।

18.5.2 नैतिक पद एवं वाक्य

जैसा हम जानते हैं, किसी विचार को अभिव्यक्त करने के लिए वाक्यों का सहारा लेना पड़ता है। यदि मैं सिर्फ कहूँ 'वर्षा' तो इससे कोई अर्थ नहीं निकलता। पर यदि मैं कहूँ— 'वर्षा हो रही है', तो इससे निश्चित रूप से यह अर्थ निकलता है कि वर्षा हो रही है। यह सही है कि कभी-कभी एक ही शब्द को कहने से एक पूरा अर्थ अभिव्यक्त हो जाता है। यदि मैं हठात् वर्षा के आ जाने पर अपने साथ बैठे लोगो को सम्बोधित करते हुए 'वर्षा' का उच्चारण कर भागने लगूँ, तो वहाँ निश्चय ही एक शब्द 'वर्षा' एक पूरे वाक्य का काम कर देता है। स्पष्ट ही प्रस्तुत संदर्भ में इस एक ही शब्द 'वर्षा' का अर्थ है— 'वर्षा आ गयी है भागो'। एकल शब्दों के ऐसे प्रयोगों की भूमिका नैतिक संदर्भों में भी अत्यंत महत्त्वपूर्ण होती है।

जिन वाक्यों में नैतिक शब्द प्रयुक्त होते हैं उन्हें हम नैतिक वाक्य कहते हैं। नैतिक वाक्य ही नैतिक निर्णय अभिव्यक्त करते हैं। जैसा हमने पहले भी कहा है, नैतिक शब्द अनेक हैं—जैसे, 'शुभ', 'उचित', 'कर्तव्य', 'चाहिये', आदि आदि। चूँकि नैतिक शब्दों का सही-सही अर्थ उनके सहयोग से बने वाक्यों के द्वारा ही आँका जा सकता है, इसलिए हमारे लिए वाक्यों के स्वरूप एवं प्रकार के सम्बन्ध में विचार करना अत्यंत आवश्यक हो जाता है। मोटे तौर पर हम वाक्यों को दो वर्गों में बाँट सकते हैं— वर्णनात्मक वाक्य तथा अवर्णनात्मक वाक्य। वर्णनात्मक वाक्य के द्वारा हम किसी वस्तुस्थिति का वर्णन करते हैं। जैसे, "यह फूल लाल है" के द्वारा मैं अपने सामने स्थित फूल के रंग के बारे में वर्णन कर सकता हूँ। यदि मेरे सामने में स्थित फूल का रंग वस्तुतः लाल है, तो मेरा कथन "यह फूल लाल है" सत्य है, अन्यथा वह मिथ्या है। लेकिन यदि मैं कहता हूँ— "चोरी मत करो" या "चोरी नहीं करनी चाहिये", तो मैं किसी वस्तुस्थिति का वर्णन नहीं करता, वरन् मैं एक आदेश या सलाह देता

हूँ। अतः ये वाक्य अवर्णनात्मक हैं, ये न तो सत्य और न ही असत्य या मिथ्या हो सकते हैं। हाँ, इनसे अभिव्यक्त होनेवाले कर्म उचित या अनुचित अवश्य हो सकते हैं। यहाँ यह उल्लेखनीय है कि हम वर्णनात्मक वाक्य को ज्ञानसापेक्ष वाक्य तथा अवर्णनात्मक वाक्य को ज्ञाननिरपेक्ष वाक्य भी कह सकते हैं। इस दूसरे प्रकार के नामकरण का औचित्य यह है कि जो वस्तु वर्णनीय होती है उसका ज्ञान भी प्राप्त हो सकता है। किंतु किसी आदेश या सलाह का कोई वर्णन नहीं हो सकता और उसका कोई वर्णनात्मक ज्ञान भी प्राप्त नहीं हो सकता। आदेश या सलाह तो करने की वस्तु है ज्ञान की वस्तु नहीं, भले ही उसको अभिव्यक्त करनेवाले वाक्य को सुनकर या पढ़कर उन्हें अवश्य जाना जा सकता है।

अब प्रश्न उठता है कि नैतिक वाक्यों को किस वर्ग में रखा जाय—वर्णनात्मक अर्थात् ज्ञानसापेक्ष वर्ग में या अवर्णनात्मक अर्थात् ज्ञाननिरपेक्ष वर्ग में। कुछ विचारक तो नैतिक वाक्यों को वर्णनात्मक एवं ज्ञानसापेक्ष मानते हैं, पर कुछ अन्य अवर्णनात्मक एवं ज्ञाननिरपेक्ष। अर्थात् कुछ विचारक कहते हैं कि नैतिक वाक्यों द्वारा एक विशिष्ट प्रकार की वस्तुस्थितियों का वर्णन ही किया जाता है और उनके सम्बन्ध में उपयुक्त तरीके से ज्ञान भी प्राप्त किया जाता है। पर कुछ विचारकों के अनुसार नैतिक वाक्यों के द्वारा किसी प्रकार का वर्णन नहीं किया जाता और इस कारण उनके द्वारा कोई ज्ञान भी प्राप्त नहीं किया जा सकता। हम इन दोनों प्रकार के विचारकों के मतों के सम्बन्ध में एक एक कर विस्तार से विचार करेंगे।

18.5.3 नैतिक वाक्यों के स्वरूप के सम्बन्ध में विभिन्न मत: वर्णनात्मक तथा ज्ञानसापेक्ष मत

इस मत को हम दो वर्गों में बाँट सकते हैं— प्राकृतिक वर्णनात्मक मत और अप्राकृतिक वर्णनात्मक मत। प्राकृतिक वर्णनात्मक मत के अनुसार नैतिक वाक्य विशेष विशेष प्रकार की वास्तविक सत्तात्मक परिस्थितियों पर ही आधारित होते हैं। मनुष्य के जीवन में अनेक प्रकार की जन्मजात एंव अर्जित इच्छाएँ अवस्थित रहती हैं। उन इच्छाओं की पूर्ति अनेक प्रकार की क्रियाओं के द्वारा उपयुक्त परिस्थितियों में ही सम्भव होती है। ऐसी क्रियाओं तथा परिस्थितियों को ही हम क्रमशः उचित तथा शुभ मान सकते हैं। यह सही है कि क्रियाओं को नैतिक रूप से उचित और परिस्थितियों को नैतिक रूप से शुभ मानने के लिए वैयक्तिक दृष्टि से ऊपर उठ कर सामाजिक दृष्टि को अपनाना पड़ता है। पर उस हालत में भी हम वास्तविक या प्राकृतिक धरातल से ऊपर या बाहर नहीं चले जाते। ऐसी स्थिति में भी हमारी नैतिकता इन्द्रियानुभूतिसापेक्ष ही होती है। ऐसे सभी विचारक जो नैतिकता को इन्द्रियानुभूति से प्राप्त होनेवाले गुणों के माध्यम से ही परिभाषित करते हैं, 'नैतिक प्रकृतिवादी' कहलाते हैं। बेन्थम, मिल, स्पेन्सर, सिजविक, चार्वाक, आदि विचारक नैतिक प्रकृतिवादी ही हैं। इनके अनुसार नैतिक निर्णय तथ्यात्मक होते हैं और तथ्य की तथ्यपरक विशिष्टता के आधार पर ही उनका नैतिक मूल्य निर्धारित होता है। ''परस्पर प्रेम अच्छा है।''—यह एक नैतिक निर्णय है। इस निर्णय का अर्थ यही है कि परस्पर प्रेम करने से समाज का संरक्षण होता है और लोगों को सुखानुभूति प्राप्त होती है। इस निर्णय में अप्राकृतिक या अतिप्राकृतिक कुछ भी नहीं है।

पर वर्णनात्मक दायरे में ही कुछ विचारक ऐसे भी हैं जो नैतिकता को प्राकृतिक परिधि से बाहर का विषय मानते हैं। ऐसे विचारकों को हम 'नैतिक अप्रकृतिवादी' कह सकते हैं। इन विचारकों का मत है कि नैतिकता वस्तुस्थितियों का ही गुण होती है, पर वह गुण प्राकृतिक नहीं होकर अप्राकृतिक होता है। फलस्वरूप उस गुण को साधारण इन्द्रियानुभूति से नहीं, वरन् एक विशेष प्रकार की अंतर्दृष्टि से ही जाना जा सकता है। शुभता या अशुभता जैसा नैतिक गुण उसी तरह किसी वस्तु या वस्तुस्थिति का गुण होता है जिस तरह पीलापन किसी फूल

का गुण होता है। इन दोनों गुणों में अर्थात् शुभता तथा पीलापन में भेद केवल यह है कि जहाँ पीलापन एक प्राकृतिक गुण है जिसे आँखों के द्वारा देखा जा सकता है, वहीं शुभता एक अप्राकृतिक गुण है जिसे किसी इन्द्रिय के द्वारा नहीं वरन् अंतर्दृष्टि के द्वारा ही जाना जा सकता है। कोई अप्राकृतिक गुण जो नैतिकता के दायरे में आता है प्राकृतिक गुण में परिवर्तित नहीं हो सकता और न ही वह ऐसा किया जा सकता है। यह अपने ही तरह का एक विशिष्ट पदार्थ होता है। यही कारण है कि नैतिकता की अपनी एक प्रकार की मौलिकता होती है।

पर जो भी लोग नैतिकता को प्राकृतिक या अतिप्राकृतिक रूप देना चाहते हैं, वे सभी महान् नीतिशास्त्री जी॰ ई॰ मूर के अनुसार भयंकर भूल करते हैं। इस भूल को मूर ने 'प्रकृतिवादी भूल' का नाम दिया है। हम इस भूल की व्याख्या पहले ही कर चुके हैं। मूर को हम प्रकृतिवादी तथा अतिप्रकृतिवादियों से अलग करने के लिए 'अप्रकृतिवादी' कह सकते हैं। मूर के अलावे और भी अनेक नैतिक विचारक नैतिक अप्रकृतिवादी हैं। हम इन सभी अप्रकृतिवादियों को नैतिक अंतर्दृष्टिवादी भी कह सकते हैं, क्योंकि ये सभी मानते हैं कि अंतर्दृष्टि के द्वारा ही नैतिक गुणों की प्रत्यक्ष अनुभूति हो सकती है; और इस प्रकार प्रत्यक्षीकृत होने के कारण उन्हें अन्य किसी भी प्रकार की प्रामाणिकता की अपेक्षा नहीं रह जाती हैं। इन अंतर्दृष्टिवादियों में बटलर, सिजविक, रशदल, प्रिचार्ड, रॉस, आदि प्रमुख हैं।

पर क्या नैतिक संप्रत्ययों एवं निर्णयों को प्रकृतिवादी या अतिप्रकृतिवादी या फिर अप्रकृतिवादी रूप देना उचित है? क्या नैतिकता का काम किसी भी प्रकार की वस्तुस्थिति का, चाहे उसका रूप जो भी हो, वर्णन करना है? या नैतिकता का काम मनुष्यों को सीख देना या निर्देश देना है? या फिर मनुष्यों के कर्मों एवं स्वभावों का नैतिक मूल्यांकन करना है? नीतिशास्त्रियों द्वारा ऐसे प्रश्न उठाये जाते रहे हैं और उनके द्वारा ऐसे प्रश्नों का उठाना पूरी तरह जायज है। जैसा हमने पहले उल्लेख किया ही है, नैतिक विचारकों का एक वर्ग नैतिक निर्णयों को न तो वर्णनात्मक मानता है और न ही ज्ञानदायक। इन विचारकों ने नैतिकता के वर्णनात्मक एवं ज्ञानप्रदानात्मक मत की तीव्र आलोचना की है और उसके स्थान पर ऐसे मतों को प्रतिपादित किया है जो न तो वर्णनात्मक हैं और न ही ज्ञानप्रदानात्मक। हम पहले वर्णनात्मक एवं ज्ञानप्रदानात्मक अर्थात् ज्ञानसापेक्ष मतों की विस्तृत आलोचना करेंगे और तब अवर्णनात्मक एवं ज्ञाननिरपेक्ष मत की व्याख्या करेंगे।

18.5.4 वर्णनात्मक तथा ज्ञानसापेक्ष मतों की आलोचना

वर्णनात्मक मतों के विरोध में, चाहे वे प्रकृतिवादी हों या अतिप्रकृतिवादी या फिर अप्रकृतिवादी, एक तर्क जो दिया जाता है उसे 'खुला प्रश्न तर्क' का नाम दिया गया है। इस तर्क के अनुसार किसी प्रकार का वर्णनात्मक मत नैतिकता की व्याख्या करने में सफल नहीं होता, क्योंकि उसके द्वारा व्याख्या करने के बाद भी अनेक नैतिकता सम्बन्धी प्रश्न अनुत्तरित ही रह जाते हैं और वे प्रश्नों के रूप में बने ही रहते हैं। कुछ उदाहरणों के द्वारा हम इस बिन्दु को अच्छी तरह समझ सकते हैं। मान लीजिये कि कोई व्यक्ति कहता है—''सुख शुभ है''। इस नैतिक निर्णय की प्रकृतिवादी व्याख्या यह हो सकती है कि सुख शुभ इसलिए है कि सुख हमारी इच्छा की पूर्ति का परिणाम है। हमें भूख लगती है, फलस्वरूप हमें भोजन करने की इच्छा होती है, हम भोजन करते हैं और तृप्त होते हैं, और इस प्रकार हमें सुख मिलता है। यह सुख कोई अजूबी चीज नहीं है; यह तो एक प्राकृतिक अनुभूति है जो हमें आनन्द देती है और इसीलिए हम इसे अच्छा कहते हैं। यह अच्छा होना सुख देने का ही मानो पर्याय है और यह एक प्रकार की वास्तविक सत्तात्मक स्थिति ही है जिसका हम वर्णन

कर सकते हैं और जिसका ज्ञान हमें इन्द्रियानुभूति के द्वारा प्राप्त हो सकता है। लेकिन यदि यह अच्छापन एक प्रकार की वास्तविकता है जो इन्द्रियानुभूति से बोधगम्य है, तो हम भी यह प्रश्न उठा ही सकते हैं कि क्या हमें इस प्रकार की वास्तविकता का अनुभव प्राप्त करना चाहिए और दूसरों को भी इसे ही प्राप्त करने की सलाह देनी चाहिए। हम मानते हैं कि नैतिक शुभत्व के साथ उसकी ग्राह्यता, स्वीकार्यता, अनुशंसनीयता तथा सार्वजनिकता जुड़ी रहती हैं। स्पष्ट ही ऐसा कहना बिलकुल असंगत होगा कि मैं सुख को अच्छा मानता हूँ, पर मैं उसे नहीं चाहता, न मैं दूसरों को इसे प्राप्त करने की सलाह दे सकता और न ही यह समान परिस्थितियों में दूसरों के लिए भी अच्छा हो सकता है। लेकिन क्या यह सच नहीं है कि कुछ ऐसे भी सुख होते हैं जिन्हें अनेकानेक लोग न तो ग्राह्य, न अनुशंसनीय और न ही किसी के द्वारा अनुभूतियोग्य मानते हैं। कहा भी गया है कि असंतुष्ट सुकरात संतुष्ट शूकर से बेहतर है। यदि अच्छापन किसी भी तरह सुखदायक या आनन्ददायक इन्द्रियानुभूति का ही गुण होता, तो असंतुष्ट सुकरात से संतुष्ट शूकर ही बेहतर माना जाता। पर हम ऐसा मानने को बिलकुल तैयार नहीं होते हैं। इस प्रकार हम देखते हैं कि प्रकृतिवादी व्याख्या के बाद भी यह प्रश्न कि 'क्या सुख अच्छा है? खुला का खुला ही रह जाता है। वास्तविकता यह है कि प्रकृतिवादी अपने प्रकृतिवादी दायरे के अंदर रहकर उपर्युक्त प्रश्न का उचित एवं संतोषप्रद उत्तर दे ही नहीं सकते। और तब यह भी उल्लेखनीय है कि यहाँ जो तर्क प्राकृतिक सुख के विरोध में दिया गया है, वही तर्क अतिप्राकृतिक सुख या आध्यात्मिक आनन्द के विरोध में भी दिया जा सकता है। किसी भी प्रकार की अनुभूति केवल 'है' है, वह अपने आप में 'चाहिए' नहीं बन जा सकती।

लेकिन क्या अप्रकृतिवादी विचारक अप्राकृतिक गुण को नैतिकतापरक मानकर इस 'खुला प्रश्न' का जवाब देने में समर्थ हो जाते हैं? निश्चय ही इस प्रश्न का उत्तर नकारात्मक है, क्योंकि अप्रकृतिवादी भी नैतिकता को वस्तुस्थितिपरक ही मानते हैं, भले ही उनके अनुसार वस्तुस्थिति प्राकृतिक या अतिप्राकृतिक यानी आध्यात्मिक न होकर अप्राकृतिक ही क्यों न हो। जैसा हमने ऊपर भी कहा है, किसी प्रकार की वस्तुस्थिति अंततः वस्तुस्थिति ही होती है। उसका वर्णन तो हो सकता है, पर वह वस्तुस्थिति के रूप में न तो कोई सलाह दे सकती और न ही कोई आदेश। फलस्वरूप वह मात्र 'है' है; वह किसी तरह अपने ही आधार पर 'चाहिए' का संदेश नहीं दे सकती।

यहाँ ह्यूम के एक अतिविख्यात कथन की ओर ध्यान आकृष्ट करना प्रासंगिक हो जाता है। उन्होंने अपनी प्रसिद्ध पुस्तक ट्रीटिस[3], में कहा है कि ''साधारणतः नीतिशास्त्री मनुष्य के कर्तव्याकर्तव्य को निर्धारित करने के लिए पहले कुछ तथ्यपरक बातों की चर्चा करते हैं और उसके बाद वे सहसा यह निष्कर्ष निकाल लेते हैं कि मनुष्य को ऐसा करना चाहिए या ऐसा नहीं करना चाहिए। लेकिन तब यहाँ यह प्रश्न उठ जाता है कि जब आधारवाक्य तथ्यपरक है, तो उससे आदेशपरक या उपदेशपरक निष्कर्ष कैसे निकाला जा सकता''। कुछ उदाहरणों की सहायता से हम ह्यूम के इस आक्षेप को भली-भाँति समझने का प्रयास करेंगे। मान लीजिए कि कोई यह तर्क प्रस्तुत करता है कि चूँकि ईश्वर की इच्छा है कि मनुष्य प्राणिमात्र के साथ प्रेम करे, इसलिए मनुष्य को चाहिए कि वह प्राणिमात्र के साथ प्रेम करे ही। अभी इस संदर्भ में हम यह आपत्ति नहीं करना चाहते कि ईश्वर का अस्तित्व ही संदिग्ध है। अभी यहाँ हम मान लेते हैं कि ईश्वर का अस्तित्व है और ईश्वर मनुष्यों को परस्पर प्रेम करने का आदेश देते हैं। लेकिन ध्यातव्य है कि किसी के द्वारा किसी प्रकार का आदेश देने मात्र से वह आदेश पालनयोग्य नहीं हो जा सकता। आदेश दे तो दिया जा सकता है, पर उसका पालन होना

उसके अंदर नीतिसूचक 'चाहिये' के होने पर निर्भर करता है। ह्यूम की आपत्ति है कि जब किसी तथ्यपरक आधारवाक्य में 'चाहिए' विद्यमान नहीं होता, तब निष्कर्ष में 'चाहिये' को कैसे निगमित कर लिया जा सकता है। जबरन 'चाहिए' को निष्कर्ष में निगमित कर लेना तार्किक नहीं हो सकता। अब हम एक दूसरा उदाहरण लेते हैं—'यौनक्रिया से आनन्द मिलता है, इसलिए यौनक्रिया से आनन्द प्राप्त करना चाहिए'। इस तर्क में पहला वाक्य तथ्यात्मक है और दूसरा कर्तव्यात्मक। कर्तव्यता यदि आधारवाक्य में विद्यमान रहे, तब तो उसे निष्कर्ष में निगमित कर लेना तार्किक हो सकता है। कोई निष्कर्ष सही मायने में निष्कर्ष तभी हो सकता है जब उसमें उसके आधारवाक्य के तत्त्व ही प्रकारान्तर से वर्तमान हों। इस दूसरे उदाहरण के सम्बन्ध में यह प्रश्न खुला ही रह जाता है कि क्या यौनक्रिया के आनन्ददायक होने पर भी उससे आनन्द प्राप्त करना ही चाहिए? यौनक्रिया के द्वारा आनन्द प्राप्त करना उचित भी हो सकता है और अनुचित भी। नैतिक औचित्य के लिए आनन्द देनेवाली संवेदना का केवल अस्तित्व ही पर्याप्त नहीं होता। कोई भी संवेदना नैतिक दृष्टि से अनुभव करने योग्य तभी हो सकती है जब वह नैतिकता की मानो चादर ओढ़ लेती है। ऐसी चादर ओढ़ना सम्भव कैसे होता है इसकी चर्चा हमने पहले भी की है और आगे भी करेंगे।

नैतिक अंतर्दृष्टिवादियों ने भी वही भूल की है जिसकी ओर हमारा ध्यान ह्यूम ने आकृष्ट किया है। ये लोग भी प्रकृतिवादियों तथा अतिप्रकृतिवादियों की तरह ही ''है'' से ''चाहिए'' को निगमित कर लेना चाहते हैं। इन अंतर्दृष्टिवादियों का कहना है कि किसी कर्तव्य में एक ऐसा गुण अंतर्निहित होता है जिसे हम नैतिकता सम्बन्धी गुण कह सकते हैं। ऐसे गुणों का ज्ञान प्रत्यक्ष रूप से अंतर्दृष्टि के द्वारा ही हो जाता है। किसी निर्दोष व्यक्ति की हत्या अनैतिक है। ऐसी हत्या की अनैतिकता का ज्ञान आंतरिक प्रत्यक्ष या सूझ के द्वारा सहज ही प्राप्त कर लिया जा सकता है और यदि हम किसी कर्तव्य की नैतिकता को या अकर्तव्य की अनैतिकता को प्रत्यक्ष ढंग से ही जान ले सकते हैं, तो फिर उसके सम्बन्ध में किसी प्रकार के विवेचन या वाद-विवाद की आवश्यकता ही क्या रह जाती है? यही कारण है कि प्रिचार्ड ने तो नीतिसम्बन्धी शास्त्र के अस्तित्व पर ही प्रश्नचिह्न लगा दिया है। उन्होंने यह प्रश्न किया है कि क्या नैतिक दर्शन एक भूल पर आधारित नहीं है।

लेकिन क्या अंतर्दृष्टिवादियों का यह दावा कि हम नैतिक औचित्य को अंतर्दृष्टि के द्वारा जान ले सकते हैं, जायज है? स्पष्ट ही इस प्रश्न का उत्तर नकारात्मक होगा। अंतर्दृष्टिवादी दो प्रकार की भूलें करते हैं। एक भूल तो यह है कि वे लाघवन्याय के विपरीत अप्राकृतिक तत्त्वों के अस्तित्व को स्वीकार कर लेते हैं। वे अच्छाई या शुभत्व को देशकाल से परे रहनेवाली एक प्रकार की सत्ता ही मान लेते हैं। उनके अनुसार पीलापन की तरह अच्छाई की भी सत्ता होती है। इन दोनों में भेद सिर्फ यह है कि जहाँ पीलापन देशकाल में अवस्थित होता है, अर्थात् वह देशकाल में अवस्थित किसी फूल या अन्य किसी भौतिक वस्तु का गुण होता है, वहीं नैतिक अच्छाई देशकाल में अवस्थित किसी कर्म का गुण होती है पर स्वयं वह देशकाल में अवस्थित नहीं होती। यही कारण है कि जहाँ पीलापन एक प्राकृतिक गुण है, वहीं नैतिक अच्छाई एक अप्राकृतिक गुण है और नैतिक बुराई एक अप्राकृतिक अवगुण है। किंतु, जैसा हमने ऊपर संकेत किया है, विश्व को अप्राकृतिक वस्तुओं से या अप्राकृतिक गुणों एवं अवगुणों से भर देने का कोई दार्शनिक औचित्य नहीं है। यहाँ चिंतनसम्बन्धी लाघवन्याय को या रसेल की 'ओकम की क्षुरिका'[4] सम्बन्धी नियम को ध्यान में रखना अत्यंत आवश्यक है। ऐसे अप्राकृतिक पदार्थों का अस्तित्व उतना ही अस्वीकार्य है जितना अंतर्दृष्टि द्वारा इन पदार्थों के प्रत्यक्ष ज्ञान की संभावना।

अंतर्दृष्टिवादियों की दूसरी भूल यह है कि वे नैतिक गुणों को तथ्यात्मक मानकर उनसे 'चाहिए' परक निष्कर्ष निकाल लेते हैं। पर ह्यूम की आपत्ति तो यहाँ भी प्रासंगिक रहती ही है। यदि आप 'चाहिए' को 'है' बना देते हैं, तो तब वह 'चाहिए' के अनुरूप कार्य नहीं कर सकता; और यदि 'चाहिए' 'चाहिए' के रूप में ही हमेशा कायम रहता है, तो फिर वह 'है' कैसे बन जा सकता? 'चाहिए' तथा 'है' की अवधारणाओं में मौलिक भेद होता है। नीतिशास्त्र में 'चाहिए' की भूमिका ही प्रमुख होती है, क्योंकि इसी के द्वारा नैतिक उपदेश दिया जा सकता है। यह सही है कि उपदेश वस्तुस्थिति की अवहेलना नहीं कर सकता; पर उपदेश वस्तुस्थिति को ध्यान में रखते हुए भी मूल रूप से किसी नैतिक कर्तव्य के सम्पादन की ओर ही लोगों का ध्यान आकृष्ट करता है। नीतिशास्त्र किसी प्रकार की सत्ता की खोज करने वाला शास्त्र नहीं है; वह तो आचारसम्बन्धी नियम निर्धारित करनेवाला एक नियामक शास्त्र है। अतः इसकी भाषा वर्णनात्मक नहीं हो सकती। प्रकृतिवादियों, अतिप्रकृतिवादियों तथा अप्रकृतिवादियों ने इसकी भाषा को अपने अपने ढंग से वर्णनात्मक बनाकर निश्चय ही बहुत बड़ी भूल की है।

18.5.5 नैतिक वाक्यों के सम्बन्ध में अवर्णनात्मक तथा ज्ञाननिरपेक्ष मत

नैतिक पदों एवं वाक्यों के सम्बन्ध में ऊपर विवेचित वर्णनात्मक एवं ज्ञानसापेक्ष मतों के विरुद्ध आधुनिक पाश्चात्त्य नीतिदर्शन में घोर प्रतिक्रिया हुई है और इसका फल यह हुआ है कि अनेक विचारक नैतिक पदों एवं वाक्यों को ज्ञानदायक नहीं मानकर उन्हें संवेगात्मक या भावनात्मक मानने लगे हैं। ऐसे विचारों पर आधारित मत को अंग्रेजी में 'इमोटिव थ्योरी'[5] कहा गया है। इस मत के अनुसार नैतिक भाषा ज्ञान देनेवाली या किसी प्रकार की वस्तुस्थिति का वर्णन करनेवाली भाषा नहीं होती; वह तो संवेग या भावना को अभिव्यक्त करनेवाली भाषा होती है। इस बिन्दु को हम एक उदाहरण की सहायता से समझने की कोशिश करें। मान लीजिए कि मैंने मोहन को बाजार से जल्द-से-जल्द कुछ आवश्यक वस्तुएँ खरीद कर लाने को कहा। उसने बहुत देर के बाद मेरे पास वापस आकर मुझे कहा कि वह वस्तु नहीं मिली। मैं उस पर अत्यंत क्रोधित हो गया और मैंने उसे प्रत्युत्तर देते हुए कह दिया— 'तुम गधे हो'। अब प्रश्न उठता है कि मेरे द्वारा 'तुम गधे हो' का प्रयोग किस तरह का प्रयोग है। क्या मैं इस प्रयोग के द्वारा मोहन का सही या झूठा वर्णन कर रहा हूँ? यदि मेरे कथन 'तुम गधे हो' को वर्णनात्मक मान लिया जाता है, तो यह स्पष्ट ही एक झूठा वर्णन है। पर क्या मैं मोहन को एक वास्तविक गधा ही मान रहा था? अवश्य ही इसका उत्तर नकारात्मक होगा; क्योंकि मैं तो मोहन को एक अनुपयोगी एवं बेकार मनुष्य मानकर उस पर अपना रोष प्रकट कर रहा था। यदि मैं उसको एक वास्तविक गधा मान रहा होता, तो मैं उस पर रोष प्रकट ही नहीं करता। स्पष्ट ही कोई गधा बाजार से सामान खरीदकर लाने की क्षमता नहीं रखता। असल में मेरे द्वारा उच्चारित वाक्य कोई कथन नहीं हो सकता। वह तो महज एक अभिव्यंजक उद्घोष ही हो सकता है। क्रोध की अभिव्यंजना के अनेक प्रकार हो सकते हैं—जैसे, चेहरे का लाल होना, साँसों का अधिक तेज गति से चलना, थरथराना, आक्रामक मुद्रा अख्तियार करना, प्रहार करना, आदि आदि। ऐसा भी होता है कि लोग गालियों के द्वारा भी अपने मन के भीतर के क्रोधपरक संवेग को अभिव्यक्त कर देते हैं। प्रस्तुत उदाहरण में ''तुम गधे हो'' भी क्रोधपरक संवेग की ही अभिव्यक्ति है। और इस तरह यह कथन संवेग के निकास का ही एक माध्यम है। भाषा के इस तरह के प्रयोग को संवेगपरक प्रयोग कहा जाता है। संवेगवादी

नीतिशास्त्री यह नहीं मानते कि नैतिक भाषा प्राकृतिक, अतिप्राकृतिक या अप्राकृतिक वस्तुस्थितियों या गुणों का वर्णन करती है। वे तो इसे विभिन्न प्रकार के संवेगों की अभिव्यक्ति का मात्र एक प्रकार का साधन मानते हैं। और इस वजह से वे नैतिक संवेगवादी कहे जाते हैं और उनके मत को नैतिक संवेगवाद कहा जाता है। नैतिक संवेगवाद के अनेक प्रकार हैं। उनकी विस्तृत व्याख्या एवं समीक्षा हम आगे करेंगे।

18.5.6 अवर्णनात्मक तथा ज्ञाननिरपेक्ष नैतिक मतों के प्रकार

18.5.6.1 ए॰ जे॰ एयर का संवेगाभिव्यक्तिवाद

नीतिपरक भाषा के विश्लेषण में हाल के वर्षों में पाश्चात्त्य दार्शनिकों ने बहुत अधिक योगदान किया है। हमने ऊपर देखा है कि प्रकृतिवादियां, अतिप्रकृतिवादियों तथा अप्रकृतिवादियों ने नैतिक भाषा को वर्णनात्मक मानकर नैतिकता का मानो गला घोंटने का ही प्रयास किया है। पर इस तरह के प्रयास के विरुद्ध तार्किक प्रत्यक्षवादियों ने मानो एक प्रकार का जंग ही छेड़ दिया है। इस संदर्भ में डेविड ह्यूम के उस विख्यात कथन को याद करना बहुत प्रासंगिक है जिसके द्वारा उन्होंने ऐलान किया था कि ''यदि किसी पुस्तकालय में ऐसी पुस्तकें पायी जाँय जो प्रागनुभविक प्रत्ययों के विश्लेषण से या इन्द्रियानुभूति के द्वारा प्राप्त अवधारणाओं के संश्लेषण से सम्बद्ध नहीं हैं, तो उन सभी पुस्तकों को जला डालो, क्योंकि ऐसी पुस्तकों में मूर्खतापूर्ण बकवास के अलावा और कुछ नहीं रह सकता।'' ह्यूम के इस कथन को ही तार्किक प्रत्यक्षवादियों ने अपना मूलमंत्र मान लिया है। स्पष्ट ही हम नैतिक वाक्यों को न तो अनुभवनिरपेक्ष प्रत्ययों के विश्लेषण से सम्बद्ध मान सकते और न ही उन्हें लोगों की वास्तविक अनुभूतियों के वर्णन मान सकते हैं। अर्थात् नीतिशास्त्र न तो गणित की तरह प्रागनुभविक होता है और न प्राकृतिक विज्ञानों की तरह वर्णनात्मक एवं अनुभवसापेक्ष ही होता है। पर तब यहाँ यह उल्लेखनीय है कि जहाँ गणित के सत्य मनुष्य या मानव समाज के अस्तित्व पर निर्भर नहीं होते, वहीं नैतिकता निश्चित रूप से मनुष्य तथा मानव समाज के अस्तित्व पर ही निर्भर होती है। मानव समाज के बिना नैतिकता सम्भव ही नहीं हो सकती। कुछ लोग तो इसे मानवानुभूति का वर्णन मानकर इसे वर्णनात्मक विज्ञान की श्रेणी में लाने का प्रयास भी कर बैठते हैं। ऐसे लोगों का मानना है कि किसी आचरण या मानसिक वृत्ति या प्रवृत्ति का नैतिक दृष्टि से शुभ या अशुभ होना इस बात पर निर्भर तो होता ही है कि उस आचरण या वृत्ति या प्रवृत्ति को कोई मनुष्य या कोई मानव समाज अनुमोदित करता है या तिरस्कृत करता है। अर्थात् मनुष्य के द्वारा चाहना या तिरस्कार करना ही अच्छेपन या बुरेपन की निशानी है। किंतु विचारपूर्वक देखने से यह सहज ही पता लग जा सकता है कि चाहना या तिरस्कार करना नैतिकता की निशानी नहीं हो सकता। ऐसा कहने में किसी प्रकार की तार्किक असंगति नहीं है कि 'राम चोरी का अनुमोदन करता है पर चोरी अनैतिक है'। यदि वास्तविक रूप से सभी लोग चोरी को अनुमोदित या पसंद करने भी लगें, तो भी यह प्रश्न उठाना ठीक ही होगा कि चोरी करना उचित है या नहीं। चोरी करना मनुष्य की स्वरूपपरक गरिमा के विरुद्ध होता ही है। और वास्तविकता भी यही है कि सामान्यतः लोग चोरी का अनुमोदन नहीं करते हैं। इस प्रकार हम देखते हैं कि मनुष्य के चाहने मात्र से कोई आचरण नैतिक नहीं हो जाता। अतः नैतिकता कर्ता की मानसिक रुचि का वर्णन नहीं हो सकता। और यह तो हम ऊपर देख ही चुके है कि नैतिकता प्राकृतिक, अतिप्राकृतिक एवं अप्राकृतिक गुणों या स्थितियों का वर्णन भी नहीं हो सकती। लेकिन तब यहाँ यह भी उल्लेखनीय है कि नैतिकता गणित की तरह मानवनिरपेक्ष नहीं होती। मानवसापेक्ष तो यह होती ही है, पर यह मानवपरक तथ्यों का वर्णन करने के कारण मानवसापेक्ष नहीं होती।

अब प्रश्न उठता है कि यदि नैतिक वाक्य वर्णन नहीं करता है तो वह करता क्या है। एयर, जो तार्किक प्रत्यक्षवाद के एक प्रबल समर्थक रहे हैं, कहते हैं कि नैतिक वाक्य वर्णन नहीं, वरन् भावनाओं या संवेगों की अभिव्यक्ति करता है। हमने ऊपर देखा है कि भावनाओं की अभिव्यक्ति केवल शारीरिक मुद्राओं या व्यवहारों के द्वारा ही नहीं, वरन् शब्दों एवं वाक्यों के प्रयोगों के द्वारा भी होती है। जब कोई कहता है कि "चोरी गलत है," तब वह चोरी के सम्बन्ध में अपनी घृणा या अपनी नापसंदगी ही जाहिर कर रहा होता है। मानसिक स्थिति का वर्णन करना एक बात है और मानसिक स्थिति को अभिव्यक्त करना बिलकुल दूसरी बात है। नैतिक वाक्य का मुख्य काम भावनाओं को अभिव्यक्त करना ही होता है। अतः यदि नैतिक वाक्यों का कोई अर्थ है, तो वह संवेगात्मक अर्थ ही हो सकता है, वर्णनात्मक अर्थ नहीं।

1923 ई॰ में सी॰ के॰ ऑगडेन[6] तथा आई॰ ए॰ रिचार्डस[7] ने अपनी प्रसिद्ध पुस्तक दि मीनिंग ऑफ मीनिंग[8] को प्रकाशित किया था। उसमें उन्होंने पहली बार 'इमोटिभ मीनिंग[9]' का प्रयोग किया था। उन्होंने कहा था कि 'अच्छा' जैसे नैतिक शब्दों का कोई प्रतीकात्मक अर्थ नहीं होता। वे तो सिर्फ संवेगों को अभिव्यक्त करने का काम करते हैं। जिस तरह 'हुर्राह!'[10] तथा 'वाह! वाह!' भावनाओं या संवेगों को अभिव्यक्त करने के साधन मात्र हैं, उसी तरह 'अच्छा', 'बुरा', आदि नैतिक शब्द भावनाओं या संवेगों की अभिव्यक्ति के साधन मात्र ही हैं। वे किसी वस्तुस्थिति का वर्णन नहीं करते, वरन् भावनाओं या संवेगों को प्रदर्शित करते हैं। अतः इन शब्दों का कोई वर्णनात्मक अर्थ नहीं होता; उनका तो केवल संवेगात्मक अर्थ ही होता है। सन् 1936 ई॰ में एयर ने इसी संवेगात्मक अर्थ को महत्त्व देते हुए अपनी प्रसिद्ध पुस्तक लैंग्वेज, ट्रुथ ऐंड लॉजिक[11] में कहा था कि 'नैतिक भाषा का प्रयोग न तो प्रागनुभविक क्षेत्र के लिए और न ही अनुभव से ज्ञात की गई वस्तुस्थिति के वर्णन के लिए होता है। इस भाषा का प्रयोग तो केवल संवेगों की अभिव्यक्ति के लिए ही होता है'। यहाँ यह उल्लेखनीय है कि नैतिक भाषा का प्रयोग करनेवाला व्यक्ति उस भाषा का प्रयोग केवल अपने संवेगों को अभिव्यक्त करने के लिए ही नहीं करता, वरन् वह उस भाषा का प्रयोग अपने संवेगों के अनुरूप दूसरों में भी वैसे ही संवेगों को उत्पन्न कराने के लिए भी करता है। ऑगडेन, रिचार्डस् तथा एयर ने नैतिक भाषा के इन दोनों ही प्रकार के प्रयोगों को स्वीकार किया है। वस्तुतः सभी संवेगवादी नैतिक भाषा के इन दोनों अर्थात् अभिव्यंजनात्मक तथा उत्प्रेरणात्मक प्रयोगों को स्वीकार करते ही हैं।

18.5.6.2 सी॰ एल॰ स्टीभेन्सन का उत्प्रेरणावाद

18.5.6.2.1 स्टीभेन्सन द्वारा अभिव्यक्ति के बजाय उत्प्रेरणा पर अधिक बल

अमेरिका[12] के विचारक सी॰ एल॰ स्टीभेन्सन ने संवेगवाद का न केवल समर्थन किया है, बल्कि उसे संवर्द्धित भी किया है। यह सही है कि ऑगडेन, रिचार्ड्स एवं एयर ने भी नैतिक भाषा के उत्प्रेरणात्मक प्रयोग की चर्चा की है, किंतु स्टीभेन्सन ने तो इस प्रयोग पर बहुत अधिक बल दिया है और इसे महत्त्वपूर्ण माना है। बीसवीं शताब्दी के चौथे तथा पाँचवें दशकों में उन्होंने अनेक लेख प्रकाशित किये तथा एथिक्स ऐंड लैंग्वेज[13] नामक एक बहुत ही महत्त्वपूर्ण एवं दिशानिर्देशक पुस्तक भी प्रकाशित की। उनके अनुसार नैतिक भाषा का प्रमुख कार्य उत्प्रेरित करना ही होता है। अतः हम उनके मत को 'उत्प्रेरणावाद' का नाम दे सकते हैं।

स्टीभेन्सन ने भाषा की प्रवृत्तिपरिवर्तनपरक शक्ति पर अत्यधिक बल दिया है। उनके

अनुसार भाषा केवल सूचित करने या ज्ञान देने का ही कार्य नहीं करती, बल्कि वह वक्ता की भावनाओं को अभिव्यक्त करने एवं श्रोता में भावनाओं को पैदा करने के कार्य भी करती है। यदि किसी जमघट में कोई व्यक्ति हठात् चिल्ला कर कह उठे, 'साँप!', तो अवश्य ही उस जगह के उपस्थित लोग वहाँ से दूर भाग जाएँगे। ऐसा तब भी होगा जब चिल्लानेवाला व्यक्ति बिलकुल झूठ ही क्यों न चिल्ला रहा हो और उस जगह कोई साँप रहा ही नहीं हो। शब्दों में ऐसी शक्ति होती है जिसके द्वारा वे वक्ता की भावनाओं को अभिव्यक्त करने में तथा श्रोताओं में विशेष-विशेष प्रकार की भावनाएँ उत्पन्न करने में समर्थ हो जाते हैं। 'अच्छा', 'बुरा', 'न्यायपूर्ण', आदि ऐसे शब्द हैं जो न केवल उनके बोलनेवाले की निजी अनुमोदनात्मक या विरोधात्मक भावना को अभिव्यक्त कर दे सकते हैं, बल्कि वे उनके सुनने वालों में भी वैसी ही भावना उत्पन्न कर दे सकते हैं। स्टीभेन्सन "यह अच्छा है" का विश्लेषण इस प्रकार करते हैं—"मैं इसका अनुमोदन करता हूँ, तुम भी इसका अनुमोदन करो"। और "यह बुरा है" का विश्लेषण इस प्रकार करते हैं—"मैं इसे नापसंद करता हूँ, तुम भी इसे नापसंद करो"।

यहाँ यह ध्यातव्य है कि भावनाएँ, जो नैतिक शब्दों तथा वाक्यों द्वारा अभिव्यक्त की जाती हैं या फिर श्रोताओं में पैदा की जाती हैं, या तो अनुमोदनपरक होती हैं या तिरस्कार-परक। अनुमोदनपरक भावनाओं के लिए 'अच्छा' शब्द का प्रयोग होता है, और तिरस्कारपरक भावनाओं के लिए 'बुरा' शब्द का। चूँकि वक्ता श्रोता में अपनी पसंद के अनुरूप ही भावनाएँ उभारना चाहता है, इसलिए यदि श्रोता किसी कारणवश वक्ता के रुझान का अनुमोदन नहीं करता है, तो वक्ता और श्रोता में सहमति के बजाय असहमति पैदा हो जाती है। और इस प्रकार असहमति हो जाने पर श्रोता वक्ता को चुनौती भी दे सकता है। और तब वक्ता और श्रोता एक दूसरे के साथ वाद-विवाद के घेरे में भी आ जा सकते हैं। इस प्रकार हम देखते हैं कि जैसे ही नैतिक भाषा वक्ता की भावनाओं की अभिव्यक्ति के कार्यों में सीमित न रहकर श्रोताओं की भावनाओं को उभाड़ने तथा प्रभावित करने जैसे कार्यों में लग जाती है, वैसे ही नैतिक भाषा भावनात्मक परिधि में सीमित नहीं रहकर वाद-विवाद की परिधि में आ जा सकती है। ऐसा इसलिए हो सकता है कि तब 'क्यों' का प्रादुर्भाव सम्भव हो जाता है और तब स्पष्ट ही बुद्धि या तर्क की भूमिका अपेक्षित हो जाती है। एयर और स्टीभेन्सन में एक महत्त्वपूर्ण भेद यह है कि जहाँ एयर नैतिकता के क्षेत्र में तर्क को महत्त्व नहीं देते, वहीं स्टीभेन्सन इस क्षेत्र में तर्क को बहुत अधिक महत्त्व देते हैं। इसका तात्पर्य यह है कि स्टीभेन्सन के अनुसार हम 'अच्छा' या 'बुरा' को विशेषण के रूप में किसी वस्तु या व्यापार के साथ केवल अपनी निजी पसंदगी या नापसंदगी को अभिव्यक्त करने के लिए नहीं जोड़ते, वरन् इसलिए भी जोड़ते हैं कि हम समझते हैं कि उस वस्तु या व्यापार में एक विशेष प्रकार की शक्ति वर्तमान रहती है। इस विषय को हम एक उदाहरण के द्वारा अच्छी तरह समझ सकते हैं। मैं चोरी को नापसंद करता हूँ। अतः जब मैं कहता हूँ कि "चोरी खराब है", तब मैं अपनी चोरी सम्बन्धी नापसंदगी या घृणा को अभिव्यक्त करता हूँ। और, जैसा स्टीभेन्सन मानते हैं, मैं अपनी इस उक्ति के द्वारा दूसरों में भी चोरी के प्रति घृणा की भावना को उत्प्रेरित कर रहा होता हूँ। अतः यह कहा जा सकता है कि 'अच्छा', 'खराब', आदि शब्दों में एक ऐसी उत्प्रेरक शक्ति वर्तमान है जो दूसरों की भावनाओं को उत्प्रेरित कर सकती है। स्टीभेन्सन ने नैतिक भाषा के इस उत्प्रेरणापरक प्रयोग को बहुत अधिक महत्त्व दिया है। पर तब उन्होंने यह भी माना है कि नैतिक भाषा में उपर्युक्त भावनात्मक पहलू के अलावे एक विचारात्मक या ज्ञानात्मक पहलू

भी रहता है। एक तरफ यदि 'अच्छा' या 'खराब' अनुमोदनपरक या तिरस्कारपरक भावना के साथ सम्बद्ध रहता है, तो दूसरी तरफ वह अपने विशेष्य की उस तथ्यता की ओर भी संकेत करता है जिसके कारण ही वह अपने विशेष्य को 'अच्छा' या 'खराब' से विशेषित करता है। अतः यह जरूरी नहीं है कि जिस व्यक्ति को संबोधित कर मैं कहता हूँ कि "चोरी खराब है?" वह मेरे इस कथन से प्रभावित हो ही जाय और वह भी चोरी के प्रति घृणा ही करने लगे। यह सर्वथा सम्भव है कि मेरा श्रोता चोरी के स्वरूप के सम्बन्ध में मुझसे बिलकुल असहमत हो जाय और मुझे पूछ बैठे कि "चोरी क्यों खराब है?"; और वह चोरी को अच्छा मानते हुए कहने लगे कि चोरी एक अच्छा धन्धा है, क्योंकि इसके द्वारा कोई बेसहारा आदमी अपना तथा अपने परिवार का भरण-पोषण कर ले सकता है। इस प्रकार हम देखते हैं कि नैतिक भाषा का प्रयोग केवल भावनाओं की अभिव्यक्ति एवं उत्प्रेरणा से ही सम्बद्ध नहीं रहता, बल्कि इस प्रयोग में तार्किकता भी अंतर्निहित रहती है। स्टीभेन्सन को इस बात का श्रेय निश्चित रूप से दिया ही जा सकता है कि उन्होंने नैतिकता सम्बन्धी संवेगात्मक मत को एक तार्किक आयाम देकर उसका एक प्रकार से परिमार्जन एवं संशोधन ही कर दिया है। हम उनके कुछ प्रमुख विचारों का अब विस्तार से विवेचन करेंगे।

18.5.6.2.2 स्टीभेन्सन के अनुसार अंतर्वैयक्तिक असहमति के दो प्रकार : तथ्यपरक तथा रुचिपरक

यह सही है कि मनुष्य नैतिक भाषा के प्रयोग के द्वारा अपनी भावना को अभिव्यक्त कर सकता है तथा दूसरों को तदनुरूप अनुप्रेरित भी कर सकता है। पर मनुष्य मात्र संवेगात्मक प्राणी नहीं है। वह एक बौद्धिक प्राणी भी है; अर्थात् वह बौद्धिक रूप से सावधान एवं सक्रिय भी हो सकता है। अतः यह आवश्यक नहीं है कि आपके द्वारा किसी कर्म या गुण को 'अच्छा' या 'खराब' कह देने मात्र से मैं उसे वैसा ही मानकर उसके अनुरूप ही व्यवहार करने लगूँ। यदि आपने कहा है कि "चोरी खराब है", तो मैं आपसे पूछ सकता हूँ कि "चोरी क्यों खराब है"। अब आपको यह बतलाना ही चाहिए कि चोरी किन कारणों से खराब है। यदि आपके बतलाए हुए कारण मुझे तर्कपूर्ण प्रतीत होंगे, तो हो सकता है कि मैं भी आपकी भाँति चोरी को खराब मानने लगूँ। या मैं आपसे असहमत होकर चोरी को अच्छी ही मानता रहूँ, और अपने समर्थन में मैं आपके सामने यह तर्क भी पेश कर दूँ कि यदि चोरी करके कोई व्यक्ति अपना तथा अपने पर आश्रित व्यक्तियों का भरण-पोषण करता है, तो वह निश्चय ही एक सराहणीय कार्य ही है। इस प्रकार यह देखा जा सकता है कि नैतिक भाषा के प्रयोग से वक्ता तथा श्रोता में असहमति भी पैदा हो सकती है। स्टीभेन्सन के अनुसार ऐसी असहमति दो प्रकार की हो सकती है : तथ्यपरक असहमति तथा रुचिपरक असहमति। तथ्यपरक असहमति वह है जिसमें तथ्यों के सम्बन्ध में असहमति होती है। यदि मैं कहूँ कि गोपाल अभी अपने घर में है और आप कहें कि गोपाल अभी अपने घर में नहीं है, तो यह असहमति तथ्यपरक हुई। ऐसी असहमतियों का निराकरण प्रत्यक्ष जाँच के द्वारा सम्भव है। प्रस्तुत उदाहरण सम्बन्धी असहमति को गोपाल के घर जाकर प्रत्यक्ष अनुभव द्वारा दूर किया जा सकता है। किंतु रुचिपरक असहमति रुचि पर आधारित होती है; और चूँकि रुचि व्यक्तिपरक होती है, इसलिए ऐसी असहमति किसी प्रकार के प्रत्यक्ष अनुभव के द्वारा दूर नहीं की जा सकती। यहाँ यह उल्लेखनीय है कि जो रुचि पूर्णतः वैयक्तिक या विषयीनिष्ठ होती है और फिर जो किसी अनैतिक तरीके से अर्जित भी नहीं रहती है, उसके लिए सम्बद्ध रुचिधारक को दोषी नहीं ठहराया जा सकता। और वह ऐसी रुचि रखने के लिए पूरी तरह स्वतंत्र है। यदि मुझे चाय

पसंद है और आपको कॉफी, तो फिर हम दोनों में किसी प्रकार के कलह का स्थान नहीं हो सकता। यदि राम को पीला रंग सुहावना लगता है और श्याम को नीला रंग, तो फिर दोनों ही अपनी अपनी रुचियों के मामले में किसी तरह आलोचना के पात्र नहीं हो सकते। रुचियों की भिन्नता यदि तथ्यपरक अज्ञान पर आधारित नहीं है तो फिर उसे मौलिक ही मान लेना चाहिए। ऐसी रुचियाँ नैतिक परिधि के बाहर ही रहती हैं। उनके सम्बन्ध में नैतिक भाषा का प्रयोग सम्भव नहीं है।

18.5.6.2.3 स्टीभेन्सन के अनुसार नैतिक भाषा विश्लेषण के दो प्रतिमान : प्रथम और द्वितीय

स्टीभेन्सन ने नैतिक प्रत्ययों तथा वाक्यों के विश्लेषण के सम्बन्ध में दो प्रतिमान प्रस्तुत किये हैं जिन्हें वे 'विश्लेषण का प्रथम प्रतिमान' और 'विश्लेषण का द्वितीय प्रतिमान' नाम देते हैं। जहाँ नैतिक प्रत्ययों तथा वाक्यों के प्रथम प्रकार के विश्लेषण में उनके संवेगात्मक रूप को स्पष्ट किया जाता है, वहीं उनके द्वितीय प्रकार के विश्लेषण में उनके संप्रत्ययात्मक स्वरूप को स्पष्ट किया जाता है। हम यह पहले ही बतला चुके हैं कि स्टीभेन्सन ने 'यह अच्छा है' का विश्लेषण ''मैं इसे चाहता हूँ, तुम भी इसे चाहो'' के रूप में किया है। यही प्रथम प्रकार का विश्लेषण है। इस विश्लेषण के द्वारा यह भली-भाँति देखा जा सकता है कि वक्ता अपनी भावना की अभिव्यक्ति तो करता ही है, वह साथ-ही-साथ श्रोता की भावना को भी अपनी भावना के अनुरूप ही परिवर्तित करने का प्रयास करता है। इस विश्लेषण से यह पता नहीं चलता कि 'अच्छा' जिस विषय का विशेषण है वह किस कारण से अच्छा है। पर द्वितीय प्रकार के विश्लेषण में विषय के अच्छापन की वजह को स्पष्ट करने का प्रयास किया जाता है, अर्थात् उस विषय के अच्छा होने के वस्तुपरक कारण की पहचान की जाती है। हम इसे एक उदाहरण के द्वारा ज्यादा अच्छी तरह समझ सकते हैं। हमारे समाज में एक मान्यता थी और वह आज भी बहुत हद तक वर्तमान है कि बालविवाह नैतिक दृष्टि से एक अच्छा रिवाज है। अच्छा मान लिए जाने के कारण से ही लोगों का बालविवाह के प्रति अनुमोदनात्मक रुझान का रहना बिलकुल स्वाभाविक है,क्योंकि 'अच्छा' शब्द में अनुमोदनात्मक भावना को उत्पन्न करने की एक अद्‌भुत क्षमता है। लेकिन इस शब्द की उत्प्रेरक क्षमता सही ज्ञानपरक पृष्ठभूमि के बिना टिकाऊ नहीं हो सकती। बालविवाह को लोग स्थायी रूप से वस्तुपरक कारणों से ही अच्छा मान सकते हैं और जभी तक वे कारण अपनी कारणपरक भूमिका निभाते रह सकते हैं, तभी तक बालविवाह के लिये 'अच्छा' का प्रेरणात्मक प्रयोग सम्भव रह भी सकता है। यह तो सभी जानते हैं कि सामाजिक जनमानस में परिवर्तन होता ही रहता है। विज्ञान की प्रगति से अनेक पुरानी धारणाएँ धराशायी होती जा रही हैं। बालविवाह के अनेक दुर्गुण उजागर हो चुके हैं और अनेक अन्य भी उजागर होते जा रहे हैं। फलस्वरूप बालविवाह के सम्बन्ध में अच्छापन के वस्तुपरक कारण अपनी कारणता खोते ही जा रहे हैं। नतीजा यह हुआ है कि अब बालविवाह के सम्बन्ध में 'अच्छा' का प्रयोग शिक्षित समाजों में तो बिलकुल बेतुका ही समझा जाने लगा है। इस प्रकार हम देखते हैं कि 'अच्छा' अपने संवेगात्मक प्रयोग में भी बराबर एक ही वस्तुपरक कारण से जुड़ा नहीं रहता है। उसके इस तरह के कारण बदलते ही रहते हैं। उसका वस्तुपरक कारण कब क्या रहता है, वह तो वस्तुपरक अन्वेषण के द्वारा ही जाना जा सकता है। और इसके लिए उपर्युक्त द्वितीय प्रकार का विश्लेषण ही सहायक सिद्ध हो सकता है। यहाँ यह उल्लेखनीय है कि इस दूसरे प्रकार के विश्लेषण के द्वारा स्टीभेन्सन ने नैतिक संवेगवाद को बहुत अधिक परिमार्जित कर दिया है और इस तरह उन्होंने इसमें एक नया संवेग भिन्न आयाम भी जोड़ दिया है। ऐसी स्थिति में उनके इस संवेगवाद को शुद्ध संवेगवाद मानना उचित नहीं हो सकता। उसे तो अब तर्कमिश्रित संवेगवाद मानना ही उचित हो सकता है।

18.5.6.3 नैतिक आदेशवाद

नैतिक भाषा के सम्बन्ध में एक ऐसा भी मत प्रस्तावित हुआ है जिसके अनुसार नैतिक भाषा के द्वारा मनुष्यों को नैतिक कर्म करने के लिए किसी-न-किसी रूप में आदेश ही दिया जाता है। किंतु सही अर्थ में किसी आदेश का निर्गत होना तभी सम्भव हो सकता है जब आदेश का स्रोत कोई प्रभुतासम्पन्न सत्ता या वस्तु ही हो। स्पष्ट ही ऐसा स्रोत या तो कोई ईश्वर या विवेक या धर्मशास्त्र या धर्मगुरु हो सकता है। अनेक लोग नैतिक नियमों को ईश्वरीय आदेश मानते हैं। और इस कारण वे यह भी मान लेते हैं कि इन नियमों के अनुपालन में किसी भी तरह का संदेह नहीं हो सकता। कुछ अन्य लोगों के अनुसार मनुष्यों में एक ऐसी ज्ञानक्षमता होती है जो आंतरिक सूझ के आधार पर नैतिक दृष्टि से उचित और अनुचित कर्तव्यों में भेद कर ले सकती है। यह ज्ञानक्षमता 'विवेक' कहलाती है और नैतिक नियम प्रायः इसी विवेक के आदेश होते हैं। एक अन्य विकल्प के अनुसार नैतिक नियम धर्मशास्त्रों या धर्मग्रंथों में दिये गये आदेश होते हैं। और फिर एक अन्य विकल्प के अनुसार नैतिक नियम ऐसे मनुष्यों के आदेश होते हैं जो उन्हें निर्गत करने में अधिकार रखते हैं। ऐसे मनुष्य 'धर्मगुरु' कहलाते हैं। इस तरह आदेशों के स्रोत चार प्रकार के हो सकते हैं— ईश्वर, धर्मगुरु, धर्मग्रंथ एवं मनुष्य का विवेक।

अब यहाँ यह प्रश्न उठ जाता है कि क्या हमें इन स्रोतों को मान्यता देनी चाहिए। इस प्रश्न का उत्तर देने के लिए हम इन चारों स्रोतों के सम्बन्ध में अलग-अलग विचार करेंगे।

(i) ईश्वर—ईश्वर के सम्बन्ध में हम काफी चर्चा पहले ही कर चुके हैं और यह भी स्वीकार कर चुके हैं कि ईश्वर का अस्तित्व अप्रामाणिक है। अतः उनका नैतिक नियमों का आदेशकर्ता होना भी अप्रामाणिक ही है। यदि यह मान भी लिया जाय कि ईश्वर है, तो भी यह मान लेना जरूरी नहीं होता कि ईश्वरीय आदेश नैतिक दृष्टि से उचित ही हो सकता है। ईश्वरीय आदेश का नैतिक दृष्टि से उचित होना इस बात पर कतई निर्भर नहीं हो सकता कि वह ईश्वरीय आदेश है, बल्कि इस बात पर ही निर्भर हो सकता है कि वह अपने आप में नैतिक दृष्टि के अनुरूप है। चूँकि हम इस सम्बन्ध में विस्तृत चर्चा पहले ही कर चुके हैं और यह भी निश्चित कर चुके हैं कि नैतिकता अपने में ईश्वरीय तंत्र से बिलकुल स्वतंत्र होती है, इसलिए अब हम यहाँ इस सम्बन्ध में और अधिक चर्चा नहीं करेंगे।

(ii) धर्मगुरु—कोई मनुष्य धर्मगुरु तब कहलाता है जब उसके धर्म या नीति सम्बन्धी आदेश को प्रामाणिक मान लिया जाता है। पर, कोई आदेश तब तक नैतिक नहीं हो सकता, जब तक वह नैतिकता की कसौटी पर खरा न उतर जाय। निश्चय ही कोई आदेश महज आदेश होने के कारण नैतिक नहीं हो जा सकता।

(iii) धर्मग्रंथ—आदेशों का एक तीसरा स्रोत धर्मग्रंथ होता है। अनेक विचारक कुछ धर्मग्रंथों को अपौरुषेय मानते हैं। अपौरुषेय कोटि में हम हिन्दू धर्म के आदिग्रंथ वेद को रख सकते हैं। वेद को अपौरुषेय इसलिए माना गया है कि उसे न तो ईश्वर ने और न ही किसी मानव पुरुष ने सृजित किया है। उसका अस्तित्व तो एक चिरंतन अस्तित्व है। ऋषियों ने अपने अंतःकरण में उसका केवल साक्षात्कार किया है। वेदों के आदेशों का पालन करना मनुष्यों का नैतिक कर्तव्य या धर्म होता है। भारतीय वाङ्मय की पूर्वमीमांसा के अनुसार वैदिक आदेश अपने आप में ही प्रामाणिक होते हैं। उनकी प्रामाणिकता किसी दैवी या मानवीय पुरुष पर निर्भर नहीं होती; और इस कारण से भी वे अपौरुषेय हैं। अतः उनके द्वारा जो भी आदेश

या निर्देश दिये गये हैं, वे सभी स्वतः कर्तव्य के दायरे में आ जाते हैं। यहाँ तक कि यदि उनके आदेशों के पालन से किसी प्रकार की हिंसा भी हो जाती है, तो वह हिंसा निंदनीय नहीं होती। कहा भी गया है—"वैदिकी हिंसा हिंसा न भवति"। पौरुषेय कोटि में हम उन सभी धर्मग्रंथों को रख सकते हैं जिन्हें मनुष्यों ने सृजित किया है। सिख धर्म का *गुरु ग्रंथ* साहेब एक पौरुषेय धर्मग्रंथ है, क्योंकि इसका निर्माण सिख धर्म के गुरुओं ने किया है। इसके आदेश इसलिए अनुपालनीय हैं कि ये धर्मगुरुओं के आदेश हैं और धर्मगुरु कदापि अनैतिक आदेश नहीं दे सकते।

(iv) मनुष्य का विवेक—मनुष्य का विवेक भी नैतिक आदेशों का एक स्रोत है। विवेक के सम्बन्ध में दो तरह के मत प्रचलित हैं। एक मत तो यह है कि विवेक मनुष्य में ईश्वर का प्रतिनिधि होता है। दूसरा यह कि विवेक मनुष्य के व्यक्तित्व के अंदर विकसित प्रभुतासम्पन्न एक मानसिक अंग है जो मनुष्य के कर्तारूपी अहं के कर्मों की नैतिक जाँच करता है और उसे नैतिक आदेश भी देता है। यहाँ हम मार्टिन्यू के विचार को प्रस्तुत कर सकते हैं। उनके अनुसार विवेक ईश्वर की ही आवाज है और इस कारण वह प्रभुतासम्पन्न भी है। विवेक के व्यक्तित्व में ही विकसित हो जाने के सम्बन्ध में हम सिग्मंड फ्रायड के अत्यहंसम्बन्धी मत को प्रस्तुत कर सकते हैं। फ्रायड के अनुसार मनुष्य का अत्यहं उसके माँ-बाप, धर्मगुरुओं, धर्मग्रंथों, जनमत जैसे बाह्य स्रोतों से उत्पन्न एक मानसिक अवयव है। यह कोई अलौकिक सत्ता नहीं है, न यह किसी अलौकिक सत्ता का प्रतिनिधि ही है। अतः हम कह सकते हैं कि इस दूसरे मत के अनुसार विवेक सामाजिक कारणों से उत्पन्न एक ऐसा मानसिक अंग है जो मनुष्य की क्रियाओं का नैतिक मूल्यांकन कर सकता है और उसे नैतिक निर्देश भी दे सकता है। यहाँ यह उल्लेखनीय है कि कोई सड़क का भिखारी किसी सम्पन्न व्यक्ति को भीख देने का आदेश नहीं दे सकता, क्योंकि वह अपने आदेश का अनुपालन करवाने में बिलकुल असमर्थ है, और फिर यह भी स्पष्ट ही है कि ऊँची आवाज में 'भीख दो' कहने मात्र से यह कथन आदेश नहीं हो जा सकता। आदेश देनेवाले व्यक्ति में उतनी प्रभुता और उतनी शक्ति तो होनी ही चाहिए जितने के आधार पर वह आदिष्ट व्यक्ति से आदेश का अनुपालन करवा ले सके और यदि उसके आदेश का आदिष्ट व्यक्ति उल्लंघन करे तो उसे वह आदेशक दण्ड भी दे सके। लेकिन, जैसा हमने कई बार पहले भी कहा है, नैतिकता का एक आधारभूत स्तंभ कर्ता की संकल्पस्वतंत्रता भी है। अतः जहाँ इस स्वतंत्रता का अभाव है वहाँ नैतिकता सम्भव ही नहीं हो सकती। ऐसी स्थिति में यह नितांत आवश्यक हो जाता है कि कोई भी नैतिक कर्ता वैसा ही आचरण करे जैसा उसका स्वतंत्र निर्णय प्रतिस्थापित करे। अतः यह स्पष्ट हो जाता है कि नैतिक भाषा का स्वरूप आदेशसापेक्ष नहीं हो सकता; उसका स्वरूप तो कर्ता के संकल्प की ही अपेक्षा कर सकता है।

आदेशपरक मत की समीक्षा—हमने ऊपर आदेश के स्रोतों के रूप में ईश्वर, धर्मगुरु, धर्मग्रंथ तथा विवेक की चर्चा की है कहा है कि ये सभी किसी-न-किसी प्रकार का नैतिक आदेश देने का दावा करते हैं। पर कोई आदेश, चाहे उसका स्रोत जो भी हो, आदेश होने मात्र से उचित नहीं हो जा सकता। क्या धार्मिक आदेश के रूप में किसी मनुष्य या पशु की बलि देना नैतिक दृष्टि से उचित हो सकता है? स्पष्ट ही इसका उत्तर नकारात्मक होगा। पर वेद में ऐसा आदेश है। पर, जैसा हमने ऊपर कहा है, आदेश आदेश मात्र होने से नैतिक नहीं हो जा सकता, चाहे उसका स्रोत वेद या ईश्वर या विवेक ही क्यों न हो। आदेश को नैतिक होने के लिए नैतिक कसौटी पर खरा उतरना पड़ता है। हम ऊपर देख चुके हैं कि

नैतिक कसौटी क्या होती है; और उस सिलसिले में हमने पाया है कि नैतिकता की अपनी विशिष्टताएँ होती हैं जो किसी तरह किसी प्रकार के आदेश पर अवलम्बित नहीं होतीं। हम मानते हैं कि आदेश नैतिकता के अनुकूल हो सकते हैं। पर वे आदेश होने के कारण नहीं, वरन् नैतिक कसौटी पर खरा उतरने के कारण ही नैतिक हो सकते हैं। काण्ट ने नैतिक आचरण के सम्पादन के लिए जो निरपेक्ष आदेश उपस्थापित किये हैं, वे वस्तुतः आदेश नहीं हैं क्योंकि वे किसी विलक्षण व्यक्ति या ग्रंथ द्वारा निर्गत नहीं हैं। वे तो आदेशपरक भाषा में अभिव्यक्त तर्कसम्मत नैतिक सिद्धांत हैं। इस भाषा का सही विश्लेषण उसकी नीतिपरक तार्किकता को उजागर करके ही किया जा सकता है। इस प्रकार हम देखते हैं कि नैतिक भाषा का आदेशपरक रूप उसका सही रूप नहीं हो सकता। उसका सही रूप तो अंततः 'करो' से नहीं, वरन् बुद्धि पर आधारित 'चाहिए' से ही जुड़ा हो सकता है।

18.5.6.4 आर॰ एम॰हेयर[14] का परामर्शवाद

ऊपर के विवेचनों से पता चलता है कि नैतिक भाषा न तो किसी प्रभुतासम्पन्न स्रोत के आदेश की अभिव्यक्ति करती है, न वह किसी वक्ता की भावना को प्रदर्शित करती है और न ही वह किसी श्रोता की भावना को उभारने का कार्य करती है। यह तो हम मानते ही हैं कि नैतिकता में कर्ता की स्वतंत्रता का हनन नहीं किया जा सकता। अतः यदि नैतिक भाषा का प्रयेगकर्ता श्रोता की भावना को उभारकर और इस तरह उसे एक प्रकार से बहकाकर उससे कुछ करा लेना चाहता है, तो स्पष्ट ही वह प्रयोगकर्ता श्रोता पर दबाव डालता है; स्पष्ट ही इस कार्य को नैतिक नहीं माना जा सकता। नैतिक आचरण की पृष्ठभूमि न तो भावना पर आधारित हो सकती और न किसी तरह के दबाव पर। नैतिक आचरण के लिए तो परिस्थिति के अनुरूप न्यायोचित कार्य करना ही प्रासंगिक हो सकता है। और न्यायोचित कार्य का क्रियान्वयन तो तर्कबुद्धि से निर्देशित होने पर ही सम्भव हो सकता है। अतः नैतिक भाषा न तो आदेशपरक हो सकती और न ही शुद्ध भावनापरक। यह वस्तुतः सलाहपरक ही हो सकती है। और स्पष्ट ही सलाह न तो आदेश है, न ही भावना का उफान और न ही भावना उभारने का साधन। कोई भी सलाह निश्चित रूप से तार्किक ही हो सकती है और इसमें श्रोता का योगदान भी आवश्यक ही है। आर॰ एम॰ हेयर नैतिक भाषा के इस सलाहपरक रूप को ही उसका सही रूप मानते हैं। उनके इस सलाहपरक मत को हम 'परामर्शवाद' कह सकते हैं। अब हम इस परामर्शवाद की चर्चा विस्तार से करेंगे।

हेयर के अनुसार नैतिक भाषा सलाह देती है और इसमें किसी प्रकार का दबाव नहीं, बल्कि औचित्य ही प्रासंगिक होता है, और औचित्य के साथ तो तार्किकता का होना आवश्यक ही है। और फिर इसमें समान बरताव का होना भी जरूरी ही है। चूँकि किसी सलाह के सम्बन्ध में यह पूछा जा ही सकता है कि वह स्वीकारयोग्य क्यों है, इसलिए उसके पीछे तर्कसंगत कारण का होना तथा उसका समान परिस्थितियों में सबों के लिए समान ढंग से लागू होना भी जरूरी ही है। यहाँ यह विशेष रूप से उल्लेखनीय है कि चूँकि नैतिक भाषा सलाहपरक होती है, इसलिए वह वर्णनात्मक नहीं हो सकती। सलाह वस्तुस्थिति का वर्णन नहीं करती; वह तो सलाह पानेवाले को वस्तुस्थिति के अनुरूप कार्य करने के लिए प्रेरणा ही देती है। कोई भी सलाह वास्तविक परिस्थिति की अवहेलना कर भी नहीं सकती। हाँ, वह नैतिक तभी हो सकती है जब वह नैतिक सिद्धांतों के अनुरूप होती है, लेकिन तब भी सिद्धांतों का क्रियान्वयन तो किसी परिस्थिति में ही हो सकता है। नैतिक सिद्धांत क्या

हैं—इसकी चर्चा हम पहले भी कर चुके हैं और आगे भी करेंगे। यहाँ अब हम केवल यह कहना चाहेंगे कि हेयर ने नैतिकता को बुद्धि के साथ जोड़कर उसे एक सही रूप देने का प्रयास किया है।

18.5.6.5 पी॰ एच॰ नोवेल-स्मिथ का अनुशंसावाद

अनुशंसा की विशिष्टता—नॉवेल-स्मिथ नैतिक भाषा या अन्य किसी प्रकार की भाषा के प्रयोग को किसी एक ही प्रकार के उद्देश्य के साथ नहीं जोड़ना चाहते हैं। उनके अनुसार एक ही शब्द का प्रयोग अनेक प्रकार के उद्देश्यों के लिए किया जा सकता है। अर्थात् एक ही शब्द के द्वारा वर्णन किया जा सकता है, भावना की अभिव्यक्ति की जा सकती है तथा अनुशंसा भी की जा सकती है। जिन शब्दों का प्रयोग अनेक प्रकार के उद्देश्यों के लिए किया जा सकता है, उन्हें नॉवेल-स्मिथ जेनस[15] शब्द कहते हैं। जेनस रोमन[16] लोगों के एक देवता का नाम है। इस देवता के एक से अधिक चेहरे थे। इसलिए एक से अधिक अर्थ रखनेवाले या एक से अधिक उद्देश्यों के लिए प्रयुक्त होनेवाले शब्दों को 'जेनस' नाम देना उचित ही है। 'अच्छा' शब्द को नावेल-स्मिथ ने सर्वाधिक विलक्षण 'जेनस शब्द' कहा है, क्योंकि इसके द्वारा वर्णन, भावनाभिव्यक्ति तथा अनुशंसा जैसे अनेक कार्य बहुत बढ़िया ढंग से किये जा सकते हैं। जब मैं कहता हूँ कि "अमुक पुस्तक अच्छी है", तब मैं एक ही साथ तीन तरह के कार्य बहुत बढ़िया तरीके से कर लेता हूँ। एक तो मैं अपने श्रोता को यह कहने में समर्थ होता हूँ कि पुस्तक में पढ़ने के लिए अच्छी-अच्छी सामग्रियाँ हैं। दूसरे, मैं उस पुस्तक के पढ़े जाने के सम्बन्ध में अपनी अनुमोदनात्मक भावना को अभिव्यक्त करने में समर्थ होता हूँ। तीसरे, मैं यह अनुशंसा करने में भी समर्थ होता हूँ कि श्रोता को भी उस पुस्तक को पढ़ना चाहिए। अपने कथन के द्वारा मैं कोई आदेश नहीं दे रहा होता और न कोई दबाव ही डाल रहा होता हूँ। मैं तो सिर्फ अनुशंसा कर रहा होता हूँ। निश्चय ही अनुशंसा के पीछे कोई दबाव नहीं रहता; उसके पीछे तो केवल तर्क ही हो सकता है। कोई तर्कहीन अनुशंसा अनुशंसा नहीं हो सकती। नॉवेल-स्मिथ के अनुसार नैतिक भाषा प्रधानतः अनुशंसात्मक ही होती है और यह ठोस तार्किक आधार पर ही आधारित हो सकती है। इस भाषा के प्रयोग में वस्तुस्थितियों एवं भावनाओं की अपनी-अपनी भूमिकाएँ तो रहती ही हैं, पर उसमें तर्क की भूमिका तो अतिविशिष्ट एवं महत्त्वपूर्ण रूप में ही रहती है।

तार्किक दृष्टि से अच्छा कारण तथा नैतिक दृष्टि से अच्छा कारण—नीतिशास्त्रियों के लिए नॉवेल-स्मिथ के द्वारा प्रस्तावित उस विभेद को समझना अत्यंत आवश्यक है जिसके अनुसार नॉवेल-स्मिथ ने तर्कों को 'तार्किक दृष्टि से अच्छा' तथा 'नैतिक दृष्टि से अच्छा' जैसे दो वर्गों में विभाजित किया है किसी कर्म का तार्किक दृष्टि से अच्छा होने का तात्पर्य है उस कर्म का कर्ता की इच्छा के अनुरूप होना। इच्छा तथा उसके अनुरूप कर्म में निश्चय ही एक तार्किक सम्बन्ध रहता है जो महज मनोवैज्ञानिक नहीं होता। इस तार्किक सम्बन्ध के कारण ही कर्ता अपने कार्यनिष्पादन की दिशा को निर्धारित, परिवर्तित या परिष्कृत कर सकता है। हमें भूख लगती है, तो हम खाना खाते हैं। हमें डर लगता है, तो हम भाग खड़े होते हैं। चूँकि हम सिनेमा देखने से आनन्द पाते हैं, इसलिए हम सिनेमा देखते हैं। हमें क्रोध होता है, तो हम आक्रामक होते हैं, आदि आदि। ये सभी व्यवहार इच्छा और कर्म के तार्किक तारतम्य को ही उजागर करते हैं। उपर्युक्त इच्छाओं के होने पर क्रमशः उपर्युक्त कर्मों का न होना बिलकुल बेतुका एवं अतार्किक है। अतः उपर्युक्त सभी कारण तार्किक कारण हैं। ऐसे

ही कारणों को नॉवेल-स्मिथ ''तार्किक दृष्टि से अच्छे कारण'' मानते हैं। पर तब यहाँ यह भी ध्यातव्य है कि गहराई से विचार करने पर यह देखा जा सकता है कि तार्किक दृष्टि से उचित कारण नैतिक दृष्टि से उचित नहीं भी हो सकता है। आपको किसी व्यक्ति पर क्रोध हुआ और आपने उस व्यक्ति की जान ले ली। आप अपने इस जघन्य कर्म का कारण अपने क्रोध को बतला सकते हैं; और तार्किक दृष्टि से आपका क्रोध निश्चय ही आपके कुकर्म का कारण है, क्योंकि प्रस्तुत संदर्भ में यदि आपको क्रोध नहीं होता, तो आप उस व्यक्ति की हत्या नहीं कर बैठते। लेकिन तब भी आपके द्वारा यह हत्या करना नैतिक दृष्टि से उचित नहीं माना जा सकता। एक मानव होने के नाते आपके द्वारा अपनी इच्छाओं एवं आवेगों को नियंत्रित करना आपका एक कर्तव्य है। अतः यह देखा जा सकता है कि तार्किक कारण नैतिक कारण नहीं भी हो सकता। लेकिन तब यह प्रश्न उठ खड़ा हो जाता है कि किसी कर्म के कारण को हम नैतिक कब कह सकते हैं।

हमने नैतिकता और नैतिक दृष्टिकोण के सम्बन्ध में पहले काफी विस्तृत चर्चा की है और इस सम्बन्ध में हम आगे भी चर्चा करेंगे। अभी यहाँ हम केवल इतना कहना चाहते हैं कि किसी भी कर्म का उत्प्रेरक कारण नैतिक दृष्टि से अच्छा तभी हो सकता है जब उसकी वजह से किया गया कर्म जनसाधारण के हित में हो और उस हित का आवंटन पक्षपातरहित एवं न्यायोचित ढंग से हुआ हो। अविचारित तार्किक कारणों के आधार पर किया गया कर्म जनहित में नहीं भी हो सकता है और वह पक्षपातपूर्ण भी हो सकता है। यहाँ यह भी उल्लेखनीय है कि नैतिक कर्म के लिए नैतिक कारण के अलावे नैतिक प्रवृत्ति का होना भी नितांत आवश्यक है। प्रवृत्ति या तो सकारात्मक होती है या नकारात्मक। नकारात्मक प्रवृत्ति को निवृत्ति कहते हैं। जिस तरह तार्किक कारणों के संदर्भ में सकारात्मक या अनुमोदनात्मक प्रवृत्ति की भूमिका रहती है, उसी तरह नैतिक कारणों के संदर्भ में भी वैसी ही प्रवृत्ति की भूमिका रहती है। लेकिन नैतिक कारणों के संदर्भ की प्रवृत्ति उस तरह की नहीं होती जिस तरह की प्रवृत्ति तार्किक कारणों के संदर्भ की होती है। तार्किक कारणों के संदर्भ में जिस विषय के प्रति प्रवृत्ति होती है, उस विषय के प्रति नैतिक कारणों के संदर्भ में नकारात्मक प्रवृत्ति अर्थात् निवृत्ति ही उचित मानी जा सकती है। इस प्रकार हम देख सकते हैं कि नैतिकता में प्रवृत्ति तथा निवृत्ति दोनों की भूमिकाएँ रहती हैं। चूँकि नैतिक कार्यों का क्रियान्वयन वैसा नहीं होता जैसा क्रियान्वयन स्वभावचालित व्यवहारों का होता है, इसलिए नैतिकता के लिए स्वभावचालित अर्थात् स्वाभाविक प्रवृत्ति को निवृत्ति का रूप देना जरूरी भी हो सकता है।

इस प्रकार हम देखते हैं कि नॉवेल-स्मिथ नैतिक भाषा को अनुशंसात्मक भाषा मानते हुए एवं इसके विश्लेषण में भावना को यथोचित स्थान देते हुए भी तर्क या बुद्धि को अत्यधिक महत्त्वपूर्ण स्थान देते ही हैं। लेकिन तब यहाँ यह आपत्ति उठायी जा सकती है कि जब उपर्युक्त विवेचन में नैतिक कारणों को तार्किक कारणों से भिन्न माना गया है, तब यह कैसे कहा जा सकता है कि नॉवेल-स्मिथ ने नैतिकता में तर्क या बुद्धि को बहुत महत्त्वपूर्ण स्थान दिया है। इस सम्बन्ध में हम यहाँ केवल इतना कहना चाहेंगे कि ऊपर के विवेचन में तार्किक कारणों की जो तार्किकता है वह एक प्रकार से मनोवैज्ञानिक तार्किकता ही है और यह व्यक्तिसीमित ही रहती है। पर, जैसा हमने ऊपर देखा है, नैतिकता के व्यापक परिप्रेक्ष्य में तार्किकता समाज- सापेक्ष तथा वातावरणसापेक्ष हो जाती है। इस वजह से जो कर्म व्यक्तिगत मनोवैज्ञानिक स्तर पर स्वाभाविक होने के कारण तार्किक मान लिया जा सकता है, वही कर्म सामाजिक परिप्रेक्ष्य में अतार्किक एवं अनैतिक माना जा सकता है। नैतिकता की एक

अपनी विशिष्ट तार्किकता होती है जो जन्मजात स्वभावपरिचालित व्यवहार से संबधित तार्किकता से भिन्न है। नॉवेल-स्मिथ द्वारा इस तरह का भेद करना बिलकुल उचित है।

18.6 नैतिक मनोविज्ञान

जैसा हम जानते हैं, नीतिशास्त्र में हम मानव आचरण के सम्बन्ध में ही विचार करते हैं। अतः नीतिशास्त्रियों के लिए यह अत्यंत आवश्यक है कि वे सही-सही जानें कि आचरण का स्वरूप क्या होता है। स्पष्ट ही आचरण साँस लेने या हठात् गिर पड़ने जैसी कोई क्रिया नहीं होता है। वह तो एक ऐसी क्रिया है जिसके निष्पादन में मनुष्य को कई तरह के विशिष्ट व्यापार करने पड़ते हैं—जैसे, इच्छा करना, बौद्धिक विवेचन, चयन, संकल्पन, आदि आदि। इन व्यापारों को हम मनोवैज्ञानिक व्यापार कहते हैं, क्योंकि ये भौतिक व्यापारों से भिन्न होते हैं। भौतिक एवं मानसिक का भेद जायज है या नहीं यह एक विवेचनयोग्य विषय है। तत्त्वशास्त्र में इसका गहराई के साथ विवेचन होता भी है। किंतु हम यहँ इस विषय के सम्बन्ध में विवेचन नहीं करेंगे, क्योंकि यह विषय हमारी प्रस्तुत विषयसीमा के अंदर नहीं आता। तथापि यहाँ यह उल्लेखनीय है कि जितनी भी घटनाएँ घटती हैं या जितने भी व्यापार होते हैं, उनमें कुछ भौतिक हैं और कुछ मानसिक। सूर्य का उगना एक भौतिक घटना है, पर सोचना एक मानसिक व्यापार। लेकिन कुछ क्रियाएँ ऐसी भी होती हैं जो भौतिक एवं मानसिक दोनों ही मानी जा सकतीं—जैसे, कर्म करना, पढ़ना, बातचीत करना, आदि आदि। ऐसे कर्म केवल मनुष्य कर सकता है, क्योंकि ऐसे कर्मों को करने के लिए सोच-विचार की आवश्यकता होती है और सोच-विचार की क्षमता केवल मनुष्य में रहती है। पशु कर्म नहीं कर सकते, क्योंकि वे सोच नहीं सकते। किंतु, जैसा हमने ऊपर कहा है, कर्म केवल मानसिक नहीं होता; वह मानसिक होने के साथ-साथ भौतिक भी होता है। स्पष्ट ही हम कर्म की अवधारणा को मानसिक-भौतिक अवधारणा कह सकते हैं। अब यदि कर्म का, जिसकी नींव पर ही संपूर्ण नीतिशास्त्र खड़ा है, मानसिक पक्ष भी होता है, तो हमारे लिए यह नितांत आवश्यक हो जाता है कि हम इसके इस पक्ष को अर्थात् मनोवैज्ञानिक पक्ष को अच्छी तरह जानें। ऐसा करके ही हम कर्म या आचरण के नैतिक पक्ष को सही ढंग से समझ सकते हैं।

जैसा हम जानते हैं, कर्म करने के लिए कर्ता को स्वतंत्र संकल्प लेना पड़ता है; इस वजह से ही वह अपने कर्म के लिए उत्तरदायी हो सकता है। और उत्तरदायी होने के कारण ही वह दण्ड या पुरस्कार का भागी भी हो सकता है। इस प्रकार यह स्पष्ट है कि नैतिकता में स्वतंत्र संकल्प का विशेष महत्त्व होता है। लेकिन तब यह प्रश्न उठ जाता है कि स्वतंत्र संकल्प है क्या, और वह किस प्रकार कार्यनिष्पादन में योगदान करता है। स्वतंत्र संकल्प का यह विषय नीतिशास्त्र का एक बहुचर्चित विषय रहा है। इसे तो नीतिशास्त्र की एक पूर्वमान्यता के रूप में स्वीकार किया भी जाता रहा है। स्पष्ट ही यह नैतिक मनोविज्ञान का एक अत्यंत महत्त्वपूर्ण विषय माना जा सकता है। नैतिक मनोविज्ञान में और भी अनेक विषय हैं जो बहुत महत्त्वपूर्ण होते हैं—जैसे, विवेचन, चयन, अभिप्राय, इच्छा, आकांक्षा, विवेक, विवेकशीलता, कार्यसम्पादन, आदि आदि। इन विषयों की चर्चा हम यहाँ नहीं करेंगे, क्योंकि हम इनकी चर्चा पहले कर चुके हैं। लेकिन हम यहाँ इस बात की चर्चा अवश्य करना चाहेंगे कि इन मनोवैज्ञानिक अवधारणाओं का सही-सही ज्ञान नीतिशास्त्र के लिए क्यों आवश्यक है। इस संदर्भ में हम पहले विवेक की चर्चा करेंगे।

अनेक विचारक मानते हैं कि मनुष्य के मन में एक विवेक नाम का अवयव है जो नैतिक

शुभ एवं नैतिक अशुभ को सहज ही परख ले सकता है। यह नैतिक ज्ञानोपार्जन की एक विशिष्ट शक्ति है जिसे अंतःप्रज्ञा भी कहा जाता है। जिस तरह नेत्रादि इन्द्रियों के द्वारा रंग, रूप, आदि का प्रत्यक्ष ज्ञान प्राप्त होता है, उसी तरह इस विवेक या अंतःप्रज्ञा के द्वारा शुभता एवं अशुभता जैसे नैतिकता सम्बन्धी गुणों का प्रत्यक्ष ज्ञान प्राप्त होता है। अनेक विचारक विवेक को मनुष्य के मन में ईश्वर का प्रतिनिधि ही मान लेते हैं और इस कारण इसके द्वारा प्राप्त ज्ञान को अकाट्य एवं प्रामाणिक ज्ञान भी मान लेते हैं। किंतु विवेक-ज्ञान, अंतःप्रज्ञात्मक ज्ञान, उस ज्ञान का अकाट्य रूप से प्रामाणिक होना तथा विवेक का ईश्वर का प्रतिनिधि होना—ये सभी विषय अत्यंत विवादास्पद हैं। हम इन विषयों का विवेचन पहले कर चुके हैं। अतः यहाँ उनका फिर से विवेचन करना उचित नहीं है। हमने इन सभी मान्यताओं को पहले ही अस्वीकार कर दिया है। वास्तविकता तो यह है कि शुभ एवं अशुभ की पहचान के लिए बुद्धि की आवश्यकता होती है, न कि अंतःप्रज्ञा की। और जब ईश्वर की सत्ता स्वयं संदिग्ध है, तो विवेक का ईश्वर का प्रतिनिधि होना कैसे असंदिग्ध हो सकता है? दरअसल विवेक तो शुभ और अशुभ की भिन्नता को समझने वाली बुद्धि है और यही बुद्धि नैतिकता को नीतिभिन्न विषयों से पृथक् भी कर सकती है। यहाँ यह भी विशेष रूप से उल्लेखनीय है कि मनुष्य का व्यक्तित्व मानसिक तथा भौतिक प्रक्रियाओं एवं क्षमताओं का एक ऐसा समन्वय है कि उसे अलग अलग खंडों में विभाजित करना एक बहुत बड़ी भूल है। सही मायने में मानव व्यक्तित्व एक इकाई है, जो एक इकाई के रूप में ही अपने सभी शारीरिक तथा मानसिक व्यापारों को क्रियान्वित करता है।

अब हम स्वतंत्र संकल्प के सम्बन्ध में विचार करेंगे। कुछ विचारक मानते हैं कि संकल्प मन का एक अवयव है जो स्वतंत्र संकल्प लेने के लिए अपने में ही सक्षम है। और चूँकि यह संकल्प मनुष्य का ही एक अंग है, इसलिए मनुष्य संकल्प के अनुरूप किये गये कर्मों के लिए उत्तरदायी हो जाता है। अब यहाँ दो प्रश्न विचारणीय हो जाते हैं— क्या संकल्प मनुष्य के व्यक्तित्व का एक स्वतंत्र आत्मनिष्ठ अंग है? तथा क्या मनुष्य का संकल्पन उसकी अन्य मानसिक प्रवृत्तियों एवं प्रक्रियाओं से पूर्णतः असम्बद्ध रहकर सम्भव हो सकता है? इन प्रश्नों के विवेचन इसलिए नितान्त आवश्यक हैं कि नैतिकता बिना स्वतंत्र संकल्पन के सम्भव ही नहीं हो सकती। लेकिन हम इन प्रश्नों के सम्बन्ध में यहाँ विवेचन नहीं करेंगे, क्योंकि इनके सम्बन्ध में पर्याप्त विवेचन हम पहले ही कर चुके हैं। किंतु हम यहाँ प्रख्यात दार्शनिक विट्गेन्स्टाइन के उस कथन की ओर पाठक का ध्यान आकृष्ट करेंगे जिसके द्वारा उन्होंने अभिव्यक्त किया था कि यदि संकल्प को एक आत्मनिष्ठ मानसिक इकाई के रूप में स्वीकार कर लिया जाएगा तो फिर यह प्रश्न उठ खड़ा हो जाएगा कि क्या उस इकाई के द्वारा संकल्प लेने के लिए किसी पूर्ववर्ती मानसिक इकाई के प्रेरक संकल्पन की आवश्यकता तो नहीं हो जाएगी। और तब हमें यहाँ अनवस्था-दोष से बचने के लिए इस प्रश्न को ही नकारना होगा और यह मानना होगा कि संकल्प कोई आत्मनिष्ठ मानसिक इकाई नहीं होता, वरन् वह मनुष्य के सम्पूर्ण व्यक्तित्व द्वारा क्रियान्वित एक व्यापार होता है। मनुष्य के अंतर्गत संकल्प का होना तो एक सच है पर उसे एक आत्मनिष्ठ इकाई के रूप में मानना बिलकुल अनावश्यक है।

इस प्रकार हम देखते हैं कि नैतिक मनोविज्ञान नीतिशास्त्र के लिए बहुत ही महत्त्वपूर्ण होता है। यह तो सही है कि मनोविज्ञान अपने स्तर पर नैतिक शुभ के स्वरूप के सम्बन्ध में कोई प्रकाश नहीं डाल सकता। इसके लिए तो मनोविज्ञान से भिन्न अनेक अन्य विषयों पर ध्यान देना जरूरी होता है। पर चूँकि नैतिकता का आधार मानव मनोविज्ञान ही है, इसलिए

नीतिशास्त्र में नैतिक मनोविज्ञान एक अत्यंत महत्त्वपूर्ण अंग होता है। यहाँ यह विशेष रूप से उल्लेखनीय है कि नैतिक मनोविज्ञान किसी रूप में रहस्यात्मक नहीं होता। यह तो एक विज्ञान है और इसे किसी तरह रहस्यात्मक बना देना उचित नहीं हो सकता। यह एक शुद्ध विज्ञान के रूप में ही नीतिशास्त्र को सही दिशानिर्देश दे सकता है। यही कारण है कि नैतिक मनोविज्ञान अधिनीतिशास्त्र का एक अत्यंत महत्त्वपूर्ण अंग होता है।

18.7 नैतिक निर्णयों का औचित्य

जैसा बिलकुल स्पष्ट है, नीतिशास्त्री या उपदेशक या अन्य कोई व्यक्ति लोगों को नैतिक निर्णयों के माध्यम से ही नैतिक मूल्यों, सिद्धांतों तथा नैतिक आचरणों के सम्बन्ध में कोई जानकारी दे सकता है। हमने ऊपर देखा है कि ऐसी जानकारी देने के लिए परम्परा, रीति-रिवाज, ईश्वरीय या धार्मिक आदेश, राजकीय या तानाशाही हुक्म, आदि आदि पूरी तरह उपयुक्त सिद्ध नहीं हो सकते। और हमने यह भी देखा है कि कोई कर्ता जब सोच-विचार कर कोई कार्य करता है, तब वह एक निर्णय लेकर ही कार्य करता है। अतः नैतिकता के लिए नैतिक निर्णयों का महत्त्वपूर्ण होना बिलकुल स्पष्ट है।

हमने ऊपर यह भी पाया है कि आत्मलाभ या अपने निजी कल्याण के लिए ही निर्णय लेना नैतिक दृष्टि से उचित नहीं माना जा सकता। नैतिक दृष्टि की विशद व्याख्या हम ऊपर कर ही चुके हैं। हमने इस दृष्टि को स्वार्थसिद्धिपरक दृष्टि से बिलकुल भिन्न पाया है। अब यदि किसी व्यक्ति से यह अपेक्षा की जाती है कि वह नैतिक दृष्टि को ही अपनाये या वह केवल नीतिसम्मत कार्य ही करे, तो वह व्यक्ति पूछ सकता है कि वह ऐसा क्यों करे। इस प्रकार हम देखते हैं कि नैतिक निर्णयों के औचित्य के सम्बन्ध में प्रश्न पूछा ही जा सकता है। अब हम यहाँ इसी प्रश्न का उत्तर देने का प्रयास करेंगे।

इस प्रसंग में सर्वप्रथम हमें नैतिक निर्णय के साथ उस की अभिप्रेरणा तथा उसके अभिप्राय के सम्बन्ध के बारे में आवश्यक जानकारी प्राप्त कर लेनी चाहिए। नैतिक कार्य करने की अभिप्रेरणा अनेक प्रकार की हो सकती है। कोई कर्ता या तो अपने लाभ के लिए या यशप्राप्ति के लिए या आलोचना से बचने के लिए या किसी के डर से या किसी के दबाव में आकर या लोककल्याण की भावना से उत्प्रेरित होकर कोई कार्य कर सकता है। यहाँ यह कहा जा सकता है कि इन सभी अभिप्रेरणाओं में केवल अंतिम अभिप्रेरणा ही अर्थात् लोककल्याणपरक भावना ही नैतिक कार्य करा सकती है। पर क्या भावनात्मक अभिप्रेरणा के आधार पर ही सम्बद्ध कर्म का नैतिक औचित्य निश्चित किया जा सकता है? मान लिया जाय कि राम श्याम को ऐसी दयनीय दशा में देखता है कि वह श्याम की दुर्दशा को दूर करने के लिए बहुत अधिक अभिप्रेरित हो जाता है और इस वजह से वह श्याम की भरपूर मदद करके उसकी दुर्दशा को दूर कर देता है। निश्चय ही श्याम का कल्याण राम की भावनात्मक अभिप्रेरणा का ही फल है। और यह तो स्पष्ट ही है कि राम ने एक नैतिक कार्य ही किया है, क्योंकि उसने श्याम की भलाई ही की है। लेकिन क्या राम का कार्य सही अर्थ में नैतिक है? मान लीजिए कि राम के मन में कल्याणकारी भावना का उदय नहीं होता है, तो क्या तब उसके द्वारा श्याम का कल्याण नहीं करना नैतिक दृष्टि से उचित हो जायगा? स्पष्ट ही यदि कोई ऐसा कारण नहीं है जो राम को श्याम का कल्याण करने में उसे असमर्थ बना रहा हो, तो राम का यह नैतिक कर्तव्य हो जाता है कि वह कल्याणकारी भावना से अभिप्रेरित नहीं होते हुए भी श्याम का कल्याण करे। किसी कर्म के नैतिक औचित्य के लिए यह जरूरी नहीं

है कि वह भावना के द्वारा उत्प्रेरित हुआ ही रहे। भावनात्मक अभिप्रेरणा नैतिकता के अनुकूल हो सकती है, पर वह नैतिकता का आवश्यक आधार नहीं बन सकती। नैतिकता में एक प्रकार की तार्किक बाध्यता रहती है, जो वैचारिक कारणों से ही किसी को उत्प्रेरित कर ले सकती है।

प्रश्न उठता है कि यदि भावनात्मक अभिप्रेरणा के आधार पर किसी कार्य की नैतिकता निरूपित नहीं की जा सकती है, तो फिर उसका निरूपण किस आधार पर किया जा सकता है। यहाँ यह ध्यातव्य है कि सहज प्रवृत्ति से उत्प्रेरित कर्म या फिर स्वार्थपूर्ति के लिए किये गये कर्म नैतिक दृष्टि से उचित नहीं होते। कोई शिशु सहज प्रवृत्ति से उत्प्रेरित होकर अनेक क्रियाएँ कर सकता है। उसकी क्रियाएँ अन्य प्राणियों के लिए लाभप्रद हो भी सकती हैं। किंतु ये क्रियाएँ सही अर्थ में कर्म नहीं होतीं। कोई क्रिया कर्म तभी हो सकती है, जब वह विचारित हो तथा संकल्पजनित हो। नैतिक निर्णय, जिसके औचित्य के सम्बन्ध में हम यहाँ विचार कर रहे हैं, कर्म पर ही दिया जा सकता है, सहज प्रवृत्ति से उत्पन्न क्रिया पर नहीं। और जैसा हमने ऊपर बार-बार कहा है, विचारित एवं संकल्पजनित कर्म भी मात्र आत्मलाभ के लिए किये जाने पर, नैतिक दृष्टि से उचित नहीं हो सकता। आत्मलाभ के लिए किया गया कर्म नैतिक तभी हो सकता है जब वह किसी तरह दूसरों के लिए अहितकर नहीं हो और वह अन्य नैतिक अपेक्षाओं के अनुकूल हो।

यहाँ यह ध्यातव्य है कि मनुष्य या संसार का कोई पदार्थ अपने को अपने में ही सीमित नहीं रख सकता। वह न केवल अपने बाह्य परिवेश पर किसी-न-किसी तरह निर्भर रहता है, बल्कि वह अपने प्रत्येक व्यवहार से किसी-न-किसी रूप में बाह्य परिवेश को प्रभावित भी करता रहता है। ऐसी स्थिति में यदि हम शुद्ध आत्मलाभ के लिए किये गये कर्म को नैतिक दृष्टि से उचित मान लेते हैं, तो सबों के द्वारा अपने अपने लाभ के लिए किये गये कर्म नैतिक दृष्टि से उचित ही हो जायेंगे। और तब सामाजिक संघर्ष को मान्यता मिल जायेगी, जो आखिरकार किसी के हित में नहीं हो सकता। इस प्रकार आत्मलाभपरक नीति न तो आत्मलाभ के लिए और न सामाजिक लाभ करने के लिए ही कारगर हो सकती है। अतः यह नीति नैतिक भी नहीं हो सकती।

ऐसी स्थिति में हम यह निर्धारित कर ही सकते हैं कि मनुष्य का वही कर्म नैतिक दृष्टि से उचित हो सकता है जो सामाजिक हित में हो। यहाँ सबसे पहले सामाजिक हित की व्याख्या करना आवश्यक हो जाता है। सामान्यतः सामाजिक हित से लोग अपने निकटवर्ती मानव समाज के हित को ही समझते हैं। किन्तु सामाजिक हित से न केवल अपने निकटवर्ती मानव समाज का हित, बल्कि पूरे मानव समाज का हित, अन्य सभी प्राणियों का हित, यहाँ तक कि पेड़-पौधों तथा संपूर्ण भौतिक जगत् का हित समझना चाहिए। आज पर्यावरण के दूषित होने का संकट भयंकर रूप से हमारे सामने आ खड़ा हुआ है। कहते हैं कि विभिन्न प्रकार के प्रदूषणों के चलते आकाशस्थित ओजोन[17] परत में छेद हो गया है, और यदि वह छेद अधिकाधिक बढ़ता गया तो पृथ्वी का पर्यावरण बहुत अधिक विनाशकारी हो जाएगा। अब तो विज्ञान की अद्‌भुत प्रगति से मनुष्य अपने से अत्यधिक दूरस्थ लोक का भी पड़ोसी बन गया है। और वह अपने से अतिदूरस्थ वस्तुओं का अपने ऊपर पड़ने वाले प्रभाव को भी बहुत कुछ समझने लगा है। अब तो 'वसुधैव कुटुम्बकम्' की धारणा मानो मूर्त रूप लेने लगी है, और सारा विश्व ही अब एक परिवार का रूप लेने लगा है। अतः सामाजिक हित के दायरे में अब केवल सीमित सामाजिक हित को ही शामिल नहीं किया जा सकता। अब तो उसमें,

जैसा हमने ऊपर कहा है, पूरे मानव समाज के हित को, यहाँ तक कि मनुष्येतर प्राणियों के सामंजस्य तथा कल्याण को, पेड़-पौधों के संरक्षण एवं संवर्द्धन को तथा संपूर्ण भौतिक जगत् के संतुलन को भी स्थान देना होगा। यदि नैतिकता के लिए मानव समाज का हित आवश्यक है, तो उसके लिए अन्य प्राणियों का कल्याण, पेड़-पौधों का संरक्षण एवं संवर्द्धन तथा भौतिक जगत् का संतुलन भी आवश्यक ही हैं। विश्व की सभी प्रकार की सत्ताएँ एक दूसरे से इस तरह से संयोजित हैं कि कोई एक सत्ता किसी भी दूसरी सत्ता पर किसी-न-किसी तरह आश्रित रहती ही है। अतः सही नीति वही हो सकती है जो केवल आत्महित में न हो, बल्कि संपूर्ण विश्व के हित में हो। और ऐसी ही नीति के अनुरूप किये गये कर्म नैतिक दृष्टि से उचित हो सकते।

यहाँ एक महत्त्वपूर्ण प्रश्न यह उठ खड़ा होता है कि विश्वव्यापी हित में आत्महित सम्मिलित रहता है या नहीं। इस प्रश्न का उत्तर देने के लिए हमें पहले यह सुनिश्चित करना होगा कि आत्महित तथा विश्वव्यापी हित में परस्पर क्या सम्बन्ध है। और उसके पहले हमें यह भी सुनिश्चित कर लेना होगा कि हम हित से समझते क्या हैं। गौरपूर्वक देखा जाय तो हित या कल्याण अंततः एक मानसिक अवस्था ही हो सकता है, जिसमें सुख, शांति एवं संतोष, आदि ही समाविष्ट रहें। और इस प्रकार की मानसिक अवस्था की अनुभूति स्पष्ट ही व्यक्तीय स्तर पर ही हो सकती है, क्योंकि कोई भी अनुभूति वैयक्तिक स्तर पर ही सम्भव होती है। प्रश्न उठता है कि ऐसी अनुभूति, जिसमें सुख, शांति एवं संतोष समाविष्ट हों, उत्पन्न कैसे हो सकती है। इसके उत्तर में कहा जा सकता है कि मनुष्य एक ऐसा प्राणी है जिसकी अनेकानेक मूलभूत आवश्यकताएँ होती हैं—जैसे, भूख मिटाने के लिए भोजन करना, प्यास बुझाने के लिए पानी पीना, कामवासना की तृप्ति के लिए संभोग करना, जिज्ञासा मिटाने के लिए ज्ञान अर्जित करना, व्याधि दूर करने के लिए आरोग्यलाभ करना, आदि आदि। इन आवश्यकताओं की पूर्ति होने पर मनुष्य निश्चित तौर पर सुख, संतोष आदि का अनुभव कर ले सकता है। और यदि आवश्यकताएँ पूरी नहीं हो पातीं हैं, तो मनुष्य निश्चित तौर पर दुःख, बेचैनी, आदि का अनुभव करता है। सुख तथा दुःख परस्पर विरोधी होते हैं और सभी जीव स्वभाव से केवल सुख ही प्राप्त करना चाहता है और दुःख से दूर ही रहना चाहता है। अतः यह स्पष्ट है कि किसी भी प्राणी का हित उसके द्वारा सुख का अनुभव करना ही है, और उसका अहित उसके द्वारा दुःख का अनुभव करना ही। और यह भी स्पष्ट है कि अनुभूतियाँ केवल व्यक्तीय स्तर पर ही होती हैं, और, जैसा हमलोग ऊपर के विवचेन से जानते हैं, व्यक्तियों के द्वारा लक्ष्यपूर्तिपरक सुख का अनुभव करना तथा दुःख का अनुभव नहीं करना सामान्य हित की सिद्धि से ही संभव हो सकते हैं। इस प्रकार हम कह ही सकते हैं कि सामान्यहितसाधन का परिणाम एक दृष्टि से तो व्यक्तिपरक, पर एक दूसरी दृष्टि से समष्टिपरक ही होता है।

अब हम यहाँ कुछ विस्तार से यह विचार करें कि व्यक्ति जिस अनुभूति से सुख तथा शांति प्राप्त करता है वह उत्पन्न कैसे होती है। स्पष्ट ही किसी अनुभूति के उद्भव के लिए उपयुक्त साधन की आवश्यकता होती है। जैसे, यदि कोई व्यक्ति भूख से होनेवाली अपनी पीड़ा को दूर करके तृप्तिपरक सुख पाना चाहता है, तो उसे खाद्य पदार्थ के भोजन की जरूरत होगी। यदि कोई पुरुष या स्त्री कामवासना की तृप्ति से उत्पन्न होनेवाले आनन्द को प्राप्त करना चाहता या चाहती है, तो उसे उपयुक्त संगी के साथ संभोग की आवश्यकता होगी। तात्पर्य यह है कि किसी सुखद या आनन्ददायक अनुभूति के लिए उपयुक्त साधन की आवश्यकता

होती ही है। पर विडंबना यह है कि न तो सही सुख की पहचान आसान है और न ही सही साधन के प्रयोग की पहचान ही।

यहाँ उल्लेखनीय है कि मनुष्य स्वभाव से जन्मजात प्रवृत्तियों के अनुसार ही कार्य करता है और साधारणतः उसके कार्य अपने स्वार्थ की पूर्ति के लिए ही होते हैं। अतः जब स्वार्थपरक आवश्यकताओं की पूर्ति में किसी प्रकार की कमी हो जाती है, तब मनुष्य अपने स्वार्थ को पूरा करने के लिए संघर्षरत हो जाता है। और इस तरह संघर्ष के छिड़ जाने से मनुष्य के लिए उपर्युक्त सुख या शान्ति का अनुभव करना असम्भव ही हो जाता है। और यदि मनुष्यों का पारस्परिक संघर्ष उग्र रूप ले ले, तो फिर अंतिम परिणाम तो पूर्ण विनाश ही हो सकता है। और तब विश्वव्यापी हित की सिद्धि तो दूर, आत्महित की सिद्धि भी असम्भव ही हो जाती है। यदि किसी तरह ऐसी परिस्थिति में कोई एकाकी व्यक्ति जीवित रह भी जाय, तो वह व्यक्ति अपना हित भी नहीं साध सकता। और तब स्वार्थपरता का परिणाम अपने अत्यंत विकट स्वरूप के साथ उस एकाकी व्यक्ति के सामने आ खड़ा होता है। अतः मनुष्य के लिए यह विचार करना अत्यंत आवश्यक हो जाता है कि वह आत्महित का चयन करे या विश्वव्यापी हित का। मनुष्य की उस दृष्टि को ही, जिसके अनुसार आत्महित के बजाय विश्वव्यापी हित को ही प्रश्रय एवं महत्त्व दिया जाता है, नैतिक दृष्टि कहा जाता है। हम इस नैतिक दृष्टि के बारे में विस्तार से ऊपर चर्चा कर चुके हैं। अतः इसके बारे में फिर से यहाँ चर्चा करना आवश्यक नहीं है। लेकिन यहाँ यह उल्लेख करना तो आवश्यक ही है कि मनुष्य को नैतिकता के लिए विश्वव्यापी हित को अधिमानित करना ही चाहिये और अपने हित का, यहाँ तक कि अपने जीवन का भी, बलिदान तक कर देना ही चाहिये मनुष्य के द्वारा इस तरह का बलिदान करना इसलिए सम्भव हो जाता है कि मनुष्य एक बौद्धिक प्राणी है। वह किसी भी परिस्थिति में विकल्पों का तुलनात्मक समीक्षण तथा मूल्यांकन करके यह निर्णय कर ले सकता है कि उस परिस्थिति में उसे क्या करना चाहिए। यह तो स्पष्ट ही है कि व्यष्टि के लिए समष्टि बलिदान नहीं कर सकती, क्योंकि समष्टि के बलिदान से तो व्यष्टि का अस्तित्व ही समाप्त हो जाता है। किंतु व्यष्टि का बलिदान करना तर्कतः सम्भव है। अतः यदि समष्टि के हित के लिए व्यष्टि का बलिदान आवश्यक हो ही जाय, तो व्यष्टि को नैतिकता की वेदी पर अपना बलिदान स्वेच्छा से ही सहर्ष कर देना चाहिए। नैतिक कर्तव्य का क्रियान्वयन, जिसमें आत्मबलिदान करना भी सम्मिलित है, निश्चय ही अत्यंत दुःसाध्य है। पर तब यह सही नहीं है कि लोग अपने नैतिक कर्तव्यों को करने में बिलकुल ही असमर्थ होते हैं। इतिहास इस बात का साक्षी है कि सामान्य हित के लिए आत्मबलिदान करनेवाले लोगों की संख्या कम नहीं है।

पर, अनेक विचारक मानव कर्म को लाभ से जोड़ना अत्यंत आवश्यक मानते हैं। वे पूछते हैं कि मनुष्य कोई कर्म क्यों करे यदि उससे उसे कोई लाभ ही न हो। यह सही है कि मनुष्य तब तक कोई कार्य करने के लिए तत्पर नहीं होता, जब तक वह यह नहीं समझ लेता कि उस कार्य को करने से उसे कौन सा लाभ मिलेगा। पर यहाँ यह उल्लेखनीय है कि लाभ अनेक प्रकार के होते हैं—जैसे, धनलाभ, ज्ञानलाभ, यशलाभ, आदि आदि। स्पष्ट ही सभी प्रकार के लाभ नैतिक दृष्टि से उचित नहीं हो सकते। यहाँ तक कि शुद्ध कर्तव्यनिष्ठा से किया गया कर्म भी कभी-कभी नैतिक नहीं हो सकता। यह बात सही है कि किसी कर्म का नैतिक होना इस बात पर निर्भर है कि उसका क्रियान्वयन नैतिकता के अनुरूप हुआ है या नहीं। नैतिकता क्या है यह तो हम ऊपर देख चुके हैं। कर्तव्यनिष्ठा का होना नैतिक कर्म करने के

लिए निश्चय ही बहुत जरूरी है, पर तब उस निष्ठा का उपयोग केवल नैतिक उद्देश्य की पूर्ति के लिए ही होना चाहिए। यह बिलकुल सम्भव है कि मैं जिस उद्देश्य की पूर्ति को अपना नैतिक कर्तव्य मान रहा हूँ, वह नैतिक दृष्टि से कर्तव्यों की श्रेणी में आए ही नहीं। अनेक व्यक्ति पूरी कर्तव्यनिष्ठा के साथ अपनी अबोध बेटियों का विवाह उनकी बाल्यावस्था में ही कर देते हैं। स्पष्ट ही उनका इस तरह का कर्तव्यनिष्पादन कभी नैतिक नहीं हो सकता।

अब हम यह विचार करें कि नैतिक कर्तव्यनिष्पादन से कोई लाभ मिलता है या नहीं। वास्तविकता तो यह है कि कर्तव्यनिष्पादन से लाभ अवश्य मिलता है। ऐसे निष्पादन से जो कर्ता को संतोष या आनन्द प्राप्त होता है वह तो उसका एक विशिष्ट प्रकार का लाभ ही है। जब आप अपने भोज्य पदार्थ को स्वयं नहीं खाकर स्वेच्छा से किसी अन्य भूखे व्यक्ति को खिला देते हैं तो क्या आपको आनन्द प्राप्त नहीं होता? वह भूखा व्यक्ति तो निश्चय ही अपनी भौतिक भूख मिटा लेने में कामयाब हो जाता है, पर आप भी अपने त्याग से विलक्षण नैसर्गिक आनन्द प्राप्त कर लेने में कामयाब हो जाते हैं। निश्चय ही यह त्याग से उत्पन्न हुआ आनन्द अत्यधिक सुखदायी होता है। किसी महान् नैतिक उद्देश्य की पूर्ति के लिए जीवनदान करने वाला व्यक्ति इस प्रकार का नैसर्गिक आनन्द अनुभूव करने के लिए भले ही जीवित नहीं रहता है, पर जीवनदान करने के पहले के उसके आचरण इस बात के गवाह होते हैं कि वह मृत्यु के पूर्व निश्चित रूप से संतोषयुक्त आनन्द का अनुभव प्राप्त कर रहा होता है। फाँसी के फन्दे में लटक रहे बलिदानी का मुस्कानभरा चेहरा निश्चय ही यही प्रमाणित करता है।

लाभ दो प्रकार के होते हैं—एक भौतिक तथा दूसरा मानसिक। भौतिक लाभ भौतिक पदार्थों की उपलब्धि से मिलता है और यह लाभ उचित परिमाण में नितांत आवश्यक होता है। सबों को इस प्रकार का लाभ मिले, इसके लिये प्रयास करना मनुष्य का एक नैतिक दायित्व है और इसे सम्भव बनाना एक नैतिक कर्तव्य। किंतु भौतिक लाभ को एकमात्र लाभ मानना भारी भूल है। लाभ तो मानसिक भी हो सकता है जिसमें बौद्धिक, सौन्दर्यपरक तथा नीतिपरक लाभ शामिल होते हैं। ज्ञान की प्राप्ति एवं उसकी वृद्धि, सौन्दर्यानुभूति एवं कर्तव्यपालन से उत्पन्न संतुष्टि मानसिक लाभ के ही उदाहरण हैं। इनकी अवहेलना करना अपने जीवन को निरर्थक एवं अपूर्ण रखना है। निश्चय ही नैतिकता के अनुरूप आचरण करने से एक विशिष्ट प्रकार का आनन्द मिलता है। और मनुष्य को मनुष्य होने के नाते इस प्रकार के लाभ से वंचित नहीं ही रहना चाहिए। पर, इस तरह के लाभ तभी प्राप्त किये जा सकते जब नैतिकता के अनुरूप ही कार्य निष्पादित होते रहें। और यदि इस तरह के लाभ मनुष्य के नैतिक होने के कारण ही मिलते हैं, तो नैतिक आचरण का औचित्य पूर्णतः प्रमाणित भी हो जाता है। इस प्रकार हम देखते हैं कि नैतिकता के पीछे एक विशिष्ट प्रकार की तार्किकता है जो हमें नैतिक आचरण करने के लिए मानो बाध्य ही करती है।

किंतु नीतिनिंदक यहाँ यह प्रश्न कर सकते हैं कि हम तर्क के अनुरूप ही कार्य क्यों करें, अर्थात् हम अपने जीवनयापन में तार्किकता को प्रश्रय एवं महत्त्व क्यों दें। इस प्रश्न के उत्तर में यह कहा ही जा सकता है कि मनुष्य केवल भूख, प्यास, कामवासना, आदि से ही सरोकार नहीं रखते, उनका सरोकार तार्किक ढंग से सोचने-समझने से भी रहता है। मानव जाति की बौद्धिक क्षमता को नकारनेवाला व्यक्ति मानो अपने ही पैर में कुल्हाड़ी मार रहा होता है। और इस तरह वह मानो आत्महत्या करने को ही प्रयत्नशील हो जाता है। पर, आत्महत्या कभी भी नहीं की जानी चाहिये। यह तो एक प्रकार की विकृति है और एक जघन्य अपराध भी।

समाज इस अपराध को करने की तैयारी में लगे लोगों को दंड भी देता है। और यहाँ यह भी विशेष रूप से उल्लेखनीय है कि तार्किकता के विरोध में प्रश्न उठाना तार्किकता को कबूलना ही होता है। ऐसा प्रश्न प्रश्न ही नहीं कहला सकता। इस प्रकार का प्रश्न उठानेवाला व्यक्ति स्वयं अपने ही जाल में फँस जाता है। जभी वह पूछता है कि मैं तर्कनिष्ठ क्यों होऊँ, तभी वह अपने प्रश्न के द्वारा ही अपनी तर्कनिष्ठता प्रमाणित कर देता है। आपके द्वारा किसी उचित कारण की माँग या खोज करना आपके तार्किक होने का एक अत्यंत ठोस प्रमाण है। अतः तार्किकता की आलोचना आत्मव्याघाती होती है। चूँकि नैतिक आचरण तार्किकता पर ही आधारित होता है, इसलिए वह पूरी तरह औचित्यपूर्ण होता है।

यहाँ यह उल्लेखनीय है कि औचित्य का प्रश्न मनुष्य के चरित्र एवं चारित्रिक क्षमताओं के सम्बन्ध में भी उठाया जा सकता है। इसका कारण यह है कि मनुष्य के आचरण महज यांत्रिक गतियाँ या घटनाएँ नहीं होते। उनके पीछे तो मनुष्य की इच्छाओं, प्रवृत्तियों, उनके अभिप्रेरक, अभिप्राय, विवेचन, स्वतंत्र संकल्प, आदि की भूमिका वर्तमान रहती है। हम यह भी कह सकते हैं कि मानव आचरण के पीछे एक तरह से मनुष्य के पूर्व के आचरण भी समाविष्ट रहते हैं, क्योंकि मानव चरित्र का निर्माण मानव के द्वारा पूर्व में किये गये आचरणों पर ही आधारित होता है। और यह भी तो स्पष्ट ही है कि आचरणों का स्वरूप चरित्र या चारित्रिक विशिष्टताओं पर ही निर्भर होता है। इस प्रकार हम देखते हैं कि चरित्र तथा आचरण एक दूसरे पर आश्रित होते हैं। अतः यह जरूरी हो जाता है कि नैतिक आचरण करने के लिए नैतिक चरित्र का निर्माण हो और नैतिक चरित्र के निर्माण के लिए नैतिक आचरण निष्पादित किये जाँय। कौन-सा चरित्र या कौन-सा आचरण नैतिक है—इसे सुनिश्चित करने के लिए हमें यह सुनिश्चित करना होता है कि कौन-सा चरित्र या कौन-सा आचरण नैतिक दृष्टिकोण के अनुरूप है। नैतिक दृष्टिकोण या नैतिक कसौटी की चर्चा हम ऊपर कर ही चुके हैं। यही कसौटी चरित्र तथा आचरण दोनों के स्वरूप तथा औचित्य की जाँच करने के लिए पूरी तरह उपयुक्त होती है।

❑

खण्ड-III

अध्याय 19

भारतीय नीतिशास्त्र

19.1 विषय-प्रवेश

जैसा सर्वविदित है, नैतिकता मनुष्य की क्रियाओं से सम्बन्धित रहती है। यों तो क्रियाओं का संपादन मानवेतर प्राणी भी करते हैं, पर मानवेतर प्राणी क्रियाओं का संपादन उस तरीके से नहीं करते जिस तरीके से मनुष्य करते हैं। यह सही है कि मनुष्यों तथा पशुओं की अनेक क्रियाएँ एक ही तरह की होती हैं, पर मनुष्यों की कुछ क्रियाएँ ऐसी भी होती हैं जो पशुओं के द्वारा नहीं की जा सकतीं। मनुष्य की ऐसी क्रियाएँ बुद्धिपरिचालित होती हैं। चूँकि सभी प्राणियों में केवल मनुष्य ही बौद्धिक है, इसलिए बुद्धिपरिचालित क्रियाएँ केवल मनुष्य ही कर सकता है। वह बौद्धिक होने के कारण सोच सकता है कि उसे क्या करना चाहिये और क्या नहीं करना चाहिये। स्पष्ट ही इस 'चाहिये' या 'नहीं चाहिये' का सम्बन्ध केवल मनुष्य के साथ ही हो सकता है। कहा भी गया है:—

आहारनिद्राभयमैथुनं च समानमेतत्पशुभिर्नराणाम् ।
धर्मो हि तेषामधिको विशेषो धर्मेण हीनाः पशुभिः समानाः ।।

अतः जब से मनुष्यों का अस्तित्व है, तब से किसी-न-किसी रूप में उचित एवं अनुचित कर्मों में अर्थात् नैतिक एवं अनैतिक कर्मों में भेद किया जाता रहा है और साथ-ही-साथ यह अपेक्षा भी की जाती रही है कि मनुष्य केवल उचित या नैतिक कार्यों का ही क्रियान्वयन करे। इस संदर्भ में भारत कोई अपवाद नहीं है। भारत में भी मनुष्यों के कर्तव्याकर्तव्यों की विशद एवं विस्तृत विवेचना होती रही है। इस विवेचना के आधार पर जो ज्ञानभंडार सृजित हुआ है उसे हम भारतीय नीतिशास्त्र कह सकते हैं। इस भारतीय नीतिशास्त्र की अनेकानेक अपनी विशिष्टताएँ एवं मान्यताएँ हैं जो सब के सब स्वीकार्य नहीं हो सकती हैं। हम यहाँ इन विशिष्टताओं एवं मान्यताओं की व्याख्या करेंगे और इनकी समीक्षा भी। पर सबसे पहले हम यह स्पष्ट कर देना चाहेंगे कि हम प्रस्तुत प्रसंग में 'भारतीय' से समझते क्या हैं।

भारत में हिन्दू, बौद्ध, जैन, मुस्लिम, पारसी, सिख, ईसाई जैसे अनेक धर्मावलम्बी रहते हैं और इनमें अनेकानेक समानताओं के साथ-साथ अनेकानेक भिन्नताएँ भी हैं। ऐतिहासिक कारणों से भिन्नताओं का रहना बिलकुल स्वाभाविक है। चूँकि भारत में सबसे पुराना और सर्वाधिक व्यापक धर्म हिन्दू धर्म है, इसलिए हम यहाँ हिन्दू धर्म के नीतिसम्बन्धी विषयों की ही विस्तृत चर्चा करेंगे और अन्य धर्मों में केवल बौद्ध एवं जैन धर्मों के नीतिसम्बन्धी विचारों का प्रसंगवश संक्षिप्त विवरण प्रस्तुत करेंगे।

जैसा हम जानते हैं, मनुष्य अन्य प्राणियों की तरह एक परनिर्भर प्राणी है और उसकी परनिर्भरता उसके जन्म लेने के पहले से ही शुरू हो जाती है। गर्भावस्था में तो वह अपनी माता पर तथा अपने शैशवकाल में वह अपने माँ-बाप तथा अन्य करीबी लोगों पर निर्भर

रहता है। बाद में तो वह पूरे समाज पर यहाँ तक कि पूरे विश्व पर निर्भर हो जाता है। मनुष्य चूँकि एक कल्पनाशील प्राणी है, इसलिए उसकी परनिर्भरता इहलौकिक सीमा में ही सीमित नहीं रह जाती; वरन् वह परनिर्भरता कल्पना के माध्यम से पारलौकिक रूप भी ले लेती है। पारलौकिक परनिर्भरता आवश्यक इसलिए हो जाती है कि इहलौकिक परनिर्भरता से अनेक संदर्भों में मनुष्य की इच्छाएँ पूरी नहीं हो पातीं। ऐसी स्थिति में मनुष्य अपनी सुरक्षा एवं समृद्धि के लिए एक सर्वशक्तिमान् पारलौकिक सत्ता में विश्वास करने लगता है। और तब वह उस सत्ता के तथाकथित आदेशों के अनुपालन को ही अपना नैतिक कर्तव्य मानने लगता है। इस तरह के कार्यसंपादन को धार्मिक या मजहबी इसलिए कहा जाता है कि यह किसी पारलौकिक सत्ता में विश्वास के साथ आवश्यक तौर से जुड़ा होता है। इतिहास इस बात का गवाह है कि धर्म या मजहब के साथ कार्यनीति का हमेशा से ही अत्यंत घनिष्ठ सम्बन्ध रहा है। आप संसार के किसी समाज पर नजर डालें, आप पायेंगे कि उस समाज में जीवनयापन की शैली धार्मिक या मजहबी विश्वास से ओत-प्रोत है। यही कारण है कि लोग धार्मिकता या मजहब तथा शुद्ध नैतिकता में विभेद कर पाने में प्रायः असमर्थ ही रहते हैं। नतीजा यह होता है कि उनमें विभेद करने के लिए अत्यंत ही सूक्ष्म और गहन वैचारिक विश्लेषण की आवश्यकता पड़ जाती है।

हमने इस तरह का वैचारिक विश्लेषण पहले ही कर लिया है और पाया है कि शुद्ध धार्मिकता और शुद्ध नैतिकता एक दूसरे से पूरी तरह भिन्न हैं। यहाँ यह विशेष रूप से उल्लेखनीय है कि इन दोनों प्रत्ययों को एक दूसरे के साथ गड्डमड्ड कर देने में 'धर्म' शब्द की बहुत बड़ी भूमिका रही है। इस शब्द का प्रयोग जहाँ एक ओर अंग्रेजी के 'रिलीजियन' के पर्याय के रूप में होता है, वहीं दूसरी ओर इसका प्रयोग 'नैतिकता' के पर्याय के रूप में भी किया जाता रहा है। 'हिन्दू धर्म', 'इस्लाम धर्म', 'पारसी धर्म', आदि में 'धर्म' शब्द का प्रयोग मजहब के अर्थ में हुआ है, परन्तु 'अहिंसा परमो धर्मः' या 'परोपकार सर्वोत्तम धर्म है' में उसका प्रयोग नैतिकता के अर्थ में हुआ है। स्पष्ट ही ये दोनों अर्थ एक दूसरे से भिन्न हैं। अतः इन दोनों अर्थों को एक दूसरे से पृथक् रखने के लिए इस पुस्तक में हम मजहब के लिए प्रयुक्त होनेवाले 'धर्म' के साथ 'आध्यात्मिक' विशेषण को जोड़ देते हैं, और शुद्ध नैतिकता के लिए प्रयुक्त होनेवाले 'धर्म' शब्द के साथ 'नैतिक' विशेषण का जोड़ दिया करते हैं। ऐसा इसलिये कि किसी के द्वारा आध्यात्मिक धर्म को नैतिक धर्म के साथ गड्डमड्ड कर देना सम्भव ही न हो जा सके।

चूँकि आध्यात्मिक धार्मिकता और नैतिक धार्मिकता में मौलिक भेद रहता है, इसलिए आध्यात्मिक धर्म या मजहब के आधार पर अनुशंसित नैतिक उपदेशों की स्वीकार्यता नष्ट ही हो जाती है। इसका प्रमुख कारण यह है कि इन उपदेशों में बहुत अधिक मात्रा में आध्यात्मिक धार्मिकता विद्यमान रहती है जो पूरी तरह आस्था की वस्तु होती है। और आस्था के आधार पर तो कुछ भी मान लिया जा सकता है। हम आगे जब भी किसी मजहब या आध्यात्मिक धर्म के नैतिक विचारों की व्याख्या करेंगे, तब हम उन विचारों के अंतर्गत विद्यमान आध्यात्मिक धर्मपरक अंशों को अलग कर दिया करेंगे और यह भी दिखाया करेंगे कि ऐसे आध्यत्मिक धर्मपरक अंश शुद्ध नैतिकता के लिए आवश्यक नहीं होते।

चूँकि आध्यात्मिक तथा अतिप्राकृतिक सत्ताएँ आस्थामूलक ही हो सकती हैं, इसलिए वे व्यक्तिपरक ही होती हैं। इस कारण उन्हें न तो वैज्ञानिक और न वस्तुनिष्ठ ही माना जा सकता है। और फिर आस्था के व्यक्तिसीमित होने की वजह से उस पर किसी प्रकार की आपत्ति भी नहीं उठायी जा सकती। कोई कवि कल्पना के आधार पर ही अपने काव्य की रचना करता है और वह अपनी कल्पना के माध्यम से अत्यधिक अवास्तविक संरचना भी कर ले सकता

है। और इसके लिए वह सराहा ही जाता है, निंदित नहीं होता। लेकिन जब वह कवि अपनी कल्पनाओं के माध्यम से जनमानस को नैतिकता संदर्भ में दिग्भ्रमित कर उस पर गलत प्रभाव डालने लगता है तब तो उस पर अंकुश लगाया ही जा सकता है। और फिर यदि किसी विश्वास या आस्था का वस्तुपरक सत्यापन सम्भव ही न हो, तो उसकी नींव पर नैतिकता जैसी अंतर्वैयक्तिक कार्यपद्धति का निर्माण उचित भी नहीं हो सकता। पर विडंबना तो यह है कि प्रायः सभी मानव संस्कृतियों में आस्था पर आधारित अतिप्राकृतिकता के साथ नीतिपरक कार्यपद्धतियों को जोड़ा ही जाता रहा है। भारतवर्ष की भी प्रायः सभी नैतिक कार्यपद्धतियाँ ऐसे ही गठजोड़ पर आधारित रही हैं। इस प्रसंग में मैं 'प्रायः' शब्द का प्रयोग इसलिए कर रहा हूँ कि भारतवर्ष में चार्वाक का नैतिक मत एक ऐसा मत है जो अपने में अतिप्राकृतिकता एवं आध्यात्मिकता जैसी अवधारणाओं को बिलकुल ही समाविष्ट नहीं करता, और जो नैतिकता को साधारण इंद्रियानुभूति पर ही पूरी तरह आधारित मानता है। यह बात दीगर है कि चार्वाक के नैतिक विचार सारे के सारे स्वीकार्य नहीं हो सकते। पर तब उन्हें इतना तो श्रेय देना ही होगा कि उन्होंने नैतिकता को आध्यात्मिकता तथा अतिप्राकृतिकता के साथ गड्डमड्ड नहीं होने दिया है।

हमने ऊपर संकेत किया है कि नैतिकता को मानव कर्म से ही सम्बन्ध रहता है। अतः अब हम उस कर्म के सम्बन्ध में ही विस्तृत विवेचन करेंगे।

19.2 कर्म का स्वरूप तथा उसका मनोविज्ञान

19.2.1 कर्म का स्वरूप

हिन्दू संस्कृति में 'कर्म' एक अत्यंत महत्त्वपूर्ण शब्द है। कर्मवाद तो इस संस्कृति की मानो रीढ़ ही है। आप जैसा कर्म करेंगे,वैसा ही फल पायेंगे; क्योंकि कर्म का क्रियान्वयन सोच-विचार एवं संकल्प पर आधारित होता है। और फिर यही कारण है कि कर्म का कर्ता अपने कर्म के लिए उत्तरदायी भी होता है और इसी वजह से वह या तो दंडित या पुरस्कृत हो सकता है। इससे यह भी स्पष्ट हो जाता है कि कर्म केवल मनुष्यों के द्वारा ही किया जा सकता। अभी तक के ज्ञान के आधार पर तो यही निष्कर्ष निकाला जा सकता है कि विश्व में केवल मनुष्य ही सोच-विचार कर तथा संकल्प लेकर कार्य कर सकता है। इन बातों के आधार पर हम यह निर्णय निकाल सकते हैं कि कर्म मनुष्य की इच्छाओं एवं आकांक्षाओं की पूर्ति के लिए किया गया एक संकल्पजनित मनोदैहिक व्यापार है जिसमें पूर्वापर अनेक अवस्थाएँ होती हैं। हिन्दू नीतिशास्त्र के विचारकों ने इन अवस्थाओं का बारीकी से स्पष्टीकरण किया है। और उन्होंने कर्म के मूलभूत मनोवैज्ञानिक स्रोतों को भी स्पष्ट करने का प्रयास किया है। अब हम पहले कर्म के मौलिक मनोवैज्ञानिक स्रोतों की ही चर्चा करेंगे।

19.2.2 कर्म के मौलिक मनोवैज्ञानिक स्रोत

मानव जीवन की कुछ मौलिक आवश्यकताएँ होती हैं, जो सीखी नहीं जातीं; वरन् वे जन्मजात ही होती हैं, जैसे, भोजन की आवश्यकता। मनुष्य जन्म लेते ही भोजन ग्रहण करने के लिए व्यग्र हो उठता है। यह भोजन उसे माता के स्तनों से निःसृत दूध के रूप में मिल भी जाता है। पर बाद में मनुष्य को इस आवश्यकता की पूर्ति के लिए कर्म करना पड़ता है। स्पष्ट ही ऐसे कर्म का स्रोत बुभुक्षा है जो एक मूलभूत इच्छा है। इस प्रकार की और भी अनेक इच्छाएँ होती हैं जो मूलभूत हैं। इस प्रसंग में यहाँ यह उल्लेखनीय है कि जहाँ मनुष्य एक

ओर कुछ करने की प्रवृत्ति रखता है, वहीं वह दूसरी ओर कुछ नहीं करने की भी प्रवृत्ति रखता है। नॉवेल-स्मिथ ने इन प्रवृत्तियों को क्रमशः 'प्रो-एटि्टच्यूड'[1] तथा 'कॉन-एटि्टच्यूड'[2] के नाम दिये हैं। इन्हें हम क्रमशः सकारात्मक तथा नकारात्मक प्रवृत्तियाँ कह सकते हैं। फिर प्रवृत्तियाँ जन्मजात या अर्जित भी हो सकती हैं। जन्मजात और अर्जित दोनों प्रकार की प्रवृत्तियों को फिर सकारात्मक तथा नकारात्मक वर्गों में भी बाँटा जा सकता है। जन्मजात सकारात्मक प्रवृत्ति का उदाहरण भोजन करने की प्रवृत्ति है और जन्मजात नकारात्मक प्रवृत्ति का उदाहरण बच्चों द्वारा जोर की आवाज न सहन करने की प्रवृत्ति है। यदि किसी बच्चे के निकट जोर की आवाज होती है, तो वह बच्चा डर जाता है और चिल्ला उठता है। वह जोर की आवाज को आत्मसात् नहीं करता। अतः यह स्पष्ट होता है कि वह उसके प्रति सकारात्मक प्रवृत्ति नहीं रखता। यहाँ यह उल्लेखनीय है कि सकारात्मक तथा नकारात्मक दोनों प्रकार की प्रवृत्तियों की अपनी अपनी विशिष्ट भावनाएँ अर्थात् संवेगात्मक अनुभूतियाँ होती हैं, जैसे, भोजन की प्रवृत्ति के पूर्त होने पर आनन्द या तृप्ति की अनुभूति होती है, और जोर की आवाज को सुन लेने पर बच्चे को डर की अनुभूति होती है। चूँकि भावनाएँ या संवेगात्मक अनुभूतियाँ व्यक्तियों को कुछ करने के लिए प्रेरित भी कर सकती हैं, इसलिए इन्हें भी कर्मों के मनोवैज्ञानिक स्रोतों के रूप में स्वीकार किया जाता है। हिन्दू नीतिशास्त्र में भी भावनाओं एवं संवेगों को कर्म के स्रोतों के रूप में स्वीकार किया गया है। अतः अब हम यहाँ कर्म के मनोवैज्ञानिक स्रोतों के सम्बन्ध में भारतीय दर्शनों द्वारा दिये गये कुछ विख्यात वर्गीकरणों को स्पष्ट करेंगे।

19.2.3 कर्मस्रोतों के विभिन्न वर्गीकरण

19.2.3.1 वैशेषिक दर्शन—वैशेषिक दर्शन के प्रशस्तपादकृत भाष्य में कर्मस्रोतों का वर्गीकरण किया गया है। इस वर्गीकरण में इच्छा के द्वारा सुखप्राप्ति एवं द्वेष के द्वारा दुःख-प्राप्ति को कर्मों के आदि कारणों के रुप में स्वीकार किया गया है। सुख में अनुग्रह, अभिष्वंग तथा नयनादिप्रसाद समाविष्ट रहते हैं, अर्थात् सुख में क्रमशः अनुकूल प्रवृत्ति, विषय के प्रति उसे पाने की अभिलाषा तथा आँख, मुँह, आदि के द्वारा प्रसादसूचक शारीरिक अभिव्यक्तियाँ वर्तमान रहती हैं। पर दुःख के लक्षण अलग होते हैं, जो सुख के लक्षणों से विपरीत रहते हैं। दुःख में उपघात, द्वेष तथा दैन्य वर्तमान रहते हैं, अर्थात् दुःख में क्रमशः प्रतिकूल प्रवृत्ति, विषय के प्रति जुगुप्सा, तथा उदासीनता सूचक शारीरिक अभिव्यक्तियाँ विद्यमान रहती हैं। इस प्रकार यह स्पष्ट होता है कि जहाँ सुख के प्रति सकारात्मक प्रवृत्ति रहती है, वहीं दुःख के प्रति नकारात्मक प्रवृत्ति; और यह सकारात्मक प्रवृत्ति ही इच्छा है तथा नकारात्मक प्रवृत्ति ही द्वेष। और स्पष्ट ही ये दो विपरीत प्रकार के कर्मस्रोत हैं। इन दोनों कर्मस्रोतों के, अर्थात् इच्छा और द्वेष के, अनेक प्रकार भी होते हैं। उनकी चर्चा हम आगे करेंगे।

प्रशस्तपाद के अनुसार इच्छा का स्वरूप तथा उसके प्रभेद—हमने ऊपर कहा है कि इच्छा सुखप्राप्ति के लिए होती है। पर इस सुखप्राप्ति की निम्नलिखित शर्तें होती हैं:—

(1) सुख पाने वाले विषयी के साथ किसी उपयुक्त विषय का सान्निध्य होना।
(2) विषयी में इष्टोपलब्धि की चेतना होना।
(3) विषय के द्वारा विषयी के इन्द्रियों को संचालित किया जाना।
(4) विषयी के शरीर का अनुकूल ढंग से समायोजित होना।
(5) विषयी का धार्मिक यानी एक उचित पात्र होना।

यहाँ यह उल्लेखनीय है कि प्रशस्तपाद के अनुसार विषयी सही अर्थ में आत्मा तथा मन का एक संयुक्त रूप ही होता है। और जब इस आत्मा और मन के संयोग रूपी विषयी के साथ किसी उपयुक्त विषय का सान्निध्य स्थापित होता है तब सुख की अनुभूति होती है। और तब भविष्य में भी ऐसी ही सुखानुभूति प्राप्त करने की लालसा भी उत्पन्न होती है। यही इच्छा है। प्रशस्तपाद इच्छाओं को निम्नलिखित वर्गों में बाँटते हैं:—

(1) काम (यौनसुखकामना, स्वर्गकामना, अर्थकामना, आदि)।

(2) अभिलाष (भोजन आदि की इच्छा)

(3) राग (पुनःपुनः विषयरंजनेच्छा)

(4) संकल्प (अनागतस्य अर्थस्य करणेच्छा)

(5) कारुण्य (परदुःखप्रहाणेच्छा)

(6) वैराग्य (विषयत्यागेच्छा)

(7) उपधा (परप्रतारणेच्छा)

(8) भाव (अंतर्निगूढेच्छा)

(9) चिकीर्षा (कर्मेच्छा)।

इच्छाओं का उपर्युक्त विभाजन स्पष्ट ही बहुत तार्किक नहीं है। इस विभाजन में कई दृष्टिकोणों को एक साथ गड्डमड्ड कर दिया गया है। फलतः इसका आधार एकरूपी न होकर बहुरूपी हो गया है। उपर्युक्त विभाजन में कोई एक प्रभेद अन्य प्रभेदों से किसी एक बिन्दु के आधार पर भिन्न नहीं होकर अनेक बिन्दुओं के आधार पर भिन्न होता है। ऊपर के विभाजन में वैराग्य को इच्छा का एक भेद माना गया है जब कि यह इच्छाहीनता का ही द्योतक होता है। इस विभाजन में जन्मजात तथा अर्जित दोनों प्रकार की इच्छाओं को सम्मिलित कर दिया गया है। जहाँ भोजनेच्छा एक जन्मजात इच्छा है, वहीं स्वर्गकामना, अर्थकामना, आदि अर्जित इच्छाएँ ही हो सकती हैं। इस वर्गीकरण में संकल्प को इच्छा का एक भेद माना गया है, पर संकल्प तो किसी इच्छा के अनुरूप कार्य करने की दृढ मानसिक स्थिति है। अतः इस वर्गीकरण को तार्किक दृष्टि से बहुत समीचीन नहीं माना जा सकता।

अब हम प्रशस्तपाद के अनुसार द्वेष के स्वरूप तथा उसके प्रकारभेद को स्पष्ट करेंगे। उनके अनुसार जहाँ इच्छा सुखदायिनी होती है, वहीं द्वेष दुःखदायी होता है। अतः भावना के स्तर पर द्वेष इच्छा का उलटा होता है। प्रशस्तपाद कहते हैं कि द्वेष प्रज्वलनात्मक होता है। उनके अनुसार द्वेष में आत्मा और मन के संयोग रूपी विषयी के साथ जब किसी उपयुक्त विषय का सान्निध्य स्थापित होता है तब कष्ट की अनुभूति होती है। और यही कारण है कि इस तरह के सान्निध्य से विषयी हर समय बचना ही चाहता है। प्रशस्तपाद के अनुसार द्वेष के भेद निम्न प्रकार के हैं:—

(1) क्रोध (शरीर तथा इन्द्रियों में विकार उत्पन्न करने वाला अल्पकालीन द्वेष)

(2) द्रोह (प्रतिशोधपरक भावना)

(3) मन्यु (अंतर्निगूढ प्रतिशोधपरक भावना)

(4) अक्षमा (परगुण के प्रति द्वेष भाव)

(5) अमर्ष (अपने को गुणहीन मानकर दूसरों के प्रति द्वेष भाव)

इस विभाजन के सम्बन्ध में हम कह सकते हैं कि जहाँ क्रोध एक संवेग है वहीं इसके अन्य प्रभेद प्रवृत्तियाँ ही हैं। द्रोह एक प्रतिशोधात्मक प्रवृत्ति है। इसकी अस्फुट अवस्था में

कोई स्पष्ट शारीरिक अभिव्यक्ति नहीं होती; यह तो एक मानसिक तथा अपकारात्मक रुझान ही होता है। मन्यु में द्वेष्टा द्विष्टव्यक्ति के विरुद्ध अपकारयुक्त भावना तो रखता है, पर वह द्विष्टव्यक्ति के विरुद्ध कोई स्पष्ट आक्रामक क्रिया नहीं करता। अक्षमा दूसरों के गुणों के प्रति ईर्ष्या है। और अमर्ष में द्वेष्टा अपने को द्विष्टव्यक्ति से हीन समझता है। इस प्रकार यह द्वेष आत्महीनता पर आधारित होता है।

19.2.3.2 न्याय दर्शन—प्राचीन न्याय में कर्मस्रोतों के सम्बन्ध में वात्स्यायन तथा जयन्त भट्ट ने विचार प्रस्तुत किये हैं। वात्स्यायन के अनुसार कर्मों का मूल कारण मोह है। मोह एक प्रकार का अज्ञान है। यह एक ऐसा अज्ञान है जो व्यक्ति को नैतिक तथा अनैतिक दोनों प्रकार के कर्मों को करने के लिए प्रेरित करता है। जो व्यक्ति मोह से मुक्त हो जाता है, वह सांसारिक चक्र से भी मुक्त हो जाता है। ऐसी स्थिति में उसे किसी भी प्रकार के कर्म को करने की प्रेरणा ही नहीं होती। जब तक मोह कायम रहता है, तब तक दो प्रकार की प्रवृत्तियाँ उत्पन्न हो सकती हैं—राग और द्वेष। इच्छा के अनुकूल विषयों के साथ राग होता है, और प्रतिकूल विषयों के साथ द्वेष होता है। राग तथा द्वेष के संयुक्त प्रभाव से अनेक प्रकार की अच्छी या बुरी भावनाएँ उत्पन्न होती हैं जो विभिन्न प्रकार के अच्छे या बुरे कर्म करने की प्रवृत्तियों को जन्म देती हैं। उल्लेखनीय है कि अच्छे कर्म भी सांसारिक जीवन के अंग ही होते हैं, क्योंकि वे भी मोहप्रेरित ही होते हैं। अतः संसार से मुक्ति पाने के लिए उन्हें भी अतिक्रमित करना पड़ता है। हमने पहले भी कहा है कि भारतीय जीवनदर्शन के अनुसार मनुष्य के लिए नैतिकता से परे एक आध्यात्मिक आदर्श को चरितार्थ करना नितांत आवश्यक होता है।

नैयायिक जयन्त भट्ट ने न्यायमंजरी में कर्म के तीन स्रोत माने हैं। वे हैं—मोह, राग तथा द्वेष। मोह अज्ञान है जो पापतम होता है और इसी मोह के कारण राग और द्वेष सम्भव होते हैं। मोह के कारण मिथ्याज्ञान, विचिकित्सा(संदेह की स्थिति), मान तथा प्रमाद(कर्तव्याकरण) उत्पन्न होते हैं। राग के कारण काम, मत्सर(अर्थात् वैसी वस्तु को भी न देने की प्रवृत्ति जिसे देने पर भी उसका क्षय न हो) स्पृहा (सांसारिक लिप्सा), तृष्णा और लोभ उत्पन्न होते हैं। तथा द्वेष के कारण क्रोध, ईर्ष्या(परसुखद्वेष) असूया(परगुणद्वेष), द्रोह(परापकार प्रवृत्ति) तथा अमर्ष(वैसी निगूढ़ प्रतिशोधात्मक प्रवृत्ति जो बाह्य रूप से कारगर होने में सक्षम न हो) उत्पन्न होते हैं।

इस प्रकार हम देखते हैं कि मोह से कुछ कर्मस्रोत बिना किसी माध्यम के सीधे उत्पन्न हो जाते हैं, पर कुछ तो राग या द्वेष के माध्यम से ही उत्पन्न होते हैं। पहले प्रकार में भावना कम रहती है, पर दूसरे प्रकार में भावना अधिक रहती है। यहाँ यह उल्लेखनीय है कि यद्यपि मोह ज्ञानाभावपरक होता है, फिर भी वह विभिन्न प्रकार के कर्मों को करने की प्रवृत्तियों को जन्म दे सकता है। और यही कारण है कि इसे कर्म का आदिस्रोत माना गया है। इस मोह या अज्ञान के कारण से ही यह सांसारिक जीवन सम्भव हो सका है। अतः यदि इस सांसारिक जीवन रूपी बंधन से मुक्ति पानी है तो अज्ञान का नाश करना ही एकमात्र उपाय हो सकता है।

19.2.3.3 पातंजल दर्शन—पतंजलि ने योगसूत्र के साधनपाद के सूत्रांक 34 में लोभ, क्रोध तथा मोह को कर्मों के मूलस्रोतों के रूप में स्वीकार किया है। उनके अनुसार हिंसाभावना, क्रूरता, मिथ्यावादिता, कामवासना, आदि आदि से प्रेरित कर्म मूलतः या तो उपर्युक्त तीन स्रोतों के पृथक् पृथक् प्रभाव से या उनके मिश्रित प्रभाव से सम्भव हो सकते हैं। उदाहरण के

लिये यह कहा जा सकता है कि पशुहिंसा जैसा कर्म या तो मांसभक्षण या पुण्यप्राप्ति के लोभ से या किसी-न-किसी प्रकार के क्रोध से या अज्ञानपरक मोह से या इनमें किन्हीं दो या तीन के मिश्रित प्रभाव से उत्पन्न होता है।

19.2.3.4 वेदांत दर्शन—विद्यारण्य स्वामी ने अपने *जीवनमुक्ति विवेक* में कर्मस्रोतों की व्याख्या की है। उनके अनुसार मनुष्य कुछ वासनाओं के साथ जन्म लेता है और वह इन वासनाओं से प्रेरित होकर अपने कर्म करता है। ये वासनाएँ या तो शुभ होती हैं या अशुभ। शुभ वासनाएँ सांसारिक जीवन तथा पुनर्जन्म से छुटकारा दिलाने में सहायक होती हैं, पर अशुभ वासनाएँ सांसारिक जीवन तथा पुनर्जन्म को और सुदृढ़ करती हैं। वासनाओं को संस्कार भी कहा जाता है। अशुभ वासनाओं का प्रकारभेद इस प्रकार है:—

(1) लोकवासना (ख्यातिप्राप्तिपरक वासना)

(2) शास्त्रवासना (ज्ञान तथा यशप्राप्तिपरक वासना)

(3) देहवासना (शारीरिक सुखप्राप्तिपरक वासना)

(4) मानस वासना (दंभ या दर्पपरक वासना)

विद्यारण्य के अनुसार शुभ तथा अशुभ वासनाओं को मानस वासनाओं और विषय-वासनाओं में भी वर्गीकृत किया जा सकता है। मानस वासनाएँ वे वासनाएँ हैं जो क्रियमाण नहीं रहतीं अर्थात् कर्मों को उत्पन्न कर रही नहीं होतीं। पर विषय-वासनाएँ क्रियमाण रहती हैं और वे संकल्पजनित कर्मों को उत्पन्न कर रही होती हैं।

जैसा हमने ऊपर कहा है, शुभ वासनाएँ अशुभ वासनाओं के विपरीत संसार एवं पुनर्जन्म से मुक्त करा सकती हैं। वे पूरी तरह आवेगपरक नहीं होतीं, वरन् वे आंशिक रूप से विवेकपरक भी होती हैं। शुभवासनाओं का प्रकारभेद इस प्रकार है: मैत्री, कारुण्य, मुदिता (प्राणियों के सुख के प्रति हर्ष), उपेक्षा (कुकर्मियों की उपेक्षा), शम (मन की शांति), दम (इंद्रिय-नियंत्रण), तितिक्षा (कष्ट सहन) और संन्यास।

मान्यता यह है कि चूँकि शुभ वासनाओं में सत्त्व गुण विद्यमान रहता हैं, इसलिए ये वासनाएँ मनुष्य को संसार-चक्र में फँसाए रखने के बजाय उसे धीरे-धीरे उस चक्र से मुक्त करा देती हैं। संन्यास परक वासना तो मनुष्य को संसार से बिलकुल विरक्त ही करा देती है। और इस विरक्ति का अंतिम परिणाम संसार एवं पुनर्जन्म से पूर्ण विमुक्ति होता है। चूँकि नैतिक जीवन निश्चित रूप से कर्माश्रित जीवन के कठिन परिश्रम से सम्बन्धित है, इसलिए मनुष्य का अंतिम लक्ष्य नैतिक जीवन का व्यतिक्रमण कर ऐसे जीवन को प्राप्त कर लेना है जिसमें किसी भी प्रकार से कर्मों के निष्पादन की बाध्यता रहती ही नहीं। ऐसे कर्मरहित जीवन के सम्बन्ध में हम आगे विस्तार से चर्चा करेंगे।

19.2.4 नीतिशास्त्र में कर्मस्रोतों के अध्ययन की आवश्यकता

कर्म के स्रोतों की संख्या अनगिनत है। इसकी वजह यह है कि कर्मों की उत्पत्ति हमारी अर्जित इच्छाओं के कारण भी हो सकती है और हमारी अर्जित इच्छाएँ तो अनगिनत हो ही सकती हैं। नीतिशास्त्र में हम कर्मों और उनके स्रोतों का भी नैतिक मूल्यांकन करते हैं। और चूँकि कर्मों के स्रोत एक तरह से मनुष्य की इच्छाएँ ही हैं, इसलिए नीतिशास्त्र में मनुष्य की अर्जित तथा जन्मजात दोनों प्रकार की इच्छाओं का ज्ञान अपेक्षित और महत्त्वपूर्ण हो जाता है। इन जन्मजात और अर्जित इच्छाओं तथा उनकी आधारभूत प्रवृत्तियों के ज्ञान का महत्त्व

इसलिए भी जरूरी है कि उनके स्वरूप के आलोक में ही हम यह जान सकते हैं कि मनुष्य किस प्रकार का प्राणी है और उसमें नैतिकता की सम्भावना है या नहीं। हमने ऊपर विचार किया है कि नैतिक दृष्टिकोण क्या है और नैतिकता की विशिष्टताएँ क्या-क्या हैं। स्पष्ट ही यदि मनुष्य की प्रवृत्तियाँ या इच्छाएँ, चाहे वे जन्मजात हों या अर्जित, नैतिकता के अनुरूप तर्कतः परिवर्तित किये जा न सकें, तो हमें उन प्रवृत्तियों या इच्छाओं को नीतिनिरपेक्ष ही मानना पड़ेगा। उदाहरण के लिए हम मनुष्य की भोजन करने की प्रवृत्ति को ले सकते हैं। इस प्रवृत्ति के प्रकृत रूप के सम्बन्ध में नैतिकता या अनैतिकता सम्बन्धी कोई प्रश्न उठ नहीं सकता। अतः यदि कोई मनुष्य या अन्य प्राणी प्राकृतिक रूप से अपने में किसी खाद्य पदार्थ का समावेश करता है, तो वह कर्म नैतिक या अनैतिक नहीं होता है। अतः किसी मनुष्य की भोजनपरक इच्छा अपने प्रकृत रूप में नीतिशून्य ही होती है। किंतु मनुष्य की स्वार्थपरक इच्छा, जो उसे केवल अपने में ही सीमित रखती है, नीतिशून्य नहीं मानी जा सकती। ऐसा इसलिए कि स्वार्थपरक इच्छा नैतिकता की कसौटी पर जाँची जा सकती है। अब यहाँ इस बात की ओर ध्यान देना भी उचित है कि मनुष्य की स्वार्थपरता जन्मजात होती है या नहीं। निश्चय ही यह एक विवाद का विषय है। पर इस सम्बन्ध में यह तो कहा ही जा सकता है कि कोई नवजात शिशु मानसिक रूप से इतना विकसित नहीं होता कि वह जन्म लेते ही अपने को एक पृथक् इकाई के रूप में समझने लगे। ऐसी समझ तो उसे धीरे धीरे वातावरण के साथ अनेक प्रकार के सुखद एवं दुःखद टकरावों के होने पर ही सम्भव हो सकती है। और निश्चय ही ऐसी समझ के होने पर ही कोई व्यक्ति आत्मकेंद्रित एवं स्वार्थपरक हो सकता है। लेकिन तब यहाँ यह भी उल्लेखनीय है कि भारतीय दर्शन में किसी नवजात शिशु या प्रौढ़ व्यक्ति के स्वरूप के सम्बन्ध में एक अलग प्रकार का विचार ही वर्तमान है और यह विचार पुनर्जन्म से सम्बन्धित है।

जैसा हम जानते हैं, भारतीय दर्शन पुनर्जन्म को स्वीकार करता है। इस पुनर्जन्म सिद्धांत की समीक्षा हम बाद में विस्तार से करेंगे। अभी हम यहाँ केवल इतना कहना चाहेंगे कि हिन्दू सांस्कृतिक विचार के अनुसार कोई भी मनुष्य जन्म लेकर बिलकुल ही नया जीवन शुरू नहीं करता, बल्कि वह तो अपने पूर्व के सभी जीवनों में संचित सभी कर्मों से उत्पन्न संस्कारों से युक्त होकर अपना नया जीवन शुरू करता है। जन्म लेने का अर्थ ही होता है कि जन्म लेनेवाला व्यक्ति सांसारिक बंधन से मुक्त नहीं हुआ है। और यह इस बात का भी द्योतक है कि वह व्यक्ति अपने पहले के संस्कारों को निरस्त नहीं कर सका है। अतः कोई भी नवजात शिशु शुद्धरूप से नैतिक नहीं माना जा सकता। हिन्दू जीवन-दर्शन के अनुसार मनुष्य कुछ ऐसी अतृप्त वासनाओं के साथ जन्म लेता है जिन्हें वह अपने पूर्व जीवन में तृप्त नहीं कर सका होता है। अर्थात् यदि कोई व्यक्ति अपनी किसी आकांक्षा को किसी एक जीवन में पूरी नहीं कर सकता है, तो वह उस अपूर्त आकांक्षा के साथ ही नया जन्म लेता है। ऐसी आकांक्षाएँ या तो नैतिक हो सकती हैं या अनैतिक। सम्भव है कि किसी व्यक्ति के वर्तमान जीवन में उसके पूर्व जीवन के अच्छे कर्मों के फलस्वरूप परोपकार करने की इच्छाएँ ही अधिक हों। ऐसी स्थिति में उन इच्छाओं से प्रेरित उसके कर्म नैतिक ही होंगे। लेकिन यदि किसी व्यक्ति के वर्तमान जीवन में उसके पूर्व जीवन के बुरे कर्मों के फलस्वरूप दूसरों का अपकार करने की इच्छाएँ ही अधिक बलवती रहेंगी, तो इनसे प्रेरित उस व्यक्ति के कर्म अनैतिक ही होंगे। यहाँ यह उल्लेखनीय है कि जो नैतिक नियम इच्छाओं तथा आकांक्षाओं के लिए लागू रहते हैं, वे ही नियम भावनाओं, संवेगों, प्रवृत्तियों, वासनाओं, संस्कारों, आदि के लिए भी लागू

हो जाते हैं। ये सभी मानसिक प्रक्रियाएँ या प्रवृत्तियाँ प्रेरक के रूप में कर्मों के स्रोत ही होती हैं। यहाँ यह ध्यातव्य है कि भारतवर्ष में चार्वाक मत ही एक ऐसा मत है जो पुनर्जन्म को नहीं मानता है। अतः वह मानव शिशु की आनुवंशिक या प्रकृतिप्रदत्त क्षमताओं, प्रवृत्तियों, वासनाओं, आदि के स्वरूप को उसके किसी पूर्वजीवन से प्रभावित नहीं मान सकता। वह तो पूर्व जीवन के अस्तित्व को ही नहीं मानता है।

19.2.5 कर्मस्रोतों की नैतिकता के सम्बन्ध में विचार

अब यहाँ प्रश्न उठता है कि ये कर्मस्रोत नैतिक दृष्टि से किस प्रकार के हैं। क्या वे नैतिक दृष्टि से अच्छे हैं या बुरे? जैसा हम जानते हैं, किसी प्रवृत्ति या प्रक्रिया या कर्म की नैतिकता इस बात पर निर्भर होती है कि वह नैतिकता की कसौटी के अनुकूल है या नहीं। साधारणतः द्वेष को नैतिक दृष्टि से बुरा माना जाता है। किंतु द्वेष के विभिन्न प्रभेदों का नैतिक निरूपण बहुत आसान नहीं होता। क्या क्रोध को नैतिक दृष्टि से बुरा मानना चाहिये? यदि मुझे किसी बलात्कारी के प्रति क्रोध होता है और यदि मैं अपने क्रोध की वजह से कुछ ऐसे कार्य कर देता हूँ जो बलात्कार जैसे दुराचार को घटित ही नहीं होने देते, तो क्या मेरा क्रोध अनैतिक माना जायगा? यह सही है कि क्रोध के कारण मनुष्य अपना मानसिक संतुलन खो बैठता है और वह मानसिक संतुलन के खो जाने पर विवेकपूर्ण निर्णय नहीं भी ले सकता है। स्पष्ट ही इस कारण से क्रोध को नैतिक दृष्टि से अच्छा नहीं ही माना जा सकता। इस तरह हम देखते हैं कि क्रोध कभी नैतिकता का संरक्षण करता है, तो कभी अनैतिकता को संभव बनाता है। अतः वह अपने आप में न तो नैतिक है और न अनैतिक। द्रोह के सम्बन्ध में भी ऐसे ही विचार लागू हैं। मन्यु को नैतिक दृष्टि से उचित माना जाय या नहीं, यह भी एक विचारणीय प्रश्न है। यदि राम ने श्याम का किसी तरह अपकार किया है, तो श्याम राम के प्रति मैत्री की भावना कैसे रख सकता है? अपकारी के प्रति मन्युपरक द्वेष की भावना रखना स्वाभाविक तो है, पर तब भी नैतिक स्तर पर ऐसी भावना रखना उचित नहीं माना जा सकता। नैतिकता तो एक प्रकार से मनोविज्ञान पर विजय पाना ही होती है। यह सही है कि नन्यु में द्वेष्टा शक्तिहीन होने के कारण अपने अपकर्ता के विरुद्ध कोई अपकारी व्यवहार नही करता पाता। पर, यह तो उसकी विवशता है, महानता नहीं। नैतिक महानता तो इसमें है कि अपकृत व्यक्ति अपकर्ता के प्रति द्वेषभाव न रखकर प्रेमभाव रखे जिससे कि अपकर्ता को नैतिक राह पर चलने की प्रेरणा मिल जा सके। अतः मन्यु अपने आप में अनैतिक ही माना जा सकता है। अक्षमा तो स्पष्ट रूप से अनैतिक ही मानी जाएगी, क्योंकि इसमें दूसरों के सद्‌गुणों के प्रति द्वेष की भावना रखी जाती है। सद्‌गुणों से द्वेष, चाहे वे सद्‌गुण दूसरों के ही क्यों न हों, कभी नैतिक नहीं माना जा सकता। जहाँ तक अमर्ष का प्रश्न है इसमें द्वेष्टा अपने को हीन या न्यून मानते हुए दूसरों को महान् या उच्च मानकर उनसे द्वेष करता है। स्पष्ट ही यह एक अनैतिक मानसिक व्यापार है। यदि आप वस्तुतः किसी तरह हीन हैं, तो उस कारण दूसरों को महान् समझकर उनसे द्वेष करने के बजाय अपनी हीनता को दूर करना ही आपका नैतिक कर्तव्य बनता है।

इच्छा और द्वेषसम्बन्धी उपर्युक्त विवरण से हमारे सामने कुछ नैतिकता सम्बन्धी महत्त्वपूर्ण प्रश्न उठ खड़े होते हैं। इन प्रश्नों के सम्बन्ध में विचार करना नितांत आवश्यक हो जाता है। चूँकि ये प्रश्न आधारभूत हैं, इसलिए इनके सम्बन्ध में बारीकी से ही विचार करना आवश्यक है। अतः अब हम ऐसे प्रश्नों के सम्बन्ध में बारीकी से विचार ही करेंगे।

19.2.6 प्रशस्तपाद के इच्छा-द्वेष परक विभाजन की समीक्षा

प्रश्न उठता है कि क्या इच्छा और द्वेष जैसी अवधारणाओं के विश्लेषण के लिए आत्मा और मन के संयोग को मानना आवश्यक है। क्या प्रस्तुत प्रसंग में या अन्य प्रसंगों में भी मन से अलग किसी आत्मा को मानना आवश्यक है? क्या लाघवन्याय के आधार पर आत्मा एक अनावश्यक अवधारणा नहीं है? क्या मानव व्यक्तित्व के सभी अभौतिक व्यापारों एवं प्रक्रियाओं के लिए मन का अस्तित्व ही पर्याप्त नहीं है? यह सही है कि पुनर्जन्म सिद्धांत को मानने के लिए चिरंतन आत्मा या मन को मानना आवश्यक हो जाता है। पर, क्या पुनर्जन्म सिद्धांत सही है? इन सभी प्रश्नों का विवेचन यहाँ तो सम्भव नहीं है, पर इनमें से जो प्रश्न नैतिकता के लिए प्रासंगिक हैं, उनका विचार तो हम उपयुक्त स्थान पर अवश्य करेंगे। अभी यहाँ हम केवल इतना कहना चाहेंगे कि इच्छा और द्वेष के विश्लेषण में आत्मा और मन के संयोग को मानना और फिर उसे महत्त्व देना बिलकुल निरर्थक एवं अनावश्यक है।

दूसरा प्रश्न यह उठता है कि क्या प्रशास्तपाद द्वारा वैराग्य को इच्छा का एक मूलभूत प्रकार मानना उचित है। क्या वैराग्य की अर्जित इच्छा नैतिकता के लिए जरूरी है? क्या नैतिकता के परे भी कोई आदर्श हो सकता है जिसको चरितार्थ करने के लिए मनुष्य को वैराग्य अर्जित करना ही चाहिये? उल्लेखनीय है कि चार्वाक विचारपद्धति को छोड़कर प्रायः अन्य सभी भारतीय विचारपद्धतियों में माना गया है कि सांसारिक जीवन एक बंधन है। अतः उससे मुक्त होना मानव जीवन का एक निश्चित आदर्श होता ही है। इसका अर्थ यह हो जाता है कि प्रेम और सौहार्द से परिपूर्ण सांसारिक जीवन मनुष्य का आदर्श नहीं हो सकता। ऐसा तब भी, जब कि साधारणतः प्रेम और सौहार्द से परिपूर्ण जीवन कटुतापूर्ण जीवन से बहुत अधिक अच्छा माना ही जाता है। अब यहाँ अनेकानेक ऐसे प्रश्न उठ खड़े होते हैं जिनका समाधान करना नितांत आवश्यक है। क्या नैतिकता से परे जाना नैतिक है? क्या नैतिक होना ही पर्याप्त नहीं है? क्या नैतिकता के औचित्य के लिए किसी तरह अध्यात्मवाद आवश्यक है? क्या अध्यात्मवाद का औचित्य सिद्ध किया जा सकता है? इन प्रश्नों के सम्बन्ध में विवेचन हम उपयुक्त स्थान पर आगे करेंगे। अभी यहाँ हम केवल इतना कहना चाहेंगे कि नैतिकता के लिए आध्यात्मिकता बिलकुल ही जरूरी नहीं है। यदि कोई व्यक्ति अध्यात्मवाद को अपने व्यक्तिगत विश्वास के कारण मान ही लेता है तो ऐसे अध्यात्मवाद को भी नैतिकता जैसे अंतर्वैयक्तिक संस्थान के लिए प्रासंगिक तो नहीं ही माना जा जायगा। न ही ऐसे अध्यात्मवाद को नैतिकता के आदर्श के रूप में स्वीकार ही किया जायगा। और फिर अध्यात्मवाद को नैतिकता की परिणति के रूप में स्वीकार कर लेना भी तो दो भिन्न कोटियों की मान्यताओं को एक सूत्र में पिरोने का एक अतार्किक प्रयास ही हो जायगा। नैतिकता किसी भी स्थिति में आस्था की वस्तु नहीं है, क्योंकि इसमें तो तार्किक बाध्यता निहित रहती है। और इसके द्वारा ही तो सांसारिक जीवन अच्छी तरह जीया जा सकता है। नैतिकता पूर्णतः एक प्राणी के द्वारा अन्य प्राणियों के साथ प्रेम एवं सौहार्दपूर्ण जीवन जीने का ही समर्थन करती है। यह इस जीवन को महत्त्वहीन एवं अपर्याप्त मानकर इसे अतिक्रमित करके इससे छुटकारा पाने के प्रयास को कभी उचित नहीं मान सकती। लेकिन प्रायः सभी भारतीय दर्शन सांसारिक जीवन के अतिक्रमण को ही मनुष्य का अंतिम लक्ष्य मानते हैं। अर्थात् वे नैतिकता से परे जाने को ही मनुष्य का निःश्रेयस् समझते हैं। निश्चय ही ऐसा मानना न तो युक्तिसंगत और न ही उचित हो सकता। लेकिन, जैसा हमने ऊपर पाया है, प्रशस्तपाद द्वारा दिये गये वर्गीकरण में इच्छा का एक प्रभेद वैराग्य है। यह वह इच्छा है जो मनुष्य को संसार से विमुख करती

है। यह इच्छा मनुष्य के वैसे वैसे कर्मों को जन्म देती है जो धीरे धीरे उसे संसार से मुक्ति पाने के लिए ही प्रेरित करते हैं। स्पष्ट ही इस इच्छा के कारण मनुष्य मात्र नीतिसम्मत जीवन जीकर संतुष्ट नहीं रह सकता, बल्कि वह इस इच्छा के कारण इस जीवन से परे चले जाने की ही कामना कर सकता है। लेकिन क्या यह वैराग्य मनुष्य की एक जन्मजात स्वाभाविक इच्छा है? निश्चय ही इसका उत्तर नकारात्मक होगा। अतः यदि यह एक अर्जित इच्छा या आकांक्षा ही हो सकती है, तो क्या इस इच्छा को मौलिक प्रकारभेद में शामिल करना उचित है? मेरे विचार से तो इस प्रश्न का उत्तर भी नकारात्मक ही है।

19.2.7 कर्मों की त्रिगुणात्मक कारणता

कर्मस्रोतों के विवरण के क्रम में कर्मों की त्रिगुणात्मक कारणता का उल्लेख करना निश्चय ही अप्रासंगिक नहीं होगा। भारतीय दर्शन के तत्त्वविचार के अनुसार सभी सांसारिक पदार्थों में न्यूनाधिक मात्रा में तीन प्रकार के गुण अवयवों के रूप में वर्तमान रहते हैं—सत्त्व, रजस् और तमस्। इन गुणों के स्वरूप तथा मात्रा के अनुरूप ही व्यक्तियों की प्रवृत्तियों का स्वरूप निर्धारित होता है। जहाँ सत्त्वगुण गुणधारक व्यक्ति को अच्छे एवं नैतिक कार्यों को करने के लिए तथा यथार्थ ज्ञान पाकर संसार से विमुख होकर मोक्ष पाने के लिए प्रेरित करता है, और जहाँ रजस् गुण गुणधारक को गतिशील, शक्तिशाली और कर्मठ बनाता है, वहीं तमस् गुण गुणधारक को कुकर्म करने के लिए प्रवृत्त करता है और उसे अज्ञान में पड़े रहकर सांसारिक मायाजाल में फँसे रहने के लिए बाध्य करता है। अतः यह कहा जा सकता है कि प्राकृतिक संरचना कुछ ऐसी है कि उसका एक अंश अर्थात् सत्त्व गुण प्राणियों को संसार से विमुख होने तथा उससे मुक्त होने के लिए ही प्रेरित करता है। इस तरह यह देखा जा सकता है कि भारतीय तत्त्वविचार एक प्रकार से प्रकृति के अंदर ही प्रकृति से विमुख होने का बीज भी समाहित कर देता है। किंतु क्या सत्त्व का और फिर रजस् तथा तमस् का प्रकृति के अंगों के रूप में अस्तित्व बुद्धिग्राह्य और स्वीकार्य हो सकता है? यह प्रश्न निश्चित रूप से एक अत्यंत विकट प्रश्न है। व्यक्ति द्वारा आस्था के आधार पर इन गुणों को मानना एक अलग बात है। आस्था के सम्बन्ध में बौद्धिक विवेचन की आवश्यकता नहीं होती। पर अंतर्वैयक्तिक विषयों के सम्बन्ध में व्यक्तिगत आस्था को महत्त्व नहीं दिया जा सकता। इन विषयों के सम्बन्ध में किसी व्यक्तिगत आस्था को महत्त्व तभी दिया जा सकता है जब वह आस्था अन्ततः बौद्धिक एवं तार्किक विवेचन के आधार पर ही मान्य हो। उपर्युक्त तीन तरह के गुणों जैसे तत्त्वों के कारण मनुष्य का नैतिक या अनैतिक होना युक्तिसंगत तो प्रतीत नहीं होता। भारतीय नीतिशास्त्री साधारणतः नैतिक कर्म को मोक्षप्राप्ति जैसे परिणाम का कारण मानते हैं। इस तरह वे नैतिकता और आध्यात्मिकता के सम्बन्ध को कारण-परिणाम का रूप देना चाहते हैं। और ऐसा करके वे नैतिकता के महत्त्व एवं उसकी अनिवार्यता को अपने ढंग से उजागर कर देना चाहते हैं। किंतु ऐसा करके वे एक तरह से नैतिकता की आत्मगरिमा पर कुठाराघात ही कर देते हैं; क्योंकि ऐसा करके वे नैतिकता को अतिक्रमणीय बना देते हैं। पर नैतिकता एवं मोक्ष की अवस्था के बीच कारण-परिणाम का सम्बन्ध स्थापित करना ही गलत है। यहाँ जैसा हमने पहले भी संकेत किया है, यह प्रश्न उठाया जा सकता है कि क्या दो भिन्न प्रकार की कोटियों की वस्तुओं में कारण- परिणाम का सम्बन्ध स्थापित हो सकता है। जहाँ मनुष्य की नैतिक क्रियाएँ दिक्-काल में अवस्थित होती हैं, वहीं मोक्ष की स्थिति दिक्-काल से परे की स्थिति मानी जाती है। क्या इन दो भिन्न प्रकार के घटकों में कारण-परिणाम का सम्बन्ध स्थापित हो सकता है? इस प्रश्न के समाधान के लिए हम आगे गहराई से विचार

करेंगे। किंतु उसके पहले हम यह कहना चाहेंगे कि कर्मों की प्राकृतिक बनावट में मूल्यसूचक या मूल्यनिर्धारक तत्त्वों का समावेश करना युक्तिसंगत ही नहीं है। अतः सत्त्व, रजस् तथा तमस् की मूल्यपरक दिशानिर्धारणक्षमता मान्य नहीं हो सकती है।

19.2.8 क्या नैतिक कर्म का परिणाम पारलौकिक हो सकता है?

क्या नैतिक जीवन में अर्थात् सांसारिक जीवन में और पारमार्थिक जीवन में अर्थात् संसार से परे के जीवन में कारण-परिणाम का सम्बन्ध सम्भव हो सकता है? शास्त्रीय निष्कर्ष तो यह है कि शुभ वासनाओं से प्रेरित एवं विवेकपूर्ण संकल्पों से क्रियान्वित नैतिक कर्म अंत में मोक्ष जैसे परिणाम को उत्पन्न कर देते हैं, और यह मोक्ष की अवस्था कर्मपरक जीवन की अवस्था से बिलकुल भिन्न प्रकार की है। ऐसा इसलिए कि मोक्ष की अवस्था पूरी तरह कर्मसंन्यास या नैष्कर्म्य की अवस्था होती है। इस प्रकार यह बिलकुल स्पष्ट है कि प्रस्तुत विचार में कारण और परिणाम में मौलिक कोटिभेद है। यहाँ यदि कारण संसारपरक है तो परिणाम संसार से बिलकुल परे की स्थिति है। फिर, कारण यदि दिक्काल में है, तो परिणाम दिक्काल से परे है। क्या उपर्युक्त प्रकार का कारण उपर्युक्त प्रकार के परिणाम को उत्पन्न कर सकता है? इस प्रश्न का सकारात्मक उत्तर दे देना बहुत आसान है, पर उस उत्तर का सत्यापन करना असम्भव ही है। यह सही है कि अंतःप्रज्ञावादी इस सत्यापन को अपने ढंग से बहुत आसान बना देते हैं। उनके अनुसार अंतःप्रज्ञा से इस तरह का सत्यापन सम्भव हो जाता है। पर कठिनाई तो यह है कि अंतःप्रज्ञा स्वयं ही पूर्णतः वैयक्तिक होती है। पूरी तरह वैयक्तिक अनुभूति के आधार पर अंतर्वैयक्तिक तथा व्यक्तिनिरपेक्ष अवस्थाओं का सत्यापन कैसे सम्भव हो जा सकता है? आस्था के आधार पर व्यक्तियों में अनेक प्रकार की निजी इच्छाएँ एवं आकांक्षाएँ उत्पन्न हो सकती हैं। उनमें मोक्षप्राप्ति की इच्छा भी एक हो सकती है। कोई भी व्यक्ति इस प्रकार की इच्छा रखने में पूरी तरह स्वतंत्र है। यदि ऐसी इच्छा अंतर्वैयक्तिक जीवन पर किसी तरह का अनैतिक प्रभाव न डालती हो, तो यह नैतिक दृष्टि से भी बहुत अपत्तिजनक नहीं हो सकती है। लेकिन तब यहाँ यह उल्लेखनीय है कि मनुष्य के नैतिक जीवन के लिए किसी भी तरह कोई आध्यात्मिक या पारमार्थिक परिणाम जरूरी नहीं होता और न ही कोई नैतिक जीवन किसी आध्यात्मिक या पारमार्थिक परिणाम को तर्कतः जन्म दे सकता है। जो लोग नीति और अध्यात्म को कारण-परिणाम के सूत्र में पिरोना चाहते हैं, वे लोग निश्चय ही 'कोटिदोष' के शिकार हो जाते हैं। नैतिक जीवन को जिस परिणाम की अपेक्षा रहती है और जिसे वह उत्पन्न कर भी सकता है वह है आत्मसंतोषयुक्त सुख। कहा भी गया है—'न सन्तोषात्परं सुखम्'। पर यह सुख किसी तरह वर्णनातीत नहीं होता। यह तो दिक्काल में घटित होनेवाली एक मनोदैहिक अवस्था है। और इस सुख के लिए किसी मरणोपरांत जीवन या अवस्था की कोई अपेक्षा नहीं रहती है। और इस सुख का किसी मरणोपरांत जीवन में अनुभव करना सम्भव भी नहीं है।

19.3 संकल्प-विचार

19.3.1 संकल्प का महत्त्व

मात्र कर्मस्रोतों के अस्तित्व से कोई कर्म सम्पन्न नहीं हो जा सकता। कर्म के सम्पन्न होने के लिए इन स्रोतों से उत्पन्न इच्छाओं के अनुरूप कर्ता को संकल्प लेना पड़ता है। मुझे भूख लग रही है और मैं कुछ खाद्य-पदार्थ खाने की इच्छा का अनुभव कर रहा हूँ। पर मैं खाने

का संकल्प लेने के बदले नहीं खाने का ही संकल्प ले लेता हूँ, क्योंकि आज मुझे उपवास करना है। ऐसी स्थिति में मैं बुभुक्षित होकर भी भोजन नहीं कर रहा होता हूँ। इस प्रकार यह स्पष्ट है कि कर्म करने के लिए अनुकूल संकल्प का होना जरूरी है। हिन्दू नीतिशास्त्रियों ने संकल्प के सम्बन्ध में भी विस्तृत विचार किया है। यहाँ हम उनके विचारों की एक संक्षिप्त रूपरेखा प्रस्तुत करेंगे। पर इसके पहले कि हम संकल्प के सम्बन्ध में कुछ विचार प्रस्तुत करें, हमें चाहिये कि हम संकल्परहित यानी स्वतःचालित कर्मों एवं संकल्पजनित कर्मों के भेद को स्पष्ट कर दें।

19.3.2 ऐच्छिक तथा अनैच्छिक कर्म

प्रशस्तपाद—वैशेषिक सूत्र के भाष्यकार प्रशस्तपाद ने अपने गुणग्रंथ में कर्मों यानी कृतियों को दो वर्गों में बाँटा है—जीवनपूर्वक कृति और इच्छाद्वेषपूर्वक कृति। जीवनपूर्वक कृतियाँ वे हैं जिनके द्वारा जीवन कायम रहता है और जो स्वतःचालित होता है, जैसे, साँस लेना, रक्तप्रवाह, आदि। इन कृतियों के लिए किसी प्रकार के संकल्प की आवश्यकता नहीं होती। पर इच्छाद्वेषपूर्वक कृतियाँ वे हैं जो इच्छा या द्वेष से उत्पन्न होती हैं और जिनके लिए विचार के आधार पर चयन हो सकता है और जिनके द्वारा हितप्राप्ति, अहितपरिहार तथा शरीरविधारण सम्भव हो सकते हैं। शरीरविधारण में भी मनुष्य को एक प्रकार से सचेष्ट या प्रयत्नशील ही रहना पड़ता है। इसलिए उसे बिलकुल स्वतः चालित या प्रयासरहित नहीं माना जा सकता। जब कभी मनुष्य किसी कारणवश निश्चेष्ट हो जाता है, तब वह अपने आपको सीधा खड़ा नहीं रख पाता और फलस्वरूप गिर पड़ता है।

महादेव तथा दिनकर भट्ट—महादेव तथा उनके पुत्र दिनकर भट्ट ने अपने ग्रंथ दिनकरी में, जो सिद्धांतमुक्तावली पर भाष्य है, कृति का विभाजन इस प्रकार किया है:—

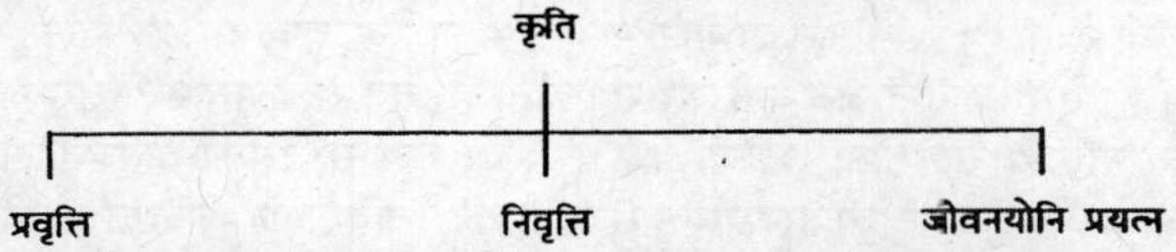

इनमें प्रवृत्ति और निवृत्तिपरक कृतियाँ स्वेच्छाधीन एवं संकल्पजनित होती हैं, पर जीवनयोनि प्रयत्नपरक कृतियाँ स्वेच्छाधीन एवं संकल्पजनित नहीं होतीं। फिर प्रवृत्तिपरक कृति में कार्य का सचेतन चयन होता है, पर निवृत्तिपरक कृति में कार्य का सचेतन तिरस्कार होता है। अतः प्रवृत्ति सकारात्मक होती है और निवृत्ति नकारात्मक। जीवनयोनि प्रयत्नपरक कृतियों के अंतर्गत वे कृतियाँ आती हैं जो स्वतःस्फूर्त, अविचारित तथा जीवनरक्षिणी होती हैं, जैसे, साँस लेना, रक्तसंचार, प्रतिवर्त क्रियाएँ, आदि। 'कृति' शब्द को साधारणतः उपर्युक्त तीनों प्रकार की क्रियाओं का द्योतक माना गया है, किंतु कभी-कभी वह शब्द केवल स्वेच्छाधीन कर्मों के लिए ही प्रयुक्त हुआ है, चाहे वे कर्म प्रवृत्त्यात्मक हों या निवृत्त्यात्मक। इस प्रकार हम देखते हैं कि 'कृति' शब्द के व्यापक और संकुचित दोनों ही तरह के प्रयोग होते हैं।

19.3.3 ऐच्छिक अर्थात् संकल्पजनित कर्म का विश्लेषण

महादेव तथा उनके पुत्र दिनकर भट्ट द्वारा प्रणीत भाष्य दिनकरी के अनुसार ऐच्छिक यानी संकल्पजनित कर्म के विश्लेषण के सम्बन्ध में कई मत प्रचलित हैं। इन मतों के सम्बन्ध में हम अब एक एक कर चर्चा करेंगे।

19.3.3.1 प्राभाकर या गुरुमत—प्रभाकर के अनुसार संकल्पजनित प्रवृत्त्यात्मक कर्म की अनेक विशिष्टताएँ हैं जिन्हें हम एक-एक कर नीचे स्पष्ट करेंगे:—

संकल्पजनित कर्म की पूर्वापर आंतरिक अवस्थाएँ:—

कार्यताज्ञान (किसी कार्य का ज्ञान)
चिकीर्षा (उस कार्य को करने की इच्छा जिसमें उस कार्य को करने की क्षमता भी निहित रहती है)
प्रवृत्ति (संकल्पन)
चेष्टा (कर्ता के शरीर के अंतर्गत चेष्टा)
क्रिया (बाह्य शारीरिक क्रिया)।

स्वविश्लेषणपरक सिद्धान्त

प्राभाकर मत की एक विशिष्टता यह है कि यह मत इष्टसाधनता को बिलकुल महत्त्व नहीं देता। इसके अनुसार नैतिक कर्म वह है जो किसी इष्ट सिद्धि के लिए नहीं, वरन् विशुद्ध कर्तव्यपालन के लिए ही किया जाता है। प्रभाकर प्रवृत्ति के विश्लेषण में इष्टसाधनता को स्थान देते ही नहीं हैं। इस कारण प्रवृत्ति सम्बन्धी उनके तथा नैयायिकों के मतों में अंतर हो जाता है। यह अंतर पाश्चात्त्य नीतिशास्त्र के कर्तव्यवादियों तथा प्रयोजनवादियों के मतों के बीच के अंतर के समान ही है। प्रभाकर प्रयोजनवादियों यानी इष्टसाधनतावादियों के मत का प्रतिवाद अपने स्वविशेषणपरक अवधारणा की सहायता से करते हैं। वे यह तो मानते हैं कि मनुष्य निश्चित रूप से किसी अभीष्ट की प्राप्ति के लिए कर्म कर सकता है। पर तब, वे यह भी मानते हैं कि जब मनुष्य नैतिक या धार्मिक ढंग से कर्म करता है तब वह किसी अभीष्ट को पाने के लिए कार्य नहीं कर रहा होता; उस परिस्थिति में भी वह केवल अभीष्टप्राप्ति के विचार से स्वविशिष्ट ही रहता है; अर्थात् उसका कर्तापरक स्वरूप मानो अभीष्ट के रंग में रँगा हुआ ही रहता है। इस प्रकार अभीष्ट मानो उस कर्ता का कुछ समय के लिए एक विशेषण बन जाता है। ऐसा व्यक्ति जब कर्म कर रहा होता है, तब सही मायने में उसका कोई उद्देश्य क्रियान्वित नहीं हो रहा होता, बल्कि तब भी शुद्ध रूप से उसका कर्तव्यपालन ही हो रहा होता। प्रभाकर के इस कर्तव्यपालनपरक सिद्धांत को स्वविशेषण सिद्धांत कहते हैं। गागाभट्ट ने भाट्टचिन्तामणि में कार्यताज्ञान के दो प्रकार माने हैं : पदार्थनिष्ठ योग्यताज्ञान और स्वविशेषणवत्ताप्रतिसन्धानजन्यकार्यताज्ञान। पहले में कर्ता को केवल इतना ज्ञान रहता है कि कार्य कर ले सकने के योग्य है। पर दूसरे में कार्य करने की दृढ़ता के साथ-साथ उसे कार्य की अनिवार्यता का भी ज्ञान रहता है, अर्थात् इसमें कर्ता के दृढ़ संकल्प के साथ उसकी कार्यनिष्पादनपरक तत्परता भी वर्तमान रहती है।

नित्य, नैमित्तिक तथा काम्य कर्म

प्रभाकर के अनुसार कर्तव्यपालनपरककर्म की परिधि में केवल नित्य एवं नैमित्तिक कर्म ही नहीं आते, बल्कि उस परिधि में काम्य कर्म भी आ जाते हैं। यहाँ नित्य, नैमित्तिक तथा काम्य कर्मों के भेदों का स्पष्टीकरण अपेक्षित एवं आवश्यक है। नित्य कर्म वे हैं जो अनिवार्य रूप से करणीय होते हैं तथा जो किसी उद्देश्यपूर्ति के लिए नहीं किये जाते, जैसे—संध्यावंदन, शौचकर्म, आदि। ऐसे ही उद्देश्यविहीन कुछ अन्य कर्म भी हैं जो विशेष विशेष अवसर पर या विशेष विशेष निमित्त के लिए किये जाते हैं, जैसे—सूर्यग्रहण या चंद्रग्रहण स्नान, पश्चात्ताप के निमित्त कुछ विशेष अनुष्ठान, आदि। ऐसे कर्मों को ही नैमित्तिक कर्म कहते

हैं। इस प्रकार हम देखते हैं कि नित्य एवं नैमित्तिक कर्मों के द्वारा कोई वांछित विषय प्राप्त नहीं किया जा सकता। पर इन दोनों प्रकार के कर्मों से भिन्न एक अन्य प्रकार के कर्म भी होते हैं जिनमें कामना रहती है जिसका अर्थ ही है वांछित फल पाने की इच्छा। इस प्रकार के कर्म काम्य कर्म कहलाते हैं, जैसे—स्वर्गप्राप्ति के लिए यज्ञ करना, भोजन तैयार करने के लिए पाकक्रिया करना, आदि।

अब यहाँ एक प्रश्न यह उठ खड़ा होता है कि प्रभाकर काम्य कर्मों के सम्बन्ध में किस प्रकार प्रयोजनवाद या उद्देश्यवाद या परिणामवाद को नकारते हैं। पर, जैसा हमने ऊपर कहा है, प्रभाकर अपनी स्वविशेषणपरक अवधारणा के आधार पर ही काम्य कर्मों को भी इष्टसाधक नहीं मानते, बल्कि शुद्ध रूप से कर्तव्यानुपालक ही मानते हैं। उनके अनुसार नित्य तथा नैमित्तिक कर्मों के कर्ता में तथा काम्य कर्मों के कर्ता में एक व्यक्तित्वपरक भेद रहता है। यह सही है कि काम्य कर्म के कर्ता का व्यक्तित्व फलाकांक्षाविशिष्ट होता है, जबकि नित्य या नैमित्तिक कर्म का कर्ता इस प्रकार की आकांक्षा से विशिष्ट नहीं होता। फिर भी, काम्य कर्म के कर्ता का स्वरूप भी कुछ ऐसा बन जाता है कि उसे उद्देश्यपूर्त्ति के लिए कार्य करने की आवश्यकता ही नहीं रह जाती। फलप्राप्ति तो उसके कर्तापरक विशिष्ट स्वरूप के कारण उसके द्वारा तज्जन्य कोई प्रयास किये बिना ही हो जाती है। फलप्राप्ति के लिए कर्ता का फलाकांक्षी होना जरूरी नहीं होता; इसके लिए तो कर्ता का विशेष ढंग से स्वविशिष्ट होना ही पर्याप्त होता है।

काम्य कर्मों के भेद

काम्य कर्म या तो वैदिक या लौकिक होते हैं। जो काम्य कर्म वैदिक आदेशों के अनुरूप होते हैं, वे वैदिक कहलाते हैं—जैसे, स्वर्गप्राप्ति के लिए यज्ञों का अनुष्ठान करना। वैदिक कर्मों को अदृष्टार्थक भी कहते हैं, क्योंकि ये अप्राकृतिक या अतिप्राकृतिक होते हैं; और फिर इनके सम्बन्ध में कोई ज्ञान साधारण इंद्रियानुभूति के द्वारा प्राप्त नहीं किया जा सकता। इनसे भिन्न लौकिक काम्य कर्म वे हैं जो प्राकृतिक होते हैं और जिनके सम्बन्ध में ज्ञान साधारण इन्द्रियानुभूति के द्वारा ही प्राप्त किया जा सकता है। इस तरह ये दृष्टार्थक काम्य कर्म होते हैं।

क्या काम्य कर्म की इष्टसाधनता प्राभाकरों को इष्टसाधक बना देती है?

जैसा हमने ऊपर कहा है, काम्य कर्मों में इष्टसाधनता रहती है। इष्टसाधनता के दो पक्ष होते हैं—सकारात्मक पक्ष तथा नकरात्मक पक्ष। सकारात्मक पक्ष में उद्देश्य के अंतर्गत किसी शुभ इष्ट का भाव रहना आवश्यक होता है, और नकारात्मक पक्ष में उद्देश्य के अंतर्गत किसी बलशाली अनिष्ट के अभाव का होना आवश्यक होता है। यदि किसी कर्म के द्वारा किसी शुभ इष्ट के साथ किसी उससे भी अधिक बलशाली अनिष्ट की सिद्धि सम्भव होती रहे, तो स्पष्ट ही इस प्रकार की इष्टसिद्धि सही अर्थ में इष्टसिद्धि नहीं मानी जा सकती। लेकिन इस विचार को यदि प्राभाकर भी स्वीकार कर लें तब तो वे इष्टसाधनता को स्वीकार ही कर रहे होंगे और तब वे अपने मत का खंडन ही कर रहे होंगे। पर भाट्टचिन्तामणि के अनुसार स्वविशेषणपरक प्रवृत्ति न केवल नित्य, और नैमित्तिक कर्मों में, बल्कि सभी प्रकार के काम्य कर्मों में भी प्रेरक बन ही सकती है। इसलिए लाघवन्याय को अधिमानित करते हुए कार्यताज्ञान के लिए केवल स्वविशेषणपरक प्रवृत्ति का वर्तमान रहना ही पर्याप्त माना जा सकता है।

संकल्प की स्वतंत्रता

प्राभाकर मत भी अन्य भारतीय नीतिसम्बन्धी मतों की तरह शास्त्रीय विधि तथा निषेध को अनुल्लंघनीय ही मानता है। इसका तात्पर्य यह है कि किसी कर्ता को विधि या निषेध के अनुसार चलने की क्षमता प्राप्त रहती है। अर्थात्, कर्ता को विधि या निषेध का अनुपालन करने के लिए अपेक्षित संकल्पस्वतंत्रता प्राप्त ही रहती है। लेकिन तब यहाँ यह प्रश्न उठ सकता है कि क्या मनुष्य स्वभावतः स्वतंत्र संकल्प ले सकता है। इसका एक उत्तर तो यह है कि संकल्प की स्वतंत्रता को तो मनुष्य अपने मनोवैज्ञानिक जीवन में स्वयं ही अनुभव कर ले सकता है। स्वतंत्र मनावैज्ञानिक प्रक्रिया कोई अजूबी घटना नहीं होती। ऐसी प्रक्रियाएँ मानव जीवन में प्रायः घटित होती ही रहती हैं। ऊपर के प्रश्न का दूसरा उत्तर यह हो सकता है कि किसी विधि या निषेध की सार्थकता तो इसी बात पर निर्भर होती है कि उसका अनुपालन करने वाला व्यक्ति स्वतंत्र हो। अंग्रेजी में एक उक्ति है—'ऑट इम्प्लायज कैन'[3] अर्थात् 'करना चाहिये कर सकने को आपादित करता है'। इसका तात्पर्य यह है कि मनुष्य को जो करना चाहिये उसे वह बिना किसी दबाव के स्वतंत्र रूप से कर ही सकता है। पार्थसारथि मिश्र ने अपनी शास्त्रदीपिका में कहा है— 'प्रवर्तनारूपो हि विधिःसाधनशक्तिं बोधयति'।

19.3.3.2 नैयायिकों, भाट्टों तथा अद्वैत वेदांत के मत

संकल्पजनित कर्म के सम्बन्ध में नैयायिकों, भाट्टों तथा अद्वैत वेदान्तियों के मत प्रायः एक तरह के हैं। न्याय मत की चर्चा विश्वनाथ की सिद्धांतमुक्तावली में हुई है और उसी में प्राभाकार मत की भी चर्चा हुई है। न्याय मत की विशेषता यह है कि इस मत में प्रवृत्ति के लिए केवल इच्छा को नहीं, वरन् द्वेष को भी प्रेरक माना जाता है। यह मत प्रवृत्ति को संकल्प के रूप में समझता है। यह तो स्पष्ट ही है कि हम केवल इच्छा के कारण नहीं, वरन् द्वेष के कारण भी संकल्प ले सकते हैं। बुराई के प्रति अनिच्छा या विकर्षण के चलते या फिर बुराई से अलग रहने के लिए हम संकल्प ले ही सकते हैं। जैसा हमने ऊपर देखा है, प्राभाकर मत प्रवृत्ति को न तो इच्छा और न ही द्वेष के साथ जोड़ता है, क्योंकि इसके अनुसार इष्टसाधनता के अभाव में किसी अच्छे उद्देश्य के प्रति न तो रुचि यानी इच्छा और न किसी बुरे उद्देश्य के प्रति अरुचि यानी द्वेष ही सम्भव है। अतः प्राभाकर मत में संकल्प करने के सम्बन्ध में न्याय के द्वेषपरक विचार को स्वीकार करने की सम्भावना ही नहीं रहती।

न्याय मतानुसार इच्छा या चिकीर्षा का विश्लेषण

न्याय मत के अनुसार इच्छा या चिकीर्षा में निम्नलिखित तीन तरह के ज्ञान सम्मिलित रहते हैं—कृतिसाध्यता का ज्ञान, इष्टसाधनता का ज्ञान, तथा बलवत् अनिष्ट अननुबंधित्व ज्ञान। कृतिसाध्यताज्ञान के द्वारा कर्ता को यह ज्ञान प्राप्त रहता है कि वह कृति या कर्म को कर सकने में सक्षम है। इष्टसाधनताज्ञान के द्वारा वह यह जान रहा होता है कि वह अपने कर्म से किसी वांछित उद्देश्य की सिद्धि साध सकता है। और तीसरे ज्ञान के द्वारा वह यह समझता है कि उसके द्वारा किये जानेवाले कर्म से किसी बलशाली अनिष्ट या बुराई की प्राप्ति सम्भव नहीं है।

इस तीसरे ज्ञान के सम्बन्ध में एक विवाद यह खड़ा हो जाता है कि क्या इस ज्ञान में बलवत् अनिष्ट की असम्भाव्यता का ज्ञान रहता है या इस ज्ञान में अनिष्ट की संभावना का अभाव ही रहता है। विश्वनाथ के अनुसार इसमें अनिष्टजनकत्व का अभाव मात्र ही रहता है। किंतु तब फिर प्रश्न उठ जाता है कि जब अभाव का ज्ञान नहीं भी होता रहता, तब भी

संपादनक्रिया हो कैसे जाती है। विश्वनाथ इस सम्बन्ध में कहते हैं कि ऐसी परिस्थिति में अभाव के प्रभावी होने की आवश्यकता ही नहीं होती। वहाँ किसी इच्छा को क्रियान्वित करने के लिए इष्टसाधनताज्ञान ही पर्याप्त होता है। अधिकाधिक क्रियाएँ तो इष्टसाधनताज्ञान के आधार पर ही क्रियान्वित हो जाती हैं। कभी कभी ही बलवत् अनिष्ट अननुबंधित ज्ञान की आवश्यकता पड़ती है। अतः इस ज्ञान का रहना नियम नहीं, अपवाद ही है। ऊपर की आपत्ति कि कोई अभाव, जब तक उसका ज्ञान न रहे, मनोवैज्ञानिक स्तर पर कारक नहीं बन जा सकता के जबाब में शायद यह कहा जा सकता है कि अभाव, चेतन मन के माध्यम से तो नहीं, अवचेतन मन के माध्यम से क्रिया को प्रभावित कर सकता है। पर, तब अभाव का अवचेतन मन के माध्यम से प्रभावकारी होने की अवधारणा ही बेतुकी है। अतः प्रस्तुत प्रसंग में यही मानना उचित जान पड़ता है कि इच्छा के लिए बलवत् अनिष्ट अननुबंधितत्व ज्ञान का होना विशेष परिस्थितियों में ही आवश्यक होता है।

अब यहाँ यह प्रश्न उठ सकता है कि जिस परिस्थिति में बलवत् अनिष्ट के अभाव का ज्ञान कार्यसंपादन को सम्भव बनाता है, उस परिस्थिति में क्या वह ज्ञान के रूप में प्रभावी होता है? या वह केवल अनुकूल भावना को उत्पन्न कर कार्यसंपादन में प्रभावी हो सकता है? अर्थात्, क्या कर्ता बलवत् अनिष्ट के अभाव से उत्पन्न प्रेरणादायी भावना से ही प्रेरित होकर अपना संकल्पित कार्य कर सकने में सक्षम होता है? इस प्रकार का सकारात्मक उत्तर देना ही शायद उचित होगा, क्योंकि बलवत् अनिष्ट के अभाव के ज्ञान से क्रियासंपादन के अनुकूल भावना का होना मनोवैज्ञानिक दृष्टि से उचित ही जान पड़ता है। ऐसा इसलिए कि किसी कार्य को करने की प्रेरणा भावनात्मक होने से ही क्रियाकारी हो सकती है। भावनामुक्त ज्ञान शायद प्रेरक की भूमिका नहीं निभा सकता।

न्यायमतानुसार द्वेष का विश्लेषण

द्वेष के दो अंग होते हैं—द्विष्टसाधनताज्ञान अर्थात् किसी ऐसी अनिष्टकारी वस्तु का ज्ञान जिससे पीड़ा या हानि की संभावना हो, तथा बलवत्इष्टसाधनताज्ञानाभाव, अर्थात् किसी अधिक बलशाली इष्ट के सिद्धिसम्बन्धी ज्ञान का अभाव। विश्वनाथ द्वेष के दूसरे अंग के सम्बन्ध में कहते हैं कि साधारणतः इस अभाव का ज्ञान वर्तमान नहीं रहता। यह तो कभी-कभी विशिष्ट परिस्थिति में ही वर्तमान रहता है। यहाँ यह ध्यातव्य है कि इच्छा की तरह द्वेष में भी प्रेरणा के लिए शुद्ध ज्ञान पर्याप्त नहीं हो सकता; इसलिए इसमें भी ज्ञान के साथ-साथ द्वेषपरक भावना का होना आवश्यक ही प्रतीत होता है।

प्रवृत्ति के विभिन्न अंग

न्याय मत के अनुसार प्रवृत्ति के चार अंग होते हैं—चिकीर्षा, कृतिसाध्यताज्ञान, बलवत् अनिष्टज्ञान के अभाव के साथ-साथ इष्टसाधनताज्ञान, और उपादान प्रत्यक्ष।

पहला अंग इच्छा का द्योतक है।

दूसरे अंग के सम्बन्ध में यह कहा जा सकता है कि सभी तरह की कृतियों की साध्यता का ज्ञान हर समय सम्भव नहीं रह सकता, क्योंकि ऐसा ज्ञान तो उपयुक्त समय तथा उपयुक्त परिस्थिति में ही सम्भव हो सकता है। उदाहरणस्वरूप बाल्यावस्था में यौनसुख प्राप्त करने के सम्बन्ध में साध्यताज्ञान सम्भव नहीं हो सकता। यही कारण है कि बाल्यकाल में यौनप्रवृत्ति नहीं होती। कुछ कार्य तो ऐसे भी होते हैं जिनके सम्बन्ध में कृतिसाध्यताज्ञान सम्भव ही नहीं है—जैसे, वृष्टि उत्पन्न करना, चन्द्रमा को पृथ्वी पर लाना, आदि। अतः इनके सम्बन्ध में भी प्रवृत्ति नहीं हो सकती।

तीसरे अंग के अनुरूप प्रवृत्ति के लिए इष्टसाधनताज्ञान आवश्यक है। लेकिन तब यहाँ प्रश्न उठता है कि यदि कर्म करने के लिए इष्टसिद्धिज्ञान का होना आवश्यक ही माना जाय, तो फिर आत्महत्या जैसे अनिष्ट कर्म की प्रेरणा की व्याख्या क्या होगी? क्या आत्महत्या को एक इष्ट के रूप में मान लिया जा सकता है? इस प्रश्न के उत्तर में शायद यह कहा जा सकता है कि आत्महत्या करनेवाला व्यक्ति अज्ञानवश यह समझ ही नहीं रहा होता है कि आत्महत्या एक बहुत बड़ा अनिष्ट है। या वह व्यक्ति एक जीवनदानी होने की वजह से अपने प्राणों की आहुति देने को एक महान इष्ट ही मान रहा हो सकता है।

इस प्रसंग में यह प्रश्न उठाया जा सकता है कि लोग अगम्यागमन यानी वर्जित यौनकर्म के लिए या फिर मनुष्य की हत्या के लिए प्रवृत्त कैसे हो जाते हैं, जबकि वे जानते हैं कि उन्हें इन कुकर्मों के लिए नरक के दुःख ही भोगने पड़ेंगे। उत्तर में यहाँ शायद यह कहा जा सकता है कि कर्ता अपने उग्र संवेग के कारण अपने कुकृत्यों के दुःखद परिणामों को ध्यान में ला ही नहीं सकता, और सद्यः अर्जित होनेवाले यौनसुख को या फिर प्रतिशोध- पूर्तिजनित भ्रामक आनन्द को इष्ट मानकर ही कार्य करने के लिए प्रवृत्त हो जाता है। इस प्रकार यदि किसी किसी प्रवृत्ति में सही मायने में इष्टसाधनता नहीं भी रहती है, तो भी उसमें छद्म-इष्टसाधनता तो रहती ही है। अतः प्रवृत्ति के लिए इष्टसाधनताज्ञान का आवश्यक माना जाना अपेक्षित ही है।

अब यहाँ यह प्रश्न यह उठ सकता है कि यदि प्रवृत्ति इष्टसाधनात्मक होती ही है और इस कारण प्रवृत्ति के लिए राग या द्वेष आवश्यक ही हो जाता है, तो तब मोक्षसाधनापरक प्रवृत्ति के लिए भी राग या द्वेष आवश्यक ही हो जाता है। लेकिन क्या मोक्ष की अवस्था भी राग या द्वेष की प्रेरणा पर ही आधारित हो सकती है? यदि यह अवस्था भी राग या द्वेष से प्रेरित मानी ही जायेगी, तब तो सही अर्थ में यह मोक्ष की अवस्था हो ही नहीं सकेगी और तब यह परम या अंतिम लक्ष्य भी नहीं जानी जा सकेगी। किंतु शायद न्याय दर्शन के सम्बन्ध में इस तरह का प्रवृत्ति-प्रभाव उचित नहीं हो सकता, क्योंकि न्याय के अनुसार मोक्ष की अवस्था चेतन अवस्था होती ही नहीं। इसलिए इस अवस्था के लिए राग या द्वेष का प्रभावी होना भी जरूरी नहीं है। चूँकि न्याय के अनुसार मोक्ष की अवस्था एक अचेतन अवस्था है और इसमें अच्छी तथा बुरी सभी प्रकार की मानसिक प्रवृत्तियों, प्रक्रियाओं एवं स्थितियों का पूरी तरह समापन हो जाता है, इसलिए इसमें या इसके लिए राग या द्वेष का किसी तरह प्रभावी होना सम्भव ही नहीं है।

चौथे अंग में प्रवृत्ति के क्रियान्वयन के लिए आवश्यक उपादान या सामग्री के ज्ञान का होना आवश्यक है।

19.3.3.3 नव्य न्याय मत

कुछ नव्य नैयायिक प्रवृत्ति में कृतिसाध्यता के अस्तित्व के सम्बन्ध में आपत्ति उठाते हैं। वे कहते हैं कि जब कोई कर्ता किसी नयी परिस्थिति में कोई कार्य करता है, तब वह उस कार्य के सम्बन्ध में पहले से कृतिसाध्यताज्ञान प्राप्त नहीं कर सकता। अतः कृतिसाध्यताज्ञान कार्य करने की प्रवृत्ति का अंग नहीं हो सकता। बिलकुल नयी परिस्थिति में किया गया कर्म प्रतिक्रियात्मक अर्थात् यांत्रिक ढंग से ही संचालित हो सकता है। अतः ऐसे कर्म के संदर्भ में कृतिसाध्यताज्ञान के होने का प्रश्न ही नहीं उठ सकता। प्रतिक्रिया तो प्रतिक्रिया होती है;

उसमें कृतिसाध्यताज्ञान कैसे सम्भव हो सकता है? किंतु यहाँ यह उल्लेखनीय है कि नयी परिस्थितियों में सभी के सभी कार्य यांत्रिक ढंग से ही संचालित नहीं हो जाते। नयी परिस्थितियों में भी मनुष्य सोच-विचार कर कार्य कर सकता है और इस तरह साधनयोग्य कर्म करने के लिए ही प्रवृत्त हो सकता है।

चूँकि ऐसे कर्म करने की प्रवृत्ति संकल्प पर आधारित होती है इसलिए इसके द्वारा कोई प्रौढ़ व्यक्ति ही संचालित हो सकता है। स्पष्ट ही इस तरह का कार्यसंपादन कृतिसाध्यताज्ञान के बिना सम्भव ही नहीं हो सकता। अतः नव्यनैयायिकों की आपत्ति शायद बहुत उपयुक्त नहीं है।

19.3.3.4 *दिनकरी* में उल्लिखित कुछ विचार

कृतिभेद—कृतियाँ या तो जीवनयोनिप्रयत्नमूलक होती हैं या प्रवृत्तिमूलक। प्रवृत्तिमूलक कृतियाँ या तो इष्टसाधनापूर्वक होती हैं या स्वविशेषणपूर्वक। हमने ऊपर देखा है कि प्रभाकर तथा उनके अनुयायी सभी प्रवृत्तिमूलक कृतियों को स्वविशेषणपूर्वक ही मानते हैं। वे प्रवृत्ति में इष्टसाधनता को स्थान ही नहीं देते।

द्वेषभेद—*दिनकरी* के अनुसार द्वेष दो प्रकार के होते हैं—(1) प्रत्यक्ष तथा (2) अप्रत्यक्ष। कष्ट या पीड़ा के प्रति द्वेष प्रत्यक्ष-द्वेष है, पर कष्ट या पीड़ा के कारण के प्रति द्वेष अप्रत्यक्ष द्वेष है। उदाहरणस्वरूप सर्प के प्रति द्वेष अप्रत्यक्ष-द्वेष है।

बलवत् अनिष्टज्ञानाभाव—प्रवृत्ति के सम्बन्ध में एक नकारात्मक शर्त्त यह है कि यदि बलवत् अनिष्ट सम्बन्धी ज्ञान उपस्थित रहेगा तो प्रवृत्ति क्रियमाण नहीं हो सकेगी। अब यहाँ यह प्रश्न उठता है कि अनिष्ट सम्बन्धी ज्ञान में अनिष्ट का कितना बलशाली होना प्रवृत्ति को क्रियमाण होने में बाधा डाल सकेगा। निर्बल अनिष्ट तो शायद ही प्रवृत्ति को बाधित करने में समर्थ हो सकता है। लेकिन तब प्रश्न उठता है कि क्या अनिष्ट कम या अधिक हो सकता है। क्या उसकी मात्राएँ भी हो सकती हैं? स्पष्ट ही जभी अनिष्ट की मात्रा अधिक होगी तभी वह अधिक बलशाली हो सकेगा, और जभी उसकी मात्रा कम होगी तभी वह निर्बल होगा। हमने ऊपर देखा है कि पाश्चात्त्य विचारक बेन्थम ने मात्राभेद के आधार पर ही अपनी सुखाकलन-पद्धति प्रस्तुत की है। हम इस सुखाकलन-पद्धति की समीक्षा पहले ही कर चुके हैं। और हमने पाया है कि मानव बुद्धि एक तृप्त शूकर की अपेक्षा एक अतृप्त सुकरात को ही अच्छा मानती है। मिल ने भी सुख के परिमाण पर बल न देकर उसकी अच्छी गुणवत्ता पर ही बल दिया है। उन्होंने गुणवत्ता को मात्रा के आधार पर निरूपित नहीं कर अधिकारी या योग्य निर्णायकों के निर्णय के आधार पर निरूपित करने की बात ही कही है। न्याय दर्शन भी कहता है ''द्वेषे बलवन्तं जातिविशेषः''। इस तरह वह मात्रा के बजाय जाति को ही महत्त्व देता है। अतः हम कह सकते हैं कि अनिष्ट अंततः अनिष्ट ही है; और उसकी मात्रा चाहे जो भी हो नैतिकता के संदर्भ में वह अपने प्रकृत रूप में त्याज्य ही हो सकता है।

विज्ञानभिक्षु ने सांख्य प्रवचन में बलवत् अनिष्ट की व्याख्या इस प्रकार की है। यदि किसी कर्म को संपन्न करने के लिए दुःखद साधन का प्रयोग करना पड़े और उस कर्म से परिणाम भी दुःखद ही निकले, तो वह कर्म बलवत् अनिष्ट है। इसका तात्पर्य यह है कि जो कर्म सभी दृष्टियों से सुखात्मक है अर्थात् जिसके साधन और परिणाम में से कोई भी दुःखद नहीं है उसके क्रियान्वयन में बलवत् अनिष्ट की आशंका रह ही नहीं सकती। और तब ऐसे कर्म को प्रेरित करनेवाली प्रवृत्ति के विश्लेषण में बलवत् अनिष्टसम्बन्धी नकारात्मक शर्त प्रासंगिक ही नहीं हो सकती। लेकिन नैयायिक इस प्रकार के पूर्णरूप से सुखात्मक कर्म के

अस्तित्व को ही नकार देते हैं। वे कहते हैं कि कर्म करने के लिए चेष्टा एवं श्रम तो निश्चित रूप से आवश्यक होते ही है। अतः कर्म करना अपने आपमें सुखद नहीं होकर दुखद ही हो सकता है। ऐसी हालत में प्रवृत्ति के विश्लेषण के लिए बलवत् अनिष्टसम्बन्धी नकारात्मक शर्त बराबर प्रासंगिक ही रहती है।

वाचस्पति मिश्र कर्म के परिणाम के रूप में प्राप्त नरकदुःख को ईश्वरप्रदत्त दण्ड मानते हैं। किंतु ऐच्छिककर्म के विश्लेषण में ईश्वरीय दण्ड जैसी अवधारणा की कोई प्रासंगिकता नहीं हो सकती। यदि ईश्वरीय अनुमोदन किसी-न-किसी रूप में प्रवृत्ति के लिए प्रासंगिक एवं आवश्यक हो जाता है, तब तो कर्ता के लिए अपनी निजी प्रवृत्ति के अनुरूप स्वेच्छा से कोई कर्म करना भी असम्भव ही हो जाता है। पर नैतिकता के लिए निजी प्रवृत्ति या स्वेच्छा को नकारना किसी भी तरह सही नहीं हो सकता। अतः प्रवृत्ति के विश्लेषण में वाचस्पति मिश्र के मत के बजाय न्याय का मत ही सही प्रतीत होता है। ऐसा इसलिए कि इस विश्लेषण में न्याय का मत ईश्वर या स्वर्ग या नरक जैसे अलौकिक तत्त्व को स्थान देता ही नहीं है।

चार्वाक मत भी किसी अलौकिक तत्त्व को स्वीकार नहीं करता। उसके अनुसार इष्ट या अनिष्ट का निरूपण सुख या दुःख के परिमाण पर आधारित होता है। यदि किसी क्रिया से कम मात्रा में दुःख और अधिक मात्रा में सुख उपलब्ध होता है, तो वह क्रिया इष्टसाधक होती है। और यदि किसी क्रिया से अधिक मात्रा में दुःख और कम मात्रा में सुख उपलब्ध होता है, तो वह क्रिया अनिष्टसाधक होती है। जैसा हमने कई बार ऊपर कहा है, पाश्चात्त्य विचारक बेन्थम ने सुख का आकलन उसकी मात्रा पर ही निर्भर माना है। इस संदर्भ में उन्होंने यह भी कहा है कि सुख का आकलन करने में इस बात का भी ध्यान रखना चाहिये कि कर्म करने के बाद सुख की प्राप्ति कितनी देर के बाद होती है। उनके अनुसार जो सुख कर्म संपन्न होने पर जितनी शीघ्रता से प्राप्त होता है, वह सुख उतना ही अधिक इष्ट होता है। और फिर उन्होंने यह भी कहा है कि जो सुख जितने अधिक समय तक कायम रहता है, वह सुख उतना ही अधिक इष्ट होता है। इस प्रकार बेन्थम ने इष्ट-अनिष्ट के आकलन में समय को बहुत महत्त्वपूर्ण स्थान दिया है। परन्तु उनके ये विचार सर्वथा मान्य नहीं हो सकते। हम देख ही चुके हैं कि किस तरह मिल ने मात्रा या परिमाण के बजाय गुणवत्ता को ही अधिमानित किया है। यहाँ यह उल्लेखनीय है जिस तरह सही सुख को मात्रा या परिमाण से नहीं जोड़ा जा सकता, उसी तरह वाचस्पति मिश्र का सही इष्ट या अनिष्ट को ईश्वरीय हस्तक्षेप जैसी पारलौकिक अवधारणा से जोड़ा जाना भी उचित नहीं हो सकता। वाचस्पति मिश्र के अनिष्टसम्बन्धी विचार को तो उतनी भी मान्यता नहीं मिल सकती जितनी मान्यता चार्वाक या बेन्थम के विचारों को मिल सकती है।

द्वेष अपने विषय से प्रेरित होता है या अपनी भावना से?

दिनकरी के अनुसार द्वेष के विषय की अपेक्षा द्वेष की भावना ही द्वेषपरक कार्य करने की प्रेरणा देती है। उदाहरणस्वरूप नरकदुःख महज एक अवधारणा के रूप में किसी को ऐसे दुःख से दूर करने के लिए प्रेरित नहीं करता। यह बिलकुल सम्भव है कि चैत्र नरकदुःख की कल्पना के रहने पर भी द्वेषपरक व्यवहार ही करे, पर मैत्र वैसा न करे। मैत्र का वैसा व्यवहार इसलिए सम्भव है कि वह नरकदुःख की वास्तविकता को स्वीकार करता है। और उसका नरकदुःख के प्रति विश्वास उसमें द्वेष की भावना उत्पन्न कर देता है, इसलिए वह नरकदुःख के प्रति नकारात्मक व्यवहार करता है। पर, चैत्र में नरक दुःख की केवल कल्पना रहती है;

अतः उसमें उस दुःख के प्रति कोई द्वेषपरक भावना उत्पन्न ही नहीं होती। इस वजह से उसके द्वारा उस भावना के अनुरूप कार्य करने की कोई संभावना ही नहीं रहती।

अतः यह कहना शायद अधिक उचित है कि रागपूर्ण या द्वेषपूर्ण व्यवहार की प्रेरणा उद्दिष्ट विषय की अवधारणा पर आश्रित नहीं होती, वरन् उस विषय के प्रति राग या द्वेष की भावना पर ही आश्रित होती है।

राग या द्वेष के समान रूप से बलशाली होने पर क्या कार्य का संपादन हो सकता है?

ऊपर संकेत किया गया है कि जभी किसी कार्य का बाधक अधिक बलशाली माना जायगा, तभी वह कार्य के क्रियान्वयन में बाधा डाल सकेगा। इसका तात्पर्य यह है कि यदि इष्ट और अनिष्ट समान रूप से बलशाली माने जायँ, तो कार्य का निष्पादन सम्भव नहीं हो सकता; क्योंकि तब राग एवं द्वेष समान रूप से प्रभावकारी हो जायेंगे और तब दोनों में खींचतान की स्थिति स्थापित हो जायेगी। राग और द्वेष के समान रूप से सक्रिय हो जाने पर किंकर्तव्यविमूढ़परक स्थिति का कायम हो जाना बिलकुल स्वाभाविक है और इस स्थिति का अंत तभी हो सकता है जब दोनों में किसी एक का प्रभाव कम हो जाय और दूसरे का बढ़ जाय। जब राग अधिक शक्तिशाली होगा तब कार्य करने के प्रति रुचि बढ़ेगी और जब द्वेष अधिक शक्तिशाली होगा तब कार्य के प्रति उदासीनता या विरक्ति बढ़ेगी। निश्चय ही इन दोनों तरह के प्रभावों को बढ़ाने या कम करने में बौद्धिक चिंतन की बहुत बड़ी भूमिका हो सकती है। हमने ऊपर देखा है कि किस तरह मनुष्य बुद्धि के द्वारा अपनी मौलिक तथा अर्जित प्रेरणाओं पर नियंत्रण कायम कर ले सकता है।

कार्यबाधकता संदेह पर नहीं, वरन् ज्ञान पर आधारित होती है।

अनिष्ट के द्वारा कार्यपरक बाधकता तभी प्रभावकारी होती है, जब उसके बुरे परिणामों के सम्बन्ध में स्पष्ट ज्ञान रहे। मात्र संदेह से बाधकता उत्पन्न नहीं हो सकती। पर्याप्त विषपान से मृत्यु का होना अवश्यंभावी है। इस तरह के स्पष्ट ज्ञान के रहने से पर्याप्त विषपान एक ऐसा अनिष्ट हो जाता है कि वह निश्चित रूप से लोगों को विषपान से दूर रखता है। किंतु युद्ध अनिष्टकारी नहीं भी हो सकता है। अतः उसकी अनिष्टता तो संदिग्ध ही रहती है। ऐसी हालत में उसकी इष्टसाधनता भी तब संदिग्ध ही रहेगी। ऐसी स्थिति में तब लोगों को युद्ध के लिए कभी भी तैयार नहीं हो जाना चाहिये। लेकिन हम देखते हैं कि लोग युद्ध के लिए तैयार होते ही रहते हैं। निश्चय ही उनका युद्ध के लिए तैयार होना संदेह के रहने पर भी होता है। ''युद्धादौ बलवदनिष्टसाधनत्वसंदेहेऽपि इच्छाप्रवृत्त्योः उदयात्''। इस तरह हम देखते हैं कि संदेह के रहने पर भी कार्य निष्पादित हो सकता है।

प्रवृत्ति के लिए सकारात्मक तथा नकारात्मक शर्तें

ऊपर के विवरणों से यह स्पष्ट होता है कि प्रवृत्ति के लिए सकारात्मक तथा नकारात्मक दोनों प्रकार की शर्तें आवश्यक हैं। इसके लिए जहाँ एक ओर इष्टसाधनताज्ञान का भाव आवश्यक है, वहीं दूसरी ओर बलवदनिष्टपरक ज्ञान का अभाव भी आवश्यक ही है। हमने ऊपर यह भी पाया है कि प्रवृत्ति के क्रियमाण होने के लिए ज्ञानात्मक, भावनात्मक एवं क्रियात्मक कारकों की आवश्यकता होती है। अब प्रश्न उठता है कि प्रवृत्ति के ये तीन प्रकार के कारक किस किस ढंग से प्रवृत्ति की सकारात्मक तथा नकरात्मक शर्तों से सम्बद्ध हो सकते हैं।

दिनकरी की विवेचना के अनुसार इष्टसिद्धि के लिए ये शर्तें अपनी-अपनी भूमिकाएँ अनेक तरह से निभा सकती हैं। उदाहरणस्वरूप कुछ भूमिकाएँ निम्नलिखित हैः—

(1) प्रवृत्ति के लिए इष्ट का ज्ञान तथा अनिष्ट के अभाव का ज्ञान दोनों रहे, अर्थात् कर्म करने के लिए इष्ट के ज्ञान के साथ-साथ अनिष्ट के अभाव का ज्ञान भी रहे।

(2) इष्ट का ज्ञान रहे और अनिष्ट के अभाव का ज्ञान न रहे। जब केवल इष्टसाधनता-ज्ञान तथा तज्जनित इच्छा के रहने से ही प्रवृत्ति क्रियमाण हो जा सकती है, तब अनिष्ट के अभाव का ज्ञान रहना आवश्यक नहीं हो सकता। लाघवन्याय के आधार पर अभाव के ज्ञान को आवश्यक नहीं माना जा सकता। यह बात दीगर है कि कभी कभी प्रवृत्ति के क्रियमाण होने के समय कर्ताओं को अनिष्ट के अभाव का ज्ञान भी प्राप्त रहता है।

(3) अनिष्ट के अभाव का ज्ञान रहे और साथ-ही-साथ अनिष्ट के प्रति द्वेष भी रहे। यहाँ यह पूछा जा सकता है कि क्या प्रवृत्ति के क्रियमाण होने के लिए अनिष्ट के अभाव का ज्ञान रहने पर भी अनिष्ट के प्रति द्वेष का होना भी आवश्यक है? प्रत्युत्तर में यहाँ यह कहा जा सकता है कि चूँकि अनिष्ट के अभाव का ज्ञान प्रेरक नहीं हो सकता, इसलिए अनिष्ट के ज्ञान के अभाव के साथ अनिष्ट के प्रति द्वेष की भावना का होना आवश्यक ही है। इस संदर्भ में हम अनिष्टपरक ज्ञान और अनिष्ट के प्रति द्वेष के भाव एवं अभाव के सम्बन्ध में चार सम्भव युग्मों की चर्चा कर सकते हैं। ये युग्म हैंः—

ज्ञान उपस्थित, द्वेष अनुपस्थित।
ज्ञान अनुपस्थित द्वेष उपस्थित।
ज्ञान और द्वेष दोनों उपस्थित।
ज्ञान और द्वेष दोनों अनुपस्थित।

पहली स्थिति में बलशाली अनिष्ट के अभाव का ज्ञान रहने से विषयाभाव के कारण द्वेष की भावना का नहीं रहना बिलकुल सम्भव है। लेकिन तब इष्ट का ज्ञान रहने के कारण प्रवृत्ति सक्रिय हो ही सकती है।

दूसरी स्थिति में बलवदनिष्ट के अभाव का ज्ञान अनुपस्थित है, और द्वेष भी उपस्थित है। इसका तात्पर्य यह होता है कि ऐसी स्थिति में प्रवृत्ति का सक्रिय होना बिलकुल सम्भव नहीं है।

तीसरी स्थिति में बलवदनिष्ट के अभाव का ज्ञान उपस्थित है और साथ-ही-साथ अनिष्ट के प्रति द्वेष भी उपस्थित है। अतः इस युग्म में इष्ट के प्रति प्रवृत्ति का सक्रिय होना निश्चित है।

चौथी स्थिति में बलवदनिष्ट के अभाव का ज्ञान अनुपस्थित है और द्वेष भी अनुपस्थित है। इसका तात्पर्य यह है कि बलवदनिष्ट का ज्ञान उपस्थित है, और उसके प्रति द्वेष भी अनुपस्थित है। अब यहाँ यह उल्लेखनीय है कि इस प्रकार की स्थिति साधारणतः बनती नहीं है। यहाँ यह प्रश्न उठ सकता है कि क्या अनिष्ट के ज्ञान तथा उसके प्रति द्वेष में कारण-कार्य परक अनिवार्य सम्बन्ध है। यहाँ तब यह उल्लेखनीय हो जाता है कि पागलों को छोड़कर सामान्य तौर पर मनुष्यों के मानसिक व्यापार नियमबद्ध एवं व्यवस्थित ही होते हैं। उनमें एक प्रकार की तार्किकता होती है। अतः यदि कोई अनिष्ट कार्यकर्ता के लिए अधिक अनिष्ट उत्पन्न करनेवाला हो, तो उस अनिष्ट के ज्ञान के उत्पन्न होने पर उस अनिष्ट के प्रति द्वेष की भावना का उत्पन्न होना बिलकुल निश्चित है। और तब उस कार्य के क्रियान्वयन के लिए

प्रवृत्ति का सक्रिय नहीं होना भी बिलकुल निश्चित है; क्योंकि द्वेष के उत्पन्न हो जाने से अनिष्ट का ज्ञान बाधा डालने में पूरी तरह समर्थ हो जाता है। यहाँ हम विषभक्षण से होनेवाली आत्महत्या का उदाहरण दे सकते हैं। यह तो सर्वविदित है कि विषभक्षण से विषभक्षक की मृत्यु हो जा सकती है। और साधारणतः लोग जिजीविषा के कारण मृत्यु नहीं ही चाहते हैं। अतः लोगों को विषभक्षण के परिणाम के ज्ञान के रहने पर उनमें उसके प्रति द्वेष की भावना का होना बिलकुल ही स्वाभाविक है। यही कारण है कि लोगों में साधारणतः आत्महत्या करने की प्रवृत्ति नहीं रहती है। लेकिन तब यह प्रश्न उठ सकता है कि जब-तब आत्महत्या की घटनाएँ घटित कैसे हो जाती हैं। इन घटनाओं में अनिष्ट का ज्ञान और तज्जनित द्वेष प्रभावकारी क्यों नहीं होते? इस प्रश्न के उत्तर में कहा जा सकता है कि आत्महत्या करनेवाले व्यक्ति के मानसिक व्यापार प्राकृतिक ढंग से काम नहीं कर रहे होते हैं। या उस व्यक्ति का उद्देश्य इतना महान् हो कि उसकी आत्महत्या एक बलिदान का रूप ले ले और उसे अपनी मृत्यु के प्रति द्वेष की भावना उत्पन्न ही न हो। किंतु सामान्य नियम के रूप में तो यही मानना उचित है कि अनिष्ट का ज्ञान हो जाने पर अनिष्ट के प्रति द्वेष का होना बिलकुल स्वाभाविक है।

उपर्युक्त प्रसंग में दिनकर के विचार कुछ इस तरह के हैं। उनके अनुसार प्रवृत्ति का बाधक या तो ज्ञान हो सकता है या द्वेष। किंतु द्वेष का आधार तो अंततः ज्ञान ही हो सकता है। अतः बाधक के रूप में ज्ञान प्रमुख होता है और द्वेष गौण। पर परिस्थिति की विशिष्टता की वजह से इन दोनों में कोई एक बाधक हो जा सकता है। साधारणतः इष्टसिद्धिपरक प्रवृत्ति के सम्यक् रूप से क्रियमाण होने के लिए कर्ता का द्वेषभावनामुक्त होना जरूरी है। पर ऐसा तभी हो सकता है जब कर्ता को बलवदनिष्ट के अभाव का ज्ञान रहे, भले ही परिस्थिति की विशिष्टता के कारण वह ज्ञान पृष्ठभूमि में ही क्यों न हो। उपर्युक्त विवेचनों से यह स्पष्ट होता है कि प्रवृत्ति क्रियमाण तभी हो सकती है जब द्वेष का अभाव हो और द्वेष का अभाव तभी हो सकता है जब इस बात का ज्ञान रहे कि किये जानेवाले कार्य से किसी बलवदनिष्ट के सिद्ध हो जाने की कोई सम्भावना नहीं है। पर एक साधारण नियम के रूप में हम यह भी मान ले सकते हैं कि अनिष्ट के भाव या अभाव का ज्ञान नहीं रहने पर भी केवल इष्टपरक ज्ञान के आधार पर अपेक्षित कार्य का निष्पादन हो जा सकता है।

19.3.3.5 प्राभाकर मत के अनुसार प्रवृत्ति का विश्लेषण

प्राभाकर मत के अनुसार संकल्पजनित कर्म का विश्लेषण हम पहले ही कर चुके हैं। उस विश्लेषण में हमने पाया है कि इस तरह के कर्म का एक अंग प्रवृत्ति है। इसी अंग का अब हम यहाँ बारीकी से विश्लेषण करेंगे। प्राभाकार मत के अनुसार प्रवृत्ति के निर्माण की चार शर्तें होती हैं:—

स्वविशेषणवत्ताप्रतिसंधान,

कार्यताज्ञान,

चिकीर्षा,

प्रवृत्ति।

प्रथम शर्त के अनुसार प्रवर्तमान पुरुष के द्वारा किये जानेवाले कार्य को एक विशेषण के रूप में अंगीकृत किया जाता है। स्पष्ट ही इस तरह का अंगीकरण तभी सम्भव हो सकता

है जब प्रस्तावित कार्य क्रियान्वित होने के योग्य हो और इस बात का ज्ञान प्रवर्तमान पुरुष को प्राप्त रहे। इस तरह का ज्ञान रहना ही प्रवृत्ति की दूसरी शर्त कार्यताज्ञान है। तीसरी शर्त है इच्छा जिसकी उत्पत्ति कार्यताज्ञान के रहने से ही प्रवर्तमान पुरुष में होती है। यह इच्छा प्रवर्तमान पुरुष द्वारा कार्य करने की क्षमता से जुड़ी रहती है। ऐसी इच्छा ही चिकीर्षा है। चतुर्थ शर्त प्रवृत्ति है जो सक्रिय हो जाने से सम्बन्धित होती है। प्रवर्तमान पुरुष को अपनी इच्छा की पूर्ति के लिए संकल्प लेना ही पड़ता है। प्रवृत्ति का यह संकल्पित रूप ही प्रवृत्ति की क्षमता को क्रियमाण होने के लिए आवश्यक होता है।

इस प्रकार यह देखा जा सकता है कि प्राभाकर मत में इष्टसाधनता को प्रवृत्ति के लिए आवश्यक नहीं माना जाता। अर्थात् इस मत में किसी अप्राप्त विषय को प्राप्त करने की शर्त वर्तमान नहीं रहती। अवश्य ही इस मत के अनुसार भी कर्म संपादित होता ही है; पर, वह किसी उद्देश्य की प्राप्ति के लिए सम्पादित नहीं होता। इस मत में कर्ता का स्वरूप ही कुछ इस तरह का हो जाता है कि उसके द्वारा निरुद्देश्य ढंग से किया गया कर्म भी कुछ उपलब्ध करा ही देता है। यहाँ स्मरणीय है कि कर्तव्यवादियों के अनुसार भी कर्म किसी उद्देश्य की प्राप्ति के लिए नहीं, वरन् शुद्ध कर्तव्यनिष्ठा से प्रेरित होकर ही किया जाना चाहिये, भले ही उससे भौतिक नियम के अनुरूप कुछ परिणाम निकल ही क्यों न आवे। प्राभाकर मत के अनुसार किये गये कर्म से किसी विशिष्ट परिणाम का निकल आना इसलिए सम्भव होता है कि कर्ता उस तरह के परिणामपरक विचार से विशेषित रहता है। उल्लेखनीय है कि इस मत में नित्य तथा नैमित्तिक कर्मों के साथ-साथ काम्य कर्मों के क्रियान्वयन को भी स्वविशेषण सिद्धांत के अनुरूप ही माना गया है।

19.3.3.6 प्राभाकर मत के अनुसार स्वविशेषणवत्ताप्रतिसंधान तथा कार्यताज्ञान में हेतु-परिणामपरक सम्बन्ध का अस्तित्व तथा नैयायिकों द्वारा उस सम्बन्ध का विरोध

हमने ऊपर देखा है कि न्याय इष्टसाधनताज्ञान तथा कार्यताज्ञान को एक ही मनःस्थिति के दो रूप मानता है। इस मनःस्थिति में विषय तो एक ही रहता है, पर उस मनःस्थिति के एक रूप में इष्टता का ज्ञान रहता है और दूसरे में कार्यता का ज्ञान। किंतु प्राभाकार मत ऐसा नहीं मानता। वह उपर्युक्त मनःस्थिति को दो पूर्वापर मनःस्थितियों में बाँट देता है। पहले की मनःस्थिति हेतु या कारण होती है तथा बाद की मनःस्थिति परिणाम या निष्कर्ष। अर्थात् बाद की मनःस्थिति पहली के आधार पर अनुमानित ही होती है। इस अनुमान के सम्बन्ध में हम काम्य कर्मों तथा नित्य एवं नैमितिक कर्मों को ध्यान में रखकर कुछ विस्तार से विचार करेंगे। पहले हम काम्य कर्म को लेंगे।

काम्य कर्म का एक उदाहरण पाककर्म हो सकता है। 'पाकःमत्कृतिसाध्यः'। अर्थात् खाद्य पदार्थ प्राप्त करने की कामना रखकर मैं पाककर्म करना चाहता हूँ और यह कर्म मेरे द्वारा किया जा सकता है। न्याय के द्वारा इस पूरी मनःस्थिति को एक ही स्थिति माना गया है जिसमें इष्टसाधनताज्ञान तथा कर्मसाध्यताज्ञान दोनों दो पहलुओं के रूप में विद्यमान हैं। इस पूरी मनःस्थिति की विषयवस्तु एक ही है और वह है पाक द्वारा भोजन की वस्तु को प्राप्त करना। इस एक विषय-वस्तु से ही इष्टसाधनता तथा कार्यसाध्यता दोनों जुड़ी हुई हैं। किंतु प्राभाकर मत ऐसा नहीं मानता। इसके अनुसार 'पाकः मत्कृतिसाध्यः' एक निगमन है जिसका हेतु या आधार पाक करनेवाले की पहले की मनःस्थिति है। जैसा हम जानते हैं, प्राभाकर मत इष्टसाधनता को कोई प्रश्रय नहीं देता। वह तो केवल उद्देश्यविहीन कर्तव्यपालन को ही प्रश्रय

देता है। अतः निगमन के पूर्व की मनःस्थिति किसी प्रकार की इष्टसिद्धि की कामना से सम्बन्धित मनःस्थिति नहीं हो सकती। इस मनःस्थिति में पाककर्ता का मन पाक द्वारा उत्पन्न होनेवाले खाद्यपदार्थ को प्राप्त करने के लिए विचाररत रहता ही नहीं है। पाककर्ता पाककर्म इसलिए करता है कि उसका मन ऐसा करने के लिए विशेषित रहता है। किंतु इस विशेषित मनःस्थिति के सम्बन्ध में एक आक्षेप यह लगाया जा सकता है कि यह मनःस्थिति स्वतंत्र मनःस्थिति नहीं मानी जा सकती, क्योंकि यह एक विशेषण से प्रभावित रहती है। स्वतंत्र संकल्प तो तभी सम्भव हो सकता है जब संकल्प लेनेवाला किसी तरह किसी भी पूर्वाग्रह से प्रभावित न हो। प्राभाकर मत तो कर्ता को एक विशेषण से विशेषित मानकर उसे मानो परतंत्र ही बना देता है। स्वेच्छाधीन या स्वतंत्र कर्ता तो वही व्यक्ति हो सकता है जो किसी भी विचार से प्रभावित हुए बिना जैसा चाहे वैसा कर ले।

किंतु, प्राभाकर लोग यह स्वीकार करते ही नहीं है कि कर्ता के स्वविशेषित होने से उसके स्वातंत्र्य में कोई बाधा पड़ती है। स्वतंत्र या स्वेच्छाधीन होकर कार्य करने का तात्पर्य यह नहीं है कि कर्ता अंधाधुंध जो चाहे कर ले। कोई कर्ता एक मानव प्राणी होता है और मानव प्राणी का बौद्धिक होना उसका स्वरूपलक्षण है। बौद्धिक प्राणियों से अपेक्षा की ही जा सकती है कि वे स्वेच्छाधीन होकर नीतिसम्मत कार्य ही किया करें। क्या यहाँ तब यह प्रत्युत्तर दिया जा सकता है कि ऐसा प्राणी तो स्वतंत्र रूप से कोई कार्य इसलिए नहीं कर सकता कि वह पहले से ही मानवोचित गुणों एवं लक्षणों से विशेषित रहता ही है? लेकिन निश्चय ही यह प्रत्युत्तर बिलकुल बेतुका है। मनुष्य का मनुष्योचित गुणों से युक्त होकर कार्य करना ही तो उसकी स्वतंत्रता या स्वाधीनता है। परतंत्र या पराधीन होकर तो वह तब कार्य करता है, जब वह किसी बाह्य दबाव में पड़कर कार्य करता है। अतः प्राभाकरों का यह मानना बेतुका नहीं है कि स्वविशेषित व्यक्ति स्वतंत्र संकल्प लेकर कार्य करने में बिलकुल सक्षम है। मान लीजिये कि आपका मन पाक द्वारा खाद्य पदार्थ प्राप्त करने के विचार से ओत-प्रोत है, पर आप पाकक्रिया करने के लिए संकल्प लेते ही नहीं है। क्या ऐसी स्थिति में पाककर्म अपने आप संपन्न हो जा सकता है? स्पष्ट ही इसका उत्तर नकारात्मक है। क्रिया करने के लिए कर्ता या तो संकल्प ले सकता है या नहीं भी ले सकता है। और संकल्प लेनेवाला तो स्वतंत्र होता ही है। इस प्रकार हम देखते हैं कि प्राभाकर मत के अनुसार कर्ता दो प्रकार की मनःस्थितियों से होकर गुजरता है, जिसमें पहली मनःस्थिति हेतु है और दूसरी मनःस्थिति परिणाम। इस दूसरी मनःस्थिति जिसकी अभिव्यक्ति 'पाकः मत्कृतिसाध्यः' के द्वारा होती है एक अनुमानित निगमन ही है।

अब प्रश्न उठता है कि क्या काम्य कर्मों की तरह नित्य और नैमित्तिक कर्मों में भी उपर्युक्त हेतुपरिणामपरक सम्बन्ध वर्तमान है। प्राभाकर मत इस प्रश्न का भी सकारात्मक उत्तर ही देता है। इस प्रसंग में हम संध्यावंदन जैसे नित्य कर्म को ध्यान में रखकर विचार कर सकते हैं। यहाँ निगमन होता है 'अहमिदानींतनकृतिसाध्यसंध्यावंदनः' जिसका हेतु होता है 'द्विजातित्वे सति विहितसंध्याकालीनशौचादिमत्त्वात्'। इस उदाहरण में तथा काम्य कर्म सम्बन्धी पाककर्म के उदाहरण में भिन्नता यह है कि पाककर्म का कर्ता इष्टसाधन सम्बन्धी विचार से विशेषित रहता है, पर संध्यावंदन करनेवाला कर्ता शास्त्र द्वारा विहित कर्म करने के औचित्य से अर्थात् कर्तव्यपालन के औचित्य से विशेषित रहता है। इस तरह स्वविशेषण अर्थात् पुरुषविशेषण दोनों में रहता है। ऐसे ही विशेषण के माध्यम से शास्त्र या आप्त पुरुष द्वारा निर्दिष्ट कोई विधि किसी कर्ता का विशेषण बन जाती है। ऐसा हो जाने पर कर्ता उस विधि के अनुरूप क्रिया करने के लिए सक्षम हो जाता है। इस प्रकार नित्य एवं नैमित्तिक कर्मों में भी स्वविशेषण सिद्धांत ही लागू रहता है, इष्टसाधनता सिद्धांत नहीं।

ऊपर के संध्यावंदन सम्बन्धी उदाहरण में कार्यताज्ञान किसी विशेष समय के लिए ही प्रासंगिक होता है। जैसा हम जानते हैं, संध्यावंदन जिस किसी समय में करना विहित नहीं है। उसका क्रियान्वयन तो केवल प्रातः, मध्याह्न एवं संध्या में ही विहित है। यही कारण है कि ऊपर के निष्कर्ष-वाक्य में 'इदानीन्तन' का प्रयोग किया गया है। पर नैयायिक यहाँ यह आपत्ति उठाते हैं कि समय या काल किसी कर्ता या पुरुष का विशेषण कैसे हो सकता है। प्राभाकर मत के अनुयायी इस प्रश्न के उत्तर में कहते हैं कि मनुष्य का जीवन तो एक प्रवाह ही है। और चूँकि प्रवाह कालपरक ही होता है, इसलिए मनुष्य के लिए विशिष्ट प्रकार से कालविशेषित होना अचरज की बात नहीं हो सकती। अतः यदि मनुष्य प्रातः, मध्याह्न एवं संध्या जैसे कालखंड से विशेषित होता है, तो इसके लिए कोई आपत्ति उठाना उचित नहीं है।

नैयायिक प्राभाकरों के विरुद्ध एक दूसरी आपत्ति यह उठाते हैं। कि कोई क्रिया अपने स्वरूप के अनुरूप ही कोई इष्टसिद्धि करा सकती है: जैसे, पाकक्रिया खाद्यपदार्थप्राप्ति ही या यागक्रिया स्वर्गप्राप्ति ही करा दे सकती है। पर, यहाँ प्रश्न उठ सकता है कि कोई क्रिया किसी व्यक्ति का विशेषण बनकर कोई फल कैसे प्राप्त करा सकती है? क्रिया करना तो एक भौतिक व्यापार है। उससे सम्बद्ध कोई विचार किसी व्यक्ति का विशेषण कैसे बन जा सकता है? प्राभाकर मतानुयायी इस प्रश्न के उत्तर में कहते हैं कि कोई क्रिया क्रिया के रूप में किसी पुरुष का विशेषण नहीं बन जाती। विशेषण तो उस क्रिया के प्रति पुरुष की इच्छा ही बनती है। और चूँकि इच्छा एक मानसिक व्यापार है, इसलिए वह पुरुष के व्यक्तित्व का एक आंतरिक अंग बन ही सकती है और इस प्रकार वह पुरुष को विशेषित कर ही सकती है। इस कारण पाक या याग के प्रति इच्छा रखनेवाला व्यक्ति प्रकट रूप से इष्टसाधन न करते हुए भी पाक या याग को क्रियान्वित कर ही सकता है। ऐसी स्थिति में नैयायिकों के द्वारा प्राभाकरों के स्वविशेषण-सिद्धांत के विरुद्ध आपत्ति उठाना अनुचित ही है।

इस प्रसंग में नैयायिक और भी दो आपत्तियाँ उठाते हैं। एक यह कि इच्छा और कर्म में व्याप्ति सम्बन्ध अर्थात् अनिवार्य सम्बन्ध नहीं रहता। इच्छा रहने पर भी कार्यताज्ञान नहीं भी रह सकता है। दूसरी आपत्ति यह है कि यदि किसी तरह कर्ता को कार्यताज्ञान हो भी जाय, तो यह कैसे मान लिया जा सकता है कि वह ज्ञान भ्रामक न होकर यथार्थ ही है। और यदि वह ज्ञान भ्रामक है तो स्वविशेषित कर्ता के द्वारा क्रियान्वयन होने से भी कोई उपयुक्त परिणाम नहीं निकल सकता।

प्रत्युत्तर में प्राभाकर मतानुयायी कहते हैं कि नैयायिकों द्वारा उठायी गयी आपत्तियाँ प्रभावकारी नहीं है, क्योंकि यदि स्वविशेषित मन उपर्युक्त कारणवश कार्यताज्ञान को चरितार्थ नहीं कर सकता है, तो नैयायिकों द्वारा स्वीकृत विषयोन्मुख मन भी उसी कारणवश कार्यताज्ञान को चरितार्थ कर सकने में समर्थ नहीं हो सकता। दोनों मतों में भिन्नता तो केवल यही है कि जहाँ प्राभाकर मत में कर्ता की मानसिकता विशेषणयुक्त होती है, वहीं नैयायिक मत में कर्ता की मानसिकता विषययुक्त होती है। यहाँ नैयायिकों को यह पूछा ही जा सकता है कि वे किस प्रकार काम्य उद्देश्य को कामना करनेवाले के साथ समन्वित कर लेते हैं। निश्चय ही वे इस प्रकार का समन्वय कामना करनेवाले की इच्छा या कामना के आधार पर ही कर सकते हैं। अब यहाँ यह कहा जा सकता है कि यदि नैयायिक काम्य विषय का कर्ता के साथ समन्वयन कर्ता की कामना के आधार पर कर ले सकते हैं, तो फिर प्राभाकर वैसा समन्वयन कर्ता की विशिष्ट प्रकार की मानसिकता के आधार पर क्यों नही कर सकता? यदि

पक्वान्न, जो एक बाह्य भौतिक पदार्थ है, काम्य विषय के रूप में कर्ता की मानसिकता का अंग बन सकता है,तो पक्वान्न सम्बन्धी विचार, जो अपने आप में एक मानसिक स्थिति ही है, कर्ता की मानसिकता को एक विशेषण की तरह विशेषित क्यों नहीं कर सकता। अतः यह कहा जा सकता है कि नैयायिकों की इस तरह की आपत्तियाँ युक्तिसंगत नहीं हैं। नैयायिकों को भी तो अंततः बाह्य विषयों को इच्छित विषयों के रूप में मन के अंतर्गत लाकर ही तदनुरूप कार्यताज्ञान सम्भव बनाना पड़ता है। इस हालत में प्राभाकरों का स्वविशेषण के द्वारा कार्यताज्ञान को सम्भव बनाना आपत्तिपूर्ण कैसे हो जा सकता है?

नैयायिकों तथा प्राभाकरों में इच्छा के स्वरूप के सम्बन्ध में भी मतभेद है। नैयायिक इच्छा को सीधे इच्छित विषय के प्रति आग्रहनिष्ठ होना मानते हैं, पर प्राभाकर इच्छा तथा इच्छित विषयपरक ज्ञान के बीच आंतरिक सम्बन्ध का होना स्वीकार करते हैं। पहले मत में यदि मन किसी बाह्य परिणाम से प्रेरित होता है, तो दूसरे मत में प्रेरणा आन्तरिक विचार से ही प्राप्त होती है।

19.3.3.7 क्या प्राभाकर एवं नैयायिक मतों के कार्यताज्ञान सम्बन्धी विचारों के परिप्रेक्ष्य में स्वेच्छाधीन कृतिसाध्यता सम्भव हो सकती है?

हमने ऊपर देखा है कि कार्यताज्ञान के सम्बन्ध में प्राभाकरों द्वारा स्वविशेषणपरक मत प्रभावी माना जाता है तथा नैयायिकों द्वारा इष्टसाध्यता परक मत। पर इन दोनों मतों के कार्यताज्ञान के सम्बन्ध में यह आपत्ति उठायी जा सकती है कि ये मत कर्ता की स्वेच्छाधीनता या स्वतंत्रता को बाधित करते हैं। यदि प्राभाकर मत में कर्ता का मन स्वविशेषण के कारण परतंत्र हो जाता है, तो नैयायिक मत में कर्ता का मन इष्ट विषय के ज्ञान से प्रभावित होकर परतंत्र हो जाता है। फलस्वरूप कर्ता स्वतंत्र रूप से कार्य करने में सक्षम नहीं रह जाता। पर नैतिकता के लिए कर्ता का स्वतंत्र होना नितांत आवश्यक होता है। यही कारण है कि कुछ विचारक नैतिक कर्ता को पूरी तरह स्वेच्छाधीन मान कर ही कार्यताज्ञान को अनुमानित करते हैं। ऊपर वर्णित पाककर्मपरक उदाहरण में 'पाकः स्वेच्छाधीनमत्कृतिसाध्यः' निष्कर्ष 'श्रमादिभिन्नत्वे सति स्वेच्छाधीनमत्कृतिं विना असत्त्वात्' जैसे आधार से अनुमानित होता है। इस अनुमान में दैहिक संचालन से भिन्न स्वतंत्र प्रेरणा के आधार पर ही पाककर्म का किया जाना सम्भव माना गया है। पर इस कार्यप्रक्रिया में न तो नैयायिकों का इष्टसाधन ज्ञान है और न ही प्राभाकरों का स्वविशेषणपरक ज्ञान ही। इस प्रकार स्वेच्छाधीनतावादी न तो किसी उद्देश्य को और न ही किसी स्वविशेषण परक विचार को स्वतंत्र कार्यसम्पादन में प्रासंगिक मानते हैं। पर, नैयायिक तथा प्राभाकर स्वतंत्र कार्यनिष्पादन की स्वेच्छाधीनतापरक व्याख्या को स्वीकार नहीं करते। वे यह आक्षेप लगाते हैं कि स्वेच्छाधीनतावादी किसी स्वतंत्र कार्यसम्पादन को एक अनायास घटी घटना के रूप में स्वीकार कर लेते हैं। वे कार्यसंपादन के लिए किसी सुनिश्चित प्रेरणा की आवश्यकता को स्वीकार ही नहीं करते। लेकिन क्या बिना किसी प्रेरणा के कोई कार्य निष्पादित हो जा सकता है? क्या स्वयं स्वेच्छाधीनतावादी स्वेच्छा को ही कारण या हेतु के रूप में स्वीकार नहीं कर लेते? और यदि कर्ता की इच्छा हेतु के रूप में वर्तमान रहती है, तो यह इच्छा या तो किसी अप्राप्त विषय की प्राप्ति की इच्छा हो सकती है, या फिर वह कर्ता के मन को विशेषित करने वाली कोई मानसिक अवस्था ही हो सकती है। निश्चय ही स्वेच्छाधीन कार्यनिष्पादन उपर्युक्त विकल्पों से भिन्न प्रकार की मानसिक अवस्था में सम्भव ही नहीं हो सकता। स्वेच्छाधीन कार्यसम्पादन को पागलों के अंगसंचालन का रूप नहीं दिया जा सकता। अतः हमें स्वतंत्र कार्यसम्पादन को या तो नैयायिकों की इष्टसाधनता या फिर

प्राभाकरों की स्वविशेषणवत्ता के रंग में ही रँगना होगा, और अनायास कार्यसंपादन अर्थात् आकस्मिक कृतिसाध्यता को पूरी तरह नकारना होगा। संकल्प की स्वतंत्रता के सम्बन्ध में हमारे विचार क्या हैं—इसकी चर्चा हमने इसी पुस्तक में अन्यत्र भी की है। अतः अब हम उन्हें यहाँ अलग से प्रस्तुत नहीं करेंगे।

19.3.3.8 *भाट्टचिन्तामणि* में गागाभट्ट के अनुसार इष्टसाधनताज्ञान तथा कार्यताज्ञान का पारस्परिक सम्बन्ध

हमने ऊपर देखा है कि नैयायिक मत में इष्टसाधनताज्ञान तथा कार्यताज्ञान को एक ही मनःस्थिति के दो पहलुओं के रूप में माना गया है। ऐसा इसलिए कि दोनों में इष्टविषय एक ही होता है। अर्थात् जिस विषय को पाने के योग्य माना जाता है उसकी प्राप्ति को संपादनयोग्य भी माना जाता है। यही कारण है कि नैयायिक द्वारा इस प्रकार की मानसिकता में किसी प्रकार के अनुमान के अस्तित्व को स्वीकार ही नहीं किया जाता। किंतु गागाभट्ट के अनुसार यद्यपि इसमें अनुमान का अभाव है, फिर भी इसमें दो विशिष्टताओं की पारस्परिक निर्भरता तो अवश्य ही है। उनके अनुसार इस प्रकार की मानसिकता में कृतिसाध्यता इष्टसाधनता पर निर्भर रहती ही है। गागाभट्ट के इस मत को हम नैयायिक तथा प्राभाकर मतों से भिन्न मानते हुए एक तरह से दोनों के बीच का मत मान सकते हैं।

19.3.3.9 इष्ट के स्वरूप के सम्बन्ध में चार्वाकों एवं नैयायिकों के विचार

चार्वाक के अनुसार मनुष्य का इष्ट सुखप्राप्ति और दुःखविमुक्ति है। सुख मनोदैहिक होता है। इसमें अलौकिक या नैसर्गिक कुछ नहीं होता। नकारात्मक रूप में यह मनोदैहिक दुःख या पीड़ा का अभाव है। पर चूँकि मनोदैहिक दुःख या पीड़ा का पूरा पूरा अभाव सम्भव नहीं है, इसलिए वांछनीय यही है कि सुख अधिकतम हो और दुःख न्यूनतम। कम-से-कम दुःख के साथ अधिक-से-अधिक सुख ही मनुष्य का सर्वोच्च आदर्श है। सर्वोच्च आदर्श में किसी तरह किसी पारलौकिक आनन्द का समावेश नहीं हो सकता, क्योंकि पारलौकिक आनन्द की अवधारणा ही अनर्गल है। इहलोक के अलावे और कोई लोक होता ही नहीं है। अतएव 'यावज्जीवेत् सुखं जीवेत् ऋणं कृत्वा घृतं पिबेत्। भस्मीभूतस्य देहस्य पुनरागमनं कुतः।।'

नैयायिक उपर्युक्त मत को नहीं मानते। उनके अनुसार सांसारिक जीवन के लिए सुखप्राप्ति एवं दुःखपरिहार तो उचित होता ही है। पर केवल इतना ही मनुष्य के जीवन का लक्ष्य नहीं हो सकता। मनुष्य का अंतिम लक्ष्य तो वही हो सकता है जो उसे सांसारिक बंधन से पूरी तरह मुक्त करा दे। बंधन से बँधे रहना किसी तरह इष्ट नहीं हो सकता। सुख की प्राप्ति राग के बिना नहीं हो सकती तथा दुःख का परिहार द्वेष के बिना नहीं हो सकता। पर राग से प्रेरित होना या द्वेष से संचालित होना निश्चय ही बंधन में पड़ जाना है। यही तो कर्मबंधन है और इससे मुक्ति कर्मसंन्यास से ही मिल सकती है। मनोदैहिक सुखप्राप्ति इसलिए भी अंतिम लक्ष्य नहीं हो सकती कि वह पूर्णतः दुःखमुक्त नहीं रहती। इस प्रकार के सुख के साथ किसी-न-किसी रूप में दुःख लगा ही रहता है। चूँकि इस प्रकार का सुख स्थायी नहीं होता, इसलिए उसका अंत हो ही जाता है और उसका अंत हो जाना भी तो दुःख का कारक हो ही होता है। फिर द्वेष के द्वारा दुःख का परिहार दुःखद इसलिए हो जाता है कि द्वेष की भावना स्वयं स्वरूपगत कारण से दुःखदायिनी ही होती है। और फिर राग भी सुखदायी इसलिये नहीं हो सकता, कि उसी के कारण तो मनुष्य सांसारिक बंधन में पड़ जाता है। इस प्रकार हम देखते हैं कि सांसारिक बंधन से छुटकारा पाने के लिए न तो राग और न ही द्वेष

सहायक सिद्ध हो सकते हैं। यहाँ यह उल्लेखनीय है कि इष्ट दो प्रकार के हो सकते हैं—एक तो सांसारिक जीवन से सम्बन्धित सुखप्राप्ति एवं दुःखपरिहार तथा दूसरा सांसारिक जीवन से पूरी तरह असम्बन्धित। पहले प्रकार के इष्ट को पाने के लिए राग और द्वेष का प्रेरकत्व आवश्यक ही होता है, पर दूसरे प्रकार के इष्ट के लिये लिए राग और द्वेष बिलकुल आवश्यक नहीं होते। इस इष्ट के लिए तो वे बिलकुल ही निरर्थक होते हैं। सांसारिक जीवन से पूरी तरह असम्बन्धित अर्थात् मुक्त रहना एक निरपेक्ष अवस्था है, पर सुखप्राप्ति तथा दुखपरिहार में तो अनेक प्रकार की अपेक्षाएँ वर्तमान रहती हैं। जैसे, अधिक सुख तथा कम दुःख का होना। फिर सुख एवं दुःख में मात्राभेद एवं जातिभेद परक अपेक्षाएँ। इस प्रसंग में यदि कुछ विचारक बेन्थम की तरह केवल मात्राभेद मानते हैं, तो कुछ मिल की तरह मात्राभेद के साथ जातिभेद को भी मान लेते हैं। गंगेश तथा माथुरी के प्रणेता मथुरानाथ ने स्वर्गसुख में वैजात्य तथा गुणभेद के अस्तित्व की चर्चा की है। और फिर विभिन्न प्रकार के यज्ञानुष्ठानों के पुरस्कार के रूप में प्राप्त स्वर्ग के सुखों में प्रकारभेद का होना भी स्वीकार किया ही गया है। और चूँकि ये सुख भी अनुभूतिजन्य ही होते हैं इस कारण ये भी स्थायी नहीं हो सकते। अतः जीवन का अंतिम लक्ष्य न तो इहलोक की और न ही स्वर्ग जैसे परलोक की सुखानुभूति हो सकता। अतः न्याय के अनुसार जीवन का अंतिम लक्ष्य एक पूरी तरह अचेतन एवं अनुभवशून्य अवस्था ही हो सकता है। और वही निरपेक्ष अवस्था मोक्ष है।

❑

अध्याय 20

भारतीय नीतिशास्त्र में कर्म का नैतिक पक्ष

20.1 विषय-प्रवेश

19 वें अध्याय में हमने कर्म की प्रवृत्ति तथा उसके संकल्प का विचार मनोवैज्ञानिक परिप्रेक्ष्य में किया है और देखा है कि किस तरह कुछ विचारक कर्म को इष्टसिद्धिसापेक्ष तथा कुछ इसे इष्टसिद्धिनिरपेक्ष अर्थात् कर्तव्यपालनसापेक्ष मानते हैं। पर प्रवृत्ति तथा संकल्प का मनोवैज्ञानिक विश्लेषण जो भी हो, यह तो स्पष्ट ही है कि इन्हीं के कारण कर्म सम्पन्न हो सकते हैं। इन्हीं के द्वारा सम्पन्न कर्म स्वैच्छिक कर्म होते हैं और ऐसे कर्म ही नैतिक दृष्टि से या तो अच्छे या बुरे हो सकते हैं। 'नैतिकता' के पर्याय के रूप में हिन्दू नीतिशास्त्र में 'धार्मिकता' का भी प्रयोग होता है। 'अमुक कर्म धार्मिक है' तथा 'अमुक कर्म अधार्मिक है' इन वाक्यों के द्वारा क्रमशः कर्म की नैतिकता एवं अनैतिकता को ही अभिव्यक्त किया जाता है। यह सही है कि 'धार्मिकता' का प्रयोग मजहब के अर्थ में भी होता है, किंतु इस पुस्तक में हमें इस शब्द के नीतिपरक प्रयोग से ही ज्यादा सरोकार है। इस पुस्तक में किसी प्रवृत्तिमूलक तथा संकल्पजनित कर्म के धार्मिक या अधार्मिक होने का अर्थ होगा उस कर्म का नैतिक या अनैतिक होना। अब प्रश्न उठ जाता है कि कर्म कैसे नैतिक या अनैतिक होता है। स्पष्ट ही इसके लिए किसी कसौटी या मानक का होना आवश्यक है। एक प्रचलित मान्यता के अनुसार धर्म ही नैतिकता की कसौटी या मानक है। इस मान्यता के अनुसार जो कर्म धर्मानुकूल है वह नैतिक है और जो कर्म धर्मप्रतिकूल है वह अनैतिक है। पर तब प्रश्न उठता है आखिर कि यह धर्म क्या है। इस धर्म के सम्बन्ध में हिन्दू धर्मशास्त्र में बहुत अधिक चर्चा हुई है। इस संदर्भ में जिन विषयों पर चर्चा हुई है वे हैं—धर्म वस्तु है या गुण, वह विषयीपरक है या विषयपरक, वह अतीन्द्रिय है या इंद्रियगम्य, वह आदेश है या उपदेश, आदि आदि। इन विषयों की चर्चा अब हम हिन्दू नीतिशास्त्र के परिप्रेक्ष्य में करेंगे।

20.2 धर्म के सम्बन्ध में *सिद्धांतचन्द्रिका* के विचार

हिन्दू नीतिशास्त्र में धर्म की प्रकारता के सम्बन्ध में बहुत चर्चा हुई है। पार्थसारथि मिश्र की *शास्त्रदीपिका* पर रामकृष्ण द्वारा रचित *सिद्धांतचन्द्रिका* नामक भाष्य में कहा गया है:—

''सांख्यास्तु मनसो वृत्तिविशेषं धर्ममाहुः शाक्यास्तु चित्तस्य शुभां वासनाम्, अर्हतास्तु कार्यारम्भकान् सूक्ष्मान् मूर्तिमतान् पुद्गलान् धर्ममाहुः, वैशेषिकास्तु आत्मनो विशेषगुणान्, मीमांसकास्तु एकदेशिनः अपूर्वमेव धर्ममाहुः यागादिरेव धर्मशब्दवाच्यमिति भाट्टाः''।

अर्थात् सांख्यों के अनुसार धर्म मन की विशेष वृत्ति या मानसिक व्यापार है। शाक्यों अर्थात् बौद्धों के अनुसार यह शुभ मानसिक वासना है। अर्हतों अर्थात् जैनों के अनुसार यह परमाणुओं की वह सूक्ष्म शक्ति है जो उनसे उत्पन्न होनेवाले परिणामों का कारण है। वैशेषिकों के अनुसार यह आत्मा का एक विशेष प्रकार का गुण है। मीमांसकों के एक वर्ग अर्थात्

प्राभाकरों के अनुसार यह अपूर्व नाम की एक विलक्षण शक्ति है, और उनके दूसरे वर्ग अर्थात् भाट्टों के अनुसार यह यागादि कर्म ही है।

अब हम धर्मसम्बन्धी उपर्युक्त सभी छः प्रकार के विचारों की एक एक कर व्याख्या करेंगे। पर इसके पहले कि हम व्याख्या का कार्य प्रारम्भ करें हमें यह ध्यान में रखना होगा कि नैतिकता के संदर्भ में धार्मिकता की प्रासंगिकता क्या केवल यही हो सकती है क्या वह मात्र एक मानक या कसौटी की भूमिका ही अदा कर सकती है। ऐसी भूमिका में धार्मिकता मात्र एक विशेष प्रकार की दृष्टि ही हो सकती है जिस के अनुरूप ही कर्मों की नैतिकता या अनैतिकता निर्णीत की जा सकती है। पर भारतीय नीतिशास्त्री प्रायः ही इस दृष्टि को विशेष विशेष प्रकार का तात्विक स्वरूप प्रदान कर देते हैं। यहाँ तक कि कुछ विचारक तो उसे कर्मो से उत्पन्न होनेवाले परिणाम तक मान लेते हैं। फल यह होता है कि धर्म जहाँ एक ओर कर्म की नैतिकता का मानदण्ड समझा जाता है, वहीं दूसरी ओर यह नैतिक कर्म से उत्पन्न पुण्यपरक तत्त्व भी मान लिया जाता है। धर्म तथा अधर्म को तात्त्विक रूप दे देना या फिर इसी तरह पाप को सत्तापरक मान लेना शास्त्रीय दृष्टि से कहाँ तक उपयुक्त एवं उचित है—इस सम्बन्ध में हम आगे विचार करेंगे। यहाँ हम केवल उपर्युक्त छः मतों के सम्बन्ध में आवश्यक स्पष्टीकरण ही करेंगे।

सांख्य मत—सांख्य दर्शन पुरुष और प्रकृति जैसे दो मूल प्रकार के तत्त्वों पर आधारित दर्शन है। पुरुष अनेक होते हैं और वे शुद्ध रूप से चेतन हैं। उन्हें कर्म करने से कोई सम्बन्ध नहीं रहता। जितने भी प्रकार के कर्म होते हैं, वे सभी प्रकृति के द्वारा ही क्रियान्वित होते हैं। प्रकृति के विकास का एक परिणाम मन है। मन के अंतर्गत वृत्तियाँ होती हैं जो स्थायी नहीं होतीं। धर्म मन की एक विशेष प्रकार की वृत्ति ही है। धार्मिकता प्रकृति की परिधि के अंतर्गत ही रहती है। पुरुष इससे पूर्णतः अछूता रहता है। पर जब तक मनुष्य पुरुष और प्रकृति की भिन्नता से अनभिज्ञ रहता है तब तक वह यही मानता रहता है कि उसका जीवन कर्म करने के लिए ही होता है। और उस हालत में वह यह भी मानता रहता है कि उसे अपने जीवन में धर्म जैसी वृत्ति का अनुसरण करना चाहिये। मनुष्य जब पुरुष और प्रकृति की तात्त्विक भिन्नता को समझ लेता है, अर्थात् जब उसे विवेकख्याति हो जाती है, तब उसके लिए धार्मिकता या नैतिकता बिलकुल अप्रासंगिक हो जाती है।

बौद्ध मत—बौद्धों के अनुसार से धर्म अच्छी वासना है, अर्थात् यह एक शुभ प्रकार का मानसिक संस्कार है। इसी के प्रभाव से मनुष्य अच्छे या नैतिक कर्म करता है। संस्कार एक प्रकार की क्षमता है; वह कोई घटना नहीं है। अतः धर्म कोई वृत्ति नहीं होता, वरन् एक प्रवृत्ति ही होता है।

जैन मत—जैनों के अनुसार धर्म एक सत्तात्मक प्रत्यय है। यह परमाणुओं की एक ऐसी सूक्ष्म शक्ति है जो गति उत्पन्न कर सकती है और उस गति से परिणाम भी निकल सकते हैं।

वैशेषिक मत—वैशेषिकों के अनुसार धर्म आत्मा का एक विशेष प्रकार का गुण है। यही मत न्याय का भी है। न्यायवैशेषिक के अनुसार आत्मा की दो प्रकार की अवस्थाएँ हो सकती हैं। एक प्रकार की अवस्था में वह सांसारिक जीवन से बिलकुल मुक्त रहती है और दूसरे प्रकार की अवस्था में वह सांसारिक जीवन में पूरी तरह लिप्त रहती है। जब वह सांसारिक जीवन में रहती है, तब उसे अनेक प्रकार के दुःख झेलने पड़ते हैं। अतः इस सांसारिक अवस्था में इसके सामने एक लक्ष्य भी उपस्थित हो जाता है और वह लक्ष्य है सांसारिक जीवन से मुक्ति पाना। चूँकि सांसारिक जीवन में आत्मा मोह के कारण राग एवं द्वेष से प्रेरित होकर

कार्य करती है इसलिए उसके कर्म मोक्षप्राप्ति में सहायक सिद्ध नहीं हो सकते। अतः मोक्षप्राप्ति के लिए आत्मा को ज्ञान, वैराग्य, आदि की आवश्यकता हो जाती है। आत्मा जब मुक्त हो जाती है तब वह मात्र एक द्रव्य के रूप में रहती है। इस अवस्था में वह सचेतन नहीं होती। इस कारण वह मोक्ष की अवस्था में मोह, राग या द्वेष से प्रभावित भी नहीं हो सकती।

प्राभाकर मत—पूर्वमीमांसा की प्राभाकर शाखा के अनुसार धर्म कोई मानसिक स्थिति या प्रक्रिया नहीं है। वह तो एक प्रकार की बाह्य सत्ता है जिसे अपूर्व कहा जाता है। और फिर यह सत्ता ऐसी नहीं है कि उसे कोई व्यक्ति अपनी बाह्य इन्द्रियों के द्वारा अनुभव कर ले। यह अपूर्वात्मक सत्ता तो केवल अंतर्दृष्टि या अंतःप्रज्ञा के द्वारा ही अनुभव जा सकता है।

भाट्ट मत—पूर्वमीमांसा की भाट्ट शाखा के अनुसार भी धर्म बाह्य सत्ता ही है। किंतु यह कोई विलक्षण अतीन्द्रिय सत्ता नहीं है। यह तो याग या यज्ञ की तरह एक भौतिक सत्ता ही है जिसका ज्ञान बाह्य इन्द्रियों के द्वारा भलीभाँति हो सकता है।

20.3 *सिद्धांतचन्द्रिका* में वर्णित विभिन्न दर्शनों के धर्म सम्बन्धी विचारों की समीक्षा

ऊपर के धर्मसम्बन्धी छः तरह के विचारों के अवलोकन से पता चलता है कि इनके प्रवर्तकों ने धर्म को सत्तात्मक मानकर इसकी वास्तविक भूमिका तथा उपादेयता को समझा ही नहीं है। वस्तुतः धर्म तो एक नियामक अवधारणा है जिसके आधार पर शुभ तथा अशुभ का निरूपण सम्भव होता है। किसी नियामक अवधारणा का विशेषण होना या विशेष्य होना, वृत्ति होना या प्रवृत्ति होना इन्द्रियगोचर होना या अतीन्द्रिय होना, भौतिक होना या मानसिक होना, आंतरिक होना, या बाह्य होना बिलकुल बेतुका है। नियम तो नियम होता है। वह किसी तरह कोई वस्तु या सत्ता नहीं हो सकता। नियम परिकल्पित हो सकता है और उसे भाषा के द्वारा अभिव्यक्त किया जा सकता है। नीतिशास्त्र के लिए धर्म का नियामक होना ही महत्त्वपूर्ण होता है। अब हम उपर्युक्त मतों की अलग अलग समीक्षा करेंगे।

सांख्य दर्शन में धर्म को वृत्तिविशेष माना गया है। पर कोई वृत्ति या मानसिक घटना एक कालिक घटना है और कोई कालिक घटना अपने प्रकृत रूप में किसी भी तरह एक नियामक की भूमिका नहीं अदा कर सकती और किसी नियामकपरक धर्म के लिए देश या काल में अवस्थित होना भी जरूरी नहीं है। अतः नैतिकता के लिए किसी वृत्ति को नियामकपरक धर्म के रूप में स्वीकार करना बिलकुल बेतुका है।

बौद्धों के अनुसार शुभ वासना धर्म है और अशुभ वासना अधर्म। पर तब वासना की शुभता तथा अशुभता में विभेद किस आधार पर किया जा सकता है? वस्तुतः शुभ तथा अशुभ में विभेद करनेवाली कसौटी को ही तो धर्म कहा जा सकता है। जैसी मान्यता है, वासना वृत्ति की तरह क्षणिक नहीं होती। और फिर वासना कर्मनिष्पादन में कारण की भूमिका अदा करती है। और निष्पादित कर्म भी अपनी तरफ से वासना उत्पन्न करता है या अपने स्वरूप से मेल खानेवाली किसी पूर्व वासना को सुदृढ़ बनाता है। पर कोई वासना एक वासना के रूप में स्वयं ही कसौटी नहीं बन जा सकती। इस कारण वह धर्म का रूप ले ही नहीं सकती।

जैनों का धर्मपरक प्रत्यय स्पष्ट ही कसौटीपरक धर्म नहीं बन जा सकता, क्योंकि उनका यह प्रत्यय तो भौतिक द्रव्य तथा उसकी गति का ही द्योतक है।

न्यायवैशेषिक का धर्म आत्मा का एक गुण है। प्रशस्तपाद ने कहा है कि धर्म शुद्ध अभिसंधि यानी शुद्ध अभिप्राय से उत्पन्न होता है। उनके अनुसार दंभादि से रहित संकल्प

के द्वारा जो कर्म निष्पादित होता है वह कर्म धार्मिक होता है। यहाँ यह देखा जा सकता है कि प्रशस्तपाद कर्म के बाह्य परिणाम पर बल नहीं देते, वरन् उसको प्रेरित करनेवाले अभिप्राय या उद्देश्य पर बल देते हैं। उनके अनुसार कर्म की धार्मिकता उसके बाह्य परिणामों पर नहीं, वरन् उसकी उत्पत्ति के लिए अपेक्षित मानसिक कारण पर निर्भर करती है। इस मानसिक कारण में शुद्ध अभिसंधि यानी शुभ नैतिक उद्देश्य का स्थान बहुत ऊँचा रहता है। इस तरह तब धर्म को विषयीगत बना दिया जाता है। पर जब इसे स्पष्ट रूप से आत्मा का एक विशेष प्रकार का गुण मान लिया जाता है, तब इसकी नियामकता पर मानो कुठाराघात ही कर दिया जाता है। दंभ एक नैतिक अवगुण अवश्य है और उससे प्रेरित कर्म अनैतिक होता ही है। पर तब दंभ नैतिक अवगुण क्यों है? यह प्रश्न भी तो विचारणीय ही है। सद्‌गुण या दुर्गण विषयीगत गुण या क्षमताएँ अवश्य हैं, पर वे गुण या क्षमताएँ होने मात्र से नैतिक या अनैतिक नहीं हो जा सकते। और न वे उस रूप में नीतिनियामक ही बन सकते। उनकी नैतिकता या अनैतिकता तो इस बात पर निर्भर कर सकती है कि वे नैतिक दृष्टि से किस तरह के कर्मों से उत्पन्न होते हैं और फिर वे नैतिक दृष्टि से किस तरह के कर्मों को उत्पन्न करते हैं। सद्‌गुणों तथा दुर्गुणों जैसे संस्कारों एवं सुकर्मों तथा कुकर्मों में क्रमानुसार अन्योन्याश्रय का सम्बन्ध होता है। कोई गुण या कर्म नैतिक तभी हो सकता है जब वह नैतिक कसौटी पर खरा उतरता है। इस नैतिक कसौटी के सम्बन्ध में हम पहले ही विस्तार से चर्चा कर चुके हैं।

ऊपर हमने देखा है कि प्रशस्तपाद ने अभिसंधिरहित अर्थात् अकामकृत में धर्माधर्म की प्रासंगिकता नहीं मानी है। पर श्रीधर ने अकामकृत से भी धर्म का उल्लंघन सम्भव माना है। और इस तरह उन्होंने धर्माधर्म के लिए विषयीगत प्रेरणा के बजाय बाह्य परिणाम को ही प्रासंगिक एवं महत्त्वपूर्ण माना है। इसका तात्पर्य यह है कि श्रीधर के अनुसार कर्ता का कोई कर्म उसकी अभिसंधि या इच्छा से प्रेरित नहीं रहते हुए भी यदि कोई अवांछनीय परिणाम उत्पन्न कर देता है, तो वह कर्म भी अधर्मयुक्त या पापयुक्त हो जाता है। शायद यही वजह है कि हिन्दुओं में अकामकृत से उत्पन्न पाप के विनाश के लिए प्रायश्चित करने की प्रथा प्रचलित है। मान लीजिये कि आपने एक बछिया को रात के समय एक रस्सी के जरिये एक खूँटे से बाँध दिया। सुबह आप देखते हैं कि वह बछिया मरी पड़ी है। उसके मृत शरीर से अनुमान लगाया जाता है कि रात में वह सर्पदंश के कारण मर गयी। यदि वह रस्सी से खूँटे के साथ बाँधी नहीं जाती, तो शायद वह सर्पदंश का शिकार नहीं हो पाती। यह सही है कि आपने सुरक्षा की दृष्टि से ही उसे खूँटे के साथ बाँध दिया था। इस तरह आपका उद्देश्य बिलकुल ही अधार्मिक नहीं था। पर तब आपके बाँधने की वजह से ही तो अंतिम परिणाम अधार्मिक निकला। इसीलिए आप प्रायश्चित करके पापमुक्त होने के लिए बाध्य भी हुए।

ऊपर के विवेचन से यह संकेत मिलता है कि धर्म या अधर्म जहाँ एक ओर कर्मनिष्पादन के लिए पथप्रदर्शन की भूमिका अदा कर सकता है, वहीं दूसरी ओर वह कर्म के परिणाम के रूप में पुण्य या पाप का रूप भी ले सकता है। अतः हम कह सकते हैं कि कर्ता शुभ या अशुभ कर्म करके दो तरह के फल प्राप्त कर सकता है। एक तरह का फल तो भौतिक होता है जिसे इन्द्रियों के द्वारा प्रत्यक्ष अनुभूत किया जा सकता है—जैसे, धन-धान्य, रोग-व्याधि, आदि। पर दूसरे तरह का फल अभौतिक होता है, जो अतीन्द्रिय होता है। इस अतीन्द्रिय फल को संचित कर्म भी कहते हैं। यह यदि अच्छे कर्मों द्वारा अर्जित होता है तो पुण्य या धर्म कहलाता है। और यदि यह बुरे कर्मों द्वारा अर्जित होता है, तो पाप या अधर्म

कहलाता है। अतीत में अर्जित यह कर्मभंडार संचित कर्म कहलाता है और वर्तमान में अर्जित किया जा रहा यह कर्मभंडार संचीयमान कर्म कहलाता है। संचित कर्म के उस भाग को, जिसके आधार पर कर्ता के द्वारा पुरस्कार स्वरुप सुख का या दण्ड स्वरूप दुःख का उपभोग प्रारंभ हो चुका है, प्रारब्ध कर्म कहते हैं। जब तक सभी अर्जित कर्मों का उपभोग पूरी तरह समाप्त नहीं हो जाता, तब तक सांसारिक आवागमन चलता ही रहता है। इस कारण मनुष्य या कोई जीव मृत्यु के बाद भी फिर से जन्म लेकर सांसारिक जाल में फँसता ही रहता है। किंतु एक उपाय ऐसा भी है जिससे जन्म-मरण का यह कुचक्र हमेशा के लिए समाप्त हो जा सकता है। वह उपाय है मनुष्य योनि में जन्म लेकर तत्त्वज्ञान को पाना, अर्थात् वास्तविकता को जानना। तत्त्वज्ञान के जरिये यह जाना जा सकता है कि आत्मा वस्तुतः एक अनुभूतिनिरपेक्ष द्रव्य है जो स्वरूपतः राग एवं द्वेष से मुक्त रहता है, अर्थात् संसार से भिन्न एक अचेतन सत्ता है। ऐसे दृढ ज्ञान के हो जाने पर राग एवं द्वेष तथा सभी प्रकार के संचित कर्म स्वतः नष्ट हो जाते हैं। और ऐसा हो जाने पर जब प्रारब्ध कर्मों का प्रतिफलन पूरी तरह समाप्त हो जाता है, तब व्यक्ति मोक्ष प्राप्त कर लेता है।

मीमांसक धर्म को आत्मा या मन का गुण, वृत्ति या वासना नहीं मानते। वे इसे वास्तविक सत्ता मानते हैं, वैसी वास्तविक सत्ता जो सुख दे सके एवं दुःख का नाश कर सके। सुख देनेवाले या दुःख की अपेक्षा अधिक सुख देनेवाले पदार्थ को 'अर्थ' कहते हैं और दुःख देनेवाले या सुख की अपेक्षा अधिक दुःख देनेवाले पदार्थ को 'अनर्थ' कहते हैं। सुबोधिनी के रचयिता के अनुसार 'अर्थ सुखाधिकदुःखाजनकत्वम्' अर्थात् सुख से अधिक दुःख न उत्पन्न करनेवाला विषय अर्थ है। पर ऐसे सभी दुःख से अधिक सुख देनेवाले अर्थ धर्म नहीं होते। इनमें जो अर्थ चोदनालक्षण या चोदनायुक्त होते हैं, वे ही धर्म होते हैं। चोदना से युक्त होने का तात्पर्य है प्रेरणायुक्त होना। ऐसी प्रेरणा विधिवाक्य के ज्ञान से मिलती है। इस तरह हम देखते हैं कि वैसा सुखदायी पदार्थ जिसकी प्राप्ति विधिवाक्य से प्रेरित होकर कर्म करने से होती है धर्म है।

मीमांसकों के अनुसार केवल अर्थ ही विधिवाक्य से आदेशित या अनुशंसित नहीं होता, वरन् अनर्थ भी विधिवाक्य से वर्जित या अननुशंसित हो सकता है। जीवहिंसा या जीवबलि स्पष्ट ही अनर्थ है, क्योंकि इसके कारण सम्बद्ध जीव को कष्ट मिलता है या उसकी मृत्यु हो जाती है। पर यहाँ यह उल्लेखनीय है कि जो जीवहिंसा या जीवबलि धर्मशास्त्रविहित है वह धार्मिक है। अतः कुछ अनर्थ शास्त्रानुमोदित होने के कारण धार्मिक हो जाते हैं। इस प्रकार हम देखते हैं कि अनर्थ दो प्रकार के हो सकते हैं—लौकिक तथा शास्त्रविधिसम्मत। लौकिक अनर्थ कभी धार्मिक नहीं हो सकते। यहाँ यह ध्यातव्य है कि लौकिक अर्थ या अनर्थ दृष्ट होते हैं, तथा विधिसम्मत अर्थ या अनर्थ अदृष्ट होते हैं। अतः जो अनर्थ धार्मिक होते हैं वे अलौकिक या अदृष्ट ही होते हैं।

इस प्रकार यह देखा जा सकता है कि न तो सभी प्रकार के अर्थ धर्मपरक होते हैं और न ही सभी प्रकार के अनर्थ अधर्मपरक होते हैं। मीमांसा के अनुसार धर्मशास्त्र से जो भी विहित है, वह धर्म है। और धर्मशास्त्र से जो भी निषिद्ध है, वह अधर्म है। दृष्ट अर्थ एवं दृष्ट अनर्थ धार्मिकता या नैतिकता की परिधि में नहीं आते हैं। केवल अदृष्ट अर्थ एवं अदृष्ट अनर्थ ही धर्म या नीति की परिधि में आ सकते हैं।

अब प्रश्न उठता है कि अर्थ या अनर्थ की अदृष्टता का मतलब क्या है? इस प्रश्न का उत्तर देने के पहले यह जान लेना जरूरी है कि मीमांसकों के दो वर्ग हैं---प्राभाकर तथा भाट्ट।

भाट्ट मानते है कि केवल वैसा ही अर्थ धर्मानुकूल होता है जो विधिप्रेरित कर्म से प्राप्त हुआ हो। अर्थात् ये लोग वैसे ही कर्म को धार्मिक महत्त्व देते हैं जो शास्त्रप्रेरित हो—जैसे, याग आदि। इनके अनुसार शास्त्रविहित कर्म का क्रियान्वयन ही धार्मिकता या नैतिकता के लिये प्रासंगिक होता है। किंतु प्राभाकार बिलकुल ऐसा ही नहीं मानते। इनके अनुसार विधिवाक्य से कर्ता में एक प्रकार की प्रेरणा उत्पन्न होती है जिसे आत्मकूट कहते हैं। यही आत्मकूट मनुष्य की भौतिक क्रियाओं का हेतु होता है। इसी आत्मकूटपरक शक्ति को, जो विधिवाक्य के नियोग से उत्पन्न होती है, अपूर्व कहते हैं। यह अपूर्व दृष्ट नहीं, वरन् अदृष्ट होता है।

जैसा हम जानते हैं, हमारे कर्म दो वर्गों में बाँटे जा सकते हैं—नित्य-नैमित्तिक कर्म तथा काम्य कर्म। नित्य या नैमित्तिक कर्म कोई फल उत्पन्न नहीं करता। स्पष्ट ही यह कोई ऐसा दुःख भी उत्पन्न नहीं करता जो परिमाण में सुख से अधिक हो। हाँ, इन कर्मों के करने से मन की शुद्धि अवश्य होती है जिससे तत्त्वज्ञान का पाना सम्भव हो जाता है और उस ज्ञान से मोक्ष की प्राप्ति भी सम्भव हो जाती है। दूसरी ओर काम्य कर्मों में सुखदायी फल पाने की इच्छा तो जरूर रहती है, पर वे कर्म धार्मिक तभी होते हैं जब वे शास्त्रविहित रहते हैं। इतना ही नहीं, प्राभाकरों के अनुसार काम्यकर्मों का क्रियान्वयन भी अपूर्व जैसी शक्ति से ही संचालित हुए रहते हैं। भाट्ट इस तरह के अतीन्द्रिय अपूर्व को नहीं मानते। वे केवल शास्त्रविहित होने मात्र को महत्त्व देते हैं। उनके अनुसार नित्य-नैमित्तिक तथा काम्य कर्मों के क्रियान्वयन से निःश्रेयस् की प्राप्ति इसलिए हो जाती है कि ये सभी प्रकार के कर्म शास्त्रविहित होते हैं। यदि किसी अनर्थ की प्राप्ति शास्त्र के द्वारा विहित है, तो वह भी धर्मपरक ही है। अतः शास्त्रविहित पशुबलि या जीवहिंसा धार्मिक ही होती है। केवल वैसा अनर्थ जिसकी प्राप्ति शास्त्र द्वारा वर्जित रहती है अधार्मिक होता है। इसीलिए कहा भी जाता है कि 'वैदिकी हिंसा हिंसा न भवति'। शास्त्र केवल अधार्मिक कर्म के क्रियान्वयन को ही निषिद्ध करता है। इस प्रकार हम देखते हैं कि चोदना दो प्रकार की हो सकती है—विधि-चोदना एवं निषेध-चोदना। विधि-चोदना के द्वारा धार्मिक कर्मों को करने का आदेश दिया जाता है और निषेध-चोदना के द्वारा अधार्मिक कर्मों का क्रियान्वयन निषिद्ध किया जाता है। जिन कर्मों का निषेध किया जाता है उनको करने से अधर्म होता है और नहीं करने से धर्म होता है। निषिद्ध कर्म को नहीं करके लोग पाप तथा तज्जनित दण्ड से बच जाते हैं।

20.4 कर्म की नैतिकता का आधार

हमने ऊपर धर्म के सम्बन्ध में सांख्य, बौद्ध, जैन, न्याय-वैशेषिक, प्राभाकर तथा भाट्ट मीमांसकों के विचारों का संक्षिप्त विवरण प्रस्तुत किया है तथा उनकी समीक्षा भी की है। अब हम इन सभी दर्शनों की उन मान्यताओं की चर्चा करेंगे जिनके आधार पर वे कर्मों को धार्मिक मानते हैं। यहाँ यह उल्लेखनीय है कि नास्तिक दर्शनों को छोड़कर सभी आस्तिक दार्शनिकों ने वेद को बहुत अधिक महत्त्व दिया है। इसलिए आस्तिक दर्शनों के नीतिपरक विचारों में वेदों के विधि-निषेधों को न्यूनाधिक मात्रा में महत्त्व दिया ही गया है। जहाँ एक ओर भाट्ट मीमांसक वेदों के विधि-निषेधों को अधिकतम महत्त्व देते हैं, वहीं दूसरी ओर सांख्य विचारक उन्हें न्यूनतम महत्त्व देते है। हम यहाँ विशेष तौर पर यह उल्लेख करना चाहते हैं कि हमने अपनी ओर से बराबर इस बात पर जोर दिया है कि धर्मग्रंथ महज धर्मग्रंथ के रूप में नैतिकता या धार्मिकता का निर्धारक नहीं हो सकता। नैतिकता या धार्मिकता का निर्धारण कैसे हो सकता है इसका विस्तृत विवेचन हम पहले ही कर चुके हैं। अब हम यहाँ यह विचार करेंगे कि

विभिन्न भारतीय दर्शनों में कर्मों की धार्मिकता या नैतिकता कैसे निर्धारित होती है। अर्थात् अब हम इन दर्शनों की धार्मिकतापरक कसौटी के बारे में विचार करेंगे।

बौद्ध दर्शन—बौद्ध दर्शन वेद को नहीं मानता। अतः वह वेदों के विधि-निषेधों को मान्यता नहीं देता। किंतु वह आध्यात्मिकता तथा मानव के आध्यात्मिक लक्ष्य को अवश्य ही महत्त्व देता है। वह निर्वाण के रूप में मोक्ष अर्थात् सांसारिक जीवन से मुक्ति को ही मनुष्य का चरम लक्ष्य मानता है। और वह यह भी मानता है कि मनुष्य इस चरम लक्ष्य को पाने के लिए अपने मन को नैतिक कर्मों का क्रियान्वयन करके अवश्य ही नियंत्रित करे। नैतिक कर्म सीधे-सीधे तो महत्त्वपूर्ण नहीं होते। उनका महत्त्व इस कारण से है कि उनके द्वारा मनुष्य ऐसे संस्कारों या वासनाओं को प्राप्त कर लेता है जिनसे उसका मन आध्यात्मिकता की ओर प्रवृत्त हो जाता है और तब वह निर्वाण प्राप्त करने में समर्थ हो जाता है। इस दर्शन में उपासकों तथा श्रावकों दोनों वर्गों के लिए ऐसे कर्तव्य निर्धारित कर दिये गये हैं जिनके आचरण से वे नैतिक तथा आध्यात्मिक बन जा सकते हैं। इस प्रकार हम देखते हैं कि बौद्ध दर्शन में कर्म की धार्मिकता उसकी निर्वाणसिद्धिपरक साधनता पर निर्भर करती है।

सांख्य दर्शन—सांख्य दर्शन भी वैदिक विधि-निषेधों को महत्त्व नहीं देता। इसके अनुसार वैदिक आदेश चूँकि अनेक प्रकार की हिंसाओं को औचित्य प्रदान कर देते हैं, इसलिए वे नैतिक दृष्टि से मान्य नहीं हो सकते। यह सही है कि वैदिक विधि-निषेधों के पालन से स्वर्गप्राप्ति हो जा सकती है; पर स्वर्गप्राप्ति मनुष्य का चरम लक्ष्य हो नहीं सकती। ऐसा इसलिये भी कि स्वर्ग के सुखों का उपभोग स्थायी नहीं होता। और जो सुख स्थायी नहीं हो या जिसके मूल में वैदिकी हिंसा रहे, वह सुख चरम लक्ष्य कैसे हो जा सकता है? लौकिक काम्य कर्म भी तो किसी विशेष कामना की पूर्ति के लिए ही किये जाते हैं। अतः वे भी यथार्थज्ञान अर्थात् विवेकख्याति को प्राप्त नहीं करा सकते। मनुष्य का अंतिम लक्ष्य तो विवेकख्याति ही हो सकती है; क्योंकि इसके द्वारा ही मनुष्य पुरुष तथा प्रकृति के तात्त्विक भेद को समझ सकता है और फलस्वरूप मोक्ष प्राप्त कर सकता है। मोक्ष की अवस्था में कर्म की कोई प्रासंगिकता हो ही नहीं सकती। कर्म तो प्रकृति की सीमा के अंतर्गत होनेवाला व्यापार है। अतः आध्यात्मिक लक्ष्य की पूर्ति के लिए कर्म नहीं, वरन् ज्ञान ही उपादेय हो सकता है। जैसा हम जानते हैं, सांख्य के अनुसार प्रकृति त्रिगुणात्मिका होती है और इन तीन गुणों में रजस् और तमस् क्रमशः गतिकारक और अंधकारवर्धक होते हैं। साधारण क्रियाकलापों में इन्ही दोनों गुणों की भूमिका महत्त्वपूर्ण रहती है। जब सत्त्व गुण प्रभावी होता है, तब सात्त्विक कर्म ही क्रियान्वित हो सकता है। इस तरह के कर्म मनुष्य को वैराग्य की ओर ले जाते हैं। और इस वैराग्य के कारण मनुष्य विवेकख्याति प्राप्त कर लेता है और इस तरह वह मोक्ष प्राप्त कर लेता है।

न्याय-वैशेषिक दर्शन—न्याय-वैशेषिक दर्शन के अनुसार धर्म एक आत्मगुण है जो एक संस्कार के रूप में कर्ता को नैतिक या धर्मसम्मत कर्म करने को ही प्रेरित करता है। यह आत्मगुणपरक संस्कार नैतिक या धर्मसम्मत कर्म के क्रियान्वयन से ही उत्पन्न भी होता है। अतः इस आत्मगुणरूपी संस्कार में और कर्म में अन्योन्याश्रय का सम्बन्ध रहता है। उदाहरणस्वरूप हम कह सकते हैं कि साहस भरे कार्यों के करने से साहस जैसा आत्मगुण या संस्कार पैदा होता है, और फिर साहस जैसे संस्कार से युक्त होने के कारण ही कर्ता साहसपूर्ण कार्य करने में सक्षम होता है। अब प्रश्न उठता है कि न्याय-वैशेषिक दार्शनिक किन कर्मों को धर्मसम्मत या धर्मानुकूल मानते हैं। जैसा हमने ऊपर देखा है, सांख्य और बौद्ध

दार्शनिक वेद या अन्य धार्मिक ग्रंथों के द्वारा निर्दिष्ट कर्मों के क्रियान्वयन को नैतिकता के लिए आवश्यक नहीं मानते। पर, जैसा हम आगे भी देखेंगे, मीमांसक ऐसे ही कर्मों के क्रियान्वयन को धार्मिक मानते हैं।

अतः यह कहा जा सकता है कि प्रस्तुत संदर्भ में न्याय-वैशेषिक दार्शनिक बीच का मार्ग अपनाते हैं। ये लोग जहाँ एक ओर साधारण लौकिक धर्मों एवं वर्णाश्रम धर्मों के पालन को पर्याप्त महत्त्व देकर शास्त्रीय विधि-निषेधों के पालन को आवश्यक मानते हैं, वहीं दूसरी ओर वे ऐसे पालन को इस वजह से भी महत्त्व देते और आवश्यक मानते हैं कि इससे मनुष्य अपने को सुसंस्कृत बनाकर जीवन का अंतिम लक्ष्य मोक्ष प्राप्त करने में समर्थ हो जा सकता है। ये दार्शनिक स्वीकार करते हैं कि वैदिक विधि-निषेधों की भी अपनी विशिष्ट गरिमा होती है और इस कारण वेदविहित हिंसा अनुचित नहीं हो जा सकती। यहाँ यह प्रश्न अवश्य उठाया जा सकता है कि क्या वेद या किसी भी धर्मग्रंथ के द्वारा निर्दिष्ट कोई भी आदेश या निषेध निश्चित रूप से धर्मानुकूल या नैतिक हो ही सकता है। इस प्रश्न के बारे में हम पहले भी विचार कर चुके हैं तथा आगे उस बारे में और भी विचार करेंगे। यहाँ इतना कहना ही पर्याप्त होगा कि नैतिकता की अपनी विशिष्ट कसौटी होती है और कोई आदेश या निषेध, चाहे उसका स्रोत वेद ही क्यों न हो, यदि उस कसौटी के अनुरूप है, तो वह नैतिक या धर्मसम्मत है और यदि अनुरूप नहीं है तो वह नैतिक या धर्मसम्मत नहीं है। कोई हिंसा, यदि वह स्वार्थसिद्धि के उद्देश्य से की जाती है, तो वह नैतिक नहीं हो सकती। वह नैतिक तभी हो सकती है जब वह समष्टिपरक लोककल्याण के लिए ही क्रियान्वित हुई हो।

मीमांसा दर्शन—मीमांसक वैदिक निर्देशों के अनुसार कर्म करने को ही धर्माचरण मानते हैं। उनके लिए धर्म कोई आत्मगुण नहीं है, वरन् वैदिक या शास्त्रविहित कर्म का क्रियान्वयन ही है। नित्य-नैमित्तिक कर्म तथा काम्य कर्म इसलिए धार्मिक होते हैं कि वे शास्त्रानुमोदित हैं। हमने देखा है कि न्याय-वैशेषिक विचारक इन कर्मों को मनुष्यों के नैतिक उन्नयन के लिए आवश्यक मानते हैं, पर मीमांसक उन्हें मात्र इसलिए आवश्यक मानते हैं कि वे वेदनिर्देशित हैं। इन विचारकों के अनुसार वेदविहित होना ही नैतिकता या धार्मिकता की अंतिम कसौटी है।

वेदविहित कर्म का धार्मिक होना मीमांसा की दोनों ही शाखाएँ स्वीकार करती हैं। पर जहाँ भाट्टों के अनुसार धार्मिकता फलदायिनी होती है, वही प्राभाकरों के अनुसार यह शुद्ध रूप से कर्तव्यपालन पर ही आधारित रहती है। भाट्टों के अनुसार धर्माचरण से स्वर्ग या फिर मोक्ष जैसा फल प्राप्त हो सकता है। किंतु प्राभाकरों के अनुसार धर्माचरण का उद्देश्य किसी तरह का फल पाने के लिए नहीं होता, वरन् शुद्ध कर्तव्यपालन के लिए ही होता है। हमने प्रवृत्ति के विश्लेषण के संदर्भ में प्राभाकरों के स्वविशेषणसिद्धांत की चर्चा की है और हम यह जान पाये हैं कि प्राभाकरों के अनुसार कर्तव्यपालनपरक विचार ही कर्ता को विशेषित कर मानो उसका एक अंग बन जाता है और इस तरह से विशेषित कर्ता कर्म फल पाने के उद्देश्य से नहीं, वरन् शुद्ध कर्तव्यपालन के लिए ही कार्य को क्रियान्वित करता है। अब यहाँ प्रश्न उठ सकता है कि यदि ऐसे कार्यों में फलाकांक्षा निहित नहीं रहती है, तो फिर उनके संपादन के लिए प्रेरणा कहाँ से प्राप्त होती है। इसके उत्तर में प्राभाकर कहते हैं कि वेदविहित या शास्त्रानुमोदित किसी विधिवाक्य में अपूर्व नाम की एक अतीन्द्रिय शक्ति निहित रहती है। यही शक्ति कर्ता को कार्य करने की प्रेरणा देती है। जैसा हमने ऊपर स्पष्ट किया है, यह शक्ति एक प्रकार की अतीन्द्रिय सत्ता होती है। पाश्चात्त्य नीतिशास्त्र के कुछ विचारक भी

शुभ या अशुभ जैसे नैतिक गुणों को अप्राकृतिक सत्ताएँ ही मानते हैं। उनके अनुसार भी इन सत्तापरक गुणों का ज्ञान अंतर्दृष्टि के द्वारा प्रत्यक्ष ढंग से ही हो जाता है। जी॰ई॰ मूर ऐसे विचारकों में से एक हैं। मूर के अनुसार शुभता एक अप्राकृतिक गुण है जिसका ज्ञान अंतर्दृष्टि से प्राप्त कर लिया जा सकता है और यह ज्ञान स्वतः प्रमाणित भी रहता है। ठीक इसी तरह प्राभाकर भी मानते हैं कि कर्म की धार्मिकता एक अप्राकृतिक सत्ता है जिसका ज्ञान अंतर्दृष्टि से प्राप्त किया जा सकता है और वह ज्ञान स्वतः प्रमाणित भी रहता है। यह अप्राकृतिक या अतीन्द्रिय सत्ता प्रेरणादायिनी होती है, इसलिए वह कर्ता को उपयुक्त कार्य करने के लिए प्रेरित भी करती है। कार्य के सम्पन्न होने से परिणाम तो निकलते ही हैं, पर कार्यनिष्पादन में कर्ता की कोई फलाकांक्षा सक्रिय नहीं रहती। कार्य का निष्पादन तो संबद्ध अपूर्व की प्रेरकता से ही सम्भव हो जाता है।

यों तो अपूर्व को नैयायिक तथा भाट्ट भी मान्यता देते हैं। पर इनके अनुसार अपूर्व का स्वरूप वैसा नहीं होता जैसा प्राभाकर मानते हैं। नैयायिकों के अनुसार अपूर्व आत्मसंस्कार है, अर्थात् आत्मा की क्रियाशीलता है जिसके कारण कार्य सम्पादित होता है। भाट्ट कर्म को ही धर्म मानते हैं, अर्थात् उनके अनुसार कर्म इसलिए धार्मिक होता है कि इसमें एक विशेष प्रकार की फलदायिनी क्षमता होती है और यह क्षमता ही अपूर्व है। नैयायिक अपूर्व जैसे आत्मगुण का ज्ञान परिणामों के आधार पर अनुमान द्वारा प्राप्य मानते हैं, पर भाट्ट इस फलदायिनी क्षमतापरक अपूर्व का ज्ञान अर्थापत्ति द्वारा प्राप्त मानते हैं। अर्थापत्ति इस प्रकार की होती है : चूँकि धार्मिक कर्म इष्टसिद्धि को सम्भव बना देता है, इसलिए अवश्य ही उसमें इष्टसिद्धि को सम्भव बनानेवाली विलक्षण शक्ति विद्यमान है। पर, प्राभाकर अपूर्व के ज्ञान के लिए न तो अनुमान को और न ही अर्थापत्ति को आवश्यक एवं उपयुक्त मानते हैं। वे तो अपूर्व का अंतर्दृष्टि द्वारा साक्षात् दर्शन हो जाना पूरी तरह सम्भव ही मानते हैं। इनके अनुसार शास्त्रों द्वारा विहित कर्म नैतिक दृष्टि से इसलिए प्रामाणिक नहीं होते कि वे शास्त्रों द्वारा विहित रहते हैं, बल्कि इसलिए कि उनमें अपूर्व निहित रहता है। तात्पर्य यह है कि शास्त्रनिर्दिष्ट विधियों का सारतत्त्व अपूर्व ही होता है और इस सारतत्त्व का ज्ञान अनुमान या अर्थापत्ति से नहीं, वरन् उससे उत्पन्न प्रेरणा की साक्षात् अनुभूति से होता है।

इस प्रकार यह देखा जा सकता है कि मीमांसकों की दोनों शाखाओं में मौलिक मतभेद है। जहाँ भाट्ट प्रयोजनवादी या परिणामवादी हैं और जहाँ वे शास्त्रविहित कर्मों को शास्त्रविहित होने के कारण ही नैतिक या धार्मिक मानते हैं, वहीं प्राभाकर कर्तव्यवादी हैं और वे शास्त्रविहित कर्मों को इसलिए नैतिक या धार्मिक मानते हैं कि उन कर्मों के अंतर्गत अपूर्व नामक एक विलक्षण एवं अतीन्द्रिय शक्ति वर्तमान रहती है। यहाँ यह उल्लेखनीय है कि चूँकि हिन्दू नीतिशास्त्र की मान्यता है कि नित्य-नैमित्तिक कार्यों के क्रियान्वयन से कोई फलप्राप्ति नहीं होती, इसलिए ऐसा प्रतीत होता है कि उन कार्यों की सही व्याख्या भाट्टों की अपेक्षा प्राभाकर ही शायद अच्छी तरह कर सकते हैं। और हमने यह तो देखा ही है कि काम्य कर्मों के सम्बन्ध में प्राभाकरों ने अपने स्वविशेषणसिद्धांत के आधार पर एक अत्यंत प्रभावकारी व्याख्या प्रस्तुत की है। पर तब प्राभाकरों द्वारा अपूर्व को मान्यता देना निश्चय ही बहुत आपत्तिजनक है। और फिर मीमांसा की दोनों शाखाओं द्वारा शास्त्रनिर्दिष्ट विधि-निषेधों को अकाट्य रूप से नैतिक या धार्मिक मान लेना भी बिलकुल ही युक्तिसंगत नहीं है। ये सभी आपत्तियाँ निश्चित रूप से समीचीन हैं। जैसा हमने पहले भी कहा है, नैतिकता कोई अप्राकृतिक सत्ता या तत्त्व नहीं है, और न ही यह किसी स्रोत से निर्गत कोई आदेश है। नैतिकता के स्वरूप के सम्बन्ध में हम पहले ही विस्तार से चर्चा कर चुके हैं।

शंकराचार्य—शंकर अद्वैत वेदांती थे। उनके अनुसार किसी व्यक्ति के जीवन का लक्ष्य यह जान लेना होता है कि वह स्वयं परम तत्त्व या ब्रह्म है और यह संसार और इसके अंतर्गत की सभी वस्तुएँ मिथ्या हैं। 'ब्रह्म सत्यं जगन्मिथ्या'। उनके अनुसार जीवन में रहकर नैतिक या धार्मिक जीवनयापन करना तो उचित ही है। पर यह यापन जीवन का अंतिम लक्ष्य नहीं हो सकता, क्योंकि सांसारिक जीवन तो पूरी तरह मिथ्या ही है। मनुष्य दो प्रकार के मार्गों पर चल सकता है—प्रवृत्ति मार्ग तथा निवृत्ति मार्ग। प्रवृत्ति मार्ग पर चलने वाला जीवन इष्टसाधन में लीन रहनेवाला जीवन होता है। इष्ट दो प्रकार के होते हैं—दृष्टार्थक तथा अदृष्टार्थक। दृष्टार्थक इष्ट या लक्ष्य इंद्रियगम्य होते हैं, पर अदृष्टार्थक इष्ट या लक्ष्य अतीद्रिय होते हैं। इन लक्ष्यों को प्राप्त करने के लिए दृष्टार्थक तथा अदृष्टार्थक कर्म किये जाते हैं। दृष्टार्थक कर्मों के सम्बन्ध में आयुर्वेद, नीतिशास्त्र जैसे शास्त्रों में विवेचन किया गया और किया जा सकता है, पर अदृष्टार्थक कर्मों का विवेचन मौलिक स्तर पर वैदिक कर्मकांड में हुआ है। ये दोनों प्रकार के कर्म सांसारिक जीवन के लिए तो आवश्यक हैं। पर ये दोनों ही प्रकार के कर्म प्रवृत्तिमूलक हैं। इनके क्रियान्वयन से ब्रह्मज्ञान या मोक्ष की प्राप्ति नहीं हो सकती; क्योंकि ब्रह्मज्ञान या मोक्ष की प्राप्ति के लिए निवृत्तिमार्ग को ही अपनाना जरूरी होता है। और इस निवृत्तिमार्ग की ओर झुकाव तभी हो सकता है जब मनुष्य धर्मसम्मत दृष्टार्थक तथा अदृष्टार्थक कर्मों को करके पात्रता या धार्मिक अर्हता प्राप्त कर लेता है। ऐसी पात्रता प्राप्त करने के क्रम में वह राग से क्रमशः मुक्त होता हुआ विराग की ओर बढ़ने लगता है। इस कारण वह सकाम कर्म के बजाय निष्काम कर्म को प्रश्रय देने लगता है। और तब वह साधनचतुष्टय के अनुरूप जीवन ढालने में सक्षम होने लगता है। ये साधनचतुष्टय हैं—नित्यानित्यवस्तुविवेक, इहामुत्रार्थभोगविराग, शमदमादि-साधनसम्पत् तथा मुमुक्षत्व। पहला साधन है—स्थायी एवं अस्थायी वस्तुओं में विभेद करने की बौद्धिक क्षमता। दूसरा है—इहलोक एवं परलोक के सभी विषयों के भोग के प्रति विरक्ति। तीसरे साधन के छः अंग हैं—शम, दम, श्रद्धा, समाधान, उपरति तथा तितिक्षा। शम से मन का संयम, दम से इंद्रियनियंत्रण, श्रद्धा से शास्त्रनिष्ठा, समाधान से मन की ज्ञानोन्मुखता, उपरति से विक्षेपकारी कार्यों से विरति तथा तितिक्षा से शीतोष्ण आदि का सहन सम्भव होते हैं। और चौथे साधन से मोक्ष के प्रति इच्छा उत्पन्न होती है। इस साधनचतुष्टय से युक्त व्यक्ति कर्म की अपेक्षा ज्ञान को अधिक महत्त्व देने लगता है और तब कर्म की अपेक्षा ज्ञान को ही प्रश्रय मिलने लगता है। इस तरह कर्मप्रधान नैतिकता ज्ञानप्रधान होने लगती है। और जब मनुष्य जीवन रहते ही जीवनमुक्त हो जाता है तब उसे कर्तव्य करने के लिए कोई प्रयास नहीं करना पड़ता। तब वह नैतिकता के क्षेत्र से, जो संघर्षमय होता है, बिलकुल बाहर चला जाता है। इस स्थिति में वह अपने ब्रह्मरूप में प्रकट हो जाता है, और इस रूप में उसके लिए नैतिकता या धार्मिकता की कोई प्रासंगिकता नहीं रह जाती।

श्रीमद्भगवद्गीता गीता के अनुसार एक ऐसा मार्ग भी है जिसमें कर्म करने की प्रवृत्ति तो रहती है, पर फलाकांक्षा के प्रति प्रवृत्ति के बजाय निवृत्ति ही रहती है। नित्य-नैमित्तिक कर्मों को हम इस तरह के कर्मों के उदाहरण के रूप में स्वीकार कर सकते हैं। इन कर्मों को करने से कोई फल तो प्राप्त नहीं होता, पर तब इन कर्मों को करने के लिए प्रवृत्ति का रहना तो आवश्यक ही है। स्पष्ट ही *गीता* के अनुसार जीवन का कर्ममय होना अनिवार्य है। शायद शंकर के कर्मसंन्यास के द्वारा मोक्षप्राप्ति के बजाय गीता के फलाकांक्षारहित कर्ममार्ग पर चलकर मोक्षप्राप्ति ज्यादा वांछनीय मालूम पड़ती है।

रामानुजाचार्य—रामानुज भी शंकर के कर्मसंन्यास-मार्ग को स्वीकार नहीं करते। रामानुज के अनुसार जीवनपर्यंत कर्म करते रहना जरूरी है। इस तरह उनके विचार *गीता* के विचारों के समान ही मालूम पड़ते हैं। पर रामानुज के अनुसार कर्म करना महज कर्तव्य करने के लिए नहीं हो सकता। वह तो इसलिए होता है कि उसके द्वारा ईश्वर का ज्ञान प्राप्त किया जा सकता है और तब उसके प्रति श्रद्धा उत्पन्न की जा सकती है। अब यहाँ प्रश्न उठता है कि कौन-सा कर्म ईश्वरीय ज्ञान और उसके पश्चात् ईश्वर के प्रति श्रद्धा उत्पन्न करने के लिए उपयुक्त होता है। रामानुज के अनुसार कर्मों के दो प्रकार होते हैं—पापकर्म तथा पुण्यकर्म। पापकर्म से दुःख एवं दण्ड प्राप्त होते हैं। ये कर्म ईश्वरीय ज्ञान एवं भक्ति के लिए पूरी तरह बाधक होते हैं। अतः इन्हें तो कभी नहीं करना चाहिये। पर पुण्य कर्मों से सुख तथा पुरस्कार प्राप्त होते हैं, यद्यपि इन कर्मों से प्राप्त सुख एवं पुरस्कार स्थायी नहीं होते। स्थायी सुख तो निष्काम कर्म को करने से ही मिल सकते हैं; क्योंकि ये कर्म सत्त्वगुणसंवर्धक होते हैं और सत्त्वगुण के प्रभाव से ईश्वरीय ज्ञान सम्भव हो जाता है। रामानुज के अनुसार—''ज्ञानविरोधि च कर्म पुण्यपापरूपम् — तस्य च ज्ञानोत्पत्तिविरोधित्वं ज्ञानोत्पत्तिहेतुभूतसत्त्वविरोधिरजस्तमोविवृद्धिद्वारेण.........तन्निरसनं च अनभिसंहितफलेन अनुष्ठीयेन धर्मेण'' *(श्री भाष्य)*। अर्थात् पापपुण्यपरक कर्म ज्ञानविरोधी होते हैं; ऐसा रज और तम के बढ़ने और सत्त्व के नष्ट होने से होता है। किंतु निष्काम कर्म के करने से रज और तम का निरसन होता है और सत्त्व की वृद्धि होती है और सत्त्व की वृद्धि से भगवद्ज्ञान की प्राप्ति सम्भव होती है। इसलिए मनुष्य को निष्काम कर्म ही करना चाहये। कर्मसंन्यास कदापि उचित नहीं हो सकता।

वेंकटेश—रामानुज के अनुयायी वेंकटेश के विचार रामानुज के विचारों से कुछ भिन्न हैं। रामानुज कर्मों को आवश्यक तो मानते हैं, पर फलोत्पादक कर्मों को आवश्यक नहीं मानते। कामनारहित कर्म ही परम लक्ष्य भगवद्ज्ञान को प्राप्त करा सकते हैं। वेंकटेश ऐसा नहीं मानते। उनके अनुसार कामना के बिना कर्म का क्रियान्वयन सम्भव ही नहीं हो सकता। कर्म इष्ट की प्राप्ति या अनिष्ट के परिहार के लिए ही किये जाते हैं। इस सम्बन्ध में कोई आपत्ति उठाना बिलकुल बेतुका है। इष्ट की प्राप्ति या अनिष्ट का परिहार या तो लौकिक होता है या अलौकिक होता है। उदाहरणस्वरूप ईश्वर के बारे में ज्ञान अलौकिक इष्ट है, पर शरीरारोग्य के बारे में ज्ञान लौकिक इष्ट है। वेंकटेश के अनुसार लौकिक इष्टानिष्ट के सम्बन्ध में तर्कबुद्धि एवं साधारण इन्द्रियानुभूति प्रमाण होती हैं। ''लौकिकहिताहितयोः अन्वयव्यतिरेक-आयुर्वेदनीतिशास्त्रादिकम् प्रमाणम्'' (*वेंकटेशरचित*न्यायपरिशुद्धि)। किंतु अलौकिक इष्टानिष्ट के सम्बन्ध में वेद ही प्रमाण होता है—''अलौकिकहिताहितयोस्तु वेदः प्रमाणम्''। यहाँ यह उल्लेखनीय है कि लौकिक इष्टसाधन को अनुचित नहीं माना जा सकता, क्योंकि इसके द्वारा ही शरीरधारण तथा शरीरारोग्य सम्भव हो सकता हैं, और बिना शरीरधारण तथा शरीरारोग्य के अलौकिक इष्टसिद्धि सम्भव नहीं हो सकती। पर तब वेंकटेश के अनुसार कर्ता को यह ध्यान में रखना जरूरी होता है कि उसका लौकिक इष्टसाधन किसी भी तरह से उसकी अलौकिक इष्टसिद्धि में बाधक न बन जाय।

यहाँ अलौकिक इष्टसाधन तथा अलौकिक इष्टसिद्धि के सम्बन्ध में अनेक प्रश्न उठ खड़े होते हैं। क्या अलौकिक इष्टसाधन नैतिक होता है? क्या अलौकिक इष्टसिद्धि के लिए हिंसा को साधन बनाना नैतिक है? क्या वैसे काम्य कर्मों को जिनसे दूसरों का अहित सिद्ध होता रहे अलौकिक साधन के द्वारा क्रियान्वित करना नैतिक हो सकता है? इन प्रश्नों के उत्तर

में शायद यह कहा जा सकता है कि यदि साधक हिंसा जैसे साधन के द्वारा अपने शरीर की रक्षा कर भगवद्भक्ति जैसे परम इष्ट को प्राप्त करना चाहता है तो उसके इस साधन के सम्बन्ध में कोई आपत्ति नहीं उठाई जा सकती। और फिर शत्रुविनाश भी तो आवश्यक ही होता है। यदि शत्रुविनाश नहीं होगा, तो आत्मरक्षा कैसे होगी? और यदि आत्मरक्षा नहीं होगी, तो भगवत्प्राप्ति कैसे सम्भव हो सकेगी? यह तो स्पष्ट ही है कि शत्रुविनाश के लिए हिंसा का प्रयोग आवश्यक हो जाता है। ऐसे सभी काम्य कर्म जो आत्मरक्षा के लिए किये जाते हैं और इस कारण प्रकारान्तर से भगवत्प्राप्ति के लिए ही किये जाते हैं, एक तरह से निष्काम कर्मों का दर्जा ही प्राप्त कर लेते हैं और इस तरह बिलकुल नैतिक या धार्मिक ही बन जाते हैं। और तब शत्रुविनाश के लिए अलौकिक साधन का प्रयोग विहित ही होता है। यदि स्वहित में अलौकिक साधन से वृष्टि, अच्छी फसल, आर्थिक लाभ, आदि आदि उपलब्ध कर लेना उचित है, तो स्वहित में इस तरह के साधन से शत्रुविनाश सम्भव कर लेना उचित क्यों नहीं हो सकता? ऐसी ही युक्तियों के आधार पर वेंकटेश लौकिक तथा अलौकिक दोनों प्रकार के साधनों की अनुशंसा करते हैं। लेकिन वे उन अलौकिक साधनों को जिनका आधार शास्त्रीय होता है अधिक उपयोगी इसलिए मानते हैं कि इनसे लौकिक तथा पारलौकिक दोनों प्रकार के उद्देश्यों की पूर्ति सम्भव हो जाती है। और फिर शास्त्रीय साधन बेहतर इसलिए भी होते हैं कि जहाँ लौकिक साधनों में परिहार्य हिंसा की सम्भावना रह जा सकती है, वहीं शास्त्रीय साधनों में परिहार्य हिंसा की सम्भावना रह ही नहीं सकती। इनमें तो केवल वही हिंसा रह सकती है जो आत्मरक्षा तथा आत्मकल्याण के लिए आवश्यक होती है। शास्त्र कभी अनावश्यक हिंसा करने की सीख दे ही नहीं सकता। वह तो हमें माता-पिता के प्यार से हजार गुणा अधिक प्यार देनेवाला होता है। वेंकटेश कहते हैं—''शास्त्रं हि वत्सलतरं मातापितृसहस्रतः''।

20.5 नैतिकता के संदर्भ में धर्मशास्त्रीय विधि एवं निषेध

हमने पहले भी यह उल्लेख किया है कि पाश्चात्य नीतिशास्त्री बटलर ने विवेक की शक्ति तथा उसके अधिकार के संदर्भ में कहा है कि यदि विवेक को उतनी शक्ति होती जितना उसे अधिकार है, तो वह संपूर्ण विश्व का शासक हो गया होता। लेकिन वास्तविकता ऐसी नहीं है। विवेक को कुछ शक्ति तो जरूर है, पर अधिक नहीं है। विवेक को कुछ हद तक शक्तिमान् इसलिए मान लिया जा सकता है कि लोग यदा-कदा अपने अंतर्विवेक से प्रेरित होकर अनर्थ भी कर डालते हैं और इस तरह वे अपने अंतर्विवेक के गुलाम तक बन जाते हैं। किंतु विवेक को अधिकारसम्पन्न मानने के लिए यह देखना जरूरी है कि विवेक तार्किक या बौद्धिक होता है या नहीं। हिटलर का अंतर्विवेक उसे कहता था कि संसार में सुख तभी स्थापित किया जा सकता है जब संसार से यहूदियों का पूरा-पूरा सफाया कर दिया जाय। हिटलर के अंतर्विवेक को कुछ शक्ति तो थी ही, क्योंकि वह बहुत बड़ी संख्या में यहूदियों का सफाया करने में समर्थ हो गया था। पर क्या उसका अंतर्विवेक नैतिक दृष्टि से अधिकारसम्पन्न था? भारतीय नीतिशास्त्र में नैतिक विवेक को शक्तिशाली एवं अधिकारसम्पन्न दोनों माना गया है। अतः इसके इन दोनों लक्षणों का गहराई से विवेचन करना बहुत प्रासंगिक एवं महत्त्वपूर्ण हो जाता है। हमने ऊपर देखा ही है कि कुछ भारतीय दर्शनों को छोड़कर अनेक भारतीय दर्शन नैतिक विवेक को शास्त्रीय विधि एवं निषेधों के साथ आंतरिक ढंग से जोड़ देते हैं और इस तरह उसे अत्यधिक अधिकारसम्पन्न बना देते हैं। अतः यहाँ यह विचार करना अत्यंत अपेक्षित एवं आवश्यक हो जाता है कि शास्त्रीय विधि एवं निषेधों के साथ

विवेक किस प्रकार और कितना अधिक जुड़ा हुआ है। यह तो सर्वविदित है कि भारतीय नीतिशास्त्र के अनुसार वेद के विधि-वाक्य एवं निषेध-वाक्य कर्तव्य तथा अकर्तव्य के निर्धारण में अत्यंत महत्त्वपूर्ण भूमिका निभाते हैं। पर इस विषय के सम्बन्ध में सभी भारतीय दर्शन एक तरह के विचार नहीं रखते। इस संदर्भ में हम यहाँ कुछ प्रमुख भारतीय दर्शनों के विचारों की व्याख्या एवं समीक्षा करेंगे।

भाट्ट मत—भाट्टों के अनुसार *वेदों* तथा धर्मशास्त्रों में कर्तव्यों की अभिव्यक्ति विधिवाक्यों के द्वारा तथा अकर्तव्यों की अभिव्यक्ति निषेधवाक्यों द्वारा की गयी है। चूँकि ये वाक्य चोदनापरक होते हैं, इसलिए ये निश्चित रूप से प्रेरणादायक हो जाते हैं। इनसे उत्पन्न प्रेरक मनःस्थिति को हम विवेक भी कह सकते हैं। चूँकि यह मनःस्थिति प्रेरणा देती है, इसलिए यह स्पष्ट ही शक्तिशालिनी होती है, और चूँकि इसका उद्‌गमस्रोत *वेद* का विधिवाक्य या निषेधवाक्य होता है, इसलिए यह मनःस्थिति बहुत अधिक अधिकारसम्पन्न भी हो जाती है। चूँकि वेद की प्रामाणिकता अकाट्य एवं सर्वोपरि है इसलिए वह अधिकारसम्पन्न तो होता ही है। वेद कहता हैं—'अहरहः सन्ध्यामुपासीत', 'स्वर्गकामो यजेत', आदि आदि। ये वाक्य वर्णनात्मक वाक्य नहीं हैं। ये किसी वस्तुस्थिति का वर्णन नहीं करते। ये तो आदेश हैं जो वर्णन नहीं करते। और फिर ये महज आदेश भी नहीं हैं, वरन् प्रकारांतर से उपदेश या सलाह भी हैं। जहाँ आदेश में आदेश पानेवाले व्यक्ति द्वारा आदेशकर्ता की आज्ञा का पालन ही प्रधानरूप से महत्त्व रखता है, वहीं उपदेश या सलाह में उपदेश या सलाह पाने वाले व्यक्ति का हित ही प्रधान रूप से महत्त्व रखता है। अतः उपदेश या सलाह में उसका औचित्य भी समाहित हो जाता है। और यदि कोई उपदेश या सलाह औचित्यपूर्ण है, तो वह अधिकारसम्पन्न हो ही जाता है। यही कारण है कि वेद के विधिवाक्य एवं निषेधवाक्य अंतिम रूप से प्रामाणिक माने जाते हैं। कहा भी गया है—'वेदोऽखिलो धर्ममूलम्'। इस तरह हम देखते हैं कि विधिवाक्य या निषेधवाक्य यदि एक ओर प्रेरक होता है, तो दूसरी ओर वह प्रामाणिक तथा अधिकारसम्पन्न भी होता है।

जैमिनिसूत्र के शबरभाष्य में विधिवाक्य की चोदनापरक शक्ति के सम्बन्ध में कहा गया है—''चोदना भूतं भवन्तं भविष्यन्तं सूक्ष्मं व्यवहितं विप्रकृष्टम् इत्येवंजातीयम् अर्थं शक्नोत्यधिगमयितुम् न अन्यत् किंचन इंद्रियम्''। अर्थात् चोदना भूत, वर्तमान, भविष्य, सूक्ष्म, व्यवहित, दूर, आदि के अर्थ का बोध करा सकती है, कोई अन्य इंद्रिय नहीं करा सकती। इस चोदना के सम्बन्ध में भाट्टों का मत है कि यह प्रेरणादायिनी तथा कारण-परिणामपरक होती है। इसमें दो प्रकार की भावनाएँ होती हैं। एक शब्दपरक तथा दूसरी अर्थपरक। ''इह हि लिङ् आदियुक्तेषु वाक्येषु द्वे भावने प्रतीयेते शब्दभावना अर्थभावना च''। जब कोई व्यक्ति कोई विधिवाक्य सुनता है तो उसके मन में शब्दभावना उत्पन्न होती है, और तब वह व्यक्ति उस शब्द्‌भावना के अनुरूप अर्थभावना से प्रेरित होकर कार्य करता है। इस अर्थभावना को पुरुषव्यापार कहते हैं, क्योंकि इससे पुरुष की प्रवृत्ति सक्रिय होती है। इस सम्बन्ध में *न्यायमंजरी* में तथा पूर्वमीमांसक लौगाक्षिभास्कररचित *अर्थमीमांसा* में विस्तृत विवेचन किया गया है।

अब प्रश्न उठता है कि ये दोनों भावनाएँ एक-दूसरे से किस प्रकार सम्बद्ध हैं। क्या इनमें तार्किक सम्बन्ध है या पूर्वापरकालिक सम्बन्ध? कुमारिल इन दोनों प्रकार के सम्बन्धों में किसी को भी स्वीकार नहीं करते। वे इन दोनों भावनाओं को एक ही प्रत्यय के दो पक्ष मानते हैं। इस प्रकार के प्रत्ययों को अभिव्यक्त करने के लिये विधिवाक्यों में 'यजेत्' जैसे शब्दों का

प्रयोग होता है। इस 'यजेत्' शब्द के दो पक्ष होते हैं। एक पक्ष से किसी विशेष यज्ञ की अभिव्यक्ति होती है और दूसरे पक्ष से 'करना चाहिये' की अभिव्यक्ति होती है। इस 'यजेत्' या 'यज्ञ करना चाहिये' के अंतर्गत तीन तत्त्व सन्निहित रहते हैं—साध्य, साधन तथा इतिकर्तव्यता। इस प्रकार चोदना में क्या सिद्ध करना है, किस उपाय से सिद्ध करना है और उस उपाय का क्या विशिष्ट रूप है—ये तीनों तत्त्व वर्तमान रहते हैं। जो भी क्रिया करनी होती है उसके लिए प्रेरणा या बाध्यता या कर्तव्यतायुक्त मनोवृत्ति लिङ्त्व में रहती है। लेकिन कुछ भाट्ट विचारक कुमारिल के इस एकप्रत्ययविधेयत्वपरक मत को स्वीकार नहीं करते। ऐसे लोग उपर्युक्त दोनों भावनाओं को एक दूसरे से पृथक् मानते हैं। और फिर इनमें से कुछ लोग शब्दभावना को प्रधान एवं अर्थभावना को गौण मानते हैं तथा कुछ लोग अर्थभावना को ही प्रधान एवं शब्दभावना को गौण मान लेते हैं।

प्राभाकर मत—प्राभाकर चोदनासम्बन्धी व्यापार को भावना या अन्य किसी प्रकार की प्रक्रिया मानते ही नहीं। अतः इसमें शब्दभावना से अर्थभावना की उत्पत्ति का होना न तो अपेक्षित है और न सम्भव ही। इसमें किसी भी तरह कारण-परिणाम सम्बन्ध नहीं हो सकता। इसमें तो केवल प्रैष्यसम्बन्ध ही हो सकता है, जो सम्बन्ध उपदेश या आज्ञा तथा उपदेश या आज्ञा पानेवाले के बीच होता है। इसमें एक प्रकार का नियोग अर्थात् नियोजन होता है जिसके द्वारा नियोजित व्यक्ति को एक विलक्षण नैतिक तत्त्व का बोध होता है और वह व्यक्ति नियोगानुरूप कर्म करने को प्रेरित होता है। उस विलक्षण तत्त्व की नैतिकता जहाँ एक ओर स्वतः प्रमाणित रहती है, वहीं दूसरी ओर वह अत्यधिक सबल रूप से प्रेरणादायक भी होती है। चोदनावाक्य के श्रवण से ही श्रोता का मन मानो एक विशेष प्रकार के तरंग से तरंगित हो उठता है। ऐसे तरंग को आत्माकूटविशेष कहते हैं। यह आत्माकूट अपने ही प्रकाश से प्रकाशित भी रहता है। यह कोई रहस्यात्मक तत्त्व नहीं होता। यह तो प्रार्थना, निमंत्रण आदि में विद्यमान रहता है। इस प्रकार के आत्माकूट को लौकिक आत्माकूट और विधिवाक्य में विद्यमान आत्माकूट को अलौकिक आत्माकूट कहते हैं। लौकिक आत्माकूट प्रार्थना सुननेवालों या निमंत्रण पानेवालों जैसे लोगों की मनःस्थितियों में वर्तमान रहता है। इस प्रकार का आत्माकूट तो किसी उद्देश्य की पूर्ति के लिए ही कर्ता को प्रेरित कर सकता है। पर अलौकिक आत्माकूट से कर्ता निरूद्देश्य ही कार्य करने को प्रेरित होता है। "प्रेरितोऽहम् इति तु ज्ञानजनकत्वं विधेः प्रवर्तकत्वम्"। विधि का ज्ञान मात्र ही प्रवर्तक हो जाता है।

न्याय मत—नैयायिक नैतिक प्रेरणा के लिए न तो किसी शब्दव्यापार को और न किसी नियोगजनित आत्माकूट जैसे विशेष को ही आवश्यक मानते हैं। *न्यायमंजरी* कहती है—"स्मरणात् अभिलाषेण व्यवहारः प्रवर्तते"। जब मैं कोई कार्य करने को प्रेरित होता हूँ तब यह जरूरी नहीं है कि मैं अपने मन में किसी शब्दभावना का अनुभव कर रहा होऊँ या मैं कोई नियोगपरक शब्द ही सुन रहा होऊँ। स्मृतिजन्य अभिलाषा के कारण भी मैं प्रेरित हो सकता हूँ। मुख्य बात यह है कि फलेच्छा होनी चाहिये। यदि मैं कुछ प्राप्त करना चाहता हूँ तो मुझे उस वस्तु को प्राप्त करने के लिए उपयुक्त प्रकार का कार्य करना ही होगा। प्रेरणा तो फलेच्छा के साथ ही जुड़ी रहती है। न्यायमत शब्दव्यापार जैसे निर्वैयक्तिक व्यापार के साथ नैतिक प्रेरणा को नहीं जोड़ता। उसके अनुसार नैतिक प्रेरणा दो कारणों से ही हो सकती है। एक कारण तो ईश्वर होता है और दूसरा कारण स्वयं कर्ता होता है। ईश्वर तो सृष्टिकर्ता ही है। उसने शुभ एवं अशुभ जैसे लक्ष्यों की सृष्टि इसलिए की है कि मनुष्य शुभ का चयन करे तथा अशुभ का परित्याग करे। शुभ वही है जो ईश्वर के आदेश के अनुकूल होता है

और अशुभ वही है जिसे ईश्वर वर्जित करता है। विधि एवं निषेध व्यक्तिनिरपेक्ष नहीं हो सकते। ये तो ईश्वर जैसे पुरुषोत्तम की इच्छा तथा अनिच्छा पर ही निर्भर होते हैं। ये शब्दाश्रित नहीं होते, यद्यपि उनकी अभिव्यक्ति शब्दों पर ही आश्रित रहती है। जहाँ तक विधि तथा निषेध के प्रेरक होने की बात है, वह जहाँ एक ओर ईश्वर के आदेश होने के कारण है, वहीं दूसरी ओर वह मनुष्य की फलाकांक्षा पर निर्भर करती है। मनुष्य की फलाकांक्षा से भी तो प्रेरणा उत्पन्न हो सकती है। मैं यदि अपनी भूख मिटाना चाहता हूँ तो मैं वैसा ही कार्य करने को प्रेरित होऊँगा जो भूख मिटा सकता है। चूँकि विधि और निषेध के अनुरूप कार्य करने से भी मनुष्य की फलाकांक्षा पूरित हो सकती है, इसलिए मनुष्य का इनसे प्रेरित हो जाना बिलकुल स्वाभाविक है। यह तो मनोविज्ञान का एक सामान्य नियम ही है। यह सही है कि हम कभी-कभी अपनी इच्छाओं और आकांक्षाओं के विपरीत कार्य कर देते हैं। पर इसका अर्थ यह नहीं होता कि हमारे कार्य फलप्राप्ति के लिए नहीं होते। प्रकृत अभिलषित इच्छाओं तथा आकांक्षाओं के विपरीत किये गये कार्यों से भी तो असाधारण हम कुछ ढंग की फलप्राप्ति कर ही लेते हैं।

अब यहाँ एक यक्षप्रश्न यह उठ खड़ा होता है कि क्या कोई प्रेरणा, चाहे वह ईश्वर पर आधारित हो या सांसारिक फलप्राप्ति पर आधारित हो, नैतिक दृष्टि से उचित ही होती है। यदि यह मान भी लिया जाय कि विधि एवं निषेध ईश्वर द्वारा ही निर्धारित होते हैं, तब भी क्या यह मानना अनिवार्य है कि ईश्वर द्वारा निर्धारित नियम निश्चित रूप से उचित ही होगा। उल्लेखनीय है कि किसी भी कार्य के औचित्य का प्रश्न एक अत्यंत जटिल प्रश्न होता है। औचित्य दो प्रकार का हो सकता है—तार्किक तथा नैतिक। तार्किक औचित्य मनोवैज्ञानिक प्रक्रिया पर निर्भर करता है और नैतिक औचित्य नैतिक कसौटी के अनुकूल होने पर निर्भर करता है। इस तरह के विचार पाश्चात्त्य नीतिशास्त्री नॉबेल-स्मिथ ने प्रस्तुत किये हैं। यदि कोई कार्य मनोवैज्ञानिक नियमों के अनुरूप निष्पन्न होता है, तो उसका कारण तार्किक दृष्टि से उचित होता है, और यदि कोई कार्य नैतिक नियमों के अनुरूप निष्पन्न किया जाता है, तो उसका कारण नैतिक दृष्टि से उचित माना जाता है। मैं इतना अधिक क्रोधित था कि मैंने उसे मार डाला, पर अब मैं अपने कर्म से बहुत अधिक लज्जित और दुःखी हूँ। मेरे यह मार डालना ऐसा इसलिए कर्म मनोवैज्ञानिक प्रक्रिया के अनुरूप होने के कारण तार्किक दृष्टि से उचित है, पर नैतिक दृष्टि से यह उचित नहीं हो सकता। ऐसा इसलिये कि अत्यधिक क्रोध के रहने पर भी किसी को मार डालना नैतिक नहीं हो सकता। यह इस बात से भी स्पष्ट होता है कि कर्ता क्रोध के शांत हो जाने पर स्वयं भी पश्चात्ताप करने लगता है और इस तरह वह स्वयं भी अपने कर्म को नैतिक रूप से उचित नहीं मान रहा होता है।

अब यहाँ एक प्रश्न यह उठाया जा सकता है कि क्या नैतिक औचित्य अतार्किक होता है। यदि नहीं, तो उसे ऊपर के प्रसंग में तार्किक औचित्य से भिन्न क्यों माना गया है? इस प्रश्न के उत्तर में हम यहाँ कोई विस्तृत विवेचन प्रस्तुत करना नहीं चाहेंगे। यहाँ हम केवल इतना कहना चाहेंगे कि नैतिक औचित्य भी तार्किक ही होता है, पर उसकी तार्किकता का दायरा मात्र मनोवैज्ञानिक प्रक्रिया तक ही सीमित नहीं रहता। उसका दायरा तो एक तरह से पूरे विश्व को ही ढँक लेता है। अतः संदर्भ की भिन्नता के कारण तार्किकता भिन्न-भिन्न रूप ले ही सकती है। मनोवैज्ञानिक प्रक्रिया पर आधारित तार्किकता नैतिक औचित्य से संबद्ध तार्किकता से निश्चय ही भिन्न होती है।

नैयायिक विचारक कार्यसंपादन की प्रेरणा को फलेच्छा पर आधारित मानते तो हैं, पर वे कर्मों की नैतिकता को ईश्वरप्रदत्त नैतिक आदेशों के अनुरूप होने पर ही फलेच्छा परक

आधार को स्वीकार करते हैं। इस प्रकार अंततः ईश्वरादेश ही नैतिकता की कसौटी हो जाता है। पर हम पहले ही बारीकी से जाँच कर देख चुके हैं कि नैतिकता की कसौटी किसी व्यक्ति का आदेश नहीं हो सकती, चाहे वह आदेश ईश्वर का ही क्यों न हो। इस निष्कर्ष की पुष्टि में हम यहाँ दो तर्क प्रस्तुत कर सकते हैं। एक तो यह कि ईश्वर का अस्तित्व ही विवादग्रस्त है और इस कारण उसके आदेश की संभाव्यता ही संदिग्ध हो जाती है। दूसरा यह कि यदि ईश्वर के अस्तित्व को स्वीकार कर भी लिया जाय, तो भी उसके आदेश को नैतिक मानने के लिए एक ईश्वरनिरपेक्ष कसौटी की जरूरत पड़ ही जाती है। हम यह तो पहले ही देख चुके हैं कि ईश्वर के आदेश की नैतिकता को भी खुला प्रश्नपरक तर्क के द्वारा चुनौती दी ही जा सकती है। यदि "ईश्वर शुभ है" एक पुनरुक्ति है, तो महज इस आधार पर ईश्वरीय आदेश नैतिक नहीं हो जा सकता। और यदि यह वाक्य संश्लेषात्मक है, तो इसका सत्य होना वाक्येतर वास्तविकता पर ही निर्भर कर सकता है। ऐसी हालत में ईश्वर का शुभ होना झूठ भी हो सकता है।

ऊपर की आलोचना मीमांसकों के विरुद्ध भी लागू हो सकती है। यह सही है कि वेदों तथा धर्मग्रंथों का अस्तित्व निर्विवाद है। पर उनकी नैतिकता के सम्बन्ध में 'खुला प्रश्न परक तर्क' लगाया ही जा सकता है। और फिर यहाँ यह प्रश्न भी उठाया जा सकता है कि यदि इन ग्रंथों में आपस में ही विरोध हो, तो परस्पर विरोधी पक्षों में किसे नैतिक मान्यता दी जानी चाहिये और किसे नहीं। इसका उत्तर यह कहकर तो नहीं दिया जा सकता कि यदि दो धर्मग्रंथों में परस्पर विरोध हो, तो उस विरोध को एक तीसरे धर्मग्रंथ के जरिये दूर कर लेना चाहिये। धर्मग्रंथों के अंतर्विरोधों को दूर करने का यह प्रयास विट्गेंस्टाइन द्वारा वर्णित उस प्रयास के समान ही है जिसमें किसी अखबार में छपी किसी खबर की सत्यता की जाँच उसी अखबार के उसी दिन के उसी संस्करण की एक दूसरी प्रति के द्वारा की जाती है।

20.6 नैतिक प्रेरणा

20.6.1 नैतिक प्रेरणा का महत्त्व—मनुष्य सभी काम केवल सहज प्रवृत्तियों से प्रेरित होकर नहीं करता। केवल पशु ही ऐसा करते हैं। मनुष्य अनेक काम सोच-विचार कर करता है, अतः उसके अनेक काम उसकी सहज प्रवृत्तियों के अनुरूप नहीं भी होते हैं। मुझे भूख लगी है। भोजन उपलब्ध है। पर एक दूसरा भूखा आदमी, जो बीमार है, अपनी भूख मिटाना चाहता है। भोजन उतना ही उपलब्ध है जितना उस बीमार भूखे आदमी की भूख मिटा सकता है। मैं उपलब्ध भोजन से अपनी भूख मिटाने के लिए नहीं, बल्कि उस बीमार व्यक्ति की भूख मिटवा लेने में सक्षम बनने के लिए प्रेरित हो जाता हूँ। मैं अपने मन में सोच-विचार कर यह संकल्प लेता हूँ कि मैं अपनी भूख नहीं मिटा कर उपलब्ध भोजन से उस भूखे व्यक्ति की भूख ही मिटवा दूँ। मेरा ऐसा संकल्प लेना स्पष्ट ही मेरी सहज प्रवृत्ति के अनुरूप नहीं है। परिस्थिति की विशेषता के कारण मेरे मन में एक नये प्रकार की इच्छा उत्पन्न हो जाती है और इस इच्छा से प्रेरित होकर जो काम मैं करता हूँ उसे सामान्यतः नैतिक या धार्मिक माना जाता है। अब यहाँ अनेक प्रश्न उठ जाते हैं: इस विशेष प्रकार की प्रेरणा का स्वरूप क्या है? यह क्यों उत्पन्न होती है? यह क्यों नैतिक मानी जाती है? आदि आदि। इन प्रश्नों के समाधानार्थ अब हम निम्नलिखित विषयों का विवेचन करेंगे: नैतिक प्रेरगा का आधार, नैतिक प्रेरणा की प्रेरक शक्ति, नैतिक प्रेरणा का लक्ष्य तथा नैतिक प्रेरणा की स्वतंत्रता।

20.6.2 नैतिक प्रेरणा का आधार

चार्वाक मत—चार्वाक के अनुसार सुखप्राप्ति या दुःख की अपेक्षा अधिक सुख की प्राप्ति ही मनुष्य का नैतिक लक्ष्य होता है। चूँकि मनुष्य अपने स्वभाव से ही सुख प्राप्त करना चाहता है और उसके लिए प्रयासरत रहता है, इसलिए वह बिलकुल प्राकृतिक कारण से नैतिक कार्य करने के लिए प्रेरित होता रहता है। इस तरह के कार्य के लिए उसे किसी प्रकार के सोच-विचार की आवश्यकता नहीं होती। यहाँ यह ध्यातव्य है कि चार्वाक सुख से केवल इन्द्रियसुख ही समझता है।

न्याय मत—नैयायिकों के अनुसार नैतिक प्रेरणा सुखप्राप्ति के लिए नहीं, वरन् इष्टसिद्धि के लिए होती है। यह आवश्यक नहीं है कि इष्ट सुख ही हो। सुख के अलावे कुछ अन्य भी इष्ट हो सकता है। जहाँ तक काम्य कर्मों का प्रश्न है, इष्ट या तो सुख या दुःखाभाव होता है जिसकी प्राप्ति के लिए कर्ता में राग या द्वेष का सक्रिय रहना आवश्यक होता है। ऐसा इसलिये कि सुख पाने के लिए राग जरूरी है तथा दुःखाभाव सुनिश्चित करने के लिए दुःख के प्रति द्वेष जरूरी है। पर इस तरह की इष्टप्राप्ति या दुःखपरिहार से आत्यंतिक दुःखाभाव सुनिश्चित नहीं किया जा सकता। राग से प्राप्त सुख शाश्वत नहीं होता और द्वेष द्वारा उपलब्ध दुःखपरिहार पूरी तरह दुःख का नाश नहीं कर सकता। द्वेष तो अपने आप में ही एक दुःखदायी या कष्टप्रद भावना है। अतः सही अर्थ में इष्टप्राप्ति तथा दुःखसमाप्ति तभी सम्भव हो सकती हैं जब राग एवं द्वेष से प्रेरित होना पूरी तरह समाप्त हो जाय और सुख या दुःख की अनुभूति की संभावना ही न रहे। इस प्रकार यह देखा जा सकता है कि जहाँ सांसारिक जीवन जीने के लिए प्रेरणा का उद्देश्य सुखप्राप्ति या दुःखपरिहार होता है, वहीं सांसारिक जीवन से मुक्ति पाने के लिए प्रेरणा का उद्देश्य मोक्ष पाना होता है। मुमुक्षु राग या द्वेष से नहीं, वरन् विरक्ति से प्रेरित होकर अपना अभीष्ट पाना चाहता है। मोक्ष प्राप्त करने के लिए कर्ता पर किसी प्रकार का यांत्रिक दबाव नहीं रहता, वरन् उसके लिए तो वह अच्छी तरह सोच-विचार कर स्वयं ही अग्रसर होता है। चूँकि मोक्षपरक अभीष्ट जीवन का अंतिम लक्ष्य होता है, इसलिए उसको हासिल करनेवाली क्रियाएँ तथा उन क्रियाओं को उत्पन्न करनेवाली प्रेरणाएँ पूरी तरह सोच-विचार पर ही आधारित हो सकती हैं। और जहाँ सोच-विचार है, वहाँ कर्मपरिणाम या कर्म के फल का अच्छा होने सम्बन्धी चिंताएँ भी जरूरी ही हैं। *न्यायमंजरी* कहती है—''फलाभावे हि अर्थानर्थविवेको न सिध्यति''। यदि फल को प्रासंगिक एवं महत्त्वपूर्ण न माना जाय, तो ब्राह्मणहत्या को खराब या अधार्मिक कैसे माना जा सकता है? तब तो , जैसा *न्यायमंजरी* कहती है—''एवं पुनः ब्रह्महत्यादेरपि नैव अस्ति अधर्मता''।

भाट्ट मत—भाट्ट विचारक फल को महत्त्व तो देते हैं, पर उनके अनुसार फलाकांक्षा तो उद्देश्यपरक निरूपण तथा चयन जैसी मनोवैज्ञानिक प्रक्रियाओं को ही सम्भव बनाती है; वह कर्म को नैतिकता प्रदान नहीं कर सकती। कर्म की नैतिकता या धार्मिकता का निरूपण तो शास्त्रोक्त विधि या निषेध के आधार पर ही हो सकता है। फलाकांक्षा मनोवैज्ञानिक प्रवर्तक हो सकती है, मूल्यनिरूपक नहीं हो सकती। विधि के अनुपालन से मोक्ष जैसे फल की प्राप्ति तो हो सकती है, पर यह अनुपालन इसलिए नैतिक या धार्मिक नहीं हो सकता कि वह मोक्ष प्राप्त कराता है, बल्कि इसलिए कि वह विधि का अनुसरण होता है। कर्म फलसापेक्ष अवश्य होता है, और मनोवैज्ञानिक स्तर पर फलेच्छा फलोत्पादन की जननी ही होती है। पर यह

मनोवैज्ञानिक तथ्य किसी कर्म को न तो नैतिक रूप दे सकता, न नैतिक कर्म की प्रेरणा की बाध्यता की समुचित व्याख्या ही कर सकता, और न नैतिकता तथा अनैतिकता, धर्म तथा अधर्म, शुभ तथा अशुभ या सद्गुण तथा दुर्गुण के भेद को ही स्पष्ट कर सकता है। इस प्रकार हम देखते हैं कि न्याय का यह कथन कि कर्म की नैतिकता कर्म के फल के शुभ होने पर निर्भर करती है और नैतिक कर्म को करने की प्रेरणा की बाध्यता भी कर्ता द्वारा उस शुभ फल को पाने की इच्छा पर ही निर्भर करती है, भाट्टों को स्वीकार्य नहीं है। इनके अनुसार नैतिकता का प्रमाण तथा नैतिकता से सम्बद्ध बाध्यकारी प्रेरणा दोनों शास्त्रोक्त विधि या निषेध पर ही आधारित हैं। यहाँ यह आक्षेप किया जा सकता है कि काम्य कर्मों में तो फल की कामना की भूमिका ही प्रमुख होती है। किंतु भाट्टों के अनुसार इन कर्मों के संदर्भ में भी फल की कामना से केवल कर्म का चयन होता है और बाद में उसका निष्पादन होता है। उसकी धार्मिकता तो उसके विधि निषेध के अनुरूप होने पर ही निर्भर करती है। यहाँ यह भी उल्लेखनीय है कि एक तरह से नित्य या नैमित्तिक कर्मों में भी फलसापेक्षता रहती ही है। यह सही है कि इन कर्मों में स्पष्ट रूप से फलेच्छा नहीं रहती, पर इन कर्मों को नहीं करने से जो प्रत्यवाय या पाप होता है उससे मुक्त रहने की इच्छा तो इनमें भी रहती ही है। इस तरह प्रकारान्तर से यहाँ भी फलकामना रहती ही है। पर, तब भी काम्य कर्मों की तरह नित्य या नैमित्तिक कर्मों के संदर्भ में कर्म इसलिए नहीं किये जाने चाहिये कि इनके द्वारा किसी-न-किसी रूप में फलप्राप्ति या इष्टसिद्धि होती ही है, बल्कि इसलिए किये जाने चाहिये कि ये कर्म शास्त्र द्वारा निर्देशित या नियोजित होते हैं। कर्ता को ये कर्म भी एक नियुक्त पुरूष के रूप में ही करना चाहिये। मनोवैज्ञानिक स्तर पर सकारात्मक या नकारात्मक फलकामना की भूमिका तो रहती ही है, पर ऐसी कामना न तो कर्म की धार्मिकता निरूपित कर सकती और न उसकी धार्मिक बाध्यता की समुचित व्याख्या ही कर सकती। धार्मिकता एवं धार्मिक बाध्यता की व्याख्या के लिये तो धर्मशास्त्र ही प्रांसगिक हो सकता है।

प्राभाकर मत—प्राभाकरों के अनुसार फल या परिणाम न तो मनोवैज्ञानिक स्तर पर और न ही धार्मिक स्तर पर प्रासंगिक हो सकता है। कोई शास्त्रीय विधि अपने स्वरूप के कारण ही एक अधिकारसम्पन्न नियोजक एवं प्रेरक बन जाती है। यदि कर्म के नैतिक औचित्य को उसके फल या इष्ट पर आधारित मान लिया जाय, तो फिर उस फल या इष्ट के नैतिक औचित्य को किसी अन्य बाह्य तत्त्व पर आधारित मानना आवश्यक हो जाएगा। और इस प्रकार हम एक अनवस्था की अंतहीन प्रक्रिया में फँस जाएँगे। और यदि हम इस अनवस्था से बचने के लिए कर्म के आसन्न फल को अपने आप में ही नैतिक मान ले सकते हैं, तो हम विधि के अनुपालन को अपने आप में ही नैतिक क्यों न मान लें, और किसी आसन्न या दूरस्थ फल या इष्ट के पचड़े में पड़ें ही नहीं। फलसापेक्षता को तो प्राभाकर मतानुयायी पूरी तरह नकार ही देते हैं। जैसा हमने ऊपर कहा है, वे शुद्ध कर्तव्यवादी हैं और वे किसी तरह अपने को प्रयोजनवादी या परिणामवादी नहीं बनने देना चाहते। यह सही है कि भौतिक नियमों के अनुरूप किसी कर्म का कुछ-न-कुछ फल निकलता ही है, और कर्ता इस तथ्य को प्रायः जानता भी है। पर यदि वह सही अर्थ में धार्मिक है, तो वह फल पाने की इच्छा रखते हुए नहीं, वरन् फलकल्पनाविशेषित कर्ता के रूप में विधि द्वारा निर्दिष्ट कर्तव्यों के अनुपालन के लिए ही कर्म करता है। हम प्राभाकरों के स्वविशेषण सिद्धांत की चर्चा पहले भी कर चुके हैं। अतः यहाँ फिर से उसकी चर्चा करना आवश्यक नहीं है। उनके अनुसार विधि तो फलनिरपेक्ष रहती ही है, क्योंकि इसके दो ही अनुबंध होते हैं—अधिकारानुबंध अर्थात् नियोज्य पुरूष और विषयानुबंध अर्थात् नियोजित कर्म। फल की कल्पना तो पुरुष की साधारण बुद्धि

की देन होती है। *न्यायमंजरी* कहती है—"अतः परं फलकल्पनम् पुरुषबुद्धिप्रभवम् न शास्त्रीयम्"। यह सही है कि काम्य कर्मों के सम्बन्ध में विधि की फलनिरपेक्षता कुछ हद तक उदासीन रहती है, पर इन कर्मों को भी उनके साध्यसाधनपरक पक्ष के आधार पर धार्मिक नहीं मान लिया जा सकता। उनकी धार्मिकता भी उनके विधिसम्मत होने पर ही निर्भर करती है। अतः न तो काम्य कर्मों की और न ही नित्य-नैमित्तिक कर्मों की धार्मिकता फलाश्रित होती है।

जो बातें विधि के सम्बन्ध में लागू होती हैं वे ही प्रकारान्तर से निषेध के सम्बन्ध में भी लागू हो जाती हैं। फर्क केवल इतना है कि निषेध के द्वारा वर्जनीय कार्यों को नहीं करने का निर्देश दिया जाता है। नकारात्मक निर्देश इसलिए धार्मिक नहीं होता कि वह पाप तथा तज्जनित दण्ड से बचा देता है, बल्कि इसलिए धार्मिक होता है कि वह शास्त्र द्वारा निर्देशित होता है। निषेधों के अनुसार व्यवहार करने से जो प्रत्यवायाभाव होता है उसके सम्बन्ध में आम धारणा तो यही है कि यह पुरुष के अपने सोच पर आधारित है। पर किसी व्यक्ति के सोचने के कारण ही निषेधानुसार व्यवहार का वर्जन प्रामाणिक तौर पर धार्मिक नहीं हो जा सकता। निषेधों की प्रामाणिक धार्मिकता तो उनके शास्त्र द्वारा निर्देशित होने पर ही निर्भर करती है। अतः हम देख सकते हैं कि विधि की तरह निषेध में भी फलसाधनता की भूमिका नहीं रहती।

पर, फलसाधनता को काम्य कर्मों के संदर्भ में भी नहीं मानना सचमुच बहुत बेतुका लगता है। इस सम्बन्ध में प्राभाकरों में तीन तरह के मत विद्यमान हैं—एक मत के अनुसार विधि का विधायकत्व विधि के अनुरूप किये गये कर्म के इतिकर्तव्यता-अंश तक ही सीमित रहता है; वह अंश उस कर्म के फलांश से सम्बद्ध नहीं रहता। फलांश चूँकि लिप्सा पर आधारित रहता है, इसलिए उसके प्रति विधि उदासीन रहती है। विधि को तो मात्र कर्तव्यता से सम्बन्ध रहता है। दूसरे मत के अनुसार काम्य कर्म का स्वरूप ही कुछ ऐसा होता है कि उसका फलसापेक्ष होना उसका स्वरूपलक्षण होता है। यह सही है कि विधि केवल कर्तव्यताबोध कराती है, पर किसी कार्य के सम्पादन से फलप्राप्ति का होना तो स्वाभाविक ही है। पर यह फलप्राप्ति विधि के विधायकत्व को नष्ट नहीं कर सकती। तीसरा मत यह है कि काम्य कर्मसम्बन्धी विधि में फलसाधनता मानो उसका एक अंग ही होती है। उदाहरणस्वरूप "स्वर्गकामो यजेत" विधि के द्वारा ऐसे ही व्यक्ति को यज्ञ करने का निर्देश दिया जाता है जो स्वर्ग पाने का मन बना चुका रहता है। अतः फलसाधनता तो विधि का एक आंतरिक अंग ही बन चुका रहता है। लेकिन, विधि की प्रामाणिकता उसकी फलसाधनता पर निर्भर नहीं रहती। विधि की प्रामाणिकता तो उसके शास्त्रसम्मत होने पर ही निर्भर रहती है। यहाँ यह ध्यातव्य है कि नित्यनैमित्तिक कर्मों में भी प्रकारान्तर से फल की प्राप्ति समाविष्ट रहती ही है। यह सही है कि इन कर्मों के क्रियान्वयन से किसी आकांक्षा की पूर्ति नहीं होती। पर इससे चित्तशुद्धि तो होती ही है। और फिर जो व्यक्ति इन कर्मों का क्रियान्वयन नहीं करता, वह पाप का भागी तो होता ही है।

20.6.2 नैतिक प्रेरणा की प्रेरक शक्ति

चार्वाक मत—चार्वाक मत के अनुसार प्रेरक शक्ति यांत्रिक होती है। मनुष्य सुख की ओर मानो एक यंत्र की तरह खिंच जाता है। दुःख या कष्ट से भी वह यांत्रिक ढंग से ही अलग रहता है। इस तरह के विचार को हम सुखदुःखपरक यंत्रवाद कह सकते हैं।

न्याय मत—न्याय के अनुसार कर्म करने की प्रेरणा वैयक्तिक होती है। कर्ता वही कर्म करने को प्रेरित होता है जिसे वह करना चाहता है। पर कार्य के चयन में विधिपरक आदेश

या नैतिक नियम मार्गदर्शन कर सकता है। इस तरह के मार्गप्रदर्शन से यह ज्ञात हो जाता है कि किस कार्य को करने से शुभ फल प्राप्त किया जा सकता है। यों तो साधारणतः कर्ता को उसके राग एवं द्वेष ही कार्य करने के लिए प्रेरित करते रहते हैं। पर उनके द्वारा प्रेरित होकर कार्य करने से कर्ता परम शुभ प्राप्त नहीं कर सकता। इस शुभ को प्राप्त करने के लिए ईश्वरप्रदत्त नियमों के अनुरूप कार्य करना आवश्यक होता है। इस प्रकार हम देखते हैं कि नैतिक प्रेरणा यदि मनोवैज्ञानिक स्तर पर कर्ता की फलप्राप्तिकामना से सम्बद्ध रहती है तो वह नैतिक रूप ग्रहण करने के स्तर पर ईश्वरीय आदेश पर अवलम्बित रहती है। अतः नैतिक प्रेरणा की प्रेरकता कामनासापेक्ष होती है तथा उसकी वैधता विधिसापेक्ष होती है।

भाट्ट मत—भाट्ट विचारक प्रेरकता को फलाश्रित बिलकुल नहीं मानते। उनके अनुसार यह पूर्णतः विधिनिषेधाश्रित होती है। विधिवाक्य या निषेधवाक्य की कारणता से मनुष्य की प्रवृत्ति इस प्रकार क्रियमाण हो जाती है कि मनुष्य विधि या निषेध के अनुसार कार्य करने के लिए न केवल प्रेरित ही बल्कि बाध्य भी हो जाता है। अतः नैतिक प्रेरणा कर्ता के मन में उत्पन्न एक ऐसी शक्ति है जो उसे विधिनिषेधानुकूल कार्य करने के लिए उत्तेजित कर देती है।

प्राभाकर मत—प्राभाकरों के अनुसार नैतिक प्रेरणा किसी भी तरह किसी कारण-कार्यपरक व्यापार को सम्पन्न नहीं कर सकती। नैतिक प्रेरणा तो शुद्ध रूप से एक नियोग है जो कर्ता को आदेशित करता है। इसमें प्रैष्यप्रैषसम्बन्ध वर्तमान रहता है। और फिर इसमें क्रियाकर्तृ सम्बन्ध भी रहता है। पर प्रेरणा के प्रसंग में प्रैष्यप्रैषसम्बन्ध ही प्राथमिक एवं प्रधान होता है, क्रियाकर्तृसम्बन्ध तो परवर्ती एवं गौण होता है। *न्यायमंजरी* कहती है—''प्रेषितो हि क्रियां कर्तुमुद्यच्छति''। नैतिक कर्म के दो पक्ष होते हैं। एक पक्ष प्रेरणापरक होता है और दूसरा कार्यसम्पादनपरक। पहले में नियोग की भूमिका रहती है जिससे नैतिक कार्य करने की प्रेरणा मिलती है। दूसरा पक्ष कार्यसम्पादन का होता है जो एक भौतिक व्यापार होता है और इसी में क्रियाकर्तृसम्बन्ध वर्तमान रहता है। प्रेरणा की प्रेरकता तो नियोग में रहती है, क्योंकि नियोग ही कर्ता को प्रेरित करता है।

पर यहाँ एक प्रश्न यह उठ सकता है कि क्या प्रेरित करना या नियोजित करना या निर्देशित करना एक क्रिया नहीं है। और यदि यह एक क्रिया है तो स्पष्ट ही यह कोई कार्य निष्पादित करता है। और तब प्रैष्यप्रैषसम्बन्ध भी एक तरह से क्रियाकर्तृसम्बन्ध ही हो जाता है। पर प्राभाकर ऐसा नहीं मानते। उनके अनुसार प्रैष्यप्रैषसम्बन्ध कारक या क्रियापरक नहीं होता, बल्कि ज्ञापक या ज्ञानपरक होता है। वे कहते हैं कि नैतिक कार्य करने की प्रेरणा एक प्रकार का ज्ञान है जो आत्मा की तरह ही स्वसंवेद्य है। इस प्रेरणापरक बोधि के आलोक में ही कर्ता कार्य का चयन करता है। यदि वह धार्मिक प्रवृत्ति का होता है, तो वह उस बोधि के अनुरूप ही चयन करता है, क्योंकि वह बोधि नैतिकता अर्थात् धर्म का पर्याय ही होती है। और चूँकि यह बोधि विधिवाक्य से प्राप्त होती है, इसलिए इसे हम साधारण तथ्यज्ञान के समान नहीं मान सकते। यह तो आत्मकूट होता है, अर्थात् आत्मा का एक अतिविशिष्ट लक्षण होता है जिसका हम कोई विश्लेषण नहीं कर सकते। यह तो एक विशेष प्रकार का मौलिक तत्त्व है जो अविश्लेष्य है। इस प्रकार हम देखते हैं कि जहाँ भाट्ट विधिवाक्य को एक कारक मानते हैं और वे प्रेरणा में क्रियाकर्तृ-सम्बन्ध का ही अस्तित्व स्वीकार करते हैं, वहीं प्राभाकर विधिवाक्य को ज्ञापक मानते हैं और वे प्रेरणा में प्रैष्यप्रैषसम्बन्ध के अस्तित्व को ही प्राथमिक एवं प्रधान मानते हैं। और चूँकि प्रेरणा से उत्पन्न क्रिया के मनोवैज्ञानिक एवं

भौतिक पक्ष भी होते हैं, इसलिए वे परवर्ती और गौण रूप से प्रेरणा के क्रियाकर्तृसम्बन्ध को भी स्वीकार कर लेते हैं।

प्राभाकर मत की तुलना हम उन पाश्चात्त्य विचारकों के मत से कर सकते हैं जो कर्तव्यवादी कहलाते हैं और कर्तव्यपालन को कर्तव्यज्ञान पर ही आश्रित मानते हैं। इन पाश्चात्त्य कर्तव्यवादियों के अनुसार कर्तव्यों का पालन मात्र कर्तव्यपालन के लिए ही होना चाहिये, किसी फलेच्छा की पूर्ति के लिए नहीं। इनके अनुसार कर्तव्यों का ज्ञान अंतर्दृष्टि या अंतःप्रज्ञा से हो जाता है और इस कारण ये कर्तव्य आत्मप्रमाणित या स्वतः प्रमाणित भी होते हैं। चूँकि इनका ज्ञान कोई प्राकृतिक ज्ञान नहीं होता, इसलिए इनके ज्ञान के सत्यापन के लिए किसी प्राकृतिक तथ्य की जानकारी की आवश्यकता नहीं होती। इस प्रकार हम देखते हैं कि कर्तव्यवादियों तथा प्राभाकरों के मतों के बीच बहुत समानता है। लेकिन तब भी उनमें एक महत्त्वपूर्ण भेद यह है कि जहाँ प्राभाकर कर्तव्यों का ज्ञान वेद जैसे धर्मग्रंथों से उपलब्ध मानते हैं, वहीं पाश्चात्त्य कर्तव्यवादी उनका ज्ञान अंतःप्रज्ञा से उपलब्ध मानते हैं।

अब यहाँ यह प्रश्न उठता है कि क्या ये भारतीय एवं पाश्चात्त्य विचारक प्रेरणा की समुचित व्याख्या करने में समर्थ हुए हैं। इसका उत्तर नकारात्मक ही है। इस नकारात्मक उत्तर का कारण यह है कि पाश्चात्त्य अंतःप्रज्ञावादी कर्तव्यज्ञान को एक तरह का अप्राकृतिक या अतिप्राकृतिक तथ्यपरक ज्ञान मान लेते हैं, और इस वजह से वे कर्तव्यपरक प्रेरणा की समुचित व्याख्या नहीं कर पाते। और चूँकि प्राभाकर कर्तव्यवादी भी विधिजन्य नियोग को ज्ञापक मान लेते हैं और उसे आत्मकूट के रूप में आत्मा का एक विलक्षण एवं अविश्लेष्य गुण समझ लेते हैं और इस तरह कर्तव्यज्ञान एवं कर्तव्यपालन के बीच मानो एक गहरी खाई खोद देते हैं, इसलिये वे भी प्रेरणा की समुचित व्याख्या कर नहीं पाते। ज्ञान प्रवृत्ति नहीं है। कहा भी गया है—'जानामि धर्मं न च मे प्रवृत्तिः'।

प्रस्तुत प्रसंग में निश्चय ही यह विचारणीय हो जाता है कि यदि कर्तव्यज्ञान तथ्यपरक ज्ञान है, तो उस ज्ञान से प्रेरणा कैसे मिल जा सकती है? प्रेरणा के लिए तो फलेच्छा का होना आवश्यक प्रतीत होता है, जैसा न्याय मानता है। भाट्ट भी विधिवाक्य को चोदनायुक्त मानकर उसे प्रेरणादायक बना ही देते हैं, क्योंकि चोदनायुक्त हो जाने से विधि का प्रेरणादायक होना बिलकुल स्वाभाविक है। लेकिन प्राभाकर तो विधिज्ञान को शुद्ध ज्ञान ही मानते हैं। और यदि विधिज्ञान मात्र ज्ञान है, तो यह आदेश कैसे हो जा सकता है? आदेश या नियोग का सही विश्लेषण तो उसको प्रेरणादायक बनाकर एवं चयन और क्रियान्वयन जैसे व्यापारों के साथ जोड़कर ही किया जा सकता है। शुद्ध ज्ञान न तो प्रेरणा है न चयन है और न ही क्रियान्वयन। इस प्रकार यह देखा जा सकता है कि जिस तरह पाश्चात्त्य कर्तव्यवादी नैतिक प्रेरणा की सही व्याख्या करने में असमर्थ हैं, उसी तरह प्राभाकर कर्तव्यवादी भी नैतिक प्रेरणा की सही व्याख्या करने में असमर्थ ही रह जाते हैं।

20.6.4 नैतिक प्रेरणा का लक्ष्य

नैतिक प्रेरणा के सम्बन्ध में एक प्रश्न यह भी उठ सकता है कि प्रेरणा से प्रेरित होकर जो भी कार्य किये जाते हैं उनका लक्ष्य या उद्देश्य क्या होता है। इस सम्बन्ध में नैयायिकों, भाट्टों एवं प्राभाकरों के मत अलग अलग हैं।

न्याय मत—नैयायिक फलवादी हैं। इनके अनुसार इष्टसिद्धि के लिए या फलप्राप्ति के

लिए ही कार्य किये जाते हैं। यह सही है कि हम विधि या आज्ञा से प्रेरित होकर अनेक कर्म करते हैं और हम प्रायः कहते भी हैं कि हमने अमुक कर्म विधि या आज्ञा से प्रेरित होकर किया है। किंतु सही मायने में विधि या आज्ञा केवल उत्तेजना का अवसर प्रदान करती है। प्रेरक तो फल पाने की इच्छा होती है; कोई भी विधि-आज्ञा सम्पाद्य नहीं होती, सम्पाद्य तो इष्ट होता है। हाँ, कार्यसम्पादन को विधि या आज्ञा एक तरह से औचित्य या वैधता प्रदान कर सकती है। यहाँ यह कहा जा सकता है कि विधि या आज्ञा या नियोग के नहीं रहने पर भी मनुष्य आत्मकल्पित इष्टसिद्धि के लिए कार्य तो कर ही सकता है। अतः सही मायने में इष्टसिद्धि ही प्रेरणा को सम्भव बना सकती है। *न्यायमंजरी* कहती है— 'प्रेरकत्वं फलस्यैव न नियोगात्मनः पुनः'। अतः फलाकांक्षा और प्रेरकत्व के बीच गहरी खाई खोद देना उचित नहीं है। भाट्टों ने जो फलभावना को शब्दभावना से अलग करके प्रेरणाशक्ति को शब्दभावना के साथ ही जोड़ दिया है वह युक्तिसंगत नहीं है। वास्तविकता तो यही है कि हम फलप्राप्ति की भावना से प्रेरित एवं उत्साहित होकर ही कोई कार्य करने को तत्पर होते हैं।

भाट्ट मत—ऐसा नहीं है कि भाट्ट फलप्राप्ति को कुछ भी महत्त्व नहीं देते। वे भी फल को नैतिक प्रेरणा का उद्देश्य मानते ही हैं। इस बात की पुष्टि तो स्वयं आज्ञा या आदेश या विधि से ही हो जाती है। विधि कहती हैं— "स्वर्गकामो यजेत"। स्वर्ग की कामना रखनेवाले व्यक्ति को यज्ञ करना चाहिये। अतः काम्य कर्मों में तो फलेच्छा स्पष्ट रूप से ही वर्तमान रहती है। और फिर नित्यनैमित्तिक कर्मों में भी प्रकारान्तर से अच्छे फल की इच्छा वर्तमान रहती ही है। क्योंकि, जैसा हम जानते हैं, इन कर्मों को नहीं करने से मनुष्य को पाप का भागी होना पड़ता है। अतः पाप से मुक्ति जैसे फल को पाने के लिए "अहरहः सन्ध्यामुपासीत"। इस तरह यदि धार्मिक या नैतिक कर्मों का उद्देश्य स्पष्ट या अस्पष्ट रूप से किसी-न-किसी तरह की फलप्राप्ति ही है, तो इन कर्मों को करने की मनोवैज्ञानिक प्रेरणा भी किसी-न-किसी तरह फलप्राप्ति से जुड़ी ही रहती है। यह सही है कि भाट्ट विचारक कर्मों की धार्मिकता या नैतिक वैधता को इन कर्मों से सम्बद्ध विधिवाक्यों या वैदिक निर्देशों पर ही निर्भर मानते हैं। और वे फलप्राप्ति को धार्मिकता या नैतिक वैधता के प्रमाण के रूप में स्वीकार नहीं करते। लेकिन तब यहाँ यह प्रश्न पूछा जा सकता है कि क्या धार्मिकता या नैतिक वैधता को धर्मग्रंथों के निर्देशों पर आश्रित कर देना जायज है? यह निश्चय ही एक विचारणीय प्रश्न है। हमने इसकी चर्चा अन्य स्थलों पर विस्तार से की ही है।

प्राभाकर मत—प्राभाकरों के अनुसार फल किसी भी तरह नैतिक कर्म या अनुष्ठान का लक्ष्य या उद्देश्य नहीं हो सकता। अनुष्ठान का लक्ष्य या विषय तो स्वयं आज्ञा या विधि ही है। प्राभाकर, जैसा हम पहले भी कह चुके हैं, शुद्ध कर्तव्यवादी होते हैं और वे फल को नैतिक या धार्मिक अनुष्ठान में कोई महत्त्व नहीं देते। आज्ञा या नियोग में फल का न तो मनोवैज्ञानिक और न ही प्रमाणपरक महत्त्व है। इस सम्बन्ध में हम प्राभाकरों के स्वविशेषण सिद्धांत की चर्चा पहले कर ही चुके हैं। अतः यहाँ फिर से उसकी चर्चा करना अनावश्यक है। पर, स्पष्ट ही प्राभाकर मत भी अपने शुद्धरूप में स्वीकार्य नहीं हो सकता।

20.7 नियोग

20.7.1 नियोग का स्वरूप

भारतीय दर्शन में प्रेरणा के परिप्रेक्ष्य में नियोग का बहुत अधिक महत्त्व है। पर, नियोग के सम्बन्ध में यह पूछा जा सकता है कि यह प्रेरणात्मक अवधारणा है या क्रियात्मक। कुछ

लोग इसके प्रेरकत्व को प्रधान और कार्यत्व को गौण मानते हैं। पर, कुछ लोग इसके कार्यत्व को ही प्रधान और प्रेरकत्व को गौण मानते हैं। प्रेरकवादी इसे एकरूपी बनाये रखने के लिए इसे अपरित्यक्तकार्यभाव के रूप में स्वीकार करते हैं और कार्यवादी उसी उद्देश्य से इसे अपरित्यक्तप्रेरकभाव के रूप में ही स्वीकार करते हैं। भारतीय दर्शन में उपर्युक्त विषयों के सम्बन्ध में बहुत गहन विचार हुआ है। हम भी यहाँ इन विषयों के सम्बन्ध में कुछ विस्तार से ही चर्चा करेंगे। पहले हम विद्यानन्द द्वारा प्रस्तावित नियोग के स्वरूप सम्बन्धी विचारों का विवरण प्रस्तुत करेंगे।

विद्यानन्द ने *अष्टसाहस्त्री* में नियोग के प्रेरकत्व एवं कार्यत्व के संदर्भ में इसके ग्यारह तरह के रूप प्रस्तुत किये हैं। वे हैं—

शुद्धकार्यत्वरूप—नियोग शुद्ध एवं सामान्य रूप से कार्यपरक होता है। अर्थात् इसमें न तो कार्य की प्रकारता या विशिष्टता समाविष्ट रहती है और न ही इसमें कर्ता की प्रेरणा समाविष्ट रहती है। नियोग कर्तव्यपालन का एक शुद्ध एवं सामान्य आदेश है।

शुद्ध प्रेरक रूप—नियोग शुद्ध प्रेरणा है। प्रेरणा के बिना जो भी कार्य निष्पादित होता है उसमें नियोग की कोई भूमिका नहीं हो सकती। प्रेरणा ही नियोग का रूप ले सकती है।

प्रेरणासहित कार्यरूप—नियोग मुख्यतः कार्यपरक ही होता है पर प्रेरणा के बिना वह अधूरा है। अतः उसमें प्रेरणा का होना भी आवश्यक है। इस प्रकार नियोग में कार्य प्रधान होता है और प्रेरणा गौण।

कार्यसहित प्रेरणारूप— नियोग की प्रेरणा ही प्रधान है और कार्य गौण, पर प्रेरणा और कार्य दोनों आवश्यक होते हैं।

प्रामाणिकता चिदात्मक—नियोग की प्रामाणिकता न तो कार्य पर निर्भर है और न ही प्रेरणा पर। यह तो आत्मा के चिदात्मक या सचेतन रूप पर आधारित होती है। चूँकि नियोजित कार्य का क्रियान्वयन चिदात्मक ही हो सकता है, इसलिए उसकी वैधता या प्रामाणिकता प्रकाशात्मक होती है।

कार्य और प्रेरणा के परस्पर सम्बन्ध पर आधारित रूप—नियोग न तो कार्य है और न ही प्रेरणा, बल्कि यह इन दोनों के बीच का सम्बन्ध है।

कार्य, प्रेरणा तथा उनके परस्पर सम्बन्ध का संकलित रूप—नियोग न तो कार्य है, न प्रेरणा है और न कार्य एवं प्रेरणा के बीच का सम्बन्ध ही है। यह इन तीनों का एक संकलन या समुच्चय है, अर्थात् यह एक ऐसी मानसिकता है जिसमें प्रेरणा, कार्यसम्भाव्यता तथा इन दोनों की परस्पर निर्भरता जैसे तीनों घटक एक साथ घुलमिल कर एक समुच्चय का रूप ले लेते हैं।

प्रेरणाकार्य विनिर्मुक्त रूप—नियोग न तो प्रेरणास्वभावपरक है और न कार्यस्वभावपरक। यह इन दोनों स्वभावों से विनिर्मुक्त है। इस प्रकार यह मानो अपने आप में ही सिद्ध है और इस तरह यह निरपेक्ष ब्रह्म ही है। इस कारण यह देश और काल से बिलकुल परे है और ऐसी स्थिति में प्रेरणा एवं क्रिया इसके तात्त्विक अंग बन ही नहीं सकतीं।

यांत्रिक रूप—जिस तरह यंत्र के द्वारा व्यक्ति परिचालित होता है, उसी तरह नियोग के द्वारा नियोजित व्यक्ति परिचालित होता है। अर्थात् नियोग आत्मा को यांत्रिक ढंग से प्रेरित कर गम्यमान बनाता है। 'विषयारूढमात्मानं गम्यमानं प्रवर्तते'।

भोग्यमान रूप—नियोग का भोग्यमान रूप सिद्ध रूप नहीं है। सिद्ध रूप तो पूर्त रूप होता है। पूर्त रूप पूरणीय नहीं होता, क्योंकि वह पूर्त तो रहता ही है। चूँकि भोग्य रूप पूरणीय होता है, अतः वह साध्यरूप होता है, सिद्ध रूप नहीं। भोग्यमान रूप में भोक्ता की आवश्यकता होती है, और यह भोक्ता कर्ता ही होता है। इस तरह यह भोग्य रूप नियोजित कर्ता यानी भोक्ता में ही अवस्थित रहता है— 'भोक्तरि व्यवस्थितम्'। अतः नियोग के इस रूप में कर्ता के स्वामित्व का भाव और तज्जन्य अभिमान भी निहित रहते हैं— 'स्वामित्वेन अभिमानम्'। इस विशिष्ट रूप में यह कहा जा सकता है कि नियोग से नियुक्त कर्ता नियोग का भोग करने के लिए अर्थात् उसे सिद्ध करने के लिए ही प्रवृत्त एवं प्रेरित होता है। उल्लेखनीय है कि इस प्रकार की कार्यसाधना में नियोग केवल कार्यसम्पादनपरक भूमिका ही नहीं, बल्कि वह अपनी एक प्रेरणापरक भूमिका भी निभाता है।

पुरुष रूप—इस रूप में नियुक्त पुरुष ही नियोग है। 'पुरुष एव नियोगः'। नियुक्त पुरुष स्पष्ट ही किसी विशिष्ट प्रकार के कार्य को करने के लिए प्रेरित रहता है। इस विशिष्ट रूप से प्रेरित अर्थात् नियुक्त कर्ता मानो अपने आपको ही सिद्ध कर रहा होता है। वह कहता तो यह है कि 'मैं अमुक कार्य को सिद्ध करने जा रहा हूँ', पर चूँकि वह स्वयं किसी कार्यविशेष को करने के लिए नियुक्त हो चुका है, इसलिए वह मानो अपने आपको ही सिद्ध करने जा रहा है। इस प्रकार यह नियोग कर्तापुरुष है।

20.7.2 नियोग एवं संकल्प-स्वातंत्र्य

इस संदर्भ में दो प्रश्न विचारणीय हैं—क्या नियोग द्वारा प्रेरित व्यक्ति स्वतंत्र रूप से कार्यसंपादन कर सकता है? और क्या नियोगप्रेरित व्यक्ति किसी तरह परनिर्भर नहीं होता? हम इन दोनों प्रश्नों के सम्बन्ध में अलग अलग विचार करेंगे।

20.7.2.1 क्या नियोग द्वारा प्रेरित व्यक्ति स्वतंत्र रूप से कार्यसंपादन कर सकता है ?—शास्त्रदीपिका के अनुसार 'प्रवर्तनारूपो हि विधिः अर्थात् समीहितसाधनशक्तिं बोधयति। प्रवर्तना च अशक्यविषये न सम्भवति'। अतः यह कहा जा सकता है कि विधि या नियोग में शक्यता अर्थात् कार्य कर सकने की क्षमता निहित ही रहती है। यही बात 'ऑट इम्प्लायज कैन' से भी स्पष्ट होती है। जो कार्य मनुष्य द्वारा सम्पाद्य नहीं हो सकता, उसे विधि के द्वारा कर्तव्य की श्रेणी में रखा ही नहीं जा सकता। आप हिमालय पर्वत को उठाकर अपने सिर पर नहीं रख सकते। अतः हिमालय पर्वत को उठाकर सिर पर रखना आपका कर्तव्य नहीं हो सकता। नियुक्त द्वारा नियोग का पालन कर सकना नियोग की मानो एक पूर्वशर्त ही होती है। इस प्रकार हम देखते हैं कि नियोगजन्य प्रेरणा में कर्ता की स्वतंत्र कार्य-क्षमता अंतनिर्हित ही रहती है। लेकिन तब यहाँ प्रश्न उठ सकता है कि यदि नियुक्त कर्ता नियोग से प्रेरित रहता है, तो फिर वह स्वतंत्र कैसे माना जा सकता है? वह जो भी कर्म करता है, नियोग से प्रेरित होकर तथा उसके अनुरूप ही करता है। पर इसके प्रत्युत्तर के रूप में कहा जा सकता है कि स्वतंत्र कार्यसंपादन का अर्थ यह नहीं होता कि कर्ता उच्छृंखल ढंग से कार्य करे, अर्थात् उसके मन में जो भी इच्छा उत्पन्न हो जाय उसी के अनुसार वह कार्य कर बैठे। स्पष्ट ही ऐसी उच्छृंखल क्रिया को स्वतंत्र क्रिया नहीं कहा जा सकता। ऐसी क्रिया तो पागलों के द्वारा की जानेवाली क्रियाओं के समान ही है। और निश्चय ही पागलों की क्रिया को स्वतंत्र रूप से निष्पादित क्रिया नहीं माना जा सकता। सही अर्थ में स्वतंत्र क्रिया तो तर्कसंगत क्रिया ही हो सकती है। यदि आप कोई ऐसा कार्य करते हैं जिसे आपको एक मनुष्य के रूप मे करना चाहिये, तो आप उसे किसी दबाव में आकर नहीं करते, बल्कि आप उसे अच्छी तरह सोच-

विचार कर अपने से स्वतंत्र निर्णय लेकर ही करते हैं। यह सही है कि आप उस कार्य को, जिसे आपको करना चाहिये, नहीं करने के लिए भी स्वतंत्र रहते हैं। लेकिन तब यदि आप उसे नहीं करते हैं तो आप नैतिकता के विरुद्ध जाते हैं। और नैतिकता के विरुद्ध वही व्यक्ति जा सकता है जो मानवोचित कार्यसंपादन को दरकिनार कर बिना सोचे-समझे पूरी तरह विवेकहीन होकर कार्य करना चाहता है। सही ढंग से सोच-विचार कर कार्य करनेवाला विवेकी व्यक्ति नैतिकता के विरुद्ध जा ही नहीं सकता। इस प्रकार हम देखते हैं कि स्वतंत्रता का अर्थ अनाप-शनाप कार्य कर लेना नहीं है; इसका सही अर्थ तो नैतिकता के अनुकूल कार्य करना ही होता है। जो व्यक्ति नैतिकता के अनुकूल कार्य करता है, वह नैतिक नियम से प्रेरित तो रहता है, पर वह उस नियम को अपने में इस तरह अंगीकार कर लेता है कि उसको उस नैतिक नियम से बाध्य नहीं होना पड़ता। नियमानुकूल कर्म करना उसका स्वभाव ही हो जाता है। अतःयह कहा जा सकता है कि नियोगप्रेरित व्यक्ति कार्यसंपादन में स्वतंत्र रहता ही है।

20.7.2.2 क्या नियोगप्रेरित व्यक्ति किसी तरह परनिर्भर नहीं होता?—भारतीय नीतिशास्त्र में नियोग का स्रोत किसी-न-किसी रूप में कर्ता से भिन्न ही माना गया है। अतः तब कर्ता को तो परनिर्भर हो जाना ही पड़ता है। नियोग के स्रोत के सम्बन्ध में भारतीय नीतिशास्त्र में दो तरह के विचार विद्यमान हैं—पौरुषेयपरक तथा अपौरुषेयपरक। प्रथम तरह के विचार के अनुसार नियोग का स्रोत कोई पुरुष होता है, और द्वितीय तरह के विचार के अनुसार नियोग का स्रोत कोई पुरुष नहीं, वरन् वेद होता है जो पुरुष द्वारा रचित न होकर अपौरुषेय है। अपौरुषेयवाद के समर्थक मीमांसक हैं।

पौरुषेयवाद के भी दो प्रकार होते हैं। प्रथम प्रकार के अनुसार नियोग का स्रोत कोई मानव होता है, और द्वितीय प्रकार के अनुसार नियोग का स्रोत कोई मानव नहीं, वरन् ईश्वर होता है। मानवीय पौरुषेयवाद फिर दो प्रकार का होता है। एक के अनुसार नियोग का स्रोत कोई राजा होता है, पर दूसरे के अनुसार यह कोई आप्त पुरुष होता है। प्रथम के समर्थक चार्वाक हैं, तो द्वितीय के समर्थक बौद्ध और जैन। ईश्वरीय पौरुषेयवाद के समर्थक न्यायवैशेषिक मतानुयायी तथा रामानुज एवं उनके मतानुयायी तथा अन्य वैष्णव मतानुयायी हैं।

चार्वाक के अनुसार भौतिक सुख ही मनुष्यों का चरम लक्ष्य होता है और सभी लोग इसी सुख को पाना भी चाहते हैं। इस लक्ष्य की पूर्ति के लिए सामाजिक व्यवस्था आवश्यक है जिसके लिए एक प्रभुतासम्पन्न राजा का होना जरूरी है। ऐसे राजा के अभाव में अधिक शक्तिशाली लोग कम शक्तिशाली लोगों को सुख-सुविधा से वंचित रख सकते हैं। अतः सामाजिक व्यवस्था कायम रखने के लिए तथा लोगों द्वारा सुखी जीवन जी सकने के लिए एक प्रभुतासम्पन्न राजा का होना जरूरी है जो अपनी आज्ञा या आदेश से लोगों को नियंत्रण में रख सके। ऐसी राजाज्ञा ही नियोग है।

बौद्धों तथा जैनों के अनुसार आप्त पुरुष के द्वारा दिये गये निर्देश ही नियोग होते हैं। आप्त पुरुष वही व्यक्ति हो सकता है जो आध्यात्मिक अनुभूति प्राप्त कर चुका होता है। आप्त पुरुष में निम्नलिखित तीन लक्षणों का होना अनिवार्य हैं—साक्षात्कृतधर्मता, भूतदया तथा व्यथाभूतार्थचिख्यापयिषा। इन तीन लक्षणों में प्रथम का अर्थ है साक्षात् अनुभूति से धर्मता का ज्ञान, दूसरे का अर्थ है सभी प्राणियों के प्रति दया रखना, अर्थात् उनके लिए यह कामना करना कि वे धर्म एवं स्वहित को जानें तथा उन्हीं के अनुसार जीवनयापन करें, एवं तीसरे का अर्थ है सभी प्राणियों को इस बात की शिक्षा देने की अभिलाषा रखना कि वास्तविकता क्या है और फिर उनके लिये हितकारी क्या है और उसकी प्राप्ति कैसे हो सकती है। इन लक्षणों से

युक्त आप्त पुरुषों की परंपरा तो प्राचीनकाल से ही चली आ रही है। इन पुरुषों के बतलाये नियम ही तो नियोग होते हैं। चूँकि साधारण मानव प्रमाद, असावधानी, विपर्यय, ज्ञानदोष, विप्रलिप्सा, लोभ, इन्द्रियदोष, आदि से ग्रस्त रहते हैं, इसलिए वे तब तक आप्त पुरुष नहीं बन सकते, जब तक उनमें ये दोष वर्तमान रहते हैं। बौद्ध एवं जैनमतावलम्बी ईश्वर के रूप में कोई आप्त पुरुष नहीं मानते, क्योंकि वे अनीश्वरवादी हैं। इनके अनुसार मानवीय आप्त पुरुषों की शृंखला अतीत से ही चली आ रही है जिसमें पूर्ववर्ती आप्त पुरुष परवर्ती आप्त पुरुषों का मार्गप्रदर्शन करते ही आ रहे हैं।

ईश्वरीय पौरुषेयवाद के अंतर्गत न्याय-वैशेषिक तथा रामानुज एवं उनके अनुयायी तथा अन्य वैष्णव मतानुयायी आते हैं। ये लोग ईश्वर को मानते हैं। ईश्वर एक शाश्वत एवं सभी महत्त्वों से परिपूर्ण सत्ता है। इनके आदेश ही नैतिक या धर्म या नियोग होते हैं। ईश्वरीय आदेश जहाँ रामानुज के अनुसार बुद्धिसम्मत भी होते हैं, वहीं न्याय-वैशेषिक के अनुसार वे मात्र ईश्वरीय आदेश होते हैं।

अपौरुषेयवाद के समर्थक पूर्वमीमांसक हैं। जैसा हम जानते हैं, इनकी दो शाखाएँ हैं—भाट्ट एवं प्राभाकर। इन दोनों शाखाओं के अनुसार नियोग का स्रोत न तो कोई ईश्वर होता और न ही कोई मानव पुरुष। ध्यातव्य है कि ये दोनों शाखाएँ अनीश्वरवादी हैं। मीमांसकों के अनुसार नियोग एक नियम है जिसका कोई नियामक नहीं होता। यह नियम तो वेद का वाक्य होता है जिसका कोई रचयिता नहीं है। यह तो स्वतः सृष्ट एवं स्वतःप्रमाणित ही होता है। इसमें कोई वक्तृदोष भी नहीं हो सकता, क्योंकि इसका कोई वक्ता नहीं होता। यहाँ यह उल्लेखनीय है कि यद्यपि विधिवाक्य में वक्तृदोष की संभावना नहीं रहती, फिर भी इसमें अन्य प्रकार के दोष रह सकते हैं, जैसे, एक विधिवाक्य का दूसरे विधिवाक्य से मेल नही खाना, आदि। मीमांसक इन दोषों की अवहेलना कर देते हैं। वे इन दोषों पर आधारित आक्षेपों को महत्त्व ही नहीं देते। वे न्यायवैशेषिकों के आक्षेपों को यह कहकर टाल देते हैं कि वेद के वाक्य स्वतः प्रामाणिक होने के कारण किसी भी तरह विवाद के घेरे में आ ही नहीं सकते। अतः मीमांसकों के अनुसार नियोग वेदवाक्य के रूप में स्वतः प्रमाणित होकर पूरी तरह अकाट्य हो जाता है।

अब प्रश्न उठता है कि नियोजित पुरुष परनिर्भर होता है या नहीं। ऊपर के विवेचन से तो यह पूरी तरह स्पष्ट हो जाता है कि नियोग, चाहे उसका स्वरुप या स्रोत जो भी हो, किसी तरह नियोजित कर्ता का अपना सोचा-समझा निर्णय नहीं हो सकता। अतः वह कर्ता नियोग से प्रेरित होकर कार्य करने में परनिर्भर तो हो ही जाता है।

20.7.2.3 क्या नियोग का नैतिक दृष्टि से प्रामाणिक होने में उसके द्वारा प्राप्त फल का कोई स्थान हो सकता है?—हमने ऊपर देखा है कि पूर्व मीमांसकों के अनुसार वेदवाक्य या नियोग अपने आप में ही प्रामाणिक होते हैं। उन्हें नैतिक दृष्टि से औचित्यपूर्ण होने के लिए किसी बाहरी कसौटी की आवश्यकता नहीं होती है। और हमने ऊपर यह भी देखा है कि कर्म या तो नित्य-नैमित्तिक होते हैं या काम्य। नित्य-नैमित्तिक कर्मों में प्रत्यक्ष रूप से फलाकांक्षा नहीं होती, पर काम्य कर्मों में प्रत्यक्षरूप से फलाकांक्षा होती है। अब यहाँ यह प्रश्न उठ जाता है कि क्या किसी काम्य कर्म को उसके द्वारा वांछित फल का उत्पादन कर सकने के कारण ही करना चाहिये, या उसे वेद द्वारा उसके नियोजित होने के कारण से ही करना चाहिये। यहाँ यह उल्लेखनीय है कि यदि किसी वेदविहित काम्य कर्म से उत्पन्न होनेवाला फल नैतिक दृष्टि से भी प्राप्य या पाने योग्य है, तब तो उस कर्म को वेदनियोजित

भी मान लेने में कोई हर्ज नहीं है। उदाहरणस्वरूप वेद कहता है कि ज्ञान अर्जित करने के लिए विद्याध्ययन करो; स्पष्ट ही यह वेदनियोजित काम्य कर्म पूरी तरह नीतिसम्मत ही माना जाएगा, क्योंकि इसका फल ज्ञानोत्पादक होता है। वेद द्वारा नियोजित इस कर्म को नैतिक या धार्मिक मानने में निश्चय ही कोई कठिनाई नहीं है। लेकिन यदि किसी वेदविहित काम्य कर्म से किसी निर्दोष प्राणी की हत्या हो जाने की संभावना रहे, तो क्या तब भी वह काम्य कर्म वेदविहित होने के कारण नैतिक ही माना जाना चाहिये और निष्पादित भी किया जाना चाहिये?

इस प्रश्न के सम्बन्ध में प्राभाकरों एवं भाट्टों के विचार अलग अलग हैं। हम यहाँ पहले प्राभाकरों के तथा बाद में भाट्टों के विचार प्रस्तुत करेंगे।

प्राभाकर मत—प्राभाकरों के अनुसार किसी नियोग या विधि के दो अनुबंध होते हैं—नियोज्य अर्थात् नियोजित व्यक्ति तथा विषय अर्थात् नियोजित कार्य। कुछ नियोजित कार्य सीधे-सीधे फलसापेक्ष नहीं होते, जैसे, नित्य तथा नैमित्तिक कर्म। पर कुछ नियोजित कार्य फलसापेक्ष अवश्य होते हैं, जैसे, सभी काम्य कर्म। इन कर्मों में अग्निषोम यज्ञ, श्येन यज्ञ, आदि भी सम्मिलित हैं। अग्निषोम यज्ञ में पशुहिंसा का प्रयोग होता है और श्येनयज्ञ से शत्रुवध कराया जाता है। सभी प्रकार के काम्य कर्म फलसापेक्ष होते ही हैं।

यहाँ यह उल्लेखनीय है कि कर्म के दो रूप होते हैं—क्रियमाण रूप तथा परिणाम रूप। क्रियमाण रूप में साधन का प्रयोग होता है तथा परिणामरूप में फलप्राप्ति होती है। फलप्राप्ति या तो सुखद हो सकती है या दुःखद। यदि दुःख से अधिक सुख की प्राप्ति होती है, तो अर्थ की प्राप्ति होती है, और यदि सुख से अधिक दुःख की प्राप्ति होती है, तो अनर्थ की प्राप्ति होती है। इस प्रकार परिणाम या तो अर्थ हो सकता है या अनर्थ। अब प्रश्न उठता है कि क्या सभी अर्थ नैतिक दृष्टि से उचित ही होते, और सभी अनर्थ नैतिक दृष्टि से अनुचित ही होते हैं। प्राभाकरों के अनुसार वैसे ही अर्थ नैतिक दृष्टि से उचित होते हैं जो विधिनियोगजनित होते हैं, और वैसे ही अनर्थ नैतिक दृष्टि से अनुचित होते हैं जो नियोगनिषिद्ध होते हैं। अर्थात् वैसे अर्थ जो विधिवाक्य से अनुमोदित नहीं हैं, धर्मसम्मत नहीं हो सकते; और वैसे अनर्थ जो निषेधवाक्य से वर्जित नहीं हैं, धर्मविरुद्ध नहीं हो सकते।

अब हम प्राभाकर मत के परिप्रेक्ष्य में अग्निषोम यज्ञ तथा श्येनयज्ञ जैसे काम्य कर्मों की धार्मिकता के सम्बन्ध में विचार करेंगे। जैसा हमने ऊपर कहा है, किसी अर्थ का एक पक्ष प्रक्रियापरक होता है और दूसरा पक्ष फलपरक। अग्निषोम यज्ञ में अर्थ (अर्थात् दुःख से अधिक सुख) की प्राप्ति के लिए साधन के रूप में एक ऐसी प्रक्रिया का क्रियान्वयन होता है, जिसमें पशुघात किया जाता है। अतः इस यज्ञ के प्रक्रियांश या इतिकर्तव्यतांश में ही पशुहिंसा रहती है, फलांश में नहीं। फलांश में तो अर्थ यानी दुःख से अधिक सुख की ही प्राप्ति होती हैः जैसे, कोई सांसारिक सुख या मृत्यु के बाद स्वर्गसुख। हम यह जानते हैं कि प्राभाकर लोग धर्म की धार्मिकता को उसके फलांश के आधार पर नहीं, वरन् उसके इतिकर्तव्यतांश के आधार पर ही निरुपित करते हैं। इसलिए यदि इतिकर्तव्यतांश वेदविहित है, तो वह निश्चित रूप से प्रामाणिक हैं, क्योंकि वैधता या प्रामाण्य का आधार वेद होता है फल नहीं। ''सर्वस्य वेदस्य कार्ये एव प्रामाण्यम्''। यही कारण है कि कर्ममीमांसक वैसे उपनिषदीय वाक्यों को जो कार्य से सम्बन्धित न होकर आत्मसाक्षात्कार से सम्बन्धित रहते हैं प्रामाणिक नहीं मानते।

स्पष्ट ही काम्य कर्म दो तरह से प्रेरित हो सकते हैं। वे या तो फलप्राप्ति की इच्छा से प्रेरित हो सकते हैं, या फिर विधिवाक्य के ज्ञान से ही प्रेरित हो सकते हैं। 'स्वर्गकामो यजेत'—यह वेदविहित वाक्य काम्य कर्म का एक स्पष्ट उदाहरण है। इस वाक्य के वेदविहित होने के कारण ही यदि कोई व्यक्ति यज्ञ करता है, तो वह स्वर्ग पाने को ध्यान में रखकर यज्ञ नहीं कर रहा होता। यह सही है कि उसे स्वर्ग की प्राप्ति कारण-परिणाम के आधार पर अवश्य हो जाती है। पर तब यहाँ यह भी सही है कि वह व्यक्ति फलाकांक्षा से प्रेरित होकर भी कर्म कर सकता था। लेकिन तब उसका कर्म धार्मिक नहीं होता। कोई कर्म धार्मिक तब होता है जब वह वेदनियोजित होने के कारण से ही किया जाता है। इस प्रकार हम देखते हैं कि काम्य कर्मों में जब प्रेरणा फलप्राप्ति की इच्छा पर आधारित नहीं होती, वरन् पूर्णतः नियोग पर आधारित होती है, तभी वे कर्म नैतिक या धार्मिक हो सकते हैं। और इसी तरह के धर्माचरण से नियोगसिद्धि होती है। यही सिद्धि परम पुरुषार्थ, परम शुभ या निःश्रेयस् भी कहलाती है। यह सिद्धि स्वर्ग की प्राप्ति के लिए चरितार्थ नहीं होती और न ही इससे कोई अन्य कामना ही सिद्ध हो सकती है। काम्य कर्म का फलांश उसे कदापि धार्मिक नहीं बना सकता। उसे धार्मिक तो उसका इतिकर्तव्यतांश ही बना दे सकता है जो पूरी तरह नियोगनिर्देशित होता है।

पर यहाँ नियोग के सम्बन्ध में अनेक प्रश्न उठ खड़े होते हैं। क्या नियोग व्यापार है या स्वभाव? यदि यह स्वभाव है, तो यह किसका स्वभाव है? क्या नियोग नियोजित कर्म का ही स्वभाव है? फिर नियोजित कर्म सिद्ध होता है या असिद्ध, और फिर सिद्ध रूप में यह विद्यमान होता है या अविद्यमान? यदि यह अविद्यमान होता है, तो यह विधिवाक्य का अर्थ कैसे हो जाता है? हेत्वाश्रित वाक्य से ही अविद्यमान की अभिव्यक्ति की जा सकती है, पर हेतुनिराश्रित यानी हेतुनिरपेक्ष विधिवाक्य से अविद्यमान की अभिव्यक्ति कैसे की जा सकती है? यदि यह कहा जाय कि अविद्यमान को काल्पनिक रूप देकर उसे हेतुनिरपेक्ष विधि वाक्य के द्वारा अभिव्यक्त कर लिया जा सकता है, तो फिर यह प्रश्न उठ जाता है कि जब नियोग एक नैतिक तत्त्व या तथ्य ही है, तब उसे कोई काल्पनिक रूप देने की प्रासंगिकता कैसे सम्भव हो जा सकती है? और तब यदि यह काल्पनिक नहीं होकर अस्तित्ववान् ही है और इस प्रकार सिद्ध ही है, तो फिर उसे सिद्ध करने की जरूरत ही क्या है? यहाँ शायद यह कहा जा सकता है कि नियोग अंशतः अस्तित्ववान् या विद्यमान है और अंशतः काल्पनिक। लेकिन तब यह जिस अंश में विद्यमान है उस अंश में तो सिद्ध ही है, और जिस अंश में काल्पनिक या अविद्यमान है उस अंश में तो हेत्वाश्रित ही है, निरपेक्ष नहीं। और तब यह निरपेक्ष विधि या आदेश कैसे हो जा सकता है?

ऐसी स्थिति में क्या नियोग को कार्यादेशपालनपरक न मान कर फलप्राप्तिपरक ही मान लेना उचित है? यदि हाँ, तो यह फलसापेक्ष हो जाता है, और तब उससे सिद्ध हुई फलप्राप्ति को नैतिक या धार्मिक होने के लिए उससे एक नयी फलप्राप्ति की अपेक्षा हो जाएगी और तब फलप्राप्तियों की मानो एक अंतहीन शृंखला ही शुरू हो जाएगी। और चूँकि भविष्य का फल अविद्यमान ही होता है, इसलिए उसे हेत्वाश्रित होकर काल्पनिक ही होना होगा और तब यह वास्तविक आदेश नहीं हो सकेगा।

नियोग के सम्बन्ध में एक दूसरी कठिनाई उसकी प्रामाणिकता के सम्बन्ध में उत्पन्न हो जाती है। नियोग को स्वतःप्रमाणित माना जाता है, अर्थात् नियोग अपने को अपने से ही प्रमाणित कर लेता है। पर प्रमाणीकरण तो एक सचेतन चिदात्मक प्रक्रिया है। और चेतन प्रक्रिया तो चेतनापरक होती है, न कि कर्मपरक या प्रेरणापरक। ऐसी स्थिति में नियोग को

कार्य को प्रेरित कर सकने वाली प्रेरणा का रूप कैसे प्राप्त हो सकता है? और यदि नियोग को इस तरह से चैतन्य से युक्त मानकर उसके क्रियापरक रूप को विकृत कर दिया जाय, तो तब नियोग अपनी सही भूमिका को निभा ही नहीं सकता।

नियोग के सम्बन्ध में एक तीसरी कठिनाई उसके अपूर्व होने के कारण उपस्थित हो जाती है। प्राभाकरों के अनुसार नियोग का सिद्ध रूप अपूर्व होता है और वही धर्म होता है। इस प्रकार यह अपूर्व एक अर्जित उपलब्धि है। अब यहाँ एक प्रश्न यह उठ जाता है कि यदि नियोग किसी कार्य के क्रियान्वयन के बाद की एक अर्जित उपलब्धि है, तो वह किसी कार्य के क्रियान्वयन के पहले ही प्रभावकारी या प्रेरणादायक कैसे हो सकता? क्या नियोग का कोई असिद्ध रूप भी होता है? यदि हाँ, तो फिर नियोग के असिद्ध तथा सिद्ध रूपों में कोई अंतर है या नहीं? यदि अंतर है तो फिर नियोग का असिद्ध रूप अर्जित उपलब्धि कैसे हो जा सकता है?

नियोग की चौथी कठिनाई मोक्ष या परम पुरुषार्थ से सम्बन्धित है। चित्सुखी के अनुसार प्राभाकरों का मत है—"नित्येषु नियोगसिद्धिरेव पुरुषार्थम्", अर्थात् नित्यनैमित्तिक कार्यों के सम्बन्ध में नियोगसिद्धि ही पुरुषार्थ हैं। लेकिन, जैसा सभी जानते हैं, नित्यनैमित्तिक कर्मों के निष्पादन से कोई सकारात्मक फल प्राप्त नहीं होता। अतः यदि इन कर्मों का क्रियान्वयन ही नियोगसिद्धि है तो नियोगसिद्धि एक नकारात्मक अवधारणा हो जाती है और तब परम पुरुषार्थ या मोक्ष पूर्णतः अभावात्मक ही हो सकता है। प्रकरणपंचिका के 'तत्त्वालोक' नामक अध्याय में प्रभाकर के शिष्य शालिकनाथ मानते भी हैं कि प्रभाकर के अनुसार मोक्ष दुःखाभाव है। पर तब प्राभाकर मत के अनुसार ही ऐसी भी तो मान्यता है कि काम्य कर्मों के निष्पादन से स्वर्ग मिल सकता है, और नित्यनैमित्तिक कर्मों के निष्पादन से मोक्ष प्राप्त हो सकता है और यह मोक्ष की अवस्था आत्मज्ञान की अवस्था है। इस प्रकार हम यह भी देखते हैं कि मोक्ष मात्र नियोगसिद्धि नहीं, वरन् प्रकारान्तर से प्रयोजनसिद्धि भी है। ऐसी स्थिति में तब प्राभाकर मत अपना शुद्ध कर्तव्यवाद कायम नहीं रख सकता, बल्कि वह फलवाद या प्रयोजनवाद का रूप ले लेता है। और तब इससे कुमारिल के फलवाद की पुष्टि हो जाती है। और फिर इसके आत्मज्ञान-परक हो जाने से इसके द्वारा ब्रह्मवादियों के आत्मसाक्षात्कारपरक पुरुषार्थ का समर्थन भी हो जाता है।

भाट्ट मत—कुमारिल भट्ट के अनुसार जो अर्थ वेदविहित है वह धर्म है और जो अनर्थ वेदनिषिद्ध है वह अधर्म है। अर्थ कभी निषिद्ध नहीं हो सकता और अनर्थ कभी विहित नहीं हो सकता। प्राभाकर का यह मानना कि अनर्थ भी विहित हो सकता है तथा अर्थ भी निषिद्ध हो सकता है कभी स्वीकार्य नहीं हो सकता। यह सही है कि कुछ अर्थ वेदविहित न हों और कुछ अनर्थ वेदनिषिद्ध न हों। पर ऐसे अर्थ जो वेदविहित नहीं हैं या ऐसे अनर्थ जो वेदनिषिद्ध नहीं हैं, धार्मिक या नैतिक दृष्टि से तटस्थ एवं महत्त्वहीन ही होते हैं। यह सम्भव है कि कुछ अर्थ विहित न हों, पर इस कारण वे निषिद्ध नहीं हो जाते। और कुछ अनर्थ निषिद्ध न हों, पर इस कारण वे विहित नहीं हो जाते। किसी कर्म का अर्थोत्पादक होना या अनर्थोत्पादक होना भौतिक एवं मनोवैज्ञानिक कारणों पर निर्भर होता है। किंतु अर्थ का धर्मपरक होना या अनर्थ का अधर्मपरक होना शास्त्र पर निर्भर करता है। इसी तरह कर्मों की धार्मिकता या अधार्मिकता उनके अर्थ या अनर्थ जैसे परिणामों को उत्पन्न करने पर नहीं, वरन् उनके वेदविहित होने या वेदनिषिद्ध होने पर निर्भर करती है।

यहाँ यह उल्लेखनीय है कि शास्त्र की सभी उक्तियाँ आदेशपरक नहीं होती, अर्थात् उसकी सभी उक्तियों में कार्य करने या नहीं करने का नियोग नहीं रहता। उपनिषदों की अनेक उक्तियाँ आत्मज्ञान से ही संबद्ध रहती हैं, उनमें कार्यादेश नहीं रहता। पर जिन उक्तियों में कार्यादेश नहीं रहता है, उन सबों में भाट्टों के अनुसार फलप्राप्ति की बात अवश्य ही रहती है, भले ही उनकी धार्मिकता उनके शास्त्रानुकूल होने पर ही क्यों न निर्भर करती हो।

भाट्टों के अनुसार शास्त्रसम्मत कार्य भी फल उत्पन्न करते ही हैं। कुमारिल के अनुसार शास्त्रसम्मत कार्य दो प्रकार के सुख पैदा करते हैं—दुःखासंभिन्नम् सुखम् तथा नित्यसुखम्। पहले प्रकार के सुख में दुःख का मिश्रण नहीं रहता, अर्थात् पहले प्रकार का सुख दुःख से अभेदित रहता है और दूसरे प्रकार का सुख शाश्वत होता है। पहले प्रकार के सुख में दुःख का अभाव तो रहता है, पर वह सुख शाश्वत नहीं रहता। पर दूसरे प्रकार का सुख शाश्वत होता है और उसका नाश नहीं होता। कुछ भाट्ट विचारक इस दूसरी सुखद स्थिति को आत्मज्ञान की स्थिति मानते हैं। पहले प्रकार के सुखों की प्राप्ति विहित यज्ञों एवं कर्मों के अनुष्ठान से ही होती है। ऐसे अनुष्ठानों से धर्म या पुण्य की प्राप्ति होती है जिससे सांसारिक सुख मिलते हैं और फिर मृत्यु के बाद स्वर्ग की प्राप्ति होती है जहाँ केवल सुख ही सुख है और दुःख का बिलकुल अभाव रहता है। लेकिन जब धर्म या पुण्य का भण्डार समाप्त हो जाता है, तब दिवंगत आत्मा को पुनः जन्म लेना पड़ता है और उसे पुनः सांसारिक चक्र में फँसना पड़ता है। कहा भी है—''क्षीणे पुण्ये मर्त्यलोकं विशन्ति''। अतः काम्य कर्मों के क्रियान्वयन का लक्ष्य अंतिम तथा सर्वोत्कृष्ट लक्ष्य नहीं हो सकता। और नित्यनैमित्तिक कर्मों के क्रियान्वयन से कोई लक्ष्य सिद्ध नहीं हो सकता, क्योंकि ये कर्म लक्ष्यविहीन होते हैं और इनसे केवल कर्तव्यपालन ही हो सकता है। एक दृष्टि से तो ये कर्मनिरपेक्ष ही होते हैं, क्योंकि इनके क्रियान्वयन से न तो धर्म और न ही अधर्म उत्पन्न हो सकते हैं। यही कारण है कि कुछ भाट्ट विचारक इन निष्काम कर्मों के अनुष्ठान से उत्पन्न स्थिति को ही नित्य सुख की स्थिति मान लेते हैं। और कुछ अन्य भाट्ट विचारक इसे समस्त वैशेषिकात्मगुणोच्छेद की स्थिति मानते हैं, क्योंकि इस स्थिति में आत्मा के सभी प्रकार के विशिष्ट गुणों का उच्छेद या नाश हो जाता है और इस प्रकार आत्मा सभी तरह के गुणों से मुक्त हो जाती है, और इस तरह यह मुक्त अवस्था पूरी तरह शुद्ध आत्मज्ञान की अवस्था ही बन जाती है।

20.7.2.4 नियोगप्रेरित कर्मों में हिंसा का प्रयोग—वेद अनेक रूपों में हिंसा के प्रयोग को धार्मिक ही मानता है। इस तरह पशुबलि यहाँ तक कि नरबलि भी धार्मिक हो जाती है। अब यहाँ यह प्रश्न उठ जाता है कि क्या किसी प्राणी का वध करके कुछ हासिल करना नैतिक हो सकता है। कुमारिल कहते हैं कि चूँकि वेद में हिंसायुक्त यज्ञ विहित माना गया है, इसलिए उसका अनुष्ठान अर्थसाधक भी है और धार्मिक भी। ''चोदना लक्षणोऽर्थो धर्मः''। अतः विधि से प्रेरित कर्म द्वारा प्राप्त अर्थ बिलकुल धर्मानुकूल है। लेकिन इस संदर्भ में कठिनाई तो तब उपस्थित हो जाती है जब हम पाते हैं कि वेद जीवहिंसा का निषेध भी करता है। ''मा हिंसीः पुरुषान् पशूंश्च।'' पर यहाँ यह उल्लेखनीय है कि कुमारिल विधि या निषेध के अनुसार कार्यानुष्ठान को उससे उत्पन्न फल के साथ जोड़ते ही नहीं है। वे कहते हैं कि किसी भी कर्म से, चूँकि वह एक भौतिक व्यापार है, कोई-न-कोई फल तो निकलेगा ही। पर वह फल उस कर्म को अच्छा या बुरा नहीं बना सकता। ''स्वर्गकामो यजेत'', इस नियोग में स्वर्ग की कामना रखनेवाले को यज्ञ करने का निर्देश दिया गया है। किंतु इससे प्रेरित होकर किये गये यज्ञ की धार्मिकता इस बात पर निर्भर नहीं है कि इसके द्वारा स्वर्ग जैसे सुखमय

लोक को प्राप्त किया जाता है, बल्कि इस पर है कि यह यज्ञ वेद के विधिवाक्य ''स्वर्गकामो यजेत'' से प्रेरित होकर किया गया है। हमने देखा है कि मीमांसक कार्यता को इष्टसाधना से बिलकुल अलग कर देते हैं। आपने शत्रुवध के लिए श्येनयज्ञ का अनुष्ठान किया, किंतु आपने ऐसा तो वेद के निर्देश के अनुसार किया है। अतः आपका कर्म बिलकुल धार्मिक है। और तब इसके सम्बन्ध में कोई प्रश्न उठ ही नहीं सकता। और तब बात वहीं समाप्त हो जाती है।

किंतु वस्तुतः बात वहीं समाप्त नहीं हो जाती है। यहाँ दो प्रकार की और कठिनाइयाँ उपस्थित हो जाती हैं। एक तो यह कि क्या नरबलि, पशुहिंसा, आदि इसलिए धार्मिक या नैतिक हो जा सकते हैं कि वे वेदविहित हैं। दूसरी कठिनाई यह उपस्थित हो जाती है कि क्या एक नियोग का दूसरे नियोग के साथ मेल नहीं खाने से एक प्रकार का नियोग-संघर्ष उत्पन्न नहीं हो जाता और इस कारण नियोग की प्रेरक शक्ति ही समाप्त नहीं हो जाती। पहली कठिनाई के बाबत कुमारिल मानते हैं कि श्येनयज्ञ द्वारा शत्रुवध जैसे फलांश के कारण जो अधर्म उपार्जित होता है उसके चलते कर्ता को नरकभोग जैसे दण्ड को भोगना ही पड़ता है। लेकिन तब भी इस अधार्मिकता के कारण श्येनानुष्ठानजनित धार्मिकता पर कोई खलल नहीं पहुँचता। लेकिन क्या ऐसा मानना युक्तिसंगत हो सकता है? क्या वेदविहित कर्म तब भी धार्मिक बना रह ही जा सकता है जब उसका फल निकृष्ट से निकृष्ट भी क्यों न हो? स्पष्ट ही ऐसा मानना युक्तिसंगत नहीं हो सकता। कुमारिल के द्वारा किया गया उपर्युक्त समाधान सही मायने में समाधान ही नहीं। पर, कुमारिल तो यह भी कहते हैं कि यदि किसी आततायी के द्वारा गोवध या ब्राह्मणवध को क्रियान्वित करने की संभावना रहे और यदि उसे रोकने के लिए कोई लौकिक उपाय दीख न पड़ रहा हो, तो ऐसे वध को रोकने के लिए अवश्य ही श्येनयज्ञ करना चाहिये। इस तरीके से आततायी का जो वध हो जाता है वह कोई अनर्थ नही होता और इसके लिए यज्ञकर्ता को कोई दण्ड भी नहीं भोगना पड़ता है। यहाँ यह उल्लेखनीय है कि यद्यपि गोवध तथा ब्राह्मणवध को रोकने के लिए सम्पादित श्येनयज्ञ द्वारा उत्पन्न वध अधार्मिक नहीं होता, तब भी इन वधों को छोड़कर अन्य वधों के लिए संपादित श्येनयज्ञ से तो अनर्थ ही उत्पन्न होता है। इसलिए इन अन्य प्रकार के वधों के लिए यज्ञकर्ता को नरकभोग या अन्य प्रकार का दण्ड भोगना ही पड़ता है। किसी प्रकार का दण्ड श्येनयज्ञ करने के लिए तब नहीं दिया जा सकता, जब इस यज्ञ का अनुष्ठान वेदविहित होता है। दण्ड तो गोवध तथा ब्राह्मणवध जैसे अपवादों को छोड़कर श्येनयज्ञ के फलांश में हिंसा होने के कारण दिया जाता है। कुमारिल के इस दोतरफे मत से विश्वनाथ तथा अनेक नव्यनैयायिक तो सहमत हैं, पर प्राचीन न्याय के नैयायिक जयन्त तथा सांख्य के अनुयायी सहमत नहीं हैं। ये लोग श्येनयज्ञ से उत्पादित सभी प्रकार के वधों को अनर्थकारी ही समझते हैं।

20.7.2.5 निषेधात्मक नियोग

प्राभाकर मत—हमने ऊपर देखा है कि अर्थ उसे कहते हैं जिसमें दुःख की अपेक्षा सुख अधिक होता है और अनर्थ उसे कहते हैं जिसमें सुख की अपेक्षा दुःख अधिक होता है। साधारणतः लोग अर्थ की कामना करते हैं और अनर्थ का परिहार करते हैं। किंतु मीमांसक केवल सुख-दुःख के आधार पर कर्तव्याकर्तव्य का निरूपण नहीं करते। वे सुख-दुःख के पैमाने के साथ वेदचोदना को जोड़ देते हैं। अधिक सुख देनेवाले कर्म तब तक धार्मिक नहीं हो सकते

जब तक वे वेदविहित नहीं होते। प्राभाकर तो एक चरण और आगे बढ़ जाते हैं। वे तो यह भी कहते हैं कि यदि कोई वेदविहित कर्म फलप्राप्ति के लिए किया गया है, तो उस कर्म का धार्मिक महत्त्व कुछ भी नहीं होता, अर्थात् वह कर्म धार्मिक दृष्टि से न तो अच्छा होता है और न ही बुरा। कर्म की धार्मिकता पूरी तरह विधिचोदना से ही जुड़ी रहती है। अतः वेदविहित होने के कारण ही कोई कर्म धर्मोत्पादक हो सकता है। और इसी तरह वेदनिषिद्ध होने के कारण ही कोई कर्म अधर्मोत्पादक हो सकता है। यहाँ यह ध्यातव्य है कि वेद केवल अनर्थ का ही निषेध करता है। यदि किसी अनर्थ का वेद द्वारा निषेध नहीं किया गया हो, तो उस अनर्थ को हासिल नहीं करना धार्मिक दृष्टि से जरा भी प्रासंगिक एवं महत्त्वपूर्ण नहीं हो सकता।

यहाँ यह उल्लेखनीय है कि निषेध फलोत्पादक नहीं हो सकता, क्योंकि निषेध कर्म कराता ही नहीं है। वह तो व्यक्ति को कर्म करने से रोकता ही है। और इस तरह वह व्यक्ति को सम्भावित कुकर्म से होनेवाले पाप तथा तज्जन्य दण्ड से बचा ही देता है। इस तरह निषेध का अनुपालन धर्म ही होता है तथा उसका तिरस्कार अधर्म। निषेध के दो ही अनुबंध होते हैं—नियोज्य पुरुष और निवृत्तिपरक मानसिकता। प्राभाकरों के अनुसार निषेध में नियोज्य पुरुष तथा उसकी निवृत्तिपरक मानसिकता के अलावे और कोई अनुबंध नहीं हो सकता। प्रत्यवायाभाव अर्थात् पाप से बचने सम्बन्धी किसी नकारात्मक मानसिकता का भी यहाँ कोई स्थान नहीं रह सकता। हम प्राभाकरों के स्वविशेषण-सिद्धांत से अवगत तो हो ही चुके हैं। हमने देखा ही है कि इस सिद्धांत में किसी प्रकार के इष्टसाधन का, चाहे वह सकारात्मक हो या नकारात्मक, कोई स्थान नहीं रह सकता। निषेध तो वर्जन है, इष्टसाधन नहीं।

भाट्ट मत—कुमारिल तो प्रयोजनवादी हैं। उनके अनुसार निवृत्ति में भी एक प्रकार की प्रवृत्ति रहती है। निवृत्तिपरक संकल्पन भी तब तक सम्भव नहीं हो सकता जब तक उसके द्वारा कुछ सिद्ध करने की सम्भावना न हो। विधि तथा निषेध दोनों के द्वारा कुछ-न-कुछ हासिल कर ही लिया जाता है। विधि के अनुपालन से यदि स्वर्ग की प्राप्ति होती है, तो निषेधप्रेरित निवृत्ति से अहितपरिहार या प्रत्यवायापहार सम्भव होता है। और इस वजह से नरकभोग से बचा जा सकता है।

हमने ऊपर देखा है कि विधि तथा निषेध के अनुपालन में किसी-न-किसी रूप में प्रवृत्ति या निवृत्ति की भूमिका रहती ही है। जहाँ प्रभाकर निषेध के अनुपालन में भी निवृत्तिपरक मनःस्थिति का होना आवश्यक ही मानते हैं, वहीं कुमारिल नित्यनैमित्तिक कर्मो के क्रियान्वयन में भी प्रवृत्तिपरक मनःस्थिति का होना आवश्यक मानते हैं। इस प्रकार ये दोनों ही मीमांसक कर्मनिष्पादन के लिए मनोवैज्ञानिक पृष्ठभूमि का होना आवश्यक मानते हैं। अब यहाँ प्रश्न उठता है कि नैतिकता के लिए कर्ता की उपयुक्त मनोवैज्ञानिक पृष्ठभूमि क्या हो सकती है। कर्ता की इस विशेष प्रकार की मनोवैज्ञानिक पृष्ठभूमि के सम्बन्ध में हम आगे विस्तार से चर्चा करेंगे और देखना चाहेंगे कि इसके क्या-क्या प्रकार हो सकते हैं।

20.8 उद्देश्य या अपूर्व?

जब कोई व्यक्ति स्वेच्छा से कोई कर्म करता है, तब उस कर्म को करने के पीछे उस व्यक्ति का कुछ-न-कुछ उद्देश्य या अभिप्राय अवश्य रहता है। यह उद्देश्य या अभिप्राय या तो अच्छा होता है या बुरा। साधारणतः उद्देश्य या अभिप्राय को ही नैतिक मूल्यांकन का विषय

भी माना जाता है। किंतु अनेक भारतीय विचारक उद्देश्य या अभिप्राय को महत्त्व नहीं देते, वरन् कर्ता द्वारा अपने कर्म के आधार पर अर्जित एक प्रकार के अतिप्राकृतिक तत्त्व को ही महत्त्व देते हैं। इनके अनुसार कर्म करने से एक प्रकार का अतिप्राकृतिक तत्त्व उत्पन्न होता है जिसे 'अपूर्व' कहते हैं। यह तत्त्व यदि शास्त्रविहित कर्मों को करने से उत्पन्न होता है, तो वह पुण्य या धर्म कहलाता है। नैतिक मूल्यांकन में यह अपूर्व ही महत्त्वपूर्ण भूमिका निभाता है, उद्देश्य नहीं। हम अब यहाँ उद्देश्य तथा अपूर्व पर आधारित मतों की व्याख्या एक-एक कर करेंगे।

उद्देश्यवाद—इस मत के माननेवाले अपने मत के समर्थन में नीचे दिये गये उदाहरणों को पेश कर सकते हैं। (क) कूपकर्ता के कुएँ में यदि किसी की गाय गिर जाती है और मर जाती है, तो इसके लिए कूपकर्ता दोषी नहीं हो सकता, क्योंकि उसने यह ध्यान में रखकर यानी इस उद्देश्य को ध्यान में रखकर कूप का निर्माण नहीं किया था कि इसमें किसी की गाय आकर गिरे और वह मर जाय। (ख) यदि कोई भोजन करनेवाला भोजन करने के बाद ही मर जाय, तो परिवेशक अर्थात् भोजन परोसनेवाला उसकी मृत्यु के लिए दोषी नहीं हो सकता, क्योंकि उसने भोजन करनेवाले को मारने के उद्देश्य से भोजन नहीं परोसा था। (ग) गललग्नान्नमृत अर्थात् गले में अन्न के अटक जाने से मृत व्यक्ति को आत्मघाती नहीं माना जा सकता, क्योंकि उसने आत्महत्या करने के उद्देश्य से अन्न का भोजन नहीं किया था। इन उदाहरणों से यह स्पष्ट होता है कि उद्देश्य के अभाव में कर्मपरिणाम के बुरे होने पर भी कर्ता को दोषी नहीं माना जा सकता। यहाँ तक कि यदि किसी कर्ता के किसी कर्म से किसी ब्राह्मण की मृत्यु हो जाय और उस कर्ता के मन में ब्राह्मणवध करने का उद्देश्य न रहा हो, तो उसका वह कर्म दोषमुक्त ही होता है। उदाहरणस्वरूप यदि कोई व्यक्ति नाराच फेंक रहा हो और उस नाराच के सामने हठात् कोई ब्राह्मण आ जाय और उस ब्राह्मण की मृत्यु हो जाय, तो भी वह नाराचप्रक्षेप दोषपूर्ण नहीं हो सकता, क्योंकि वह अन्योद्देशकृत होता है जिस कारण वह प्रत्यवाय या पाप का उत्पादक नहीं हो सकता। यह सही है कि इस तरह के नाराचप्रक्षेप के लिए भी आधे दण्ड का प्रावधान कर दिया गया है, पर इस आधे दण्ड का प्रावधान यहाँ इसलिए कर दिया गया है कि यहाँ वध एक ब्राह्मण का होता है और किसी तरह का ब्राह्मणवध अधार्मिक तो होता ही है। लेकिन यदि कोई व्यक्ति जान बूझकर अर्थात् हिंसा करने के उद्देश्य से ही हिंसा करता है, तब तो उसका कर्म पूर्णतः आपराधिक हो ही जाता है, भले ही उसका कर्म व्यवहित ही क्यों न हुआ हो। "खड्गघातेन व्रणपरम्परया मरणम्"। मान लीजिये कि कोई व्यक्ति कुछ दिनों से किसी घाव से पीड़ित है और आपने जानबूझकर उसके घाव पर ही खड्ग से प्रहार कर दिया और उस व्यक्ति की मृत्यु हो गयी। यह सही है कि मृत व्यक्ति पहले से ही घाव से पीड़ित था; पर, आपने तो जानबूझकर उसके घाव पर प्रहार किया है। अतः व्रण के कारण व्यवहित होने पर भी वह मृत्यु उद्देश्यजनित हो जाती है और इसके लिए आप निश्चितरूप से दोषी हो जाते हैं। यहाँ यह उल्लेखनीय है कि श्येन के द्वारा मारण भी एक तरह से व्यवहित ही होता है, क्योंकि इसमें भी हिंसा किसी माध्यम से ही की जाती है। इस मारण का माध्यम वेदविहित श्येनयज्ञ का अनुष्ठान है। खड्गाघात वाले उदाहरण में माध्यम लौकिक है, पर श्येनयज्ञ द्वारा मारण में माध्यम वैदिक है। अब यहाँ प्रश्न उठ जाता है कि यदि कोई व्यक्ति जान बूझकर श्येनयज्ञ के माध्यम से किसी व्यक्ति की मृत्यु कराता है, तो वह श्येनयज्ञ द्वारा मृत्यु करानेवाला व्यक्ति दोषी है या नहीं। इस सम्बन्ध में मीमांसकों के विचारों से तो हम परिचित हो ही चुके हैं। और हम यह देख ही चुके हैं कि उनके अनुसार उद्देश्य के हिंसापरक होने पर भी यदि उसकी पूर्ति वेदविहित उपाय से होती है, तो

उससे सम्बन्धित कर्म धार्मिक ही होता है। और इस वजह से कर्ता को उसके हिंसक उद्देश्य के बावजूद दोषी नहीं माना जा सकता। किंतु हम इस तरह के विचार को मान्यता नहीं देते। ऐसे विचार की आलोचना हमने अन्यत्र कर ही ली है।

अपूर्ववाद—अपूर्ववाद को माननेवाले उद्देश्य या अभिप्राय को महत्त्व नहीं देते। ये तो धार्मिक विधि एवं निषेध को ही महत्त्व देते हैं। इनके अनुसार कोई विधि या निषेध पर आधारित कर्म एक विलक्षण प्रकार की शक्ति पैदा करता है जो अतिप्राकृतिक होती है। इस शक्ति को अपूर्व कहते हैं। यह अपूर्व कर्ता के उद्देश्य या उसकी अन्य प्रकार की मनःस्थिति पर निर्भर नहीं होता। यह तो कर्म के धार्मिक या अधार्मिक होने पर ही निर्भर होता है। कूपकर्ता के कुएँ में कोई ब्राह्मण गिर कर मर जाता है। इस ब्राह्मणवध में कूपकर्ता का उद्देश्य बिलकुल शामिल नहीं है। उसने तो इस ब्राह्मणवध के सम्बन्ध में कुछ सोचा तक नहीं था। लेकिन किसी ब्राह्मण का इस तरह मर जाना निश्चय ही बहुत खराब है। अतः कूपकर्ता का दण्ड का भागी होना बिलकुल उचित है। यदि उसने कुएँ की खुदाई नहीं की होती, तो उसके कुएँ में गिरने से उस ब्राह्मण की मृत्यु नहीं होती। इस उदाहरण में कूपकर्ता के कर्म का अपूर्व ब्राह्मणवध हो जाने से पापपरक हो ही जाता है। पर, किसी अच्छे कर्म का अपूर्व पुण्यपरक होता है। जहाँ पुण्यपरक अपूर्व अर्जित करने से पुरस्कार मिलता है, वहीं पापपरक अपूर्व अर्जित करने से दण्ड ही मिल सकता है। यही कारण है कि किसी के द्वारा सुरक्षा के ख्याल से अच्छी तरह बाँधा गया बछड़ा भी यदि किसी कारणवश मर जाता है, तो बछड़ा बाँधने वाले को बछड़ा बाँधने के लिए प्रायश्चित करना ही पड़ता है। उसे ऐसा इसलिए करना पड़ता है कि बछड़े की मृत्यु हो जाने से उसके द्वारा बछड़े को बाँधने की क्रिया में पापापूर्व या प्रत्यवायापूर्व उत्पन्न हो जाता है। इस प्रकार हम देखते हैं कि अपूर्ववाद के अनुसार कर्मों के मूल्यांकन में कर्ता का उद्देश्य प्रभावी नहीं होता, वरन् कर्मों से उत्पन्न होनेवाला अपूर्व ही प्रभावी होता है। जैसा हमने ऊपर कहा है, यदि अपूर्व पुण्यपरक होता है तो कर्ता पुरस्कार का भागी होता है और यदि अपूर्व पापपरक होता है तो कर्ता दण्ड का भागी होता है।

इस प्रसंग में विश्वनाथ के मत की चर्चा करना अप्रासंगिक नहीं होगा। उनके अनुसार वेदविहित नियोग के अनुरूप कर्म करने से पाप की उत्पत्ति हो ही नहीं सकती। अतः उनके अनुसार श्येनयज्ञ के अनुष्ठान से किसी तरह कुफल नहीं मिल सकता। लेकिन नियोगेतर कर्मों में तो कर्ता अपने से कार्यों एवं अकार्यों में भेद करता है, इसलिए इन कर्मों के सम्बन्ध में कर्ता का उत्तरदायित्व रहता ही है। अतः विश्वनाथ के अनुसार कार्यचयन के सम्बन्ध में उद्देश्य का महत्त्व केवल नियोगभिन्न कर्मों के सम्बन्ध में ही हो सकता है, नियोजित कर्मों के सम्बन्ध में नहीं। यहाँ हम प्रसंगवश श्रीधर के मत का भी उल्लेख कर सकते हैं जिसके अनुसार कर्ता अपने अकामकृत कर्मों के लिए भी उत्तरदायी होता है। श्रीधर यह तो नहीं मानते कि इन कर्मों से किसी प्रकार का अपूर्व उत्पन्न होता है, जैसा अपूर्ववादी मानते हैं; पर वे इन कर्मों के लिए कर्ता को उत्तरदायी इसलिए मानते हैं कि उनके अनुसार ये कर्म कर्ता के प्रमाद या उसकी असावधानी के परिणाम होते हैं। इस प्रकार हम देखते हैं कि श्रीधर अपूर्ववाद को प्रश्रय नहीं देते।

20.9 सद्गुण एवं दुर्गुण

20.9.1 नैतिक गुणों का स्वरूप

हमने कई बार पहले कहा है कि नैतिकता को 'करने' से तथा 'होने' से सम्बन्ध रहता है। हम किसी व्यक्ति के न केवल कर्म को, बल्कि उसके व्यक्तित्व को भी नैतिक रूप में

अच्छा या बुरा मानते हैं। नैतिक रूप में व्यक्तित्व का अच्छा या बुरा होना क्रमशः तभी सम्भव है जब उसमें नैतिक सद्‌गुण या नैतिक दुर्गुण वर्तमान रहे। यहाँ यह पूछा जा सकता है कि मनुष्य को नैतिक कर्म करने से सरोकार रहता है या उसे नैतिक व्यक्तित्व हासिल करने से सरोकार रहता है। स्पष्ट ही 'करना' तथा 'होना' या 'बनना' एक दूसरे से भिन्न प्रकार के व्यापार हैं। यह सही है कि करना एवं बनना दोनों ही मनोकायिक और कालिक व्यापार हैं। दोनों का ही आदि होता है और अंत भी। पर बनना या होना अपेक्षाकृत स्थायी होता है। बनना तब होता है जब करने से क्षमताएँ अर्जित कर ली जाती हैं और उपयुक्त परिस्थितियों में क्रियमाण हो जा सकती हैं। ये क्षमताएँ संस्कारों के रूप में मनुष्य के मन में अवस्थित रहती हैं। नीतिपरक संस्कार या तो अच्छे या बुरे हो सकते हैं। जो संस्कार अच्छे हैं, वे सद्‌गुण हैं; और जो बुरे हैं, वे दुर्गुण हैं। अब प्रश्न उठता है कि कोई गुण किस कारण नैतिक सद्‌गुण या नैतिक दुर्गण माना जा सकता है। इस प्रश्न का उत्तर हम एक उदाहरण की मदद से ज्यादा अच्छी तरह दे सकते हैं। राम एक ईमानदार व्यक्ति हैं; उसके वैसा होने के कारण लोग उसकी प्रशंसा करते हैं। ऐसा इसलिये कि ईमानदारी एक सद्‌गुण है। पर ईमानदारी सद्‌गुण क्यों है? या फिर कोई सद्‌गुण सद्‌गुण क्यों माना जाता है? इन प्रश्नों से यह तो स्पष्ट हो जाता है कि अवश्य ही कोई ऐसी कसौटी है जिसके आधार पर यह निरूपित एवं निश्चित किया जा सकता है कि कोई गुण सद्‌गुण है या दुर्गुण है। पर वह कसौटी क्या है? हम इस कसौटी के सम्बन्ध में पहले ही बहुत चर्चा कर चुके हैं। पर यहाँ इस कसौटी की चर्चा भारतीय नीतिशास्त्र के परिप्रेक्ष्य में करना जरूरी हो जाता है। भारतीय नीतिशास्त्र में इस नीतिसम्बन्धी कसौटी के बारे में एक अत्यंत प्रभावी मान्यता यह है कि शास्त्रीय विधि एवं निषेध के अनुपालन के आधार पर ही नैतिकता निरूपित की जा सकती है। पर यह मान्यता किस हद तक स्वीकार्य हो सकती है—यह एक विचारणीय प्रश्न है। इस प्रश्न के सम्बन्ध में हम आगे विचार करेंगे।

पहले हम यहाँ यह विचार करना चाहेंगे कि किसी मानसिक क्षमता का, जो सद्‌गुण या दुर्गुण का रूप लेती है, स्वरूप कैसा होता है। हम ईमानदारी को ही लें जिसके सम्बन्ध में हम ऊपर चर्चा कर चुके हैं। ईमानदारी कोई घटना नहीं है। जिस समय हम कहते हैं कि राम ईमानदार है उस समय यह जरूरी नहीं होता है कि राम कोई ईमानदारी का काम कर ही रहा हो। ऐसा बिलकुल सम्भव है कि मेरे वैसा कहने के समय वह गहरी निद्रा में सोया हो। अब यहाँ एक महत्त्वपूर्ण प्रश्न यह उठ जाता है कि क्या राम का ईमानदारीपरक संस्कार (जो स्पष्ट ही एक क्रिया या घटना नहीं है, वरन् एक प्रवृत्तिमात्र है) किसी तरह ईमानदारीपरक क्रियाओं से संबद्ध रहता है या नहीं। क्या किसी व्यक्ति का ईमानदार होना उसके द्वारा एक भी ईमानदारीपरक कर्म न करने पर भी सम्भव हो सकता है? क्या सद्योजात शिशु को ईमानदार कहा जा सकता है? इन प्रश्नों के उत्तर देने के लिए यह समझ लेना अत्यंत आवश्यक है कि प्रवृत्ति और कर्म में अन्योन्याश्रय का सम्बन्ध होता है। शिशु समाज में पलते हुए अनेकानेक प्रकार के कर्मों को सीखता है और उन कर्मों के अनुरूप ही वह अनेकानेक प्रकार की प्रवृत्तियाँ अर्जित करता है। ये प्रवृत्तियाँ अपनी प्रकृत अवस्था में तो निष्क्रिय रहती हैं, पर उपयुक्त अवसर के उपस्थित हो जाने पर वे क्रियमाण हो जाती हैं और इस तरह क्रियाओं को उत्पन्न करती हैं। ये क्रियाएँ उन प्रवृत्तियों को जो उन्हें उत्पन्न करती हैं अधिकाधिक सुदृढ़ बना देती हैं। इस प्रकार हम देखते हैं कि प्रवृत्ति और कर्म में अन्योन्याश्रय का सम्बन्ध रहता है।

यहाँ यह आक्षेप किया जा सकता है कि पूनर्जन्म के सम्भव हो सकने के कारण कोई सद्योजात शिशु भी जन्म के समय ही सद्गुण या दुर्गुण से लैस रह सकता है। ऐसा इसलिये कि उसके द्वारा अपने पूर्व के जीवन में ही इस तरह के गुण अर्जित करने की सम्भावना रहती है। पर क्या पुनर्जन्म का होना मान्य हो सकता है? निश्चय ही यह पुनर्जन्म-सिद्धांत अत्यंत विवादग्रस्त है। इसके सम्बन्ध में हम आगे विचार करेंगे। यहाँ हम केवल इतना कहना चाहते हैं कि पुनर्जन्म का सिद्धांत सही नहीं है। और हमारी मान्यता है कि नैतिक गुणों को वर्तमान जीवनकाल में ही अर्जित किया जाता है। मनुष्य अपने एकमात्र वर्तमान जीवन में ही समाज से कुछ करना सीखता है और वह जो कुछ भी सीखता है उसकी छाप उसके दिमाग पर पड़ती ही है। यह छाप एक तरह की क्षमता है जिसे हम गुण भी कह सकते हैं। इस गुण के कारण ही वह कुछ करने के लिए प्रेरित हो सकता है। इस प्रकार हम देखते हैं कि मनुष्य अनेकानेक गुण अर्जित कर सकता है और इन गुणों में जो गुण नैतिकता या धर्म के अनुकूल होते हैं वे सद्गुण कहलाते हैं, और जो गुण नैतिकता या धर्म के प्रतिकूल होते हैं वे दुर्गुण कहलाते हैं। कोई गुण, चाहे वह सद्गुण हो या दुर्गुण, मनुष्य के दिमाग के अंदर अवस्थित कोई वस्तु नहीं है। वह तो, जैसा हमने ऊपर कहा है, मात्र एक क्षमता है जिसके अस्तित्व का प्रमाण यही है कि क्षमतावान् व्यक्ति उपयुक्त अवसर आने पर उस क्षमता के अनुरूप कार्य कर सकता है। आप किसी भी तरह एक ईमानदार व्यक्ति नहीं माने जा सकते, यदि आपने अपने जीवनकाल में एक भी ईमानदारी का काम नहीं किया है। और फिर जब भी आपको इस तरह का काम करने का अवसर मिला है आपने उस तरह का काम नहीं किया है।

इस प्रकार यह स्पष्ट होता है कि मनुष्य अपने कर्म अपनी प्रवृत्ति या अपने संस्कार के कारण ही करता है। ये कर्म तथा ये संस्कार नैतिक दृष्टि से उचित हैं या अनुचित—इसका निरूपण तो नैतिक मापदण्ड के आधार पर ही हो सकता है। भारतीय नीतिशास्त्र में कौन कौन से नैतिक मापदण्ड माने गये हैं—इसका विचार हम पहले ही कर चुके हैं। इन मापदण्डों में कौन स्वीकारयोग्य है और कौन नहीं—इसका निर्णय हम आगे करेंगे। पर यहाँ इतना कह देना हम आवश्यक समझते हैं कि शास्त्रीय विधि तथा निषेध नैतिक मापदण्ड नहीं हो सकते। और हम तो यह निरूपित कर ही चुके हैं कि सही नैतिक दृष्टि या सही नैतिक कसौटी क्या होती है। जो कर्म या गुण उस दृष्टि या कसौटी के अनुकूल होते हैं केवल वे ही क्रमशः सुकर्म या सद्गुण हो सकते हैं, और जो कर्म या गुण उस दृष्टि या कसौटी के प्रतिकूल होते हैं वे सभी क्रमशः दुष्कर्म या दुर्गुण होते हैं। इस संदर्भ में अब हमें यह देखना चाहिये कि भारतीय नीतिशास्त्र के अनुसार सद्गुण एवं दुर्गुण क्या क्या हैं।

20.9.2 सद्गुणों एवं दुर्गुणों के प्रकार

भारतीय नीतिशास्त्र में नैतिक सद्गुणों एवं दुर्गुणों के सम्बन्ध में अनेक भारतीय दर्शनों में विचार हुआ है। इन दर्शनों के द्वारा इन गुणों का वर्गीकरण भी किया गया है। न्याय दर्शन के परिप्रेक्ष्य में *न्यायसूत्र* के भाष्यकार वात्स्यायन के विचार यहाँ प्रस्तुत किए जायेंगे। योगदर्शन के परिप्रेक्ष्य में पंतजलि के *योगसूत्र* तथा उसपर रचित व्यासभाष्य के विचार यहाँ प्रस्तुत किए जायेंगे। साथ-ही-साथ विज्ञानभिक्षु के मत का भी उल्लेख किया जाएगा। जैनदर्शन के परिप्रेक्ष्य में समन्तभद्र की कारिका के विद्यानन्दरचित अष्टसाहस्त्री नामक भाष्य में दिये गये विचार प्रस्तुत किये जायेंगे। और बौद्ध दर्शन के परिप्रेक्ष्य में चन्द्रकीर्ति के ग्रंथ माध्यमिकावृत्तिग्रंथ में दिये गये विचार प्रस्तुत किये जायेंगे।

20.9.2.1 वात्स्यायन—सद्‌गुणों का वर्गीकरण—सद्‌गुण तीन प्रकार के होते हैं—शारीरिक, वाचिक तथा मानसिक।

शारीरिक—दान, परित्राण एवं परिचरण।

वाचिक—सत्यवचन, हितवचन, प्रियवचन, स्वाध्याय, वेदपाठ, आदि।

मानसिक—दया, अस्पृहा, एवं श्रद्धा।

दुर्गुणों का वर्गीकरण—दुर्गुण भी तीन प्रकार के होते हैं—शारीरिक, वाचिक तथा मानसिक।

शारीरिक—हिंसा, स्तेय या चौर्य एवं प्रतिषिद्ध मैथुन।

वाचिक—मिथ्यावचन, परुष या कटूक्ति, सूचना तथा असम्बद्ध।

मानसिक—परद्रोह, परद्रव्याभीप्सा तथा नास्तिक्य।

ऊपर के वर्गीकरण में शब्दों का चयन कुछ इस प्रकार हुआ है कि उससे यह भ्रम पैदा हो सकता है कि गुण प्रवृत्ति है या क्रिया। उदाहरणस्वरूप दान को लें। दान से यह समझा जा सकता है कि दान की शारीरिक क्रिया ही सद्‌गुण है। किंतु यदि कोई व्यक्ति इस समय दान की क्रिया न कर रहा हो, लेकिन वह दान करने की प्रवृत्ति रखता हो (जो प्रवृत्ति उपयुक्त अवसर उपस्थित होने पर दान की क्रिया के रूप में क्रियमाण हो जा सकती हो), तो क्या वह व्यक्ति दानी नहीं माना जाएगा और वह नैतिक दृष्टि से सराहणीय और अनुकरणीय नहीं समझा जाएगा? निश्चय ही वह मात्र दानी प्रवृत्ति रखने के कारण दानी माना जायगा। इसी तरह अन्य सद्‌गुणों एवं दुर्गुणों के बारे में भी क्रियाओं तथा प्रवृत्तियों का भेद किया जा सकता है।

एक दूसरी आपत्तिजनक बात जो उपर्युक्त वर्गीकरण में पायी जाती है, वह है गुणों में नैतिकतेतर गुणों का समाविष्ट किया जाना। वेदपाठ एक नैतिकतेतर कर्म है और नास्तिक्य एक नैतिकतेतर गुण। फिर भी उन्हें इस वर्गीकरण में शामिल कर लिया गया है। यों तो वेद के बारे में जानने के लिए उसे पढ़ना एक अच्छी बात है। पर ऐसा कहना कि वेदपाठ एक नैतिक कर्तव्य है और यह भी कि जो वेदपाठ नहीं करता है वह अनैतिक है और इस कारण पाप का भागी होता है बिलकुल युक्तिसंगत नहीं है। इसी तरह श्रद्धा एक अच्छी प्रवृत्ति है और सही विषयों के प्रति श्रद्धावान् होना बहुत ही उचित है। पर यदि श्रद्धा का अर्थ ईश्वर के प्रति श्रद्धा है, तो स्पष्ट ही यह नैतिक प्रवृत्ति नहीं मानी जा सकती। उल्लेखनीय है कि नैतिकता में कोई छूट नहीं होती है, पर ईश्वर को मानने या न मानने में लोगों को पूरी तरह छूट प्राप्त है। ऐसी स्थिति में किसी भी प्रकार के नास्तिक्य को दुर्गुण नहीं माना जा सकता। जो छूट ईश्वर के प्रति श्रद्धा के सम्बन्ध में है, वही छूट इसमें भी लागू है। अतः वेदपरक नास्तिक्य भी दुर्गुण नहीं माना जा सकता। हम बुद्ध या महावीर को उनके नास्तिक होने के कारण अनैतिक या अधार्मिक नहीं मान सकते। जैसा हम जानते हैं, ये दोनों महापुरुष वेद तथा ईश्वर दोनों के सम्बन्ध नास्तिक थे।

तीसरी आपत्तिजनक बात यह है कि ऊपर के वर्गीकरण में अस्पृहा अर्थात् सांसारिक उपभोग के प्रति विरक्ति को एक सद्‌गुण माना गया है। इस मान्यता के औचित्य के समर्थन में एक विशाल तत्त्वदर्शन विद्यमान है। इस तत्त्वदर्शन में सांसारिकता को एक बंधन माना गया है और उससे मुक्ति पाने को ही जीवन का अंतिम लक्ष्य माना गया है। चूँकि संसार में लिप्त रहकर मनुष्य इस लक्ष्य को प्राप्त नहीं कर सकता, इसलिए उसमें अस्पृहा जैसे गुण

का होना नितांत आवश्यक है। और चूँकि अस्पृहा मोक्ष जैसे चरम लक्ष्य को प्राप्त करने में साधन का काम कर सकती है, इसलिए यह एक सद्‌गुण है। किंतु सांसारिकता एक बन्धन है, सांसारिक जीवन के परे भी कोई नैसर्गिक या पारलौकिक जीवन है, तथा पारलौकिक जीवन पाना ही मनुष्य का अंतिम लक्ष्य है—ये सभी विचार तो स्वयं पूरी तरह विवादग्रस्त हैं। और यह तो बिलकुल स्पष्ट एवं निर्विवाद है कि नैतिकता के लिए सांसारिक जीवन नितांत आवश्यक होता है। और फिर इस जीवन के प्रति अनुराग का होना भी उतना ही आवश्यक है, क्योंकि बिना अनुराग के सांसारिक जीवन जीना सम्भव नहीं हो सकता। इस प्रसंग में यह भी कहा जा सकता है कि मैथुन कुकर्म नहीं हो सकता, भले ही प्रतिषिद्ध मैथुन को कुकर्म मानना सही ही है।

सत्यवादिता को एक महान् सद्‌गुण माना गया है और ऐसा मानना उचित भी है। किसी व्यक्ति को गलत सूचना देकर भ्रमित करना उचित नहीं हो सकता। असत्यवादी भी तो नहीं चाहता कि उसे कोई व्यक्ति गलत सूचना देकर विभ्रमित करे। महाभारत के उस प्रसंग को हमलोग जानते हैं जिसमें श्रीकृष्ण ने धर्मराज युधिष्ठिर से कहा था कि दूसरों की प्राणरक्षा के लिए यदि असत्य बोलना पड़े तो उससे बोलने वाले को पाप नहीं लगता और तब धर्मराज युधिष्ठिर ने द्रोणाचार्य से कहा था कि 'अश्वत्थामा मारा गया'। और उसके बाद मन्दस्वर में यह भी कह दिया था कि 'वह था हाथी'। इस तरह से युधिष्ठिर का द्रोणाचार्य के साथ छल करना नैतिक नहीं माना जा सकता। किंतु विचाराधीन प्रसंग में *महाभारत*संग्राम की उस परिस्थिति में युधिष्ठिर की मिथ्यावादिता को शायद दुर्गुण नहीं माना जा सकता। यदि कोई आततायी किसी निरपराध व्यक्ति की हत्या करने के लिए आपसे उस व्यक्ति का पताठिकाना माँग रहा हो और आपको यह मालूम रहे कि वह व्यक्ति कहाँ है, तो वैसी परिस्थिति में आपको क्या करना चाहिये? क्या वैसी परिस्थिति में भी आपको सत्यवादी बन ही जाना चाहिये? स्पष्ट ही इसका उत्तर नकारात्मक है। यहाँ हमें 'प्रथमदृष्ट्या कर्तव्य' तथा 'वास्तविक कर्तव्य' के भेद का स्मरण करना चाहिये, और परिस्थिति के अनुरूप ही कर्तव्यनिरूपण करना चाहिये। चूँकि हम इस सम्बन्ध में पहले ही विस्तृत विचार कर चुके हैं, इसलिए इस सम्बन्ध में यहाँ फिर से विचार करना अपेक्षित नहीं है।

ऊपर के वर्गीकरण में प्रियवचन को भी सद्‌गुणों के वर्ग में शामिल कर लिया गया है। कहा भी गया है—"न ब्रूयात्सत्यमप्रियम्"। यहाँ यह उल्लेखनीय है कि चूँकि नैतिकता का लक्ष्य मानव को मानव के साथ जोड़ना होता है, इसलिए वक्ता द्वारा अप्रिय या कटु शब्द बोलकर श्रोता से सम्बन्ध तोड़ना उचित नहीं हो सकता। अप्रिय या कटु शब्द अपनी प्रकृत्ति के कारण ही अरुचिकर होता है। लेकिन क्या इस प्रियवचन सिद्धान्त के आधार पर सभी परिस्थितियों में बिना सोचे-समझे केवल प्रियवचन ही बोलना चाहिये? हम जानते हैं और प्रायः देखते भी हैं कि किस तरह स्वार्थलोलुप लोग चाटुकारिता का इस्तेमाल कर समाज का अहित ही करते रहते हैं। अतः प्रियवादिता को सामान्यरूप से सद्‌गुण मानकर भी उसका प्रयोग परिस्थिति की नैतिक आवश्यकता की जाँच के बाद ही करना चाहिये। यदि अप्रिय सत्य बोलने से ही नैतिकता की रक्षा सही ढंग से होती जान पड़े, तो वैसी परिस्थिति में अप्रिय सत्य का बोलना ही नैतिक हो सकता है।

२०.९.२.२ पतंजलि—जैसा हम जानते हैं, *योगसूत्र* के प्रणेता पतंजलि आत्मदर्शन को जीवन का परम लक्ष्य मानते हैं, और इसकी सिद्धि के लिए वे योगसाधना

को अत्यंत आवश्यक मानते हैं। इस साधना के लिए यम, नियम, आसन, प्राणायाम, तथा प्रत्याहार बहिरंग साधन हैं, और धारणा, ध्यान तथा समाधि अंतरंग साधन हैं। बहिरंग साधनों के द्वारा साधक अपने आपको अंतरंग साधनों का प्रयोग कर सकने योग्य बनाता है। और जब वह अंतरंग साधनों का भी सफल प्रयोग कर लेता है, तब वह संसार से मुक्त होकर आत्मदर्शन कर लेता है। यहाँ यह उल्लेखनीय है कि यदि पंतजलि द्वारा प्रस्तावित जीवनलक्ष्य नैतिक दृष्टि से स्वीकार्य हो जा सके, तभी उनके द्वारा प्रस्तावित उपर्युक्त अष्टांगिक साधनपद्धति स्वीकार्य हो सकती है। यदि किसी कारणवश लोग पतंजलि के आत्मदर्शनपरक लक्ष्य को ही अस्वीकार कर दें, तब तो उनकी योगपद्धति स्वीकारयोग्य नहीं हो सकती। पर यहाँ यह उल्लेखनीय है कि योगदर्शन में बहुत-सी बातें ऐसी हैं जिन्हें उसके आत्मदर्शनपरक अध्यात्मवाद से अलग रखा जा सकता है। इस दर्शन की अनेक बातें तो मनुष्य के शारीरिक और मानसिक स्वास्थ्य से संबद्ध हैं। स्पष्ट ही शरीर और मन का अच्छा स्वास्थ्य सांसारिक जीवन को बढ़िया तरीके से जीने के लिए अत्यंत आवश्यक होता है। निश्चय ही योगदर्शन में शरीर और मन के स्वास्थ्य को अच्छा रखने के सम्बन्ध में बहुत अधिक प्रकाश डाला गया है। नैतिकता के अनुरूप कार्य करने के लिए मनुष्य को, जैसा हमने पहले भी कहा है, कुछ होने या बनने की आवश्यकता होती है। और ऐसा होना या बनना शरीर और मन दोनों स्तरों पर होता है। और इस तरह कुछ बनकर कर्म करना भी मनोकायिक ही होता है। निश्चय ही हम आसन, प्राणायाम, शौच, आदि क्रियाओं से अपने शरीर को एक स्वस्थ स्थिति में रख सकते हैं। अतः हम इन क्रियाओं को प्रकारान्तर से नैतिकता की परिधि में ला ही सकते हैं। जहाँ तक योगप्रक्रिया के मानसिक व्यापारों का सवाल है, उनमें अनेक व्यापार ऐसे हैं जो नैतिक कर्मों को क्रियान्वित करने में निश्चित रूप से सहायक होते हैं। यम, नियम तथा प्रत्याहार के अनेक अंग मन या व्यक्तित्व को नीतिनिष्ठ बनाने में अत्यंत उपयोगी हो सकते हैं। अतः अब हम यहाँ उन अंगों की विस्तार से व्याख्या करेंगे। पतंजलि ने उनकी व्याख्या अपने *योगसूत्र* के 'साधनपाद' में की है।

यम—यम पाँच हैं: अहिंसा, सत्य, अस्तेय, ब्रह्मचर्य और अपरिग्रह। इनसे मुख्यतः आत्मसंयम सम्भव होता है। अहिंसा का अर्थ है हिंसा का त्याग। पर यह मात्र हिंसात्याग नहीं है, बल्कि सार्वभौम प्रेम भी है। यह सर्वथासर्वदासर्वभूतानामनभिद्रोह है। यह याज्ञिक हिंसा को भी उचित नहीं मानती। अहिंसा को तो परम धर्म भी माना गया है। कहा गया है—'अहिंसा परमो धर्मः'। इस प्रकार अन्य सद्‌गुणों की तुलना में इसे अधिमानित किया गया है। अहिंसा एक ऐसा सद्‌गुण है जिसके द्वारा आत्मसंयम, आत्मबलिदान, द्वेष तथा घृणा जैसी भावनाओं का नियंत्रण, बौद्धिक शैथिल्य का निराकरण, परुषवचन का परित्याग, आदि आदि सम्भव होते हैं।

सत्य के सम्बन्ध में ध्यातव्य है कि मनुष्य एक बाह्य वातावरण में रहता है और उस वातावरण से उसका घनिष्ठ सम्बन्ध रहता है। अतः मनुष्य के लिए उस वातावरण के सम्बन्ध में सही-सही ज्ञान का होना नितांत आवश्यक हैं। ऐसे ज्ञान के अभाव में उसका अस्तित्व खतरे में पड़ जा सकता है। सही ज्ञान पाने का एक सुगम तरीका दूसरे को पूछना है। पर यह बिलकुल सम्भव है कि पूछा गया व्यक्ति पूछनेवाले को सही जानकारी न दे। ऐसी स्थिति में सही-सही ज्ञान प्राप्त करना कठिन हो सकता है। अतः जिस तरह से हिंसा को रोकने के लिए अहिंसा परक यम निर्धारित किया गया है, उसी तरह मिथ्यावादिता को रोकने के लिए सत्यवादिता परक यम भी निर्धारित किया गया है। जिस तरह जीवन जीने के अधिकार की रक्षा अहिंसा द्वारा सम्भव है, उसी तरह यथार्थ ज्ञान पाने के अधिकार की

रक्षा सत्यवादिता के द्वारा सम्भव है। लेकिन यदि प्रश्न का उत्तर देनेवाला व्यक्ति स्वयं ही भ्रांति से ग्रस्त हो या वह प्रश्नकर्ता को धोखा देना या उसकी वंचना करना चाहता हो, तो वह सत्यसम्भाषण के लिए या तो समर्थ नहीं हो सकता या प्रवृत्त ही नहीं हो सकता। अतः सही उत्तर देनेवालों के लिए अर्थात् सत्यवादी के लिए भ्रांतिरहित और वंचनाप्रवृत्तिरहित होना नितांत आवश्यक है।

यहाँ यह प्रश्न उठ सकता है कि यदि सही-सही उत्तर दे देने से उत्तर पानेवाले का अनिष्ट होता रहे या उसकी संभावना ही रहे, तो उत्तर देनेवाले को क्या करना चाहिये। इस सम्बन्ध में एक मत तो यह है कि उत्तर पानेवाले अर्थात् ज्ञान पानेवाले का अनिष्ट सम्भव भी रहे, तब भी सत्यवादिता अनुपालनीय ही है। अतः उसमें किसी तरह मिथ्या का समावेश नहीं किया जा सकता। लेकिन तब यहाँ यह प्रश्न उठ जाता है कि लोककल्याण की सिद्धि के परिप्रेक्ष्य में किसी यम या नियम की क्या भूमिका हो सकती है। निश्चय ही यह मान्य नहीं हो सकता कि लोककल्याण को नजरअंदाज करके भी यम, नियम, आदि का पालन होना ही चाहिये। अतः यदि किसी सत्यवचन से लोककल्याण में बाधा आती रहे, तो उस सत्यवचन पर उचित तरीके से रोक लगायी ही जा सकती है। यह उचित तरीका क्या हो सकता है, उसके बारे में कोई परिस्थितिनिरपेक्ष कसौटी नहीं दी जा सकती। परिस्थिति की विशिष्टता पर ही यह निर्भर करता है कि सत्यवचन पर रोक लगायी जाय या नहीं और यदि लगायी ही जाय तो किस तरह। मुख्य बात तो यह है कि लोककल्याण की सिद्धि तो होनी ही चाहिये। नीतिकारों ने यह कहा है—''सत्यं ब्रूयात्प्रियं ब्रूयात् न ब्रूयात्सत्यमप्रियम्''। किंतु क्या अप्रिय सत्य बोलना सब समय अनुचित ही होता है? आपका पुत्र खेल में मग्न है। उसके लिए अभी पाठशाला जाने का समय है। वह अभी पाठशाला नहीं जाना चाहता। क्या आपको अभी उसे यह नहीं कहना चाहिये कि उसके पाठशाला जाने का समय हो गया है और उसे खेल बंद कर पाठशाला जाना चाहिये। इस परिस्थिति में सत्य के अप्रिय होने पर भी उसे कहना ही चाहिये। पर एक बीमार माँ को उसके पुत्र की मौत का समाचार हठात् नहीं दे देना चाहिये। सत्यवादिता के सम्बन्ध में शास्त्र का यह कथन निश्चय ही बहुत महत्त्वपूर्ण है—''एषा सर्वभूतोपकाराय प्रवृत्ता न भूतोपघाताय''।

अस्तेय के सम्बन्ध में ध्यातव्य है कि जिस तरह से मनुष्य को जीने का अधिकार है या सही ज्ञान पाने का अधिकार है, उसी तरह से उसे यह भी अधिकार है कि उसकी सम्पत्ति को कोई अन्य व्यक्ति ग्रहण न कर ले। और जिस तरह किसी के जीवन पर आघात पहुँचाने के लिए दूसरों के द्वारा हिंसा करना वर्जित है या किसी को यथार्थ ज्ञान से वंचित रखने के लिए दूसरों के द्वारा मिथ्यावादिता वर्जित है, उसी तरह किसी की सम्पत्ति का स्तेय या चौर्य भी वर्जित है। यहाँ यह भी उल्लेखनीय है कि जिस तरह अहिंसा मात्र हिंसावर्जन नहीं, वरन् प्रेम भी है, और सत्य केवल मिथ्याभाषणवर्जन नहीं, वरन् सत्यभाषण भी है, उसी तरह अस्तेय केवल चौर्यवर्जन नहीं, वरन् लोभसंवरण भी है। कुछ लोग अस्तेय को केवल चोरी से परहेज मात्र ही मान लेते हैं। पर यदि आपके मन में किसी अन्य व्यक्ति की सम्पत्ति के प्रति लोभ है, तो वह भी एक प्रकार की मानसिक चोरी ही हुई, भले ही आप इस चोरी से उस व्यक्ति की सम्पत्ति को भौतिक रूप से अपने घर न ले जा रहे या सके हों। व्यासभाष्य में कहा गया है कि स्तेय के दो रूप हैं। एक बाह्य और दूसरा आंतरिक या मानसिक। बाह्य स्तेय में अनधिकृत रूप से द्रव्यों या संपत्तियों का भौतिक अधिग्रहण होता है। इस प्रकार का अधिग्रहण शास्त्रविहित नहीं हो सकता। पर दूसरों के द्वारा दान में दिया गया पदार्थ अधिगृहीत किया जा सकता है।

ऐसा अधिग्रहण चोरी या स्तेय नहीं है। अनधिकृत रहकर दूसरों का धन या संपत्ति ले लेना ही स्तेय है। इस प्रकार के बाह्य स्तेय को नैतिकता वर्जित करती ही है। पर साथ-ही-साथ नैतिकता मानसिक स्तर पर दूसरे के धन के प्रति लोभ रखने को भी वर्जित करती है। यह लोभ स्पृहा के रूप में एक प्रकार का स्तेय ही है। अतः नैतिकता इसे भी वर्जित कर देती है।

विज्ञानभिक्षु एक ऐसा भी अस्तेय मानते हैं जिसमें केवल परद्रव्य के प्रति ही अस्पृहा नहीं रहती, वरन् पूरे संसार के प्रति अस्पृहा या विरक्ति रहती है। *योगवार्त्तिक* में कहा गया है कि संसार की वस्तुओं के प्रति आकर्षण भ्रम या अज्ञान के कारण होता है। अतः इस भ्रम या अज्ञान को दूर करके संसार के प्रति आकर्षण या स्पृहा को दूर कर देना चाहिये। यहाँ संसारपरक अस्पृहा मानो संसारपरक अस्तेय है। पर यहाँ यह प्रश्न उठ सकता है कि क्या इस प्रकार के अस्तेय को नैतिक महत्त्व दिया जा सकता है। अर्थात् क्या नैतिकता में संसार के प्रति विरक्ति को महत्त्व देना उचित है? स्पष्ट ही इस प्रश्न का उत्तर नकारात्मक होगा। नैतिकता के लिए सामाजिक जीवन का अस्तित्व तो एक आधारभूत स्तंभ होता है। यह तो स्पष्ट ही है कि नैतिकता मनुष्य के कर्म एवं चरित्र से सम्बन्ध रखती है। नैतिक बनने के लिए मनुष्य को अच्छा कर्म करना चाहिये, बुरा कर्म नहीं; और फिर उसे अच्छा चरित्र अर्जित करना चाहिये, बुरा चरित्र नहीं। नैतिकता यह निर्देश कभी नहीं दे सकती कि मनुष्य को सभी कर्मों को दरकिनार कर संसार का परित्याग कर देना चाहिये। विज्ञानभिक्षु का अस्पृहापरक अस्तेय तो नैतिकता को बिलकुल दरकिनार ही कर देता है। अतः इसे नैतिक मान्यता कभी नहीं दी जा सकती। आध्यात्मिकता में इस प्रकार की अस्पृहा को भले ही स्थान और महत्त्व मिल जाय, पर नैतिकता में तो इसे न तो स्थान और न ही महत्त्व मिल सकता है। नैतिकता के लिए तो इस प्रकार की अस्पृहा को घातक ही माना जायगा। और यहाँ यह विशेष रूप से ध्यातव्य है कि नैतिकता को आध्यात्मिकता के साथ गड्डमड्ड नहीं ही किया जा सकता।

ब्रह्मचर्यपरक सद्गुण से मनुष्य अपने कामपरक भावना या इच्छा को नियंत्रण में रख सकता है। यह तो एक सर्वविदित तथ्य है कि कामवासना बहुत अधिक प्रबल होती है। इसके अनियंत्रित रहने से न तो कामुक व्यक्ति का कल्याण हो सकता है और न ही समाज का। अनियंत्रित यौन व्यापार से कितने भयावह शारीरिक, मानसिक, आर्थिक, सामाजिक, एवं अन्य प्रकार के दुष्परिणाम हो सकते हैं—इसकी जानकारी लोगों को दिन-प्रतिदिन होती ही रहती है। स्पष्ट ही इसका नियंत्रण अत्यंत आवश्यक है। इस यौननियंत्रण का ही दूसरा नाम ब्रह्मचर्य है। जिस तरह अहिंसा, मिथ्यावर्जन, तथा अस्तेय व्यक्ति एवं समाज के कल्याण के लिए नितांत आवश्यक होते हैं, उसी तरह ब्रह्मचर्य भी व्यक्ति एवं समाज के कल्याण के लिए नितांत आवश्यक होता है। कुछ लोग ब्रह्मचर्य को यौनव्यापार का पूर्ण निरोध मानते हैं और उसे उसी रूप में अनुशंसित भी करते हैं। किंतु इस रूप में ब्रह्मचर्य कदापि नैतिक लक्ष्य नहीं हो सकता। हमने ऊपर कहा है कि नैतिकता के लिए सांसारिक जीवन एक आधारभूत स्तंभ है। अतः नैतिकता सामाजिक जीवन का पूर्ण विनाश अनुशंसित नहीं कर सकती। और तब वह यौनक्रिया के पूर्ण निरोध की अनुशंसा भी नहीं कर सकती। जिस तरह नैतिकता भोजनत्याग के द्वारा आत्महत्या की अनुशंसा नहीं कर सकती, उसी तरह वह यौनक्रिया के परित्याग के द्वारा मानवजाति के उच्छेद की भी अनुशंसा नहीं कर सकती। हाँ, नैतिकता जिस तरह संयमित भोजन द्वारा स्वस्थ जीवन के निर्माण की अनुशंसा कर सकती है, उसी तरह वह नियंत्रित एवं संयमित यौनक्रिया से उपलब्ध संतुष्ट एवं संतुलित वैयक्तिक जीवन की भी अनुशंसा कर ही सकती है। *व्यासभाष्य* कहता है—"ब्रह्मचर्यं गुप्तेन्द्रियस्य उपस्थस्य

संयमः''। ऐसे संयम को सम्भव बनाने के लिए ही समाज में विवाह, एकपत्नीव्रत, एकपतिव्रत, आदि प्रथाएँ प्रचलित की गई हैं।

यहाँ यह उल्लेखनीय है कि ब्रह्मचर्यपालन के दो प्रकार होते हैं। एक प्रकार है जननेंद्रिय प्रयोगवर्जनपरक तथा दूसरा है अन्येंद्रियप्रयोगवर्जनपरक। इस तरह हम देखते हैं कि ब्रह्मचर्यपालन का एक संकुचित अर्थ है और एक व्यापक अर्थ भी। इस दूसरे अर्थ में ब्रह्मचर्य मनसा वाचा एवं कर्मणा पालनीय माना जाता है। अर्थात् इसका पालन न केवल जननेन्द्रिय स्तर पर, बल्कि मन, वचन, एवं कर्म के स्तरों पर भी होना चाहिये। इसका तात्पर्य यह है कि मन, आँख, कान, नाक, जिह्वा तथा शरीर के अन्य जननेंद्रियभिन्न अंगों का भी ऐसा उपयोग या प्रयोग नहीं होना चाहिये जिससे असंयमित कामुकता को बढ़ावा मिले। दूरदर्शन पर अश्लील दृश्यों को देखना या अश्लील गानों को सुनना आँख या कान जैसे इन्द्रियों का ब्रह्मचर्यपालनविरोधी उपयोग या प्रयोग ही माना जाएगा। *व्यासभाष्य* की उक्ति ''ब्रह्मचर्य गुप्तेन्द्रियस्य उपस्थस्य संयमः'' पर विज्ञानभिक्षु रचित *योगवार्त्तिक* की टिप्पणी है ''संयम इति अत्रोपसर्गेण अन्येन्द्रियसाहित्यम् उपस्थस्य ग्राह्यं तेन उपस्थस्य सर्वेन्द्रियव्यापारोपरम इति लक्षणम्''।

अपरिग्रह अधिकांशतः नकारात्मक ही होता है। अर्थात् यह प्रवृत्तिपरक नहीं, बल्कि निवृत्तिपरक होता है। यह भौतिक संपत्ति के प्रति उदासीनता या अनासक्ति ही है। व्यासभाष्य के अनुसार परिग्रह में चूँकि संपत्ति का अर्जन, रक्षण तथा क्षय वर्तमान रहते हैं, इसलिए उसमें दंभ, आसक्ति, हिंसा, आदि का वर्तमान रहना प्रायः निश्चित ही है। अतः संपत्ति का ग्रहण उचित नहीं माना जा सकता। इस ग्रहण का वर्जन या अस्वीकरण ही अपरिग्रह है—''विषयाणामर्जनरक्षणक्षयसंगहिंसादोषदर्शनात् अस्वीकरणमपरिग्रहः'' (व्यासभाष्य)।

नियम—नियम भी पाँच हैं—शौच, संतोष, तप, स्वाध्याय, तथा ईश्वरप्रणिधान। नियमों के द्वारा कार्य करने की अनुशंसा की जाती है, क्योंकि नियमपरक सभी कार्य अच्छे माने जाते हैं और वे नैतिक सद्गुणों के उत्पादक भी माने जाते हैं। पर इनमें ईश्वरप्रणिधान एक ऐसा नियम है जो नैतिकता की परिधि के अंतर्गत शामिल नहीं किया जा सकता। अन्य चार निश्चित रूप से नैतिकता से संबद्ध होते हैं। इनमें कुछ कायिक हैं, कुछ मानसिक तथा कुछ मनोकायिक। जैसा हमने पहले भी कहा है, नैतिकता कायिक उत्कृष्टता को भी बहुत अधिक महत्त्व देती है। कहा भी गया है कि स्वस्थ मन स्वस्थ शरीर में ही रह सकता है। शौच से केवल शरीरशुद्धि ही नहीं, बल्कि मानसिक शुद्धि भी होती है। संतोष तो शयद सर्वोत्कृष्ट नैतिक सद्गुण है। कहा भी गया है—''न संतोषात् परं सुखम्''। तप करने की क्षमता एक ऐसा सद्गुण है जो तपस्वी को कठिन से कठिन शारीरिक कार्यों को करने के लिए भी सक्षम बना देता है। स्वाध्यायपरक सद्गुण को हम जिज्ञासापरक सद्गुण कह सकते हैं। नैतिक कार्य करने के लिए अनेक प्रकार के ज्ञान की विशेषतः परिस्थितिपरक ज्ञान की बहुत अधिक आवश्यकता होती है। और, जैसा हम जानते हैं, ज्ञान अर्जित करने के लिए ग्रंथों के अध्ययन की बहुत अधिक आवश्यकता होती है। अतः स्वाध्यायपरक प्रवृत्ति भी प्रकारांतर से एक नैतिक सद्गुण ही है। ईश्वरप्रणिधान, जैसा हमने ऊपर कहा है, नैतिक सद्गुण नहीं हो सकता। जो लोग ईश्वर में आस्था रखते हैं उनके लिए भले ही ईश्वरप्रणिधानपरक प्रवृत्ति एक सद्गुण हो जाए, पर इसे एक नैतिक सद्गुण नहीं माना जा सकता।

आसन—आसन स्पष्ट रूप से एक शारीरिक प्रक्रिया है। यह शारीरिक स्वास्थ्य को

ठीक रख सकता है। चूँकि नैतिक कर्म करने के लिए भी शारीरिक स्वास्थ्य का अच्छा होना बहुत जरूरी होता है, इसलिए आसनपरक प्रवृत्ति भी नैतिक सद्‌गुणों की श्रेणी में आ जाती है।

प्राणायाम—जो बातें आसन के सम्बन्ध में लागू हैं, वे प्राणायाम के सम्बन्ध में भी लागू हो जाती हैं। दोनों तो दो भिन्न प्रकार की शारीरिक क्रियाएँ ही हैं।

प्रत्याहार—प्रत्याहार का अर्थ है इन्द्रियनिग्रह अर्थात् इंद्रियों का नियंत्रण। इन्द्रियाँ प्रकृतिनिर्धारित विशेष विशेष विषयों की ओर स्वतः ही आकृष्ट होती रहती हैं। इस तरह से आकृष्ट होना उनका धर्म होता है। यदि उनके इस तरह से आकृष्ट होने को नियंत्रित नहीं किया जाय, तो वे अपने अपने विषयों के प्रति आकृष्ट होने में इतना उग्र और इतना तत्पर हो जा सकती हैं कि वे इन्द्रियधारक को लाभ के बदले हानि ही पहुँचाने लग सकती हैं। कहा भी गया है—"अति सर्वत्र वर्जयेत्"। नैतिकता की एक आधारभूत मान्यता यह है कि मनुष्य को अपनी इच्छाओं को नियंत्रित रखकर केवल वैसे ही कार्य करने चाहिये जो नीतिसम्मत हों। अतः नैतिकता इन्द्रियों को मर्यादा से बाहर जाने की छूट नहीं दे सकती और उन्हें अपने-अपने विषयों से उचित रूप में विमुख रह सकने की ही सीख दे सकती है। इस विमुखता को ही प्रत्याहार कहते हैं। चूँकि प्रत्याहार में विषयों से विमुख होने की बात रहती है, इसलिए यह प्रवृत्त्यात्मक नहीं, वरन् निवृत्त्यात्मक होता है। पर इस कारण इसका नैतिक महत्त्व कम नहीं हो जाता। नैतिकता के लिए जितनी महत्त्वपूर्ण प्रवृत्ति होती है, उतनी ही महत्त्वपूर्ण निवृत्ति भी होती है। दोनों के महत्त्व एक समान ही होते हैं। इस प्रकार यह देखा जा सकता है कि प्रत्याहार नैतिक कर्ता को नैतिक आचरण करने के लिए सक्षम ही बनाता है।

20.9.2.3. जैन मत

जैन मत के अनुसार सद्‌गुणों या दुर्गणों का निरूपण अभिसंधि के आधार पर किया जाता है। इस प्रकार के वर्गीकरण को समझने के लिए परिणाम पर आधारित वर्गीकरण को समझ लेना बहुत जरूरी है। परिणाम पर आधारित वर्गीकरण को समझने के लिए हम ईमानदारी की अवधारणा की सहायता ले सकते हैं। ईमानदारी को हम एक सद्‌गुण मानते हैं। इस सद्‌गुण के औचित्य के सम्बन्ध में हम कह सकते हैं कि ईमानदारी बरतने से समाज का कल्याण होता है। मैंने आपसे कुछ दिनों के लिए एक किताब पढ़ने के लिए ली। मैंने उस किताब के बाद में आपको लौटा दिया। यह मेरी ईमानदारी हुई। यदि मैं आपको वह किताब नहीं लौटा देता, तो आप उस किताब से वंचित रह जाते और उस कारण आपको बहुत-कुछ नुकसान उठाना पड़ जा सकता था। अतः यदि मेरी तरह लोग प्रतिज्ञानुसार किताब लौटाते रहें तो लोगों को नुकसान की जगह लाभ ही मिलता रहे। इस प्रकार हम देखते हैं कि ईमानदारी बरतना समाज के लिए बहुत हितकर होता है और इस वजह से यह एक नैतिक सद्‌गुण है। स्पष्ट ही यहाँ औचित्य-निरूपण के लिए परिणाम को आधार माना गया है।

किंतु जैन ग्रंथकार समन्तभद्र की कारिका के भाष्यकार विद्यानन्द ने अपनी अष्टसाहस्री में कहा है कि सद्‌गुणों या दुर्गुणों का निरूपण परिणाम के आधार पर नहीं अभिसंधि के आधार पर ही किया जाना चाहिये। उन्होंने इसके लिए यह तर्क दिया है कि यदि गुण का निरूपण परिणाम के आधार पर करना उचित है, तब तो यह मानना भी उचित ही होना चाहिये कि निर्जीव पदार्थों या पहुँचे हुए महात्माओं के माध्यम से भले-बुरे जो भी परिणाम उत्पन्न हो जाँय

उनके लिए निर्जीव पदार्थ या पहुँचे हुए महात्मा ही उत्तरदायी माने जाने चाहिये। लेकिन यदि मैं किसी पत्थर से ठोकर खाकर गिर पड़ता हूँ और इस प्रकार अत्यधिक पीड़ा का शिकार हो जाता हूँ, तो उस पत्थर को उत्तरदायी मानकर उसे दंडित करने का प्रश्न ही नहीं उठ सकता, क्योंकि वह पत्थर एक निर्जीव पदार्थ है और उसे कोई अभिसंधि नहीं होती। इसी तरह का तर्क एक पहुँचे हुए महात्मा के सम्बन्ध में भी दिया जा सकता है, क्योंकि एक पहुँचा हुआ महात्मा भी अभिसंधि से मुक्त ही होता है। उसके सभी क्रिया-कलाप सोद्देश्य न होकर बिलकुल सहज ही होते हैं। लेकिन तब यह सर्वथा सम्भव है कि उसके अभिसंधिरहित आचरण या कथन से समाज को लाभ या हानि पहुँच ही जाय। तथापि हम इस परिणाम के लिए आमतौर पर महात्मा को न तो सराहते हैं और न ही उसकी भर्त्सना करते हैं। इस प्रकार हम देखते हैं कि नैतिकता के लिए परिणाम के बजाय अभिसंधि ही प्रासंगिक एवं महत्त्वपूर्ण होती है। और यही कारण है कि विद्यानन्द ने अभिसंधि के आधार पर ही गुणों अर्थात् प्रवृत्तियों का वर्गीकरण किया है। उनका वर्गीकरण इस प्रकार है—

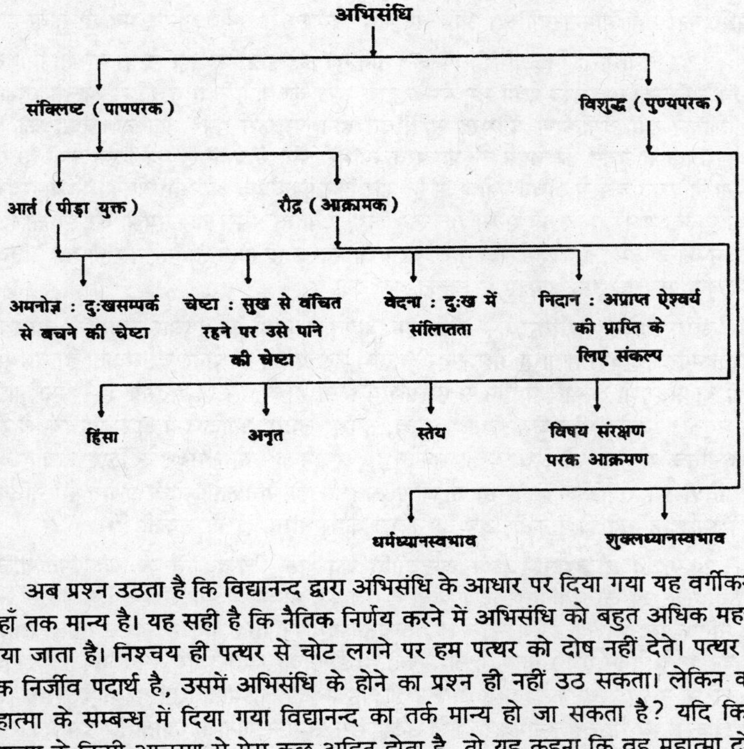

अब प्रश्न उठता है कि विद्यानन्द द्वारा अभिसंधि के आधार पर दिया गया यह वर्गीकरण कहाँ तक मान्य है। यह सही है कि नैतिक निर्णय करने में अभिसंधि को बहुत अधिक महत्त्व दिया जाता है। निश्चय ही पत्थर से चोट लगने पर हम पत्थर को दोष नहीं देते। पत्थर तो एक निर्जीव पदार्थ है, उसमें अभिसंधि के होने का प्रश्न ही नहीं उठ सकता। लेकिन क्या महात्मा के सम्बन्ध में दिया गया विद्यानन्द का तर्क मान्य हो जा सकता है? यदि किसी महात्मा के किसी आचरण से मेरा कुछ अहित होता है, तो यह कहना कि वह महात्मा दोषी नहीं हो सकता, सरासर गलत है। यह सही है कि कोई आचरण आचरण तभी होता है जब उसके पीछे अभिसंधि रहती है। पर यह बिलकुल सही नहीं है कि महात्मा आचरण नहीं कर

सकता, क्योंकि उसमें अभिसंधि नहीं होती। कोई महात्मा भी एक मानव व्यक्ति ही है, इसलिए उसमें भी अभिसंधि का होना बिलकुल स्वाभाविक है। और चूँकि महात्मा के आचरण से मेरा अहित हुआ है, इसलिए इस अहितकारी आचरण के लिए महात्मा को भी दोषी ठहराया ही जा सकता है।

किंतु क्या अभिसंधि पूरी तरह परिस्थितिनिरपेक्ष एवं विशुद्ध रूप से एक मानसिक स्थिति ही होती है? क्या उसकी अवधारणा में उसके कारण होनेवाले परिणाम अंतर्निहित नहीं रहते? इसका उत्तर निश्चित रूप से सकारात्मक है। विद्यानन्द ने स्वयं अभिसंधि के आधार पर जो वर्गीकरण ऊपर प्रस्तुत किया है उससे भी तो यही पता चलता है कि परिणाम को अर्थात् उद्देश्य को अभिसंधि से बिलकुल अलग नहीं रखा जा सकता। ऊपर के वर्गीकरण में निदान को ही लीजिये। यह अप्राप्त ऐश्वर्य की प्राप्ति के लिए संकल्प है। अतः इसमें अवधारणा के स्तर पर ही परिणाम भी निहित है। इस प्रकार हम देखते हैं कि किसी उद्दिष्ट परिणाम को हासिल करने के लिए ही अभिसंधि का निर्माण होता है। प्रसंगवश यहाँ यह कहना अनुचित नहीं होगा कि चूँकि निदान एक प्रकार का संकल्प है, इसलिए इसे अभिसंधि का कोई प्रकार नहीं मानना चाहिये। अभिसंधि तथा संकल्प में मनोवैज्ञानिक भेद तो होता ही है।

ऊपर दिया गया यह अभिसंधिपरक वर्गीकरण उचित प्रतीत नहीं होता। यह तो निर्विवाद है कि नैतिकता का लक्ष्य सभी मनुष्यों के द्वारा सुख का पाना तथा दुःख से अलग रहना ही है। लेकिन इस वर्गीकरण में सुख से वंचित होने पर उसे पुनः पाने की चेष्टा को तथा दुःखसंपर्क से बचने की चेष्टा को पापपरक अभिसंधियों में शामिल कर दिया गया है। ऐसा करना निश्चित रूप से उचित नहीं हुआ है। और फिर पुण्यपरक अभिसंधियों में धर्मध्यानस्वभाव तथा शुल्कध्यानस्वभाव को सम्मिलित कर लिया गया है। इससे यह समझा जा सकता है कि जीवन का अंतिम लक्ष्य कर्मपरक नहीं, वरन् ध्यानपरक ही होता है। निश्चय ही यह नैतिकता के प्रकृत रूप को एक प्रकार से विकृत कर देना है।

संवरसापेक्ष वर्गीकरण—जैसा हम जानते हैं, जैनों के अनुसार आत्मा में आस्रव के द्वारा कर्मों का प्रवेश होता है और संवर के द्वारा उस प्रवेश को रोका जा सकता है। यह संवर धर्मों या सद्गुणों के सक्रिय होने से ही सम्भव होता है। ये धर्म या सद्गुण हैं—क्षमा, मार्दव या मृदुता, आर्जव या ऋजुता, शौच, सत्य, तपस्, त्याग, आकिंचन्य और ब्रह्मचर्य। ये सभी गुण नैतिक सद्गुण तो अवश्य हो सकते हैं, पर इनका प्रयोग संवर के लिए अर्थात् कर्मों के प्रवेश को रोकने के लिए किया जाना अवश्य ही नैतिकताविरोधी प्रयोग है। नैतिकता कर्मविनाशक नहीं हो सकती, वह तो केवल कर्मसुधारक ही हो सकती है।

20.9.2.4 बौद्धमतानुयायी चन्द्रकीर्ति का मत—चन्द्रकीर्ति की *माध्यमिकावृत्ति* में नैतिक गुणों का जो वर्गीकरण दिया गया है वह कई मायनों में साधारण वर्गीकरणों से भिन्न है। नैतिक सद्गुण या दुर्गुण स्वरूपतः अचेतन एवं निष्क्रिय होते हैं, पर उपयुक्त अवसर मिलने पर वे चेतन एवं सक्रिय हो जा सकते हैं। ईमानदार व्यक्ति हर समय अपनी ईमानदारी के बारे में न तो सचेतन रहता है और न ही वह हर वक्त ईमानदारीपरक काम करता रहता है। लेकिन तब भी वह ईमानदारी जैसे सद्गुण से सम्पन्न माना ही जाता है। इस प्रकार हम देखते हैं कि सचेतन होना या क्रियमाण शारीरिक व्यापार होना किसी गुण या प्रवृत्ति का मूलभूत लक्षण नहीं होता। किंतु किसी गुण या प्रवृत्ति के लिए यह तो आवश्यक होता ही है कि वह चेतना के स्तर पर सक्रिय हो सके और वह शारीरिक क्रियाओं को उत्पन्न कर सके।

चन्द्रकीर्ति ने जो गुणों का वर्णन किया है उसमें उन्होंने सचेतन-अवचेतन शारीरिक निष्क्रियता-शारीरिक सक्रियता, तथा नैतिकता-अनैतिकता जैसे आयामों का उपयोग किया है। साथ-ही-साथ इस वर्गीकरण में उन्होंने संस्थागत वर्गीकरण को भी स्थान दे दिया है। साधारणतः हम नैतिकता को वैयक्तिक ही मानते हैं, पर चन्द्रकीर्ति ने नैतिक गुणों के वर्गीकरण में सामूहिक उत्तरदायित्व को भी शामिल कर लिया है।

चन्द्रकीर्ति के अनुसार नैतिक गुण चार प्रकार के होते हैं। वे हैंः—

विज्ञप्तिसमुत्थापिका (सचेतन एवं अभिव्यक्त)

अविज्ञप्तयः (अचेतन एवं अव्यक्त)

परिभागान्वयं कर्म (सामूहिक कर्मफलभागी)

चित्तअभिसंस्कार मनः कर्म (सचेतन एवं संकल्पित)

इस वर्गीकरण के सम्बन्ध में ध्यातव्य है कि इसमें सद्‌गुणों या दुर्गुणों का स्पष्ट उल्लेख नहीं किया गया है, बल्कि इसमें उनकी सामान्य मानसिक स्थिति, शारीरिक अभिव्यक्ति तथा उत्तरदायित्वपरक परिधि के बारे में संकेत किया गया है। इन चारों वर्गों में सद्‌गुण एवं दुर्गुण होते हैं जिन्हें हम क्रमशः 'कुशल गुण' एवं 'अकुशल गुण' कह सकते हैं। कुशल गुण लाभकारी होते हैं और अकुशल गुण हानिकारक। लाभ और हानि को एक-दूसरे से किस कसौटी के आधार पर पृथक् किया जा सकता है, इसके बारे में जानकारी इस वर्गीकरण से नहीं मिलती है। हाँ, इतना भर संकेत अवश्य मिलता है कि जीवहिंसा और संपत्ति अपहरण हानिकारक हैं, अतः अकुशल हैं। अब हम यहाँ इन चारों वर्गो के सम्बन्ध में एक एक कर चर्चा करेंगे।

विज्ञप्तिसमुत्थापिका—इसके अंतर्गत वे गुण आते हैं जो मानसिक रूप से सचेतन और शारीरिक रूप से क्रियमाण होते हैं। ये प्रच्छन्न, अव्यक्त संस्कार नहीं होकर सचेतन कर्म होते हैं। ये कर्म वाणी अर्थात् वाक् द्वारा या शरीर के अन्य अंगों के द्वारा संचालित हो सकते हैं। वाक्यसंचालित कर्मो में सत्यभाषण कुशल होता है और मिथ्याभाषण अकुशल। अन्य अंगों के द्वारा संचाालित कर्मों में दान देना कुशल है और गला काट लेना अकुशल।

अविज्ञप्तयः—जैसा कि इस शब्द के अर्थ से ही स्पष्ट होता है, ये गुण वैसे अच्छे या बुरे संस्कार हैं जो न तो सचेतन होते हैं और न शारीरिक स्तर पर क्रियमाण ही। स्पष्ट ही ये गुण प्रच्छन्न रहते हैं और इस कारण अवचेतन मन में ही अवस्थित रहते हैं। इन गुणों का वर्ग ऊपर वर्णित प्रथम वर्ग का पूर्ववर्ती रूप है। पहला वर्ग यदि वृत्तिपरक है तो यह दूसरा वर्ग प्रवृत्तिपरक या संस्कारपरक है। और हम यह जानते ही हैं कि वृत्ति से संस्कार बनता है और फिर संस्कार से वृत्ति बन सकती है।

परिभागान्वयं कर्म—इस वर्ग के अंतर्गत ऐसे कर्म आते हैं जो संस्था एवं प्रथा से सम्बन्धित होते हैं। किसी ने एक काली मंदिर की स्थापना की और उसने उस मंदिर में पशुबलि जैसे कर्म के क्रियान्वयन की व्यवस्था कर दी। इस व्यवस्था ने एक प्रथा का रूप ले लिया और यह पशुबलिपरक अनुष्ठान भविष्य में भी चलता ही रहा। अब यहाँ प्रश्न उठता है कि भविष्य की पशुबलि का नैतिक उत्तरदायित्व किस व्यक्ति पर है। साधारणतः किसी कर्म का उत्तरदायित्व उसी व्यक्ति पर होता है जो उस कर्म का कर्ता होता है। लेकिन प्रस्तुत प्रसंग में पशुबलि के वास्तविक कर्ता के बजाय उस व्यक्ति को उत्तरदायी माना जाता है

जिसने अतीत में पशुबलि की यह परंपरा चलायी थी; और उसी व्यक्ति को इस परंपरा के अनुरूप होनेवाले सभी कर्मों के अच्छे-बुरे फलों का भागी भी बनाया जाता है। इस नैतिकता को हम परंपराकर्तृत्वयुक्त नैतिकता कह सकते हैं।

चित्तअभिसंस्कार मनःकर्म—इस वर्ग में इस बात का स्पष्टीकरण किया गया है कि किसी नैतिक या अनैतिक कर्म की शारीरिक अभिव्यक्ति तब होती है जब मन सचेतन रूप से सचेष्ट रहता है। इस प्रकार की सचेतन एवं सचेष्ट अवस्था ही मनःकर्म की अवस्था है। इस प्रकार की मनःकर्मपरक अवस्था तब सम्भव होती है जब व्यक्ति या कर्ता उपयुक्त संस्कार अर्थात् अचेतन प्रेरणा से उत्प्रेरित हुआ रहता है। ऐसा इसलिये कि चित्त के अवचेतन अभिसंस्कारों के उत्प्रेरित होने पर ही मनःकर्म अर्थात् क्रियान्वयन सम्भव हो पाता है।

इस प्रकार हम देखते हैं कि बौद्ध दर्शन का यह एक अत्यंत विशिष्ट प्रकार का वर्गीकरण है। जैसा हमने ऊपर कहा है, इसमें नैतिक-अनैतिक गुणों की मनोवैज्ञानिक स्वरूपसंरचना, प्रभाव, आदि पर विशेष ध्यान दिया गया है। इसमें नैतिकता तथा अनैतिकता के भेद के बारे में तो कुछ भी संकेत नहीं दिया गया है।

❑

अध्याय 21

भारतीय नीतिशास्त्र में जीवन का चरम आदर्श मोक्ष

21.1 मोक्षपरक पारलौकिक आदर्श की अवधारणा

जीवन के अंतिम लक्ष्य के प्रति भारतीयों में प्राचीनकाल से ही अत्यधिक रुचि रही है और इस वजह से भारतीयों के द्वारा इस लक्ष्य के सम्बन्ध में बहुत अधिक विचार-विमर्श भी हुआ है। और यह भी उल्लेखनीय है कि इस अंतिम लक्ष्य के सम्बन्ध में भारतीयों का सोच एक अत्यंत ही विचित्र एवं विशिष्ट प्रकार का हो गया है।

इस सोच का सारांश यह है कि मनुष्य का सांसारिक जीवन उसका एकमात्र जीवन नहीं है और यह भी कि यह जीवन एक बंधन ही है। चूँकि मनुष्य के लिए बंधनग्रस्त होकर जीना उचित नहीं हो सकता, इसलिए उसे चाहिए कि वह इस बंधन से अर्थात् इस सांसारिक जीवन से अवश्य ही मुक्त हो जाय। इसका तात्पर्य यह है कि किसी व्यक्ति का अस्तित्व उसके इस सांसारिक जीवन में सीमित नहीं रहता, बल्कि उसका एक पारलौकिक अस्तित्व भी होता है जो उसके इस सांसारिक एवं पार्थिव अस्तित्व से बिलकुल भिन्न होता है। अतः मनुष्य का अंतिम लक्ष्य यही हो सकता है कि वह इस संसार से छुटकारा पाकर अपनी उस पारलौकिक स्थिति को प्राप्त कर ले, ऐसा इसलिए भी कि उसकी असली स्थिति तो पारलौकिक स्थिति ही है। भारतीय संस्कृति के अंतर्गत रहनेवाले लोगों की, चाहे वे अनपढ़ ही क्यों न हों, सामान्यतः यही अभिलाषा रहती है कि उनका पारलौकिक जीवन सुखमय हो। चूँकि इस लोक के जीवन का सुखमय होना अनेक कारणों से सम्भव नहीं है, इसलिए परलोकजीवन का सुखमय होना नितांत अपेक्षित है। यही कारण है कि अपने परलोक जीवन को सुखमय बनाने के लिए आम भारतीय यथासम्भव प्रयास करता रहता है। भारतीय वाङ्मय में मुख्य रूप से केवल चार्वाक मत ही एक ऐसा मत है जो पारलौकिक जीवन को स्वीकार नहीं करता। इस मत के अनुसार पार्थिव जीवन से भिन्न कोई जीवन होता ही नहीं है। अतः इसके अनुसार 'मरणमेवापवर्गः', अर्थात् मृत्यु ही मोक्ष है। किंतु अन्य मतों को मानने वाले लोग ऐसा नहीं मानते। ये लोग पारलौकिक जीवन को स्वीकार करते हैं और साथ-ही-साथ पुनर्जन्म को स्वीकार करते हुए अगले जीवन में फिर से सांसारिक सुख या दुःख भोगने की संभावना को भी स्वीकार कर लेते हैं।

जैसा हमलोग सभी जानते हैं, सांसारिक जीवन कर्ममय होता है और कोई कर्म किसी परिवेश में ही किया जा सकता है। उस परिवेश में समाज, जीव-जंतु, वातावरण, आदि शामिल रहते हैं। जैसा हमने ऊपर अनेक संदर्भों में जिक्र किया है, किसी कर्म का अच्छा या बुरा होना अर्थात् नैतिक या अनैतिक होना इस बात पर निर्भर होता है कि उस कर्म के द्वारा लोककल्याण चरितार्थ किया जा सकता है या नहीं। अब यहाँ प्रश्न उठता है कि यदि मनुष्य का जीवन कर्ममय है और कर्म या तो अच्छे अर्थात् नैतिक या बुरे अर्थात् अनैतिक

हो सकते हैं, तो मनुष्य का अंतिम लक्ष्य क्या होना चाहिए? क्या उसका अंतिम लक्ष्य यह नहीं होना चाहिए कि वह केवल अच्छे या नैतिक कर्म ही करे और बुरे या अनैतिक कर्मों से बिलकुल ही न करे? पर तब भारतीय सोच के अनुसार केवल इतना भर करना मनुष्य का अंतिम लक्ष्य नहीं हो सकता। नैतिक होने का लक्ष्य एक उपयुक्त, सराहणीय और आवश्यक लक्ष्य अवश्य है, पर यह अंतिम लक्ष्य नहीं हो सकता। नैतिकता की सीढ़ी पर चढ़कर उसके सहारे उस नैसर्गिक लोक में जाना भी नितांत आवश्यक है जो लोक इस लोक से परे है। नैतिकता स्वयं कभी मंजिल नहीं हो सकती; वह तो मात्र एक सीढ़ी या साधन है।

अब प्रश्न उठता है कि मनुष्य के इस मोक्षपरक अंतिम लक्ष्य का स्वरूप क्या है। इस सम्बन्ध में भिन्न भिन्न दर्शनों के भिन्न भिन्न मत हैं। हम इन विभिन्न मतों की एक एक कर व्याख्या करेंगे।

21.2 विभिन्न दर्शनों के अनुसार मोक्ष का स्वरूप

बौद्ध दर्शन—चार्वाक दर्शन को छोड़कर सभी भारतीय दर्शन पारलौकिक जीवन को स्वीकार करते हैं। बौद्ध दर्शन भी ऐसा ही करता है। यह दर्शन सांसारिक जीवन को दुःखमय मानता है। इसके अनुसार 'सर्वं दुःखं दुःखं'। इससे छुटकारा पाना ही श्रेयस्कर है। इस दर्शन की एक विशेषता यह है कि यह अनात्मवाद को स्वीकार करता है। अनात्मवाद वह मत है जिसमें आत्मा को द्रव्य नहीं माना जाता। बौद्ध दर्शन आत्मा को एक द्रव्य नहीं मानकर उसे एक धारा या प्रवाह मानता है। इसके अनुसार चित्तवृत्तियाँ पूर्वापर ढंग से घटित होकर एक श्रृंखला बनाती हैं और यह श्रृंखला ही चित्तप्रवाह या आत्मा है। यदि यह प्रवाह समाप्त हो जाय, अर्थात् यदि चित्तवृत्तिरूपी सभी ज्योतियाँ बुझ जाँय, तो निर्वाण अर्थात् मोक्ष प्राप्त हो जाता है। चूँकि चित्तप्रवाह का कारण होता है इसलिए उस कारण को नष्ट कर देने से चित्तप्रवाह समाप्त हो जाता है और इस तरह निर्वाण प्राप्त हो जाता है। इस प्रवाह को समाप्त करने का उपाय है। महात्मा बुद्ध ने अपने चार आधारभूत आर्यसत्यों के प्रवचन के द्वारा यह उपाय बतलाया है। उस प्रवचन में उन्होंने कहा है—दुःख है, दुःख का कारण है, दुःख का अंत है और दुःख के अंत का उपाय है। दुःख के अंत की स्थिति को ही मोक्ष कहते हैं और वही निर्वाण है। निर्वाण के स्वरूप के सम्बन्ध में कुछ बौद्ध अनुयायी इसे अद्वैतवेदान्त की तरह शुद्ध चैतन्य मानते हैं। इनके अनुसार मानव चेतना से वासनाओं के नष्ट हो जाने पर केवल शुद्ध चेतना की अवस्था अवशिष्ट रह जाती है। ''ज्ञानसन्तानस्य वासनोच्छेदनात् वैचित्र्यं हित्वा केवलं संविन्मात्रम् अवस्थितम् इति केचित्''। लेकिन बौद्ध मत के माध्यमिक एवं योगाचार मतानुयायियों के अनुसार मोक्ष की अवस्था में चैतन्य का भी नाश हो जाता है। जिस तरह दीप के बुझ जाने से प्रकाश नष्ट हो जाता है, उसी तरह निर्वाण हो जाने पर ज्ञान का प्रकाश भी नष्ट हो जाता है—''दीपसन्तानस्य इव ज्ञानसन्तानस्य उपरमः''।

जैन दर्शन—जैन दर्शन अनात्मवाद को नहीं मानता। इसके अनुसार जीवात्मा द्रव्य है जो स्वरूपतः चेतन होता है। इस सचेतन द्रव्य अर्थात् आत्मा का उसके दुष्कर्मों के कारण पुद्‌गल अर्थात् जड़ पदार्थ के द्वारा बंधन हो जाता है। इस बंधन को सुकर्मों के द्वारा नष्ट किया जा सकता है। आत्मा जड़ या पुद्‌गल से विमुक्त होकर ही अपनी अनन्तता प्राप्त कर सकती है। इस अनन्तता में चार प्रकार की महिमाएँ रहती हैं। अनंतज्ञान, अनंतदर्शन, अनंतवीर्य तथा अनंतसुख। इनके समूह को अनंतचतुष्ट्य कहते हैं।

मोक्ष की इस अवस्था में जो विलक्षण प्रकार की सुखानुभूति होती है, वह सांसारिक

सुखानुभूति से पूरी तरह भिन्न होती है। यहाँ यह उल्लेखनीय है कि न्याय के अनुसार मोक्ष में किसी प्रकार की अनुभूति नहीं होती है। पर मल्लिसेन ने *स्याद्वादमंजरी* में न्यायदर्शन के उपर्युक्त मत की कटु आलोचना की है। उनकी आलोचनाएँ निम्नलिखित हैं:—

यदि मोक्ष की अवस्था कंकड़ एवं पत्थर जैसी वस्तुओं की अवस्था की तरह अनुभूतिशून्य है, तो मोक्ष की अवस्था से अच्छी तो सांसारिक जीवन की अवस्था ही है जिसमें कभी-कभी सुख की अनुभूति अवश्य हो जाती है।

आत्मसंयम से निवृत्तिजनित सुख का अनुभव तो होता ही है जिसमें दुःख का सर्वथा अभाव रहता है और यह विशेष प्रकार का सुख जीवनकाल में ही प्राप्त हो जाता है। इस तथ्य का प्रमाण उन संयमी महात्माओं के वचनों में पाया जा सकता है जिन्होंने स्वयं इस तरह के सुख का अनुभव किया है।

यों तो लोग सुख से इसलिए परहेज करना चाहते हैं कि सुख में प्रकारान्तर से दुःख छिपा रहता है। लेकिन इस परहेज से इतना तो स्पष्ट हो ही जाता है कि शुद्ध अथवा अमिश्रित सुख अर्थात् दुःखमुक्त सुख सम्भव अवश्य है।

सुख का वांछनीय होना या दुःख का अवांछनीय होना स्वाभाविक है। और यदि ऐसा होना स्वाभाविक है, तो वह सभी परिस्थितियों में स्वाभाविक ही रहता है। ऐसी हालत में यह कैसे सम्भव हो जा सकता है कि मोक्ष की अवस्था का सुख अवांछनीय हो और इस कारण दुःख की तरह सुख का परित्याग भी उचित ही हो।

ऐसा कहना गलत है कि राग या स्पृहा से मनुष्य सांसारिक जंजाल में फँस ही जाता है। ऐसा भी राग होता है जो किसी बाह्य वस्तु के लिए व्यक्ति को प्रेरित नहीं करता है। कुछ राग तो व्यक्ति को केवल अपना पूर्णत्व ही प्राप्त करने के लिए प्रेरित करता है। इस तरह के राग या स्पृहा के द्वारा जो आनन्द प्राप्त होता है, वह लौकिक आनन्द से बिलकुल भिन्न होता है। इस तरह का आनन्द आत्मा के मोक्ष परक अनुभव का सूचक होता है; यह आनन्द कदापि मोक्ष का बाधक नहीं हो सकता। अतः मोक्ष को किसी प्रकार से अनुभूतिशून्य मानना बिलकुल अनुचित है। अचेतन मोक्ष की कल्पना तो मोक्ष की गरिमा को नष्ट ही कर देती है.

वैशेषिक दर्शन—अन्य भारतीय दर्शनों की तरह वैशेषिक दर्शन भी सांसारिक जीवन से छुटकारा पाने को ही जीवन का परम लक्ष्य मानता है। आत्मा के सभी नौ प्रकार के गुण जो उसे सांसारिक जीवन में प्राप्त होते हैं जब पूरी तरह नष्ट हो जाते हैं, तब आत्मा मोक्ष प्राप्त कर लेती है। श्रीधर ने अपनी *न्यायकुण्डली*टीका में कहा है कि ''नवानाम् आत्मविशेषगुणानाम् अत्यंतोच्छेदः मोक्षः''; अर्थात् आत्मा के नौ विशेष प्रकार के गुणों का जब पूरी तरह उच्छेद हो जाता है तब मोक्ष होता है। ये नौ प्रकार के गुण हैं—बुद्धि, सुख, दुःख, इच्छा, द्वेष, प्रयत्न, धर्म, अधर्म और संस्कार। यदि वैशेषिक दर्शन अद्रव्यवादी होता, तो उसे स्वीकार करना पड़ता कि इन गुणों के नष्ट हो जाने पर अवशेष शून्य रहता। किंतु चूँकि यह दर्शन द्रव्यवादी है इसलिए इसके अनुसार गुणों के नष्ट हो जाने पर द्रव्य शेष रह ही जाता है, और चूँकि मानव व्यक्तित्व का यह द्रव्य आत्मा ही है इसलिए यह आत्मा गुणों के नष्ट हो जाने पर मुक्त हो जाती है। प्रश्न उठता है कि आत्मा की इस मुक्त अवस्था का स्वरूप कैसा है। यह तो स्पष्ट ही है कि इसमें किसी प्रकार की अनुभूति नहीं हो सकती। तो क्या मुक्त आत्मा की स्थिति एक निर्जीव पत्थर की स्थिति जैसी होती है? यदि मोक्ष की अवस्था एक निर्जीव पत्थर जैसी होती है तो फिर इस तरह के मोक्ष के लिए लालायित रहने की आवश्यकता ही क्या

है? इस प्रश्न के उत्तर में वैशेषिक दार्शनिक कहते हैं कि मोक्ष की स्थिति पूर्ण शांति की स्थिति होती है जिसकी तुलना पत्थर की स्थिति से नहीं की जा सकती। लेकिन तब यहाँ एक आपत्ति यह उठायी जा सकती है कि यदि शांति किसी भी तरह अनुभूत नहीं हो सकती हो, तो फिर उस शांति के स्वरूप की पहचान कैसे की जा सकती है? पर तब इस प्रकार की आपत्ति के बावजूद वैशेषिक दार्शनिक मोक्ष को पूरी तरह अनुभूतिशून्य ही मानते हैं। जो भी हो, उनकी यह मोक्षपरक कल्पना निश्चय ही बहुत त्रुटिपूर्ण है।

न्याय दर्शन—न्याय दर्शन वैशेषिक दर्शन के मोक्ष के स्वरूप सम्बन्धी विचार से सहमत है। किंतु न्याय दर्शन इस विचार के औचित्य को इस प्रकार स्थापित करता है। इस दर्शन के अनुसार मोक्ष दुःख से पूर्ण वियोग है। 'दुःखेन आत्यन्तिकः वियोगः'। पर दुःख के पूर्ण वियोग के लिए सुख का पूर्ण वियोग भी नितांत आवश्यक है। क्योंकि जहाँ सुख है वहाँ दुःख भी निश्चित रूप से ही वर्तमान रहता है। सुख प्राप्त करने के लिए प्रयत्न तो करना ही पड़ता है और प्रयत्न निश्चय ही आरामदेह नहीं होता। फिर, सुख प्राप्त हो जाने पर उसकी निरंतरता बनाये रखने के लिए भी प्रयत्नशील रहना ही पड़ता है। और फिर सुख प्राप्त होने पर यह आशंका तो बराबर बनी ही रहती है कि प्राप्त किया हुआ सुख कहीं समाप्त न हो जाय। इस प्रकार हम देखते हैं कि सुख के साथ दुःख लगा ही रहता है। अतः दुःख के साथ-साथ सुख का अंत होना भी नितांत आवश्यक होता है। और सुख और दुःख दोनों के अंत होने का तात्पर्य है पूरी तरह अनुभूति का अंत ही हो जाना। न्याय दर्शन वैशेषिक दर्शन के उस विचार को नहीं मानता कि मोक्ष शांति की अवस्था है। चूँकि जैसा हमने ऊपर संकेत किया है शांति की अवस्था के लिए यह जरूरी है कि वह किसी-न-किसी रूप में एक अनुभवयुक्त अवस्था हो, इसलिए न्याय मोक्ष को एक शांतिपरक अवस्था के रूप में मानता ही नहीं है। इसके अनुसार तो मोक्ष एक पूर्णतः अनुभूतिनिरपेक्ष अवस्था है और इस कारण वह पूरी तरह अचेतन ही होता है।

न्याय दर्शन मीमांसा के उस मत का जोरदार खंडन करता है जिसके अनुसार मोक्ष एक निरंतर आनन्द की अवस्था होता है। न्याय की आपत्ति यह है कि यदि मोक्ष वस्तुतः निरंतर आनन्द की अवस्था ही है, तो उसको पाने तथा कायम रखने के लिए निरंतर राग भी होते रहना चाहिए और साथ-ही-साथ निरानन्द या दुःख के प्रति निरंतर द्वेष भी होते ही रहना चाहिए। अन्यथा आनन्द को पाने तथा उसे कायम रखने के लिए लोग तत्पर कैसे बने रह सकेंगे? पर राग तथा द्वेष के कारण किसी उद्देश्य की पूर्ति करना ही तो बंधन है। और फिर द्वेष तो अपने स्वरूप के कारण कष्टकारी होता ही है। अतः मोक्ष के लिए आवश्यकता होती है पूर्ण वैराग्य की जिसमें न तो राग है और न द्वेष। मीमांसक इस बात को तो स्वीकार कर लेते हैं कि आनन्द या नित्य सुख सांसारिक जीवन में प्राप्त नहीं हो सकता, क्योंकि सांसारिक जीवन में सुख के साथ दुःख लगा ही रहता है। उसके अनुसार नित्य सुख तो केवल पारलौकिक जीवन में ही प्राप्त हो सकता है। अर्थात् जब आत्मा सांसारिक जीवन से मुक्त हो जाती है तभी नित्य सुख प्राप्त हो सकता है: ''आत्मनि नित्यं सुखम् अस्ति''। पर तब यह प्रश्न उठ जाता है कि इस बात का प्रमाण क्या है कि आत्मा की मुक्त अवस्था में नित्य सुख विद्यमान रहता है। यदि आत्मा की मुक्त अवस्था में नित्य सुख के अस्तित्व की कल्पना कर ली जा सकती है, तो उसी तर्ज पर आत्मा की मुक्त अवस्था में नित्य दुःख, नित्य राग, नित्य द्वेष, आदि के अस्तित्व की कल्पना तो की ही जा सकती है। न्यायवार्तिक कहता है—'दुःखमपि नित्यं कल्पयितव्यभिच्छादयश्च''; और यदि इसी तरह कल्पना के आधार

पर ही सभी प्रकार के विषयों को अस्तित्ववान् मान लिया जा सकता है, तो फिर अलग से एक वास्तविक जगत् को मानने की आवश्यकता क्यों हो जाती है? इस हालत में तो विश्व की व्याख्या के लिए प्रत्ययवाद को मानना ही उचित है। पर मीमांसक प्रत्ययवाद को सही नहीं मानते। वे तो जगत् को पूरी तरह वास्तविक मानते हैं और वे यह भी नहीं मानते कि मोक्ष की अवस्था में नित्य दुःख के अस्तित्व की कल्पना की जा सकती है।

मीमांसकों का यह विचार कि मोक्ष नित्य सुखाभिव्यक्ति है, अर्थात् मुक्तात्मा में नित्य सुख की अभिव्यक्ति होती है, जो अभिव्यक्ति सांसारिक जीवन में फँसी हुई आत्मा में सम्भव नहीं है, आपत्ति से रहित नहीं है। 'अभिव्यक्ति' का यहाँ क्या अर्थ है? क्या यहाँ 'अभिव्यक्ति' का अर्थ ज्ञान है? यदि ज्ञान है, तो वह नित्य है या अनित्य? यदि नित्य है, तो उसके लिए किसी तरह का प्रयास करने की जरूरत ही नहीं हो सकती। पर मीमांसक उसके लिए प्रयास करने की बात करते ही हैं और उसके लिए विधि भी अनुशंसित करते हैं। और फिर, यदि ज्ञान नित्य ही है, तो मुक्त आत्मा एवं बद्ध आत्मा में अंतर कैसे हो जा सकता है? और तब किसी प्रकार की दुःखजिहासा भी सम्भव नहीं हो सकती। और तब शरीर को नित्यसुखभोग का बाधक नहीं मानकर एक प्रकार से साधक ही मानना उचित होगा। और तब शायद यह भी स्वीकार करना पड़े कि नित्यसुखभोग को सम्भव बनाने के लिये शरीर भी नित्य एवं अविनाशी ही हो। पर, चूँकि शरीर को नित्य एवं अविनाशी मानना बिलकुल अनर्गल है, इसलिए नित्यसुखभोग को मानना भी बिलकुल अनर्गल हो जाता है। अब यदि हम मोक्षपरक सुख की 'अभिव्यक्ति' का अर्थ अनित्य ज्ञान मानते हैं, तो इसका तात्पर्य यह होता है कि कुछ समय के लिए मुक्तात्मा का मन के साथ संयोग हो जाता है, और उस दौरान मन ही बाह्य वस्तुओं के नहीं रहने पर भी रूप आदि विषयों का ज्ञान सम्भव करा देता है। अर्थात् आत्मा बाह्य वस्तुओं से मुक्त रहने पर भी मन के साथ संयुक्त हो जाने के कारण रूपादि विषयों के ज्ञान से मुक्त नहीं हो पाती है। लेकिन तब ऐसी अवस्था को कैवल्य या मोक्ष की अवस्था कहना बिलकुल बेतुका है। यदि आप किसी-न-किसी तरह रंग, रूप, गंध, आदि विषयों से घिरे हुए ही हैं, तो आप अपने को कैवल्य या केवलपन की स्थिति में अवस्थित कैसे मान सकते हैं? निश्चय ही कैवल्य की वह स्थिति, जो किसी-न-किसी तरह नानात्व से संक्रांत ही हो सही अर्थ में कैवल्य की स्थिति नहीं हो सकती। अतः हम 'अभिव्यक्ति' का अर्थ अनित्य ज्ञान भी नहीं मान सकते।

मीमांसक मोक्ष को नित्य सुख की अवस्था मानने के लिए एक नैतिकता से सम्बन्धित तर्क भी देते हैं। वे कहते हैं कि नैतिक प्रयास एक विडंबना ही होगा, यदि उस प्रयास का लक्ष्य वास्तविक न हो। यह प्रयास निश्चय ही एक इष्टाधिगमप्रवृत्ति अर्थात् इष्टसिद्धिपरक प्रवृत्ति पर आधारित होने के कारण ही तर्कपूर्ण हो सकता है और इष्टसिद्धि के रूप में नित्य-सुखसिद्धि से बेहतर और कौन-सी सिद्धि हो सकती है? नैतिक प्रयास एक मृगमरीचिका न हो जाय, इसलिए नित्य सुख को वास्तविक मानना नितांत आवश्यक है। ''सेयं प्रवृत्ति नित्यसुखे अर्थवती, नान्यथा''। किंतु नैयायिक इस तर्क को स्वीकार नहीं करते। उनका कहना है कि प्रवृत्ति केवल सकारात्मक नहीं होती, वह नकारात्मक भी हो सकती है। ''प्रवृत्तिद्वैतदर्शनात्''। इसका तात्पर्य यह है कि यदि प्रवृत्ति एक ओर किसी वास्तविक वस्तुस्थिति को प्राप्त करने के लिए हो सकती है, तो दूसरी ओर वह किसी वस्तुस्थिति को छोड़ने या उससे विमुख होने के लिए भी हो सकती है। हम स्वयं भी अनुभव करते हैं कि यदि प्रवृत्ति एक ओर हितप्राप्ति के लिए प्रयास कर सकती है, तो दूसरी ओर वह अनिष्टहानि के लिए भी प्रयास कर ही

सकती है, अर्थात् वह दुःखनाश के लिए भी प्रयास कर सकती है। और यह तो सभी जानते ही हैं कि सुख कभी दुःख से पूरी तरह अलग नहीं हो सकता। सुख के साथ उसके अंत होने की आशंका, उसको कायम रखने की आकुलता, आदि आदि की वजह से दुःख किसी-न-किसी रूप में सुख के साथ लगा ही रहता है। अतः जब तक दोनों का अर्थात् सुख और दुःख दोनों का पूरी तरह उच्छेद या सफाया नहीं हो जाता, तब तक आत्मा को वास्तविक मुक्ति नहीं मिल सकती। और इस तरह का उच्छेद या सफाया तभी सम्भव हो सकता है जब सभी प्रकार की अनुभूतियों से पूरी तरह छुटकारा मिल जाय। इसका तात्पर्य यह होता है कि मुक्ति केवल दुःखरहित नहीं, वरन् सुखरहित भी होती है। इस प्रकार तब मीमांसकों का नैतिक प्रयास पर आधारित तर्क यह सिद्ध करने में सफल नहीं माना जा सकता कि मोक्ष की अवस्था नित्य सुख की ही अवस्था है।

पर तब शास्त्रवचन के आधार पर तो यह कहा जा सकता है कि जीवन का लक्ष्य सुखप्राप्ति ही है। *आनन्दश्रुति* कहती हैं—"मुक्तः सुखी भवति इति श्रूयते", अर्थात् मुक्तात्मा सुखी होती है ऐसा सुना जाता है। किंतु नैयायिक कहते हैं कि दुःखाभाव के लिए भी तो 'सुख' शब्द का प्रयोग होता ही है। "दुःखाभावेऽपि सुखसम्प्रयोगः बहुधा लोके"।

नैयायिकों द्वारा बौद्ध दर्शन तथा योगदर्शन के मोक्षसम्बन्धी विचारों का भी खंडन किया गया है। इस सम्बन्ध में हम यहाँ संक्षेप से ही विचार करेंगे। बौद्ध दर्शन तथा योग दर्शन के अनुसार वासनाएँ, चाहे वे रागात्मक हों या द्वेषात्मक, चित्तप्रवाह या चित्त को ही प्रभावित करती हैं। अतः जब तक चित्तप्रवाह का विनाश न हो जाय, अर्थात् चित्त तथा आत्मा के सम्बन्ध का विनाश न हो जाय, तब तक मोक्ष सम्भव नहीं हो सकता। यही कारण है कि जहाँ एक ओर बौद्ध दर्शन चित्तप्रवाह के अंत अर्थात् निर्वाण की अनुशंसा करता है, वहीं दूसरी ओर योग दर्शन चित्तवृत्तिनिरोध की ही अनुशंसा करता है। लेकिन तब न्यायदर्शन यहाँ यह व्यंग्य करता है कि मनुष्य को मोक्ष पाने के लिए मृत्यु का सहारा ले लेना चाहिये और अपने शरीर को नष्ट कर देना चाहिये; ऐसा इसलिये कि शरीर के नष्ट हो जाने से मन भी नष्ट हो जायगा और तब तथाकथित आश्रय चित्तप्रवाह यानी चित्तवृत्तियों का प्रवाह भी नष्ट हो जायगा। 'अयने मोक्षसिद्धिः'।

नैयायिक मोक्ष सम्बन्धी इस चित्तवृत्तिविनाशपरक तर्क को भी स्वीकार नहीं करते। उनके अनुसार चित्त तथाकथित का आश्रय मन तो मात्र एक इंद्रिय है। वास्तविक अनुभवकर्ता तो आत्मा है। जिस तरह व्यक्ति देखने के लिए आँख की मदद लेता है, उसी तरह आत्मा अनुभव करने के लिए मन जैसी इंद्रिय की मदद लेती है। यह सही है कि मृत्यु के कारण कुछ समय के लिए मन के व्यापार समाप्त हो जाते हैं। पर पुनर्जन्म हो जाने पर जब आत्मा फिर से शरीर धारण कर लेती है, तब मन फिर से सक्रिय हो जाता है और उसके सभी व्यापार फिर से चालू हो जाते हैं। और तब आत्मा के सभी रागपरक और द्वेषपरक सहज एवं अर्जित संस्कार पुनः जागृत एवं सक्रिय हो जाने में पूरी तरह सक्षम हो जाते हैं। और तब मनुष्य पुनः सांसारिक जीवन की त्रासदी को झेलने के लिए विवश हो जाता है। अतः जब तक आत्मा मन से, मन के सभी तरह के संस्कारों से, तथा मन की सभी तरह की अनुभूतियों से, चाहे वह दुःखदायी हों या सुखदायी, मुक्त नहीं हो जाती है, तब तक वह सही अर्थ में मुक्त नहीं हो सकती। यही कारण है कि नैयायिक आत्मा की उस अवस्था को ही मोक्ष मानते हैं जो पूर्णतः अनुभूतिनिरपेक्ष होती है। और चूँकि अनुभूतिकर्त्ता मन नहीं, आत्मा ही है, इसलिए मोक्षसिद्धि के लिए आत्मा का ही अनुभूतिशून्य होना जरूरी होता है।

कुछ विचारक अनागत-अनुत्पाद को ही मोक्ष मानते हैं। जो अभी तक नहीं हुआ है वह अनागत है। नहीं होने देना अनुत्पाद है। यदि भविष्य में घटनाएँ घटित ही न हों, तो व्यक्ति भविष्य में कभी भी दुःख नहीं झेल सकता। और चूँकि वर्तमान मात्र एक क्षण के लिए ही होता है, इसलिए वर्तमान प्रायः निष्प्रभावी ही रहता है। इस कारण यदि अनागत का अनुत्पाद सम्भव कर दिया जाय, तो आत्मा मुक्त ही मुक्त है। पर नैयायिक इस तर्क को भी नहीं मानते। वे कहते हैं कि जो वस्तु या घटना अभी अस्तित्व में है ही नहीं उसके बारे में आप सकारात्मक या नकारात्मक कोई क्रिया कैसे कर सकते हैं? हाँ, आप अतीत के कर्मों से उत्पन्न संस्कारों या वासनाओं को नष्ट करने में समर्थ हो सकते हैं। और इतना ही कर लेने से आप अनुभूति नहीं कर सकने योग्य बन जाएँगे। और इस कारण से संसार से मुक्त भी हो जा सकेंगे। इस तरह हम देखते हैं कि मोक्षसिद्धि में अनागत-अनुत्पाद जैसी प्रक्रिया की कोई भूमिका नहीं हो सकती। वस्तुतः ऐसी कोई प्रक्रिया सम्भव ही नहीं है।

लेकिन तब यहाँ यह प्रश्न उठ जाता है कि संस्कारों या वासनाओं का अंत कैसे सुनिश्चित कर लिया जाय। इस सम्बन्ध में न्याय का मानना है कि मनुष्य नित्यनैमित्तिक अर्थात् निष्काम कर्मों को करके तथा अपने सम्बन्ध में यथार्थज्ञान प्राप्त करके अपनी तृष्णा को नियन्त्रित कर सकता है और इस तरह वह अपने मन का शुद्धीकरण कर ले सकता है। और ऐसा करके वह अपनी वासनाओं एवं संस्कारों को नष्ट कर ले सकता है। इनके पूरी तरह नष्ट हो जाने से अनुभूतियों का होना सम्भव ही नहीं हो सकता और तब न केवल वर्तमान में बल्कि भविष्य में भी किसी अनुभूति के होने की संभावना ही नहीं रह सकती। तब आत्मा पूरी तरह अपने में ही अवस्थित हो जाती है और वह शरीर, इंद्रिय, मन, संस्कार आदि से पूर्णतः विमुक्त हो जाती है। यह अवस्था बौद्धों के निर्वाण की अवस्था की तरह पूर्ण विनाश की अवस्था नहीं है। न्याय के अनुसार आत्मा अपनी विशुद्ध मुक्तावस्था में भी अस्तित्ववान् रहती है। यह अवस्था किसी परमात्मा में विलीन हो जाने की अवस्था भी नहीं है, जैसा शंकर का अद्वैतवेदांत मानता है। अतः आत्मा की मुक्तावस्था न तो 'अहं ब्रह्मास्मि' की अवस्था है और न ही यह चित्तप्रवाह के पूर्ण विनाश की अवस्था है, जैसा बौद्ध दर्शन मानता है। यह अवस्था तो आत्मा की शुद्ध स्वरूपा-अवस्था है।

सांख्य दर्शन—सांख्य दर्शन निरीश्वरवादी दर्शन है। इसके अनुसार आत्माएँ या पुरुष अनेक हैं और प्रकृति एक है। पुरुष निष्क्रिय तथा शुद्ध चैतन्यस्वरूप होता है। इस विंदु पर सांख्य न्याय से भिन्न है, क्योंकि न्याय के अनुसार आत्मा अपने मौलिक रूप में अचेतन द्रव्य हैं। सांख्य की प्रकृति सभी प्रकार की क्रियाओं का आधार है और प्रकृति के विकास के क्रम में ही बुद्धि, मन, अहंकार, जड़, आदि पदार्थ प्रादुर्भूत होते हैं। पुरुष कुछ करता नहीं है, वह तो मात्र द्रष्टा एवं भोक्ता होता है। यहाँ यह प्रश्न उठ सकता है कि यदि पुरुष प्रकृति का उपभोग करता है, तो वह निष्क्रिय कैसे रह सकता है। पर सांख्य के अनुसार यह सम्भव है कि उपभोग करनेवाला स्वयं कोई कर्म नहीं करे। लड़ाई सिपाही लड़ता है, पर विजेता राजा होता है। रसोई रसोइया बनाता है, पर उसका उपभोग राजा करता है। ''अकर्तुरपि अन्नादिउपभोगः राज्ञः भवति''।

अब यहाँ एक दूसरा प्रश्न यह उठता है कि यदि पुरुष प्रकृति से भिन्न है और पुरुष कुछ करता ही नहीं है, तो पुरुष का बंधनग्रस्त होना या फिर उसका बंधन से मुक्त हो जाना कैसे सम्भव हो सकता है? पर सांख्य के अनुसार पुरुष का बंधन में पड़ना या फिर उसका

बंधन से मुक्त होना वास्तविकता नहीं है। इन्हें वास्तविक समझना बुद्धि के सोच के कारण होता है। ध्यातव्य है कि पुरुष में किसी प्रकार का अनुभव या चिंतन सम्भव ही नहीं होता। अनुभव एवं चिंतन तो बुद्धिस्तर पर होते हैं, और बुद्धि तो प्रकृति के अंतर्गत होती है। सांख्य के अनुसार पुरुष एवं प्रकृति में स्वत्वस्वामित्वसम्बन्ध होता है, जो न तो कर्ताकर्मसम्बन्ध है और न ही द्रव्यगुणसम्बन्ध है। इस स्वत्वस्वामित्वसम्बन्ध के कारण प्रत्येक पुरूष मानो प्रकृति के स्वामी का रूप ले लेता है। फल यह होता है कि दुःख या सुख की अनुभूति प्रकृति के स्तर पर होने पर भी पुरुष पर प्रतिबिंबित हो जाती है जिससे पुरुष उस अनुभूति का उपभोक्ता प्रतीत होने लगता है। यह उपभोग वास्तविक नहीं होता, वरन् आभासपरक होता है। इसमें केवल भान होता है कि पुरुष दुःख या सुख का अनुभव कर रहा है और इस कारण वह सांसारिक बंधन में पड़ गया प्रतीत होता है। यह बंधन तो छद्मबंधन ही होता है, क्योंकि यह बंधन अविवेकख्याति से अर्थात् पुरुष एवं प्रकृति की आत्यंतिक भिन्नता को नहीं जानने से उत्पन्न होता है। यह अविवेकख्याति पुरुष पर बुद्धिस्तरीय व्यापारों का प्रक्षेपित या प्रतिबिंबित होना मात्र है। अतः आवश्यकता हो जाती है विवेकख्याति की अर्थात् ऐसे प्रकाश की जो पुरुष एवं प्रकृति की भिन्नता को पूरी तरह उजागर कर दे सके। इस प्रकार की ख्याति होने पर तो पुरुष का छद्मबंधन समाप्त हो ही जाता है। पुरुष एवं प्रकृति का स्वत्वस्वामित्वसम्बन्ध अनादि तो अवश्य है, पर वह अनंत नहीं है। इस सम्बन्ध का कारण होता है और जब उस कारण का अंत हो जाता है तब वह सम्बन्ध भी नष्ट हो जाता है। फलस्वरूप पुरुष का बंधन, जो मात्र एक भ्रम होता है, समाप्त हो जाता है और पुरुष अपने शुद्ध चैतन्यरूप में अवस्थित हो जाता है। यह न्याय की मुक्तात्मा की तरह अचेतन नहीं होता। न ही यह अद्वैत वेदांत की मुक्तात्मा की तरह ब्रह्म में विलीन हो जाता है। सांख्य का पुरुष अद्वैत का सच्चिदानन्द नहीं, वरन् केवल सत् एवं चित् है। आनन्द से तो अनुभूति की भनक आ ही जाती है। पर सांख्य के अनुसार किसी प्रकार की अनुभूति प्रकृति के स्तर पर ही हो सकती है। यहाँ यह उल्लेखनीय है कि चूँकि पुरुष अनेक हैं, इसलिए प्रकृति के साथ उनके सम्बन्ध भी अलग अलग ही होते हैं। 'स्वस्वबुद्धिभावापन्नपुरुषप्रकृतिसंयोगः'। अतः पुरुषों की मुक्ति भी अलग अलग ही हो सकती है। ऐसा नहीं है कि एक पुरुष की मुक्ति से सभी पुरुषों की मुक्ति हो जाती है। ध्यातव्य है कि मोक्ष कैवल्य ही होता है, क्योंकि इसके द्वारा प्रकृति से पुरुष का भिन्नत्व अर्थात् पुरुष का केवलपन ही उजागर होता है। वास्तविक रूप से पुरुष तो केवल रहता ही है; किंतु बुद्धि के वैचारिक पाश के कारण उसका मानो औपाधिक बंधन हो जाता है जो एक प्रकार का भ्रम ही होता है। जब यह भ्रम विवेकख्याति से समाप्त हो जाता है, तब पुरुष स्वरूपस्थ हो जाता है।

मीमांसा दर्शन—मीमांसा दर्शन न्याय के अनुभूतिविहीन मोक्ष को तथा सांख्य के आनन्दविहीन मोक्ष को नहीं मानता। उसके अनुसार आत्मा के दो रूप होते हैं—चित् तथा अचित्। चित् रूप में आत्मा द्रष्टा है, स्ववेद्य है, और अचित् रूप में वह ज्ञान, सुख, आदि रूपों में परिवर्तित होती रहती है। ज्ञान, सुख, आदि आत्मा के गुण या विशेषण नहीं होते, जैसा न्याय मानता है, बल्कि ये आत्मा के परिवर्तनशील अंश होते हैं। ये चित्-अचित्रूपी आत्माएँ अलग अलग व्यक्तियों में तो अलग अलग होती ही हैं, पर इनका एक विभु अर्थात् सर्वव्यापी रूप भी होता है। अद्वैतब्रह्मसिद्धि कहती है— "चित् अचित् रूपः अपि प्रतिशरीरं भिन्नः विभुश्च"। मीमांसा यह भी नहीं मानती कि सुख, दुःख, आदि मन या अंतःकरण के ही विभिन्न रूप होते हैं, जैसा सांख्य एवं वेदान्त मानते हैं, बल्कि इसके अनुसार सुख,

दु:ख, आदि अचित्-आत्मा के ही विभिन्न अंश होते हैं। सुख तथा दु:ख का भोग करने वाली आत्मा अपने अचित् रूप के विभिन्न परिवर्तनों का ही भोग करती है। आत्मा का परिवर्तित हो सकना तो अनादि एवं नित्य है, पर आत्मा का सुख या दु:ख का भोग अनित्य होता है।

मीमांसा के अनुसार यह जगत् नित्य एवं अनादि है। यह दर्शन किसी स्रष्टा या किसी प्रकार की सृष्टि को नहीं मानता। यह लोगों को संसार से विरक्त होने के लिए प्रेरित भी नहीं करता, वरन् यह उन्हें संसार में उचित कर्म करके आनन्द प्राप्त करने की ही प्रेरणा देता है। इसके अनुसार सही आदर्श वह नहीं हो सकता जिसमें चेतन अनुभूति के बदले अचेतन स्थिति ही समाविष्ट रहे। अतः आदर्शपरक मुक्ति को प्रवृत्ति द्वारा प्राप्त आनन्द का अनुभूतिपरक रूप देना ही उचित है। ''आत्यन्तिककर्मोच्छेदरूपमुक्तौ इंद्रियादिरहितस्य ज्ञानासम्भवात् जडत्वेन तादृशात्मप्राप्तिः अपुरुषार्थत्वात् प्रवृत्तिरेव श्रेयसी न निवृत्तिः''।

जैसा हम जानते हैं, मीमांसा की दो प्रमुख शाखाएँ हैं—कुमारिल भट्ट की तथा प्रभाकर की। ऊपर जो विचार वर्णित हैं वे अधिकांशतः कुमारिल भट्ट के विचार हैं। प्रभाकर के अनुसार नैतिक या धार्मिक कर्मसंपादन मुख्यतः नियोगसिद्धि ही है; यह किसी उद्देश्यप्राप्ति के लिए नहीं, वरन् केवल कर्तव्यपालन के लिए ही होना चाहिये। कुमारिल भट्ट के विचारों की व्याख्या पार्थसारथि मिश्र ने अपनी शास्त्रदीपिका में की है। पार्थसारथि मिश्र के अनुसार कुमारिल संसार को भ्रम नहीं मानते, जैसा शंकर मानते हैं। संसार तो नित्य है, इसे हम नष्ट नहीं कर सकते। हाँ, संसार के साथ जो हमारा सम्बन्ध है उसे हम अवश्य नष्ट कर सकते हैं। अतः हमारा अभीष्ट संसारविलय या प्रपंचविलय नहीं हो सकता। मनुष्य संसार के साथ तीन कारणों से सम्बद्ध होता है—शरीर के कारण, इंद्रियों के कारण तथा भोग्य वस्तुओं के कारण। 'त्रेधा हि प्रपंचं पुरुषं बध्नाति—भोगायतनं शरीरं, भोगसाधनानि इंद्रियाणि, भोग्याः शब्दादयः विषयाः''। इन्हीं तीन बंधनों की वजह से मनुष्य सुख एवं दु:ख का अनुभव करता है। यदि इन बंधनों को नष्ट कर दिया जाय, तो आत्मा मुक्त हो जा सकती है। ''तदस्य त्रिविधस्य बन्धस्य आत्यन्तिकः विलयः मोक्षः''। अब प्रश्न उठता है कि इस त्रिविध बंधन के समाप्त हो जाने पर आत्मा में अनुभूति की सम्भावना रह जाती है या नहीं। इस सम्बन्ध में कुमारिल के अनुयायियों के दो तरह के विचार हैं।

प्राभाकरों का विचार यह है कि कर्मों के समाप्त हो जाने पर सुकर्मों के द्वारा अर्जित पुण्य या धर्म में वृद्धि नहीं होती है और उसका संचित भंडार भी धीरे धीरे समाप्त हो जाता है। समाप्ति के बाद मनुष्य धर्म से उत्पन्न होनेवाले सुख या आनन्द से पूरी तरह वंचित हो जाता है। आत्मा की इस स्थिति में बाह्य स्रोत से अर्जित होनेवाली किसी अनुभूति की सम्भावना भी नहीं रहती। पर आत्मा की एक अपनी स्वाभाविक अनुभूति होती है जो आत्मा की तरह ही नित्य होती है। धर्म या अधर्म यानी पुण्य या पाप से उत्पन्न होनेवाली अनुभूति तो व्युत्पन्न होती है जिसका आदि होता है और अंत भी। अतः धर्म से उत्पन्न आनन्द का अंत तो होता ही है। पर आत्मा का जो स्वाभाविक आनन्द है, जो आनन्द स्वरूपस्थ और नित्य है, उसका अंत नहीं हो सकता। आत्मा के सांसारिक जीवनकाल में भी यह स्वाभाविक आनन्द आत्मा में विद्यमान रहता है, पर उस समय यह आनन्द अप्रकट या अभिभूत रहता है। लेकिन जब आत्मा संसार से मुक्त हो जाती है, तब यह आनन्द फिर से जागृत हो जाता है। मोक्ष की अवस्था में बाह्येन्द्रियाँ अवश्य नष्ट हो जाती हैं, पर मन, जो एक आंतरिक इंद्रिय है, नष्ट नहीं होता। इस वजह से मुक्तात्मा में भी आत्मानन्द यानी स्वाभाविक आनन्द की अनुभूति बनी रहती है। इस प्रकार यह स्पष्ट हो जाता है कि मुक्तात्मा अचेतन नहीं, वरन् सचेतन ही होती है।

किंतु भाट्टों का विचार यह है कि मुक्त होने पर आत्मा मन और चैतन्य दोनों से मुक्त हो जाती है। फलस्वरूप वह न तो आनन्द का अनुभव करती है और न ही वह सचेतन रह सकती है। उसमें केवल एक प्रकार की शक्ति रह जाती है जो आत्मा का स्वरूपलक्षण होती है। पार्थसारथि मिश्र इसी मत को मान्यता देते हैं। इस मत के अनुसार तो कुमारिल भट्ट तथा न्यायवैशेषिक के मोक्षसम्बन्धी विचार एक तरह के हो जाते हैं। लेकिन ऐसा होने पर भी भाट्ट मत में तथा न्यायवैशेषिक मत में एक भिन्नता रह ही जाती है। भाट्ट मत मनुष्यों के सामने दो विकल्प रखता है। मनुष्य या तो काम्य कर्मों को करके स्वर्गप्राप्ति के द्वारा सुख का अनुभव कर सकता है, या वह नित्यनैमित्तिक यानी निष्काम कर्मों को करके मोक्षप्राप्ति के द्वारा अपनी आत्मा के स्वाभाविक रूप में अवस्थित हो जा सकता है। पर न्यायवैशेषिक मत स्वर्गप्राप्ति जैसे विकल्प को आदर्श के रूप में स्वीकार नहीं करता।

जहाँ तक प्राभाकरों के मोक्षसम्बन्धी विचार का प्रश्न है, हम देख ही चुके हैं कि वे किसी तरह इष्टसाधन की बात स्वीकार नहीं करते। अतः उनके लिए न तो स्वर्गप्राप्ति द्वारा सुखोपभोग स्वीकार्य हो सकता है और न ही मोक्षप्राप्ति द्वारा स्वाभाविक आनन्दानुभूति। उनके अनुसार तो पूरी तरह निष्काम होकर शास्त्रोक्त विधि एवं निषेधों का अनुपालन ही धर्म है।

अद्वैत वेदान्त दर्शन—अद्वैत वेदांत के अनुसार जीवात्मा तत्त्वतः परमात्मा ही है। 'तत् त्वमसि', अर्थात् ब्रह्म तुम हो। पर यह एक विडंबना ही है कि आत्मा अज्ञानवश अपने को ब्रह्म से भिन्न मान लेती है और फिर अज्ञान के कारण ही सांसारिक जंजाल में फँस जाती है। यही उसका बंधन है। और इसी बंधन के कारण उसे सांसारिक दुःख एवं सुख को भोगना पड़ता है। और जब तक वह बंधनग्रस्त रहती है, तब तक वह जन्म-मरण के कुचक्र में फँसी रहती है। स्पष्ट ही सांसारिक सुख सही सुख नहीं हो सकता, क्योंकि इसकी उत्पत्ति मन, अंतःकरण, भौतिक पदार्थ, जैसे बाह्य तत्त्वों के आधार पर होती है। सही सुख तो ब्रह्म की प्राप्ति से ही हो सकती है, क्योंकि आत्मा स्वयं ब्रह्म ही है और ब्रह्म ही एक मात्र नित्य और चिरंतन सत्ता है। अद्वैत वेदांत के अनुसार ''सुखं च द्विविधम् सातिशयं निरतिशयं च। तत्र सातिशयं सुखं विषयानुषंगजनितअंतःकरणवृत्तितारतम्यकृतानन्दलेशाविर्भावविशेषः। निरतिशयसुखं च ब्रह्म एव। आनन्दात्मकब्रह्मावाप्तिश्च मोक्षः शोकनिवृत्तिश्च''।

यहाँ यह ध्यातव्य है कि मोक्ष की अवस्था अचेतन अवस्था नहीं है, जैसा न्यायवैशेषिक मानते हैं, वरन् यह आनन्दानुभूति की अवस्था है। यह अनुभूति कोई मानसिक वृत्ति नहीं होती, क्योंकि मोक्ष की अवस्था में मन, अंतःकरण, आदि का अस्तित्व ही नहीं रहता। आनन्द तो ब्रह्म का स्वरूपलक्षण होता है। अतः मोक्ष की अवस्था तो आनन्द की ही अवस्था है। ध्यान देने योग्य दूसरी बात यह है कि मोक्ष जगत् से अलग होना नहीं हैं, वरन् जगत् को मिथ्या या झूठ समझ लेना है। ''ब्रह्म सत्यं जगन्मिथ्या''। न्यायवैशेषिक, सांख्य, मीमांसा, आदि मोक्ष को संसारत्याग मानते हैं। उनके अनुसार संसार भ्रम नहीं, वरन् एक वास्तविकता है। आप संसार से मुक्ति अवश्य पा सकते हैं, पर उसे आप असत् नहीं करार दे सकते। चूँकि अद्वैत वेदांत संसार को एक भ्रम मानता है, इसलिए उस भ्रम के निवारण हो जाने से संसार का निवारण तो हो ही जाता है।

अब प्रश्न उठता है कि यदि आत्मा की मोक्षपरक अवस्था ब्रह्म की ही अवस्था है और ब्रह्म ही एक मात्र नित्य सत् है, तो तब मोक्ष तो मिला हुआ है ही। और तब उसे पाने का प्रश्न ही कैसे उठ सकता है? जब 'अहं ब्रह्मास्मि', तब मेरे द्वारा ब्रह्मप्राप्ति की अवधारणा

ही बेतुकी है। इस सम्बन्ध में वेदांतपरिभाषा कहती है कि प्राप्ति और परिहार के दो दो रूप होते हैं। प्राप्ति का एक रूप है प्राप्तप्राप्ति और उसका दूसरा रूप है अप्राप्तप्राप्ति। इसी तरह परिहार का एक रूप है परिहृतपरिहार और उसका दूसरा रूप है अपरिहृतपरिहार। आपकी रूमाल आपकी जेब में है। किंतु भ्रांतिवश आप उसे इधर-उधर खोज रहे हैं। उस क्रम में जब आप अपना हाथ अपनी जेब में डालते हैं तब आप उसे प्राप्त कर लेते हैं और निश्चय ही आश्चर्यभरा सुख अनुभव करते हैं। यही है 'प्राप्तस्य प्राप्तिः'। लेकिन जब आप दूकान से मिठाई खरीदकर अपने घर ले आते हैं, तब आपकी प्राप्ति है 'अप्राप्तस्य प्राप्तिः'। इसी तरह जब आप किसी वास्तविक तथ्य को नकार देते हैं तब यह नकारना अपरिहृतपरिहार होता है। जैसे यदि कोई व्यक्ति दिन के समय में बोले कि अभी रात है तो वह ऐसे तथ्य का परिहार करता है जो अपरिहृत है। किंतु यदि कोई व्यक्ति दूर से देखने के कारण किसी रस्सी को साँप समझे, पर नजदीक से देखने पर बोले कि यह साँप नहीं है, तो उसका ऐसा बोलना परिहृतपरिहार है। जब उस व्यक्ति ने रस्सी को साँप समझा था, तब भी वह रस्सी रस्सी ही थी और इस कारण साँप परिहृत ही था और जब उसने नजदीक से देखने पर साँप का जो परिहार किया वह निश्चय ही एक परिहृत का ही परिहार हुआ। मोक्ष में प्राप्तस्य प्राप्तिः और परिहृतस्य परिहारः दोनों शामिल हैं। ब्रह्म की जो प्राप्ति होती है, वह आत्मा एवं ब्रह्म के अद्वैत के कारण पहले से ही प्राप्त रहती है। और जगत् का जो परिहार होता है, वह जगत् के मिथ्या या अवास्तविक होने के कारण पहले से परिहृत ही रहता है।

यहाँ एक प्रश्न यह उठ जाता है कि यदि एकमात्र सत्ता ब्रह्म है, जो सच्चिदानन्द, अनादि और अनंत है और इस सत्ता के अतिरिक्त भावरूप में और कुछ भी नहीं है, तो फिर अज्ञान सम्भव किस तरह हो जाता है। जैसी मान्यता है इस अज्ञान के कारण ही तो संसार का भ्रम पैदा होता है, जीवात्मा सम्भव हो जाती है, वह बंधन में पड़ जाती है और फिर जन्ममरण के कुचक्र में भी फँस जाती है। और तब इस कुचक्र से मुक्ति पाने की बात उठ खड़ी होती है और उस मुक्ति के लिए प्रयास करने की बात भी सामने आ जाती है। ध्यातव्य है कि इस पूरी शृंखला के मूल में अज्ञान ही रहता है। पर यह अज्ञान सम्भव कैसे हो जाता है? इस प्रश्न के उत्तर में यह कहा जाता है कि अज्ञान, जो माया का ही एक दूसरा रूप है, अनादि पर सांत होता है। लेकिन इस उत्तर को कोई तर्कपूर्ण उत्तर नहीं माना जा सकता। जिस तरह हिगेल कहते हैं कि सत् में असत् निहित होता है, उस तरह शंकर नहीं कहते कि ब्रह्म में माया निहित रहती है। चूँकि ब्रह्म शुद्ध रूप से एक है, इसलिए वह न तो नानात्व को और न नानात्व के विभ्रम को ही अपने में अंतर्निविष्ट कर सकता है। और जब उस ब्रह्म के सिवा और कोई या कुछ है ही नहीं, तब किसी का विभ्रम या अज्ञान से प्रभावित होना कैसे सम्भव हो जा सकता है? और यह तो स्पष्ट ही है कि ब्रह्म स्वयं अज्ञान से प्रभावित नहीं हो जा सकता।

रामानुज दर्शन—रामानुज के अनुसार मोक्ष की अवस्था ब्रह्म में विलीन हो जाने की अवस्था नहीं है। आत्मा ब्रह्म नहीं हो सकती। ब्रह्म की तो अपनी विशिष्टता होती है। मोक्ष आनन्दपरक अवश्य होता है, पर यह आनन्द ब्रह्मतादात्म्यपरक आनन्द नहीं है। मोक्ष में ब्रह्म से साक्षात्कार अवश्य होता है, पर मुक्तात्मा अपना व्यक्तित्व खो नहीं देती और वह शुद्ध चैतन्य नहीं हो जाती। वह तो एक चेतन द्रव्य के रूप में अपना अस्तित्व कायम ही रखती है। वह परमात्मा के प्रति आत्मसंर्पण तो करती है, पर वह अपने आपको नष्ट नहीं कर देती। मुक्त हो जाने पर भी इसमें चैतन्य रहता ही है, यद्यपि यह चैतन्य आत्मनिर्भर नहीं होकर

आत्मा जैसे द्रव्य का एक सारभूत गुण ही बना रहता है। जहाँ शंकर ज्ञाता और ज्ञेय के सम्बन्ध को भ्रांतिपूर्ण मानकर आत्मा को शुद्ध चैतन्य ही मानते है, वहीं रामानुज आत्मा को एक ज्ञाता ही समझते हैं। इनके अनुसार आत्मा का यह ज्ञातापरक रूप मोक्ष की अवस्था में भी कायम ही रहता है। रामानुज *श्रीभाष्य* में कहते हैं—''यत् तु मोक्षदशायामहमर्थः न अनुवर्तते इति तदपेशलम्। तथा सति आत्मनाश एव अपवर्गः प्रकारान्तरेण प्रतिज्ञातः स्यात्। न च अहमर्थः धर्ममात्रम्, येन तदविगमेऽपि अविद्यानिवृत्तौ इव स्वरूपमवतिष्ठते, प्रत्युत स्वरूपमेव अहमर्थः आत्मनः ज्ञानस्तु तस्य धर्मः''।

इस प्रकार हम देखते हैं कि आत्मा के स्वरूप और उसके धर्म में भेद है। अहंत्व आत्मा का स्वरूप है और ज्ञान उसका धर्म है। अहंत्व तथा ज्ञान दोनों नित्य हैं, पर अहंत्व द्रव्य है और ज्ञान गुण। दोनों अजड़ अर्थात् अभौतिक हैं और दोनों आनन्दस्वरूप हैं। पर जहाँ आत्मा धर्मी, अणु तथा स्वयं प्रकाशमान है, वहीं ज्ञान धर्म, विभु, संकोच एवं विकास योग्य, स्वयं अप्रकाशमान तथा अन्यप्रकाशक है। चूँकि आत्मा स्वरूपतः प्रकाशमान् है, इसलिए मोक्ष की अवस्था में वह अपने आपको अहं के रूप में प्रकाशित कर ले सकता है। इस कारण आत्मा का अहंत्व नष्ट नहीं हो सकता, वरन् वह और भी अधिक प्रकाशमान् हो उठता है। *श्रीभाष्य* के अनुसार—''अहम् इत्येव आत्मनः स्वरूपम् इति स्वरूपज्ञानरूपोऽहं प्रत्ययः न अज्ञत्वम् आपादयति, कुतः संसारित्वम्''।

आत्मा जब देही बनकर देहात्म भ्रम में पड़ जाती है और सांसारिक प्रवृत्तियों के अनुरूप कर्म करने लगती है, तब वह ईश्वर को समर्पित करने के योग्य कार्य नहीं करती है। और तब फल यह होता है कि उसे दुःख का भोग करना पड़ता है। पर मोक्ष पाने के लिए तो ईश्वर के प्रति समर्पित होने की नितांत आवश्यकता रहती ही है। और चूँकि मोक्ष पाकर ही आनन्द प्राप्त किया जा सकता है, इसलिए आनन्दप्राप्ति का सही साधन ईश्वरसमर्पण ही हो सकता है।

मोक्ष के सम्बन्ध में कुछ अन्य आचार्यों के विचार

वल्लभाचार्य—शुद्धाद्वैत के प्रवर्तक वल्लभाचार्य के अनुसार मोक्ष दो प्रकार का होता है—ज्ञानियों के लिए आत्मविलय तथा भक्तों के लिए ईश्वरीय लीला का आस्वादन। गिरिधर महाराज *शुद्धाद्वैतमार्तण्ड* में कहते हैं—ये तु ज्ञानैकसन्निष्ठाः तेषां च लय एव हि, भक्तानाम् भवति लीलास्वादः अतिदुर्लभः''।

मध्वाचार्य—इनके अनुसार आत्मा का ब्रह्म में विलीन होना या आत्मा का ईश्वरीय लीला का आस्वादन करना मोक्ष नहीं है। मोक्ष तो धार्मिक जीवन द्वारा शुद्ध आनन्दमय अतिप्राकृतिक शरीरधारण कर ईश्वर के साथ युक्त हो जाना है।

अप्पयदीक्षित—मोक्ष ईश्वर के साथ एकाकार हो जाना तथा उनके सभी ऐश्वर्यों को प्राप्त कर लेना है। ये ऐश्वर्य हैं—सर्वज्ञता, सर्वशक्तिमत्ता, सत्यकामत्व, सत्यसंकल्पत्व, आदि। यह ईश्वरभावापत्ति शुद्ध चैतन्य की अवस्था नहीं है, वरन् यह अनंतता, पूर्णत्व, आदि सभी ईश्वरीय गुणों से सुसम्पन्न हो जाना है। अप्पयदीक्षित ने ऐसी व्याख्या *सिद्धान्तलेश* में की है।

यामुनाचार्य—यामुनाचार्य ने *सिद्धित्रय* में ब्रह्मप्राप्ति रूपी मोक्ष के अनेक प्रकार बतलाये हैं जो इस प्रकार हैः—

स्वरूप उच्छित्ति या निर्वाण—(व्यक्तित्व का उच्छेद)।
अविद्या अस्तमय—(अविद्या का नाश)।

निःशेषवैशेषिक आत्मगुणोच्छेद लक्षणः कैवल्यरूपः—(सभी विशिष्ट आत्मगुणों के उच्छेद से कैवल्यप्राप्ति)।

तद्भावसाधर्म्य—(ब्रह्म के सदृश होना)।

तद्गुणसंक्रान्तिलक्षणः (ब्रह्म के गुणों को आत्मलीन करना)।

तच्छायापत्तिलक्षणः—(ब्रह्म की विशिष्टताओं की छाया को प्राप्त करना)।

सांसिद्धिकानन्दादिस्वरूपाविर्भावलक्षणः (ब्रह्म की संसिद्धि के फलस्वरूप आनंदादिस्वरूप को प्राप्त करना।)

तद्गुणसम्भवजनितनिरतिशयसुखसमुन्मेषोपनीत आत्यन्तिक तत् किंकरत्वलक्षणः (ब्रह्म के गुणों के उत्पन्न होने से आविर्भूत निरतिशय सुख के प्रकट होने से आत्यन्तिक दासताभाव प्राप्त करना)।

ऊपर जितने भी प्रकार के मोक्ष चर्चित हुए हैं उन सबों से यह निष्कर्ष निकाला जा सकता है कि मोक्ष के लिए संसार से विमुक्त होना अत्यंत आवश्यक है। पर क्या संसार का त्याग कर नैतिक आदर्श प्राप्त किया जा सकता है? निश्चय ही कोई आदर्श नैतिक रूप तभी ले सकता है जब उस आदर्श को सांसारिक कर्मभूमि में प्राणिमात्र का कल्याण करते हुए चरितार्थ किया गया हो। लेकिन प्रायः सभी भारतीय विचारकों ने नैतिकता अर्जित करने के लिए संसार से परे जाने की ही शिक्षा दी है। रामानुजादि वैष्णवमतावलम्बियों ने तो मनुष्य को सांसारिक जीवन से विरत होकर ईश्वरभक्ति या ईश्वरप्राप्ति को ही जीवन का लक्ष्य स्वीकार करने की शिक्षा दी है। जैसा हमने पहले भी अनेक बार कहा है, भारतीय दर्शन में नैतिकता को प्रायः आध्यात्मिकता के साथ गड्डमड्ड कर ही दिया गया है।

21.3 मोक्षप्राप्ति के उपाय

जैसा हम जानते हैं, मानव व्यक्तित्व में तीन तरह के मानसिक व्यापार होते हैं— ज्ञानपरक, भावनापरक तथा कर्मपरक। उल्लेखनीय है कि किसी कार्यसिद्धि के लिए इन व्यापारों में से किसी एक का या किन्हीं दो का या फिर तीनों का अत्यधिक महत्त्व रहता है। यदि इन व्यापारों में से कोई दो मोक्ष के साधन के रूप में आवश्यक होते हैं, तो उनमें से एक प्रधान होता है और दूसरा गौण; या फिर दोनों का महत्त्व समान भी हो सकता है। यदि किन्हीं दो को या तीनों व्यापारों को समान रूप से महत्त्वपूर्ण एवं आवश्यक माना जाता है, तो उनके संयुक्त रूप को समुच्चयमार्ग या साधनसमुच्चय कहा जाता है। इस प्रकार हम देखते हैं कि मोक्षसिद्धि के अनेक तरह के मार्ग हो सकते हैं। यामुनाचार्य ने *सिद्धित्रय* में पाँच प्रकार के मार्गों की चर्चा की है। ये पाँच मार्ग हैं—कर्मयोग, ज्ञानयोग, अन्यतर (अर्थात् ऐसा योग जिसमें कर्म प्रधान हो एवं ज्ञान सहकारी या ज्ञान प्रधान हो और कर्म सहकारी), कर्म तथा ज्ञान का समुच्चय (अर्थात् कर्म एवं ज्ञान दोनों समानरूप से महत्त्वपूर्ण) तथा भक्तियोग (जिसमें भक्ति प्रधान होती है और ज्ञान एवं कर्म सहकारी होते हैं)।

यामुनाचार्य ने अन्यतर योग के अंतर्गत कर्म एवं ज्ञान को ही विकल्पों के रूप में शामिल किया है। इस संदर्भ में यहाँ यह उल्लेखनीय है कि पार्थसारथि मिश्र के अनुसार कुमारिल भट्ट जीवन के दो तरह के आदर्श मानते हैं—स्वर्गपरक तथा मोक्षपरक। मनुष्य इनमें से किसे चुनता है यह उसकी इच्छा पर निर्भर है। यदि वह स्वर्ग का चयन करता है तो उसका मार्ग कर्मप्रधान होगा और उसमें ज्ञान सहकारी होगा। पर यदि वह मोक्ष का चयन करता है, तो उसका मार्ग ज्ञानप्रधान होगा और उसमें कर्म सहकारी होगा। शायद यामुनाचार्य ने कुमारिल भट्ट के ऊपरवर्णित विचारों को ही ध्यान में रखकर अन्यतर मार्ग की कल्पना की है।

अब हम यहाँ एक एक कर यह देखना चाहेंगे कि भारतीय दर्शनों में किसने किस मार्ग की अनुशंसा की है।

21.4 विभिन्न भारतीय दर्शनों के अनुसार मोक्षसिद्धि का साधन

सांख्य दर्शन—इस दर्शन के अनुसार मोक्ष पुरुष की वह अवस्था है जिसमें वह अपने को प्रकृति से पूर्णतः असंबद्ध तथा पृथक् समझता है। इस समझ को विवेकख्याति कहते हैं। यह ख्याति एक प्रकार का ज्ञान है। इसके लिए किसी प्रकार के कर्म की उपयोगिता नहीं होती, न तो लौकिक कर्म की और न ही वैदिक कर्म की।विज्ञानभिक्षु कहते हैं कि ये दोनों प्रकार के कर्म नाशवान् हैं। "दृष्टवत् आनुश्रविकः स हि क्षयातिशययुक्तः"। उनके अनुसार काम्य एवं अकाम्य कर्म दोनों मोक्षसिद्धि में. अप्रभावी होते हैं। वे कहते हैं—"काम्ये अकाम्येऽपि साध्यत्वाविशेषात्"। इस प्रकार सांख्य दर्शन के अनुसार ज्ञान ही मोक्षसिद्धि का एकमात्र साधन है।

पातंजल योगदर्शन—यह दर्शन भी आत्मा तथा प्रकृति के परस्पर पृथक्त्व सम्बन्धी ज्ञान को अर्थात् विवेकख्याति को मोक्षप्राप्ति का साधन मानता है। चूँकि यह दर्शन सांख्य के विचार को प्रायः स्वीकार ही करता है, इसलिए इसे पातंजल सांख्य भी कहते हैं। पर यह दर्शन मोक्षपरक ज्ञान या ख्याति को प्राप्त करने के लिए कुछ विशेष प्रकार के मानसिक एवं शारीरिक व्यापारों को महत्त्वपूर्ण मानता एवं अनुशंसित करता है। ये व्यापार आत्मशुद्धि, आत्मसंयम, वासनाविनाश, मानसिक एकाग्रता, आदि के लिए बहुत उपयुक्त होते हैं। इन व्यापारों की संख्या आठ है, इसलिए ये आष्टांगिक मार्ग के नाम से जाने जाते हैं। ये मार्ग हैं—यम, नियम, आसन, प्राणायाम, प्रत्याहार, धारणा, ध्यान और समाधि।

शांकर वेदांत—शंकर ज्ञानमार्ग को स्वीकार करते हैं। जब जीव यह समझ लेता है कि मैं ब्रह्म हूँ (अहं ब्रह्मास्मि), तब वह मुक्त हो जाता है। ऐसे तो वह मुक्त रहता ही है, पर वह अज्ञान के कारण संसारिक जीवन में पड़ जाने से भ्रम से आक्रांत रहता है। जब ज्ञान प्राप्त कर लेने से उसका भ्रम दूर हो जाता है, तब वह अपनी स्वाभाविक सच्चिदानन्दपरक अवस्था को पहचान लेता है। इसके लिए मानसिक शुद्धि की आवश्यकता होती है जिसे उपयुक्त कर्म करके प्राप्त किया जा सकता है। पर यह जरूरी नहीं है कि प्रत्येक व्यक्ति को चित्तशुद्धि के लिए कर्म करना ही पड़े। जो व्यक्ति जन्म से ही शुद्ध चित्तवृत्तिवाला होता है, उसे कर्म करने की जरूरत नहीं होती। वह तो सीधे ज्ञानमार्ग के जरिये ज्ञान प्राप्त कर ले सकता है।

न्यायवैशेषिक दर्शन—न्यायवैशेषिक दर्शन में ज्ञान के साथ साथ कर्म को भी महत्त्वपूर्ण माना गया है। इसके अनुसार शास्त्रविहित कर्मों को निष्काम होकर करने से चित्तशुद्धि होती है और सांसारिक वस्तुओं के प्रति विराग उत्पन्न होता है। फलस्वरूप पदार्थों का सही सही ज्ञान पाने में सहायता मिल जाती है। यथार्थज्ञान पा लेने से मोक्ष प्राप्त हो जाता है।

रामानुज दर्शन— रामानुज दर्शन भी न्यायवैशेषिक की तरह कर्म की उपादेयता पर बल देता है। पर इसके अनुसार कर्म पर्याप्त नहीं हो सकता। अतः यह ज्ञान पर भी बल देता है। इसके अनुसार यथार्थ ज्ञान से ईश्वर की सम्प्रभुता का ज्ञान प्राप्त होता है और इस तरह का ज्ञान प्राप्त होने पर व्यक्ति अपने आपको ईश्वरभक्ति एवं ईश्वरप्रेम में लगा देता है। और इस भक्ति मार्ग के द्वारा ही उसे मोक्ष प्राप्त हो जाता है।

21.5 मोक्षसिद्धि के लिए कर्म की उपादेयता के सम्बन्ध में *भामतीटीका* के विचार

वेदांतसूत्र के शांकरभाष्य की वाचस्पतिमिश्र रचित भामती टीका में धार्मिक कर्मों के क्रियान्वयन से चार प्रकार के फलों की उत्पत्ति मानी गयी है। ये फल हैं—चित्तशुद्धि, धर्मार्जन, तीन प्रकार के ऋणों का अपाकरण तथा काम्य कर्मों को करने से ब्रह्मभावना की उत्पत्ति। ये सभी फल मोक्षप्राप्ति के लिए अत्यंत आवश्यक हैं।

चित्तशुद्धि—शास्त्रविहित कर्मों को करके व्यक्ति अपने पूर्वार्जित पाप को दूर कर सकता है और इस तरह वह अपने मन को शुद्ध कर सकता है। चित्तशुद्धि के बाद ही वह मोक्षप्राप्ति के लिए एक योग्य पात्र बन सकता है।

धर्मार्जन—शास्त्रविहित कर्मों को करने से केवल कुसंस्कारों का ही नाश नहीं होता, वरन् सुसंस्कारों अर्थात् धार्मिक प्रवृत्तियों का अर्जन भी होता है। और इस प्रकार के अर्जन से ब्रह्मभावना उत्पन्न होती है और तब ब्रह्मज्ञान के उत्पन्न हो जाने से मोक्ष की प्राप्ति हो जाती है।

तीन ऋणों का अपाकरण—मनुष्य तीन ऋणों के साथ जन्म लेता है। ये ऋण हैं—देवऋण, ऋषिऋण, तथा पितृऋण। देवऋण देवताओं द्वारा मनुष्य को विभिन्न प्रकार की संपदाओं का प्रावधान किये जाने के कारण उत्पन्न होता है। ऋषिऋण ऋषियों द्वारा मनुष्य को विभिन्न प्रकार के धर्मोपदेशों, ज्ञानसंपदाओं, आदि के दिये जाने के कारण होता है। पितृऋण पितरों विशेषतः पिता-माता द्वारा मनुष्य को जन्म, लालनपालन, भरणपोषण, शिक्षादीक्षा, आदि के दिये जाने के कारण उत्पन्न होता है। इन तीनों प्रकार के ऋणों से मनुष्य का उऋण होना नैतिक दृष्टि से अत्यंत आवश्यक है। इन ऋणों से उऋण होना शास्त्रविहित कर्मों के क्रियान्वयन से ही सम्भव होता है। स्पष्ट ही ऋणमुक्त व्यक्ति ही मोक्ष प्राप्त करने में सफल हो सकता है।

काम्य कर्मों से ब्रह्मभावना की उत्पत्ति—ऊपर के तीनों प्रकार के अर्जन में निष्काम कर्मों की विशेष उपादेयता रहती है। किंतु मोक्षप्राप्ति के लिए काम्य कर्मों की भूमिका भी कम महत्त्वपूर्ण नही होती। नित्यनैमित्तिक कर्म तो निरूद्देश्य होते हैं। पर काम्य कर्म तो सोद्देश्य होते हैं। शास्त्रविहित कर्मों को करने से पुण्य की प्राप्ति होती है और उस पुण्य के प्रभाव से ब्रह्मभावना की उत्पत्ति हो जाती है और ब्रह्मभावना में लीन व्यक्ति ही ब्रह्म से एक होकर मोक्ष प्राप्त कर लेता है।

इस प्रकार यह देखा जा सकता है कि मोक्षसिद्धि में कर्म का उतना ही महत्त्व है जितना अन्य साधन का, अर्थात् जितना ज्ञान का या भक्ति का। पर अद्वैत वेदान्त में ज्ञान को सर्वोपरि माना गया है; ऐसा इसलिये कि ज्ञान के होने पर ही ब्रह्मतादात्म्य सम्भव हो सकता है। यह सही है कि अद्वैत वेदांत में भी कर्म को महत्त्व दिया गया है, पर निश्चय ही कर्म को ज्ञान के समकक्ष नहीं माना जाता। यहाँ यह उल्लेखनीय है कि कर्म के महत्त्व के दो ही प्रकार हो सकते हैं—एक नकारात्मक तथा दूसरा सकारात्मक। कर्म का नकारात्मक महत्त्व यह है कि वह पूर्वार्जित पापों या कुसंस्कारों को नष्ट करके मन को शुद्ध बना सकता है जिसके फलस्वरूप ब्रह्मज्ञान की प्राप्ति सम्भव हो सकती है। और कर्म का सकारात्मक महत्त्व यह है कि वह पुण्य या धर्म का अर्जन करता है जो ब्रह्मभावना को सम्भव बनाता है जिससे अंततः ब्रह्मज्ञान प्राप्त हो जाता है। शंकर कर्म को केवल उस परिस्थिति में अनावश्यक मानते जिसमें

मन जन्म से ही शुद्ध रहता है। मन के जन्म से ही शुद्ध रहने से कर्म की न तो नकारात्मक भूमिका रहती है और न सकारात्मक भूमिका ही। और फिर यहाँ यह भी ध्यातव्य है कि मन में ब्रह्मभावना को उत्पन्न करने के लिए मन का कर्म द्वारा शुद्ध होना नितांत आवश्यक होता है, लेकिन ब्रह्मज्ञानप्राप्ति के बाद तो कर्म का कोई महत्त्व रह ही नहीं सकता; ब्रह्मज्ञानप्राप्ति के बाद तो कर्मसंन्यास की स्थिति उत्पन्न हो चुकी रहती है। इस संदर्भ में यहाँ यह उल्लेखनीय है कि *वेदान्तपरिभाषा* के अनुसार केवल पाप के क्षय के लिए ही कर्म करना आवश्यक एवं महत्त्वपूर्ण होता है। ''तच्च ज्ञानं पापक्षयात् भवति। स च कर्मानुष्ठानात् इति परम्परया कर्मणाम् अपि विनियोगः''। यह मत *भामतीटीका* के चार मतों में प्रथम मत के सदृश है। वहाँ यह ध्यातव्य है कि न्यायवैशेषिक दर्शन में यथार्थज्ञान के हो जाने के बाद भी कर्म को आवश्यक ही माना गया है, और रामानुजीय मत में तो मोक्ष की प्राप्ति के बाद भी ज्ञान, भक्ति और कर्म तीनों का महत्त्व कायम रहता है।

21.6 क्या मोक्ष एक कपोलकल्पना है और इसकी सिद्धि अव्यावहारिक है?

न्यायमंजरी में कहा गया है कि संसार से छुटकारा पाना सम्भव नहीं होता। मोक्ष की अवधारणा का उपयोग तो लोग शोक, संताप आदि के समय अपने को तथा अन्य लोगों को ढाढ़स देने के लिए करते हैं। वस्तुतः यह अवधारणा एक कोरी कल्पना ही है। ऐसा माना जाता है कि तीन अनुबंधों के कारण लोग संसार में फँसे रहते हैं, इसलिए यदि इन अनुबंधों से लोग छुटकारा पा ले सकें, तो उन्हें मुक्ति मिल जा सकती है। ये अनुबंध हैं—ऋणानुबंध, क्लेशानुबंध तथा कर्मानुबंध। हम यहाँ एक एक कर इन तीनों अनुबंधों के परिप्रेक्ष्य में प्रस्तुत विषय के बारे में विवेचन करेंगे।

ऋणानुबंध—मनुष्य तीन प्रकार के ऋणों से ग्रस्त रहकर अपना जीवन यापन करता है। ये ऋण हैं—देवऋण, ऋषिऋण तथा पितृऋण। इन ऋणों की चर्चा हम पहले भी कर चुके हैं। देवऋण से उऋण होने के लिए शास्त्रविहित यज्ञों और कर्मों का अनुष्ठान आवश्यक होता है। ऋषिऋण से उऋण होने के लिए ब्रह्मचर्य, स्वाध्याय, आदि का पालन आवश्यक होता है। और पितृऋण से उऋण होने के लिए गार्हस्थ्यजीवन में रहते हुए वंशवृद्धि का कार्य करना पड़ता है। पर विडंबना यह है कि जरा, व्याधि तथा मरण के कारण व्यक्ति के पास इतना समय ही नहीं रहता कि वह ऋणों से उऋण होने के लिए कर्म करने के अलावे मोक्षसिद्धि के लिए भी कुछ कर सके। और यह भी शायद एक विडंबना ही है कि मनुष्यों को अपने जीवन में हर क्षण तीनों ऋणों से उऋण होने के लिए कुछ न कुछ कर्म करते ही रहना पड़ता है। ऐसी हालत में उन्हें संसार से छुटकारा पाने के लिए कुछ और कर्म करने का अवसर मिल ही कैसे सकता है? और जिसको पाने के लिए अवसर का मिलना सम्भव ही नहीं है, उसे एक कल्पना मानना ही उचित है। अतः मोक्ष एक कल्पना ही है।

क्लेशुनबंध—क्लेशानुबंध के कारण भी मोक्ष काल्पनिक ही प्रतीत होता है। हमारा जीवन राग, द्वेष एवं मोह से ओत-प्रोत रहता है। ये ही हमारे जीवन की निरंतरता के मूल कारण हैं। इनके कारण ही हम जीवन के जाल में फँसे रहते हैं और क्लेश के भागी होते रहते हैं। निश्चय ही इन्हीं से प्रेरित होकर कर्मों को करने से क्लेशों की उत्पत्ति होती है। यदि उपयुक्त उपायों के द्वारा क्लेशोत्पादक कर्मों के क्रियान्वयन पर रोक लगा दी जाय, तो भी राग, द्वेष एवं मोह जैसी दोषपूर्ण वासनाएँ तो रह ही जायेंगी। और चूँकि संसार ऐसे विषयों

से भरा रहता है जो उन वासनाओं को जागृत एवं क्रियमाण करने में पूरी तरह सक्षम हैं, इसलिए मनुष्य उन वासनाओं से प्रेरित होकर उन्हीं के अनुरूप कार्य करने के लिए बाध्य रहता है और इस तरह क्लेश का भागी होने के लिए अभिशप्त भी। यही कारण है कि बहुत हद तक इन वासनाओं पर विजय पानेवाले साधु एवं महात्मा भी सांसारिक विषयों के द्वारा उनकी यत्किंचित् अवशिष्ट वासनाओं के फिर से क्रियमाण हो जाने से पुनः भोग-विलास में पड़ ही जाते हैं और फिर क्लेश के भागी बन ही जाते हैं। और यह वासना-क्लेशपरक चक्र चलता ही रहता है, और फलस्वरूप जन्म के बाद पुनर्जन्म होता ही रहता है। ऐसी स्थिति में मोक्ष का पाना सम्भव ही नहीं हो सकता। ऐसी स्थिति में लगता है कि मोक्ष एक कोरी कल्पना ही है।

कर्मानुबंध—मोक्ष की काल्पनिकता एवं अव्यावहारिकता का एक तीसरा भी कारण है जिसे कर्मानुबंध कहा जाता है। मनुष्य का जीवन कर्ममय होता है, चाहे वह सुकर्म करे या कुकर्म। यदि उसका कर्म अच्छा होता है तो उस कर्म से धर्म या पुण्य अर्जित होता है और यदि उसका कर्म बुरा होता है तेा उस कर्म से अधर्म या पाप अर्जित होता है। नतीजा यह होता है कि कारण-परिणाम न्याय के अनुरूप मनुष्य को अच्छा या बुरा फल भोगना ही पड़ता है। संचित कर्म का अंत, चाहे वह कर्म धार्मिक हो या अधार्मिक, फलोपभोग हो जाने पर ही हो सकता है। पर कर्म का संचय रोका नहीं जा सकता, क्योंकि संचित कर्म के समाप्त हो जाने पर भी कर्म करने की प्रवृत्ति तो रहती ही है जिस कारण नये नये कर्मों का क्रियान्वयन होता ही रहता है। फलस्वरूप धर्म या अधर्म अर्थात् पुण्य या पाप के रूप में कर्म अर्जित एवं संचित होता ही रहता है और उसका फल भी मिलता ही रहता है। जब किसी कारणवश वर्तमान जीवन समाप्त हो जाता है, तब मनुष्य को नया जन्म लेकर कर्मफल का उपभोग करना पड़ता है। इस तरह सांसारिक जीवन सम्बन्धी चक्र चलता ही रहता है और मोक्ष एक कोरी कल्पना के रूप में ही बना रहता है।

यह सही है कि शास्त्रकारों ने मनुष्य के चार पुरुषार्थ अर्थात् चार लक्ष्य माने हैं—धर्म, अर्थ, काम और मोक्ष। और उन्होंने मोक्ष को परमपुरुषार्थ की संज्ञा दे डाली है, क्योंकि वही जीवन का अंतिम एवं सर्वोत्तम लक्ष्य माना गया है। अर्थ, काम तथा धर्म को तो इस मोक्ष की प्राप्ति में सहायक के रूप में ही स्वीकार किया गया है। किंतु इस तरह का मोक्षसम्बन्धी विचार ऊपरवर्णित ऋण, क्लेश एवं कर्मपरक अनुबंधों के संदर्भ में बिलकुल बेतुका लगता है। अतः उचित निष्कर्ष तो यही निकाला जा सकता कि मोक्ष एक वास्वतिक पुरुषार्थ न होकर महज एक अव्यावहारिक कल्पना है। ऐसी हालत में किसी मोक्षसमर्थक से यही अपेक्षित है कि ''मोक्षचर्चां परित्यज्य स्वे गृहे सुखमास्यताम्''।

21.7 मोक्ष की काल्पनिकता तथा अव्यावहारिकता का खंडन

न्यायमंजरी में उपर्युक्त मोक्षविरोधी मत का विस्तार से खंडन किया गया है। मोक्षविरोधी मत में जो तीन प्रकार के ऋण माने गये हैं जिनके सम्बन्ध में यह माना गया है कि मनुष्य को उन्हें चुकाने में ही पूरा जीवन व्यतीत कर देना पड़ता है और फलस्वरूप मोक्षप्राप्ति के प्रयास के लिए उसे कोई अवसर ही नहीं मिल पाता, बिलकुल भ्रामक है। ऋण देना या पाना तो तब सम्भव होता है जब ऋण देनेवाले और ऋण पानेवाले के बीच कोई करार हुआ रहे। उपयुक्त ऋणों के सम्बन्ध में न तो देवताओं के साथ, न ही ऋषियों के साथ और न ही पितरों के साथ कोई समझौता या करार हुआ रहता है। जहाँ तक कर्म- प्रवृत्ति तथा तज्जनित क्लेश

का सवाल है, तो निश्चय ही इन पर काबू पाया जा सकता है। और इन पर काबू पाने के लिए उपयुक्त उपाय सुझाए भी गये हैं। लोगों को यह सिखाया गया है कि उन्हें अपने जीवनकाल में पूर्वापर चार आश्रमों में रहकर जीवनयापन करना चाहिये। ये आश्रम हैं : ब्रह्मचर्य, गार्हस्थ्य, वानप्रस्थ और संन्यास। प्रत्येक आश्रम के लिए विशेष विशेष कार्य निर्धारित किये गये हैं। चौथे आश्रम में तो कर्म से संन्यास ही लेना पड़ता है जिससे भविष्य में फिर से कर्म के जंजाल में फँसना न पड़े। कुछ विचारक तो यह भी मानते हैं कि अनेक लोग जन्म से ही इतने सात्त्विक होते हैं कि उन पर कुसंस्कारों अर्थात् दुष्ट वासनाओं का कोई प्रभाव नहीं पड़ता और वे ब्रह्मचर्याश्रम के बाद ही कर्मसंन्यास ग्रहण कर लेने में सक्षम हो जाते हैं। उनके लिए तो मोक्ष सहजसाध्य ही रहता है। और फिर जो लोग पर्याप्त रूप से सात्त्विक नहीं रहते हैं और जिनके लिए चारों आश्रमों से होकर जीवनयापन करना जरूरी होता है, उनके लिए ऐसे उपाय उपलब्ध रहते हैं जिनके माध्यम से वे लोग भी मोक्ष प्राप्त कर लेने में समर्थ हो जा सकते हैं। ऐसे उपायों को हम आगे स्पष्ट करेंगे।

इस प्रसंग में यह विशेष रूप से ध्यातव्य है कि सांसारिक बंधन का मूल कारण अज्ञान अर्थात् मिथ्याज्ञान होता है। मिथ्याज्ञान वास्तविकता का सही सही ज्ञान न होना ही होता है। वास्तविकता क्या है? इसके बारे में विभिन्न दर्शनों में विभिन्न मत हैं। मोटे तौर पर यह कहा जा सकता है कि मिथ्याज्ञान को दूर करके सही ज्ञान को पा लेना ही मोक्ष है। प्रश्न उठता है कि मिथ्याज्ञान किस तरह बंधन का कारण बनता है। इसके उत्तर में यह कहा जा सकता है कि मिथ्याज्ञान से लोंगो को वस्तुओं के प्रति मोह उत्पन्न होता है, और उस कारण उनके प्रति राग या द्वेष उत्पन्न होता है। राग या द्वेष के कारण उनके अनूरूप ही कर्म किये जाते हैं। कर्म से धर्म या अधर्म अर्थात् पुण्य या पाप की उत्पत्ति होती है और उससे फिर तदनुरूप वासनाएँ उत्पन्न होती हैं। ये वासनाएँ पुनः कर्म करने को प्रेरित करती हैं। और इस तरह कर्म से संस्कार और फिर संस्कार से कर्म की उत्पत्ति होती रहती है। फलस्वरूप मनुष्य सांसारिक सुख एवं दुःख से आक्रांत होता ही रहता है। जो लोग मोक्ष को काल्पनिक मानते हैं वे इस भ्रम में रहते हैं कि वासनाओं और संस्कारों का कभी अंत नहीं होता और इस कारण कर्म तथा कर्मफलोपभोग भी कभी समाप्त नहीं होते। पर उनका यह मानना कि वासनाओं एवं संस्कारों का कभी अंत नहीं होता बिलकुल गलत है। उनका अंत होना बिलकुल सम्भव है, क्योंकि वे आकस्मिक नहीं हैं, नित्य नहीं हैं, अज्ञातहेतुक अर्थात् अकारण नहीं हैं, अक्षयप्रतिक्रियावाले (अर्थात् जिनके विरुद्ध प्रतिक्रिया नहीं की जा सके) नहीं हैं, तथा अज्ञातशमनोपाय (अर्थात् जिनके शमन का उपाय ज्ञात नहीं हो) भी नहीं हैं। चूँकि इन वासनाओं के मूल में अज्ञान ही रहता है, इसलिए निश्चित रूप से सम्यक् ज्ञान इसका प्रतिपक्ष यानी शमनोपायी होता ही है। न्यायमंजरी के अनुसार सम्यक् ज्ञान से विषय के दोष का दर्शन हो जाता है जिससे विषय के प्रति न तो राग और न द्वेष ही होता है। यहाँ यह ध्यातव्य है कि विषय के प्रति केवल राग ही नहीं, बल्कि द्वेष भी नहीं होना चाहिये। क्या शरीर को दग्ध करनेवाली आग के प्रति कोई क्रोध करता है? ''स्पृश्यमानो दहत्यग्निरिति कोऽस्मै प्रकुप्यते''। आग या किसी विषय का तो कोई दोष नहीं होता। लोग अपने अपने कर्मों के अनुरूप ही फल भोगते हैं। ''स्वकर्मफलमश्नामि कः सुहृत्कश्च मे रिपुः''। अतः विषय के प्रति द्वेष क्यों? हमें तो इस बात की चिंता होनी चाहिये कि हम किस तरह राग एवं द्वेष से ऊपर उठकर वास्तविक स्थिति का मुकाबला करने में समर्थ हो पायेंगे। वैराग्य तथा उसके सतत अभ्यास से मन के वासनायुक्त स्वरूप को इस प्रकार परिवर्तित कर दिया जा सकता है कि वह विषयों से पूरी

तरह विमुख एवं विरक्त हो जाय और उसकी विषयानुरागपरक वासनाएँ भी पूरी तरह नष्ट हो जाँय। कामवासना को उसके अनुरूप कार्य करके नहीं रोका जा सकता। उसे तो उसके विरुद्ध संकल्प लेकर अभ्यास द्वारा ही रोका जा सकता है। ''न जातु कामः कामानामुपभोगेन शाम्यति''। उपभोग से तो वह उसी तरह और बढ़ जाता है जिस तरह हविष्य डालने से अग्नि अधिक प्रज्वलित हो जाती है। कामनारहित कर्मों के सतत क्रियान्वयन से मन राग एवं द्वेष से मुक्त हो जाता है और तब प्रवृत्ति कर्मसंचय भी नहीं कर पाती है। फलस्वरूप भविष्य में भी बंधनपरक कर्म का क्रियान्वयन सम्भव नहीं हो पाता। *गौतम सूत्र* के अनुसार—''न प्रवृत्तिः प्रतिसन्धानहीनक्लेशस्य''। अर्थात् जो व्यक्ति क्लेश यानी राग एवं द्वेष के प्रति प्रतिसंधानहीन यानी प्रतिक्रियाविहीन हो जाता है उसे विषयभोग के प्रति कोई प्रवृत्ति नहीं रह जाती।

लेकिन यहाँ यह आक्षेप किया जा सकता है कि यद्यपि वासनाओं के नष्ट हो जाने से नए कर्मों का संचय सम्भव नहीं हो सकता, फिर भी जो कर्म संचित हुए रहते हैं, वे तो अपना प्रभाव डाल ही सकते हैं। पर इसके प्रत्युत्तर में कहा जा सकता है कि जिन संचित कर्मों का उपभोग प्रारम्भ नहीं हुआ रहता है, वे सभी संस्कार की अवस्था में ही रहते हैं और ऐसे संस्काररूपी अप्रारब्ध संचित कर्मों का नाश तो सम्भव ही है। पर जिन संचित कर्मों का उपभोग शुरू हो चुका रहता है, और जिस कारण से वे 'प्रारब्ध' कहलाते भी हैं, उनका नाश उनसे उत्पन्न कर्मफल के उपभोग के द्वारा ही हो सकता है। ऐसा इसलिए है कि प्रारब्ध कर्म प्रकृति के कारण-परिणामपरक नियम के अनुरूप संचालित होता है। और चूँकि प्रकृति का यह नियम अकाट्य है, इसलिए किसी संचित कर्म को फलभोग के शुरू हो जाने पर रोका नहीं जा सकता। और यह फलभोगपरक प्रक्रिया यन्त्रवत् तब तक चलती ही रहती है जब तक संबद्ध प्रारब्ध कर्म का फलभोग पूरी तरह समाप्त नहीं हो जाता। ऊपर हमने संकेत किया है कि अप्रारब्ध कर्मों का नाश सम्भव है। इस संदर्भ में मीमांसा का मत है कि ये अनारब्ध संचित कर्म भी उपभोग के बाद समाप्त हो ही सकते हैं। अतः इन कर्मों का भी उपभोग हो जाना आवश्यक ही है। कुछ अन्य मतावलम्बी अनारब्ध संचित कर्मों के नष्ट होने के सम्बन्ध में निम्नलिखित विचार प्रस्तुत करते हैं।

संचित कर्मों का नाश ज्ञानाग्नि के द्वारा सम्भव है। दोषों अर्थात् राग, द्वेष तथा मोह के नष्ट हो जाने पर संचित कर्मों को क्रियमाण होने के लिए शक्ति ही नहीं मिल पाती। जिन योगियों को ज्ञान प्राप्त हो जाता है वे विभिन्न प्रकार के बुरे कर्मों का फलोपभोग शीत, ताप, क्लेश, आदि दुःखों को झेलकर तथा अच्छे कर्मों का फलोपभोग शम, संतोष, आदि सुखों के अनुभवों से कर लेते हैं। योगी एक ही समय में अनेक शरीरों को धारण करके सभी संचित कर्मों का फ्लोपभोग पूरा कर ले सकते हैं। योगी अच्छे कर्मों के लिए स्वर्ग में सुख तथा बुरे कर्मों के लिए नरक में दुःख भोग कर संचित कर्मों को समाप्त कर ले सकते हैं और इस तरह वे मोक्ष प्राप्त कर लेने में समर्थ हो जा सकते हैं।

21.8 मोक्षप्राप्ति में ज्ञान, कर्म और भक्ति की भूमिका

न्याय दर्शन—न्यायदर्शन के अनुसार मिथ्याज्ञान ही बंधन का मूल कारण है। मिथ्याज्ञान से मोह, मोह से राग एवं द्वेष इन से प्रवृत्ति, प्रवृत्ति से धर्म या अधर्म, धर्म एवं अधर्म से क्रमशः सुख एवं दुःख का उपभोग और मृत्यु के बाद पुनर्जन्म सम्भव होते हैं। अतः इस बंधन से मुक्त होने का एक ही उपाय है यथार्थ ज्ञान को पा लेना। इस यथार्थ ज्ञान अर्थात् तत्त्वज्ञान की प्राप्ति से मिथ्याज्ञान का नाश स्वतः हो जाता है। न्याय के अनुसार इस यथार्थज्ञान

से प्रपंच का विलय नहीं होता, जैसा शांकर वेदांत मानता है। हमने ऊपर देखा है कि शांकर वेदांत के अनुसार सम्यक् ज्ञान से परिहृतपरिहार ही होता है, अर्थात् जो अवास्तविक ही रहता है उसी का विलय या नाश होता है। किंतु न्याय-वैशेषिक ऐसा नहीं मानते। इनके अनुसार सम्यक् ज्ञान से अपरिहृतपरिहार होता है, अर्थात् इसके द्वारा मिथ्याज्ञान के कारण वास्तविक तथ्य पर जो आवरण पड़ा होता है उसका परिहार होता है। वास्तविकता का यह आवरण या प्रपंच विषयदोष से प्रभावित होने के कारण सम्भव होता है। विषयदोष से प्रभावित होने का तात्पर्य यह नहीं है कि विषयदोष अवास्तविक है। हाँ, इस वास्तविक विषयदोष पर आधारित भोग तो खराब होता ही है।

यहाँ यह उल्लेखनीय है कि विषयभोग की अशुभता एवं महत्त्वहीनता का ज्ञान महज पुस्तक पढ़कर या किसी का प्रवचन सुनकर प्राप्त नहीं कर लिया जा सकता। इसके लिए मानसिक तत्परता का होना नितांत आवश्यक होता है। इसका तात्पर्य यह है कि वस्तुओं की यर्थाथता का बौद्धिक ज्ञान होने के पश्चात् उसको आत्मसात् करने के लिए धारणा, ध्यान, मानसिक एकाग्रता, आदि का प्रयोग अत्यंत आवश्यक होता है। इस प्रकार मन के निरंतर एकचित्त रहने से यथार्थता सम्बन्धी बौद्धिक ज्ञान मानो प्रत्यक्ष ज्ञान का ही रूप ले लेता है। और तब विषयों का सही सही मूल्य समझ में आ जाता है। जो विषय पहले तृष्णा पैदा करता था, वही अब वितृष्णा पैदा करता है। और इस वितृष्णा के कारण वैराग्य उत्पन्न होता है और तब आत्मा सांसारिक सुखभोग से विमुख होकर अंततः संसार से मुक्त हो जाती है। यह सही है कि यथार्थज्ञान प्राप्त कर लेने के बाद भी मुक्तात्मा कर्म कर सकती है, पर अब वह केवल वैसे कर्म करती है जो किसी तरह धर्मोत्पादक या पुण्योत्पादक भी नहीं होते। अतः मुक्तात्माओं को कर्म करने की वजह से किसी तरह का फलोपभोग भी नहीं करना पड़ता। पर मुक्तात्मा राग एवं द्वेष से रहित होकर तो कर्म कर ही सकती है। जहाँ तक नित्यनैमित्तिक कर्मों के क्रियान्वयन का प्रश्न है, इनका क्रियान्वयन तो आवश्यक होता ही है। मुक्तात्मा के लिए केवल काम्य एवं निषिद्ध कर्म वर्जित रहते हैं। और फिर वार्द्धक्य के आ जाने पर नित्यनैमित्तिक कर्म का क्रियान्वयन भी मुक्तात्मा के सामर्थ्य पर ही निर्भर करता है। मुक्तात्मा को उसके प्रारब्ध कर्म के क्रियमाण हो जाने की वजह से मृत्युपर्यन्त शरीरधारण तो करना ही पड़ता है। अतः उसे कर्मों से पूर्ण विमुक्ति मरणोपरान्त ही मिल सकती है।

शांकर वेदांत—शांकर वेदांत के अनुसार तत्त्वज्ञान होने पर संसारपरक भ्रांति समाप्त हो जाती है और तब मनुष्य को किसी प्रकार के कर्म करने की बाध्यता नहीं रह जाती। यहाँ तक कि धार्मिक कर्मों के साथ साथ नित्यनैमित्तिक कर्मों के क्रियान्वयन की बाध्यता भी नहीं रह जाती। इस वजह से मोक्षसिद्धि नैष्कर्म्यसिद्धि ही हो जाती है। यह सही है कि मुक्त व्यक्ति अपने अर्जित सद्गुणों के कारण मृत्युपर्यन्त केवल अच्छे ही कर्म करता है। पर इसके लिए उसे कोई प्रयास नहीं करना पड़ता। अच्छा कर्म करना उसका स्वभाव ही बन जाता है। इस हालत में वह अच्छा कर्म करने से कोई धर्म या पुण्य भी अर्जित नहीं करता। इस वजह से उसे किसी प्रकार का फलोभोग भी नहीं करना पड़ता। वह तो ब्रह्म में लीन हो चुका रहता है। स्पष्ट ही उसकी इस मोक्ष की स्थिति में न तो कर्म और न ही भक्ति की कोई प्रासंगिकता या भूमिका हो सकती है। यहाँ तक कि अब ज्ञान भी किसी प्रकार के विषयज्ञान के रूप में प्रासंगिक नहीं हो सकता। ज्ञान तो अब केवल शुद्ध चैतन्य के रूप में ही प्रासंगिक हो सकता है।

रामानुज दर्शन—न्यायवैशेषिक दर्शन की भाँति रामानुज दर्शन के अनुसार भी

यथार्थज्ञान प्राप्त होने पर नित्यनैमित्तिक कर्म करने ही पड़ते हैं। और चूँकि इस दर्शन के अनुसार मुक्तात्मा अपने को पूरी तरह ईश्वर के प्रति समर्पित कर देती है, इसलिए वह पूरी तरह ईश्वर की भक्ति में ही लीन हो जाती है। जहाँ न्यायवैशेषिक में मोक्ष का अर्थ आत्मा की पूर्ण स्वतंत्रता अर्थात् आत्मस्थिति है, वहीं रामानुज दर्शन में मोक्ष का अर्थ आत्मा का परम ब्रह्म परमेश्वर के प्रति पूर्ण प्रपत्ति है। '' कर्मयोगभक्तियोगप्रभृतीनाम् भक्तिद्वारैव साधनत्वम्''। *यतीन्द्रमतदीपिका* में श्रीनिवास कहते हैं कि योग दर्शन का यमनियमादिपूर्वक अष्टांगमार्ग मात्र एक पूर्वपीठिका है जो केवल भक्ति का मार्ग प्रशस्त करती है। इस भक्तियोग के लिए योगांगों के अलावे कुछ अन्य सहयोगी क्रियाएँ या सद्‌गुण भी आवश्यक हैं—जैसे, विवेक या कार्यशुद्धि, विमोक या कामानभिषंग (विराग), अभ्यास, क्रिया (अर्थात् शक्ति के अनुसार पंच महायज्ञों का अनुष्ठान), सत्य, आर्जव, दया, दान, अहिंसा, अनुद्धर्ष (निरभिमान), अनवसाद, आदि। योगांगों के साथ उपयुक्त क्रियाओं एवं सद्‌गुणों के अनुरूप आचरण करने से भक्ति पूरी तरह सम्पन्न होती है। इस तरह हम देखते हैं कि भक्ति के दो रूप हो सकते हैं—साधनरूप तथा साध्य रूप। साधन रूप में भक्ति व्यक्ति के लिए ईश्वरसमर्पण का मार्ग प्रशस्त करती है और साध्य रूप में यह ईश्वरसमर्पण ही है।

रामानुज के अनुसार मोक्षप्राप्ति के चार चरण होते हैं—ज्ञानोत्पत्तिविरोधी कर्मों का नाश, ऐसे कर्मों का क्रियान्वयन जो फलप्राप्तिनिरपेक्ष हों तथा ब्रह्मविद्या को सम्भव बनानेवाले हों, ब्रह्मज्ञानप्राप्ति, अर्थात् ब्रह्म, जीव तथा अजीव के सम्बन्ध में तत्त्वज्ञानप्राप्ति, तथा ईश्वरभक्ति।

ज्ञानोत्पत्तिविरोधी कर्मों का नाश—राग या द्वेष से प्रेरित कर्मों तथा काम्य कर्मों का वर्जन मोक्षप्राप्ति के लिए एक अत्यंत आवश्यक चरण है। ऐसे सभी कर्मों में तमस् एवं रजस् का बाहुल्य होता है जिस कारण इनके कर्ता का मन स्थिर नहीं रह सकता। अतः चित्तशांति के लिए इन कर्मों का परिहार अत्यंत आवश्यक है।

ब्रह्मज्ञानोत्पादक निष्काम कर्मों का क्रियान्वयन—ऊपर के चरण से स्पष्ट है कि मोक्षप्राप्ति के लिए केवल निष्काम कर्मों का क्रियान्वयन होना चाहिये। ऐसे कर्म सभी आश्रमों के लिए अपेक्षित हैं (सर्वाश्रमकर्मापेक्षा) तथा वे ब्रह्मज्ञान के लिए उपादान या सहायक की भूमिका निभाते हैं (ब्रह्मविद्योपादानानि)।

ब्रह्मज्ञानप्राप्ति—ब्रह्मज्ञान की प्राप्ति से यह सहज ही बोधगम्य हो जाता है कि ब्रह्म अर्थात् ईश्वर, जीव अर्थात् प्राणी, तथा अजीव अर्थात् भौतिक द्रव्य वास्तविक रूप से सत् हैं। इस प्रकार यह स्पष्ट है कि रामानुजीय दर्शन में ब्रह्मज्ञान के चरितार्थ होने पर भी न तो जीव का और न ही अजीव या संसार का नाश होता है।

ईश्वरभक्ति—जीव का ईश्वर के प्रति पूर्ण समर्पण। यही मोक्ष है। इसे ध्रुवानुस्मृति, भावनाप्रकर्ष, दर्शनरूपा, उपासना, आदि भी कहते हैं। यह चरण एक विशेष प्रकार का ज्ञान है। जो भक्तिरंजित होता है। इस चरण में पहुँचने पर भक्ति तथा प्रपत्ति से प्रसन्न ईश्वर भक्त को मोक्ष प्रदान करता है—''भक्तिप्रपत्तिभ्यां प्रसन्नः ईश्वरः एव मोक्षं ददाति''।

उल्लेखनीय है कि मोक्षप्राप्ति में जहाँ पूर्वमीमांसा में कर्म की प्रधानता है, वहीं रामानुज, मध्व, आदि के अनुसार भक्ति की, और सांख्य, न्याय-वैशेषिक, अद्वैतवेदांत आदि के अनुसार ज्ञान की प्रधानता है। इस प्रसंग में यह भी ध्यातव्य है कि मुक्ति दो प्रकार की होती है—जीवन्मुक्ति तथा विदेहमुक्ति। इन दोनों प्रकार की मुक्ति के लिए ज्ञान, भक्ति और कर्म

की साधनपरक भूमिका तो रहती ही है। पर यदि मुक्ति जीवनकाल में ही प्राप्त हो जाती है तो मुक्तिप्राप्ति के बाद व्यक्ति इन साधनों का प्रयोग पहले की भाँति नहीं करता। अब तो ज्ञान, भक्ति एवं कर्म जीवन्मुक्त व्यक्ति के मानो स्वाभाविक अंग बन जाते हैं। और इनके लिए उसे अब कोई प्रयत्न नहीं करना पड़ता है। और जब तक वह व्यक्ति जीवित रहता है तब तक वह उनका उपयोग अपने स्वभाव के कारण ही करता है। अब प्रश्न उठता है कि विदेहमुक्ति के बाद ज्ञान, भक्ति तथा कर्म की क्या भूमिका हो सकती है। स्पष्ट ही जब विदेहमुक्ति प्राप्त हो जाती है, तब कोई कर्म करना तो सम्भव नहीं हो सकता। लेकिन ज्ञान तथा भक्ति की भूमिका मोक्ष के स्वरूप पर निर्भर करती है। जहाँ एक ओर शांकर वेदांत के अनुसार मोक्ष शुद्ध ब्रह्मज्ञान है, वहीं दूसरी ओर वैष्णव मतों के अनुसार मोक्ष शुद्ध चिरभक्ति है।

❑

अध्याय 22

भारतीय संस्कृति में नैतिक आदर्श तथा उसका औचित्य

22.1 नैतिक आदर्श के सम्बन्ध में भारतीय विचार

नैतिक जीवन जीने के लिए यह जानना जरूरी होता है कि नैतिक आदर्श क्या है और वह आदर्श क्यों माना जाता है। अनेक भारतीय विचारकों के अनुसार जीवन का नैतिक आदर्श स्वर्गप्राप्ति है। इसे नैतिक आदर्श इसलिए माना गया है कि *वेद* इसे नैतिक आदर्श के रूप में निरूपित करता है और *वेद* तो अंतिम प्रमाण ही होता है। पर अनेक विचारक स्वर्गप्राप्ति को नैतिक आदर्श नहीं मानते, और ऐसे विचारक अपने पक्ष में अनेकानेक युक्तियाँ प्रस्तुत करते हैं। चार्वाक न तो स्वर्गप्राप्ति को जीवन का आदर्श मानता है और न ही *वेद* को प्रमाण। इस तरह हम देखते हैं कि नैतिक आदर्श के स्वरूप एवं उसके औचित्य के सम्बन्ध में भिन्न भिन्न प्रकार के मत हो सकते हैं। इस अध्याय में हम इस आदर्श से सम्बन्धित भारतीय मतों की व्याख्या एवं समीक्षा करेंगे। पहले हम नैतिक आदर्श के स्वरूप सम्बन्धी मतों की व्याख्या एवं समीक्षा करेंगे। बाद में हम उसके औचित्य सम्बन्धी मतों का विवेचन करेंगे। और अंत में हम इस अत्यधिक महत्त्वपूर्ण विषय के सम्बन्ध में अपने विचार प्रस्तुत करेंगे।

नैतिक आदर्शों के सम्बन्ध में मोटे तौर पर दो प्रकार के मत हैं—नियमपालनपरक मत तथा इष्टसिद्धिपरक मत। प्रथम मत के अनुसार नैतिक आदर्श नैतिक नियम का शुद्ध पालन होता है, और दूसरे मत के अनुसार नैतिक आदर्श किसी उचित इष्ट की सिद्धि होती है। यहाँ यह उल्लेखनीय है कि यद्यपि शुद्ध नियमपालन से भी कुछ-न-कुछ परिणाम तो निकलता ही है, फिर भी इस तरह का नियमपालन इष्टसिद्धि के लिए नहीं किया जाता। कहने का तात्पर्य यह है कि जब नियमों का पालन इष्टसिद्धि के लिए होता है, तब नैतिक इष्टसिद्धिपरक होता है। और जब नियम का पालन शुद्ध नियमपालन के लिए होता है तब नैतिक आदर्श नियमपालन परक होता है। इस प्रकार जब नियमपालन किसी उद्देश्य की पूर्ति के लिए होता है, तब वह नियमपालन फलसापेक्ष हो जाता है और तब वह शुद्ध नियमपालन परक नहीं रह जाता। अतः यदि आदर्श शुद्ध नियमपालन परक हो, तो उसे पूर्णतः उद्देश्य या फल निरपेक्ष होना ही चाहिये। पाश्चात्त्य दर्शन में इस प्रकार का नियमपालन काण्ट के निरपेक्ष नियोग सिद्धांत के द्वारा अनुशंसित किया गया है। भारतीय दर्शन में इस प्रकार का शुद्ध कर्तव्यपालन परक सिद्धांत मीमांसा के प्राभाकर मत में प्रवर्तित हुआ है। प्राभाकर मत के अनुसार नियोगसिद्धि ही जीवन का एकमात्र लक्ष्य हो सकता है। नियोग के सम्बन्ध में विस्तृत चर्चा हम पहले ही कर चुके हैं। इस नियमपालन परक मत में न तो स्वर्गप्राप्ति को और न ही मोक्ष को कोई नैतिक महत्त्व दिया जा सकता है। इस मत में तो मोक्ष को शुद्ध नियोगसिद्धि परक रूप ही दिया जा सकता है।

नैतिक नियमों के स्रोत दो तरह के हो सकते हैं—एक पौरुषेय तथा दूसरा अपौरुषेय। पौरुषेय स्रोत माननेवालों के वर्ग में चार्वाक, जैन, बौद्ध, न्याय-वैशेषिक, रामानुजानुयायी, आदि आते हैं। पौरुषेय स्रोत को हम या तो मानवीय या ईश्वरीय रूप दे सकते हैं। यदि किसी नियम का स्रोत कोई मानव है तो वह स्रोत मानवीय है। चार्वाक मत के अनुसार ऐसा स्रोत कोई राजा हो सकता है, और जैन तथा बौद्ध मतों के अनुसार ऐसा स्रोत कोई आप्त पुरुष हो सकता है—जैसे, जैनों के अनुसार तीर्थंकर और बौद्धों के अनुसार बुद्ध। ये तीनों मत ईश्वर को नहीं मानते। अतः इनके अनुसार ईश्वरनिर्देशित नियमों की संभावना हो ही नहीं सकती। किंतु न्याय-वैशेषिक विचारक, रामानुजानुयायी, आदि ईश्वर को मानते हैं और उनके अनुसार ईश्वर के द्वारा निर्धारित नियम ही नैतिक नियम होता है। जैसा हम पहले कह चुके हैं, नैतिक नियमों के पालन से अभीष्ट की प्राप्ति भी हो सकती है। चार्वाक मत को छोड़कर अन्य इष्टसिद्धि परक मतों में इष्टसिद्धि मोक्षप्राप्ति अर्थात् संसार से विमुक्ति ही होती है। मोक्ष के स्वरूप के सम्बन्ध में भिन्न भिन्न मत हैं जिनकी चर्चा हम ऊपर कर चुके हैं। यहाँ उस चर्चा को दुहराना उचित नहीं है। जैसा हमने ऊपर संकेत किया है, चार्वाक मत संसार से मुक्ति परक आदर्श को स्वीकार नहीं करता। इसके अनुसार इस लौकिक जीवन के अलावा और कोई दूसरा जीवन होता ही नहीं। अतः लोगों को इस एक मात्र जीवन में अधिक-से-अधिक मनोदैहिक सुख अर्जित कर लेना चाहिये। राजा इस उद्देश्य की निर्विध्न पूर्ति के लिए ही अपने राज्य में कानून बनाता है। अतः उसके कानून का पालन नितांत आवश्यक है।

भारतीय दर्शन में एक मत ऐसा भी है जिसके अनुसार नियमों का स्रोत कोई पुरुष नहीं होता, न कोई राजा, न कोई आप्त पुरुष, और न ही कोई ईश्वर। इस मत के अनुसार नियम स्वयं चिरंतन एवं शाश्वत होता है। यह मत पूर्वमीमांसा का है। ऐसे नियम वेद में संकलित हैं और यह वेद न तो किसी आप्त पुरुष की और न ही ईश्वर की रचना है। यह तो अपौरुषेय है। इसमें 'विधि' एवं 'निषेध' नामक दो प्रकार के निर्देश संकलित हैं। सभी लोगों को इन निर्देशों के अनुसार ही आचरण करना चाहिये। जैसा हम जानते हैं, पूर्व मीमांसा की दो प्रमुख शाखाएँ हैं—भाट्ट तथा प्राभाकर। इन दोनों शाखाओं में प्रमुख अंतर यह है कि जहाँ प्राभाकर के अनुसार नियमों का पालन मात्र नियमपालन के लिए करना चाहिये, वहीं कुमारिल भट्ट के अनुसार नियमों का पालन अभीष्ट की प्राप्ति के लिए ही करना चाहिये और इनके अनुसार जीवन का अंतिम अभीष्ट या तो स्वर्ग या मोक्ष हो सकता है। स्वर्ग की कामना रखनेवाले वैदिक नियमों का पालन कर पुण्य अर्जित करते हैं और परिणामस्वरूप स्वर्गसुख भोगते हैं। पर पुण्य के समाप्त हो जाने पर वे फिर सांसारिक जीवन में लौट आते हैं। ''क्षीणे पुण्ये मर्त्यलोकं विशन्ति''। अतः जीवन का सही अंतिम लक्ष्य स्वर्ग नहीं हो सकता। सही अंतिम लक्ष्य तो मोक्ष ही हो सकता है जिसके प्राप्त हो जाने से पुनर्जन्म की संभावना ही नहीं रह जाती। और फिर मोक्ष को पा लेने से ऐसे नित्य सुख की प्राप्ति हो जाती है जिस सुख की तुलना में स्वर्गसुख बिलकुल तुच्छ होता है।

22.2 नैतिक आदर्श इष्टसिद्धि के रूप में

भारतीय दर्शन में साधारणतः नैतिक आदर्श को व्यक्तिपरक स्तर पर ही महत्त्व दिया गया है। अर्थात् नैतिक आदर्श को व्यक्तिगत लाभ या उत्थान या कल्याण का ही रूप दिया गया है। पर ऐसा नहीं है कि भारतीय दर्शन में लोककल्याण को पूरी तरह नजरअंदाज ही कर दिया गया है। न्यायमंजरी में नैतिक आदर्श के रूप में 'लोकस्थिति' तथा 'लोकसिद्धि'

की चर्चा हुई है। लोकस्थिति का सम्बन्ध सामाजिक व्यवस्था से तथा लोकसिद्धि का सम्बन्ध सामाजिक उत्थान से है। यहाँ प्रश्न उठता है कि लोकस्थिति अर्थात् सामाजिक व्यवस्था किस तरह कायम रह सकती है। इस सम्बन्ध में आर्यदेव ने *चतुःशतिका* में विचार किया है। उनके अनुसार लोकाचार के अनुसार कार्य करने से सामाजिक व्यवस्था कायम रह सकती है। लोकमानस में तो धर्म के सम्बन्ध में लोकाचार से भिन्न कोई दूसरी अवधारणा साधारणतः नहीं रहती। जनसाधारण के अनुसार धर्म तो वही है जो लोकाचार के रूप में क्रियान्वित होता रहता है। ''या या लोकस्थितिः तां तां धर्मः समनुवर्तते''। अतः कन्यादान आदि के सम्बन्ध में लोकव्यवस्था द्वारा निर्धारित जो रीति चली आ रही है वही धर्म माना जाता है। इस प्रकार हम देख सकते हैं कि धर्म का स्थान रीति ले लेती है। पर यह तो सर्वथा सम्भव है कि पृथक् पृथक् देश में या पृथक् पृथक् काल में पृथक् पृथक् रीतियाँ प्रचलित रहें। और फिर यह भी सम्भव है कि कुछ रीतियाँ एक दूसरे के विपरीत हों। पर परस्पर विपरीत रीतियों में सभी धार्मिक नहीं मानी जा सकतीं। अतः शुद्ध लोकाचार पर आधारित लोकस्थिति सही अर्थ में आदर्श नहीं हो सकती। इस कारण *महानिर्वाणतंत्र* लोकस्थिति के बजाय लोकसिद्धि या लोकश्रेय को नैतिक आदर्श मानता है। लोकसिद्धि या लोकश्रेय में किसी परम्परा या रीति को नैतिक दृष्टि से महत्त्वपूर्ण नहीं माना जाता, बल्कि धर्मसंगत लोककल्याण को ही महत्त्वपूर्ण माना जाता है। पर तब यहाँ प्रश्न उठता है कि धर्मसंगत लोककल्याण है क्या। हम इस धर्मसंगत लोककल्याण के स्वरूप के सम्बन्ध में आगे विचार करेंगे। निश्चय ही नैतिक आदर्श के रूप में लोकसिद्धि की अवधारणा तब तक स्पष्ट नहीं हो सकती जब तक लोककल्याण की अवधारणा स्पष्ट नहीं हो जाती।

पर जैसा हम पहले कह चुके हैं, भारतीय सोच के अनुसार नैतिकता में व्यक्ति की भूमिका अत्यन्त महत्त्वपूर्ण होती है। तात्कालिक उद्देश्य भले ही सामाजिक कल्याण रहे, पर अंतिम उद्देश्य तो व्यक्ति का अपना पारमार्थिक कल्याण ही हो सकता है। यही कारण है कि भारतीय दर्शन समाज को पर्याप्त महत्त्व देते हुए भी नैतिक आदर्श को आखिर में व्यक्तीय ही बना देता है। फलस्वरूप यह आदर्श या तो व्यक्ति द्वारा सुखप्राप्ति या उसकी संसार से विमुक्ति या उसकी ईश्वरभक्ति या फिर उसकी अन्य कोई विशिष्ट स्थिति ही हो सकता है।

आदर्श के इस व्यक्तिपरक रूप को *बृहदारण्यक उपनिषद्* में बहुत स्पष्ट ढंग से उजागर किया गया है। ''न वा अरे पत्युः कामाय पतिः प्रियो भवति, आत्मनस्तु कामाय पतिः प्रियो भवति। न वा अरे वित्तस्य कामाय वित्तं प्रियं भवति, आत्मनस्तु कामाय वित्तं प्रियं भवति''। अर्थात् कोई व्यक्ति न तो किसी अन्य व्यक्ति के लिए या न ही किसी बाह्य वस्तु के लिए कामना रखता है। कोई पत्नी पति से प्रेम पति के सुख के लिए नहीं, वरन् अपने सुख के लिए करती है। इस तरह कोई धनप्रेमी धन से प्रेम धन के लिए नहीं, वरन् अपने सुख के लिए करता है। इस प्रकार अंत में आत्मप्रीति ही मनुष्य के चरम उद्देश्य का रूप ले लेती है। लेकिन तब प्रश्न उठता है कि यह आत्मप्रीति है क्या। क्या यह प्रेयपरक है या श्रेयपरक? *कठोपनिषद्* के अनुसार मनुष्य के आदर्श दो प्रकार के हो सकते हैं—प्रेयपरक तथा श्रेयपरक। प्रेय मनोदैहिक सुख उपलब्ध करा देने के कारण प्रिय अर्थात् रूचि के अनुकूल होता है। पर श्रेय की तरह वह सही सुख या आनन्द नहीं दे सकता। सही सुख या आनन्द तो केवल श्रेय ही दे सकता है। अतः सही अर्थ में श्रेय ही कल्याणकारी होता है।

भारतीय नीतिशास्त्र में यह प्रेय एवं श्रेय परक विवाद एक प्रमुख विवाद है। जहाँ एक ओर चार्वाक दर्शन प्रेय का सशक्त पक्षधर रहा है, वहीं दूसरी ओर अन्य सभी दर्शनों ने प्रेय का प्रायः विरोध ही किया है और वे किसी-न-किसी प्रकार से श्रेय के ही सशक्त समर्थक बने रहते हैं। हम पहले चार्वाक के मनोदैहिक सुखवाद की व्याख्या करेंगे तथा अन्य दर्शनों द्वारा उस सुखवाद के खंडन की भी व्याख्या करेंगे और तब बाद में हम श्रेयपरक मत की भी व्याख्या एवं समीक्षा करेंगे।

22.3 भारतीय नीतिशास्त्र में सुखवाद

भारतीय नीतिशास्त्र में सुखवाद के समर्थक चार्वाक मतानुयायी हैं। 'चार्वाक' शब्द या तो किसी ऋषि का नाम है या यह चारु वाक् यानी मीठी बोली बोलनेवाले का द्योतक है। जो भी हो, चार्वाक दर्शन एक बहुत सशक्त दर्शन है। यह दर्शन पूर्णतः भौतिकवादी है। इसके अनुसार आत्मा, ईश्वर, पुनर्जन्म, अवतार, आदि वास्तविक नहीं हो सकते। यह दर्शन प्रश्न करता है—"भस्मीभूतस्य देहस्य पुनरागमनं कुतः"। ऐसी स्थिति में मनुष्य को अधिक-से-अधिक सुख अपने जीवनकाल मे ही भोग लेना चाहिये। निश्चय ही यह सुख किसी भी तरह आध्यात्मिक सुख नहीं हो सकता, क्योंकि इस दर्शन के अनुसार आध्यात्मिकता महज एक कल्पना है। यह सही है कि मनोदैहिक सुख के साथ किसी-न-किसी रूप में दुःख रहता ही है। पर बुद्धिमान् व्यक्ति वही है जो सुख और दुःख में सुख को चुन लेता है और दुःख को छोड़ देता है। मछली में काँटे होते हैं, पर क्या हमें मछली खाना छोड़ देना चाहिये? भिखारियों द्वारा भीख माँगने की सम्भावना बराबर बनी ही रहती है, तो क्या हमें रसोई पकाना छोड़ देना चाहिये? अवश्य ही इन प्रश्नों के उत्तर नकारात्मक होंगे। मनुष्य को अपना सुख जितना सम्भव हो, बढ़ाते ही रहना चाहिये। सुख बढ़ाने का साधन अच्छा है या बुरा इस बात की चिंता उसे बिलकुल ही नहीं करना चाहिये। "यावज्जीवेत् सुखं जीवेत्, ऋणं कृत्वा घृतं पिबेत्"। और फिर सुख के परिमाण या मात्रा पर ध्यान देना चाहिये, उसकी गुणवत्ता पर नहीं।

यहाँ यह उल्लेखनीय है कि सभी चार्वाकमतानुयायी एक ही तरह के नहीं थे। कुछ धूर्त थे, तो कुछ शिक्षित। जहाँ धूर्त चार्वाक पूर्णतः स्वार्थी होते थे और केवल सुख की अधिकाधिक मात्रा को ही महत्त्व देते थे, वहीं शिक्षित चार्वाक दूसरों के सुख तथा सुख की गुणवत्ता को भी महत्त्व देते थे। पर दोनों प्रकार के चार्वाक सुख के केवल मनोदैहिक स्वरूप को ही स्वीकृति एवं महत्त्व देते थे। ये किसी भी तरह किसी प्रकार के आध्यात्मिक सुख को महत्त्व नहीं देते थे।

22.4 सुखवाद का खण्डन

चार्वाक के शारीरिक सुखवाद की आलोचना प्रायः चार्वकेतर सभी भारतीय दर्शनों ने की है। कुमारिल भट्ट ने श्लोकवार्त्तिक में इस सुखवाद की आलोचना करते हुए कहा है कि यदि शारीरिक सुख को धार्मिक तथा शारीरिक दुःख को अधार्मिक मान लिया जाय, तब तो मद्यपानजनित सुख को धार्मिक तथा जपसिद्धिजनित दुःख को अधार्मिक मानना पड़ेगा। पर यह सर्वथा अनुचित है। "अनुग्रहात् च धर्मत्वं पीडतश्च अधर्मता, वदतो जपसिद्ध्यादिपानादौ नोभयं भवेत्"—(श्लोकवार्त्तिक, द्वितीय अध्याय)। यदि कोई शिष्य गुरुपत्नी के साथ सम्भोग करने से थोड़ी मात्रा में ग्लानि का अनुभव करे और अधिक मात्रा में शारीरिक सुख का ही अनुभव कर ले, तो क्या उसका यह कर्म धर्मसम्मत माना जा सकता है? क्या निम्नलिखित परिस्थिति स्वीकारयोग्य हो सकती है?

क्रोशंतं ह्रदयेनापि गुरुदाराभिगामिनम् ।
भूयान् धर्मः प्रसज्येत भूयसी ह्युपकारिता ।।

निश्चय ही वह मत जो गुरुपत्नी के साथ संभोग को इस आधार पर धार्मिक मान लेता है कि उस संभोग से इन दोनों व्यक्तियों को बहुत अधिक शारीरिक सुख मिल जाता है मान्य नहीं हो सकता। हम पहले भी यह निष्कर्ष निकाल चुके हैं कि सुख की मात्रा केवल अपने ही आधार पर नैतिकता की कसौटी नहीं हो सकती।

कभी कभी सुखवाद की आलोचना सुख की क्षणिकता के आधार पर तथा दुःख के साथ उसकी संलग्नता के आधार पर भी की जाती है। विज्ञानभिक्षु सांख्यसूत्र पर रचित अपने भाष्य में कहते हैं कि धन के द्वारा दुःखों का तत्काल निवारण तो सम्भव है, पर धन के समाप्त हो जाने पर दुःख का फिर से आगमन बिलकुल सम्भव है। अतः लौकिक उपायों से अर्जित सुख स्थायी नहीं हो सकता। ''लौकिकाद्युपायाद् धनादेः अत्यन्तदुःखनिवृत्तिसिद्धिः नास्ति। धनादिना दुःखे निवृत्ते पश्चात् धनादिक्षये पुनरपि दुःखानुवृत्तिदर्शनात्'' (विज्ञानभिक्षु)। इस तरह यह देखा जा सकता है कि इस प्रकार का सुख न केवल अस्थायी होता है, वरन् वह दुःख को अपने साथ ही रखता है। भोजन करने से भूख की पीड़ा मिट तो जाती है, पर भोजन करने का सुख स्थायी नहीं होता। भूख फिर से लग ही जाती है और अपने साथ भूख से उत्पन्न होनेवाली पीड़ा को भी लेती आती है। दुःख तो मानो सुख का अनुचर ही होता है। ''दृष्टसाधनजन्यानां दुःखनिवृत्तावत्यन्तपुरुषार्थत्वं एव नास्ति, यथाकथंचित् पुरुषार्थत्वं त्वस्त्येव''। फिर यह भी ध्यातव्य है कि एक दुःख के अंत होने से सभी के सभी दुःख समाप्त नहीं हो जाते। और फिर कर्ता को अपना सुख अर्जित करने के लिए भी तो प्रयासपरक दुःख झेलते ही रहना पड़ता है।

सुखवाद के विरुद्ध इस प्रकार की आलोचना शांकर वेदांत में भी की गयी है। और हम देख चुके हैं कि किस तरह पाश्चात्त्य दर्शन में सुखवाद के विरोधाभास की चर्चा हुई है। फिर यह तो साधारण अनुभव की बात है कि सुख जितना अधिक प्राप्त होता है उतना ही या उससे भी अधिक उसके लिए लालसा बढ़ जाती है। फल यह होता है कि लालसाजनित बेचैनी से अधिकाधिक दुःख ही प्राप्त होता है।

नैयायिकों ने भी सुखवाद की बड़ी आलोचना की है। न्यायवार्त्तिक में उद्योतकर ने सुख के अस्तित्व के सम्बन्ध में तीन तरह के मतों की चर्चा की है—केवल दुःख का अस्तित्व है सुख का नहीं, सुख दुःख का ही एक रूप है, तथा सुख का अस्तित्व है पर वह दुःख के साथ मिला हुआ रहता है।

केवल दुःख है—यह मत बौद्धों का है। ''सर्वस्वरूपतः दुःखं सुखं स्वरूपतः नास्ति''। इस मत के अनुसार जो कुछ भी अस्तित्ववान् है वह क्षणभंगुर होने के कारण मानो दुःख का ही दूसरा रूप है। ''सर्वं क्षणिकं क्षणिकं, सर्वं दुःखं दुःखम्''। इस प्रकार सुख का अस्तित्व होता ही नहीं है। उद्योतकर इस विचार से सहमत नहीं हैं, क्योंकि यह विचार प्रत्यक्ष अनुभव के अनुकूल नहीं है—''प्रत्यक्षविरोधात्''। हम तो अपने जीवन में ही दुःख के अलावे सुख का भी प्रत्यक्ष अनुभव करते रहते हैं। अतः यह कैसे कहा जा सकता है कि सुख का अस्तित्व है ही नहीं?

दूसरे मत के अनुसार सुख दुःख का ही एक दूसरा रूप है; अर्थात् जिसे हम सुख मानते हैं वह वास्तव में सुख नहीं होकर दुःख ही होता है। उद्योतकर इस मत को भी दो कारणों से नहीं मानते। एक कारण मनोवैज्ञानिक है और दूसरा नैतिक। मनोवैज्ञानिक कारण यह है कि हम अपने मनोवैज्ञानिक स्वभाव के कारण ही सुख के लिए प्रवर्तमान होते रहते हैं और दुःख से निवर्तमान। यदि सुख का अस्तित्व ही नहीं है, तो हम अपनी मनोवैज्ञानिक प्रकृति के आधार पर सुख के लिए प्रवर्तमान कैसे हो जाते हैं? अतः यह स्पष्ट है कि सुख को दुःख नहीं माना जा सकता, क्योंकि दुःख के लिए हम स्वभावतः प्रवर्तमान नहीं होते। ऐसा इसलिये हम स्वभाव से ही सुख चाहते हैं और दुःख से अलग रहना चाहते हैं। अतः निश्चित रूप से सुख एवं दुःख दोनों का अस्तित्व अलग अलग तरह का है।

फिर, नैतिकता के अस्तित्व कें कारण भी सुख का अस्तित्व निर्विवाद हो जाता है। नैतिक कर्म करके धर्म के उपार्जन से यदि सुख जैसा फल न मिले तो धर्मोपार्जन बिलकुल निरर्थक हो जाता है। अतः इस सत्य को सिद्ध करने के लिए कि धर्म से फल मिलता ही है सुख का होना पूरी तरह निश्चित है। काण्ट ने भी कहा है कि सद्गुण के द्वारा आनन्द जैसे फल की प्राप्ति होना एक प्रकार की अनिवार्यता है, यद्यपि उनके अनुसार आनन्दप्राप्ति के उद्देश्य से किसी कार्य का निष्पादन होना न तो आवश्यक है और न ही नैतिक।

तीसरे मत के अनुसार सुख एवं दुःख दोनों का अस्तित्व प्रत्यक्ष अनुभव से ही प्रमाणित है। और उद्योतकर के अनुसार यह भी सही ही है कि ये दोनों एक दूसरे से पृथक् नहीं रह सकते। उनके अनुसार इसका कारण यह है कि इनमें परस्पर अविनाभाव रहता है। इनके इस अविनाभाव के तीन कारण हैं—समाननिग्त्तिता, समानाधारता, तथा समानोपलभ्यता।

समाननिमित्तता—सुख एवं दुःख दोनों के साधन एक होते हैं। ''यान्येव सुखसाधनानि तान्येव दुःखसाधनानि''।

समानाधारता—दोनों के आधार एक होते हैं, अर्थात् दोनों का आश्रय एक ही होता है। ध्यातव्य है कि मन ही सुख एवं दुःख दोनों का आश्रय या आधार हैं; ''यत्र सुखं तत्र दुःखम्''।

समानोपलभ्यता—जिस उपकरण के द्वारा सुख उपलब्ध होता है, उसी उपकरण के द्वारा दुःख भी उपलब्ध होता है। मन जैसे उपकरण के द्वारा सुख एवं दुःख दोनों उपलब्ध होते हैं; ''येन सुखम् उपलभ्यते तेन दुःखमपि''।

अब प्रश्न उठता है कि जब सुख और दुःख में अविनाभाव ही रहता है, तब दुःख को छोड़कर सुख को कैसे चुन लिया जा सकता है; जैसा चार्वाक अनुशंसित करते हैं। पर तब सुख का वास्तविक अस्तित्व स्वीकार कर लेने पर भी उसे नैतिक आदर्श के रूप में तो स्वीकार नहीं ही किया जा सकता।

इस सुखवादी या प्रेयपरक नैतिक आदर्श का एक पारलौकिक रूप भी होता है। हम जानते है कि भारतीय विचारपद्धति के अनुसार इहलोक के अतिरिक्त स्वर्ग तथा नरक जैसे परलोक भी होते हैं। स्वर्ग जहाँ सभी प्रकार के सुखों से भरा हुआ होता है, वहीं नरक जघन्यतम दुःखों से भरा रहता है। मनुष्य यदि अपने जीवनकाल में धार्मिक कर्मों को करके पुण्य अर्जित कर लेता है तो वह स्वर्गसुख भोगने का अधिकारी हो जाता है। और यदि वह अधार्मिक कर्मों को करके पाप अर्जित करता है, तो उसे मरणोपरान्त नरक में दुःखभोग करना पड़ता है। कहा भी गया है—''स्वर्गकामो यजेत''। अर्थात् यदि आप स्वर्गसुख भोगना चाहते

हैं, तो आपको वेदविहित यज्ञों का अनुष्ठान करना चाहिये। इस प्रकार हम देखते हैं कि मानव जीवन का आदर्श पारलौकिक सुखभोग भी हो सकता है। किंतु इस आदर्श के विरुद्ध दो आपत्तियाँ उठायी जा सकती हैं: एक तो यह कि स्वर्गसुख का उपभोग स्थायी नहीं होता। पुण्य के भंडार के समाप्त हो जाने पर कर्ता को फिर से संसार में जन्म लेना ही पड़ता है और फिर से सांसारिक सुख-दुःख के जंजाल में फँसना ही पड़ता है। अतः स्वर्गसुखभोग सही नैतिक आदर्श नहीं हो सकता। सही नैतिक आदर्श तो मोक्ष ही हो सकता है जो सदा के लिए पूरी तरह दुःख से छुटकारा दिला देता है। स्वर्गपरक सुखवादी आदर्श के विरुद्ध दूसरी आपत्ति यह है कि परलोक तथा पारलौकिक जीवन सम्बन्धी जो भी अवधारणाएँ हैं वे सभी अर्थहीन हैं। न तो स्वर्ग होता है, न ही मरणोपरांत जीवन और न ही पुनर्जन्म। चार्वाक ने इन अवधारणाओं के सम्बन्ध में जो आपत्तियाँ उठायी हैं, उनका जबाब देना निश्चित रूप से बहुत कठिन है। पर तब चार्वाक का सुखवाद नैतिक दृष्टि से स्वीकारयोग्य नहीं हो जा सकता। कोई प्रेयपरक आदर्श महज प्रेयपरक होने के कारण नैतिक नहीं हो जा सकता। हम ऐसे आदर्श की विस्तृत आलोचना पहले ही कर चुकें हैं। लेकिन क्या तब भारतीय नीतिशास्त्र के श्रेयपरक आदर्श को ही मान लेना उचित है? इस श्रेयोवाद की व्याख्या एवं समीक्षा हम आगे करेंगे।

22.5 धर्ममिश्रित सुखवाद

इसके पहले कि हम श्रेयोवाद की व्याख्या एवं समीक्षा करें, हमें उस सुखवाद की भी चर्चा कर लेनी चाहिये जिसका वर्णन गुणभद्र ने अपनी पुस्तक *आत्मानुशासन* में किया है और जिसके अनुसार मनोदैहिक सुख को ही आदर्श के रूप में स्वीकृत किया गया है। वे कहते हैं कि शारीरिक सुख अपने आप में खराब नहीं होता। मैं अपनी भूख मिटाने के लिए भोजन करता हूँ और भोजन करके मनोदैहिक सुख का अनुभव करता हूँ। अब यहाँ प्रश्न उठता है कि क्या भूख मिटाकर सुख पाना अधार्मिक या पापपूर्ण होता है। स्पष्ट ही इसका उत्तर नकारात्मक होगा। किंतु यदि मैं भूख मिटाने के लिए बहुत अधिक भोजन कर लूँ, तो निश्चय ही मुझे अपच हो जाएगा और तब मुझे सुख नहीं मिलकर दुःख ही मिलेगा। इस प्रकार हम देखते हैं कि भोजन करना खराब नहीं है, बल्कि जरूरत से ज्यादा भोजन करना खराब है। अतः आवश्यकता इस बात की है कि लोग भोजन की मात्रा के सम्बन्ध में संयम बरतें, न कि बिलकुल ही भोजन न करें। उचित मात्रा में भोजन कर सुख पाना वर्जित नहीं हो सकता। गुणभद्र कहते हैं—''न सुखानुभवात् पापं, पापं तद्हेतुघातकारम्भात् । नाजीर्णं मिष्टान्नात् ननु तन्मात्राद्यतिक्रमात्''(*आत्मानुशासन*)। 'घातकारम्भ' से यहाँ तात्पर्य मर्यादा अर्थात् धर्म के उल्लंघन के आरम्भ से है।

यहाँ यह उल्लेखनीय है कि मात्रा की चर्चा करके गुणभद्र ने प्रकारान्तर से यह बतलाने का भी प्रयास किया है कि सही सुख के निरूपण में सुख से सम्बद्ध अन्य जरूरी बातों पर भी ध्यान देना चाहिये। इस प्रसंग में यहाँ हम बेन्थम और मिल को याद कर सकते हैं। जहाँ बेन्थम ने सुखनिरूपण में मात्रा या परिमाण पर जोर दिया था, वहीं मिल ने मात्रा या परिमाण को विशेष महत्त्व न देकर गुणवत्ता को ही अधिमानित किया था। स्पष्ट ही मात्रा की अपेक्षा गुणवत्ता ही सुखवाद को नैतिक परिधि के अंतर्गत ला सकती है। मान लीजिये कि हम खाद्य पदार्थ की चोरी करके उचित मात्रा में ही भोजन किया करते हैं। क्या मेरा यह कार्य नैतिक होगा? क्या इस तरह का उपभोग नैतिक दृष्टि से उचित माना जायगा? यहाँ यह

ध्यातव्य है कि इस तरह के प्रश्न यौनसंभोग तथा अन्य इंद्रियभोग के सम्बन्ध में भी पूछे जा सकते हैं। निश्चय ही इन प्रश्नों के उत्तर नकारात्मक होंगे। यहाँ यह उल्लेखनीय है कि कोई मनोदैहिक सुख अपने आप में कुत्सित नहीं होता। संयमित भोजन से प्राप्त सुख कुत्सित नहीं हो सकता। मर्यादित यौनसंभोग कुत्सित नहीं हो सकता। सुख कुत्सित तब होता है जब उसके साथ किसी-न-किसी रूप में अधर्म समाविष्ट हो जाता है। जो सुख अधार्मिक साधन से उत्पन्न होता है और इस प्रकार अधर्ममिश्रित हो जाता है, वही सुख वर्जित होता है। धर्ममिश्रित सुख कदापि वर्जित नहीं हो सकता। इस प्रकार यह देखा जा सकता है कि धर्ममिश्रित सुखवाद नैतिक दृष्टि से एक उचित आदर्श का ही निर्धारण करता है।

22.6 श्रेयोवाद

हमने ऊपर देखा है कि चार्वाक दर्शन को छोड़कर अन्य सभी दर्शनों ने सांसारिक जीवन को दुःख का कारण माना है। और उन्होंने यह भी माना है कि दुःख वहीं रह सकता है जहाँ सांसारिक सुख रहता है। अतः दुःख को पूरी तरह असम्भव बनाने के लिए एक ऐसा जीवन अपेक्षित हो जाता है जिसमें न तो दुःख की अनुभूति हो सके और न ही सांसारिक सुख की। यहाँ यह उल्लेखनीय है कि सुख तो मनुष्य का अंतिम अभीष्ट होता ही है, इसलिए मनुष्य के लिए एक ऐसा जीवन अपेक्षित हो जाता है जिसमें सुख तो मिले, पर वह सुख न तो अस्थायी हो और न ही सांसारिक अर्थात् न ही मनोदैहिक; क्योंकि अस्थायी एवं मनोदैहिक सुख सही अर्थ में सुख नहीं होता और उसके साथ दुःख लगा ही रहता है। स्पष्ट ही वैसा सुख जो इंद्रियानुभूति पर निर्भर नहीं होता है, सांसारिक बंधन से मुक्त हो जाने पर ही मिल सकता है। इस बंधन से मुक्ति के सम्बन्ध में विभिन्न भारतीय दर्शनों के आलोक में हम पहले ही विवेचन कर चुके हैं। अतः फिर से यहाँ उनका विवेचन करना पिष्टपेषण करना ही होगा। किंतु शंकराचार्य इस असांसारिक सुख को निःश्रेयस् या सर्वोच्च शुभ क्यों मानते हैं उसकी यहाँ संक्षिप्त व्याख्या करना शायद लाभप्रद ही होगा।

शंकराचार्य के अनुसार मनुष्य वास्तव में परम ब्रह्म ही है। 'तत् त्वमसि', 'अहं ब्रह्मास्मि' आदि महावाक्यों के द्वारा जीव का ब्रह्म होना ही अभिव्यक्त किया जाता है। जीव अपने अज्ञान के कारण ही अपने ब्रह्मतत्त्व से अवगत नहीं रहता। इस प्रकार वह अपने अज्ञान के कारण ही अपनी वास्तविकता को पहचानने में असमर्थ तथा सांसारिक सुखों की अनुभूति के लिए लालायित रहता है। हमने ऊपर देखा है कि सांसारिक सुख न केवल क्षणिक होते हैं, बल्कि वे दुःखमिश्रित भी होते हैं। सांसारिक सुख कुछ समय के लिए प्रेय तो हो सकते हैं, पर वे श्रेय नहीं हो सकते। श्रेय तो वही हो सकता है जिससे अधिक श्रेयस्कर और कुछ नहीं होता। सही मायने में श्रेय वही है जो निःश्रेयस् है। यह स्थायी, पूर्ण तथा विलक्षण ढंग से आनन्दमय होता है। चूँकि मंदबुद्धि वाले इस तथ्य से अवगत नहीं रहते हैं, इसलिए वे श्रेय और प्रेय में भेद नहीं कर पाते और वे केवल सांसारिक सुखों को ही भोगते रहने के लिए उद्यत रहते हैं। बुद्धिमान् लोग अपनी बुद्धि और विवेक की सहायता से प्रेय और श्रेय के भेद को समझ लेते हैं और तब वे प्रेय को छोड़ कर श्रेय का ही वरण करते और इस तरह अमृतत्व को प्राप्त करने में समर्थ हो जाते हैं।

कठोपनिषत् के अपने *भाष्य* (श्लोक-2) में शंकर कहते हैं—''श्रेयश्च प्रेयश्च मनुष्यमेतः तौ सम्परीत्य विविनक्ति धीरः। श्रेयो हि धीरः अभिप्रेयसो वृणीते, प्रेयो मन्दो योगक्षेमात् वृणीते''। वे फिर कहते हैं—यदि उभेऽपि कर्तुः स्वायत्ते पुरुषेण किमर्थं प्रेय

एवादत्ते बाहुल्येण लोके? सत्यं स्वायत्ते, तथापि साधनतः फलतश्च मन्दबुद्धीनाम् दुर्विवेकरूपे सति व्यामिश्रीभूते इव मनुष्यम् एतौ प्राप्नुतः श्रेयश्च प्रेयश्च। अतो हंस इवाम्भसः पयः, तौ श्रेयःप्रेयःपदार्थौ सम्परीत्य सम्यक् परिगम्य सम्यक् मनसा आलोच्य गुरुलाघवं विविनक्ति पृथक्करोति धीरः धीमान्। विविच्य श्रेयो हि श्रेय एव अभिवृणीते प्रेयसो अभ्यर्हितत्वात्। यस्तु मन्दोऽल्पबुद्धिः स सदसद्विवेकासामर्थ्यात् योगक्षेमनिमित्तं शरीराद्युपचयरक्षणनिमित्तं इत्येतत् प्रेयः पशुपुत्रादिलक्षणं वृणीते'' (*शांकरभाष्य*, श्लोक—2)।

पर शंकर के अनुसार तो आत्मानुभूतिपरक लाभ से बड़ा और कोई दूसरा लाभ नहीं हो सकता। *उपदेशसाहस्री* में वे कहते हैं—

''आत्मलाभात् परो नान्यो लाभः कश्चन विद्यते
यदर्था वेदवादाश्च स्मार्ताश्चापि तु याः क्रियाः''

यह आत्मलाभ अन्यापेक्षी अर्थात् सांसारिक सुख के लिए या धर्म या पुण्यप्राप्ति के लिए नहीं होता, क्योंकि इसके द्वारा जो आनन्द प्राप्त होता है वह स्वयंलब्ध होता है, वह सांसारिक सुख के माध्यम से या फिर पुण्य के द्वारा प्राप्त नहीं हो सकता। शंकर कहते हैं—

स्वयंलब्धस्वभावत्वात् लाभस्तस्य न चान्यतः।
अन्यापेक्षस्तु यो लाभः सोऽन्यदृष्टिसमुद्भवः ॥ (*उपदेशसाहस्री*)

इस प्रकार हम देखते हैं कि जहाँ आत्मलाभ का सुख स्थायी, निरपेक्ष तथा आत्मकेन्द्रित होता है, वहीं अन्य प्रकार के सुख अस्थायी, अन्यापेक्षी तथा अन्यदृष्टिसमुत्पन्न होते हैं। अतः वे श्रेयस्कर नहीं हो सकते। इन दो प्रकार के सुखों के सम्बन्ध में *वेदांतपरिभाषा* कहती है—सुखं च द्विविधं सातिशयं निरतिशयं च। तत्र सातिशयं सुखं विषयानुषंगजनितान्तःकरणवृत्ति-तारतम्यकृतानन्दलेशाविर्भावविशेषः निरतिशयं च सुखं ब्रह्मैव''। अर्थात् सुख दो प्रकार के होते हें—सातिशय तथा निरतिशय। सातिशय सुख वे हैं जो बढ़ाये जा सकते हैं और निरतिशय सुख वे हैं जो बढ़ाये नहीं जा सकते, अर्थात् जो पूर्ण होते हैं। सातिशय सुख अपूर्ण इसलिए होता है कि वह विषयासक्त मानसिक वृत्ति पर आधारित होता है और इस वजह से उत्तरोत्तर बढ़ाया जा सकता है। पर निरतिशय सुख तो स्वयं ब्रह्म होता है इसलिए वह बढ़ाया नहीं जा सकता। यहाँ यह भी उल्लेखनीय है कि चूँकि सांसारिक विषय पुण्य या पाप उत्पन्न करते हैं, जिनमें मात्राभेद भी हो सकता है, इसलिए उनके द्वारा उत्पादित सुख अच्छे या बुरे तथा कम या अधिक हो सकते हैं। पर ब्रह्मज्ञानजनित सुख न तो बुरा हो सकता और न इसे घटाया या बढ़ाया ही जा सकता है। यह सुख तो अपने आप में शुद्ध, आनन्दस्वरूप तथा पूर्ण होता है।

यह सही है कि सांसारिक सुखों का सुखत्व उन सुखों पर परमब्रह्मस्वरूप आनन्द के प्रतिबिंबित होने से ही सम्भव होता है, पर ये सभी सुख अन्य कारणों से दुःखमिश्रित हो जाते हैं और न्यूनाधिक भी। ये कारण, जो दुःख उत्पन्न कर देते हैं, मुख्य रूप से अविद्या पर आधारित होते हैं। यदि किसी तरह इस अविद्या का ही अभाव हो जाय, तो सांसारिकता सम्भव ही नहीं हो सकेगी। अतः सांसारिक सुख एवं दुःख के विनाश के लिए एकमात्र उपाय विद्या या ब्रह्मज्ञान का होना ही है—''ननु यदि आनन्दप्रतिबिम्बग्रहत्वात् अंतःकरणवृत्तिः एव सुखम्, तदा सन्निहितपरिपूर्णानन्दस्य अपि ग्रहणसम्भवेन सर्वमपि सुखम् एकरूपम् (एकरसं न्यूनाधिक्यरहितं इति यावत्) स्यात्, इति चेत् न, परिपूर्णज्ञानवत् अखण्डानन्दस्य मूलाविद्यावृतत्वेन

इदानीं तद्भानायोगात्''। इस प्रकार यह स्पष्ट होता है कि जीवन का चरम आदर्श ब्रह्मज्ञान ही हो सकता है। और यह ज्ञान निश्चय ही प्रेय नहीं है, वरन् श्रेय ही है।

22.7 जीवन्मुक्ति तथा विदेहमुक्ति

हमने ऊपर देखा है कि प्रायः सभी भारतीय नीतिशास्त्रियों ने जीवन का आदर्श श्रेय को ही माना है और यह श्रेय मोक्ष की अवस्था ही है। प्रश्न उठता है कि क्या यह श्रेय अर्थात् मोक्ष जीवन रहते प्राप्त हो जाता है। अनेकानेक भारतीय विचारक इस प्रश्न का सकारात्मक उत्तर देते हैं। जीवनकाल में प्राप्त मुक्ति को जीवन्मुक्ति और देहावसान के बाद प्राप्त मुक्ति को विदेहमुक्ति का नाम दिया जाता है। अब यहाँ यह प्रश्न उठ सकता है कि जब कोई जीवन्मुक्त मनुष्य शरीरी होने के कारण धर्मशास्त्र के अनुकूल कार्य करने को बाध्य ही है, तब यह कैसे कहा जा सकता है कि वह सांसारिक बंधन से मुक्त हो चुका रहता है। पर यहाँ यह ध्यातव्य है कि कोई भी जीवन्मुक्त मनुष्य अपनी वासनाओं पर तो विजय पा चुका ही होता है, और इस हालत में वह केवल ऐसे कर्म करता है जो उसके जीवन को कायम रखने में तथा सम्पूर्ण विश्व को कल्याण पहुँचाने में सहायक सिद्ध होते हैं। निश्चित रूप से सभी जीवन्मुक्त मनुष्य सर्वभूतहितेरताः ही होते हैं। उल्लेखनीय है कि वे अपना जीवन इसलिए कायम रखना चाहते हैं कि वे सामाजिक कल्याण के कार्यों को करने में सक्षम रह सकें। और फिर, यदि वे अपना जीवन कायम नहीं रखते हैं तो वे आत्महत्या जैसे पाप से कलुषित भी तो हो जा सकते हैं। यहाँ यह भी ध्यातव्य है कि जीवन्मुक्त व्यक्ति को नैतिक कार्य करने के लिए कोई संघर्ष नहीं करना पड़ता। नैतिक जीवनयापन में लगा रहना तो उसका स्वभाव ही बन जाता है। ऐसे ही व्यक्ति को *गीता* स्थितप्रज्ञ कहती है। इस प्रसंग में *गीता* कहती है—

प्रजहाति यदा कामान् सर्वान् पार्थ मनोगतान्।
आत्मन्येवात्मना तुष्टः स्थितप्रज्ञस्तदोच्यते।। (2/55)

दुःखेष्वनुद्विग्नमनाः सुखेषु विगतस्पृहः।
वीतरागभयक्रोधः स्थितधीर्मुनिरुच्यते ।। (2/56)

अद्वेष्टा सर्वभूतानां मैत्रः करुण एव च।
निर्ममो निरहंकारः समदुःखसुखः क्षमी।। (12/13)

अब यहाँ प्रश्न उठ सकता है कि यदि शरीरधारण एक बंधन है और यह बंधन पूर्वार्जित दुष्कर्म का ही परिणाम है, तो किसी व्यक्ति के जीवनकाल में ही बंधनमुक्त हो जाने पर उसके शरीर का अंत क्यों नहीं हो जाता। इस प्रश्न का उत्तर देने के लिए कर्मों के प्रकारभेद का विवेचन अपेक्षित हो जाता है। भारतीय नीतिशास्त्री कर्मों के तीन प्रकार मानते हैं—संचित, संचीयमान तथा प्रारब्ध। ऐसे कर्म जो किये जा चुके रहते, अर्थात् संचित हो चुके रहते हैं, वे संचित कर्म कहलाते हैं। जो कर्म किये जा रहे हैं, अर्थात् संचित हो रहे हैं, वे संचीयमान कर्म कहलाते हैं। और जिन कर्मों का फलन प्रारम्भ हो चुका रहता है, वे प्रारब्ध कर्म कहलाते हैं। जीवनमुक्त व्यक्ति के संचित कर्म उसके द्वारा ऐसे कर्मों के फल प्राप्त कर चुके रहने के कारण नष्ट हो चुके रहते हैं; और ऐसा व्यक्ति कोई नया कर्म अर्जित नहीं कर रहा होता है, क्योंकि अब वह ऐसा कर ही नहीं सकता। किंतु प्रारब्ध कर्म तब तक फल देता ही रहता है जब तक उसका फल देना पूरी तरह समाप्त नहीं हो जाता। जीवन्मुक्त व्यक्ति का शरीरधारण उसके प्रारब्ध कर्म के फलन की प्रक्रिया के चालू रहने के कारण ही कायम रहता है। ध्यातव्य

है कि इस प्रकार के शरीरधारण से जीवनमुक्त व्यक्ति पर कोई बुरा प्रभाव नहीं पड़ता। जब प्रारब्ध कर्मों का फलन पूरी तरह समाप्त हो जाता है, तब जीवन्मुक्त व्यक्ति के शरीर का भी अंत हो जाता है और तब उसकी जीवनमुक्ति विदेहमुक्ति का रूप ले लेती है।

22.8 नैतिक नियमों के स्वरूप तथा उनके पालन के सम्बन्ध में कुछ महत्त्वपूर्ण विचार

भारतीय नीतिशास्त्र में नैतिक नियमों के पालन को बहुत अधिक महत्त्व दिया गया है। इस सम्बन्ध में हम विस्तार से पहले ही चर्चा कर चुके हैं। यहाँ हम उन नियमों के स्वरूप तथा उनके पालन से सम्बन्धित कुछ महत्त्वपूर्ण विषयों पर प्रकाश डालेंगे।

नैतिक नियमों के स्वरूप के सम्बन्ध में एक विशिष्टता यह है कि ये नियम या तो कर्म करने के लिए या कर्म नहीं करने के लिए निर्देशन का काम करते हैं। जहाँ पहले प्रकार का नियम 'विधि' कहलाता है, वहीं दूसरे प्रकार का नियम 'निषेध' कहलाता है। उदाहरणस्वरूप 'अहरहः सन्ध्यामुपासीत' विधि है। पर 'हिंसां मा कुर्यात्' निषेध है। *वेदों* में विधि और निषेध संकलित हैं।

नियमों की एक दूसरी विशिष्टता यह है कि इनका स्रोत या तो व्यक्ति हो सकता है या कोई ग्रंथ। नियमों के इस स्रोत सम्बन्धी भेद के कारण नियम या तो पौरुषेय हो सकते हैं या अपौरुषेय। जब कोई राजा या आप्त पुरुष कोई नियम प्रतिपादित करता है, तो वह नियम पौरुषेय होता है। आजकल तो किसी न किसी रूप का राजा ही सामाजिक व्यवस्था स्थापित करने और उसे कायम रखने के लिए तथा जनकल्याण को सुनिश्चित करने के लिए उपयुक्त नियम या कानून बनाता है। ऐसा नियम या कानून भी पौरुषेय ही होता है। पर जो विधि एवं निषेध *वेदों* में पाये जाते हैं, वे अपौरुषेय माने जाते हैं; क्योंकि ऐसी मान्यता है कि *वेदों* का कोई स्रष्टा या रचयिता नहीं है। उन्हें अनादि एवं अपौरुषेय ही माना जाता है। किंतु यदि विचारपूर्वक देखा जाय तो *वेद* भी पौरुषेय ही हैं। *वेदों* के मंत्र आदि सभी कथन वस्तुतः समय समय पर मानव व्यक्तियां द्वारा ही अभिव्यक्त किये गये हैं। कहा भी जाता है— 'ऋषयो मंत्रद्रष्टारः।'

पौरुषेय नियमां के अंतर्गत हम एक भेद यह भी कर सकते हैं कि वे या तो मानवीय हो सकते या ईश्वरीय। जब कोई राजा या आप्त मनुष्य या कोई संगठन कोई नियम निर्धारित करता है तो वह नियम मानवीय होता है। पर जब नियम ईश्वरप्रदत्त होता है, तब वह ईश्वरीय होता है। जो मत या दर्शन ईश्वर को ही मूलभूत सत्ता मानता है, वह आधारभूत नैतिक नियमों को ईश्वरप्रदत्त ही मानता है, पर जो मत या दर्शन अनीश्वरवादी होता है और *वेद* को भी नहीं मानता, वह या तो किसी राजा को या किसी आप्त पुरुष को या फिर किसी संगठन को ही नैतिक नियमों का स्रोत मानता है। चार्वाक दर्शन जहाँ राजा की आज्ञा को ही नैतिक नियमां का स्रोत मानता है, वहीं बौद्ध एवं जैन दर्शन आप्त या सिद्ध पुरुषों के वचनों को नैतिक नियमां का स्रोत मानते हैं। आजकल तो अनेकानेक नैतिक नियमों के स्रोत संसद, विधायिका, आदि जैसे संगठन होते हैं।

जहाँ तक नियमां के पालन का प्रश्न है, तो यह पालन या तो शुद्ध रूप से पालन के लिये या किसी फल की प्राप्ति के लिये हो सकता है। उदाहरणस्वरूप जहाँ प्राभाकरों के अनुसार कर्तव्यां का पालन कर्तव्यों के पालनमात्र के लिये होना चाहिये, वहीं भाट्टों के अनुसार

उनका पालन या तो स्वर्ग या मोक्ष को प्राप्त करने के लिये ही होना चाहिये। हम प्राभाकर मत को शुद्ध कर्तव्यवाद तथा भाट्ट मत को फलप्राप्तिवाद कह सकते हैं।

इस प्रकार हम देखते हैं कि भारतीय नीतिशास्त्र में भी कर्तव्यों के स्वरूप के सम्बन्धों में तथा उनके पालन के सम्बन्ध में भी कई महत्त्वपूर्ण भेद वर्तमान हैं।

22.9 हिन्दू नीतिशास्त्र की चार आधारभूत मान्यताएँ

ऊपर के हिंदू नीतिशास्त्रीय विवेचनों से यह सहज ही स्पष्ट हो जाता है कि हिंदू नीतिशास्त्र की कुछ आधारभूत मान्यताएँ हैं जिनकी नींव पर ही हिंदू आचारनीति की पूरी इमारत खड़ी है। इन आधारभूत मान्यताओं की विषय-वस्तुएँ हैं—वेद, आध्यात्मिकता, पुनर्जन्म तथा कर्मवाद। मैंने इन मान्यताओं को हिंदू नीतिशास्त्रीय इसलिए माना है कि भारतीय नीतिशास्त्र के चार्वाक, बौद्ध तथा जैन मतानुयायी इन चारों में या तो किसी को मान्यता नहीं देते या कुछ को ही मान्यता देते हैं। जहाँ चार्वाक मत किसी को मान्यता नहीं देता, वहीं बौद्ध एवं जैन मत वेद को मान्यता नहीं देकर अन्य तीन को ही मान्यता देते हैं।

इन सभी मान्यताओं के सम्बन्ध में दो अत्यंत महत्त्वपूर्ण प्रश्न उठ खड़े होते हैं— क्या ये मान्यताएँ मानने योग्य हैं? और क्या इनको नैतिकता के लिए मानना जरूरी है? हम इन दोनों प्रश्नों के उत्तर मान्यताओं की विषय-वस्तुओं को अलग अलग विचार करके ही देंगे। पहले हम वेद को लें।

22.9.1 वेद—हिंदू संस्कृति में वेदका स्थान अत्यंत महत्त्वपूर्ण है। हिंदुओं के अनेकानेक रीति-रिवाज आज भी वेद से ही सम्बद्ध हैं। वेद में जो भी बातें कही गयी हैं, वे बिलकुल प्रामाणिक मानी जाती हैं, क्योंकि वेदशाश्वत रूप से अंतिम प्रमाण है। वेद की उक्तियाँ किसी आप्त पुरुष या ईश्वर की रचनाएँ नहीं हैं, वे तो अपौरुषेय हैं। ऋषियों ने तो केवल उनको देखा हैं और अभिव्यक्त किया है। ''ऋषयो मन्त्रद्रष्टारः''। वेदों में अन्य विषयों के अलावा विधि एवं निषेध भी प्रचुर रूप से संकलित हैं। और चूँकि विधि एवं निषेध वेद के अंग हैं, इसलिए उनका अनुपालन अनिवार्य है। वेद का कोई आदेश नैतिक इसलिए हो जाता है कि वह वेद का आदेश है। यज्ञ में पशुबलि बिलकुल नैतिक है, क्योंकि वह वेदविहित है। वेद के अनुसार सभी परिस्थितियों में गोवध तथा ब्राह्मणवध पूरी तरह वर्जित हैं। पर निश्चय ही वेद की उक्तियों को वेद की उक्तियाँ होने मात्र से प्रामाणिक मान लेना बिलकुल अतार्किक एवं अनुचित है। ऐसा मानना तो अंधविश्वास को पूरी-पूरी छूट दे देना है। उल्लेखनीय है कि वेद की उक्तियों को हम मोटे तौर पर सत्तापरक एवं नीतिपरक उक्तियों में विभाजित कर सकते हैं। जहाँ तक सत्तापरक उक्तियों के सही होने का प्रश्न है, उसे तो हम वैज्ञानिक प्रयोग के द्वारा जाँच ही सकते हैं और यह सुनिश्चित कर सकते हैं कि वे उक्तियाँ स्वीकारयोग्य हैं या नहीं। लेकिन जहाँ तक नीतिपरक उक्तियों के मान्य होने का प्रश्न है, उसे तो हम आचारनीति सम्बन्धी कसौटी के द्वारा ही जाँच सकते हैं। इस आचारनीति सम्बन्धी कसौटी की विस्तृत चर्चा हम पहले ही कर चुके हैं। इसी कसौटी के आधार पर हमें आचार सम्बन्धी वेदवाक्यों की प्रामाणिकता की जाँच करनी चाहिये। इस तरह की जाँच करने के बाद जो ही नीतिपरक वेदवाक्य खरे उतरें, केवल उन्हें ही स्वीकार करना चाहिये। स्पष्ट ही इस जाँच में 'वैदिकी हिंसा' अर्थात् वेद के द्वारा यज्ञानुष्ठानों में विहित पशुहिंसा या नरहिंसा खरी नहीं उतर सकती। यज्ञार्थ पशुबलि कदापि नैतिक नहीं हो सकती और फिर प्राणदण्ड पाने के योग्य ब्राह्मण को ब्राह्मण होने के नाते प्राणदण्ड से छूट भी नहीं मिल सकती। यह सही है कि वेद

हिंदुओं का आदि धर्मग्रंथ है और यह प्राचीन काल से ही प्रामाणिक भी माना जाता रहा है। पर इन कारणों से यह यथार्थ रूप में प्रामाणिक नहीं हो जा सकता। प्रामाणिकता तो विज्ञान और तर्क पर ही आधारित हो सकती है। अतः हिन्दू नीतिशास्त्र का यह वेद परक आधारस्तम्भ परम्परा से मान्य होते रहने के कारण भी नैतिक मार्गनिर्देशक नहीं हो जा सकता।

22.9.2 आध्यात्मिकता

हिन्दू, बौद्ध तथा जैन नीतिशास्त्रों का एक आधारस्तंभ आध्यात्मिकता भी है। आध्यात्मिकता या तो सेश्वर या निरीश्वर हो सकती है। जैन एवं बौद्ध दर्शनों की आध्यात्मिकता निरीश्वर है। पर हिंदू दर्शनों में निरीश्वरवादी एवं ईश्वरवादी दोनों प्रकार की आध्यात्मिकाएँ वर्तमान हैं। जहाँ एक ओर सांख्य तथा मीमांसा निरीश्वरवादी हैं, वहीं दूसरी ओर न्याय-वैशेषिक, योग, अद्वैतेतर वेदांत ईश्वरवादी हैं। अद्वैतवेदांत की आध्यात्मिकता को ईश्वरवादी न कहकर ब्रह्मवादी कहना ही उचित हैं, क्योंकि अद्वैतवेदांत ईश्वर को नहीं, वरन् ब्रह्म को ही मूल तत्त्व मानता है। ये तीनों अर्थात् हिन्दू, जैन तथा बौद्ध विचारधाराएँ किसी-न-किसी रूप में आध्यात्मिकताप्राप्ति को ही मानव जीवन का परम लक्ष्य मानती हैं; इस तरह ये तीनों आध्यात्मिकता को ही अधिक महत्त्व देती हैं। लेकिन तब यहाँ एक प्रश्न यह उठ खड़ा होता है कि क्या आध्यात्मिकता, चाहे वह निरीश्वरवादी हो या ईश्वरवादी या ब्रह्मवादी, नैतिक आदर्श के रूप में मान्य हो सकती है। यह प्रश्न अत्यंत जटिल है, क्योंकि इसका सम्बन्ध आध्यात्मिकता से है जो वैज्ञानिक परिधि से बाहर का विषय है। वैज्ञानिक परिधि में जो भी स्थितियाँ या सत्ताएँ आती हैं या आ सकती हैं उनके सम्बन्ध में तो काई परीक्षण वैज्ञानिक विधि से किया जा सकता है, पर जो स्थितियाँ या सत्ताएँ वैज्ञानिक परिधि से बाहर की होती हैं उनके लिए तो कुछ रहस्यमय या विलक्षण व्याख्या देने के अलावे और कोई दूसरा विकल्प नहीं रहता। फिर भी आध्यात्मिकता के पक्ष में कुछ तर्क जो दिये जाते हैं उन्हें नीचे प्रस्तुत किये जाते हैं।

आध्यात्मिकता के पक्ष में एक तर्क जो हिन्दू विचारक देते हैं वह यह है कि आध्यात्मिकता वेदसमर्थित है। जैसा हम जानते हैं, *वेद* की तत्त्वशास्त्रीय परिणति *उपनिषद्* में होती है और *उपनिषद्* अंततः ब्रह्म को ही परम तत्त्व मानती है जो एक आध्यात्मिक सत्ता है। और चूँकि यह मान्यता वेदसमर्थित है, इसलिए यह अकाट्य भी है। पर *वेद* की प्रामाणिकता के सम्बन्ध में हम विचार कर चुके हैं और देख चुके हैं कि *वेद* की प्रामाणिकता अकाट्य नहीं है।

आध्यात्मिकता के पक्ष में दूसरा तर्क यह दिया जाता है कि आध्यात्मिकता सद्यः अनुभूति या अपरोक्ष अनुभूति से ज्ञात है। सिद्धों और महात्माओं को इस प्रकार की अनुभूति होती ही रहती है। अतः प्रत्यक्ष अनुभूति से ज्ञात होने के कारण आध्यात्मिकता पूरी तरह प्रमाणित है। यहाँ यह उल्लेखनीय है कि विलक्षण प्रकार की अनुभूतियाँ अनेकानेक मनुष्यों में समय समय पर घटित होती रहती हैं। जिन ऐतिहासिक लोगों में ऐसी अनुभूतियों के घटित होने का दावा किया गया है, उनकी सूची बहुत लम्बी है। इन लोगों के सम्बन्ध में यह कहना उचित नहीं है कि इनके दावे मनगढ़ंत हैं, क्योंकि इन लोगों में अनेक के चरित्र इतने उत्कृष्ट रहे हैं कि उनसे झूठे दावे किये जाने की उम्मीद ही नहीं हो सकती। हाँ, यह सम्भव है कि इन उत्कृष्ट चरित्रवाले महात्माओं का चरित्रनिर्माण कुछ इस तरह से हुआ हो कि उन्होंने अप्राकृतिक या अतिप्राकृतिक तथ्यों को मानने के प्रति एक विशेष प्रकार का मानसिक रुझान अर्जित कर लिया हो और ये लोग उसी अर्जित मानसिक रुझान के कारण कुछ विशिष्ट एवं विलक्षण प्रकार की अनुभूतियों का अनुभव करने को स्वीकृत करने लगे हों और उन अनुभूतियों को आध्यात्मिक

मानने लगे हों। पर कठिनाई तो तब उपस्थित हो जाती है जब इन अनुभूतियों के आधार पर एक ऐसी सत्ता का अस्तित्व मान लिया जाता है जो अनुभवकर्ताओं से पूरी तरह भिन्न होती है और जो वैज्ञानिक तरीके से परीक्षण एवं सत्यापनीय होती ही नहीं। स्पष्ट ही ऐसी सत्ता को मान लेना तब तक उचित नहीं हो सकता, जब तक उसके निरीक्षण एवं सत्यापन के लिए कोई अंतर्वैयक्तिक एवं सार्वजनिक विधि सम्भव न हो जाय और उस विधि के द्वारा वह सत्यापित न हो जा सके। और फिर यह भी आवश्यक है कि इस प्रकार की सत्ता के साथ बाह्येंद्रियों से ज्ञात होने वाली सत्ता का संयोजन या तालमेल सम्बन्धी ज्ञान भी सम्भव हो जा सके। ऐसा मानना कतई युक्तिसंगत नहीं हो सकता कि आध्यात्मिक सत्ता पारमार्थिक होती है और यह सत्ता बाह्येंद्रियों से प्राप्त होनेवाली व्यावहारिक सत्ता को निरस्त कर दे सकती है। और फिर ऐसा मानना भी युक्तिसंगत नहीं हो सकता कि व्यावहारिक सत्ता को नकार कर ही पारमार्थिक सत्ता का अनुभव प्राप्त किया जा सकता है। जैसा सर्वविदित है, भारतीय दर्शन का मोक्ष सिद्धांत इस मान्यता पर ही निर्भर है कि व्यावहारिक जगत् में आत्मा बंधनग्रस्त रहती है और इस प्रकार से बंधनग्रस्त रहना दुःखदायक होता है और बंधन तथा दुःख से छुटकारा तभी मिल सकता है जब व्यावहारिक जगत् से पूरी तरह छुटकारा मिल जाता है। स्पष्ट ही इस प्रकार के जीवनदर्शन को मान्यता तभी मिल सकती है जब आध्यात्मिकता का अस्तित्व स्वीकार कर लिया जाय। यही कारण है कि भारतीय दर्शन में आध्यात्मिकता को सर्वोच्च स्थान दिया गया है और इसके साथ नैतिकता को भी मिला दिया गया है। इस प्रसंग में आवश्यकता इस बात की है कि आध्यात्मिक मानी जाने वाली सभी अनुभूतियों को साधारण मनोवैज्ञानिक रूप दिया जाय और उनसे कोई पारमार्थिक सत्तापरक निष्कर्ष न निकाला जाय। तथाकथित आध्यात्मिकता अधिक-से-अधिक एक विशेष प्रकार की व्यक्तिगत मानसिकता ही हो सकती है। पर व्यक्तिगत होने के कारण यह मानसिकता नैतिकता का आधार नहीं बन जा सकती। नैतिकता अंतर्वैयक्तिक होती है और उसका अंतर्वैयक्तिक आयाम ही मानो उसका प्राण है।

22.9.3 पुनर्जन्म

भारतीय नीतिशास्त्र में पुनर्जन्म की अवधारणा को भी बहुत अधिक महत्त्व दिया गया है। मनुष्य का शरीर तो नाशवान् है ही; पर उसकी आत्मा अमर है; ऐसा इसलिये कि उसका कभी नाश नहीं होता। और चूँकि आत्मा अमर है, इसलिए शरीर के नष्ट होने पर ही उसका अंतिम रूप से मोक्ष पाना सम्भव होता है। इस प्रकार यहाँ भी यह देखा जा सकता है कि आत्मा के लिए संसार में शरीरधारण कर जीवनयापन करते रहना जरूरी नहीं है। पर शरीर के नष्ट हो जाने से ही मोक्ष नहीं पा लिया जा सकता। संसार से मोक्ष पाना इतना सहज नहीं है। इसके लिए मनुष्य को कठिन-से-कठिन परिश्रम करना पड़ता है। हम इस सम्बन्ध में विस्तार से विचार कर चुके हैं और देख चुके हैं कि मनुष्य को मोक्ष पाने के लिए क्या क्या उपाय करने होते हैं। और हम यह भी देख चुके हैं कि इस संदर्भ में विभिन्न दर्शनों के भिन्न भिन्न प्रकार के मत क्या क्या हैं। उन मतों का यहाँ फिर से पिष्टपेषण करना आवश्यक नहीं है। अब यहाँ यह विचार करना उचित ही है कि पुनर्जन्म यदि होता है तो क्यों होता है। पुनर्जन्म के समर्थक एक तर्क यह देते हैं कि ऐसा बिलकुल सम्भव है कि किसी-न-किसी कारण से मनुष्य अपने जीवनकाल में मोक्ष प्राप्त करने के लिए पर्याप्त उपाय न कर सका हो। ऐसी स्थिति में मनुष्य के शरीरविहीन हो जाने पर भी उसकी आत्मा सांसारिक बंधन से मुक्त हुई नहीं रहती। यदि शरीरविहीन व्यक्ति ने देहावसान के पूर्व अच्छे अच्छे कर्म करके पुण्य अर्जित किया है, तब तो उसकी आत्मा स्वर्ग में सुख भोगती है और यदि बुरे बुरे कर्म करके

पाप अर्जित किया है तो उसकी आत्मा नरक में दुःख भोगती है। लेकिन जब उस आत्मा के पुण्य या पाप का भंडार समाप्त हो जाता है, तब वह आत्मा स्वर्ग या नरक में नहीं रह सकती। तब तो उसे फिर से संसार में जन्म लेना ही पड़ता है और इस तरह संसार में आना और फिर मृत्यु के बाद कर्मानुसार स्वर्गसुख या नरकदुःख भोगकर पुनः संसार में आने का क्रम तब तक चलता रहता है जब तक आत्मा पूरी तरह संसार से मुक्त नहीं हो जाती। इस तरह यह देखा जा सकता है कि पुनर्जन्म की अवधारणा के साथ कर्मफलभोग की अवधारणा जुड़ी ही रहती है। इस कर्मफलभोग से सम्बन्धित कर्मवाद की चर्चा हम आगे करेंगे। यहाँ इतना कह देना आवश्यक है कि कर्मवाद के अनुसार मनुष्य को उसके कर्मों के नैतिक रूप से अच्छे या बुरे होने के अनुसार पुरस्कार या दण्ड दिया जाता है। स्वर्गसुख, नरकदुःख, मोक्ष आदि कर्मफल के ही विभिन्न प्रकार हैं। यदि आपके कर्म पर्याप्त रूप से अच्छे हैं तो आप अपने वर्तमान जीवन में ही मोक्ष पा ले सकते हैं; अन्यथा आपको फिर से शरीरधारण करना होगा और बंधन में पड़ना होगा। यह तो स्पष्ट ही है कि बिना शरीरधारण किये आप कोई कर्म नहीं कर सकते और फिर बिना उचित कर्म किये आप बंधन से मुक्त भी नहीं हो सकते। आप किस प्रकार का शरीर धारण करेंगे यह भी आपके द्वारा किये गये कर्मों की गुणवत्ता पर ही निर्भर होता है। आपने अपने पूर्व तथा वर्तमान जीवनों में जो भी कर्म किये हैं, वे स्थूल रूप में तो संपन्न होने के बाद ही समाप्त हो चुके हैं, पर सूक्ष्म रूप में यानी संस्कारों के रूप में वे समाप्त हुए नहीं रहते हैं, वरन् आपके साथ साथ ही रहते हैं। इन संस्कारों के कारण उनके अनुरूप ही आपको फिर से जन्म लेना पड़ता है। एक दृष्टि से तो पुनर्जन्म की यह व्यवस्था प्राणियों के लिए अत्यंत लाभदायक होती है, क्योंकि वे पुनर्जन्म लेकर नये जीवन में केवल अच्छे अच्छे कर्म करके स्वर्गसुख या मोक्ष प्राप्त कर ले सकते हैं। किंतु, इसमें एक खतरा भी है। यदि आपने अपने नये जीवन में फिर बुरे ही कर्म किये, तो आपको दुःख ही दुःख भोगना पड़ जा सकता है—चाहे इस संसार में या फिर नरक में। इस प्रकार हम देखते हैं कि भारतीय नीतिशास्त्र में पुनर्जन्म की अवधारणा अत्यंत महत्त्वपूर्ण भूमिका अदा करती है। पर, यहाँ यह उल्लेखनीय है कि इस संदर्भ में एकमात्र अपवाद चार्वाक दर्शन है जो पुनर्जन्म को सम्भव ही नहीं मानता। उसके अनुसार 'भस्मीभूतस्य देहस्य पुरागमनं कुतः'। चार्वाक के अनुसार तो देह से भिन्न किसी आत्मा की अपनी कोई स्वतंत्र सत्ता होती भी नहीं है।

अब प्रश्न उठता है कि यह पुनर्जन्म सिद्धांत स्वीकार्य हो सकता है या नहीं। यह सही है कि भारतीय नीतिशास्त्र में चार्वाक को छोड़कर सभी दर्शन इसे अत्यधिक महत्त्व देते हैं। पर यह तो निश्चितरूप से विचारणीय ही है कि इसे महत्त्व देना उचित है या नहीं। मैं तो समझता हूँ कि इसे महत्त्व नहीं ही देना चाहिये। पुनर्जन्म सिद्धांत के विरुद्ध अनेकानेक आपत्तियाँ उठायी ही जा सकती हैं।

ऐसा माना जाता है कि आत्मा एक नित्य द्रव्य है, इसलिए इसका नाश नहीं हो सकता। और चूँकि इसका नाश नहीं हो सकता और चूँकि कर्मवाद के अनुसार इसके द्वारा किये गये कर्मों का फल इसे मिलना ही चाहिये और फिर इसे मोक्ष पाने के लिए अच्छे अच्छे कर्म करने का अवसर मिलना ही चाहिये, इसलिए इसके शरीर के नष्ट हो जाने के बाद इसके द्वारा दूसरा शरीर धारण करना नितांत आवश्यक हो जाता है। पर तब हम यहाँ देख सकते हैं कि पुनर्जन्म का औचित्य अनेकानेक शर्तों पर निर्भर है। कुछ शर्तें तो ये हैं—आत्मा का नित्य होना, कर्मवाद के अनुसार कर्मफल का उपभोग आवश्यक होना, तथा जीवात्मा को मोक्ष प्राप्त करने का अवसर प्राप्त होना। जैसा हम जानते हैं, आत्मा के स्वरूप के सम्बन्ध में

भारतीय दर्शन में अनेक मत हैं। जहाँ सांख्य और वेदांत इसे स्वरूपतः चेतन मानते हैं, वहीं न्याय तथा वैशेषिक इसे स्वरूपतः अचेतन मानते हैं। जहाँ ये सभी उपर्युक्त मत आत्मा को एक द्रव्य मानते हैं, वहीं बौद्ध मत इसे एक प्रवाह मानता है। अब, आत्मा का स्वरूप चाहे जो भी हो, यह कैसे प्रमाणित किया जा सकता है कि वह अपने भौतिक शरीर से अलग हो जा सकती है और फिर एक अन्य भौतिक शरीर में प्रविष्ट भी कर जा सकती है। और फिर यह कैसे प्रमाणित किया जा सकता है कि एक मृत शरीर से निकली हुई आत्मा ही एक विशेष जीवित शरीर की आत्मा है।

यह आत्मापरक तादात्म्य या अनन्यता का प्रश्न अत्यंत जटिल है। इसके विस्तृत विवेचन के पचड़े में हम यहाँ पड़ना नहीं चाहते। फिर भी हम यहाँ एक संक्षिप्त विवेचन तो कर ही लेना चाहेंगे। इस अनन्यता के पक्ष में एक तर्क जो प्रायः दिया जाता है वह है किसी जीवित व्यक्ति द्वारा अपने तथाकथित पूर्व जीवन की अनुभूतियों का सही सही वर्णन कर देना। पर इस तरह के दावे प्रायः ही असत्य साबित हुए हैं। कुछ छिटपुट दावे जिन्हें सही माना गया है, महज संयोग पर आधारित हो सकते हैं। ऐसे दावे निश्चित रूप से स्मृतियों पर ही आधारित होते हैं, पर स्मृतियाँ बनावटी हो सकती हैं और भ्रामक भी। विडम्बना तो यह है कि स्मृतियों का सत्यापन सिद्धांततः सम्भव नहीं है। स्मृति चूँकि अतीत की होती है और अतीत अतीत होता है, इसलिए वर्तमान स्मृति की अनुभूति का अतीत के साथ मिलान करने के लिए फिर स्मृति का ही सहारा लेना पड़ जाता है। इस प्रकार यहाँ मानो अनवस्था का दौर शुरू हो जाता है जिस कारण स्मृति का सत्यापन सम्भव ही नहीं हो सकता।

पुनर्जन्म को सही ठहराने के लिए ऐसा भी तर्क दिया जा सकता है कि पूर्व जीवन के अमुक कर्म के फल के रूप में ही वर्तमान जीवन का अमुक शारीरिक लक्षण प्राप्त हुआ है। उदाहरणस्वरूप वर्तमान जीवन में शरीर का गोरा रंग पूर्व जीवन के अमुक कर्म का ही फल है। किंतु वैज्ञानिक अनुसंधान अब इतना आगे बढ़ गया है कि इस तरह का तर्क देना बिलकुल निरर्थक है। अब तो वैज्ञानिक आधार पर यह माना जाता है कि किसी मनुष्य के शारीरिक या मानसिक लक्षण उसके माँ-बाप से आनुवंशिक ढंग से प्राप्त जीन[1] से सम्बद्ध होते हैं। कोई मानव इसलिए पुरुष या स्त्री नहीं है कि उसने अपने तथाकथित पूर्वजीवन में एक विशेष प्रकार का कर्म किया था, बल्कि वह ऐसा इसलिए है कि उसकी माता के डिंब तथा पिता के शुक्र के माध्यम से विशिष्ट प्रकार के जीन प्राप्त हुए हैं। कोई व्यक्ति कैंसर[2] रोग से इसलिए पीड़ित नहीं है कि उसने अपने किसी तथाकथित पूर्वजीवन में कोई विशेष प्रकार का पाप अर्जित किया था, बल्कि वह ऐसा इसलिए है कि उसने माँ-बाप से विरासत में एक ऐसा जीन प्राप्त कर लिया है जो कैंसर रोग पैदा कर सकता है।

कर्मफल के उपभोग के सम्बन्ध में हम यहाँ केवल इतना कहना चाहते हैं कि इसे जिस रूप में निरूपित किया गया है उसकी सत्यता को स्थापित करने के लिए कोई ठोस उपाय उपलब्ध ही नहीं है। इस सम्बन्ध में स्मृति सहायक हो सकती थी, पर, जैसा हमने ऊपर देखा है, यह तो स्वयं बिलकुल संदिग्ध है। पर, कर्मफल का उपभोग तो पुनर्जन्म का एक प्रमुख कारण माना ही गया है। उल्लेखनीय है कि प्रचलित मान्यता के अनुसार कर्ता अच्छे या बुरे कर्मों का उपभोग क्रमशः स्वर्ग या नरक में कर ले सकता है। पर लोग स्वर्ग तथा नरक को वास्तविक लोक के रूप में नहीं भी मान सकते हैं। और यदि उन्हें वास्तविक मान भी लिया जाय, तब भी तो आत्मा का स्वर्गभोग या नरकभोग के बाद संसार में फिर से जन्म लेना जरूरी हो जाता है। ऐसा इसलिए कि स्वर्गभोग या नरकभोग के बाद आत्मा को ऐसे कर्मों के करने का अवसर मिल सके जिनके क्रियान्वयन के फलस्वरूप वह सांसारिक बंधन से सदा के लिए

मुक्त हो जा सके। इस प्रकार हम देख सकते हैं कि अंततः मोक्ष को सम्भव बनाने के लिए पुनर्जन्म का होना नितांत ही आवश्यक है। लेकिन तब क्या यह प्रश्न उपस्थित नहीं हो जाता कि क्या पुनर्जन्म एवं मोक्षप्राप्ति की अवधारणाएँ बहुत ही कमजोर नींव पर नहीं टिकी हैं। यह तो स्पष्ट ही है कि मोक्ष की संभावना तभी तक कायम रह सकती है जब तक हम आत्मा को नित्य मान रहे होते हैं। और हम आत्मा को नित्य तभी तक मानते रह सकते हैं जब तक हम आध्यात्मिकता को सही मानते रहें। किंतु हम ऊपर देख चुके हैं कि आध्यात्मिकता को सत्तात्मक रूप में मानना बहुत ही कठिन है। ऐसी स्थिति में जन्मांतरफलभोग या मोक्ष की सम्भावना को स्वीकार करना भी उतना ही कठिन हो जाता है, और तब पुनर्जन्म को मानना भी युक्तिसंगत नहीं रह जाता। यदि शरीर से भिन्न आत्मा का अस्तित्व ही नहीं है, तो वह नित्य कैसे हो सकती है? और यदि वह नित्य नहीं है, तो वह एक नये जीवन में जन्म लेकर फल का उपभोग कैसे कर सकती है? या फिर अच्छे अच्छे कर्म करके अपने लिए संसार से मोक्ष सुनिश्चित कैसे कर सकती है?

22.9.4 कर्मवाद

कर्मवाद प्रतिपादित करता है कि मनुष्य जैसा कर्म करता है, वैसा ही फल पाता है। अर्थात् यदि वह अच्छा कर्म करता है, तो वह अच्छा फल पाता है—जैसे, सुख, स्वर्ग, या मोक्ष। और यदि वह बुरा कर्म करता है, तो वह बुरा फल पाता है—जैसे, दुःख, नरक या बंधन। अतः यदि आप दुःख, नरक या बंधन से छुटकारा चाहते हैं, तो आप अवश्य ही अच्छा कर्म कीजिये। यहाँ हम स्वर्ग-नरक तथा मोक्ष-बंधन जैसी अवधारणों की चर्चा नहीं करेंगे। जैसा हमने ऊपर कहा है, उनका वास्तविक होना बिलकुल ही सही नहीं है। हाँ, यदि उन्हें लाक्षणिक मान लिया जाय, तो बात दूसरी है। यहाँ हम कर्मवाद से केवल इतना ही समझेंगे कि अच्छे कर्म का फल अच्छा होता है और बुरे कर्म का फल बुरा। किंतु यह मानना कि अच्छा या बुरा फल या तो वर्तमान जीवन में या बाद के जीवन में मिलता है पेचीदगियों एवं उलझनों से भरा पड़ा है। उल्लेखनीय है कि किसी कर्म का वास्तविक तौर पर अच्छा होना तथा किसी व्यक्ति या स्वयं कर्ता के द्वारा उसे अच्छा समझ लेना दो अलग अलग बातें हैं।

इसके पहले कि हम इस विषय पर कुछ और चर्चा करें, इस बात पर ध्यान देना जरूरी है कि अनेक लोगों तथा विचारकों के अनुसार कर्मों का फल अप्राकृतिक या अतिप्राकृतिक भी हो सकता है, जैसे—स्वर्ग या नरक में फलभोग, पुनर्जन्मग्रहण, मोक्षप्राप्ति, ईश्वरसाक्षात्कार, डूम्सडे[3] में ईश्वर के निर्णय के अनुसार पुरस्कार या दण्ड पाना, आदि आदि। ये सभी ऐसे फल हैं जिनका न तो सत्यापन हो सकता है और न ही असत्यापन। इस कारण इन विषयों के सम्बन्ध में कोई निर्णयात्मक विवेचन करना सम्भव ही नहीं हो सकता। अतः इन विषयों को हम महज विश्वास या महज अंधविश्वास के विषय ही मान सकते हैं। अतः इन्हें कर्मवाद के विवेचन में घसीटना बिलकुल जरूरी नहीं है।

अब हम कर्मवाद के सम्बन्ध में कुछ और चर्चा करेंगे। कल्पना कीजिये कि कोई व्यक्ति यह स्वीकार कर रहा होता है कि अपनी सुरक्षा के लिए दूसरों को थोड़ा नुकसान पहुँचाना अच्छा ही है। अपनी इस मान्यता के अनुसार कार्य करके वह व्यक्ति आनन्द भी प्राप्त कर लेता है। स्पष्ट ही इस व्यक्ति ने नैतिक दृष्टिकोण के बजाय एक स्वार्थपरक दृष्टिकोण को ही अपनाया है। चूँकि उसके कर्म से उसे आनन्द भी मिल जाता है, इसलिए वह या उसके जैसा सोचनेवाला कोई अन्य व्यक्ति यह कह सकता है कि अपनी सुरक्षा के लिए दूसरे को थोड़ा नुकसान पहुचाना नैतिक ही होता है। पर तब यहाँ यह उल्लेखनीय है कि किसी कार्य

को किसी प्रकार की स्वार्थसिद्धि के आधार पर नैतिक ठहराया जा ही नहीं सकता। नैतिकता तथा नैतिक दृष्टिकोण के सम्बन्ध में हम विस्तृत विवेचन पहले ही कर चुके हैं। यहाँ इस बात की ओर ध्यान दिलाना भी आवश्यक ही है कि नैतिक कर्मों का फल साधारण रूप से आनन्ददायक नहीं भी हो सकता है। लेकिन आनन्ददायक नहीं होने पर भी उसे बुरा फल नहीं माना जा सकता। पर तब यहाँ यह उल्लेखनीय है कि उस फल में भी एक विशेष प्रकार का आनन्द अवश्य रहता है, जिस आनन्द को हम संतोषपरक आनन्द कहते हैं। 'न संतोषात् परं सुखं।'। पर यह आनन्द या सुख येन केन प्रकारेण प्राप्त नहीं होता। नैतिक कर्मवाद की यह मान्यता कि अच्छे कर्म का फल अच्छा तथा बुरे कर्म का फल बुरा होता है सही तो है, पर कर्म तथा फल के अच्छे या बुरे स्वरूप के सम्बन्ध में नैतिकता की दृष्टि बिलकुल विशिष्ट प्रकार की होती है जो न तो कोरी सुखवादी है, न स्वार्थवादी, और न ही किसी भी तरह अध्यात्मवादी।

अनेक लोग ऐसा मानते हैं कि कर्मों के फल प्राकृतिक कारण-कार्य नियम के अनुरूप नहीं भी हो सकते हैं। इस सम्बन्ध में हम यहाँ एक उदाहरण के आधार पर विवेचन कर सकते हैं! राम ने श्याम का अपहरण इसलिए किया कि राम श्याम से धन ऐंठना चाहता था। पर श्याम से धन न मिलने के कारण राम ने श्याम की हत्या कर दी। बाद में राम पक्षाघात से पीड़ित हो गया। अनेकानेक लोग यह मानने में जरा भी नहीं हिचकिचाते कि राम की यह बीमारी उसके द्वारा श्याम की हत्या का ही फल है। राम ने चूँकि बुरा काम किया इसलिए उसे उस बुरे काम के लिए बुरा फल मिला। पर क्या राम द्वारा हत्या करने को उसके पक्षाघात से पीड़ित होकर बीमार होने से जोड़ा जा सकता है? क्या बाद में घटित होने वाली कोई भी घटना पहले की किसी भी घटना का प्रतिफल हो ही सकती है? स्पष्ट ही इन प्रश्नों के उत्तर नकारात्मक होंगे। जब तक पहले की घटना तथा बाद की घटना में कारण-कार्य सम्बन्ध स्थापित न कर लिया जाय, तब तक बाद में होने वाली घटना को पहले घटना का फल नहीं माना जा सकता। यहाँ यह उल्लेखनीय है कि इस कारण-कार्य सम्बन्ध की भूमिका आदर्श एवं उसको चरितार्थ करनेवाले साधन के बीच में भी रहती है। यदि नैतिक दृष्टि से यह सुनिश्चित कर लिया जा सके कि किस प्रकार की स्थिति मनुष्य के लिए आदर्श बन सकती है, तो उस स्थिति को प्राप्त करने के लिए वैसे ही कर्म किये जाने चाहिये जो प्राकृतिक तौर पर कारण की भूमिका अदा कर सकें। ऐसे कर्मों में स्पष्ट ही वैसे कर्म सम्मिलित नहीं हो सकते जो स्वयं नैतिक नहीं हैं। किसी अन्य प्राणी को कष्ट पहुँचाकर किसी आदर्श को चरितार्थ करना नैतिक नहीं हो सकता, क्योंकि एक तो अन्य प्राणियों के भी सुरक्षित अस्तित्व सम्बन्धी अपने वाजिब हक होते हैं, दूसरे वर्जनीय हिंसा के द्वारा अर्जित मनःस्थिति नैतिक आदर्श का रूप नहीं ले सकती। आदर्श का रूप लेने वाली मनःस्थिति को तो परकल्याण की भावना से ही ओत-प्रोत रहना चाहिये। यह तो हम देख ही चुके हैं कि नैतिकता में आत्मलाभ के बजाय परोपकार का ही पलड़ा भारी रहता है। यहाँ लोग यह पूछ सकते हैं कि लोगों को नैतिक ढंग से फल प्राप्त करने के लिए किस तरह के साधनों को प्रयोग में लाना चाहिये अर्थात् उन्हें आदर्शप्राप्ति के लिए किस तरह के कर्म करने चाहिए। पर इस प्रश्न का उत्तर आसानी से किसी नुस्खे के रूप में नहीं दिया जा सकता। ऐसे प्रश्न के उत्तर के लिए परिस्थिति की विशिष्टताओं को भी ध्यान में रखना जरूरी होता है। और फिर इसका उत्तर वैज्ञानिक निष्कर्षों के आधार पर ही दिया जा सकता है। यदि मुझे किसी बीमार व्यक्ति को बीमारी से मुक्त कराना है तो मुझे उस व्यक्ति को किसी कुशल चिकित्सक की सलाह के अनुसार ही दवा देनी चाहिये, न कि किसी तथाकथित ओझा या गुणी के द्वारा उसकी झाड़-फूँक करानी चाहिये।

यदि अनावृष्टि के कारण कृषि खराब हो रही है, तो वैज्ञानिक तरीके से ही जलसंग्रह का प्रयास करना चाहिये, न कि उसके लिए अनगिनत यज्ञ या धार्मिक अनुष्ठान आयोजित कर देना चाहिये। कर्मों के फल न तो अप्राकृतिक या अतिप्राकृतिक हो सकते हैं और न ही ये कारण-परिणाम नियम का उल्लंघन कर अस्तित्व में आ सकते हैं।

ऊपर हमने देखा है कि कर्मफलभोग के साथ पुनर्जन्म को भी जोड़ा जाता है; पर हमने ऊपर पाया है कि पुनर्जन्म की सम्भावना के लिए कोई ठोस वैज्ञानिक तर्क उपलब्ध नहीं कराया जाता। और तब पुनर्जन्म की अवधारणा को अप्राकृतिकता या अतिप्राकृतिकता के साथ गड्डमड्ड कर दिया जाता है। हमने ऊपर पाया है कि भारतीय नीतिदर्शन में अपूर्व, अदृष्ट, पुण्य एवं पाप, धर्म एवं अधर्म, आदि कुछ ऐसी अवधारणाएँ प्रयुक्त हुई हैं जिन्हें वास्तविक शक्तियों के रूप में स्वीकार कर लिया गया है। ये शक्तियाँ कर्मों से उत्पन्न होती हैं और कर्मों के समाप्त हो जाने पर भी ये अदृष्ट सत्ताओं के रूप में भी कायम भी रह जाती हैं। उनके इस तरह से कायम रह जाने से कर्मों का फल भविष्य में कभी भी मिल सकता है और इस वजह से ऐसा भी सम्भव है कि किये गये कर्म का फल वर्तमान जीवन में न मिलकर भविष्य के ही किसी अन्य जीवन में मिले। पर इन शक्तियों को स्वतंत्र सत्ताओं के रूप में मानना तो अतिप्राकृतिकता या अलौकिकता के जाल में फँस जाना ही है। यहाँ यह उल्लेखनीय है कि इन्हें मन की क्षमताओं या संस्कारों के रूप में स्वीकार करना तो अनुचित नहीं हो सकता। अनेक विचारकों ने इन शक्तियों को अर्जित वासनाओं या संस्कारों के रूप में स्वीकार किया भी है। लेकिन तब तो इनकी सत्ता या इनकी क्रियाशीलता पूरी तरह मन के अस्तित्व पर निर्भर हो जाती है। मैं जो भी कर्म करता हूँ उसका प्रभाव मेरे मन पर पड़ता ही है। यह कोई अचरज की बात नहीं है कि मैं अपने कर्मों के प्रभाव से खास-खास तरह की प्रवृतियाँ या क्षमताएँ अर्जित कर लेता हूँ और भविष्य में उन्हीं के अनुरूप कार्य करने के लिए प्रेरित भी हो जाया करता हूँ। इस प्रकार की कार्यक्षमता ही वासना या संस्कार है। हम जिन्हें सद्गुण या दुर्गुण कहते हैं, वे भी क्षमताएँ या संस्कार ही हैं। ये सभी उपयुक्त कर्मों के क्रियान्वयन से ही अर्जित किये जाते हैं। हमने ऊपर भी कहा है कि अर्जित क्षमताओं के रूप में ही अपूर्व, अदृष्ट, पाप, पुण्य, धर्म, अधर्म, आदि को मानना उचित हो सकता है। निश्चय ही मानव क्रिया-कलापों में इन क्षमताओं या संस्कारों का बहुत महत्त्वपूर्ण स्थान रहता है। पर तब यह कभी नहीं भूलना चाहिये कि जब इन संस्कारों को धारण करनेवाले व्यक्ति की मृत्यु हो जाती है, तब ये सभी संस्कार उस व्यक्ति के साथ ही नष्ट हो जाते हैं। माता-पिता के संस्कार उनकी संतान माता-पिता द्वारा प्रदत्त जीन के माध्यम से आनुवंशिक तौर पर अर्जित कर सकती है या नहीं—यह एक वैज्ञानिक विषय है। उसकी चर्चा हम यहाँ नहीं कर सकते। पर इतना तो निश्चित है कि हम माता-पिता से ही आनुवंशिक तौर पर बहुत कुछ शारीरिक एवं मानसिक विशिष्टताएँ अर्जित कर लेते हैं। निश्चय ही आत्मा के पुनर्जन्म के आधार पर संस्कारों का अर्जित किया जा सकना सम्भव नहीं हो सकता। मोटे तौर पर तो कर्मवाद का नैतिक महत्त्व अवश्य है, क्योंकि कर्मवाद कारण-परिणामवाद का ही एक प्रकार है। पर उसके कौन अंश नैतिक दृष्टि से महत्त्वपूर्ण हैं और कौन नहीं—यह एक सूक्ष्म विश्लेषण तथा गहन विवेचन का विषय है। भारतीय दर्शन कर्मवाद को जिस रूप में मानता है उस रूप में तो वह स्वीकार्य नहीं ही हो सकता। पर कर्मवाद की यह मान्यता कि अच्छा कर्म के लिए अच्छा फल और बुरे कर्म के लिए बुरा फल मिलना चाहिये निश्चित रूप से स्वीकारयोग्य है।

❑

अध्याय 23

भारतीय नीतिशास्त्र की वैदिक आचारनीति

23.1. विषय-प्रवेश

इस अध्याय में तथा आगे के कुछ अध्यायों में हम भारतीय नीतिशास्त्र के कुछ मुख्य विषयों का ऐतिहासिक क्रम परक वर्णन करना चाहते हैं। पर तब यहाँ कठिनाई यह है कि प्राचीनकाल के भारतीय विचारकों एवं रचनाकारों ने अपने तथा अपने काल के सम्बन्ध में उल्लेख करना आवश्यक ही नहीं माना था। इस कारण प्राचीन भारतीय विचारों का ऐतिहासिक वर्णन करना प्रायः कठिन ही होता है। फिर भी हम यहाँ इस सम्बन्ध में यथासम्भव प्रयास अवश्य करेंगे, और ऐतिहासिक क्रम में ही भारतीय नीतिशास्त्र के कुछ प्रमुख विषयों का संक्षिप्त विवरण प्रस्तुत भी करेंगे।

अब यहाँ प्रश्न उठ जाता है कि हम अपना विवरण किस काल से प्रारम्भ करें और वह विवरण किन लोगों की आचारनीति से सम्बन्धित हो। इस प्रश्न के ये दोनों विन्दु अत्यंत विवादग्रस्त हैं। जहाँ तक सम्बद्ध लोगों का प्रश्न है, मान्यता यही है कि सबसे पुराने ऐसे लोग भारत के बाहर से आये थे और उनके विचार सर्वप्रथम *वेद* में संकलित किये गये थे। इस कारण उनके नैतिक विचार भी *वेद* में ही सन्निविष्ट हैं। ये लोग आर्य थे। पर, अब इन आर्यों के सम्बन्ध में एक प्रश्न जोरदार ढंग से यह उठाया जा रहा है कि क्या ये आर्य भारतवर्ष के मूल निवासी थे और ये बाहर से ही भारत में आये थे। यदि वे बाहर से आये थे, तो उन लोगों के पहले यहाँ कौन लोग रहते थे और उनके कुछ नीतिसम्बन्धी विचार थे या नहीं। इस मुद्दे को हम 'भारत के मूल निवासी' सम्बन्धी मुद्दा कह सकते हैं। फिर जहाँ तक इन निवासियों के काल का मुद्दा है, तो हम इसे 'भारत के मूल निवासियों का काल, सम्बन्धी मुद्दा कह सकते हैं। ये दोनों मुद्दे अत्यंत जटिल हैं। हम इन दोनों मुद्दों के सम्बन्ध में संक्षिप्त रूप से ही यहाँ विचार करेंगे।

यह तो एक निर्विवाद सत्य है कि वर्तमान की हिंदू संस्कृति एक मिश्रित संस्कृति है जिसमें वैदिक संस्कृति के अलावे अनेक वैदिकेतर संस्कृतियाँ भी समाविष्ट हैं। इन वैदिकेतर संस्कृतियों में सम्भवतः द्रविड़ संस्कृति ही सर्वाधिक प्रधान है। मूलतः वैदिक संस्कृति उत्तर भारत की संस्कृति थी और द्रविड़ संस्कृति दक्षिण भारत की। इन संस्कृतियों की अपनी-अपनी विशिष्टताएँ थीं। जहाँ वैदिक संस्कृति में देवताओं के लिए यज्ञ करने की महत्ता थी, वहीं द्रविड़ संस्कृति में उनके प्रति भक्तिप्रदर्शन की महत्ता थी। दक्षिण के आलवारों ने तमिल भाषा में *तिरुमुरै* की रचना की है जो भक्तिपरक गायनों का संग्रह है। फिर, शिवोपासना से सम्बद्ध लिंगपूजा द्रविड़ संस्कृति की ही देन है।

अब यहाँ प्रश्न उठता है कि भारतवर्ष में पहले किस संस्कृति का उदय हुआ। द्रविड़ संस्कृति का या आर्यों की वैदिक संस्कृति का। इस प्रश्न का उत्तर देने के लिए यह जरूरी हो जाता है कि पहले दोनों संस्कृतियों के कालों का निरूपण हो जाय। एक प्रचलित धारणा

यह है कि द्रविड़ संस्कृति दक्षिण भारत में अत्यंत प्राचीन काल से चली आ रही थी और आर्यों की वैदिक संस्कृति भारत के बाहर से सम्भवतः मध्य एशिया से लगभग 1500 ई॰पू॰ में उत्तर-पश्चिम भारत में आई। उस समय तक द्रविड़ भी उत्तर-पश्चिम भारत तक फैल चुके थे। और वहीं आर्यों तथा द्रविड़ों में संघर्ष भी हुआ। इसी को आर्यों तथा अनार्यों का पारस्परिक संघर्ष माना जाता है। इस संघर्ष में जीत आर्यों की होती है और द्रविड़ों को फिर दक्षिण-पूर्व की ओर धकेल दिया जाता है। जो द्रविड़ उत्तर-पश्चिम भारत में रह जाते हैं उन्हें दास बना लिया जाता है और वे वैदिक संस्कृति में घुल-मिल भी जाते हैं। कालक्रम में प्रायः संपूर्ण भारत में ही हिन्दू संस्कृति फैल जाती है।

यहाँ यह उल्लेखनीय है कि बीसवीं शताब्दी के प्रारंभिक शतकों में सिंधु घाटी के आसपास मोहंजोदड़ो और हड़प्पा का आविष्कार हुआ। इन स्थानों में एक प्राचीन सभ्यता के अवशेष पाये गये। इस सभ्यता को 'सिंधुघाटी सभ्यता' का नाम दिया गया। यह सभ्यता एक प्रकार की शहरी सभ्यता थी और यह 3000 ई॰पू॰ के पहले की सभ्यता मानी गई। कालांतर में यह सभ्यता सिंधु नदी में आयी बाढ़ों के कारण नष्ट हो गई। इस नदी के पूरब में एक और बड़ी नदी बहती थी जिसका नाम सरस्वती था। इस नदी के दोनों तटों पर भी अनेक नगर बसे हुए थे। वे भी सिंधुघाटी सभ्यता के अंतर्गत ही थे। यह नदी भी कालांतर में प्राकृतिक कारणों से सूखकर विलुप्त हो गई। इसीलिए इन दिनों बहुत पहले से ही इसे 'अंतःसलिला' कहते हैं। यह नदी 1500 ई॰पू॰ के बहुत पहले बिलकुल लुप्त हो चुकी थी।

कहा जाता है कि सिंधुघाटी सभ्यता का पूर्णविनाश 1800 ई॰पू॰ तक हो चुका था। और तब आर्य लोग 1500 ई॰पू॰ के लगभग पश्चिमोत्तर भारत में आये। भारत में आकर इन्होंने अनार्यों पर आक्रमण किया और इन पर विजय पाई। अब यहाँ प्रश्न उठ जाता है कि जिन पर उन्होंने विजय पाई, वे कहीं सिंधुघाटी की सभ्यता के नष्ट होने पर वहाँ बच गये कुछ लोग ही तो न थे। इस प्रश्न का उत्तर देना बहुत कठिन है। इसके उत्तर में दो तरह की बातें कही जाती हैं। एक तो यह कि अनार्य द्रविड़ ही थे और वे ही सिन्धुघाटी सभ्यता के निर्माता भी थे। वे पहले से ही पश्चिमोत्तर भारत में भी रहते थे। दूसरी बात यह है कि आर्य लोग 1500 ई॰पू॰ में भारत नहीं आये थे। वे तो अतिप्राचीन काल से पश्चिमोत्तर भारत में रहते ही थे। उनका वहाँ 7000- 8000 ई॰पू॰ के पहले तक रहना प्रमाणित भी किया जा सकता है। अतः आर्य-अनार्य संघर्ष किसी विदेशी आक्रमण का परिणाम नहीं था। वह तो भारत का एक अंदरूनी संघर्ष था। हम इन दोनों तरह की बातों की पुष्टि में कुछ साक्ष्यों का उल्लेख करना चाहेंगे। हम पहले प्रथम विकल्प को लेंगे।

द्रविड़ संस्कृति ही अनार्य संस्कृति है। यह न केवल सिन्धुघाटी में विद्यमान थी, बल्कि यह सुमेर[1] तथा क्रीट[2] तक फैली हुई थी। ऐसा इसलिए माना जा सकता है कि इन स्थानों में भी चाक पर मिट्टी के बर्तन बनाना, शहरों का होना, वृक्ष, पशु तथा देवताओं की पूजा करना, पशु की बलि देना, मृतक को जमीन में गाड़ना, आदि आदि प्रचलित थे। एच॰आर॰ हॉल[3] ने माना है कि यह संस्कृति भारत के द्रविड़ों की ही देन है। एस॰ पिग्गौट[4] ने इस संस्कृति का काल लगभग 2545 ई॰पू॰ निर्धारित किया है। आर्यों के सम्बन्ध में साधारणतः कहा जाता है कि ये लोग 1500 ई॰पू॰ में भारत के पश्चिमोत्तर क्षेत्र 'सप्तसिन्धु' में मध्य एशिया से फारस होते हुए आये और इन्हीं लोगों ने अनार्यों पर आक्रमण किया। सर्वपल्ली राधाकृष्णन तथा सुरेन्द्रनाथ दास गुप्त जैसे प्रख्यात दार्शनिक भी इसी विचार को स्वीकार करते हैं।

पर आज ऊपर के इस मत का कड़ा विरोध हो रहा है और एक दूसरा विकल्प प्रस्तुत किया जा रहा है। और इस विकल्प के पक्ष में अनेक महत्त्वपूर्ण तर्क दिये जा रहे हैं। पाण्डुरंग वामन काणे ने अपनी पुस्तक *धर्मशास्त्र का इतिहास* में कहा है कि ''ऋग्वेद, अथर्ववेद एवं तैत्तिरीय संहिता तथा ब्राह्मण की कुछ ऋचाएँ 4000 ई॰पू॰ के बहुत पहले की भी हो सकती हैं''। और आधुनिक खोज से तो यही पता चलता है कि वैदिक मंत्रों की अभिव्यक्ति पश्चिमोत्तर भारत की भूमि पर ही हुई थी। अनेक अनुसंधानकर्ता इस अभिव्यक्ति को अतीत में 7000-8000 ई॰पू॰ तक भी ले जाना चाहते हैं। हम इस विषय का सांगोपांग विवेचन तो यहाँ नहीं करेंगे, पर इसके सम्बन्ध में कुछ चुनिंदा तर्क यहाँ अवश्य ही प्रस्तुत करेंगे। ये तर्क हैं:—

वैदिक वाङ्मय में सरस्वती नदी की बहुत अधिक चर्चा है। कहते हैं कि वैदिक सभ्यता का विकास सिंधु और सरस्वती नदियों के मध्य में ही हुआ था। सरस्वती नदी को वेद में 'नदीतमा' कहा गया है। भूगोलवेत्ता मानते हैं कि यह नदी 1900 ई॰पू॰ तक भूगर्भीय कारणों से पूर्णतः लुप्त हो चुकी थी। अब यदि आर्य लोग सर्वप्रथम 1500 ई॰पू॰ में भारत में आये तो उन्होंने सरस्वती नदी के सम्बन्ध में बहुत अधिक गुणगान कैसे कर दिया। निश्चय ही आर्य लोग जिस समय पश्चिमोत्तर भारत में थे उस समय सरस्वती नदी भी अपने पूर्ण विकसित रूप में थी। और यह समय निश्चित रूप से 1900 ई॰पू॰ के बहुत पहले का होगा, क्योंकि 1900ई॰पू॰ तक तो सरस्वती लुप्त हो चुकी थी। ऐसी स्थिति में आर्यों का भारत में 1500 ई॰पू॰ में आना बहुत ही बेतुका लगता है।

कहते हैं कि आर्य अश्वों पर चढ़कर भारत आये थे। अनार्य ऐसे द्रुतगामी वाहनों से विहीन थे। इसलिए आर्यो ने अनार्यों पर आसानी से विजय पा ली। किंतु अन्वेषकों ने कुछ ऐसी गुफाओं का आविष्कार किया है जो हड़प्पा संस्कृति के पहले की गुफाएँ हैं और जिनमें अश्व की आकृतियाँ पाई गई हैं।

हिंदुकुश पर्वत के आसपास मेहरगढ़ नामक स्थान में एक 6000-7000 ई॰ पू॰ की सभ्यता का पता चला है। वहाँ यज्ञ की वेदियां के अलावे अन्य वेदकालीन वस्तुओं के अवशेष पाये गये हैं।

मोहंजोदड़ो तथा हड़प्पा की सभ्यता पुरों अर्थात् नगरों की सभ्यता थी। इनमें गृहों का निर्माण वैज्ञानिक तरीकों से होता था। इसके लिए ज्यामिति का ज्ञान बहुत ही अधिक अपेक्षित था। इस तरह का ज्ञान वैदिक साहित्य के आपस्तम्ब तथा बौधायन रचित *शूल्वसूत्र* में वर्णित है। अमेरिकन गणित इतिहासवेत्ता ए॰ साइडेनवर्ग[5] *शूल्वसूत्र* के गणित को मिश्र, बेबीलोन[6] तथा ग्रीस[7] के गणित सम्बन्धी ज्ञान का स्रोत मानते हैं। अब यदि हम सिंधु सभ्यता का काल 3000 ई॰पू॰ ही मानते हैं, तो *शूल्वसूत्र* की रचना उसके पहले अवश्य ही हुई होगी। और चूँकि वेद का काल सूत्र-काल से पहले का काल है, इसलिए वैदिक सभ्यता और संस्कृति को 3000 ई॰पू॰ के पहले की सभ्यता और संस्कृति मानना अनिवार्य ही हो जाता है।

वेद में देवों और दानवों के बीच हुए अनेक संघर्षों का जिक्र है। देवताओं के राजा इन्द्र को वृत्रघ्न इसलिए कहा जाता है कि उसने वृत्र नामक दानव का संहार किया था। अब यहाँ प्रश्न उठता है कि यदि आर्य लोग अतिप्राचीन काल से भारत में ही रह रहे थे तो उन्हें अनार्यों से युद्ध करने की नौबत क्यों आई। क्या उनका आपसी युद्ध अनार्यों का ही आर्यों पर किये गये आक्रमण का परिणाम तो नहीं था? पर पूरे वेद में इस प्रकार के किसी आक्रमण का

कोई जिक्र नहीं मिलता। अतः *वेद* का देव-दानव संग्राम या सुर-असुर संग्राम या आर्य-अनार्य संग्राम एक ही जगह रहने वाली दो भिन्न मानव प्रजातियों का आपसी संग्राम ही माना जा सकता है। यह तो सही है कि आर्यों तथा अनार्यों में रंग आकृति, आदि अनेक शारीरिक विशिष्टताओं के सम्बन्ध में बहुत अधिक भेद है। ऐसा सम्भव है कि अति प्राचीन काल में हिंदूकुश पर्वत के आसपास के क्षेत्र से भारत के सप्तसिंधु क्षेत्र में गौरवर्ण के आर्यलोग आये और उसी क्षेत्र में कृष्णवर्ण के अनार्य दक्षिण-पूर्व भारत की ओर से गये और वहीं दोनों प्रजातियाँ एक-दूसरे से लड़ पड़ीं। उस युद्ध में आर्यों की जीत हुई और तब दोनों प्रजातियों के लोग घुल-मिल कर रहने लगे और एक ही संस्कृति के अंग भी बन गये। यह भी कहा जाता है कि हिंदुकुश के पर्वतीय क्षेत्र से कुछ आर्य तो दक्षिण-पूर्व दिशा में सप्तसिंधु के क्षेत्र में आ गये थे, लेकिन कुछ आर्य पश्चिमोत्तर दिशा में फारस होते हुए यूरोप की ओर चले गये थे।

क्लौस के॰ क्लौस्टरमायर[8] अपने एक लेख[9] में भाषाशास्त्रीय, ऐतिहासिक, पुरातत्त्वशास्त्रीय, भूगर्भीय, खगोलशास्त्रीय तथा लिपिशास्त्रीय अन्वेषणों के नतीजों को ध्यान में रखते हुए लिखते हैं—''ऋग्वेद में वर्णित युद्ध आक्रमणकारियों तथा आदिमजातियों के बीच नहीं बल्कि एक ही संस्कृति के लोगों के बीच लड़े गये थे''[10]। इसी लेख में उन्होंने यह भी लिखा है—''इन विशेषज्ञों के अनुसार 8000 ई॰पू॰ से सांस्कृतिक विकास में न तो कोई अवच्छेद और न ही कोई परिवर्तन हुआ है। यदि बाहर से कोई आक्रमण हुआ होता, तो अवच्छेद या कोई बड़ा परिवर्तन अवश्य पाया जाता'। उन्होंने इसी लेख में राजारामन[11] द्वारा प्रस्तावित प्राचीन भारत की एक नयी ऐतिहासिक रूपरेखा को स्वीकार किया है तथा उसे उद्धृत भी किया है। वह रूपरेखा इस प्रकार हैः—

4500 ई॰पू॰ — मान्धातृ का द्रुह्युओं पर विजय (पुराण में चर्चित)।
4000 ई॰पू॰ — *ऋग्वेद* (प्रथम एवं दशम मंडल छोड़कर)।
3700 ई॰पू॰ — *ऋग्वेद* में वर्णित दस राजाओं का युद्ध, राम और *रामायण।*
3600 ई॰पू॰ — *यजुर्वेद, सामवेद* तथा *अथर्ववेद।*
3100 ई॰पू॰ — कृष्ण, व्यास, महाभारत युद्ध तथा प्रारंभिक *महाभारत।*
3000 ई॰पू॰ — *शतपथब्राह्मण, शूल्वसूत्र, याज्ञवल्क्यसूत्र,* पाणिनि। (*अष्टाध्यायी* के रचयिता), यास्क (*निरूक्त* के रचयिता)।
2900 ई॰पू॰ — सिंधु-सरस्वती की सभ्यता, (इसी के अंतर्गत मोहंजोदड़ो और हड़प्पा की सभ्यता शामिल)
2200 ई॰पू॰ — भयंकर सूखे का प्रारंभ हड़प्पा के विनाश का प्रारंभ।
2000 ई॰पू॰ — वैदिक युग का अंत।
1900 ई॰पू॰ — सरस्वती का पूर्णलोपः हड़प्पा-सभ्यता का अंत।

यहाँ यह उल्लेखनीय है कि पा॰ वा॰ काणे ने अपने *धर्मशास्त्र का इतिहास* में 4000 ई॰पू॰से 1000 ई॰पू॰ तक के काल को वैदिक संहिताओं तथा उपनिषदों का काल माना है। वे कहते हैं—''ऋग्वेद, अथर्ववेद एवं तैत्तिरीय संहिता तथा ब्राह्मण की कुछ ऋचाएँ 4000 ई॰पू॰ के बहुत पहले की भी हो सकती हैं''।

मैं भारतीय वैदिक संस्कृति के सम्बन्ध में प्रथम विकल्प परक पक्ष के विचारों को नहीं मानकर द्वितीय विकल्प परक पक्ष के विचारों को ही स्वीकार करता हूँ। और चूँकि वेद के

विचारों में नीतिसम्बन्धी विचार शुरू से ही शामिल हैं, इसलिए ऐसा कहना बिलकुल समीचीन है कि भारतीय नीतिशास्त्र उतना ही पुराना है जितनी पुरानी वैदिक संस्कृति है। प्रस्तुत लेखन में हम वैदिक संस्कृति के केवल नैतिक पक्ष का विवेचन करेंगे। और, जैसा हमने ऊपर संकेत किया है, हमारा विवेचन संक्षिप्त ही होगा। हम केवल कुछ चुनिंदे एवं महत्त्वपूर्ण विषयों के सम्बन्ध में ही विचार करेंगे।

23.2 वैदिक कर्मकांड

वैदिक आचारशास्त्र में हम *ऋग्वेद*, *यजुर्वेद*, *सामवेद*, *अथर्ववेद*, *ब्राह्मण*, *आरण्यक*, *उपनिषद्*, *श्रौतसूत्र*, *गृह्यसूत्र*, *धर्मसूत्र*, *रामायण*, *महाभारत*, *गीता*, के साथ-साथ सभी *स्मृतियों* तथा *पुराणों* के नैतिक विचारों को भी शामिल करते हैं। स्पष्ट ही इनका काल एक बहुत विस्तृत काल है। इस काल के सम्बन्ध में हम ऊपर संक्षिप्त विचार कर चुके हैं। इस वैदिक आचारनीति का अनुसरण अनेक रूपों में आज भी हो रहा है। अब यहाँ एक प्रश्न यह उठता है कि यह वैदिक आचारनीतिपरक चेतना वैदिक ऋषियों में किस प्रकार उभरी। उल्लेखनीय है कि वैदिक ऋषियों ने अपनी विलक्षण अनुभूतियों में एक विश्वव्यापी सामंजस्यपरक चेतना का साक्षात्कार किया। उन्होंने इस विश्वव्यापी सामंजस्य के महत्त्व को बखूबी समझा। निश्चय ही किसी रचनात्मक कार्य के लिए अंततः सामंजस्य या व्यवस्था की ही नितांत आवश्यकता होती है। इस सामंजस्य या व्यवस्था को उन्होंने 'ऋत' का नाम दिया। निश्चय ही वैदिक मनीषियों की नैतिक चेतना किसी कल्पना की उड़ान नहीं थी। वह तो इसी विश्वव्यापी ऋत से सम्बद्ध थी। यह सही हैं कि नैतिक चेतना व्यक्तिपरक होती है। पर ऐसा वह केवल आधार के लिए होती है। विषय के सम्बन्ध में वह अंततः विश्वव्यापी ही होती है। अतः उसका ऋत से सम्बन्ध होना स्पष्ट ही है। इस ऋत को हम रीति या नियम भी कह सकते हैं। ऋग्वेद कहता है– "ऋतं च सत्यं च आभीद्धात् तपसः अजायत"। अर्थात् गहन तपस्या से ऋत और सत्य उत्पन्न हुए और उसके बाद ही सारा विश्व उत्पन्न हुआ। इस प्रकार यह देखा जा सकता है कि सामंजस्य अर्थात् व्यवस्था के मूल में सत्य अर्थात् वास्तविकता तथा ऋत अर्थात् नियम का होना नितांत आवश्यक है और नैतिकता का संभावनापरक आधार भी तो यही है कि मनुष्य का सामान्य व्यक्तित्व वास्तविकता एवं नियम पर ही आधारित होता है। अब हम यहाँ इस ऋत तथा कुछ अन्य नैतिक दृष्टि से महत्त्वपूर्ण अवधारणाओं का संक्षिप्त विवरण प्रस्तुत करेंगे।

23.2.1 ऋत

जैसा हमने ऊपर कहा है, 'ऋत' संपूर्ण विश्व में व्याप्त एक व्यवस्था का नाम है। इसी ऋत के कारण विश्व की खगोलीय, भौगोलिक, भूगर्भीय, मानसिक, आदि सभी प्रकार की घटनाएँ नियमबद्ध तरीके से घटित होती रहती है। इस 'ऋत' शब्द से ही हिन्दी भाषा का 'रीति' शब्द उद्भूत हुआ है। किसी नियमानुकूल घटना को रीतिपरक ही माना जाता है। ऋत का उलटा 'अनृत' कहलाता है और वह अनैतिक होता है। वैदिक ऋषियों ने, जो मूलतः द्रष्टा थे, ऋत को एक मूल्य के रूप में भी देखा था और इसी कारण उनकी यह चेतना नैतिक रूप ले सकी थी। फिर तो ऋत एक आदर्श भी बन गया।

वेद के सभी देवता ऋत से उत्पन्न (ऋतजात) तथा उसी से सम्बन्धित होनेवाले (ऋतवृध) माने जाते थे। वरुण जो पूरे आकाश को आच्छादित करते हैं ऋत के संरक्षक या गोपा (ऋतस्य गोपा) माने गये। इस आधार पर यह कहा जा सकता है कि वरुण ही नैतिकता

के देवता थे। और फिर इसी आधार पर यह भी कहा जा सकता है कि वे ही न्याय एवं दण्डविधान के भी देवता थे। वरुण *'धृतव्रत'* भी थे, क्योंकि वे नियमानुसार व्रत का भी पालन करते थे। व्रत का पालन नहीं करना पाप की श्रेणी में आता था। *वेद* में अनेक ऐसी स्तुतियाँ है जिनमें लोग वरुण को संबोधित करते हुए अपने पापों के लिए क्षमायाचना करते हैं। अनृत या असत्यभाषण, चोरी, हिंसा, आदि कर्म[12] पापपूर्ण यानी अनैतिक माने गये हैं। वहीं सत्यभाषण, संतोष, ब्रह्मचर्यपालन, आदि[13] पुण्यमय यानी नैतिक माने गये हैं। इस पाप और पुण्य के भेद के पीछे तर्क यही है कि जो व्यवस्था या ऋत के विरूद्ध है वह पाप है और जो उसके अनुकूल है वह पुण्य है। इसीलिए वैदिक आर्य इन्द्र से प्रार्थना करते हैं कि ''हे इन्द्र! हमें ऋत के पथ पर ले जाओ जो अनैतिकताओं से परे एक उचित पथ है''।[14]

अब यहाँ यह उल्लेखनीय है कि नैतिकता में जो भूमिका ऋत की है वही भूमिका धर्म की भी है। पर धर्म की अवधारणा बाद में प्रकट हुई। और फिर ऐसा हुआ कि ऋत की भूमिका क्रमशः गौण होती गई और धर्म की भूमिका क्रमशः प्रधान होती गई। आज यदि धर्म की अवधारणा एक जाज्वल्यमान सूर्य के समान है, तो ऋत की अवधारणा मानो एक टिमटिमाते तारे के समान है। अब हम यहाँ इस धर्म की अवधारणा के सम्बन्ध में कुछ विस्तार से चर्चा करेंगे।

23.2.2 धर्म

'धर्म' शब्द का प्रयोग *ऋग्वेद* में भी अनेक बार हुआ है। अधिकतर स्थानों में इसका प्रयोग यज्ञादि क्रियाओं के सम्बन्ध में हुआ है। *ऋग्वेद* की ऋचा 'तानि धर्माणि प्रथमान्यासन्' में ऐसा ही प्रयोग हुआ है। पर अनेक स्थानों में इसका प्रयोग किसी क्रिया के लिए नहीं, वरन् क्रिया सम्बन्धी नियम के लिए हुआ है। *अथर्ववेद* के 9-9-17 में 'धर्म' का अर्थ न तो कोई क्रिया है, न ही कोई नियम, बल्कि क्रिया से उत्पन्न गुण होता है। इस तरह यह देखा जा सकता है कि *वेदों* में 'धर्म' के अनेक अर्थ होते हैं। पर निश्चय ही *वेदों* में इसका क्रियापरक अर्थ ही प्रधान होता है। और, जैसा हम जानते हैं, *वेदों* के अनुसार यज्ञादि क्रियाओं का क्रियान्वयन अत्यधिक महत्त्वपूर्ण तो होता ही है।

अब प्रश्न उठता है कि धर्म का आधार क्या है, अर्थात् उसका स्रोत क्या है। *गौतम धर्मसूत्र* (1-1-2) कहता है: ''वेदो धर्ममूलम्। तद्‌विदां च स्मृतिशीले।'', अर्थात् वेद धर्म का मूल है। उसको जानने वालों की स्मृति और उनके शील भी। *मनुस्मृति* (2.6) कहती है 'वेदोऽखिलो धर्ममूलम् स्मृतिशीले च तद्‌विदाम्। आचारश्च साधूनाम् आत्मनः तुष्टिरेव च।', अर्थात् सारा वेद, उसको जानने वालों की स्मृति और उनके शील व्यवहार, साधुओं के आचार, तथा आत्मतुष्टि धर्म के मूल हैं। *याज्ञवल्क्य स्मृति* (1.7) कहती है: 'श्रुतिः स्मृतिः सदाचारः स्वस्यच प्रियमात्मनः। सम्यक् संकल्पजः कामो धर्ममूलमिदं स्मृतं।।'' अर्थात् *श्रुति, स्मृति,* सदाचार, आत्मप्रीति, सम्यक् संकल्पजनित काम, ये सब धर्म के मूल माने जाते हैं। इस प्रकार यह देखा जा सकता है कि धर्म या धार्मिकता के निरूपण में *वेद* एवं *स्मृति* जैसे ग्रंथों की बहुत ही महत्त्वपूर्ण भूमिका रही है। इन ग्रंथों में वेद सबसे अधिक प्राचीन एवं महत्त्वपूर्ण है। और इसके बाद के वैसे सभी ग्रंथ जो वैदिक धर्म के लिए महत्त्वपूर्ण माने गये हैं वैदिक परंपरा के अंतर्गत ही आँके जाते हैं। ये ग्रंथ अंततः *वेद* को ही अंतिम प्रमाण मानते हैं। इनकी संख्या बहुत ही बड़ी है। हम इनके सम्बन्ध यहाँ कुछ विस्तार से चर्चा करेंगे।

चारों *वेदों* के अंगों के रूप में *मंत्र, ब्राह्मण, आरण्यक* तथा *उपनिषद्* हैं। इनके बाद *कल्पसूत्रों* का निर्माण हुआ। सूत्र छोटे-छोटे अर्थपूर्ण शब्द-समूहों या पद-समूहों को कहते हैं। कोई भी *कल्पसूत्र* ऐसे ही समूहों का संकलन होता है। एक *कल्पसूत्र* में तीन तरह के सूत्र

संकलित होते थे—*श्रौतसूत्र, गृह्यसूत्र, धर्मसूत्र। कल्पसूत्रों* को हम धर्मशास्त्र कह सकते हैं। इनका निर्माण *वेदों* के बाद तथा *स्मृतियों* के पहले हुआ है। *श्रौतसूत्रों* में श्रुतियों अर्थात् *वेदों* के उन यज्ञों एवं अनुष्ठानों के संग्रह एवं वर्णन हैं जो सर्वसाधारण के लिए नहीं होते। यहाँ यह उल्लेखनीय है कि *वेद* के समय में लेखनकला का उदय नहीं हुआ था। इसलिए *वेद* श्रवण पर ही कायम रहता था। इसी कारण इसे *'श्रुति'* कहा जाता था। *गृह्यसूत्रों* में गृहस्थों द्वारा किये जाने वाले यज्ञों एवं अन्य प्रकार के अनुष्ठानों के संग्रह और वर्णन हैं। और *धर्मसूत्रों* में सदाचार सम्बन्धी नियमों के संग्रह एवं वर्णन रहते हैं। *कल्पसूत्रों* का निर्माण अनेक सूत्रकारों ने किया है। वे हैं—गौतम, आश्वलायन, बौधायन, आपस्तम्ब, शांखायन, हिरण्यकेशी, वशिष्ठ, हारीत, आदि। सभी *कल्पसूत्रों* के तीनों अंग आज उपलब्ध नहीं हैं। कुछ को छोड़ अन्य सबों का तो एक अंग या दो अंग ही उपलब्ध हैं। आश्वलायन एवं शांखायन के *धर्मसूत्र* आज उपलब्ध नहीं हैं। लेकिन आपस्तम्ब तथा हिरण्यकेशी के *कल्पसूत्रों* के तीनों अंग अर्थात् *श्रौतसूत्र, गृह्यसूत्र* तथा *धर्मसूत्र* आज भी उपलब्ध हैं। यहाँ यह भी उल्लेखनीय है कि प्राचीन वैदिक काल में *वेदों* का अध्ययन या अनुशीलन विभिन्न *कल्पसूत्रों* पर आधारित विभिन्न शाखाओं में होता था। पर कालांतर में यह शाखापरंपरा बहुत प्रभावकारी नहीं रही। और सभी शाखाओं के लिए सभी *कल्पसूत्र* प्रायः समान रूप से ही मान्य एवं प्रामाणिक हो गये।

कल्पसूत्रों के बाद *स्मृतियों* की रचनाएँ हुईं। *स्मृतियाँ* प्रायः अनुष्टुप्छन्द में पद्यबद्ध ही हैं। *स्मृतियों* में सबसे अधिक प्राचीन एवं महत्त्वपूर्ण *मनुस्मृति* है। *स्मृतियों* का निश्चित रूप से काल निरूपित करना बहुत कठिन है। इन *स्मृतियों* का महत्त्व भारतीय नीतिशास्त्र के निरूपण में बहुत अधिक है, क्योंकि इनमें मनुष्यों के प्रायः सभी तरह के कार्यों के लिए निर्देश दिये गये है। *स्मृतियों* के निर्देश आज भी हिंदुओं में बहुत अधिक मान्य हैं।

स्मृतियों के साथ-साथ *रामायण* तथा *गीता* सहित *महाभारत* जैसे महाकाव्य भी नीतिशास्त्रीय दृष्टि से बहुत अधिक महत्त्वपूर्ण हैं। *महाभारत* के अंतर्गत *गीता* तो नीतिशास्त्र के सम्बन्ध में मानो एक कालजयी ग्रंथ ही है। फिर अनेकानेक *पुराण* हैं जिनमें भी आचारनीति के विभिन्न प्रकार के विषयों की बहुत अधिक चर्चा हुई है। 18 पुराण मुख्य माने जाते हैं। ये हैं—*ब्रह्म, पद्म, विष्णु, वायु, भागवत, नारदीय, मार्कण्डेय, आग्नेय, भविष्य, ब्रह्मवैवर्त, लिंग, वराह, स्कन्द, वामन, कूर्म, मत्स्य, गरुड़ एवं ब्रह्मण्ड।* इनके अलावे कुछ आस्तिक दर्शनशास्त्र भी हैं जिनमें आचारनीति के निरूपण के साथ-साथ उसके औचित्य का भी विवेचन किया गया है। यहाँ यह उल्लेखनीय है कि कुछ नास्तिक दर्शन भी हैं जिनके अंतर्गत आनेवाली आचारनीति वैदिक परम्परा का प्रायः घोर विरोध ही करती है। इनके सम्बन्ध में भी हम आगे कुछ विस्तार से ही चर्चा करेंगे।

इस तरह हम देख सकते हैं कि धर्म के स्रोत के रूप में एक अत्यंत विशाल साहित्य है जिसका उपयोग आज भी हिंदुओं द्वारा अपने आचरण के सम्बन्ध में किया ही जाता है।

23.2.3 ऋण—यह ऋण की अवधारणा क्या है? जैसा हम सभी जानते हैं, प्रत्येक व्यक्ति अपने अस्तित्व तथा कल्याण के प्रति बहुत ही सजग और यत्नशील रहता है। ऐसा रूझान एक प्रकार का आत्मस्नेह या आत्मप्रेम ही है। अब यदि कोई अन्य व्यक्ति किसी व्यक्ति का कुछ भी उपकार करता है, तो उस उपकृत व्यक्ति को उपकार करनेवाले व्यक्ति के प्रति कृतज्ञ होना ही चाहिये; ऐसा इसलिये कि उपकार करनेवाले व्यक्ति ने उपकृत के साथ आत्मस्नेह या आत्मप्रेम के अनुकूल ही कार्य किया है। पर चूँकि यह उपकार अन्य व्यक्ति

द्वारा क्रियान्वित हुआ है, इसलिए यह उपकार उपकृत व्यक्ति के लिये मानो एक प्रकार का ऋण है। इस प्रकार वह उपकृत व्यक्ति ऋणी हो जाता है जिससे उसे उऋण तो होना ही चाहिये। साधारणतः लोग कृतज्ञता ज्ञापन करके ऐसे ही ऋणों से उऋण हो जाया करते हैं। वैदिक संस्कृति में ऋणों से उऋण होने को बहुत अधिक महत्त्व दिया गया है। इस संस्कृति में मानव जीवन के ऋण तीन प्रकार के माने गये हैं—पितृऋण, ऋषिऋण, तथा देवऋण। अब हम इन तीनों ऋणों की कुछ विस्तार से व्याख्या एक एक कर करेंगे। इन ऋणों से उऋण होना तो नैतिक कर्तव्य ही होता है।

पितृऋण—पितृऋण वह ऋण है जो मनुष्यों को उनके पितरों से अर्थात् माँ-बाप से एवं उनके भी माँ-बाप से तथा इस क्रम में सभी पूर्वजों से प्राप्त होता है। यह तो स्पष्ट ही है कि मेरा अस्तित्व मेरे माँ-बाप के कारण सम्भव हुआ है और उनका उनके माँ-बाप के कारण। और यह वाकया पूर्व के सभी पितरों के सम्बन्ध में लागू है। इस प्रकार प्रत्येक व्यक्ति अपने अस्तित्व तथा प्रारम्भिक लालन-पालन के लिए अपने माँ-बाप का ऋणी होता है और मैं इसका कोई अपवाद नहीं हो सकता। अतः मुझे या अन्य किसी व्यक्ति को नैतिक आचारनीति के अनुसार इस ऋण को चुका देना चाहिये। धर्मशास्त्र में ऐसे ऋणों को चुकाने के तरीके भी निर्धारित कर दिये गये हैं। *वेद* की *तैत्तिरीय संहिता* (6-3-10-5) में कहा गया है—"जायमानो वै ब्राह्मणः त्रिभिः ऋणवान् जायते। ब्रह्मचर्येण ऋषिभ्यः यज्ञेन देवेभ्यः प्रजया पितृभ्यः"। अर्थात् जन्म लेकर ब्राह्मण तीन प्रकार के ऋणों से युक्त होकर जन्म लेता है। ऋषियों से प्राप्त ऋण ब्रह्मचर्य से, देवताओं से प्राप्त ऋण यज्ञ से तथा पितरों से प्राप्त ऋण पुत्रोत्पत्ति से चुकाया जा सकता है। इस प्रकार हम देखते हैं कि पितृऋण को चुकाने के लिए पुत्रोत्पत्ति करना आवश्यक है। पितृऋण चुकाने के लिए कुछ अन्य कर्म भी करना चाहिये जिसे 'श्राद्ध कर्म' कहते हैं। हिंदूधर्म में इस श्राद्ध कर्म का विशेष महत्त्व है और यह कर्म आज भी अनिवार्य माना जाता है। यह कर्म पितरों की शांति के लिए माँ-बाप के मरणोपरान्त किया जाता है और फिर इसे वार्षिक श्राद्ध, पार्वणश्राद्ध, गया-श्राद्ध, आदि के रूप में भी किया जाता है। इन श्राद्धों को करने से भी लोग पितृऋण से उऋण हो जाते हैं। *ब्रह्मपुराण* श्राद्ध को इस प्रकार परिभाषित करता है—"देशे काले च पात्रे च श्रद्धया विधिना च यत्। पितृघनुद्दिश्य विप्रेभ्यो दत्तं श्राद्धमुदाहृतम्।।"[15], अर्थात् (विशिष्ट) स्थान पर (विशिष्ट) समय में (विशिष्ट) व्यक्ति को श्रद्धाविधि से विप्रों को पितरों के उद्देश्य से जो दिया जाता है वह श्राद्ध है।

ऋषिऋण—हम अपने ऋषियों के भी ऋणी होते हैं। यह दो रूपों में होता है। एक रूप तो यह है कि ऋषियों ने हमें *वेद* जैसा एक अत्यंत विलक्षण ज्ञानभंडार उपलब्ध कराया है। हम यह सूचित कर चुके हैं कि ऋषिगण ही *वेदमंत्रों* के द्रष्टा थे। ऋषिप्रदत्त यह वेद सभी लोगों के बौद्धिक एवं चारित्रिक विकास एवं उन्नयन के लिए एक अत्यंत उपयोगी साधन है। अतः हम निश्चित रूप से ही ऋषियों के ऋणी हो जाते हैं। हमारे ऋणी होने का दूसरा रूप यह है कि हम अपने बाल्यकाल में ऋषियों के आश्रम में जाकर तथा उन्हें गुरु के रूप में स्वीकार कर उनसे शिक्षा प्राप्त करते हैं। और उनसे शिक्षा प्राप्त करने के बाद ही गृहस्थाश्रम में प्रवेश करते हैं। इस प्रकार शिक्षा पाने के लिए भी हम ऋषियों के ऋणी होते हैं। ऐसे ऋण को ऋषिऋण कहते हैं। प्रश्न उठता है कि इस ऋण को चुकाने का तरीका क्या है। *तैत्तिरीय संहिता* के अनुसार इस ऋण को ब्रह्मचर्य के द्वारा चुकाया जा सकता है। इसका तात्पर्य यह है कि सबों को बाल्यकाल में ब्रह्मचर्य का पालन कर तथा गुरु के आश्रम में रहकर शिक्षा ग्रहण करना चाहिये तथा गुरु के द्वारा निर्देशित नियमों के अनुसार ही अपना जीवनयापन करना

चाहिये। यह सही है कि आज शिक्षापद्धति बहुत बदल गयी है और प्राचीन काल की तरह आज गुरु के आश्रम होते भी नहीं हैं। पर शिक्षण तो आज भी होता है और शिक्षकों द्वारा ज्ञान का प्रदान आज भी होता है। और आज तो वैज्ञानिकों द्वारा ज्ञान का नया-नया भंडार सृजित भी होता जा रहा है। अतः आज हम न केवल शिक्षकों के प्रति, बल्कि वैज्ञानिकों के प्रति भी ऋणी होते हैं। ये सभी ऋण मानो ऋषिऋण ही हैं। अतः इस ऋषिऋण को चुकाने की बाध्यता आज भी बरकरार ही है।

देवऋण—देवऋण वह ऋण है जिसमें हम देवताओं के ऋणी होते हैं। जैसा हम जानते हैं, वैदिक संस्कृति प्रारंभ में बहुदेवतावादी थी और वह व्यावहारिक धरातल पर आज भी वैसी ही है। इस संस्कृति के देवता हैं—इन्द्र, वरुण, अग्नि, द्यौस्, उषस्, मित्र, सूर्य, पृथ्वी, दो अश्विनीकुमार, सवितृ, पूषन्, मरुत्, वात, सोम, विष्णु, रुद्र, आदि। ये देवता प्रकृति के किसी-न-किसी विभाग से सम्बद्ध हैं। वैदिक संस्कृति की प्रारंभिक अवस्था में लोग विकास की उस अवस्था में नहीं थे जिसे हम वैज्ञानिक ज्ञान से युक्त विकसित अवस्था कहते हैं। उस प्रारंभिक अवस्था में लोग प्रकृति के विभिन्न व्यापारों को बिलकुल रहस्यमय तथा अलौकिक मानते थे और उन्हें अतिप्राकृतिक दैवी शक्तियों द्वारा परिचालित मानते थे। सायणाचार्य ने, जो ईस्वी सन् 13वीं शताब्दी के *वेद* एवं *ब्राह्मण* ग्रंथों के भाष्यकार थे, वैदिक देवताओं की प्राकृतिक व्याख्या ही की है। सुरेन्द्र नाथ दासगुप्त भी कहते हैं—''प्रकृति की शक्तियों और उनकी अभिव्यक्तियों ने—जो पृथ्वी में हमारे चतुर्दिक वातावरण तथा उसके परे यानी आकाश के परे स्वर्गलोक में व्याप्त हैं—वैदिक कवियों की भक्तिभावना तथा कल्पना को उत्प्रेरित किया।''[16] राधाकृष्णन् भी कहते हैं—''वैदिक ऋचाओं के सबसे प्राचीन ऋषिगण सरल अचेतन ढंग से प्राकृतिक दृश्यों से आनन्दित हुए। आंतरिक रूप से कविपरक मानसिक प्रवृत्ति रखनेवाले उन लोगों ने प्राकृतिक वस्तुओं को भावना की इतनी गहराई से तथा कल्पना की इतनीं तीव्रता के साथ देखा कि वे वस्तुएँ आत्मा से परिपूर्ण हो गईं।''[17] राधाकृष्णन् आगे यह भी कहते हैं—''मनुष्य के मानसिक यंत्र में देवनिर्माण की प्रक्रिया को उतने स्पष्ट रूप से अन्यत्र कहीं नहीं देखा जा सकता जितना स्पष्ट रूप से *ऋग्वेद* में।''[18] *वेद* का अग्निदेव वही अग्नि है जिसके साथ हमें अपने जीवनयापन में रोज ही सरोकार रखना पड़ता है। यह अग्नि वही अग्नि है जिसे हमारे पूर्वज दो सूखी लकड़ियों के परस्पर घर्षण से पैदा कर लेते थे। कैगी[19] ने अपनी पुस्तक *ऋग्वेद* में कहा है कि ''अग्नि मानो नर्म लकड़ी जैसे घर में छिपी रहती है, पर प्रातःकाल वह घर्षण के कारण हठात् ही चमकदार तेज के साथ प्रादुर्भूत हो जाती है।''[20] यह बिलकुल स्वाभाविक ही था कि वैदिक चिंतकों ने प्राकृतिक दृश्यों एवं व्यापारों की वैज्ञानिक वास्तविकता को नहीं समझने के कारण उन्हें अलौकिक मानकर देवताओं के रूप में स्वीकार किया। और इस तरह एक देवतापरक मिथक का निर्माण हो गया। और बाद में *पुराणों* तथा अन्य धर्मग्रंथों द्वारा इस प्रारंभिक मिथक का पूर्ण रूप से मिथकीकरण हो गया। प्रत्येक प्राकृतिक एवं लौकिक विभाग के लिए एक अतिप्राकृतिक एवं अलौकिक देवता कल्पित कर लिया गया—जैसे, अग्नि के लिए अग्निदेवता, सूर्य के लिए सूर्यदेवता, वर्षा के लिए इन्द्रदेवता, वायु के लिए वायुदेवता, आकाश के लिए वरुणदेवता, आदि।

अब यहाँ प्रश्न उठता है कि हम इन देवताओं के ऋणी कैसे हो जाते हैं। इसका उत्तर पाना तो बिलकुल सहज है। क्या हम बिना अग्नि, बिना सूर्य, बिना वर्षा, बिना वायु, आदि के एक क्षण भी कायम रह सकते हैं? क्या बिना प्राकृतिक वातावरण के हमारा अस्तित्व सम्भव हो सकता है? इन प्रश्नों के उत्तर स्पष्ट ही नकारात्मक हैं। अतः हम प्रकारान्तर से

देवताओं के ऋणी तो हैं ही। और तब हमारा यह कर्तव्य हो ही जाता है कि हम उनके ऋणों को अवश्य चुका दें। इस सम्बन्ध में हम *तैत्तिरीय संहिता* की एक उक्ति को उद्धृत करना चाहते हैं जो है "यज्ञेन देवेभ्यः।"[21] अर्थात् देवऋण को यज्ञ करके चुकाया जा सकता है। और यह तो हम जानते ही हैं कि वैदिक संस्कृति एक यज्ञप्रधान संस्कृति है। इसमें यज्ञ का अत्यधिक महत्त्व है। हम आगे 'पंचमहायज्ञ' की कुछ विस्तृत चर्चा करेंगे जिससे यह पता लग जा सकेगा कि वैदिक आर्यों के जीवन में यज्ञ का कितना अधिक महत्त्व था। पर तब यह प्रश्न सहज ही उठ जाता है कि क्या यज्ञ करना नैतिक दृष्टि से भी महत्त्वपूर्ण ही होता है। इस प्रश्न को हम पंचमहायज्ञ की व्याख्या करने के बाद विवेचित करेंगे।

23.2.4 पंचमहायज्ञ

त्रिऋण से उऋण होने की प्रक्रिया का विस्तारित रूप ही मानो पंचमहायज्ञ की प्रक्रिया है। *शतपथ ब्राह्मण* (11-5-6-1) के अनुसार "केवल पाँच महायज्ञ हैं, वे महान सच हैं ओर वे हैं भूतयज्ञ, मनुष्ययज्ञ, पितृयज्ञ, देवयज्ञ, एवं ब्रह्मयज्ञ"। ऐसे ही कथन अन्य अनेक प्राचीन धर्मग्रंथों में पाये जाते हैं। *तैत्तिरीय संहिता* (6-3-10-5) तथा *शतपथ ब्राह्मण* (1-7-2-1-5 तथा 11-5-6-1) का हवाला देते हुए तारापद चौधरी कहते हैं— "सामाजिक रूप में मनुष्य ऋषियों, देवताओं, पितरों, मनुष्यों तथा पशुओं का ऋणी होकर जन्म लेता है, ये ऋण क्रमशः वेदाध्ययन, यज्ञानुष्ठान, पुत्रोत्पत्ति, अतिथि-सत्कार तथा आहारप्रदान करके चुकाये जा सकते हैं।"[22] पाँच महायज्ञों में उपर्युक्त तीन ऋणों को चुकाने सम्बन्धी कार्यों के अलावे दो और कार्य जोड़ दिये गये हैं। वे दो कार्य हैं मनुष्य यज्ञ तथा पशुयज्ञ। यहाँ यह उल्लेखनीय है कि पशुयज्ञ के बदले भूतयज्ञ का उल्लेख या फिर ऋषिऋण से उऋण होने सम्बन्धी यज्ञ के लिए ब्रह्मयज्ञ का उल्लेख भी किया गया है। *आश्वलायन गृह्यसूत्र* (3-1-1-4) में कहा गया है—"अथातःपञ्चयज्ञाः। देवयज्ञो भूतयज्ञः पितृयज्ञो ब्रह्मयज्ञो मनुष्ययज्ञ इति"। ये पाँच महायज्ञ श्रौत कर्म नहीं होकर गार्हस्थ्य कर्म हैं। श्रौत कर्म दुःसाध्य होते हैं और वे पुरोहितों के द्वारा ही कराये जाते हैं। ये कर्म स्वर्गप्राप्ति जैसी कामनाओं की पूर्ति के लिए किए जाते हैं। पर पंचमहायज्ञ विशेषतः कर्तव्यपालन तथा कृतज्ञताज्ञापन के लिए किये जाते हैं। काणे कहते हैं— "पंचमहायज्ञों के क्रियान्वयन का मुख्य उद्देश्य है विधाता, प्राचीन ऋषियों, पितरों, जीवों एवं सम्पूर्ण ब्रह्मांड के प्रति (जिसमें असंख्यजीव रहते हैं) अपने कर्तव्यों का पालन करना। किंतु श्रौत यज्ञों में प्रमुख प्रेरणा रहती है स्वर्ग, संपत्ति, पुत्र, आदि की प्राप्ति।"[23]

इस तरह हम देखते हैं कि पंचमहायज्ञ के द्वारा ऋषियों, पितरों तथा देवताओं के अलावे मनुष्यों एवं पशुओं के प्रति भी कृतज्ञताज्ञापन एवं सम्मानप्रदर्शन किये जाते हैं। पर तब यहाँ प्रश्न उठता है कि हम मनुष्यों एवं पशुओं के प्रति भी कृतज्ञ क्यों होवें। इस प्रश्न का उत्तर तो बिलकुल स्पष्ट है। कोई मनुष्य केवल अपने पर निर्भर रह कर नहीं रह सकता। उसे एक समाज की नितांत आवश्यकता होती है। उसे अपने अस्तित्व, विकास, समृद्धि, कष्टनिवारण, आदि के लिए अन्य मनुष्यों से मदद लेनी ही पड़ती है। अतः प्रत्येक व्यक्ति अन्य मनुष्यों का भी ऋणी हो ही जाता है। और इस ऋण को चुकाना भी जरूरी ही हो जाता है। फिर प्रत्येक मनुष्य को पशुओं तथा अन्य जीवों पर भी निर्भर रहना ही पड़ता है। इस तरह वह उनका भी ऋणी हो ही जाता है। मानव जीवन में दूध का कितना अधिक महत्त्व है यह सभी जानते ही हैं। यह दूध हमें प्रचुर मात्रा में पशुओं से ही मिलता है। फिर हमें कृषि, परिवहन, आदि अनेक कार्यों में पशुओं से मदद लेनी ही पड़ती है। अतः उनका ऋण चुकाना भी जरूरी ही होता है।

मनुष्यों एवं पशुओं के ऋण को चुकाने अर्थात् उनके प्रति कृतज्ञता ज्ञापन करने के साधन भी धर्मसूत्रों द्वारा निर्धारित कर दिये गये हैं। *आपस्तम्ब धर्मसूत्र* (1-4-12-13-14 तथा 1-4-13-1) के अनुसार पशुओं का ऋण उन्हें आहार देकर तथा मनुष्यों का ऋण उन्हें दान देकर चुकाये जा सकते हैं। पशुओं को आहार देना तथा उनका अच्छा रख-रखाव करना कितने महत्त्वपूर्ण कार्य हैं यह सभी जानते हैं। यही कारण है कि इन कार्यों को यज्ञ का दर्जा दे दिया गया है और उन्हें पंचमहायज्ञों में शामिल कर लिया गया है। इसी तरह मनुष्यों की सेवा भी एक महायज्ञ ही मान ली गयी है। वैदिक संस्कृति में अतिथिसत्कार को अत्यंत महत्त्वपूर्ण माना गया है। कोई शिक्षार्थी जब शिक्षा समाप्त करके गुरु के आश्रम से विदा होता था तब गुरु उसे 'अतिथिदेवो भव' का भी उपदेश दिया करते थे। इस प्रकार यह देखा जा सकता है कि अतिथि देवतुल्य ही होता था।

23.2.5 क्या यज्ञानुष्ठान नैतिक दृष्टि से अनिवार्य है?

ऊपर के विवेचन से स्पष्ट है कि वैदिक आचारनीति के अनुसार मनुष्यों का एक प्रधान कर्तव्य है यज्ञ करना। *पराशर स्मृति* (1-39) के अनुसार दैनिक कर्तव्यों में संध्यावंदन, जप, होम, देवपूजन, अतिथि-सत्कार एवं वैश्वदेवबलि शामिल हैं। वैदिक संस्कृति के इस कर्मपरक अंग को वैदिक कर्मकांड कहा जाता है। प्रश्न उठता है कि क्या यह कर्मकांड सम्बन्धी प्रक्रिया नैतिक दृष्टि से अनिवार्य है। क्या मनुष्यों को ऊपर वर्णित सभी यज्ञ करने ही चाहिये? इस प्रश्न का उत्तर देने के लिए यह देखना जरूरी हो जाता है कि ये कर्म किस उद्देश्य से किये जाते हैं और ये किसके प्रति किये जाते हैं। गौरपूर्वक देखने से हमें यह सहज ही पता लग जा सकता है कि इन कर्मों में कुछ ऐसे हैं जो लौकिक पदार्थों के प्रति सम्पादित किये जाते और कुछ अलौकिक पदार्थों के प्रति। अतिथिसत्कार करना तथा पशुओं को आहार देना लौकिक पदार्थों के प्रति किये जाने वाले कर्म हैं। पर श्राद्ध करना या वर्षा के लिए हवन करना अलौकिक पदार्थों की शांति या उनकी तुष्टि के लिए कर्म करना होता है। हम अलौकिकता को जिसके अंतर्गत आध्यात्मिकता भी सम्मिलित है प्रश्रय देना नहीं चाहते। इसलिए हम नैतिकता को किसी तरह किसी प्रकार की अलौकिकता से जोड़ना नहीं चाहते। हम इस सम्बन्ध में पर्याप्त विवेचन पहले ही कर चुके हैं। इसलिए इस सम्बन्ध में यहाँ और अधिक विवेचन करना अपेक्षित नहीं है। ऐसे कर्म जो पितरों की आत्माओं से या अलौकिक देवताओं से सम्बन्धित हैं नैतिक दृष्टि से अनिवार्य नहीं हो सकते। हाँ, पितरों को याद करना बिलकुल भिन्न तरह की बात है। उन्हें याद करना तथा उनके प्रति सम्मान प्रकट करना जैसी प्रक्रियाएँ मनुष्यों के कर्तव्यों में ही गिनी जानी चाहिये। पर, क्या देवताओं की तुष्टि के लिए हवन करना धन का अपव्यय करना नहीं है? कल्पना कीजिये कि कोई व्यक्ति हवन तथा वैश्वदेवबलि जैसे कर्मों को करने के लिए अपने धन का व्यय कर रहा है और उसके पड़ोस में ही कोई व्यक्ति भोजन के अभाव में मर रहा है। क्या इस व्यक्ति का यह नैतिक कर्तव्य नहीं होता कि वह अपने धन को हवन आदि करने के बजाय अपने पड़ोस के भूखे व्यक्ति की भूख मिटाने में ही खर्च करे? हमने ऊपर कहा है कि वैदिक देवतागण प्रकृति के विभिन्न विभागों के प्रतीक के रूप में ही लिए जा सकते हैं, क्योंकि प्राचीन आर्यो ने प्राकृतिक दृश्यों एवं व्यापारों की वैज्ञानिक वास्तविकता को नहीं समझ सकने के कारण उन्हें अलौकिक देवताओं के रूप में स्वीकार कर लिया था। इस कारण यदि हम देवयज्ञों के निष्पादन को प्राकृतिक वातावरण के प्रति अपने कर्तव्य के निर्वहण का रूप दे दें, तो निश्चय ही उन यज्ञों के उद्देश्य का रूप दूसरा हो जायगा। और

तब इन यज्ञों का स्वरूप आग में घी डालकर हवन करना नहीं हो सकता, बल्कि विभिन्न उपायों से प्रकृति की सुरक्षा एवं सम्वृद्धि करना ही हो सकता है। इस पर्यावरणपरक आचारनीति की विस्तृत चर्चा हम आगे उपयुक्त स्थान पर करेंगे। निश्चय ही हम किसी ऐसे यज्ञानुष्ठान को नैतिक दृष्टि से अनिवार्य नहीं मान सकते जो किसी अलौकिक सत्ता के प्रति हो, क्योंकि नैतिक दृष्टि में अलौकिकता का जरा भी समावेश नहीं हो सकता। ध्यातव्य है कि यदि हम मनुष्ययज्ञ अतिथिसत्कार के रूप में करते हैं या पशुयज्ञ पशुओं को आहार देकर करते हैं, तो हम किसी अलौकिक सत्ता के प्रति अपना कर्तव्य निर्वाह नहीं कर रहे होते। इस प्रकार के हमारे कर्म नैतिक दृष्टि के बिलकुल सही होते हैं। अतः हम इस निष्कर्ष पर अवश्य पहुँच सकते हैं कि पाँचों महायज्ञों के सभी यज्ञानुष्ठान नैतिक दृष्टि से अनिवार्य नहीं हैं। उनके नैतिक रूप से अनिवार्य होने के लिए उनका लौकिकता के दायरे में सीमित रहना और फिर उनका नैतिक दृष्टि के बिलकुल अनुकूल होना अत्यंत आवश्यक है।

23.3 वर्णधर्म

वर्णों के प्रकार और उनके धर्म—वैदिक संस्कृति में या हिंदू धर्म में वर्णाश्रम धर्म का बहुत अधिक महत्त्व है। यह वर्णाश्रम धर्म जहाँ एक ओर मानव समाज के विभिन्न प्रकार के कार्यों से सम्बन्धित है, वहीं दूसरी ओर वह किसी व्यक्ति के जीवन की पूर्वापर अवस्थाओं की उपयुक्त जीवनशैली से भी सम्बन्धित है। सामाजिक कार्यपरक धर्म 'वर्णधर्म' कहलाता है और जीवनशैलीपरक धर्म 'आश्रम धर्म' कहलाता है। ये दो प्रकार के धर्म प्रयोजन की दृष्टि से एक दूसरे के बिलकुल भिन्न हैं। अब हम पहले वर्णधर्म पर विचार करेंगे और उसके बाद आश्रमधर्म पर।

'वर्ण' शब्द का एक अर्थ है रंग। प्राचीन आर्यसमाज में वर्गविभाजन के लिए 'वर्ण' शब्द का प्रयोग सम्भवतः इसलिए किया गया होगा कि आर्य लोग गोरे थे और अनार्य लोग जो कालक्रम में वैदिक संस्कृति के अंतर्गत आ गये थे, काले या ताम्र वर्ण के थे। सहज रूप में लोगों के शरीर का रंग ही एक वर्गविभाजक के रूप में प्रयुक्त कर लिया गया होगा। कहा जाता है कि ताम्ररंग वाले लोग द्रविड़ थे तथा काले रंगवाले लोग जंगलों एवं पहाड़ों के आदिवासी थे। जब अनार्य लोग आर्यों द्वारा पराजित कर दिये गये, तब सभी आर्य तथा सभी अनार्य एक ही समाज के अंग बन गये। और जब वर्णधर्म निर्धारित किया गया तब 'वर्ण' शब्द का प्रयोग रंगभेद सूचित करने के लिए नहीं, वरन् समाज में प्राकृतिक रूप से विभिन्न क्षमतावाले लोगों के लिए विभिन्न प्रकार के कर्तव्यों को सूचित करने के लिये किया गया। अतः वर्णधर्म वस्तुतः विभिन्न सामाजिक वर्गों के कर्तव्यों की रूपरेखा ही प्रस्तुत करता है। इस प्रकार वर्णधर्म वस्तुतः वर्गधर्म ही है।

वर्णों अर्थात् वर्गों का वर्णन सबसे पहले ऋग्वेद के पुरुषसूक्त (10-90) में किया गया है। इस *सूक्त* के अनुसार विश्वरूपी पुरुष के मुख से ब्राह्मण, *वक्ष* से राजन्य अर्थात् क्षत्रिय, जाँघों से वैश्य तथा पैरों से शूद्र की उत्पत्ति हुई है। कालक्रम में इन चारों वर्णों के कर्तव्य इस प्रकार निश्चित किये गये हैं—

ब्राह्मण—वेदाध्ययन करना, वेदाध्यापन करना, यज्ञ करना, यज्ञ कराना, दान देना, दान लेना, आदि।

क्षत्रिय—वेदाध्ययन करना, यज्ञ करना, दान देना, युद्ध करना, प्रजापालन करना, आदि।

वैश्य—वेदाध्ययन करना, यज्ञ करना, दान देना, कृषि, पशुपालन, व्यापार, आदि।

शूद्र—ब्राह्मण, क्षत्रिय तथा वैश्य अर्थात् अन्य वर्णों के लोगों की सेवा करना।

चारों वर्णों के कर्तव्यों के सम्बन्ध में धर्मशास्त्रों के कुछ निर्देशों का यहाँ उल्लेख करना बहुत प्रासंगिक होगा। *गौतम धर्मसूत्र* (10-1-3-7-50) के अनुसार ''द्विजातीनामध्ययनमिज्यादानम्। ब्राह्मणस्याधिकाः प्रवचनयाजनप्रतिग्रहाः राज्ञोऽधिकं रक्षणां सर्वभूतानाम्। वैश्याधिकं कृषिवणिक्पशुपाल्यकुसीदकम्।'', अर्थात् द्विजों के लिए अध्ययन करना, यज्ञ करना, दान देना विहित हैं। इनके अलावे ब्राह्मणों के लिए प्रवचन देना, यज्ञ कराना तथा दानलेना भी विहित हैं। क्षत्रियों के लिए सभी जीवों का पालन करना भी विहित है। वैश्यों के लिए कृषि, वाणिज्य, पशुपालन तशा धन का लेन-देन करना भी विहित हैं। फिर *गौतम धर्मसूत्र* (10-57-59) शूद्रों के कर्तव्य एवं अधिकार के सम्बन्ध में इस प्रकार कहता है—''परिचर्याचोत्तरेषाम् तेभ्यो वृत्तिं लिप्सेत्। तत्र पूर्वं परिचरेत्''। अर्थात् शूद्रों को द्विजों की सेवा करनी चाहिये। उनसे अर्थात् द्विजों से अपनी आजीविका का साधन प्राप्त करना चाहिये और द्विजों की सेवा पूर्वानुक्रम में करनी चाहिये, अर्थात् पहले ब्राह्मणों की, तब क्षत्रियों की और तब वैश्यों की। विभिन्न वर्णों या वर्गों का ऐसा ही धर्मपरक या कर्तव्यपरक तथा अधिकारपरक निर्धारण *आपस्तम्ब धर्मसूत्र, बौधायन धर्मसूत्र, मनुस्मृति, याज्ञवल्क्य स्मृति, विष्णु पुराण, मार्कण्डेय पुराण*, आदि अनेकानेक धर्मग्रंथों में भी पाया जाता है।

अब यहाँ प्रश्न उठता है कि इस तरह की वर्णव्यवस्था जो वस्तुतः एक वर्गव्यवस्था ही थी, क्यों की गई। इस प्रश्न के उत्तर में यह कहा जा सकता है कि मनुष्य के लिए एक सुगठित समाज की नितांत आवश्यकता होती ही है। और कोई समाज सुगठित एवं सुव्यवस्थित तभी रह सकता है जब उसके सदस्यों की आवश्यकताओं की पूर्ति के लिए अपेक्षित कार्य सुचारू रूप से संपादित किये जाते रहें। और चूँकि आवश्यकताएँ अनेक होती हैं और भिन्न-भिन्न प्रकार की होती हैं, इसलिए उनकी पूर्ति भिन्न-भिन्न प्रकार की दक्षता रखनेवाले लोग ही कर सकते हैं। शारीरिक रूप से निर्बल व्यक्ति भारी औजार से मिट्टी नहीं फोड़ सकता और मानसिक रूप से अक्षम एवं अपरिपक्व व्यक्ति लोगों को शिक्षादान नहीं कर सकता। अतः प्राचीन काल में क्षमता एवं दक्षता के अनुरूप ही कर्तव्य निर्धारित किया गया। *गीता* (4-13) में कहा गया है—''चातुर्वर्ण्यं मया सृष्टं गुणकर्मविभागशः।'' अर्थात् 'मेरे द्वारा गुण तथा कर्म के विभाग के अनुरूप चार वर्णों की सृष्टि की गई है'। इसका तात्पर्य यह है कि विशेष प्रकार का गुण रखनेवाला व्यक्ति ही विशेष प्रकार का कर्म कर सकता है। प्लेटो[24] ने भी समाज की सुव्यवस्था के लिए वर्गविभाजन की आवश्यकता को स्वीकार किया है। उन्होंने तीन तरह के कार्यों के लिए तीन तरह के वर्गों की कल्पना की है—बौद्धिक कार्यों के लिए एक वर्ग, युद्ध जैसे कार्यों को करने के लिए एक दूसरा वर्ग, कृषि, व्यापार, पशुपालन, जैसे कार्यों के लिए एक तीसरा वर्ग। प्लेटो एक चौथे वर्ग को भी स्वीकार करते थे जो वर्ग दासों का वर्ग था। ये दास अन्य वर्गों की सेवा ही करते थे और वे समाज की मुख्य धारा से अलग ही रहते थे। उन्हें नागरिक अधिकार प्राप्त नहीं होते थे।

अब यहाँ एक प्रश्न यह उठता है कि क्या इस चतुर्वर्णधर्मपरक व्यवस्था में किसी-न-किसी रूप में सम्मान, प्रतिष्ठा, महत्ता, आदि से सम्बन्धित भेद अंतर्निहित है। इसका उत्तर शायद सकारात्मक ही हो सकता है। *आपस्तम्बधर्मसूत्र* (1-1-1-7-8) में स्पष्ट उल्लेख है—''शुश्रूषा शूद्रस्येतरेषां वर्णानाम्। पूर्वस्मिन् वर्णोनिःश्रेयसं भूयः।'', अर्थात् शूद्र को अन्य वर्णों की सेवा करनी चाहिये। यह सेवा पूर्वानुक्रम में करने से श्रेयस्कर होती है। कहने का तात्पर्य यह है कि ब्राह्मणों की सेवा अधिक श्रेयस्कर है, क्योंकि वे अन्य वर्णों से श्रेष्ठतर हैं।

फिर क्षत्रियों की सेवा वैश्यों की सेवा से अधिक श्रेयस्कर है क्योंकि क्षत्रिय वैश्यों से श्रेष्ठतर हैं। इस प्रकार यह देखा जा सकता है कि इस वर्णव्यवस्था में महत्ता सम्बन्धी भेद भी सम्मिलित है। एक प्रकार से इसकी पुष्टि इससे भी होती है कि इन वर्णों की उत्पत्ति पुरुषसूक्त के पुरुष के विभिन्न अंगों से एक विशेष प्रकार के क्रम के अनुसार हुई है। ब्राह्मणों की उत्पत्ति मुख से, क्षत्रियों की उत्पत्ति वक्ष से, वैश्यों की उत्पत्ति जाँघों से तथा शूद्रों की उत्पत्ति पैरों से। साधारणतः ये अंग महत्त्व की दृष्टि से क्रमशः अधिक से कम महत्त्ववाले माने जाते हैं। इस आधार पर भी वर्णव्यवस्था में अंतर्निहित मूल्यपरक भेद को स्पष्ट किया जा सकता है।

यहाँ इस बात का उल्लेख करना जरूरी ही है कि प्रारंभ में वर्णव्यवस्था का रूप कट्टर नहीं था। उस समय जो कोई भी व्यक्ति परिस्थितिजन्य कारणों से ब्राह्मणोचित या क्षत्रियोचित या वैश्योचित कार्य करता था वह उस क्रम के अनुसार ही या तो ब्राह्मण या क्षत्रिय या वैश्य कहलाता था। राधाकृष्णन लिखते हैं—''मूलभूत आर्यलोग सब के सब एक ही वर्ग के थे, प्रत्येक व्यक्ति पुरोहित, योद्धा, व्यापारी या भूमि को जोतने वाला हो सकता था। पुरोहितों का कोई विशेषाधिकारप्राप्त वर्ग नहीं था। जीवन की अनेकरूपता के कारण ही आर्यों में वर्गविभाजन हुआ।''[25] बाद में भी, जब वर्णव्यवस्था निर्धारित हो चुकी थी, किसी एक वर्ण का व्यक्ति किसी दूसरे वर्ण के लिए निर्धारित कर्म कर सकता था। *बौधायन धर्मसूत्र* (2-2-82-83) के अनुसार ब्राह्मण को प्रातःकाल के भोजन के पूर्व कृषिकार्य करना चाहिये ('प्राक् प्रातराशात् कर्षी स्यात्')। *वृद्धहारीत* (7-179 एवं 182) के अनुसार कृषि कार्य सब वर्णों के लिए उचित है ('कृषिस्तु सर्ववर्णानाम् सामान्यतो धर्म उच्यते')। *लघ्वाश्वलायन धर्मसूत्र* (22-4) के अनुसार शूद्र के लिए द्विजशुश्रूषा, सभी शिल्पों का प्रयोग, सभी व्यापारयोग्य वस्तुओं का विक्रय विहित माने गये हैं ('शूद्रस्य द्विजशुश्रूषा सर्वशिल्पानिवाप्यथ। विक्रयः सर्वपण्यानाम् शूद्रकर्म उदाहृतम्')। फिर जहाँ तक शूद्रों के द्वारा वैदिक यज्ञ करने का प्रश्न है *कात्यायन श्रौतसूर्य*(1-4-5)के टीकाकार ने लिखा है कि कुछ वैदिक उक्तियों के अनुसार शूद्रों को वैदिक कर्म करने का अधिकार था(*शतपथ ब्राह्मण*, 1-1-4-12 तथा 13-8-3-11)। फिर *महाभारत* के शांतिपर्व (295-4) में कहा गया है—''वाणिज्यं पाशुपाल्यं च तथा शिल्पोपजीवनम्। शूद्रस्यापि विधीयन्ते यदा वृत्तिर्न जायते।।'', अर्थात् यदि शूद्रों को जीविका का साधन उपलब्ध न रहे तो वह वाणिज्य, पशुपालन तथा शिल्पों का प्रयोग कर सकता है। और फिर महाभारतयुद्ध में द्रोणाचार्य एवं कृपाचार्य जैसे ब्राह्मणों ने भी योगदान किया ही था और शस्त्रों का प्रयोग भी किया था।

पर वर्णव्यवस्था का इस तरह का लचीलापन सब दिनों के लिए कायम नहीं रह सका। यह व्यवस्था कालक्रम में अधिकाधिक उग्र, कठोर एवं कट्टर होती गई। इसके प्रमुख कारण थे—समवर्णी विवाह, माता-पिता के वर्ण के आधार पर नवजात शिशु का वर्णनिर्धारण, माता-पिता द्वारा किये जानेवाले कार्यों को ही उनकी संतान द्वारा किया जाना, खान-पान सम्बन्धी अंतर्वर्णीय विधि-निषेध आदि। जिवाह के सम्बन्ध में यहाँ चह उल्लेखनीय है कि पहले अनुलोम विवाह विहित था और प्रतिलोम वर्जित। पर बाद में अनुलोभ विवाह भी वर्जित हो गया। काणे इस सम्बन्ध में लिखते हैं—''9 वीं तथा 10 वीं शताब्दी तक अनुलोम विवाह होते रहे। किंतु कालांतर में इनका प्रचलन कम होता हुआ सदा के लिए लुप्त हो गया और आज ऐसे विवाह अवैध माने जाते हैं।''[26] आज तो वर्णभेद ने एक अत्यंत भयावह रूप ले लिया है। इसका कारण यह है कि वर्णभेद अब जातिभेद में बदल गया है और यह जातिभेद आज राजनीतिक कारणों से बहुत अधिक विध्वंसकारी हो गया है। इस जातिभेद के सम्बन्ध में हम यहाँ कुछ विस्तार से चर्चा करेंगे।

वर्ण और जाति—जहाँ पहले आर्य लोग चार वर्णों में ही विभाजित थे, वहीं बाद में वे हिंदू धर्म के अंतर्गत अनेकानेक जातियों में विभक्त हो गये। इस विभाजन के दो प्रमुख कारण थे। निवासपरक तथा व्यवसायपरक । इन कारणों से विभाजन सभी वर्णों में हुआ। ब्राह्मणवर्ण के लोग निवासभिन्नता के कारण इस तरह बँटे—मिथिला के ब्राह्मण मैथिल ब्राह्मण हुए, कान्यकुब्ज के निकट रहनेवाले ब्राह्मण कान्यकुब्ज ब्राह्मण हुए, गौड़प्रदेश में रहनेवाले ब्राह्मण गौड़ ब्राह्मण हुए, तेलगुदेश में रहनेवाले ब्राह्मण तेलगु ब्राह्मण हुए, आदि आदि। फिर व्यवसाय के रूप में जो ब्राह्मण श्राद्ध के अवसर पर दान लेते थे, वे 'महाब्राह्मण' या 'महापात्र' कहलाये और जो ब्राह्मण, यज्ञादि संपन्न कराने के लिए पुरोहित होते थे, वे 'पुरोहित' कहलाये। सभी वर्णों में व्यवसाय के आधार पर इतना अधिक विभाजन हुआ कि उसका पूरा विवरण यहाँ देना अत्यंत कठिन है। ऐसा विभाजन होना बिलकुल स्वाभाविक था। समाज में आवश्यकताएँ इस कदर बढ़ती गईं और उनके स्वरूप इतने भिन्न होते गये कि उनकी पूर्ति करने वालों के अलग अलग वर्ग बनते गये। अर्थात् प्रत्येक तरह के कार्य के लिए तदनुरूप कर्ता भी आविर्भूत होता गया। नतीजा यह हुआ कि सभी वर्णों में अनेकानेक जातियाँ प्रादुर्भूत हो गयीं। इन जातियों की संख्या बतलाना बिलकुल असम्भव है। शायद इनकी संख्या हजारों में है। हमने ऊपर वर्णव्यवस्था के लचीलेपन की चर्चा की है। इस लचीलेपन में चढ़ाव उतार होता ही रहता है। कभी यह बहुत अधिक हो जाता है तो कभी बहुत कम। इधर अंतर्जातीय विवाह को सरकारी प्रोत्साहन मिलने के कारण अंतर्जातीय दुराव कुछ कम हुआ था। पर फिर जातिपरक आरक्षणनीति के लागू हो जाने से जाति प्रथा ने उग्र रूप धारण कर लिया है। अब तो लोग जाति के आधार पर अधिक-से-अधिक सुविधाएँ प्राप्त करने के लिए आंदोलन एवं संघर्ष भी करने लगे हैं। फलस्वरूप सामाजिक कटुता बढती ही जा रही है और सामाजिक संघर्ष अधिक-से-अधिक हिंसक रूप लेता जा रहा है। जहाँ तक अत्यंत निम्नस्तर की जातियों का प्रश्न है वे तो और भी अधिक अस्पृश्य होते जा रहे हैं। उन्हें आज भी ऊँची जातियों के बीच रहने नहीं दिया जाता, मंदिरों में प्रवेश नहीं करने दिया जाता, उनके साथ खान-पान नहीं किया जाता, आदि आदि। यह सही है कि इन कुरीतियों को दूर करने के लिए अस्पृश्यता के विरुद्ध या जातिभेद के विरुद्ध प्रशासन द्वारा कानून बनाये गये हैं पर उनका असर प्रायः कम ही रह रहा है। ऐसी स्थिति में यहाँ यह विचार करना अपेक्षित हो जाता है कि क्या ऊपरवर्णित वर्णव्यवस्था, जिसने ही कालक्रम में जातिप्रथा जैसे भयावह प्रथा को जन्म दिया है, नैतिक है।

क्या वर्णव्यवस्था नैतिक है?—इस प्रश्न का उत्तर सकारात्मक तथा नकारात्मक दोनों हो सकता है। पहले हम सकारात्मक उत्तर को ही लें। यह तो सर्वविदित है कि समाज की आवश्यकताएँ अनेक प्रकार की होती हैं जिनकी पूर्ति नहीं होने से समाज कायम नहीं रह सकता, और तब समाज के बिना व्यक्ति भी कायम नहीं रह सकता। चूँकि समाज की आवश्यकताएँ अनेकानेक प्रकार की होती हैं इसलिए यह उम्मीद करना बेतुका ही होगा कि सामान्य दक्षता रखनेवाला व्यक्ति ही सभी प्रकार की आवश्यकताओं को पूरा करने में सक्षम सिद्ध हो जा सकता है। कोई अशिक्षित व्यक्ति शिक्षण का कार्य करने में सक्षम नहीं हो सकता, पर वही व्यक्ति यदि वह शारीरिक रूप से हृष्ट-पुष्ट है तो मिट्टी कोड़ने में सफल हो सकता है। अतः यह देखा जा सकता है कि भिन्न-भिन्न प्रकार के कार्यों को निष्पादित करने के लिए भिन्न-भिन्न प्रकार की क्षमताओं की आवश्यकता होती ही है। वर्णधर्म में इसी विन्दु को विशेष महत्त्व दिया गया है। *गीता* स्पष्ट रूप से कहती है कि चार वर्णों का निर्माण

गुणकर्म सम्बन्धी विभाग के आधार पर किया गया है। अब तो प्रायः बालकों की शिक्षा प्रारम्भ करने के पहले उनकी प्रतिभा की जाँच कर यह सुनिश्चित कर लिया जाता है कि कौन बालक किस कार्य को करने के लिए सक्षम हो सकता है। अब तो हम यह अंतिम रूप से मान चुके हैं कि कोई भी कार्य अच्छी तरह वैसे कार्यों को करने में दक्ष व्यक्ति के द्वारा ही संपादित किया जा सकता है। अतः वर्णधर्म के द्वारा यदि समाजिक कार्यों के निष्पादन के लिए विशेष विशेष प्रकार के गुणों से युक्त व्यक्तियों के वर्गों का निर्धारण हुआ तो यह बहुत अच्छा ही हुआ। ऐसा यदि नहीं होता तो शायद समाज सुव्यवस्थित ढंग से अपना संवर्धन नहीं कर सकता। अतः इस विन्दु को ध्यान में रखकर हम कह ही सकते हैं कि वर्णव्यवस्था नैतिक है।

पर तब भी यह वर्णव्यवस्था कई रूपों में अनैतिक तो हो ही गयी है। निश्चय ही अनेक इसके कार्य नैतिक नहीं माने जा सकते। अध्ययन या अध्यापन करना या फिर मलमूत्र साफ करना निश्चित रूप से नैतिक है, पर यज्ञों के निष्पादन में अन्न, फल, घी, मधु, आदि खाद्य पदार्थों का अग्नि में समर्पित किया जाना नैतिक नहीं माना जा सकता। उन खाद्य पदार्थों का गरीब लोगों के द्वारा उपभोग किया जाना ही नैतिक माना जा सकता है।

यह वर्णव्यवस्था अनैतिक उस समय भी हो गयी जब इसे आनुवंशिक बना दिया गया। जन्म से ही कोई व्यक्ति ब्राह्मण, क्षत्रिय, वैश्य या शूद्र हो जाय, यह नैतिक नहीं माना जा सकता। यदि ब्राह्मण का बेटा मूर्ख रहने पर भी ब्राह्मण ही रहे, तो ऐसा ब्राह्मण अध्यापन का कार्य कैसे कर सकता है? फिर यह व्यवस्था वर्गसीमितता या वर्णसीमितता का रूप लेकर भी अनैतिक हो जाती है। एक वर्ण का व्यक्ति दूसरे वर्ण के कार्य न करे—इस प्रावधान का होना अनैतिक है। शूद्रों के द्वारा अन्य वर्णों के द्वारा किये जाने वाले कार्यों का निष्पादन वर्जित हो जाना बिलकुल अनैतिक है। शूद्र अध्ययन न करे या वेदाध्ययन न करे—यह नैतिक कैसे हो सकता है? इस खास बिन्दु पर बाबासाहब भीमराव अम्बेदकर को सख्त एतराज था। इसलिए जहाँ महात्मा गाँधी वर्णधर्म का समर्थन करते थे, वहीं बाबासाहब उसका विरोध करते थे। पर तब यहाँ यह उल्लेखनीय है कि महात्मा गाँधी वर्णधर्म का समर्थन उसके गुणकर्मविभाजनपरक मूल उद्देश्य के कारण ही करते थे। पर वर्णव्यवस्था में इस प्रावधान का होना कि केवल शूद्र अन्य सभी वर्णों की सेवा करे निश्चय ही अनैतिक हैं। यों मानवों की सेवा करना एक महानतम नैतिक लक्ष्य है। पर सेवाकार्य को शूद्रों में सीमित कर देना नैतिक नहीं हो सकता। सबों को सबों की सेवा करनी चाहिये। ब्राह्मणों तथा अन्य द्विजों को शूद्रों की उसी तरह सेवा करनी चाहिये, जिस तरह शूद्रों को ब्राह्मणों एवं अन्य द्विजों की। उल्लेखनीय है कि मलमूत्र साफ करना उतना ही पवित्र है जितना अध्ययन करना या अध्यापन करना। क्या कोई ब्राह्मणी माता अपनी संतान का मलमूत्र साफ करना उचित नहीं मानती? यह वर्णव्यवस्था अनैतिक रूप तब भी ले लेती है जब इसमें श्रेष्ठता-हीनता का आयाम जुट जाता है। इस आयाम का जुटना, चाहे वह जिस कारण से सम्भव हुआ हो, निश्चित रूप से अनैतिक हुआ है। अपने अपने कर्तव्यों के पालनकर्ता के रूप में ब्राह्मण, क्षत्रिय, वैश्य एवं शूद्र सभी एक ही दर्जे के माने जाने चाहिये। पर ऐसा आज नहीं होता है। और अब तो जातिवाद के आ जाने से इस अलगावपरक मानसिकता ने और भी अधिक भयावह रूप ले लिया है। इसके चलते आज का भारतीय समाज नाना प्रकार के भयावह संकटों में फँस गया है। पर जैसा हमने ऊपर भी कहा है, सभी जातिपरक संघर्षों का मूल कारण तो अंततः वर्णव्यवस्था ही है। इस रूप में तो इसे निश्चय ही अनैतिक ही माना जाएगा।

23.4 आश्रम धर्म

आश्रमों के प्रकार और उनके धर्म—आश्रमधर्म किसी व्यक्ति के जीवनक्रम से सम्बन्धित होता है। जहाँ वर्णधर्म समाज के विभिन्न वर्गों से सम्बन्धित है, वहीं आश्रमधर्म व्यक्ति के वैयक्तिक जीवन की पूर्वापर अवस्थाओं से सम्बन्धित रहता है। वैदिक संस्कृति में लोग सौ वर्षों तक जीने की कामना करते हैं: 'जीवेम शरदःशतं', अर्थात् हम सौ वर्षों तक जीयें। वेद भी कहता है—'शतायुर्वै पुरुषः' अर्थात् पुरुष सौ वर्ष आयु वाला होता है। यह तो स्पष्ट ही है कि कोई व्यक्ति जीवन भर शिशु बना नहीं रह सकता। वह ज्यों-ज्यों उम्र में बढ़ता जाता है, त्यों-त्यों उसमें शारीरिक तथा मानसिक परिवर्तन होते जाते हैं। अतः मनुष्य अपने जीवन की विभिन्न अवस्थाओं में विभिन्न प्रकार के कार्य कर सकने में ही सक्षम हो सकता है। यही कारण है कि आर्यों ने व्यक्ति के पूरे जीवन को चार खंडों में विभक्त कर दिया है और उनमें किये जानेवाले कार्यों को क्षमता और आवश्यकता के अनुरूप ही निर्धारित कर दिया है। इन खंडों में प्रत्येक को 'आश्रम' कहा गया है और जीवन की बढ़ती उम्र के क्रमानुसार इनके नाम हैं : 'ब्रह्मचर्याश्रम', 'गार्हस्थ्याश्रम' 'वानप्रस्थाश्रम' तथा 'संन्यासाश्रम'। इन कालखंडों में प्रत्येक को 'आश्रम' क्यों कहा गया, इसके सम्बन्ध में काणे कहते हैं—''आश्रम शब्द श्रम से बना है (आश्राम्यन्ति अस्मिन् इति आश्रमः[27])'', अर्थात् प्रत्येक ऐसे कालखंड में लोग उपयुक्त प्रकार का श्रम करते हैं, इसलिए यह आश्रम है। राधाकृष्णन के अनुसार जीवन में उत्कृष्टता प्राप्त करने के लिए परिश्रम की जरूरत होती है और इस परिश्रम को मोटे तौर पर चार कालखंडों में विभक्त किया जा सकता है, इसलिए ऐसे कालखंड 'आश्रम' कहलाये[28]। इन कालखंडों की कोई निश्चित अवधि नहीं होती थी। पर उनका क्रम निश्चित था। उनका पूर्वापर क्रम इस प्रकार था—सबसे पहले ब्रह्मचर्याश्रम, तब गार्हस्थ्याश्रम, तब वानप्रस्थाश्रम और अंत में संन्यासाश्रम। इन आश्रमों के कार्य भी निर्धारित थे। पहले आश्रम में गुरु के साथ रहकर उनसे विद्या पाना, दूसरे आश्रम में गृहस्थ बनकर विवाह करके पुत्रोत्त्पत्ति आदि सांसारिक कार्य करना, तीसरे आश्रम में घर छोड़कर वन में रहना और तपस्या, चिंतन, आदि कार्य करना और चौथे आश्रम में सांसारिक कार्यों को पूरी तरह छोड़कर यायावर बनकर रहना और भिक्षाटन से ही अपना भरण-पोषण करना होता था। इस प्रकार हम देखते हैं कि विभिन्न आश्रमों के विभिन्न प्रकार के धर्म या कर्तव्य होते थे। अब यहाँ एक प्रश्न यह उठ जाता है कि यह आश्रम-धर्म व्यवस्था कब प्रारंभ हुई। इस प्रश्न के सम्बन्ध में अब हम विवेचन करेंगे।

यह आश्रमधर्म व्यवस्था कितनी प्राचीन है?—काणे *ऐतरेय ब्राह्मण* (33-11) की एक उक्ति को आश्रमव्यवस्था के अस्तित्व का एक सूचक मानकर इस व्यवस्था को उतना प्राचीन तो मानना ही चाहते हैं जितना प्राचीन ब्राह्मणयुग है। वह उक्ति है—''किं तु मलं किमजिनं किमु श्मश्रूणि किं तपः। पुत्र ब्रह्माण इच्छध्वं सर्वलोको वदावदः''[29]। इसका तात्पर्य है मल, मृगचर्म, दाढ़ी तथा तप से क्या लाभ? हे पुत्र, ब्रह्म की इच्छा करो, उससें संपूर्ण विश्व में प्रशंसा होगी। यहाँ 'मल' से स्त्री-पुरुष संभोग, 'अजिन' से, जिसका अर्थ मृगचर्म होता है, ब्रह्मचर्यपालन, 'श्मश्रू' से, जिसका अर्थ दाढ़ी होता है, वानप्रस्थ होना, तथा 'तप' से संन्यासी होना समझा गया है। इस उक्ति में तो आश्रम-धर्म व्यवस्था की व्यर्थता का ही वर्णन किया गया है और इससे अलग रहने की ही सलाह दी गई है। पर इससे यह संकेत तो मिलता ही है कि ब्राह्मणकाल में इस तरह की व्यवस्था अस्तित्व में आ गई थी। *छान्दोग्योपनिषद्* (2-23-1) में तीन आश्रमों का ही जिक्र मिलता है: ब्रह्मचर्याश्रम, गृहस्थाश्रम तथा वानप्रस्थाश्रम। शायद इस *उपनिषद्* में संन्यासाश्रम को वानप्रस्थाश्रम में ही शामिल कर

लिया गया है। *मुण्डकोपनिषद्*(2-3-6) में 'संन्यास' शब्द का स्पष्ट उल्लेख मिलता है और उसमें यह भी कहा गया है कि संन्यास से मन शुद्ध होता है। *जावालोपनिषद्* (4) में चारों आश्रमों तथा उनके पूर्वापर क्रम का स्पष्ट वर्णन किया गया है—''ब्रह्मचर्यं परिसमाप्य गृहीभवेत् गृही भूत्वा वनीभवेत् वनीभूत्वा प्रव्रजेत्।'', अर्थात् ब्रह्मचर्यनिवास समाप्त करके गृहस्थ होना चाहिये, उसके बाद वन में निवास करना चाहिये और उसके बाद परिभ्रमण करना चाहिये।

यहाँ यह उल्लेखनीय है कि कुछ लोग वानप्रस्थ जीवन तथा संन्यास जीवन में भेद करना समीचीन नहीं मानते हैं। काणे के अनुसार गोविन्द स्वामी ने *बौधायनधर्मसूत्र* (3-3-1417) की व्याख्या करते हुए लिखा है—''वानप्रस्थसंन्यासभेदः किमर्थं आचार्यकृत इति असौ एव प्रष्टव्यः।''[30] अर्थात् आचार्य से ही यह पूछना चाहिये कि उन्होंने वानप्रस्थ और संन्यास में भेद क्यों किया है। पर उल्लेखनीय है कि दोनों में भेद तो हैं ही। जहाँ वानप्रस्थ को वन में रहना पड़ता है, वहीं संन्यासी को यायावर बनना पड़ता है। इन दोनों आश्रमों के भेद को स्पष्ट करने के लिए यह जरूरी हो जाता है कि हम इन दोनों आश्रमों की कुछ महत्त्वपूर्ण विशिष्टताओं की कुछ विस्तार से चर्चा करें। पहले हम वानप्रस्थाश्रम की और तब संन्यासाश्रम की विशिष्टताओं की चर्चा करेंगे।

वानप्रस्थाश्रम की विशिष्टताएँ—वानप्रस्थाश्रम में मनुष्य को वन में निवास करना पड़ता है। वानप्रस्थ को 'वैखानस' भी कहते हैं। काणे के अनुसार वैखानस ऋग्वेद के एक ऋषि हैं। सम्भवतः अतिप्राचीन काल में *'वैखानस शास्त्र'* नामक कोई ग्रंथ था जिसमें वन में निवास करनेवाले लोगों के लिए नियम निर्धारित किये गये थे। गौतम ने अपने *धर्मसूत्र* (3-2) में वानप्रस्थाश्रम के लिए 'वैखानस' शब्द का प्रयोग किया है। *बौधायन धर्मसूत्र* (3-6-10) के अनुसार तो वानप्रस्थ वही व्यक्ति होता है जो *वैखानसशास्त्र* में अनुशंसित नियमों का पालन करता है। वानप्रस्थ व्यक्ति अपने साथ अपनी पत्नी को वन में ले जा सकता है। ऐसे व्यक्ति को अपने साथ सभी प्रकार की अग्नियाँ तथा यज्ञ करने के लिए सभी प्रकार की आवश्यक वस्तुएँ ले जाना चाहिये, क्योंकि उसे प्रतिदिन पंचमहायज्ञ का निष्पादन करना ही पड़ता है। *गौतम धर्मसूत्र* (3-35) के अनुसार वानप्रस्थी 'वने मूलफलाशी तपः शीलः' होता है। इस प्रकार यह देखा जा सकता है कि वानप्रस्थी को एक अत्यंत कठोर जीवन जीना पड़ता है। काणे ने इस सम्बन्ध में लिखा है— "उसे पंचाग्नि (चारो दिशाओं में चार अग्नि एवं ऊपर सूर्य) के बीच बैठकर, वर्षा में बाहर खड़े होकर, जाड़े में भींगे वस्त्रधारण कर(मनु 6-23,34, याज्ञ॰ 3-52, एवं विष्णुधर्म॰ 95-2-4) कठिन तपस्या करनी चाहिये और अपने शरीर को भाँति-भाँति के कष्ट देकर अपने को सब कुछ सह सकने का अभ्यासी बना लेना चाहिये।''[31] मिताक्षरा ने *याज्ञवल्क्य स्मृति (3-55)* की व्याख्या करते हुए वानप्रस्थाश्रम के नियमों का न पालन करने वाले व्यक्ति के बारे में लिखा है कि उसे किसी लम्बी यात्रा में लग जाना चाहिये या अपने को जल या अग्नि में छोड़ देना चाहिये या अपने को किसी ऊँचाई से नीचे गिरा देना चाहिये।''[32]

संन्यासाश्रम की विशिष्टताएँ—जैसा हम पहले कह चुके हैं, संन्यासाश्रम वानप्रस्थाश्रम के बाद आता है। इसमें मनुष्य एक स्थान पर स्थिर होकर नहीं रह सकता। वह अपने साथ अपनी पत्नी को भी नहीं रख सकता। चूँकि उसे सब दिन घूमते ही रहना पड़ता है, इसलिए उसे यायावर भी कहते हैं। संन्यासी को यज्ञ, तप, आदि कार्य भी नहीं करने पड़ते। इस प्रकार संन्यास एक प्रकार का कर्मसंन्यास ही होता है। संन्यासी को भिक्षाटन से ही अपने

आहार का प्रबंध करना चाहिये। उसे अपने पास केवल आवश्यक परिधान, जलपात्र एवं भिक्षापात्र ही रखना चाहिये। यहाँ यह उल्लेखनीय है कि स्त्री एवं शूद्र को संन्यासग्रहण का अधिकार नहीं है। लेकिन इस सम्बन्ध में कुछ विपरीत विचार भी मिलते हैं। कहीं कहीं तो ऐसा भी कहा गया है कि ब्राह्मणों को छोड़कर अन्य वर्णों को संन्यास का अधिकार नहीं है। इस सम्बन्ध में धर्मशास्त्रों में अनेक तरह के मतभेद पाये जाते हैं। हम इस सम्बन्ध में यहाँ कोई विस्तृत चर्चा नहीं करना चाहते। अतः अब हम यहाँ पूरी आश्रमव्यवस्था की ही समीक्षा करेंगे। और यह देखना चाहेंगे कि यह आश्रमव्यवस्था नैतिक है या अनैतिक।

आश्रमधर्मव्यवस्था की नैतिकता—ऊपर हमने यह बतलाने की कोशिश की है कि आश्रमधर्मव्यवस्था के अनुसार लोगों को कैसे कैसे कार्य करने पड़ते हैं। पर तब इस प्रश्न का उठना भी स्वाभाविक ही है कि उन्हें वैसे-वैसे कार्य करने चाहिये या नहीं, अर्थात् वे कार्य नैतिक दृष्टि से उचित हैं या नहीं। यदि इस प्रश्न का एक संक्षिप्त उत्तर ही दिया जाय, तो शायद यही कहना उपयुक्त होगा कि उन कार्यों में कुछ नैतिक दृष्टि से उचित हैं, और कुछ उस दृष्टि से अनुचित। नैतिकता क्या है, इसका हम विचार कर ही चुके हैं, इसलिए अब फिर उसके बारे में यहाँ कुछ कहना आवश्यक नहीं है। हाँ, यहाँ नैतिकता के सम्बन्ध में इतना स्मरण कर लेना शायद उपयुक्त ही है कि नैतिकता के अनुसार मनुष्य को अपना चरित्र कुछ ऐसा बना लेना चाहिये कि वह हमेशा केवल नैतिकतासम्मत कार्य ही करता रहे। उल्लेखनीय है कि ऐसा कार्य कभी स्वार्थसिद्धिपरक नहीं होता, बल्कि हमेशा ही सर्वकल्याणसिद्धिपरक होता है।

यहाँ यह उल्लेखनीय है कि कोई मनुष्य जीवन की सभी आयुपरक अवस्थाओं में समान रूप से अपने सब तरह के कार्यों को करने में सक्षम नहीं रह सकता, क्योंकि उसमें प्राकृतिक तथा अन्य कारणों से शारीरिक एवं मानसिक परिवर्तन होते ही हैं। ऐसी स्थिति में निश्चित रूप से उसके कर्तव्यों में भी परिवर्तन होते ही रहना चाहिये। जो कर्तव्य किसी पूर्व की अवस्था में अपेक्षित होता है, वह बाद की अवस्थाओं में अपेक्षित नहीं भी हो सकता। अवस्थानुसार कर्तव्यपरिवर्तन तो होना ही चाहिये। यहाँ हम प्रत्येक आश्रम के लिए शास्त्रनिर्धारित कर्तव्यों की एक संक्षिप्त समीक्षा अवश्य करना चाहेंगे।

पहला आश्रम ब्रह्मचर्याश्रम है। इसमें गुरु से विद्या अर्जित की जाती है और आने वाले जीवन के लिए उपयुक्त चरित्र का निर्माण भी किया जाता है। ऐसे चरित्रनिर्माण के लिए ब्रह्मचर्य का पालन भी किया जाता है। गुरु के आश्रम से जब शिष्य विदा होने लगता है तो गुरु उपदेश देते हैं—'सत्यं वद। धर्मं चर। अतिथिदेवो भव।'[1] अब यदि हम इस आश्रम की जीवनशैली पर विचार करें, तो हम पायेंगे कि यह शायद वैसी ही है जैसी होनी चाहिये। अतः इस आश्रम के कर्तव्य सैद्धांतिक रूप से नैतिक ही हैं। यहाँ यह उल्लेखनीय है कि आज वैसा सम्भव नहीं है जैसा प्राचीन काल में हुआ करता था। उस काल में तो वन में गुरु के आश्रम होते थे जहाँ शिष्य निवास ग्रहण कर विद्योपार्जन करते थे। आज गुरु के वैसे आश्रम नहीं होते, इसलिए उस कारण से परिवर्तन तो होने ही चाहिये। पर सिद्धांत रूप से यह बिलकुल नैतिक है कि मनुष्य को अपने प्रारंभिक जीवन में लगभग 25 वर्षों तक विद्योपार्जन में तथा प्रारंभिक चरित्रनिर्माण में अवश्य लगा रहना चाहिये।

दूसरा आश्रम गृहस्थाश्रम है जिसमें व्यक्ति को एक गृहस्थ बनकर वैवाहिक जीवन व्यतीत करना चाहिये और वैसे सभी कार्यों को करना चाहिये जो एक गृहस्थ के लिए मुनासिब माने जा सकते हैं। लेकिन गृहस्थों को ऐसे भी अनेक कार्यों को करने के लिए निर्दिष्ट किया गया है जिनकी उपयोगिता सिद्ध नहीं की जा सकती, जैसे नित्यनैमित्तिक कर्म, पंचमहायज्ञ,

आदि। सांस्कृतिक मान्यताओं के आधार पर ये कर्म भले ही आवश्यक मान लिए जाँय, पर नैतिक आधार पर ये कर्म सभी-के-सभी आवश्यक नहीं माने जा सकते। हम यह पहले भी कह चुके हैं कि गृहस्थों के द्वारा यज्ञ करने के क्रम में जो अन्न या अन्य खाद्य पदार्थ अग्नि में स्वाहा कर दिये जाते हैं, उन्हें गरीब लोगों में बाँट देना ही नैतिक हो सकता है। यह सही है कि नैतिकता वैयक्तिक स्वतंत्रता को बहुत अधिक अधिमानित करती है और इस कारण व्यक्ति अपने इच्छानुसार कर्म करने को स्वतंत्र है। पर यदि मनुष्य एक ओर कार्य करने को स्वतंत्र है, तो दूसरी ओर वह बौद्धिक भी है। अतः उसे बौद्धिक रहते हुए ही स्वतंत्र होना चाहिये। यहाँ विडम्बना तो यह है कि कुछ लोग आध्यात्मिकता के नाम पर शास्त्रों द्वारा विहित अनेकानेक कार्यों को नैतिक मान लेना चाहते हैं। यज्ञादि अनेक कार्य इसी तर्क पर उचित ठहरा दिये जाते हैं। पर आध्यात्मिकता को किसी भी तरह समाजविरोधी होने या समाज के अहित में कार्य करने की छूट नहीं मिल सकती। क्या गृहस्थों द्वारा पंचमहायज्ञ के क्रियान्वयन के लिए होमकुंड में खाद्य-पदार्थों का समर्पण समाज के अहित में नहीं है? यह सही है कि पंचमहायज्ञों द्वारा मनुष्यों, पशुओं, पितरों, ऋषियों तथा प्रकारांतर से प्राकृतिक तत्त्वों के प्रति कृतज्ञता ज्ञापित कर ली जाती है जो निश्चय ही नैतिक दायित्व का एक प्रकार का निर्वहण ही है। पर कृतज्ञताज्ञापन को मूल्यवान् खाद्य पदार्थों को होमाग्नि में जलाकर मूर्तरूप देना कदापि उचित नहीं माना जा सकता। उपर्युक्त सभी प्रकार के तत्त्वों के प्रति कृतज्ञता का ज्ञापन उनके लिए संरक्षण एवं संवर्द्धन के कार्य करके ही प्रकट किया जा सकता है। हम आगे के अध्यायों में पर्यावरणीय आचारनीति की विस्तृत चर्चा प्रस्तुत करेंगे। निश्चय ही हम पशुओं के प्रति अपनी कृतज्ञता अपने भोजन के लिए उन्हें मौत के घाट पर उतार कर नहीं, वरन् सही ढंग से उनकी देखभाल करके ही प्रकट कर सकते हैं। इस तरह हम देखते हैं कि यद्यपि गृहस्थाश्रम मनुष्य के लिए एक अत्यंत आवश्यक एवं सही आश्रम है, फिर भी इस आश्रम के लिए शास्त्रों द्वारा अनेक ऐसे कार्य निर्धारित किये गये हैं जो नीतिसम्मत नहीं माने जा सकते। अतः गृहस्थाश्रम के शास्त्रविहित अनेक कार्यों में पर्याप्त संशोधन की आवश्यकता है।

अब हम वानप्रस्थाश्रम को लें। हमने ऊपर देखा है कि इस आश्रम में मनुष्य को वन में निवास करना पड़ता है और अनेक तरह की कठोर तपस्याएँ करनी पड़ती हैं। इस आश्रम में प्रवेश के लिए निर्धारित आयु में मनुष्य की शारीरिक एवं मानसिक अवस्थाएँ सामान्यतः कुछ ऐसी हो जाती हैं कि वह स्वभाविक तौर से ही सांसारिक जंजालों से दूर ही रहने का इच्छुक हो जाता है। और निश्चय ही समाज से दूर रहने के लिए वन में एकांतवास करना अत्यंत उपयुक्त है। पर क्या इस आयु में पंचाग्निव्रत का पालन करना उपयुक्त माना जा सकता है? क्या इस आयु में विभिन्न तरीकों से शरीर को अधिकाधिक कष्ट देना सही माना जा सकता है? क्या ऐसा करना नैतिक हो सकता है? सही उत्तर अवश्य ही नकारात्मक होगा। इस आश्रम के लिए निर्धारित वननिवास को इस कारण भी अनुचित ठहराया जा सकता है कि जब मनुष्य कुछ वृद्ध हो जाता है, तब उसे कुछ संरक्षण की जरूरत हो जाती है। उसका यह संरक्षण उसके वन में चले जाने से और वहाँ एकांतवास करने से सम्भव नहीं हो सकता। यह तो उसके अपने परिवार के साथ रहने से या समाज के बीच रहने से ही सम्भव हो सकता है। हाँ, यदि कोई स्वस्थ व्यक्ति कुछ समय के लिए वन में जाकर वहाँ के सौंदर्य को देखकर आनन्द प्राप्त करना चाहता है, तो वह तो उचित है ही। इस तरह के आनन्द का अनुभव तो मनुष्य को अपने जीवन में करना ही चाहिये। पर जंगल में जाकर अनेक प्रकार के कष्टों को झेलना नीतिसम्मत नहीं माना जा सकता। अतः इस आश्रम की शास्त्रविहित आचारनीति

निश्चय ही स्वीकार्य नहीं है। इसमें बहुत अधिक संशोधन की जरूरत है। उल्लेखनीय है कि वर्तमान समय में तो इस आश्रम में जाने का प्रचलन प्रायः समाप्त ही हो गया है।

अब हम अंतिम आश्रम संन्यासाश्रम की चर्चा करें। जैसा हमने ऊपर कहा है, इस आश्रम में लोगों को यायावर बन जाना पड़ता है और भिक्षाटन पर आश्रित होकर ही जीवनयापन करना पड़ता है। इस आश्रम के सम्बन्ध में एक साधारण टिप्पणी यह की जा सकती है कि जब व्यक्ति चौथी अवस्था में आकर शारीरिक रूप से अपेक्षाकृत अधिक अशक्त हो जाता है, तब उसे परिभ्रमण करते हुए जीवन बिताने के लिए निर्दिष्ट करना उचित नहीं माना जा सकता। और फिर यदि कोई व्यक्ति अपना जीवननिर्वाह स्वयं कर लेने में समर्थ है, तो उसे भिक्षाटन पर आश्रित रहने के लिए निर्देश देना भी उचित नहीं माना जा सकता। हाँ, यदि कोई व्यक्ति चौथी अवस्था प्राप्त कर भी परिभ्रमण कर सकता है, तो उसे समाज को अपने सफल अनुभवों की जानकारी तो देनी ही चाहिये तथा अपने ज्ञानभंडार को समाज में वितरित भी करना ही चाहिये। महात्मा बुद्ध जैसे अनेक महात्माओं ने ऐसा ही किया था। पर तब इस चौथे आश्रम के संन्यास को कर्मसंन्यास के रूप में भी लिया जाता है जिससे यह समझा जाता है कि संन्यासी को इस लोक से विरक्त हो जाना चाहिये और उसे एक ऐसे लोक से सम्बन्धित हो जाना चाहिये जो इस संसार से भिन्न है। पर इस तरह का संन्यास बिलकुल बेमानी है। मनुष्य जब तक जीवित है तब तक उसे अपनी शारीरिक शक्ति के अनुसार कर्म अवश्य ही करते रहना चाहिये। और यदि वह अपने अनुभव और चिंतन-मनन का लाभ समाज के अन्य लोगों के पास अपनी चौथी अवस्था में भी पहुँचाने में समर्थ एवं सक्षम है, तो उसे उस तरह के कार्य अवश्य ही करना चाहिये। पर, चौथी अवस्था को किसी पारलौकिक क्षेत्र में प्रवेश करने की तैयारी की अवस्था मानना बिलकुल अनुचित है।

23.5 साधारण धर्म

साधारण धर्म क्या है?—अभी तक हमने मनुष्य के वर्ण अर्थात् उसके सामाजिक ओहदे के अनुसार तथा उसकी आयु की अवस्था के अनुसार उसके कर्तव्यों या धर्मों का विवेचन किया है। पर तब यहाँ यह ध्यातव्य है कि अनेक कर्तव्य या धर्म ऐसे होते हैं जो सभी वर्णों तथा सभी आश्रमों के लोगों द्वारा समान रूप से पालनीय होते हैं। सत्यभाषण को ही लीजिये। क्या सत्यभाषण केवल ब्राह्मणों के लिए आवश्यक है, अन्य वर्णों के लिए नहीं? फिर क्या यह केवल ब्रह्मचारियों के लिए है, गृहस्थों, वानप्रस्थियों एवं संन्यासियों के लिए नहीं? स्पष्ट ही सत्यभाषण करना, चोरी नहीं करना, कोई पाप नहीं करना, लोगों की भलाई करना, आदि आदि सभी वर्णों तथा आश्रमों के लोगों के लिए समान रूप से लागू होते हैं। ऐसे ही कर्तव्यों एवं धर्मों को 'साधारण धर्म' कहा जाता है। हिंदू नीतिशास्त्र में इन साधारण धर्मों की बहुत विशद चर्चा हुई है और इनकी अनेक तालिकाएँ भी प्रस्तुत की गई हैं। हम यहाँ दो तालिकाएँ प्रस्तुत करेंगे जो बहुत प्रसिद्ध हैं। एक तालिका मनु की है और दूसरी प्रशस्तपाद की। मनु एक स्मृतिकार थे और उन्होंने साधारण धर्मों की चर्चा अपनी पुस्तक *मनुस्मृति* में की है। प्रशस्तपाद एक वैशेषिक भाष्यकार थे और इन्होंने वैशेषिक सूत्रों के *भाष्य* लिखने के क्रम में साधारण धर्मों की चर्चा करते हुए एक तालिका प्रस्तुत की है।

***मनुस्मृति* में वर्णित साधारण धर्म**—मनु के अनुसार साधारण धर्म दश हैं। वे हैं—धृति, क्षमा, दम, अस्तेय, शौच, इन्द्रियनिग्रह, धी, विद्या, सत्य और अक्रोध। यहाँ यह

विचारणीय है कि ये सभी धर्म नैतिक परिधि में आते हैं या नहीं, और यदि आते हैं तो किस प्रकार। हम यह कह चुके हैं कि मनुष्य को नैतिक होने के लिए नैतिक चरित्र प्राप्त करना पड़ता है और उसके अनुरूप नैतिक कर्म करना पड़ता है। अब यदि हम इन दशों धर्मों के सम्बन्ध में बारीकी से विचार करें तो हम पायेंगे कि वे या तो चारित्रिक विशिष्टता से सम्बन्धित हैं या कार्य विशेष से। अक्रोध यदि चारित्रिक विशिष्टता से सम्बद्ध है, तो सत्य कार्यविशेष से। पर तब यह भी सही है कि ये धर्म परिस्थिति के अनुरूप गुणपरक एवं कर्मपरक दोनों रूप ले सकते हैं। शौच के सम्बन्ध में शायद यह कहा जा सकता है कि यह कोई नैतिक धर्म नहीं है, क्योंकि यह एक शारीरिक आवश्यकता है। पर तब शरीर के प्रति भी हमारे कर्तव्य हो ही सकते हैं। भोजन करना यदि एक ओर हमारा स्वाभाविक कर्म है, तो दूसरी ओर वह एक प्रकार से नैतिक कर्तव्य का पालन भी है। कुछ लोग सोच-विचार कर तथा संकल्प लेकर भोजन इसलिए त्याग देते हैं कि उनका शरीर नष्ट हो जाय। पर ऐसा करना निश्चय ही अनैतिक है। यह धर्म तो नहीं, हठधर्मिता अवश्य है। अतः यदि हम शारीरिक आवश्यकताओं को उपयुक्त ढंग से विवेचित करें, तो हम शौच को भी एक धर्म मान ही सकते हैं। और फिर स्वच्छ शरीर में ही तो स्वच्छ मन पनप सकता है। और जब तक मन स्वच्छ न हो अर्थात् स्वस्थ न हो, तब तक वह अच्छी तरह सोच-विचार भी नहीं कर सकता। और सही निर्णय प्राप्त करने के लिए पर्याप्त सोच-विचार तो करना ही पड़ता है। शायद इसलिए धी अर्थात् बुद्धि को भी नैतिक धर्मों में शामिल कर लिया गया है। चूँकि ये सभी धर्म किसी वर्णविशेष या किसी आश्रमविशेष में सीमित नहीं किये जा सकते, इसलिये ये 'साधारण धर्म' कहलाते हैं।

प्रशस्तपाद के अनुसार साधारण धर्म—प्रशस्तपाद साधारण धर्म को 'सामान्य' धर्म' कहते हैं और वर्णाश्रम धर्म को 'विशेष धर्म' कहते हैं। उनके अनुसार सामान्य धर्म निम्नलिखित हैं:—

(1) धर्म शिक्षा	(2) अहिंसा
(3) भूतहितत्व	(4) सत्यवचन
(5) अस्तेय	(6) ब्रह्मचर्य
(7) अनुपधा	(8) क्रोधवर्जन
(9) अभिषेचन	(10) शुचिद्रव्य सेवन
(11) विशिष्ट देवता भक्ति	(12) उपवास
(13) अप्रमाद	

प्रशस्तपाद द्वारा प्रस्तावित इन सामान्य धर्मों में तथा मनु द्वारा प्रस्तावित साधारण धर्मों में अनेक अंतर हैं। प्रशस्तपाद की सूची में मनु द्वारा प्रस्तावित धृति, क्षमा, दम, धी, और विद्या नहीं हैं। प्रशस्तपाद द्वारा प्रस्तावित ब्रह्मचर्य तथा मनु द्वारा प्रस्तावित इन्द्रियनिग्रह समानार्थक माने जा सकते हैं। फिर प्रशस्तपाद द्वारा प्रस्तावित अभिषेचन, शुचिद्रव्यसेवन तथा उपवास को मनु द्वारा प्रस्तावित शौच के अंतर्गत लाया जा सकता है। सत्य, अस्तेय तथा अक्रोध दोनों सूचियों में सम्मिलित हैं। अब यहाँ यह ध्यातव्य है कि प्रशस्तपाद की सूची में छः ऐसे धर्म सम्मिलित हैं जो मनु की सूची में नहीं है। वे धर्म हैं—धर्म में श्रद्धा, अहिंसा, भूतहितत्व, अनुपधा, विशिष्ट देवता भक्ति तथा अप्रमाद। इनमें अहिंसा तथा भूतहितत्व तो स्पष्ट ही नैतिक धर्म हैं। अनुपधा को भावशुद्धि के रूप में वर्णित किया गया है जिसे हम

उद्देश्य की शुद्धता के रूप में ले सकते हैं और उद्देश्य की शुद्धता तो नैतिकता का एक अत्यंत महत्त्वपूर्ण लक्षण होता ही है। अप्रमाद का अर्थ है सावधानी और सावधानी बरतना तो एक नैतिक गुण है ही। पर यदि इसे, जैसा प्रायः माना जाता है, नित्यनैमित्तिक कर्मों के निश्चित क्रियान्वयन के रूप में मान लिया जाय तब तो, इसे एक नैतिक गुण मानना कठिन हो जायगा। हमने ऊपर देखा है कि नित्यनैमित्तिक कर्मों की सांस्कृतिक अनिवार्यता के बावजूद उनको नैतिक रूप से अनिवार्य मानना उचित नहीं है। ऊपर वर्णित धर्मपरक श्रद्धा को ही लें। हमने ऊपर धर्म के अध्यात्मवादी तथा नैतिकतावादी अर्थों में अंतर किया है। अब यदि हम 'धर्मपरक श्रद्धा' को आध्यात्मिकता में श्रद्धा के रूप में स्वीकार करते हैं, तब तो यह नैतिक धर्म नहीं माना जा सकता। लेकिन यदि हम 'धर्मपरक श्रद्धा' को नैतिकता के प्रति श्रद्धा के रूप में स्वीकार करते हैं, तब तो यह निश्चित रूप से एक नैतिक धर्म है और तब यह अनिवार्य भी हो जाता है। जहाँ तक 'विशिष्ट देवता भक्ति' का प्रश्न है यह तो स्पष्ट रूप से एक आध्यात्मिक कार्य है। इसलिए इसे नैतिक धर्मों में शामिल किया ही नहीं जा सकता।

अब यहाँ एक प्रश्न यह उठ जाता है कि साधारण धर्मों तथा वर्णाश्रम धर्मों में किन धर्मों को अधिक महत्त्व देना चाहिये—साधारण धर्मों को या वर्णाश्रम धर्मों को। इस प्रश्न के सम्बन्ध में सुरेन्द्रनाथ दासगुप्त ने अपनी पुस्तक *'ए हिस्ट्री आफ इण्डियन फिलासफी'* के खण्ड II, पृ० 505 में कुछ विस्तार से चर्चा की है। उन्होंने इस सम्बन्ध में सुनील कुमार मैत्र द्वारा डा० ब्रजेन्द्र नाथ सील के निर्देशन में लिखी *एथिक्स आफ दि हिंदूज* नामक पुस्तक का भी जिक्र किया है। सुनील कुमार मैत्र ने अपनी पुस्तक में लिखा है—''यह स्पष्ट है कि साधारण धर्म वर्णाश्रम धर्मों के आधार हैं, ऐसा इसलिए कि वर्णाश्रम धर्म साधारण धर्मों की सीमाओं के अंतर्गत ही अनुपालनीय हो सकते हैं। उदाहरणस्वरूप कोई ब्राह्मण अपने धार्मिक यज्ञानुष्ठान के लिए किसी दूसरे व्यक्ति की सम्पत्ति चुरा नहीं सकता, क्योंकि अस्तेय साधारण एवं सार्वजनिक धर्मों में एक है''।[34] पर सुरेन्द्रनाथ दासगुप्त सुशील कुमार मैत्र के इस विचार से सहमत नहीं हैं। दासगुप्त कहते हैं—''यह कथन कि साधारण धर्म विशिष्ट जातिपरक धर्मों के पूर्वाधार माने जा सकते संकेत करता है कि यदि जातिपरक धर्म साधारण धर्म के विरुद्ध हो जाय तो साधारण धर्म ही अधिमानित होगा। लेकिन यह सही नहीं हैं, क्योंकि ऐसा कोई उदाहरण नहीं मिलता जिसमें विरोध होने की अवस्था में साधारण धर्म ही अधिक शक्तिशाली माना गया हो। उदाहरण के लिए जीवों की अहिंसा एक साधारण धर्म है और पशुबलि से पशुहिंसा होती है। लेकिन ब्राह्मणों का यह स्पष्ट रूप से धर्म है कि वे पशुबलि जैसे यज्ञों का अनुष्ठान करें। युद्ध का अर्थ होता है अनेकानेक मनुष्यों का वध, पर क्षत्रियों का यह धर्म है कि वे युद्ध के मैदान से मुख नहीं मोड़ें और अपने आबंधित वर्णधर्म के अनुरूप निश्चित रूप से युद्ध करें''।[35]

इसी प्रसंग में दासगुप्त ने राम द्वारा शम्बूकवध का भी जिक्र किया है। उल्लेखनीय है कि *रामायण* के अनुसार शम्बूक जो एक शुद्रमुनि था जंगल में तपस्या कर रहा था, चूँकि एक शूद्र वर्णधर्म का उल्लंघन कर तपस्या कर रहा था, इसलिए अधर्म की उत्पत्ति हो जाने के कारण राज्य के एक ब्राह्मण बालक की मृत्यु हो गई। इस कारण राम ने शम्बूक को उसके वर्णधर्म के उल्लंघन के अपराध के लिए मृत्युदण्ड दे दिया। *रामायण* में वर्णित इस घटना के आधार पर यह मानना बिलकुल उचित है कि वर्णधर्म साधारण धर्म से अधिक मूल्यवान्

है। ऐसी हालत में मैत्र का यह कहना भी उचित नहीं हो सकता कि साधारण धर्म वर्णाश्रम धर्म का आधार होता है।

पर मैं दासगुप्त के इस विचार से बिलकुल सहमत नहीं हूँ। मैं मैत्र के विचार का ही अनुमोदन करता हूँ। यदि ऊपर वर्णित राम-शम्बूक कथानक को ऐतिहासिक मान भी लिया जाय, तो भी यह मानना कि शम्बूक की तपस्या के कारण ही ब्राह्मण बालक की मृत्यु हुई एक अंधविश्वास ही हो सकता है। और निश्चय ही किसी अंधविश्वास के आधार पर किया गया कोई कर्म नैतिक नहीं माना जा सकता। यदि शम्बूक की तपस्या और ब्राह्मण बालक के वध में कारण-कार्य का सम्बन्ध निश्चित रूप से स्थापित हो जाय और वह ब्राह्मण बालक बिलकुल निर्दोष हो, तो शम्बूक को मृत्युदण्ड या अन्य उपयुक्त दण्ड दिया ही जाना चाहिये। पर तब वह दण्ड शम्बूक के द्वारा उसके शूद्र होने पर भी तपस्या करने के कारण दिया गया नहीं होकर उसके द्वारा एक निर्दोष बालक का वध कर दिये जाने के कारण से होगा। और यदि इस तरह का अपराध कोई ब्राह्मण ही कर डाले, तो वह ब्राह्मण भी शम्बूक की तरह ही मृत्युदण्ड का भागी हो जायगा।

दासगुप्त इसी प्रसंग में यह भी कहते हैं कि क्षत्रियों का धर्म युद्ध करते समय शत्रुओं की जान ले लेना होता है। इस प्रकार की हिंसा को साधारण धर्म की अहिंसा के आधार पर अनैतिक नहीं माना जा सकता, क्योंकि ऐसा करना तो क्षत्रियों का वर्णधर्म है। अब यदि हम इस तर्क को *महाभारत युद्ध* के संदर्भ में ठीक मानें तो हमें यह स्वीकार करना होगा कि पांडवों द्वारा कौरवों का मारा जाना और कौरवों द्वारा पांडवों का मारा जाना दोनों समान रूप से ही नैतिक हैं। ऐसा इसलिए कि इस युद्ध में परस्पर लड़ने वाले पांडव और कौरव दोनों क्षत्रिय थे। पर तब शायद यह मान लेना भी आवश्यक हो जायगा कि इस युद्ध में दोनों पक्षों के दावे समान रूप से जायज थे। और तब शायद यह भी स्वीकार करना होगा कि दावे ऐसे भी हो सकते हैं जिन्हें अहिंसा द्वारा शांतिपूर्ण ढंग से निबटाया ही नहीं जा सकता। पर हम यह नहीं मानना चाहते कि सामाजिक दावापरक विवाद तर्कतः ऐसा भी हो सकता है जो शांतिपूर्ण ढंग से न्याय के आधार पर निबटाया ही नहीं जा सकता। यदि सचमुच ही ऐसा विवाद हो सकता है, तब तो दोनों पक्षों द्वारा एक दूसरे का वध करते हुए दोनों का मर मिट जाना और इस तरह पूरी मानव जाति का लोप होने देना नैतिक ही माना जायगा। वर्णधर्म का साधारण धर्म से अधिमानित हो जाना तो यही संकेत देता है।

पर, ऐसा होना बिलकुल तर्कसंगत नहीं है। साधारण या सामान्य धर्म मानवों के मानवोचित धर्म हैं। वे धर्म मनुष्यों के धर्म इसलिए हैं कि मनुष्य मनुष्य है यानी बौद्धिक प्राणी है। पर वर्णाश्रम धर्म के निरूपण में अनेक सांस्कृतिक मान्यताओं का प्रभाव पड़ गया है। ये प्रभाव नैतिक दृष्टि से जायज नहीं भी हो सकते। अतः वर्णाश्रम धर्म को साधारण धर्म से अधिक वरीय मानना सही नहीं हो सकता। वर्ण या आश्रम की अवधारणा मनुष्य के अस्तित्व की अवधारणा पर निर्भर होती है। मनुष्य तार्किक दृष्टि से पहले अस्तित्ववान् होता है और तब वह कोई वर्ण या कोई आश्रम ग्रहण कर सकता है। वर्ण या आश्रम बदल सकता है, पर ऐसे बदलाव के होने पर भी मनुष्य मनुष्य ही बना रहता है। अतः जो मानवोचित धर्म है वह वर्णाश्रम धर्म से गौण कैसे हो सकता है? अतः दासगुप्त का ऊपर वर्णित मत स्वीकारयोग्य नहीं हो सकता।

23.6 पुरुषार्थ

'पुरुषार्थ' मानव जीवन के लक्ष्य का ही एक दूसरा नाम है। यह लक्ष्य नैतिकता का एक अत्यंत महत्त्वपूर्ण अंग होता है। शायद ऐसा कहना अतिशयोक्ति नहीं है कि पुरुषार्थ नैतिकता का सबसे अधिक महत्त्वपूर्ण अंग है। हिंदू नीतिशास्त्र में पुरुषार्थ की चर्चा बहुत गहनता के साथ की गई है। हमने भी इस सम्बन्ध में बहुत बारीकी के साथ पहले ही चर्चा कर ली है। और हमने पाया है कि हिन्दू नीतिशास्त्र द्वारा निर्धारित काम, अर्थ, धर्म, तथा मोक्ष जैसे चार पुरुषार्थों में केवल काम, अर्थ, तथा धर्म को ही पुरुषार्थ मानना उचित है, मोक्ष को नहीं। मोक्ष को इसलिए पुरुषार्थ नहीं मानना चाहिये कि इसके द्वारा तो जीवन से या संसार से छुटकारा पाना ही सम्भव कराया जाता है, न कि उसमें रहकर मानवोचित कर्म करते रहने को। हाँ, यदि मोक्ष का अर्थ यह है कि मनुष्य इसके द्वारा केवल स्वार्थपरता, द्वेष, द्रोह, आदि बुरी प्रवृत्तियों एवं कुवासनाओं से ही छुटकारा पा ले सकता है, तब तो यह निश्चित रूप से एक पुरुषार्थ माना ही जा सकता है। किंतु हिंदू नीतिशास्त्र में मोक्ष को केवल इसी अर्थ में नहीं लिया गया है। चूँकि हम इस सम्बन्ध में पहले ही बहुत अधिक विचार कर चुके हैं, इसलिए अब हम यहाँ पुनः इस सम्बन्ध में विचार नहीं करेंगे। अब हम यहाँ पुरुषार्थपरक अवधारणा के ऐतिहासिक विकास का एक संक्षिप्त विवरण ही प्रस्तुत करना चाहेंगे।

पुरुषार्थ का चतुःप्रकारपरक रूप जो हिंदू संस्कृति के परवर्ती काल में पाया जाता है वैदिक काल में नहीं पाया जाता। वैदिक काल में पुरुषार्थ सम्बन्धी भेदपरक अवधारणा पाई ही नहीं जाती। पर तब यहाँ यह प्रश्न उठ जाता है कि वैदिक काल में आर्य लोग अपने जीवन के लिए कुछ अभीष्ट या लक्ष्य मानते थे या नहीं, और यदि मानते थे, तो वह क्या था। इस संदर्भ में यदि हम प्रारम्भिक वैदिक साहित्य पर दृष्टिपात करें तो हम पायेंगे कि उस समय आर्य लोगों की यही आकांक्षा रहती थी कि वे अधिक से अधिक काल तक जीवित रहकर सुखमय जीवन व्यतीत करते रहें और अमृतत्व को प्राप्त कर लें। इस सम्बन्ध में तारापद चौधरी ऋग्वेद (5-4-10), *अर्थववेद* (5-30-17), *काथक संहिता* (8-1-8-8), *पंचविंश ब्राह्मण* (22-12-2), *तैत्तिरीय संहिता* (6-1-1), तथा *तैत्तिरीय ब्राह्मण* (1-5-5-6), जैसे प्राचीन ग्रंथों की उक्तियों के आधार पर कहते हैं कि आर्यलोग इस जीवन को अत्यंत प्रिय मानते थे और इसमें सौ वर्षों तक रहकर सुखी जीवन बिताते हुए, तथा संतानोत्पत्ति कर एक प्रकार से अपने को कायम रख कर अमृतत्व को पाना चाहते थे।[36] चूँकि वे लोग यह देखते थे कि मनुष्य एक-न-एक दिन मृत्यु द्वारा ग्रस्त हो ही जाता है, इसलिए वे मृत्यु के बाद स्वर्गलोक जाकर यथेष्ट आनन्दों का उपभोग करने की अभिलाषा भी रखते थे। और चूँकि वेद के अनुसार 'स्वर्गकामो यजेत' अर्थात् स्वर्ग की कामना रखने वाले को यज्ञ करना चाहिये, इसलिए वे लोग स्वर्गप्राप्ति के लिए यज्ञ भी किया करते थे। ऋग्वेद (9-113-7-11) में स्वर्गलोक के विभिन्न प्रकार के आनन्दों का वर्णन किया भी गया है। तारापद चौधरी लिखते हैं कि अग्नि की अर्चना इसलिए की जाती थी कि वह उस मृत व्यक्ति को, जिसने कठिन तपस्या की है या जो लड़ाई में वीरतापूर्वक लड़ते हुए मारा गया है या जिसने उदारतापूर्वक यज्ञ में धन दिया है या ऋत जैसे नियम का निष्ठापूर्वक पालन किया है, स्वर्गलोक ले जाती है।[37]

इस प्रकार हम देखते हैं कि वैदिक काल के प्रारम्भ में चार प्रकार के पुरुषार्थ की अवधारण थी ही नहीं। उस समय आर्य सौ वर्षों तक जीकर अधिकाधिक सांसारिक सुख का

उपभोग कर मृत्यु के बाद स्वर्ग जाकर सुखों का उपभोग ही करना चाहते थे। यहाँ यह उल्लेखनीय है कि इस तरह का सुखोपभोग तप, दान, ऋतानुपालन जैसे अच्छे कार्यों के करने से सम्भव हो जाता था। जो व्यक्ति ऐसे कार्यों का निष्पादन नहीं करता था, उसे मृत्यु के बाद सुखोपभोग का अवसर ही नहीं मिलता था। इस सम्बन्ध में राधाकृष्णन लिखते हैं—''*वेद* और *ब्राह्मण* में अंतर यह है कि जहाँ *ऋग्वेद* के अनुसार पापी मृत्यु पाकर पूरी तरह नष्ट हो जाता है और पुण्यवान् अमृतत्व को प्राप्त कर लेता है, वहीं *ब्राह्मण* ग्रंथों के अनुसार पापी और पुण्यवान् दोनों अपने अपने कर्मों के फल भोगने के लिए जन्म ले लेते हैं''।[38] यहाँ जन्म लेने का अर्थ संसार में पुनर्जन्म लेना नहीं है, बल्कि पापी का नरक में तथा पुण्यवान् का स्वर्ग में जन्म लेना है। *शतपथ ब्राह्मण* (6-2-2-27) कहता है— ''कृतं लोकं पुरुषोऽभिजायते।'' अर्थात् पुरुष अपने लिए बनाये हुए लोक में जन्म लेता है।

इस प्रकार यह देखा जा सकता है कि उस काल में तीन ही तरह के पुरुषार्थ माने जाते थे—अर्थ, काम तथा धार्मिक अनुष्ठानों द्वारा स्वर्ग में अमृतत्व की प्राप्ति। इसे 'त्रिवर्ग' कहा जाता था। *रामायण काल* में भी पुरुषार्थ त्रिवर्गात्मक ही था। तारापद चौधरी कहते हैं— ''ऐसे उद्देश्य जो मानव क्रियाओं को प्रेरित करते हैं और जिनकी पूर्ति के लिए मनुष्य को प्रयत्नशील होना चाहिये (अर्थात् जिन्हें पुरुषार्थ माना जाना चाहिये) *रामायण* के अनुसार संख्या में तीन हैं और ये समग्ररूप में 'त्रिवर्ग' कहलाते हैं। ये हैं—धर्म (नैतिक गुण), अर्थ (धन या भौतिक सुविधा) तथा काम (वासना की तृप्ति या सुख)। इनमें धर्म सर्वोपरि है और अन्य दो इसके अधीन हैं''।[39] *मनुस्मृति* (2-224) के अनुसार भी मानव जीवन के तीन ही लक्ष्य हैं—अर्थ, काम और धर्म।

इस प्रकार वैदिक काल में लोग सौ वर्षों तक जीकर अधिकाधिक ऐन्द्रिक सुखोपभोग को ही जीवन का अभीष्ट मानते थे और मृत्यु के बाद भी स्वर्गलोक में जाकर सुखों का ही उपभोग करना चाहते थे। स्वर्ग के सुख भी सांसारिक सुखों के मानो परिष्कृत रूप ही होते थे। आर्यलोग स्वर्ग से फिर संसार में लौट आने की सम्भावना से डरते नहीं थे। पर वे इस बात से अवश्य डरते थे कि कहीं संसार में आने पर उनकी फिर से मृत्यु न हो जाय। वैदिक आर्यों की यह पुनर्मृत्यु की कल्पना एक विचित्र कल्पना थी, क्योंकि पुनर्जन्म की उनकी कल्पना परवर्ती पुनर्मृत्यु की कल्पना के समान नहीं थी। *ऋग्वेद* (11-16-3) में यह तो कहा गया है कि मृतात्मा मृत्यु के बाद वनस्पति के रूप में शरीरधारण कर सकती है, पर *ऋग्वेद* में पुनर्जन्म का कोई स्पष्ट उल्लेख नहीं मिलता। *ऋग्वेद* में स्पष्ट उल्लेख इसी बात का मिलता है कि मृतात्मा जीवन काल में किये गये अच्छे कर्मों के आधार पर स्वर्ग में अमरत्व प्राप्त कर आनन्द का उपभोग कर सकती है। *ऋग्वेद* (9-113-7-10) में यह स्पष्ट कहा गया है कि यजमान इन्द्र को सोम अर्पित करते हुए प्रार्थना करता है कि इन्द्र उसे स्वर्ग में सदा के लिए ही रख दे क्योंकि वहाँ आनन्द ही आनन्द है और वहाँ कामनाओं की पूर्ति सम्भव होती है।

पर जब हम *ब्राह्मण काल* में आते हैं तब हम पुनर्जन्म की अवधारणा को भी स्पष्ट रूप से विद्यमान पाते हैं। *शतपथ ब्राह्मण* (11-2-7-33) में कहा गया है कि जो लोग अच्छे कर्म करते हैं वे तो अमरत्व प्राप्त करते हैं, मर जो अच्छे कर्म नहीं करते वे बारम्बार जन्म लेते और बारंबार मरते हैं। यहाँ यह उल्लेखनीय है कि राधाकृष्णन मानते हैं कि *ब्राह्मण-ग्रंथों* के अनुसार मृत्यु के बाद पुनर्जन्म परलोक में ही होता है। इस संसार में पुनर्जन्म लेने की बात *उपनिषदों* में पाई जाती है।[40] इस सम्बन्ध में वे कहते हैं—''जहाँ सर्वाधिक प्राचीन काल में

मान्यता यह थी कि सद्गुण या बुद्धिमत्ता का पुरस्कार दूध तथा शहद से सराबोर दिव्यलोक में निवास करना होता है, और पापी या मूर्ख व्यक्ति के लिए अपना छोटा-सा वैयक्तिक जीवन व्यतीत कर लेने के बाद पूरी तरह नष्ट हो जाना होता है, वहीं ब्राह्मणग्रंथों के अनुसार सभी लोग मृत्यु के बाद परलोक में जन्म लेते हैं और अपने-अपने पूर्वकर्मों के अनुसार फल प्राप्त करते हैं अच्छे लोग पुरस्कृत और बुरे लोग दंडित''।[41]

इस तरह हम देखते हैं कि *ब्राह्मण-काल* में पुनर्जन्म की अवधारणा स्पष्ट तो हो चुकी थी, पर पुनर्जन्म परलोक में ही हो सकता था, इस संसार में नहीं। मनुष्यों का इस संसार में बारबार जन्म लेना, जो पुनर्जन्म का प्रचलित अर्थ है, स्पष्टरूप से *उपनिषद्-काल* में ही प्रतिपादित हुआ है। इस सम्बन्ध में राधाकृष्णन कहते हैं—''*ब्राह्मणग्रंथों* में पुनर्जन्म सिद्धांत के विकसित होने सम्बन्धी शर्तों के सभी आवश्यक संकेत वर्तमान हैं। पर वे मात्र संकेत हैं। इन ग्रंथों के अनुसार मानवों का मुख्य उद्देश्य दिव्यलोक में वैयक्तिक अमरत्व पाना ही है। इन ग्रंथों में दिये गये संकेतों को वर्तमान पुनर्जन्म सिद्धांत के रूप में सुव्यवस्थित करने का काम तो *उपनिषदों* ने किया है''।[42] वर्तमान पुनर्जन्म सिद्धांत के अनुसार पुनर्जन्म इस संसार में किसी-न-किसी जीव के रूप में शरीरधारण करके ही सम्भव होता है। शरीरधारण किस जीव के रूप में होगा यह पूर्वजन्म के कर्मों की गुणवत्ता पर निर्भर करता है। यदि गुणवत्ता अधिक उत्कृष्ट है तो पुनर्जन्म मनुष्य के रूप में हो सकता है। और फिर जीव के जन्म-मरण का चक्र तब तक चलता ही रहता है जब तक जीव सांसारिक बंधन से मुक्त नहीं हो जाता। सांसारिक बंधन में रहकर कोई मनुष्य सांसारिक सुख भले ही भोग सकता है, पर इस सुख के साथ दुःख तो लगा ही रहता है। अतः कोई जीवात्मा वास्तविक स्थायी सुख तभी प्राप्त कर सकती है जब वह सांसारिक बंधन से पूरी तरह मुक्त हो जाती है। और यही मोक्ष है और यही सही पुरुषार्थ भी है। इससे ज्यादा उत्कृष्ट और कोई पुरुषार्थ नहीं हो सकता। अतः जहाँ अर्थ, काम और धर्म पुरुषार्थ अवश्य हैं, वहीं मोक्ष परमपुरुषार्थ है। यह कितने प्रकार का होता है और यह किन किन विधियों से प्राप्त हो सकता है—इन विषयों की चर्चा हम विस्तार से पहले ही कर चुके हैं। अतः उस चर्चा को यहाँ दुहराने की जरूरत नहीं है।

❑

अध्याय 24

श्रीमद्भगवद्गीता का नीतिदर्शन

24.1 *गीता* का महत्त्व

हिंदू संस्कृति में *श्रीमद्भगवद्गीता* का स्थान अत्यंत महत्त्वपूर्ण और विशिष्ट है। *गीता* हिंदू धर्म का एक आधारस्तंभ ही है। उल्लेखनीय है कि हिंदूधर्म के 'प्रस्थानत्रय' में *उपनिषदों* तथा *ब्रह्मसूत्र* के साथ *गीता* ही सम्मिलित है। *गीता* का धार्मिक महत्त्व इतना अधिक है कि *दुर्गासप्तशती* तथा *रामायण* के दैनिक पाठ की तरह इसका भी अनेक लोग दैनिक पाठ करते हैं। मान्यता यह है कि *गीता* का दैनिक पाठ करके पापों को नष्ट कर लिया जा सकता है और पुण्य अर्जित कर लिया जा सकता है। *गीता* वेदव्यासरचित *महाभारत* का एक अंग है। वेदव्यास *गीता* के महत्त्व को अभिव्यक्त करते हुए कहते हैं—''गीता सुगीता कर्तव्या किमन्यैः शास्त्रविस्तरैः। या स्वयं पद्मनाभस्य मुखपद्मात् विनिःसृता।।'', अर्थात् *गीता* का अच्छी तरह गान करना चाहिये। अन्य शास्त्रों के पठन के विस्तार की क्या आवश्यकता? *गीता* तो स्वयं कमलनाभ विष्णु के मुखकमल से ही निकली है। *गीता* इतनी महत्त्वपूर्ण है कि इसके सम्बन्ध में कहा गया है—'सर्वोपनिषदो गावो दोग्धा गोपालनन्दनः। पार्थो वत्सः सुधीर्भोक्ता दुग्धं गीतामृतम् महत्।।' अर्थात् सभी उपनिषदें गायें हैं, गोपालनन्दन कृष्ण दूध दूहने वाले हैं, पार्थ अर्जुन बछड़ा है, सुबुद्ध व्यक्ति उपभोग करने वाला है, और *गीता* उत्कृष्ट अमृत दूध है।'

24.2 *गीता* की ऐतिहासिकता

जैसा हमने ऊपर संकेत किया है, *गीता* *महाभारत* का एक अंश है। *महाभारत* वाल्मीकिरचित *रामायण* की तरह एक महाकाव्य है। ऐसा माना जाता है कि *महाभारत* की रचना वेदव्यास ने की है। इसका मुख्य विषय भरतवंशी कौरवों तथा पांडवों का आपसी युद्ध है। इस युद्ध की ऐतिहासिकता के सम्बन्ध में विभिन्न प्रकार के मत हैं। 'भारत' शब्द 'भरत' शब्द से व्युत्पन्न है। भरत राजा दुष्यन्त का पुत्र माना जाता है। हमलोंगों का देश भरतवंशियों का देश होने के कारण 'भारत' कहलाता है। भरतवंशियों के आपस के विराट युद्ध का वर्णन करने के कारण यह महाकाव्य *'महाभारत'* कहलाता है। मान्यता है कि यह काव्य 'महा' इसलिए माना गया है कि जो बात अन्यत्र कहीं नहीं मिलती है वह *महाभारत* में मिलती है। इस महाकाव्य में वर्णित युद्ध का कालनिरूपण करना भी अत्यंत कठिन है। इसके काल निरूपण में हम यहाँ उलझना नहीं चाहते। यहाँ हम इतना ही कहना चाहते हैं कि एक आकलन के अनुसार जिसकी चर्चा हम ऊपर कर चुके हैं, *महाभारत* का युद्ध सम्भवतः 3100 ईशापूर्व में घटित हुआ है।

महाभारत महाकाव्य के भीष्मपर्व का एक अंश ही *'श्रीमद्भगवद्गीता'* है। *गीता* के कुल 18 अध्याय हैं और इसके कुल श्लोकों की संख्या 704 है। *गीता* एक संवाद है जो मुख्य रूप से कृष्ण तथा अर्जुन के बीच हुआ है। जैसा सर्वविदित है, कृष्ण हिंदू संस्कृति के दशावतारों में एक हैं। ये लीलापुरूषोत्तम के रूप में भी जाने जाते हैं। *गीता* में कृष्ण की

उक्तियों का वास्तविक स्रोत जो भी व्यक्ति रहा हो, उस व्यक्ति ने भगवान् की भूमिका अत्यंत कुशलता एवं निपुणता के साथ निभाई है। ऐसा भी माना जाता है कि *गीता* वस्तुतः *महाभारत* का कोई अंश नहीं है। इसे तो *महाभारत* में बाद में जोड़ दिया गया है। यदि हम *गीता* के 13 वें अध्याय के चौथे श्लोक पर दृष्टिपात करें तो हम पायेंगे कि उसमें "ब्रह्मसूत्रपदैश्चैव हेतुमद्भिर्विनिश्चितैः" कहा गया है। इसका तात्पर्य यह है कि *गीता* बादरायण के *ब्रह्मसूत्र* के बाद की कृति है। और सूत्र काल तो निश्चित रूप से *महाभारत* के काल के बाद का काल है। कार्ल एच॰ पौट्टर[1] ने अपने ग्रंथ *एन-सायक्लोपिडिया ऑफ इण्डियन फिलॉसफीज़*[2] में एक प्रश्नचिह्न के साथ *ब्रह्मसूत्र* का काल 50 ईस्वी आँका है। राधाकृष्णन *गीता* के काल के बारे में अपनी पुस्तक *दि भगवद्गीता*[3] के प्रस्तावना-लेख में कहते हैं— "इसकी तिथि ईसापूर्व 5वीं शताब्दी निर्धारित की जा सकती है, यद्यपि यह सम्भव है कि इसकी विषय-वस्तु में बाद के समयों में अनेक परिवर्तन कर दिये गये हों।"[4]

अब यहाँ यह उल्लेखनीय है कि *गीता* का काल जो भी रहा हो, यह तो निर्विवाद है कि *गीता* में हिंदू संस्कृति का एक अत्यंत महत्त्वपूर्ण पक्ष समाहित है, क्योंकि यह पक्ष मानव जीवन के मूल्यों से सम्बन्धित है। निश्चित रूप से *गीता* में इन मूल्यों के सम्बन्ध में एक अत्यंत उच्च कोटि का वर्णन प्रस्तुत किया गया है और उन पर आधारित अनेक महत्त्वपूर्ण संदेश भी उसमें दिये गये हैं। *गीता* के इस मूल्यपरक पक्ष के दो भाग हैं। *गीता,* जैसा कि इसके प्रत्येक अध्याय के अंत में परिशिष्ट के रूप में उल्लिखित है, ब्रह्मविद्या में योगशास्त्र है। यह ब्रह्मविद्या तत्त्वज्ञान से सम्बन्धित है और योगविद्या मानव कर्म से। इसका अर्थ यह है कि *गीता* तत्त्वशास्त्र और आचारनीतिशास्त्र दोनों है। चूँकि हम प्रस्तुत लेख में आचारनीति से सम्बन्धित हैं, इसलिए हम इसमें *गीता* के तत्त्वशास्त्र पर अधिक चर्चा नहीं करेंगे। हम यहाँ *गीता* में प्रतिपादित आचारनीति का ही सम्यक् विश्लेषण करेंगे और जानना चाहेंगे कि *गीता* मनुष्य को आचारनीति के सम्बन्ध में क्या संदेश देती है। लेकिन हम *गीता* की ब्रह्मविद्या का उतना भर उल्लेख तो अवश्य करेंगे जितना किसी आचारनीति के लिए या तो आवश्यक या अनावश्यक हो सकता है।

24.3 *गीता* का नैतिक संदेश

जैसा हम जानते हैं, आचारनीति में मुख्य रूप से यही सुनिश्चित किया जाता है कि मनुष्य क्या करे और क्या नहीं करे। *गीता* की आचारनीति भी यही सुनिश्चित करती है। और यही *गीता* का सारभूत संदेश भी है। यह संदेश कृष्ण अर्जुन को देते हैं। इसकी अभिव्यक्ति के लिए परिस्थिति इस प्रकार बनती है। जैसा हम ऊपर कह चुके हैं, *महाभारत* पांडवों और कौरवों के बीच हुए युद्ध का एक विस्तृत वर्णन है। पांडवों की संख्या पाँच थी और कौरवों की एक सौ। फिर उनके साथ उनके अपने अपने सेनापति, योद्धागण, आदि भी थे।यह लड़ाई 14 दिनों तक चली थी और अंत में विजय पांडवों की हुई थी। पांडवों में एक अर्जुन थे जो परमवीर थे और अत्यंत उच्चकोटि के धनुर्धारी भी थे। कृष्ण अर्जुन के ही सारथि थे। जब युद्ध प्रारंभ हुआ तब तो दोनों ओर की सेनाएँ आमने सामने खड़ी हो गईं। अर्जुन भी कृष्ण द्वारा परिचालित अपने रथ पर सवार होकर अपने पक्ष की अग्रिम पंक्ति में तैनात हो गये। पर उन्होंने देखा कि उनके सामने उनके ही भाई कौरव, उनके ही अन्य सगे सम्बन्धी, उनके ही गुरु, आदि तैनात हैं। उन्हें यह समझ में नहीं आ रहा था कि वे वहाँ क्या करें। उन्होंने मन में सोचा कि हम लोग राज्यसुख के लोभ में अपने ही लोगों को मारने के लिए यहाँ आ खड़े हुए हैं। और तब उन्होंने अपना बाण-चढ़ा धनुष त्याग दिया। वे यह नहीं चाहते थे कि वे अपने

सगे संबंधियों को मारकर और इस तरह पाप अर्जित कर राज्यसुख भोगें। वे तब किंकर्तव्यविमूढ़ होकर अपने रथ पर बैठ गये।

ऐसा देख कृष्ण अर्जुन को समझाते हैं और उस क्रम में वे अर्जुन को आचारनीति के अनेक उपदेश देते हैं। पूरी *गीता* उन्हीं उपदेशों का मानो एक संकलन है। हम उन उपदेशों का यहाँ सांगोपांग वर्णन तो नहीं करेंगे, पर उनके सारभूत अंशों को तो यहाँ अवश्य प्रस्तुत करेंगे। कृष्ण ने अर्जुन को युद्ध करने के औचित्य को बतलाते हुए दो प्रमुख तर्कों का सहारा लिया था। एक तर्क तो यह है कि युद्ध में किसी व्यक्ति की हत्या करना उसे मारना नहीं होता, क्योंकि आत्मा के अमर होने के कारण वह व्यक्ति वस्तुतः मारा नहीं जा सकता। और दूसरा तर्क यह था कि अर्जुन चूँकि क्षत्रिय है, इसलिए उसका स्वधर्म ही है कि वह लड़ाई में भाग ले और लड़ाई से बिलकुल मुख न मोड़े; और लड़ाई में तो अपने शत्रु की हत्या करना उचित ही है। पर चूँकि पहला तर्क पूरी तरह आध्यात्मिकता पर आधारित है और नैतिकता आध्यात्मिकता पर निर्भर नहीं होती, इसलिए उस तर्क को युद्धपरक नैतिकता के औचित्य के लिए प्रासंगिक नहीं माना जा सकता। और यदि हम स्वधर्मपरक दूसरे तर्क के आधार पर शत्रुओं की हत्या को नैतिक रूप से उचित मान लेते हैं, तो फिर आत्यंतिक रूप से अनुशंसित 'अहिंसा परमो धर्मः' की क्या नियति होगी। यह ठीक है कि स्वधर्म का नैतिक महत्त्व बहुत अधिक है। पर वह क्या हो सकता है—इसे सुनिश्चित करना बहुत आसान नहीं होता। हम स्वधर्म के सम्बन्ध में विस्तार से आगे चर्चा करेंगे। इस सम्बन्ध में हम यहाँ केवल यह कहना चाहेंगे कि *गीता* ही के अनुसार निष्काम कर्म करना ही मनुष्य का परम नैतिक कर्तव्य होता है; और यही उसका प्रमुख संदेश भी है। और निष्काम कर्म तो वह कर्म होता है जो स्वार्थपरक कामना से पूरी तरह रहित हो और लोकसंग्रह और लोकहित में ही हो। और यही तो नैतिकता का मूलमंत्र है। अतः कोई भी स्वधर्म इस मूलमंत्र का सधर्मी ही हो सकता है। अब हम आगे स्वधर्म के साथ-साथ *गीता* की कुछ अन्य प्रमुख नैतिक अवधारणाओं की व्याख्या एवं समीक्षा करना चाहेंगे।

24.4 *गीता* की कुछ प्रमुख नैतिक अवधाणाएँ

24.4.1 स्वधर्म—*गीता* की यह स्वधर्मपरक अवधारणा अत्यंत दुरूह है। यह शब्द **गीता** के श्लोक 3/35 तथा श्लोक 18/47 में भी प्रयुक्त हुआ है। इन दोनों श्लोकों की प्रथम पंक्तियाँ तो बिलकुल एक हैं। पर उनकी दूसरी पंक्तियाँ भिन्न-भिन्न हैं।

ये दोनों श्लोक इस प्रकार हैं—

श्रेयान् स्वधर्मो विगुणः परधर्मात् स्वनुष्ठितात्।
स्वधर्मे निधनं श्रेयः परधर्मो भयावहः।। (3/35)

श्रेयान् स्वधर्मो विगुणः परधर्मात् स्वनुष्ठितात्।
स्वभावनियतं कर्म कुर्वन् नाप्नोति किल्बिषम्।। (18/47)

अब प्रश्न उठता है कि यह स्वधर्म क्या है। यह 'स्वधर्म' शब्द 'स्व' तथा 'धर्म' के योग से बना है। धर्म का अर्थ तो स्पष्ट ही कर्तव्य है। पर 'स्व' क्या है। यह शब्द व्यक्तिपरक है या वर्णपरक? यह शब्द सम्पूर्ण मनुष्यजाति से तो संबद्ध नहीं हो सकता, क्योंकि तब 'स्व' का प्रयोग आवश्यक नहीं है। तब तो मात्र 'धर्म' का प्रयोग ही पर्याप्त है। यहाँ यह उल्लेखनीय है कि श्लोक 18/47 की दूसरी पंक्ति में कहा गया है कि जो स्वभाव द्वारा नियत कर्म करता है वह पाप का भागी नहीं होता। इसका अर्थ तो यही हो सकता है कि अर्जुन को

स्वभावनिर्धारित कर्म ही करना चाहिये, क्योंकि वैसा करके वह पाप का भागी नहीं होगा। इस स्वभावनिर्धारित कर्म को तो प्रकृतिनिर्धारित कर्म ही मानना चाहिये, क्योंकि इस श्लोक के ठीक बाद 18/48 में कृष्ण अर्जुन को कहते हैं—'सहजं कर्म कौन्तेय सदोषमपि न त्यजेत्', अर्थात् सहज कर्म यदि दोषपूर्ण भी हो, तो उसे नहीं छोड़ना चाहिये। अब यदि हम 'स्वधर्म' को प्रकृतिनिर्धारित धर्म ही मान लेते हैं, तब तो वह कर्म सभी मनुष्यों में एक समान ही होगा; और तब 'परधर्मो भयावहः' की बात उठ ही नहीं सकती।

पर तब यहाँ एक कठिनाई यह उपस्थित हो जाती है कि *गीता* में पुनर्जन्म का सिद्धांत मान्य हो चुका था। *गीता* कहती है—"तथा शरीराणि विहाय जीर्णान्यन्यानि संयाति नवानि देही।" (2/22)। इसका अर्थ है कि कोई भी शरीरधारी अपने जीर्ण शरीरों को छोड़ अन्य नये शरीरों को धारण करता है। और *गीता* में पुनर्जन्मसम्भावनासम्बद्ध व्यवस्था के अनुरूप ही समाज व्यवस्थित हो चुका था। इसका अर्थ यह होता है कि मनुष्य अपने पूर्वजन्म में अपने वर्णानुसार किये गये कर्मों के संस्कारों के साथ ही पुनर्जन्म ले सकता है। ऐसी हालत में मनुष्य का अपने जन्म के समय का सहज स्वभाव निश्चित रूप से एक विशिष्ट तरह का ही हो सकता है। किसी का ब्राह्मणपरक, तो किसी का क्षत्रियपरक, तो किसी का वैश्यपरक और किसी का शूद्रपरक। अर्जुन चूँकि क्षत्रिय थे, इसलिए उनका सहज स्वभाव जिसके साथ उन्होंने जन्म लिया निश्चित रूप से क्षत्रियपरक ही हो सकता था। इसलिए *गीता* के दूसरे अध्याय के 31वें श्लोक में कृष्ण कहते हैं—"स्वधर्ममपि चावेक्ष्य न विकम्पितुमर्हसि। धर्म्याद्धि युद्धाच्छ्रेयोऽन्यत् क्षत्रियस्य न विद्यते।", अर्थात् हे अर्जुन तुम अपने धर्म को देखकर भी भय करने योग्य नहीं हो, क्योंकि धर्मयुक्त युद्ध से बढ़कर दूसरा कुछ भी क्षत्रिय के लिए श्रेयस्कर नहीं होता। इस तरह इस श्लोक के द्वारा यह बिलकुल स्पष्ट हो जाता है कि अर्जुन का स्वधर्म युद्ध करना है, क्योंकि वे क्षत्रिय है। और उनका यह क्षत्रियपरक धर्म स्वाभाविक यानी सहज है, आरोपित नहीं।

इस संदर्भ में जर्मनी के विश्वप्रसिद्ध दार्शनिक हिगेल द्वारा उठाई गई आपत्ति का यहाँ जिक्र करना बहुत ही प्रासंगिक होगा। एक अन्य जर्मन विचारक तथा लेखक विलहेल्म वौन हमबोल्ड्ट[5] ने *भगवद्गीता* पर कुछ लेख लिखे थे जो *इयरबुक्स फॉर सायंटिफिक् क्रिटीक*[6], संख्या 7/8, (बर्लिन[7] जनवरी[8] 1827), में छपे थे। हिगेल ने इन लेखों की समीक्षा की थी जो जर्मन भाषा में थी। हर्बर्ट हेरिंग[9] ने हिगेल की समीक्षा का अंग्रेजी में अनुवाद किया है जो 1995 में इण्डियन काउन्सिल ऑफ फिलॉसाफिकल रिसर्च[10] द्वारा प्रकाशित भी हो चुका है। इस प्रकाशन का शीर्षक है *'ऑन दि एपिसोड ऑफ दि महाभारत नोन बाय दि नेम भगवद्गीता बाय विलहेल्म वॉन हमबोल्ड्ट''*।[11] इस अंग्रेजी में प्रकाशित पुस्तक की समीक्षा आर० एस० भटनागर ने की है जो *जर्नल ऑफ इण्डियन काउन्सिल ऑफ फिलॉसाफिकल रिसर्च*[12] जिल्द संख्या XIV, अंक संख्या 1 (पृ० 193 से 199 तक) में छपी है।

हिगेल ने *गीता* के श्लोक 18/47 पर विशेष चर्चा की है। इस श्लोक के द्वारा स्वधर्म-पालन की आवश्यकता पर बल दिये जाने के सम्बन्ध में हिगेल ने सम्भवतः दो कारणों से आपत्ति उठाई है। एक तो यह कि यदि स्वधर्म स्वभावनियत है, तब तो यह प्रकृतिप्रदत्त है और प्रकृतिप्रदत स्वार्थपरक स्वभाव के ऊपर विजय पाकर ही कोई व्यक्ति नैतिक या धार्मिक हो सकता है। हिगेल की दूसरी आपत्ति सम्भवतः यह है कि अर्जुन का युद्ध लड़ना यदि उनके क्षत्रिय होने के कारण आवश्यक है, तब तो यह आवश्यकता एक विशेष संस्कृति की वजह से हो जाती है। ऐसी स्थिति में इसे एक सामान्य नैतिक धर्म का रूप नहीं दिया जा सकता। हिगेल ने अपनी समीक्षा में अंतर्विवेक की बात भी उठाई है और उनका ऐसा करना उचित

ही है। अर्जुन का अंतर्विवेक तो प्रारंभ में उसे इस प्रकार सोचने को प्रेरित करता था कि उसे राज्यसुखभोग के लिए अपने सगे-सम्बन्धियों को नहीं मारना चाहिये; और इसी कारण उन्होंने अपने अस्त्र त्याग भी दिये थे। उनका बाद में युद्ध में लड़ने को तैयार हो जाना तो कृष्ण के बहुत समझाने के कारण सम्भव हुआ। प्रारम्भ में तो कृष्ण स्वयं लड़ाई के पक्ष में नहीं थे। उन्होंने तो दोनों पक्षों के बीच समझौता कराने के लिए प्रयास भी किया था। पर कौरवों ने युद्ध के सिवा अन्य कोई रास्ता स्वीकार ही नहीं किया। वैसी हालत में कृष्ण के अनुसार अर्जुन का लड़ाई न लड़ना अंतर्विवेक के युद्धविरोधी पुकार के रहने पर भी कायरता का ही परिचायक होता और कायरता किसी रूप में धार्मिक या नैतिक नहीं मानी जा सकती। सम्भवतः हिगेल के अनुसार भी जिस परिस्थिति में अर्जुन युद्ध के प्रारंभ में था उस परिस्थिति में उसका स्वधर्म लड़ाई नहीं लड़ने का ही था। परिस्थिति उस तरह की ही बनी न रहे उसके लिए कृष्ण द्वारा बहुत प्रयास किया गया। कृष्ण अपने प्रयास में सफल हो गये और अर्जुन द्वारा तब लड़ाई लड़ना ही धर्म माना गया। लेकिन तब भी कृष्ण अर्जुन को कहते हैं—"विमृश्यैतदशेषेण यथेच्छसि तथा कुरु।" (18/63), अर्थात् 'पूरी तरह विचार कर लेने के बाद ही जैसा चाहो वैसा करो'। यह सही है कि अंत में अर्जुन ने युद्ध में भाग लेना ही स्वीकार किया। पर ऐसा सोच-विचार करने पर ही सम्भव हुआ। यह निश्चय ही स्वभावपरक ढंग से स्वधर्म का अनुपालन नहीं था। अतः स्वधर्म का स्वभाव पर आश्रित होने के सम्बन्ध में हिगेल की आपत्ति अनुचित नहीं मानी जा सकती।

जो भी हो, ऊपर के विवेचन से यह निष्कर्ष नहीं निकाला जाना चाहिये कि युद्ध लड़ना सामान्यरूप से एक नैतिक व्यापार ही है। लोगों द्वारा प्रयास तो यही होना चाहिये कि युद्ध हो ही नहीं, और वह मानव समाज से पूरी तरह नष्ट हो जाय। महात्मा गाँधी इसी विचार के थे, और उल्लेखनीय है कि इस प्रकार का दृष्टिकोण अपना लेने पर तो प्रत्येक व्यक्ति का स्वधर्म, चाहे वह व्यक्ति क्षत्रिय ही क्यों न हो, लड़ाई लड़ना न होकर शांति के लिए प्रयास करना ही हो सकता है। महात्मा गाँधी ने यह प्रयास अपने 'सत्याग्रह' जैसे तरीके से किया था। निश्चय ही स्वधर्मनिर्धारण किसी संस्कृति के धार्मिक रिवाज के अनुरूप नहीं होना चाहिये, बल्कि पूरे समाज के कल्याण की सिद्धि को सम्भव बनाने के लिए ही होना चाहिये। शायद यहाँ कृष्ण की सलाह 'अशेषेण विमृश्य' बहुत अधिक प्रासंगिक है। मनुष्य एक बौद्धिक प्राणी है। वह अपना धर्म किस तरह निर्धारित करे यह अंततः उसके बौद्धिक सोच-विचार पर ही निर्भर हो सकता है। और बौद्धिक सोच-विचार न तो परम्परानुसार हो सकता, और न ही स्वार्थप्रभावित। और फिर नैतिकता तो अंततः बौद्धिकता पर ही निर्भर होती है। यहाँ एक प्रश्न यह उठ सकता है कि यदि किसी व्यक्ति को अपने स्वार्थ के लिए कार्य नहीं करना चाहिये, तो उसे क्या करना चाहिये। *गीता* इस प्रश्न का स्पष्ट उत्तर यह देती है कि लोगों को सांसारिक परिप्रेक्ष्य में लोकसंग्रह के लिए ही कार्य करना चाहिये। अब हम इस लोकसंग्रह के सम्बन्ध में ही चर्चा करेंगे।

24.4.2 लोकसंग्रह

यह 'लोकसंग्रह' पद दो शब्दों का योग है— 'लोक' तथा 'संग्रह'। 'लोक' का अर्थ पूरा विश्व है और इस तरह यह शब्द विश्व के सभी पदार्थों का जिनमें सभी प्रकार के जीव भी सम्मिलित हैं एक प्रकार से प्रतीक बन जाता है। 'संग्रह' 'विग्रह' का उलटा है। विग्रह जहाँ खंडनात्मक होता है, वहीं संग्रह मंडनात्मक अर्थात् रचनात्मक होता है। अतः 'लोकसंग्रह' से हम पूरे विश्व का एकीकरण, संवर्धन तथा प्रोन्नयन ही समझ सकते हैं। और इस कारण यह लोककल्याणी सिद्धि का रूप ले लेता है। और फिर यह सारा विश्व इसलिए

अस्तित्ववान् है कि इसमें आंतरिक रूप से एक संग्रहात्मक अर्थात् मिले रहने की प्रक्रिया चलती रहती है। इस प्रक्रिया को जो भी नाम दिया जाय, पर यह विश्व के सुगठित या सुव्यवस्थित रहने के लिए अत्यंत जरूरी है। *गीता* में कृष्ण, जो इस ग्रंथ में भगवान् की भूमिका निभाते हैं, कहते हैं—''उत्सीदेयुरिमे लोका न कुर्याम् कर्म चेदहम्। संकरस्य च कर्ता स्यामुपहन्यामिमाः प्रजाः॥'' (3/24), अर्थात् 'यदि मैं कर्म न करूं, तो ये सारे लोक भ्रष्ट हो जाँय और मैं अव्यवस्थित जीवन का कर्ता हो जाऊँ और सारी प्रजाओं का हंता हो जाऊँ'। अतः इस लोक को सुगठित एवं सुव्यवस्थित रखने के लिए उपयुक्त कर्म करते रहना जरूरी हो जाता है, और यही लोकसंग्रहपरक कार्य है। *गीता* का स्पष्ट उपदेश है कि मनुष्यों को इस लोकसंग्रह के क्रियान्वयन में पूरी तत्परता के साथ सहयोग करना चाहिये। अध्याय 3 के 25वें श्लोक में *गीता* कहती है—''सक्ताः कर्मण्यविद्वांसो यथा कुर्वन्ति भारत। कुर्यादविद्वांस्तथासक्तश्चिकीर्षुर्लोकसंग्रहम्॥'', अर्थात् जिस प्रकार मूर्खलोग कर्म में आसक्त होकर उसे करते हैं, उसी तरह विद्वान् व्यक्ति को कर्म में अनासक्त होकर लोकसंग्रह करते हुए कार्य करना चाहिये। कोई व्यक्ति अपने को पूर्ण लोकसंग्रह को क्रियान्वित करके ही बना सकता है। ऐसा पूर्व में जनकादि लोगों ने कर दिखाया है। *गीता* कहती है—''कर्मणैव हि संसिद्धिमास्थिता जनकादयः। लोकसंग्रहमेवापि संपश्यन् कर्तुमर्हसि॥'' (3/20), अर्थात् 'जनक आदि लोगों ने कर्म के द्वारा ही परमसिद्धि को प्राप्त किया है। अतः हे अर्जुन!' तुझे लोकसंग्रह को देखते हुए ही कार्य करना चाहिये।'

अब यहाँ प्रश्न उठता है कि यह लोकसंग्रह किस प्रकार संपन्न किया जाय। इसके सम्बन्ध में *गीता* मनुष्यों को संसार के सभी जीवों के कल्याण के लिए रत हो जाने का ही उपदेश देती है। इसका अर्थ है कि लोकसंग्रह को सर्वभूतहित्व के द्वारा ही सम्भव बनाया जा सकता है। *गीता* स्पष्ट कहती भी है कि परमसिद्धि सर्वभूतों के हित में रत रह कर ही प्राप्त की जा सकती है। ''लभन्ते ब्रह्मनिर्वाणमृषयः क्षीणकल्मषाः। छिन्नद्वैधा यतात्मानः सर्वभूतहिते रताः'' (5/25)। अर्थात् वैसे ऋषिगण जिन के पाप नष्ट हो जाते हैं, जिनकी द्विविधाएँ नष्ट हो गई हैं, जो संयतमन वाले हैं, और जो सभी भूतों के हित में रमे रहते हैं वे ब्रह्मनिर्वाण को प्राप्त होते हैं। *गीता* फिर कहती है—''सन्नियम्येन्द्रियग्रामं सर्वत्र समबुद्धयः। ते प्राप्नुवन्ति मामेव सर्वभूतहिते रताः॥'' (12/4), अर्थात् वे लोग जो इंद्रिय-समूह को अच्छी तरह नियमित करके सभी जीवों के प्रति समानबुद्धिवाले तथा सबों के हित में रत रहनेवाले होते हैं वे मुझे ही यानी कृष्ण को ही प्राप्त होते हैं। इस प्रकार हम देखते हैं कि परम सिद्धि को प्राप्त करने के लिए एक अत्यंत आवश्यक साधन सर्वभूतहित ही है।

यहाँ यह उल्लेखनीय है कि सर्वभूत में सभी प्रकार के पदार्थ आ जाते हैं। मोटे तौर पर हम इन पदार्थो को मनुष्यवर्ग, पशुवर्ग, वनस्पतिवर्ग, तथा जड़ परक वर्ग में वर्गीकृत कर सकते हैं। इन सभी वर्गों के अपने-अपने हित होते हैं जो उनके स्वरूप के अनुरूप ही होते हैं। अतः उनके हितों की सिद्धि भिन्न-भिन्न ढंगों से ही हो सकती है। पर चूँकि वे सभी इस एक ही लोक के अंग हैं, इसलिए उनके हितों की सिद्धि होने से लोकहित या लोककल्याण ही सिद्ध होता है। और इस लोककल्याण का सिद्ध होना ही लोकसंग्रह संपन्न होना है। और फिर, यही नैतिक आदर्श भी हो सकता है। अब यहाँ एक प्रश्न यह उठ जाता है कि यदि समबुद्धिपरक होकर सभी भूतों का हित सिद्ध करके इस नैतिक आदर्श को चरितार्थ कर लिया जाय, तो क्या यह पर्याप्त हो सकता है? इस प्रश्न के उत्तर में यही कहा जा सकता है कि *गीता* के अनुसार इस आदर्श के अलावे एक आध्यात्मिक आदर्श भी है जो चरम आदर्श होता है। नैतिक आदर्श इस चरम आदर्श का एक साधन ही हो सकता है। अतः अब हम *गीता* में अनुशंसित मानवोचित चरम आदर्श तथा उसके साधनों के सम्बन्ध में विवेचन करेंगे।

24.4.3 मानव जीवन का चरम आदर्श तथा उसके साधन

भारतीय संस्कृति में मानव जीवन के आदर्श को 'पुरुषार्थ' भी कहते हैं। और हमने ऊपर देखा है कि प्राचीन वैदिक संस्कृति में पुरूषार्थ त्रिवर्गात्मक ही था, अर्थात् यह काम, अर्थ, तथा धर्म तक ही सीमित था। मोक्ष की कल्पना बाद में आई थी। उल्लेखनीय है कि *गीता*काल में मोक्ष एक पुरुषार्थ के रूप में स्वीकृत हो चुका था। मोक्ष का अर्थ है संसार के बंधन से मुक्त हो जाना तथा फिर कभी संसार में जन्म नहीं लेना। *गीता* में संसार-मुक्ति तथा पुनर्जन्म-मुक्ति दोनों की ही चर्चा है। जहाँ एक ओर *गीता* के चौथे अध्याय के 15वें श्लोक में 'मुमुक्षुभिः' का प्रयोग मिलता है, वहीं उसके उसी अध्याय के 9वें श्लोक में 'पुनर्जन्म नैति' का प्रयोग भी मिलता है। तात्पर्य यह है कि मुमुक्षु अर्थात् मोक्ष चाहने वाला जब अपनी साधना से मोक्ष पा लेता है, तब उसका पुनर्जन्म नहीं होता है। इस प्रकार *गीता* में पुरुषार्थों में मोक्ष भी स्पष्ट रूप से ही शामिल हो गया है और उसे ही परम पुरुषार्थ भी माना गया है। हम यह पहले ही कह चुके हैं कि *गीता* यदि एक ओर ब्रह्मविद्या है, तो दूसरी ओर वह योगशास्त्र भी है। इसमें ब्रह्मविद्या तथा योगशास्त्र दोनों का महत्त्व इसलिए है कि ब्रह्मविद्या से चरम उद्देश्य का तथा योगशास्त्र से अभ्यास का ज्ञान होता है और इस ज्ञान से ही समाज आध्यात्मिक बन सकता है। राधाकृष्णन ने *गीता* के अध्याय 3 के 20 वें श्लोक पर टिप्पणी करते हुए लिखा है—"किसी भी धर्म का उद्देश्य समाज को आध्यात्मिक बनाना है, पृथ्वी पर भ्रातृत्व स्थापित करना है"।[13] अब यहाँ प्रश्न उठता है कि *गीता* के अनुसार मानवजीवन के चरम आदर्श मोक्ष का स्वरूप क्या है। उल्लेखनीय है कि *गीता* में इस मोक्ष के सम्बन्ध में अनेक प्रकार की बातें कही गई हैं। *गीता* (6/28) में कहा गया है—"युञ्जन्नेवं सदात्मानं योगी विगतकल्मषः सुखेन ब्रह्मसंस्पर्शम् अत्यंतं सुखमश्नुते।", अर्थात् योगी पापरहित होकर और सदा ही आत्मा को योग में लगाते हुए ब्रह्मसंस्पर्श जैसे पूर्ण सुख का अनुभव करता है। फिर *गीता* (5/24) में कहती है—"योगी ब्रह्मनिर्वाणं ब्रह्मभूतोऽधिगच्छति", अर्थात् योगी ब्रह्म होकर ब्रह्मनिर्वाण प्राप्त करता है। फिर *गीता* (4/9) में कहा गया है "जन्म कर्म च मे दिव्यमेवं यो वेत्ति तत्वतः। त्यक्त्वा देहं पुनर्जन्म नैति मामेति सोऽर्जुन।।", अर्थात् जो व्यक्ति मेरे (कृष्ण के) जन्म और कर्म को तात्त्विक रूप से जानता है, वह शरीर त्याग कर पुनर्जन्म नहीं ग्रहण करता, बल्कि मुझे (कृष्ण को) ही प्राप्त कर लेता है। इस प्रकार हम देखते हैं कि *गीता* का मोक्ष यदि कहीं 'ब्रह्मसंम्पर्श' है, तो कहीं वह 'ब्रह्मभूत ब्रह्मनिर्वाण' है, कहीं फिर 'कृष्णप्राप्ति' अर्थात् 'भगवान् प्राप्ति' है। लेकिन तब यहाँ एक प्रश्न यह उठ जाता है कि मुक्त हुए पुरुष तथा ब्रह्म या भगवान् या कृष्ण के बीच सम्बन्ध क्या है। इतना तो प्रायः मान्य ही रहा है कि *गीता* के कृष्ण भगवान् ही हैं और उनसे परे और कोई सत्ता नहीं है, और फिर वे निर्गुण नहीं हैं, बल्कि ब्रह्म के रूप में भी सद्गुण ही हैं। राधाकृष्णन अपनी पुस्तक *दि भगवद्गीता* के प्रस्तावनापरक लेख में कहते हैं, "*गीता* ने कुछ मौलिक परिवर्तनों के साथ जिस तत्त्वशास्त्रीय सिद्धांत को स्वीकार किया है वह सांख्य दर्शन का सिद्धांत है। ईश्वर में गहन आस्था और मोक्ष में विश्वास के कारण हमें तीन तत्त्वों को मानना आवश्यक हो जाता है—जीवात्मा जिसे मोक्ष पाना है, बंधन जो उसे बांधता है और जिससे उसे मुक्त होना है, और ईश्वर जो हमें बंधन से मुक्त करता है। सांख्य दर्शन पुरुष (जीवात्मा) और प्रकृति के द्वैत को संवर्धित करता है, *गीता* उन दोनों तत्त्वों को ईश्वर के अधीन कर देती है।"[14] अतः हम निश्चित रूप से यह कह सकते हैं कि *गीता* यह नहीं मानतो कि मोक्ष की अवस्था में भगवान् और मुक्त हुआ व्यक्ति एक हो जाते हैं। *गीता* की ब्रह्मभूत होकर बह्मनिर्वाणपरक कल्पना को ब्रह्मजीवतादात्म्यपरक कल्पना के रूप में स्वीकार नहीं किया जा सकता।

राधाकृष्णन इस संदर्भ में कहते हैं—''ईश्वर के साथ सहधर्मिता (साधर्म्य) पर, न कि तादात्म्य (सायुज्य) पर, बल दिया गया है''।[15]

अब यहाँ यह प्रश्न उठ जाता है कि *गीता* के इस भगवत्प्राप्तिपरक चरम आदर्श को चरितार्थ कैसे किया जा सकता है। अर्थात् इस आदर्श को प्राप्त करने का साधन क्या है? इस प्रश्न का संक्षिप्त उत्तर है—योग। हम यह कह चुके हैं कि यदि *गीता* एक ओर ब्रह्मविद्या है, तो दूसरी ओर वह योगशास्त्र भी है। इसी योगशास्त्र में यह बतलाया गया है कि मनुष्य अपने जीवन के चरम लक्ष्य को किस प्रकार प्राप्त कर सकता है। *गीता* के अनुसार इस लक्ष्य की प्राप्ति के लिए तीन प्रकार की योगसाधना का क्रियान्वयन आवश्यक है। ये तीन योग हैं—ज्ञानयोग, भक्तियोग, तथा कर्मयोग। अब हम इन योगों की एक एक कर व्याख्या करेंगे।

24.4.3.1 ज्ञानयोग

जैसा हम सभी जानते हैं, हमारा मानसिक जीवन तीन तरह के व्यापारों से युक्त रहता है—ज्ञानात्मक, भावनात्मक तथा क्रियात्मक। तीनों के अपने अपने लक्षण और गुण हैं। अतः सभी बहुत आवश्यक भी हैं। भारतीय संस्कृति में ज्ञान का बहुत महत्त्व है क्योंकि इसके न होने को ही अर्थात् अज्ञान या अविद्या को ही सभी दुःखों का कारण माना गया है। इस वजह से ही प्राचीन भारतीयों ने प्रार्थना भी की है—'तमसो मा ज्योतिर्गमय'। अर्थात् 'मुझे अज्ञान के अंधकार से ज्ञान के प्रकाश में ले जाओ'। जैसा हमने ऊपर बतलाया है, *गीता* का तत्त्वदर्शन मानो सांख्य के तत्त्वदर्शन के साथ ईश्वर को जोड़ कर निर्मित हुआ है। और, जैसा हम जानते हैं, सांख्य दर्शन के अनुसार मनुष्य का संसार के बंधन में पड़ने का मुख्य कारण उसका यह नहीं जानना ही है कि वह तात्त्विक रूप से प्रकृति से बिलकुल भिन्न है। यह नहीं जानना 'अविवेकख्याति' कहलाता है। अतः यदि मनुष्य यह जान ले कि वह प्रकृति से बिलकुल भिन्न है अर्थात् यदि उसे विवेकख्याति हो जाय, तो वह मुक्त हो जाता है। *गीता* (13/34) कहती है—''क्षेत्रक्षेत्रज्ञयोरेवमन्तरं ज्ञानचक्षुषा। भूतप्रकृतिमोक्षं च ये विदुर्यान्ति ते परम्।।'', अर्थात् जो लोग ज्ञानरूपी नेत्र के द्वारा क्षेत्र यानी प्रकृति तथा क्षेत्रज्ञ यानी पुरुष के भेद को तथा जड़मय प्रकृति से मुक्ति को जानते हैं, वे परमस्थिति को प्राप्त होते हैं। पर तब जहाँ सांख्य के अनुसार प्रकृति और पुरुष के भेद को जानने वाला परम स्थिति को प्राप्त कर ले सकता है, वहीं *गीता* के अनुसार यह परमस्थिति केवल प्रकृति एवं पुरुष का भेद जानना ही नहीं है, बल्कि यह परमात्मा को प्राप्त कर लेना भी है। अतः मोक्ष विवेकख्याति मात्र नहीं है, बल्कि यह विवेकख्याति के बल पर भगवत्प्राप्ति भी है।

अतः यहाँ यह उल्लेखनीय है कि *गीता* के अनुसार मात्र ज्ञान से मोक्ष की प्राप्ति नहीं होती। मोक्ष का मार्ग एक कठिन मार्ग है। इसमें मनुष्य को अपने मन में ईश्वर को भी केन्द्रित करना पड़ता है। पर इसके लिए अभ्यास बहुत जरूरी होता है। *गीता* कहती है—''मय्येव मन आधत्स्व मयि बुद्धिं निवेशय। निवसिष्यसि मय्येव अत उर्ध्वं न संशयः।।'' (12/8), अर्थात् हे अर्जुन! तुम मुझमें ही अपना मन लगाओ, मुझमें ही अपनी बुद्धि लगाओ, उसके बाद तुम मुझ में ही निवास करोगे—इसमें कोई संदेह नहीं है। फिर इसके बाद ही कृष्ण कहते हैं—''अथ चित्तं समाधातुं न शक्नोषि मयि स्थिरम्। अभ्यासयोगेन ततो मामिच्छाप्तुं धनज्जय।।'' (12/9), अर्थात् यदि तुम मुझमें स्थिरता के साथ अपना चित्त समाहित करने में समर्थ नहीं हो सकते हो, तो तुम अभ्यासयोग के द्वारा मुझे प्राप्त करने की इच्छा करो। इस प्रकार हम देखते हैं कि *गीता* के अनुसार, मोक्ष प्राप्त करने के लिए धारणा, ध्यान, तथा समाधि की भी जरूरत हो जाती है और यही कारण है कि *गीता* ब्रह्मविद्या के साथ-साथ योगशास्त्र भी है। अब हम यहाँ योगसाधना के भक्तियोग पर विचार करेंगे।

24.4.3.2 भक्तियोग

जैसा हमने ऊपर कहा है, मानसिक जीवन का एक अंग भावना है। यह मन में किसी-न-किसी प्रकार का उद्वेग पैदा करती है। अतः यह उत्प्रेरक भी होती है। भावना के कारण ही हम किसी से प्रेम कर सकते हैं या द्वेष। इस भावना के द्वारा ही भगवान् से भी प्रेम किया जा सकता है या उनकी सेवा की जा सकती है। प्रेमभाव से प्रेरित होकर भगवान् की सेवा करना भक्ति कहलाती है। *गीता* के अनुसार मोक्ष पाने का एक जरिया भगवान् की भक्ति भी है। जो भक्ति किसी एक के प्रति ही होती है वह अनन्या भक्ति कहलाती है। *गीता* में इस अनन्या भक्ति को बहुत महत्त्वपूर्ण माना गया है। भगवान् के प्रति यह अनन्या भक्ति रखकर मनुष्य मोक्ष प्राप्त कर ले सकता है। कृष्ण अर्जुन से कहते हैं—"सर्वधर्मान् परित्यज्य मामेकं शरणं ब्रज। अहं त्वां सर्वपापेभ्यो मोक्षयिष्यामि मा शुचः॥" (18/66), अर्थात् हे अर्जुन! सभी धर्मों को छोड़कर केवल मेरी शरण में आओ। मैं तुम्हें सभी पापों से मुक्त करूँगा, तुम शोक मत करो। और फिर कृष्ण अर्जुन से यह भी कहते हैं—"समोऽहम् सर्वभूतेषु न मे द्वेष्योऽस्ति न प्रियः। ये भजन्ति तु मां भक्त्या मयि ते तेषु चाप्यहम्॥" (9/29), अर्थात् मैं सभी लोगों में एक समान हूँ, मेरे लिये कोई भी न तो द्वेष करने योग्य है, न प्रिय ही। जो लोग मुझे भक्तिभाव से भजते हैं, वे लोग मुझमे हैं और मैं उनमें हूँ।

यहाँ भक्ति तथा प्रपत्ति में भेद करना अप्रासंगिक नहीं होगा। इस भेद को स्पष्ट करने के लिए मर्कटकिशोरन्याय तथा मार्जारकिशोरन्याय के भेद को समझ लेना लाभप्रद होगा। मर्कट यानी बंदर की माता अपनी संतान को किसी संकट से तब बचाती है, जब वह संतान अपनी माता की छाती से दृढ़तापूर्वक चिपक जाती है। पर किसी मार्जार यानी बिल्ली की माता किसी संकट से अपनी संतान को अपने मुख से दृढ़तापूर्वक पकड़कर बचाती है। इस तरह जहाँ मर्कट शिशु को अपनी माता से चिपकना तो पड़ता ही है मार्जार शिशु को कुछ भी नहीं करना पड़ता। इस मार्जारकिशोरन्याय के अनुरूप जो व्यक्ति भगवान् में प्रपत्ति करता है, उसे भगवान् स्वयं ही बचा लेते हैं। ऊपर *गीता* (18/66) में जो कहा गया है कि 'सर्वधर्मान् परित्यज्य मामेकं शरणं ब्रज', उसका भाव यही है कि यदि मनुष्य भगवान् से प्रपत्तिभावना रखते हुए जुड़ जाय, तो भगवान् स्वयं ही उसे इस संसार रूपी भवसागर से मुक्त करा देंगे। यह भावनापरक साधन ही भक्तियोग कहलाता है। अब हम आगे कर्मयोग की चर्चा करेंगे।

24.4.3.3 कर्मयोग

मानसिक जीवन में ज्ञान तथा भावना के अलावे कर्म का भी बहुत महत्त्वपूर्ण स्थान है। *गीता* कर्म के द्वारा भी मोक्ष की प्राप्ति सम्भव मानती है। बल्कि यदि यह कहा जाय कि *गीता* कर्म को कुछ अधिक ही महत्त्व देती है, तो वह गलत नहीं होगा। शायद *गीता* अपने कर्मयोग की वजह से ही विश्व में विख्यात भी है। अर्जुन प्रारंभ में तो युद्ध करने से बिलकुल विमुख हो जाता है। वह अपना शस्त्र भी त्याग देता है। पर कृष्ण अपने तर्कों से, निर्देशों से तथा उपदेशों के द्वारा अर्जुन को समझाते हैं कि किसी को भी अपने कर्तव्यों से विमुख नहीं होना चाहिये। और तब अंत में अर्जुन स्वयं कहता है, "नष्टो मोहः स्मृतिर्लब्धा त्वत्प्रसादान्मयाच्युत। स्थितोऽस्मि गतसन्देहः करिष्ये वचनं तव॥" (18/73), अर्थात् हे अच्युत (कृष्ण)! आपकी कृपा से मेरा मोह नष्ट हो गया है, मुझे स्मृति प्राप्त हो गई है, मैं संशयरहित होकर स्थित हो गया हूँ। अब मैं आपके वचन को करूँगा। इस प्रकार अर्जुन कर्म करने के लिए तैयार हो जाता है। और *गीता* का उद्देश्य भी तो यही है कि मनुष्य यह जाने कि उसका धर्म ही है कर्म करना। पर तब निश्चय ही उस कर्म को पूरी तरह स्वार्थरहित होना चाहिये। और हमने ऊपर स्पष्ट रूप से यह बतलाया भी है कि निष्कामकर्म करना ही *गीता* का नैतिक संदेश है। कृष्ण

अर्जुन से कहते भी हैं—''श्रेयो हि ज्ञानमभ्यासाज्ज्ञानाद्ध्यानं विशिष्यते। ध्यानात्कर्मफलत्यागस्त्यागाच्छान्तिरनन्तरम्।।'' (12/12), अर्थात् अभ्यास से ज्ञान श्रेष्ठ है, ज्ञान से ध्यान श्रेष्ठ है, ध्यान से कर्मफलत्याग श्रेष्ठ है और इस त्याग से शीघ्र ही शांति मिलती है।

अब यहाँ प्रश्न उठता है कि यदि कर्मफल को त्याग देना आवश्यक ही है, तो कर्म करने की उत्प्रेरणा कैसे सम्भव हो सकती है। इस प्रश्न का उत्तर यही है कि *गीता* वैसे कर्मों के फल को त्यागने का उपेदश देती है जो कर्म कर्ता अपने स्वार्थ की पूर्ति के लिए करता है। *गीता* (2/47) कहती है,''कर्मण्येवाधिकारस्ते मा फलेषु कदाचन। मा कर्मफलहेतुर्भूः मा ते सङ्गोऽस्त्वर्मणि।।'', अर्थात् तुम्हारा अधिकार केवल कर्म करने में है फलों में कभी नहीं। तुम कर्मफलप्राप्ति के लिए कर्म करने वाला न बनो और तुम्हारी प्रीति अकर्म में भी न हो। अब यहाँ प्रश्न उठ जाता है कि यदि हम कर्मफल पाने के लिए कर्म न करें और हमारी प्रीति अकर्म में भी न हो, तो हम कैसे कुछ कर पायेंगे। हमारे लिए तब कर्म क्या हो? यह प्रश्न सचमुच ही बहुत कठिन है। स्वयं *गीता* (4/16) कहती है—''किं कर्म किमकर्मेति कवयोऽप्यत्र मोहिताः। तत्ते कर्म प्रवक्ष्यामि यज्ज्ञात्वा मोक्ष्यसेऽशुभात्।।'', अर्थात् क्या कर्म है? क्या अकर्म है? इन प्रश्नों के सम्बन्ध में बुद्धिमान् लोग भी भ्रमित हैं। इसलिए मैं (कृष्ण) तुम्हें (अर्जुन को) इस सम्बन्ध में बतलाऊँगा जिसे जानकर तुम मोक्ष प्राप्त कर लोगे। *गीता* फिर कहती है, ''कर्मणो ह्यपि बोद्धव्यं बोद्धव्यं च विकर्मणः। अकर्मणश्च बोद्धव्यं गहना कर्मणो गतिः।।'' (4/17), अर्थात् कर्म को जानना चाहिये, विकर्म को जानना चाहिये और अकर्म को भी जानना चाहिये—कर्म की गति गहन है। इस तरह हमारे सामने तीन अवधारणाएँ उपस्थित हो जाती हैं—कर्म, अकर्म तथा विकर्म की। जहाँ तक विकर्म का प्रश्न है, वह तो विकृत कर्म अर्थात् निषिद्ध कर्म है, जैसे झूठ बोलना, चोरी करना, आदि। पर तब कर्म और अकर्म में क्या भेद है? *गीता* इस सम्बन्ध में कहती है—''कर्मण्यकर्म यः पश्येदकर्मणि च कर्म यः। स बुद्धिमान् मनुष्येषु स युक्तः कृत्स्नकर्मकृत्।।''(4/18), अर्थात् जो व्यक्ति कर्म में अकर्म तथा अकर्म में कर्म देखता है, वह मनुष्यों में बुद्धिमान् है और वह योगी अपने सभी करने योग्य कर्मों को कर लेने वाला होता है। अब प्रश्न उठता है कि कर्म में अकर्म कैसे देखा जा सकता है। इसका स्पष्ट उत्तर यह है कि हमलोग स्वाभाविक तौर से किसी-न-किसी उद्देश्य से या फलप्राप्ति के लिए कर्म करते हैं और वह उद्देश्यपूर्ति या फलप्राप्ति साधारणतः अपने स्वार्थ के लिए ही होती है। ऐसा कर्म *गीता* के अनुसार अकर्म है जिसे नहीं करना चाहिये। अतः स्वार्थसिद्धिपरक कर्म में अकर्म देखना चाहिये। जो लोग यह कहते हैं कि निःस्वार्थ भाव से कर्म करना सम्भव नहीं होने के कारण यह निःस्वार्थ कर्म ही अकर्म है, वे लोग गलत कहते हैं; क्योंकि इस तथाकथित अकर्म में कर्म ही देखना चाहिये। वैसे, इस तथाकथित अकर्म में ही बुद्धिमान् लोग स्वाभाविक तौर पर कर्म देखते हैं। इस प्रकार यह देखा जा सकता है कि स्वर्थसिद्धिपरक कर्म ही सही मायने में अकर्म है। और ऐसे ही अकर्म के प्रति प्रीति या संग न रखने का उपदेश *गीता* (2/47) '' मा ते सङ्गः अस्तु अकर्मणि'' द्वारा देती है। सही कर्म निष्काम कर्म ही है और इसी पर तो *गीता* का नैतिक संदेश पूरी तरह आश्रित है।

अब यहाँ प्रश्न उठ जाता है कि मनुष्य को अपने जीवन के चरम आदर्श को प्राप्त करने के लिए ऊपर बतलाये गये तीन मार्गों में किसे चुनना चाहिये। इस प्रश्न के उत्तर में सबसे पहले तो यही कहा जा सकता है कि इन तीनों मार्गों की उपयोगिता या प्रासंगिकता तो तभी सुनिश्चित की जा सकती है जब जीवन के चरम आदर्श का स्वरूप सुनिश्चित कर लिया जाय। यदि जीवन का आदर्श भगवत्प्राप्ति ही मान लिया जाय, तब तो उसका स्वरूप आध्यात्मिक हो जाता है और तब उसके साधन या मार्ग को आध्यात्मिकता के अनुरूप बनाना

ही जरूरी हो जाता है और तब नैतिकता को आध्यात्मिकता पर निर्भर हो जाना भी जरूरी होता है। *गीता* ने आदर्श का ऐसा ही स्वरूप प्रस्तुत किया है। पर इस सम्बन्ध में हम पहले ही विस्तृत चर्चा कर यह देख चुके हैं कि नैतिकता को आध्यात्मिकता के साथ जोड़ा नहीं जा सकता। अब यहाँ ध्यातव्य है कि यद्यपि नैतिकता अपने आप में स्वतंत्र होती है, फिर भी उसे नैतिक आदर्श को प्राप्त करने के लिए साधन का प्रयोग तो करना ही पड़ता है। और चूँकि मानसिक जीवन ज्ञानात्मक, भावनात्मक एवं क्रियात्मक होता है, इसलिए नैतिक साधनों को इन तीनों पहलुओं के अनुरूप ही होना चाहिये। ऐसी स्थिति में *गीता* के बतलाये तीनों मार्गों को नैतिक आदर्श की प्राप्ति के लिए प्रासंगिक तभी बनाया जा सकता है जब उनसे उनका आध्यात्मिक सम्बन्ध दूर कर दिया जाय। और ज्ञान, भक्ति एवं कर्म को किसी भगवान् के साथ न जोड़कर वास्तविकता के साथ या वास्तविक परिस्थिति के साथ ही जोड़ दिया जाय। वास्तविकता के साथ उनके इस तरह से जोड़े जाने पर यदि उनके द्वारा नैतिक आदर्श को चरितार्थ करने का प्रयत्न किया जाता है तो तभी उनके माध्यम से सही तरीके से आदर्श चरितार्थ किया जा सकता है।

यहाँ यह बतलाना अप्रासंगिक नहीं होगा कि बहुत से कथन जो अभिधा में कथित होते हैं, वस्तुतः वे लक्षणा में कथित होते हैं। उदाहरणस्वरूप जब यह कहा जाता है कि 'ईश्वर दयालु है', तो वैसा कहने का वास्तविक अभिप्राय यह होता है कि लोगों को एक दूसरे के प्रति दयालु होना चाहिये। इसी प्रकार जब कृष्ण (यदि उन्हें ऐतिहासिक मान भी लिया जाय) कहते हैं कि *''निष्काम कर्म करने वाले मुझे प्राप्त कर लेते हैं''*, तब उनके कहने का तात्पर्य यह होता है कि *''निष्काम कर्म करने वाले अपने जीवन के चरम आदर्श को प्राप्त कर लेते हैं''*। यहाँ मुझे कैम्ब्रिज[16] विश्वविधालय के प्रख्यात वैज्ञानिक स्टिफेन हॉकिंग[17] की याद आती है जिन्होंने कहा है कि 'विराट विस्फोट के बाद ईश्वर एक रूपक हो गया है'। शायद *गीता* का कृष्ण भी एक रूपक ही है। ऐसी स्थिति में हमें ऊपर वर्णित तीनों साधनों को भी रूपकपरक परिप्रेक्ष्य में ही समझने का प्रयास करना चाहिये। निश्चय ही उस हालत में भी सभी प्रकार के साधनों की सार्थकता बनी ही रहेगी। ऐसा इसलिए कि ज्ञान भावना और कर्म किसी प्रयास के लिए उपयोगी होते ही है और फिर उनका साथ-साथ होना भी जरूरी ही होता है। और फिर, एक को अन्य दो से अलग भी तो नहीं किया जा सकता। निष्काम कर्म करने के लिए भी तो ज्ञान की तथा भावनात्मक प्रेरणा की आवश्यकता होती ही है। आप यदि निष्काम कर्म करना ही अपना लक्ष्य मानते हैं, तो आपको कम-से-कम इस बात का ज्ञान तो अवश्य ही रहना चाहिये कि आप किसके प्रति निष्काम कर्म करना चाहते हैं और फिर आपके साथ उस निष्काम कर्म करने की उत्प्रेरक भावना भी तो रहनी ही चाहिये। यदि आपको किसी व्यक्ति के प्रति प्रेम की भावना ही न हो, तो आप अपना हित छोड़कर उसके हित में कोई कर्म कर ही नहीं सकेंगे। निष्काम कर्म करने का अर्थ यह नहीं है कि आप एक यंत्र की तरह कर्म करें। उसका अर्थ नकारात्मक रूप में स्वार्थरहित कर्म तथा सकारात्मक रूप में परहित कर्म ही होता है। इस प्रकार हम देखते हैं कि जीवन का आदर्श जब आध्यात्मिक नहीं होता है, तब भी ज्ञानयोग, भक्तियोग तथा कर्मयोग प्रकारांतर से उपयोगी एवं प्रासंगिक होते ही हैं। और फिर, जैसा हमने ऊपर कहा है, वे अलग-अलग रह कर उपयोगी एवं प्रासंगिक नही होते, बल्कि वे समग्र रूप में अर्थात् एक साथ मिलकर उपयोगी एवं प्रासंगिक होते हैं। उनका यह समग्ररूप 'समग्रयोग''कहलाता है।

24.4.4 स्थितप्रज्ञ

जैसा हमने ऊपर कहा है, नैतिकता के दो पक्ष हैं। एक क्रियात्मक पक्ष और दूसरा चरित्रनिर्माणात्मक पक्ष; अर्थात् नैतिक कर्ता को उचित कर्म करना पड़ता है और उसे

सच्चरित्रवान् भी बनना पड़ता है। इन दोनों पक्षों में अन्योन्याश्रय सम्बन्ध है। हमने ऊपर पाया है कि जो लोग नैतिक होना चाहते हैं उन्हें सर्वभूतहितेरताः होने की जरूरत पड़ती है, अर्थात् सभी जीवों के कल्याण के लिए कार्य करना पड़ता है। पर मनुष्य स्वाभाविक तौर पर इतना स्वार्थी होता है कि वह सहज रूप से सर्वभूतहित में रत नहीं हो सकता। इसके लिए उचित ज्ञान, उचित भावना और उचित प्रकार का कर्म करना आवश्यक ही होते हैं। जो व्यक्ति इनके समन्वित साधन के द्वारा अपने लिए एक अच्छे चरित्र का निर्माण करता है उसे *गीता* 'स्थितप्रज्ञ' कहती है। यह 'स्थितप्रज्ञ' की अवधारणा नैतिक दृष्टि से अत्यंत महत्त्वपूर्ण है।

जब मनुष्य अपनी बुद्धि का प्रयोग नहीं कर अन्य लोगों के कहने पर कुछ करता है, तब वह बहकाया भी जा सकता है। फिर यदि कोई व्यक्ति धर्मग्रंथों के विभिन्न प्रकार के आदेशों के अनुसार ही चलना चाहता है, तो उस हालत में भी वह सही मार्ग अपनाने में सक्षम नहीं हो सकता। इसीलिए कृष्ण अर्जुन से कहते हैं—"श्रुतिविप्रतिपन्ना ते यदा स्थास्यति निश्चला। समाधावचला बुद्धिस्तदा योगमवाप्स्यसि॥" (2/53), अर्थात् अनेक प्रकार के वैदिक निर्देशों से विचलित हुई तुम्हारी बुद्धि जब समाधि में निश्चल तथा अचल हो जायगी, तब तुम योग को प्राप्त कर लोगे। इस कथन का तात्पर्य यह है कि चंचल मन से या चंचल बुद्धि से कोई कार्य अच्छी तरह संपादित नहीं हो सकता। और जब कर्ता को अपना स्वार्थ छोड़कर लोककल्याण के लिए कार्य करना होता है, तब उसे दृढ़ संकल्प की जरूरत हो जाती है और यह तो चंचल मन से सम्भव नहीं हो सकता। उसके लिए स्थिरबुद्धि या स्थितबुद्धि का होना आवश्यक है। ऐसी बुद्धि रखने वाला ही 'स्थितप्रज्ञ' कहलाता है। अर्जुन कृष्ण से पूछता है—"स्थितप्रज्ञस्य का भाषा समाधिस्थस्य केशव। स्थितधीः किं प्रभाषेत किमासीत व्रजेत किम्॥" (2/54), अर्थात् हे केशव समाधि में स्थित स्थितप्रज्ञ की परिभाषा क्या है? यह स्थितधी व्यक्ति कैसे बोलता है, कैसे बैठता है और कैसे चलता है? और कृष्ण ने अर्जुन के इस प्रश्न का उत्तर बहुत विस्तार से *गीता* में दिया है। इसके सम्बन्ध में हम संक्षेप में यहाँ यही कह सकते हैं कि जो व्यक्ति अपनी बुद्धि के द्वारा अपनी सभी कुवासनाओं एवं स्वार्थपरक इच्छाओं पर विजय पाकर लोककल्याण में दत्तचित्त रहता है, वह स्थितप्रज्ञ है। *गीता* कहती भी है—"बुद्धिनाशात् प्रणश्यति" (2/63), अर्थात् लोग बुद्धिनाश के कारण नष्ट हो जाते है। जो व्यक्ति अपनी भावनाओं से परिचालित न होकर उन्हें नियंत्रित कर ले सकता है वही स्थित-धी या स्थितप्रज्ञ होता है। *गीता* कहती है—"दुःखेष्वनुद्विग्नमनाः सुखेषु विगतस्पृहः। वीतरागभयक्रोधः स्थितधीर्मुनिरुच्यते॥" (2/56), अर्थात् जो व्यक्ति दुःखों में उद्विग्न नहीं होता, सुखों में इच्छा नहीं रखता, राग, भय, तथा क्रोध से मुक्त रहता है, वही व्यक्ति स्थितधी कहलाता है। और ऐसा ही व्यक्ति *गीता* के अनुसार शांति प्राप्त कर सकता है। *गीता* कहती है—"विहाय कामान् यःसर्वान् पुमांश्चरति निःस्पृहः। निर्ममो निरंहकारः स शान्तिमधिगच्छति॥" (2/71), अर्थात् जो व्यक्ति सभी कामनाओं को त्यागकर निस्पृह होकर आचरण करता है और जो स्वार्थरहित एवं अहंकाररहित होता है वह शांति प्राप्त करता है। इस प्रकार हम देखते हैं कि *गीता* चरित्रनिर्माण पर बहुत अधिक बल देती है। और चरित्रनिर्माण, जैसा हमने ऊपर कहा है, नैतिकता का एक अत्यंत महत्त्वपूर्ण अंग है।

24.4.5 समदर्शिता

हमने ऊपर देखा है कि नैतिकता का एक अत्यंत आवश्यक अंग समदर्शिता अर्थात् समदर्शी होना है। नैतिकता में पक्षपात का कोई स्थान नहीं हो सकता। *गीता* में इस समदर्शिता पर बहुत अधिक बल दिया गया है। जब तक हम मनुष्यों में किसी को प्राकृतिक रूप में ही श्रेष्ठ और किसी को प्राकृतिक रूप में ही हीन मानना जारी रखेंगे, तब तक हम नैतिक दृष्टि नहीं अपना सकते। सभी लोगों को समान मानने के लिए ही अनेक धार्मिक मतों में उन्हें एक

ही ईश्वर की संतान माना जाता है और इस तरह सबों को एक दूसरे का भाई होना निरूपित किया जाता है। किंतु मनुष्यों का एक दूसरे के भाई होने के लिए या फिर एक दूसरे के समान होने के लिए किसी ईश्वर जैसी पारलौकिक सत्ता के पितृत्व को स्वीकार करना आवश्यक नहीं है। मनुष्यों की समानता तो उनके बौद्धिक होने के कारण ही मान ली जा सकती है। यहाँ यह उल्लेखनीय है कि बौद्धिकता एक ऐसी क्षमता है जो भिन्न-भिन्न व्यक्तियों के लिए भिन्न-भिन्न नहीं हो सकती। वह सभी व्यक्तियों के लिए एक समान ही होती है। अतःसभी व्यक्तियों के तात्त्विक रूप से एक समान होने के कारण युक्तिसंगत बात यही हो सकती है कि सामान्य रूप से सबों के प्रति एकसमान दृष्टि हो और यही नैतिक दृष्टि है और इसे ही समदर्शिता कहते हैं। *गीता* कहती है—"विद्याविनयसंपन्ने ब्राह्मणे गवि हस्तिनि। शुनि चैव श्वपाके च पण्डिताः समदर्शिनः।।" (5/18), अर्थात् विद्या और विनय से संपन्न ब्राह्मण में, गाय में, हाथी में, कुत्ते में तथा चांडाल में पंडित लोग समान दृष्टि रखते है। और इस प्रकार *गीता* समदर्शिता का क्षेत्र केवल मनुष्यों में ही सीमित नहीं रखती, बल्कि वह इसे पशुओं में भी फैला देती है। और ऐसा करना उचित भी है। यदि हमारे संवेदनशील होने की वजह से हमें बिना उचित कारण के कोई शारीरिक कष्ट देना नैतिक नहीं है, तो उसी तर्क के आधार पर पशुओं को भी कोई शारीरिक कष्ट देना नैतिक नहीं है; क्योंकि पशु भी संवेदनशील होते ही हैं। और फिर *गीता* तो यहाँ तक कहती है कि "सुहृन्मित्रार्युदासीनमध्यस्थद्वेष्यबन्धुषु। साधुष्वपि च पापेषु समबुद्धिर्विशिष्यते।।"(6/9), अर्थात् सुहृद्, मित्र, अरि, उदासीन (अर्थात् पक्षपातरहित व्यक्ति) मध्यस्थ, द्वेष के योग्य व्यक्ति, बंधु और साधु में समबुद्धि रखनेवाला व्यक्ति विशिष्ट होता है। यहाँ यह प्रश्न उठ सकता है कि क्या अरि, द्वेष्य एवं पापी के प्रति भी समबुद्धि रखना नैतिक हो सकता है। पर तब यहाँ यह कहा जा सकता है कि ये लोग भी मनुष्य के रूप में तो अन्य मनुष्यों के समान ही है। उनके दुर्गुण के प्रति घृणा अवश्य करनी चाहिये और प्रयास यह करना चाहिये कि वे अपने दुर्गुणों से मुक्त हो जाँय। और फिर हम उनके लिए ऐसा प्रयास उनके प्रति समबुद्धि रखकर ही तो कर सकते हैं। इस प्रकार हम देख सकते हैं कि *गीता* ने समदर्शिता जैसे अतिमहत्त्वपूर्ण नैतिक आधार को बहुत अधिक उजागर किया है।

❑

अध्याय 25

नास्तिक दर्शनों की आचारनीति

25.1 विषय-प्रवेश

भारतीय संस्कृति में एक ऐसी भी विचारधारा है जिसे हम 'नास्तिक विचारधारा' कह सकते हैं। साधारण बोलचाल में भी 'नास्तिक' शब्द का प्रयोग खूब होता है। दार्शनिक क्षेत्र में तो नास्तिक तथा आस्तिक का भेद प्रसिद्ध ही है। नास्तिक वह है जो वेद को नहीं मानता और आस्तिक वह है जो वेद को मानता है। पर 'नास्तिक' का प्रयोग अन्य अर्थों में भी होता है। एक अर्थ के अनुसार ईश्वर को नहीं माननेवाला नास्तिक है और ईश्वर को माननेवाला आस्तिक है। फिर एक अन्य अर्थ के अनुसार हम आध्यात्मिकता को नहीं मानने वाले को नास्तिक कह सकते हैं और उसे माननेवाले को आस्तिक। उल्लेखनीय है कि ईश्वर को नहीं मानकर भी आध्यात्मिकता को माना जा सकता है। इसके उदाहरण बौद्धधर्म तथा जैनधर्म हैं। ये दोनों धर्म वेद एवं ईश्वर को नहीं मानते। पर वे दोनों आध्यात्मिकता को मानते हैं। चार्वाक दर्शन एक ऐसा दर्शन है जो वेद, ईश्वर तथा आध्यात्मिकता में किसी को नहीं मानता। यह दर्शन तीनों प्रकार से नास्तिक है। हम नास्तिक दर्शनों की सूची में चार्वाक दर्शन के साथ-साथ बौद्ध एवं जैन दर्शनों को भी इसलिए रखते हैं कि ये दोनों वेद एवं ईश्वर को नहीं मानते। आस्तिक दर्शनों में कोई भी दर्शन ऐसा नहीं है जो वेद और ईश्वर दोनों को न माने। सांख्य यदि ईश्वर को नहीं मानता, तो वह वेद को मानता ही है। भारतीय आस्तिक दर्शनों में ईश्वर को उतनी महत्ता नहीं दी गयी है जितनी वेद को। अतः भारतीय दर्शन का आस्तिक-नास्तिक भेद वेद को मानने या नहीं मानने पर ही मुख्य रूप से आश्रित है। हम यहाँ नास्तिक दर्शनों की सिर्फ आचारनीति पर ही विचार करेंगे, क्योंकि प्रस्तुत लेखन का विषय केवल आचारनीति ही है। इस अध्याय में हम क्रमशः लोकायत नीति, जैन नीति तथा बौद्ध नीति पर विचार करेंगे।

25.2 लोकायत नीति

लोकायत नीति को प्रायः चार्वाक नीति भी कहा जाता है। अतः हम 'लोकायत' तथा 'चार्वाक' शब्दों के अर्थों के सम्बन्ध में भी विचार करेंगे। पहले हम 'लोकायत' को लें।

'लोकायत' शब्द का प्रयोग चार अर्थों में किया गया है—दर्शनशास्त्र के अर्थ में, वितंडाशास्त्र के अर्थ में, लोकसमूह के अर्थ में तथा एक ग्रंथ के नाम के रूप में।

कौटिल्य ने अपने *अर्थशास्त्र* (1.1) में लोकायत को सांख्यदर्शन तथा योगदर्शन की तरह एक दर्शनशास्त्र ही माना है। कृष्ण मिश्र (1090ई०) द्वारा लिखित *प्रबोधचन्द्रोदय* नाटक (दृश्य II) में एक पात्र कहता है— "लोकायत सर्वदा ही एकमात्र शास्त्र है, इसके अनुसार केवल प्रत्यक्षपरक प्रमाण ही प्रमाण है, मूलतत्त्व हैं—पृथ्वी, जल, अग्नि तथा वायु, अर्थ और काम पुरुषार्थ है, जड़ सोच सकता है, कोई दूसरा लोक नहीं है, मृत्यु सबों का अंत है।"[1]

राधाकृष्णन के अनुसार यह शास्त्र 'लोकायत' इसलिए कहलाता है कि यह केवल इसी लोक को स्वीकार करता है।

बुद्धघोष (450 ई०) लोकायत को एक वितंडाशास्त्र के रूप में मानते हैं। वे पालि में कहते हैं—"वितण्डासत्यम् विन्नेयम् यम्, तम्, लोकायतम्।"[2] वितण्डा एक प्रकार की तर्कविधि है जिससे कोई रचनात्मक निष्कर्ष नहीं निकाला जाता। यह गल्प अर्थात् एक तरह का बकवास ही है। बुद्धघोष इस तरह के तर्क का एक उदाहरण इस प्रकार देते हैं—"सभी कौए उजले हैं, क्योंकि उनकी हड्डियाँ उजली होती हैं"।

कभी-कभी लोकायत उनलोगों का समूह माना जाता है जो केवल इस लोक की वस्तुओं के अस्तित्व को ही स्वीकार करते हैं। गुणरत्न (ईसवी 14वीं शताब्दी) *षड्दर्शन-समुच्चय* की टीका में कहते हैं कि लोकायत वे लोग हैं जो बिना सोचे समझे साधारण लोगों की तरह आचरण करते हैं (लोकाः निर्विचाराः सामान्या लोकाः तद्वत् आचरन्तिस्म इति लोकायता लोकायतिका इति अपि।)

'लोकायत' शब्द ग्रंथ के नाम के रूप में भी प्रयुक्त हुआ है। सुरेन्द्रनाथ दासगुप्त[3] कहते हैं कि वैयाकरण कात्यायन के (300 ई०पू०) समय में 'लोकायत' नाम का एक ग्रंथ था जिस पर कई भाष्य भी लिखे गये थे। गुप्त ऐसा इसलिए कहते हैं कि वैयाकरण पतञ्जलि (150 ई०पू०) के अनुसार 'वर्णक' शब्द स्त्रीलिंग में 'वर्णका' तथा 'वर्णिका' दोनों होता है। 'वर्णका' का अर्थ कंबल या प्रावरण होता है, पर 'वर्णिका' का अर्थ भाष्य होता है, जैसे *लोकायत* पर भागुरि द्वारा लिखित *वर्णिका*।

लोकायत मत चार्वाक मत के रूप में भी जाना जाता है। इसका कारण यह है कि एक मान्यता के अनुसार यह मत किसी चार्वाक नामक ऋषि ने चलाया था, या यह उन लोगों ने चलाया था जो चार्वाक कहलाते थे। राधाकृष्णन कहते हैं, "भौतिकवादी लोकायतिक कहलाते हैं। वे लोग संस्थापक के नाम के आधार पर चार्वाक भी कहलाते हैं।"[5] यह भी मान्यता है कि चार्वाक लोग *ऋग्वेद* के ऋषि और जड़ को मूलतत्त्व के रूप में प्रतिपादित करनेवाले बृहस्पति-लौक्य या ब्रह्मणस्पति के ही अनुयायी थे। इस वजह से चार्वाक लोग 'बार्हस्पत्य' भी कहलाते थे। मान्यता तो यह भी है कि चार्वाक लोग भोजन की वस्तुओं को चबाचबा कर खाने में आनन्द प्राप्त करते थे, इसलिए 'चर्व' धातु के आधार पर वे लोग 'चार्वाक' कहलाये। इस लोकायत मत के सम्बन्ध में सुरेन्द्रनाथ दासगुप्त कहते हैं— "हम जानते हैं कि लोकायत विचार बहुत पुराने थे, शायद वेदों के समसामयिक या उनसे भी पुराने आर्यपूर्व सुमेरियन लोगों में प्रचलित। हम यह भी जानते हैं कि *लोकायतशास्त्र* पर भागुरि द्वारा लिखित भाष्य 200 या 300 ई० पू० में बहुत अच्छी तरह जाना जाता था। लेकिन *लोकायतशास्त्र* के रचयिता के बारे में निश्चित रूप से कुछ कहना कठिन है। इसकी रचना या तो बृहस्पति या चार्वाक द्वारा की गई मानी जाती है।"[6] गुप्त अपने इसी कथन के संदर्भ में अपनी पुस्तक की पृ० सं० 531 की पाद-टिप्पणी 1 में कहते हैं— "बृहस्पति शुक्र बन गये और उन्होंने असुरों को यह मत सिखा दिया जिससे कि वे वेदविहित कर्मों की भर्त्सना करें। अच्छे को बुरा समझें, और बुरे को अच्छा समझें।" और पुनः पादटिप्पणी 2 में वे कहते हैं— "*मैत्रायणीय (उपनिषद्)* इन मतों को बृहस्पति तथा शुक्र के द्वारा प्रतिपादित मानती है। कृष्ण मिश्र का *प्रबोधचन्द्रोदय* कहता है कि ये (मत) पहले बृहस्पति के द्वारा रचे गये और तब वे चार्वाक को सुपुर्द कर दिये गये जिन्होंने उन्हें अपने शिष्यों के द्वारा लोगों में फैलाया।"

हम ऊपर कह चुके हैं कि यह चार्वाक मत या लोकायत मत एक नास्तिक मत है। यह तीन अर्थों में नास्तिक है। यह वेद, ईश्वर तथा परलोक यानी किसी आध्यात्मिक लोक में किसी को नहीं मानता। *मनुस्मृति* (2/11) भी कहती है 'नास्तिको वेद निन्दकः', अर्थात् वेदनिन्दक नास्तिक है। परलोक नहीं मानने का अर्थ है प्राकृतिक सत्ता के परे अन्य किसी पारलौकिक सत्ता को नहीं मानना—जैसे, चिरंतन आत्मा, परमात्मा, पुनर्जन्म, आदि। यही कारण है कि नास्तिक लोग अध्यात्मवादी नहीं होते।

चूँकि ये नास्तिक लोग अपने विचारों के समर्थन में हेतु के आधार पर तर्क प्रस्तुत करते थे, इसलिए वे 'हैतुक' भी कहलाते थे। हम ऊपर यह कह चुके हैं कि 'लोकायत' कभी-कभी वितंडाशास्त्र के रूप में भी प्रयुक्त होता था। ये हैतुक लोग किसी रचनात्मक उद्देश्य से कोई तर्क प्रस्तुत नहीं करते थे, बल्कि वे तर्क के नाम पर वितंडा यानी बकवास ही प्रस्तुत किया करते थे। मनु ने *मनुस्मृति* 4/30 में कहा है कि लोगों को हैतुकों, पाषंडियों, आदि से बोलना तक नहीं चाहिये। और स्मृतिभाष्यकार मेधातिथि ने तो हैतुकों को बिलकुल स्पष्ट रूप से नास्तिक मान भी लिया है। वे कहते हैं—''हैतुका नास्तिका, नास्ति परलोको, नास्ति दत्तम्, नास्ति हुतम् इति एवं स्थितप्रज्ञाः।''[7] अर्थात् स्थितप्रज्ञों के अनुसार हैतुक लोग नास्तिक हैं, क्योंकि इनके अनुसार परलोक नहीं होता, यज्ञों में दिये गये दान तथा उनमें किये गये हवन का भी कोई अर्थ नहीं होता।

ऊपर के विवेचन से यह पता चलता है कि भारत में अति प्राचीन काल से ही एक *वेद*विरोधी आचारनीति चली आ रही है। इस नीति ने केवल *वेद* का विरोध ही नहीं किया, बल्कि इसने लोगों को कई अर्थों में गलत ढंग की आचारनीति भी दे दी। *वेद* का विरोध तो बौद्धों एवं जैनों ने भी किया, पर उनकी आचारनीति लोकायतिकों जैसी निम्नस्तरीय नहीं थी। लोकायत दर्शन कई मायनों में समर्थनयोग्य होते हुए भी एक सही आचारनीति नहीं दे सका। अब हम इस लोकायत दर्शन की आचारनीति की व्याख्या एवं समीक्षा करेंगे।

जैसा हम जानते हैं, लोकायत दर्शन या चार्वाक दर्शन केवल प्रत्यक्ष प्रमाण को ही मान्यता देता है। उस आधार पर वह केवल चार मौलिक तत्त्वों को स्वीकार करता है—पृथ्वी, जल, अग्नि और वायु। संसार के सभी पदार्थ इन्हीं चार तत्त्वों के योग से निर्मित हैं। हम जिसे मन या आत्मा कहते हैं, वह भी इन्हीं भौतिक तत्त्वों के योग से ही निर्मित है। यह मन तभी तक अस्तित्व में रहता है, जब तक शरीर रहता है। शरीर के नष्ट हो जाने पर आत्मा या मन का अस्तित्व भी समाप्त हो जाता है। अतः पुनर्जन्म की कोई सम्भावना ही नहीं हो सकती। और चिरंतन आत्मा की भी कोई सम्भावना नहीं हो सकती। चिरंतन आत्मा नाम का कोई पदार्थ होता ही नहीं है। फिर किसी परमात्मा के होने का तो प्रश्न ही नहीं उठ सकता। भौतिक प्रकृति अपने स्वभाव के कारण ही परिवर्तित होती रहती है। इसका कोई स्रष्टा नहीं होता। ईश्वर नाम की कोई सत्ता नहीं होती। चूँकि प्रत्यक्ष ही एकमात्र प्रमाण है, इसलिए परलोक का अस्तित्व भी नहीं है। हम न तो किसी परलोक को और न ही किसी ईश्वर को प्रत्यक्ष देख पाते हैं। एक मात्र इस संसार का ही अस्तित्व है और इस संसार में हमलोग तभी तक रहते हैं जब तक हमारा शरीर कायम रहता है। ''भस्मीभूतस्य देहस्य पुनरागमनं कुतः?'', अर्थात् जो शरीर मरणोपरांत भस्मीभूत हो जाता है, उसका फिर से आगमन कैसे हो सकता?

अब यदि प्रकृति अपने स्वभाव के अनुसार ही परिवर्तित होती है, तो मनुष्य भी, जो प्रकृति का ही एक अंग है, अपने स्वभाव के अनुसार ही कुछ कर सकता है। और चूँकि मनुष्य

स्वभाव से ही अपनी विभिन्न इंद्रियों के द्वारा सुख ही पाना चाहता है, इसलिए चार्वाक कहता है—"यावत् जीवेत् सुखं जीवेत् ऋणं कृत्वा घृतं पिबेत्।", अर्थात् जब तक जीये सुख से जीना चाहिये, ऋण करके घी पीना चाहिये। इस तरह के मत रखनेवालों को *गीता* 'असुर' का नाम देती है और वह उनके सम्बन्ध में अपने 16 वें अध्याय में एक विस्तृत वर्णन प्रस्तुत करती है। वह उनके बारे में कहती है—"चिन्तामपरिमेयां च प्रलयान्तामुपाश्रिताः। कामोपभोगपरमा एतावदिति निश्चिताः।।"(16/11), अर्थात् मृत्युपर्यंत अनेक चिंताओं से चिंतित रहनेवाले ये लोग कामोपभोग को ही परम आदर्श माननेवाले होते हैं, क्योंकि ये लोग केवल इसी को बिलकुल निश्चित माननेवाले होते हैं। *बृहस्पतिसूत्र* तो काम को ही एकमात्र पुरुषार्थ मानता भी है—"काम एवैकः पुरुषार्थः"।

ऊपर हमने उल्लेख किया है कि चार्वाक लोग वेदनिंदक होते थे। वैदिक संस्कृति के एक प्रमुख अंग यज्ञानुष्ठान को वे निरर्थक मानते थे। उनके अनुसार वैदिक कर्मकांड पुरोहितों के जीवनयापन का एक साधन मात्र था। श्राद्धकर्म को निरर्थक करार देने के लिए वे कहते थे कि जब भस्मीभूत शरीर का कुछ अवशेष रहता ही नहीं है, तब प्रेत के नाम पर कोई कर्म करना कैसे उचित हो सकता है। यदि प्रेत के लिए अर्पित भोजन उसे कहीं भी मिल जा सकता है, तो यात्री लोग अपने साथ भोजन सामग्री लेकर क्यों चलते हैं। उन्हें तो चाहिये कि वे अपने परिवार के लोगों को यह निर्देश देते जाँय कि वे घर पर ही उन यात्रियों के लिए दिन-प्रतिदिन भोजन अर्पित करते रहें। फिर यदि अग्निष्टोम यज्ञ में बलि चढ़ाया गया पशु सीधे स्वर्ग ही चला जाता है, तो कोई पुत्र अग्निष्टोम यज्ञ में अपने पिता की ही बलि क्यों नहीं कर देता?

इन चार्वाकों के अनुसार वर्तमान जीवन ही एकमात्र जीवन है। *बृहस्पतिसूत्र* कहता है—"मरणं एव अपवर्गः", अर्थात् मरण ही मोक्ष है। अतः भविष्य के लिए कुछ सोचना या करना निरी मूर्खता है। वात्स्यायन ने *लोकायतिक* का हवाला देते हुए कहा है—"वरं अद्य कपोतः श्वो मयूरात्। वरं संशयिकात् निष्कात् असंशयिकः कार्षापणः इति लोकायतिकः।।", अर्थात् *लोकायतिक* के अनुसार आज का कबूतर कल के मयूर से श्रेष्ठ है और संदिग्ध स्वर्णमुद्रा से असंदिग्ध ताम्रमुद्रा ही श्रेष्ठ है। चार्वाक लोग संसार में सुख और दुःख दोनों का साथ-साथ रहना स्वीकार करते थे। दुःख में पड़ जाने के डर से सुख का परित्याग कर देना निरी मूर्खता ही है। मछली में काँटे होते हैं, तो क्या उस वजह से मछली खाने का सुख छोड़ देना चाहिये? क्या भिखारी द्वारा भोजन माँगे जाने की सम्भावना के कारण भोजन पकाना छोड़ देना चाहिये? चार्वाकों का वास्तविक मानना तो यह था कि दुःखों को यथासम्भव दूर कर जितना अधिक सुख जीवन के रहते रहते लूट लिया जा सके लूट लेना चाहिये।

पर सुखप्राप्ति सम्बन्धी ऐसा उग्र विचार सभी चार्वाकों को मान्य नहीं था। इनमें ऐसे भी लोग थे जिनके विचार शिष्ट होते थे। ये लोग सुखप्राप्ति में भी मर्यादा का अतिक्रमण नहीं करना चाहते थे। अतः हम चार्वाकों को दो वर्गों में विभाजित कर सकते हैं। उग्रवादियों को हम 'धूर्तचार्वाक' तथा मर्यादापालकों को हम 'शिष्ट चार्वाक' कह सकते हैं। ऐसे भेद प्राचीन काल में किये गये हैं। सुशील कुमार मैत्र इस सम्बन्ध में कहते हैं— "वस्तुतः हम लोकायतिकों के अलावे सुशिक्षित तथा धूर्त चार्वाकों जैसे चार्वाकों के विभिन्न वर्गों के बारे में भी सुनते हैं। इन लोगों ने तो अपने-अपने सुखवाद में शिष्टता के विभिन्न स्तरों को ही प्रतिबिंबित किया होगा।"[8] अब हम इन दोनों प्रकार के चार्वाकों की कुछ विस्तार से चर्चा करेंगे।

धूर्त चार्वाक—धूर्तचार्वाक अनियंत्रित इंद्रियसुखभोग को ही अपना लक्ष्य मानते थे। ये

लोग न तो तत्त्व के सम्बन्ध में और न ही नीति के सम्बन्ध में किसी प्रकार की नियमबद्धता स्वीकार करना चाहते थे। तत्त्व के सम्बन्ध में ये यदृच्छावाद को ही स्वीकार करते थे, अर्थात् संसार की उत्पत्ति के बारे में ये न तो किसी कर्ता को और न ही किसी नियम को स्वीकार करते थे। यहाँ यह उल्लेखनीय है कि *श्वेताश्वतर उपनिषद्* (I.2) संसार की उत्पत्ति के सम्बन्ध में अनेक प्रकार की सम्भावनाओं की चर्चा करती है। वह कहती है—''कालः स्वभाव नियतिर्यदृच्छा भूतानि योनिः पुरूष इति चिन्त्यम्।'', अर्थात् संसार की उत्पत्ति काल, स्वभाव, नियति, यदृच्छा, भूतों या पुरुष से सम्भव मानी जा सकती है। धूर्तचार्वाक इन सम्भावनाओं में यदृच्छा का ही वरण करते थे। प्राचीन वैदिक संस्कृति के परवर्ती काल में अनेक वैसे विचारों का प्रचलन हो गया था जो नियम, मर्यादा, आदि के बिलकुल खिलाफ थे। ऐसे विचारों के प्रवर्तकों में मक्खलि गोसाल, अजितकेस कंबलि, पुरनकस्सप तथा संजय बेलठिपुत्त के नाम प्रसिद्ध हैं। मक्खलि गोसाल नियतिवादी था, अजितकेस कंबलि मनुष्यों की उत्पत्ति को केवल जड़तत्त्वों पर आधारित मानता था, पुरनकस्सप कर्मफल को पापपरक या पुण्यपरक नहीं मानता था, तथा संजय बेलठिपुत्त पूर्णतः संशयवादी था। ये सभी लोग अमर्यादित इंद्रियसुखभोग को ही जीवन का परम अभीष्ट मानते थे। अतः ये सभी धूर्तचार्वाक की श्रेणी में रखे जा सकते हैं। इन लोगों के अनुसार मनुष्य में आत्मा नाम का कोई द्रव्य हो ही नहीं सकता।

शिष्ट चार्वाक—जैसा हमने ऊपर कहा है, कुछ चार्वाक बहुत अधिक उग्र विचार नहीं रखते थे। ये लोग यह मानते थे कि जब तक मनुष्य जीवित रहता है तब तक उसमें आत्मा रहती है और वही आत्मा सभी प्रकार के अनुभव करती है। ये ही शिष्ट चार्वाक होते थे और इन्हें ही हम सुशिक्षित तथा सुसंस्कृत चार्वाक भी कह सकते हैं। यहाँ *कामसूत्र* के प्रणेता वात्स्यायन का जिक्र करना बहुत प्रासंगिक है। इन्होंने इंद्रियसुखोपभोग में ललित कलाओं के अनुशीलन के महत्त्व पर बहुत अधिक बल दिया है। उनके अनुसार ये कलाएँ संख्या में चौसठ हैं और इन सबों के अपने अपने शास्त्र हैं। आत्यंतिक सुख या आनन्द की प्राप्ति के लिए इन शास्त्रों का ज्ञान तथा तदनुरूप अनुशीलन अत्यंत आवश्यक है। वात्स्यायन यह भी मानते थे कि युवावस्था में अच्छी कामतृप्ति के लिए बाल्यावस्था में ब्रह्मचर्य का पालन अत्यंत आवश्यक है। अतः यह कहा जा सकता है कि वात्स्यायन चार्वाकों के सुशिक्षित, मर्यादित एवं शिष्ट होने के पक्ष में ही थे और वे चाहते थे कि धूर्तचार्वाकों का कोई वर्ग रहे ही नहीं।

यहाँ प्राचीन ग्रीस के सुखवादियों के दो वर्गों का जिक्र करना आप्रासंगिक नहीं होगा। ये दो वर्ग भारत के सुखवादियों के दो वर्गों से बहुत मिलते-जुलते हैं। ग्रीस के सुखवादियों का एक वर्ग एरिस्टिप्पस का अनुयायी था और दूसरा वर्ग एपिक्यूरस का। एरिस्टिप्पस मानवजीवन का एक मात्र लक्ष्य सुखोपभोग को ही मानता था और वह उस लक्ष्य में नैतिकता के आधार पर किसी प्रकार का परिमार्जन करने के पक्ष में नहीं था। पर एपिक्यूरस तो ऐसा नहीं थे। वे कहते है—''जब हम यह मानते हैं कि सुख ही एकमात्र लक्ष्य है, तब हम सुख से कामातुरों का इंद्रियभोगपरक सुख नहीं समझते। ऐसा वे लोग समझते हैं जो अज्ञानी हैं या हमसे सहमत नहीं हैं या हमें समझ नहीं सकते हैं। सुख तो शारीरिक कष्ट या मानसिक पीड़ा से मुक्ति है। न तो लगातार मद्यपान तथा मौजमस्ती और न ही कामवासनाओं की तृप्ति और न ही मछली और धनी लोगों के अन्य विशिष्ट खाद्य पदार्थों का भोजन सुखी जीवन सम्भव बना सकते हैं। यह तो उद्वेगरहित तार्किक विचार के द्वारा ही सम्भव हो सकता है।''[9]

अब यहाँ प्रश्न उठता है कि लोकायत आचारनीति या चार्वाक आचारनीति मान्य होनी चाहिये या नहीं। यहाँ यह उल्लेखनीय है कि यह आचारनीति इंद्रियसुखवादी नीति है और इसकी समीक्षा हम ऊपर कर चुके हैं। ऐसे तो सुख सभी चाहते हैं और नैतिक रूप से सभी को सुख चाहना भी चाहिये। हम भी तो बहुत प्राचीन काल से ही कामना करते आये हैं कि 'सर्वे भवन्तु सुखिनः', और 'मा कश्चिद् दुःखभाग्भवेत्'। पर जिस तरह का और जिस तरह से चार्वाक लोग, खास कर धूर्तचार्वाक लोग, सुख प्राप्त करना चाहते हैं, वह तो स्वीकार्य नहीं हो सकता। यों काम भी एक पुरुषार्थ ही माना गया है और कामवासना मनुष्य का एक प्राकृतिक एवं उपयोगी अंग ही है। उसकी पूर्ति तो होनी ही चाहिये और उसे गर्हित नहीं ही मानना चाहिये। इंद्रियसुख को आवश्यक मान कर ही और यह ध्यान में रखते हुए ही कि यह सुख निकृष्ट रूप न ले ले चार्वाकों का शिष्ट वर्ग धूर्त चार्वाकों के विरुद्ध खड़ा हुआ। इसी तरह एरिस्टिप्पस के विरुद्ध एपिक्यूरस खड़े हुए और बेन्थम के विरुद्ध मिल खड़े हुए। परिमाणपरक सुखवाद के विरुद्ध गुणवत्तायुक्त सुखवाद को खड़ा होना ही चाहिये। जैसा हम बार-बार कह चुके हैं, मनुष्य यदि एक पशु है तो वह एक बौद्धिक सत्ता भी है। कोरा भौतिकवाद जो केवल भौतिकतत्त्व को ही मौलिक मानता है गलत है। विश्व का मौलिक तत्त्व तो वही माना जा सकता जो क्रमशः विकसित होते हुए बौद्धिक रूप भी ले सकता है। कोरी जड़परक भौतिकता में यह सम्भव नहीं हो सकता। और यह तो स्पष्ट ही है कि विकासक्रम में बौद्धिक क्षमता का उदय हो चुका है। अतः यह विचार करना बिलकुल सम्भव हो गया है कि कौन-सा इंद्रिय सुखोपभोग उचित है और कौन अनुचित। निश्चय ही अनियंत्रित एवं अमर्यादित सुखोपभोग बुद्धिग्राह्य नहीं हो सकता। ऐसा सुखोपभोग तो सुख के बजाय दुःख का ही कारण होता है।

25.3 जैन आचार नीति

भारतवर्ष में ब्राह्मण संस्कृति के साथ-साथ एक श्रमण संस्कृति भी अत्यंत प्राचीन काल से ही चली आ रही है।[10] इस श्रमण संस्कृति में ऐसे मुनि, व्रती एवं यति शामिल रहते थे जो वेदविहित कर्मों की अवहेलना एवं उपेक्षा करते थे। इनमें ऐसे भी लोग रहते थे जो संसार से मुक्त होने को संग्राम में विजय पाने के समान ही मानते थे। अतः मुक्त हुए लोग 'जिन' कहलाते थे। इस जिनपरक अवधारणा के आधार पर ही श्रमण संस्कृति के अंतर्गत एक जैन संस्कृति आविर्भूत हुई जो कालांतर में एक धार्मिक संप्रदाय का रूप लेकर 'जैन धर्म' के नाम से विख्यात हुई। इस वैराग्यप्रधान जैन संस्कृति का प्रारंभ कब हुआ यह कहना बहुत कठिन है। ऐतिहासिक रूप से प्रामाणिक आधार पर तो शायद यही कहा जा सकता है कि इस संस्कृति का प्रारंभ महावीर या उनके पहले पार्श्वनाथ द्वारा किया गया। पर, जैन धर्म के अनुसार महावीर 24वें तथा पार्श्वनाथ 23वें तीर्थंकर थे। इस धर्म के अनुसार कुल तीर्थंकरों की संख्या 24 है। इन 24 तीर्थंकरों में महावीर तथा पार्श्वनाथ के अलावे एक वासुपूज्य नाम के तीर्थंकर भी हैं जिनके बारे में कहा गया है कि वे वर्तमान बिहार प्रांत के भागलपुर शहर में रहते थे और उसी शहर के नाथनगर नामक स्थान में उनका जन्म हुआ, वहीं उन्होंने ज्ञान प्राप्त किया और वहीं उनका देहावसान भी हुआ। जहाँ तक पार्श्वनाथ का प्रश्न है, कहते हैं कि झारखंड का पार्श्वनाथ पर्वत ही उनका निवासस्थान था। पर बिलकुल प्रामाणिक तौर पर शायद वासुपूज्य तथा पार्श्वनाथ के बारे में भी कुछ कहना मुश्किल है। और जो 21 अन्य तीर्थंकर हैं, जिनमें ऋषभदेव प्रथम तीर्थंकर माने जाते हैं, उनके नामों की सूची तो उपलब्ध

है, पर उनकी ऐतिहासिकता के बारे में कहना बहुत मुश्किल है। अतः हम यहाँ केवल 24वें एवं अंतिम तीर्थंकर महावीर को ऐतिहासिक मानते हुए उनके द्वारा ही जैनधर्म का एक धार्मिक सम्प्रदाय के रूप में स्थापित होना स्वीकार करेंगे।

महावीर का समय और स्थान—महावीर का प्रारंभिक नाम वर्द्धमान था। ये महात्मा बुद्ध के समसामयिक थे। उनका जन्म बिहार प्रांत के वैशाली क्षेत्र के वसाढ़ गाँव में 599 ई॰पू॰ में हुआ था। इनका विवाह यशोदादेवी के साथ होना जैनधर्म के श्वेतांबर लोग मानते हैं। कहा जाता है कि 30 वर्ष की अवस्था में वर्द्धमान ने वैराग्य से प्रेरित होकर अपना घर- परिवार छोड़ दिया और यति धर्म को अपना लिया। उसके बाद तेरह वर्षों तक कठिन-से-कठिन तपस्या करके कैवल्य प्राप्त कर लिया। कैवल्य वह अवस्था है जिसमें मनुष्य सांसारिक बंधनों से मुक्त होकर अपने आप में सिमट जाता है और सभी प्रकार की विभूतियों से परिपूर्ण हो जाता है। चूँकि कैवल्य प्राप्त कर वर्द्धमान अपने जीवनसंग्राम में विजयी हुए थे, इसलिए वे 'महावीर' कहलाये। बाद में वे देशभ्रमण में निकले और लोगों को कैवल्यप्राप्ति अर्थात् मोक्षप्राप्ति के उपाय बतलाने में लग गये। इस भ्रमण के क्रम में वे चंपा, वैशाली, राजगृह, नालंदा आदि स्थानों में गये। पर अधिक समय तक वे राजगृह में रहे। अंत में उन्होंने 72 वर्ष की अवस्था में बिहार के पावापुरी नामक स्थान में 527 ई॰पू॰ में शरीर त्याग दिया।

जैनों के संप्रदाय : दिगंबर तथा श्वेतांबर—कहा जाता है कि वर्द्धमान ने अनेक तपस्याएँ नग्नावस्था में की थीं। घर-परिवार छोड़ने के एक साल बाद जाड़े के मौसम में उन्होंने वस्त्रों का परित्याग कर दिया और दीवारों से घिरे हुए स्थानों में ही कठोर-से-कठोर तपस्याएँ कीं। वस्त्र त्यागने के कारण वर्द्धमान 'दिगंबर' भी कहलाये। 'दिगंबर' का अर्थ है—दिशा का ही वस्त्र होना। अतः महावीर के वे अनुयायी, जिन्होंने वस्त्र का परित्याग कर दिया, 'दिगंबर' कहलाने लगे। और इस प्रकार उनके अनुयायियों के दो वर्ग हो गये। चूँकि वस्त्र पहननेवाले अनुयायी केवल श्वेत वस्त्रों का ही व्यवहार करते थे, इसलिए वे लोग 'श्वेतांबर' कहलाये। दिगंबरों तथा श्वेतांबरों में केवल वस्त्र पहनने या न पहनने का ही भेद नहीं है। उनमें और भी अनेक भेद हैं। उनकी चर्चा हम आगे करेंगे

जैन साहित्य—प्रारंभ में महावीर के उपदेश स्मृति के आधार पर ही उपलब्ध होते थे। कालांतर में जैनसाहित्य का निर्माण हुआ जिसे बाद के लोगों ने 'पूर्व' कहा। 'पूर्वों' की संख्या 14 थी। इनके बाद जो साहित्य निर्मित हुआ वह 'अंग' कहलाया। 'अंगों' की संख्या 11 थी। प्रारंभ का पूर्व-साहित्य अब उपलब्ध नहीं है। पर अंग-साहित्य उपलब्ध है। 11 अंगों के नाम हैं—*आचारांग सूत्र, सूत्रकृतांग, स्थानांग, समवायांग, भगवती सूत्र, ज्ञाताधर्म कथा, उपासक दशा, अंतकृत् दशा, अनुत्तरोपवादिक दशा, प्रश्न व्याकरणानि, तथा विपाकश्रुत*। इन 11 अंगों के अलावे *दृष्टिवाद* नामक एक और अंग अंगों में शामिल किया जाता है, पर यह अंग उपलब्ध नहीं है। इन अंगों की भाषा अर्द्धमागधी है। अर्द्धमागधी में ही अंगों के अलावे और भी अनेक धार्मिक ग्रंथों की रचना हुई है जिनमें 12 उपांग, 10 प्रकीर्ण, 6 छेदसूत्र, नंदी, अनुयोग द्वार, तथा 4 मूलसूत्र शामिल हैं।

ऐसा माना जाता है कि जैन मूल आगम को निश्चित करने का काम पाटलिपुत्र में ईसा-पूर्व चौथी शताब्दी के अंत में एक समिति के द्वारा किया गया था। इस आगम को अंतिम रूप देने का काम काठियावाड़ के बलभी नामक स्थान में 454 ई॰पू॰ में देवर्द्धि की अध्यक्षता में हुआ था। ईसवी सन् के प्रारम्भ होने के समय से ही जैन लेखक संस्कृत भाषा का प्रयोग करने लगे थे। और दिगम्बरों के अनुसार जैन साहित्य 46 ई॰ से लिपिबद्ध भी होने लगा था।

श्वेताम्बरों के अनुसार मूल आगम-ग्रंथों के अलावे अन्य ग्रंथों की भी रचना हुई जिनमें कुछ के नाम उल्लेखनीय हैं। वे हैं : ईसवीं सन् 3री शताब्दी के बाद उमास्वाति द्वारा रचित *तत्त्वार्थाधिगम सूत्र*, 5वीं शताब्दी में सिद्धसेन दिवाकर द्वारा रचित *न्यायावतार*, तथा 9 वीं शताब्दी में हरिभद्र द्वारा रचित *षड्दर्शन समुच्चयः*। जैन साहित्य का एक बहुत बड़ा भाग विरोधी मतों के खंडनार्थ भी निर्मित हुआ है। ऐसा आज भी हो रहा है।

चूँकि हम यहाँ केवल जैन आचारनीति से सम्बन्धित हैं, इसलिए हम यहाँ जैन तर्कशास्त्र, जैन प्रमाणशास्त्र तथा जैन तत्त्वशास्त्र की व्याख्या एवं समीक्षा नहीं करेंगे। जैनों के स्याद्वाद, सप्तभंगीनय, प्रमाण विचार, अनेकांतवाद आदि अत्यंत महत्त्वपूर्ण दार्शनिक विषय हैं। पर यहाँ उनका विवेचन अपेक्षित नहीं है। फिर भी जैनतत्त्वशास्त्र की एक संक्षिप्त रूप-रेखा यहाँ प्रस्तुत करना आवश्यक इसलिए हो जाता है कि उसको जाने बिना हम जैन आचारनीति को भलीभाँति समझ नहीं सकते।

जैन तत्त्वशास्त्र—जैन मत वस्तुवादी है। यह वस्तुओं के स्वतंत्र अस्तित्त्व को स्वीकार करता है। इसके अनुसार संसार का कोई स्रष्टा नहीं है। यह निरीश्वरवादी है। यह वेद को भी नहीं मानता। संसार के सभी पदार्थ द्रव्य हैं। उनमें काल या समय भी शामिल है। काल को कोई काया नहीं होती, इसलिए वह अनस्तिकाय द्रव्य है। अन्य सभी द्रव्य अस्तिकाय हैं। अस्तिकाय द्रव्यों में कुछ जीव अर्थात् प्राणधारी हैं और कुछ अजीव अर्थात् बिना प्राण के। अजीव द्रव्यों में धर्म, अधर्म, आकाश तथा पुद्गल हैं। धर्म और अधर्म क्रमशः गति तथा स्थिति हैं। आकाश सभी वस्तुओं का आवासस्थान है। और पुद्गल जड़ द्रव्य यानी भौतिक द्रव्य है। जीवों में एक से पाँच तक की संख्या में इंद्रियाँ होती हैं। इन जीवों में कुछ स्थावर तथा कुछ जंगम होते हैं। जो जीव स्थावर होते हैं उन्हें एक ही इंद्रिय होती है। इसलिए वे एकेंद्रिय जीव कहलाते हैं। पर जंगम जीवों में दो से पाँच तक इंद्रियाँ होती हैं। इसलिए वे द्वींद्रिय, त्रिरिंद्रिय, चतुरिंद्रिय तथा पंचेंद्रिय भी कहलाते हैं। मनुष्य पंचेंद्रिय होते हैं। पर घोंघा, पिपीलिका तथा भ्रमर क्रमशः द्वींद्रिय, त्रिरिंद्रिय तथा चतुरिंद्रिय जीव हैं। सभी प्रकार के जीव संसार के बंधन से ग्रस्त हो सकते हैं। तथा उससे मुक्त भी। इस तरह वे या तो बद्ध या मुक्त होते हैं। अब प्रश्न उठता है कि जीव का बद्ध होना क्या है। अब हम इसकी व्याख्या करेंगे।

जीव का स्वरूप और उसका बंधन—जीव तात्त्विक रूप से अनन्तचतुष्टय है। अर्थात् इसमे चार प्रकार की अनन्त विशिष्टताएँ होती हैं। वे हैं—अनंत दर्शन, अनंत ज्ञान अनंत वीर्य, तथा अनंत सुख। जैनमत दर्शन और ज्ञान में भेद करता है। जहाँ दर्शन एक विशेष प्रकार का प्रत्यक्षबोध है, वहीं ज्ञान सूक्ष्म एवं सर्वांगीण बोध होता है। सुरेन्द्रनाथ दासगुप्त कहते हैं— "सभी जानकारियों में पहले दर्शन होता है, तब ज्ञान। शुद्ध जीवों को सभी वस्तुओं का अनंत सामान्य प्रत्यक्षबोध तथा उनकी सभी विशिष्टताओं का अनंत सूक्ष्मबोध भी होता है।"[11] अतः जीव तात्त्विक रूप से न केवल अनंत द्रष्टा होता है, बल्कि अनन्त ज्ञानी भी। फिर उसमें अनंत शक्ति भी रहती है जिसका उपयोग करके वह जिन या विजेता हो सकता है। और इस प्रकार विजेता होकर वह अनंत सुख का उपभोग भी कर सकता है। अनंत सुख के उपभोग की सम्भावना तो उसमें सदैव रहती ही है। इस सुख को किसी भी प्रकार से इंद्रियसुख नहीं माना जा सकता। यह तो एक प्रकार का विलक्षण सुख है। इसे हम परमानन्द कह सकते हैं।

अब यहाँ प्रश्न उठता है कि यदि जीव तात्त्विक रूप से अनंतचतुष्टय है तो वह इन चारों विशिष्टताओं का हर समय अनुभव क्यों नही करता रहता। इसका उत्तर है कि जीव साधारणतः अपने कर्मफल के आवरण से ढँका रहता है। और यह आवरण पुद्‌गल के संक्रमण से निर्मित होता है। कहने का तात्पर्य यह है कि जीव अपने पूर्वजन्म के अनैतिक कर्मों के फलस्वरूप शरीर जैसे भौतिक आवरण से ढँक जाता है। और यही उसका बंधन है। इस बंधन से वह नैतिक कर्म करके ही मुक्त हो सकता है।

अब यहाँ प्रश्न उठता है कि जीव बंधन से ग्रस्त होता ही क्यों है। अर्थात् वह भौतिक द्रव्य से यानी पुद्‌गल से आक्रांत क्यों हो जाता है। इसका स्पष्ट उत्तर यह है कि वह कषायों के कारण ऐसा होता है। ये कषाय चार हैं– क्रोध, मान, माया, और लोभ। इन कषायों से उत्प्रेरित होकर कार्य करने से जीव पुद्‌गल से आक्रांत हो जाता है और इस प्रकार जीव शरीरी बन जाता है। इस पुद्‌गल-संक्रमण को 'आश्रव' कहते हैं। इसी की वजह से जीव पूरी तरह बंधनग्रस्त हो जाता है। यह बंधन दो स्तरों पर होता है—एक मानसिक, और दूसरा शारीरिक। पहले प्रकार के बंधन को 'भाव-बंध' तथा दूसरे को 'द्रव्य-बंध' कहते हैं। भाव-बंध तो तभी हो जाता है जब जीव कषायों के प्रभाव में आ जाता है और द्रव्य-बंध तब जब जीव जड़द्रव्य से आक्रांत हो जाता है। उल्लेखनीय है कि मनष्य अपने पूर्व जीवन के कर्मों के अनुरूप ही मानसिक तथा शारीरिक विशिष्टताओं के साथ जन्म लेता है। अतः यह ध्यातव्य है कि जैन धर्म पुनर्जन्म को स्वीकार करता है। इस पुनर्जन्म का सिलसिला तब तक चलता रहता है जब तक जीव बंधन से पूरी तरह मुक्त नहीं हो जाता। ऐसी मुक्ति तब सम्भव होती है जब जीव भाव-बंध तथा द्रव्य-बंध दोनों से मुक्त हो जाता है। जैसा हमने पहले भी संकेत किया है, हमारे वर्तमान जीवन के सभी तरह के शारीरिक तथा मानसिक लक्षण हमारे पूर्वजन्म के कर्मों के अनुरूप ही होते हैं। किसी व्यक्ति का किसी विशेष गोत्र में उत्पन्न होने का कारण उसका पूर्वजन्म का कोई कर्म है जिसे 'गोत्र कर्म' कहा जाता है। उसी तरह मनुष्य का संवेदनशील होना उसके पूर्वजन्म के 'संवेदनीय कर्म' का फल है। मुक्ति का अर्थ है जीव का इस भौतिक शरीर से पूरी तरह मुक्त हो जाना और यह तभी सम्भव है जब नये पुद्‌गल-कणों के प्रवेश को पूरी तरह रोक दिया जाय। इसे 'संवर' कहते हैं। और फिर यह भी जरूरी है कि पुराने पुद्‌गल-कणों को, जो जीव में पहले से ही प्रवेश कर चुके हैं, जीव से दूर कर दिया जाय। इस प्रक्रिया को 'निर्जरा' कहते हैं। इस प्रकार हम देखते हैं कि जीव को पूरी तरह से मुक्त होने के लिए 'संवर' तथा 'निर्जरा' दोनों ही जरूरी हैं। अब प्रश्न उठता है कि इन प्रक्रियाओं का निष्पादन सम्भव कैसे होता है। इसका स्पष्ट उत्तर है कि यह निष्पादन जैन आचारनीति के अनुसरण से ही सम्भव है। अतः अब हम इस जैन आचारनीति को ही स्पष्ट करेंगे।

जैन आचारनीति—जैन आचारनीति के मूल में 'त्रिरत्न' है। ये तीन रत्न हैं—सम्यक् दर्शन, सम्यक् ज्ञान, तथा सम्यक् चरित्र। जैन दार्शनिक उमास्वामी ने *तत्त्वार्थाधिगम सूत्र* में कहा है—"सम्यक् दर्शनज्ञानचारित्राणि मोक्षमार्गः (1/1)" अर्थात् सम्यक् दर्शन, सम्यक् ज्ञान तथा सम्यक् चरित्र मोक्ष के मार्ग हैं। यहाँ यह उल्लेखनीय है कि सम्यक् दर्शन तथा सम्यक् चरित्र दोनों स्वयं मुक्ति पाने वाले से ही सम्भव बनाये जा सकते। यहाँ 'दर्शन' का अर्थ श्रद्धावान् होना और 'चरित्र' का अर्थ सच्चरित्र उपलब्ध करना है। ये दोनों कार्य स्वयं मुमुक्षु ही कर सकता है। पर सम्यक् ज्ञान प्राप्त करने के लिए दूसरों की सहायता लेना आवश्यक हो जाता है। जैन धर्म के अनुसार ज्ञान प्राप्त करने के लिए तीर्थंकरों के उपदेश

अत्यधिक उपयोगी होते हैं। तीर्थंकरों के उपदेश होने के कारण ये पूर्णरूप से प्रामाणिक भी माने जाते। चूँकि महावीर के पहले के 23 तीर्थकरों के उपदेश प्रामाणिक तौर पर उपलब्ध नहीं हैं, इसलिए महावीर के द्वारा दिये गये उपदेश तथा उनके द्वारा किये गये कर्म ही जैन आचारनीति के आधार के रूप में स्वीकार किये जा सकते हैं।

महावीर के बाद उनके अनुयायियों का एक संघ बन गया। महावीर के समय में ही उनके अनुयायियों के कई समूह थे जो 'गण' कहलाते थे और उन गणों के नायक 'गणधर' कहलाते थे। कहा जाता है कि गणधरों में गौतम इन्द्रभूति नामक एक गणधर थे। इनका गोत्र गौतम था इसलिए ये 'गौतम इन्द्रभूति' कहलाये। ये महावीर के प्रथम शिष्य इसलिए कहलाते थे कि इन्हीं को महावीर ने पंचमहाव्रत की पहले पहल शिक्षा दी थी। यहाँ यह उल्लेखनीय है कि गणधरों के अधीन स्त्री और पुरूष दोनों रहते थे। प्रारम्भ में पुरुषों की अपेक्षा स्त्रियों की संख्या ही अधिक होती थी। स्त्री अनुयायियों की एक नायिका आर्या चंदना थी जिनसे महावीर ने अपनी माता देवानंदा को मिलाया था। कालांतर में जैन अनुयायियों की संख्या बढ़ने लगी और जैनमत अपने जन्मस्थान वैशाली के चारों ओर फैलने लगा। कालक्रम में इसे भारतवर्ष के अनेक राजाओं का भी समर्थन प्राप्त होने लगा। कहा जाता है कि मगध के नंदवंशी नरेश तथा कलिंग सम्राट् खारवेल ने जैनधर्म की दीक्षा ली। मगध के मौर्यवंश के सम्राट् चन्द्रगुप्त भी जैनधर्म के अनुयायी हो गये थे। कहा जाता है कि सम्राट् चन्द्रगुप्त के समय में एक वर्ष मगध में इतना बड़ा अकाल पड़ा कि उस समय के वहाँ के प्रधान जैन यति भद्रबाहु दक्षिण भारत चले गये और उन्होंने वहाँ जैनधर्म का बहुत प्रचार किया।

हम यह पहले ही बतला चुके हैं कि जैनों के दो संप्रदाय हो गये थे—दिगम्बर तथा श्वेतांबर। इनमें दिगंबर बहुत अधिक कट्टर होते थे और श्वेतांबर अपेक्षाकृत उदार। हरिभद्रसूरि के अनुसार— 'दिगंबर केवली भोजन नहीं करते और स्त्री मोक्ष नहीं प्राप्त कर सकती।[12] देवसेनसूरी के *दर्शनसार* से यह भी पता चलता है कि दिगंबर तथा श्वेतांबर संप्रदायों के अतिरिक्त 'यापनीय' या 'गोप्य' नामक एक और जैन संप्रदाय था। इस संप्रदाय के कुछ सिद्धांत दिगंबरों के सिद्धांतों से तथा कुछ श्वेतांबरों के सिद्धांतो से मेल खाते थे। गोप्य मुनि दिगंबरों की तरह नग्न रहते थे और नग्न मूर्तियों की पूजा करते थे। पर श्वेतांबरों की तरह वे यह मानते थे कि स्त्रियों को भी उनके जीवनकाल में ही मोक्ष मिल सकता है और यह भी कि केवली भी भोजन करते हैं। यहाँ यह उल्लेखनीय है कि जैन तीर्थंकरों में एक तीर्थंकर का नाम है 'मल्लि'। मल्लि को एक स्त्री तीर्थंकर माना जाता है। पर दिगंबर इन्हें स्त्री मानते ही नहीं थे। वे इन्हें पुरुष मानते थे। पर दिगंबर लोग संघ में स्त्रियों को प्रवेश करने की अनुमति अवश्य देते थे।

यहाँ यह उल्लेखनीय है कि अनेकानेक लोग जो संघ में प्रविष्ट नहीं होते थे अपने घर-परिवार में रहकर ही जैन धर्म का पालन करते थे। जो पुरुष संघ में प्रविष्ट हो जाते थे वे 'श्रमण', 'भिक्षु', या 'साधु' कहलाते थे और जो स्त्रियाँ संघ में प्रविष्ट होती थीं वे 'श्रमणी', 'भिक्षुणी' या 'साध्वी' कहलाती थीं। और फिर जो पुरूष घर-परिवार में रह कर ही जैन धर्म का अनुसरण करते थे वे 'गृही' या 'श्रावक' कहलाते थे। और जो स्त्रियाँ घर-परिवार में रह कर ही जैन धर्म का अनुसरण करती थीं वे 'गृहिणी' या 'श्राविका' कहलाती थीं। अब हम जैन धर्म की आधारभूत आचारनीति का स्पष्टीकरण करेंगे।

पंचमहाव्रत—जैन आचारनीति का सर्वाधिक महत्त्वपूर्ण अंग 'पंचमहाव्रत' का पालन

है। हमने ऊपर कहा है कि मोक्ष पाने के लिए तीन साधनों की आवश्यकता है—सही श्रद्धा, सही ज्ञान तथा सही चरित्र। इस सही चरित्र का निर्माण पाँच तरह के कार्यों के क्रियान्वयन से ही सम्भव है। वे पाँच कार्य हैं—अहिंसा, सत्य, अस्तेय, ब्रह्मचर्य तथा अपरिग्रह। यहाँ यह उल्लेखनीय है कि ये व्रत वही हैं जो हिंदूधर्म की योगसाधना के आष्टांगिक मार्ग के पाँच यम हैं। ऐसी समानता का होना बिलकुल स्वाभाविक हैं, क्योंकि आखिर जैनधर्म हिंदूधर्म से ही निकला हुआ एक ऐसा धर्म है जो अनेक रूपों में अपने स्रोत के अनुकूल ही है। इन महाव्रतों के सम्बन्ध में ऐसी भी मान्यता है कि 23वें तीर्थंकर पार्श्वनाथ केवल चार ही महाव्रत मानते थे। वे अस्तेय को अपरिग्रह में ही सम्मिलित करते थे। पर महावीर ने उसे अलग कर महाव्रतों की संख्या पाँच बना दी। जो भी हो, जैन धर्म में इन पाँच व्रतों का पालन अत्यंत महत्त्वपूर्ण है। इतना महत्त्वपूर्ण कि इनका पालन मन से, वचन से, तथा कर्म से भी किया जाना चाहिये। अहिंसा व्रत के पालन के लिए तो जैन लोग भ्रमण करते समय आगे-आगे झाड़ू लगाते चलते हैं जिससे कि वे किसी प्राणी को अपने पैरों से कुचलने से बच जा सकें। फिर वे अपने नाक पर कुछ कपड़ा भी लपेटे रहते हैं जिससे कि वे श्वास लेते समय किसी प्राणी को अपनी नाक के अंदर लेकर मार न दें। फिर वे रात में भोजन इसलिए नहीं करते कि रात के अंधेरे में वे किसी सूक्ष्म जीव का भक्षण भी कर ले सकते हैं। अपरिग्रह के पालन में दिगंबर लोग इतना कट्टर थे कि वे वस्त्र पहनने को भी एक परिग्रह ही मानते थे। अपरिग्रह का उग्रतम रूप तो तब देखने को मिलता है जब जैन व्रती पूरी तरह भोजन को त्याग कर अपने प्राणों को भी त्याग देते हैं।

हमने ऊपर कहा है कि जैन धर्म के अनुयायी दो तरह के होते हैं—कुछ संघ में शामिल होते हैं और कुछ घर में ही अपने परिवार-जनों के साथ रहकर जीवनयापन करते हैं। जो संघ में शामिल हो जाते हैं उनको तो जैन धर्म की आचारनीति को बड़ी उग्रता के साथ पालन करना पड़ता है। पर जो घर में ही रहते हैं उनके लिए नियमपालन अपेक्षाकृत कम उग्र होता है। उनके लिए जो नियम निर्धारित किये गये हैं उनकी संख्या 12 है। इनमें 5 अणुव्रत, 3 गुणव्रत तथा 4 शिक्षाव्रत हैं। इन 12 व्रतों को 'द्वादशविधअगारधम्म' भी कहते हैं। पाँच अणुव्रत तो पाँच महाव्रतों के ही शिथिल रूप हैं। गृहस्थों के लिए ये मानो कुछ ढीले कर दिये गये हैं। अहिंसा को ही लीजिये। यदि गृहस्थों के द्वारा भी इस व्रत का पालन इसके उग्र रूप में ही किया जाय, तो फिर उनके लिए कृषिकार्य करना सम्भव ही नहीं हो सकेगा, क्योंकि इस कार्य के लिए कृषकों को अनेक प्रकार के कीटों को नष्ट करना पड़ता है। अतः गृहस्थों के लिए अहिंसापालन को विशेष विशेष परिस्थिति में शिथिल करना आवश्यक ही है। उसी तरह ब्रह्मचर्य पालन में स्वदारासंभोग की छूट दी गई है। और अपरिसंग्रह में उतने ही परिमाण में परिग्रह उचित माना गया है जितना नितांत आवश्यक होता है। इसी तरह कुछ हद तक असत्यभाषण तथा स्तेय को भी उचित ही करार दिया जा सकता है। किसी निर्दोष प्राणी की जान बचाने के लिए यदि बिना किसी को हानि पहुँचाये झूठ भी बोला जाय तो शायद वह अनैतिक नहीं होगा, और यदि असहाय लोगों की भूख मिटाने के लिए धनी लोगों की अनुमति के बिना भी उनके धन का परिग्रह कर लिया जाय तो शायद वह भी अनैतिक नहीं होगा।

इन पाँच अणुव्रतों के अलावे 3 गुणव्रत हैं। ये गुणव्रत कार्य करने के तरीके से सम्बन्धित हैं। पहले गुणव्रत का सम्बन्ध निरर्थक कार्यों या व्यापारों से अलग रहने से हैं—जैसे व्यर्थ की चिंता नहीं करना, मूर्खतापूर्ण तथा हानिकारक कार्यों को नहीं करना। दूसरे गुणव्रत के अनुसार

कर्ता को अपने कार्यों को सीमित क्षेत्र में ही निष्पादित करना होता है। और तीसरे गुणव्रत के अनुसार कर्ता को खाने-पीने रहन-सहन, तथा वाणिज्य-व्यापार में संयम बरतना होता है।

इनके अलावे चार शिक्षाव्रत हैं। ये हैं—प्रतिदिन कुछ समय के लिए अध्ययन करना, निवास तथा व्यवसाय के लिए क्षेत्र सीमित करना, प्रत्येक काल-पक्ष में किसी निश्चित स्थान पर कुछ दिन उपवास करना तथा कुछ रात जागरण करना, तथा शुद्धमन से दान देना।

जैनधर्म में इच्छामृत्यु का भी प्रावधान है जो साधु वर्ग तथा गृहस्थ वर्ग दोनों के लिए विहित है। इसके अलावे कुछ और भी नियम हैं जो दोनों वर्गों के लिए समान रूप से लागू होते हैं। ये अन्य समान नियम हिंदुओं के सामान्य धर्मों की तरह ही हैं। ये संख्या में दश हैं—क्षमा, मार्दव (कोमलता या नम्रता), आर्जव (सरलता), सत्य, शौच, संयम, तप (मानस और बाह्य), त्याग, आकिंचन्य (निर्ममता), तथा ब्रह्मचर्य। यहाँ यह उल्लेखनीय है कि इस सूची में सत्य और ब्रह्मचर्य भी शामिल हैं जो पंचमहाव्रत में भी शामिल हैं। और हमने ऊपर यह भी देखा है कि गृहस्थों के लिए पंचमहाव्रतों को अणुव्रतों के रूप में कुछ शिथिल कर दिया गया है। अतः सत्य और ब्रह्मचर्य को उनके सामान्य होने के बावजूद जैनों के सभी वर्गों में एक ही ढंग से अमल नहीं किया जा सकता। इस तरह यहाँ एक प्रकार से एक विरोधाभास उपस्थित हो जाता है।

जैन आचारनीति की समीक्षा—अब हम जैन आचारनीति की एक व्यापक समीक्षा करेंगे। सबसे पहले हम जैन आचारनीति के उस दृष्टिकोण की सराहणा करेंगे जिसके अनुसार जैनों ने जीवन को एक संग्राम के रूप में लिया है। और उस संग्राम में विजय पाने को ही अपना लक्ष्य स्वीकार किया है। निश्चित रूप से जीवन एक संग्राम ही है। मनुष्य में इतनी और इतनी बलवती कुवासनाएँ एवं कुप्रवृतियाँ जन्मजात रूप से तथा अर्जित रूप से भी वर्तमान रहती हैं कि उन सबों पर विजय पाना एक अत्यंत कठिन कार्य होता है। अतः जरूरत होती है एक अत्यंत उग्र, अदम्य तथा प्रबल इच्छाशक्ति की। जैन आचारनीति में इस तरह की इच्छाशक्ति या इस तरह के दृढ़ संकल्प की आवश्यकता एवं अनिवार्यता को बहुत स्पष्ट रूप से महत्त्व दिया गया हैं। जैसा हमने ऊपर कहा है, जैन आचारनीति सभी वर्गों के जैनियों के लिए इच्छामृत्यु का वरण विहित मानती है। इच्छामृत्यु के वरण के लिए कितना उग्र साहस एवं कितना दृढ़ संकल्प आवश्यक हैं यह सहज ही अनुमान्य है। इच्छामृत्यु नैतिक है या नहीं—यह एक अलग प्रश्न है। इसकी समीक्षा हम आगे करेंगे। यहाँ हम जैनियों की उस दृष्टि की सराहना करना चाहते हैं जिसका अनुसरण कर उन्होंने जीवनसंग्राम में विजय पाने के लिए दृढ़तम संकल्प का उपयोग करने की क्षमता हासिल की है। और हमने उनकी आचारनीति की व्याख्या करते समय पाया है कि उन्होंने अनेकानेक ऐसे आचारपरक नियमों के पालन की अनुशंसा की है जो सचमुच ही अनुशंसा के लायक हैं। सत्य, अहिंसा, अस्तेय, जैसे नियमों को कौन नहीं आवश्यक एवं अनिवार्य मानेगा? पर जैन आचारनीति में ऐसे भी कुछ बिंदु हैं जिनके सम्बन्ध में आपत्ति उठाई ही जा सकती है। हम यहाँ उनके इन आपत्तिजनक बिंदुओं पर कुछ विचार करेंगे।

पहली आपत्ति आध्यात्मिकता के सम्बन्ध में है। इस सम्बन्ध में हम काफी चर्चा पहले भी कर चुके हैं। जैन धर्म भी इस लोक के अलावे एक परलोक को स्वीकार करता है और इस कारण वह पुनर्जन्म तथा अनंत चतुष्टयपरक मोक्ष से सम्बन्धित प्रक्रियाओं को सम्भव मानता है। हम यह पहले देख ही चुके हैं कि नैतिकता के लिए आध्यात्मिकता आवश्यक नहीं

होती। अतः आध्यात्मिकता को किसी भी रूप में आचारनीति में ले आने की जरूरत ही नहीं है।

दूसरी आपत्तिजनक बिंदु वह है जिसके अनुसार कठोर-से-कठोर आचरण को भी नैतिक रूप से आवश्यक बना दिया गया है। ऐसे कठोर आचरण अनेकानेक तरह के होते हैं। उनमें कठोर तपस्या भी शामिल है। अवश्य ही कठोर तपस्या करके शरीर को अधिकाधिक कष्ट पहुँचाना नैतिक नहीं माना जा सकता। शरीर को तो सबल ही बनाना चाहिये जिससे वह आवश्यकतानुसार कठिन-से-कठिन कार्य कर सके। ऐसे कार्यों के लिए शरीर को लंबे उपवास में रखना निश्चय ही कारगर सिद्ध नहीं हो सकता। नाक पर कपड़े बाँधना, आगे आगे झाड़ू लगाते हुए चलना, रात को भोजन नहीं करना जैसे कार्य नैतिक दृष्टि से सराहणीय नहीं हो सकते। इन्हें हम नैतिक औचित्य की सीमा का उल्लंघन करने वाले कार्य ही मान सकते। ऐसे कार्यों का एक अत्यंत स्पष्ट और दुःखदायी उदाहरण इच्छामृत्यु है। आत्महत्या को हमने नैतिक दृष्टि से कभी उचित नहीं माना है। हमने ऊपर के तथा आगे आनेवाले अनेक विवेचनों में मानव अस्तित्व को सर्वाधिक मूल्यवान् माना है। ऐसा नहीं मानने से आचारनीति की कोई भी गुणवत्ता सम्भव नहीं हो सकती। आत्मबलिदान की महत्ता अवश्य है, पर यह महत्ता तब सम्भव होती है जब आत्मबलिदान किसी सार्वजनिक कल्याण को सिद्ध करने के लिए ही किया जाता है। जैनधर्म इच्छामृत्यु को एक आध्यात्मिक लोक में प्रवेश पाने के लिए अनुशंसित करता है जिसे किसी तरह सार्वजनिक कल्याण की सिद्धि का साधन नहीं माना जा सकता।

फिर, तीसरी आपत्तिजनक बात स्त्रीमुक्ति के सम्बन्ध में है। यहाँ यह उल्लेखनीय है कि जिस तरह की मुक्ति को जैनधर्म जीवन का लक्ष्य मानता है, वैसी मुक्ति के पक्ष में हम नहीं हैं। पर यहाँ प्रश्न मुक्ति के स्वरूप के सम्बन्ध में नही है, बल्कि स्त्रीमुक्ति की नैतिकता के सम्बन्ध में है। मुक्ति पुरुषों के लिए तो आदर्श है, पर स्त्रियों के लिए नहीं। यहाँ स्त्रियों के अवमानित होने की बात उठ जाती है। यह ठीक है कि जैन धर्म स्त्रियों को संध में शामिल होने योग्य तो मान लेता है, पर उसका दिगंबर संप्रदाय स्त्रियों को मुक्ति पाने योग्य नहीं मानता। नैतिकता के क्षेत्र में पुरुषों और स्त्रियों में भेद करना बिलकुल अतार्किक है। हम आगे प्रयोगात्मक नीतिशास्त्र के विवेचन-क्रम में पुरुषों तथा स्त्रियों की नैतिक समानता के सम्बन्ध में विस्तृत चर्चा करेंगे।

जैन धर्म में एक चौथी आपत्तिजनक बात यह है कि यह धर्म मनुष्यों को दो तरह के जीवन व्यतीत करने की अनुशंसा करता है, एक संघीय जीवन और दूसरा गार्हस्थ्य जीवन। इन दो तरह के जीवनों में मोटे तौर पर भेद यह है कि संघसमर्पित जैन कठोर आचारनीति का पालनकर्ता होता है। उदाहरण के लिए हम ब्रह्मचर्य-व्रत को ले सकते हैं। संघसमर्पित जैन किसी तरह यौन संभोग का अधिकारी नहीं हो सकता। पर एक गृहस्थ जैन अपनी पत्नी के साथ यौन संभोग का अधिकारी हो जाता है। गृहस्थ जैन के लिए 'स्वदारा संतोष' का नियम निरूपित किया गया है। यौन संभोग सम्बन्धी नियंत्रण या उसका परिमार्जन अपने आप में तो बिलकुल ठीक है। हम भी अनियंत्रित एवं अमर्यादित यौन क्रिया को बिलकुल अनैतिक मानते हैं। पर यौन क्रिया को कुछ लोगों के लिए बिलकुल अनैतिक बना देना निश्चय ही अनैतिक है। हम यह नहीं कहते कि किसी व्यक्ति को एक ब्रह्मचारी का जीवन जीने का अधिकार नहीं है। किसी व्यक्ति को यह स्वतंत्रता उपलब्ध है कि वह स्वयं यह निर्णय करे कि वह एक ब्रह्मचारी का जीवन व्यतीत करेगा या नहीं। पर ऐसा निर्णय व्यक्ति को स्वयं ही लेना चाहिये। किंतु जब परम्परा के प्रभाव से प्रभावित होकर या किसी धार्मिक संप्रदाय के नियमों का पालन

करने हेतु कोई जवान व्यक्ति ब्रह्मचारी का जीवन बिताता है तो यह नैतिक दृष्टि से उचित नहीं माना जा सकता। सभी मनुष्यों को मनुष्योचित जीवन जीने का अधिकार होना ही चाहिये और मनुष्योचित जीवन जीने के लिए यदि स्वास्थ्यवर्धक पौष्टिक आहार का लेना अत्यंत आवश्यक है, तो उसके लिए नियंत्रित एवं मर्यादित यौन सम्भोग का क्रियान्वयन भी उतना ही आवश्यक है। फिर, संघसमर्पित जैन व्यक्ति समाज की मुख्यधारा का अंग नहीं बन सकता है। और इस कारण वह समाज के अनेक कार्यों में भागीदार नहीं वन सकता। पर, प्रत्येक व्यक्ति का यह नैतिक धर्म होता है कि वह सांसारिक जीवन से विमुख न हो और समाज के सर्वांगीण उन्नयन के लिए अपने व्यक्तिगत दायित्व का पूरी तरह निर्वहण करे। इस तरह यह देखा जा सकता है कि संघीय जीवन तथा गार्हस्थ्य जीवन सम्बन्धी विभाजन भी नैतिक दृष्टि से उचित नहीं माना जा सकता। नैतिक उत्कृष्टता इसमें संनिहित नहीं है कि संसार से विरक्त होकर जीवनयापन किया जाय, बल्कि इसमें है कि संसार के बीच रहकर उसकी बहुआयामी चुनौतियों का सामना करके तथा उन पर विजय पाकर जिन बना जाय।

पर अंत में यह कहना आवश्यक है कि बावजूद कुछ आपत्तिजनक रीतियों के जैन आचारनीति एक सशक्त आचारनीति है और इसमें उचित संशोधन करके इसे जीवनसंग्राम में विजय पाने के लिए एक बहुत अच्छा साधन बनाया जा सकता है। जहाँ तक आध्यात्मिकता की बात है, तो इसे अपनाने की स्वतंत्रता तब तक सभी व्यक्तियों को है जब तक यह किसी तरह और किसी रूप में उनके नैतिक दायित्वों के निर्वहण में बाधक सिद्ध नहीं होती है। आध्यात्मिकता को पूरी तरह व्यक्ति सीमित ही रहनी चाहिए।

25.4 बौद्ध आचारनीति

बौद्ध धर्म का प्रारम्भ महात्मा बुद्ध से होता है। ये महावीर के समसामयिक थे। जहाँ महावीर के जैनधर्म की एक परंपरा महावीर के पूर्व से ही चली आ रही मानी जाती है, वहीं महात्मा बुद्ध के बौद्धधर्म की कोई परम्परा पहले से नहीं आ रही थी। बौद्ध धर्म महात्माबुद्ध से ही प्रारम्भ होता है।

महात्मा बुद्ध का प्रारम्भिक नाम सिद्धार्थ था। ये गौतम वंश के थे, इसलिए ये गौतम सिद्धार्थ कहलाते थे। उनके पिता का नाम शुद्धोदन तथा माता का नाम मायादेवी था। शुद्धोदन शाक्य राज्य के राजा थे। उनका राज्य नेपाल में हिमालय की तराई में था जिसकी राजधानी कपिलवस्तु में थी। सिद्धार्थ का जन्म ई॰पू॰ 567 में हुआ था। उनका विवाह यशोधरा से हुआ और उनके एक पुत्र या जिसका नाम राहुल था। सिद्धार्थ बचपन से ही प्राणियों की पीड़ा देख उद्विग्न हो जाया करते थे। जब वे कभी कपिलवस्तु के राजमार्गों पर शरीर से जर्जर किसी बूढ़े को, या रोग से पीड़ित किसी रोगी को, या अभाव से ग्रस्त भिखमंगे को, या किसी मृतक के शोकविह्वल परिजनों द्वारा श्मशान ले जाये जाते मृतक को देखते थे, तो वे बहुत अधिक व्याकुल हो जाया करते थे। फलस्वरूप वे अपने राजकीय सुखभोग से विरक्त रहने लगे। और एक रात वे मानव दुःख को दूर करने के उपाय समझ पाने के लिए अपने राजकीय सुखोपभोग, माता-पिता, पत्नी-पुत्र, आदि को छोड़कर अज्ञात की ओर निकल पड़े। उस समय उनकी आयु 29 वर्ष की थी। फिर तो उन्होंने उस समय की साधनापरक प्रथा के अनुसार कठोर-से-कठोर तपस्याएँ छः वर्षों तक कीं। पर वे जिस ज्ञान की खोज में निकले थे वह उन्हें प्राप्त नहीं हो सका। किंतु इतना वे अवश्य समझ गये कि शरीर को कठोर तप के द्वारा उत्पीड़ित करने से कोई लाभ नहीं मिल सकता। तथापि वे शरीर को पूरी छूट देने को लाभप्रद

नहीं मानते थे। अतः उन्होने बीच का रास्ता अपनाया जिसे उन्होंने 'मध्यममार्ग' कहा। और तब उन्होंने अपने को दीर्घ चिंतन में लगा दिया। और उस क्रम में एक दिन उन्हें वर्तमान बोध गया में निरंजना नदी के किनारे एक पीपल वृक्ष के नीचे वह ज्ञान प्राप्त हो गया, जिसकी खोज वे कर रहे थे। वे उस उपाय को पा गये जिसके द्वारा मनुष्य अपने दुःखों को दूर कर सकता है। इसी ज्ञान को 'बोधि' कहते हैं, और इस बोधि को पाने के कारण ही सिद्धार्थ 'बुद्ध' कहलाये। गौतम बुद्ध ने इस बोधि को ही परम सत्य माना जो 'आर्य सत्य' के रूप में प्रसिद्ध हुआ। इस आर्यसत्य के चार अंग हैं जो इस प्रकार हैं--दुःख है, दुःख का कारण है, दुःख का अंत है तथा दुःख के अंत का उपाय है। जिस समय सिद्धार्थ को यह ज्ञान प्राप्त हुआ था उस समय वे लगभग 35 वर्ष के थे। ज्ञानप्राप्ति के बाद उन्होंने लगभग 45 वर्षों तक घूमघूम कर इन आर्यसत्यों का उपदेश आम लोगों को दिया। उनके इस उपदेश देने के कार्य को 'धर्मचक्रप्रवर्तन' कहते हैं। इस धर्मचक्रप्रवर्तन का कार्य सबसे पहले वाराणसी के निकटवर्ती स्थान सारनाथ (मृगदाव) में हुआ था। फिर तो लोग उनके धर्मपरक उपदेश को सुन-सुनकर उनकी ओर खिंचते गये और तब तो बौद्धों का एक संघ ही स्थापित हो गया। उल्लेखनीय है कि बौद्धों के लिए तीन तत्त्व अत्यंत महत्त्वपूर्ण होते हैं—बुद्ध, धर्म तथा संघ। यही कारण है कि प्रत्येक बौद्ध इन्हीं तीनों की शरण में जाना चाहता है। वह कहता है—''बुद्धं शरणं गच्छामि। धर्मं शरणं गच्छामि। संघं शरणं गच्छामि''। महात्मा बुद्ध ने 80 वर्ष की आयु में मल्लगणराज्य की राजधानी कुशीनगर में(वर्तमान गोरखपुर जिला के अंतर्गत) अपना शरीर त्याग कर महापरिनिर्वाण प्राप्त कर लिया।

बौद्ध साहित्य—प्रारम्भ में, जैसा स्वाभाविक ही था, महात्मा बुद्ध के उपदेश उनके शिष्यों द्वारा पीढ़ी-दर-पीढ़ी मौखिक रूप से प्रचारित होते रहे। और उनके लिपिबद्ध नहीं होने के कारण उनमें कुछ-कुछ परिवर्तन होते रहे। इन परिवर्तनों के कारण बुद्ध के अनुयायियों में मतभेद भी उभरने लगे। मतभेदों को दूर करने के लिए सम्मेलन आयोजन कर एकमत होने की आवश्यकता समझी जाने लगी। ऐसे सम्मेलन को 'संगीति' का नाम दिया गया था। पहला सम्मेलन बुद्ध के महापरिनिर्वाण के कुछ ही वर्षों बाद राजगृह में बुलाया गया था। उस समय बुद्ध के समसामयिक कुछ शिष्य जीवित ही थे। शिष्य कश्यप ने, जो शिष्यों में सबसे अधिक विद्वान् थे, *अभिधम्मपिटक* को सुनिश्चित किया। शिष्य उपालि ने, जो सबसे अधिक आयुवाले थे, *विनयपिटक* को सुनिश्चित किया और शिष्य आनन्द ने, जो महात्मा बुद्ध के सबसे अधिक प्रिय शिष्य थे, *सूत्तपिटक* को सुनिश्चित किया। ये तीनों ग्रंथ 'पिटक' इसलिए कहे गये हैं कि इन्हीं तीनों में महात्मा के उपदेश उसी तरह सुरक्षित रखे हुए हैं जिस तरह पिटकों अर्थात् पेटियों में आभूषण सुरक्षित रखे जाते हैं। इन तीनों पिटकों को सम्मिलित रूप में *'त्रिपिटक'* कहते हैं। बौद्ध साहित्य का लिपिबद्ध होना सम्भवतः ई॰पू॰ 80 में प्रारंभ हुआ था। इन तीनों ग्रंथों की भाषा पालि है। मोटे तौर पर हम कह सकते हैं कि *अभिधम्मपिटक* में सिद्धांतपरक, *विनयपिटक* में शीलपरक, तथा *सूत्तपिटक* में उपदेशपरक विषय चर्चित हैं। इन्हीं *पिटकों* में बौद्ध धर्म का थेरवाद या स्थविरवाद समाविष्ट है। इसे स्थविरवाद इसलिए कहा जाता है कि राजगृह में आयोजित प्रथम संगीति में बौद्ध धर्म के मूलभूत विचारों को सुनिश्चित रूप स्थविरों अर्थात् अधिक आयु तथा परिपक्व विचार वाले अतिवयस्क लोगों ने ही दिया था।

बौद्ध साहित्य एक अत्यंत विशाल साहित्य है। उसका पूरा वर्णन करना यहाँ सम्भव नहीं है। किंतु उसके कुछ महत्त्वपूर्ण ग्रंथों का यहाँ उल्लेख करना उचित ही है। सिकंदर महान् के

भारत पर आक्रमण के बाद ई॰पू॰ द्वितीय तथा प्रथम शताब्दियों में अनेक वर्षों तक यूनानी राजा मेगास्थनीज का राज्य था। इस राजा ने नागसेन नामक एक उद्‌भट बौद्ध विद्वान् से बौद्ध दर्शन के सम्बन्ध में अनेकानेक प्रश्न पूछे थे। उन प्रश्नों का तथा नागसेन द्वारा दिये गये उत्तरों का संकलन *मिलिन्दपण्ह* नामक ग्रंथ में किया गया है। बुद्धघोष ने इस ग्रंथ को *त्रिपिटक* के बाद बौद्धदर्शन का सर्वाधिक प्रामाणिक ग्रंथ माना है। बुद्धघोष का समय 400 ई॰ माना जाता है। इन्होंने *विसुद्धिमग्ग* नामक ग्रंथ लिखा है। इस ग्रंथ में थेरवाद के सिद्धांत संकलित किये गये हैं। और इन्होंने *दीघनिकाय धम्मसंगनि* जैसे ग्रंथों की टीकाएँ भी लिखी हैं। ये एक ब्राह्मण थे जो धर्मपरिवर्तन कर बौद्ध हो गये थे। ये बौद्ध साहित्य के प्रथम टीकाकार भी माने जाते हैं।

जैसा हम जानते हैं, बौद्ध धर्म के हीनयान तथा महायान नामक दो सम्प्रदाय हुए और दार्शनिक आधार पर बौद्धधर्म की चार शाखाएँ भी हो गई,—वैभाषिक, सौत्रान्तिक, योगाचार विज्ञानवाद तथा माध्यमिक शून्यवाद। इन सबों पर आधारित एक अत्यंत विराट साहित्य का भी सृजन हुआ। उसका संक्षिप्त वर्णन करना भी यहाँ सम्भव नहीं है। अतः अब हम बौद्ध धर्म की आचारनीति पर ही अपना विवेचन केंद्रित करेंगे। और चूँकि बौद्ध आचारनीति का प्रारम्भ ही बुद्ध की चार आर्यसत्यपरक बोध से होता है इसलिए अब हम पहले इन चार आर्यसत्यों की ही व्याख्या करेंगे।

चार आर्यसत्य—ये चार आर्यसत्य हैं—दुःख है, दुःख का कारण है, दुःख का अंत है तथा दुःख के अंत का उपाय है। यों तो इन आर्यसत्यों में कुछ बहुत अनोखी बात वर्तमान नहीं है जिसकी वजह से इनके ज्ञान को वह उत्कृष्टता प्रदान की जा सके जो उत्कृष्टता उसे दी जाती रही है। पर इसी ज्ञान को पाकर सिद्धार्थ न केवल 'बुद्ध' हुए, बल्कि 'महात्मा' भी और अंत में तो 'भगवान्' भी हो गये। विचारपूर्वक यदि देखा जाय तो इन आर्यसत्यों में प्रत्येक की कल्पना किया जाना, उन सबों का एक कारण-कार्य शृखंला में पिरोया जाना, तथा निश्चित रूप से यह निरूपित होना कि दुःख का अंत उचित साधन के द्वारा किया ही जा सकता है, कुछ ऐसे तथ्य हैं जो मानव कल्याण के लिए शायद सबसे अधिक जरूरी है। साधारणतः लोग दुःख के अस्तित्व को तो मानते हैं क्योंकि वे दुःख झेलते हैं, पर वे दुःख के अंत के बारे में प्रायः संदेह ही करते हैं। वे मानते हैं कि मानवता बराबर ही दुःख भोगने को अभिशप्त है। ऐसी स्थिति में बुद्ध का पूरी दृढ़ता के साथ यह कहना कि दुःख का अंत उचित साधन के द्वारा किया ही जा सकता है सचमुच एक क्रांतिकारी सोच ही माना जा सकता है। अतः यदि इस सोच के आधार पर सिद्धार्थ को 'बुद्ध' माना गया, तो यह बिलकुल ही समीचीन हुआ है।

अब हम बुद्ध के इन आर्यसत्यों को थोड़ा विस्तार से विवेचन करेंगे। जहाँ तक पहले आर्यसत्य की बात है, तो वह तो बिलकुल प्रत्यक्ष रूप से अनुभवगम्य है। बुद्ध जरा-पीड़ित, रोगपीड़ित तथा मृत्युप्राप्त व्यक्तियों को देखकर ही तो संसार से विरक्त हुए थे। अतः बुद्ध का यह कहना कि दुःख है एक ठोस सत्य को ही उजागर करना है। दूसरा आर्य-सत्य है कि दुःख का कारण है। मनुष्य जितने भी दुःख झेलता है वे सभी घटनाएँ ही हैं, इसलिए ऐसा मानना कि उनके पूर्ववर्ती कारण होते ही हैं बिलकुल ठीक है। घटनाओं का उपयुक्त कारणों से उत्पन्न होना भी अनुभव के आधार पर ही ज्ञात होता रहता है। इस

कारणजन्य उत्पत्ति को बौद्ध दर्शन प्रतीत्यसमुत्पाद का नाम देता है जिसके अनुसार कुछ के होने पर ही कुछ की उत्पत्ति होती है। पहला होना कारण है और दूसरा होना परिणाम है। महात्मा बुद्ध इस सिद्धांत के आधार पर दुःखों की उत्पत्ति के सम्बन्ध में एक कारण—कार्य शृखंला प्रस्तुत करते हैं जिसे द्वादशनिदान कहा जाता है। यह द्वादशनिदान इसलिए कहलाता है कि इसमें 12 कड़ियाँ होती हैं जो इस प्रकार हैः—

जरामरण (जरा, मृत्यु तथा अन्य दुःख)

जाति (जन्म का होना)

भव (जन्म ग्रहण करने की इच्छा)

उपादान (सांसारिक विषय)

तृष्णा (विषयभोग की लालसा)

वेदना (विषयभोग से उत्पन्न होनेवाली सुख-संवेदना)

स्पर्श (सुख उत्पन्न करने वाला इंद्रियस्पर्श)

षडायतन (इंद्रिय स्पर्श के लिए पाँच इंद्रियों के साथ-साथ मन का होना)

नामरूप (षडायतन के अस्तित्व को सम्भव बनाने वाला गर्भस्थ भ्रूण)

विज्ञान (भ्रूण का चेतनायुक्त होना)

संस्कार (चेतना का वासनायुक्त होना)

अज्ञान (अज्ञान के कारण वासना का सम्भव होना)।

इस शृखंला में हम परिणाम से कारण की ओर बढ़ते गये हैं और अंत की कड़ी में हम अज्ञान को पाते हैं। अतः हम कह सकते हैं कि हमारे दुःख का मूल कारण हमारा अज्ञान है। और एक तरह से ऐसा कहना ठीक भी है। छोटा बच्चा नहीं जानता कि उसके सामने जल रहे दीपक की आग को छूने से अँगुली जल जाती है, इसलिए वह उसे पकड़ लेता है और इस तरह वह अपनी अँगुलियाँ जला लेता है। ऐसे अनेक उदाहरण दिये जा सकते हैं जिनके द्वारा यह भली-भाँति समझा जा सकता है कि हमारे अनेकानेक दुःखों का कारण हमारा अज्ञान है। इस कारण-परिणाम की व्याख्या करने के लिए बुद्ध ने जो बारह कड़ियाँ गिनाई हैं वे पूर्वापर तीन जीवनों से सम्बन्धित हैं। बुद्ध पुनर्जन्म के सिद्धांत को मानते थे और उनका यह मानना हिंदू संस्कृति की ही देन है जिस संस्कृति में उनका जन्म हुआ था और जिसमें ही वे अपनी बाल्यवस्था में लालित-पालित हुए थे। जैसा हमने ऊपर कहा है, द्वादशनिदान को समझने के लिए पूर्वापर तीन जीवनों को ध्यान में रखना आवश्यक है। कल्पना करें कि 'क' एक मनुष्य है। क के वर्तमान जीवन का जरामरण अर्थात् दुःख-समुदाय इसलिए सम्भव हुआ है कि उसने मनुष्य के रूप में जन्म लिया है। वह यदि जन्म नहीं लेता तो उसके दुःख भोगने का प्रश्न उठता ही नहीं। पर उसने जन्म ले लिया है और ऐसा इसलिए सम्भव हुआ है कि उसने अपने पूर्वजीवन में इंद्रियसुख भोग लिया है और उसका यह भोगना इसलिए सम्भव हो सका है कि वह पूर्वजीवन में एक छः इंद्रियों से युक्त शरीरधारी प्राणी ही था और यह भी इसलिए सम्भव हो सका था कि जब वह अपनी माता के गर्भ में भ्रूण के रूप में पल रहा था तब उसमें उसके पूर्व जीवन के अज्ञान के कारण बुरे संस्कार भी पनप रहे थे। कहने का तात्पर्य यही है कि मनुष्य अपने अज्ञान के कारण कुप्रवृत्तियों को जन्म देता है और कुप्रवृत्तियों के आ जाने से ही वह एक शरीरधारी के रूप में जन्म लेता है। और शरीरधारी होने के कारण

वह इंद्रियसुखोपभोग का आकांक्षी होकर सुखभोग में रत हो जाता है। और तब जरामरण जैसे दुःखों का शिकार हो जाता है और यह सिलसिला जन्म-जन्मांतर चलता रहता है।

बुद्ध द्वारा प्रतिपादित यह द्वादशनिदान जिस रूप में प्रस्तावित किया गया है वह तो स्वीकारयोग्य नहीं हो सकता। इसके सम्बन्ध में मुख्य आपत्ति तो यह है कि यह पुनर्जन्म की सम्भावना पर आधारित है जिसे हम स्वीकार नहीं करते। पर यदि इस कारण-परिणाम शृंखला को उचित संशोधन के साथ एक ही जीवन में परिसीमित कर दिया जाय, तो यह साररूप में सही ठहराया जा सकता है। निश्चय ही शुरू में व्यक्ति परिणाम के दुखदायी स्वरूप को नहीं जानने के कारण शराब का दो-एक घूंट पी लेता है। और तब उसे इसके लिए तृष्णा होने लगती है और आखिरकार वह उसमें रत होने लगता है। नतीजा यह होता है कि अंत में उसे इसका दुःखद परिणाम भुगतने के लिए बाध्य होना पड़ता है। अतः इस दूसरे आर्यसत्य के बारे में हम यह तो स्वीकार कर ही सकते हैं कि हमारे अनेकानेक दुःख हमारे अज्ञान के कारण ही उत्पन्न होते हैं। और आज तो हम अपने इस अज्ञान को दूर करने के लिए बहुत व्यापक पैमाने पर विज्ञान का सहारा ले भी रहे हैं। विज्ञान का सहारा लेने का अर्थ ही है ज्ञान को प्राप्त कर अज्ञान को दूर करना। पर ऐसा करने के लिए यह मानना आवश्यक हो जाता है कि अज्ञान के कारण ही दुःख पैदा होता है। और उस दुःख का अंत सम्भव है। बुद्ध का तीसरा आर्यसत्य उस अंत से ही सम्बद्ध है।

बुद्ध ने यह आर्यसत्य प्रस्तावित कर कि दुःखों का अंत निश्चित रूप से सम्भव है एक तरह से मानवता की एक बहुत बड़ी सेवा ही की है। कारण, अनेकानेक ऐसे विचार भी प्रचलित हैं जिनके अनुसार मनुष्यों के दुःखों का अंत सम्भव ही नहीं माना जाता। ऐसा इसलिए कि मनुष्य ने दुःख झेलने के लिए ही तो जन्म लिया है। इस तरह के निराशावादी विचार मानव कल्याण की सिद्धि के लिए अत्यंत बाधक हैं। यदि कोई चिकित्सक रोगी को प्रारम्भ में ही यह भरोसा दिला देता है कि रोगी अपने रोग से मुक्त हो जाएगा, तो उस रोगी का दुःख बहुत कुछ प्रारंभ में ही दूर हो जाता है। कम-से-कम वह कुछ आश्वस्त तो हो ही जाता है। पर तब दुःख के अंत के स्वरूप के बारे में बुद्ध ने जो प्रस्तावित किया है उसे स्वीकार करना निश्चय ही कठिन है। दुःख के अंत को बुद्ध 'निर्वाण' कहते हैं। 'निर्वाण' का शाब्दिक अर्थ 'बुझा हुआ' है। इस तरह दुःखों के अंत होने का अर्थ है शरीर का बुझ जाना। पर बुद्धि यह कबूल नहीं कर सकती कि मनुष्य द्वारा अपने दुःख को दूर करने के लिए अपने शरीर को नष्ट करना अनिवार्य है।[6] स्वयं महात्मा बुद्ध के अपने ही क्रिया-कलाप हमें ऐसा मानने को प्रेरित नहीं करते। बोधि प्राप्त करने के बाद भी बुद्ध एक लम्बे समय तक शरीर धारण करते रहे। और यह मानना बिलकुल असंगत होगा कि उस लम्बे शरीरस्थ काल में वह दुःखों से आक्रांत होते रहे। भारतीय संस्कृति में 'जीवन्मुक्ति' की भी एक अवधारणा वर्तमान है जिसके अनुसार मनुष्य सांसारिक बंधन से मुक्ति शरीरधारण करते हुए भी प्राप्त कर सकता है और सही सुख पा सकता है। इस दुःखनाशक निर्वाण की स्थिति के सम्बन्ध में बौद्ध दर्शन में ही बहुत अधिक चर्चा हुई हैं जिसके सम्बन्ध में विस्तृत चर्चा हम आगे करेंगे। यहाँ हम इस सम्बन्ध में इतना ही कहना चाहेंगे कि बुद्ध ने दुःखों के अंत को सम्भव मानकर मनुष्य को न केवल ढाढ़स प्रदान किया है और आशावादी बनाया है, बल्कि उसे उस स्थिति को प्राप्त करने के उपाय को जानने के लिए उत्सुक भी बना दिया है। और मनुष्य की उस जिज्ञासा की पूर्ति के लिए बुद्ध ने अपने चौथे आर्यसत्य को प्रस्तावित किया है। अब हम उस चौथे आर्यसत्य की ही व्याख्या करेंगे।

चौथा आर्यसत्य दुःख दूर करने के मार्ग को बतलाता है। उस मार्ग के आठ अंग हैं, इसलिए इसे 'आष्टांगिक मार्ग' कहते हैं। वे आठ अंग ये हैं—सम्यक् दृष्टि, सम्यक् संकल्प, सम्यक् वाक्, सम्यक् कर्मान्त, सम्यक् आजीव, सम्यक् व्यायाम, सम्यक् स्मृति, तथा सम्यक् समाधि।

इस चौथे आर्यसत्य को समझने के लिए बौद्ध धर्म के मौलिक स्वरूप को ध्यान में रखना आवश्यक है। मूलतः बौद्ध धर्म कोई उपासना-धर्म नहीं है। अर्थात् मनुष्य अपने दुःखों को दूर करने के लिए किसी उच्चस्तरीय शक्तिशाली सत्ता से दया की आकांक्षा नहीं रख सकता और न ही वह उस सत्ता से यह प्रार्थना ही कर सकता कि वह सत्ता उसके दुःखों का अंत कर दे। कहने का तात्पर्य यह है कि मनुष्य को अपने प्रयत्न से ही अपने दुःखों को दूर करना पड़ता है। और नैतिकता की माँग भी यही है। जैसा हम जानते हैं, आत्मस्वातंत्र्य नैतिकता का एक आधारस्तंभ होता है। जिसकी विशद व्याख्या हम पहले ही कर चुके हैं। मनुष्य अपने दुःखों को सही ढंग से तभी दूर कर सकता है जब वह नैतिक दृष्टिकोण को अपना लेता है। इसी दृष्टिकोण को बुद्ध सम्यक् दृष्टि कहते हैं। उन्होंने आष्टांगिक मार्ग के सभी अंगों के पहले 'सम्यक्' शब्द को जोड़ दिया है। इस शब्द का अर्थ है 'पूर्णरूप से अच्छे प्रकार का'। अब यदि हम इन आठों साधनों पर दृष्टिपात करते हैं तो हम पाते हैं कि ये सभी मानसिक तथा शारीरिक व्यापारों से ही सम्बन्धित हैं। इसका तात्पर्य यह है कि हमें अपने लक्ष्य की प्राप्ति के लिए अपनी मानसिकता को तथा अपने कर्म के स्वरूप को पूरी तरह से अच्छा यानी नैतिक बनाना जरूरी है। समाधि की स्थिति में तो हमें अपनी मानसिकता को एकमात्र विषय 'आर्यसत्य' पर ही केंद्रित करना चाहिये। कहते हैं कि समाधि की चार अवस्थाएँ होती हैं। प्रथम अवस्था में चारों आर्यसत्यों को स्वीकार कर उन पर मनन किया जाता है। दूसरी अवस्था में उनके प्रति श्रद्धा का संचार होता है। तीसरी अवस्था में अन्य सभी प्रकार की मानसिक व्यापारों की उपेक्षा होती है। और चौथी एवं अंतिम अवस्था में आर्यसत्यों को छोड़ अन्य सभी चित्तवृत्तियों का पूर्ण निरोध या नाश हो जाता है। अतः हम कह सकते हैं कि दुःख को अंत करने का उपाय एक वैसे चरित्र का निर्माण करना होता है जिसमें सही प्रज्ञा, सही शील तथा सही समाधि निहित हों। यहाँ यह उल्लेखनीय है यदि जीवन के लक्ष्य को आध्यात्मिक रूप नहीं भी दिया जाय, तो भी सही प्रकार के किसी जीवन-आदर्श को चरितार्थ करने के लिए साधन के रूप में सही ज्ञान, सही प्रकार की कार्यक्षमता और सही प्रकार की मानसिक एकनिष्ठता, जिन्हें हम क्रमशः प्रज्ञा, शील तथा समाधि कह सकते हैं, आवश्यक होते ही हैं।

बौद्ध धर्म के दो संप्रदाय : हीनयान तथा महायान—बौद्धधर्म का प्रारंभिक रूप थेरवादी था, अर्थात् उस रूप के अनुसार किसी बौद्ध अनुयायी का लक्ष्य होता था अपना निर्वाण प्राप्त करना। किंतु बाद में जब बौद्धसंघ में अनेकानेक लोग आने लगे, तब उसमें नये-नये विचारों का प्रादुर्भाव होने लगा। तब लोगों को अन्य लोगों के निर्वाण की भी चिंता होने लगी। और तब निर्वाण को आत्मसीमित करने की बात बहुत अधिक खटकने लगी। तब कुछ भिक्षुओं ने निर्वाण को आत्मसीमित रखने का विरोध करना भी प्रारंभ कर दिया। पर कट्टर थेरवादी भिक्षुक ऐसा विरोध करने वाले भिक्षुओं को 'पाप भिक्षु' कहने लगे। जब विरोध करने वालों की संख्या बहुत बढ़ गई, तब महात्मा बुद्ध के महापरिनिर्वाण के लगभग एक सौ वर्ष बाद वैशाली में दूसरी संगीति बुलाई गई। और उस संगीति में एक मत स्थापित नहीं हो सकने

के कारण विरोध करनेवाले भिक्षुक थेरवादियों से अलग हो गये और उन्होंने अपनी संख्या की अधिकता के कारण अपने को 'महासंघिक' की संज्ञा दे दी। इन्होंने कालांतर में महात्मा बुद्ध को एक लोकोत्तर रूप भी दे दिया। इन महासंघिकों ने अपने संघ की संख्या की अधिकता के कारण तथा निर्वाण को अन्य लोगों के निर्वाण के साथ जोड़ दिये जाने के कारण और फिर अपने संघ को उच्चस्तरीय मानने के कारण उसे 'महायान' माना और इस तरह थेरवादियों का संघ 'हीनयान' हो गया। 'यान' का अर्थ वाहन या गाड़ी होता है। इस तरह हीनयान एक छोटी गाड़ी तथा महायान एक बड़ी गाड़ी के रूप में देखा जाने लगा। इसका तात्पर्य यह हुआ कि हीनयान के जरिये कम लोग तथा महायान के जरिये अधिक लोग इस संसारयात्रा को सफलतापूर्वक तय कर सकते हैं। ऐसा फर्क इसलिए होता है कि महायान में किसी व्यक्ति की बंधनमुक्ति केवल उसी के प्रयत्न पर निर्भर नहीं होती, बल्कि उसे अन्य लोगों का सहयोग भी प्राप्त हो जाता है। इस तरह से बौद्धों के 'हीनयान' तथा 'महायान' नामक दो धार्मिक संप्रदाय कायम हो गये।

हीनयान की विशिष्टताएँ—जैसा हम ऊपर कह चुके हैं, हीनयान छोटी गाड़ी है जिससे कम लोग ही संसार की यात्रा सफलतापूर्वक तय कर सकते हैं। जब महात्मा बुद्ध अपने महापरिनिर्वाण के अत्यंत निकट आ चुके थे तब उनके अत्यंत निकट रहने वाले शिष्य आनन्द ने बहुत घबड़ाकर उनसे पूछा कि अब उन लोगों का सहारा कौन होगा। उत्तर में बुद्ध ने कहा था— 'आत्मदीपो भव', अर्थात् 'अपने लिए स्वयं ही प्रकाश बनो'। इस कारण बौद्धों का आत्मनिर्भर होना बहुत ही सही था और इसी कारण उनका अपने निर्वाण के लिए स्वयं ही प्रयत्न करना भी सही ही था। अतः थेरवादियों ने अपनी ही प्रज्ञा, अपने ही शील, अपनी ही समाधि के द्वारा अपना निर्वाण प्राप्त करना जीवन का उद्देश्य माना। अपने निर्वाण की प्राप्ति को बुद्ध ने एकमात्र आदर्श माना था और उन्होंने इसके सिवा अन्य बातों में उलझने को अत्यंत मूर्खतापूर्ण माना था। यही कारण था कि वे नैतिक समस्याओं को छोड़ तात्त्विक समस्याओं में बिलकुल नहीं उलझे। *मज्झिम निकाय* के *चूलमालुक्यसूत्त* में महात्मा बुद्ध किसी तत्त्वशास्त्री को उस मूर्ख के समान मानते हैं जो बाण से बिंध जाने पर अपने कष्ट को दूर करने के लिए कोई उपचार नहीं करता है, बल्कि वह इस सोच में पड़ जाता है कि बाण किधर से आया, वह किस धातु का बना है, उसे किसने फेंका है, आदि आदि। इस प्रकार के सोच में पड़कर वह कष्ट झेल रहा व्यक्ति भला-चंगा तो हो नहीं सकता, बल्कि वह अपनी जान भी गँवा ले सकता है। अतः प्रत्येक व्यक्ति का यह कर्तव्य होता है कि वह अपने निर्वाण के लिए अतिशीघ्र प्रयत्नशील हो जाय। वह प्रज्ञा, शील तथा समाधि के द्वारा ऐसी अर्हता यानी योग्यता प्राप्त कर ले कि वह संसार के कष्टों से पूरी तरह मुक्त हो जाय। इस प्रकार यह देखा जा सकता है कि हीनयानियों यानी थेरवादियों के लिए जीवन का आदर्श अर्हत होना ही होता है। हम इस अर्हतपरक आदर्श के सम्बन्ध में आगे भी चर्चा करेंगे। पर यहाँ हम इसके सम्बन्ध में यह कहना चाहेंगे कि एक प्रकार से यह एक नकारात्मक आदर्श ही है। यह क्लेशावरणनिवृत्ति है, अर्थात् यह क्लेशों का निराकरण ही है। और चूँकि यह आदर्श व्यक्तिसीमित होता है, इसलिए इसके विरुद्ध स्वार्थपरता का आक्षेप भी लग ही सकता है। हमने नैतिकता का एक अत्यंत आवश्यक लक्षण निःस्वार्थता को ही माना है। इस वजह से हीनयान सचमुच बहुत उत्कृष्ट नहीं माना जा सकता।

हीनयान के सम्बन्ध में यह भी उल्लेखनीय है कि यह महात्मा बुद्ध को एक ऐतिहासिक पुरुष के रूप में अर्थात् एक इहलौकिक पुरुष के रूप में ही स्वीकार करता है। यह तो स्पष्ट

ही है कि उन्होंने अपने प्रयत्न से ही अर्हता पाई थी और अर्हत बने थे। हीनयानी उन्हें बिलकुल ही लोकोत्तर नहीं मानते थे। यहाँ यह भी उल्लेखनीय है कि हीनयानियों की तात्त्विक दृष्टि पूरी तरह वस्तुवादी थी। वे सभी वस्तुओं की सत्ता को व्यक्ति से स्वतंत्र ही मानते थे। इसलिए उनके तात्त्विक विचार को सर्वास्तिवाद कहा जाता है। इस सर्वास्तिवाद की दो शाखाएँ थीं—वैभाषिक तथा सौत्रान्तिक। इन दार्शनिक शाखाओं के सम्बन्ध में हम आगे विचार करेंगे। यह हीनयान लंका, स्याम, बर्मा, आदि जैसे दक्षिण देशों में अधिक प्रचलित है। इसलिए इसे दक्षिणी बौद्धधर्म भी कहा जाता है।

महायान की विशिष्टताएँ

महायान, जैसा हम पहले ही बतला चुके हैं, बौद्धधर्म की बड़ी गाड़ी है। यह यान कई अर्थों में महान् है। इससे अधिक लोग संसारयात्रा को तय कर सकते हैं। और फिर इसका उद्देश्य भी उच्चस्तरीय है, क्योंकि यह केवल व्यक्ति के अपने निर्वाण तक सीमित नहीं रहता, बल्कि यह अन्य व्यक्तियों का निर्वाण भी सम्भव बनाता है। संक्षेप में महायान की विशिष्टताएँ ये हैं:—

मनुष्य को अन्य लोगों की मुक्ति के लिए भी प्रयत्नशील होना चाहिये; महात्मा बुद्ध मात्र एक अर्हत नहीं थे, वरन् वे एक लोकोत्तर पुरुष थे और इस प्रकार वे ऐतिहासिक सीमाओं से परे थे; महायानियों ने मुक्ति पाने के साधन के रूप में प्रज्ञा, शील, समाधि के बदले दान, शील, क्षान्ति, वीर्य, ध्यान तथा प्रज्ञा को स्वीकार किया; निर्वाण नकारात्मक अवधारणा नहीं, वरन् एक सकारात्मक अवधारणा है, अर्थात् यह प्रज्ञापारमिता है।

महायान को उत्तरी बौद्धधर्म भी कहा जाता है, क्योंकि यह तिब्बत, चीन, जापान, कोरिया, आदि देशों में प्रचलित है। यह तत्त्वशास्त्रीय दृष्टि से दो शाखाओं में विभक्त था योगाचार विज्ञानवाद तथा माध्यमिक शून्यवाद। चूँकि महायान की आचारनीति उसके तत्त्वदर्शन से प्रभावित है, इसलिए उसके तत्त्वदर्शन को जानना अत्यंत आवश्यक है। यहाँ अब हम पूरे बौद्धधर्म के तत्त्वविचार पर ही प्रकाश डालना चाहेंगे।

बौद्धधर्म का तत्त्वदर्शन—हम यह पहले ही कह चुकें है कि हीनयान की दो शाखाएँ थीं—वैभाषिक तथा सौत्रान्तिक। ये दोनों शाखाएँ वस्तुवादी थीं। वस्तुवाद उस दर्शन को कहा जाता है जो यह मानता है कि ज्ञेय ज्ञाता से स्वतंत्र होता है। ये दोनों शाखाएँ वस्तुओं के अस्तित्व को ज्ञाता से स्वतंत्र मानती थीं। इस तरह ये दोनों शाखाएँ सर्वास्तित्ववादी थीं। इन दोनों वस्तुवादी दर्शनों के अनुसार सभी वस्तुएँ संघात के रूप में अर्थात् मिश्रित रूप में अस्तित्ववान् होती हैं, क्योंकि वे अनेक कणों के योग से ही बनती हैं। ये कण क्षणिक ही होते हैं। महात्मा बुद्ध कहा करते थे—'सर्व क्षणिकम् क्षणिकम्। इन क्षणबद्ध कणों को 'धम्म' भी कहा जाता था। इसलिए सर्वास्तिवाद को 'अभिधम्मवाद' का नाम भी दिया गया है। पर इन वस्तुवादी दर्शनों में एक बहुत महत्त्वपूर्ण भेद यह है कि जहाँ वैभाषिक के अनुसार वस्तुओं का ज्ञान प्रत्यक्ष द्वारा होता है, वहीं सौत्रान्तिक के अनुसार वस्तुओं का ज्ञान अनुमान के आधार पर होता है। अतः वैभाषिक प्रत्यक्षवाद है और सौत्रान्तिक बाह्यानुमेयवाद है। प्रथम के अनुसार हम वस्तुओं का ज्ञान सीधेसीध प्रत्यक्ष से जान लेते हैं, पर द्वितीय के अनुसार हम वस्तुओं का ज्ञान इंद्रियों से प्राप्त संवेदनाओं के आधार पर अनुमान द्वारा पाते हैं।

पर महायान हीनयान के तत्त्वविचार से सहमत नहीं है। महायानी बाह्यानुमेयवाद की इंद्रियग्राह्य संवेदना को, जिसे 'संवृति' भी कहा जाता है, मानता तो है, पर उसके आधार

पर अनुमानित वस्तु को वह नहीं मानता। वह कहता है कि जब हम वस्तु को प्रत्यक्ष जानते ही नहीं, तब हम यह कैसे सुनिश्चित कर सकते हैं कि कोई संवेदना या संवृति किस वस्तु पर आश्रित है या किस वस्तु से उद्‌भूत हुई है। अतः हम जिसे प्रत्यक्ष अनुभव कर रहे हैं वही वास्तविक है, और वह प्रत्यक्षीभूत तत्त्व ज्ञातानिरपेक्ष नहीं, वरन् ज्ञातासापेक्ष ही है। ज्ञातानिरपेक्ष तत्त्व या वस्तु का अस्तित्व हो ही नहीं सकता। जिसका भी अस्तित्व है वह ज्ञाता मन के अंतर्गत एक संवृति है या विज्ञान है। इस मत को माननेवाले 'योगाचार विज्ञानवादी' कहलाये। और इस मत को 'योगाचार विज्ञानवाद' कहते हैं। इस मत के अनुसार पूरा विश्व ही विज्ञान है। इस विश्वव्यापी विज्ञान को 'आलयविज्ञान' कहते हैं।

पर यह योगाचार विज्ञानवाद भी सभी महायानियों को मान्य नहीं हुआ। कुछ महायानियों के द्वारा इस बात पर जोर दिया गया कि मूल तत्त्व को किसी भी प्रकार से रूपायित करना सम्भव नहीं है। वह तत्त्व तो विज्ञान भी नहीं है। उसकी कोई कोटि नहीं हो सकती। वह तो कोटिविमुक्त है, अतः वह शून्य है। और इस तरह महायान की एक शाखा 'माध्यमिक शून्यवाद' कहलायी। इस शाखा के जन्मदाता उद्‌भट बौद्ध दार्शनिक नागार्जुन माने जाते हैं। अतः उनके सम्बन्ध में कुछ विस्तृत ज्ञान अपेक्षित ही है।

शून्यवाद के जनक नागार्जुन तथा उनकी शून्यतापरक अवधारणा—कहा जाता है कि नागार्जुन दक्षिण भारत के आन्ध्रप्रदेश के एक ब्राह्मण थे जो बाद में बौद्ध हो गये थे। उनका काल ई०पू०150 माना जाता है। कुछ लोग उनका काल ई०पू० प्रथम शताब्दी भी मानते हैं। चीनी यात्री युवान चौंग के अनुसार नागार्जुन का काल महात्मा बुद्ध के 400 सौ साल बाद का काल था। इस प्रकार नागार्जुन का काल ईसवी सन् के प्रारंभ से सौ साल से अधिक पहले का ही काल था। जो भी हो, इतना तो निश्चित रूप से माना ही जा सकता है कि उनका काल ईसवी सन् के सौ-डेढ़ सौ साल पहले या सौ-डेढ़ सौ साल बाद का काल था। टी०आर०वी०मूर्ति के अनुसार निम्नलिखित छः ग्रंथ नागार्जुन की प्रमुख कृतियाँ माने जाते हैं : *प्रज्ञामूल*—जिस पर माध्यमिक शास्त्र आधारित है *शून्यता सप्तति*—जो वस्तुओं की अवास्तविकता सिद्ध करती है; *युक्ति-षष्टिका; विग्रह व्यावर्तनी*—जिसमें शून्यता के सम्भव खण्डनों का खण्डन किया गया है; *वैदल्य सूत्र(प्रकरणसहित)*—जिसमें नागार्जुन पर तर्कशास्त्र को दूषित करने के आरोप को निरस्त करने का प्रयास किया गया है; तथा *व्यवहार-सिद्धि*—जिसमें अद्रव्यवाद तथा लोकव्यवहार के सहअस्तित्व को सम्भव हो सकना बतलाया गया है। इन ग्रंथों के अलावे भी अनेक ग्रंथ नागार्जुन द्वारा रचित माने जाते हैं। नागार्जुन के बाद आर्यदेव, बुद्धपालित, भावविवेक, चन्द्रकीर्ति, शांतिदेव, आदि अनेक बौद्ध दार्शनिकों ने भी महायान के शून्यवाद को परिवर्द्धित एवं संवर्द्धित किया है।

एक तरह से देखा जाय तो माध्यमिकता को प्रश्रय देना महात्मा बुद्ध से ही शुरू हो जाता है। उन्होंने अंततः कठोर शारीरिक तप तथा असंयमित शारीरिक आचार के बीच का मार्ग ही अपनाया था। एक दूसरे स्तर पर नागार्जुन ने विधान तथा निषेध दोनों को छोड़कर एक विलक्षण स्थिति का ही वरण किया था। यहाँ तक कि उन्होंने केवल इन्हीं दो कोटियों का परित्याग नहीं किया, वरन् उन्होंने चार कोटियों का परित्याग कर दिया। वे कोटियाँ है— 'है'; 'नहीं है'; 'है' और 'नहीं है' दोनों हैं; और न तो 'है' है और न 'नहीं है' ही है। वे कहते हैं—''चतुष्कोटिविनिर्मुक्तं शून्यं।'' अर्थात् शून्य एक ऐसी स्थिति है जो उपर्युक्त चारों कोटियों से मुक्त है। आर्यदेव इस स्थिति को इस प्रकार वर्णित करते हैं—''सत् असत् सदसत्

च इति नोभयं च इति च क्रमः''।[13] हरिभद्र इसे इस प्रकार वर्णित करते हैं—''विधानं प्रतिषेधं च तावेव सहितौ पुनः प्रतिषेधं सर्वथा नावगच्छति''।[14]

यहाँ यह उल्लेखनीय है कि इस तरह चारों कोटियों से मुक्त होने का अर्थ किसी पाँचवीं कोटि का सृजन करना नहीं है, बल्कि सभी प्रकार की कोटियों से पूरी तरह मुक्त हो जाना ही है। यह सम्पूर्ण रूप से दृष्टिमुक्ति है। कहा गया है 'मध्येऽपि स्थानं न करोति पंडितः''।[15] अर्थात् पंडित मध्य में भी कोई स्थिति निरूपित नहीं करते।

यही कारण है कि यह शून्य है। हम इसे किसी निश्चित अवधारणा के द्वारा अभिव्यक्त नहीं कर सकते। सम्भवतः इसी वजह से महात्मा बुद्ध भी तत्त्व सम्बन्धी प्रश्न पूछे जाने पर मौन रह जाते थे। ऐसे प्रश्नों को वे 'अव्याकतानि' अर्थात् 'न व्यक्त होने योग्य' ही मानते थे। ऐसे तत्त्व की तो केवल अनुभूति ही हो सकती है, उसका वर्णन किया ही नहीं जा सकता।

महायान की आचारनीति—अब यहाँ प्रश्न उठता है कि महायान की आचारनीति क्या है। हम ऊपर यह संकेत कर चुके है कि महायान की आचारनीति हीनयान की आचारनीति से बहुत भिन्न है। इन दोनों में एक सबसे महत्त्वपूर्ण भेद यह है कि जहाँ हीनयान में व्यक्ति केवल अपनी मुक्ति के लिए प्रयत्नशील होता है, वहीं महायान में वह सभी लोगों की मुक्ति के लिए प्रयत्नशील होता है। एक तरह से देखा जाय तो महायान अपने तत्त्वविचार के कारण एक अत्यंत व्यापक दृष्टिकोण को अपनाने के लिए बाध्य होता है। जहाँ योगाचार विज्ञानवाद के अनुसार मूलतत्त्व सर्वव्यापी आलयविज्ञान है, वहीं माध्यमिक शून्यवाद के अनुसार वह किसी सीमा के अंतर्गत सीमित ही नहीं किया जा सकता। अतः महायान के लिए जीवन का आदर्श स्वसीमित नहीं हो सकता, उसे परसम्बन्धित होना ही पड़ता है। अतः महायान की दोनों शाखाएँ सर्वमुक्तिवाद का ही वरण करती हैं। इस प्रकार हम देखते हैं कि आचारनीति के सम्बन्ध में महायान की दोनों शाखाओं में मौलिक समानता है। पर यहाँ यह उल्लेखनीय है कि माध्यमिक शून्यवाद में आचारनीति का बहुत ही अधिक विवेचन हुआ है। अतः हम यहाँ इस शून्यवाद की आचारनीति को कुछ विस्तार से ही समझने का प्रयास करेंगे।

माध्यमिक शून्यवाद की आचारनीति—हम ऊपर कह चुके हैं कि शून्य अवधारणा-गम्य नहीं, वरन् अनुभूतिगम्य है। यह एक प्रकार की विलक्षण प्रज्ञा है। जब कोई व्यक्ति निर्वाण प्राप्त कर लेता है, तब वह बुझ नहीं जाता, वरन् एक विलक्षण ढंग से जगमगा जाता है। अतः निर्वाण पूर्णसमाप्ति नहीं होकर पूर्णबोधि है। इस पूर्णबोधि को शून्यवादी 'प्रज्ञापारमिता' कहते हैं। प्रज्ञापारमिता वह बोधि या प्रज्ञा है जो परमत्व को प्राप्त कराती है या परमत्व ही बन जाती है। अतः प्रज्ञापारमिता को साधन तथा साध्य दोनों रूपों में जाना जा सकता है। साधन के रूप में प्रज्ञा पारमिता को 'बोधिसत्त्व तथा साध्य के रूप में उसे 'बुद्ध' कहा जा सकता है। महायान की यह बोधिसत्त्वपरक अवधारणा अत्यंत विलक्षण हैं। 'बोधिसत्त्वं' का अर्थ है 'वह जिसका सत्त्व बोधि है।' बोधिसत्त्व वह व्यक्ति भी है जो अपने जीवन का सार बोधि को यानी परमप्रज्ञा को ही मानता है। ऐसा व्यक्ति जब उस बोधि का या परमप्रज्ञा का अनुभव कर लेता है, तब वह बुद्ध हो जाता है। अतः बुद्ध बनने के लिए बोधिसत्त्व होना आवश्यक होता है। इस प्रकार यह कहा जा सकता है कि बोधिसत्त्व होना बुद्ध बनने का साधन है। अतः 'बोधिसत्त्व' शब्द दो अर्थों में प्रयुक्त होता है—एक अर्थ द्वारा यह परमज्ञान यानी प्रज्ञापारमिता को सूचित करता है और दूसरे के द्वारा यह उस व्यक्ति को सूचित करता है जो उस ज्ञान को पाने का यानी बुद्धत्व प्राप्त करने का अधिकारी हो चुका होता है।

महायान के अनुसार उस परमज्ञान अर्थात् प्रज्ञापारमिता को प्राप्त करने के लिए किसी व्यक्ति को मन की दश पूर्वापर भूमियों अर्थात् अवस्थाओं को क्रमिक ढंग से प्राप्त करना पड़ता है। ये भूमियाँ हैं—प्रमुदिता, विमला, प्रभाकरी, अर्चिष्मती, सुदुर्जया, अभिमुखी, दूरंगमा, अचला, साधुमती तथा तथागत। इन भूमियों की संक्षिप्त व्याख्या इस प्रकार है। प्रमुदिता नामक चित्तभूमि में बोधिसत्त्व प्रसन्नतापूर्वक बोधि के सम्बन्ध में चिंतन करता और यह संकल्प लेता है कि 'मैं सभी प्राणियों को मुक्त कराकर स्वयं मुक्त होऊँगा'। विमला नामक चित्तभूमि में शील का अनुशीलन एवं वासनाओं का निरस्तीकरण किया जाता है। प्रभाकरी चित्तभूमि में क्रोध, घृणा तथा मोह यानी अज्ञान को दूर किया जाता है और श्रद्धा, करुणा, दान, तथा वैराग्य को आत्मसात् किया जाता है। अर्चिष्मती में अहंकार को दूर किया जाता है तथा ऐसे सद्गुणों को व्यवहार में लाया जाता है जिनसे बोधि प्राप्त करने का मार्ग प्रशस्त हो। सुदुर्जया में चारों आर्यसत्यों का गहन चिंतन-मनन होता है और तब ध्यान और समाधि को प्रयोग में लाया जाता है। अभिमुखी में राग का पूर्ण विनाश हो जाता है और प्रज्ञा का उदय होने लगता है। फलस्वरूप बोधिसत्त्व सभी प्राणियों को तथा साथ-ही-साथ स्वयं को भी मुक्त कराने के प्रति अभिमुख हो जाता है। दूरंगमा में वह सर्वमुक्तिपरक आदर्श को चरितार्थ करने के लिए प्रयत्नशील हो जाता है। अचला में वह विषयों के प्रति आसक्त न होकर 'अनुत्पत्तिकधर्मचक्षु' हो जाता है, अर्थात् वह सभी वस्तुओं को उनकी तथाता यानी सही स्वरूपता में ही देखने लगता है। साधुमती में वह आत्मकेंद्रित न रहकर अन्यों के प्रति सजग हो जाता है और उन्हें सही मार्ग पर चलने का उपदेश देने लगता है। और अंत की अवस्था धर्ममेध में वह तथागत बन जाता है और बुद्ध हो जाता है। इस अवस्था को 'धर्ममेघ' भी इसलिए कहा जाता है कि इस अवस्था में वह सभी धर्मों का मानो एक घनीभूत बादल हो जाता है।

ऊपर वर्णित बोधि उत्पन्न करने की प्रक्रिया को 'बोधिचित्तोत्पाद' कहते हैं। इस प्रक्रिया के लिए दो बातों की बहुत अधिक महत्ता है। एक तात्विक स्तर पर शून्यता की और दूसरी भावनात्मक स्तर पर करुणा की। हरिभद्र ने कहा भी है—'शून्यता करुणागर्भं बोधिचित्तं।'[16] अर्थात् बोधिचित्त के गर्भ में यानी भीतर में शून्यता तथा करुणा हैं। और जैसा हमने ऊपर कहा हैं, यह शून्यता और कुछ नहीं, वरन् दृष्टिविहीनता ही है। अतः हम इसे वस्तुसूचक नहीं मान सकते। इसे हम एक विलक्षण प्रज्ञा ही मान सकते हैं। और जब इस विलक्षण प्रज्ञा के साथ करुणा जुट जाती है, तब तो सभी प्राणियों के कल्याण के लिए तत्पर हो जाना पूरी तरह अनिवार्य हो जाता है। ऐसे ही तत्पर हो जाने वाले व्यक्ति को बोधिसत्त्व कहा जाता है।

महायान के माध्यमिक शून्यवाद में लोकहित एवं लोकसुख को इतना महत्त्व दिया गया है कि इन्हें चरितार्थ करने से बोधिसत्त्व बुद्ध बन जाता है। *अष्टसाहस्रिका प्रज्ञापारमिता* में जो माध्यमिक शून्यवाद का सम्भवतः सबसे अधिक पुराना ग्रंथ है और जिसपर ही नागार्जुन का *माध्यमिक सूत्र* आधारित है, सुभूति को सम्बोधित कर कहा गया है—''ये अपि ते, सुभूते, एतर्हि अप्रमेयेषु लोकधातुषु तथागताः अर्हन्तः सम्यक् सम्बुद्धाः दशदिशि लोके तिष्ठन्ति ध्रियन्ते यापंयन्ति बहुजनहिताय बहुजनसुखाय लोकानुकम्पायै महतो जनकायस्यार्थाय हिताय सुखाय देवानाम् च मनुष्याणाम् चानुकम्पायै अनुकम्पां उपादायानुत्तराम् सम्यक् सम्बोधिं अभिसम्बद्धाः ते अपि सर्वे एनाम् एव प्रज्ञापारमितां आगम्य अनुत्तरां सम्यक् सम्बोधिं

अभिसम्बुद्धाः।'' फिर इसी ग्रंथ में आगे कहा गया है—''दुष्करकारकाः, सुभूते, बोधिसत्ताः महासत्त्वा ये लोकहिताय सम्प्रस्थिता लोकसुखाय लोकानुकम्पायै सम्प्रस्थिताः लोकस्य त्राणं भविष्यामो शरणम् भविष्यामः—इति एवं रूपं अनुत्तरायाम् सम्यक्सम्बोधौ वीर्यम् आरभन्ते।''[18]

महायान की आचारनीति की एक विशिष्टता यह भी है कि इसमें महात्मा बुद्ध केवल एक ऐतिहासिक पुरुष के रूप में अर्हता प्राप्त व्यक्ति ही बने नहीं रहते, वरन् वे एक लोकोत्तर सत्ता भी बन जाते हैं और इस तरह ईश्वर के समान उपासना के पात्र भी बन जाते हैं। हमने ऊपर कहा है कि प्रज्ञापारमिता एक ऐसी अवधारणा है जिसमें प्रज्ञा के साथ करुणा सम्मिलित है और जब यह प्रज्ञामिश्रित करुणाधर्म के रूप में महात्मा बुद्ध में मूर्त हो जाती है, तब बुद्ध धर्मकाय भी हो जाते हैं। और तब उनका उपास्य हो जाना बिलकुल स्वाभाविक है। इस प्रकार हम देखते हैं कि महायान में बौद्धमत एक ईश्वरसापेक्ष धार्मिक सम्प्रदाय का रूप ले लेता है।

अब प्रश्न उठता है महायान के अनुसार नैतिक साधन क्या हैं। इस सम्बन्ध में महायान और हीनयान में मुख्य भेद यह है कि जहाँ हीनयान मोटे तौर पर प्रज्ञा, शील तथा समाधि को ही साधन मानता है, वहीं महायान दान, शील, क्षान्ति, वीर्य, ध्यान तथा प्रज्ञा को साधन मानता है। महायान इन छः साधनों के द्वारा जो प्राप्त करता है वह भी प्रज्ञा ही है। अतः प्रज्ञा आदर्श भी है और इस कारण यह 'प्रज्ञापारमिता' कही जाती है। कभी-कभी तो अन्य पाँच साधन भी प्रज्ञापारमिता ही मान लिए जाते हैं। ऐसा इसलिए कि ये आदर्श-प्राप्ति में सहायक सिद्ध होते हैं। यह प्रज्ञापारमिता का आदर्श एक मूर्त रूप तब ले लेता है जब इसमें तथा धर्मकाय महात्मा बुद्ध में तादात्म्य स्थापित हो जाता है।

हीनयान तथा महायान की आचारनीतियों की समीक्षा—बौद्ध धर्म भी जैन धर्म की तरह वैदिक कर्मकांड तथा वर्ण-व्यवस्था के विरुद्ध एक आक्रमण ही था। देवी-देवताओं के नाम पर यज्ञादि के अनुष्ठान में लगे रहने के बदले सभी मनुष्यों केा अपने नैतिक कर्मों के द्वारा अपना सही कल्याण सिद्ध करने का उपदेश ही इन धर्मों का सार था। महात्मा बुद्ध का अपने अत्यंत प्रिय शिष्य आनंद को 'आत्मदीपो भव' का संदेश शायद बौद्ध धर्म का अत्यंत सारगर्भित संदेश माना जा सकता है। पर जैसा सभी ऐतिहासिक धर्मों के साथ होता है, बौद्ध एवं जैन धर्म भी अपने मूल उद्देश्यों में सिमटे नहीं रह सके। कालांतर में तो सभी धर्मों में परिवर्तन आ ही जाते हैं। ऐसा बौद्धधर्म के साथ भी हुआ है। हम यहाँ बौद्धधर्म की दो शाखाओं अर्थात् हीनयान तथा महायान के परिप्रेक्ष्य में यह देखना चाहेंगे कि ये दोनों बौद्धधर्म के मूल उद्देश्य से कितनी दूर चले गये और वे सही आचारनीति को प्रस्तुत करने में कितना सफल हुए।

जैसा हम बार-बार कहते आये हैं, नैतिकता को किसी भी तरह आध्यात्मिकता या अलौकिकता से नहीं जोड़ा जाना चाहिये। नैतिकता शुद्धरूप से स्वावलम्बन एवं आत्म-स्वातंत्र्य पर निर्भर होती है। यह पूरी तरह महात्मा बुद्ध के 'आत्मदीपो भव' के अनुकूल ही होती है। पर, इतिहास साक्षी है, नैतिकता की इस आत्मस्वातंत्र्यपरक मूलभूत विशिष्टता को उसके एक लोकोत्तर आध्यात्मिक सत्ता पर निर्भर रहने की अनिवार्यता का विधान कर के उसे प्रायः ही दूषित किया जाता रहा है। हम यहाँ अलौकिकता या आध्यात्मिकता के खंडन में कोई तर्क देना आवश्यक नहीं मानते। यदि अलौकिकता या आध्यात्मिकता सही भी है, तो भी उसकी जरूरत नैतिकता को होती नहीं है। पर हीनयान तथा महायान दोनों में यह अलौकिकता समाविष्ट हो गई है—हीनयान में यदि कम अंश में, तो महायान में बहुत ही

अधिक अंश में। हमने देखा है कि हीनयान पुनर्जन्म मानकर आध्यात्मिकता को प्रश्रय दे ही देता है, पर वह निर्वाण को केवल 'बुझा हुआ' मानकर एक तरह से लौकिकता के अनुकूल ही रहता है। और फिर उसमें बुद्ध की उपासना करके निर्वाणप्राप्ति की बात कही ही नहीं गई है। पर, जब हम महायान में आते हैं तब हम उसमें न केवल अलौकिकता की अत्यधिक प्रचुरता पाते हैं, बल्कि उसमें बुद्ध की उपासना को भी मोक्षप्राप्ति के लिये एक अत्यंत महत्त्वपूर्ण एवं आवश्यक साधन के रूप में विद्यमान ही पाते हैं। इस संदर्भ में यहाँ यह भी उल्लेखनीय है कि जहाँ हीनयानी एक साधारण मनुष्य की तरह सांसारिक वस्तुओं को ज्ञातानिरपेक्ष वास्तविक तथ्यों के रूप में स्वीकार करते हैं और महात्मा बुद्ध को केवल एक ऐतिहासिक पुरुष मानते हैं, वहीं महायान न केवल संसार को बल्कि बुद्ध को भी अलौकिक ही बना देते हैं। जहाँ महायान का योगाचार विज्ञानवाद संसार को एक शरीर-निरपेक्ष आलयविज्ञान का रूप देता है, वहीं महायान का माध्यमिक शून्यवाद संसार को एक ऐसा रूप दे देता है जो किसी तरह समझ की पकड़ में आ ही नहीं सकता। संसार की तथ्यता एक ऐसा शून्य है जो 'है', 'नहीं है','है' और 'नहीं है' दोनों हैं' और ''है' और 'नही है' में कोई नहीं है' जैसे चारो कोटियों से मुक्त है। और यही शून्य प्रज्ञापारमिता है और यह प्रज्ञापारमिता ही बुद्ध भी है। इस प्रकार बुद्ध एक अर्हताप्राप्त ऐतिहासिक व्यक्ति मात्र नहीं रह जाते, वरन् वे एक लोकोत्तर सत्ता हो जाते हैं और अपनी महाकरुणा के कारण वे उपासना के पात्र भी बन जाते हैं और इस तरह भगवान् ही हो जाते हैं। निश्चय ही महायान ने न केवल 'चतुष्कोटिविनिर्मुक्तं शून्यं' परक तत्त्वविचार देकर तत्त्वशास्त्र को और अधिक उलझा ही दिया है, बल्कि उसने नैतिकता को उस शून्य पर अवलम्बित बना कर और फिर मनुष्य को एक उपास्य भगवान् की करुणा का आग्रही बना कर नैतिकता पर निश्चित रूप से प्रहार ही कर दिया है। इस कारण यह कहा ही जा सकता है कि नैतिकता के अनेक संदर्भों में हीनयान ही महान् है और महायान ही हीन है।

पर एक ऐसा भी नैतिक संदर्भ है जिसमें हीनयान सचमुच हीन है और महायान सचमुच महान् है। यह तो निर्विवाद है कि नैतिकता का सार स्वार्थपरता का नाश और परार्थपरता का संवर्द्धन है। निश्चय ही इस संदर्भ में महायान अपने बोधिसत्त्वपरक आदर्श के कारण हीनयान को नैतिक दौड़ में बहुत पीछे छोड़ देता और वह स्वयं बहुत आगे बढ़ जाता है। हमने ऊपर देखा है कि किस तरह बोधिसत्त्व लोकहित या लोकसुख को सम्भव बनाकर ही बुद्ध बन सकता है। इस तरह जहाँ हीनयान आत्ममुक्ति में ही सीमित रह जाता है, वहीं महायान सर्वमुक्तिवाद को सर्वाधिक महत्त्व प्रदान कर देता है। और सर्वकल्याणपरक दृष्टि ही तो सही नैतिक दृष्टि होती है। पर इस सर्वकल्याणपरक दृष्टि को शुद्ध रूप से नैतिक दृष्टि बने रहने देने के लिए यह देखना जरूरी है कि यह दृष्टि किसी भी तरह अलौकिकता से प्रदूषित न हो जाय। नैतिकता को अलौकिक होने की कोई आवश्यकता ही नहीं है।

❑

अध्याय 26

अद्वैत वेदांत की आचारनीति

अद्वैत वेदांत की आचारनीति को समझने के लिए उसके तत्त्वविचार को जानना अत्यंत आवश्यक है। हम यहाँ उसके तत्त्वविचार को विस्तार से विवेचित न कर केवल इतना उल्लेख करना चाहेंगे कि उसका तत्त्वविचार उसके चार महावाक्यों में ही निहित है। ये महावाक्य हैं—'तत् त्वं असि', 'अहं ब्रह्मास्मि', 'ब्रह्म सत्यं जगत् मिथ्या', तथा 'सर्वं ज्ञानं अनन्तं ब्रह्म'; अर्थात् एकमात्र ब्रह्म ही सत्य है और यह संसार मिथ्या है और कोई भी मानव व्यक्ति तात्त्विक रूप से ब्रह्म ही है। चूँकि मानव आत्मा और ब्रह्म में द्वैत नहीं है, इसलिए यह वेदांत 'अद्वैत वेदांत' कहलाता है। यह अद्वैतपरक विचार वेदों में भी पाया जाता है। *ऋग्वेद* (1-164-46) कहता है—

'एकं सत् विप्रा बहुधा वदन्ति।
अग्निं यमम् मातरिश्वानंम् आहुः॥'

अर्थात् एक ही सत् यानी सत्ता है। विप्र लोग उसे अनेक प्रकार से कहते हैं। वे उसे कभी अग्नि, तो कभी यम और कभी मातरिश्वान के नाम से अभिव्यक्त करते हैं। पर इस एकब्रह्मवाद का विवेचन उपनिषदों में बहुत अधिक गहन रूप में हुआ है। बाद में बादरायण ने सूत्र रूप में अपने *ब्रह्मसूत्र* में उपनिषदों के विचारों को संकलित किया है। बादरायण का काल निश्चित रूप से निरूपित नहीं किया जा सका है। कार्ल एच॰पौट्टर इसे एक प्रश्नचिह्न के साथ 50ई॰ मानते हैं। इस *ब्रह्मसूत्र* के अनेकानेक भाष्य लिखे गये हैं और इन भाष्यों में इस ब्रह्मवाद की अनेक रूपों में व्याख्या की गई है। इन भाष्यों में आदि शंकराचार्य का *शांकर भाष्य* ही अद्वैत वेदांत का प्रबल समर्थक है। शंकर का काल 710ई॰ के लगभग माना जाता है। हम यहाँ शंकर द्वारा प्रतिष्ठापित अद्वैत वेदांत की ही आचारनीति की व्याख्या एवं समीक्षा करेंगे। इस अद्वैत वेदांत के अनुसार सत्ता एवं दृष्टि दोनों ही के तीन स्तर होते हैं—पारमार्थिक, व्यावहारिक तथा प्रातिभासिक। मनुष्य का साधारण जीवन जिसके साथ जन्म-मरण, सामाजिकता, सांसारिकता, रागद्वेष, आदि जुड़े हुए हैं व्यावहारिक जीवन है। इस जीवन से जुड़ी सत्ता व्यावहारिक सत्ता है और इस जीवन से जुड़ी दृष्टि व्यावहारिक दृष्टि है। इस व्यावहारिक जीवन में जब हम अपने वैयक्तिक स्तर पर ही भ्रमित हो जाते हैं, तब हमारी दृष्टि प्रातिभासिक हो जाती है और इस दृष्टि से ज्ञात सत्ता प्रातिभासिक सत्ता कहलाती है। जैसे, जब हम रस्सी को किसी कारणवश साँप समझ लेते हैं, तब हमारी दृष्टि प्रातिभासिक हो जाती है और साँप की सत्ता व्यावहारिक नहीं होकर प्रातिभासिक ही होती है। प्रातिभासिक सत्ता का लोप तब हो जाता है, जब व्यावहारिक सत्ता का ज्ञान हो जाता है। अतः प्रातिभासिक सत्ता व्यावहारिक सत्ता की अपेक्षा असत्य एवं निम्नस्तरीय होती है। पर अद्वैत वेदांत के अनुसार व्यावहारिक सत्ता या दृष्टि भी पारमार्थिक सत्ता या दृष्टि की अपेक्षा असत्य एवं निम्नस्तरीय होती है। ऐसा इसलिए कि व्यावहारिक सत्ता का भी लोप तब हो जाता है, जब पारमार्थिक

दृष्टि के द्वारा पारमार्थिक सत्ता का ज्ञान हो जाता है। और वह पारमार्थिक सत्ता एक है जो ब्रह्म है, 'नेह नाना अस्ति किंचन'; अर्थात् नाना यानी अनेकता का अस्तित्व नहीं है। पारमार्थिक स्तर पर तो न कोई व्यक्ति है, न कोई समाज है और न ही यह संसार। 'अहं ब्रह्मास्मि' अर्थात् 'मैं ब्रह्म हूँ' यह उक्ति सभी व्यक्तियों के सम्बन्ध में सही है। कहने का तात्पर्य यह है कि प्रत्येक मनुष्य तत्त्वतः ब्रह्म ही है और यह ब्रह्म एक ही है। चूँकि यह ब्रह्मपरक पारमार्थिक सत्ता व्यावहारिक सत्ता से ऊँची होती है, इसलिए मनुष्य का लक्ष्य उस सत्ता के साथ अपना तादात्म्य अनुभूत कर लेना ही हो सकता है। पर, ऐसा नहीं है कि मैं अभी ब्रह्म नहीं हूँ, और मुझे प्रयत्न करके ब्रह्म बन जाना चाहिये। वस्तुतः अभी भी मैं ब्रह्म ही हूँ, पर मैं अपनी व्यावहारिक दृष्टि के कारण अपने को एक शरीरधारी तथा रागद्वेष से युक्त प्राणी के रूप में स्वीकार कर रहा हूँ। ऐसा मेरे अज्ञान के कारण हो रहा है। इस अज्ञान को जब मैं ज्ञान द्वारा निरस्त कर देता हूँ, तब मेरा ब्रह्म के साथ तादात्म्य प्रकट हो जाता है। अतः यह 'प्राप्तस्य प्राप्ति' ही है। इस प्रकार यह देखा जा सकता है कि अद्वैत वेदांत के अनुसार मनुष्य का अंतिम तथा सर्वोच्च लक्ष्य ब्रह्म होने का अनुभव करना ही है और इसका निहितार्थ यही है कि वह अपने शरीर, अपने घर-परिवार, अपने समाज तथा पूरे विश्व को उसी तरह अस्तित्वहीन माने जिस तरह व्यावहारिक स्तर पर कोई व्यक्ति अंधकार में रस्सी को सही रूप में नहीं देख कर उसे साँप के रूप में देख लेता है और प्रकाश होने पर साँप को अस्तित्वहीन मानता है। अतः मनुष्य के जीवन का उचित अंतिम लक्ष्य अपने तथा ब्रह्म के तादात्म्य के ज्ञान की प्राप्ति ही है।

पर तब यहाँ प्रश्न उठ जाता है कि इस प्रकार के जीवन-आदर्श के परिप्रेक्ष्य में नैतिकता का क्या स्थान है। साधारणतः हम नैतिकता को कर्मप्रधान मानते हैं और यह कर्मप्रधान नैतिकता तभी सम्भव हो सकती है जब कर्ता एक शरीरी हो और उसके कर्मनिष्पादन के लिए संसार जैसा एक कर्मक्षेत्र हो। व्यावहारिक सत्ता के स्तर पर तो कर्ता तथा संसार के रूप में कर्मक्षेत्र दोनों वर्तमान हैं। इस स्तर पर तो नैतिकता के सभी आवश्यक उपकरण वर्तमान रहते हैं; जैसे, कर्ता तथा उसकी स्वार्थ-प्रवृत्ति, समाज तथा उसके सदस्यों की आवश्यकताएँ, आदि आदि। यह समाज तथा उसके सभी प्रकार के अंगों से ही कर्मक्षेत्र निर्मित होता है। संक्षेप में हम कह सकते हैं कि नैतिकता स्वार्थपरता पर विजय पाकर सबों का कल्याण सुनिश्चित करना ही है। अद्वैत वेदांत भी उस वैदिक या हिंदू संस्कृति का ही एक अभिन्न अंग है जिसमें अर्थ, काम, धर्म और मोक्ष को पुरुषार्थ माना गया है और जिसमें गृहस्थाश्रम में रहकर एक गार्हस्थ्य जीवन बिताते हुए धर्मानुकूल अर्थात् नैतिकता के अनुरूप कर्म करने को अत्यधिक महत्त्व दिया गया है। पर, क्या इस तरह से नैतिकता को महत्त्व देना तब सम्भव हो सकता है जब अद्वैत वेदांत कहता है कि यह संसार मिथ्या है? यदि यह संसार ही मिथ्या है तो इसमें क्रियान्वित होने वाली नैतिकता भी मिथ्या ही हो सकती है और तब तो इस नैतिकता का निराकरण ही आवश्यक हो जाता है। निराकरण इसलिए भी कि तब हमारे लिए नैतिकता से भी अधिक उच्चतर एक अन्य लक्ष्य प्राप्त करना आवश्यक हो जाता है, और वह उच्चतर लक्ष्य ब्रह्मप्राप्ति है जो सर्वोच्च लक्ष्य होता है।[1] इस ब्रह्मप्राप्ति को मोक्षप्राप्ति इसलिए कहा जाता है कि इससे लोगों को संसार के बंधन से मुक्ति मिल जाती है। इस प्रकार मनुष्य के लिए संसार में रहकर नैतिक कर्म करना भले ही आवश्यक मान लिया जाय, पर वह कभी भी पर्याप्त नहीं हो सकता। राधाकृष्णन इस संदर्भ में कहते हैं— "आचारपरक नियमों की शक्ति तभी तक रहती है जब तक हम अपने उत्थान के लिए संघर्ष कर रहे होते हैं, अपनी

पाशविकता को दूर करने के लिए प्रयत्न कर रहे होते हैं.......आध्यात्मिक मनुष्य नैतिकता के पारम्परिक नियमों के प्रति प्रवृत्त नहीं रहता।''[2] और शंकर के अनुसार आध्यात्मिक मनुष्य वही है जिसने अपने को ब्रह्म होने की अनुभूति प्राप्त कर ली है। और फिर ऐसी अनुभूति वही व्यक्ति प्राप्त कर सकता है जिसमें निम्नलिखित चार लक्षण वर्तमान हों— नित्यानित्यवस्तुविवेक, इहामुत्रफलभोगविराग, शमदमादिसाधनसम्पत् तथा मुमुक्षत्व।[3] पहले लक्षण के अनुसार मनुष्य को आध्यात्मिक बनने के लिए नित्य तथा अनित्य वस्तु के बीच भेद करने की मानसिकता रहनी चाहिये। दूसरे लक्षण के अनुसार उसमें इस लोक में तथा परलोक में फलभोग करने के प्रति विरक्ति रहनी चाहिये। तीसरे लक्षण के अनुसार उसे शम(शांति), दम (नियंत्रण), तितिक्षा (वस्तुओं के प्रति उदासीनता), उपरति (वस्तुओं के प्रति विरक्ति) तथा श्रद्धा (आस्था) से युक्त होना चाहिये और चौथे लक्षण के अनुसार उसमें मोक्ष प्राप्त करने की इच्छा रहनी चाहिये। अब यदि हम इन लक्षणों पर विचार करते हैं, तो हम पाते हैं कि वे सभी मनुष्य को संसार से विरक्त होने के लिए ही प्रेरित कर सकते हैं। यह सही है कि इनमें से शम, दम जैसे कुछ लक्षण नैतिकता के लिए भी अत्यंत उपयोगी एवं आवश्यक होते हैं, पर नैतिकता कभी संसार से विरक्त होने को उपयोगी एवं आवश्यक नहीं मान सकती। वह तो संसार में रहकर संसार को सुधारने की ही सीख दे सकती है। वह कभी संसार से विरक्त होकर संसार त्यागने की सीख दे नहीं सकती। यह सही है कि अद्वैत वेदांती इस बात का कभी विरोध नहीं करते कि लोग संसार में रहकर उसे सुधारें। पर वे तो लोगों को इस तरह की सीख इसलिए देते हैं कि उनके अनुसार लोग ऐसा करके अपने को अंततः संसार से मुक्ति पाने के योग्य बना ले सकते हैं। वे नैतिकता को नैतिकता के लिये ही आवश्यक नहीं मानना चाहते। पर अद्वैत वेदांत का नैतिकता सम्बन्धी यह विचार मान्य नहीं हो सकता। उनके इस विचार के विरोध में हम निम्नलिखित आपत्तियाँ उठाना चाहते हैं।

पहली आपत्ति तो आध्यात्मिकता के अस्तित्व के सम्बन्ध में है जिसकी बहुत अधिक चर्चा एवं आलोचना हम पहले ही कर चुके हैं। आध्यात्मिकता को एक लोकोत्तर सत्ता के रूप में मानना स्वीकार्य नहीं हो सकता। यह मनुष्यों के द्वारा स्वार्थपरता को छोड़कर परार्थपरक होने तथा विश्वशांति एवं लोककल्याण स्थापित करने की एक मानसिकता के रूप में स्वीकार्य भले ही हो सकती है। हमने ऊपर पारमार्थिक दृष्टि और पारमार्थिक सत्ता के भेदों को स्पष्ट किया है। आध्यात्मिकता केवल पारमार्थिक दृष्टि हो सकती है पारमार्थिक सत्ता नहीं। पर तब इस दृष्टि को समझने के लिए किसी निवृत्तिमार्ग को अपनाने की जरूरत नहीं है, अर्थात् तब इसके लिए न तो कर्मसंन्यास की जरूरत है और न ही नैष्कर्म्यसिद्धि की।

दूसरी आपत्ति यह है कि यदि हम नैतिकता को ब्रह्मप्राप्ति का एक साधन मानते हैं तब तो नैतिकता तभी तक महत्त्वपूर्ण रह सकती है जब तक वह ब्रह्मप्राप्ति सिद्ध नहीं कर लेती। किसी साधन को एक साधनपरक महत्ता ही प्राप्त हो सकती है। इस तरह नैतिकता बराबर एक परावलंबी बनकर ही रह सकती है। पर यह विचार 'नैतिकता की स्वतंत्रता' के बिलकुल विपरीत है। हम यह विचार कर चुके हैं कि नैतिकता को अपनी स्वतंत्रता होती है और यही उसकी गरिमा भी है। कर्तव्यनिष्ठा अपने आप में एक आन्तरिक मूल्य है। इसे एक ऐसे उद्देश्य के साथ जोड़कर जो इसके स्वरूपलक्षण के लिए बिलकुल आवश्यक नहीं है इसकी स्वतंत्रता को नष्ट कर देना ही है।

तीसरी आपत्ति यह है कि नैतिकता अपने स्वरूप के कारण ब्रह्मप्राप्ति का साधन बन ही नहीं सकती। साधन और साध्य में एक प्रकार का कारण-कार्य का सम्बन्ध होता है। कारण

में एक ऐसी आंतरिक क्षमता होती है जो केवल संगत परिणाम ही उत्पन्न कर सकती है। कारण अप्रकट परिणाम है और परिणाम प्रकटकारण। जहाँ नैतिकता प्रवृत्तिमूलक है, वहीं ब्रह्मप्राप्ति निवृत्तिमूलक है। नैतिकता में लोकहित एवं जनकल्याण के लिए अधिकाधिक कर्म करना सम्भव होता है, पर ब्रह्मप्राप्ति या ब्रह्मसाक्षात्कार में कर्म से संन्यास लेना पड़ता है। ब्रह्मप्राप्ति तो शुद्ध ज्ञान है और इसमें कर्म करते रहने की कोई सम्भावना रह नहीं सकती। यह तो एक ऐसी स्थिति है जिसमें कर्ता, कर्म, कर्तव्य, कर्मक्षेत्र, आदि अवधारणाएँ बिलकुल बेमानी हो जाती हैं। शंकर अपने *ब्रह्मसूत्र भाष्य* (1-1-4) में कहते हैं, ''अलंकारो हि अयं अस्माकम्, यद् ब्रह्मात्मावगतौ सत्याम् सर्वकर्तव्यताहानिः कृतकृत्यता चेति।'', अर्थात् 'नैतिकता अंततः हमारे लिए एक अलंकार के रूप में रह जाती है, क्योंकि ब्रह्मज्ञान हो जाने पर सभी प्रकार की कर्तव्यता की हानि हो जाती है, किये गये कर्म तथा उसकी कृत्यता की भी।[4] लेकिन तब अद्वैत वेदांतियों का यह मानना कि नैतिकता के क्रियान्वयन से नैष्कर्म्यसिद्धि जैसे आदर्श को प्राप्त किया जा सकता है कारण-कार्य नियम के अनुकूल नहीं हो सकता।

अब यहाँ एक प्रश्न यह पूछा जा सकता है कि क्या कोई व्यक्ति नैतिकता को पूरी मान्यता देते हुए और नैतिकता के अनुरूप कर्ममय जीवन बिताते हुए भी आध्यात्मिकता में विश्वास कर सकता है या उसमें आस्था रख सकता है। इस प्रश्न का जवाब देना बहुत आसान नहीं है। मनुष्य की निजी स्वतंत्रता तो नैतिक दृष्टि से मूल्यवान् होती ही है। उस स्वतंत्रता के अभाव में नैतिकता सम्भव ही नहीं हो सकती। ऐसी हालत में मनुष्य किसी भी प्रकार की आस्था रखने में स्वतंत्र तो है ही। पर, जैसा हम कई बार पहले भी कह चुके हैं, मनुष्य स्वतंत्र होते हुए भी नैतिक बाध्यता से आबद्ध तो है ही। अतः यदि किसी की आध्यात्मिक आस्था किसी भी तरह उसकी नैतिक बाध्यता को नकार देती है, तो वह आस्था प्रश्रय देने योग्य नहीं रह जा सकती। चूँकि अद्वैत वेदांत की आध्यात्मिकता नैतिक बाध्यता को बिलकुल नकार देती है, इसलिए यह आध्यात्मिकता नैतिक दृष्टि के अनुकूल न रहने के कारण कभी भी स्वीकार्य नहीं हो सकती।

यहाँ यह उल्लेखनीय है कि शंकर यह स्वीकार नहीं करते कि मनुष्य व्यक्तिगत स्तर पर आध्यात्मिक होकर भी सामाजिक स्तर पर नैतिक कर्तव्यों का पालन कर्ता के रूप में रह सकता है। ऐसा इसलिए कि वे ज्ञानकर्मसमुच्चयवाद को मानते ही नहीं। राधाकृष्णन इस सम्बन्ध में *ब्रह्मसूत्र* **1.1.1** की व्याख्या करते हुए कहते हैं— "जहाँ धार्मिक कर्तव्य के निष्पादन का फल सांसारिक वैभव प्राप्त करना, यहाँ तक कि स्वर्ग में निवास करना होता है, वहीं ब्रह्म का ज्ञान तो बंधन से मुक्ति ही दिला देता है। ये दोनों स्थितियाँ एक दूसरे की पूरक नहीं हो सकतीं। शंकर ज्ञानकर्मसमुच्चयवाद स्वीकार नहीं करते।''[5] पर, हम ऐसा नहीं मानते। ज्ञान और कर्म का समुच्चय हो सकता है, ज्ञान के अभाव में सही प्रकार का कर्म किया ही नहीं जा सकता। नैतिक परिधि में आनेवाले कर्म के लिए तो ज्ञान का होना अनिवार्य ही होता है। पर निश्चय ही वह ज्ञान ब्रह्मज्ञान नहीं होता। वह ज्ञान तो संसार की वास्तविक परिस्थितियों का सही-सही ज्ञान होता है।

सुरेश्वराचार्य जैसे अनेक अद्वैत वेदांती इस बात पर बल देते हैं कि कर्म के द्वारा हम अपने मन को शुद्ध करते हैं और मन के शुद्ध हो जाने पर ही हम ब्रह्म का ज्ञान प्राप्त कर सकते हैं। हम इस मन के शुद्धीकरण सम्बन्धी बात को नैतिकता के लिए अत्यंत आवश्यक मानते ही हैं। जब तक हम अपने मन से वैसी वासनाओं को जो हमें स्वार्थसीमित बनाती हैं निष्कासित नहीं कर देते और इस तरह अपने मन को शुद्ध नहीं कर लेते, तब तक हम सही

मायने में नैतिक कर्म कर ही नहीं सकते। और अद्वैत वेदांत में शम, दम, आदि जैसे अनेक ऐसे साधन अनुशंसित किये गये हैं जिनके द्वारा हम अपने मन को निश्चय ही शुद्ध कर सकते हैं। जैसा हमने पहले भी कहा है, सही कर्म करने के लिए सच्चरित्रवान् होने के लिए अद्वैत वेदांत में अनेक निर्देश दिये गये हैं। राधाकृष्णन कहते हैं कि शंकर हमें मानसिक शिथिलता को छोड़ने तथा नैतिक मान्यताओं के पतन के विरुद्ध लड़ने का निर्देश देते हैं। शंकर के अनुसार तो ''यतो विनष्टिर्महती धर्मस्यात्र प्रजायते। मान्द्यं संत्यज्य एवात्र दाक्ष्यमेव समाश्रयेत्'।[6] अर्थात् जब यहाँ संसार में धर्म का अत्यधिक विनाश हो जाय, तब यहाँ मानसिक शिथिलता को त्याग कर दक्षता का ही आश्रय लेना चाहिये। शंकर की इस उक्ति के द्वारा तो धर्म के महत्त्व तथा कर्म करने की दक्षता को स्पष्ट रूप से स्वीकारा ही गया है।

❑

अध्याय 27

भारतीय संस्कृति के कुछ प्रमुख जीवन आदर्श

भारतीय संस्कृति में नैतिक रूप से पूर्णत्वप्राप्त व्यक्तियों के लिए अनेकानेक पदनाम प्रयुक्त हुए हैं। यहाँ हम केवल चार पदनामों की चर्चा करेंगे। वे पदनाम हैं—स्थितप्रज्ञ, जीवन्मुक्त, अर्हत तथा बोधिसत्त्व। यहाँ हम केवल इन चार के बारे में ही चर्चा इसलिए कर रहे हैं कि ये भारतीय दर्शन में बहुत अधिक विवेचित एवं अनुशंसित हुए हैं। पहले हम स्थितप्रज्ञ के बारे में विचार करेंगे।

27.1 स्थितप्रज्ञ

स्थितप्रज्ञ वह व्यक्ति है जिसने ज्ञान में अपने को स्थिर कर लिया है। अर्थात् ऐसा व्यक्ति जिसने सही प्रकार का ज्ञान प्राप्त कर लिया है और जिसके सभी क्रिया-कलाप उस ज्ञान के अनुरूप ही चरितार्थ होते हैं। ऐसे स्थितप्रज्ञ रूपी आदर्श पुरुष की चर्चा यों तो पूरे भारतीय दर्शन में हुई है पर *श्रीमद्भगवद्गीता* में इसकी विशेष रूप से चर्चा की गई हैं। *गीता* में कृष्ण अर्जुन को स्थितप्रज्ञ होने की ही शिक्षा देते हैं। अतः अर्जुन के लिए यह आवश्यक हो जाता है कि वह स्थितप्रज्ञ के बारे में स्पष्ट एवं विस्तृत रूप से जाने। वे कृष्ण को पूछ बैठते हैं— ''स्थितप्रज्ञस्य का भाषा समाधिस्थस्य केशव। स्थितधीः किं प्रभाषेत किं आसीत ब्रजेत किं।।'' (2/54), अर्थात् 'हे केशव, समाधिस्थ स्थितप्रज्ञ की परिभाषा क्या है? स्थितधी क्या बोलता है, कैसे बैठता है, कैसे चलता है?' और तब कृष्ण अर्जुन को स्थितप्रज्ञ के बारे में विस्तार से बताते हैं। यों तो यह 'स्थितप्रज्ञ' शब्द ज्ञानसूचक शब्द है—ऐसे ज्ञान का जो स्थिर ज्ञान हो। पर वास्तविक रूप में यह शब्द एक सच्चरित्र व्यक्ति को सूचित करता है जिसमें उत्कृष्ट ज्ञान न केवल स्थिर हो जाता है, बल्कि जिसमें ज्ञान, भावना तथा क्रिया में पूर्ण सामंजस्य स्थापित हो जाता है। तभी तो अर्जुन कृष्ण से ऐसे व्यक्ति के बोलने, बैठने तथा चलने के बारे में भी पूछते हैं। कृष्ण अर्जुन को ऐसे व्यक्ति के बारे में जो कहते हैं उसका सारांश यह है कि ऐसा व्यक्ति सही ज्ञान के आधार पर काम, क्रोध, राग, द्वेष, आदि कुवासनाओं तथा तदनुकूल भावनाओं पर विजय पाकर केवल ऐसे कर्म करता है जो धर्मसम्मत हो अर्थात् जो नीतिसम्मत हो। यह व्यक्ति स्थिरबुद्धि इसलिए है कि वह दुःख आने पर उद्विग्न नहीं होता और सुख आने पर उसके लिए लालायित नहीं हो जाता। *गीता* (2/56) में उसके बारे में कहा गया है— ''दुःखेषु अनुद्विग्नमनाः सुखेषु विगतस्पृहः। वीतरागभयक्रोधः स्थितधीः मुनिः उच्यते।।'', अर्थात् जो व्यक्ति दुःखों में उद्विग्न मन वाला नहीं होता और सुखों में लालसावाला नहीं होता और जिसके राग, भय तथा क्रोध नष्ट हो चुके रहते हैं वैसा व्यक्ति स्थितधी यानी स्थितप्रज्ञ मुनि कहलाता है। यहाँ यह उल्लेखनीय है कि स्थितप्रज्ञ स्थितधी इसलिए है कि उसकी बुद्धि स्थित रहती है, अर्थात् दृढ़ रहती है; वह विचार करने में भटक नहीं जाता, क्योंकि उसकी बुद्धि का नाश नहीं होता और जिसकी बुद्धि का नाश हो जाता है उसका नाश तो अवश्यंभावी

है। *गीता* कहती है 'बुद्धिनाशात् प्रणश्यति' (2/63)' अर्थात् जिसकी बुद्धि का नाश होता है वह नष्ट हो जाता है। और फिर जिसकी बुद्धि का नाश नहीं होता, वह सत् और असत् में विभेद कर सकता है और वह पंडित भी कहलाता है। और पंडित लोग तो समदर्शी होते ही हैं। *गीता* कहती है– 'विद्याविनयसंपन्ने ब्राह्मणे गवि हस्तिनि। शुनि चैव श्वपाके च पंडिताः समदर्शिनः'' (5/18), अर्थात् पंडित लोग विद्या और विनय से संपन्न ब्राह्मण में, गाय में, हाथी में, कुत्ते में, चांडाल में समान दृष्टि रखते हैं। और जो समान दृष्टि रखता है अर्थात् जो समबुद्धि वाला होता है, वही तो विशिष्ट भी होता है। *गीता* कहती है– ''सुहृन् मित्र अरि उदासीन मध्यस्थ द्वेष्य बन्धुषु। साधुष्वपि च पापेषु समबुद्धिर्विशिष्यते।।''(6/9), अर्थात् जो व्यक्ति सुहृदयों, मित्रों, वैरियों, तटस्थ लोगों, मध्यस्थों, द्वेषयोग्य व्यक्तियों, बन्धुओं, साधुओं तथा पापियों में समान बुद्धिवाला होता है, वह विशिष्ट होता है। उल्लेखनीय है कि *गीता* ऐसे ही समबुद्धि रखने वाले विद्वान् को लोककल्याण अर्थात् लोकसंग्रह के लिए कार्य करने के योग्य मानती है। वह कहती है– ''कुर्यात् विद्वान् तथा असक्तः चिकीर्षुः लोकसंग्रहं''(3/25), अर्थात् विद्वान् को लोकसंग्रह के लिए बिना आसक्ति के कार्य करना चाहिये। इस प्रकार यह देखा जा सकता है कि लोककल्याण के कार्य करने के लिए अर्थात् नैतिक कार्य करने के लिए स्थितप्रज्ञ ही सक्षम हो सकता है। अतः इस स्थितप्रज्ञ का स्थान नैतिकता में बहुत ही अधिक ऊँचा है।

27.2 जीवन्मुक्त

जैसा हम कह चुके हैं, भारतीय जीवन दर्शन में चार पुरुषार्थ माने गये हैं जिनमें एक मोक्ष है जो परम पुरुषार्थ माना जाता है। मोक्ष का अर्थ है सांसारिक बंधन से छुटकारा पाना। शरीर धारण करना भी एक प्रकार का सांसारिक बंधन ही माना गया है। यह बंधन पूर्व जन्म के कर्मों के नैतिक मूल्य के अनुरूप ही निर्धारित होता है। और यह बंधन तब तक चलता रहता है जब तक जीवात्मा अच्छे कर्मों के निष्पादन द्वारा उस बंधन से मुक्त नहीं हो जाती। यदि जीवात्मा किसी जीवनकाल में बंधन से मुक्त नहीं हो पाती है, तो मृत्यु के बाद उसे फिर से जन्म लेकर सांसारिक जीवन बिताना पड़ता है। और सांसारिक जीवन बिताने का अर्थ होता है सुखभोग के साथ-साथ नाना प्रकार के दुःखों को भी झेलते रहना। अब यहाँ प्रश्न उठता है कि यदि कोई व्यक्ति अपने किसी जीवनकाल में ऐसे सुकर्म कर लेता है जो उसे मुक्ति पाने के योग्य बना देते हैं, तो क्या वह उस जीवन के यापन के समय में ही मुक्त माना जा सकता है। कुछ चिंतक इस प्रश्न का उत्तर 'हाँ' में देते हैं और कुछ 'नहीं' में। जो 'हाँ' में उत्तर देते हैं वे जीवन्मुक्ति के सिद्धान्त को मानने वाले होते हैं और जो 'नही' में उत्तर देते हैं वे जीवनमुक्ति को नहीं मानते हैं। वे यह तर्क देते हैं कि शरीर के रहते-रहते किसी व्यक्ति को मुक्त नहीं माना जा सकता, क्योंकि जब तक उसका शरीर कायम रहता है तब तक तो वह शरीर के बंधन से ग्रस्त रहता ही है। अतः जब शरीर का भी अंत हो जाता है, तभी सच्चे अर्थ में मुक्ति प्राप्त की जाती है। इस विचार को मानने वाले विदेहमुक्ति को ही सही मुक्ति करार देते हैं।

यहाँ यह उल्लेखनीय है कि कर्म तीन प्रकार के होते हैं—संचित, संचीयमान, तथा प्रारब्ध कर्म। संचित कर्म वे हैं जो क्रियान्वित हो चुके रहते हैं। ऐसे कर्म वर्तमान समय से पहले ही क्रियान्वित हो चुके रहते हैं—या तो इस वर्तमान जीवन में ही या इस जीवन के पहले के किसी पूर्व जीवन में। संचीयमान कर्म वे कर्म हैं जो वर्तमान जीवन में क्रियान्वित हो रहे हैं। और प्रारब्ध कर्म वे हैं जो अपना फल देना या उत्पन्न करना शुरू कर चुके होते हैं। ऐसा प्रारब्ध

कर्म पूर्व के किसी जीवन का कर्म हो सकता है। उदाहरणस्वरूप मेरे वर्तमान जीवन का शरीर मेरे किसी पूर्व जीवन के किसी कर्म का ही फल है। और चूँकि वह कर्म नैतिक या धार्मिक दृष्टि से पर्याप्त रूप में मूल्यवान् नहीं था, इसलिए वह बंधनकारी था और इसीलिए मुझे यानी मेरी आत्मा को तदनुकूल फल भोगने के लिए यह वर्तमान शरीर धारण करना पड़ा। इसका अर्थ यह हुआ कि मेरे उस कर्म का फलीभूत होना प्रारंभ तो हो चुका है, पर उस फलन का अभी तक अंत नहीं हुआ है। ऐसे ही कर्म को 'प्रारब्ध कर्म' कहते हैं। प्रारब्ध कर्म के स्वरूप के अनुसार ही संबद्ध जीवात्मा के शरीर का अंत होता है; और जभी इसका अंत होता है, तभी वह आत्मा सही अर्थ में मुक्त होती है।

अतः सच्ची मुक्ति विदेह या देहविहीन होने पर ही प्राप्त हो सकती है[1]। ऐसी मुक्ति को विदेहमुक्ति कहते हैं। इस प्रकार हम देखते हैं कि मुक्ति के दो प्रकार होते हैं— जीवन्मुक्ति तथा विदेहमुक्ति।

अब यहाँ हम यह देखना चाहेंगे कि भारतीय दर्शनों में कौन दर्शन किस मुक्ति को मान्यता प्रदान करता है। नास्तिक दर्शनों में जहाँ चार्वाक दर्शन किसी प्रकार की मुक्ति को नहीं मानता, वहीं जैन एवं बौद्ध दर्शन दोनों प्रकार की मुक्ति को स्वीकार करते हैं, अर्थात् उनके अनुसार जीवन्मुक्ति सम्भव है। चार्वाक शरीरभिन्न किसी आत्मा को या तत्त्व को नहीं मानता, इसलिए उसके अनुसार 'मरणम् एव अपवर्गः', अर्थात् मरण ही मुक्ति है। पर जैन दर्शन तथा बौद्ध दर्शन शरीरभिन्न आत्मा या तत्त्व को स्वीकार करते हैं—जैन दर्शन उसे द्रव्य का रूप देता है तथा बौद्ध दर्शन उसे एक प्रवाह का रूप देता है।जैन धर्म के सभी चौबीस तीर्थंकर जीवन्मुक्त थे और बौद्धधर्म के महात्मा बुद्ध अपने जीवन काल में ही बोधि प्राप्त कर जीवन्मुक्त हो गये थे। इन दोनों धर्मों की यह मान्यता है कि मनुष्य उचित साधना द्वारा जीवन्मुक्त हो जा सकता है।

आस्तिक दर्शनों में जहाँ सांख्य, योग तथा अद्वैत वेदांत जीवन्मुक्ति को स्वीकार करते हैं, वहीं न्याय, वैशेषिक, मीमांसा तथा विशिष्टाद्वैत वेदांत जीवन्मुक्ति को स्वीकार नहीं करते। सांख्य और योग मानते हैं कि पुरुष और प्रकृति की भिन्नता को जान लेना ही मुक्ति है। इस ज्ञान को वे विवेकख्याति की संज्ञा देते हैं। और यह विवेकख्याति जीवन के रहते ही प्राप्त कर ली जा सकती है। अद्वैत वेदांत कहता है कि यदि सही ज्ञानप्राप्ति शरीर के रहते ही प्राप्त हो जाय, तो फिर मुक्ति का न होना कैसे सम्भव हो सकता है? और जब उस ज्ञान का प्रत्यक्ष रूप से अनुभव ही हो रहा हो, तब तो उसके बारे में कोई संदेह भी नहीं रह जाता, चाहे वह ज्ञानी शरीरधारण कर रहा हो या नहीं कर रहा हो। शंकर कहते हैं— "नैवात्र विवदितव्यम् ब्रह्मविदैः किञ्चित् कालं शरीरं ध्रियते न ध्रियत इति। कथं हि एकस्य स्वहृदय-प्रत्ययं ब्रह्मवेदनं देहधारणं चापरेण प्रतिक्षेप्तुं शक्यते।" (*शांकर भाष्य* 1.4.15)[2], अर्थात् यह विवाद किये जाने योग्य नहीं है कि ब्रह्म जाननेवाला कुछ काल तक शरीर धारण किये रहता है या नहीं। किसी व्यक्ति के ब्रह्मज्ञान के आंतरिक अनुभव के साथ-साथ उसका देह धारण किये रहना किसी दूसरे व्यक्ति द्वारा खंडित कैसे किया जा सकता है। इस प्रकार यह स्पष्ट है कि अद्वैत वेदांत जीवन्मुक्ति स्वीकार करता ही है।

पर विशिष्टाद्वैत वेदांत जिसके प्रवर्तक रामानुज हैं जीवन्मुक्ति को स्वीकार नहीं करता। रामानुज के अनुसार मुक्ति का अर्थ ईश्वरसान्निध्य है जो शरीर के रहते सम्भव ही नहीं हो सकता। और फिर मुक्त हुए व्यक्ति को इसके लिये सभी प्रकार के कर्मफलों से मुक्त भी होना ही पड़ता है। चूँकि शरीरधारण भी एक प्रकार का कर्मफल ही है, इसलिए शरीर के रहते

सही मुक्ति मिल नहीं सकता। ईश्वर और आत्मा में दो ही भेद रहते हैं—एक यह कि आत्मा अणु है और ईश्वर विभु। और दूसरा यह कि ईश्वर सृष्टि कर सकते हैं, पर आत्मा सृष्टि नहीं कर सकती। यदि आत्मा अपने तात्त्विक रूप में शरीरी भी रह सकती है, तो ईश्वर और आत्मा में एक तीसरा भेद भी मानना पड़ेगा। पर विशिष्टाद्वैत उपर्युक्त दो भेदों के अलावा कोई तीसरा भेद नहीं मानता।

न्यायवैशेषिक आत्मा को उसके मौलिक रूप में चेतन नहीं मानता। आत्मा का सचेतन होना उसके इंद्रिय, मन और बुद्धि के साथ युक्त होने के कारण ही सम्भव होता है। अतः जब तक आत्मा सचेतन है, तब तक वह शरीर से युक्त रहती ही है। और जब तक आत्मा अपनी सही स्थिति, जो एक अचेतन स्थिति है, प्राप्त नहीं कर लेती, तब तक वह मुक्त कैसे मानी जा सकती है। अतः मुक्त होने के लिए उसका शरीरविहीन होना बिलकुल जरूरी है। यहाँ यह उल्लेखनीय है कि जहाँ वैशेषिक आत्मा की मुक्तावस्था को पूरी तरह अनुभवविहीन अवस्था मानता है, वहीं न्याय उसे एक प्रकार के आनन्द की अवस्था मान लेता है। यह आनन्द वैसा आनन्द नहीं है जो शरीर से युक्त रहते हुए प्राप्त हो सकता है। यह आनन्द एक ऐसी विलक्षण अवस्था है जो सभी प्रकार के बंधनों से मुक्त हो जाने के कारण सम्भव होती है। और इन बंधनों में शरीर का बंधन भी शामिल है। चूँकि शरीर भोगायतन है, इसलिए इससे छुटकारा पाने पर ही मोक्ष मिलना सम्भव हो सकता है। इस प्रकार हम देखते हैं कि न्याय तथा वैशेषिक दर्शनों में मोक्ष के स्वरूप के सम्बन्ध में कुछ भेद के बावजूद उनके अनुसार मुक्त आत्मा का विदेह होना आवश्यक ही है।

मीमांसा दर्शन भी जीवन्मुक्ति को स्वीकार नहीं करता। प्रारंभ में तो यह जीवन का अभीष्ट स्वर्गप्राप्ति को ही मानता था। और यह स्वर्गप्राप्ति तो मृत्यु के बाद ही अर्थात् शरीर के नष्ट होने पर ही सम्भव हो सकती है। लेकिन तब आत्मा स्वर्ग में तभी तक सुखभोग कर सकती है जब तक उसका पुण्य पूरी तरह समाप्त नहीं हो जाता। पुण्य के समाप्त होने पर तो उसे फिर से इस मर्त्यलोक में आना ही पड़ता है। कहा भी गया है कि ''क्षीणे पुण्ये मर्त्यलोकं विशन्ति।'', अर्थात् आत्माएँ पुण्य के समाप्त होने पर मर्त्यलोक में अर्थात् इस संसार में प्रवेश कर जाती हैं। इस तरह उन्हें फिर से संसार के सुख-दुःख को भोगना ही पड़ता है। इस वजह से बाद में मीमांसा दर्शन भी मोक्ष को ही जीवन का अभीष्ट स्वीकार कर लेता है। यहाँ यह उल्लेखनीय है कि मीमांसा दर्शन की दो प्रमुख शाखाएँ हैं—भाट्ट तथा प्राभाकर। भाट्ट शाखा के प्रवर्तक कुमारिल भट्ट के अनुसार मोक्ष की अवस्था में आत्मा एक क्षमता के रूप में रहती है, क्योंकि उस अवस्था में किसी प्रकार की इंद्रियों का रहना सम्भव ही नहीं है। और प्राभाकर ने तो बिलकुल स्पष्ट रूप से कह दिया है कि मोक्ष की अवस्था में देह का पूर्ण विनाश हो जाता है। ''आत्यन्तिकस्तु देहोच्छेदे निःशेषधर्माधर्मपरिक्षयनिबन्धनो मोक्ष इति सिद्धम्'', अर्थात् यह सिद्ध है कि मोक्ष पूरी तरह शरीर के उच्छेद हो जाने पर निःशेषरूप में धर्म एवं अधर्म के क्षय से निबंधित होता है।[3] इस प्रकार हम देखते हैं कि मीमांसा दर्शन की दोनों प्रमुख शाखाएँ जीवन्मुक्ति को स्वीकार नहीं करतीं, वे केवल विदेहमुक्ति को स्वीकार करती हैं।

अब यहाँ यह प्रश्न उठता है कि जीवन्मुक्ति को स्वीकार करना चाहिये या नहीं। इस प्रश्न का एक उत्तर तो यह है कि यदि मुक्ति, चाहे वह जीवन्मुक्ति हो या विदेहमुक्ति, किसी तरह से एक पारलौकिक या अलौकिक स्थिति है, तब तो वह किसी रूप में मान्य नहीं हो

सकती। हम प्रकृति से भिन्न किसी अप्राकृतिक या अतिप्राकृतिक सत्ता के अस्तित्व को मानने के पक्ष में नहीं हैं, इसलिए हम मुक्ति सम्बन्धी किसी अलौकिक स्थिति को मान्यता नहीं दे सकते। इस तरह विदेहमुक्ति के होने का तो प्रश्न ही नहीं उठ सकता। हाँ, यदि जीवन्मुक्ति को किसी तरह अलौकिकता या आध्यात्मिकता से जोड़े विना पूरी तरह लौकिक रूप ही दे दिया जाय, तो वह मान्य हो सकती है। इस प्रकार का लौकिक रूप जीवन्मुक्ति को देना भी चाहिये। इस विचार के अनुसार वह व्यक्ति जीवन्मुक्त है जिसने अपनी सभी प्रकार की स्वार्थपरक एवं अनैतिक प्रवृत्तियों पर विजय पाकर अपने जीवन को केवल नैतिक एवं परहितपरक कार्यों को करने के लिए ही समर्पित कर दिया है। इतिहास में इस कोटि के व्यक्तियों के अनेकानेक उदाहरण मिलते हैं। महात्मा बुद्ध, तीर्थंकर महावीर, ईसामसीह, जैसे लोगों को हम जीवन्मुक्तों की कोटि में रख ही सकते हैं। यह सही है कि उपर्युक्त व्यक्तियों के अनेक विचार या आचरण नैतिकता के अनुकूल नहीं भी हो सकते हैं, पर वे स्वार्थभावना पर विजय पाकर परहितपरक कार्यों के लिए समर्पित तो थे ही। जीवन्मुक्त होने की मुख्य शर्त यही है कि मनुष्य अपनी स्वार्थपरक संकीर्णता से ऊपर उठ कर नैतिक दृष्टि की व्यापकता को आत्मसात् कर ले।

27.3 अर्हत तथा बोधिसत्त्व

ये दोनों आदर्श बौद्धधर्म से संबधित हैं। जहाँ हीनयान के अनुसार मानव जीवन का आदर्श अर्हत होना है, वहीं महायान के अनुसार मानव जीवन का आदर्श बोधिसत्त्व बनकर बुद्ध हो जाना है। हम इन आदर्शों की चर्चा कर चुके हैं। अतः उनकी फिर से यहाँ चर्चा करना अपेक्षित नहीं है। किंतु हम यहाँ इन आदर्शों की समीक्षा करना तो आवश्यक ही समझते हैं। हीनयान के अनुसार मनुष्य को अर्हत बनकर निर्वाण प्राप्त कर लेना चाहिये। इस आदर्श को प्राप्त करने का साधन प्रज्ञा, शील तथा समाधि है। इस आदर्श में मनुष्य केवल अपना निर्वाण या मोक्ष प्राप्त करता है। इसका सम्बन्ध किसी अन्य व्यक्ति के निर्वाण या मोक्ष से नहीं रहता। यह निर्वाण शरीर का अंत होना है और इस प्रकार दुःखों का अंत होना है। यह कोई पारलौकिक नैसर्गिक स्थिति नहीं है। अर्हत होना कोई लोकोत्तर आदर्श नहीं है। महात्मा बुद्ध निर्वाण प्राप्त कर कोई लोकोत्तर पुरुष नहीं हो गये थे। वे एक ऐतिहासिक पुरुष ही बने रहे। यहाँ यह उल्लेखनीय है कि हीनयान वास्तविकता के निकट रहनेवाला यान था। इसका तत्त्वदर्शन वस्तुवादी ही था, क्योंकि यह सर्वास्तिवाद को मान्यता देता था। इसका यह वस्तुवादी होना और अधिकांशतः ऐतिहासिक परिधि में ही सीमित रहना निश्चय ही इसके गुणों के रूप में ही परिगणित किये जायेंगे। हीनयान को जो लक्षण एक तरह से हीन बना देता है वह है आदर्शप्राप्ति के सम्बन्ध में उसका स्वसीमित रहना। यह सही है कि नैतिकता में लोकहित को सर्वाधिक महत्त्व दिया गया है, पर नैतिकता के लिए यह भी तो अत्यंत आवश्यक ही है कि व्यक्ति अपने ही प्रयास से अपना आदर्श चरितार्थ करे। पर तब यहाँ यह उल्लेखनीय है कि स्वतंत्र प्रयास का अर्थ यह कदापि नहीं होता कि व्यक्ति किसी अन्य व्यक्ति की सहायता नहीं करे। स्वतंत्र प्रयास और परोपकार में कोई विरोध नहीं होता। हीनयान स्वतंत्र प्रयास को तो महत्त्व देता है, पर वह किसी दूसरे को आदर्श प्राप्त करने में सहायता नहीं देता। हीनयान की इस कमी को महायान दूर कर देता है। महायान के बोधिसत्त्व आदर्श का यह एक स्वरूपलक्षण ही है कि प्रत्येक व्यक्ति अन्य सभी व्यक्तियों की मुक्ति को सम्भव बनाने का दायित्व स्वीकार करे और उसके निर्वहण के लिए भरपूर प्रयत्न करे। इस कल्याणपरक कार्य का निष्पादन महायान की विशिष्टता है और जैसा हम जानते हैं नैतिकता में परार्थपरता को ही सर्वाधिक महत्त्व प्राप्त है। इसे हम महात्मा बुद्ध की महाकरुणा से संबद्ध

कर सकते हैं जिससे प्रेरित होकर वे सभी मनुष्यों को उनके जरा-मरण जैसे दुःखों से छुटकारा दिलाने के उपाय ढूँढ़ने के लिए अज्ञात की ओर निकल पड़े थे।

पर यदि उपर्युक्त बिंदु के कारण महायान हीनयान से अधिक मान्य हो जाता है, तो एक अन्य बिंदु पर हीनयान ही महायान से अधिक मान्य होता है। हम ऊपर देख चुके हैं कि किस तरह महायान की दोनों शाखाएँ इस इंद्रियगोचर जगत् से भिन्न एक लोकोत्तर सत्ता को परिकल्पित कर लेती हैं। जहाँ योगाचार विज्ञानवाद एक सर्वव्यापी आलयविज्ञान को परिकल्पित कर लेता है, वहीं माध्यमिक शून्यवाद एक कोटिविमुक्त शून्यता को ही वास्तविक मान लेता है। और फिर महायान महात्मा बुद्ध की ऐतिहासिकता को दरकिनार कर उन्हें एक लोकोत्तर भगवान् का रूप ही दे देता है। और तब तो उन्हें एक उपास्य देवता बनाकर लोगों को उनकी करुणा एवं दया के लिए उनकी उपासना करने को बाध्य ही कर दिया जाता है। महायान का यह उपासनाविधान हीनयान के 'आत्मदीपो भव' विधान से नैतिकता के पैमाने पर अवश्य ही निम्न है।

इस प्रकार हम देखते हैं कि हीनयान तथा महायान दोनों में नैतिकता के परिप्रेक्ष्य में गुण एवं दोष वर्तमान हैं। बुद्धिमत्ता इसी में है कि दोनों के दोषों को त्यागकर दोनों के गुणों को ही अभिगृहीत किया जाय।

❑

अध्याय 28

आधुनिक भारत में नैतिक सुधार के प्रयास

28.1 नैतिक सुधार की आवश्यकता

यह तो निर्विवाद रूप से ही सही है कि भारतवर्ष में आधुनिक काल के पहले अनेकानेक प्रकार की सामाजिक कुरीतियाँ विद्यमान थीं। और वे कुरीतियाँ न्यूनाधिक मात्रा में आज भी वर्तमान हैं। ये कुरीतियाँ मुख्यतः दो प्रकार के भेदों पर आश्रित हैं—वर्णभेद तथा लिंगभेद। वर्णभेद के कारण समाज न केवल कुछ वर्णों में विभाजित हुआ, बल्कि कालांतर में अनेकानेक जातियों, उपजातियों, आदि में भी विभाजित हो गया। और ऐसे सभी वर्ग आनुवंशिक हो गये और विवाह, खानपान, आदि से सम्बन्धित अनेक कुरीतियों के प्रचलित हो जाने से अनेक प्रकार के सामाजिक संघर्ष के स्रोत बन गये। लिंगभेद के कारण तो पुरुषवर्ग स्त्रीवर्ग को प्रताड़ित करने का एक मुख्य स्रोत ही बन गया। यहाँ यह उल्लेखनीय है कि ये दोनों प्रकार के भेद अतिप्राचीन काल में कुरीतियों एवं कुप्रथाओं के स्रोत होती ही नहीं थे। मोटे तौर पर यह कहा जा सकता है कि उपर्युक्त कुप्रथाओं का उदय *स्मृति काल* में हुआ। अतिप्राचीन काल में ये दोनों प्रकार के भेद अस्तित्व में नहीं रहने के कारण किसी नैतिक मर्यादा के उल्लंघन को सम्भव बना ही नहीं सकते थे। न तो वर्णभेद के कारण कोई वर्ण किसी दूसरे वर्ण से ऊँचा या नीचा माना जाता था और न ही लिंगभेद के कारण पुरुष स्त्री से ऊँचा होता था या फिर स्त्री पुरुष से नीची होती थी। पर बाद में स्थिति बदलती गई और इन भेदों की वजह से कुरीतियों के प्रचलित हो जाने के कारण बहुत से भयावह परिणाम कुरीतियों के प्रचलित हो जाने के कारण होने लगे। हम यहाँ इन भेदों से उत्पन्न अनेकानेक दुष्परिणामों की चर्चा कुछ विस्तार से ही करना चाहेंगे। पहले हम वर्णभेद को लें।

28.2 वर्णभेद के दुष्परिणाम

प्रारंभ में तो इस वर्णभेद में ऊँच-नीच की भावना बिलकुल ही वर्तमान नहीं थी। एक ही परिवार का कोई व्यक्ति ब्राह्मण होता था, तो कोई क्षत्रिय, तो कोई वैश्य, और कोई शूद्र। वर्णभेद एक क्षमतापरक यानी कार्यकुशलतापरक भेद था। *महाभारत* में कहा गया है— ''एकवर्ण इदं पूर्वं विश्व आसीत् युधिष्ठिर। कर्मक्रियाविशेषेण चातुर्वर्ण्यं प्रतिष्ठितम।'', अर्थात् 'हे युधिष्ठिर, यह विश्व पूर्व में एक ही वर्ण वाला था। कर्म के संपादन की विशेषता के कारण चार वर्ण प्रतिस्थापित हुए'। फिर प्राचीन की एक उक्ति के अनुसार ''अन्त्यजो विप्रजातिश्च एक एव सहोदरः। एकयोनिप्रसूतश्च एकशाखेन जायते'', अर्थात् 'अन्त्यज तथा विप्र सहोदर ही होते हैं। वे एक ही योनि से उत्पन्न होते हैं और एक ही शाखा में जन्म लेते हैं'। पर कालांतर में यह वर्णव्यवस्था निम्नलिखित कारणों से विकृत हो गई और अनेक प्रकार की सामाजिक कुप्रथाओं का स्रोत बन गई। ये कारण थेः वर्णों का आनुवंशिक हो जाना यानी ब्राह्मण के बेटे का जन्म से ही ब्राह्मण, क्षत्रिय के बेटे का क्षत्रिय, वैश्य के बेटे का वैश्य तथा शूद्र के बेटे का शूद्र होना; वर्णों में पारस्परिक श्रेष्ठता तथा हीनता का समावेश हो जाना,

अर्थात् ऐसा मानना कि ब्राह्मणों से हीन क्षत्रिय, क्षत्रिय से हीन वैश्य, तथा वैश्यों से हीन शूद्र हैं और शूद्रों से भी हीन 'पंचम' हैं; वर्णों के बीच विवाह, खान-पान, आदि के सम्बन्ध में अनेक प्रकार के बंधनों का लग जाना; प्रत्येक वर्ण के अंतर्गत भी अनेकानेक जातियों, उपजातियों का आविर्भाव हो जाना और उनके बीच भी विवाह, खान-पान, आदि के सम्बन्ध में अनेकानेक विधियों एवं निषेधों का लग जाना; आदि आदि। उल्लेखनीय है कि इन भेदों और प्रभेदों के कारण सामाजिक संतुलन बहुत अधिक बिगड़ता गया और नतीजा यह हुआ कि समाज में नाना प्रकार के असंतुलन कायम होने लगे।[२] सबसे अधिक दुःखद स्थिति तो शूद्रों की हुई जिन्हें अस्पृश्य माना जाने लगा। उन्हें न केवल अन्य वर्णों के साथ रहने का अधिकार ही नहीं दिया गया, बल्कि उन्हें मंदिर में पूजा-अर्चना करना, सार्वजनिक जलाशयों से जल ग्रहण करना, *वेदों* का अध्ययन करना, आदि व्यापारों से भी वंचित कर दिया गया। उन्हें इतना अधम बना दिया गया कि उनको छूना भी पाप माना जाने लगा और इस तरह अस्पृश्यतावाद का एक मत के रूप में जन्म भी हो गया। और उपर्युक्त भेदों एवं प्रभेदों के कारण जातिवाद भी प्रतिष्ठापित हो गया। इस तरह समाज छोटे-छोटे खंडों में विभक्त होकर पारस्परिक वैमनस्य, संघर्ष, बहिष्कार, आदि से ग्रस्त हो गया। ये सभी दोष समाज के अधःपतन के कारण बने और यह महसूस किया जाने लगा कि समाज की कुप्रथाओं को निरस्त करने की बहुत अधिक जरूरत उपस्थित हो गई है। और तब इस जरूरत को पूरा करने के लिए अनेकानेक लोग उठ खड़े हुए। इसके पहले कि हम ऐसें समाजसुधारकों की विस्तृत चर्चा करें हम लिंगभेद से उत्पन्न सामाजिक कुप्रथाओं से भी अवगत हो जाना चाहेंगे लिंगभेद की कुप्रथाएँ वर्णभेद से उत्पन्न कुप्रथाओं से कम त्रासदीपूर्ण नहीं हैं।

28.3 लिंगभेद के दुष्परिणाम

लिंग भेदपरक कुप्रथाओं का मौलिक रूप है पुरुषों द्वारा स्त्रियों की प्रताड़ना। इन कुप्रथाओं का एक भयावह रूप है पतियों द्वारा पत्नियों की प्रताड़ना। इन कुप्रथाओं के मूल में यह भावना वर्तमान है कि पुरूष स्त्री की अपेक्षा अधिक मूल्यवान् होता है। अतः पुरुष को यह अधिकार प्राप्त है कि वह स्त्री को पूरी तरह अपने अधीन रखे। यह सही नहीं है कि अतिप्राचीन काल में स्त्रियों को सम्मानपूर्ण स्थान प्राप्त नहीं था। अतिप्राचीन काल में तो स्त्रियाँ पुरुषों के समान ही स्वतंत्र होती थीं। उस काल में स्त्रियों की स्थिति क्या थी—इसके बारे में कुछ विस्तार से यहाँ चर्चा करना प्रासंगिक ही है।

प्रारंभिक वैदिक काल में स्त्रियों को मानव के रूप में उतना ही गौरव प्रांप्त था जितना पुरुषों को। यह सही है कि पुरुष और स्त्री में प्राकृतिक भेद होता ही है। शारीरिक बनावट आदि में दोनों में भेद तो है ही। स्त्री गर्भधारण कर सकती है, पुरुष वह नहीं कर सकता। पुरुष वीर्य प्रदान कर सकता है, तो स्त्री डिंब ही प्रदान कर सकती है। पर बौद्धिकता जिस कारण से पुरुष एक मानव है समानरूप से ही स्त्रियों में भी पाई जाती है। वैदिक काल में मंत्रों का सृजन ऋषियों के उद्‌गार के रूप में हुआ था। इसीलिए ऋषियों को 'मंत्रद्रष्टारः' अर्थात् 'मंत्रों के द्रष्टा' कहा गया है। पर मंत्रों की अभिव्यक्ति केवल पुरुषों के द्वारा नहीं हुई थी। यह स्त्रियों के द्वारा भी हुई थी। ऐसी स्त्रियाँ 'ऋषिकाएँ' कहलाती थीं। ये ऋषिपत्नियाँ नहीं होती थी, बल्कि ये स्वतंत्ररूप से मंत्रों की रचना करने वाली ही होती थीं। ऋग्वेदीय ऋषिकाओं में कुछ के नाम हैं—घोषा, गोधा, विश्ववतारा, अपाला, अदिति, इन्द्राणी, सरमा, रोमशा, उर्वशी, लोपामुद्रा, यमी, शाश्वती, सूर्या, तथा सावित्री। *तैत्तिरीय ब्राह्मण* (1/1/4) में मनु की पुत्री

इडा को 'यज्ञान् काशिनी' कहा गया है। सायणाचार्य के अनुसार 'यज्ञान् काशिनी' का अर्थ यज्ञतत्त्वप्रकाशनसमर्था होता है। फिर *हारीत धर्मसूत्र* (21/20/24) कहता है—''द्विविधाः स्त्रियः ब्रह्मवादिन्यः सद्योवध्वश्च। तत्र ब्रह्मवादिनीनाम् उपनयनम् अग्नीन्धनं वेदाध्ययनं स्वगृहे च भिक्षाचर्येति। सद्योवधूनां तु उपस्थिते विवाहे कथंचित् उपनयनमात्रं कृत्वा विवाहः कार्यः।'', अर्थात् स्त्रियाँ दो प्रकार की होती हैं—ब्रह्मवादिनियाँ तथा सद्योवधुएँ। ब्रह्मवादिनियाँ उपनयन, अग्निहोत्रयज्ञ, वेदाध्ययन और अपने घर में भी भिक्षाचर्या करती हैं। सद्योवधुओं का विवाह विवाह के उपस्थित हो जाने पर मात्र उपनयन करके किया जाना चाहिये।

प्राचीन काल में स्त्रियाँ इतनी अधिक विदुषी हो सकती थीं कि वे अध्यापन का कार्य भी कर ले सकती थीं। वे न केवल उपाध्याया बल्कि आचार्या भी हो जा सकती थीं। आचार्या का स्तर उपाध्याया के स्तर से ऊँचा होता था। जहाँ उपाध्याया *वेद* के किसी अंश का ही अध्यापन कर सकती थी, वहीं आचार्या संपूर्ण *वेद* का अध्यापन कर सकती थी। यहाँ यह ध्यातव्य है कि कोई उपाध्याया किसी उपाध्याय की पत्नी होने के कारण या कोई आचार्या किसी आचार्य की पत्नी होने के कारण वैसा पदनाम नहीं अर्जित करती थीं। वे वैसा पदनाम बिलकुल स्वतंत्र रूप से अर्जित करती थी। भाष्यकार पतंजलि ने वैयाकरण पाणिनि के सूत्र ''*इडश्च3/3/21*'' के भाष्य में लिखा है— ''*उपेत्याधीयतेऽस्या उपाध्यायी उपाध्याया*'', अर्थात् जिस स्त्री के पास आकर अध्ययन किया जाता है उसे उपाध्यायी या उपाध्याया कहा जाता है। उल्लेखनीय है कि उपाध्याय की पत्नी के लिए 'उपाध्यायानी' शब्द का प्रयोग होता था। इसी तरह जो स्त्री स्वतंत्र रूप से संपूर्ण *वेद* का अध्यापन कर सकती थी वह 'आचार्या' कहलाती थी। और आचार्य की पत्नी 'आचार्याणी' कहलाती थी। वार्तिककार कात्यायन ने *अष्टाध्यायी* 4/1/49 के वार्तिक में लिखा है— ''*आचार्यस्य स्त्री आचार्याणी....। आचार्या स्वयं व्याख्यात्री।*'', अर्थात् 'आचार्य की पत्नी आचार्याणी कहलाती है।........आचार्या स्वयं व्याख्यान करती है।'

दीना मेहता तथा गोविन्द शहनि ने अंग्रेजी में लिखे अपने लेख 'प्राचीन सिन्ध तथा भारत में स्त्रियों की स्थिति'[3] में भगवान् एस० गिडवानी की पुस्तक *रिटर्न ऑफ़ दि एरियन्स*[4] का हवाला देते हुए प्राचीन भारत में स्त्रियों के स्थिति के बारे में लिखा है— ''*रिटर्न ऑफ दि एरियन्स।* प्राचीन सिंध तथा भारत में स्त्रियों की उच्च स्थिति सम्बन्धी जानकारियाँ देने के लिए ज्यादा ही उल्लेखनीय है। गिडवानी तथ्य पर तथ्य स्थापित करते हुए प्रदर्शित करते हैं कि स्त्रियाँ यदि अग्रणी नहीं तो उन सभी महत्त्वपूर्ण कार्यक्षेत्रों में बराबर तो थीं ही जिनमें नागरिक कार्य, राजनीति, प्रशासन, काव्यशास्त्र, कला, दर्शन, वास्तुविद्या, शिक्षा, और न्यायतंत्र शामिल थे। स्त्रियाँ आरक्षण के आधार पर नहीं बल्कि योग्यता के आधार पर सिंध और भारत के प्राचीन संसदों एवं परिषदों में महत्त्वपूर्ण एवं सम्मानयुक्त पदों पर आसीन होती थीं।

''इस पुस्तक में ऐसी स्त्रियों के बारे में आकर्षक कथाएँ वर्णित हैं जिन स्त्रियों ने 8000 से 5000 ई० पू० तक की अवधि में ख्याति तथा सम्मान प्राप्त किये थे। उदाहरणस्वरूप लीलम ने भारत में सर्वप्रथम सार्वजनिक समितियाँ स्थापित कीं और जो 5333 ई०पू० में सिंधु निवासियों की सर्वोच्च नायिका थीं। धन्वंत्री अपने पति आप्तपुरुष धन्वंतर के साथ 5000 ई०पू० में सिंध में अग्रणी रोगचिकित्सक तथा शल्यचिकित्सक थीं। और लीलावती ने जो एक महिला ही थी 6000 ई०पू० में गाणितिक विद्या की स्थापना की जिसके आधार पर बाद की शताब्दियों में दशमलव-प्रणाली की स्थापना हुई। (उस पुस्तक में) उन स्त्रियों के कथानक भी वर्णित हैं जिन्होंने विदेशों में सेनाओं का संचालन किया था।''

वेद के *ब्राह्मण*-काल में स्त्रियों को इतना गौरव प्राप्त था कि पुरुष बिना पत्नी के यज्ञ करने का अधिकारी नही हो सकता था। *शतपथ ब्राह्मण* (V.1.6-10) के अनुसार ''अयज्ञियो वा एषः योऽपत्नीकः।'', अर्थात् अपत्नीक व्यक्ति अयज्ञीय होता है। पर *स्मृति काल* से ही स्त्रियों की स्थिति में ह्रास होना प्रारम्भ हो गया था। यह एक विडम्बना ही है कि जिस महान् *स्मृति*कार मनु ने यहाँ तक कहा कि *''यत्र नार्यस्तु पूज्यन्ते रमन्ते तत्र देवताः''* (3/56), अर्थात् जहाँ नारियों की पूजा होती है, वहाँ देवता रमण करते हैं, उसी मनु ने यह भी कह दिया था कि *''स्वभाव एव नारीणां नराणाम् इह दूषणम्''* अर्थात् इस संसार में नारियों का यह स्वभाव ही होता है कि वे पुरुषों को दूषित करें। और मनु ने एक प्रकार से यह निर्णय ही दे दिया है कि *''बाल्ये पितुर्वशे तिष्ठेत् पाणिग्राहस्य यौवने। पुत्राणाम् भर्तरि प्रेते न भजेत् स्त्री स्वतंत्रताम्''*, अर्थात् 'स्त्री बाल्यावस्था में पिता के वश में, युवावस्था में पति के वश में, पतिमृत्यु के बाद पुत्रों के वश में रहे। स्त्री को स्वतंत्रता नहीं होनी चाहिये'। फिर तो मनु के अनुसार स्त्रियों की स्थिति इंद्रियरहित, मंत्ररहित तथा असत्यस्वरूपिणी हो गई। *''निरिन्दिया ह्यमंत्राश्च स्त्रियोऽ अनृतमितिस्थितिः'', मनुस्मृति* (9/18)। और आनेवाले दिनों में तो अनेकानेक कारणों से स्थिति बद से बदतर होती गई। नतीजा यह हुआ कि स्त्रियाँ नाना प्रकार की यातनाओं से प्रताड़ित की जाने लगीं। बालविवाह, अशिक्षा, विधवाओं का विवाह न होना, स्त्रियों का मात्र भोग्या के रूप में रहना, बलात्कार, वेश्यावृत्ति के लिए विवश होना, विक्रय की वस्तु बन जाना, सती होने के लिए विवश किया जाना, पर्याप्त दहेज न मिलने पर ससुराल वालों के द्वारा प्रताड़ित होना, प्राण तक गँवाना, आदि कुछ ऐसी कुरीतियाँ हैं जिनके द्वारा आजतक स्त्रियाँ प्रताड़ित होती आ रही हैं। ऐसी प्रताड़नाओं के लिए किसी तरह का प्रमाण देना आवश्यक नहीं है। ये तो समाज में प्रायः ही घटित होती रहती हैं। और लोग उनसे प्रायः ही वाकिफ होते रहते हैं।

इस तरह हम देखते हैं कि वर्णभेद तथा लिंगभेद के कारण आज का भारत एक अत्यंत दुखद अधःपतन का शिकार हो गया है। पर तब इधर एक भरोसे की बात यह हुई है कि इन कुरीतियों के विरुद्ध जोर शोर से आवाजें उठने लगी हैं और अनेक सुधारकों द्वारा विभिन्न प्रकार के आंदोलन भी किये जाने लगे हैं। हम यहाँ कुछ ऐसे सुधारकों के विचारों तथा उनके द्वारा चलाये गये आंदोलनों की चर्चा करेंगे जिनसे उनके प्रयासों के लिए बहुत अधिक ख्याति भी प्रदान की गई है। इन ख्यातिप्राप्त सामाजिक सुधारकों में राजा राम मोहन राय, दयानन्द सरस्वती, आदि अनेकानेक लोग शामिल हैं। राजा राम मोहन राय ने सतीप्रथा के विरुद्ध आवाज उठाकर तत्कालीन सरकार द्वारा उस पर प्रतिबंध लगवा लिया था। दयानन्द सरस्वती ने शिक्षा के क्षेत्र में, स्त्री-उद्धार के क्षेत्र में तथा अन्यान्य कई क्षेत्रों में अनेक प्रकार के गुणात्मक परिवर्तन लाने के प्रयास किये थे। पर हम यहाँ तीन ही समाजसुधारकों के सम्बन्ध में चर्चा करेंगे। ये तीन हैं—स्वामी विवेकानन्द, महात्मा गाँधी तथा बाबासाहब भीमराव अम्बेदकर। पहले हम स्वामी विवेकानन्द के बारे में विचार करेंगे।

28.4 स्वामी विवेकानन्द

स्वामी विवेकानन्द भारतीय समाज की अनेकानेक कुरीतियों के विरुद्ध आवाज उठाने तथा उनके उन्मूलन के लिये सक्रिय भूमिका निभाने वालों में एक अत्यंत कारगर एवं प्रभावी व्यक्ति थे। उनका बचपन का नाम नरेन्द्रनाथ दत्त था। वे नरेन्द्रनाथ दत्त से स्वामी विवेकानन्द कैसे बन गये—इसकी कहानी अत्यंत रोचक एवं लाभप्रद है। पर उसका यहाँ जिक्र करना

अपेक्षित नहीं है। वे 11 सितंबर[5] 1893 में संयुक्त राज्य अमेरीका के शिकागो[6] शहर में विश्व धर्म सम्मेलन में हिंदू धर्म का पक्ष उजागर करने के लिए एक अत्यंत उत्तेजक भाषण देकर हठात् ही एक उच्चस्तरीय धर्मविचारक हो गये। और तब उनकी प्रतिष्ठा न केवल भारत में बल्कि सारे विश्व में बहुत अधिक बढ़ गयी। जब वे शिकागो धर्म सम्मेलन के बाद कुछ वर्षों तक विदेश में रह कर भारत लौटे तब भारत ने उन्हें एक वीर विजेता के रूप में सम्मानित किया। और तब यहाँ के लोग उनके उपदेश पाने के लिए बहुत अधिक व्यग्र हो गये। वे वापसी में 15 जनवरी 1897 को जलजहाज से कोलंबो[7] पहुँचे थे और उसके बाद उन्होंने भारत आकर मद्रास[8] में भारतवासियों को संबोधित करते हुए पाँच भाषण दिये थे। इन भाषणों में अन्य विषयों के अलावे जातिभेद तथा लिंगभेद के कारण उत्पन्न कुरीतियों के बारे में बहुत अधिक चर्चा की गई थी। जातिभेद, जैसा हमने ऊपर कहा है, वैदिक वर्णभेद पर ही आधारित है और यह वर्णभेद वैदिक आर्यों के द्वारा ही किया गया था। सामान्यतः ये आर्य भारत के बाहर से ही आये माने जाते हैं। स्वामी विवेकानन्द ने इस मान्यता की कसकर आलोचना की है। वे कहते हैं— "हाल में एक प्रयास यह सिद्ध करने के लिए किया गया है कि आर्य लोग स्विट्जरलैंड[9] के आसपास रहते थे। मैं जरा भी दुःखी नहीं होता यदि सभी आर्य तथा यह मत भी उन झीलों में ही डूब मरे होते। ऐसे मतों की सत्यता के बारे में हमारे धर्मशास्त्रों में एक शब्द भी प्रयुक्त नहीं हुआ है; एक शब्द भी नहीं इसे सिद्ध करने के लिए कि आर्य भारत के बाहर से ही आये; और अफगानिस्तान तो भारत का अंग ही था।''[10] इन भाषणों में उन्होंने शूद्रों की उत्पत्ति सम्बन्धी कई मतों की भी चर्चा की और कहा— "और यह मत भी कि शूद्रजाति के लोग अनार्य थे और वे बहुत बड़ी संख्या में थे समान रूप से अतार्किक एवं अबौद्धिक है। उन दिनों यह सम्भव नहीं था कि सैकड़ों हजार दास लोग अल्पसंख्या वाले आर्यों के आधिपत्य को स्वीकार कर शांत रह जा सकते थे। ये दास लोग तो उन आर्यों को निगल जाते, पाँच ही मिनटों में उनकी चटनी बना डालते। इस सम्बन्ध में एकमात्र व्याख्या तो यही हो सकती है, जो *महाभारत* में दी गई है, कि सत्ययुग के प्रारंभ में ब्राह्मण नाम की एक ही जाति थी जो व्यवसायपरक भिन्नता के कारण विभिन्न जातियों में विभक्त हो गई। यही एक मात्र सही तथा तर्कसंगत व्याख्या है.....''[11] इस जातिपरक समस्या के समाधान के सम्बन्ध में स्वामीजी आगे कहते हैं—''और आने वाले सत्ययुग में जितनी भी [ब्राह्मणेतर] जातियाँ हैं उन सबों को उसी [पहले की] स्थिति में लौटना होगा। भारतवर्ष में जाति-समस्या का समाधान उसी [प्राचीन] स्थिति को प्राप्त करना ही है—ऊँची जाति को नीचे नहीं ले जाना है, ब्राह्मण को निकाल बाहर नहीं करना है।[12] स्वामी जी और भी कहते हैं— "आज जाति के कारण जो भी बुराइयाँ समाविष्ट हो गई हों, हमें ब्राह्मणों को ही यह श्रेय देने के लिए तैयार रहना चाहिये कि उन्हीं में से अधिकाधिक लोग ब्रह्म से जुड़े हुए होते हैं, न कि अन्य जातियों के लोगों में से।......इसलिए, मेरे दोस्त, जातियां के बीच किसी अंतर्कलह की कोई उपयोगिता नहीं है। इससे कौन-सा कल्याण होगा? यह तो हमें और अधिक बाँटेगा, और भी ज्यादा कमजोर करेगा।''[13] फिर वे आगे कहते हैं—''[इस जातिव्यवस्था में] एक सिरे में आदर्श ब्राह्मण है और दूसरे सिरे में आदर्श चांडाल है, और जो कार्य किया जाना है वह है चांडाल को ब्राह्मण के स्तर पर ले आना। आप धीरे-धीरे देखेंगे भी कि उन्हें [चांडालों को] अधिकधिक सुविधाएँ दी जाने लगी हैं। ऐसी भी पुस्तकें हैं जिनमें आप ऐसे भयावह शब्दों को पढ़ ले सकते है—'यदि कोई शूद्र वेद सुन ले तो उसके कानों को पिघले हुए काँच से भर दीजिये और यदि वह स्मृति की कोई पंक्ति उद्धृत कर दे, तो उसकी जीभ को काट दीजिये'। यह निश्चित रूप से एक पुराना पैशाची अत्याचार ही है

इस जातिपरक या वर्णपरक समस्या के समाधान के लिए स्वामीजी ब्राह्मणों एवं दलितों दोनों को समुचित कार्य करने की सलाह भी देते हैं। वे ब्राह्मणों को कहते हैं— "यह ब्राह्मणों का कर्तव्य है कि वे भारत के अन्य जनसमुदायों की मुक्ति के लिए कार्य करें। मैं ब्राह्मणों से आग्रह करता हूँ कि वे भारतीयों के उत्थान के लिए मेहनत से कार्य करें। ऐसा कार्य वे [अन्य लोगों को] अपना ज्ञान तथा अपनी संस्कृति देकर कर सकते हैं, जिन्हें वे शताब्दियों से अपने ही पास संचित रख रहे हैं''।[15] फिर वे अन्य जातियों के लोगों से भी आग्रह करते हैं— "अब्राह्मण जाति को मैं कहता हूँ, ठहरिये, जल्दबाजी मत कीजिये। ब्राह्मण के साथ लड़ने में हर मौके का उपयोग मत कीजिये, क्योंकि जैसा मैंने बतलाया है, आप तो स्वयं के दोष से ही ग्रसित हैं। आपको किसने कहा था कि आप आध्यात्मिकता तथा संस्कृत की शिक्षा की अवहेलना करें? ज्योंही आप इन्हें अपनायेंगे आप ब्राह्मण के समकक्ष हो जायेंगे''।[16]

विवेकानन्द द्वारा स्थापित रामकृष्ण मिशन अस्पृश्यता जैसी कुरीति का घोर विरोधी है। पर वह इसके उन्मूलन के लिए कोई संघर्षपरक आंदोलन नहीं छेड़ता। यह कुछ ऐसे-ऐसे कार्य करता है जिनसे इसका सुधारपरक अभीष्ट पूरा हो जाता है तथा समाज में कोई कटुता भी नहीं फैलती। इन चतुर उपायों से अस्पृश्यता का दुष्प्रभाव कम तो अवश्य ही हुआ है।फ्रांसीसी विद्वान् रोमाँ रोलाँ[17] ने अपनी पुस्तक *विवेकानन्द* में लिखा है— "अस्पृश्यता जैसे दुखदायी प्रश्न को लीजिये। रामकृष्ण मिशन गाँधी की तरह इसके विरुद्ध कोई धर्मयुद्ध नहीं छेड़ता, वरन् उससे भी ज्यादा अच्छा, उसकी अवहेलना कर देता है। यह विवेकानन्द के उन शब्दों के अनुरूप ही है जिन्हें मैंने अभी पहले उद्धृत किया है—'निर्बलता विरोधपरक अवधारणा की जननी है''।[18]

इस सम्बन्ध में रोमाँ रोलाँ ने स्वामी अशोकानन्द से प्राप्त एक पत्र का भी जिक्र किया है। इस पत्र में अशोकानन्द ने रोमाँ रोलाँ को लिखा था— "हम समझते हैं कि पीछे से आक्रमण करना सामने से आक्रमण करने की अपेक्षा ज्यादा अच्छा है। हम सभी वर्गों, धर्मों, नस्लों के लोगों को अपने सभी त्योहारों में आमंत्रित करते हैं। और हम एक साथ बैठते और भोजन करते हैं, यहाँ तक कि ईसाई लोगों के साथ भी। हम अपने आश्रमों में जाति-परक भेद नहीं करते—न तो अपने सहवासियों के बीच और न ही आगंतुकों के बीच। हाल में त्रिवेन्द्रम[19] में, जो हिंदू-राज्य ट्रेवेन्कोर[20] की राजधानी है और कट्टर धर्मपरायणता तथा अस्पृश्यता को हठपूर्वक कायम रखने के लिए कुख्यात है, सभी ब्राह्मण और अब्राह्मण जातियों के लोग बाहर के हमारे एक नये मठ के उद्घाटन-समारोह के अवसर पर एक साथ बैठे और उन्होंने भोजन किया; किसी प्रकार की सामाजिक आपत्ति उठाई नहीं गई। हमलोग इस बुराई को अप्रत्यक्ष तरीकों से ही दूर करने का प्रयास करते हैं। और हम समझते हैं कि इस तरह हम अन्य लोगों की उग्र चिड़िचिड़ाहट तथा विरोध से बच सकते हैं।''

स्वामी विवेकानन्द तत्त्वशास्त्रीय दृष्टि से एक अद्वैतिन् थे और वे सारे विश्व को एक ब्रह्म ही समझते थे। अतः उनके अनुसार तात्त्विक रूप से भेद का होना, चाहे वह वर्ण के आधार पर हो या जाति के आधार पर, सम्भव ही नहीं है। ऐसी स्थिति में अस्पृश्यता का होना एक कलंक ही हो सकता है। अतः वे चाहते थे कि हम अपने सामाजिक व्यवहारों में एकब्रह्मपरक भावना के अनुरूप ही उत्प्रेरित हों और उसी के अनुसार अपने सारे कार्य संपादित करें। इस तरह यह देखा जा सकता है कि विवेकानन्द का अद्वैत वेदांत केवल

सैद्धांतिक ही नहीं था, बल्कि वह व्यवहार में लगाया जाने वाला भी था। यही कारण है कि उनके वेदांत को अंग्रेजी में 'प्रैक्टिकल वेदांत'[22] कहा जाता है।

स्वामी विवेकानन्द ने भारतीय समाज के एक दूसरे कलंक को, जिसे हम 'स्त्री-उत्पीड़न' का नाम दे सकते हैं, दूर करने का भी बहुत प्रयास किया था। इस सम्बन्ध में स्वामी जी ने अपने 1897 के मद्रास के भाषणों में खुलकर अपने विचार प्रस्तुत किये थे। उन्होंने स्त्रियों को अपमानित होने के लिए बहुत हद तक उन्हें ही जिम्मेदार माना था। उन्होंने कहा था— "आप इस देश में या किसी देश में पाँच मिनटों तक तीन औरतों को एक साथ कर दें, फिर तो उन्हें आपस में लड़ना ही है।...... दुनियाँ भर में वे अभी भी पुरुषों द्वारा शासित होने के लिए बाध्य हैं''।[23] अतः स्वामीजी के अनुसार जरूरत है स्त्रियों की शिक्षा की। जैसा हम जानते हैं, स्वामीजी ने अपने कार्य-कलापों में शिक्षण-कार्य को बहुत अधिक महत्त्व दिया था और इस कार्य के लिए वे स्त्रियों की भी सहायता लेते थे। रामकृष्ण मिशन में उन्होंने स्त्रियों को भी संन्यासिनियों के रूप में प्रवेश करने की अनुमति दी ही थी। और 1898 में तो उन्होंने विदेशी महिलाओं को भी शिक्षण कार्य करने के लिए आमंत्रित किया था। उन महिलाओं में मिस मारगरेट नोबुल[24] अत्यंत प्रसिद्ध हैं। मारगरेट नोबुल ने मार्च 1898 में ब्रह्मचर्य का व्रत लिया था और उसका नाम 'निवेदिता' हो गया था। अन्य महिलाओं में कुमारी मूलर[25], श्रीमती ओल-बुल[26] और कुमारी जौसेफाइन मैक्लियोड[27] भी उल्लेखनीय हैं।

जैसा हम पहले कह चुके हैं, विवेकानन्द एक अद्वैतिन् थे और वे स्त्रियों में भी उसी ब्रह्म को वर्तमान पाते थे जो ब्रह्म पुरुषों में वर्तमान है। अतः स्त्रियों के उत्पीड़न का कोई औचित्य ही नहीं हो सकता। वे पतियों को कहते थे कि 'तुम लोग अपनी पत्नियों में ईश्वर को देखो'। इस प्रकार यह देखा जा सकता है कि स्वामीजी ने स्त्रीमुक्ति के लिए भी बहुत अधिक सराहणीय कार्य किये थे।

28.5 महात्मा गाँधी

महात्मा गाँधी एक बहुआयामी व्यक्ति थे। वे मात्र एक स्वतंत्रता-सेनानी ही नहीं थे, बल्कि उन्होंने मानव समाज के प्रायः सभी क्षेत्रों में अपने ढंग से परिवर्तन लाने का प्रयास भी किया था। सामाजिक सुधार के क्षेत्र में तो उनकी भूमिका बहुत अधिक ही थी। अस्पृश्यता तथा स्त्री-उत्पीड़न के विरोध में तो उन्होंने एक प्रकार से युद्ध ही छेड़ दिया था। जैसे हमने ऊपर कहा भी है, अस्पृश्यता के मूल में आखिरकार वर्णव्यवस्था ही वर्तमान है। पर गाँधीजी अस्पृश्यता के कट्टर विरोधी होते हुए भी वर्णव्यवस्था का विरोधी नहीं थे। हम पहले उनके वर्णव्यवस्था सम्बन्धी विचारों का विवेचन करेंगे और तब उनके स्त्रीमुक्ति सम्बन्धी विचारों की चर्चा करेंगे।

28.5.1 वर्णव्यवस्थापरक विचार

महात्मा गाँधी कहते हैं— "मैं वेदोक्त वर्णाश्रम में विश्वास करता हूँ जो मेरी राय में वर्ण की पूर्ण समानता पर आधारित है, यद्यपि स्मृतियों तथा अन्य ग्रंथों में इसके विपरीत भी वाक्य पाये जाते हैं।........वर्णाश्रम में वर्णान्तर रोटी-बेटी के व्यवहार के लिए कोई निषेध नहीं था और न होना चाहिये''।[28] वे और कहते हैं—''ब्राह्मणों को शिक्षा, क्षत्रिय के हाथ में रक्षा, वैश्यों के हाथ में जीविका और शूद्रों के लिए सेवा का विधान बनाया गया। यह विशुद्ध वैज्ञानिक श्रम-विभाजन है''।[29]

गाँधीजी प्रचलित जाति-प्रथा के बिलकुल ही विरुद्ध थे। वे लिखते हैं— ''प्रचलित जति-प्रथा वर्णाश्रम के बिलकुल विपरीत है; अतः इसको जनता जितनी जल्दी समाप्त कर दे, उतना ही अधिक ठीक है। जाति का धर्म से कोई सम्बन्ध नहीं। फिर यह राष्ट्रीयता और आध्यात्मिकता दोनों के विकास में बाधक है''।[30]

आचरण सम्बन्धी नीति के संदर्भ में 'अस्पृश्यता' का प्रयोग एक विशेष अर्थ में ही किया जाता है। वह अर्थ है—शूद्रों के कुछ वर्गों के लोगों को, अर्थात् भंगियों, चमारों, आदि को ब्राह्मणों, क्षत्रियों तथा वैश्यों द्वारा छूने योग्य न माना जाना। यदि कोई सवर्ण किसी ऐसे अस्पृश्य को छू लेता है, तो वह पाप का भागी हो जाता है; और वह उस पाप से तभी मुक्त हो सकता जब वह कोई पापनिवारक शास्त्रोक्त अनुष्ठान करता है और इस तरह वह प्रायश्चित्त कर लेता है। कर्मकांड सम्बन्धी धर्मशास्त्रों में ऐसे प्रायश्चित्त की विधियाँ विस्तारपूर्वक वर्णित की गई हैं।

महात्मा गाँधी इस अस्पृश्यता के कट्टर विरोधी थे। वे अस्पृश्यों को सम्मान देने के लिए उन्हें 'हरिजन' कहते थे। वे हरिजनों के बीच रहना बहुत पसंद करते थे। उन्होंने, अपने द्वारा प्रकाशित दो पत्रिकाओं के नाम 'हरिजन' तथा 'हरिजन सेवक' ही रखे थे। उन्होंने अस्पृश्यता को दूर करने के लिए मानो एक संग्राम ही छेड़ दिया था। कोचीन राज्यान्तर्गत कुरुकंचेरी गाँव में हरिजनों द्वारा 17.1.1934 को उन्हें दिये गये मानपत्र के उत्तर में उन्होंने कहा है— "आपने अस्पृश्यता के विरुद्ध जो यह लड़ाई छेड़ी है उसे मैं पूरा-पूरा समर्थन देता हूँ। आपकी इस धारणा को मैं पूरी तरह स्वीकार करता हूँ कि अस्पृश्यता ने न केवल हिंदू जाति को नष्ट-भ्रष्ट कर दिया है, बल्कि इसने भारत के अन्य जातियों पर भी बुरा प्रभाव डाला है। एक जाति दूसरी जाति से ऊँची है—यह धारणा उस विष के समान है जो शरीर में धीरे-धीरे व्याप्त होकर उसे निष्प्राण बना देता है''।[31] उन्होंने 7.11.1933 को वर्धा के निकट सेलू नामक स्थान पर दिये गये अपने भाषण में कहा था— ''गत पचास वर्षों से मेरा विश्वास रहा है कि जिस प्रकार की अस्पृश्यता आज हम मानते हैं उसके लिए हिंदू धर्म में कोई स्थान नहीं है। मैंने अपनी योग्यता और शक्ति के अनुसार संसार के प्रायः सभी धर्मों का अध्ययन किया है और उसके द्वारा भी मैं इसी परिणाम पर पहुँचा हूँ। अस्पृश्यता के इस पाप को दूर करने में यदि मेरे प्राण भी चले जाँय तो मैं इसको कोई बड़ा त्याग नहीं मानूँगा। मेरे मन में जरा भी संदेह नहीं है कि यदि अस्पृश्यता को जड़सहित उखाड़ कर फेंक नहीं दिया गया तो हिंदू धर्म का नाश निश्चित है, क्योंकि कोई भी धर्म अपने मानने वालों की अनीति पर फूल फल नहीं सकता''।[32]

एक बार जब गाँधी काशी में थे तो काशी पंडित सभा ने उनसे अस्पृश्यता के सम्बन्ध में कुछ प्रश्न पूछे थे। उन प्रश्नों में एक यह था— "श्रुतियों तथा श्रुतिसम्मत स्मृतियों को अभ्रांत प्रमाण मानने वाला एक सनातन धर्मी शास्त्रवेत्ता 'देवयात्रा विवाहेषु संकटे राजविप्लवे उत्सवेषु च सर्वेषु स्पर्शस्पर्शौ न दुष्यतः' जैसे अपवादों के सिवाय अछूतों (चांडालादि) के स्पर्श का सर्वदा व सर्वथा किस तरह समर्थन कर सकता है और कह सकता है कि हिंदू धर्म में अस्पृश्यता नहीं है?'' इस प्रश्न के उत्तर में गाँधी ने कहा था— ''केवल नाम दे देने से श्रुति, स्मृतियाँ धर्मवाक्य नहीं बन सकती हैं। जो भी बात सत्यादि अटल सिद्धांतों के विरुद्ध है, वह धर्मप्रमाणित नहीं हो सकती। पंडितों ने जो स्मृति-वचन उद्धृत किया है, उसे प्रमाण मानने से भी हमारा तीन चौथाई कार्य सधेगा। देवयात्रा, विवाहसंकट, राजविप्लव और उत्सव हमारे सामने आज भी मौजूद हैं। इनमें किसी को अछूत न मानने की स्मृति की सम्मति होते हुए भी पंडित लोग क्यों जनता के सामने अस्पृश्यता का समर्थन करते ही हैं?''[33]

डा॰ भीमराव अम्बेदकर चाहते थे कि जनगणना सूची, मतदाता सूची, आदि में अछूतों को हिन्दुओं से अलग एक भिन्न वर्ग में सूचीबद्ध किया जाय। गाँधी ने इसका कड़ा विरोध किया था। उन्होंने कहा था— "हम नहीं चाहते कि हमारे रजिस्टर में तथा हमारी जनगणना सूची में अछूतों का पृथक् वर्गीकरण हो।......छुआछूत बनी रहे इसके बजाय मैं चाहूँगा कि हिंदू-धर्म ही मिट जाये। इसलिए डा॰ अम्बदेकर के प्रति तथा अछूतों का उत्थान देखने के लिये उनकी इच्छा के प्रति पूर्ण सम्मान के साथ उनकी योग्यता के प्रति आदरभाव रखते हुए मैं विनम्रतापूर्वक इतना अवश्य कहूँगा कि उन्होंने एक बहुत बड़ी बुराई के बीच काम किया है और उन्हें जो कटु अनुभव उससे प्राप्त हुए हैं उसके कारण उनकी न्याय-बुद्धि क्षणभर के लिए वक्र हो गई है''।[34]

अस्पृश्यता के सम्बन्ध में गाँधी के विचार बिलकुल ठीक हैं। कोई मानव एक मानव के रूप में कभी अस्पृश्य नहीं हो सकता। वह अस्पृश्य तभी हो सकता है जब वह इस तरह मलावेष्टित हो जाय कि उसे स्पर्श करने वाला भी उसी तरह मलावेष्टित हो जा सके। और फिर ऐसी बीमारियाँ भी होती हैं जो स्पर्श के द्वारा ही फैलती हैं। अतः इन परिस्थितियों में स्पर्श वर्जित होना ही चाहिये। लेकिन तब मनुष्य का यह कर्तव्य भी बनता है कि वह ऐसी परिस्थितियों को दूर करने के लिए उचित उपायों का आविष्कार करे। और यदि ऐसी बीमारियाँ फैल ही जाँय तो उनका सही-सही इलाज भी हो जा सके। किसी तथाकथित अस्पृश्य को स्पृश्य बना देना आचारनीति का एक पुनीत कर्तव्य ही माना जा सकता है। क्या माता को अपनी संतान के मल-मूत्र को साफ करने में कोई झिझक होनी चाहिए? यह सही है कि हिंदू समाज में कुछ वर्ग ऐसे हैं जो पेशे के रूप में कुछ ऐसे कार्य करते हैं जिनमें मलावेष्टित होने की बड़ी अधिक सम्भावना रहती है। पर वे कार्य जरूरी भी तो होते हैं। अतः उन कार्यों का निष्पादन रोका नहीं जा सकता। पर उनके निष्पादन के ढंग में विज्ञान का सहारा लेकर अधिकाधिक सुधार लाया जाना चाहिये, जिससे मनुष्यों को ऐसे कार्यों के निष्पादन से दूषित होने का खतरा कम-से-कम हो। यदि मनुष्यों को ऐसे कार्यों को कुछ-न-कुछ परिमाण में करना ही पड़े, तो उनके क्रियान्वयन की जिम्मेवारी समाज के किसी एक वर्ण या जाति की नहीं होनी चाहिये। और जो भी लोग इन्हें निष्पादित करें उन्हें किसी तरह से हीन दर्जा नहीं दिया जाना चाहिये। यहाँ यह उल्लेखनीय है कि उपर्युक्त सुधार की दिशा में आवश्यक कार्रवाइयाँ की जा रही हैं। और सामाजिक आंदोलन तथा कानूनी प्रक्रिया द्वारा भी सामाजिक चेतना में आवश्यक परिवर्तन लाने के प्रयास हो रहे हैं। काफी परिवर्तन आ भी चुका है। पर अभी भी अधिक-से-अधिक प्रयास करने की आवश्यकता है। स्वामी विवेकानन्द की तरह महात्मा गाँधी भी इस दिशा में किये गये प्रयासों के लिए आत्यंतिक प्रशंसा के पात्र हैं।

28.5.2 स्त्रीमुक्तिपरक विचार

भारतवर्ष में स्त्री-उत्पीड़न भी एक समस्या के रूप में ही वर्तमान है। महात्मा गाँधी ने इस समस्या के समाधान के लिए भी प्रयास किये हैं। स्त्री-उत्पीड़न के अनेकानेक प्रकार हैं—स्त्रीभ्रूणहत्या, स्त्रीगर्भपात, बालिका की उपेक्षा, बालिका-विवाह, बालक की अपेक्षा बालिका को अधिक शिक्षा पाने से रोकना, बाल-विधवा के विवाह पर रोक, पति की मृत्यु होने पर पत्नी को 'सती' होने के लिए बाध्य करना, स्त्री का पर्दे में रहना, स्त्री का मात्र एक भोग्या के रूप में जीवन बिताना, सामाजिक कार्यों को करने के लिए घर से बाहर न जाने देना, पर्याप्त दहेज न मिलने के कारण ससुराल वालों से प्रताड़ित होना तथा उस कारण प्राण

तक गँवाना, बलात्कार तथा व्यभिचार जैसे कुकृत्यों का शिकार होना, आदि आदि। मनु महाराज ने तो स्त्री-स्वतंत्रता पर पूरी तरह पाबंदी ही लगा दी है। मनु की यह उक्ति हम उद्धृत कर ही चुके हैं ''बाल्ये पितुर्वशे तिष्ठेत् पाणिग्राहस्य यौवने। पुत्राणाम् भर्तरि प्रेते न भजेत् स्त्री स्वतंत्रताम्।।'' (5/148), अर्थात् स्त्री को बाल्यावस्था में पिता के वश में युवावस्था में पति के वश में, पति की मृत्यु होने पर पुत्रों के वश में रहना चाहिये, उसे स्वतन्त्रता नहीं होनी चाहिये। गाँधी मनु की इस स्त्रीस्वतंत्रता विरोधी उक्ति के सम्बन्ध में लिखते हैं— "मनु की मानी जाने वाली इस युक्ति को कि स्त्री को स्वतंत्रता नहीं है मैं ब्रह्म-वाक्य नहीं मानता''।[35] वे इस संदर्भ में लिखते हैं— "धर्म-ग्रंथों के नाम पर जो कुछ छपता है उसमें सभी को ईश्वर की वाणी अथवा देववाणी रूप में नहीं स्वीकार कर लेना चाहिये। इसलिए एक ऐसी अधिकारी संस्था की आवश्यकता है जो धर्मग्रंथ के नाम पर प्रकाशित सामग्री का संशोधन करे, ऐसे श्लोकों को काट-छाँट दे जिनका कोई मूल्य नहीं है और जो धर्म और नीति के सिद्धांत के विरुद्ध हैं''।[36] उन्होंने स्त्रियों के दर्जे के सम्बन्ध में 20-2-1918 को बम्बई भगिनी समाज में दिये गये अपने भाषण में कहा था— "स्त्री पुरुष की सहचरी है। उसकी मानसिक शक्तियाँ पुरुष से जरा भी कम नहीं हैं। उसे पुरुष के छोटे से छोटे कार्यों में हाथ बँटाने का और आजादी का उतना ही अधिकार है जितना पुरुष को।.....स्त्री और पुरुष का दर्जा समान है, पर वे एक नहीं हैं। वे ऐसी अनुपम जोड़ी हैं जिसमें प्रत्येक दूसरे का पूरक है। वे एक दूसरे के लिए आश्रय-रूप हैं—यहाँ तक कि एक के बिना दूसरे की हस्ती की कल्पना ही नहीं की जा सकती है''।

गाँधी ने स्त्री के प्रति किये जाने वाले सभी प्रकार के अत्याचारों के विरुद्ध जो विभिन्न प्रतिक्रियाएँ अभिव्यक्त की हैं, उनमें कुछ को हम यहाँ उद्धृत कर रहे हैं— "यदि किसी देश के लोग स्त्रियों की रक्षा नहीं कर सकते तो वे कतई मनुष्य नहीं हैं''।[37] ''मेरा मत है कि पर्दा सदाचार का पोषक नहीं, बल्कि घातक होता है''।[38] "कन्या अर्थात् गरीब गाय, उसका शुद्धदान करने के बजाय, उसे धन जुटाने का साधन बनाकर उसे जो बेचता है वह गो-हत्या से भी अधिक घोर पाप करता है''।[39] ''पैसे के लालच से किया गया विवाह विवाह नहीं है, एक नीच सौदा है''।[40] ''सतीत्व का अर्थ है पवित्रता की पराकाष्ठा। यह पवित्रता आत्महत्या करके सिद्ध नहीं की जा सकती, जी कर उसका कठोर पालन किया जाना चाहिये''।[41] ''आज भी इस हतभाग्य देश में कन्या-वध जैसी निर्दय अमानुषी प्रथा चल रही है, यह मानने में कष्ट होता है''।[42]

ऐसी विरोधपरक प्रतिक्रियाएँ अनेकानेक हैं। अब प्रश्न उठता है कि इन सभी कुप्रथाओं का अंत कैसे हो। गाँधी इस सम्बन्ध में पुरुषों तथा स्त्रियों दोनों को उपयुक्त कार्य करने की सलाह देते हैं। उनके अनुसार जहाँ एक ओर पुरुषों का यह कर्तव्य है कि वे स्त्रियों को मानव के रूप में उचित सम्मान प्रदान करें और ऐसा कोई कार्य न करें जिससे स्त्रियों का किसी तरह कोई अपमान हो, वहीं दूसरी ओर स्त्रियाँ अपने को किसी तरह अबला न मानें तथा अपने ऊपर की जानेवाली सभी यातनाओं का डटकर मुकाबला करें और ऐसा कोई भी कार्य न करें जिससे स्त्रीजाति पर किसी प्रकार का कलंक लग जा सके। स्त्री पुरुष की तरह ही एक मानव है; अतः मानवोचित सभी अधिकार उसे मिलने ही चाहिये। पर तब यह भी सच ही है कि स्त्री मानव होकर भी एक स्त्री ही है। अतः उसे स्त्रीयोग्य सभी उचित कार्य करने ही चाहिये। स्वतंत्रता के नाम पर वह ऐसे कार्यों से छुटकारा नहीं पा सकती। पुरुष के साथ संभोग, गर्भधारण, प्रसव, स्तनपान, आदि कुछ ऐसे कार्य हैं जिन्हें स्त्रियाँ ही कर सकती हैं। उन्हें नैतिक मर्यादा के अनुरूप ये सारे कार्य करने ही चाहिये।

एक समय था जब गाँधी ब्रह्मचर्यपालन को स्त्री एवं पुरुष दोनों के लिए आवश्यक मानते थे। उन्होंने स्त्रियों के सम्बन्ध में लिखा है— ''समाजसेवा के लिए स्त्रियों का अविवाहिता रह जाना सचमुच एक अत्यंत ऊँचा आदर्श है''[43] और फिर उन्होंने इस संदर्भ में यह भी लिखा है ''मेरा निश्चय हो गया कि जिसको जगत् की सेवा करनी है उसके लिए ब्रह्मचर्य का पालन करना आवश्यक है। विवाहित दम्पति को भी ब्रह्मचर्य का पालन करना चाहिये।.......जो दम्पत्ति गृहस्थाश्रम में रहते हुए केवल प्रजोत्पत्ति के हेतु ही परस्पर संभोग करते हैं, वे ठीक ब्रह्मचारी ही हैं।.......मनुष्य के विवाहित जीवन का यह नियम होना चाहिये कि कोई भी पति-पत्नी बिना आवश्यकता के प्रजोत्पत्ति न करे और बिना प्रजोत्पत्ति के हेतु के सम्भोग न करें''।[44]

सम्भोग के सम्बन्ध में गाँधी का उपर्युक्त विचार मान्य नहीं हो सकता। अर्थात् यह मान्य नहीं हो सकता कि केवल प्रजोत्पत्ति के लिए ही संभोग किया जा सकता है। यहाँ यह उल्लेखनीय है कि संभोग का एक उद्देश्य संतानोत्पत्ति अवश्य है। यदि संतानोत्पत्ति न हो तो मानववंश का अंत निश्चित है और मानववंश की निरतंरता को कायम रखना एक नैतिक जिम्मेवारी ही है। लेकिन तब संतानोत्पत्ति इतनी अधिक भी नहीं होनी चाहिये कि संतान की उचित देखभाल सम्भव ही न हो। आज भारत जनसंख्याविस्फोट से इतना उत्पीड़ित है कि जनसंख्यानियंत्रण भी एक नैतिक दायित्व ही बन गया है। पर तब इसका अर्थ यह नहीं हो जाता कि जनसंख्यानियंत्रण के लिए संभोग पर ही नियंत्रण लगा देना चाहिये। यहाँ यह उल्लेखनीय है कि शारीरिक स्वास्थ्य को ठीक-ठाक रखने के लिए संभोग पर जितना नियंत्रण आवश्यक है उतना नियंत्रण तो उस पर लगना ही चाहिये। पर जब तक नैतिकता का उल्लंघन नहीं होता है और शारीरिक स्वास्थ्य पर भी उसका कोई बुरा असर नहीं पड़ता है, तब तक उसका वर्जित होना मान्य नहीं हो सकता। मनुष्य के लिए जिस तरह भोजन करना आवश्यक है उसी तरह उसके लिए संभोग करना भी आवश्यक ही है। यह शारीरिक एवं मानसिक दोनों प्रकार के स्वास्थ्य के लिए आवश्यक होता है। मनुष्य अंततः आनन्दप्राप्ति के लिए ही जीवनयापन कर सकता है। इस आनन्दप्राप्तिपरक लक्ष्य के बिना मनुष्य का जीना बिलकुल निरर्थक हो जाता है। आनन्दप्राप्ति के लिए सम्भोग भी एक प्रकृतिप्रदत्त साधन ही है। अतः इस पर नैतिकता सम्बन्धी रोक के अतिरिक्त अन्य कोई रोक लगना बिलकुल अनुचित है। स्त्री-पुरूष सम्भोग मात्र सम्भोग के रूप में कभी अनैतिक नहीं हो सकता, ठीक उसी तरह जिस तरह भोजन करना मात्र भोजन करने के रूप में कभी अनैतिक नहीं हो सकता।

अब हम स्त्री के स्तनपान कराने को ही लें। आजकल की अनेक नारियाँ स्तनपान कराने से परहेज करना चाहती हैं। वे नवजात शिशु का लालन-पालन कृत्रिम तरीकों से करना या कराना चाहती हैं। यह सही है कि आज की अनेक नारियों को धनोपार्जन के लिए अन्य कार्यों में व्यस्त रहने के कारण स्तनपान कराने के लिए समय नहीं मिल पाता और फिर स्वावलंबन तथा परिवारपोषण के लिए धनोपार्जन भी करना बिलकुल उचित ही होता है। पर इसका अर्थ यह नहीं हो सकता कि धनोपार्जन करने के लिए कोई व्यक्ति अपने अन्य दायित्वों की अवहेलना कर दे। जीवनयापन तो एक संतुलित व्यापार है। जीवनयापन के किसी एक पहलू को महत्त्व देकर किसी दूसरे पहलू को महत्त्वहीन मान लेना जीवन के संतुलन को विगाड़ना है। ऐसा जीवन कभी सफल नहीं हो सकता। महात्मा गाँधी ने स्त्रियों को सार्वजनिक कार्यों में भाग लेने के लिए अवश्य प्रेरित किया था। उन्होंने कहा था— "जब तक स्त्रियाँ सार्वजनिक कार्यों में भाग न लेंगी तबतक उनका उद्धार नहीं हो सकता''[45] और फिर उन्होंने यह भी कहा

था— "मैं स्त्रियों को सलाह देता हूँ कि वे तमाम अनचाही और भद्दी पाबन्दियों के विरुद्ध सविनय विद्रोह करना प्रारम्भ कर दें''।[46] पर इन उक्तियों से यह अर्थ कदापि नहीं निकालना चाहिये कि स्त्रियाँ अपने स्त्रीयोग्य दायित्वों को नहीं निबाहें। जिस तरह पुरुषों के लिए पुरुषयोग्य सभी दायित्वों के बीच संतुलन स्थापित कर उन्हें निभाते हुए जीवन बिताना ही नैतिक रूप से श्रेयस्कर हो सकता है, उसी तरह स्त्रियों के लिए भी अपने सभी प्रकार के स्त्रीयोग्य दायित्वों के बीच संतुलन स्थापित करके उन्हें निभाते हुए जीवन बिताना ही नैतिक रूप से श्रेयस्कर माना जा सकता है।

28.6 बाबासाहेब भीमराव अम्बेदकर

बाबासाहेब डा॰ भीमराव अम्बेदकर का जन्म महाराष्ट्र में महू नामक स्थान में 14 अप्रैल[47] 1891 को महार जाति में हुआ था। महार जाति महाराष्ट्र की एक अत्यंत पिछड़ी जाति है। सवर्ण लोग इस जाति को एक अस्पृश्य जाति ही मानते हैं। पाँच वर्ष की आयु में इनकी माता भीमाबाई का देहांत हो गया। अस्पृश्य जाति के होने के कारण इनके साथ न केवल सामान्य सामाजिक सम्पर्क में ही बल्कि स्कूल में भी अत्यंत अनुचित व्यवहार किये गये। उन दिनों अस्पृश्य जाति के छात्रों को सवर्ण छात्रों के साथ मिल कर बैठने की अनुमति नहीं दी जाती थी। अस्पृश्य छात्र सार्वजनिक उपयोग के लिए रखे पानी पीने के बर्तन को छू भी नहीं सकते थे। यहाँ तक कि वे कुछ लिखने के लिए ब्लैकबोर्ड[48] भी नहीं छू सकते थे। इस प्रकार अम्बेदकर को अस्पृश्य होने के कारण बचपन से ही अनेक प्रकार की अन्यायपूर्ण प्रथाओं का शिकार होना पड़ा था। और उनसे उत्पन्न कुव्यवहारो से उनकी अस्मिता पर बहुत अधिक चोट पड़ी थी। चूँकि उन्हें संस्कृत पढ़ने की इजाजत नहीं मिली थी, इसलिए उन्हें फारसी पढ़ना पड़ा था। उल्लेखनीय है कि वे पढ़ने-लिखने में बहुत अधिक मेधावी थे। कालांतर में जब उन्होंने एलफिन्स्टन कॉलेज, बम्बई[49], से बी॰ए॰[50] पास[51] कर लिया, तब वे 21 जुलाई[52] 1913 को बड़ौदा के नरेश महाराज सयाजीराव गायकवाड़ से 11 पाउंड[35] मासिक छात्रवृत्ति पाकर उच्चशिक्षा प्राप्त करने के लिए अमेरिका चले गये। वहाँ उन्होंने न्यूयार्क[54] तथा कोलम्बिया[55] विश्वविद्यालयों में अध्ययन किया। वहाँ उनके अध्ययन का मुख्य विषय अर्थशास्त्र था। 1916 ई॰ में उन्होंने वहाँ के विद्यार्थी संघ में 'भारत में जातिभेद' विषय पर आधारित एक शोधपरक लेख पढ़कर सुनाया जो 1917 में 'कास्ट्स इन इण्डिया'[56] शीर्षक के साथ प्रकाशित भी हो गया। 1924 में पी॰एस॰ किंग एण्ड सन्स[57] नामक संस्था ने उनके शोधनिबंध 'दि इभौल्यूसन ऑफ प्रॉभिन्सियल फिनान्स इन इण्डिया'[58] को प्रकाशित किया। इसी निबंध पर उन्हें पी-एच॰ डी॰[59] की उपाधि मिल चुकी थी। इसके बाद अम्बेदकर ने इंगलैण्ड[60] में लन्दन स्कूल ऑफ इकोनॉमिक्स एण्ड पॉलिटिकल सायंस[61] में दाखिला ले लिया। पर महाराजा गायकवाड़ ने अम्बेदकर की छात्रवृत्ति तीन साल के बाद आगे नही बढ़ाई। इसलिए अम्बेदकर 21 जुलाई 1917 को भारत लौट आये। 11 नवम्बर[62] 1918 को वे बम्बई के सिडनहेम कॉलेज[63] में अर्थशास्त्र के प्रोफेसर[64] नियुक्त हो गये। पर वे 5 जुलाई 1920 को फिर इंग्लैंड चले गये और उन्होंने फिर से लन्दन स्कूल ऑफ इकनॉमिक्स में दाखिला ले लिया। 1921 में लन्दन विश्वविद्यालय ने उनके शोधपरक लेख के आधार पर एम॰एस॰सी॰[65] की उपाधि प्रदान कर दी और फिर इसी विश्वविद्यालय ने बाद में दि 'प्रॉब्लेम ऑफ रूपी'[66] पर उनके द्वारा प्रस्तुत शोधनिबन्ध पर डी॰ एस-सी॰[67] की उपाधि भी प्रदान कर दी। तत् पश्चात् उन्होंने बैरिस्टर[68] की परीक्षा पास की और तब वे भारत लौटकर बैरिस्टर बन गये।

भारत लौटने पर अम्बेदकर को फिर से भारत की अनेक जातिभेदपरक, अस्पृश्यतापरक, वर्गभेदपरक दुर्व्यवहारों का सामना करना पड़ा। और तब उन्होंने उनके विरुद्ध आंदोलन छेड़ने का निश्चय किया और 20 जुलाई 1924 को बम्बई में 'बहिष्कृत हितकारिणी सभा' की स्थापना की। इस सभा का उद्देश्य इसके नाम से ही स्पष्ट हो जाता है। दलितों के उद्धार के लिए उनके द्वारा चलाये गये विभिन्न आंदोलनों के अच्छे परिणाम निकले। उदाहरणस्वरूप, अछूतों द्वारा मंदिरप्रवेश, जो पहले सम्भव नहीं था, अम्बेदकर के प्रयास से इसलिए सम्भव हो गया कि अक्तूबर[69] 1935 में उसके पक्ष में कानून बन गया। इन आंदोलनों के कारण अछूतों द्वारा सार्वजनिक जलाशयों का उपयोग भी सम्भव हो सका। इस तरह अम्बेदकर को अनेकानेक सफलताएँ भी मिलीं।

डा॰ अम्बेदकर ने 15 अगस्त[70] 1948 को डा॰ सविता कबीर से 56 वर्ष की आयु में दूसरी शादी की। डा॰ सविता कबीर सारस्वत ब्राह्मणकुल की महिला थी। इस विवाह के समय अम्बेदकर बीस वर्षों से एक विधुर का जीवन व्यतीत कर रहे थे और उन्हें टाँगों में दर्द रहा करता था। डाक्टरों[71] ने उन्हें फिर से विवाह करने की सलाह दी थी। उनके अंतर्जातीय विवाह की बड़ी आलोचना हुई थी। पर शायद अम्बेदकर ने यह विवाह करके जातिवाद के विरुद्ध एक अत्यंत साहसिक एवं सोचा-समझा वार ही किया था।

जैसा हम जानते हैं, अम्बेदकर भारतीय संविधान के एक अग्रणी निर्माता भी हैं। इन्होंने इस संविधान का निर्माण सभी भारतीयों की परस्पर समानता तथा उनकी स्वंतंत्रता को ध्यान में रखते हुए और फिर धर्म, जाति, वंश, लिंग, भाषा, क्षेत्रीयता, आदि पर आधारित भेदों को पूरी तरह नकारते हुए ही किया है। यह संविधान मानो उनकी ओर से स्वतंत्र भारत को दिया गया एक तोहफा ही है।

5 दिसम्बर[72] 1956 की रात में सोयी अवस्था में ही अम्बेदकर की मृत्यु दिल्ली में हो गई और उनके मृत शरीर की अंत्येष्टि-क्रिया दूसरे दिन बम्बई में की गई। 14 अप्रैल 1990 को अम्बेदकर को 'भारतरत्न' की उपाधि देकर अलंकृत किया गया। अम्बेदकर हिंदूधर्म की जातिप्रथा से अपने को इतना अधिक प्रताड़ित मानते थे कि उन्होंने आखिरकार हिंदूधर्म को छोड़ कर बौद्धधर्म को ही अपना लिया था। जैसा हमें मालूम है, बौद्ध धर्म में कोई जातिप्रथा मान्य नहीं है।

वर्ण, जाति तथा अस्पृश्यता पर अम्बेदकर के विचार—हमने वर्ण, जाति तथा अस्पृश्यता के सम्बन्ध में बहुत चर्चा पहले ही कर ली है और हमने पाया है कि वर्ण-व्यवस्था अपने मौलिक रूप में समर्थनयोग्य है। पर उसने कालक्रम में ऊँच-नीच भावना से युक्त होकर, आनुवंशिक होकर, जातिवाद को जन्म देकर तथा अंततः अस्पृश्यता जैसी अनेक जघन्य कुरीतियों का कारण बनकर जो एक अत्यंत निकृष्ट रूप ले लिया है, उस कारण वह समर्थन के योग्य बनी नहीं रह सकी है। महात्मा गाँधी, जैसा हमने ऊपर पाया है, इस वर्णव्यवस्था के घोर समर्थक थे, पर वे इसका समर्थन इसके गुणकर्मविभाग पर आधारित होने के कारण ही करते थे। वे इसका समर्थन इसके ऊँच-नीच भावना से युक्त हो जाने के कारण बिलकुल ही नहीं करते थे। यही कारण है कि वे इससे निकली जातिप्रथा तथा अस्पृश्यता-रीति के घोर विरोधी थे। हम इन विषयों की चर्चा पहले कर ही चुके हैं। अम्बेदकर जातिप्रथा तथा अस्पृश्यता-रीति से इतने अधिक प्रताड़ित हुए थे कि वे जातिप्रथा तथा अस्पृश्यता-रीति के

साथ-साथ इनकी जननी वर्णव्यवस्था के भी कट्टर विरोधी हो गये। गाँधी ने इस प्रसंग में कहा था— "वह वर्णाश्रम धर्म का सिद्धांत है, जिसे मैंने स्वीकार किया है। मैं भली-भाँति जानता हूँ कि हिंदूधर्म की मेरी व्याख्या अन्यों के अतिरिक्त डा॰ अम्बेदकर द्वारा विवादग्रस्त मानी जाएगी''।[73]

डा॰ अम्बेदकर का तर्क यह था कि किसी कार्य को किसी एक वर्ग में सीमित कर देना गलत है। कर्मविभाजन किसी वर्ग को ध्यान में रखकर नहीं, बल्कि व्यक्ति को ध्यान में रखकर किया जाना चाहिये। वर्गानुसार कर्मविभाजन का निहितार्थ यह होता है कि एक वर्ग के लोगों द्वारा किया जाना वाला काम किसी दूसरे वर्ग के लोगों द्वारा नहीं किया जाना चाहिये। और इस प्रतिबंध के बिना वर्णव्यवस्था का कोई अर्थ हो नहीं सकता। अम्बेदकर की आपत्ति के मूल में शायद यह प्रतिबंध ही है। अम्बेदकर ने कहा है— "वैयक्तिक दृष्टि से वर्णव्यवस्था एक मूर्खता है और एक दंड है। उसमें केवल एक वर्ग शिक्षा तथा ज्ञान का अधिकारी है। केवल एक वर्ग व्यापार करने का अधिकारी है। केवल एक वर्ग सेवा करने का अधिकारी है.......। किसी देश की रक्षा यदि संकट की घड़ी में उसकी फौज में वृद्धि न की जाय तो कैसे की जा सकती है''।[74]

यहाँ यह उल्लेखनीय है कि 1932 में अंग्रेजी हुकूमत ने अलग-अलग संप्रदायों के लिए अलग-अलग निर्वाचनक्षेत्र निर्धारित करने की घोषणा की। यह घोषणा 'कम्यूनल एवार्ड'[75] के नाम से जानी जाती है। इसमें यह प्रावधान था कि प्रतिनिधि-सभाओं के लिए दलित वर्गों के प्रतिनिधि केवल उन वर्गों के लोगों द्वारा ही चुने जायँगे, और सवर्णों के प्रतिनिधि केवल सवर्ण लोगों द्वारा ही। इस प्रावधान का जहाँ अम्बेदकर ने पूरा-पूरा समर्थन किया, वहीं गाँधी ने इसका घोर विरोध किया। अंत में नतीजा यह हुआ कि यह 'सांप्रदायिक देन'[76] स्वीकृत ही नहीं हुई।

अम्बेदकर ने जिन कारणों से वर्णव्यवस्था का विरोध किया, वे जायज ही थे। आज परिस्थिति यह है कि ब्राह्मण भी हल जोतते हैं और अस्पृश्य माने जाने वाले लोग भी सार्वजनिक विद्यालयों में शिक्षण का कार्य करते हैं। इस तरह के अनेकानेक परिवर्तन तो समाज में हो गये हैं। पर जिन कुरीतियों एवं भ्रष्ट आचरणों का जिक्र हमने ऊपर किया है उनका अभी पूरा-पूरा अंत नहीं हुआ है और उनकी वजह से सामाजिक संघर्षों का होते रहना जारी ही है। सामाजिक विद्वेष ने तो नये-नये रूप भी ले लिए हैं। अतः सामाजिक सुधार का और अधिक होना अभी जरूरी ही है। इस सम्बन्ध में पहले के सुधारकों से सीख लेना नितांत आवश्यक है। उन सुधारकों में अम्बेदकर का नाम निश्चित रूप से बहुत ऊपर है। यह सही है कि कोई चिंतक पूर्णरूप से त्रुटिहीन नहीं माना जा सकता—चाहे वह विवेकानन्द हो, या गाँधी हो, या अम्बेदकर। पर सुधार के लिए सजग हो जाना और उसके लिए ईमानदारी से स्वार्थरहित प्रयास करना अपने आप में ही बड़ी उपलब्धियाँ हैं। मैं समझता हूँ कि अम्बेदकर ने इन उपलब्धियों को निश्चय ही हासिल कर लिया था।

अंत में अम्बेदकर की उस भूमिका का जिक्र कर देना भी प्रासंगिक ही होगा जिसके द्वारा उन्होंने स्त्रीमुक्ति के लिए कुछ सराहणीय कार्य किया ही था। हम लिख चुके हैं कि बीस वर्षों तक विधुर रहने के बाद उन्होंने 56 वर्ष की उम्र में एक ब्राह्मणकुल की महिला से विवाह किया

था। अम्बेदकर का यह दूसरा विवाह शायद 'रोटी-बेटी' नामक सामाजिक प्रतिबंध को दूर करने की दिशा में एक साहसिक कदम ही था। सविता कबीर द्वारा अम्बेदकर के साथ विवाह के लिए राजी होने पर अम्बेदकर का उनके साथ विवाह करना इस बात का सूचक है कि वे यह स्वीकार करते थे कि स्त्री को स्वतंत्र निर्णय लेने का अधिकार है। अम्बेदकर स्त्री की स्वतंत्रता का भरपूर सम्मान करते थे। यहाँ यह भी उल्लेखनीय है कि अम्बेदकर के प्रयास से ही पहली बार महिलाओं को मातृत्व-अवकाश की सुविधा प्राप्त हुई थी। अतः यह माना ही जा सकता है कि अम्बेदकर स्त्री की समस्याओं के प्रति भी सजग थे और इन समस्याओं के समाधान के लिए उन्होंने अनेक प्रयास भी किये थे।

❑

खण्ड-IV

अध्याय 29

प्रयोगात्मक नीतिशास्त्र

29.1 विषय-प्रवेश

नीतिशास्त्र शुद्ध सैद्धांतिक शास्त्र नहीं, वरन् एक प्रयोगात्मक शास्त्र है। हमें इस शास्त्र के सिद्धांतों एवं नियमों को केवल जानना ही नहीं चाहिये, बल्कि उन्हें प्रयोग में भी लाना चाहिये। यह कहना बिलकुल गलत नहीं होगा कि नैतिक सिद्धांतों एवं नियमों के ज्ञान की अपेक्षा इनका प्रयोग ही ज्यादा महत्त्वपूर्ण होता है, और फिर नीतिशास्त्र तो अपने स्वरूप के कारण प्रयोगात्मक होता ही है। अब यहाँ प्रश्न उठता है कि यह प्रयोग कौन करता है और यह किस पर किया जाता है। अर्थात् उसका कर्ता कौन है और उसका क्षेत्र क्या है। यह कर्तापन का विषय बहुत महत्त्वपूर्ण है, क्योंकि सभी वस्तुएँ एक कर्ता की भूमिका अदा नहीं कर सकतीं। क्या कोई मिट्टी का ढेला किसी नीतिशास्त्रीय सिद्धांत या नियम का प्रयोग कर सकता है? स्पष्ट ही किसी सिद्धांत का प्रयोग कोई बौद्धिक प्राणी ही कर सकता है—ऐसा प्राणी जो सोच-विचार कर सकता है। इस तरह का प्रयोग कोई जानवर भी नहीं कर सकता, क्योंकि जानवर सोच-विचार करने में सक्षम नहीं होता। चूँकि सोच-विचार केवल मनुष्य कर सकता है, इसलिये केवल मनुष्य ही कर्ता की भूमिका अदा कर सकता।

अब प्रश्न उठता है कि किसी कर्ता का कर्मक्षेत्र क्या हो सकता है, या फिर वह नैतिक सिद्धांतों एवं नियमों का प्रयोग कहाँ या किस वस्तु पर कर सकता है। इस प्रश्न का संक्षिप्त उत्तर है संपूर्ण विश्व। अर्थात् कर्ता का कार्य-क्षेत्र पूरी दुनियाँ है जिसमें मनुष्य-जगत्, पशु-जगत्, वनस्पति-जगत्, तथा भौतिकजगत् सभी शामिल हैं। इस तरह यह देखा जा सकता है कि मनुष्य जहाँ एक ओर कर्ता हो सकता है, वहीं दूसरी ओर वह कार्य-क्षेत्र भी बन ही सकता है। अतः मनुष्यों की दो तरह की भूमिकाएँ होती हैं। मनुष्य की इस दोहरी भूमिका को हम एक उदाहरण द्वारा अच्छी तरह समझ सकते हैं। एक अति प्रसिद्ध नीति है—गरीब लोगों को दान देना चाहिये। यहाँ दान देनेवाला कोई मनुष्य ही है और दान पानेवाला भी मनुष्य ही है। इस प्रकार मनुष्य कर्ता और कार्य-क्षेत्र दोनों है। पर जहाँ तक पशु-जगत् तथा भौतिकजगत् का सवाल है, इनमें कोई तत्त्व कर्ता नहीं हो सकता। ये सभी केवल कार्य-क्षेत्र बने रह सकते हैं।

उल्लेखनीय है कि इस कर्तापन के संदर्भ में अनेक तरह के प्रश्न उठाये जा सकते हैं। क्या स्त्रियाँ कर्ता हो सकती हैं? क्या मनुष्यों में सभी नस्लों के लोग कर्ता हो सकते हैं? क्या बच्चे भी कर्ता हो सकते हैं? अनेक लोग स्त्रियों को पुरुषों के समान नहीं मानते और वे स्त्रियों को स्वतंत्र निर्णय लेने का अधिकार नहीं देते। हम मनु की उक्ति 'न भजेत् स्त्री स्वतंत्रताम्' की चर्चा कर चुके हैं। और हमने यह भी निर्णीत किया है कि नैतिकता स्वतंत्र निर्णय के अभाव में सम्भव ही नहीं हो सकती। अतः किसी नैतिक कर्ता को स्वतंत्र निर्णय करने की क्षमता रखना नितांत आवश्यक है। अतः यदि स्त्रियों को ऐसी क्षमता नहीं है, तो वे नैतिक कर्ता नहीं हो सकती हैं। पर क्या यह सच है?

फिर, कुछ नस्लों के लोगों के सम्बन्ध में कहा जाता है कि उन्हें सोच-विचार करने की बुद्धि नहीं रहती, इसलिए वे नैतिक कर्ता नहीं हो सकते। इस तरह के आरोप खासकर नीग्रो[1] के सम्बन्ध में और सभ्यता से दूर बीहड़ जंगलों के आदिवासियों के सम्बन्ध में लगाये जाते हैं।

फिर, शिशुओं के बारे में कहा जाता है कि वे मानसिक परिपक्वता के अभाव में सोच-विचार करने में समर्थ नहीं होते, इसलिए वे नैतिक कर्ता नहीं हो सकते। इस प्रकार हम देखते हैं कि कर्तापन के सवाल के संदर्भ में लिंग-भेद, नस्ल-भेद तथा आयु-भेद के कारण अनेक उलझनें उपस्थित हो जाती हैं। हमें इनके सम्बन्ध में विस्तार से विचार करना होगा।

अनेक लोग ऐसा भी मान लेते हैं कि नैतिकता के कार्य-क्षेत्र में केवल मनुष्य आते हैं। उनके अनुसार हमें नैतिक बरताव के लिए मनुष्य-जगत् के अलावे और किसी जगत् पर ध्यान देने की आवश्यकता ही नहीं है।

और अब तो नैतिक कार्य-क्षेत्र के बारे में ऐसी माँगें भी उठने लगीं हैं कि पशुवध समाप्त होना चाहिये, पशुओं पर कोई वैज्ञानिक अनुसंधान उनको कष्ट पहुँचाये बिना ही होना चाहिये, पशुओं के रख-रखाव के लिए आवश्यकतानुसार प्रबंध होना चाहिये, आदि। फिर वन-संरक्षण की मांग, पर्यावरण-संरक्षण की मांग, तथा ब्रह्मांड-संरक्षण की माँग भी उठने लगी हैं। कहा जाता है कि ब्रह्माण्ड में स्थित ओजोनपरत में आया छेद प्रदूषण के कारण और अधिक बड़ा हो जायगा, और तब पृथ्वी के सभी प्राणियों के जीवन खतरे में पड़ जायेंगे और कालांतर में उनका अंत भी हो जायगा। इस छेद की उत्पत्ति पर्यावरण में हो रहे प्रदूषण से ही हुई है। अतः प्रदूषण पर नियंत्रण नितांत आवश्यक है। इस प्रकार हम देखते हैं कि हमारा कार्य-क्षेत्र केवल मनुष्यों तक सीमित नहीं रह जाता। वह पशुजगत्, वनस्पतिजगत् तथा पूरे भौतिकजगत् में फैल जाता है। और तब यह विचारणीय हो जाता है कि पशुओं के प्रति, वनस्पतियों के प्रति तथा पूरे भौतिक पर्यावरण के प्रति हमारे कर्तव्य क्या हो सकते हैं। निश्चय ही इस तरह का विचार नैतिकता का मनुष्येतर विषयों पर प्रयोग से ही संबंधित है। अतः ये सारे विषय प्रयोगात्मक नीतिशास्त्र[2] के महत्त्वपूर्ण अंग बन जाते हैं। हम इन सभी विषयों के सम्बन्ध में यहाँ सिलसिलेवार ढंग से सविस्तार विचार करेंगे।

29.2 नैतिक दृष्टि और मानवीय समानता

नैतिक दृष्टि क्या है—इस पर हम पहले ही विस्तार से चर्चा कर चुके हैं। और हमने पाया है कि इस दृष्टि के अनुसार मनुष्य को स्वार्थसिद्धि में सीमित न रहकर जनसामान्य के हित की सिद्धि में ही संलग्न रहना चाहिये। इस तरह का जनहितपरक कार्य किसी भावावेश पर नहीं, वरन् बौद्धिक सोच-विचार पर आधारित होना चाहिये। यह दृष्टि एक 'दृष्टि' होने के कारण केवल मनुष्य अपना सकता है जो सहज नहीं है। इसके लिए बौद्धिक सूझ-बूझ एवं दृढ संकल्प आवश्यक हैं। बौद्धिकता कितनी गौरवमयी है इसका पता इससे ही लगाया जा सकता है कि हमारे अत्यंत प्राचीन पूर्वजों ने अपने एक आह्वानपरक वैदिक मंत्र द्वारा यही कामना की है कि सूर्य भगवान् उनकी बुद्धियों को उत्प्रेरित करें। वह मंत्र अत्यंत पवित्र गायत्री-मंत्र है जो इस प्रकार है— 'ॐ भूर्भुवः स्वः तत्सवितुवरेण्यं भर्गो देवस्य धीमहि धियो यो नः प्रचोदयात्।'', अर्थात् 'हम सविता देवता अर्थात् सूर्य भगवान् के पूज्य तेज का चिंतन करते हैं जो हमारी बुद्धियों को उत्प्रेरित करे'। यहाँ यह भी द्रष्टव्य है कि इस आह्वान में किसी एक व्यक्ति की बुद्धि उत्प्रेरित करने की बात नहीं, बल्कि मानव मात्र की बुद्धि की उत्प्रेरणा की बात कही गई है। निश्चय ही यह नैतिकता के संदर्भ में बहुत अधिक प्रासंगिक है। पर हमने

नैतिक दृष्टि में बौद्धिकता के अलावे जनसामान्य के कल्याण को भी सम्मिलित किया है। यहाँ यह ध्यातव्य है कि नैतिकता में मनुष्य की दो तरह की भूमिकाएँ होती हैं—एक कर्तापरक भूमिका और दूसरी कार्यक्षेत्रपरक भूमिका। कहने का तात्पर्य यह है कि सभी मनुष्यों को नैतिक दृष्टि अपनानी चाहिये तथा उस दृष्टि के अनुरूप सभी लोगों का कल्याण भी सिद्ध करना चाहिये। कहा भी गया है कि ''सर्वे भवन्तु सुखिनः, सर्वे सन्तु निरामयाः। सर्वे भद्राणि पश्यन्तु मा कश्चित् दुःखभाग्भवेत्॥'', अर्थात् सभी सुखी हों, सभी नीरोग हों, सभी शुभ देखें, कोई दुःख का भागी न हो। प्रश्न उठता है कि इस तरह सर्वमानवपरक कल्याण पर इतना जोर क्यों दिया गया है। इस सार्वजनिकता को नैतिक दृष्टि का एक अनिवार्य अंग क्यों बना दिया गया है। इसका एक स्पष्ट एवं संक्षिप्त उत्तर तो यह है कि सभी मानव अपने विशिष्ट स्वरूप के कारण एक समान हैं। लेकिन, जैसा हमने ऊपर संकेत किया है, इस मानव समानता के विचार को लिंग-भेद तथा नस्ल-भेद के आधार पर खंडित करने का प्रयास भी तो किया ही गया है। अतः हम यहाँ कुछ विस्तार से ही मानवीय समानता के सम्बन्ध में विचार करना चाहेंगे।

यह मानव समानता की अवधारणा कोई नई आवधारणा नहीं है। यह अत्यंत प्राचीन काल से परिकल्पित होती आई है। ऋग्वेद (10/191/3) कहता है—''समानो मंत्रः समितिः समानी समानं मनःसहचित्तमेषाम्।'', अर्थात् इनकी मंत्रणा समान हो, सभा समानतापरक हो, इनके मन के साथ इनके चित्त समान हों। एक संस्कृत कथन के अनुसार ''आहारनिद्राभयमैथुनं च सामान्यमेतद् पशुभिः नराणाम्। धर्मो हि तेषामधिको विशेषो धर्मेण हीना पशुभिः समानाः॥'', अर्थात् भोजन, निद्रा भय, और मैथुन मनुष्यों में पशुओं के समान ही हैं। मनुष्यों में एक धर्म ही अधिक और विशेष है। धर्महीनमनुष्य पशुओं के समान हैं। इस श्लोक में यद्यपि मनुष्यों को पशुत्व के स्तर पर पशुओं के समान माना गया है, फिर भी मनुष्यों को उनके धर्मपरक होने के कारण एक दूसरे वर्ग का ही पशु माना गया है। और उनकी इस एक विशिष्टता के कारण उन्हें पशुओं से अलग ही वर्गीकृत किया गया है। और यहाँ यह भी उल्लेखनीय है कि उनका यह धर्मपरक होना निश्चय ही उनकी बौद्धिकता का परिणाम है। इस तरह हम देखते हैं कि मनुष्य यदि एक ओर एक पशु है, तो दूसरी ओर वह बौद्धिक है। यही कारण है कि मनुष्य को एक बौद्धिक पशु के रूप में परिभाषित किया गया है। 'मनुष्य एक बौद्धिक प्राणी है', यही उसकी सामान्य रूप से स्वीकृत परिभाषा है।

पाश्चात्त्य विचारक हॉब्स (1588-1679) मानते थे कि यदि हम नैतिकता के अनुरूप अपने जीवन को नियंत्रित नहीं करेंगे, तो हम एक पाशविक जीवन जीने के लिए ही बाध्य हो जायेंगे। पर नैतिक जीवन तब तक नहीं जिया जा सकता, जब तक मनुष्य आपस में इस तरह न बँध जाँय कि वे नैतिक जीवन जीने के लिए बाध्य ही हो जाँय। चूँकि हॉब्स एक कट्टर प्रकृतिवादी थे, इसलिए उनके लिए इस सम्बन्ध में किसी पारलौकिक सत्ता से सहायता प्राप्त करने की अपेक्षा का रखना सम्भव ही नहीं था। इसलिए उन्होंने यह प्रतिपादित किया कि लोगों ने पूर्व में अपने से ही अपने लिए एक 'सामाजिक अनुबंध'[4] निर्धारित कर लिया जिसके अनुरूप वे सभी एक राजकीय नियंत्रण में रहने के लिए प्रतिबद्ध हो गये। यह सामाजिक अनुबंधपरक मत मान्य होना चाहिये या नहीं—इसकी चर्चा हम पहले कर चुके हैं। पर यहाँ यह कहना बहुत प्रासंगिक है कि कोई अनुबंध तभी सम्भव हो सकता है जब वह पारस्परिक सोच-विचार का परिणाम होता है। अतः यदि यह स्वीकृत हो जाता है कि सभी मनुष्यों में निश्चित रूप से सोच-विचार करने की क्षमता वर्तमान है, तब तो उनकी इस बौद्धिकता के आधार पर उनका एक-समान होना भी निश्चित ही है।

मोनाश विश्वविद्यालय[7] के पिटर सिंगर[6] ने अपनी पुस्तक *प्रैक्टिकल एथिक्स*[7] में उपर्युक्त विषय की एक सुंदर चर्चा प्रस्तुत की है। वे भी इस बात को स्वीकार करते हैं कि नैतिकता तब तक सम्भव नहीं हो सकती जब तक सभी मनुष्य मनुष्य के रूप में एक दूसरे के समान न माने जाँय[8]। इसे हम मनुष्य की समानता या मानवीय एकता का सिद्धांत कह सकते हैं। पर पिटर सिंगर इस समानता या एकता का जिस ढंग से विश्लेषण करते हैं, वह मुझे बहुत तार्किक प्रतीत नहीं होता। वे कहते हैं– "इस दावे का कि सभी मनुष्य एक समान हैं समर्थनयोग्य आधार यही है कि सबों की रुचियों के प्रति समान बरताव हो।"[9] अब यहाँ यह प्रश्न उठ जाता है कि सबों की रुचियों के प्रति समान बरताव क्यों किया जाना चाहिये। यदि हम यहाँ यह कहते हैं कि सबों की रुचियों के प्रति समान बरताव इसलिए करना चाहिये कि सभी मनुष्य एक समान हैं, तो हम निश्चित रूप से 'वृत्तात्मक तर्कपरक दोष'[10] से दूषित हो जाते हैं। निश्चय ही समान बरताव के औचित्य को मानवीय समानता पर आधारित तो किया जा सकता है और किया जाना चाहिये भी, पर मानवीय समानता के औचित्य को समान बरताव पर आधारित नहीं किया जा सकता। मानवीय समानता की अवधारणा ही मौलिक है, और उसी के परिप्रेक्ष्य में मानव आचरणों का नैतिक औचित्य सुनिश्चित किया जा सकता है।

अब यहाँ एक प्रश्न यह उठता है कि क्या यह मानवीय समानता की अवधारणा मात्र एक कपोलकल्पना है या एक तथ्य है जो सभी मनुष्यों के वास्तविक स्वरूप से सम्बद्ध है। इस संदर्भ में सिंगर तो कहते हैं– *"समानता एक आधारभूत सिद्धांत है किसी तथ्य का अभिकथन नहीं"*।[11] उनके इस कथन का अभिप्राय शायद यही है कि मानवीय समानता नैतिकता के लिए एक आधारभूत नियामक मान्यता तो है, पर वह कोई वास्तविक तथ्य नहीं है। पर तब यहाँ यह प्रत्यारोपित किया जा सकता है कि यह मान्यता मात्र एक नियामक कल्पना नहीं, वरन् यह सभी मनुष्यों के बौद्धिक होने जैसे तथ्य पर ही आधारित है। यह सही है कि यह बौद्धिकता कोई वस्तु नहीं है, पर यह एक क्षमता के रूप में वास्तविक तो है ही; और यह तथ्य मनुष्यों को छोड़ विश्व के अन्य पदार्थों में विद्यमान नहीं है। यह बौद्धिकता मनुष्य को एक ऐसी अर्हता प्रदान कर देती है कि उससे मनुष्य संसार का सबसे अधिक मूल्यवान् पदार्थ हो जाता है। और फिर इस बौद्धिक क्षमता की न्यूनाधिक मात्रा के अनुरूप मूल्यवत्ता का एक क्रम भी निरूपित किया ही जा सकता है। इस बौद्धिक क्रम को सिंगर 'बौद्धिक सोपान'[12] की संज्ञा देते हैं। यहाँ यह उल्लेखनीय है कि मनुष्य अपनी इसी बौद्धिक क्षमता के कारण एक नैतिक कर्ता हो सकता है। अतः हम यह कह ही सकते हैं कि मनुष्य का नैतिक रूप से सर्वाधिक मूल्यवान् होना उसके नैतिक कर्ता हो सकने पर ही आधारित है। अब यहाँ यह भी उल्लेखनीय है कि दुनिया के सभी पदार्थ नैतिक रूप से प्रासंगिक होते हैं। नैतिक रूप से प्रासंगिक होना केवल मनुष्यों की विशेषता नहीं है। नैतिक प्रासंगिकता तो किसी भी पदार्थ का किसी-न-किसी तरह से मनुष्य पर निर्भर हो जाना होता है और उसका इस वजह से मनुष्य के नैतिक कार्यक्षेत्र का एक अंग बन जाना होता है। चूँकि सभी पदार्थ तात्त्विक रूप से वर्गविभाजित हैं, इसलिए मनुष्य का नैतिक कार्यक्षेत्र तदनुरूप ही विभाजित भी होता है।

जिस तरह हमने यह माना है कि मानवीय एकता का एक आधार मनुष्य का नैतिक कर्तापन है उसी तरह प्रोफेसर रॉल्स[13] भी यह स्वीकार करते हैं कि मानवीय एकता का एक आधार मानव का व्यक्तित्व है। सिंगर अपनी पुस्तक की पृष्ठ संख्या 18 पर कहते हैं— *"रॉल्स मानते हैं कि नैतिक व्यक्तित्व मानवीय एकता का आधार है।"* पर सिंगर इसे

महत्त्व नहीं देते। वे अपने समान बरताव परक विचार के प्रति इतने प्रतिबद्ध हैं कि वे मानवीय एकता के लिए बौद्धिकता एवं नैतिक व्यक्तित्व जैसे कारणों को कोई महत्त्व देना नहीं चाहते। वे कहते हैं— "हम बुद्धि-सोपान, तथा ऐसे ही अन्य अनर्गल विचारों को त्याग सकते हैं यदि हम स्पष्ट रूप से यह स्वीकार कर लें कि मनुष्यों की एकता का दावा उनका मानसिक सूझ, नैतिक व्यक्तित्त्व, बौद्धिक क्षमता जैसे तथ्यों से युक्त होने पर निर्भर नहीं है। दो व्यक्तियों में बौद्धिक क्षमता परक भेद रहने के कारण उनकी इच्छाओं के सम्बन्ध में भेदपरक विचार करने के औचित्य को स्वीकार कर लेने के लिए कोई तार्किक रूप से बाध्यकारी कारण नहीं है"।[14] पर सिंगर मानवीय एकता के प्रश्न के संदर्भ में दो भिन्न कोटियों के मुद्दों को एक साथ मिला देने के कारण तार्किक झंझट में पड़ जाते हैं। मानवीय एकता का मुद्दा सत्तापरक मुद्दा है, लेकिन प्राणियों की आवश्यकतापूर्ति के औचित्य का मुद्दा कर्तव्यपरक मुद्दा है। पहला यदि तत्त्वशास्त्रीय मुद्दा है, तो दूसरा नीतिशास्त्रीय मुद्दा। दूसरा मुद्दा पहले मुद्दे पर आश्रित है, पर पहला मुद्दा दूसरे मुद्दे पर आश्रित नहीं है। सिंगर की चिंता है कि यदि हम नैतिक कर्तव्य, नैतिक व्यक्तित्व, बौद्धिक क्षमता, जैसी अवधारणाओं को मानवीय एकता के प्रसंग में महत्त्व दे देंगे, तो उन बेचारे बौद्धिक विकलांगों एवं नवजात शिशुओं का क्या हाल होगा। ये दोनों प्रकार के मानव नैतिक कर्ता होने तथा बौद्धिक सोच-विचार करने में बिलकुल असमर्थ हैं। पर सिंगर इस प्रसंग में कुछ महत्त्वपूर्ण बातों पर ध्यान नहीं देते। बौद्धिक रूप से विकलांग व्यक्ति बौद्धिक क्षमता हासिल कर सकता है और इस तरह नैतिक कर्ता बन जा सकता है। नवजात शिशु सामान्यतः कालक्रम में बौद्धिक क्षमता हासिल कर ही लेता है और नैतिक कर्ता बन ही जाता है। फिर ये दोनों प्रकार के मानव आखिरकार प्राणी भी तो हैं। हमने मनुष्य को एक बौद्धिक प्राणी के रूप में ही तो परिभाषित किया है। और किसी भी तरह के प्राणी की आवश्यकतापूर्ति नैतिक क्षेत्र की परिधि के अंतर्गत ही तो होती है। बौद्धिक रूप से अक्षम मानवों की आवश्यकताओं की पूर्ति उसी कारण से कर्तव्य बन जाती है जिस कारण से अन्य किसी प्रकार के जीवनधारियों की आवश्यकताओं की पूर्ति कर्तव्य बन जाती है। पशु, वनस्पति, आदि सभी प्राणधारियों की जीवनधारणा परक एकता ही इनकी आवश्यकताओं की पूर्ति के औचित्य का पर्याप्त कारण है। पर, जैसा हमने ऊपर कहा है, यह एकता आवश्यकता की पूर्ति परक कर्तव्यबोध पर निर्भर नहीं होती। वरन् वह कर्तव्यबोध ही उस एकता पर निर्भर होता है। इस संदर्भ में सिंगर निश्चित रूप से उलटवाँसी बजाने का शिकार हो गये हैं।

29.3 लिंगभेद

सभी मनुष्यों में मानवीय एकता या समानता के बावजूद पुरुषों और स्त्रियों के बीच या फिर सभ्य माने जाने वाले गोरे लोगों तथा असभ्य माने जाने वाले काले लोगों के बीच नैतिकता के नाम पर ही भेद परक व्यवहार किये जाते हैं। जहाँ एक ओर स्त्रियों की तुलना में पुरुषों को नैतिक आधार पर ही अधिमानित किया जाता है, वहीं दूसरी ओर असभ्य माने जाने वाले नस्लों की तुलना में सभ्य माने जाने वाले नस्लों को उसी आधार पर अधिमानित किया जाता है। पहले भेद को हम लिंगभेद कह सकते हैं, और दूसरे को नस्लभेद। हम इन दोनों भेदों के बारे में कुछ विस्तार से यहाँ चर्चा करेंगे। पहले हम लिंगभेद को लें।

लिंगभेद न केवल मनुष्य जाति में बल्कि पशुजाति तथा वनस्पतिजाति में भी पाया जाता है। चूँकि लिंगसंबंधित भेदभावना नैतिकता के प्रसंग में केवल मनुष्य जाति के लिए प्रासंगिक

होती है इसलिए इसकी चर्चा हम केवल इसी जाति के परिप्रेक्ष्य में करेंगे। यह सही है कि कहीं-कहीं पुरुषों की अपेक्षा स्त्रियों को ही अधिक अधिकार एवं गौरव प्राप्त होते हैं, पर आमतौर से पूरे संसार में पुरुषों को ही अधिक अधिकार एवं गौरव प्राप्त होते हैं और इसका निहितार्थ यही है कि स्त्रियों को कम अधिकार एवं कम गौरव प्राप्त होते हैं। इतना ही नहीं, बहुत व्यापक तौर पर स्त्रियाँ पुरुषों के द्वारा उत्पीड़ित और प्रताड़ित होती आ रही हैं। यहाँ यह उल्लेखनीय है कि स्त्रियाँ औसत रूप में पुरुषों की अपेक्षा कम बलिष्ठ होती हैं। और फिर, वे यौनक्रिया के सम्बन्ध में औसत रूप से पुरुषों की अपेक्षा कम तत्पर रहती हैं। चूँकि पुरुष अपेक्षाकृत अधिक बलशाली होता है और वह यौनक्रिया के लिए अपेक्षाकृत अधिक तत्पर रहता है, इसलिए वह स्त्री को अपने मातहत में रखकर उसे एक भोग्या के रूप में ही रखना चाहता है। और स्त्री के द्वारा किसी तरह का विरोध करने पर पुरुष उसे उत्पीड़ित एवं प्रताड़ित करने में नहीं चूकता। इस तरह लिंगभेद के कारण अनेक तरह के अवांछित एवं अनैतिक व्यवहार किये जाते हैं। भारतवर्ष भी ऐसे व्यवहारों से अछूता नहीं है। यह सही है कि यहाँ स्त्रियों को ऊँचे से ऊँचा दर्जा भी दिया गया है, पर आम तौर पर वे नीचे दर्जे की ही मानी जाती हैं। भारतवर्ष में स्त्रियों को प्राचीन काल में किस नजर से देखा गया है, इसका हम एक संक्षिप्त विवरण पहले ही प्रस्तुत कर चुके हैं। पर बाद में यहाँ स्त्री को जहाँ एक तरफ विश्व की आद्या शक्ति के रूप में महानतम स्थान दिया गया है, वहीं दूसरी तरफ उसे अत्यंत हीन स्थान देते हुए स्वतंत्रता से पूरी तरह वंचित ही कर दिया गया है। और इस तरह उन्हें उनके मौलिक अधिकारों से भी वंचित कर दिया गया है। उनकी बदहाली से मानो द्रवित होकर इधर आधुनिक काल में अनेकानेक समाज-सुधारकों ने स्त्रीमुक्ति के लिए आंदोलन ही छेड़ दिये हैं। लिंगभेद के कारण स्त्रियों को हीन दर्जा केवल भारतवर्ष में नहीं, बल्कि अन्य देशों में भी दिया जाता रहा है। रोमन कैथोलिक[15] ईसाई धर्म में अभी भी धार्मिक कृत्य करने का अधिकार स्त्रियों को प्राप्त नहीं है। यह सही है कि स्त्रियाँ अनेक तरह से शारीरिक स्तर पर पुरुषों से भिन्न होती हैं। हमने ऊपर कहा भी है कि औसत रूप में स्त्रियाँ पुरुषों की अपेक्षा कम शारीरिक बल रखती हैं। स्त्रियाँ 'मासिक स्राव', गर्भधारण, स्तनपान, जैसे व्यापारों की भागी होती हैं। पर इन कारणों से उन्हें किसी प्रकार हीन दर्जा नहीं दिया जा सकता। क्या सिंह को अधिक बलशाली होने के कारण मनुष्य से ऊँचा दर्जा दिया जाता है? क्या जिस बौद्धिकता के कारण मनुष्य को महान् दर्जा प्राप्त है वह स्त्रियों में विद्यमान नहीं है? या पुरुषों की अपेक्षा कम है? गार्गी, मैत्रेयी, लीलावती, झाँसी की रानी, जोन ऑफ आर्क[16], जजिया बेगम, सरोजिनी नायडू, इन्दिरा गाँधी, महादेवी वर्मा, मारगरेट थैचर[17], मैडिलिन आलब्राइट[18], किरण बेदी, आदि आदि कुछ ऐसी नारियाँ हैं जो इस बात को पूरी तरह झुठला देती हैं कि नारियों में पुरुषों की अपेक्षा कम बौद्धिक क्षमता होती है। इस संदर्भ में सिंगर लिखते हैं— "स्त्रियों तथा पुरुषों के बीच मनोवैज्ञानिक भिन्नता सम्बन्धी विवाद उनकी सामान्य बौद्धिक मात्रा[19] के बारे में नहीं है। सामान्य बौद्धिक मात्रा सम्बन्धी जाँचों के द्वारा स्त्रियों और पुरुषों की औसत उपलब्धियों में संगतिपूर्ण भिन्नताएँ नहीं पाई गयी हैं।"[20]

अब यहाँ प्रश्न उठता है कि यदि स्त्रियाँ बौद्धिक होने में पुरुषों से किसी तरह कम नहीं हैं, तो उन्हें मानवीय अधिकारों से और पुरुषों के समान ही दर्जा तथा गौरव तथा सम्मान पाने से और अपने उत्थान के लिए उचित अवसर प्राप्त करने से वंचित रखना क्या नैतिक माना जा सकता है? इसका उत्तर निश्चित रूप से नकारात्मक है। लेकिन तब इस नकारात्मक उत्तर का तात्पर्य यह नहीं होता कि स्त्रियाँ अपने विशिष्ट लिंग से संबंधित कर्तव्यों को सामान्य

परिस्थिति में भी नहीं करने की अधिकारिणी हो जाती हैं, अर्थात् वे यौनसंभोग, गर्भधारण, प्रसव, स्तनपान, नवजात शिशुपालन, आदि आदि से संबंधित कर्तव्य सामान्य परिस्थिति में भी नहीं करने की अधिकारिणी हो जाती हैं। ये सभी कर्तव्य तो उनके मौलिक कर्तव्यों के अंग हैं। उल्लेखनीय है कि जिस तरह किसी व्यक्ति का चाहे वह पुरुष हो या स्त्री, मौलिक अधिकार नैतिक रूप से संरक्षणीय होता है, उसी तरह उसका मौलिक कर्तव्य नैतिक रूप से अनिवार्यतः पालनीय ही होता है। स्त्रियों को इसके लिए सामान्य परिस्थिति में कोई छूट नहीं मिल सकती। नैतिकता के सिद्धांत लिंगभेद के कारण किसी तरह विकृत नहीं किये जा सकते।

29.4 नस्लभेद

नस्लभेद के आधार पर भी मनुष्यों के बीच अलग-अलग तरह के व्यवहार उचित ठहरा दिये जाते हैं। वैदिक काल में आर्यों ने अनार्यों को अन्य नस्ल के होने के कारण हीन माना था और उनके साथ संघर्ष किया था। संयुक्त राज्य अमेरिका में श्वेत लोगों ने नीग्रो अश्वेतों को नस्लभेद के कारण ही प्रताड़ित किया था। द्वितीय युद्ध के समय जर्मन तानाशाह हिटलर[21] ने यहूदियों को भिन्न नस्ल के होने के कारण हजारों हजार की संख्या में मौत के घाट उतार दिया था। प्लेटो के ग्रंथ *रिपब्लिक*[22] में दासों की चर्चा है। ये लोग यूनान के मूल निवासी नहीं थे। इन लोगों को नागरिकता नहीं दी जाती थी और ये लोग मुख्य सामाजिक धारा में प्रवेश नहीं पा सकते थे। नागरिकों की सेवा करना ही इनका मुख्य कार्य होता था। प्रश्न उठता है कि क्या नस्लभेद के आधार पर भेद परक व्यवहार करना नैतिक रूप से उचित है। क्या उसके लिए कोई उचित कारण दिया जा सकता है? हमने नैतिकता में बौद्धिकता को बहुत महत्त्व दिया है। हमने मनुष्यों को सर्वाधिक मूल्यवान् इसलिए माना है कि उनमें बौद्धिकता वर्तमान है। उल्लेखनीय है कि कुछ लोग ऐसा मानते हैं कि अफ्रिका[23] से अमेरिका गये नीग्रो-नस्ल के लोगों में अमेरिका के श्वेत लोगों की अपेक्षा कम बौद्धिकता होती है। इस सम्बन्ध में सिंगर प्रोफेसर आर्थर जेन्सन[24] का 1969 में *हार्वार्ड एडुकेशनल रिव्यू*[25] में प्रकाशित लेख का हवाला देते हुए लिखते हैं– "अफ्रीकी मूल के अमेरिका निवासी सही आई॰क्यू॰[26] जाँचों में उतनी उत्कृष्टता प्राप्त नहीं करते जितनी उत्कृष्टता अन्य अमेरिकावासी प्राप्त कर लेते हैं।"[27] जेन्सन के इस लेख को लोगों ने नस्लवाद के समर्थन में एक वैज्ञानिक प्रमाण मान लिया था। लेकिन जेन्सन के छात्रों ने उनके व्याखानों में होहल्ला मचाना शुरू कर दिया और वे उनको उनके अपने पद से हटा दिये जाने की माँग भी करने लगे। जेन्सन को हिटलर के समकक्ष माना गया और जेन्सन को नस्लवाद का प्रचारक मान लिया गया। यह सही है कि जेन्सन के छात्रों का होहल्ला मचाना उचित नहीं माना जा सकता। पर क्या आई॰ क्यू॰ की जाँचों में पाई गई बौद्धिक कमी को नस्लभेद का उचित कारण माना जा सकता है? और क्या उस आधार पर मानवीय एकता या समानता को सही करार नहीं दिया जा सकता?

यदि हम यह मान भी लें कि किसी नस्ल के लोगों का औसत बुद्धिसूचकांक किसी अन्य नस्ल के लोगों के औसत बुद्धिसूचकांक से कम ही होते हैं, तब भी इससे यह निष्कर्ष नहीं निकाला जा सकता कि कम बुद्धि सूचकांक वाले लोग मनुष्यों की कोटि में नहीं रखे जा सकते और वे मानवोचित बरताव के हकदार नहीं हो सकते। मनुष्य होने के लिए किसी को आइनस्टाइन होने की जरूरत नहीं होती है। क्या औसत बुद्धि से कम बुद्धि रखनेवाले लोग सोच-विचार नहीं कर सकते और क्या वे अच्छे तथा बुरे में भेद नहीं ही कर सकते? क्या विश्वविख्यात अफ्रीकी नेलसन मंडेला[28] सोच-समझ में अधिक बौद्धिक क्षमता रखने वाले

नस्लों के लोगों से किसी तरह कम हैं? क्या अमेरिका के अश्वेत मार्टिन लूथर किंग[29] की नैतिक ऊँचाई के सामने बहुतेरे बुद्धिप्रवीण श्वेत लोग बौने साबित नहीं हो जाते? इस तरह के उदाहरण अनेकानेक हैं। ऐसी स्थिति में क्या नस्लवाद के आधार पर मानवीय समानता को नहीं मानना जायज हो सकता है? इसका उत्तर स्पष्ट ही नकारात्मक है।

इस प्रसंग में पीटर सिंगर ने अपनी उपर्युक्त पुस्तक में अमेरिकन डिक्लयरेशन ऑफ इंडिपेंडेंस[30] के प्रारंभिक निर्माता टामस जेफरसन[31] की उस उक्ति को उद्धृत किया है जिसे जेफरसन ने किसी लेखक को लिख भेजा था। वह उक्ति है— "मैं भी प्रकृति द्वारा प्रदत्त उनके (नीग्रो के) बौद्धिक स्तर के बारे में अनेक संदेह पालता तथा अभिव्यक्त करता रहा था। लेकिन आप निश्चित रूप से यह जान लें कि मुझसे अन्य कोई दूसरा जीवित व्यक्ति उतनी निष्ठा के साथ उन संदेहों का पूर्ण निराकरण देखना नहीं चाहता जितनी निष्ठा के साथ मैं उस निराकरण को देखना चाहता हूँ और मैं यह भी मानता हूँ कि वे लोग (नीग्रो) हमलोगों के समकक्ष ही हैं.......उनकी बुद्धि की मात्रा जो भी रहती हो, वह उनके अधिकारों का मापक नहीं हो सकती। सर आइजैक न्यूटन[32] बौद्धिक समझ रखने में दूसरों की अपेक्षा अधिक श्रेष्ठ थे, पर इस कारण वे दूसरों के जायदाद या व्यक्तित्व का मालिक नहीं बन जा सकते थे''।[33]

जेफरसन की इस उक्ति के अंतिम दो वाक्यों से दो बातें स्पष्ट रूप से उभर आती हैं। एक तो यह कि लोगों का अधिकार उनकी बुद्धि की अधिक मात्रा पर निर्भर नहीं होता। और दूसरी यह कि किसी व्यक्ति की बुद्धि की मात्रा अधिक होने पर उसे नैतिक कर्तव्य के उल्लंघन की छूट नहीं मिल सकती। यदि नीग्रो लोग गोरे अमेरिकनों तथा अनार्य लोग आर्यों की अपेक्षा कम बौद्धिक मात्रा से युक्त हैं, तो भी वे इतनी बौद्धिक मात्रा से युक्त तो रहते ही हैं कि वे भी मानवीय समानता के दायरे में आ जाते हैं। और तब वे न केवल मानवीय अधिकारों के हकदार हो जाते हैं, बल्कि वे मानवीय कर्तव्यों के अनुपालन के लिए उत्तरदायी भी हो जाते हैं। इस प्रकार हम देखते हैं कि नस्लभेद मानवीय एकता या समानता के सिद्धांत को किसी तरह मिथ्या सिद्ध नहीं कर सकता।

29.5 क्या बौद्धिक क्षमता की मात्रा में अंतर नस्लभेदपरक नैतिकता को औचित्य प्रदान कर सकता है?

जैसा हमने ऊपर कहा है, कुछ जाँचों द्वारा यह पता लगाया गया है कि कुछ नस्ल के लोगों की औसत बौद्धिक क्षमता अन्य नस्ल के लोगों की औसत बौद्धिक क्षमता से कम है। अतः कम औसत बौद्धिक क्षमता रखने वाले नस्ल को नैतिक मूल्यवत्ता की दृष्टि से अधिक औसत बौद्धिक क्षमता रखने वाले नस्ल के समकक्ष नहीं माना जा सकता। इस तरह का विचार प्राचीन काल से ही चला आ रहा है। जहाँ प्राचीन काल में आर्य प्रजाति के लोग अपने को एक अलग प्रजाति के होने के कारण अनार्य प्रजाति के लोगों से बौद्धिक कौशल में वरीय मानते थे, वहीं वर्तमान काल में श्वेत अमेरिकन अपने को एक अलग नस्ल का होने के कारण अश्वेत नीग्रो से वरीय मानते हैं। इस तरह के बहुत उदाहरण हैं। अब तो नस्लभेद के सम्बन्ध में अनेक तरह की वैज्ञानिक जाँच भी सम्भव हो रही है। एक जाँच को आई॰ क्यू॰ टेस्ट[34] कहते हैं। इस जाँच में विशिष्ट रूप से निर्मित प्रश्नावली के प्रश्नों के उत्तरों के आधार पर किसी व्यक्ति की बौद्धिक क्षमता की मात्रा सुनिश्चित की जाती है। 'आई॰ क्यू॰[35]' 'इंटेलिजेंस कोशियेंट[36]' अंग्रेजी पद का संक्षिप्त रूप है।

1969 में आर्थर जेन्सन का *हारवार्ड एडुकेशनल रिभ्यू* में एक लेख छपा था जिसका शीर्षक था—'हाउ मच कैन वी बूस्ट आई॰ क्यू॰ एंड स्कोलैस्टिक एचीभमेंट?'[37]। इस लेख में उन्होंने यह प्रतिपादित करना चाहा है कि हम बौद्धिक मात्रा के आधार पर जातिगत यानी नस्लपरक वरीयता निर्धारित कर सकते हैं। चूँकि श्वेतों की औसत बौद्धिक मात्रा अश्वेतों की औसत बौद्धिक मात्रा से अधिक है, इसलिए श्वेत नस्ल के लोग अश्वेत नस्ल के लोगों की अपेक्षा श्रेष्ठतर हैं। वे कहते हैं— ''नीग्रो-श्वेत सम्बन्धी औसत बुद्धिभेद में जन्म सम्बन्धी कारण बहुत अधिक प्रभावी होते हैं।''[38]

अब यहाँ प्रश्न उठता है कि क्या इस तरह की आई०क्यू० जाँच के आधार पर किसी नस्ल के लोगों को किसी अन्य नस्ल के लोगों की तुलना में निम्नस्तरीय या उच्चस्तरीय मनुष्य मान लेना उचित है। स्पष्ट ही इसका उत्तर नकारात्मक है। एक तो आई० क्यू० जाँच एक तकनीकी जाँच है जो खास ढंग से निर्मित प्रश्नावली के आधार पर ही निष्पादित की जाती है। स्पष्ट ही इस तरह की जाँच में वे लोग ही अधिक सफल हो सकते हैं जो खास ढंग से पालित, पोषित एवं शिक्षित हुए रहते हैं। मानव होने के लिए बहुत ही अधिक तीक्ष्ण बुद्धि का होना आवश्यक नहीं है। फिर, यह भी सही ही है कि औसत बुद्धिमात्रा कम होने का अर्थ यह नहीं होता कि जिस नस्ल की औसत बुद्धिमात्रा कम है उस नस्ल का प्रत्येक व्यक्ति अधिक औसत बुद्धिमात्रा वाले नस्ल के प्रत्येक व्यक्ति से कम बौद्धिक होता है। बुद्धि का विकास अनुकूल रहन-सहन, अनुकूल शिक्षा, अनुकूल अवसर आदि के रहने पर ही सम्भव होता है। जिस नस्ल के लोग आज कम औसत बुद्धिवाले हैं, वे ही कालांतर में सही माहौल पाकर अधिक औसत बुद्धिवाले हो जा सकते हैं। मनुष्य के रूप में एक समान होने के लिए अश्वेतों को या फिर अनार्यों को उतनी बौद्धिक क्षमता तो प्राकृतिक तौर पर प्राप्त रहती ही है जितनी बौद्धिक क्षमता साधारण ढंग से नैतिक दायित्व के निर्वहण के लिए जरूरी होता हैं। अतः बौद्धिक क्षमता में मात्रापरक भेद रहने पर भी न तो विभिन्न नस्लों के लोगों को मानवीय एकता के अंतर्गत रहने से वंचित किया जा सकता और न ही उनके प्रति भेद परक व्यवहार को नैतिक औचित्य प्रदान किया जा सकता है।

29.6 मानवीय समानता का निहितार्थ

अब यहाँ प्रश्न उठता है कि इस मानवीय समानता का नैतिक निहितार्थ क्या है। इस नैतिक निहितार्थ का वेदों में बहुत स्पष्ट रूप से वर्णन किया गया है। ऋग्वेद (10/191/4) के अनुसार ''समानी व आकूतिः समाना हृदयानि वः। समानमस्तु वो मनो यथा वः सुसहासति।।'', अर्थात् 'तुम्हारे विचार, हृदय और मन एक समान हों, जिससे तुम सह-अस्तित्व का सुख प्राप्त कर सको। फिर ऋग्वेद (5/60/5) में कहा गया है—''अज्येष्ठासो अकनिष्ठा स एते सं भ्रातरो वावृधुः सौभगाय।'', अर्थात् 'तुममें ऊँचनीच परक भेदभाव न हो, तुममें भ्रातृप्रेम हो और तुम सौभाग्य के लिए आगे बढ़ो'। फिर *यजुर्वेद* (40/7) कहता है—''यस्मिन् सर्वाणि भूतानि आत्मैवाभूद् विजानतः। तत्र को मोहः कः शोक एकत्वमनुपश्यतः।।'', अर्थात् 'सभी भूतों को आत्मवत् जानने वालों के लिए तथा एकत्व देखने वालों के लिए न कोई मोह है, न ही कोई शोक'। इन वैदिक उक्तियों में दो बातें स्पष्ट रूप से उभरती हैं जो नैतिक दृष्टि से अत्यंत महत्त्वपूर्ण ही होती हैं। एक बात तो यह कि सभी मनुष्यों के साथ एक समान व्यवहार हो। और दूसरी यह कि मनुष्यों के कार्यक्षेत्र में केवल मनुष्य ही नहीं, वरन् सभी प्रकार के जीव एवं पदार्थ सम्मिलित हों। *यजुर्वेद* (40/7) के ''सर्वाणि भूतानि'' में तो सभी जीव-जंतु, सभी पेड़-पौधे तथा सभी भौतिक पदार्थ सम्मिलित हो ही जाते हैं। यह सही

है कि मनुष्यों को छोड़कर और किसी वर्ग के पदार्थ नैतिक कर्ता की भूमिका अदा नहीं कर सकते; पर नैतिक कर्ता की भूमिका की अदायगी एक प्रकार की बात है और नैतिक अधिकार का हकदार होना दूसरे प्रकार की बात है। मानव जाति के लिए दोनों प्रासंगिक हैं—कर्तव्य का पालन करना और अधिकारपूर्ति का सम्पादन भी होना। अन्य वर्गों के लिए तो केवल अधिकारपूर्ति का हकदार होना ही प्रासंगिक है। इस भूमिकापरक भेद का निहितार्थ यह होता है कि मनुष्य सभी जीव-जंतुओं, पेड़-पौधों, यहाँ तक कि निर्जीव पदार्थों के अधिकारों की पूर्ति के लिए भी नैतिक कारण से ही जिम्मेवार है। और नैतिक कारण से जिम्मेवार होने का तात्पर्य यह है कि इस जिम्मेवारी से वह अपने को अलग नहीं कर सकता। इसका निर्वहण उसकी नैतिक बाध्यता है। इस प्रकार हम देखते हैं कि नैतिक सिद्धान्तों का प्रयोग केवल मानव क्षेत्र में सीमित नहीं रहता, बल्कि वह मानवेतर क्षेत्रों के लिए भी प्रासंगिक होता है। जैसा हमने पहले कहा भी है, नैतिकता मुख्यरूप से प्रयोगात्मक ही होती है और इसका प्रयोगक्षेत्र पूरा ब्रह्मांड होता है। चूँकि इस ब्रह्माण्ड में विभिन्न प्रकार के क्षेत्र होते हैं, इसलिए नैतिकता का प्रयोग भी विभिन्न प्रकार का ही होता है। आगे के अध्यायों में हम प्रयोगात्मक नीतिशास्त्र के विभिन्न प्रकार के क्षेत्रों का बारी बारी से समीक्षात्मक विवरण प्रस्तुत करना चाहेंगे।

❑

अध्याय 30

प्रयोगात्मक नीतिशास्त्र के विभिन्न क्षेत्र तथा मानव क्षेत्र की कुछ विशिष्ट नैतिक समस्याएँ

30.1 नैतिक सिद्धान्त और उनका प्रयोग

मोटे तौर पर नीतिशास्त्र के प्रयोगात्मक क्षेत्र को चार खंडों में विभाजित किया जा सकता है। जैसा हमने ऊपर संकेत किया है, उन्हें मनुष्यजगत्, पशुजगत्, वनस्पतिजगत् तथा भौतिक जगत् के नाम दिये जा सकते हैं। इन सभी प्रकार के क्षेत्रों के प्रति मनुष्य को किस तरह का व्यवहार करना चाहिये इसकी सीख प्रायः सभी संस्कृतियों में बहुत प्राचीनकाल से दी जाती रही है। भारतवर्ष में तो इस तरह की सीख अत्यंत प्राचीन काल से ही दी जाती रही है। भारतीय संस्कृति में अनेकानेक पशु और वृक्ष देवता के समान ही पूजे जाते हैं। और पृथ्वी को तो माता का ही दर्जा दिया गया है। सभी क्षेत्रों के लिए मनुष्य आचारनीति के तहत व्यवहार कर सकता है। उदाहरण के लिए हम 'अहिंसा परमो धर्मः' की नीति को ले सकते हैं। इस नीति को हम केवल मानव क्षेत्र के लिए सही नहीं मान सकते। यह तो पशुजगत् तथा वनस्पतिजगत् के लिए, यहाँ तक कि भौतिक जगत् के लिए भी, उपयुक्त है। लेकिन तब यहाँ यह उल्लेखनीय है कि अनेक परम्परागत आचारनीतियाँ परिवेश के बदले जाने से प्रासंगिक नहीं भी रह सकतीं। या फिर वे परिस्थिति की विशिष्टता के कारण उपयोगी सिद्ध नहीं भी हो सकती हैं। एक उदाहरण के माध्यम से हम इसे ज्यादा अच्छी तरह समझ सकते हैं। कल्पना कीजिये कि एक व्यक्ति एक लाइलाज बीमारी से जूझ रहा है। उसे कल्पनातीत पीड़ा हो रही है। चिकित्सक जबाब दे चुके हैं। पीड़ित व्यक्ति निहोरा कर रहा है कि उसे मृत्यु दे दी जाय। उसके परिजन भी उसकी मृत्यु जल्द ही सम्भव कराने के लिए निहोरा कर रहे हैं। पर 'अहिंसा परमो धर्मः' की नीति आड़े आ रही है। यहाँ यह भी उल्लेखनीय है कि यह नीति एक मनुष्य के संदर्भ में आड़े आ रही है। मनुष्य नैतिक मूल्यवत्ता के लिहाज से सर्वाधिक मूल्यवान् होता है। अब प्रश्न उठता है कि उपर्युक्त पीड़ित व्यक्ति के साथ, जो अनुकम्पा-मृत्युकी याचना कर रहा है, किस तरह का बरताव करना चाहिये? क्या उसकी मृत्यु कर या करा देनी चाहिये? क्या ऐसा करना या कराना हिंसा करना या कराना नहीं है? इस अनुकम्पा-मृत्यु के सम्बन्ध में हम आसानी से कोई जवाब नहीं दे सकते। इसके लिए गम्भीर विवेचन की आवश्यकता है। इस तरह के नैतिक प्रश्न और भी अनेक हैं। और इस तरह के गम्भीर नैतिक प्रश्न मानव क्षेत्र के अलावे पशुक्षेत्र, वनस्पति-क्षेत्र तथा भौतिक क्षेत्र के लिए भी उठने लगे हैं। मानव सभ्यता के विकास के कारण ये प्रश्न गम्भीर से गम्भीरतर होते जा रहे हैं। इन प्रश्नों के सम्बन्ध में हम क्षेत्रवार बारी बारी से विचार करेंगे। इस अध्याय में हम मनुष्यक्षेत्र के बारे में विचार करेंगे।

30.2 क्या मानव जीवन नैतिक मूल्यसोपान के शिखर पर स्थित है?

इस प्रश्न का उत्तर प्राचीन काल से ही उपलब्ध होता आ रहा है। ईसाई धर्म के अनुसार ईश्वर ने मनुष्य को अपने स्वरूप के अनुरूप ही सृजित किया है। अतः मनुष्य में अनेक ईश्वरीय गुण तात्त्विक रूप से ही समाविष्ट हो गये हैं। हिंदूधर्म की *मनुस्मृति* के अनुसार सृष्टिकर्ता ब्रह्मा ने अपने ही शरीर के एक भाग से पुरुष तथा दूसरे भाग से स्त्री का सृजन किया था। *वेद* के *पुरुषसूक्त* के अनुसार पुरुष नामक मौलिक सत्ता के विभिन्न अंगों से ही विभिन्न वर्णों के लोग उत्पन्न हुए हैं। पर हम इन मिथकीय विचारों को महत्त्व न देकर केवल ऐतिहासिक प्रकार के विचारों को ही महत्त्व देना चाहेंगे। हम तो मनुष्य को सब पदार्थों में सर्वाधिक मूल्यवान् उसके स्वरूपगत लक्षणों के आधार पर ही मानना चाहेंगे। यह तो एक तथ्य ही है कि मनुष्य सजीव है, चेतनायुक्त है, सोच-विचार कर सकता है और अपने आप को यथासम्भव नियंत्रित भी कर सकता है। इन लक्षणों से युक्त होने के कारण ही वह एक व्यक्ति का रूप ले लेता है। व्यक्ति होने के कारण वह एक नैतिक कर्ता भी हो ही सकता है। चूँकि ये विशिष्टताएँ और किसी जीव में नहीं पाई जातीं, इसलिए नैतिकता के संदर्भ में मनुष्य ही सर्वाधिक मूल्यवान् है। यहाँ दो आपत्तियाँ उठाई जा सकती हैं। एक तो यह कि मनुष्य को ईश्वर से अधिक मूल्यवान् नहीं माना जा सकता और दूसरी यह कि मनुष्यों को सोच-विचार करने वाला अर्थात् बौद्धिक क्षमता रखनेवाला प्राणी कौन-से आधार पर मान लिया जाता है। पहली आपत्ति के उत्तर में हम केवल यही कहना चाहेंगे कि ईश्वर का अस्तित्व आज तक विवादग्रस्त ही रहा है। और दूसरी आपत्ति के उत्तर में हम आपत्तिकर्ता से केवल यही पूछना चाहेंगे कि उनकी आपत्ति स्वयं उनकी सोच-विचारपरक क्षमता पर यानी बौद्धिक क्षमता पर आधारित है या नहीं। वस्तुतः सभी बुद्धिविरोधी आपत्तियाँ आत्मव्याघाती ही होती हैं। उनमें ही उनके उत्तर समाविष्ट रहते हैं।

अब यदि मनुष्य प्रजाति के जीव उपर्युक्त कारणों से बहुत मूल्यवान् हैं, तो अन्य प्रजातियों के जीव भी किसी-न-किसी तरह मूल्यवान् माने जा सकते हैं या नहीं। और यदि मूल्यवान् माने जा सकते हैं, तो क्या सभी समानरूप से ही मूल्यवान् होते हैं? प्रजाति के लिए अंग्रेजी में शब्द है 'स्पीसीज'[2] जिसका प्रयोग चार्ल्स डार्विन ने भी अपनी अत्यंत प्रसिद्ध युगपरिवर्तनकारी पुस्तक *ऑरिजिन ऑफ स्पीसीज*[3] में किया है। विभिन्न प्रजातियों की भिन्नता सम्बन्धी मत को 'प्रजातिवाद' कहते हैं और अंग्रेजी में उसे 'स्पीसीसिज्म'[4] कहा जा सकता है। हम चूँकि ऐसा मानते हैं कि मनुष्य सभी पदार्थों में सर्वाधिक मूल्यवान् होता है, इसलिए शायद हम पर यह आक्षेप लग सकता है कि हम 'प्रजातिवाद' के दोष से दूषित हो जाते हैं। इस तरह हम देखते हैं कि हम 'प्रजातिवाद' नामक एक 'कोटिपरक दोष'[5] से दूषित हो जाते हैं। पर तब यहाँ प्रश्न उठता है कि क्या मनुष्य-प्रजाति को सर्वाधिक मूल्यवान् मानना सचमुच दोषपूर्ण होता है। यहाँ यह उल्लेखनीय है कि पिटर सिंगर भी मनुष्य जाति को सर्वाधिक मूल्यवान् मानते हैं और वे इस विचार को प्रजातिवाद जैसे दोष से दूषित नहीं मानते। और वे सभी जीवों की मूल्यवत्ता में भेद को भी स्वीकार करते ही हैं और इस तरह वे भी एक मूल्य-सोपान को मानना ही चाहते हैं। इस मूल्यसोपान परक विचार के अनुसार संसार की सभी प्रजातियाँ समान रूप से मूल्यवान् नहीं होतीं और उनके मूल्यों की एक शृंखला ही होती है। पिटर सिंगर कहते हैं– "विभिन्न जीवों के मूल्यों को एक सोपानक्रम में व्यवस्थित करना निश्चय ही प्रजातिवाद जैसे दोष से ग्रसित होना

नहीं है''।[6] वे इस संदर्भ में यह तर्क देते हैं– "यदि यह सही है कि चूहे के अस्तित्व तथा मनुष्य के अस्तित्व के बीच चुनाव करना अर्थपूर्ण होता है तो–चुनाव जो भी हो–हम इस विचार को अर्थपूर्ण मान ही सकते हैं कि एक प्रकार के जीव का जीवन दूसरे प्रकार के जीव के जीवन से अधिक मूल्यवान् होता है। और यदि ऐसा है तो ऐसा मानना कि सभी सत्ताओं को समान मूल्य प्राप्त है, बहुत ही अधिक कमजोर आधार पर कायम रहता है''।[7]

इस तरह के विचार के अनुसार मनुष्य-प्रजाति को सर्वाधिक मूल्यवान् मान कर पशु-प्रजाति, वनस्पति-प्रजाति एवं निर्जीव पदार्थों को क्रमिक ढंग से न्यूनतर मूल्य का होना माना जा सकता है। और इस तरह इस मूल्य-शृंखला में सबसे कम मूल्य निर्जीव पदार्थ को ही दिया जा सकता है। पर निर्जीव पदार्थ का मूल्य शृंखला में सबसे नीचे रखने का अर्थ यह कदापि नहीं हो सकता कि उसे कुछ भी मूल्य नहीं है। एक छोटे से मिट्टी के ढेले को भी मूल्यवत्ता प्राप्त है। पर जब कभी दो भिन्न-भिन्न कोटियों की वस्तुओं के बीच की आपेक्षिक मूल्यवत्ता का प्रश्न उठता है या फिर उन दोनों के बीच चयनात्मक आचरण की आवश्यकता होती है, तब तो उनमें किसी एक को अधिमानित करने और उसके लिए सोपान का सहारा लेने की आवश्यकता पड़ती ही है।

इस मूल्य-सोपान का अर्थ यह कदापि नहीं हो सकता कि अपेक्षाकृत कम मूल्यवाले पदार्थ के प्रति नैतिकता बरतने की जरूरत नहीं होती। नैतिकता बरतने की जरूरत सभी तरह के पदार्थों के लिए रहती है। और जिस तरह से मानव क्षेत्र में नैतिक सिद्धान्तों के प्रयोग के सम्बन्ध में समस्याएँ उठ खड़ी होती हैं, उसी तरह अन्य क्षेत्रों में भी प्रयोग सम्बन्धी समस्याएँ उठ खड़ी होती ही हैं। क्या मनुष्यों के भोजन की आपूर्ति के लिए पशुओं का वध करना चाहिये? उपभोग की वस्तुओं के निर्माण के लिए वृक्षों की कटाई करनी चाहिये? कल-कारखानों से निकलने वाले अनेकानेक रासायनिक तत्त्वों से वातावरण को प्रदूषित होने देना चाहिये? ऐसी प्रयोगपरक समस्याएँ अनेकानेक हैं। उनका नीतिशास्त्रीय समाधान होना अत्यंत आवश्यक है। प्रयोगात्मक नीतिशास्त्र का प्रमुख विषय इस प्रकार का समाधान करना ही है। आगे के अध्यायों में इसे ही ध्यान में रखकर हम क्षेत्रवार कुछ महत्त्वपूर्ण नैतिक समस्याओं के सम्बन्ध में विवेचन करेंगे। इस अध्याय में अब हम मानवक्षेत्र की कुछ महत्त्वपूर्ण समस्याओं पर विचार करेंगे।

30.3 अनुकम्पा-मृत्यु

हमने ऊपर देखा है कि किस तरह अनुकम्पा-मृत्यु नैतिकता के परिप्रेक्ष्य में एक अत्यंत गम्भीर समस्या का रूप ले लेती है। हम 'अहिंसा परमो धर्मः' का सहारा लेकर इसे नगण्य नहीं मान सकते। बल्कि, आज तो इसके सम्बन्ध में बहुत गम्भीर विचार किये भी जा रहे हैं। पिटर सिंगर ने अपनी पुस्तक *प्रैक्टिकल एथिक्स* में इस पर गहन विचार किया है। उन्होंने इसके तीन प्रकार माने हैं। मैंने उन्हें हिन्दी में ये नाम दिये हैं–इच्छित[8], अनिच्छित[9] तथा इच्छा-अनिच्छा रहित[10] किंतु वांछनीय।

इच्छित अनुकम्पा-मृत्यु वह है जिसमें मृत्यु चाहने वाला व्यक्ति स्पष्ट रूप से माँग करता है कि उसे मार दिया जाय। यहाँ यह उल्लेखनीय है कि यह माँग आत्महत्या के प्रयास के रूप में नहीं देखी जा सकती। जहाँ आत्महत्या पूरी तरह अनैतिक होती है, वहीं अनुकम्पा-मृत्यु नैतिक हो सकती है। पर इसे नैतिक तभी माना जा सकता, जब यह अनेकानेक शर्तों की पूर्ति पर आधारित होती है। ये शर्त क्या क्या हैं, उसकी चर्चा हम

आगे करेंगे। यहाँ हम केवल यह संकेत करना चाहेंगे कि यदि अनुकम्पा-मृत्यु का याचक लाइलाज बीमारी से पीड़ित नहीं है, तो वह इस मृत्यु की याचना नैतिक रूप से नहीं कर सकता। और ऐसी स्थिति में यदि कोई उस याचक को मौत के घाट उतार देता है, तो मृतक और घातक दोनों नैतिक और कानूनी तौर पर दंड के भागी हो सकते हैं।

अनिच्छित किंतु वांछनीय अनुकम्पा-मृत्यु वह है जो मृत्यु पाने वाले की स्वीकारोक्ति के अभाव में भी उसे लाइलाज बीमारी की असहनीय पीड़ा से बचाने के लिए निष्पादित की जाती है। ऐसी मृत्यु के संदर्भ में रोगी की राय को महत्त्व न देकर कुशल चिकित्सकों की राय को ही महत्त्व दिया जाता है। यहाँ चिकित्सकों की नैतिकता ही प्रासंगिक होती है।

यदि कोई व्यक्ति लाइलाज बीमारी से ग्रस्त हो और वह अपनी इच्छा या अनिच्छा प्रकट करने में किसी कारणवश समर्थ न हो, लेकिन उसके सम्बन्ध में अनुकम्पा-मृत्यु की अन्य सभी आवश्यक शर्तें पूरी हो रही हों, तो ऐसे व्यक्ति की अनुकम्पा-मृत्यु 'इच्छा-अनिच्छा रहित पर वांछनीय' कोटि में आती है।

अब यहाँ एक प्रश्न यह उठ खड़ा होता है कि अनुकम्पा-मृत्यु के सम्बन्ध में विरोध क्यों उत्पन्न होता है। लोग इसे अत्यधिक गम्भीरता से क्यों लेते हैं। इसके दो प्रमुख कारण है—एक यह कि सामान्य रूप से मान्य आचारनीति है 'अहिंसा परमो धर्मः'। इस नीति से अनुकम्पा-मृत्यु का मेल नहीं बैठता। और दूसरा कारण यह है कि मनुष्य नैतिक दृष्टि से सर्वाधिक मूल्यवान् प्राणी है। अतः इसे मौत की घाट उतार देना एक घोर पाप है। और फिर कानून की दृष्टि में सामान्यतः किसी व्यक्ति को किसी व्यक्ति की हत्या करने का हक नहीं होता। जो कोई ऐसा करता है उसे साधारणतः मृत्यु पाने की सजा ही दी जाती है। इसलिए प्रायः ही देश अनुकम्पा-मृत्यु के निष्पादन को मान्यता नहीं देते। इधर हाल में नेदरलैंड्स[11] में इसे कानूनी मान्यता मिल गई है। पर इसके लिए निम्नलिखित शर्तों की पूर्ति अनिवार्य बनाई गई है:—

(क) मृत्युयाचक की बीमारी का कुशल एवं अधिकारसम्पन्न चिकित्सकों द्वारा लाइलाज होने को प्रमाणित करना।

(ख) बीमारी की पीड़ा की असहनीयता को यथासम्भव वैज्ञानिक आधार पर सुनिश्चित करना।

(ग) मृत्युयाचक द्वारा अपनी स्वतंत्र इच्छा से अपनी मृत्यु की याचना करना।

(घ) कुशल चिकित्सक द्वारा मृत्यु का क्रियान्वयन होना।

पिटर सिंगर के अनुसार नेदरलैंड्स में उपर्युक्त शर्तों की पूर्ति सुनिश्चित हो जाने पर ही वहाँ का दि रॉयल डच मेडिकल एशोसियेशन[12] अनुकम्पा-मृत्यु के निष्पादन को अनुमोदित करता है। वहाँ की आम जनता भी ऐसा होने पर ही ऐसी मृत्यु का समर्थन करती है।[13]

अब यहाँ यह प्रश्न उठता है कि क्या इस अनुकम्पा-मृत्यु को नैतिक दृष्टि से भी वैध माना जा सकता है। यह तो हम निर्णीत कर ही चुके हैं कि कानूनी वैधता नैतिक वैधता का आधार नहीं बन सकती। किंतु, यदि किसी मामले में ऊपर लिखी शर्तों की पूर्ति को सुनिश्चित कर लिया जाता है, तब मरीज को असह्य वेदना से पीड़ित होते रहने के लिए छोड़ देना तार्किक रूप से उचित नहीं जान पड़ता और, जैसा हमने बारबार कहा है, किसी

व्यवहार की नैतिकता अंततः उससे जुड़ी परिस्थिति की आंतरिक तार्किकता पर ही निर्भर होती है। अतः उपर्युक्त शर्तों की पूर्ति के आधार पर अनुकम्पा-मृत्यु के निष्पादन को हम नैतिक मान ही सकते हैं। यह सम्भव है कि कभीकभी लाइलाज बीमारी भोग रहा व्यक्ति अपनी इच्छा या अनिच्छा को अभिव्यक्त करने में समर्थ ही न हो या वह मृत्यु की इच्छा रखता ही न हो। ऐसी स्थिति में विशेषज्ञ चिकित्सकों की सलाह पर अधिकारसंपन्न लोगों को अनुकम्पा-मृत्यु के पक्ष या विपक्ष में निर्णय लेना चाहिये। ऐसा मानना कि किसी भी स्थिति में अहिंसा का उल्लंघन बिलकुल अधार्मिक है सही अर्थ में धार्मिकता या नैतिकता को अच्छी तरह नहीं समझ सकना ही है।

30.4 गर्भपात

गर्भपात, जैसा हम जानते हैं, कभी-कभी प्राकृतिक कारणों से हो जाता है। ऐसे गर्भपात के सम्बन्ध में कोई नैतिक प्रश्न नहीं उठ सकता। पर यदि किसी गर्भपात के सम्बन्ध में मनुष्य की किसी तरह की लापरवाही जुड़ी रहती है, तो नैतिक प्रश्न उठ ही जाता है। गर्भपात का अर्थ है भावी मानव व्यक्तित्व का नाश होना और हम तो देख ही चुके हैं कि मानव की मूल्यवत्ता बहुत अधिक होती है। अतः यदि मानव के किसी प्रकार के विनाश के लिए मनुष्य जिम्मेवार हो, तो ऐसा मनुष्य अवश्य ही नैतिक भर्त्सना और दंड का भागी होता है। स्वयं गर्भधारण करने वाली महिला भी गर्भपात के लिए जिम्मेवार मानी जा सकती है, गुनहगार हो सकती है और दंडित की जा सकती है। कहने का तात्पर्य यह है कि गर्भ का समुचित संरक्षण एक नैतिक दायित्व होता है और इस नैतिक दायित्व का निर्वहण न केवल गर्भवती महिला को करना है, बल्कि उन सभी लोगों को करना है जो उस महिला के साथ निकट से सम्बन्धित हैं। पर तब यहाँ यह भी उल्लेखनीय है कि 'अहिंसा परमो धर्मः' गर्भपात के सम्बन्ध में भी बिलकुल अनुल्लंघनीय नहीं हो सकता। कभी-कभी परिस्थिति ऐसी हो जा सकती है कि गर्भपात कराना ही नैतिक रूप से वैध माना जा सकता है। किसी कारणवश किसी गर्भवती महिला का स्वास्थ्य इतना गिर जा सकता है कि बिना गर्भपात कराये उस महिला को जीवित नहीं रखा जा सकता। ऐसी स्थिति में नैतिकता का ही यह तकाजा होता है कि लोग उस महिला के गर्भ का पात करा दें। जिस तरह कभीकभी अनुकम्पा-मृत्यु नैतिक हो जाती है, उसी तरह कभीकभी गर्भपात भी नैतिक हो जाता है।

पर गर्भपात के सम्बन्ध में दो परस्पर विरोधी मत प्रचलित हैं। एक को हम 'पुरानपंथी मत' तथा दूसरे को हम 'प्रगतिवादी मत' कह सकते हैं। पहला मत गर्भपात का पूर्णतः विरोध करता है, पर दूसरा मत विशेष विशेष परिस्थिति में गर्भपात का समर्थन करता है। आध्यात्मिक धर्म या मजहब को मानने वाले गर्भस्थ शिशु को ईश्वर की संतान या उसका अंश मानते हैं। अतः उनके अनुसार गर्भपात कराना ईश्वर की अवमानना करना ही होता है। पर इस पुरानपंथी मत की तार्किक दुर्बलता तब उजागर हो जाती है, जब गर्भ के कारण किसी गर्भवती महिला का जीवन, जो अपने आप में ईश्वर की संतान या उसका अंश ही है, दाँव पर लग जाता है। और फिर, जैसा हम जानते हैं, अनेक देशों में जनसंख्या-विस्फोट इस कदर बढ़ता जा रहा है कि लोगों को व्यापक पैमाने पर या तो गर्भधारण को कृत्रिम रूप से रोकना पड़ रहा है या गर्भधारण हो जाने पर उसका स्खलन कराना पड़ रहा है। यहाँ तर्क यह दिया जाता है कि यदि ऐसा न किया जाये तो लोगों की संख्या इतनी बढ़ जायगी कि संसार भर में उपलब्ध सामग्री से सभी लोगो का सही ढंग से जीवनयापन

करना असम्भव ही हो जायगा। अतः नैतिकता का तकाजा यही हो सकता है कि ऐसा कुछ अवश्य करना चाहिये जिससे वर्तमान में रह रहे सभी लोगों का सही ढंग से जीवनयापन हो सके। और इसे सम्भव बनाने के लिए यह जरूरी हो जाता है कि जनसंख्या में और अधिक वृद्धि को रोका जाय। चूँकि गर्भपात के द्वारा इस तरह की वृद्धि रोकी जा सकती है, इसलिए गर्भपात की आवश्यकता तथा उपयोगिता को सहज ही अनुमानित किया जा सकता है। निश्चय ही इस जनसंख्या-वृद्धि को रोकने का एक उपाय यह भी है कि स्त्री और पुरुष ब्रह्मचर्य का व्रत ले लें और गर्भधारण होने ही न दें। ऐसी स्थिति में तो गर्भपात की आवश्यकता ही नहीं रह जायेगी। पर सामान्य तौर पर ब्रह्मचर्य का व्रत नैतिक नहीं हो सकता। ब्रह्मचर्य की नैतिकता के सम्बन्ध में हम पहले ही विचार कर चुके हैं। यहाँ हम केवल इतना कहना चाहते हैं कि ब्रह्मचर्य का व्रत लेना प्रकृति की आवश्यकता का ऐसा निरोध करना है जो नैतिक दृष्टि से मान्य नहीं हो सकता।

अब यहाँ यह उल्लेखनीय है कि यदि नैतिकता के आधार पर स्त्री-पुरुष संभोग को मान्यता मिल जाती है तो गर्भधारण का होना स्वाभाविक ही है। और यदि गर्भधारण का होते रहना उचित सीमा को पार कर जाता है, तब तो गर्भपात करा के ही जनसंख्या-वृद्धि को रोका जा सकता है। अब यहाँ फिर नैतिक कारणों से अनेक महत्त्वपूर्ण प्रश्न उठ खड़े हो जाते हैं। हमने देखा है कि मनुष्य नैतिक मूल्यवत्ता की दृष्टि से सर्वाधिक मूल्यवान् होता है। और किसी मानव स्त्री द्वारा गर्भधारण करने का तात्पर्य है एक नये मनुष्य का अस्तित्व में आना। क्या गर्भपात कराकर एक भावी मानव अस्तित्व की हत्या नहीं कर दी जाती?

यहाँ उल्लेखनीय है कि अनेक विचारक प्रारंभिक अवस्था में गर्भपात कराने से किसी मानव की हत्या का होना स्वीकार नहीं करते। उनका तर्क है कि जब तक गर्भावस्था की प्राकृतिक समाप्ति के बाद प्रसव द्वारा शिशु का जन्म नहीं हो जाता है, तब तक गर्भ में किसी मानव के अस्तित्व का होना स्वीकार ही नहीं किया जा सकता। ऐसी स्थिति में किसी गर्भ का स्खलन कराना अनैतिक कैसे हो सकता? हाँ, गर्भ-स्खलन के लिए गर्भवती महिला की स्वीकृति तथा गर्भस्खलन का सही ढंग से निष्पादन होना तो जरूरी ही है।

पर, अब यह मानना कि शिशु के जन्म के पहले भ्रूण का कोई नैतिक महत्त्व नहीं होता है बिलकुल अनुचित करार दिया जाने लगा है। यह तो सभी जानते हैं कि नौ महीनों की अवधि की समाप्ति के कुछ समय पहले भी जन्म लेकर अनेकानेक मानव बच्चे बिलकुल प्राकृतिक जीवन बिताने में सक्षम एवं समर्थ हो जाते हैं। अतः मानव भ्रूण को नैतिक महत्त्व नहीं देना बिलकुल अतार्किक है। और तब गर्भपात को नैतिक मान्यता नहीं ही दी जा सकती।

पर क्या जिस समय गर्भाधान होता है उस समय निर्मित भ्रूण को वही महत्त्व प्राप्त है, जो महत्त्व प्रसव के ठीक पहले के भ्रूण को प्राप्त है? निश्चय ही गर्भाधान के ठीक बाद में निर्मित हुआ भ्रूण गर्भाशय के बाहर अवस्थित होकर एक मानव के रूप में विकसित नहीं हो सकता। पर, सात ही महीनों तक गर्भाशय में पल चुका भ्रूण प्रसवोपरांत विकसित हो सकता है। अब यहाँ प्रश्न उठ जाता है कि गर्भावधि का वह कौन-सा समय-विंदु है जिसके बाद भ्रूण एक भावी मनुष्य के रूप में परिवर्तित होकर नैतिक दृष्टि से सर्वाधिक मूल्यवान् बन जाता है। पिटर सिंगर ने इस संदर्भ में चार विकल्पों का उल्लेख किया है। वे विकल्प हैं—(क) शिशु के जन्म होने पर। (ख) भ्रूण की वह स्थिति जिसकी प्राप्ति के बाद जन्म

लेकर भ्रूण एक स्वस्थ मानव के रूप में पनप सकता है। इस समर्थता को सिंगर 'भायेविलिटि'[14] कहते हैं। (ग) भ्रूण की वह अवस्था जिसमें भ्रूण गतिशील हो जाता है। भ्रूण की इस गति को उसकी माता अनुभूत कर ले सकती है। कैथोलिक ईसाई मानते हैं कि यह गतिशीलता तब सम्भव होती है, जब भ्रूण में आत्मा का प्रवेश हो जाता है। इसे सिंगर 'क्विकनिंग'[15] कहते हैं। अल्ट्रासाउंड[16] परीक्षण के आधार पर यह माना जाता है कि गर्भाधान से लगभग छः सप्ताह बाद ही भ्रूण गतिशील हो जाता है। (घ) भ्रूण की संवेदनशीलता लगभग सात सप्ताह के बाद ही सम्भव होती है। तब भ्रूण पीड़ा का अनुभव करने लगता है। इसका तात्पर्य यह है कि भ्रूण तब सचेतन हो जाता है।

जैसा हमने ऊपर संकेत किया है, धार्मिक मान्यताओं के अनुसार भ्रूण का सचेतन होना उसमें एक आत्मा के प्रवेश कर जाने के कारण सम्भव होता है। ऊपर हमने उल्लेख किया है कि कैथोलिक ईसाई धर्म के अनुसार यह प्रवेश ही भ्रूण को गतिशील बनाता है और यह प्रवेश गर्भाधान के लगभग छः सप्ताह के बाद ही होता है। पर हिंदू धर्म के अनुसार ऐसा प्रवेश गर्भाधान के साथ-साथ ही होता है। भ्रूण में प्रवेश करने वाली आत्मा माता-पिता की कृति नहीं होती। वह तो बिलकुल स्वतंत्र एवं चिरंतन होती है। वह माता-पिता से विरासत में प्राप्त नहीं होती है। विरासत में तो माता का अंड और पिता का शुक्र प्राप्त होते हैं। आत्मा तो वही होती है जो जन्म लेने वाले शिशु के पूर्वजीवन की आत्मा रहती है। इस संदर्भ में सुरेन्द्रनाथ दासगुप्त लिखते हैं— "........भ्रूण केवल पिता के शुक्र तथा माता के शोणित के योग से निर्मित नहीं हो सकता। इनका योग एक भ्रूण को तभी उत्पन्न कर सकता है जब आत्मन् अपने सूक्ष्म शरीर के साथ, जो वायु, अग्नि, जल तथा पृथ्वी और मनस् (प्रत्यक्षीकरण तथा मनन को सम्भव बनानेवाली इंद्रिय) के मिश्रण से निर्मित होता है, अपने कर्म के अनुसार उस (शुक्र-शोणित योग) से मिल जाता है''।[17] इस संदर्भ में हम यहाँ केवल इतना ही कहना चाहते हैं कि विभिन्न धार्मिक संप्रदाय भ्रूण को नैतिक महत्त्व भले ही आत्मा-प्रवेश के कारण ही देते रहे हों, पर उसे यह महत्त्व केवल इस कारण से प्राप्त हो सकता है कि वह एक मानव व्यक्ति बन जाने की क्षमता रखता है जो उसे अपने माँ-बाप से प्राप्त जेनोम[18] के कारण ही सम्भव होती है। और फिर भ्रूण की सभी पूर्वापर अवस्थाएँ महत्त्वपूर्ण ही होती हैं, क्योंकि कोई भी अवस्था उसके ठीक पहले की अवस्था का ही परिणाम होती है। क्या अंड और शुक्र के योग के बिना गतिशीलता या संवेदनशीलता सम्भव हो सकती है? इसलिए भ्रूण को किसी प्रकार का महत्त्व देने के लिए उसके किसी विशेष समय-विंदु की खोज बिलकुल निरर्थक है। हाँ, यदि गर्भपात कराना आवश्यक हो जाय, तो उसका निष्पादन गर्भ की प्रारंभिक अवस्थाओं में होना ज्यादा अच्छा है। ऐसा इसलिए कि बाद की अवस्थाओं में भ्रूण संवेदनशील हो जाता है और कष्ट का अनुभव कर सकता है। पर आपातस्थिति में तो भ्रूण की पूर्वापर सभी अवस्थाएँ समान रूप से ही नष्ट करने योग्य हो जाती हैं। और तब ऊपरवर्णित समय-विंदु का कोई महत्त्व नहीं हो सकता।

यहाँ एक प्रश्न यह उठ सकता है कि क्या गर्भवती स्त्रियों को अपनी इच्छा के अनुसार जब कभी अपने गर्भ का स्खलन करा लेने का नैतिक अधिकार प्राप्त है। आजकल की अनेक आधुनिक नारियाँ अपने शारीरिक सौष्ठव एवं सौंदर्य को बरकरार रखने के ख्याल से या फिर शिशु के लालन-पालन जैसे कार्य से मुक्त रहने के लिए या फिर अपनी जीविका के लिए धनोपार्जन में समय लगाने की अनिवार्यता से गर्भपात करा लेना ही

उपयुक्त मानती हैं। पर, जैसा हम ऊपर विचार कर चुके हैं, स्त्रियों का यह नैतिक कर्तव्य एवं दायित्व भी है कि वे गर्भधारण करें, शिशुओं को जन्म दें और उनका उचित लालन-पालन भी करें। ऊपर वर्णित कोई कारण गर्भपात करा लेने के लिए नैतिक नहीं माना जा सकता। हाँ, स्वास्थ्य ठीक-ठाक रखने के लिए, जनसंख्या वृद्धि को नियंत्रित करने के लिए या अन्य किसी जरूरी कारण के लिए गर्भपात करा लेना नैतिक माना जा सकता है। पर किसी नारी को व्यक्तिगत स्वतंत्रता के नाम पर नैतिक रूप से यह अधिकार प्राप्त नहीं हो सकता कि वह जब चाहे अपनी इच्छानुसार गर्भपात करा ले सकती है। वैयक्तिक स्वतंत्रता के साथ नैतिक बाध्यता भी तो जुड़ी ही रहती है।

अब यहाँ एक प्रश्न यह भी उठ सकता है कि क्या बलात्कारजनित गर्भ के सम्बन्ध में वही बरताव होना चाहिये जो बरताव किसी नीतिसम्मत विधि से उत्पन्न गर्भ के सम्बन्ध में किया जाना चाहिये। दूसरे शब्दों में, क्या बलात्कार से उत्पन्न गर्भ का नाश करना नैतिक दृष्टि से ही एक आवश्यक कर्तव्य नहीं होता? अनेक लोग ऐसे गर्भों के विनाश को नैतिक दृष्टि से ही उचित इसलिए मान लेते हैं कि उनके अनुसार ऐसे गर्भ अपराध एवं पाप के परिणाम होते हैं। अतः जहाँ हम मर्यादित प्रक्रिया से उत्पन्न गर्भ के विनाश को विशेष-विशेष परिस्थिति में ही नैतिक मान सकते हैं, वहीं हम बलात्कार जनित गर्भ को सभी परिस्थितियों में विनाशयोग्य मान ले सकते हैं। पर, ऐसा मानना नैतिक कारण से उचित नहीं होता। यह तो दंडविधान के उद्देश्य के बिलकुल विपरीत हो जाता है। दंडविधान का एक मूलभूत उद्देश्य यह है कि अपराधी को ही दंड मिलना चाहिये। अतः बलात्कार करने वाले अपराधी को ही दंड मिलना चाहिये, न कि बलात्कारजनित गर्भ में पल रहे भ्रूण को। उस भ्रूण ने न तो बलात्कार किया है, न ही उसने बलात्कारी को बलात्कार करने में किसी तरह का सहयोग दिया है। इस संदर्भ में पिटर सिंगर ने अपनी पुस्तक *प्रैटिकल एथिक्स* में एक अत्यंत दिलचस्प कहानी का उल्लेख किया है जो प्रस्तुत विषय पर बढ़िया ढंग से प्रकाश डालती है। हम यहाँ उस कहानी की चर्चा करना चाहेंगे।

इस कहानी की कल्पना जुडिथ जारविस टॉमसन[19] नामक एक लेखिका ने की है। कहानी इस प्रकार है— एक महिला अपहृत हो जाती है। अपहरण के क्रम में वह बेहोश हो जाती है। उसके बाद उसे एक अस्पताल में एक शय्या पर लिटा दिया जाता है। उस शय्या की बगल वाली शय्या पर एक मरीज का इलाज पहले से चल रहा है। उस मरीज को बाहरी रक्त की जरूरत हो जाती है। उपर्युक्त बगल वाली महिला की शारीरिक जाँच के क्रम में यह ज्ञात हो चुका है कि उस महिला का रक्तवर्ग वही है जिस रक्तवर्ग की जरूरत उस पुरुष मरीज को है। अतः उस महिला की रक्त-प्रणाली को उस पुरुष मरीज की रक्त-प्रणाली से एक नली द्वारा जोड़ दिया जाता है। बाद में जब उस महिला को होश आता है तब उसे उसके साथ घटी पूरी घटना की जानकारी दे दी जाती है। पहले तो वह बहुत ही उग्र प्रतिक्रिया अभिव्यक्त करती है, पर बाद में वह कुछ डराये और धमकाये जाने के कारण शांत हो जाती है। अपहर्ताओं द्वारा उसे करीब नौ महीनों के लिए ही अस्पताल में पड़ी रहने के लिए बाध्य किया जाता है। उस अवधि के लिए उसके स्वास्थ्यवर्धक खान-पान के बारे में बहुत अच्छा प्रबंध कर दिया जाता है। नौ महीनों के बाद जब वह पुरुष मरीज भला चंगा हो जाता है तब उस नली को जो उसके और उस अपृहत महिला मरीज के बीच जोड़ी गई थी, काट दी जाती है और तब उस महिला मरीज को भी अस्पताल से विदा कर दिया जाता है।

अब यहाँ एक अत्यंत महत्त्वपूर्ण प्रश्न यह उठता है कि उस अपृहत महिला के ऊपर-वर्णित रक्तदान का नैतिक मूल्यांकन किस प्रकार किया जा सकता है। क्या उसका यह रक्तदान नैतिक दृष्टि से ठीक है? पर यहाँ यह उल्लेखनीय है कि उस महिला ने राज़ीखुशी से तो रक्तदान नहीं किया था। उसे तो अपृहत कर जबर्दस्ती अस्पताल में लाया गया था और उसकी बेहोशी में ही उसके द्वारा रक्तदान कराने की प्रक्रिया शुरू की गई थी। निश्चय ही किसी प्रौढ़ व्यक्ति द्वारा उसकी बेहोशी में कुछ करा लेना नैतिक दृष्टि से उचित नहीं हो सकता। पर तब इस तरह से बाध्य होना एक बात है और बाध्य होकर भी किसी के लिए सहायक बन जाना एक दूसरी बात है। दोनों घटनाओं का एक ही तरह का नैतिक मूल्यांकन सम्भव नहीं भी हो सकता है। ऊपर प्रस्तुत प्रयोग के बारे में भी एक ही तरह का नैतिक मूल्यांकन सम्भव नहीं है। यहाँ यह ध्यातव्य है कि असहाय लोगों को किसी रूप में सहायता पहुँचाना अपने आप में ही बहुत नैतिक है। यह भी सही है कि अपराधियों को दंड मिलना भी बहुत ही नैतिक होता है। इन व्यापारों के दोनों नैतिक मूल्यांकन एकदूसरे पर निर्भर नहीं होते हैं। अपहृता के अपहरणकर्त्ताओं को तो सही दंड मिलना ही चाहिये, पर अपहृता द्वारा रक्तदान द्वारा एक जरूरतमंद मरीज को जो मदद पहुँचाई गई है वह निश्चय ही अत्यंत सराहणीय है। मैं समझता हूँ कि जब उसे अस्पताल से छुट्टी मिली होगी और उसने देखा होगा कि उसकी मदद से बगल वाला मरीज भला चंगा हो गया है, तब उसे अपने रक्तदान के लिए पश्चत्ताप तो नहीं ही हुआ होगा, बल्कि वह अपने को भीतर ही भीतर बहुत अधिक गौरवशालिनी मान रही होगी। शायद उसने उस मरीज के पूर्णरूप से स्वस्थ होने की मंगलकामना भी की होगी।

अब यहाँ यह उल्लेखनीय है कि ऊपर वर्णित ढंग के अनुरूप ही बलात्कार द्वारा गर्भवती हुई महिला नौ महीनों तक अपने गर्भस्थ शिशु को अपने रक्त के द्वारा पोषती और पालती है। ऐसा करके वह एक माता के आवश्यक धर्म का ही निर्वाह करती है। ऐसा करना किसी तरह बलात्कारी को माफ कर देना नहीं माना जा सकता। गर्भस्थ शिशु को बलात्कार-प्रक्रिया के लिए किसी तरह जिम्मेवार नहीं ठहराया जा सकता। बलात्कारी को तो दंड मिलना ही चाहिये, पर गर्भस्थ शिशु की उचित देखभाल भी होनी ही चाहिये। गर्भपात कराकर गर्भस्थ शिशु का प्राणहरण कर लेना किसी तरह न्यायपूर्ण नहीं हो सकता। गर्भवती महिला द्वारा गर्भस्थ शिशु का संपोषण तथा प्रसवन और प्रसव के बाद स्तनपान तथा लालन-पालन नैतिक कर्तव्यों के अनुपालन में शामिल किये ही जा सकते हैं। किसी भी माता के मातृत्व परक कुछ कर्तव्य होते हैं। उन्हें गर्भाधान की प्रक्रिया से जोड़कर नहीं आँका जाना चाहिये।

इस प्रकार यह देखा जा सकता है कि गर्भपात यदि कभी नैतिक होता है, तो कभी वह अनैतिक भी हो सकता है। इसके पक्ष या विपक्ष में कोई एक सर्वकालीन सामान्य नियम निर्धारित नहीं किया जा सकता। इसका क्रियान्वयन पूरी तरह परिस्थिति की विशिष्टता पर निर्भर करता है। इसके सम्बन्ध में कोई धार्मिक निर्देश सभी पसिस्थितियों के लिए अर्थपूर्ण नहीं हो सकता। गर्भवती महिला का स्वास्थ्य, गर्भस्थ शिशु का स्वास्थ्य, सामाजिक जरूरतें, आदि आदि गर्भपात के सम्बन्ध में विचारणीय घटक है। और यदि गर्भपात आवश्यक हो ही जाय, तो उसे कुशल चिकित्सक के द्वारा ही निष्पादित कराना नैतिक हो सकता है।

30.5 भ्रूणपरीक्षण तथा भ्रूण पर आधारित वैज्ञानिक अनुसंधान

आजकल प्रायः ही भ्रूण का लिंग-परीक्षण तथा उस पर अनेक प्रकार के वैज्ञानिक अनुसंधान किये जाते हैं। इनके विभिन्न प्रकार के उद्देश्य होते हैं। एक उद्देश्य तो भ्रूण के लिंग की पहचान करना होता है। अनेक समाजों में अनेक प्रकार के अंधविश्वासों तथा कुप्रथाओं की वजह से बेटी का जन्म एक अभिशाप ही होता है। अतः यदि परीक्षण के द्वारा यह पता चलता है कि भ्रूण का लिंग स्त्रीपरक है, तो भ्रूण को गर्भाशय में ही नष्टकर उसका स्खलन करा दिया जाता है। अनेक समाजों में बेटी का विवाह दहेज की असीमित माँग के कारण अत्यंत कठिन होता जा रहा है। फिर बेटे की अपेक्षा बेटी को छोटा दर्जा दिये जाने के कारण बेटी का जन्म अशुभ माना जाता है। पर तब भ्रूणपरीक्षण का उद्देश्य यह भी तो हो सकता है कि यदि भ्रूण में किसी प्रकार की विकलांगता हो या वह किसी प्रकार के असाध्य रोग से ग्रस्त हो चुका हो या उसमें किसी असाध्य रोग से ग्रस्त होने की सभाव्यता हो, तो उसे गर्भ में ही नष्ट कर दिया जाय। फिर, भ्रूण पर वैज्ञानिक प्रयोग उसके विभिन्न अंगों के कृत्रिम निर्माण के लिए भी किया जा सकता है। कहते हैं कि जब भ्रूण पर्याप्त रूप से विकसित हो जाता है, तब उसके कुछ अंग वैज्ञानिक प्रक्रिया से दो या उससे भी अधिक बना लिए जा सकते हैं; और इस तरह से निर्मित अंग जरूरतमंदों की आवश्यकतापूर्ति के लिए उपयोग में लाये जा सकते हैं। कहते हैं कि भ्रूण के 'द्वीकृत' ऊतक साधारण मनुष्य के द्वीकृत ऊतकों की अपेक्षा पारकिन्सन[20] की बीमारी तथा मधुमेह की बीमारी की चिकित्सा में अधिक उपयोगी सिद्ध होते हैं। कभीकभी भ्रूण को गर्भाशय से बाहर लाकर कृत्रिम परखनली में स्थापित कर उस पर वैज्ञानिक प्रयोग किया जाता है और फिर सही समय पर उसे गर्भ में स्थापित कर दिया जाता है। ऐसे प्रयोग निश्चय ही वैज्ञानिक चमत्कार माने जा सकते हैं।

ऊपर के विवरण से यह पता चलता है कि भ्रूण पर वैज्ञानिक परीक्षण या तो अच्छे उद्देश्य से या बुरे उद्देश्य से किया जा सकता है। भ्रूण की लिंग-जाँच यदि इस उद्देश्य से की जाती है कि उसके स्त्रीपरक होने पर उसे नष्ट कर दिया जायगा, तो निश्चय ही यह उद्देश्य नितांत अनैतिक है। किंतु यदि उद्देश्य यह हो कि भ्रूण के किसी लाइलाज बीमारी से ग्रस्त पाये जाने पर या इस बात की संभावना रहने पर कि वह ऐसी बीमारी से ग्रस्त हो जा सकता है, उसमें उचित परिवर्तन लाया जा सके, तो परीक्षण निश्चय ही नैतिक माना जा सकता है।

पर उद्देश्य के नैतिक होने पर भी परीक्षण के क्रियान्वयन के लिए निम्नलिखित शर्तों का पालन होना भी नैतिक रूप से जरूरी ही है:—

(क) जिस स्त्री और पुरुष के पारस्परिक ऐच्छिक संभोग से भ्रूण का निर्माण हुआ हो, उनकी अनुमति।

(ख) भ्रूण को पाल रही गर्भवती महिला के जीवन और स्वास्थ्य पर किसी कुप्रभाव का न पड़ना।

(ग) ऐसे परीक्षण के द्वारा प्रत्यक्ष या अप्रत्यक्ष रूप से मानव समुदाय को लाभ पहुँचाना।

(घ) ऐसे सभी परीक्षण अत्यंत कुशल चिकित्सकों के द्वारा ही किया जाना।

(ङ) सम्भव रहने पर ऐसे परीक्षण भ्रूण की प्रारंभिक अवस्थाओं में ही करना। ऐसा इसलिए कि पश्चात्कालीन अवस्थाओं में भ्रूण के संवेदनशील हो जाने की वजह से उसके द्वारा पीड़ा का अनुभव किया जा सकता है और किसी को अनावश्यक तौर पर पीड़ा देना नैतिक नहीं हो सकता।

30.6 शरणार्थियों के प्रति व्यवहार

आजकल अनेक राष्ट्र शरणार्थी-समस्या से जूझते पाये जा रहे हैं। जैसा सब दिन से होता आ रहा है, अकाल होने पर, युद्ध की स्थिति में, महामारी फैलने पर, बाढ़ की आशंका से या ऐसी ही कोई भयावह स्थिति के उत्पन्न होने पर एक राष्ट्र के लोग पड़ोसी राष्ट्र या अन्य किसी राष्ट्र में पलायन कर जाते हैं। कानून की दृष्टि में किसी राष्ट्र को केवल अपने ही नागरिकों की उचित देखभाल करने का दायित्व रहता है। अब प्रश्न उठता है कि यदि किसी राष्ट्र में बाहर से शरणार्थी घुस आयें, तो उनके देखभाल का जिम्मा किसका होगा? आखिर वे भी तो मानव ही होते हैं। यहाँ यह तो स्पष्ट ही है कि यदि घुस आये लोग बुरी नीयत रखते हों, तब तो उन्हें निष्कासित ही कर देना चाहिये और यदि आवश्यकता पड़ जाय, तो उनके साथ युद्ध भी छेड़ देना चाहिये। पर साधारणतः बाहर से घुस आये लोग शरण पाने की इच्छा ही रखते हैं। इसीलिए वे शरणार्थी ही कहलाते हैं। अब प्रश्न यह उठता है कि ऐसे शरणार्थियों के साथ कैसा सलूक होना चाहिये। हम इस बात को बारबार ऊपर दुहराते रहे हैं कि संसार के सभी लोग मानव के रूप में एक समान हैं। इस मानवीय समानता के परिप्रेक्ष्य में शरणार्थियों के प्रति व्यवहार एक समस्या का रूप तब ले लेता है जब शरणस्थल बनाया गया राष्ट्र इस परिस्थिति में नही रहता कि वह शरणार्थियों को आर्थिक, आवासीय या अन्य किसी प्रकार की सहायता प्रदान कर सके। निश्चय ही इस शरणार्थी-समस्या का नैतिक समाधान नितांत आवश्यक है।

यों तो यह समस्या मानव समाज में प्राचीन काल से ही वर्तमान रही है, पर आधुनिक काल में विशेषतः द्वितीय विश्वयुद्ध के समय से यह समस्या बहुत उग्र हो गई है। कहते हैं कि वर्तमान समय में विश्व भर में शरणार्थियों की संख्या कई करोड़ों में है। संयुक्त राष्ट्र की 1948 की मानवाधिकार सम्बन्धी घोषणा की धारा 14 में कहा भी गया है कि ''प्रत्येक व्यक्ति को उत्पीड़न से बचने के लिए दूसरे देशों में शरणस्थल पाने तथा उसका इस्तेमाल करने का अधिकार है।'' इससे तो लोगों को विदेशों में शरण पाने के लिए जाने का एक प्रकार का वैध हक ही प्राप्त हो जाता है। यह सही है कि राष्ट्रीयता बनाम अंतर्राष्ट्रीयता का विवाद अभी तक पूरी तरह समाप्त नहीं हुआ है। शायद अपने राष्ट्र की तुलना में परराष्ट्र के हितों को नैतिक दृष्टि से ही अधिमानित नहीं किया जा सकता। इस तरह का तर्क और अधिक युक्तिसंगत तब प्रतीत होने लगता है जब शरणस्थली बनाया गया राष्ट्र आर्थिक रूप से इतना सम्पन्न नहीं रहता कि वह शरण में आये बाहर के लोगों की कुछ भी देखभाल कर सके। निश्चय ही किसी राज्य की कानूनी व्यवस्था यह नहीं हो सकती कि वह अपने नागरिकों की उपेक्षा करके विदेशों से आये शरणार्थियों की देखभाल को ही प्राथमिकता दे। अभी तक तो राष्ट्रीयता का पलड़ा ही भारी रह रहा है।

पर यहाँ यह उल्लेखनीय है कि नैतिकता कानून की अनुगामिनी नहीं हो सकती। कानून को ही नैतिकता का अनुगामी होना चाहिये। संस्कृत की एक उक्ति के अनुसार ''अयं निजः परो वेति गणना लघुचेतसाम्। उदारचरितानां तु वसुधैव कुटुम्बकम्।।'', अर्थात् 'यह अपना है या पराया है—ऐसी गणना छोटी बुद्धिवालों की होती है। उदार चरित्र वालों के लिए तो

पूरी पृथ्वी ही कुटुम्ब है।'। फिर प्रायः सभी संस्कृतियों में और भारतीय संस्कृति में तो विशेष रूप से अतिथिसत्कार को बहुत अधिक महत्त्व दिया गया है। हमने ऊपर कहा है कि गुरु शिष्य को शिक्षासमाप्ति के बाद 'अतिथिदेवो भव' का उपदेश देकर ही विदा करते हैं। और फिर नैतिकता का मूलमंत्र भी तो यही है कि जीवन के चरमोत्कर्ष की प्राप्ति स्वार्थपरता को त्याग कर परहितसाधन से ही सम्भव कर ली जाय। फिर, दुनियाँ आज एक 'वैश्विक गाँव' हो गयी है। यातायात, पारस्परिक संवाद, आदि और वैज्ञानिक एवं तकनीकी विकास के कारण अब इतने आसान हो गये हैं और उत्तरोत्तर इतने अधिक आसान होते जा रहे हैं कि ऐसा प्रतीत होने लगा है कि अब पूरे संसार के लिए पुरानी पड़ोसपरक नैतिकता ही प्रासंगिक हो जायेगी। ऐसी स्थिति में यदि राष्ट्रभक्ति अपनी पुरानी गरिमा एवं मूल्यवत्ता खो रही है, तो यह कोई आश्चर्य की बात नहीं है। हम भारतीय अब 'जय भारत' के साथ-साथ 'जय जगत्' का नारा भी लगाने लगे हैं। निश्चय ही कानून की राष्ट्रवादी नीति तर्कतः नैतिकता की विश्वव्यापी नीति पर अपना प्रभुत्व नहीं जमा सकती। शरणार्थियों को मानव समानता के सिद्धान्त के आधार पर यह अधिकार प्राप्त हो जाता है कि इन्हें शरणस्थल बनाये गये राष्ट्र द्वारा उचित संरक्षण अवश्य मिले।

ऐसे भी यह मानना उचित ही जान पड़ता है कि प्राकृतिक रूप से प्राप्त संसार भर के संसाधन प्राकृतिक रूप से ही विद्यमान संसार भर के सभी मनुष्यों की संपत्ति हैं। उस संपत्ति पर कृत्रिम रूप से स्थापित किसी राज्य के लोगों का एकाधिकार नहीं हो जा सकता। बल द्वारा अधिकार जमा लेना नैतिक रूप से मान्य नहीं हो सकता। नैतिक दृष्टि में तो सभी संसाधनों का न्यायसंगत आबंटन ही सही हो सकता है। सम्भवतः इसी तरह के विचार से प्रभावित होकर आज अनेक विचारसंलग्न लोग राष्ट्रीयता के बदले अंतर्राष्ट्रीयता को ही अधिमानित करने लगे हैं। संयुक्त राष्ट्र ने तो 1950 में शरणार्थियों के लिए संयुक्त राष्ट्र उच्च आयोग नामक एक संस्थान की स्थापना भी कर दी है। इस आयोग का मुख्य कार्य यह देखना है कि कोई शरणार्थी किसी देश में मजहब, राष्ट्रीयता, जैसे कारणों के आधार पर शरण पाने से वंचित न रह जाय। यहाँ यह उल्लेखनीय है कि संयुक्त राष्ट्र की उपर्युक्त घोषणा में तो केवल प्रताड़ना से बचने की ही बात कही गई है। पर शरण पाने की जरूरत अन्य कारणों से भी हो सकती है, जैसे दुर्भिक्ष से बचना, महामारी से बचना, बाढ़ से बचना, आदि आदि। इन कारणों को नजरअंदाज नहीं किया जा सकता।

लेकिन शरणार्थियों की समस्या के समाधान के सम्बन्ध में निश्चय ही अनेक तरह के प्रश्न उठ खड़े होते हैं। क्या शरणस्थली बनाया गया राष्ट्र स्वयं अभावग्रस्त रह कर भी शरणार्थियों को शरण देने तथा उनकी उचित देखभाल करने के लिए बाध्य है? क्या शरणार्थियों को कुछ ही समय के लिए शरण देना चाहिये या सब समय के लिए, आदि आदि। सिंगर ने इन प्रश्नों के उत्तर के रूप में तीन तरह के विकल्प पेश किये हैं— (क) शरणार्थियों को स्वेच्छा से ही कुछ समय बाद अपने देश में लौट जाना चाहिये, (ख) उनका शरण लिए हुए देश में ही समंजन हो जाना चाहिये, तथा (ग) उन्हें किसी तीसरे देश में हमेशा के लिए संस्थापित कर दिया जाना चाहिये। इन विकल्पों में किसी एक का चयन परिस्थिति की विशिष्टता को ध्यान में रखकर ही किया जा सकता है। सर्वाधिक उचित तो यही है कि शरणार्थियों को अपने ही देश में लौट जाना चाहिये। पर अनेकानेक कारणों से ऐसा करना कभी-कभी न तो सम्भव होता है, न उचित ही। कभी कभी तो शरणार्थियों का अपने छोड़े गये देश में लौट जाना पूरी तरह जोखिम भरा होता है। यदि

वे अपने पहले वाले देश में अल्पसंख्यक हों और वहाँ की बहुसंख्यक जनता उन्हें किसी-न-किसी कारणवश घृणा की दृष्टि से ही देखती आती रही हो, तो उन्हें फिर वहाँ नहीं ही लौटना चाहिये। पर तब शरण देनेवाले राष्ट्र की अपनी मजबूरियाँ तो हो ही सकती हैं। उसे पर्याप्त स्थान या पर्याप्त संसाधन उपलब्ध नहीं भी रह सकता है। वह अपने ही मूल निवासियों की उचित देखभाल करने में पर्याप्त रूप से असमर्थ ही रह सकता है। अतः ऐसी परिस्थिति में उचित तो यही हो सकता है कि शरणार्थी किसी तीसरे देश में जो संसाधनसंपन्न हो स्थानांतरित हो जाँय। शरणार्थियों के लिए इस तरह का समायोजन संयुक्त राष्ट्र शरणार्थी उच्चायोग को ही करना चाहिये। पिटर सिंगर ने इस तरह के समायोजन के लिए आस्ट्रेलिया[21] को बहुत अधिक उपयुक्त माना है। इस महादेश में एक तो बहुत अधिक खाली स्थान है, दूसरे अन्य देशों की तुलना में वहाँ की जनसंख्या वहाँ के क्षेत्रफल के अनुपात में काफी कम है। फिर, कम जनसंख्या रहने के कारण इस महादेश को अपने समुचित विकास के लिए अधिकाधिक जनशक्ति की आवश्यकता भी तो है ही।

पर, कठिनाईयाँ जो भी रहें, शरणार्थी-समस्या एक मानवीय समस्या ही है। और इस कारण यह किसी एक देश की समस्या नहीं है, वरन् पूरे विश्व की समस्या है। और जब कोई समस्या पूरी मानवता की समस्या होती है, तो वह नैतिकता परक समस्या ही बन जाती है। और, जैसा हम जानते हैं, नैतिक समस्या के समाधान के लिए आर्थिक नफा या नुकसान नहीं देखा जाता। इसके लिए तो अंततः त्याग एवं बलिदान को ही महत्त्व दिया जाता है। ऐसा नहीं माना जा सकता है कि मानवता का एक अंश सुखी जीवन व्यतीत करे और दूसरा अंश दुःख से ग्रस्त रहे। यदि मानवीय एकता का सिद्धान्त बिलकुल ठीक है तो हम मानवता को टुकड़ों में बाँट कर उनके साथ अनुचित आधार पर भेदपरक व्यवहार नहीं कर सकते। और फिर कोई मानव समाज यदि वह सही अर्थ में मानव समाज है, तो किसी अन्य मानव समाज को दुखी देखकर सुखी जीवन व्यतीत नहीं कर सकता। यदि सभी लोग मानव हैं और इस तरह से एक हैं तो सबों के सुखी होने पर ही शांति स्थापित हो सकती है। सबों को एक में पिरो देने से भेदपरक कटुता अपने आप नष्ट हो जाती है। यजुर्वेद (40/7) के अनुसार ''यस्मिन् सर्वाणि भूतानि आत्मैवाभूद् विजानतः। तत्र को मोहः कः शोक एकत्वम् अनुपश्यतः।।'' 'अर्थात् सभी पदार्थों को आत्मरूप जानने वालों को और इस तरह एकत्व देखने वालों को कोई मोह या कोई शोक कैसे सम्भव हो सकता है'। इस प्रकार यह देखा जा सकता है कि शरणार्थी-समस्या का कोई टिकाऊ समाधान नैतिकता के आधार पर ही सम्भव है।

30.7 अंतर्देशीय आर्थिक सहायता

जिस तरह शरणार्थियों को शरण देना एक नैतिक आवश्यकता है, उसी तरह गरीबों को आर्थिक सहायता प्रदान करना भी एक नैतिक आवश्यकता ही है। ऐसी आवश्यकता केवल कुछ निकटवर्ती लोगों में ही सीमित नहीं रहती, बल्कि यह पूरे विश्व के लोगों से भी सम्बन्धित रहती है। यहाँ यह उल्लेखनीय है कि आर्थिक गरीबी या निर्धनता वैयक्तिक तथा राष्ट्रगत दोनों हो सकती है। राष्ट्रगत निर्धनता या तो सापेक्ष या निरपेक्ष हो सकती है। सापेक्ष रूप से निर्धन राष्ट्र वह है जो किसी बहुत अधिक धनी राष्ट्र की तुलना में कम धनी होता है। फिर भी कम धनी राष्ट्र किसी अधिक धनी राष्ट्र पर मुहताज नहीं भी हो सकता है। पर निरपेक्ष रूप से निर्धन राष्ट्र वह है जो तुलनात्मक रूप से निर्धन तो रहता ही है, वह धनी राष्ट्र पर मुहताज हुए बिना टिक नहीं सकता है। आज दुनिया में प्रायः सभी राष्ट्र

संयुक्त राज्य अमेरिका से कम धनी हैं, पर ऐसे सभी राष्ट्र आर्थिक सहायता के लिए संयुक्त राज्य अमेरिका के मुहताज नहीं हैं। ध्यातव्य है कि केवल वैसे निर्धन राष्ट्रों को हम निरपेक्ष रूप से निर्धन राष्ट्र मान सकते हैं जो किसी अपेक्षाकृत अधिक धनी राष्ट्र से आर्थिक सहायता माँगे बिना अपना गुजारा नहीं कर सकता है। रॉबर्ट मैकनमारा[22] ने, जो वर्ल्ड बैंक[23] के अध्यक्ष थे, 'निरपेक्ष निर्धनता' की परिकल्पना की थी। यह निर्धनता वैसी मुद्रापरक या वस्तुपरक आमदनी का अभाव का रहना है जिस आमदनी से ही कोई व्यक्ति या राष्ट्र अपने भोजन, वस्त्र, तथा आवास जैसी जीवनरक्षक आवश्यकतओं की पूर्ति करने में समर्थ नहीं हो सकता है। वे कहते हैं— "निरपेक्ष निर्धनता का तात्पर्य है अस्तित्व के कगार पर जीवन बिताना। निरपेक्ष रूप से निर्धन लोग आत्यंतिक रूप से वंचित मानव हैं जो जीने के लिए संघर्ष करते रहते हैं......"।[24] *दि वर्ल्ड वाच इन्स्टीच्यूट*[25] के अनुसार संसार की पूरी आबादी के 23% लोग निरपेक्ष निर्धनता के शिकार हैं। इसका अर्थ यह है कि संसार के केवल 77% लोग ही अपनी आधारभूत जीवनरक्षक आवश्यकताओं को पूरा करने में समर्थ हैं। यह सही है कि इनमें ऐसे भी लोग हैं जो इतने अमीर हैं कि अपनी सभी प्रकार की आवश्यकताओं को पूरा करके धन बचा लेने में समर्थ रहते हैं। ऐसे ही धन बचा लेने वालों को मैकनमारा ने निरपेक्ष रूप से अमीर लोग माना है। उनके अनुसार पश्चिमी यूरोपीय राष्ट्र, उत्तरी अमेरिका के राष्ट्र, जापान, आस्ट्रेलिया, न्यूजीलैंड[26], तथा मध्यपूर्व के अनेक तेलउत्पादक देशों के लोग निरपेक्ष रूप से धनी हैं।

अब यहाँ प्रश्न उठता है कि क्या इन निरपेक्ष रूप से धनी देशों या राष्ट्रों का यह नैतिक कर्तव्य नहीं होता है कि वे निरपेक्ष रूप से निर्धन देशों या राष्ट्रों की आर्थिक सहायता करें। हम इस प्रश्न के उत्तर में यहाँ केवल इतना संकेत देना चाहते हैं कि नैतिकता के मूल में तो परोपकार ही विद्यमान है। संस्कृत की यह उक्ति शायद यहाँ बहुत अधिक प्रासंगिक है : "अष्टादशपुराणेषु व्यासस्य वचनद्वयं। परोपकारः पुण्याय पापाय परपीड़नम्।।", अर्थात् '18 पुराणों में व्यास के दो ही वचन हैं—परोपकार पुण्य के लिए तथा परपीड़ा पाप के लिए हैं।' प्रायः सभी संस्कृतियों में दान देने को बहुत अधिक महत्त्व दिया गया है। भारतीय संस्कृति में ऋषि दधीचि तथा राजा कर्ण अपने दान के कारण ही अत्यधिक गौरवान्वित हुए हैं। पर यहाँ यह भी उल्लेखनीय है कि जहाँ एक ओर त्याग करके भी दान देना चाहिये, वहीं दूसरी ओर दान कुपात्र को तो नहीं ही देना चाहिये। *गीता* कहती है—"दातव्यमिति यद्दानं दीयतेऽनुपकारिणे। देशे काले च पात्रे च तद्दानं सात्त्विकं स्मृतम्।।" (17/20), अर्थात् 'जो दान दातव्यं जान कर प्रत्युपकार नहीं करने वाले को और सही क्षेत्र में सही समय पर तथा सही पात्र को दिया जाता है वह सात्त्विक दान कहलाता है', इस विचार के अनुरूप यदि किसी निरपेक्ष रूप से निर्धन देश को कोई आर्थिक दान दिया जाता है, तो निश्चय ही ऐसा दान नैतिक कर्तव्य का निर्वहण ही माना जा सकता है। और यदि आर्थिक रूप से संपन्न देश गरीब देशों को आर्थिक सहायता नहीं पहुँचाते हैं, तो निश्चय ही वे देश अपने नैतिक कर्तव्य के निर्वहण में चूक जाते हैं।

यहाँ हम विदेशों में आर्थिक सहायता पहुँचाने की नैतिकता के समर्थन में कोई तर्क प्रस्तुत करना नहीं चाहते, क्योंकि हम सहायतपरक कार्यों के क्रियान्वन के पक्ष में पर्याप्त तर्क पहले ही प्रस्तुत कर चुके हैं। लेकिन कुछ लोगों द्वारा इस तरह की आर्थिक सहायता के विरोध में जो तर्क प्रस्तुत किये जाते हैं उनकी समीक्षा हम यहाँ अवश्य करना चाहेंगे।

सिंगर ने अपनी पुस्तक *प्रैक्टिकल एथिक्स* में अंतर्राष्ट्रीय आर्थिक सहायता के विरोध में दिये जाते कुछ तर्कों की चर्चा की है। वे तर्क निम्नलिखित हैं:—

केवल आत्मरक्षा ही उचित है।—मनुष्य के लिए अपना संरक्षण, अपना विकास एवं अपना उन्नयन ही नैतिक आदर्श हैं। अतः यदि हम अपनी संपत्ति से केवल अपना संरक्षण तथा केवल अपना विकास करते हैं, तो इसमें अनैतिक क्या है? फिर, हम विदेशियों की सहायता करें और अपने ही देशवासियों की अवहेलना कर दें, तो यह युक्तिसंगत नहीं हो सकता, और जो युक्तिसंगत नहीं है वह नैतिक नहीं हो सकता है। इस आत्मरक्षापरक तर्क में यौक्तिकता तभी तक रहती है, जब तक उस तर्क में यह समाहित रहता है कि परिकल्पित दाता देश को अपने जायज खर्चों को पूरा करने के बाद कोई धन शेष नहीं बचता। लेकिन हमने ऊपर देखा है कि संसार में अनेक ऐसे राष्ट्र हैं जो निरपेक्ष रूप से धनी हैं। ऐसे राष्ट्र यह दलील पेश नहीं कर सकते कि 'आत्मरक्षा ही उचित है'। उनके पास जो अतिरिक्त धन रहता है उससे निरपेक्ष रूप से निर्धन राष्ट्रों की रक्षा करना नैतिक कर्तव्य ही होता है। अतिरिक्त धन नहीं रखने वाले राष्ट्र से आत्मबलिदान की अपेक्षा रखना शायद युक्तिसंगत नहीं है। और फिर, आत्मवलिदान वैयक्तिक स्तर पर ही उपयुक्त हो सकता है, राष्ट्रीय या सामूहिक स्तर पर नहीं। इस प्रकार यह देखा जा सकता है कि यह आत्मरक्षापरक तर्क सभी स्थितियों के लिए प्रभावी नहीं हो सकता। यह विशेष विशेष परिस्थिति में ही प्रभावी हो सकता है।

सम्पत्ति पर आत्माधिकार होता है—स्पष्ट ही किसी व्यक्ति की सम्पत्ति उस व्यक्ति की ही संपत्ति तब होती है जब उस सम्पत्ति पर केवल उसी का अधिकार होता है और वह उसका उपयोग अपनी इच्छा के अनुरूप ही कर सकता है। ऐसी हालत में यदि वह व्यक्ति उस संपत्ति का उपभोग केवल अपने लिए करता है और वह उसे किसी अन्य व्यक्ति को दान में नहीं देता, तो इसके लिए किसी प्रकार की आपत्ति कैसे उठ सकती है? इसी तरह यदि कोई राष्ट्र अपनी संपत्ति को किसी विदेशी राष्ट्र को दानस्वरूप नहीं देता है, तो इसमें हर्ज क्या है? पर यहाँ एक सीधा-सा प्रत्युत्तर यह दिया जा सकता है कि चूँकि संपत्तिधारक को अपनी संपत्ति पर पूरा पूरा अधिकार प्राप्त रहता है, इसीलिए तो केवल वही अपनी संपत्ति को दान में दे भी सकता है। अन्यथा, उसके द्वारा कोई दान देने की बात उठ ही नहीं सकती है। पराये धन का दान देना एक आत्मविरोधी अवधारणा है। पर यहाँ बात कानूनी दायित्व की नहीं है। यदि कोई संपत्तिधारक अपने धन का दान नहीं करता है, तो कानून की दृष्टि में वह बिलकुल ही मुजरिम नहीं होता। न्यायपालिका उसे इसके लिए कोई दंड नहीं दे सकती। पर इसके बावजूद अतिरिक्त धन के मालिकों का यह नैतिक दायित्व तो बनता ही है कि वे अपने अतिरिक्त धन को गरीब लोगों या गरीब राष्ट्रों में अवश्य बाँटें। हम यह तो विचार कर ही चुके हैं कि कानूनी बाध्यता नैतिक बाध्यता से पृथक् होती है। आप जहाँ कानूनी रूप से बाध्य नहीं हैं, वहाँ आप नैतिक रूप से बाध्य तो हो ही सकते हैं। हम यह भी विस्तार से विचार कर चुके हैं कि पूरे मानव को संसार में उपलब्ध सभी संसाधनों पर उपभोगपरक स्वामित्व प्राप्त है, क्योंकि उपभोक्ता एवं उपभोग्य संसाधन सभी प्रकृति की ही देन है। राष्ट्रीय सीमाएँ अंततः कृत्रिम ही हैं। अतः वे लोगों के संरक्षण के सम्बन्ध में बाधक नहीं बन सकतीं।

यहाँ यह उल्लेखनीय है कि नैतिक दायित्व में न्यूनाधिक महत्त्वपरक भेद हो सकता है। दो नैतिक दायित्वों में एक दूसरे से अधिक आवश्यक हो सकता है। वैसी स्थिति में

जो दायित्व अधिक आवश्यक होता है, उसका ही निर्वहण किया जाना चाहिये। इस सम्बन्ध में सिंगर एक सुंदर उदाहरण देते हैं। उस उदाहरण के अनुरूप हम अपने ढंग से यह कल्पना कर सकते हैं कि राम एक अध्यापक है। वह अपने विद्यालय में अध्यापन कार्य करने जा रहा है। रास्ते में वह देखता है कि बगल में एक तालाब में एक बालक डूब रहा है। लेकिन राम पहले से ही निर्धारित अपने अध्यापनकार्य के निष्पादन हेतु विद्यालय जा रहा है। और उसे इतना समय उपलब्ध नहीं है कि वह विद्यालय जाने के पूर्व उस डूबते बालक को डूबने से बचाने के लिए कुछ उपाय कर सके। अब यहाँ प्रश्न उठ जाता है कि राम इस स्थिति में क्या करे। यह सही है कि यदि राम विद्यालय नहीं जाता है तो विद्यार्थियो का कुछ नुकसान अवश्य होता है। पर यदि वह विद्यालय चला जाता है, तो बहुत सम्भव है कि एक मानव की जान चली जाती है। सिंगर ऐसी विषम परिस्थिति के परिप्रेक्ष्य में 'तुलनात्मक नैतिक महत्त्व'[27] की बात करते हैं। प्रस्तुत उदाहरण में उनके अनुसार डूबते बालक की जान बचाने को ही प्राथमिकता देनी चाहिये, क्योंकि नैतिक दृष्टि से यही अधिक जरूरी है। इस उदाहरण से यह और भी स्पष्ट हो जाता है कि कानूनी दायित्व से नैतिक दायित्व का पलड़ा भारी होता है। इस प्रकार कोई धनी राष्ट्र अपने 'अतिरिक्त' धन को गरीब देशों में दान करने से नैतिक आधार पर बरी नहीं हो सकता।

चूँकि यह सम्भव है कि गरीब राष्ट्र बाह्य आर्थिक सहायता का दुरुपयोग कर सकते हैं, इसलिए वे इस सहायता के सही पात्र नहीं हो सकते।—गरीब राष्ट्रों की दो कोटियाँ हो सकती हैं—एक कोटि उन गरीब राष्ट्रों की होती है जो आर्थिक दान का उपयोग कुछ इस तरह से करते हैं कि वे अपनी आर्थिक गरीबी को क्रमिक रूप से कम करते हुए धीरे-धीरे स्वनिर्भर हो जाते हैं। और दूसरी कोटि उन गरीब राष्ट्रों की है जो किसी आर्थिक दान को केवल मौजमस्ती में खर्चकर अपनी परनिर्भरता को अधिकाधिक बढाते ही जाते हैं और इस प्रकार अपनी आर्थिक स्थिति को बद से बदतर ही बनाते जाते हैं। निश्चय ही पहली कोटि के गरीब राष्ट्रों को आर्थिक सहायता देना नैतिक रूप से उचित माना जा सकता है; और दूसरी कोटि के गरीब राष्ट्रों को ऐसी सहायता देना अनुचित ही समझा जा सकता है। किसी व्यक्ति या राष्ट्र को किसी तरह से बद से बदतर स्थिति में ले जाना उचित नहीं हो सकता। कहते हैं कि प्रायः ये दूसरे प्रकार के गरीब राष्ट्र बाहर से आर्थिक सहायता पाकर भोगी जीवन बिताने में ही संलग्न हो जाते हैं और जनसंख्या को अधिकाधिक बढ़ा कर अपनी जरूरतों को और भी अधिक बढ़ा लेते हैं। क्या ऐसे राष्ट्रों को आर्थिक सहायता देना नैतिक हो सकता है?

पर तब यहाँ यह भी उल्लेखनीय है कि यदि एक ओर किसी धनी राष्ट्र का यह नैतिक कर्तव्य होता है कि वह निर्धन राष्ट्र की मदद करे, तो दूसरी ओर सांस्कृतिक विकास की यात्रा में पर्याप्त रूप से आगे जा चुके किसी राष्ट्र का यह भी नैतिक कर्तव्य ही होता है कि वह ऐसी यात्रा में अपेक्षाकृत कम विकसित या अविकसित राष्ट्रों को सुशिक्षित भी करे। होना तो यह चाहिये कि संयुक्त राष्ट्र ही विश्वस्तरीय पैमाने पर अपने शैक्षणिक वैज्ञानिक एवं सांस्कृतिक संघ के द्वारा ऐसे कम विकसित या अविकसित राष्ट्रों के सर्वांगीण विकास एवं नैतिक उत्थान के लिए जोरदार प्रयास करे। गरीब राष्ट्रों को आर्थिक अनुदान दिलाना ही पर्याप्त नहीं है, उनको इस लायक बनाना भी जरूरी है कि वे आर्थिक मदद से सही लाभ ही उठा सकें। अतः ऐसा मानकर कि कुछ राष्ट्र आर्थिक दान का दुरुपयोग भी कर सकते हैं, उन्हें इस दान से वंचित कर देना उचित नहीं है। आर्थिक दान के साथ-साथ

शिक्षादान भी होना ही चाहिये। और तब दुरुपयोग की संभावना निश्चित रूप से कम हो जा सकेगी।

धन दान करना प्रायः ही असाध्य है।—सिंगर धन दान करने को प्रायः असाध्य ही मानते हैं। उनके अनुसार धन के प्रति लोगों की आसक्ति इस कदर सुदृढ़ रहती है कि वे उस आसक्ति से प्रायः ही अलग नहीं हो सकते। अतः व्यापक पैमाने पर धनदान की सम्भावना नहीं के बराबर ही है। सिंगर का यह कहना बहुत हद तक सही ही प्रतीत होता है कि आर्थिक दानपरक नैतिकता एक ऐसा मानक स्थापित करती है जिसे केवल संत लोग ही चरितार्थ कर सकते हैं। पर तब इस मानक का चरितार्थ होना एवरेस्ट[28] चोटी को उछलकर लाँघने के समान भी तो नहीं है। लोग प्राचीन काल से ही पर्याप्त रूप से ही धनदान करते आते रहे हैं और आज भी कर ही रहे हैं। अपरिग्रह का सिद्धान्त केवल कल्पित ही नहीं हुआ है, उसे लोगों ने व्यापक रूप से क्रियान्वित भी किया है। हाँ, यह तो सही ही है कि नैतिक प्रयास आसान नहीं होता। उसके लिए परिश्रम और अभ्यास की जरूरत होती हैं, ऐसा इसलिए कि इसमें 'है' से ऊपर उठकर 'चाहिये' तक जाना पड़ता है। और फिर कोई भी सर्वव्याप्त मानव आदर्श पूरी तरह चरितार्थ होने के योग्य हो भी तो नहीं सकता। लेकिन तब भी आदर्श तो वही बना रहता और लोगों को उसी की ओर आगे बढ़ते भी रहना चाहिये। पूरी तरह चरितार्थ नहीं हो पाना किसी आदर्श का अवगुण नहीं होता; वह तो उसका अलंकार होता है। वह नैतिकता का अवरोधक नहीं, वरन् वह उसका अत्यंत बलशाली उत्प्रेरक ही होता है।

❑

अध्याय 31

औद्योगिक आचारनीति

31.1 विषय-प्रवेश

हमने ऊपर इस बात पर बहुत बल दिया है कि नैतिक कर्म का निष्पादन अंततः वैयक्तिक स्तर पर ही होता है। अतः नैतिक कर्ता कोई व्यक्ति ही हो सकता है। और फिर व्यक्तिगत स्वेच्छा से निष्पादित कर्म ही नैतिक परिधि में आ सकता है। जहाँ स्वेच्छा या आत्मसंकल्प नहीं है, वहाँ नैतिकता सम्भव नहीं है। पर, जैसा हम जानते हैं, मनुष्य बहुत से कार्य बिना अन्य मनुष्यों के सहयोग के कर ही नहीं सकता। अनेक ऐसे कार्य होते हैं जो मिलजुलकर ही किये जा सकते हैं। और हम यह देख ही रहे हैं कि लोगों की आवश्यकताएँ दिन-प्रतिदिन इतनी जटिल होती जा रही हैं कि उनकी पूर्ति बिना सामूहिक उद्योग के सम्भव ही नहीं है। कहा भी गया है—'संघे शक्तिः कलौ युगे', अर्थात् इस कलियुग में संघ यानी समूह में ही शक्ति है। हवाई जहाज के निर्माण को ही लीजिए। आज मनुष्य का रहन-सहन इस स्तर पर आ गया है कि आज मनुष्यों के लिए हवाई जहाज का उपयोग करना एक आवश्यकता बन गया है। पर क्या हवाई जहाज का निर्माण कोई एक आदमी अकेले ही कर ले सकता है? और भी अनेक ऐसे उद्योग हैं जो एक ही व्यक्ति के द्वारा निष्पादित नहीं किये जा सकते। यही कारण है कि आज सामूहिक उद्योगों की भरमार हो गयी है। ऐसे उद्योग पूरी दुनिया में ही व्याप्त हो गये हैं। अब यहाँ प्रश्न उठता है कि क्या ये सामूहिक उद्योग जब जैसा चाहें वैसा ही करने को स्वतंत्र हैं? यदि उत्तर नकारात्मक है, तो प्रश्न उठ जाता है कि उनके सामूहिक होने के कारण उनके दायित्व का निर्धारण या फिर उनके द्वारा उन दायित्वों का निर्वहण कैसे सम्भव हो सकता है। यह तो हम जानते ही हैं कि इस प्रकार का निर्धारण या निर्वहण सामूहिक स्तर पर नहीं, बल्कि वैयक्तिक स्तर पर ही सम्भव हो सकता है। लेकिन तब भी आज बहुत गंभीरता के साथ महसूस किया जाने लगा है कि सामूहिक उद्योगों के लिए भी आचारनीति होनी ही चाहिए; नहीं तो वे उद्योग देर या सबेर मनुष्यजाति को लाभ पहुँचाने के बदले घोर रसातल में ही पहुँचा देंगे। और ऐसा महसूस भी किया जाने लगा है कि आचारनीति का प्रयोग न केवल वैयक्तिक स्तर पर, बल्कि सामूहिक स्तर पर भी होना ही चाहिए। इस तरह यह भी स्पष्ट हो जाता है कि प्रयोगात्मक नीतिशास्त्र के अंतर्गत सामूहिक उद्योग भी आ जाता है। इस अध्याय में हम प्रयोगात्मक नीतिशास्त्र के इसी अंग का कुछ विस्तार से विवेचन करेंगे। ऐसा करना इसलिए भी जरूरी हो जाता है कि लोग साधारणतः यह मान लेते हैं कि यदि कोई सामूहिक उद्योग आम जनता के उपभोग की वस्तुओं का निर्माण कर अपने लिए ज्यादा-से-ज्यादा मुनाफा कमा रहा है, तो इसमें नैतिकता सम्बन्धी कोई प्रश्न उठ नहीं सकता। उद्योग तो आखिरकार मुनाफा कमाने के लिए ही होता है। पर ऐसा विचार बिलकुल तर्कहीन है। सामूहिक उद्योगों में भी आचारनीति लगाई जा सकती है। इसी 'सामूहिक औद्योगिक आचारनीति'[1] का हम यहाँ एक संक्षिप्त विवेचन प्रस्तुत करेंगे।

यह तो स्पष्ट है कि कोई व्यक्ति या कोई व्यक्तिसमूह कोई उद्योग-धंधा किसी-न-किसी उद्देश्य की पूर्ति के लिए ही करता है। साधारणतः वह उद्देश्य लाभार्जन पर ही आधारित रहता है। यह सही है कि संसार में कुछ वैयक्तिक या सामूहिक उद्योग विद्यमान हैं जो 'न नफ़ा न नुकसान' के आधार पर ही चलाये जाते हैं। ऐसे उद्योगपति अवश्य ही सराहना एवं प्रशंसा के पात्र हैं। पर साधारणतः ऐसा होता नहीं है। और फिर यदि उद्योगपतियों तथा उद्योगप्रबंधकों की आजीविका का सहारा उनके उद्योग ही हों और उनके लिए अन्य कोई सहारा न हो, तो वे बिना मुनाफा कमाये उद्योग चला कैसे पायेंगे और लोगों को किस तरह विभिन्न प्रकार के सहूलियत पहुँचा ही पायेंगे? अतः उनके लिए मुनाफा कमाना तो नितांत ही आवश्यक हो जाता है। इस प्रकार यह देखा जा सकता है कि मुनाफा कमाना अपने आप में अनैतिक नहीं माना जा सकता। गुरु भी विद्यादान के लिए तथा पुरोहित भी धार्मिक कर्म कराने के लिए दक्षिणा पाने के अधिकारी होते ही हैं। इसी तरह क्या उद्योगपति भी अपना उद्योग चलाने के कारण लाभ का अधिकारी नहीं हो जाता? और फिर, कोई उद्योग-धंधा चलाना इतना कष्टकारी होता है कि किसी लाभ की आशा के बिना उसके लिए प्रेरित हो सकना भी प्रायः असम्भव ही है। अतः उद्योग के साथ मुनाफा कमाना अनिवार्य रूप से ही जुड़ा रहता है। लेकिन तब क्या ऐसी अनिवार्यता उद्योगपतियों को मुनाफा कमाने की गलाघोंट होड़ में ही लग जाने की इजाजत दे देती है? सच तो यह है कि उद्योगपति इस होड़ में दूसरों को मात देने में अनेकानेक ऐसे तरीके अपना लेते हैं जिनकी छूट उन्हें किसी भी वजह से नहीं मिल जा सकती। उन तरीकों में कुछ हैं—अन्य उद्योगों से आवश्यक जानकारी को चुराना, अन्य उद्योगों के कार्यकर्ताओं को अधिक वेतनादि का प्रलोभन देकर तकनीकी ज्ञान प्राप्त करने के लिए अपने उद्योगों में बहाल करना, किसी सहायता पहुँचा सकने वाले को घूस देना, उपभोक्ताओं से मुनासिब से अधिक दाम वसूल करना, उपभोक्ताओं को विज्ञापनादि अनेक तरीकों से धोखा देना, अपने कार्यकर्ताओं को उचित वेतन, भत्ता आदि न देना तथा उन्हें उनकी क्षमता से अधिक काम करने के लिए बाध्य करना, सरकार को सही आयकर नहीं देना या बिलकुल ही न देना, आयकर बचाने के लिए गलत लेखा-जोखा रखना, आदि आदि। उल्लेखनीय है कि ऐसे सभी कार्य-कलाप नैतिक दृष्टि से पूरी तरह गर्हित हैं। और ये कार्य मुनाफा कमाने के लिए किसी भी प्रकार से मान्य नहीं हो सकते।

क्लैरेंस बी० रैंडल[2] ने *न्यूयार्क टाइम्स मैगजिन* के दिनांक 8 अप्रैल 1862 को प्रकाशित हुए अंक 24 के 127-128 पृष्ठों पर इस संदर्भ में एक बहुत प्रासंगिक विवेचन प्रस्तुत किया है। उन्होंने इस बात पर बल दिया है कि मनुष्य एक अत्यधिक कमजोर प्राणी होता है और वह प्रायः सभी कार्य-कलापों में बहक जाता है और फिसल जाता है। सभी तरह के लोग प्रायः ही कदाचार करते रहते हैं। क्या संवाददाता, क्या पादरी, क्या अध्यापक, क्या चिकित्सक, क्या वकील—सभी तो अपने-अपने व्यवसायों में पाप करते ही हैं। ऐसा नहीं है कि केवल उद्यमी ही पाप करते। पर तब इस वजह से सभी लोगों को पाप करने की छूट नहीं ही दी जा सकती। रैंडल इस संदर्भ में उद्यमियों के कार्य-कलापों को ध्यान में रखकर कहते हैं—''लेकिन दूसरों की मानवीय कमजोरी उद्योग-धंधों में नैतिक पतन को उचित नहीं ठहरा सकती।... इसलिए व्यापार संघों के प्रत्येक उद्योग को चाहिए कि वे नैतिकता के क्रियान्वयन को उसी जोश के साथ बढ़ावें जिस जोश के साथ वे अभी अपने उत्पाद की बिक्री को बढ़ाते हैं। प्रत्येक सामूहिक उद्यम के पदाधिकारी को प्राथमिकता के आधार पर

ही अपने हृदय में यह सुनिश्चित कर लेना चाहिए कि वह अब महज लाभप्रद कार्य-सिद्धि[4] को सिद्धांत के ऊपर कभी नहीं रखेगा और न कभी तुरत मुनाफा कमाने के किसी अवसर द्वारा अपने विवेक के आदेशों को कुचल दिया जाने देगा। ऐसा करके ही संकट से भरी इस दुनिया में निजी व्यवसाय के अस्तित्व को भविष्य में भी कायम रखा जा सकता है''।[5] उल्लेखनीय है कि संयुक्त राज्य अमेरिका में एक जमाने में उद्योग-धंधों में भ्रष्टाचार इतना अधिक बढ़ गया था कि वहाँ के राष्ट्रपति को इस समस्या के उचित समाधान के लिए एक समिति की स्थापना करनी पड़ी थी जिसमें उद्योगपतियों, शिक्षाविदों, धर्माचार्यों तथा समाचार-लेखकों को शामिल किया गया था। इस समिति का उद्देश्य था अमेरिका के औद्योगिक समुदाय के लिए उद्योगपरक आचारनीति निर्धारित करना और उस समुदाय द्वारा उस नीति के क्रियान्वयन में तत्पर हो सकने के बाबत सहायता पहुँचाना। अतः यह स्वीकार किया ही जा सकता है कि औद्योगिक आचारनीति जैसी प्रयोगात्मक आचारनीति को एक औपचारिक मूर्तरूप सर्वप्रथम संयुक्त राज्य अमेरिका ने ही दिया है। जो भी हो, आज तो औद्योगिक आचारनीति प्रयोगात्मक नीतिशास्त्र का एक प्रमुख अंग ही बन चुकी है।

31.2 औद्योगिक प्रबंधन की आचारनीति के सम्बन्ध में ला रू टोन हॉस्मर[6] के विचार

ला रू टोन हॉस्मर ने अपनी पुस्तक *'दि एथिक्स ऑफ मैनेजमेंट'* में औद्योगिक नीतिशास्त्र की एक बढ़िया रूपरेखा प्रस्तुत की है। हम यहाँ उनके विचारों का एक संक्षिप्त विवरण प्रस्तुत करेंगे। उनके विचार यह समझ पाने में कि औद्योगिक प्रबंधन में नैतिकता की भूमिका आवश्यक क्यों होती है निश्चय ही सहायक सिद्ध होंगे। उद्योग-धंधों के सम्बन्ध में एक आम विचार यह प्रचलित है कि इनका उद्देश्य मुनाफा कमाना तो होता ही है। इसलिए इस उद्देश्य की पूर्ति के सम्बन्ध में नैतिकता की ओर ध्यान देने की कोई जरूरत नहीं है। इस संदर्भ में हॉस्मर कहते हैं— "...मुनाफा कमाने की इच्छा स्वाभाविक रूप से ही पर्यावरणीय स्वास्थ्य, कर्मचारियों की सुरक्षा, उपभोक्ताओं की जरूरतों जैसे मुद्दों को दरकिनार कर देती है''।[8] तर्क यह दिया जाता है कि यदि इस इच्छा पर रोक लगा दी जायेगी, तो किसी भी उद्योग का सूत्रपात असम्भव ही हो जायेगा। ऐसा इसलिए कि तब कोई व्यक्ति किसी प्रकार का उद्योग चलाने के लिए प्रेरित ही नहीं हो सकेगा। हम उद्योगों की इस आर्थिक विशिष्टता को 'उद्योगपरक अनिवार्य आर्थिक विशिष्टता' का नाम दे सकते हैं। अब यहाँ प्रश्न उठता है कि यदि उद्योग-धंधों की इस अनिवार्य आर्थिक विशिष्टता को स्वीकार कर भी लिया जाय, तो भी क्या उस अनिवार्यता को नैतिक मूल्यांकन की परिधि से बिलकुल बाहर रहने दिया जा सकता है? यहाँ यह पूछा जा सकता है कि उद्योग-धंधे स्थापित ही क्यों किये जाते हैं। यदि मनुष्यों तथा अन्य प्राणियों की आवश्यकताओं की पूर्ति की अवहेलना कर दी जाय, तो उद्योग-धंधों की स्थापना की आवश्यकता रह ही नहीं जायेगी। उद्योग-धंधों के मूल में सभी प्राणियों की विभिन्न प्रकार की आवश्यकताओं की पूर्ति ही वर्तमान रहती है। जैसे जैसे ये आवश्यकताएँ नये नये रूप लेती जाती हैं, वैसे वैसे नये-नये प्रकार के उद्योग-धंधे स्थापित होते ही जा रहे हैं।

अब यदि यह सत्य है कि अंततः सभी प्राणियों, विशेषतः मनुष्यों की सुविधा और आवश्यकता पूर्त्ति के लिए ही उद्योग-धंधे स्थापित किये जाते हैं, तो फिर उनके द्वारा मनुष्यों को ही विभिन्न तरीकों से प्रताड़ित करना युक्तिसंगत कैसे माना जा सकता है?

कल्पना कीजिये कि दो उद्योगों का एक दूसरे के साथ विलय हो गया है। अब इस नये संयुक्त उद्योग को पुराने सभी कारीगरों की जरूरत नहीं है। क्या जिन कारीगरों की अब जरूरत नहीं है उन्हें निकाल देना चाहिए? तकनीकी विकास होते रहने से रोज ही मानव शक्ति या मानव परिश्रम की जरूरत कम होती जा रही है। क्या कार्यरत परिश्रमियों को उनकी आजीविका का उचित प्रावधान किये बिना बेरहमी से निकाल बाहर कर देना चाहिए? क्या मुनाफा सम्बन्धी आर्थिक नियम के नाम पर नैतिकता की बलि दे ही देनी चाहिए?

हौस्मर ने इन प्रश्नों के सम्बन्ध में बहुत गम्भीरता से विचार किया है। उनके अनुसार उद्योग-धंधों के क्रियाकलापों के बाबत तीन तरह के विश्लेषण किये जा सकते हैं— आर्थिक, कानूनी तथा दार्शनिक। आर्थिक विश्लेषण अर्थशास्त्रीय नियमों, कानूनी विश्लेषण प्रचलित कानूनों तथा दार्शनिक विश्लेषण औचित्यपूर्ण नैतिक सिद्धांतों के आलोक में किये जाते हैं। हम उन्हें एक-एक कर कुछ विस्तार से स्पष्ट करना चाहेंगे।

31.2.1 आर्थिक विश्लेषण—जैसा हम ऊपर कह चुके हैं, मनुष्य साधारणतः उस कार्य को ही करना चाहता है जिससे उसे आर्थिक लाभ प्राप्त होता है। आर्थिक लाभ यानी मुनाफे के प्रति आश्वस्त होने पर ही लोग किसी व्यवसाय या उद्योग में लगते हैं। अतः मुनाफा कमाना उद्योग-धंधों का एक स्वरूपगत लक्षण ही होता है। और यह लक्षण न केवल एक प्रेरणास्रोत बना रहता, बल्कि वह सभी प्रकार के उद्योगों का मानो एक नियामक ही बन जाता है। नतीजा यह होता है कि प्रायः सभी उद्योगपति कम-से-कम खर्च पर अधिक-से-अधिक मुनाफा कमा लेने को ही अपने जीवन का अभीष्ट मानने लगते हैं। यों तो ये लोग सत्यभाषण, अस्तेयपालन, आदि सामान्य नैतिक मानकों को मान्यता देने में चूकते नहीं हैं। पर उनका यह मान्यता देना प्रायः सतही ही होता है। हॉस्मर कहते हैं— "उद्योग धंधों में झूठ नहीं बोलना, धोखा नहीं देना, चोरी नहीं करना जैसे सामान्य मानक आचरणों को मान्यता देने के अलावा नीतिशास्त्र की और कोई प्रासंगिकता नहीं होती। उद्योग में जरूरी हैं—कीमत पर आधारित स्पर्धाशील बाजारों का होना, और कीमतों में उत्पादन के सभी खर्चों का समाविष्ट रहना। ऐसा हो जाने से बाजार-प्रणाली भी स्वयं कम संसाधन से ही उपभोक्ताओं की सभी जरूरतों को बहुत अच्छी तरह पूरा करा ले सकती है"[9] इस संदर्भ में ब्रूकिंग्स इंस्टीच्यूशन[10] के जेम्स मेकाई[11] तथा चिकागो विश्वविद्यालय के मिल्टन फ्राइडमैन[12] के कथन भी बहुत प्रासंगिक हैं। जेम्स मेकाई कहते है— "उद्योग स्थापित करने का प्रमुख उद्देश्य तथा उसके लिए प्रेरकशक्ति मुनाफा है। उद्योग जितना अधिक मुनाफा कमा सकता है उतना अधिक मुनाफा कमाने का वह प्रयास भी करता है। उसी के लिए वह अपनी कार्यकुशलता को ठीक-ठाक रखता है और वह अपनी तरक्की को आगे बढ़ाने तथा अपने को नया रूप देने में उपलब्ध अवसरों से लाभ भी ले लेता है। बाजार की प्रतिस्पर्धा के द्वारा मुनाफों को तर्कसम्मत यानी उचित स्तरों पर ही रखा जाता है। यह (प्रतिस्पर्धा) उद्योगो को उसके अपने निजी उद्देश्य को पूरा करने में संलग्न रहने के बावजूद एक ऐसे लक्ष्य की ओर ले जाता है जो उसके ज्ञात लक्ष्य का भाग नहीं होता। वह लक्ष्य है सार्वजनिक कल्याण की संवृद्धि।[13]

पर मिल्टन फ्राइडमैन इस सार्वजनिक कल्याण को उद्योग-धंधों का उचित लक्ष्य नहीं मानते हुए कहते हैं— "यह विचार व्यापक रूप से स्वीकृत किया जाने लगा है कि संस्थागत पदाधिकारियों को ऐसा 'सामाजिक उत्तरदायित्व' होता है जो उनके पूँजी-निवेशकों तथा

उनसे सम्बद्ध अन्य सदस्यों के स्वार्थों की पूर्ति के अलावा होता है। (लेकिन) यह विचार स्वतंत्र-अर्थव्यवस्था के स्वरूप के सम्बन्ध में एक मौलिक गलती प्रदर्शित करता है। इस तरह की अर्थ-व्यवस्था में उद्योग करना ही एक एवं एकमात्र सामाजिक दायित्व होता है, यानी संसाधनों का उपयोग करना तथा अपने मुनाफों को बढ़ाते रहने जैसे कार्यों में तबतक लगे रहना जबतक 'खेल' के नियमों के अंदर ही रहा जा सके, अर्थात् बिना किसी छल या पाखंड के खुले तथा स्वतंत्र प्रतिस्पर्धा में संलग्न रहा जा सके। सामूहिक उद्योगों के पदाधिकारियों द्वारा अपने पूँजी-निवेशकों के लिए ज्यादा-से-ज्यादा धन कमाने के अलावा किसी अन्य सामाजिक उत्तरदायित्व को स्वीकार कर लेने की प्रवृत्ति स्वतंत्र समाज के आधार को जितनी परिपूर्णता के साथ हिला दे सकती है, उतनी परिपूर्णता के साथ अन्य कोई प्रवृत्ति उसे नहीं हिला सकती है''।[14]

उद्योग-धंधों के उद्देश्य के सम्बन्ध में ऊपर दिये गये दोनों कथन मूलरूप से आर्थिक विश्लेषण पर ही आधारित हैं। उनसे यह स्पष्ट होता है कि उद्योगों का वास्तविक लक्ष्य अधिक-से-अधिक धन कमाना ही है। यह सही है कि वे इस उद्देश्य की पूर्ति के सिलसिले में प्रकारान्तर से सामाजिक सेवा को भी शामिल कर लेते हैं। जहाँ पहला कथन अज्ञात रूप में सार्वजनिक कल्याण की पूर्ति को सम्भव मान लेता है, वहीं दूसरा कथन छल या पाखंड से बचने की हिदायत भी दे ही देता है। पर उद्योगों द्वारा केवल प्रकारान्तर से मानव सेवा करना या फिर उनके द्वारा छल या पाखंड से परहेज भर करना पर्याप्त नहीं हो सकता। अधिकाधिक धन कमाने तथा सोच-समझ कर सार्वजनिक कल्याण करने में परस्पर विरोध नहीं भी हो सकता है। पर क्या उद्योग-धंधे छल या पाखंड से परहेज करते हैं? क्या वे अधिकाधिक लाभ के उद्देश्य की पूर्ति के लिए अनेक प्रकार के छल या पाखंडयुक्त व्यवहार का क्रियान्वयन नहीं करते? क्या उद्योगों के मालिक अपने उद्योगों से पर्यावरण को प्रदूषित नहीं करते, धोखा देने वाले विज्ञापनों का सहारा नहीं लेते, रिश्वत देने को अपना साधन नहीं बनाते, करों की अदायगी में अनियमितताएँ नहीं बरतते, उपभोग के लिए निर्मित वस्तुओं के लिए बढ़ा-चढ़ाकर कीमत निर्धारित नहीं करते, आदि आदि? क्या ऐसे व्यवहार छल या पाखंडपूर्ण नहीं हैं? क्या इनसे, अनजाने में ही सही, किसी तरह से सार्वजनिक कल्याण की पूर्ति सम्भव हो सकती है?

यह सही है कि उद्योग-धंधों के द्वारा समाज की अनेकानेक आवश्यकताओं की पूर्ति सम्भव होती है। पर अर्थशास्त्रीय नियमों के आधार पर इन्हें पूरी तरह मुनाफाकेंद्रित कर देना निश्चय ही उन्हें एक नैतिकता भिन्न दायरे में सीमित कर देना है। यह सही है कि उद्योग मनुष्य समाज के लिए उपभोक्ता वस्तुओं का निर्माण कर एक अत्यंत ही महत्त्वपूर्ण भूमिका का निर्वहण करता है। पर तब समाज ऐसे मनुष्य से और भी अधिक महत्त्वपूर्ण भूमिका के निर्वहण की अपेक्षा रखता है जिसे हम पूरे पर्यावरण को सम्यक् रूप से सुरक्षित रखने की भूमिका का नाम दे सकते हैं। उद्योग-धंधों को केवल आर्थिक संदर्भ में ही आँकना उचित नहीं हो सकता। उन्हें तो पूरे विश्व के अस्तित्व की सुरक्षा के संदर्भ में भी आँकना चाहिए। अतः आर्थिक विश्लेषण अपने आप में अंतिम नहीं हो सकता।

31.2.2 कानूनी विश्लेषण

हमने ऊपर देखा है कि उद्योग-धंधों को पूरी तरह मुनाफा पर आधारित अर्थशास्त्रीय दृष्टि को अपनाने के लिए छोड़ देने से उनके द्वारा अनेकानेक असामाजिक कार्यकलाप

कार्यान्वित किये जाने लगते हैं। और इस तरह के कार्य-कलाप अन्ततः समाज के लिए अत्यंत ही भयावह एवं दुःखदायक सिद्ध होते हैं। ऐसी स्थिति से निबटने के लिए स्थानीय प्रशासन को कानून का सहारा लेना ही पड़ता है। इस प्रकार हम देखते हैं कि उद्योग-धंधों का एक पहलू उनका क़ानून द्वारा नियंत्रण भी होता है और जब हम उद्योग-धन्धों के सम्बन्ध में कानून के नजरिये से कोई विश्लेषण करते हैं, तब वह 'कानूनी विश्लेषण' का रूप ले लेता है। इस विश्लेषण का महत्त्व है ही। मनुष्यों के कार्य-कलापों का नियंत्रण कानून के द्वारा तो किया ही जाता रहा है। कानून तो किसी-न-किसी रूप में मनुष्य के जीवनयापन से जुड़ा रहता ही है। हम इस कानूनी नियंत्रण के सम्बन्ध में पर्याप्त विचार पहले ही कर चुके हैं। और हमने पाया है कि यह नियंत्रण मनुष्य के लिए आवश्यक तो है, पर पर्याप्त नहीं। औद्योगिक क्षेत्र में नित्य नयेनये कानूनों के लगाये जाते रहने पर भी उद्योग के मालिकों तथा प्रबन्धकों द्वारा 'तुम डार-डार तो हम पात-पात' वाली नीति ही अपनाई जाती रही है। कानूनी नियंत्रण तो आखिरकार एक बाह्य नियंत्रण ही होता है। साधारणतः यह डर पैदा कर ही कारगर सिद्ध हो सकता है। यह चरित्र सुधारने में कामयाब नहीं हो सकता। चरित्रसुधार के लिए सही प्रकार के बौद्धिक सोच की जरूरत होती है। उसी के जरिये मनुष्य की मानसिकता में सही प्रकार का परिवर्तन आ सकता है। अतः उद्योग-धन्धों को सही रास्ते पर लाने के लिए कानूनी विश्लेषण पर्याप्त नहीं हो सकता। जरूरत है एक ऐसे विश्लेषण की जो मनुष्य के पूरे स्वरूप को ध्यान में रखकर किया जाय। ऐसे विश्लेषण को हम 'दार्शनिक विश्लेषण' कह सकते हैं और यह विश्लेषण अन्ततः एक 'नीतिशास्त्रीय विश्लेषण' ही है। नीतिशास्त्र अन्ततः दार्शनिक विवेचन पर ही आधारित होता है। अब हम इस दार्शनिक विश्लेषण के बारे में ही विचार करेंगे।

31.2.3 दार्शनिक विश्लेषण

दार्शनिक विश्लेषण के मूल आधार को स्पष्ट करते हुए हॉस्मर कहते हैं—"सौभाग्य से एक सिद्धांत ऐसा है जो सभी समूहों, संस्कृतियों और समयों में वर्तमान रहा है और जो प्रत्येक नैतिक पद्धति का एक भाग होता है। वह सिद्धांत है—किसी समुदाय के सदस्यों के द्वारा उस समुदाय के अन्य सदस्यों के कल्याण के प्रति उत्तरदायी होना। पुरुष और स्त्री सामाजिक प्राणी ही होते हैं, उन्हें जीवन कायम रखने के लिए सहयोग करना आवश्यक होता है, और सहयोग के लिए आचारपरक नियमों का होना जरूरी होता है। नैतिक दर्शन के अत्यंत विख्यात कथनों में से एक में टॉमस हॉब्स (1588-1679) ने यह तर्क दिया है कि यदि प्रत्येक व्यक्ति अपने ही स्वार्थ के लिए काम करे और दूसरों के कल्याण की अवहेलना ही करे तो उसका जीवन 'एकाकी, निकृष्ट पाशविक तथा अल्प' हो जायेगा"।[15] इस दार्शनिक विश्लेषण के अनेक अंग या पहलू होते हैं जो सभी अपने-अपने ढंग से महत्त्वपूर्ण ही होते हैं। उनमें किसी की अवहेलना नहीं की जा सकती। अतः उन सबों के बीच सही संतुलन स्थापित करने की आवश्यकता भी होती है। हॉस्मर ने इस विश्लेषण पर आधारित नैतिक विश्लेषण के पाँच पहलुओं का उल्लेख किया है। वे हैं—(क) शाश्वत नियमितता, (ख) उपयोगिता, (ग) सार्वभौमिकता, (घ) आवंटनपरक न्याय तथा (ङ) आत्म-स्वतंत्रता। हम इन सबों के सम्बन्ध में पहले ही पर्याप्त चर्चा कर चुके हैं। अतः हम यहाँ उनके बारे में हॉस्मर के विचारों के आलोक में ही कुछ और विचार करेंगे।

(क) 'शाश्वत नियमितता' के सम्बन्ध में हॉस्मर ने धर्मग्रंथों द्वारा निर्देशित नियमों का उल्लेख किया है। उनके अनुसार ऐसे निर्देश कालसीमित नहीं होने के कारण शाश्वत

मान लिए जाते हैं। (ख) 'उपयोगिता' से हॉस्मर मिल आदि के 'अधिक-से-अधिक लोगों के लिए अधिक-से-अधिक सुख' ही समझते हैं। (ग) 'सार्वभौमिकता' के संदर्भ में उन्होंने काण्ट के कर्तव्यवादी सिद्धांत का ही समर्थन किया है। (घ) आवंटनपरक न्याय के संदर्भ में उन्होंने प्रोफेसर रॉल्स के समानता-सिद्धांत को आधार माना है। और (ङ) आत्म स्वतंत्रता के संदर्भ में उन्होंने रॉबर्ट नौजिक[16] के आत्मसम्मान या आत्मगौरव सम्बन्धी विचार को आधार बनाया है। पर हॉस्मर के अनुसार ये सभी पहलू अपने आप में पर्याप्त नहीं हो सकते हैं। यदि प्रत्येक में कुछ-न-कुछ गुण निश्चय ही वर्तमान हैं, तो प्रत्येक में कुछ-न-कुछ अवगुण भी अवश्य ही वर्तमान हैं। वे कहते हैं— "प्रत्येक नैतिक पद्धति के समर्थक और विरोधी भी होते हैं। यह मानना महत्त्वपूर्ण होता है कि प्रत्येक पद्धति व्यक्ति के कर्मों तथा निर्णयों के नैतिक स्वरूप को निरूपित करने का साधन बन सकने में अधूरी या अपर्याप्त है''।[17]

धर्मग्रंथों के निर्देशों का शाश्वत होना कई कारणों से स्वीकार नहीं किया जा सकता। एक तो उनकी अनेक प्रकार से व्याख्या की जा सकती है, और दूसरे वे परस्पर विरोधी भी हो सकते हैं। उपयोगितावाद की कमी यह है कि इसके आधार पर वैसे अनैतिक कर्म भी नैतिक मान लिए जा सकते हैं जो केवल अधिक-से-अधिक लोगों तक सुख पहुँचा दे सकें। इस त्रुटि का आंशिक परिमार्जन काण्ट के सार्वभौमिकतावाद से हो जाता है, क्योंकि इसके दायरे में सभी लोग आ जाते हैं। पर इसके द्वारा सुख का उचित आवंटन सुनिश्चित नहीं किया जाता। इस कमी को दूर करने के लिए प्रोफेसर रॉल्स का मानवीय समानतापरक सिद्धान्त उपयोगी सिद्ध हो सकता है, क्योंकि इसमें प्रत्येक मानव प्रत्येक मानव के समतुल्य होता है। लेकिन तब यह ध्यातव्य है कि प्रत्येक मानव एक विशिष्ट प्रकार के व्यक्तित्व से युक्त रहता है जिसमें व्यक्तिगत स्वतंत्रता भी रहती है। यह स्वतंत्र व्यक्तित्व ही मानव को एक अत्यंत गौरवपूर्ण एवं आत्मसम्मानयुक्त स्तर प्रदान करता है। नैतिकता में इस मानवीय गरिमा को ठेस पहुँचाने की बात समाविष्ट नहीं रह सकती। अतः तब निश्चित रूप से यह आवश्यक हो जाता है कि ऊपरवर्णित सभी पहलुओं को मिलाकर एक परिपूर्ण नैतिक दृष्टिकोण की संरचना हो। हॉस्मर भी कहते हैं— "हमें किसी एक ही पद्धति को अमल में लाने के बदले—जिसे हमें अवश्य ही दोषपूर्ण मानना चाहिए—सभी पाँचों पद्धतियों को अमल में लाना चाहिए''।[18]

अब यहाँ एक अत्यंत महत्त्वपूर्ण प्रश्न यह उठ खड़ा होता है कि क्या इन पाँचों नैतिक पहलुओं का समन्वित रूप सामूहिक उद्योगों के लिए प्रासंगिक होता है? जैसा हम बारबार कहते आये हैं, नैतिकता वैयक्तिक स्वातंत्र्य पर आधारित रहने के कारण वैयक्तिक प्रयास से तो संबंधित रहती ही है। पर क्या यह सामूहिक उद्योग से भी संबंधित हो जा सकती है? चूँकि किसी व्यक्तिसमूह को किसी व्यक्ति की तरह कोई संकल्पन-तंत्र उपलब्ध नहीं रहता, इसलिए उससे नैतिकता कैसे सम्बद्ध हो जा सकती है? और यदि ऐसा नहीं हो सकता, तो औद्योगिक आचारनीति की परिकल्पना कैसे सम्भव हो जा सकती है? लेकिन तब यहाँ यह उल्लेखनीय है कि मनुष्य यदि एक ओर सोच-विचार कर स्वतंत्र संकल्पन कर सकता है, तो वह दूसरी ओर भाषीय संवाद के द्वारा अपने संकल्पों की जानकारी दूसरों को भी दे ही सकता है। और इस तरह लोग अपने वैयक्तिक विचारों एवं निर्णयों को अन्य लोगों को बतला कर सामूहिक रूप से निर्णय भी ले ही सकते हैं। और इसी तरह वे कार्यों

का संपादन भी मिल-जुलकर कर ही सकते हैं। अतः सामूहिक कर्तृत्व, सामूहिक उत्तरदायित्व, आदि निरर्थक नहीं माने जा सकते। उल्लेखनीय है कि सामूहिक संकल्पन, सामूहिक प्रबंधन, आदि को सम्भव बनाने के लिए विशिष्ट प्रकार का संस्थान का होना जरूरी होता है। उसमें अनेकानेक कार्यकर्ताओं की जरूरत भी होती है। वे सभी कार्यकर्ता समान स्तर के नहीं होते, कुछ के अधिकार अन्य लोगों की तुलना में अधिक होते और कुछ के कम। अतः कुछ का उत्तरदायित्व भी अधिक होता है और कुछ का कम। संस्थान का एक प्रबंध-निर्देशक होता है जो प्रबंधन के मामले में सर्वोपरि होता है। उसका उत्तरदायित्व तो सबसे अधिक होता है। वही संस्थान के मालिक के प्रति जवाबदेह होता है। इस प्रकार हम देखते हैं कि सामूहिक उद्योगों में भी उत्तरदायित्व सम्भव होता है। अतः इनमें भी आचारनीति हो ही सकती है।

हॉस्मर ने अपनी उपर्युक्त पुस्तक में सामूहिक निर्णय के कुछ उल्लेखनीय उदाहरण दिये हैं। हम यहाँ उनके द्वारा दिये गये उदाहरणों में से केवल दो की यहाँ चर्चा करेंगे और यह देखना चाहेंगे कि वे नैतिक दृष्टि से किस तरह मूल्यांकित हो सकते हैं।

31.3 हॉस्मर द्वारा प्रस्तुत दो उद्योगपरक आचरणों का नैतिक मूल्यांकन

31.3.1 लौकहीड[19] रिश्वत मामला

संयुक्त राज्य अमेरिका के बरबैंक कैलिफोर्निया[20] के लौकहीड एयरक्राफ्ट कारपोरेशन[21] ने जापान में अपने 20 ट्रिस्टार[22] हवाई जहाजों को 430 मिलियन डालर्स[23] में बेचने के लिए जापान के प्रधानमंत्री के पदाधिकारियों एवं प्रतिनिधियों को 3.8 मिलियन डालर्स का रिश्वत दिया था। इस हवाई जहाज निर्माण उद्योग का अध्यक्ष कार्ल क्रोचियन[24] इस विक्रय को तय करने के लिए जापान गया। चूँकि वह जापानी भाषा नहीं जानता था, इसलिए उसके प्रतिनिधि ही जापानी प्रधानमंत्री के प्रतिनिधियों से बात करते थे। लौकहीड हवाई जहाज निर्माण उद्योग को हाल के दो वर्षों में हवाई जहाज बेचने में कोई विशेष सफलता नहीं मिली थी। यदि वह उद्योग जापान के साथ इस सौदेबाजी में भी विफल हो जाता, तो उसकी व्यापारक्षमता परक ख्याति प्रायः नष्ट ही हो जाती, और तब उसे अत्यधिक आर्थिक क्षति होती और उसे अपने अनेक कारिंदों को बर्खास्त करना पड़ता। इस सौदे के पहले भी यह उद्योग तीन विदेशी माँगों की आपूर्ति में विफल हो चुका था। इस बार भी इसके विफल हो जाने से यह बिलकुल सम्भव था कि इसके अध्यक्ष क्रोचियन स्वयं ही पदमुक्त हो जाते। अध्यक्ष क्रोचियन स्वयं इस सौदे में जापानी भाषा नहीं जानने के कारण कुछ करने में असमर्थ थे; इसलिए उन्हें अपने प्रतिनिधियों पर निर्भर करना पड़ रहा था। नतीजा यह हुआ कि उन्हें जापान के प्रधानमंत्री को 3.8 मिलियन डालर्स जैसी बड़ी राशि रिश्वत के रूप में देने के लिए राजी होना पड़ा।

अब यहाँ प्रश्न उठता है कि यह रिश्वत-अदायगी नैतिक दृष्टि से उचित है या अनुचित। यदि अनुचित है, तो उद्योगों को ऐसे आचरण नहीं करने चाहिए। यों तो हम जब कभी किसी रिश्वत की बात जान पाते हैं, तब फौरन ही हम उसे एक भ्रष्ट आचरण का मामला ही मान लेते हैं। पर क्या हम इस लॉकहीड मामले में उसके पक्ष में कुछ भी नहीं कह सकते? क्या इस सौदे के विफल हो जाने से इस उद्योग के अनेकानेक कार्यकर्ता बर्खास्त नहीं हो

जा सकते थे और उस कारण उन्हें भुखमरी का शिकार नहीं हो जाना पड़ सकता था? क्या क्रोचियन ने रिश्वत देकर ऐसे सभी लोगों का और प्रकारान्तर से अनेकानेक अन्य लोगों का कल्याण नहीं किया था? इस दृष्टि से देखने से तो इस रिश्वत-अदायगी को उचित एवं नैतिक ही माना जा सकता है।

हमने ऊपर देखा है कि हॉस्मर के अनुसार नैतिकता के पाँच पहलू होते हैं। इनमें एक पहलू धर्मग्रंथों के निर्देशों से संबंधित है। अवश्य ही इस पहलू को हम नैतिक दृष्टि से महत्त्वपूर्ण नहीं मान सकते, क्योंकि धर्मग्रंथों द्वारा दिये गये आचरणपरक निर्देश परस्पर विरोधी हो सकते हैं और वे स्वयं शुद्ध नैतिक दृष्टि के अनुकूल नहीं भी हो सकते हैं। पर बाकी चार पहलुओं में उपयोगितापरक पहलू निश्चय ही इस रिश्वत-कांड में बहुत हद तक प्रासंगिक माना जा सकता है, अब हमें यह देखना है कि अन्य तीन पहलुओं के आलोक में यह रिश्वत-कांड किस तरह मूल्यांकित किया जा सकता है।

इसके पहले कि हम बाकी तीन अन्य नैतिक पहलुओं के आलोक में विचार करें, हम यहाँ यह कह देना उचित समझते हैं कि यह मामला कानूनी दृष्टि से बिलकुल उचित है। ऐसा इसलिए कि संयुक्त राज्य अमेरिका में उस समय रिश्वत देने को कानूनी मान्यता प्राप्त थी। रिश्वत देने पर कानूनी रोक तो फॉरेन करप्ट प्रैक्टिसेस एक्ट[25] द्वारा बाद में लगाई गई थी। और तब हम पाते हैं कि उपर्युक्त तीन अन्य नैतिक पहलुओं, अर्थात् सार्वभौमिकता, न्यायपरक आवंटन, तथा स्वतंत्र आचरण के परिप्रेक्ष्य में यह मामला उचित नहीं ठहराया जा सकता। न तो उसे सार्वभौमिक बनाया जा सकता, न इसमें न्यायपरक आवंटन का क्रियान्वयन ही देखा जा सकता, और न इसे स्वतंत्र आचरण का एक उदाहरण ही माना जा सकता है। हॉस्मर भी इस मामले को इन तीन नैतिक घटकों के परिप्रेक्ष्य में अधम ही मानते हैं।

31.3.2 हवाई जहाज चालक सम्बन्धित रिश्वत मामला

अब हम हॉस्मर द्वारा दिये गये एक दूसरे उदाहरण की चर्चा करेंगे। 1877 में जब संयुक्त राज्य अमेरिका में फॉरेन करप्ट प्रैक्टिसेस ऐक्ट पास हो गया, तब वहाँ के एक अभियंत्र निर्माता संगठन ने इस कानून को पूरी तरह लागू करने का फैसला किया और इसने यह भी फैसला किया कि यह दुनिया भर में फैली अपनी सभी शाखाओं में इस कानून को सख्ती से लागू करायेगा। अपने इस उद्देश्य को पूरा करने के लिए इस संगठन ने अपने कुछ निष्ठावान् कर्मचारियों को आवश्यक निर्देश देकर विदेशों में भेजा। उन निर्देशों में एक यह भी था कि ये कर्मचारी सीमाशुल्क भुगतान, अल्प दूरी के लिए यातायात प्रबंधन, आदि के सम्बन्ध में अधिक-से-अधिक 50 डालर की राशि खर्च कर सकेंगे। संविदा स्वीकृत कराने, बिक्री सुनिश्चित कराने, आदि के लिए रिश्वत देना बिलकुल अवैध माना जायेगा। इन निर्देशों को नहीं मानने वालों को नौकरी से बर्खास्त कर दिये जाने की चेतावनी भी दे दी गई। अब यहाँ यह उल्लेखनीय है कि इस संगठन का एक दल जब एक उष्णप्रधान देश से हवाई जहाज द्वारा एक दूसरे देश में जाने के लिए अपनी यात्रा शुरू करने ही वाला था, तब उस हवाई जहाज के चालक ने अपने यात्रियों से कहा कि जब तक वे लोग उसे उसकी बेटी के विवाह के लिए 1200 डालर की राशि नहीं दे देंगे तब तक वह हवाई जहाज को उग्र तपती धूप में ही रोके रखेगा। यह कह कर उसने हवाई जहाज को रोके रखा और उसके वातानुकूलक यंत्र को भी निष्क्रिय कर दिया। लाचार होकर यात्रियों ने उस चालक को उसके द्वारा माँगी गई रकम की अदायगी कर दी और इस तरह उन्होंने अपनी अपनी जानें बचाईं।

अब यहाँ प्रश्न उठता है कि यह अदायगी नैतिक दृष्टि से जायज है या नहीं। इस सम्बन्ध में हॉस्मर कहते हैं कि यह अदायगी यदि नैतिक दृष्टि से उचित नहीं भी है, तो भी यह अनुमतियोग्य तो अवश्य है। किन्तु हॉस्मर का यह कथन निश्चय ही विरोधाभासयुक्त है। नैतिक नहीं होने पर भी अनुमतियोग्य हो जाना निश्चय ही विरोधात्मक है। पर तब यहाँ यह उल्लेखनीय है कि नैतिकता के सम्बन्ध में दो तरह का रुख अख्तियार किया जा सकता है। एक कट्टर तथा दूसरा उदार। काण्ट जैसे अनेक नीतिशास्त्री नैतिकता के सम्बन्ध में कट्टर रुख अख्तियार करते हैं। पर जैसे जैसे वैचारिक प्रगति होती जा रही है, वैसे वैसे कट्टरवादी रुख में बदलाव भी आता जा रहा है। भारतीय नीतिशास्त्र में एक अवधारणा है 'आपद्धर्म' का। यह अवधारणा उदार दृष्टिकोण पर आधारित है। इसके अनुसार अत्यंत विषम परिस्थितियों में साधारण नैतिक नियमों का उल्लंघन उचित या धार्मिक ही होता है। बलात्कारी द्वारा शील भंग हो जाने की स्थिति में बलात्कार की शिकार हो जाने वाली महिला का यह धर्म होता है कि वह बलात्कार रोकने के लिए बलात्कारी के प्रति हिंसा का भी प्रयोग कर दे। क्या इस तरह के धर्म को केवल अनुमतियोग्य ही मानकर उसे नैतिक नहीं मानना तर्कसंगत प्रतीत होता है? उसे नैतिक मानने में हर्ज क्या है? हमने ऊपर कुछ परिस्थितियों में देखा है कि अहिंसापरक सामान्य नियम के बावजूद अनुकम्पामृत्यु, भ्रूण-हत्या, आदि विहित माने जाने लगे हैं। और जो किसी कारण से विहित है, वह क्या नैतिक नहीं है? प्रथमदृष्ट्या कर्तव्य तथा वास्तविक कर्तव्य के भेद को हमने स्वीकारा है। निश्चय ही प्रथमदृष्ट्या कर्तव्य केवल प्रथमदृष्ट्या ही कर्तव्य होता है। किसी प्रथमदृष्ट्या कर्तव्य को वास्तविक कर्तव्य होने के लिए परिस्थिति की विशिष्टता पर निर्भर करना पड़ता है। हम जानते ही हैं कि नैतिकता में आत्मबलिदान को एक विशिष्ट गरिमा प्राप्त है। निश्चय ही आत्मबलिदान और आत्महत्या में बहुत अधिक अंतर होता है। जहाँ आत्मबलिदान अत्यंत प्रशंसनीय होता है, वहीं आत्महत्या अत्यंत जघन्य। प्रस्तुत उदाहरण में चालक को उसकी माँगी रकम न देना क्या आत्महत्या करना नहीं होता? क्या यात्रियों द्वारा चालक को 1200 डॉलर की अदायगी कर देना उनका उस समय का आपद्धर्म नहीं था? क्या यात्रियों द्वारा यह रकम न देकर अपनी अपनी जान गँवा देना सही अर्थ में आत्मबलिदान माना जा सकता है? कल्पना कीजिये कि ऐसी ही परिस्थिति में चालक किसी निर्दोष व्यक्ति की हत्या करने या कराने के लिए धन माँग रहा हो; ऐसी स्थिति में तो निश्चय ही यात्रियों द्वारा धन न देकर अपनी जान गँवा देना आत्मबलिदान ही होता। अतः हम यात्रियों के द्वारा हॉस्मर के उदाहरण में वर्णित परिस्थिति में चालक को 1200 डालर की अदायगी को नैतिक ही मानते हैं और इसी कारण अनुमतियोग्य भी। अब यदि हम इस रकम-अदायगी का हॉस्मर के बतलाये उपर्युक्त चार नैतिक घटकों के आलोक में नैतिक मूल्यांकन करें, तो हम पायेंगे कि यह अदायगी इन घटकों के विरुद्ध नहीं है। इसमें यात्रियों की आत्मस्वतंत्रता तथा उनके आत्मसम्मान का कुछ व्यतिरेक जरूर हुआ है, पर यह उन पर दबाव पड़ने के कारण ही है। पूरी परिस्थिति को ध्यान में रखने के बाद यदि इस कांड का नैतिक मूल्यांकन किया जाता है, तो निश्चय ही इसे नैतिक एवं अनुमोदनयोग्य माना जा सकता है। इसे नैतिक न मानना शायद नैतिकता के सही रूप को नहीं समझ पाना ही हो सकता है।

31.4 औद्योगिक आचारनीति की जटिलता

ऊपर के विवेचन से यह स्पष्ट हो जाता है कि सामूहिक औद्योगिक क्रियाएँ अत्यंत जटिल होती हैं। इनके अनेक पक्ष होते हैं जिनमें आर्थिक, कानूनी तथा नैतिक पक्ष भी शामिल हैं। इनका सम्बन्ध न केवल उद्योगपतियों तथा उनके प्रबंधकों तथा अन्य कार्यकर्ताओं से होता है, बल्कि उन आम लोगों से भी होता है जिनके साथ वे किसी-न-किसी रूप में जुड़े होते हैं। अतः यदि उद्योग एक ओर अपने मालिकों एवं संचालकों का अहित नहीं कर सकते, तो दूसरी ओर वे सम्बद्ध आम जनता को भी अहित नहीं पहुँचा सकते। यदि किसी सामूहिक उद्योग में किसी पक्ष को न्याय नहीं मिले हैं, तो वह उद्योग नैतिक आचारनीति की दृष्टि से प्रशंसा के योग्य नहीं माना जा सकता। अतः उल्लेखनीय है कि पूँजीपति, प्रबंध-निदेशक, सभी श्रेणियों के पदाधिकारी, कारीगर, उपभोक्ता, स्थानीय जनता, आदि आदि के हितों को ध्यान में रखकर ही सामूहिक उद्योगों के सम्बन्ध में कोई आचारनीति बनाई जा सकती है। पर ध्यातव्य है कि औद्योगिक आचारनीति व्यक्तिपरक आचारनीति से भिन्न कोई विलक्षण आचारनीति नहीं होती। ईमानदारी, पारदर्शिता, आदि यदि व्यक्ति के लिए अपरिहार्य हैं, तो ये सभी उद्योगों के लिए भी अपरिहार्य ही हैं। पर तब सामूहिक उद्योगों में परिस्थितिजन्य भिन्नता एवं विशिष्टता के होने से उनकी आचारनीति में कुछ अपेक्षित अंतर या बदलाव का होना जरूरी ही है। अंतर या बदलाव क्या होगा यह सुनिश्चित करना बहुत आसान नहीं है। इसके लिए नैतिक दृष्टि के भीतर रहकर ही संतुलित विवेचन करना नितांत आवश्यक है। यह प्रक्रिया कभी अंतिम रूप नहीं ले सकती। दिन-प्रतिदिन नयी नयी परिस्थितियाँ उत्पन्न होती रहती हैं। इसलिए नये नये ढंगों से विवेचन करना भी जरूरी होता रहता है। औद्योगिक आचारनीति में आवश्यक बदलाव लाते ही रहना चाहिए, पर तब कभी भी नैतिक दृष्टिकोण के बाहर जाकर नहीं। उद्योग भी नैतिकता का एक प्रयोग-भूमि ही है।

❑

अध्याय 32

वृत्ति परक आचारनीति

32.1 विषय-प्रवेश

प्रत्येक जीव का यह प्राकृतिक स्वभाव है कि वह अपने अस्तित्व को बनाये रखने के लिए अपनी प्रकृति के अनुरूप क्रियमाण रहता है। ऐसा केवल मनुष्य में ही नहीं पाया जाता, बल्कि यह अन्य प्रकार के जीवधारियों में भी पाया जाता है। पशुओं के साथ साथ पेड़-पौधे भी ऐसा करने में संलग्न रहते हैं। पर सबों की संलग्नता में स्तर-भेद अवश्य रहता है। चूँकि मनुष्य एक चिंतनशील प्राणी है, इसलिए वह अपने संरक्षण के लिए कुछ चिंतन भी करता है। पिछले अध्याय में हमने मनुष्य द्वारा अनेक प्रकार के उद्योग चलाने के बारे में विवेचन किया है। इस विषय के मूल में भी आत्मसंरक्षण की इच्छा ही वर्तमान है। पर चूँकि किसी उद्योग का क्रियान्वयन भ्रष्ट तरीकों से भी हो सकता है, इसलिए उसके लिए भी नैतिक तरीकों की आवश्यकता पड़ ही जाती है। उल्लेखनीय है कि उद्योग-धंधों से भिन्न कुछ ऐसे भी कार्य होते हैं जिनके द्वारा भी मनुष्य अपनी जीविका सुरक्षित कर लेता आया है। इस तरह के कार्य को हम 'वृत्ति' कहते हैं। यों तो उद्योग तथा वृत्ति दोनों ही मनुष्य द्वारा सम्पन्न होने वाले कार्य हैं। पर इन दोनों में तो कुछ भेद ही अवश्य हैं।

वृत्ति और उद्योग में एक भेद यह है कि वृत्ति जहाँ मुख्यतः सेवामूलक होती है, वहीं उद्योग साधारणतः लाभमूलक होता है। उदाहरण के लिए हम चिकित्सा-वृत्ति तथा कपड़ा उद्योग को ले सकते हैं। जहाँ चिकित्सा-वृत्ति द्वारा लोगों को आरोग्य प्रदान करके उनकी सेवा की जाती है, वहीं कपड़ा उद्योग द्वारा कपड़ा निर्माण कर तथा उसे बेच कर आर्थिक लाभ अर्जित किया जाता है। यह सही है कि दोनों में किसी-न-किसी रूप में धनोपार्जन रहता ही है, पर दोनों के कर्ताओं में उद्देश्यपरक मानसिकता कुछ-कुछ भिन्न अवश्य रहती है। फिर उनमें एक दूसरा भेद यह भी है कि वृत्ति व्यक्तिपरक होती है, पर उद्योग सामान्यतः सामूहिक होता है। यह सही है कि वृत्ति सामूहिक रूप ले सकती है, जैसे कुछ विद्वान् एक संस्था स्थापित कर मिल-जुलकर छात्रों को प्रशिक्षित कर सकते हैं; और फिर, कोई उद्योग एक व्यक्ति में ही सीमित रह सकता है, जैसे कोई एक बुनकर अकेले ही कपड़े बिन कर तथा फेरी लगाकर उन्हें बेच सकता है। शायद इस बुनकर के संदर्भ में वृत्ति और उद्योग का भेद नष्ट ही हो जाता है। फिर, वृत्ति और उद्योग में हम एक भेद यह भी कर सकते हैं कि जहाँ वृत्ति की अवधारणा में मुनाफे की अवधारणा समाविष्ट नहीं है, वहीं उद्योग की अवधारणा में मुनाफे की अवधारणा समाविष्ट रहती ही है। शायद यही कारण है कि जहाँ वृत्ति प्रतिस्पर्धात्मक नहीं होती, वहीं उद्योग प्रतिस्पर्धात्मक होती है।

यहाँ यह उल्लेखनीय है कि हिंदू संस्कृति की वर्ण-व्यवस्था से अनेक प्रकार की वृत्तियाँ अस्तित्व में आई हैं—पौरोहित्य वृत्ति, शासनवृत्ति, वैश्य वृत्ति, सेवा वृत्ति, आदि आदि। आज हम जिन्हें उद्योग-धंधे के नाम से जानते हैं, वे सभी इस वर्ण संस्कृति में वैश्यों

के द्वारा संपादित किये जाते हैं—जैसे कृषि उद्योग, वाणिज्य-व्यापारपरक उद्योग, गोपालन उद्योग, आदि। पौरोहित्य, राज्य-शासन, सेवा कार्य, आदि उद्योग नहीं माने जाते। ऐसे कार्य अंग्रेजी में 'प्रोफेशन'[1] कहे जाते हैं।

पर, वृत्ति एवं उद्योग दोनों कदाचार के शिकार तो होते ही हैं। हमने पिछले अध्याय में उद्योग सम्बन्धी अनेक कदाचारों की विस्तृत चर्चा की है और हमने इस बात पर बल दिया है कि उद्योग-धंधों में सशक्त आचारनीति की अत्यधिक आवश्यकता है। इस अध्याय में हम वृत्तिपरक कदाचारों की चर्चा करना चाहते हैं। लेकिन हम प्रस्तुत लेखन में केवल तीन वृत्तियों की ही चर्चा करेंगे और उनके सम्बन्ध में यह भी निरूपित करना चाहेंगे कि इनमें किस तरह सदाचार की स्थापना की जा सकती है। ये तीन वृत्तियाँ हैं—चिकित्सा वृत्ति, शिक्षण वृत्ति तथा न्यायसंस्थापन वृत्ति। इन पर किये जाने वाले विचारों के जरिये अन्य वृत्तियों के सम्बन्ध में भी दिशानिर्देश प्राप्त कर लिये जा सकते हैं।

32.2 चिकित्सा वृत्ति

चिकित्सा वृत्ति, जिसे हम आरोग्यप्रदान वृत्ति भी कह सकते हैं, शायद उतनी ही पुरानी है जितना पुराना मानव अस्तित्व है। मानव स्वभावतः स्वस्थ रहना चाहता है और इसके लिए वह प्रयत्नशील रहता भी है। पर यह उसके वश की बात नहीं है कि वह अपने सभी कष्टों को दूर करने के लिए अपने से ही उपाय कर ले सके। अनेक शारीरिक या मानसिक कष्ट ऐसे होते हैं जिनका निदान सामान्य बुद्धि द्वारा पाना सम्भव नहीं होता। ऐसी परिस्थिति में विशेषज्ञों की जरूरत तो स्वाभाविक ही है। और अति प्राचीन काल से ही ऐसे विशेषज्ञ होते भी आये हैं। अति प्राचीन काल से ही भारतवर्ष में भी अनेक लोग ऐसी विशेषज्ञता हासिल कर तथा उसके आधार पर चिकित्सा वृत्ति अपना कर अपनी जीविका चलाते आये हैं। चूँकि ये लोग इस विशेष प्रकर के ज्ञान के ज्ञाता होते हैं, इसलिए ये 'वैद्य' भी कहलाते हैं; और इस तरह के ज्ञानभंडार को 'आयुर्वेद' कहा जाता है। आयुर्वेद को 'पंचम वेद' का दर्जा भी प्राप्त है। भारतीय चिकित्सा पद्धति के निर्माताओं में चरक एवं सुश्रुत के नाम अत्यंत प्रसिद्ध हैं। चरक आयुर्वेद को एक स्वतंत्र वेद के रूप में स्वीकार करते हैं, पर सुश्रुत इसे अथर्ववेद का एक उपांग मानते हैं। जैसा हम पहले भी कह चुके हैं, भारतीय संस्कृति की एक तीव्र आकांक्षा यह है कि 'सर्वे सन्तु निरामयाः'। इस विशिष्ट आकांक्षा की पूर्ति में आयुर्वेद निश्चय ही बहुत ही महत्त्वपूर्ण योगदान करता है। ऐसा इसलिए कि आयुर्वेद लोगों को मानसिक एवं शारीरिक दोनों रूपों में निरामय एवं स्वस्थ बना सकता है। सुरेन्द्रनाथ दास गुप्त कहते हैं— "...जब चरक जीवन के बारे में कहते हैं तब वे (जीवन में) मन और शरीर दोनों को शामिल करते हैं और उन दोनों से संबंधित हित की सिद्धि चिकित्सक का मुख्य उद्देश्य होती है"।[2]

अब यदि हम पाश्चात्त्य सभ्यता की ओर दृष्टिपात करें, तो हम पायेंगे कि युरोप में चिकित्सा पद्धति लगभग 2400 वर्ष पुरानी तो अवश्य ही है। विलियम टि० फिट्स[3] तथा बारबरा फिट्स[4] मानते हैं कि चिकित्सा की वृत्ति सबसे पुरानी और सबसे अधिक गौरवपूर्ण वृत्ति है। यहाँ 'हिप्पोक्रेट्स की शपथ' का जिक्र करना अत्यंत प्रासंगिक है। युनानी विचारक एवं चिकित्सक हिप्पोक्रेट्स, जिनका जन्म लगभग 470 ईसा पूर्व में हुआ था, चिकित्सा पद्धति के जनक माने जाते हैं। इनके जमाने से ही इन्हीं के द्वारा शुरू की गई एक शपथ चिकित्सकों को लेनी पड़ती है। इस शपथ के मुताबिक चिकित्सक किसी को विषैली दवा

नहीं दे सकता है और न वह ऐसी दवा के प्रयोग की सलाह ही दे सकता है। इसका तात्पर्य यह है कि किसी चिकित्सक का कर्तव्य मनुष्य की जान लेना नहीं, वरन् उसे बचाना ही होता है। और तब इसका तात्पर्य यह भी हो जाता है कि चिकित्सा की प्रक्रिया निरंकुश नहीं हो सकती, अर्थात् उसमें नीति का नियंत्रण रहना आवश्यक ही है। इस प्रकार हम देखते हैं कि मनुष्य अपने किसी भी क्रियान्वयन में सदाचारनीति का प्रयोग करने से बच नहीं सकता।

आज यदि हम चिकित्सा-प्रक्रिया की वर्तमान स्थिति की ओर नजर दौड़ायें, तो हम पायेंगे कि यह प्रक्रिया कदाचार में इतना अधिक डूब चुकी है कि इसमें अत्यंत कड़ाई के साथ शीघ्रातिशीघ्र नैतिक सुधार लाना अत्यन्त आवश्यक हो गया है। परिस्थिति की भयावहता का एक संक्षिप्त विवरण प्रस्तुत करना यहाँ प्रासंगिक ही होगा।

कल्पना कीजिये कि कोई प्रसविनी महिला प्रसव कराने किसी चिकित्सक के पास जाती है। चिकित्सक ज्यादा शुल्क के लालच में उसे तुरत ही शल्य-चिकित्सा द्वारा पेट चिरवाकर प्रसव करा लेने की सलाह देता है। फिर चिकित्सक महिला का पेट चीर कर उसके अभिभावक से यह कहकर कि पेट की स्थिति बहुत खराब है और अधिक शुल्क की माँग कर देता है। इतना ही नहीं, वह शुल्क की अदायगी तुरंत ही करने को कहता है। अन्यथा वह आगे की कार्रवाई करने में अपनी असमर्थता जाहिर कर देता है। अवश्य ही हमने यहाँ एक काल्पनिक उदाहरण पेश किया है। लेकिन वास्तविक तौर पर भी ऐसी ही या इससे भी और अधिक कुत्सित एवं घृणित अनेकानेक घटनाएँ रोज-ब-रोज घटती रहती हैं। इनकी संख्या को सुनिश्चित करना प्रायः असम्भव ही है। ऐसा नहीं है कि इस तरह की घटनाएँ केवल भारत में ही घटती हैं। फिट्स दंपति ने 1955 में प्रकाशित अपने एक लेख में लिखा है— "चिकित्सा वृत्ति की मूलभूत समस्याओं के सम्बन्ध में उस वृत्ति के भीतर तथा बाहर भी विवाद का जो बाहुल्य हो गया है... वह इंगित करता है कि वृत्तियों में सबसे पुरानी एवं महत्त्वपूर्ण इस वृत्ति में पर्याप्त रूप से कुछ गम्भीर बात घट रही है...और प्रथम दृष्टि में ऐसा प्रतीत होता है कि इस देश के चिकित्सकों ने शुल्क सम्बन्धी आर्थिक दिलचस्पी के पक्ष में होकर अपने उच्च आदर्शों तथा स्वार्थहीन उद्देश्यों का हठात् ही परित्याग कर दिया है।"[6]

फलस्वरूप चिकित्सा सम्बन्धी भ्रष्टाचारों के बढ़ते फैलाव से आक्रांत होकर अनेक देशों ने इसे रोकने के लिए समुचित उपाय करना प्रारंभ कर दिया है। और उन्होंने इस सम्बन्ध में नीतिगत दिशानिर्देश जारी करना भी शुरू कर दिया है। संयुक्त राज्य अमेरिका के अमेरिकन मेडिकल एशोसिएशन[7] ने ऐसे निर्देश सर्वप्रथम 1848 में निर्गत किये थे जो सर टॉमस पर्सिभल[8] के 1803 में लिखित ग्रंथ *मेडिकल एथिक्स*[9] पर आधारित थे। भारत में भी इंडियन मेडिकल एशोसिएशन[10] नामक संस्था इस तरह के निर्देश समय-समय पर जारी करती रही है। ऐसे निर्देशों का चिकित्सकों पर कितना प्रभाव पड़ता है यह तो एक अलग बात है। शायद इन निर्देशों का अनुपालन तो कम, उल्लंघन ही ज्यादा होता है। पर इससे निर्देशों का महत्त्व कभी कम नहीं हो सकता। उनकी तो नितांत आवश्यकता बराबर रहती ही है। इन दिशानिर्देशों के निश्चित अनुपालन के लिए दो बातों की निहायत जरूरत है—एक तो यह कि उनके अनुपालन के लिए सख्त कानून बनाये जायँ और उनके उल्लंघन होने पर सख्त सजा दी जाय। और दूसरी यह कि चिकित्सकों की मनोवृत्ति के उचित

बदलाव के लिए आधारभूत तथा तकनीकी शिक्षा-पद्धतियों में ऐसे परिवर्तन लाये जायँ जिनसे चिकित्सा-पेशे में आने वाले स्नातकों का सही प्रकार से चरित्रनिर्माण हो जा सके। निश्चय ही किसी भी क्षेत्र में नैतिक सुधार लाने के लिए अंततः चरित्रनिर्माण ही जरूरी होता है। जैसा हम बार बार कहते आये हैं, अच्छा करने के लिए अच्छा बनना अत्यंत जरूरी है।

पर अच्छा बनकर भी आखिरकर अच्छा करने की जरूरत तो रहती ही है। और अच्छा करने का अर्थ ही है आचारनीति के अनुरूप कर्म करना। उल्लेखनीय है कि विभिन्न प्रकार के कार्यक्षेत्रों की आचारनीतियों में प्रकार परक भिन्नता का रहना तो स्वाभाविक ही है। किसी भी क्षेत्र की सही-सही आचारनीति के निरूपण के लिए उस क्षेत्रविशेष की बारीकियों से अवगत होना नितांत जरूरी होता है। आज चिकित्सा के क्षेत्र में इतना अधिक भ्रष्टाचार फैल जाने के अनेक कारण हैं। उनकी जानकारी होने पर ही इस क्षेत्र के लिए सही आचारनीति का निर्माण सम्भव हो सकता है। अतः अब हम यहाँ चिकित्सा के कुछ विशिष्ट आयामों तथा उनसे जुड़ी कुछ समस्याओं का जिक्र करना आवश्यक समझते हैं।

32.2.1. चिकित्सा के कुछ आयाम तथा उनसे जुड़ी कुछ समस्याएँ

चिकित्सा का विशिष्टीकरण—विज्ञान और तकनीक का उत्तरोत्तर विकास होते रहने से अब चिकित्सा-प्रणाली पहले की तरह नहीं रह गई है। पहले एक ही वैद्य सभी तरह के रोगों का इलाज कर लेता था। पर अब यदि किसी को खाँसी है तो उसकी 'X किरण'-जाँच कोई एक व्यक्ति करता है, तो उसकी दवा का निर्धारण कोई दूसरा व्यक्ति करता है। यदि किसी रोगी की शल्य-चिकित्सा होनी है, तो उसको बेहोश करने वाला कोई एक विशेषज्ञ होता है और उसके शरीर में वास्तविक चीर-फाड़ करने वाला कोई दूसरा विशेषज्ञ। अतः चिकित्सा आज एक व्यक्ति द्वारा निष्पाद्य नहीं रह गई है; यह अब एक समूह द्वारा निष्पाद्य हो गई है। नतीजा यह हुआ है कि अब चिकित्सा-शुल्क में कई गुना वृद्धि हो गई है, और फिर शुल्क वृद्धि सम्बन्धी अनुचित माँगों में भी उसी अनुपात में वृद्धि हो गई है। इसका एक बुरा नतीजा यह हुआ है कि चिकित्सकों की जिम्मेदारी भी विखंडित हो गई है, और इसके बुरे परिणाम बेचारे रोगी को ही भुगतने पड़ते हैं। जिम्मेदारी के विखंडित होने से चिकित्सकों की जिम्मेदारी का सही निरूपण भी कठिन हो जाता है और वे प्रायः अपनी जिम्मेवारियों से बच ही निकलते हैं।

चिकित्सा और विज्ञापन—आज का युग, जैसा हम जानते हैं, एक विज्ञापन-युग हो गया है। आज लोगों तक जानकारी पहुँचाने के लिए अनेक तरह के माध्यमों का सहारा लिया जाने लगा है—अखबार, रेडियो[11], दूरदर्शन, आदि आदि। और अब तो विश्वव्यापी कम्प्यूटर नेटवर्क[12] भी विज्ञापन का कार्य करने लगा है। विज्ञापन की आधुनिक सुविधाओं की वजह से कोई भी जानकारी तुरत ही दुनिया भर में फैला दी जा सकती है। यह सचमुच ही बहुत लाभदायक है। पर इसका दुरुपयोग भी हो ही सकता है और दुर्भाग्यवश ऐसा हो भी रहा है। चिकित्सा वृत्ति भी विज्ञापन-सुविधा के दुरुपयोग की वजह से बहुत अधिक विकृत कर दी गई है। कोई तथाकथित चिकित्सक एक कुशल एवं जानकार चिकित्सक नहीं होने पर भी उपर्युक्त प्रचार-साधनों के द्वारा यह प्रचार करने में समर्थ हो जा सकता है कि वह एक उच्च कोटि का चिकित्सक है। अनपढ़ या फिर असावधान जनता ऐसे अनुचित प्रचारों के झाँसे में प्रायः आ भी जाते हैं और उन्हें अनेक प्रकार के दुष्परिणामों को भी

भोगने ही पड़ते हैं। विज्ञापन के जरिये न केवल छद्म चिकित्सकों के छद्म रूप ही प्रसारित होते हैं, बल्कि नकली दवाओं के छद्म चमत्कार भी प्रचारित ही कर दिये जाते हैं। निश्चय ही विज्ञापन के ये सभी प्रकार के दुरुपयोग कदाचार के सुंदर सुंदर नमूने ही हैं, और इन पर न केवल कानूनी बल्कि नैतिक नियंत्रण का होना भी जरूरी ही है।

प्रश्न उठता है कि इनके सम्बन्ध में नैतिक नियंत्रण कैसे सम्भव हो सकता है। जैसा हम जानते हैं, नैतिक नियंत्रण तो अंततः आत्मनियंत्रण ही होता है। इस प्रकार का नियंत्रण स्वयं कर्ता को ही करना पड़ता है। इसका अर्थ यह होता है कि चिकित्सक को चिकित्सा सम्बन्धी किसी कदाचार से नैतिक रूप से मुक्त होने के लिए अपनी ही तरफ से पहल करना होगा। चिकित्सक स्वयं ही संकल्प लेगा कि वह भविष्य में अपनी वृत्ति का कुछ भी दुरुपयोग नहीं करेगा। पर ऐसा करना किसी चिकित्सक के लिए बहुत अधिक कठिन इसलिए हो जाता है कि ये दुरुपयोग उसकी आजीविका से सम्बन्धित होने के अलावा उसकी स्वाभावगत धनलोलुपता से भी संबंधित रहते हैं। मनुष्य की धनसंग्रह करने की प्रवृत्ति इतनी उग्र होती है कि इसके विरुद्ध कोई निर्णय करना उसके लिए प्रायः असम्भव ही होता है। ऐसा करना किसी चिकित्सक के लिए सम्भव हो सके इसके लिए समाज और प्रशासन दोनों को अपनी ओर से पहल करनी चाहिए। इन संगठनों को चाहिए वे न केवल चिकित्सा वृत्ति सम्बन्धी सभी पहलुओं के बारे में सही आचारनीति का निर्माण करावें, बल्कि उसके निश्चित अनुपालन के लिए सही दंडविधान, सही शिक्षा, सही दिशानिर्देश आदि भी सुनिश्चित करें। सही शिक्षा के द्वारा लोगों को इस आचारनीति की प्रभावकारी जानकारी हो ही जा सकती है। और फिर मनुष्य के जीवन में बलिदान का बहुत अधिक महत्त्व है और चिकित्सक भी आखिरकार एक मनुष्य ही है। यदि कोई चिकित्सक अपनी चिकित्सा वृत्ति के क्रियान्वयन में त्याग और बलिदान को भी स्थान देने में सक्षम हो जाता है, तो निश्चय ही वह अपने मरीज के साथ गहरी आत्मीयता का सम्बन्ध स्थापित कर ले सकता है, और तब उसके लिए अपने मरीज के साथ किसी प्रकार का कदाचार करना असम्भव ही हो जा सकता है। और तब तो वह केवल अपने मरीज के स्वास्थ्य के लिए ही नहीं, वरन् पूरी मानवता के स्वास्थ्य के लिए भी व्यग्र हो जा सकता है। चिकित्सा के इस समाजीकृत रूप को हम 'सामाजिक चिकित्सा'[13] का नाम दे सकते हैं। फिट्ट्सद्वय लिखते हैं— "सामाजिक चिकित्सा के अनुरूप चिकित्सक का कर्तव्य केवल किसी एक मरीज के प्रति नहीं होता, बल्कि व्यापक सामाजिक संगठन के प्रति होता है''।[14]

यहाँ एक प्रश्न यह उठता है कि साधारणतः चिकित्सक नैतिक दृष्टि अपनाने के लिए सहज ही तत्पर क्यों नहीं होता। इसका संक्षिप्त उत्तर यही है कि इस तरह तत्पर रहने के लिए उसका सही प्रकार से चरित्रनिर्माण हुआ ही नहीं रहता। और यह तो बिलकुल स्पष्ट है कि किसी भी व्यक्ति का चरित्रनिर्माण उसके बचपन से ही शुरू हो जाना चाहिए। तभी वह निर्माण प्रभावी हो सकता है। चूँकि यह निर्माण-कार्य कोई बालक अपने से ही नहीं कर सकता, इसलिए इस कार्य के क्रियान्वयन की जिम्मेवारी उसके माता-पिता, अभिभावक, समाज तथा राज्य प्रशासन की है। इन सबों का यह कर्तव्य होता है कि ये बच्चों के चरित्रनिर्माण की प्रक्रिया को उनके जीवन के प्रारंभ से ही शुरू करें और करावें। सही तरह से चरित्र निर्मित होने पर ही कोई व्यक्ति सही जीवन व्यतीत कर सकता है। फिट्ट्स दंपति तो ऐसा भी मानते हैं कि चिकित्सा सम्बन्धी शिक्षण संस्थाओं में वैसे ही छात्र भर्त्ती किये

जायँ जिनका रुझान पहले से ही चिकित्सा-सेवा के प्रति श्रद्धायुक्त हो। वे लिखते हैं— "चिकित्सा वृत्ति की वर्तमान समस्याएँ यह अनिवार्य बना देती हैं कि सभी चिकित्सक चिकित्सापरक आचारनीति की समस्याओं को तथा उसके इतिहास को अच्छी तरह जानें। वर्तमान समय में चिकित्सा सम्बन्धी पाठन-क्रम में नैतिक समस्याओं की जो जानकारी दी जाती है वह प्रायः नहीं के बराबर है।... अनेक आदर्शों तथा प्रवृत्तियों का शिक्षक से छात्र तक अचेतन रूप से स्थानांतरण तो हो जाता है, पर यह काफी नहीं है; इस युग में मरीजों के साथ का निकट और गहरा सम्बन्ध भी चिकित्सकों में नैतिक प्रवृत्तियाँ उभार नहीं सकता। शायद इसके लिए सही उपाय यह है कि चिकित्सा के छात्रों के चुनाव में नैतिक चरित्र पर अधिक बल दिया जाय और इस बात पर तो और भी अधिक बल दिया जाय कि चिकित्सा-विद्यालयों में नैतिक सिद्धान्तों की पढ़ाई अनिवार्य हो''।[15]

32.2.2 चिकित्सा वृत्ति की आचारनीति का निर्माण

निश्चय ही आज इस बात की निहायत जरूरत है कि कानूनी स्तर पर एक ऐसी विस्तृत चिकित्सापरक आचारनीति का निर्माण हो जिसमें चिकित्सा वृत्ति के दो मौलिक आधारों यानी मानव सेवा तथा आजीविका प्रबन्धन के बीच सही तालमेल रहे। यह सही तालमेल क्या है, इसके सम्बन्ध में नैतिकता के स्वरूप तथा चिकित्सकों की न्यायसम्मत आवश्यकता को ध्यान में रखकर ही कोई निर्णय लिया जा सकता है। चिकित्सापरक आचारनीति के निर्माण के बाद चिकित्सकों द्वारा सम्यक् अनुपालन प्रशासन की जिम्मेदारी होनी चाहिए। पर तब प्रशासनिक सक्रियता के अतिरिक्त यह तो जरूरी है ही कि चिकित्सक अपनी अर्जित सच्चरित्रता के कारण स्वयं ही चिकित्सा के नैतिक पक्ष को अंगीकार करे। ऐसा होने से किसी कानूनी हस्तक्षेप की जरूरत नहीं रह जायेगी। ऐसा होना कठिन अवश्य है, पर असम्भव नहीं।

32.3 शिक्षावृत्ति

जीवन में शिक्षा का महत्त्व अपरंपार है। इसके बिना मनुष्य मानव जाति में जन्म लेकर भी पूर्णरूप से मनुष्य नहीं बन पाता। यही कारण है कि शिक्षा देने वाले को महान् माना गया है और उसे 'गुरु' की संज्ञा दी गई है। ऐसा भी विचार प्रचलित है कि गुरु भगवान् से भी ऊपर होता है। भारतवर्ष में शिक्षा के द्वारा पूरे विश्व को ही शिक्षित करने की कल्पना वर्तमान है। ऐसी शिक्षा देने वाले शिक्षकों को 'जगद्गुरु' की संज्ञा दी जाती है—जैसे जगद्गुरु शंकराचार्य। *मनुस्मृति* (2/20) में कहा गया है—''एतद्देशप्रसूतस्य सकाशात् अग्रजन्मनः। स्वं स्वं चरित्रं शिक्षेरन् पृथिव्यां सर्वमानवाः'', अर्थात् 'पृथ्वी के सभी मानव इस देश में अग्रज के (ब्राह्मण के) संसर्ग से अपने अपने चरित्र को शिक्षित करें।' आश्रम धर्म के अनुसार जीवन का पहला आश्रम ब्रह्मचर्याश्रम है जिसमें व्यक्ति गुरु के साथ रहकर विद्यालाभ करता है। विद्या के महत्त्व को *हितोपदेश* (6) इस प्रकार बतलाता है—''विद्या ददाति विनयं विनयात् याति पात्रताम्। पात्रत्वात् धनमाप्नोति धनात् धर्मं ततः सुखम्।।'', अर्थात् 'विद्या विनय देती है, विनय से पात्रत्व उत्पन्न होता है, पात्रत्व प्राप्त होने से धन प्राप्त किया जा सकता है, धन से धर्म और तब सुख प्राप्त होता है।' और यह तो स्पष्ट ही है कि विद्यालाभ के लिये शिक्षा ग्रहण करना नितांत आवश्यक है और इसके लिए शिक्षक का होना भी नितांत आवश्यक है। यही कारण है कि प्राचीन काल से ही अनेक

लोगों द्वारा शिक्षा की वृत्ति अपनायी जा रही है। निश्चय ही यह वृत्ति चिकित्सा वृत्ति की तरह प्राचीनतम वृत्तियों में से एक है। शायद ऐसा भी कहा जा सकता है कि चिकित्सावृत्ति एवं शिक्षावृत्ति उतनी ही पुरानी हैं जितनी पुरानी मानवीय सत्ता है। कोई भी माता जो मानव शिशु को जन्म देती है अपनी उस संतान की न केवल प्रथम परिचारिका होती है, बल्कि वह प्रथम शिक्षिका भी बन जाती है। ये दोनों प्रकार के कार्य अन्य लोगों के द्वारा साधारणतः बाद में ही किये जाते हैं। यहाँ यह ध्यातव्य है कि इन दोनों कार्यों के मूल में निःस्वार्थ सेवा की भावना पूर्णतः वर्तमान रहती है। लेकिन जब किसी व्यक्ति के द्वारा इन दोनों में से किसी भी एक कार्य को अन्य व्यक्तियों के द्वारा कुछ लंबे समय तक कराया जाना होता है, तब उन व्यक्तियों की आजीविका के लिए धनोपार्जन की बात उठ ही जाती है। किसी भी प्रकार के सेवक को अपना अस्तित्व कायम रखना पड़ता ही है। अस्तित्व में रहकर ही तो कोई सेवा कर पा सकता है। यही कारण है कि साधारणतः सेवाकार्य के साथ पारिश्रमिक का प्रावधान रहता ही है।

भारतीय संस्कृति में पारिश्रमिक के रूप में धन देने को 'दक्षिणा दान' कहा जाता है। यदि किसी यज्ञ में धार्मिक अनुष्ठान सम्पन्न कराने वाले पुरोहित को उचित दक्षिणा नहीं दी जाती है, तो वह यज्ञ अधूरा ही रह जाता है। और जिस तरह पुरोहित को दक्षिणा देना जरूरी होता है उसी तरह शिक्षा सम्पन्न कराने वाले शिक्षक को भी उचित दक्षिणा देना जरूरी ही होता है। गुरु दक्षिणा की उत्कृष्टता को वैदिक संस्कृति में बहुत ही स्पष्ट रूप से स्वीकृत किया गया है। कहा जाता है कि एकलव्य ने अपने गुरु द्रोण को गुरु दक्षिणा के रूप में गुरु द्वारा माँगे जाने पर अपने दाहिने हाथ का अँगूठा ही दान कर दिया था। यद्यपि इस दक्षिणा दान को नैतिक मान्यता नहीं दी जा सकती, फिर भी इस दान से यह तो स्पष्ट हो ही जाता है कि गुरु को दक्षिणा देना कितना अधिक महत्त्वपूर्ण है।

पर आज यह 'गुरु दक्षिणा' कितना अधिक विकृत रूप ले चुकी है इसका हम सहज ही अनुमान नहीं लगा सकते। चिकित्सा वृत्ति की तरह शिक्षा वृत्ति भी आज भ्रष्टता की मानो चरम सीमा पर ही पहुँच गई है। आज का गुरु दक्षिणा पाने के लिये शिष्य की स्वेच्छा एवं उसकी समर्थता पर निर्भर नहीं रहता, बल्कि इसके लिए वह पहले से ही शिष्य से करार करवा लेता है। आज शिक्षक विद्यालय में इसलिए भी अच्छी तरह नहीं पढ़ाता है कि शिष्य बाध्य होकर शिक्षक के घर पर ही जाकर पढ़े और शिक्षक को पारिश्रमिक के रूप में अधिकाधिक धन प्रदान करे। आज शिक्षक शिष्य को परीक्षा में उत्तीर्ण कराने के लिए उसके साथ ठेका भी करने लगे हैं। अब शिक्षार्थी को सही प्रकार की योग्यता प्राप्त करने की जरूरत नहीं है। अब उसे सिर्फ इतनी योग्यता होनी चाहिए कि वह परीक्षा में नकल भर कर ले सके। लेकिन, अब तो एवज में नकल करने वाले भी ठेके पर बहाल किये जाने लगे हैं। फिर, अंकतालिका-लिपिकों द्वारा परीक्षा में प्राप्त अंकों को बढ़वाना, उत्तीर्ण छात्रों की सूची में उलटफेर करवाना, आदि आदि आज आम हो चले हैं। पर ऐसा नहीं है कि शिक्षा वृत्ति परक कदाचार केवल भारतवर्ष में ही किये जाते हैं।

राल्फ ई॰ हिमस्टेड[16] (1893-1955) ने, जो एक अध्यापक थे और जो अमेरिकन एसोशियेशन ऑफ युनिवर्सिटी प्रोफेसर्स[17] के सचिव रह चुके थे, लिखा है— "हमारे विद्यालय प्रायः उन दबावों से प्रभावित होते रहते हैं जो उन्हें विशेष प्रकार के स्वार्थसाधकों या आम जनता के कुछ वर्गों द्वारा दिये जाते हैं। ये लोग शिक्षा के विषय, उसकी विधि

तथा उसके शिक्षक को प्रभावित कर लेना चाहते हैं। ये लोग यह नहीं जानते कि महाविद्यालय क्या होता है और यदि वे यह जानते भी हैं तो वे उसे नजरअंदाज कर देते हैं। ये लोग महाविद्यालयों से शिक्षा की अपेक्षा नहीं रखते, बल्कि ये लोग इनके द्वारा अपनी विचार पद्धति को दूसरों में पहुँचाना चाहते हैं। ये लोग चाहते हैं कि महाविद्यालय उनके आर्थिक, राजनीतिक, सामाजिक या धार्मिक मतों एवं विश्वासों के प्रचारक बन जाँय।... ये लोग जिस हद तक सफल हो जाते हैं, उस हद तक उच्च शिक्षा संस्थान भ्रष्ट हो जाते हैं और तब ऐसा संस्थान महाविद्यालय या विश्वविद्यालय का नाम पाने के योग्य भी नहीं रह जाता''।[18] निश्चय ही किसी व्यक्ति या संस्था द्वारा अपने विचारों का इस तरह से प्रचार करना या कराना अत्यंत कलुषित एवं निंदनीय है। कोई भी शिक्षण संस्थान किसी स्वार्थ-सिद्धि का साधन नहीं बनाया जा सकता।

हिमस्टेड शिक्षण संस्थाओं के उद्देश्य के परिप्रेक्ष्य में लिखते हैं—''उच्च शिक्षा का संस्थान व्यापारपरक उद्योग नहीं है। यह वस्तुओं के निर्माण, प्रक्रमण[19] या विक्रय का धंधा नहीं करता। यह कोई अधिकृत संस्थान भी नहीं हो सकता। यह तो दानाश्रित होता है, पूरी तरह दानाश्रित। यद्यपि यह राज्यसंपोषित हो सकता है, तो भी यह राज्य प्रशासन का अंग या शाखा नहीं होता और न ही उसे वैसा माना जाना चाहिए या उस रूप में प्रशासित किया जाना चाहिए। उच्च शिक्षा संस्थान राजनीतिक भी नहीं है। यह नैतिक समिति भी नहीं है। यह धर्म संस्थान भी नहीं है। यह शिक्षण संस्थान है और इस रूप में यह स्वजातिक[20] है। इसका लक्ष्य विद्योपार्जन परक है जिसका अर्थ अनुसंधान, चिंतन और युवावर्ग का प्रशिक्षण होता है। इसकी अभिरुचि मानसिक जीवन तथा बौद्धिकता के प्रकर्ष की प्राप्ति में रहती है''।[21]

यहाँ यह उल्लेखनीय है कि जहाँ बौद्धिक प्रकर्ष की बात प्रासंगिक होती है, वहाँ अनैतिकता को प्रश्रय नहीं मिल सकता। आखिरकार बौद्धिकता के प्रकर्ष का एक रूप नैतिकता परक ही तो होता है। जौन हेनरी न्यूमैन[22] 1842 ई॰ में दिये गये अपने एक भाषण में कहते हैं— "उदार शिक्षा ईसाई या कैथोलिक[23] नहीं, बल्कि भद्र मनुष्य बनाती है। एक भद्र मनुष्य बनना अच्छा होता है; और सुसंस्कृत बुद्धि, परिष्कृत रुचि, खुला सूक्ष्मदर्शी और शांत मन तथा जीवनयापन में शिष्ट एवं विनम्र व्यवहार से युक्त होना अच्छे होते हैं। ये सभी गुण व्यापक ज्ञान के सहजात लक्षण हैं। और ये विश्वविद्यालय के लक्ष्य होते हैं''।[24] वे आगे कहते हैं—''सही रूप से शिक्षित व्यक्ति आजादी पाना चाहता है, नैतिक मूल्यों का बोध रखता है, और सत्य और न्याय का, जो नैतिक सद्गुणों में सर्वश्रेष्ठ हैं, आदर करता है''।[25]

इस प्रकार यह देखा जा सकता है कि शिक्षण संस्थाएँ समाज के युवा वर्ग को सुशिक्षित करने के साथ-साथ उसे सच्चरित्रवान् भी बनाती हैं। ऐसा करके ये संस्थान पूरे समाज की भलाई करते हैं, क्योंकि समाज का युवा वर्ग ही तो आगे चलकर समाज का संचालक होता है। हिमस्टेड, जो कारनेल कॉलेज[26] के शिक्षक भी रह चुके थे, कहते हैं— "यदि हमारे महाविद्यालयों का लक्ष्य आम जनता को सर्वोच्च नैतिकता से युक्त कराना है, तो हमें अपने विशिष्ट शिक्षा संस्थानों के माध्यम से बौद्धिक समेकन, बौद्धिक प्रकर्ष अर्जन तथा मूलभूत ज्ञान की उपलब्धि पर ही बल देना चाहिए। ... (शिक्षकों द्वारा) इनसे कम की उपलब्धि करना उनका अपनी वृत्ति के लिए अयोग्य होना है; और फिर आम जनता के प्रति अपने नैतिक आबंध को पूरा करने में विफल होना भी है''।[27]

आज स्थिति यह है कि अनेकानेक शिक्षक अपने इस नैतिक आबंध को पूरा करने में बिलकुल विफल रहते हैं। आज वे, जैसा हमने ऊपर जिक्र भी किया है, प्रायः अनैतिक आचरणों के क्रियान्वयन में ही संलग्न रहा करते हैं। निश्चय ही स्थिति बहुत भयावह हो गई है। यह सही है कि भारतवर्ष में अनेकानेक स्थानों पर शिक्षकों को अधिकारियों द्वारा उचित पारिश्रमिक नहीं दिया जाता है और वे उस वजह से भ्रष्ट तरीकों से धनोपार्जन करने के लिए बाध्य हो जाया करते हैं। कहीं कहीं तो वित्तरहित शिक्षा नीति अपना लिए जाने के कारण शिक्षकों को कोई पारिश्रमिक दिया ही नहीं जाता। पर शिक्षकों को उचित पारिश्रमिक नहीं देना घोर अन्याय है। शिक्षा देना एक अत्यंत पवित्र वृत्ति अवश्य है, पर इस वृत्ति को अपनाने वालों को अपनी आजीविका के प्रबंध से तो सम्बन्ध रखना ही पड़ता है। अतः शिक्षकों के लिए उचित पारिश्रमिक का प्रावधान होना तो जरूरी ही है। पर दुःख की बात तो यह है कि जहाँ उचित पारिश्रमिक का प्रबंध रहता भी है वहाँ भी अनेकानेक शिक्षकों द्वारा भ्रष्टाचार में संलग्न रहा ही जाता है। इस भ्रष्टाचार का निवारण तो होना ही चाहिए। और यदि आवश्यकता हो तो इस निवारण के लिए कानून की मदद भी ली ही जानी चाहिए। अनेक देशों ने कानून से मदद पहले भी ली है और अनेक देश आज भी कानून से मदद ले ही रहे हैं।

किंतु, जैसा हम बराबर कहते आये हैं, कानून अपने बलबूते कभी नैतिक आचरण को व्यवस्थित करने में सफल नहीं हो सकता। इसके लिए शिक्षकों का सच्चरित्रवान् होना नितांत ही आवश्यक है। अतः शिक्षकों का सुशिक्षित होना, जो एक विरोधाभास-सा ही प्रतीत होता है, नितांत आवश्यक है। जिस तरह से चिकित्सकों की शिक्षा आवश्यक होती है उसी तरह से शिक्षकों की शिक्षा भी आवश्यक ही होती है। ऐसा प्रबंध होना चाहिए कि शिक्षा वृत्ति अपनाने वाले लोगों को नैतिक शिक्षा लेनी ही पड़े।

इस सम्बन्ध में समाज के कर्णधारों को विशेष रूप से ध्यान देना चाहिए। उन्हें यह अवश्य ही करना चाहिए कि वे सच्चरित्रवान् विशेषज्ञों द्वारा शिक्षकों के लिए एक ऐसी आचारसंहिता का निर्माण करायें जिससे शिक्षाजगत् में व्याप्त भ्रष्टाचारों का समूल निवारण हो जा सके और यदि शिक्षक सही रूप से शिक्षित हुए रहेंगे, तो वे स्वतः ही आचारसंहिता का अनुपालन करेंगे। इसके लिए उन्हें तब किसी प्रकार का दबाव देने की जरूरत नहीं रहेगी। ऐसा अनुपालन करना तब उनका चारित्रिक स्वभाव ही हो जायेगा। और तब सम्भवतः शिक्षा वृत्ति अपना पवित्र प्राकृतिक रूप फिर से प्राप्त कर ले सकेगी।

32.4 न्यायसंस्थापन वृत्ति

चिकित्सा वृत्ति तथा शिक्षा वृत्ति की तरह एक वृत्ति न्याय संस्थापन की भी होती है। इसके द्वारा न्याय की संस्थापना की जाती है। इसमें दो तरह के लोग संलग्न होते हैं। एक को हम निर्णायक कह सकते हैं और दूसरे को अधिवक्ता या वकील। प्रश्न उठता है कि इस न्याय संस्थापन वृत्ति की आवश्यकता क्यों हो जाती है। इस सम्बन्ध में यह कहा जा सकता है कि मनुष्य अनेकानेक अवसरों पर अपने स्वार्थ की पूर्ति के लिए दूसरों के साथ अन्याय कर बैठता है। फिर तो दोनों पक्षों के बीच कलह, मारपीट, युद्ध, आदि का होना बिलकुल स्वाभाविक है। लेकिन तब दोनों पक्षों के बीच शांति स्थापित की ही जा सकती है। मनुष्य यदि एक ओर स्वार्थपरता के कारण संघर्ष कर सकता है, तो दूसरी ओर वह बुनियादी तौर पर बौद्धिक होने के कारण तर्क, औचित्य एवं न्याय से प्रभावित भी हो सकता

है। कोई मनुष्य भीतर से यह नहीं चाहता कि वह बराबर संघर्ष ही करता रहे। वह अपने संघर्ष का अंत चाहता ही है। अतः यदि वह अपने संघर्ष का स्वयं ही अंत नहीं कर सकता, तो वह इसे दूसरों से करा लेना चाहता है। अतः समाज में संघर्षों के अंत होने की व्यवस्था का होना स्वाभाविक ही है। इसी तरह की व्यवस्था को हम न्याय संस्थापन व्यवस्था कह सकते हैं। न्याय संस्थापन व्यवस्था में एक वादी एवं एक प्रतिवादी का होना लाजिमी ही है; और तब किसी निर्णायक का होना भी उतना ही लाजिमी है। लेकिन तब इस न्याय संस्थापन प्रक्रिया का एक अंग ऐसा भी होता है जो वादी या प्रतिवादी की ओर से मामले की बारीकियों को निर्णायक के समक्ष रखता है और अपने पक्ष में निर्णायक द्वारा निर्णय दिलाने का प्रयत्न भी करता है। जो ऐसा करता है उसे अधिवक्ता या वकील कहते हैं। यद्यपि निर्णायक एवं अधिवक्ता दोनों न्याय संस्थापन व्यवस्था ही अंग हैं, फिर भी दोनों में कुछ भेद होते हैं। एक भेद तो उनकी भूमिका के सम्बन्ध में है। जहाँ निर्णायक दोनों पक्षों को जानकर फैसला करता है, वहीं अधिवक्ता किसी पक्ष को निर्णायक के समक्ष स्पष्ट करता है। पर दोनों में एक दूसरा महत्त्वपूर्ण भेद यह है कि निर्णायक होना कोई वृत्ति अपनाना नहीं है, पर अधिवक्ता होना एक वृत्ति अपनाना है। निर्णायक न्याय करने के लिए बहाल किये जाते हैं, पर अधिवक्ता होना आजीविका के प्रबंध के लिए एक पेशा अपनाना है।

हम इस प्रकरण में इस पेशे या वृत्ति को अपनाने वाले अधिवक्ता या वकील कहे जानेवाले लोगों के आचरणों के बारे में ही विचार करेंगे। पर चूँकि न्याय संस्थापन प्रक्रिया में निर्णायकों की भूमिका बहुत अधिक महत्त्वपूर्ण होती है, इसलिए हम प्रासंगिकतावश उनके आचरणों की भी चर्चा कर देंगे।

न्याय संस्थापित करना प्राचीन काल से ही एक अत्यंत महान् एवं आवश्यक कार्य माना जाता रहा है। मान्यता यह है कि भगवान् स्वयं इस कार्य को करने के लिए सदैव तत्पर रहते हैं। *गीता* में भगवान् कृष्ण इस कार्य को धर्म-संस्थापन की संज्ञा देते हैं। वे कहते हैं—''यदा यदा हि धर्मस्य ग्लानिर्भवति भारत। अभ्युत्थानमधर्मस्य तदात्मानं सृजाम्यहं।।'' (४/७) वे आगे कहते हैं—''परित्राणाय साधूनाम् विनाशाय च दुष्कृताम्। धर्मसंस्थापनार्थाय सम्भवामि युगे युगे।।''(४/८)। अब यहाँ प्रश्न उठता है कि क्या न्याय संस्थापन प्रक्रिया में जो वस्तुतः एक प्रकार से धर्मसंस्थापन की ही प्रक्रिया है, जिस किसी भी तरह का साधन अपना लिया जा सकता है। अर्थात् क्या वादी या प्रतिवादी को न्याय दिलाने के लिए अनैतिक तरीका भी अपनाया जा सकता है? स्पष्ट शब्दों में, क्या वकीलों को अपने पक्ष को जिताने के लिए झूठ एवं फरेब का सहारा लेने का अधिकार दिया जा सकता है?

यहाँ यह उल्लेखनीय है कि दोनों विरोधी पक्ष अपनी अपनी जीत हासिल करने के लिए शारीरिक बल का सहारा भी प्राचीन काल से ही लेते आ रहे हैं। यह तरीका जानवर तो अपनाते ही रहे हैं। इस तरह के निपटारे में जो पक्ष शारीरिक रूप से परास्त हो जाता है वह हार जाता है और परास्त करने वाला पक्ष जीत जाता है। इस तरह का शारीरिक निपटारा मनुष्यों के द्वारा भी अपनाया जाता रहा है। कैलिफोर्निया[28] के एक महाविद्यालय प्राध्यापक डेविड ड्रेस्सलर[29] ने अपने एक लेख[30] में इस तरह के निपटारे का जिक्र किया है। इसके तहत निर्णेता अधिकारी संघर्षरत दोनों पक्षों को प्रायः ही शारीरिक युद्ध करने का आदेश दे देता था और उस युद्ध में जो पक्ष जीतता था उसी के पक्ष में अपना निर्णय दे देता था। कालांतर में जब शारीरिक युद्ध करने का तरीका समाप्त कर दिया गया, तब

वकीलों द्वारा वाक्‌युद्ध करने का तरीका अपनाया गया। और यह कहना शायद गलत नहीं होगा कि आजकल अनेक मुकदमों का निपटारा वकीलों द्वारा किये गये वाक्‌युद्ध के आधार पर ही किया जाता है।

पर कोई तरीका, जो किसी भी रूप में युद्धपरक हो, न्याय की संस्थापना के लिए किसी तरह उचित नहीं माना जा सकता। यह सही है कि आजकल कोई पक्ष न तो कोई शारीरिक युद्ध करता और न ही वह प्रत्यक्ष रूप से कोई वाक्‌युद्ध ही करता है। पर अब वह ऐसे ऐसे भ्रष्ट तरीके अपनाता है जिससे न्याय संस्थापन की पवित्रता नष्ट हो ही जाती है। हम इन भ्रष्ट तरीकों के सम्बन्ध में एक संक्षिप्त विवरण यहाँ प्रस्तुत करना चाहेंगे।

न्याय को शत्रुविजयपरक मान लेने के कारण किसी पक्ष का वकील विरोधी पक्ष के वकील के साथ सहयोग नहीं करता, बल्कि वह ऐसे ऐसे साधनों का प्रयोग करता है कि विरोधी पक्ष का वकील निरुत्तर हो जाय और उस वजह से उसकी हार हो जाय। इन साधनों में एक साधन विस्मय या आश्चर्य पर आधारित होता है। इस साधन का प्रयोग ऐसे समय में किया जाता है जब दूसरे पक्ष के वकील को उसे निष्प्रभावी बनाने के लिए कोई जवाब दे पाना सम्भव ही नहीं रहता। डेविड ड्रेस्सलर ने अपने उपर्युक्त लेख में इसका एक सुंदर उदाहरण पेश किया है। संयुक्त राज्य अमेरिका के संघीय न्यायालय में वकील लुइस कुटनेर[31] अपने मुवक्किल विलियम हेन्डरसन[32] के बचाव में एक मुकदमा लड़ रहे थे। हेन्डरसन पर यह आरोप था कि उसने मिचिगन[33] झील के जल जहाज पर स्थित यात्रियों पर पिस्तौल[34] तान कर उन्हें लूटा। जब मुकदमा चल रहा था तब जल जहाज के तीस यात्रियों ने हेन्डरसन की पहचान भी कर ली थी। लोग ऐसा मान रहे थे कि हेन्डरसन को निश्चित रूप से सजा मिलेगी ही। और न्यायकर्ता जेम्स एच॰ विलकेर्सन[35] ने हेन्डरसन के विरुद्ध फैसला कर भी लिया था। फैसला देते समय हठात् ही बचाव पक्ष के वकील कुटनेर ने न्यायकर्ता विलकेर्सन से निवेदन किया कि उन्हें इस मामले में कोई निर्णय करने का अधिकार ही प्राप्त नहीं है, क्योंकि यह लूट की घटना उनके न्यायक्षेत्र के बाहर घटी है। जिस जल जहाज पर यह घटना घटी थी उसका निबंधन चिकागो में नहीं हुआ था और न्यायकर्ता विलकेर्सन का न्यायिक क्षेत्र चिकागो की सीमा के अंतर्गत ही था। संयुक्त राज्य के कानून के मुताबिक किसी जल जहाज को उस क्षेत्र का ही माना जाता है, जहाँ उसका निबंधन हुआ रहता है। अतः इस बात का खुलासा जैसे ही हुआ, न्यायकर्ता विलकेर्सन ने मुजरिम हेन्डरसन के विरुद्ध दिये गये अपने फैसले को वापस ले लिया।

वकील कुटनेर यह शुरू से ही जानता था कि यह घटना चिकागो न्यायक्षेत्र का नहीं, वरन् मिलवौकी[36] न्याय क्षेत्र का है। पर उसने इस बात को छिपाये रखा। उसने इस रहस्य का उद्‌घाटन तब किया जब न्यायकर्ता को अपने निर्णय को वापस लेने के सिवाय और कोई दूसरा चारा न था। वकील लोग इस तरह का विस्मयकारी रहस्योद्‌घाटन अपनी जीत सुनिश्चित करने के लिए करते ही रहते हैं। डेविड ड्रेस्सलर वकील कुटनेर के इस विस्मय पर आधारित आचरण के सम्बन्ध में लिखते हैं— "कानून की नजर में कुटनेर का आचरण पूरी तरह नैतिक था। 'शत्रुतापरक' मत के तहत वह एक अधिवक्ता था। इसका तात्पर्य यह है कि वह पूरी तरह आत्मपक्षपाती होने के लिए बाध्य था। और आत्मपक्षपाती होने के कारण वह विस्मय का उपयोग करने के लिए अधिकृत ही था''।[37]

फिर, गवाहों के बयानों के जरिये भी वकील लोग अपने पक्ष को मजबूत कर लेते हैं। यों तो अदालत में न्यायकर्ता के सामने गवाह लोग ईश्वर या मजहब या धर्मग्रंथ का नाम

लेकर शपथ ले लेते हैं कि वे केवल सत्य और सत्य के सिवा और कुछ भी नहीं बोलेंगे, पर वे प्रायः बोलते वही हैं जो उनके वकील उन्हें सिखा-पढ़ाकर बोलने को कहते हैं। ऐसा दोनों पक्षों के वकील करते हैं। अतः साधारणतः गवाहों के बयान न्याय स्थापित करने में बहुत सहायक नहीं हो सकते। उल्लेखनीय है कि यदि कोई गवाह वकील द्वारा दिये गये निर्देश के अनुरूप बयान नहीं देता है, तो वह सम्बद्ध वकील द्वारा ही 'विरोधी' घोषित कर दिया जाता है।

वकीलों द्वारा अपने पक्ष को मजबूत करने का एक तरीका 'पूर्व निर्णयों' के उपयोग का भी है। पूर्व निर्णय जितना अधिक प्राचीन होता है या जितने अधिक उच्चस्तरीय निर्णेता द्वारा दिया गया होता है, उतनी ही अधिक उसकी मूल्यवत्ता होती है। पर इन कारकों के आधार पर ही किसी पूर्व निर्णय का प्रासंगिक हो जाना जरूरी नहीं है। पूर्व निर्णयों से दिशा निर्देश अवश्य मिल सकता है, पर वे किसी अन्य मामले में निर्णय के आधार नहीं बन जा सकते। निर्णय का आधार तो सम्बद्ध मामले की अपनी विशिष्टता ही हो सकता है। इस सम्बन्ध में ड्रेस्सलर लिखते हैं— "... ये (पूर्व निर्णय) प्रायः मामले के केंद्र में जाने में विफल होते हैं। वे निर्णय तो करा देते हैं, पर मामले की वास्तविकता के आधार पर नहीं, अर्थात् इस आधार पर नहीं कि बचाव पक्ष दोषी है या नहीं, वरन् प्रायः ही प्राविधिकता[38] (के निर्वाह) के आधार पर।..... प्राविधिकताएँ जो अतीत में मामले जीतने में सफल हुई हैं अक्षरशः लाखों हैं। उनमें अनेक परस्पर विरोधी हैं''।[39] और इसी संदर्भ में ड्रेस्सलर ने एक हत्यारे का जिक्र किया है जिसने नार्थ कैरोलिना[40] के क्षेत्र के भीतर से सीमावर्ती टेन्नेसी[41] के क्षेत्र में स्थित एक व्यक्ति को गोली दागकर मार दिया था। जब नार्थ कैरोलिना में उस हत्यारे पर मुकदमा चला, तब उसके वकील ने आपत्ति उठाई कि यह मुकदमा नार्थ कैरोलिना में चल नहीं सकता, क्योंकि मारे गये व्यक्ति की मृत्यु टेन्नेसी में हुई है। और जब टेन्नेसी में उस हत्यारे को एक भगोड़ा मानकर उस पर हत्या करने के जुर्म में मुकदमा चलाया गया, तब हत्यारे के वकील ने यह दलील पेश कर दी कि उसका मुवक्किल कभी टेन्नेसी के क्षेत्र में घुसा ही नहीं था और ऐसी हालत में वह टेन्नेसी में एक भगोड़ा कैसे माना जा सकता है। नतीजा यह हुआ कि हत्यारे पर मुकदमा चल ही नहीं सका और वह बिलकुल बच निकला। निश्चय ही प्रविधिकताएँ न्यायसंस्थापन में कभी कभी बाधक ही सिद्ध होती हैं।

फिर, जैसा हमलोग सभी जानते हैं, न्याय की स्थापना के लिए न्यायकर्ता के साथ कभी कभी कुछ सहायक निर्णेता[42] भी रहते हैं। न्यायकर्ता उनके मतों के आलोक में अपना निर्णय सुनिश्चित करते हैं। कुछ चालाक वकील इन सहायक निर्णेताओं के रुख को अपने पक्ष में ले आने के लिए अपने गवाहों से मनगढंत प्रश्न पूछ बैठते हैं। संयुक्त राज्य में 1957 में एक मुकदमे में सभी सहायक निर्णेता नीग्रो थे। उनकी संख्या आठ थी। मुकदमा घूसखोरी से संबंधित था। इसमें मुजरिम, दोनों पक्षों के वकील तथा न्यायकर्ता सफेद अमेरिकन थे। जॉन काय चीरस्टि[43] नामक एक सफेद अभियोगपक्षीय गवाह जब अपनी गवाही देने अदालत में आकर खड़ा हुआ, तब बचाव पक्ष के वकील एडवार्ड बेन्नेट विलियम्स[44] ने उससे पूछा कि उसने कभी फ्लॉरिडा[45] के किसी मजदूर संघर्ष से संबंधित किसी मुकदमे में काले लोगों के उत्थान के लिए संस्थापित राष्ट्रीय संघ[46] के विरुद्ध कोई बयान दिया था या नहीं। अभियोक्ता पक्ष के वकील ने बचाव पक्ष के वकील के इस प्रश्न पर आपत्ति उठाई। न्यायकर्ता ने आपत्ति को बिलकुल जायज माना। तब बचाव पक्ष के

वकील ने अपना प्रश्न वापस ले लिया। पर वह अपने उद्देश्य को पूरा करने में सफल तो हो ही चुका था। आठो नीग्रो सहायक निर्णेता प्रभावित हो चुके थे। स्पष्ट ही वकीलों द्वारा न्यायकर्ता या सहायक निर्णेता को अपने पक्ष में लाने के लिए इस तरह के फरेबी उपायों के प्रयोग नैतिक नहीं माने जा सकते।

आज तो वकीलों द्वारा अपनाये जानेवाले तरीकों की निकृष्टता अपनी चरम सीमा तक आ चुकी है। आज वकील धन कमाते रहने के लालच में मुकदमों को जल्द खत्म नहीं होने देते। और वे अधिकाधिक मुकदमों को अपने कब्जे में लेकर किसी पर पर्याप्त ध्यान नहीं देते। निकृष्टता अपनी चरम सीमा तक तो तब पहुँच जाती है जब एक पक्ष का वकील दूसरे पक्ष के वकील के साथ चोरी-छिपे मिलकर तथा उससे रिश्वत लेकर उसे अपने पक्ष की कुछ अन्दरूनी बातों की जानकारी दे देते हैं।

यहाँ इस बात का उल्लेख कर देना भी अप्रासंगिक नहीं होगा कि इन दिनों वकील तो वकील, न्यायकर्ता लोग भी भ्रष्टाचार के मामले में संदेह के घेरे में आने लगे हैं। जैसा हम जानते हैं, न्यायकर्ता न्यायसेवा के अधीन नियुक्त होता है। उसकी सेवा उसकी वृत्ति नहीं होती और उसे एक सेवक के रूप में नियुक्त किया जाता है और उसे वेतन मिलता है। उसे किसी से किसी तरह का अतिरिक्त धन लेने का अधिकार नहीं होता। लेकिन दुर्भाग्यवश धनसंग्रह परक भ्रष्टाचार अब न्यायकर्ताओं के सम्बन्ध में भी सुना जाने लगा है। यह निश्चय ही न्यायसंस्थापन के लिए बहुत दुर्भाग्यपूर्ण है।

वकीलों को अपनी आजीविका के लिए अपने मुवक्किलों से शुल्क लेने का अधिकार तो अवश्य है, पर उन्हें किसी भी हालत में नाजायज तरीकों से शुल्क लेने या धन संग्रह करने का अधिकार नहीं मिल जा सकता। पर जैसा हमने ऊपर कहा है, चिकित्सा वृत्ति तथा शिक्षण वृत्ति की भाँति न्यायसंस्थापन वृत्ति में भी अधःपतन अपनी पराकाष्ठा पर पहुँच गया है। तो फिर उपाय क्या है? वही बुनियादी शिक्षा और चरित्रनिर्माण। हम बराबर ही इस बात पर जोर देते आये हैं कि सामान्य बुनियादी शिक्षा ऐसी होनी चाहिए कि शिक्षार्थी प्रारंभ से ही अपने चरित्रनिर्माण पर विशेष ध्यान दे। चरित्र के सही निर्माण का खास अर्थ यह है कि व्यक्ति का मानसिक रुझान ही कुछ ऐसा हो जाय कि वह सहज ही अपने ऊपर नियंत्रण स्थापित कर ले सके। कोई वकील गलत तरीकों से अधिकाधिक धनसंग्रह इसलिए करता रहता है कि वह अपनी धनसंग्रह परक प्रवृत्ति पर नियंत्रण लाने के बारे में सोचता तक नहीं, उसके लिए प्रयास करना तो दूर की बात है। उसकी मानसिकता ही अधिकाधिक धन कमाने की होती है। अतः व्यक्ति को उसके बाल्यकाल से ही चरित्र- निर्माण सम्बन्धी शिक्षा देने से यह सम्भव हो सकता है कि वह धनसंग्रह केवल नैतिक तरीकों से ही करने का प्रयास करे।

और फिर, जैसा हमने अन्य वृत्तियों के परिप्रेक्ष्य में भी कहा है, कानूनी शिक्षा पाने वालों को अधिवक्ता-वृत्ति की आचारनीति के बारे में विशेष रूप से जानकारी देनी चाहिए और उस वृत्ति के लिए उन्हें विशेष रूप से तैयार भी करना चाहिए। ड्रेस्सलर लिखते हैं— ''बड़े-बड़े विश्वविद्यालयों को अब कानून की उपाधि देने के लिए उदारशिक्षा परक आधार सुनिश्चित करने की जरूरत है। उन्हें अब कानून को सामाजिक संस्था, दर्शन, विज्ञान एवं शिल्पकला के रूप में पढ़ाना चाहिए। जब इस तरह से शिक्षित उनके विद्यार्थी पर्याप्त

संख्या में स्नातक बन जायेंगे, तब कानून की वृत्ति आधुनिक जीवन से मेल खाने वाली आचारनीति के प्रति उत्तरदायित्व की भावना के साथ ही क्रियान्वित हो सकेगी। किसी भी हालत में, यह संभावना तो है ही कि वकील लोग कानून को समाजसेवी बनाने सम्बन्धी बाध्यता को स्वीकार कर सकेंगे''।[47]

यहाँ यह उल्लेखनीय है कि वकीलों की कोई सर्वसामयिक एवं अंतिम रूप से परिपूर्ण आचारनीति तैयार नहीं कर ली जा सकती। उनकी भी आचारनीति स्थान, काल एवं परिस्थिति के वैशिष्ट्य पर ही आधारित हो सकती है। अतः यह काम विशेषज्ञों पर छोड़ देना चाहिए। पर तब भी नैतिक दृष्टिकोण को भी, जिसे हम विस्तार से पहले ही वर्णित कर चुके हैं, महत्त्व देना जरूरी ही होता है। वृत्ति चाहे जो भी हो, वृत्तिकर्ता का अंतिम लक्ष्य नैतिक रूप में समाजसेवा ही हो सकता है।

अधिवक्ता-वृत्ति में सुधार लाने के लिए जहाँ एक ओर अधिवक्ताओं द्वारा सही आचारनीति का जानना अत्यंत जरूरी है, वहीं दूसरी ओर यह भी उतना ही जरूरी है कि समाज में इस तरह का परिवर्तन लाया जाय कि लोग कम-से-कम मुकदमा लड़ने के लिए प्रेरित हों। मुकदमों का एक बहुत बड़ा भाग संपत्ति से संबंधित रहता है। जबतक किसी भी व्यक्ति को अपनी संपत्ति पर कानूनी अधिकार प्राप्त है, तब तक वह उसको सुरक्षित रखने के लिए मुकदमा लड़ना बिलकुल ठीक ही मानेगा। पर असमान आवंटन पर आधारित धनाधिकार क्या जायज हो सकता है? क्या संपत्तिवंचित लोग अतिरिक्त संपत्ति रखनेवालों की सम्पत्ति को अधिगृहीत करने का अधिकार नैतिकता के आधार पर ही प्राप्त नहीं कर लेते? यदि हाँ, तो अतिरिक्त संपत्ति वालों को न्यायालय में अतिरिक्त संपत्ति रखने के सम्बन्ध में कोई मुकदमा लाने का अधिकार भी नहीं रह जाता। अदालत में ऐसे मुकदमों की पेशी ही वर्जित हो जानी चाहिए। आज समाज में यह सोच लाना जरूरी है कि पूरी मानवता को पूरे विश्व के सकल संसाधनों पर समान अधिकार है। हम इस विचार की चर्चा पहले भी कई बार कर चुके हैं। साम्यवाद ने इस विचार के अनुसार परिवर्तन लाने का प्रयास भी किया था, किंतु उसने अपने प्रयास में हिंसा का सहारा लिया था, अतः यह प्रयास पूरे विश्व में ही सफल नहीं हो सका, और जहाँ पहले सफल भी हुआ, वहाँ टिकाऊ नहीं हो सका। हिंसापरक साधन नैतिक नहीं माना जा सकता। ऐसे साधन कभी सही रूप से नैतिक लक्ष्य को स्थायी तौर पर प्राप्त करने में सफल नहीं हो सकते। साधन की पवित्रता उतनी ही आवश्यक होती है जितनी साध्य की। अतः वैश्विक संसाधन का वैश्विक स्तर पर समान उपयोग सम्बन्धी सोच को नैतिक शिक्षा के द्वारा फैलाना अत्यंत उचित है। और यह सोच जितनी अधिक मात्रा में लोगों को प्रभावित कर सकेगा उतनी ही अधिक मात्रा में संपत्ति से संबंधित मुकदमे कम हो जायेंगे। फिर उसी अनुपात में वकीलों का भ्रष्टाचार में लिप्त होना भी कम हो जा सकेगा।

कुछ मुकदमे ऐसे होते हैं जो मनुष्य की प्रकृति पर निर्भर होते हैं—जैसे बलात्कार सम्बन्धी मुकदमे। यौन संभोग परक वासना प्रकृतिप्रदत्त होती है। अनेक अन्य मुकदमे भी प्रकृतिप्रदत्त स्वार्थपरता या स्वार्थलिप्सा पर ही आधारित होते हैं। और जैसा हम ऊपर विचार कर चुके हैं, नैतिक लक्ष्य की प्राप्ति अंततः स्वार्थपरता पर विजय पाकर सर्वकल्याणपरक मानसिकता को अपनाकर ही प्राप्त किया जा सकता है। ऐसी मानसिकता को अपनाना बहुत

कठिन होता है। इसे व्यक्ति द्वारा अपनाये जाने के लिये उसे उसकी बाल्यावस्था से ही समुचित शिक्षा देना अत्यंज जरूरी है। ऐसी शिक्षा सभी वृत्तियों के सम्बन्ध में अनिवार्य होनी चाहिए और जब किसी व्यक्ति के सम्बन्ध में यह स्पष्ट रूप से पता लगने लगे कि वह कौन-सी वृत्ति को अपनाने में रुचि रखने में समर्थ हो सकता है, तब उसे उसी वृत्ति से संबंधित आचारनीति की शिक्षा देनी चाहिए। इस तरह से शिक्षित व्यक्ति अपने चरित्र के कारण वृत्तिपरक कदाचारों से प्रायः मुक्त ही रह सकेगा। उसके लिए तब कानून द्वारा नियंत्रण शायद जरूरी नहीं रह जायगा। ऐसा व्यक्ति अधिवक्ता बनकर किसी मुकदमे को दो शत्रुओं के बीच का संग्राम नहीं मानेगा, बल्कि उसे न्यायसंस्थापन का एक सुन्दर अवसर ही मान ले सकेगा। इस हालत में दोनों पक्षों के वकील एक दूसरे के साथ सहयोग ही करेंगे और वे तब किसी तरह के न्यायविरोधी, भ्रामक एवं फरेबी साधनों का उपयोग भी नहीं करेंगे।

पर तब यहाँ यह भी उल्लेखनीय है कि किसी भी वृत्तिकर्त्ता की आजीविका का सही साधन तो होना ही चाहिए। ऐसा प्रबंध तो होना ही चाहिए कि कोई भी अधिवक्ता अपनी आवश्यकताओं की पूर्ति अपने पद की गरिमा के अनुरूप करने में पूरी तरह सक्षम एवं समर्थ हो जा सके। समाज और प्रशासन का यह दायित्व हो जाता है कि वे अधिवक्ताओं के सही शुल्कनिर्धारण सम्बन्धी कार्य को करने के लिए विशेषज्ञों की समिति गठित करे और उसके निर्णय को लागू करावे। इसे वृत्तिपरक आचारनीति का एक आवश्यक अंग माना जाना चाहिए। और इस तरह के कार्य परिस्थिति के बदलते रहने के कारण बराबर ही किये जाते रहने चाहिए। प्रयास यह भी होते रहना चाहिए कि न्याय-संस्थापना को किसी भी तरह भ्रष्ट करने का अवसर किसी भी व्यक्ति को, चाहे वह अधिवक्ता हो या न्यायकर्ता, मिले ही नहीं।

❑

अध्याय 33

पर्यावरणीय आचारनीति

33.1 विषय-प्रवेश

प्रयोगात्मक नीतिशास्त्र केवल मनुष्यों से ही संबंधित नहीं रहता, वह मनुष्येतर जीवों तथा भौतिक वस्तुओं से भी संबंधित रहता है। मनुष्येतर जीवों में सभी प्रकार के मनुष्येतर प्राणधारी तथा सभी प्रकार के पेड़-पौधे सम्मिलित रहते हैं। प्राणधारियों तथा पेड़-पौधों में एक महत्त्वपूर्ण अंतर यह है कि जहाँ प्राणधारी संवेदनशील होते हैं, वहीं पेड़-पौधे संवेदनशील नहीं होते। सम्भव है कि विकास के प्रथम चरण वाले प्राणधारी संवेदनशील न रहते हों, और पेड़-पौधों में अत्यधिक विकसित प्रजातियाँ अतिसूक्ष्म रूप से संवेदनशील रहते हों। पर मोटे तौर पर उपर्युक्त अंतर को मान लेना ही उचित जान पड़ता है। पर, इस अंतर के बावजूद इन दोनों वर्गों के जीवधारियों की आवश्यकताएँ तो रहती ही हैं। और जहाँ आवश्यकताएँ होती हैं, वहाँ अपेक्षाएँ भी रहती ही हैं। यहाँ यह उल्लेखनीय है कि मनुष्यों की भी आवश्यकताएँ होती हैं, पर उन्हें नैतिक कर्तव्य का निर्वाह भी करना पड़ता है। ऐसा इसलिए कि मनुष्य नैतिक कर्ता भी हो सकता है। अन्य किसी प्रकार का जीव नैतिक कर्ता नहीं हो सकता। अतः किसी प्रकार के जीव की आवश्यकता की पूर्ति का भार मनुष्य पर ही पड़ता है। मनुष्य इस भार को वस्तुतः उठाता है या नहीं, यह एक प्रकार का प्रश्न है; पर, उसे यह भार उठाना चाहिये या नहीं, यह एक दूसरे प्रकार का प्रश्न है। और इसी दूसरे प्रकार के प्रश्न के साथ आचारनीति जुड़ी रहती है। यह तो निर्विवाद है कि विश्वस्तरीय सामंजस्य का होना एक अस्तित्वपरक अनिवार्यता है। और चूँकि इस तरह यह एक आदर्श है और इसी कारण सभी कार्यों का नियामक भी, इसलिये इस आदर्श का चारितार्थ होना नैतिकता का ही क्रियान्वयन है। और इस आदर्श के चरितार्थ होने की आवश्यकता को हम नैतिकता की अनिवार्यता भी कह सकते हैं। अतः यदि मनुष्य किसी प्रकार के जीवधारियों या अस्तित्वधारकों की आवश्यकताओं की पूर्ति नहीं कर रहा होता है, तो यह उसकी गफलन है। अतः उसे उनकी आवश्यकताओं की पूर्ति अवश्य करनी चाहिये। ऐसा करना उसका कर्तव्य ही जाता है। चूँकि ऐसे सभी कर्तव्य पर्यावरण के विभिन्न अंगों से ही संबंधित रहते हैं, इसलिए वे सभी पर्यावरणीय आचारनीति के ही अंग होते हैं। ऐसा नहीं है कि पर्यावरणीय आचारनीति एक नई कल्पना है, और यह पहले कभी अस्तित्व में नहीं थी। पर इतना अवश्य सही है कि पूर्व की अपेक्षा अब इस आचारनीति पर अधिक ध्यान दिया जाने लगा है। इसका कारण यह है कि अब इस आचारनीति के व्यतिक्रमण के दुष्परिणाम लोगों को ज्यादा ही सताने लगे हैं। हम यहाँ इस पर्यावरणीय आचारनीति के तीनों अंगों अर्थात् पशुजगत् परक, वनस्पतिजगत् परक तथा भौतिक जगत् परक अंगों के सम्बन्ध में अलग अलग विचार करेंगे। पहले हम पशुजगत् परक आचारनीति के सम्बन्ध में विचार करेंगे।

33.2. पशुजगत् परक आचारनीति

जैसा हम पहले कह चुके हैं, पशुपरक आचारनीति में इस बात की चर्चा नहीं हो सकती कि पशुओं को क्या करना चाहिये और क्या नहीं करना चाहिये। इसका कारण यह है कि पशु नैतिक कर्ता नहीं हो सकते। अतः इस आचारनीति में केवल यह विवेचित हो सकता है कि मनुष्यों के द्वारा पशुओं के प्रति कैसा व्यवहार किया जाना चाहिये। इस सम्बन्ध में प्राचीन काल से ही दो तरह की विचारधाराएँ अस्तित्व में रही हैं। जहाँ एक ओर मनुष्यों द्वारा पशुओं के प्रति हिंसा का व्यवहार उचित माना जाता रहा है, वहीं दूसरी ओर मनुष्यों द्वारा उनके प्रति अहिंसा का व्यवहार ही उचित ठहराया जाता रहा है। हिंदू संस्कृति की ओर यदि हम ध्यान दें तो हम पायेंगे कि इसमें स्पष्ट रूप से ये दोनों परस्पर विरोधी विचार वर्तमान हैं। हिंदू संस्कृति का 'अहिंसा परमो धर्मः' का उद्‌घोष तो अत्यंत ही विख्यात है। *ऋग्वेद* (10/96/20) कहता है—"द्विपच्चतुष्पदस्माकं सर्वं अस्तु अनातुरम्।", अर्थात् हमारे द्विपद, चतुष्पद सभी अनातुर हों। फिर *अथर्ववेद* (8/1/7) कहता है—'मा जीवेभ्यः अप्रमदः।'', अर्थात् जीवों के साथ प्रमाद नहीं करें। हमने ऊपर देखा है कि वैदिक संस्कृति में पंचमहायज्ञ का बहुत अधिक महत्त्व है। पाँच यज्ञों में एक भूत-यज्ञ होता है। इस यज्ञ में कृमि, कीट-पतंगों सहित पूरे जीव समुदाय के लिए भोज्य पदार्थ अर्पित किये जाते हैं। फिर बलिवैश्वदेव नामक अनुष्ठान में देवताओं एवं पितरों के साथ साथ पशु-पक्षियों एवं वनस्पतियों की भूख मिटाने के लिए भी अन्नदान किया जाता है और उनके सुख की कामना की जाती है। ऐसा करते समय निम्नलिखित मंत्र का वाचन होता है:—

"देवा मनुष्या पशवो वयांसि
सिद्धाः सयक्षोरगभूतसङ्घाः।
प्रेताः पिशाचाः तरवः समस्ता
ये चान्नमिच्छन्ति मया प्रदत्तम्॥
पिपीलिकाः कीटपतङ्गकाद्या
बुभुक्षिताः कर्मनिबंधबद्धाः।
प्रयान्तु ते तृप्तिमिदं मयान्नं
तेभ्यो विसृष्टं सुखिनो भवन्तु॥"

इस मंत्र में तो देव, पितर, आदि के साथ साथ पक्षी, सर्प, कीट, पतंग, वृक्ष, आदि के लिए भी शुभ कामना का स्पष्ट उल्लेख पाया जाता है।

पर हिंदू संस्कृति में ही दूसरी ओर उपर्युक्त विचार का विरोधी विचार भी पाया जाता है और यह बिलकुल हिंसामूलक है। वैदिक कर्मकांड के अनुसार 'यज्ञार्थे पशवः श्रेष्ठाः।', अर्थात् यज्ञ के लिए पशु श्रेष्ठ हैं। यही कारण है कि हिंदू समाज में छागबलि, महिषबलि, कपोतबलि, आदि आदि अनेक प्रकार की बलियाँ व्यापक रूप से प्रचलित हैं। अनेक प्रसंगों में शास्त्रों द्वारा भी मत्स्य-भक्षण, माँस-भक्षण, आदि अत्यंत विहित माने गये हैं। इस पशुहिंसा परक कर्मकांड ने प्राचीन काल में ही इतना अधिक भयावह रूप ले लिया था कि उसके विरोध में जो कर्मकांडविरोधी आचारनीति प्रचारित हुई उसकी चर्चा हम ऊपर कर ही चुके हैं।

पाश्चात्त्य संस्कृति में भी जैव जगत् के प्रति हिंसात्मक तथा अहिंसात्मक दोनों तरह

के व्यवहार किये जाते हैं। इधर हाल में जर्मनी द्वारा जानवरों के कुछ अधिकार कानूनी स्तर पर मान लिये गये हैं। फिर भी ऐसा प्रतीत होता है कि पाश्चात्त्य संस्कृति सामान्य तौर पर मनुष्य द्वारा जैवजगत् के उपभोग को उचित ही मानती है। बाइबिल के सृष्टि-प्रकरण में कहा गया है कि ईश्वर ने मनुष्यों को अपने अनुरूप ही बनाया और उनको कहा—"सफल होओ और अपनी वृद्धि करो.....समुद्र की मछलियों पर और वायु के पक्षियों पर और पृथ्वी पर विचरने वाले सभी जीवों पर अपना आधिपत्य रखो"। 'आधिपत्य', के लिए बाइबिल में 'डोमिनियन'[1] शब्द का प्रयोग किया गया है। इस शब्द के दो अर्थ हो सकते हैं। कुछ लोग इससे यह समझना चाहते हैं कि ईश्वर ने मनुष्यों को अन्य जीवों की देखभाल करने का भार सौंप दिया है। पर ज्यादा लोग इससे यह समझना चाहते हैं कि ईश्वर ने मनुष्यों को इन जीवों को भोजन तथा अन्य कार्यों के लिए उपभोग में लाने हेतु अधिकार दे दिया है। यूनानी दार्शनिक अरस्तु[2] ने भी कहा था कि पेड़-पौधे जीव-जंतुओं के लिए हैं और जीव-जंतु मनुष्यों के लिए। घरेलू जानवर मनुष्य के इस्तेमाल तथा भोजन के लिए हैं और जंगली जानवर (या उनका बड़ा अंश) भोजन तथा जीवन की अन्य जरूरतों के लिए, जैसे पोशाक तथा अन्य साधन। मध्यकालीन धार्मिक विचारक टॉमस एक्विनास[3] ने अपनी पुस्तक *सम्मा थियोलाजिया*[4] में अरस्तू तथा बाइबिल के विचारों का समर्थन ही किया है। एक्किनास के अनुसार पाप केवल ईश्वर तथा मनुष्यजाति के प्रति किये गये कर्मो के माध्यम से ही किया जा सकता है, जानवरों तथा भौतिक जगत् के प्रति किये गये कर्मों के माध्यम से नहीं।

अब यदि हम वर्तमान में पशुओं के प्रति होने वाले व्यवहार की ओर नजर डालें, तो हम पायेंगे कि प्रत्येक दिन संसार भर में करोड़ों करोड़ पशु मनुष्य के भोजन के लिए मारे जाते हैं। और फिर वे बहुत ही अधिक संख्या में वैज्ञानिक अनुसंधान के लिए भी मारे जाते हैं। सिंगर लिखते हैं—"संयुक्त राज्य के कृषिविभाग के कार्यालयीय आंकड़ों के अनुसार करीब-करीब 140,000 कुत्ते तथा 42000 बिल्लियाँ प्रत्येक वर्ष संयुक्त राज्य की प्रयोगशालाओं में मारे जाते हैं, और इनसे कम लेकिन फिर भी बड़ी संख्या में प्रत्येक विकसित राष्ट्र में ऐसे ही प्रयोग किये जाते हैं"।[5] यहाँ यह उल्लेखनीय है कि इस तरह से मौत के शिकार केवल कुत्ते एवं बिल्लियाँ ही नहीं होते, वरन् अन्य जानवर भी, जैसे गाय, बैल, सूअर, भेड़, बकरे, मुर्गे, मछलियाँ, आदि आदि।

अब यहाँ प्रश्न उठता है कि क्या जानवरों की हत्या करना धर्मग्रंथों द्वारा अनुशंसित रहने पर भी नैतिक रूप से उचित माना जा सकता है। यदि नहीं, तो क्या तब सही आचारनीति यही हो सकती है कि हमें उनकी हत्या करनी ही नहीं चाहिये। हमने ऊपर देखा है कि समानता के सिद्धांत की मान्यता के आधार पर मनुष्यों द्वारा मनुष्य की हत्या करना उचित नहीं होता। मानव की हत्या जहाँ उचित हो जाती है वहाँ उसके लिए पर्याप्त कारण होता है। पर तब पशु तो मनुष्य के समान नहीं होते; अतः मनुष्यों द्वारा पशुओं की हत्या अनुचित कैसे मानी जा सकती? यहाँ तर्क यह दिया जाता है कि चूँकि पशु मनुष्यों के समान बौद्धिक नहीं होते, इसलिए समानता का सिद्धांत पशुओं और मनुष्यों के बीच लागू नहीं किया जा सकता और तब मनुष्यों द्वारा पशुओं का हिंसात्मक उपयोग भी वर्जित नहीं किया जा सकता।

पर तब यहाँ यह उल्लेखनीय है कि पशुओं और मनुष्यों के बीच बौद्धिक समानता न रहने पर भी उन दोनों में एक समानता तो रहती ही है और वह है दोनों में संवेदनशीलता का विद्यमान होना। और फिर दोनों में अपने अस्तित्व को कायम रखने की प्रवृत्ति भी रहती

ही है। इस सम्बन्ध में अंतर केवल यह रहता है कि मनुष्यों में यह प्रवृत्ति चेतन रूप भी ले सकती है। यहाँ यह भी उल्लेखनीय है कि मनुष्य अपने मानव व्यक्तित्व के कारण मूल्यसोपान में पशु से ऊपर अवस्थित है और इस कारण जब संरक्षण प्रदान करने के लिए मनुष्यों और पशुओं के बीच चयन करने की जरूरत पड़ जाती है, तब पशुओं की अपेक्षा मनुष्यों को ही अधिमानित करना नैतिक दृष्टि से उचित माना जाता है। पर इससे यह कदापि उचित नहीं माना जा सकता कि मनुष्य अपनी खाद्यपरक आवश्यकता की पूर्ति के लिए पशुओं की हत्या सभी परिस्थितियों में जब चाहे कर ले। इस आवश्यकता की पूर्ति के लिए तो अन्य प्रकार के साधन पर्याप्त रूप से प्रकृति द्वारा प्रदत्त हैं ही।

यहाँ यह कहा जा सकता है कि जानवरों की हत्या कर हम उनके किसी अधिकार का हनन नहीं करते। अधिकार का होना इच्छा के रहने से ही सम्भव हो सकता है। जानवरों को किसी भी प्रकार की इच्छा रखने की क्षमता होती ही नहीं। इसलिए उन्हें कोई अधिकार हो ही नहीं सकता। और जब उन्हें जीने का अधिकार हो ही नहीं सकता है, तब उनकी हत्या अनुचित कैसे हो जा सकती है। समसामयिक अमेरिकन दार्शनिक माइकेल टूली[6] ने अपनी पुस्तक *एबॉर्सन एण्ड इन्फैन्टिसाइड*[7] में कहा है— "किसी को उसके किसी तरह के अधिकार से वंचित करना उसकी अधिकार सम्बन्धी इच्छा को पूरित नहीं होने देना है।.....यदि आप इस बात की कोई परवाह ही नहीं करते कि मैं आप को हड़पूं या नहीं हड़पूं, तब तो मैं आप को हड़प कर आप के किसी अधिकार का हनन करता ही नहीं हूँ"। इसका तात्पर्य यही है कि अधिकार के पीछे तदनुरूप इच्छा अवश्य रहनी चाहिये।

पर क्या ऐसा अधिकार नहीं हो सकता जिसके बारे में अधिकारी चेतन रूप से आकांक्षा न रखता हो? सद्यः जात शिशु को ही लें। क्या उसे यह अधिकार नहीं है कि उसकी माता उसे जन्म के तुरंत बाद ही स्तनपान कराये और उसकी समुचित देखभाल करना प्रारंभ कर दे? पर क्या वह सद्यः जात शिशु इन जरूरतों के बारे में सचेतन रहता है?

कभी कभी तो उपयोगिता के नाम पर किसी कार्य को उचित ठहरा दिया जाता है। हमने ऊपर देखा है कि उपयोगितावाद परिणाम को ही महत्त्व देता है। प्रस्तुत संदर्भ में उपयोगितावादी कहते हैं कि चूँकि जानवरों की हत्या करने से भोज्य पदार्थ का परिमाण बढ़ जाता है और उससे सुख की उपलब्धता में वृद्धि हो जाती है, इसलिए उनकी हत्या करना उचित ही है। फिर, ऐसी हत्या कर अनेक प्रकार के वैज्ञानिक अनुसंधान भी किये जा सकते हैं जिनसे मनुष्यों का ज्ञान-भंडार बढ़ सकता है और उससे मनुष्यों को अनेक प्रकार के लाभ भी मिल सकते हैं। चूँकि यहाँ यह भी कहा जाता है कि मूल्यसोपान में मनुष्य जानवर से ऊपर ही रहता है, इसलिए जानवरों की हत्या पर आधारित वैज्ञानिक अनुसंधान भी उचित ही करार दिये जा सकते। इस तरह के विचार को हम 'अधिमानता-उपयोगितावाद'[8] का नाम दे सकते हैं।

पर हमने ऊपर देखा है कि उपयोगितावाद अंतिम रूप से एक नैतिक आदर्श नहीं हो सकता। उल्लेखनीय है कि जहाँ किसी-न-किसी रूप में स्वार्थपूर्ति वर्तमान रहती है, चाहे वह स्वार्थपूर्ति मानव समुदाय की ही क्यों न हो, वहाँ नैतिकता सम्भव नहीं होती। नैतिकता में तो त्याग की भावना का अत्यंत महत्त्वपूर्ण स्थान होता है। अतः महज भोज्य पदार्थ की वृद्धि या वैज्ञानिक ज्ञान के आविष्कार के नाम पर जानवरों की हत्या उचित नहीं मानी जा सकती। कभी कभी तो लोग यह विचार भी प्रस्तुत करते हैं कि यदि जानवरों की हत्या उन्हें किसी तरह से दर्द या पीड़ा का अनुभव कराये बिना ही कर दी जाय, तो वह उचित

ठहरायी जा सकती है। पर इस तरह का विचार प्रस्तुत करना मानो नैतिकता के साथ खिलवाड़ करना ही है। हमने ऊपर देखा ही है कि उपयोगितावादी मिल ने यह स्वीकार कर लिया था कि उपयोगितावाद को किसी तरह से निकृष्ट होने नहीं दिया जा सकता। ऊपर जो विचार प्रस्तावित है वह निश्चय ही उपयोगितावाद को एक निकृष्ट रूप ही दे देता है। अतः यह विचार स्वीकारयोग्य नहीं हो सकता।

इस सम्बन्ध में सिंगर के अनेक विचार बहुत प्रासंगिक हैं। इसलिए यहाँ उनका उल्लेख करना बहुत उपयुक्त है। वे कहते हैं— "जब तक संवेदनशील प्राणी सचेतन रहते हैं तब तक वे अधिकाधिक सुख अनुभव करने एवं न्यूनातिन्यून पीड़ा भोगने के लिये प्रवृत्त ही रहते हैं। संवेदनशील प्राणियों की प्रवृत्तियों को (मानव की तरह) समान मान्यता देने के लिए उन (प्राणियों) का संवेदनशील होना ही पर्याप्त है। इसका अर्थ यह नहीं होता कि संवेदनशील प्राणियों की इस तरह की जीवंत रहने की प्रवृत्ति कोई स्वार्थलोलुप प्रवृत्ति है''।[9] वे जानवरों की हत्या के निहितार्थ को स्पष्ट करते हुए आगे कहते हैं— "जानवरों को भोजन के लिए मारना हमें यह सोचने को मजबूर करता है कि वे महज वस्तुएँ हैं जिन्हें हम जिस तरह चाहें इस्तेमाल कर ले सकते हैं। उनके जीवन हमारी जरूरतो की तुलना में कुछ भी महत्त्व नहीं रखते''।[10] पर सिंगर की दृष्टि में इस तरह का विचार रखना बिलकुल गलत है। वे आगे कहते हैं— "किसी भी परिस्थिति में नैतिक सिद्धांतों के प्रयोग के रूप में भोजन के लिए जानवरों की हत्या का पूरी तरह त्याग करना ही अधिक उचित होता है—केवल उस परिस्थिति को छोड़कर जिसमें कोई व्यक्ति उनकी हत्या अपने स्वयं के जीवन के संरक्षण के लिए करता है''।[11]

सिंगर ने अपने ऊपर के कथनों के अंतिम कथन में जो शर्त लगाई है वह बहुत ही महत्त्वपूर्ण है। इस कथन का निहितार्थ यह है कि मनुष्य को जानवरों की तुलना में अधिमानता प्राप्त है। अतः यदि परिस्थिति ऐसी हो जाय कि मनुष्य को अपने जीवन की सुरक्षा के लिए जानवरों के माँस का भोजन करना जरूरी ही हो तो वह पशु की हत्या कर सकता है। इस प्रकार हम विशेष परिस्थितियों में जानवरों की हत्या को नैतिक वैधता प्रदान कर सकते हैं। जब कोई हाथी पागल हो जाता है और वह मनुष्यों को रौंदकर मारने लगता है, तब हम उसे मार डालने को नैतिक रूप से ही बाध्य हो जाते हैं। जब प्लेग[12] के जीवाणुओं द्वारा प्लेग की महामारी फैला दी जाती है और मनुष्यों का संहार होने लगता है, तब भी क्या उन जीवाणुओं का सफाया कर देना अनुचित माना जा सकता है? हमने ऊपर देखा ही है कि विशेष परिस्थिति में मनुष्य की अनुकंपा-मृत्यु तथा मानव भ्रूण की हत्या भी विहित हो जाती हैं। अतः विशेष परिस्थिति में तथा केवल विशेष परिस्थिति में ही पशुहत्या को नैतिक वैधता मिल सकती है। किस परिस्थिति में कौन-सा आचरण नैतिक होगा यह सुनिश्चित करना उस परिस्थिति की विशिष्टता पर निर्भर करता है। यह सही है कि कुछ नैतिक सिद्धांत ऐसे हैं जो बुनियादी तौर पर हमेशा के लिए ही मानक होते हैं। पर, जैसा हमने ऊपर विस्तार से चर्चा की है, वे प्रत्येक परिस्थिति में एक ही तरह से व्यवहृत नहीं किये जा सकते। उनका प्रयोग किस तरह से किया जाय इसका विवेचन करना ही तो प्रयोगात्मक नीतिशास्त्र का प्रमुख विषय होता है। अतः पशुओं के साथ कब कैसा व्यवहार होना चाहिये इसका निर्णय मनुष्यों को नैतिक सिद्धांतों के आलोक में परिस्थिति की विशिष्टता के अनुरूप ही करना चाहिये।

33.3 वनस्पतिजगत् परक आचारनीति

हमने पशुजगत् को प्रयोगात्मक नीतिशास्त्र के दायरे में लाना मुख्यतः इसलिए उचित माना है कि इस जगत् के प्राणी मनुष्य की तरह संवेदनशील होने के कारण सुख एवं पीड़ा का अनुभव कर सकते हैं। पर वनस्पतिजगत् में संवेदनाओं की अनुभूति सम्भव नहीं मानी जाती है। वैज्ञानिक जगदीश चन्द्र बोस ने वनस्पतिजगत् में इस तरह की अनुभूति का होना स्वीकार किया है। पर इसका व्यापक समर्थन अभी तक वैज्ञानिक जगत् में नहीं हुआ है। ऐसी स्थिति में वनस्पतिजगत् के प्रति हमारे व्यवहार का औचित्य हमारे द्वारा इस जगत् की विशिष्ट आवश्यकताओं की पूर्ति के आलोक में ही निर्णीत किया जा सकता है। जब हम इस जगत् के जीवनधारियों अर्थात् पेड़-पौधों की विशिष्ट आवश्यकताओं की पूर्ति की बात करते हैं, तब हम उन्हें निश्चित तौर पर अधिकारसंपन्न जीवनधारी अवश्य मान लेते हैं। इस तरह का गौरवयुक्त सम्मान उन्हें अत्यंत प्राचीन काल से ही दिया जाता रहा है। इसका कुछ उल्लेख करना यहाँ प्रासंगिक ही होगा।

हमने ऊपर देखा है कि हिन्दू संस्कृति में पंचमहायज्ञ का बहुत अधिक महत्त्व है। उन पाँच महायज्ञों में भूतयज्ञ भी एक है। इस यज्ञ में विभिन्न जीव-जंतुओं के साथ साथ वृक्षों को भी (तरवः समस्ताः) अन्न समर्पित किया जाता है। इस तरह हिंदू संस्कृति में बिलकुल स्पष्ट रूप से वनस्पतियों की गरिमापूर्ण स्थिति स्वीकार कर ली गई है। इस संस्कृति में विभिन्न प्रकार के पेड़-पौधों को देवताओं के रूप में पूजना तो आम बात है। पेड़ों में पीपल तथा पौधों में तुलसी को अत्यंत पवित्र स्थान प्राप्त है। *गीता* में कृष्ण कहते हैं कि पेड़ों में पीपल वृक्ष वे स्वयं ही हैं। और भारतवर्ष में तो उसे आम तौर पर बहुत पवित्र एवं महत्त्वपूर्ण स्थान प्राप्त ही है।

ऐसा नहीं है कि पाश्चात्त्य विचारकों ने वनस्पतिजगत् की आंतरिक मूल्यवत्ता को स्वीकार नहीं किया है। हम यहाँ सिंगर द्वारा चर्चित कुछ ऐसे विचारकों का उल्लेख करेंगे जिन्होंने इस जगत् को बहुत अधिक आंतरिक गरिमा प्रदान की है। सिंगर ने इस संदर्भ में एलबर्ट स्क्वाइट्जर[13] को एक अत्यंत महत्त्वपूर्ण विचारक माना है। सिंगर कहते हैं— "सभी जीवित पदार्थों में लागू होने वाली नैतिकता का सर्वाधिक विख्यात समर्थन सम्भवतः एलबर्ट स्क्वाट्इजर का ही है।"[14] सिंगर ने स्क्वाट्इजर की एक महत्त्वपूर्ण उक्ति को अपनी पुस्तक में उद्धृत भी किया है। वह है : "कोई मनुष्य केवल उसी समय वास्तविक रूप से नैतिक होता है जब वह अपने सामर्थ्य के अनुरूप सभी जीवों को सहायता पहुँचाने वाले नियम को मानता है और जब वह किसी जीवित पदार्थ द्वारा किसी हिंसा से ग्रस्त नहीं होने में आड़े आने वाली किसी परंपरा का परित्याग कर देता है। वह मनुष्य यह नहीं पूछता कि कोई जीव अपने आप में मूल्यवान् होने के कारण सहानुभूति के योग्य है या नहीं, और वह यह भी नहीं पूछता कि वह जीवित पदार्थ किस मात्रा तक अनुभव करने में सक्षम है। उस मनुष्य की दृष्टि में तो जीवन अपने आप में ही पवित्र होता है। वह मनुष्य सूर्य के प्रकाश में चमकते किसी हिम-स्फटिक को नहीं फोड़ता, पेड़ के किसी पत्ते को नहीं तोड़ता, किसी फूल को नहीं तोड़ता और चलने के समय वह इतना सावधान रहता है कि वह किसी कीड़े को भी नहीं कुचलता"।[15]

सिंगर के अनुसार[16] समसामयिक अमेरिकन दार्शनिक पॉल टेलर[17] ने भी अपनी पुस्तक *रेसपेक्ट फॉर नेचर*[18] में कहा है कि सभी जीव अपने ढंग से अपना कल्याण सिद्ध करने में

लगे रहते हैं। यदि हम इस बात को समझ लें, तो हम अन्य जीवों को आत्मवत् ही मानने लगेंगे और तब हम उनको भी उसी तरह मूल्यवान् समझने लगेंगे जिस तरह से हम अपने आप को मूल्यवान् समझते हैं।

यहाँ यह उल्लेखनीय है कि अपना अपना कल्याण सिद्ध करने की बात जिस तरह मनुष्यों में लागू हो सकती है उस तरह वह न तो जानवरों में और न ही वनस्पतियों में लागू हो सकती है। अतः इन दोनों प्रकार के जीवनधारियों में यह बात लाक्षणिक ढंग से ही लागू हो सकती है। और तब ऊपर कही बात का अर्थ यही हो सकता है कि ये दोनों प्रकार के जीवनधारी प्रकारांतर से ही अपना अपना कल्याण सिद्ध करते हैं। यह तो हम जानते ही हैं कि जानवर भी अपना भोजन खोज पाने के लिए घूमते रहते हैं और अनेक पेड़-पौधे सूरज की रोशनी के लिए उस रोशनी की तरफ झुक भी जाया करते हैं। इन प्रक्रियाओं में भले ही किसी सोच-विचार का स्थान नहीं है, पर आंतरिक जिजीविषा की अभिव्यक्ति तो इनसे होती ही है। निश्चय ही इस जिजीविषा का आदर होना चाहिये। निश्चय ही इन जीवधारियों की अस्फुट आकांक्षा की नैतिक मूल्यवत्ता किसी तरह अस्वीकृत नहीं की जा सकती। अब यहाँ एक बहुत अधिक उलझन भरा प्रश्न यह उठ खड़ा होता है कि क्या ये जीवनधारी मनुष्यों के खाद्य पदार्थ के रूप में व्यवहृत किये जा सकते हैं। इसका उत्तर जानवरों के सम्बन्ध में एक तरह का है और वनस्पतियों के सम्बन्ध में दूसरे तरहा का है। हमने ऊपर यह राय जाहिर की है कि खाद्य पदार्थ के रूप में जानवर-वर्ग केवल उस परिस्थिति में ही व्यवहृत किया जा सकता है जिस परिस्थिति में मनुष्य को अन्य प्रकार का खाद्य पदार्थ उपलब्ध नहीं हो रहा होता। ऐसा प्रावधान इसलिए किया जा सकता है कि मूल्यसोपान में मनुष्य जानवर से ऊपर होता है। पर जहाँ तक वनस्पति-वर्ग के जीवनधारियों का खाद्य पदार्थ के रूप में व्यवहृत होने का प्रश्न है तो उत्तर में कहा जा सकता है कि ये जीवनधारी जरूरत के मुताबिक और केवल जरूरत के मुताबिक ही खाद्य पदार्थ के रूप में व्यवहृत किये जा सकते हैं।

यहाँ यह उल्लेखनीय है कि वनस्पतिजगत् का केवल मनुष्यों एवं पशुओं की आवश्यकता के अनुसार उपयोग में लाया जाना इसलिए जरूरी है कि वनस्पतिजगत् अन्य जगत् की भाँति ही अपने आप में महत्त्वसम्पन्न होता ही है। हम इस बात की चर्चा कर चुके हैं कि सारा विश्व अपने सभी अंगों के साथ एक अत्यंत विलक्षण संतुलन पर ही कायम रहता है। किसी एक अंग के बहुत अधिक परिवर्तित हो जाने से वह संतुलन बिगड़ जा सकता है और तब किसी भी अंग का सुरक्षित रह पाना असम्भव हो जा सकता है; और तब मनुष्यों को भी इसके दुष्परिणाम भुगतने ही पड़ सकते हैं। अतः यह मनुष्यों का नैतिक दायित्व ही हो जाता है कि वह ऐसा कुछ भी नहीं करे जिससे कि वैश्विक संतुलन बिगड़ जाने की जरा भी सम्भावना हो जाय। यह बहुत अधिक प्रसन्नता की बात है कि आज लोग अंधाधुंध वन-कटाई पर एतराज कर रहे हैं और वे बहुत बढ़-चढ़ कर 'जैविक आचारनीति' की बात करने लगे हैं। अवश्य ही इस जैविक आचारनीति में केवल मनुष्य एवं जानवर ही शामिल नहीं होते, बल्कि इसमें पूरा वनस्पतिजगत् भी शामिल होता है।

अब यहाँ प्रश्न उठता है कि यदि वनस्पतिजगत् का संरक्षण नैतिक रूप से आवश्यक है और उस जगत् का मनुष्यों एवं पशुओं द्वारा केवल आवश्यकतानुसार उपयोग नैतिक हो सकता है, तो उस उपयोग का परिमाण कितना होना चाहिये। निश्चय ही यह प्रश्न विवेकपूर्ण आकलन से संबद्ध है। और इस तरह का आकलन परिस्थिति की विशिष्टता पर

ही आधारित होनी चाहिये। ऐसा भी नहीं है कि यह आकलन एक ही बार पूरे भविष्य के लिए कर दिया जा सके। इसे तो मनुष्य को अपने बौद्धिक कौशल द्वारा निष्पक्ष रूप से परिस्थिति की विशिष्टता के आलोक में बराबर ही करते रहना चाहिये। नीतिशास्त्र का प्रयोगात्मक पक्ष ऐसा ही है।

हमने ऊपर संकेत किया है कि पूरा ब्रह्मांड ही एक संतुलित संगठन है। यदि वनस्पतिजगत् उसका एक महत्त्वपूर्ण अंग है, तो भौतिक जगत् भी उसका कोई कम महत्त्वपूर्ण अंग नहीं है। और यह अंग भी संरक्षण का उतना ही हकदार है जितना हकदार कोई दूसरा अंग। इसलिए अब भौतिक पर्यावरणीय आचारनीति की बात भी बहुत जोर-शोर से चल पड़ी है। अब आगे के प्रकरण में हम इसी भौतिक पर्यावरणीय आचारनीति की कुछ विस्तार से ही चर्चा करेंगे।

33.4 भौतिक पर्यावरणपरक आचारनीति

यों तो लोग इस आचारनीति के सम्बन्ध में यह आपत्ति उठा सकते हैं कि भौतिक जगत् के जड़ होने से उसके प्रति कोई आचारनीति कैसे सम्भव हो सकती है। आचारनीति तो वहीं हो सकती है जहाँ किसी प्रकार की आवश्यकतापूर्ति की बात वर्तमान रहे। पशुजगत् एवं वनस्पतिजगत् में जीवनधारियों की आवश्यकताएँ होती हैं, इसलिए वहाँ उन आवश्यकताओं की पूर्ति की बात उठ ही सकती है। और चूँकि मनुष्य ही एक ऐसा प्राणी है जो उन आवश्यकताओं की पूर्ति कर सकता है, इसलिए मनुष्य के लिए उन आवश्यकताओं की पूर्ति के संदर्भ में आचारनीति बनाई जा सकती है। लेकिन तब यहाँ यह पूछा जा सकता है कि क्या भौतिक जगत् के बारे में ऐसा कोई बिंदु नहीं है जिसके संदर्भ में मनुष्य के लिए किसी आचारनीति के तहत ही कर्म करना आवश्यक हो जाय। उल्लेखनीय है कि भौतिक जगत् के सम्बन्ध में ऐसे दो बिंदु तो हैं ही। एक तो, जैसा हमने ऊपर कहा है, अस्तित्वपरक बिंदु और दूसरा उपयोगितापरक बिंदु। जिस तरह पशुजगत् एवं वनस्पतिजगत् के संदर्भ में उनकी अपनी अपनी आंतरिक मूल्यवत्ता होती है, उसी तरह भौतिक जगत के संदर्भ में भी उसकी अपनी आंतरिक मूल्यवत्ता होती है। इस विशिष्ट मूल्यवत्ता को हम किसी क्षेत्र के संदर्भ में नकार नहीं सकते। हमने ऊपर बार बार दुहराया है कि ब्रह्मांड एक समष्टि है और उसमें भौतिक जगत् की भी बहुत महत्त्वपूर्ण भूमिका होती है। अतः हमें इस जगत् को भी समुचित सम्मान देना ही चाहिये और ऐसा कुछ भी नहीं करना चाहिये जिससे इस जगत् के प्रकृत रूप में कोई विकृति आ जाय। और दूसरा बिंदु है उपयोगिता का। क्या सभी जीवनधारियों के लिए भौतिक जगत् का अस्तित्व आवश्यक नहीं होता? क्या उनके शरीर भौतिक तत्त्व से निर्मित नहीं होते? क्या सभी जीवनधारी अपने अपने जीवन की सुरक्षा के लिए उपर्युक्त भौतिक वातावरण पर निर्भर नहीं होते? भौतिक जगत् की उपयोगिता तो बिलकुल स्पष्ट है। अतः भौतिक जगत् के प्रति कर्तव्य का निर्वाह न केवल उसके अस्तित्व के आंतरिक मूल्य के प्रति सम्मान प्रकट करने के लिए ही हो सकता, बल्कि ऊपर वर्णित उपयोगिता के कारण उसे यथासम्भव सुरक्षित रखने एवं विकृत नहीं होने देने के लिए भी हो सकता है। आज हम अनेक प्रकार के प्रदूषण पैदा करके अनेक प्रकार से भौतिक पर्यावरण को विकृत कर रहे हैं। आज विभिन्न प्रकार के उद्योगों को चलाने के लिए कोयला, खनिज तेल, आदि का व्यवहार इस तरह से किया जा रहा है कि आज वातावरण अधिक-से-अधिक प्रदूषित हो रहा है। इसका नतीजा एक तो यह हुआ है कि पृथ्वी के ऊपर का ओजोन-परत नष्ट हो रहा है और दूसरा यह कि पृथ्वी के ऊपर रासायनिक गैस[19] की एक कृत्रिम परत भी बनती जा रही है। पहले नतीजे के कारण सूर्य की अनेक घातक किरणें पृथ्वी में प्रवेश

करती जा रही हैं और उनसे मनुष्यों को अनेक तरह से नुकसान पहुँचता जा रहा है। दूसरे की वजह से पृथ्वी पर उत्पन्न होने वाला ताप सुदूर अंतरिक्ष में प्रवेश कर नहीं सकता जिससे पृथ्वी का ताप बढ़ता जा रहा है और पृथ्वी पर अवस्थित हिमद्रव्य पिघलता जा रहा है। इस कारण समुद्र की सतह ऊपर उठती जा रही है और अनेकानेक कम ऊँचाई वाले भू-भाग समुद्र में विलीन होते जाने लगे हैं। यदि यही क्रम जारी रहा तो निकट भविष्य में ही मालद्वीप तथा अन्य कम ऊँचाई वाले स्थानों को अपना अस्तित्व गँवाना पड़ जा सकता है।

यहाँ यह उल्लेखनीय है कि इस बढ़े हुए ताप को अतिशीत क्षेत्रों में विशेष प्रकार से निर्मित गृहों में संचित किया जा सकता है और उनमें हरी-हरी सब्जियाँ उगाई जा सकती हैं। इस तरह के परिणाम को 'हरित गृह परिणाम'[20] कहते हैं। इस तरह के परिणाम के फायदे तो हैं ही। पर यदि पृथ्वी का ताप इस तरह से बढ़ता ही गया और पृथ्वी के आवासीय भू-भाग एक एक कर के समुद्र में विलीन होते गये, तो एक दिन ऐसा भी आ जायगा जब हरित गृह परिणाम के फायदे भोगने वाले ही नहीं रह जायेंगे। अतः इस तरह के परिणामों से भविष्य में होनेवाले अहित को ध्यान में रखकर ऐसे परिणामों की सम्भावना को ही नष्ट कर देना चाहिये।

33.4.1 प्रदूषण के प्रकार

हमने ऊपर रासायनिक गैसों से उत्पन्न होनेवाले प्रदूषण की चर्चा की है। पर वातावरण को अनेक अन्य तरीकों से भी प्रदूषित किया जा रहा है। अन्य तरह के प्रदूषण हैं—ध्वनि प्रदूषण, प्लास्टिक[21] थैला प्रदूषण, कूड़ा प्रदूषण, आदि। ध्वनि प्रदूषण वह प्रदूषण है जिसमें बहुत कर्कश ध्वनि, बहुत जोर की ध्वनि, अनावश्यक ध्वनि या लगातार ध्वनि पैदा करके वातावरण को प्रदूषित किया जाता है। इस तरह के प्रदूषण से लोगों को सोने में', सोचने में, अपना काम करने, आदि में बहुत बाधा पहुँचती है। यह प्रदूषण अस्पताल के मरीजों के लिए तो विशेष रूप से हानिकारक होता है। प्लास्टिक थैला प्रदूषण के जरिये तो पृथ्वी को एक तरह से प्लास्टिक थैलों से पूरी तरह आच्छादित ही किया जा रहा है। ये थैले ऐसे होते हैं कि ये कभी नष्ट नहीं हो सकते। दिन प्रतिदिन इनका परिमाण बढ़ता ही जा रहा है। आप यदि भारत के शहरों के नालों की तरफ देखेंगे तो आप पायेंगे कि बे नाले ऐसे थैलों से भरे हुए हैं। इसका नतीजा यह होता है कि ये नाले बरसात में जलनिकासी में अपने में ही सीमित नहीं रह सकते। फलस्वरूप लोगों की सुविधाओं का बहुत तरह से हनन होता रहता है। फिर कूड़े-कचरे के प्रदूषण को लीजिये। भारत में प्रायः ही ऐसा होता है कि लोग अपने घर के सभी प्रकार के कूड़े-कचरे अपने घर के बाहर रास्ते पर ही फेंक देते हैं। और फिर, मलमूत्र का त्याग सार्वजनिक स्थान पर ही कर देते हैं। ऐसे प्रदूषणों से लोगों को कितनी अधिक असुविधा हो सकती है यह सहज ही अनुमान्य है। ऐसे सभी प्रदूषणों से वातावरण को बचाना अत्यंत जरूरी है। यह सही है कि इस सम्बन्ध में सुधार लाने के लिए कानून बनाये जा रहे हैं। पर, जैसा हम कहते आये हैं, कानून पर्याप्त नहीं हो सकता। आखिरकार आवश्यकता इस बात की हो जाती है कि लोग स्वेच्छा से ही पर्यावरणीय सदाचारनीति को कर्तव्य मान लें और उसका उसी रूप में पालन भी करें। मनुष्य से ऐसी अपेक्षा रखना उसके मनुष्य होने के नाते लाजिमी ही है।

33.4.2 पर्यावरणीय आचारनीति के सम्बन्ध में सिंगर के विचार

हम यह जानते हैं कि शिष्ट एवं सुसंस्कृत जीवन में कृतज्ञताज्ञापन का बहुत अधिक महत्त्व होता है। यह एक महज रिवाज नहीं है। इसमें स्पष्टरूप से तार्किकता समाहित है।

मान लीजिये कि आप मेरा कुछ उपकार मुझसे किसी प्रकार का लाभ पाने की कोई उम्मीद नहीं रखते हुए भी कर देते हैं। चूँकि मैं एक बौद्धिक प्राणी हूँ, इसलिए मेरा यह फर्ज हो ही जाता है कि मैं आपके प्रति अपना आभार अवश्य ही व्यक्त करूँ। क्या इस तरह की फर्ज़-अदायगी पूरे विश्व के प्रति सम्भव नहीं हो सकती? क्या हमें अपने अपने अस्तित्व के लिए पूरे विश्व का आभारी नहीं होना चाहिये? हमें तो पूरे विश्व के प्रति कृतज्ञताज्ञापन करना ही चाहिये। ऐसा इसलिए नहीं कि विश्व से हमें अपने भरण-पोषण के लिए अनेक प्रकार के साधन मिल जाते हैं। यहाँ हम अभी विश्व के उपयोगिता-मूल्य का जिक्र नहीं कर रहे हैं। उपयोगिता की बात तो प्रयोजनमूलक होती है। यहाँ तो अभी शुद्ध कर्तव्यपालक की बात हो रही है। उपयोगिता के आधार पर कुछ करना भविष्यापेक्षी होता है, पर कर्तव्यपरायणता से प्रेरित होकर कृतज्ञता ज्ञापन करना भूतापेक्षी होता है। विश्व के प्रति इस तरह से कर्तव्यपरायण के रूप में कृतज्ञता ज्ञापन करना विश्व का सम्मान करना होता है। यह विश्व के साधनपरक मूल्य पर आधारित नहीं होता, बल्कि विश्व के आंतरिक मूल्य पर आधारित होता है।

पिटर सिंगर ने अपनी पुस्तक में इस तरह की आंतरिक मूल्यपरक आचारनीति की काफी चर्चा की है। इस तरह की आचारनीति के समर्थकों को वे 'गहरे पर्यावरणशास्त्रियों'[22] के रूप में देखते हैं। वे कहते हैं— "गहरे पर्यावरणशास्त्रीगण जीवजगत् के सुव्यवस्थित गठन को उस (गठन) के अस्तित्व की वजह से सुरक्षित रखना चाहते हैं, न कि इसलिए कि वैसा करने से मनुष्यों को कुछ लाभ मिल जा सकेंगे।"[23] उन्होंने इस संदर्भ में जिन अन्य विचारकों के विचार प्रस्तुत किये हैं, उनमें से कुछ के विचार हम यहाँ उद्धृत करना चाहेंगे। अमेरिकन पर्यावरणशास्त्री एल्डो लियोपौल्ड[24] ने अपनी 'भूमिपरक आचारनीति'[25] के समर्थन में कहा है— "कोई व्यापार नैतिक तब होता है, जब वह किसी जैव समुदाय[26] की एकात्मता, स्थिरता तथा सौंदर्य को सुरक्षित करता है। जब वह (व्यापार) इसके विपरीत होता है, तब वह अनैतिक हो जाता है"।[27] आर्न नैस[28] तथा जार्ज सेशन्स[29] ने 1984 में प्रकाशित अपने एक लेख में गहरी पर्यावरणीय आचारनीति के तीन सिद्धांत प्रतिपादित किये हैं। वे हैं:—

(एक) "पृथ्वी पर मानव एवं मानवेतर जीवन की सुस्थिति एवं समुन्नति के अपने मूल्य होते हैं (पर्याय—आंतरिक मूल्य, आंतर्निहित मूल्य)। ये मूल्य मानवोद्देश्यों की पूर्ति के लिए मानवेतर जगत् की उपयोगिता से स्वतंत्र होते हैं।

(दो) जीवन की विभिन्न प्रजातियों की समृद्धि तथा विविधता इन मूल्यों को मूर्तित करने में सहायक होती हैं और वे अपने आप में भी मूल्य हैं।

(तीन) "मनुष्यों को ऐसा कोई अधिकार प्रदत्त नहीं है जिस कारण वे अपनी जैविक आवश्यकताओं को पूरा करने के अलावे इस समृद्धि तथा विविधता को कम कर दे सकें"।[30]

इसी लेख में नैस तथा सेशन्स स्पष्ट रूप से यह भी कहते हैं कि गहरे पर्यावरण शास्त्र में 'बायोस्फियर'[31] शब्द व्यापक रूप से प्रयुक्त हुआ है, क्योंकि यह निर्जीव पदार्थों जैसे नदियों (जल—विभाजकों[32]), भूमिविस्तारों[33] तथा पर्यावरणीय व्यवस्थाओं[34] को भी सूचित करता है। रिचार्ड सिलवन[35] तथा वाल प्लमवुड[36] जैसे आस्ट्रेलियन विचारकों ने भी आचारनीति को जैव जगत् के बाहर भी लागू होने को प्रासंगिक माना है। उनके अनुसार मनुष्यों की यह बाध्यता है कि वे उचित कारण के बिना प्राकृतिक वस्तुओं या व्यवस्थाओं की विद्यमान स्थिति को भंग या नष्ट न करें।

अब यहाँ एक विकट प्रश्न यह उठता है कि यदि हम भौतिक पर्यावरण को उसकी आंतरिक मूल्यवत्ता के कारण विनाशयोग्य न मानें और इस कारण उसे पूर्ण सम्मान देते हुए उसका केवल संरक्षण करें, तो फिर हम अपना भरण-पोषण कैसे करें। यहाँ हमारे लिए इस बात पर ध्यान देना जरूरी हो जाता है कि सम्मान देने या संरक्षण देने की कोई बात किसी एकांगी दृष्टि से नहीं, वरन् एक समेकित दृष्टि से ही आँकी जानी चाहिये। यहाँ मूल्य-सोपानपरक बात प्रासंगिक हो जाती है। अतः हमें तुलनात्मक ढंग से विचार कर सुनिश्चित करना चाहिये कि समग्र विश्व के आंतरिक सामंजस्य को किसी तरह बिगाड़े बिना किस क्षेत्र के द्वारा किसी अन्य क्षेत्र का कितना उपयोग या उपभोग उचित हो सकता है। किसी क्षेत्र का उतना ही उपभोग उचित हो सकता है जितने से समष्टि का स्वास्थ्य ठीक-ठाक रह सके। यहाँ स्पष्ट ही चयन करना आवश्यक हो जाता है और इस चयनपरक नीति के विचार को हम 'चयनात्मक नीतिशास्त्र'[37] का नाम दे सकते हैं। यह चयन कार्य निश्चय ही आसान नहीं होता। इसमें किसी तरह से स्वार्थपूर्ति को स्थान नहीं दिया जा सकता। इस चयनकार्य में पूरे वातावरण की सुरक्षा को ध्यान में रखना आवश्यक होता है। एक उदाहरण के द्वारा हम इसकी बारीकी को कुछ अच्छी तरह समझ सकते हैं। हमने ऊपर प्लास्टिक थैले के उपयोग के बारे में चर्चा की है। इन थैलों के उपयोग से अनेक प्रकार की सुविधाएँ उपलब्ध हो जाती हैं। यह अवश्य एक अच्छी बात है। पर इस अच्छी बात के साथ एक अत्यंत बुरी बात यह जुड़ी हुई है कि ये थैले नष्ट नहीं हो सकते और यदि इन्हें उपयोग में लाते रहने के लिए इनका निर्माण सब दिन जारी ही रहे और उपयोग के बाद वे वातावरण में बराबर भी फेंके जाते रहें, तो एक दिन ऐसा आ ही जा सकता है कि पूरा वातावरण ही इन थैलों से अच्छादित हो जाय। और तब तो मनुष्यों पर मानो असुविधाओं का पहाड़ ही गिर जा सकता है। कहते हैं कि ये थैले दो प्रकार के होते हैं। एक प्रकार ऐसा है जिसमें थैलों को फिर से नया रूप दिया जा सकता है और दूसरा प्रकार ऐसा है जिसमें उसे फिर से नया रूप नहीं दिया जा सकता। अब यदि प्लास्टिक थैलों के निर्माण में पहले प्रकार के निर्माण का ही चयन कर लिया जाय और दूसरे प्रकार के निर्माण पर रोक लगा दी जाय, तो प्लास्टिक थैलों का कोई अम्बार नहीं खड़ा हो जा सकता, क्योंकि पहले प्रकार के जितने भी थैले निर्मित हो चुके हैं, उनको तो नये नये रूपों में पुनः निर्मित किया ही जा सकता है।

सिंगर ने पर्यावरणीय आचारनीति के सम्बन्ध में अपनी पुस्तक में अनेक महत्त्वपूर्ण सुझाव दिये हैं। उनका यहाँ उल्लेख करना अत्यंत प्रासंगिक है। उनके अनुसार मनुष्यों तथा पशुओं के भोजन, आवास, आदि के आवश्यक एवं स्वस्थ प्रबंधन के लिए वातावरण के तत्त्वों का सही परिमाण में उपयोग तो करना ही चाहिये। नैतिक दृष्टि से इसे कभी अनुचित नहीं माना जा सकता। पर इसका अर्थ यह कदापि नहीं हो सकता कि मनुष्य अपने उपभोग के लिए पर्यावरण को नष्ट ही कर दे या प्रदूषित ही कर दे। उपभोग निश्चित रूप से चयनात्मक होना चाहिये जिससे पर्यावरण नष्ट होने या प्रदूषित होने से बच जाय। मनोरंजन को ही लीजिये। मनोरंजन निश्चय ही मानव जीवन के लिए अत्यंत आवश्यक है। पर कुछ मनोरंजन पर्यावरण को दूषित कर देते हैं और कुछ ऐसा नहीं करते। हमें निश्चित रूप से दूसरे प्रकार के मनोरंजन का ही चयन करना चाहिये। सिंगर इस संदर्भ में कहते हैं— "हमारा मनोरंजन सम्बन्धी चुनाव नैतिक रूप से तटस्थ नहीं हुआ करता। वर्तमान में हम मोटरगाड़ी दौड़ तथा साइकिल दौड़ के बीच या पानी दौड़ या हवाई दौड़ के बीच किसी एक का

चयन करना केवल रुचि पर ही आधारित मानते हैं। पर इन विकल्पों में सारभूत भिन्नताएँ होती हैं। मोटरगाड़ी दौड़ तथा पानी दौड़ में खनिज ईंधन का इस्तेमाल होता है और इससे वातावरण में कार्बन डायोक्साइड[38] का समावेश। साइकिल दौड़ तथा हवाई दौड़ में ऐसा नहीं होता। यदि हम पर्यावरण के संरक्षण की आवश्यकताओं को गंभीरता से लें, तो मोटरगाड़ी दौड़ तथा पानी दौड़ उसी तरह मनोरंजन के लिये स्वीकारयोग्य नहीं माने जायेंगे जिस तरह आज भालू का शिकार स्वीकारयोग्य नहीं माना जाता।''[39]

सिंगर ने अपनी उपर्युक्त पुस्तक में पर्यावरणीय आचारनीति के सम्बन्ध में कुछ महत्त्वपूर्ण निर्देश भी प्रस्तुत किये हैं। हम यहाँ उनका उल्लेख करना चाहेंगे। वे हैं:—

(एक) सभी प्राणियों की रुचियों का तथा आनेवाली पीढ़ियों के प्राणियों की रुचियों का भी समुचित ख्याल रखना चाहिये।

(दो) जंगली क्षेत्रों तथा प्राकृतिक वातावरणों से आनन्ददायक अनुभूति प्राप्त करना चाहिये।

(तीन) बड़े परिवार की उत्पत्ति को रोकना चाहिये।

(चार) भौतिकवादी समाज के उस आदर्श का परित्याग करना चाहिये जिसके अनुसार सफलता का निरूपण उपभोग्य वस्तुओं की संख्या के आधार पर किया जाता है।

(पाँच) मितव्ययिता को बढ़ावा देना चाहिये जिससे कि प्रदूषणों को कम किया जा सके।

(छः) सफलता का निरूपण वैयक्तिक प्रतिभा एवं क्षमता के विकास तथा सही उपलब्धियों एवं संतोषानुभूति के आधार पर करना चाहिये।

(सात) उन वस्तुओं का उपभोग करना चाहिये जिन्हें परिवर्तित कर पुनर्निर्मित किया जा सके।

(आठ) ऐसी वस्तुओं को जिनका परिवर्तन सम्भव हो जहाँ तहाँ वातावरण में फेंक नहीं देना चाहिये।

(नौ) ऐसे तत्त्वों के सृजन को रोकना चाहिये जिससे वातावरण पर 'सब्ज गृह' परक प्रभाव पड़ जाता है।

(दस) खरीदारी के समय केवल उन्हीं वस्तुओं को खरीदना चाहिये जिनसे वातावरण पर केवल अनुकूल असर पड़ सकता है।

यहाँ यह उल्लेखनीय है कि सिंगर जीवन में सुखप्राप्ति के खिलाफ नहीं हैं। पर वे सही अर्थ में सुखप्राप्ति के लिए कुछ जरूरी हिदायतों का पालन करना भी बिलकुल जरूरी समझते हैं। सिंगर कहते हैं— "उस लकड़ी का उपयोग, जो किसी वर्षावर्धक वन से ली गई है, बिलकुल अनावश्यक है; ऐसा इसलिए कि वर्षावर्धक वन की दीर्घकालीन उपयोगिता उपर्युक्त लकड़ी के तात्कालिक उपयोगों से बहुत अधिक होती है। कागज से बनने बाली नष्ट होने वाली वस्तुओं का उपयोग फिजूल है, क्योंकि इन वस्तुओं के निर्माण के लिए पुरानी ठोस लकड़ी उत्पन्न करने वाले जंगली पेड़ों को छोटे-छोटे काष्ठ के टुकड़ों में परिवर्तित किया जाता है और उन्हें कागज-निर्माताओं के पास बेचा जाता है। खुले मैदान में मोटरगाड़ी पर सैर करना खनिज ईंधन का दुरूपयोग करना है, क्योंकि ऐसा करने से 'सब्जगृह' परिणाम निकलता है। द्वितीय विश्वयुद्ध के समय जब पेट्रोल[40] दुर्लभ था, तब यह प्रश्न अनेक पट्टियों पर लिखा मिल जाता था : 'क्या आपकी यात्रा वास्तविक रूप से जरूरी है?' प्रत्यक्ष एवं निकटवर्ती संकट के विरुद्ध राष्ट्रीय स्थिरता के लिए ऐसा

अनुरोध बहुत प्रभावी हुआ था। यह सही है कि (ऐसी यात्रा से) हमारे वातावरण पर होनेवाला खतरा निकटवर्ती नहीं होता और उसे देख पाना अत्यंत कठिन भी होता है, पर तब भी अनावश्यक यात्राओं तथा अनावश्यक उपभोगों को छोड़ देना जरूरी ही होता है।''[41]

सिंगर आगे लिखते हैं— "मितव्ययिता तथा सरल जीवन जीने पर बल देने का अर्थ यह नहीं होता है कि पर्यावरणीय आचारनीति सुखानुभूति को निकृष्ट मानती है। यह नीति उस सुख को अधिमानित करती है जो दिखावटी उपभोग से प्राप्त नहीं किया जाता है। ऐसा सुख तो सौहार्दपूर्ण वैयक्तिक एवं यौन सम्बन्धों से, बच्चों तथा मित्रों के निकट संपर्क से, वार्तालाप से, वैसे खेलों एवं मनोरंजनों से जो हमारे वातावरण के अनुकूल हों प्रतिकूल नहीं, ऐसे भोजन से जो प्राणियों के विनाश पर आधारित न हो और जो पृथ्वी को कोई नुकसान न पहुँचाता हो, जो सभी प्रकार के सृजनात्मक कार्यों से इस बात का ख्याल रखते हुए कि हमारी आवासस्थली इस दुनियाँ का कोई मूल्यवान् पदार्थ नष्ट न हो जाय संपादित किये जाँय और जो इसके अक्षत स्थानों की प्रशंसा से प्राप्त होता है''।[42]

अंत में हम पर्यावरणीय आचारनीति के सम्बन्ध में इस एक बात पर अधिक जोर देना चाहते हैं कि हमें पर्यावरण के किसी अंग का साधन के रूप में उसी हद तक उपयोग करना चाहिये जिस हद तक वैसा उपयोग बिलकुल अपरिहार्य हो। जैसा हमने ऊपर कहा है, पर्यावरण का केवल उपयोगिता-मूल्य ही नहीं होता, उसका अपना आंतरिक मूल्य भी होता है और निश्चित रूप से आंतरिक मूल्य को ही अधिमानित करना चाहिये। इस तरह की दृष्टि के आलोक में ही पर्यावरणीय आचारनीति की विस्तृत नियमावली तैयार करना उचित हो सकता है।

❑

परिशिष्ट-1

संदर्भ

विदेशी शब्दों तथा वाक्यों के अंग्रेजी रूपांतरण सहित।

अध्याय 1

नीतिशास्त्र का स्वरूप

1. P. H., 2. Nowell-Smith and 3. *Ethics* (Penguin Books Ltd, Middle Sex, U. S. A , 1964. p. 14.)
4. 'Ma, at'
5. right
6. moral discourse
7. William Lillie
8. Henry Sidgwick
9. Mackenzie
10. Hastings Rashall
11. Dewey
12. G. E. Moore
13. moral philosophy
14. *ethike*
15. mores
16. Prichard
17. Broad
18. Ross
19. *Moral Obligation*
20. 'Does moral philosophy rest on a mistake?'
21. non-natural science
22. naturalistic fallacy
23. 'natural science'

अध्याय 2

नीतिशास्त्र का अन्य शास्त्रों के साथ सम्बन्ध

1. 'Religion'
2. God

3. Germany
4. Immanuel Kant
5. 'duty for duty's sake'
6. Philosophy
7. 'Moral Philosophy'
8. 'Metaethics'
9. normative

अध्याय 3

नीतिशास्त्र की विधियाँ

1. Bentham
2. Mill
3. Spencer
4. Hegel
5. Bradley
6. *Principia Ethica*
7. Hume
8. Wittgenstein

अध्याय 4

नीतिशास्त्र की पूर्वमान्यताएँ

1. Martineau
2. Campbell
3. Chisholm
4. Sartre

अध्याय 5

नैतिक चेतना

1. 'dormant'
2. 'kinetic'
3. 'disposition'
4. 'occurrence'

अध्याय 6

नीतिशास्त्र का मनोवैज्ञानिक आधार

1. trigger
2. London
3. 'conduct'

अध्याय 7

नैतिक प्रत्यय

1. 'morality'

2. W. D. Ross
3. F. H. Bradley
4. 'casuistry'

अध्याय 8

नैतिक निर्णय

1. Perry
2. A. g. Ayer
3. Carnap
4. C. L. Stevenson
5. Hare
6. Oxford
7. Dr. Johnson
8. 'The end justfies its means'
9. 'Habit is second nature'

अध्याय 9

नैतिक मानदंड बाह्य नियमवाद

1. Jail
2. Thomas Hobbes
3. *Bible*

अध्याय 10

अंतः प्रज्ञावाद

1. Shaftsbury
2. Hutcheson
3. Dr. Raphael
4. Sigmund Freud
5. Bishop Butler
6. *Mind*
7. David Hume
8. William K. Frankena

अध्याय 11

कर्तव्यवाद

अध्याय 12

उद्देश्यवाद

1. Aristippus
2. Epicurus
3. Jeremy Bentham
4. John Stuart Mill

अध्याय 13

उपयोगितावाद

1. 'utility'
2. Cyrene
3. cyrenaics
4. epicureanism
5. Socrates
6. *The Methods of Ethics*
7. Herbert Spencer
8. *Principia Ethica,* (Combridge 1962) : *Vide* Contents—Section 133 (3) at page XXVII.

अध्याय 14

पूर्णतावाद

1. Einstein
2. Shakespeare

अध्याय 15

नैतिकता एवं मूल्य

1. R. B. Perry
2. *General Theory of Value*

अध्याय 16

दंड और पुरस्कार

1. 'Spare the rod and spoil the child.'
2. 'As you sow, so you reap.'
3. *New Testament*
4. "Blessed are the merciful, for they will obtain mercy."
5. 'Justice tempered with mercy.'

अध्याय 17

नैतिक प्रगति

1. Athens
2. Sparta
3. United Nations Organization (UNO)
4. United Nations Educational, Scientific and Cultural Organization (UNESCO).
5. International Labour Organization (ILO)
6. World Food Organization (WFO)
7. International Refugees Organization (I R O)

8. Charles Darwin
9. George Wllhelm Frederick Hegel

अध्याय 18

अधिनीतिशास्त्र

1. ' logically good reasons'
2. 'morally good reasons'
3. *A Treatise Concerning Human Nature :* Book III, Part I, Section I.
4. Russell's Occams' razor
5. 'Emotive theory'
6. C. K. Ogden
7. I. A. Richartds
8. *The Meaning of Meaning*
9. 'emotive meaning'
10. 'Hurrah!'
11. *Language, Truth and Logic*
12. America
13. *Ethics and Language*
14. R. M. Hare
15. Janus
16. Roman
17. Ozone

अध्याय 19

भारतीय नीतिशास्त्र

1. 'pro-attitude'
2. 'con-attitude'
3. 'Ought inphies can'

अध्याय 20

भारतीय नीतिशास्त्र में कर्म का नैतिक पक्ष

1. अ० वे० (6/2)

अध्याय 21

भारतीय नीतिशास्त्र में जीवन का चरम आदर्श मोक्ष

अध्याय 22

भारतीय संस्कृति में नैतिक आदर्श तथा उसका औचित्य

1. gene
2. cancer
3. Doomsday

अध्याय 23
भारतीय नीतिशास्त्र की वैदिक आचारनीति

1. Sumer
2. Crete
3. H. R. Hall, *The Ancient History of Near East,* p. 173.
4. S. Piggot, *Pre-Historic India*.
5. A. Seidenberg
6. Babylon
7. Greece
8. Klaus K. Klostermaier, Dept. of Religion, The University of Manitoba, Winnipeg, Manitoba, Canada , R 3 T, 2N2.
9. 'Questioning the Aryan Invasion theory, and Revising Ancient Indian History' in *J. I. C. P. R*; Special Issue : Chronology and Indian Philosophy, June 2001.
10. Ibid; p. 68.
11. Ibid; p. 71.
12. ऋ० (1/ 23/ 22, 4/ 5/5); अ० वे० (6/ 112/ 3)
13. ऋ० (10/ 117/ 154); अ० वे० (11/5)
14. ऋ० (10/ 133/ 6)
15. ध० इ० (तृतीय भाग), पृ० 1196
16. H. I. P. (I), p. 17
17. I. P. (I), p. 73
18. Ibid.
19. Kaegi
20. H. I. P. (I), p. 16
21. *तैत्तिरीय संहिता* (6. 3. 10. 5)
22. *H.P.E.W.* (I), p. 46
23. ध० इ० (प्रथम भाग), पृ० 384
24. Plato
25. *I. P.* (I), p. 111
26. ध० इ० (प्रथम भाग), पृ० 1278
27. वहीं, पृ० 267
28. *I. P.* (I), p. 132 (footenote - 2)
29. ध० इ० (प्रथम भाग), पृ० 265
30. ध० इ० (प्रथम भाग)
31. वहीं
32. वहीं
33. वहीं
34. *E. H.*, p. 3

35. *H. I. P.* (II), p. 506
36. *H. P. E.* W. (I), p. 49
37. Ibid
38. *I. P.* (I), p. 134
39. *H. P. E. W.* (I), p. 78
40. *I. P.* (I), p. 249
41. Ibid. p. 134 (Weber's statement quoted)
42. Ibid., pp. 135-6

अध्याय 24

श्रीमद्भगवद्गीता का नीतिदर्शन

1. Karl H. Potter
2. *Encyelopaedia of Indian Philosophies*
3. *The Bhagavadgita* (George Allen & Union Ltd, London, 1963)
4. Ibid, p. 14
5. Wilhelm von Humboldt
6. *Yearbooks for Scientic Critique*
7. Berlin
8. January
9. Herbert Herring
10. Indian Council of Philosophical Research
11. *'On the Episode of the Mahabharat Known by the name Bhagavadgita by Wilhelm von Humboldt'*
12. Journal of Indian Council of Philosophical Research
13. *B.* p. 139
14. Ibid., p. 55
15. Ibid., p. 76
16. Cambridge
17. Stephen Hawking

अध्याय 25

नास्तिक दर्शनों की आचारनीति

1. I. P. (I), pp. 278-9
2. H.I.V.P. (III), p. 512
3. Ibid., pp. 515-6
4. Ibid., p. 516
5. *I. P.* (I), p. 279
6. *H. I. P.* (III), p. 531
7. Ibid., p. 518 (Also footnote no.3)

8. *E. H.*, p. 272
9. *R. E.*, p. 106
10. (quoted in *Vaishali Institute Research Bulletin,* no. 3. p. 89)
11. *H.I. P.* (I) , p. 189. (footnote)
12. *Saddarsanasamuccaya,* (Asiatic Society, Calcutta)
13. *चतुःशतकम्,* XIV, 21
14. अ०, पृ० 61
15. *समाधिराजसूत्र,* IX 28 (Quoted in C.P.B., p. 129 : footnote no. 3)
16. अ०, p. 29
17. *अष्टसाहस्रिका प्रज्ञापारमिता,* (Bib. Indica), p. 255.
18. वहीं, p. 293

अध्याय 26

अद्वैतवेदांत की आचारनीति

1. T. M. P. Mahadevan, 'Beyond Ethics' : Sectional Presidential Address, Indian Philosophycal Congress, 1950, Calcutta; and Bro, p. 165.
2. *I.P.* (II), 1971, pp. 620-1.
3. *Br.* p. 227 (footnote no. 2)
4. Ibid., p. 165 (footnote no. 2)
5. Ibid., pp. 227-8
6. Ibid., p. 37 (footnote no. 1)

अध्याय 27

कुछ प्रमुख जीवन आदर्श

1. *Ch ā ndogya Upanisad* (6 XIV 2)
2. *Br.,* p. 216 (footnote no. 1)
3. *I. P.* (II), p. 423 (footnote no. 1)

अध्याय 28

आधुनिक भारत में नैतिक सुधार के प्रयास

1. *I. P.* (I), p. 112
2. Ibid., p. 113 (Also footnote)
3. *'Women's Status in Ancient Sind and India'* (http:/ home/ gte/ net/ rattan/ women htm), p. 1.
4. *Return of the Aryans,* (Penguin Books in Canada and India, Book no. 0-14-024053-5)
5. September

6. Chicago
7. Colombo
8. Madras
9. Switzerland
10. *M.I.A.* pp. 79-80
11. Ibid. p. 80
12. Ibid.
13. Ibid. p. 81.
14. Ibid. p. 83.
15. Ibid. p. 85.
16. Ibid. pp. 86-87
17. Roman Rolland
18. *V.*, p. 328.
19. Trivandrum
20. Travancore
21. *V.*, pp. 328-9
22. 'Practical Vedanta'
23. *M.I.A.*, p. 89.
24. Miss Margaret Noble
25. Muller
26. Ole-Bull
27. Josephine MacLeod.
28. *ह० से०*, (16. 11. 1935)
29. *Y. I.* (6. 10. 1921)
30. *ह०* (16. 11. 1935)
31. *ह० से०* (9. 2. 1934)
32. वही (24. 11. 1933)
33. *हि० न० जी०* (11. 7. 1929)
34. *Y.I.* (26. 11. 1931)
35. *ह०* (12.10. 1934)
36. ह० (28 . 11. 1934)
37. *हि० न० जी०* (15. 1. 1922)
38. वहीं० (23. 6. 1924)
39. काठियाबाड़ के बँगसरा नामक स्थान में 7. 4. 1925 को दिये गये भाषण का अंश
40. *हि० न० जी०* (6. 9. 1928)
41. *हि० न० जी०* (7. 5. 1931)
42. *ह०* (4. 7. 1936)
43. *ह०* (22. 3. 1942)
44. *ह० से०* (3.4.1937)

45. हि० न० जी० (5. 2. 1925)
46. ह० से० (23. 3. 1947)
47. April
48. blackboard
49. Elphinstone College, Bombay
50. B. A. (Bachelor of Arts)
51. pass.
52. July
53. Pound
54. New York
55. Columbia
56. 'Castes in India'
57. P. S. King & Sons.
58. 'The Evolution of Provincial Finance in India.'
59. Ph. D
60. England
61. London School of Economics and Political Science.
62. November
63. Sydenhem College
64. Professor
65. M. Sc
66. 'The Problem of Rupee'
67. D. Sc.
68. Barrister
69. October
70. August
71. octors
72. December
73. ह० (18.7.1936), p. 112
74. *Ranade, Gandhi and Jinnah,* (Bombay, 1962), pp. 12-20
75. 'Communal Award'
76. 'Communal Award'

अध्याय 29

प्रयोगात्मक नीतिशास्त्र

1. Negro
2. Applied Ethics
3. 'Man is a rational animal'.
4. 'Social Contract'

5. Monash University
6. Peter Singer
7. *Practical Ethics*
8. *P. E.* p.21.
9. Ibid, p. 47.
10. 'argument in circle'
11. *P. E.*, p. 21.
12. 'hierarchy of intelligence.'
13. Professor Rawls.
14. *P. E.*, pp. 20-21.
15. Roman Catholic
16. Joan of Arc
17. Margaret Thatcher
18. Madeline Albright
19. Intelligence Qnotient (I. Q)
20. *P. E.* p. 32
21. Hitler
22. *Republic*
23. Africa
24. Professor Arthur Jenson
25. *Harvard Educational Review*
26. I. Q. (Intellignece Quotient)
27. *P. E.*, p. 26.
28. Nelson Mendella
29. Martin Luther King
30. American Declaration of Independence
31. Thomas Jefferson
32. Sir Isaac Newton
33. *P.E.*, p. 31
34. I. Q. Test
35. I. Q.
36. 'Intelligence Quotient'
37. 'How much can we boost I. Q. Test and Scholastic Achievement ?'
38. *P. E.*, p. 26. (quotation)

अध्याय 30

प्रयोगात्मक नीतिशास्त्र के विभिन्न क्षेत्र तथा मानव क्षेत्र की कुछ विशिष्ट नैतिक समस्याएँ

1. Euthanasia

2. 'species'
3. *Origin of Species*
4. 'Speciesism'.
5. Categorial fallacy
6. *P. E.*, p. 107.
7. Ibid.
8. voluntary
9. involuntary
10. non-voluntary
11. Netherlands
12. The Royal Dutch Medical Association
13. *P.E.*, p. 196.
14. 'viability'
15. 'quickening'
16. ultrasound
17. *H. I. P.* (II), p. 302.
18. genome
19. Judith Jarvis Thomson
20. Parkinson
21. Australia
22. Robert MeNamara
23. World Bank
24. *P. E.*, p. 219 (quotation)
25. The World Watch Institute
26. NewZealand
27. 'comparable moral significance.'
28. Everest

अध्याय 31

औद्योगिक आचारनीति

1. 'Corporal Industrial Ethics'.
2. Clarence B. Randall
3. New York Times Magazine
4. expedienct method
5. *R. E.*, p. 255.
6. La Rue Tone Hosmer
7. *The Ethics of Management*
8. Ibid., p. 35.
9. Ibid., p. 36.

10. Brookings Institution
11. James Mckie.
12. Milton Friedman
13. *E. M.*, p. 37 (quotation.)
14. Ibid
15. *E. M.*, p. 94. (quotation)
16. Robert Nozick
17. *E. M.*, p. 107. (quotation)
18. Ibid., p. 108.
19. Lockheed
20. Burbank California
21. Lockheed Aircraft Corporation
22. TriStar
23. million dollars
24. Karl Krotchian
25. Foreign Corrupt Practices Act

अध्याय 32

वृत्तिपरक आचारनीति

1. 'profession'
2. *H. I. P.* (II), p. 419
3. William T. Fitts
4. Barbara Fitts.
5. 'The Oath of Hippocrates'.
6. *R. E.*, pp. 225-6
7. American Medical Association
8. Sir Thomas Percival
9. *Medical Ethics*
10. Indian Medical Assocation
11. radio
12. computer network
13. 'Social medicine'
14. *R. E.*, p. 234
15. Ibid., p. 235
16. Ralph E. Himstead
17. American Association of University Professors.
18. R. E., p.245.
19. processing
20. Sui generis
21. *R. E.*, pp. 246-7

22. John Henry Newman
23. Catholic
24. *R. E.*, p. 247
25. Ibid., p. 248
26. Cornell College
27. *R. E.*, p. 248
28. California
29. David Dressler
30. 'Trial by Combat in American Courts'(Vide *R. E.*, p. 235)
31. Luis Kutner
32. William Henderson
33. Michigan
34. pistol
35. James H. Wilkerson
36. Milwaukee
37. *R. E.* p. 237.
38. technicality
39. *R. E.*, pp. 238-9.
40. North Carolina
41. Tennesee
42. jurors
43. John Cye Cheasty
44. Edward Bennett Williams
45. Florida
46. National Association for the Advancement of Coloured People
47. *R. E.*, pp. 242-3

अध्याय 33

पर्यावरणीय आचारनीति

1. 'dominion'
2. Aristotle
3. Thomas Aquinas
4. *Summa Theologia*
5. P. E., p. 119.
6. Michacl Tooley
7. *Abortion and Intanticide*
8. 'preference-utilitarianism'.
9. *P. E.*, p. 131.
10. Ibid., p. 134.
11. Ibid.,

12. plague
13. Albert Schweitzer
14. *P. E.*, p. 278.
15. Ibid, pp. 278-9.
16. Ibid, p. 279.
17. Paul Taylor
18. *Respect For Nature*
19. gas
20. 'green house effect'.
21. plastic
22. 'deep ecologists.'
23. *P. E.*, p. 280.
24. Aldo Leopold
25. 'land ethic'
26. biotic community
27. *P. E.*, p. 280.
28. Arne Naess
29. George Sessions
30. *P. E.*, p. 281.
31. 'biosphere'
32. water-sheds
33. landscapes
34. eco-systems
35. Richard Sylvan
36. Val Plumwood
37. 'Selective Ethics'
38. carbon dioxyde
39. *P. E.*, p. 285.
40. petrol
41. *P. E.*, p. 287
42. Ibid., p. 288.

❑

परिशिष्ट-2

हिन्दी अनुवाद

कुछ उद्धृत संस्कृत वाक्यों का हिन्दी अनुवाद

पृष्ठ सं०-पंक्ति सं०	अनुवाद
273-10, 11	मनुष्यों के आहार, निद्रा, भय, तथा मैथुन पशुओं के समान ही हैं। मनुष्यों में धर्म ही अधिक और विशेष है। धर्म से रहित मनुष्य पशुओं के समान हैं।
284-28	संतोष से बढ़कर सुख नहीं होता।
288-29	विधि प्रवृत्ति उत्पन्न करने वाली होती है। वह साधनशक्ति का बोध कराती है।
293-29	युद्ध आदि में बलशाली अनिष्ट हो जाने का संदेह रहने पर भी इच्छा और प्रवृत्ति के उदय से। (मनुष्य युद्ध आदि व्यापार में संलग्न होते ही हैं)। *(दिनकरी)*
296-36	रसोई मेरे कर्म द्वारा साध्य है।
297-31	मैं इस समय का संध्या वंदन करने में समर्थ हूँ।
297-32	द्विज होने के कारण मैं विहित संध्याकालीन शौचादि कर्म करने के योग्य हूँ।
300-21-22	जब तक जीयें, सुख से जीयें, ऋण लेकर घी पियें, भस्मीभूत हुए शरीर का फिर आगमन कहाँ से?
301-24-25	सांख्य दार्शनिक मन की विशेष वृत्ति को, शाक्य लोग चित्त की शुभ वासना को, अर्हत लोग कार्य आरंभ करनेवाले सूक्ष्म एवं मूर्त पुद्गालों को, वैशेषिक दार्शनिक आत्मा के विशेष गुणों को, मीमांसकों के एक वर्ग के लोग अपूर्व को और भाट्ट लोग यागादि को धर्म कहते हैं। (रामकृष्णरचित *सिद्धान्तचन्द्रिका)*
311-3	ब्रह्म सत्य है और जगत् मिथ्या।
312-37	तेरा अधिकार कर्म में ही है, फलों में कभी नहीं। तू कर्मफल का कारण मत बनो। अकर्म में (भी) तेरी आसक्ति न हो।
312-15, 16, 17	ज्ञानविरोधी कर्म पुण्यपापरूप होता है। उस (कर्म) का ज्ञानोत्पत्तिपरक विरोध ज्ञानोत्पत्ति के हेतुरूप सत्त्वविरोधी रज और तम के बढ़ जाने से होता है। उस (विरोध) का नाश फलाकांक्षारहित धार्मिक अनुष्ठान करने से होता है। *(श्री भाष्य)*

312-30, 31	लौकिक हित तथा अहित के सम्बन्ध में अन्वय, व्यतिरेक, आयुर्वेद, नीतिशास्त्र आदि प्रमाण हैं। (वेंकटेश रचित *न्यायपरिशुद्धि*)
312-32	अलौकिक हित तथा अहित के सम्बन्ध में वेद प्रमाण है *(न्यायपरिशुद्धि)*।
313-22	शास्त्र माता तथा पिता से हजार गुणा अधिक प्यार करनेवाला होता है। *(न्यायपरिशुद्धि)*
314-15	'प्रतिदिन संध्यावंदन की उपासना करनी चाहिए।' 'स्वर्ग के इच्छुक को यज्ञ करना चाहिए'।
314-27, 28	चोदना भूत, वर्तमान, भविष्य, सूक्ष्म, व्यवहित (छिपा हुआ), दूरस्थ, तथा अन्य ऐसे विषयों को बता पाने में समर्थ है, कोई अन्य इंद्रिय नहीं। *(जैमिनिसूत्र पर शबर भाष्य)*।
314-32, 33	लिङ् आदि से युक्त वाक्यों से दो तरह की भावनाएँ उत्पन्न होती हैं—शब्द भावना तथा अर्थ भावना। (लौगाक्षिभास्कर की *अर्थमीमांसा)*
315-28; 29	'मैं प्रेरित हूँ'—इस तरह का ज्ञान होना विधि की प्रवर्तना है।
315-32	अभिलाषाजन्य स्मरण से व्यवहार प्रवर्तित होता है।
318-30	फलाभाव में अर्थ और अनर्थ सम्बन्धी विवेक सिद्ध नहीं होता। *(न्यायमंजरी)*
318-32-33	इस तरह फिर ब्रह्महत्या आदि के संदर्भ में भी अधर्मता नहीं हो सकती। *(न्यायमंजरी)*
320-14	और फिर फल की कल्पना मनुष्य की बुद्धि की उपज है न कि शास्त्रीय है। (*न्यायमंजरी* में उद्धृत प्राभाकर मत)
321-21, 22	क्योंकि प्रेषित (आदिष्ट) व्यक्ति क्रिया करने में तत्पर होता है। (*न्यायमंजरी* में उद्धृत प्राभाकर मत)
323-9, 10	प्रेरकता फल होती है, न कि नियोगात्मक से सम्बन्धित। (*न्यायमंजरी* में उद्धृत न्याय मत)
324-38	(नियोग) विषयासक्ति से परिचालित आत्मा को ही प्रवर्तित करता है। (विद्यानन्द की *अष्टसाहसी*)
325-5	(भोग्यरूपी नियोग) भोक्ता में अवस्थित रहता है।
325-5, 6, 7	स्वामित्वभाव के कारण अभिमान होता है।
325-11	पुरुष ही नियोग है।
325-22, 23	विधि प्रवर्तनारूप होती है। अर्थात् यह अपने अनुरूप साधनशक्ति का बोध कराती है। प्रवर्तना अशक्य विषय में सम्भव नहीं होती। *(शास्त्रदीपिका)*
328-36	संपूर्ण वेद की प्रामाणिकता कार्य में ही है। (प्रभाकर का मत)
330-16	नित्य कर्मों में नियोगसिद्धि ही पुरुषार्थ है।
331-19	पुण्य के क्षीण होने पर (स्वर्गवासी) मर्त्यलोक में प्रवेश करते हैं।
331-33	चोदना (उत्प्रेरणा) लक्षण से युक्त अर्थ धर्म है। *(जैमिनिसूत्र)*
331-36	पुरुषों तथा पशुओं की हिंसा मत करो। (*अथर्ववेद*, 6/2)

334-27 पहले से ही ब्रण से पीड़ित मनुष्य के व्रण पर खड्ग का प्रहार होने से (उस मनुष्य का) मरण।

341-17 सत्य बोलना चाहिए, प्रिय बोलना चाहिए, अप्रिय सत्य नहीं बोलना चाहिए।

341-23, 24 यह (सत्यवादिता) सभी प्राणियों के उपकार के लिए प्रवृत्त हुई है, न कि प्राणियों के विनाश के लिये। (योगसूत्रकार पंतजलि)

342-39 उपस्थपरक गुप्तेंद्रिय अर्थात् जननेंद्रिय का संयम ब्रह्मचर्य है।

343-12, 13 यहाँ 'संयम' शब्द से जननेंद्रिय के साथ अन्य इंद्रियों का साहित्य (साथ होना) बोध्य है। जननेंद्रिय के संयम के प्रसंग में सभी इंद्रियों के व्यापारों की विरति लक्षित है।

343-20 विषयों के अर्जन, रक्षण, क्षय, तथा आसक्तिजन्य (स्वाभाविक) हिंसा जैसे दोष के कारण (विषयों का) अस्वीकरण ही अपरिग्रह है।

344-11 अति का सभी जगह वर्जन करना चाहिए।

350-27, 28 'ज्ञानप्रवाह स्थित वासना के नष्ट हो जाने से विचित्रता को छोड़ दिये जाने पर केवल चेतनामात्र अवस्थित रहती हैं—ऐसा कुछ लोग मानते हैं।

350-31 दीप (की ज्योति के) प्रवाह की तरह ज्ञानप्रवाह या चेतनाप्रवाह का (भी) अंत हो जाता है। (माध्यमिक तथा योगाचार)

351-28, 29 आत्मा के नौ विशेष गुणों का पूर्ण उच्छेद मोक्ष है।

352-34 आत्मा में नित्य सुख वर्तमान रहता है।

352-39 दुखः का तथा इच्छादि भी का नित्य होना काल्पनिक हो सकता है।

352-44 यह प्रवृत्ति नित्य सुख (पाने) के संदर्भ में (प्रवृत्ति के रूप में) अर्थवती हो सकती है, अन्यथा नहीं।

352-38 प्रवृत्ति में द्वैत का (अर्थात् प्रवृत्ति का सकारात्मक एवं नकारात्मक दोनों हो सकने का) दर्शन होने से।

354-14 मुक्त (व्यक्ति) सुखी होता है—ऐसा सुना जाता है।

354-16 संसार में बहुधा दुःख के अभाव में भी 'सुख' शब्द का प्रयोग होता है।

355-23 'मैं ब्रह्म हूँ।'

355-33, 35 पाक कर्म नहीं करने पर भी पाककृत अन्नादि का उपभोग राजा (ही) करता है। (सांख्यमत)

356-24 पुरुष और प्रकृति का संयोग पुरुषों की अपनी अपनी बुद्धिपरक भावनाओं से युक्त होने पर ही होता है। (सांख्यमत)

356-37, 38 प्रत्येक शरीर की आत्मा चित् तथा अचित् रूपों को धारण कर दूसरी आत्मा से पृथक् होती है, और वह विभु (अर्थात् सार्वभौम) भी होती है। *(अद्वैतब्रह्मसिद्धिः)* पूर्वमीमांसा मत

357-9, 10 पूर्ण कर्मसंन्यासपरक मुक्ति में इंद्रियादि से उत्पन्न होनेवाले ज्ञान सम्भव नहीं हो सकने से मुक्ति सम्बन्धी आत्मलाभ के जड़तापरक हो जाने से उसके आत्मलाभपरक पुरुषार्थ के नहीं होने के कारण प्रवृत्ति ही श्रेयस्करी है, निवृत्ति नहीं। (पूर्वमीमांसा मत)

357-20, 21 पुरुष को तीन प्रकार का प्रपंच (बंधन में) बाँधता है—भोग के भंडार के रूप में शरीर, भोग के साधन के रूप में सभी इंद्रियाँ, तथा भोग के योग्य शब्दादि विषय। (भाट्ट मत)

357-21, 22 इस त्रि-बंधन का पूर्ण विनाश मोक्ष है। (भाट्ट मत)

358-24-25 सुख दो प्रकार का होता है—सातिशय अर्थात् बढ़ाया जा सकने वाला सुख, तथा निरतिशय अर्थात् नहीं बढ़ाया जा सकने वाला सुख। सातिशय सुख विषय-वस्तुओं के संसर्ग से जनित चित्तवृत्तियों के तारतम्य से उत्पन्न विशिष्ट प्रकार का आनन्दलेशाविर्भाव है। और निरतिशय सुख ब्रह्म (ब्रह्मानन्द) ही है। और आनन्दस्वरूप ब्रह्म की प्राप्ति मोक्षप्राप्ति है और शोकनिवृत्ति भी। *(वेदान्त परिभाषा)*

360-4, 5, 6, 7 मोक्ष की अवस्था में (ज्ञाता के रूप में) अहमर्थ नहीं रहता है, यह मानना अनुचित है। वैसा होने पर तो प्रकारांतर से 'आत्मनाश ही मोक्ष है' ऐसा प्रतिज्ञात होने लगेगा। (आत्मा का) अहमर्थ रूप (आत्मा का) धर्म (यानी गुण) मात्र नहीं है। इस कारण धर्म के अज्ञात रहने पर भी अविद्यानिवृत्ति की स्थिति के समतुल्य आत्मा का स्वरूप तो रहता ही है। प्रत्युत (आत्मा का) स्वरूप ही अहमर्थ है, और ज्ञान उसका मात्र धर्म (यानी गुण) है। *(श्री भाष्य)*

360-15, 16 अहं ही आत्मा का स्वरूप है। अतः यह ज्ञातारूप अहं-प्रत्यय अज्ञत्व को आपादित नहीं कर सकता, और तब यह संसारित्व को कैसे आपादित कर सकता है? *(श्री भाष्य)*

360-25, 26 जो लोग एकमात्र ज्ञान के प्रति निष्ठावान् रहते हैं उनके लिए तो आत्मा का विलयन ही अंतिम लक्ष्य होता है, पर भक्तों के लिए अतिदुर्लभ लीलास्वादन ही अंतिम लक्ष्य होता है। *(शुद्धाद्वैत मार्तण्ड)*

362-18 लौकिक कर्म की तरह ही आनुभविक (वैदिक) कर्म भी है, यह कर्म भी अतिशय नाशवान् होता है। (विज्ञान भिक्षु)

362-10, 11 काम्य कर्म तथा निष्काम कर्म साध्य की दृष्टि से अविशेषता के कारण (एक ही तरह के हैं)।

364-6, 7 और वह ज्ञान पापक्षय होने से होता है। और वह (पापक्षय) कर्म का अनुष्ठान करने से होता है। इस तरह परंपरा रूप से कर्मों का भी विनियोग होता है। *(वेदान्त परिभाषा)*

366-32 स्पर्श की गई अग्नि जलाती है। पर इस कारण कौन उस पर क्रोध करता है? *(न्याय मंजरी)*

366-32 कामवासना कामों के उपभोग से शांत नहीं होती। *(न्याय मंजरी)*

366-34 प्रतिसंधानहीन (अर्थात् प्रतिक्रिया न कर सकने वाले) क्लेश को (अर्थात् रागद्वेष को) प्रवृत्ति नहीं होती। *(गौतमसूत्र)*

369-3,4 कर्मयोग, भक्तियोग, आदि का साधनत्व भक्ति के कारण ही सम्भव है। (रामानुजाचार्य के अनुयायियों का मत)

373-7 जैसी जैसी लोकस्थिति होती है, वैसा वैसा ही धर्म होता है। *(चतुः शतिका)*

373-28, 29, 30 पति के सुख के लिए पति प्यारा नहीं होता, बल्कि अपने ही सुख के लिए पति प्यारा होता है। वित्त के सुख के लिए वित्त प्यारा नहीं होता, बल्कि अपने ही सुख के लिए वित्त प्यारा होता है। *(बृहदारण्यक् उपनिषद्)*

374-34, 35 ''अनुग्रह से (अर्थात् सुखद अनुभव से) धर्म तथा पीड़ा से अधर्म होते हैं''—इस कथन के अनुसार तो जपसिद्धि आदि धर्मपरक तथा (मद्य) पान आदि अधर्मपरक नहीं हो सकते हैं। *(श्लोकवात्तिक)*

375-3, 4 ह्रदय से अपने को कोसते रहने पर भी गुरुपत्नी के साथ संभोग करनेवाले को अत्यधिक धार्मिक मानना चाहिए, और उसके कर्म को गुरुपत्नी पर की गई बहुत बड़ी उपकारिता माननी चाहिए। *(श्लोकवार्त्तिक)*

375-12, 13 धनादि लौकिक उपायों से दुःख की आत्यंतिक निवृत्ति नहीं हो सकती, क्योंकि दुःख के निवृत्त हो जाने पर भी धनादि के क्षय के कारण दुःखदर्शन तो सम्भव रहता ही है। (विज्ञान भिक्षु)

375-18 लौकिक साधन से उत्पन्न दुःखनिवृत्ति में आत्यंतिक पुरुषार्थता नहीं होती, पर इसमें न्यून पुरुषार्थता रहती ही है। (विज्ञान भिक्षु)

375-23 स्वरूप से सब दुःख है, स्वरूप से कुछ भी सुख नहीं है। (उद्योतकर : *न्यायवार्त्तिक*)

375-33 सभी कुछ क्षणिक है, सभी कुछ दुःख है।

375-35 प्रत्यक्ष के विरोध के कारण। (उद्योतकर)

376-21, 22 जो सुख के साधन हैं, वे ही दुःख के साधन हैं।

376-25 जहाँ सुख है, वहीं दुःख है।

376-28 जिससे सुख की उपलब्धि होती है, उससे दुःख की भी।

377-29, 30 सुख के अनुभव से पाप नहीं होता, पाप तो सुखप्राप्ति के लिए घातक व्यापार करने से होता है। मिठाई खाने से अजीर्ण नहीं होता, अजीर्ण तो खाने की उचित मात्रा आदि के अतिक्रमण से होता है। (गुणभद्रः *आत्मानुशासन*)

378-24, 25 'वह तू है।' 'मैं ब्रह्म हूँ।'

378-37-38 मनुष्य को श्रेय तथा तथा प्रेय दोनों साथ ही प्राप्त होते हैं। पर धीर पुरुष अच्छी तरह समझ कर उन्हें पृथक् पृथक् करता है। वह प्रेय के बदले श्रेय को चुनता है, पर मंद बुद्धिवाला योगक्षेम के लिये प्रेय को चुनता है। (*कठोपनिषद्* पर शंकर का *भाष्य*)

यदि मनुष्य (श्रेय तथा प्रेय) दोनों को ही प्राप्त कर सकता है, तो वह बहुधा प्रेय को ही क्यों प्राप्त करना चाहता है? वह दोनों को प्राप्त कर सकता है—यह सही है। पर साधन तथा फलप्राप्ति के सम्बन्ध में मंद बुद्धिवाला दुर्विवेकी होता है। और उसके सामने श्रेय तथा प्रेय मिश्रित रूप में उपस्थित होते हैं। जिस तरह हंस पानी से दूध को अलग कर

देता है, उसी तरह बुद्धिमान् धीर पुरुष श्रेय तथा प्रेय को सम्यक् रूप से समझकर मन द्वारा उनकी आलोचना करके उनके गुरुत्व तथा लघुत्व को पृथक् पृथक् कर देता है। और तब वह यह सोच कर कि श्रेय ही प्रेय से श्रेष्ठ है उसे ही एक उचित लक्ष्य होने के कारण चुनता है। मंद और अल्प बुद्धिवाला सत् और असत् में भेद करने वाले विवेक से च्युत होने के कारण योग तथा क्षेम के लिए अर्थात् शरीरादि के उपचय (वर्द्धन) तथा रक्षण के लिये, पशु, पुत्र आदि की प्राप्तिपरक प्रेय को ही चुनता है। (*कठोपनिषद्* : शंकर का *भाष्य*)

379-10, 11 कोई अन्य लाभ आत्मलाभ से बड़ा नहीं होता। वेद वाक्य जो भी प्रयोजन निर्धारित करते हैं, स्मृति आदिष्ट क्रियाएँ भी वही (निर्धारित करती हैं)। (*उपदेश साहस्त्री:* शंकर)

379-15,16 स्वयं (कर्ता) परक लब्धता सम्बन्धी प्रकृति के अनुरूप होने से जो भी लाभ प्राप्त होता है वह किसी अन्य प्रकार से सम्भव हुए लाभ के समान नहीं होता। जो लाभ अन्यापेक्षी होता है, वह तो अन्य-दृष्टिसमुत्पन्न होता है। (*उपदेश साहस्ती:* शंकर)

379-20-21 आनन्द का प्रतिबिम्ब पड़ने से यदि अंतःकरण की वृत्ति सुखदायक हो जाती है, तो परिपूर्णानन्द से व्याप्त रहने के कारण सभी पदार्थों को एक रूप (अर्थात् एकरस तथा न्यूनाधिक्यरहित) ही होना चाहिए। किंतु ऐसा होता नहीं है, क्योंकि मूलाविद्या से आवृत होने के कारण (पदार्थों के साथ) परिपूर्ण ज्ञानरूपी अखंडानन्द ज्योति का योग वर्तमान में सम्भव नहीं होता। (रामकृष्ण अध्वरिन्: *शिखामणि*)

380-20, 21, 22 हे पार्थ, जो व्यक्ति अपने मन की सभी कामनाओं को त्याग देता है
23, 24, 25 और जो आत्मप्रयास से ही अपने में संतुष्ट रहता है, वही स्थितप्रज्ञ कहलाता है। (*गीता*—2/55)

जो व्यक्ति दुःखों में अनुद्विग्न (अर्थात् शांत) मनवाला होता है और सुखों में स्पृहारहित (अर्थात् लालसारहित) होता है और जो राग तथा भय से मुक्त है, वह स्थिरबुद्धिवाला मुनि कहलाता है। (*गीता*—2/56)

जो व्यक्ति सभी प्राणियों के प्रति अद्वेष, मैत्री, तथा करुणा रखनेवाला होता है, और जो स्वार्थरहित, निरहंकारी, दुःख तथा सुख में समद्रष्टा तथा क्षमाशील होता है, (वह व्यक्ति ही मुझे प्रिय है)। (*गीता*—12/13)

❑

संक्षिप्त परिचय

कुछ चर्चित पूर्वकालीन भारतीय दार्शनिकों का संक्षिप्त परिचय

1. **अप्पय दीक्षित**—ये अद्वैत दार्शनिक हैं। इनका काल 1554 ई० है। इन्होंने मौलिक सत्ता के रूप में निर्गुण ब्रह्म को महत्त्व देकर भी सगुणोपासना को आवश्यक माना है और इस कारण सगुण ब्रह्म के रूप में शिव को भी महत्त्व दिया है। इन्होंने *अद्वैत निर्णय*, *तत्त्वमुक्तावली*, आदि अनेक ग्रंथ लिखे हैं।
2. **आर्यदेव**—ये बौद्ध दार्शनिक हैं। इनका काल 180 ई० अनुमानित है। इन्होंने *अक्षर-शतक*, *चतुःशतक* या *चतुःशतिका*, नागार्जुन के *माध्यमिक सूत्र* पर व्याख्या, *शतशास्त्र*, आदि अनेक ग्रंथ लिखे हैं।
3. **उद्योतकर**—ये न्याय दार्शनिक हैं। इनका काल 610 ई० है। इन्होंने वात्स्यायन के *न्यायभाष्य* पर *न्यायवार्त्तिक* लिखा है।
4. **कुमारिलभट्ट**—ये मीमांसा दार्शनिक हैं। इनका काल 610 ई० है। इन्होंने शबर के *मीमांसासूत्रभाष्य* पर *श्लोकवार्त्तिक* लिखा है। इनकी मीमांसा भाट्ट मीमांसा के नाम से जानी जाती है। *मीमांसासूत्रभाष्य* पर इनके अन्य ग्रंथ हैं—*तन्त्रवार्त्तिक* तथा *टुप्टीका*।
5. **गंगेश उपाध्याय**—ये नव्य न्याय के जनक माने जाते हैं। इनका काल तेरहवीं शताब्दी के आसपास माना जाता है। ये मिथिला के निवासी थे। इन्होंने *तत्त्वचिंतामणि* नामक ग्रंथ लिखा है।
6. **गागाभट्ट**—ये भाट्टमीमांसक हैं। इनका काल 1674 ई० है। ये *भाट्टचिन्तामणि* के लेखक हैं। इनका एक नाम विश्वेश्वर भी है। इन्होंने सुचरित मिश्र की *तन्त्रवार्त्तिक काशिका* पर *तन्त्रकौमुदी* भी लिखी है।
7. **गिरिधर**—ये शुद्धाद्वैत दार्शनिक हैं। इनका काल 1830 ई० है। इन्होंने *शुद्धाद्वैतमार्तण्ड* नामक ग्रंथ लिखा है। ये गिरिधर गोस्वामिन् के नाम से भी जाने जाते हैं। इन्होंने वल्लभाचार्य के *अनुभाष्य* पर *विकरण*, *श्रुतिरहस्य*, *प्रपंचभेद*, आदि अनेक ग्रंथ लिखे हैं।
8. **गुणभद्र**—ये जैन दार्शनिक हैं। इनका काल 870 ई० है। इन्होंने *आत्मानुशासन* नामक ग्रंथ लिखा है।
9. **चन्द्रकीर्ति**—ये बौद्ध दार्शनिक हैं। इनका काल 640 ई० है। इन्होंने *वृत्ति*, *माध्यमिकावतार* (या *माध्यमिका*), *प्रसन्नपदा*, आदि ग्रंथ लिखे हैं। उनकी *वृत्ति* आर्यदेव के *चतुःशतक* पर है, और उनकी *प्रसन्नपदा* नागार्जुन की *माध्यमिककारिका* पर।
10. **जयन्तभट्ट**—ये न्याय दार्शनिक हैं। इनका काल 870 ई० है। इन्होंने गौतम के *न्यायसूत्र* पर *न्याय मंजरी* लिखी है। इन्होंने *न्याय कलिका* की भी रचना की है।

11. **जैमिनि**—ये मीमांसा दार्शनिक हैं। इनका काल 25 ई० अनुमानित है। इन्होंने *मीमांसासूत्र* की रचना की है।

12. **दिनकर भट्ट**—ये नव्यन्याय दार्शनिक हैं। इनका काल 1660 ई० है। इन्होंने अपने पिता महादेव के साथ मिलकर न्याय दार्शनिक विश्वनाथ की *सिद्धान्तमुक्तावली* पर *दिनकरी* (या *प्रकाश*) नामक ग्रंथ लिखा है। इनके अन्य ग्रंथ हैं—*क्रोडपत्र* (न्याय) तथा भवानन्द के *तत्त्वचिन्तामणि प्रकाश* पर *व्याख्या*।

13. **धर्मराजाध्वरीन्द्र**—ये अद्वैत वेदांती हैं। इनका काल 1615 ई० है। ये नृसिंहाश्रम के शिष्य थे। इन्होंने *वेदान्तपरिभाषा* लिखी है। इन्होंने न्यायदर्शन से संबद्ध *युक्तिसंग्रह* तथा शशिधर आचार्य के *न्याय सिद्धान्तदीप* पर *न्यायरत्न* भी लिखे हैं।

14. **पंतजलि**—ये योगसूत्र के सूत्रकार हैं। इनका काल 300 ई० है।

15. **प्रभाकर**—ये मीमांसक हैं। इनका काल 700 ई० है। ये कुमारिल भट्ट के शिष्य हैं। इन्होंने अपने गुरु कुमारिल से भिन्न एक अपना ही मत चलाया जिसे प्राभाकर मत कहते हैं। कुमारिल भट्ट के मत को भाट्टमत कहा जाता है। कुमारिल ने प्रभाकर की अत्यंत विलक्षण प्रतिभा से प्रभावित होकर प्रभाकर को ''गुरु'' की ही उपाधि प्रदान कर दी। इस कारण प्रभाकर के मत को 'गुरुमत' भी कहते हैं। प्रभाकर ने शबर के *भाष्य* पर *बृहती* नामक *टीका* लिखी है।

16. **प्रशस्तपाद**—ये वैशेषिक दार्शनिक हैं। इनका काल 530 ई० अनुमानित है। इन्होंने कणाद के *वैशेषिक सूत्र* पर *पदार्थधर्मसंग्रह* नामक ग्रंथ लिखा है जो एक भाष्य के रूप में मान्य है।

17. **पार्थसारथि मिश्र**—ये भाट्टमीमांसक हैं। इनका काल 1075 ई० है। इन्होंने *शास्त्रदीपिका* नामक ग्रंथ लिखा है और कुमारिल के *श्लोकवार्त्तिक* पर *न्यायरत्नाकर* नामक टीका लिखी है।

18. **मथुरानाथ तर्कवागीश**—ये नव्यन्याय दार्शनिक हैं। इनका काल 1650 ई० हैं। इन्होंने *आत्मत्व जाति विचार*, गंगेश की *तत्त्वचिन्तामणि* पर *माथुरी*, उदयन की *किरणावली* पर *रहस्य* लिखे हैं। और इन्होंने रघुनाथ शिरोमणि, पक्षधर, आदि नैयायिकों के ग्रंथों पर टीकाएँ भी लिखी हैं।

19. **मध्वाचार्य**—ये द्वैतवादी वैष्णावाचार्य हैं। इनका काल तेरहवीं शताब्दी है। इनके अन्य नाम आनन्दतीर्थ तथा पूर्णप्रज्ञा हैं। इन्होंने कई उपनिषदों, बादरायण के *ब्रह्मसूत्र* तथा *श्रीमद्भगवद्गीता* पर ग्रंथ लिखे हैं। *ब्रह्मसूत्र* पर इनके ग्रंथों के नाम हैं—*अनुभाष्य* तथा *अनुव्याख्यान*।

20. **मल्लिसेन**—ये दिगम्बर जैन दार्शनिक हैं। इनका काल 1292 ई० है। इन्होंने हेमचन्द्र के *अन्ययोगव्यवच्छेदद्वात्रिंशिका* पर *स्यादवादमंजरी* लिखी है तथा नेमिचन्द्र सिद्धान्तिन् के *द्रव्यसंग्रह* पर टिप्पणी की है।

21. **यामुनाचार्य**—ये *विशिष्टाद्वैतवादी* वैष्णवाचार्य हैं और रामानुजाचार्य के गुरु हैं। इनका काल 1010 ई० है। इन्होंने *श्रीमद्भगवद्गीता* पर *गीतार्थसंग्रह* नामक ग्रंथ लिखा है। इनके अन्य ग्रंथों के नाम हैं—*आगमप्रामाण्य, चतुःश्लोकी, प्रमेयरत्न, सिद्धित्रय*, तथा *स्तोत्ररत्न*।

22. **रामकृष्ण**—इनका काल कार्ल एच० पॉट्टर के अनुसार 1550 ई० है। सुशील कुमार मैत्र के अनुसार ये *सिद्धान्तचन्द्रिका* के रचयिता हैं जो भाट्टमीमांसक पार्थसारथि मिश्र

की *शास्त्रदीपिका* पर एक टिप्पणी है। *सिद्धान्तचन्द्रिका* में रामकृष्ण ने विभिन्न भारतीय दर्शनों के धर्म संबंधी विचारों की व्याख्या की है। पॉट्टर के अनुसार रामकृष्ण ने *शास्त्रदीपिका* पर *युक्तिस्नेहप्रपूरणी* नामक ग्रंथ भी लिखा है।

23. **रामकृष्ण अध्वरिन्**—ये धर्मराजाध्वरीन्द्र के पुत्र थे। इनका काल 1650 ई० है। इन्होंने भारतीय दर्शन की न्याय, मीमांसा, सांख्य, वेदांत, आदि शाखाओं से संबद्ध अनेक ग्रंथ लिखे हैं। इन्होंने नृसिंहाश्रम के *अद्वैत रत्नकोश* पर *पालिनि, मीमांसान्यायदर्पण, न्याय-चूड़ामणि*, ईश्वरकृष्ण की *सांख्यकारिका* पर *सांख्य कौमुदी*, रुचिदत्त के *तत्त्वचिन्तामणिप्रकाश* पर *टीका*, धर्मराजाध्वरीन्द्र की *वेदान्त परिभाषा* पर *शिखामणि*, जैसे अनेक ग्रंथ लिखे हैं।

24. **रामानुजाचार्य**—ये विशिष्टाद्वैतवादी वैष्णवाचार्य हैं। इनका काल 1027 ई० है। इन्होंने बादरायण के *ब्रह्मसूत्र* पर *श्रीभाष्य* लिखा है। इनके अन्य ग्रंथ हैं—*वेदान्तसार, वेदार्थसंग्रह वेदान्तदीप* आदि। इन्होंने *श्रीमद्भगवद्गीता* पर भी भाष्य लिखा है।

25. **लौगाक्षिभास्कर**—ये मीमांसा दार्शनिक हैं। इनका काल 1660 ई० है। इन्होंने *अर्थसंग्रह* या *अर्थमीमांसा* (भाट्ट), जानकीनाथ की *न्यायसिद्धान्तमंजरी* पर *प्रकाश, तर्क कौमुदी* (न्याय), आदि अनेक ग्रंथ लिखे हैं।

26. **वल्लभाचार्य**—ये शुद्धाद्वैतवादी वैष्णवाचार्य हैं। इनका काल राधाकृष्णन के अनुसार 1401 ई० है तथा पॉट्टर के अनुसार 1525 ई० है। इन्होंने बादरायण के *ब्रह्मसूत्र* पर *अनुभाष्य* तथा अनेक अन्य ग्रंथ भी लिखे हैं।

27. **वाचस्पति मिश्र**—ये आधुनिक दर्शनिकों के द्वारा वाचस्पति मिश्र (प्रथम) के रूप में जाने जाते हैं। इनका काल 860 ई० हैं। इन्होंने अद्वैतवेदांती आचार्य शंकर के *ब्रह्मसूत्र भाष्य* पर *भामती* नामक टीका लिखी है। इनके और भी अनेक ग्रंथ हैं जिनमें गौतम के *न्यायसूत्र* पर *न्यायशुचिनिबन्ध*, उद्योतकर के *न्यायवार्त्तिक* पर *तात्पर्य टीका*, ईश्वरकृष्ण की *सांख्यकारिका* पर *तत्त्वकौमुदी, तत्त्वविन्दु* (मीमांसा), मण्डन मिश्र के *विधिविवेक* पर *न्यायकणिका*, तथा पंतजलि के *योगसूत्र* पर *तत्त्ववैशारदी* प्रसिद्ध हैं।

28. **वात्स्यायन**—ये न्याय दार्शनिक हैं। इनका काल 410 ई० अनुमानित है। इनका एक नाम पक्षिलस्वामिन् भी है। इन्होंने गौतम के *न्यायसूत्र* पर *न्यायभाष्य* लिखा हैं।

29. **विद्यानन्द**—ये दिगम्बर जैन दार्शनिक हैं। इनका काल 850 ई० है। इन्होंने भट्टअकलंक की *अष्टशती* पर *अष्टसाहस्त्री*, उमास्वाति के *तत्त्वार्थसूत्र* पर *श्लोकवार्त्तिक* तथा समन्तभद्र के *युक्त्यनुशासन* पर *टीका* तथा अपनी *आप्तपरीक्षा पर अलंकृति* नामक ग्रंथ लिखे हैं। सुनील कुमार मैत्र के अनुसार विद्यानन्द की *अष्टसाहस्त्री* समन्तभद्र की *कारिका* पर टीका है।

30. **विद्यारण्य**—ये अद्वैतवेदांत दार्शनिक हैं। इनका काल 1350 ई० हैं। माधव तथा भारतीतीर्थ इनके अन्य नाम हैं। इन्होंने *जीवनमुक्तिविवेक* तथा अनेक अन्य ग्रंथ भी लिखे हैं।

31. **विश्वनाथ**—ये न्याय दार्शनिक हैं। इनका काल 1640 ई० है। इनका पूरा नाम विश्वनाथ न्यायसिद्धान्त पंचानन है। इन्होंने *सिद्धान्तमुक्तावलि, भाषापरिच्छेद, भेदसिद्धि*, गौतम के *न्यायसूत्र* पर *वृत्ति*, अन्नभट्ट के *तर्कसंग्रह* पर *भाष्य*, आदि अनेक ग्रंथ लिखे हैं।

32. विज्ञान भिक्षु—ये सांख्य दार्शनिक हैं। इनका काल 1575 ई० है। इन्होंने कपिल के *सांख्यसूत्र* पर *भाष्य* लिखा है। इन्होंने बादरायण के *ब्रह्मसूत्र* पर *विज्ञानामृत, सांख्यसार,* व्यास के *योगभाष्य* पर *वार्त्तिक, योगसारसंग्रह,* आदि अनेक ग्रंथ लिखे हैं।

33. वेंकटेश—ये विशिष्टाद्वैतवादी दार्शनिक हैं। इनका काल 1330 ई० हैं। ये वेंकट, वेंकटनाथ, तथा वेदान्त देशिक नामों से भी जाने जाते हैं। इन्होंने *न्यायपरिशुद्धि, शतदूषणी* आदि अनेक ग्रंथ लिखे हैं। इन्होंने रामानुज के *श्रीभाष्य* पर *तत्त्वटीका* तथा उनके ही *गीताभाष्य* पर *तात्पर्यचन्द्रिका* नामक ग्रंथ लिखे हैं। उन्होंने अपनी *सेश्वरमीमांसा* में पूर्वमीमांसा तथा उत्तरमीमांसा को मिलाने का प्रयास किया है।

34. शंकराचार्य—ये अद्वैतवेदांती हैं। इनका काल 710 ई० हैं। इन्होंने बादरायण के *ब्रह्मसूत्र, श्रीमद्भगवद्गीता,* तथा अनेक उपनिषदों पर भाष्य लिखे हैं। *उपदेश साहस्त्री विवेक चूड़ामणि, आनन्दलहरी, सौन्दर्यलहरी,* तथा *देव श्लोकी* उनके अन्य कुछ प्रसिद्ध ग्रंथ हैं।

35. शबर—ये मीमांसा दार्शनिक हैं। ये शबरस्वामिन् के नाम से भी जाने जाते हैं। इनका काल 125 ई० अनुमानित हैं। इन्होंने जैमिनि के *मीमांसासूत्र* पर *भाष्य* लिखा हैं।

36. श्रीधर—ये वैशेषिक दार्शनिक हैं। इनका काल 991 ई० है। इन्होंने प्रशस्तपाद के *पदार्थ-धर्मसंग्रह* पर *न्यायमंडली* लिखी है। इनका एक ग्रंथ *अद्वयसिद्धि* भी है।

37. श्रीनिवास—ये विशिष्टाद्वैती दार्शनिक हैं। इनका काल 1625 ई० है। इन्होंने *यतीन्द्रमतदीपिका* लिखी है। इस ग्रंथ को *यतिपतिमतदीपिका* नाम से भी जाना जाता है। रूडौल्फ ओट्टो ने इसे जर्मन में अनूदित किया है।

38. सदानन्द (योगीन्द्र)—इनका काल 1500 ई० है। इन्होंने अद्वैत वेदांत पर *वेदान्तसार* नामक ग्रंथ लिखा है।

39. समन्तभद्र—ये दिगम्बर जैन दार्शनिक हैं। इनका काल 650 ई० है। इन्होंने *आप्तमीमांसा,* युक्त्यनुशासन आदि कई ग्रंथ लिखे हैं। सुशील कुमार मैत्र के अनुसार समन्तभद्र के एक अन्य ग्रंथ *कारिका* पर ही विद्यानन्द ने *अष्टसहस्त्री* नामक टीका लिखी हैं।

❑